普通高等教育“十一五”国家级规划教材

医用高等数学

主　编/ 李非宇　张佃中

副主编/ 张鸿雁　汤自凯

编　者/ 易非易　刘建华　邓松海

张美媛　任叶庆

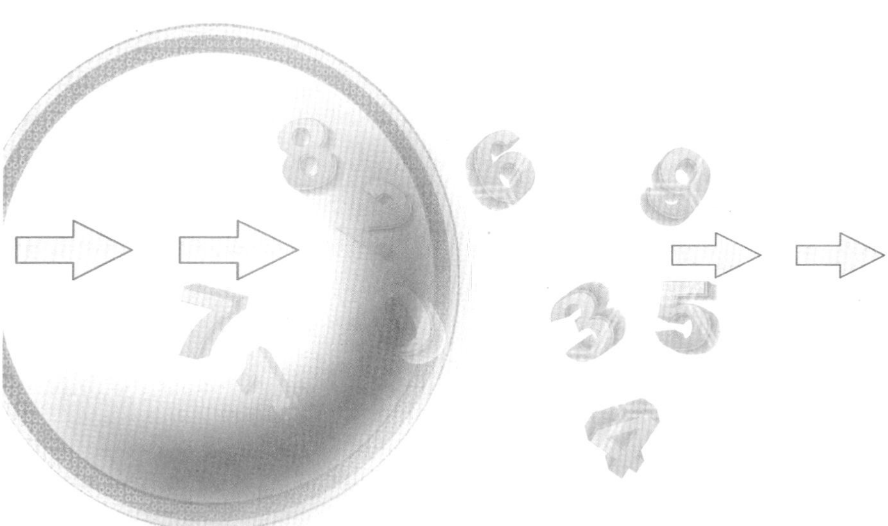

湖南科学技术出版社

图书在版编目（CIP）数据

医用高等数学 / 李飞宇主编. —长沙：湖南科学技术出版社，2006.7（2022.7 重印）
ISBN 978-7-5357-4665-8

I. 医… II. 李… III. 医用数学—医学院校—教材 IV. R311

中国版本图书馆 CIP 数据核字（2006）第 084700 号

普通高等教育“十一五”国家级规划教材
医用高等数学
主　　编：李飞宇　张佃中
副 主 编：张鸿雁　汤自凯
出 版 人：潘晓山
责任编辑：陈一心
出版发行：湖南科学技术出版社
社　　址：长沙市芙蓉中路一段 416 号泊富国际金融中心
网　　址：http://www.hnstp.com
邮购联系：0731 - 82194012
印　　刷：湖南省汇昌印务有限公司
（印装质量问题请直接与本厂联系）
厂　　址：长沙市望城区丁字湾街道兴城社区
邮　　编：410299
版　　次：2006 年 7 月第 1 版
印　　次：2022 年 7 月第 7 次印刷
开　　本：787mm×1092mm　1/16
印　　张：27
字　　数：661 千字
书　　号：ISBN 978-7-5357-4665-8
定　　价：48.00 元

前　言

随着生物医学科学技术的迅猛发展，数学的理论和方法在其中的应用也越来越深入. 尤其在DNA这类高科技研究领域，可以找到许多这样的例证. 例如，对于每天甚至是每时每刻涌现的大量的、以天文数字计量的分子遗传数据，必须借助统计学知识加以分析处理，才能从中获得有意义的信息，否则，这些数据几乎就是一堆垃圾. 从某种意义上讲，目前人们对统计学的需要程度甚至超过了对分子生物技术的需要程度. 又如，由霍奇金(Hodgkin)、赫胥黎(Huxley)建立的微分方程模型精确地描述了神经生理现象，并从而推翻了维持达半个世纪的伯斯坦(Berstein)理论，霍奇金、赫胥黎因此而获得诺贝尔奖. 而常微分方程的数值解法是分子动力学的基本工具.

从原则上来说，各种数学理论或多或少或直接或间接地都在生物医学研究或医学临床中有各种各样的应用，这种情况正像过去一两个世纪，数学应用于物理学那样. 而且，生物医学的发展，又为数学提供了一个新的机遇，可能会产生一些新的分支学科.

基本的数学素养是在学生时期养成的，错过了这一机会，将来很难弥补. 发达国家把高等医学教育放在理工科本科教育之后进行，学生具有较好的数理基础，这对于他们今后运用数学的思想、方法在生物医学科技前沿进行开拓很有帮助. 过去相当长一段时期内，我国在医学教育中或不开或只开少量的数学课，最多是把高等数学的入门知识当做一种文化让学生了解，达不到具备一定素养的程度，其原因多少与短学制及医学院校独立于综合性大学之外有关. 近年来，情况逐渐发生了明显改善，数学时数也有了明显增加.

本书正是为了与上述情况相适应而为医学各专业编写的. 数学的内容十分丰富，涉及面非常广泛. 作为一门公共基础课教材，不可能面面俱到，我们只能从数学基础和医学应用两个方面选择内容，适当反映一些新的进展和成就. 希望本教材能够基本满足同学们在以后的日常实际工作和一般的科学研究中对数学的需要，同时也为进一步深入学习高等数学的理论和方法提供方便.

本书考虑到现行高中阶段数学教学的实际情况，对基本初等函数只作扼要介绍，而对极限、连续性、导数等内容则侧重于其数学内涵的拓宽和加深. 这样既可做到与中学数学教学内容有较好的衔接，又可为现在学习高等数学打下更扎实的基础.

本书力求整体优化，根据课程的内在联系，在一元和多元函数的微分部分依次阐述了函数、极限、连续、导数(偏导数)、微分(偏微分、全微分)、导数(偏导数)应用，在一元和多元函数的积分部分依次阐述了不定积分、定积分及其应用和重积分及其应用，从而形成一个较完整的理论体系.

本书中的部分例题和习题引自所列的参考书，在此对这些书的作者表示衷心的感谢.

本书的编写者虽然都是多年从事高等数学教学工作的教师，但都不是专门从事生物数学研究的专业人员.虽然我们已做了最大努力，尽量保证全书在内容的取舍和编排上的合理性以及文字表达上的准确性，但由于水平有限，错误和不当之处在所难免，恳请使用本书的教师和同学们以及其他读者批评指正.

编　者

目　录

第一章　函数与极限

高等数学是以函数为主要研究对象，而极限方法则是高等数学中研究问题的一种基本方法. 本章在复习和补充中学已学过的函数概念的基础上，着重介绍函数的极限和函数的连续性，以及它们的一些性质.

第一节　函　　数

一、集合

集合(set)是一个最原始的概念，不可能用更简单的概念来给它下个定义，我们通过实际例子说明这个概念. 例如，某本书中的所有文字构成一个集合，某地区的全体乙肝患者构成一个集合，全体实数构成一个集合，等等. 一般地，我们称具有某种特定性质的事物的总体为一个集合. 组成这个集合的事物称为该集合的元素(element). 如事物 a 是集合 A 的元素记作 $a\in A$（读作 a 属于 A），事物 a 不是集合 A 的元素记作 $a\notin A$（读作 a 不属于 A）.

由有限个元素组成的集合，可用列举出它的全体元素的方法来表示. 例如，由元素 a_1，a_2，…，a_n 组成的集合 A，可记作

$$A=\{a_1,a_2,\cdots,a_n\}.$$

由无穷多个元素组成的集合，通常用如下记号表示：设 S 是具有某种特征 p 的元素 x 的全体所组成的集合，就记作

$$S=\{x|x\text{ 具有某种特征 }p\}.$$

这里所谓 x 所具有的特征，实际上就是 x 作为 S 的元素应适应的充分必要条件：适合这条件的任何事物都是集合 S 的元素，反之，集合 S 的元素都须适合这条件.

例如，在 xOy 平面内的直线 $x+y=3$ 上的一切点 (x,y) 所组成的集合 A，可记作

$$A=\{(x,y)|x,y\text{ 为实数},x+y=3\}.$$

以后用到的集合主要是数集(number set)，即元素都是数的集合. 如果没有特别声明，以后提到的数都是实数.

全体自然数的集合记作 **N**；全体整数的集合记作 **Z**；全体有理数的集合记作 **Q**；全体实数的集合记作 **R**.

如果集合 A 的元素都是集合 B 的元素，即若 $x\in A$，则必有 $x\in B$，就称 A 是 B 的子集，记作 $A\subset B$（读作 A 包含于 B）或 $B\supset A$（读作 B 包含 A）. 例如，$\mathbf{N}\subset\mathbf{Z}$，$\mathbf{Z}\subset\mathbf{Q}$，$\mathbf{Q}\subset\mathbf{R}$.

如果 $A\subset B$，且 $B\subset A$，则称集合 A 与 B 相等.

不含任何元素的集合称为空集(empty set)，记作 $\varnothing$，且规定空集是任何集合的子集(subset).

区间是很常用的一类数集. 设 a 和 b 都是实数，且 $a<b$，数集 $\{x|a<x<b\}$ 称为开区间

(open interval)，记作(a,b)，即

$$(a,b)=\{x|a<x<b\}.$$

a 和 b 称为开区间(a,b)的端点，这里 $a\notin(a,b)$，$b\notin(a,b)$. 数集$\{x|a\leqslant x\leqslant b\}$称为闭区间(closed interval)，记作$[a,b]$，即

$$[a,b]=\{x|a\leqslant x\leqslant b\}.$$

a 和 b 称为闭区间$[a,b]$的端点，这里 $a\in[a,b]$，$b\in[a,b]$.

类似地可说明：$[a,b)=\{x|a\leqslant x<b\}$，$(a,b]=\{x|a<x\leqslant b\}$，$[a,b)$和$(a,b]$都称为半开区间.

以上这些区间都称为有限区间. 数 $b-a$ 称为这些区间的长度. 从数轴上看，这些区间长度为有限的线段. 将闭区间$[a,b]$与开区间(a,b)在数轴上表示，分别如图1-1(a)与(b)所示. 另外还有所谓无穷区间(infinite interval)，引进记号$+\infty$(读作正无穷大)及$-\infty$(读作负无穷大)，则可类似地表示无穷区间，例如：

$$[a,+\infty)=\{x|a\leqslant x\},$$

$$(-\infty,b)=\{x|x<b\}.$$

这两个无穷区间在数轴上如图1-2(a)与(b)所示.

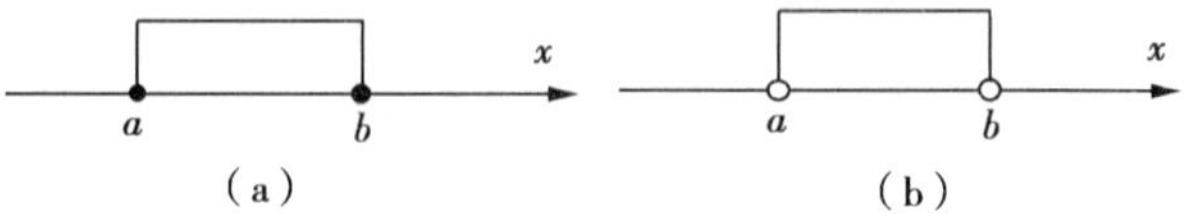

图1-1

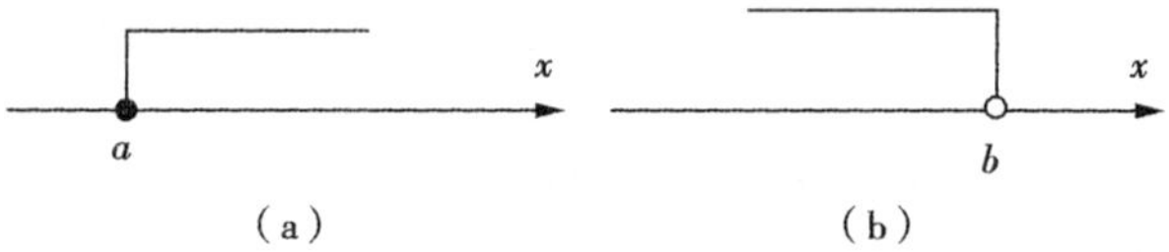

图1-2

全体实数的集合 **R** 也可记作$(-\infty,+\infty)$，它也是无穷区间.

以后在不需要辨明所论区间是否包含端点，以及是有限区间还是无穷区间的场合，我们就简单地称它为区间(interval)，且常用 I 表示.

邻域也是以后经常用到的一个概念. 以点 a 为中心的任何开区间称为 a 的邻域(neighborhood)，记作 $U(a)$.

设 δ 是任一正数，则开区间$(a-\delta,a+\delta)$就是点 a 的一个邻域，这个邻域称为点 a 的 δ 邻域，记作 $U(a,\delta)$，即

$$U(a,\delta)=\{x|a-\delta<x<a+\delta\}.$$

点 a 称为这邻域的中心，δ 称为这邻域的半径(图1-3).

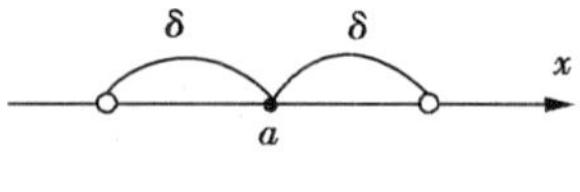

图1-3

由于 $a-\delta<x<a+\delta$ 相当于$|x-a|<\delta$，因此

$$U(a,\delta)=\{x||x-a|<\delta\}.$$

有时用到的邻域需要把邻域的中心点去掉，当点 a 的 δ 邻域去掉中心点后，称为点 a 的去心 δ 邻域，记作 $\mathring{U}(a,\delta)$，即

$$\mathring{U}(a,\delta)=\{x|0<|x-a|<\delta\}.$$

二、函数的概念

一切事物都在不断地运动、发展、变化着，在这些过程中会存在各种不同的量，其中有的量在过程中始终保持一定的数值，这样的量叫做常量(constant). 还有一些量在过程中是变化着的，也就是可以取不同的数值，这样的量叫做变量(variable).

在同一变化过程中，出现的各个变量并不都是独立变化的，往往是相互联系并按照一定的

规则相互制约的. 为了描述两个变量间的这种对应关系,引入函数的概念.

定义　**设 x 和 y 是两个变量,D 是一个给定的非空数集. 如果对于每个数 $x\in D$,按照一定的法则 f,总有确定的数值 y 与之对应,那么称 f 是 D 上的一个函数**(function),**记作:**

$$y=f(x).$$

数集 D 叫做这个函数的定义域(domain of definition),x 叫做自变量(independent variable),y 叫做因变量(dependent variable).

当 x 取数值 $x_0\in D$ 时,与 x_0 对应的 y 的数值称为函数 $y=f(x)$ 在点 x_0 处的函数值,记作 $f(x_0)$,当 x_0 取遍 D 的各个数值时,对应的函数值全体组成的数集 $W=\{y\mid y=f(x),x\in D\}$ 称为函数的值域(range).

在函数 $y=f(x)$ 中,表示对应关系的记号 f 也可改用其他字母,例如"g"、"φ"等,这时函数就记作 $y=g(x)$,$y=\varphi(x)$等. 定义域和对应法则是函数概念的两个要素,定义域可用区间表示,函数的对应法则一般可用表格、图象或解析式等表示,但在有些实际问题中,函数关系很难用一个解析式表示出来,常用一个图象直观地表示,图 1－4(a)、(b)就分别是医学上常见的心电信号和血压信号的图象表示.

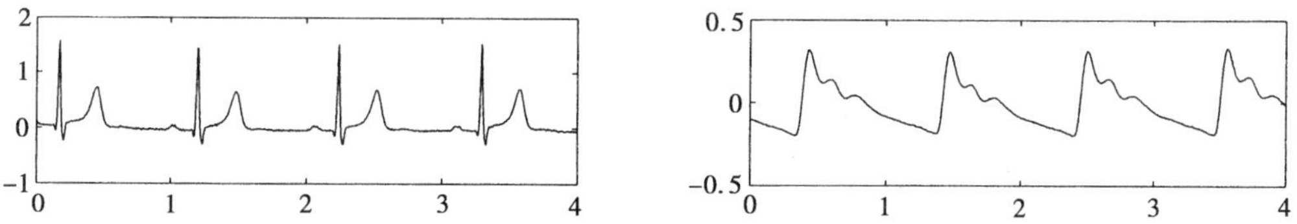

(a)　(b)

图 1－4

如果自变量在定义域内任取一个数值时,对应的函数值有且只有一个,则称这种函数为单值函数(one-valued function),否则称之为多值函数(multiple-valued function). 以后所讲的函数在没有特殊说明时,都是指单值函数.

在定义域的不同范围内用不同的式子表示的一个函数,称为分段函数(piecewise function).

例如,函数

$$y=\operatorname{sgn}x=\begin{cases}1, & x>0,\\ 0, & x=0,\\ -1, & x<0\end{cases}$$

称为符号函数. 它就是一个分段函数,其定义域 $D=(-\infty,+\infty)$,值域 $W=\{-1,0,1\}$,其图形如图 1－5 所示. 对于任何实数 x,有 $x=\operatorname{sgn}x\cdot|x|$.

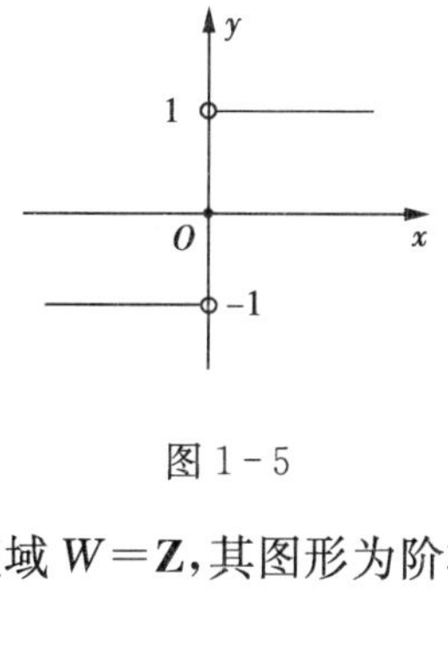

图 1－5

另外,设 x 为任一实数,不超过 x 的最大整数称为 x 的整数部分,记作$[x]$. 例如:

$$\left[\frac{6}{7}\right]=0,[\sqrt{3}]=1,[\pi]=3,[-2]=-2,[-2.8]=-3.$$

把 x 看成自变量,则函数 $y=[x]$的定义域 $D=(-\infty,+\infty)$,值域 $W=\mathbf{Z}$,其图形为阶梯形曲线,在 x 为整数值处发生跳跃,跃度为 1,此函数称为取整函数.

三、函数的几种特性

1. 函数的有界性

设函数 $f(x)$ 的定义域为 D，数集 $X\subset D$. 如果存在正数 M，使得对于一切 $x\in X$，有

$$|f(x)|\leqslant M,$$

则称函数 $f(x)$ 在 X 上有界(bounded)，如果这样的 M 不存在，则称函数 $f(x)$ 在 X 上无界(unbounded).

例如，函数 $f(x)=\sin x$，$f(x)=\cos x$ 在 $(-\infty,+\infty)$ 内是有界的，因为存在正数 $M=1$，无论 x 取任何实数，都有 $|\sin x|\leqslant 1$，$|\cos x|\leqslant 1$. 函数 $f(x)=\dfrac{1}{x}$ 在开区间 $(0,1)$ 内是无界的，因为不存在这样的正数 M，使 $\left|\dfrac{1}{x}\right|\leqslant M$ 对于 $(0,1)$ 内的一切 x 都成立. 事实上，对于任意取定的正数 M(不妨设 $M>1$)，则 $\dfrac{1}{2M}\in(0,1)$，当 $x_1=\dfrac{1}{2M}$ 时，$\left|\dfrac{1}{x_1}\right|=2M>M$. 但是 $f(x)=\dfrac{1}{x}$ 在区间 $(1,2)$ 内是有界的，例如可取 $M=1$ 而使 $\left|\dfrac{1}{x}\right|\leqslant 1$ 对于区间 $(1,2)$ 内的一切 x 都成立.

2. 函数的单调性

设函数 $f(x)$ 的定义域为 D，区间 $I\subset D$，如果对于区间 I 上任意两点 x_1 及 x_2，当 $x_1<x_2$ 时，恒有 $f(x_1)<f(x_2)$，则称函数 $f(x)$ 在区间 I 上是单调增加的(monotone increasing)，区间 I 为函数 $f(x)$ 的单调增区间. 如果对于区间 I 上任意两点 x_1 及 x_2，当 $x_1<x_2$ 时，恒有 $f(x_1)>f(x_2)$，则称函数 $f(x)$ 在区间 I 上是单调减少的(monotone decreasing)，区间 I 为函数 $f(x)$ 的单调减区间. 单调增加和单调减少的函数统称为单调函数(monotone function).

例如，函数 $y=x^3$ 在区间 $(-\infty,+\infty)$ 内是单调增加的，$y=x^2$ 在区间 $(-\infty,0)$ 上单调减少，在 $[0,+\infty)$ 上单调增加，但在 $(-\infty,+\infty)$ 内不是单调的.

3. 函数的奇偶性

设函数 $f(x)$ 的定义域 D 关于坐标原点对称(即若 $x\in D$，则必有 $-x\in D$)，如果对于任何 $x\in D$，恒有

$$f(-x)=-f(x)$$

成立，则称 $f(x)$ 为奇函数(odd function). 如果对于任何 $x\in D$，恒有

$$f(-x)=f(x)$$

成立，则称 $f(x)$ 为偶函数(even function).

例如，$f(x)=x^2\sin x$ 是奇函数，$f(x)=1+x^2$ 是偶函数，$f(x)=\sin x+\cos x$ 既非奇函数，也非偶函数.

偶函数的图形关于 y 轴对称，奇函数的图形关于坐标原点对称.

4. 函数的周期性

设函数 $f(x)$ 的定义域为 D，如果存在不为零的数 T，使得对于任意 $x\in D$，有 $(x+T)\in D$ 且

$$f(x+T)=f(x)$$

恒成立，则称函数 $f(x)$ 为周期函数(periodic function)，T 称为函数 $f(x)$ 的周期. 如果 $T>0$，并且它是 $f(x)$ 的所有正的周期中最小的，则称 T 为 $f(x)$ 的最小正周期. 通常我们所说的周期函数的周期都是指其最小正周期.

例如，函数 $\sin x$、$\cos x$ 都是以 2π 为周期的周期函数，$\tan x$、$\cot x$ 都是以 π 为周期的函数.

以 T 为周期的周期函数，在整个定义域内的每个长度为 T 的区间上，其图形有相同的形状.

四、反函数与复合函数

1. 反函数

设函数 $y=f(x)$ 的定义域为 D，值域为 W. 一般地，对于任一数值 $y\in W$，D 上至少可以确定一个数值 x 与之对应，这个数值 x 适合关系

$$f(x)=y,$$

这里如果把 y 看做自变量，x 看做因变量，按照函数概念，就得到一个新的函数 $x=\varphi(y)$，则称这个新的函数为函数 $f(x)$ 的反函数(inverse function)，可记作 $x=f^{-1}(y)$. 相对于反函数 $x=f^{-1}(y)$ 来说，原来的函数 $y=f(x)$ 称为直接函数. 我们习惯上把自变量用 x 表示，把因变量用 y 表示，这时 $x=f^{-1}(y)$ 可按习惯表示为 $y=f^{-1}(x)$，因为函数的实质是对应关系，我们改变的只是表示自变量和因变量的字母，而没有改变对应关系，所以 $x=f^{-1}(y)$ 和 $y=f^{-1}(x)$ 实质上还是同一个函数.

在同一个坐标平面上，函数 $y=f(x)$ 和其反函数 $x=f^{-1}(y)$ 的图形是相同的，但 $y=f(x)$ 和 $y=f^{-1}(x)$ 的图形关于直线 $y=x$ 对称(图 1－6).

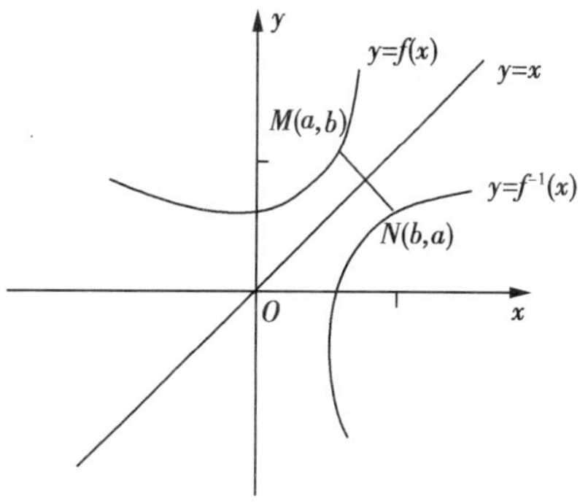

图 1－6

一般来讲，虽然 $y=f(x)$ 是单值函数，但其反函数不一定是单值函数，这是因为直接函数 $y=f(x)$ 的定义中并没有限定 $x_1\neq x_2$ 时，$y_1\neq y_2$，那么对同一个 y，可能有不同的 x 与之对应. 但如果 $y=f(x)$ 是单值单调函数，那么就能保证反函数 $y=f^{-1}(x)$ 一定存在，并且也为单值单调函数.

2. 复合函数与初等函数

(1) 复合函数

我们来看这样一个例子. 设 $y=\sqrt{u}$，而 $u=2-x^2$，以 $2-x^2$ 代替第一式中的 u，得

$$y=\sqrt{2-x^2},$$

我们说，这个函数 $y=\sqrt{2-x^2}$ 是由 $y=\sqrt{u}$ 及 $u=2-x^2$ 复合而成的复合函数.

一般地，若函数 $y=f(u)$ 的定义域为 D_1，函数 $u=\varphi(x)$ 的定义域为 D_2(D_2 是指复合函数的定义域)，值域为 W_2，并且 $W_2\subset D_1$，那么对于每个数值 $x\in D_2$，有确定的数值 $u\in W_2$ 与之对应，由于 $W_2\subset D_1$，则有 $u\in D_1$，相应地也应有确定的值 y 与值 u 对应. 即对于每个数值 $x\in D_2$，通过 u 有确定的数值 y 与之对应，这样我们就得到了一个以 x 为自变量，以 y 为因变量的函数，这个函数称为由函数 $y=f(u)$ 及 $u=\varphi(x)$ 复合而成的复合函数(compound function)，记作 $y=f(\varphi(x))$，u 称为中间变量(intermediate variable).

例如，函数 $y=\ln(x^2+1)$ 可看做由 $y=\ln u$ 及 $u=x^2+1$ 复合而成的，这个函数的定义域为 $(-\infty,+\infty)$，它也是 $u=x^2+1$ 的定义域. 又例如函数 $y=\arcsin e^x$ 可以看成是由 $y=\arcsin u$ 和 $u=e^x$ 复合而成的，这里 $u=e^x$ 的值域只有一部分在 $y=\arcsin u$ 的定义域内.

必须注意，不是任何两个函数都可以合成一个复合函数的. 例如，$y=\arccos u$ 和 $u=3+x^2$

就不能复合成一个复合函数，因为 $u=3+x^2$ 的值域完全不在 $y=\arcsin u$ 的定义域内.

当然，一个给定的复合函数也可以由两个或两个以上的函数复合而成，因此准确地判断出它是由哪些函数复合而成的是非常必要的. 例如，$y=e^{\sin 2x}$ 就是由 $y=e^u$，$u=\sin v$，$v=2x$ 复合而成（这里 u 及 v 都是中间变量）.

（2）初等函数

幂函数、指数函数、对数函数、三角函数和反三角函数统称为基本初等函数. 由常数和基本初等函数经过有限次的四则运算和有限次函数的复合步骤所构成的，并可用一个式子表示的函数，称为初等函数(elementary function). 例如：

$$y=\sqrt{\tan 3x},\ y=e^{\sin 2x},\ y=A\sin(\omega t+\alpha)$$

都是初等函数，在本课程的学习中所遇到的函数绝大多数都是初等函数.

第二节 数列的极限

极限是高等数学中最基本的概念，在微分学和积分学中，极限方法是解决问题的主要方法，本节介绍数列的极限.

魏末晋初数学家刘徽(公元 263 年前后)，曾用他所创造的割圆术计算过圆的面积，这就是极限思想在几何学上的应用. 现在极限的方法已经成为高等数学中的一种基本方法，应用非常广泛.

一、数列的概念

按照一定的法则，依次由自然数 1，2，…，n，…编号排成的一列数

$$x_1, x_2, x_3, \cdots, x_n, \cdots$$

叫做数列(sequence)，记作$\{x_n\}$. 数列中的每一个数叫做数列的项，第 n 项 x_n 叫做数列的一般项或通项.

数列$\{x_n\}$可看做自变量为正整数 n 的函数：

$$x_n=f(n).$$

它的定义域是全体正整数，当自变量 n 依次取 1，2，3，…，对应的函数值就排列成数列$\{x_n\}$. 如果数列$\{x_n\}$满足条件：

$$x_1\leqslant x_2\leqslant x_3\leqslant\cdots\leqslant x_n\leqslant x_{n+1}\leqslant\cdots,$$

就称数列$\{x_n\}$是单调增加的. 如果数列$\{x_n\}$满足条件：

$$x_1\geqslant x_2\geqslant x_3\geqslant\cdots\geqslant x_n\geqslant x_{n+1}\geqslant\cdots,$$

就称数列$\{x_n\}$是单调减少的. 单调增加和单调减少的数列统称为单调数列. 例如，$\left\{\frac{1}{n}\right\}$是一个单调减少的数列，$\{2^n\}$是一个单调增加的数列. 若把数列看成数轴上的一个动点，则单调数列在数轴上的点只能单方向移动.

对于数列$\{x_n\}$，如果存在着正数 M，使得对任何自然数 n，都有

$$|x_n|\leqslant M$$

成立，则称数列$\{x_n\}$是有界的，如果这样的正数 M 不存在，就说数列$\{x_n\}$是无界的.

例如，数列$\left\{\frac{1}{n}\right\}$是有界数列，而$\{2^n\}$是无界数列. 有界数列在数轴上的点都落在某闭区间

$[-M,M]$上.

对于数列$\{x_n\}$，我们要讨论的重要问题是：当 n 无限增大（即 $n\to\infty$）时，对应的 x_n 是否能够无限趋近于某一个确定的数值，如果能够的话，这个数值是多少？这就是数列的极限问题.

二、数列的极限

对于给定的数列$\{x_n\}$，如果当 n 无限增大（$n\to\infty$）时，对应的 x_n 无限趋近于一个确定的常数 A，则称 A 为数列$\{x_n\}$的极限（limit），记作$\lim\limits_{n\to\infty}x_n=A$ 或 $x_n\to A(n\to\infty)$. 例如，设数列的一般项为 $x_n=\dfrac{n+(-1)^{n-1}}{n}$，当 n 无限增大时，$\dfrac{(-1)^{n-1}}{n}$无限趋近于零，因而 x_n 无限接近 1，也就是说，数列$\left\{\dfrac{n+(-1)^{n-1}}{n}\right\}$的极限为 1.

显然上述例子比较简单，很容易从通项的变化趋势上分析出数列的极限，如果数列的通项比较复杂，从直观上得出数列的极限就不太容易了，况且上述定义只是一种描述性定义，不够准确和严谨，为了确切地表明“无限增大”和“无限趋近”的意义，揭示数列极限的实质，下面用精确的数学语言来描述这一概念.

大家知道，两个数 a 与 b 的接近程度可以用这两个数之差的绝对值$|b-a|$来度量，当$|b-a|$越小时就表明 a 与 b 越接近.

考察数列$\left\{\dfrac{n+(-1)^{n-1}}{n}\right\}$，从数列的变化趋势来看，当 $n\to\infty$时，$x_n\to1$，这就意味着，当 n 充分大时，x_n 与 1 可以任意接近，即$|x_n-1|=\left|\dfrac{(-1)^{n-1}}{n}\right|=\dfrac{1}{n}$可以任意地小. 换句话说，只要 n 充分大，$|x_n-1|$就可以小于预先给定的任意小的正数 ε. 例如，给定 $\varepsilon=0.01$ 时，只要 $n>10^2$，就有$|x_n-1|<\varepsilon$. 当给定 $\varepsilon=0.0001$ 时，只要 $n>10^4$，也有$|x_n-1|<\varepsilon$. 从而可以看出，对于任意给定的正数 ε（不论它多么小），总存在着某一正整数，不妨记作 N，当 $n>N$ 时，数列$\left\{\dfrac{n+(-1)^{n-1}}{n}\right\}$从第 $N+1$ 项开始，后面的一切项：$x_{N+1},x_{N+2},\cdots$都能使不等式

$$\left|\frac{n+(-1)^{n-1}}{n}-1\right|<\varepsilon$$

成立，这就是当 $n\to\infty$时，$\dfrac{n+(-1)^{n-1}}{n}\to1$ 的实质.

一般地，对于数列$\{x_n\}$来说，有下列定义.

定义　如果对于每一个预先给定的任意小的正数 ε，总存在着一个正整数 N，使得对于 $n>N$时的一切 x_n，不等式

$$|x_n-a|<\varepsilon$$

都能成立，则常数 a 就叫做数列$\{x_n\}$当 $n\to\infty$时的极限，或称数列$\{x_n\}$是收敛的（convergent），**并记作**

$$\lim_{n\to\infty}x_n=a \text{ 或 } x_n\to a \quad (n\to\infty).$$

如果数列没有极限，则称数列是发散的（divergent）.

在上面的定义中，正数 ε 可以任意小是很重要的，因为只有这样，不等式$|x_n-a|<\varepsilon$才能表达出 x_n 与 a 无限接近的意思，此外还应注意到，定义中的正整数 N 一般是与正数 ε 有关的. 当 ε 越小时，N 就会相应地增大.

在几何上,常数 a 和数列$\{x_n\}$的各项都可用数轴上的对应点表示出来.因为$|x_n-a|<\varepsilon$相当于$a-\varepsilon<x_n<a+\varepsilon$,所以数列$\{x_n\}$以 a 为极限的几何意义就是:对于任意给定的无论多么小的正数 ε,总能找到正整数 N,使得从第 $N+1$ 项开始,后面的所有项 x_{N+1},x_{N+2},…的对应点都落在以 a 为中心,长度为 2ε 的开区间$(a-\varepsilon,a+\varepsilon)$内,而只有有限个(至多只有 N 个)点在此区间之外(图 1 - 7).因 ε 越小,开区间$(a-\varepsilon,a+\varepsilon)$的长度 2ε 也越小,可见点 x_n 聚集在点 a 的近旁.这就是$\lim\limits_{n\to\infty}x_n=a$ 的几何解释.

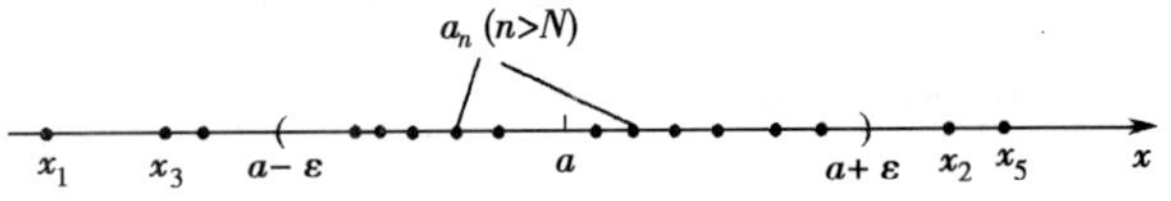

图 1 - 7

按照在第一节中提到的邻域的概念,上述几何解释也可以说成:数列$\{x_n\}$收敛于 A,就是对于任意给定的正数 ε,总存在正整数 N,从 x_{N+1}开始,后面所有的点都落在 A 的 ε 邻域内.

数列极限的定义并未给出如何求极限的方法,在以后将讲极限的具体求法,下面举例来说明数列极限的概念.

例 1 证明 $\lim\limits_{n\to\infty}\dfrac{n+(-1)^{n-1}}{n}=1$.

证 $$|x_n-a|=\left|\frac{n+(-1)^{n-1}}{n}-1\right|=\frac{1}{n}.$$

对于任意给定的 $\varepsilon>0$,要使$|x_n-a|<\varepsilon$,则只要$\dfrac{1}{n}<\varepsilon$,即 $n>\dfrac{1}{\varepsilon}$就行了.

所以,取 $N=\left[\dfrac{1}{\varepsilon}\right]$,当 $n>N$ 时,就有
$$|x_n-a|=\left|\frac{n+(-1)^{n-1}}{n}-1\right|<\varepsilon$$
成立.因此,由定义有
$$\lim_{n\to\infty}\frac{n+(-1)^{n-1}}{n}=1.$$

例 2 证明 $\lim\limits_{n\to\infty}\dfrac{(-1)^n}{(n+1)^2}=0$.

证 $$|x_n-a|=\left|\frac{(-1)^n}{(n+1)^2}-0\right|=\frac{1}{(n+1)^2}<\frac{1}{n+1}.$$

对于任意给定的 $\varepsilon>0$,要使$|x_n-a|<\varepsilon$,只要$\dfrac{1}{n+1}<\varepsilon$,即 $n>\dfrac{1}{\varepsilon}-1$ 就行了.

所以,取 $N=\left[\dfrac{1}{\varepsilon}-1\right]$,当 $n>N$ 时,就有
$$|x_n-a|=\left|\frac{(-1)^n}{(n+1)^2}-0\right|<\varepsilon$$
成立.因此,由定义有
$$\lim_{n\to\infty}\frac{(-1)^n}{(n+1)^2}=0.$$

通过以上例子,可总结出利用定义证明极限的一般步骤如下:

(1) 计算$|x_n-a|$,从不等式$|x_n-a|<\varepsilon$ 出发,得到 $n>f(\varepsilon)$(一般可采用加强不等式的方法).

(2) 取正整数 $N\geqslant f(\varepsilon)$即可(对于任意给定的正数 ε,只要能求出满足定义要求的正整数 N 就行了,N 不是唯一的,也没有必要是最小的).

三、收敛数列的性质

定理 1（极限的唯一性）　收敛数列只有一个极限.

证　用反证法. 假设同时有 $x_n \to a$ 及 $x_n \to b$，且 $a<b$，取 $\varepsilon=\frac{b-a}{2}$. 因为 $\lim\limits_{n\to\infty} x_n=a$，故存在正整数 N_1，使得对于 $n>N_1$ 的一切 x_n，不等式

$$|x_n-a|<\frac{b-a}{2} \tag{1-2-1}$$

都成立. 同理，因为 $\lim\limits_{n\to\infty} x_n=b$，故存在正整数 N_2，使得对于 $n>N_2$ 的一切 x_n，不等式

$$|x_n-b|<\frac{b-a}{2} \tag{1-2-2}$$

都成立. 取 $N=\max\{N_1,N_2\}$，则当 $n>N$ 时以上两式都成立. 但由(1-2-1)式有 $x_n<\frac{a+b}{2}$，由(1-2-2)式有 $x_n>\frac{a+b}{2}$，这是不可能的. 这矛盾说明了本定理成立.

例 3　证明数列 $x_n=(-1)^{n+1}(n=1,2,\cdots)$ 是发散的.

证　如果这数列收敛，根据定理 1，它有唯一的极限，设极限为 a，即 $\lim\limits_{n\to\infty} x_n=a$. 按数列极限的定义，对于 $\varepsilon=\frac{1}{2}$ 存在着正整数 N，当 $n>N$ 时，$|x_n-a|<\frac{1}{2}$ 成立，即当 $n>N$ 时，x_n 都在开区间 $\left(a-\frac{1}{2},a+\frac{1}{2}\right)$ 内，但这是不可能的，因为 $n\to\infty$ 时，x_n 无休止地一再重复取得 1 和 -1 这两个数，而这两个数不可能同时属于长度为 1 的开区间 $\left(a-\frac{1}{2},a+\frac{1}{2}\right)$ 内. 因此这数列发散.

定理 2（收敛数列的有界性）　如果数列 $\{x_n\}$ 收敛，那么数列 $\{x_n\}$ 一定有界.

证　因为数列 $\{x_n\}$ 收敛，故可设 $\lim\limits_{n\to\infty} x_n=a$，取 $\varepsilon=1$，根据数列极限的定义，存在正整数 N，使得对于 $n>N$ 时的一切 x_n，总有 $|x_n-a|<\varepsilon=1$. 则当 $n>N$ 时，有

$$|x_n|=|(x_n-a)+a|\leqslant|x_n-a|+|a|<1+|a|.$$

取 $M=\max\{|x_1|,|x_2|,|x_3|,\cdots,|x_N|,1+|a|\}$，则对一切自然数 n，都有 $|x_n|<M$ 成立，所以数列 $\{x_n\}$ 有界.

根据该定理，如果数列 $\{x_n\}$ 无界，那么数列 $\{x_n\}$ 一定发散，但如果数列 $\{x_n\}$ 有界，却不能断定它一定收敛，例如数列

$$-1,1,-1,\cdots,(-1)^n,\cdots$$

有界，但它却是发散的，所以数列有界是数列收敛的必要但非充分条件.

定理 3（收敛数列的保号性）　如果数列 $\{x_n\}$ 收敛于 a，且 $a>0$（或 $a<0$），那么存在正整数 N，当 $n>N$ 时，有 $x_n>0$（或 $x_n<0$）.

证　就 $a>0$ 的情形证明. 由数列极限的定义，对 $\varepsilon=\frac{a}{2}>0$，存在 N，当 $n>N$ 时，有

$$|x_n-a|<\frac{a}{2},$$

从而

$$x_n>a-\frac{a}{2}=\frac{a}{2}>0.$$

第三节 函数的极限

上节讲了数列的极限，因为数列 x_n 可看成是自变量为正整数 n 的函数：$x_n=f(n)$，所以我们把数列的极限问题推广到一般的函数上，就得到了一般函数的极限问题，这就是本节所要研究的主要内容.

函数的极限实质上就是在自变量的某种变化趋势下相应的函数值的变化趋势，而函数值的变化趋势是由自变量的变化趋势所决定的. 自变量的变化趋势一般可分两种情形：①自变量的绝对值 $|x|$ 无限增大即 x 趋向于无穷大(记作 $x\to\infty$). ②自变量 x 任意接近于一个有限值 x_0(记作 $x\to x_0$). 下面分别就这两种情形来研究函数的极限.

一、自变量趋于无穷大时函数的极限

从函数的观点来看，数列 $x_n=f(n)$ 的极限为 a 就是：当自变量 n 取正整数而无限增大($n\to\infty$)时，对应的函数值 $f(n)$ 无限接近于确定的数 a，如果撇开数列极限概念中的函数值为 $f(n)$ 和自变量的变化过程为 $n\to\infty$ 等特殊性不谈，那么可以这样来叙述此时函数极限的概念：当自变量趋向于无穷大时，如果对应的函数值无限接近于某个确定的数，那么这个确定的数就叫做函数在自变量趋于无穷大时函数的极限. 其精确的定义如下：

定义　设函数 $f(x)$ 在 $|x|>M$ 时有定义，A 为一常数. 如果对于任意给定的无论多么小的正数 ε，总存在正数 $X(X\geqslant M)$，使得对于适合 $|x|>X$ 的一切 x，所对应的函数值 $f(x)$ 都满足不等式

$$|f(x)-A|<\varepsilon,$$

则称常数 A 为函数 $f(x)$ 当 $x\to\infty$ 时的极限，记作

$$\lim_{x\to\infty}f(x)=A \quad 或 \quad f(x)\to A(x\to\infty).$$

如果 $x>0$ 且无限增大(记作 $x\to+\infty$)，那么只要把上面定义中的 $|x|>X$ 改为 $x>X$，就得到 $\lim\limits_{x\to+\infty}f(x)=A$ 的定义. 同样，如果 $x<0$ 且 $|x|$ 无限增大(记作 $x\to-\infty$)，那么只要把 $|x|>X$ 改为 $x<-X$，便得到 $\lim\limits_{x\to-\infty}f(x)=A$ 的定义.

显然，当且仅当 $\lim\limits_{x\to+\infty}f(x)=\lim\limits_{x\to-\infty}f(x)=A$ 时，才有 $\lim\limits_{x\to\infty}f(x)=A$.

例如，$\lim\limits_{x\to+\infty}\arctan x=\dfrac{\pi}{2}$，$\lim\limits_{x\to-\infty}\arctan x=-\dfrac{\pi}{2}$，$\lim\limits_{x\to+\infty}\arctan x\neq\lim\limits_{x\to-\infty}\arctan x$，故 $\lim\limits_{x\to\infty}\arctan x$ 不存在.

$\lim\limits_{x\to\infty}f(x)=A$ 的几何意义：对于任意给定的正数 ε，作直线 $y=A+\varepsilon$ 和 $y=A-\varepsilon$ 得一带形区域，不论这一带形区域多么窄，总存在正数 X，使得只要当 x 落入 $(-\infty,-X)$ 和 $(X,+\infty)$ 时，所对应的 $y=f(x)$ 的图形就都落在这两直线 $y=A+\varepsilon$ 和 $y=A-\varepsilon$ 之间(图 1-8).

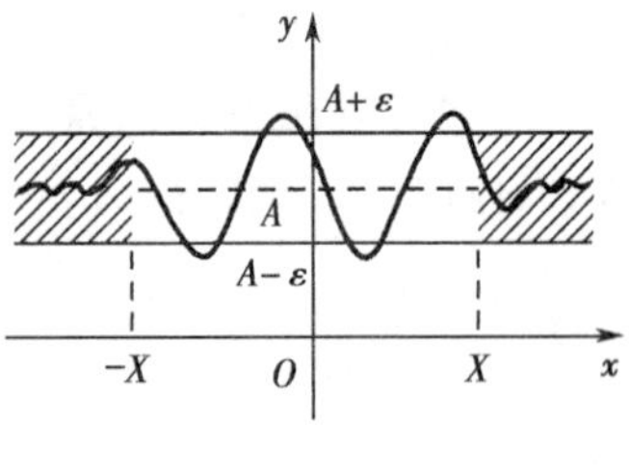

图 1-8

例 1　证明　$\lim\limits_{x\to\infty}\dfrac{1}{x}=0$.

证　设 ε 是任意给定的正数，要证存在正数 X，当 $|x|>X$

时，不等式$\left|\frac{1}{x}-0\right|<\varepsilon$成立，因这个不等式相当于$\frac{1}{|x|}<\varepsilon$或$|x|>\frac{1}{\varepsilon}$. 由此可知，如果取$X=\frac{1}{\varepsilon}$，那么对于适合$|x|>X=\frac{1}{\varepsilon}$的一切$x$，不等式$\left|\frac{1}{x}-0\right|<\varepsilon$成立，即$\lim\limits_{x\to\infty}\frac{1}{x}=0$.

直线$y=0$称为函数$y=\frac{1}{x}$的图形的水平渐近线.

一般地，如果$\lim\limits_{x\to\infty}f(x)=c$，则直线$y=c$是函数$y=f(x)$的图形的水平渐近线.

二、自变量趋于有限值时函数的极限

在$x\to x_0$的过程中，对应的函数值$f(x)$无限接近于A，就是$|f(x)-A|$能任意小，正如数列极限概念中那样，$|f(x)-A|$能任意小可以用$|f(x)-A|<\varepsilon$(ε是任意给定的正数)来描述，因为函数值$f(x)$无限接近于A是在$x\to x_0$的过程中实现的，所以对于任意给定的正数ε，只要求充分接近x_0的那些x所对应的函数值$f(x)$满足不等式$|f(x)-A|<\varepsilon$就行了，而充分接近x_0的x可表达为$0<|x-x_0|<\delta(\delta>0)$，从几何上看，适合不等式$0<|x-x_0|<\delta$的$x$的全体，就是点$x_0$的去心$\delta$邻域，而邻域半径$\delta$则体现了$x$接近$x_0$的程度.

基于以上的分析，我们给出当$x\to x_0$时函数极限的定义如下.

定义　设函数$f(x)$在x_0的某邻域内有定义(x_0可以除外)，A为一确定的常数. 如果对于任意给定的正数ε(无论它多么小)，总存在正数δ，使得对于满足不等式$0<|x-x_0|<\delta$的一切x，总有不等式

$$|f(x)-A|<\varepsilon$$

成立，则称A是函数$f(x)$当$x\to x_0$时的极限，记作

$$\lim_{x\to x_0}f(x)=A \quad 或 \quad f(x)\to A(x\to x_0).$$

定义中的$0<|x-x_0|<\delta$表明了$x\neq x_0$，因为$x\to x_0$时函数$f(x)$是否有极限与函数$f(x)$在点x_0处的情况无关.

$\lim\limits_{x\to x_0}f(x)=A$的几何意义：对于任意给定的正数$\varepsilon$，作直线$y=A+\varepsilon$和$y=A-\varepsilon$得一带形区域，不论这一带形区域有多么窄，总存在着$x_0$的某去心$\delta$邻域，使得只要当$x$落入该邻域内时，其函数$y=f(x)$所对应的图形就都在这两条直线$y=A+\varepsilon$和$y=A-\varepsilon$之间，或者说曲线$y=f(x)$的图形在矩形$abcd$内，如图1-9所示.

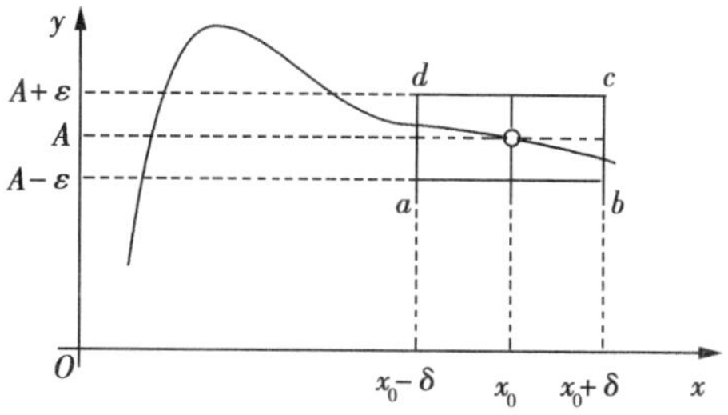

图1-9

在上述$x\to x_0$时函数$f(x)$的极限概念中，x是从x_0的左右两侧趋近于x_0的. 如果是当$x<x_0$趋近于x_0(记作$x\to x_0^-$或$x\to x_0-0$)时，$f(x)\to A$，则称常数A是函数$f(x)$当$x\to x_0$时的左极限(left-hand side limit)，记作$\lim\limits_{x\to x_0^-}f(x)=A$、$\lim\limits_{x\to x_0-0}f(x)=A$、$f(x_0^-)=A$或$f(x_0-0)=A$. 类似地，如果是当$x>x_0$趋近于$x_0$(记作$x\to x_0^+$或$x\to x_0+0$)时，$f(x)\to A$，则称常数$A$是函数$f(x)$当$x\to x_0$时的右极限(right-hand side limit)，记作$\lim\limits_{x\to x_0^+}f(x)=A$、$\lim\limits_{x\to x_0+0}f(x)=A$、$f(x_0^+)=A$或$f(x_0+0)=A$.

关于$\lim\limits_{x\to x_0^-}f(x)=A$与$\lim\limits_{x\to x_0^+}f(x)=A$相应的定义，读者可自己完成.

显然，当且仅当$\lim\limits_{x\to x_0^+}f(x)=\lim\limits_{x\to x_0^-}f(x)=A$时，才有$\lim\limits_{x\to x_0}f(x)=A$.

例 2　设

$$f(x)=\begin{cases}x+1, & \text{当 } x<0,\\ 2, & \text{当 } x=0,\\ -x+3, & \text{当 } x>0.\end{cases}$$

证明　$\lim\limits_{x\to 0}f(x)$不存在.

证　因为当$x\to 0$时，$f(x)$的左极限是

$$\lim_{x\to 0^-}f(x)=\lim_{x\to 0^-}(x+1)=1,$$

而右极限是　$$\lim_{x\to 0^+}f(x)=\lim_{x\to 0^+}(-x+3)=3,$$

所以

$$\lim_{x\to 0^-}f(x)\neq\lim_{x\to 0^+}f(x).$$

故$\lim\limits_{x\to 0}f(x)$不存在（图 1－10）.

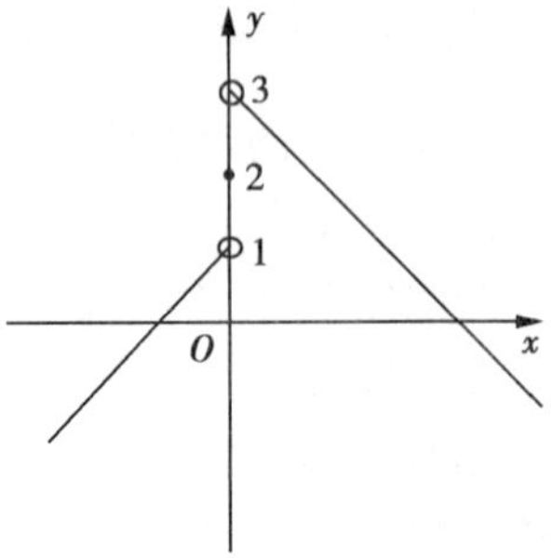

图 1－10

例 3　证明　$\lim\limits_{x\to 3}\dfrac{x^2-9}{x-3}=6$.

证　因为　$$|f(x)-A|=\left|\frac{x^2-9}{x-3}-6\right|=|x-3|,$$

对于任意给定的正数ε，要使$|f(x)-A|=\left|\dfrac{x^2-9}{x-3}-6\right|<\varepsilon$，也就是$|x-3|<\varepsilon$. 所以，取$\delta=\varepsilon$，则当$0<|x-3|<\delta$时，必有不等式$\left|\dfrac{x^2-9}{x-3}-6\right|<\varepsilon$成立.

因此，根据极限的定义，常数 6 就是$\dfrac{x^2-9}{x-3}$当$x\to 3$时的极限，即$\lim\limits_{x\to 3}\dfrac{x^2-9}{x-3}=6$.

例 4　证明　$\lim\limits_{x\to 3}\dfrac{x-3}{x^2-9}=\dfrac{1}{6}$.

证　因为　$$|f(x)-A|=\left|\frac{x-3}{x^2-9}-\frac{1}{6}\right|=\frac{|x-3|}{6|x+3|}.$$

考虑到$x\to 3$，故可限定x在$x_0=3$的某个邻域内来讨论极限. 如限定$|x-3|<1$时，就有$|x+3|>5$.

这样　$$|f(x)-A|=\frac{|x-3|}{6|x+3|}<\frac{|x-3|}{30}.$$

对于任意给定的正数ε，要使$|f(x)-A|=\left|\dfrac{x-3}{x^2-9}-\dfrac{1}{6}\right|<\varepsilon$，只要$\dfrac{|x-3|}{30}<\varepsilon$，即$|x-3|<30\varepsilon$，且$|x-3|<1$. 所以，取$\delta=\min\{30\varepsilon,1\}$，则当$0<|x-3|<\delta$时，必有不等式$\left|\dfrac{x-3}{x^2-9}-\dfrac{1}{6}\right|<\varepsilon$成立.

因此，根据极限的定义，有$\lim\limits_{x\to 3}\dfrac{x-3}{x^2-9}=\dfrac{1}{6}$.

三、函数极限的性质

定理 1（**函数极限的唯一性**）

如果极限$\lim\limits_{x\to x_0}f(x)$**存在，那么这极限唯一.**

定理 2(函数极限的局部有界性)

如果$\lim\limits_{x\to x_0}f(x)=A$，**那么存在正数** M **和** δ，**使得当** $0<|x-x_0|<\delta$ **时，有** $|f(x)|\leqslant M$.

证　因为$\lim\limits_{x\to x_0}f(x)=A$，所以对于 $\varepsilon=1$，存在 $\delta>0$，当 $0<|x-x_0|<\delta$ 时，有

$$|f(x)-A|<\varepsilon=1,$$

于是$|f(x)|=|f(x)-A+A|\leqslant|f(x)-A|+|A|<1+|A|$. 取 $M=1+|A|$，就有

$$|f(x)|\leqslant M.$$

这就证明了在 x_0 的去心邻域$\{x|0<|x-x_0|<\delta\}$内，$f(x)$是有界的.

定理 3(函数极限的局部保号性)

如果$\lim\limits_{x\to x_0}f(x)=A$，**而且** $A>0$(**或** $A<0$)，**那么存在常数** $\delta>0$，**使当** $0<|x-x_0|<\delta$ **时，有** $f(x)>0$(**或** $f(x)<0$).

证　设 $A>0$，因为$\lim\limits_{x\to x_0}f(x)=A$，所以对于 $\varepsilon=\dfrac{A}{2}$，存在 $\delta>0$，当 $0<|x-x_0|<\delta$ 时，有 $|f(x)-A|<\varepsilon=\dfrac{A}{2}$，即 $A-\dfrac{A}{2}<f(x)<A+\dfrac{A}{2}$成立. 故

$$f(x)>\frac{A}{2}>0.$$

用类似的方法可以证明 $A<0$ 的情形.

推论　**如果在** x_0 **的某一去心邻域内** $f(x)\geqslant0$(**或** $f(x)\leqslant0$)，**而且** $f(x)\to A(x\to x_0)$，**那么** $A\geqslant0$(**或** $A\leqslant0$).

证　设 $f(x)\geqslant0$. 假设上述结论不成立，即有 $A<0$，那么由定理 3 就有 x_0 的某一去心邻域，在该邻域内 $f(x)<0$，这与 $f(x)\geqslant0$ 的假定矛盾. 所以 $A\geqslant0$.

第四节　无穷小与无穷大

一、无穷小

如果函数 $f(x)$当 $x\to x_0$(或 $x\to\infty$)时的极限为零，那么函数 $f(x)$叫做 $x\to x_0$(或 $x\to\infty$)时的无穷小量，简称无穷小. 因此只要在极限的定义中，令常数 $A=0$ 就得到了无穷小的定义.

1. 无穷小的定义

定义 1　**如果对于任意给定的正数** ε(**不论它多么小**)，**总存在正数** δ(**或正数** X)，**对于满足不等式** $0<|x-x_0|<\delta$(**或** $|x|>X$)**的一切** x，**对应的函数值** $f(x)$**都满足不等式** $|f(x)|<\varepsilon$，**则称函数** $f(x)$**当** $x\to x_0$(**或** $x\to\infty$)**时为无穷小**(infinitesimal).

例如，$\lim\limits_{x\to2}(x-2)=0$，所以函数 $x-2$ 是当 $x\to2$ 时的无穷小. $\lim\limits_{x\to\infty}\dfrac{1}{x}=0$，所以函数$\dfrac{1}{x}$是当 $x\to\infty$时的无穷小. $\lim\limits_{n\to\infty}\dfrac{1}{n+1}=0$，所以数列$\left\{\dfrac{1}{n+1}\right\}$是当 $n\to\infty$时的无穷小.

应当注意，因为 $\lim\limits_{\substack{x\to x_0\\(x\to\infty)}}0=0$，所以零是无穷小，也是常数中唯一的无穷小. 除零外，无穷小都是函数，不能把它同很小的数(例如千万分之一)混为一谈，并且无穷小还必须与自变量的某一个变化过程相联系(如 $x\to x_0$ 或 $x\to\infty$)，只说某变量是无穷小是没有意义的.

2. 无穷小的运算性质

性质 1　有限个无穷小的代数和是无穷小.

性质 2　有界函数与无穷小的乘积是无穷小.

这里我们仅证性质 2.

证　设函数 $f(x)$ 在 x_0 的 δ_1 邻域内有界，即存在 $M>0$，在该邻域内有 $|f(x)|\leqslant M$，又设 $\lim\limits_{x\to x_0}\alpha=0$，即对于任意给定的正数 ε，总存在正数 δ_2，当 $0<|x-x_0|<\delta_2$ 时有 $|\alpha|<\dfrac{\varepsilon}{M}$，取 $\delta=\min\{\delta_1,\delta_2\}$，则当 $0<|x-x_0|<\delta$ 时，有

$$|\alpha f(x)|=|\alpha||f(x)|<\frac{\varepsilon}{M}\cdot M=\varepsilon.$$

即 $\lim\limits_{x\to x_0}\alpha f(x)=0$，这表明 $f(x)$ 与 α 的乘积是无穷小.

推论 1　常数与无穷小之积仍为无穷小.

推论 2　有限个无穷小之积仍为无穷小.

例如，当 $x\to 0$ 时，x 与 $\sin x$ 都是无穷小，则 $x+2\sin x$ 也是无穷小.

当 $x\to\infty$ 时，$\dfrac{1}{x}$ 是无穷小，$\arctan x$ 是有界函数，所以 $\dfrac{1}{x}\arctan x$ 也是无穷小.

3. 无穷小与函数极限的关系

定理 1　在自变量的同一变化过程($x\to x_0$ 或 $x\to\infty$)中，具有极限的函数等于它的极限与一个无穷小之和. 反之，如果函数可表示为常数与一个无穷小之和，那么该常数就是此函数的极限.

证　下面就 $x\to x_0$ 的情况给出证明($x\to\infty$ 的情况类似).

设 $\lim\limits_{x\to x_0}f(x)=A$，则对于任意给定的正数 ε，存在 $\delta>0$，使当 $0<|x-x_0|<\delta$ 时，有 $|f(x)-A|<\varepsilon$. 令 $\alpha=f(x)-A$，则 α 是 $x\to x_0$ 时的无穷小，且 $f(x)=A+\alpha$，即 $f(x)$ 等于它的极限 A 与一个无穷小之和.

反之，设 $f(x)=A+\alpha$(其中 A 是常数，α 是 $x\to x_0$ 时的无穷小)，于是 $|f(x)-A|=|\alpha|$. 因为 α 是 $x\to x_0$ 时的无穷小，所以对于任意给定的正数 ε，存在着正数 δ，使当 $0<|x-x_0|<\delta$ 时，有 $|\alpha|<\varepsilon$，即 $|f(x)-A|<\varepsilon$，故常数 A 是函数 $f(x)$ 当 $x\to x_0$ 时的极限.

二、无穷大

如果当 $x\to x_0$(或 $x\to\infty$)时，对应的函数值的绝对值 $|f(x)|$ 无限增大，则称函数 $f(x)$ 当 $x\to x_0$(或 $x\to\infty$)时为无穷大量，简称无穷大(infinity).

定义 2　如果对于任意给定的正数 M(不论它多么大)，总存在正数 δ(或正数 X)，使得对于适合不等式 $0<|x-x_0|<\delta$(或 $|x|>X$)的一切 x，所对应的函数值 $f(x)$ 总满足不等式 $|f(x)|>M$，则称函数 $f(x)$ 当 $x\to x_0$(或 $x\to\infty$)时为无穷大.

按照函数极限的定义，当 $x\to x_0$(或 $x\to\infty$)时为无穷大的函数 $f(x)$ 的极限是不存在的，但为了叙述函数的这一性态，我们也可说"函数 $f(x)$ 的极限是无穷大"，并记作

$$\lim_{x\to x_0}f(x)=\infty \quad 或 \quad \lim_{x\to\infty}f(x)=\infty.$$

如果在无穷大的定义中，把 $|f(x)|>M$ 换成 $f(x)>M$(或 $f(x)<-M$)，就得到正无穷大(负无穷大)的定义，记作

$$\lim_{\substack{x\to x_0\\(x\to\infty)}} f(x)=+\infty \quad 或 \quad \lim_{\substack{x\to x_0\\(x\to\infty)}} f(x)=-\infty.$$

必须注意，无穷大(∞)是变量，不可把它与很大的数(如一亿、十亿等)混为一谈.

例 1　证明 $\lim\limits_{x\to 2}\dfrac{1}{x-2}=\infty$.

证　对任意给定的 $M>0$，要使 $\left|\dfrac{1}{x-2}\right|>M$，只要 $|x-2|<\dfrac{1}{M}$，所以取 $\delta=\dfrac{1}{M}$，则对于适合不等式 $0<|x-2|<\delta=\dfrac{1}{M}$ 的一切 x，就有 $\left|\dfrac{1}{x-2}\right|>M$ 成立，所以 $\lim\limits_{x\to 2}\dfrac{1}{x-2}=\infty$.

直线 $x=2$ 就是函数 $y=\dfrac{1}{x-2}$ 的图形的铅直渐近线(图 1－11).

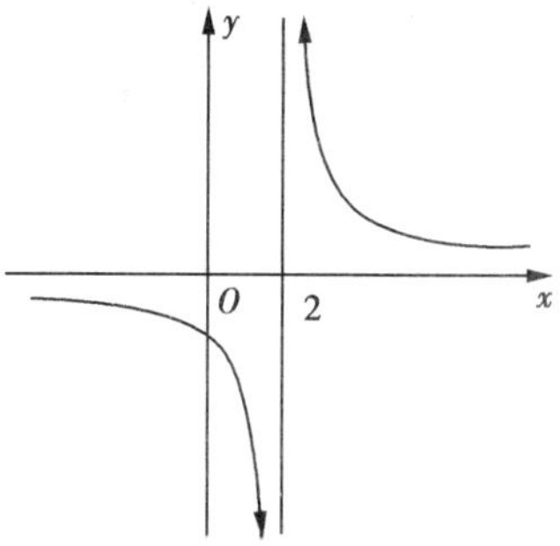

图 1－11

一般来说，如果 $\lim\limits_{x\to x_0}f(x)=\infty$，则直线 $x=x_0$ 是函数 $y=f(x)$ 的图形的铅直渐近线.

三、无穷小和无穷大的关系

定理 2　在自变量的同一变化过程中，如果 $f(x)$ 为无穷大，则 $\dfrac{1}{f(x)}$ 为无穷小．反之，如果 $f(x)$ 为无穷小，且 $f(x)\neq 0$，则 $\dfrac{1}{f(x)}$ 为无穷大.

下面就 $x\to x_0$ 的情况给出证明($x\to\infty$ 的情况类似).

证　设 $\lim\limits_{x\to x_0}f(x)=\infty$，任意给定 $\varepsilon>0$，根据无穷大的定义，对于 $M=\dfrac{1}{\varepsilon}$，总存在正数 δ，当 $0<|x-x_0|<\delta$ 时，就有 $|f(x)|>M=\dfrac{1}{\varepsilon}$，即有 $\left|\dfrac{1}{f(x)}\right|<\varepsilon$ 成立，所以 $\dfrac{1}{f(x)}$ 当 $x\to x_0$ 时为无穷小.

反之，设 $\lim\limits_{x\to x_0}f(x)=0$，且 $f(x)\neq 0$，任意给定 $M>0$，根据无穷小的定义，对于正数 $\varepsilon=\dfrac{1}{M}$，存在着 $\delta>0$，当 $0<|x-x_0|<\delta$ 时，有 $|f(x)|<\varepsilon=\dfrac{1}{M}$，由于 $f(x)\neq 0$，从而有 $\left|\dfrac{1}{f(x)}\right|>M$ 成立，所以 $\dfrac{1}{f(x)}$ 当 $x\to x_0$ 时为无穷大.

第五节　极限的运算法则

下面讨论中，记号“lim”没有指明自变量的具体变化过程，表示所述极限运算法则对 $x\to x_0$ 和 $x\to\infty$ 都成立.

定理 1　设 $\lim f(x)=A$，$\lim g(x)=B$. **那么**

(1) $\lim[f(x)\pm g(x)]=\lim f(x)\pm\lim g(x)=A\pm B$.

(2) $\lim[f(x)\cdot g(x)]=\lim f(x)\cdot\lim g(x)=A\cdot B$.

特别地：

① $\lim[k\cdot f(x)]=k\cdot\lim f(x)=kA$　(k **为常数**).

②$\lim[f(x)]^n=[\lim f(x)]^n=A^n$ （**n 为正整数**）.

(3) $\lim \dfrac{f(x)}{g(x)}=\dfrac{\lim f(x)}{\lim g(x)}=\dfrac{A}{B}$ $(B\neq 0)$.

其中结论(1)和结论(2)均可推广到有限多个函数的情形.

下面仅就 $x\to x_0$ 来证明结论(3).

证 因$\lim\limits_{x\to x_0}f(x)=A$， $\lim\limits_{x\to x_0}g(x)=B(B\neq 0)$，由第四节的定理 1(无穷小和函数极限的关系)，应有

$$f(x)=A+\alpha,\quad g(x)=B+\beta.$$

其中 α 和 β 是和 $f(x)$、$g(x)$同变化过程的无穷小. 设

$$\gamma=\frac{f(x)}{g(x)}-\frac{A}{B}.$$

则
$$\gamma=\frac{A+\alpha}{B+\beta}-\frac{A}{B}=(B\alpha-A\beta)\frac{1}{B(B+\beta)}.$$

在上式中，函数 $B\alpha-A\beta$ 是常数与无穷小乘积的代数和，是无穷小.

下面来证明函数$\dfrac{1}{B(B+\beta)}$在点 x_0 的某一去心邻域内有界.

由于$\lim\limits_{x\to x_0}g(x)=B(B\neq 0)$. 对正数 $\varepsilon=\dfrac{|B|}{2}$，必存在 $\delta>0$，当 $0<|x-x_0|<\delta$ 时，有

$$|g(x)-B|<\frac{|B|}{2}$$

成立. 所以

$$|g(x)|=|B+(g(x)-B)|\geqslant|B|-|g(x)-B|>|B|-\frac{|B|}{2}=\frac{|B|}{2},$$

从而$\left|\dfrac{1}{g(x)}\right|<\dfrac{2}{|B|}$. 于是

$$\left|\frac{1}{B(B+\beta)}\right|=\frac{1}{|B|}\cdot\frac{1}{|g(x)|}<\frac{1}{|B|}\cdot\frac{2}{|B|}=\frac{2}{|B|^2}.$$

这就证明了函数$\dfrac{1}{B(B+\beta)}$在点 x_0 的去心 δ 邻域内是有界的. 因而 γ 是无穷小与有界函数的乘积，是无穷小. 且

$$\frac{f(x)}{g(x)}=\frac{A}{B}+\gamma,$$

由第四节的定理 1，得

$$\lim_{x\to x_0}\frac{f(x)}{g(x)}=\frac{A}{B}=\frac{\lim\limits_{x\to x_0}f(x)}{\lim\limits_{x\to x_0}g(x)}.$$

对于数列，也有类似的极限四则运算法则.

根据极限的运算法则，可归纳出有理整函数的极限如下：

设 $f(x)=a_0x^n+a_1x^{n-1}+\cdots+a_n$，则

$$\lim_{x\to x_0}f(x)=a_0(\lim_{x\to x_0}x)^n+a_1(\lim_{x\to x_0}x)^{n-1}+\cdots+\lim_{x\to x_0}a_n=a_0x_0^n+a_1x_0^{n-1}+\cdots+a_n=f(x_0).$$

即有理整函数 $f(x)$当 $x\to x_0$ 时的极限等于 $f(x)$在 x_0 处的函数值 $f(x_0)$.

对于有理分式函数，设

$$F(x)=\frac{P(x)}{Q(x)},$$

$P(x),Q(x)$都是有理整函数，且$\lim\limits_{x\to x_0}P(x)=P(x_0)$，$\lim\limits_{x\to x_0}Q(x)=Q(x_0)$.

如果 $Q(x_0)\neq 0$，则有

$$\lim_{x\to x_0}F(x)=\frac{\lim\limits_{x\to x_0}P(x)}{\lim\limits_{x\to x_0}Q(x)}=\frac{P(x_0)}{Q(x_0)}=F(x_0).$$

即
$$\lim_{x\to x_0}F(x)=F(x_0).$$

如果 $Q(x_0)=0$，则要根据分子的极限情况来分别讨论.

(1) 如果 $P(x_0)\neq 0$，则$\lim\limits_{x\to x_0}\dfrac{1}{F(x)}=\dfrac{\lim\limits_{x\to x_0}Q(x)}{\lim\limits_{x\to x_0}P(x)}=\dfrac{Q(x_0)}{P(x_0)}=0$，根据无穷小和无穷大的关系，知

$$\lim_{x\to x_0}F(x)=\infty.$$

(2) 如果 $P(x_0)=0$，此时情况比较复杂，须根据实际情况具体对待.

例 1　计算　$\lim\limits_{x\to 2}\dfrac{3x-6}{x^2-3x+2}$.

解　$\lim\limits_{x\to 2}\dfrac{3x-6}{x^2-3x+2}=\lim\limits_{x\to 2}\dfrac{3(x-2)}{(x-2)(x-1)}=\lim\limits_{x\to 2}\dfrac{3}{x-1}=\dfrac{3}{2-1}=3$.

例 2　计算　$\lim\limits_{x\to 1}\left(\dfrac{1}{1-x}-\dfrac{3}{1-x^3}\right)$.

解　当 $x\to 1$ 时，$\dfrac{1}{1-x}$和$\dfrac{3}{1-x^3}$均为无穷大，不能使用极限运算法则，可先通分，再求极限，则有

$$\begin{aligned}\lim_{x\to 1}\left(\frac{1}{1-x}-\frac{3}{1-x^3}\right)&=\lim_{x\to 1}\frac{1+x+x^2-3}{1-x^3}=\lim_{x\to 1}\frac{x^2+x-2}{1-x^3}\\&=\lim_{x\to 1}\frac{(x+2)(x-1)}{(1-x)(1+x+x^2)}=\frac{-(1+2)}{(1+1+1^2)}=-1.\end{aligned}$$

例 3　求$\lim\limits_{x\to\infty}\dfrac{5x^3+3x^2+2}{2x^3-5x^2-1}$.

解　先用 x^3 除分子和分母，然后用极限运算法则得：

$$\lim_{x\to\infty}\frac{5x^3+3x^2+2}{2x^3-5x^2-1}=\lim_{x\to\infty}\frac{5+\dfrac{3}{x}+\dfrac{2}{x^3}}{2-\dfrac{5}{x}-\dfrac{1}{x^3}}=\frac{5}{2}.$$

一般地，当 $a_0\neq 0,b_0\neq 0,m$ 和 n 为非负整数时，有

$$\lim_{x\to\infty}\frac{a_0x^n+a_1x^{n-1}+\cdots+a_n}{b_0x^m+b_1x^{m-1}+\cdots+b_m}=\lim_{x\to\infty}x^{n-m}\cdot\frac{a_0+a_1x^{-1}+\cdots+a_nx^{-n}}{b_0+b_1x^{-1}+\cdots+b_mx^{-m}}=\begin{cases}\dfrac{a_0}{b_0}, & n=m,\\ 0, & n<m,\\ \infty, & n>m.\end{cases}$$

例 4　求$\lim\limits_{n\to\infty}\left(\dfrac{1}{n^2}+\dfrac{2}{n^2}+\cdots+\dfrac{n}{n^2}\right)$.

解　当 $n\to\infty$时，括号内的项数无限增多，即项数与 n 有关，故不能直接用极限运算法则. 可先变形后，再求极限.

$$\lim_{n\to\infty}\left(\frac{1}{n^2}+\frac{2}{n^2}+\cdots+\frac{n}{n^2}\right)=\lim_{n\to\infty}\frac{1+2+\cdots+n}{n^2}=\lim_{n\to\infty}\frac{\frac{1}{2}(n+1)n}{n^2}=\lim_{n\to\infty}\frac{1}{2}\left(1+\frac{1}{n}\right)=\frac{1}{2}.$$

例 5 求$\lim\limits_{x\to\infty}\frac{\sin x}{x}$.

解 当 $x\to\infty$时，分子及分母的极限都不存在，故关于商的极限运算法则不能应用.

因为$\frac{\sin x}{x}=\frac{1}{x}\cdot\sin x$，$x\to\infty$时，$\frac{1}{x}$是无穷小，而 $\sin x$ 是有界函数，故$\frac{\sin x}{x}=\frac{1}{x}\cdot\sin x$ 是无穷小与有界函数的乘积，所以$\lim\limits_{x\to\infty}\frac{\sin x}{x}=0$.

定理 2(复合函数的极限运算法则)　设函数 $u=\varphi(x)$当 $x\to x_0$ 时的极限存在且等于 a，即 $\lim\limits_{x\to x_0}\varphi(x)=a$，但在点 x_0 的某去心邻域内 $\varphi(x)\neq a$，又$\lim\limits_{u\to a}f(u)=A$，则复合函数 $f(\varphi(x))$当 $x\to x_0$ 时的极限也存在，且$\lim\limits_{x\to x_0}f(\varphi(x))=\lim\limits_{u\to a}f(u)=A$.

证明从略.

例 6 求$\lim\limits_{x\to 1}\sqrt{\frac{x-1}{x^2-1}}$.

解 函数 $y=\sqrt{\frac{x-1}{x^2-1}}$是由 $y=\sqrt{u}$与$u=\frac{x-1}{x^2-1}$复合而成的.

因为$\lim\limits_{x\to 1}\frac{x-1}{x^2-1}=\frac{1}{2}$，所以$\lim\limits_{x\to 1}\sqrt{\frac{x-1}{x^2-1}}=\lim\limits_{u\to\frac{1}{2}}\sqrt{u}=\sqrt{\frac{1}{2}}=\frac{\sqrt{2}}{2}$.

第六节　极限的存在准则　两个重要极限

一、极限的存在准则

准则 Ⅰ(夹逼原理)　如果数列$\{x_n\}$，$\{y_n\}$，$\{z_n\}$满足下列条件

(1) $y_n\leqslant x_n\leqslant z_n\quad(n=1,2,3,\cdots)$，

(2) $\lim\limits_{n\to\infty}y_n=a$，$\lim\limits_{n\to\infty}z_n=a$，

那么数列$\{x_n\}$的极限存在，且$\lim\limits_{n\to\infty}x_n=a$.

证 因 $y_n\to a$，$z_n\to a$，所以根据数列极限的定义，对于任意给定的正数 ε，存在正整数 N_1，当 $n>N_1$ 时，有$|y_n-a|<\varepsilon$，又存在正整数 N_2，当 $n>N_2$ 时，有$|z_n-a|<\varepsilon$，现在取 $N=\max\{N_1,N_2\}$，则当 $n>N$ 时，有

$$|y_n-a|<\varepsilon,\ |z_n-a|<\varepsilon$$

同时成立，即不等式

$$a-\varepsilon<y_n<a+\varepsilon,\quad a-\varepsilon<z_n<a+\varepsilon$$

都成立. 又因 x_n 介于 y_n 与 z_n 之间，所以当 $n>N$ 时，有

$$a-\varepsilon<y_n\leqslant x_n\leqslant z_n<a+\varepsilon,$$

即$|x_n-a|<\varepsilon$成立，所以$\lim\limits_{n\to\infty}x_n=a$.

上述数列极限存在准则可以推广到对函数的极限.

准则 Ⅰ′　设在 x_0 的某去心邻域内(或$|x|>X>0$)，有 $g(x)\leqslant f(x)\leqslant h(x)$，且 $\lim\limits_{\substack{x\to x_0\\(x\to\infty)}}g(x)$

$=A$ 与 $\lim\limits_{\substack{x\to x_0\\(x\to\infty)}} h(x)=A$ **同时成立，则** $\lim\limits_{\substack{x\to x_0\\(x\to\infty)}} f(x)$ **存在，且** $\lim\limits_{\substack{x\to x_0\\(x\to\infty)}} f(x)=A$.

证明从略.

例 1　求 $\lim\limits_{n\to\infty}\left(\dfrac{1}{\sqrt{n^2+1}}+\dfrac{1}{\sqrt{n^2+2}}+\cdots+\dfrac{1}{\sqrt{n^2+n}}\right)$.

解　其项数为 n，在 n 增大过程中，相加的项数也随之增加，故不能用逐项求和的法则. 注意到在 n 项中以首项最大，末项最小，因而有

$$\frac{n}{\sqrt{n^2+n}}<\frac{1}{\sqrt{n^2+1}}+\cdots+\frac{1}{\sqrt{n^2+n}}<\frac{n}{\sqrt{n^2+1}}.$$

而 $\lim\limits_{n\to\infty}\dfrac{n}{\sqrt{n^2+n}}=\lim\limits_{n\to\infty}\dfrac{n}{\sqrt{n^2+1}}=1$，由夹逼原理知，

$$\lim_{n\to\infty}\left(\frac{1}{\sqrt{n^2+1}}+\frac{1}{\sqrt{n^2+2}}+\cdots+\frac{1}{\sqrt{n^2+n}}\right)=1.$$

准则Ⅱ　单调有界数列必有极限.

对于该定理，其几何解释是：单调数列的点 x_n 在数轴上只能单向移动，这只有两种情形，一种情形是点 x_n 沿数轴向右（或向左）移向无穷远，另一种情形是点 x_n 无限趋近某一定点，即趋于一个极限 A. 由于数列 x_n 有界，有界数列 x_n 的点全都落在闭区间 $[-M,M]$ 内，因而上述的第一种情形不能发生，只能出现第二种情形，故单调有界数列必有极限（图 1-12）.

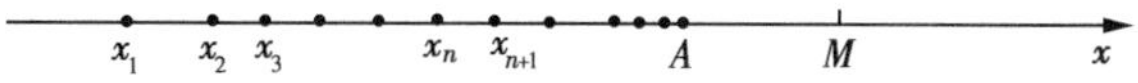

图 1-12

二、两个重要极限

1. $\lim\limits_{x\to 0}\dfrac{\sin x}{x}=1$.

证　函数 $\dfrac{\sin x}{x}$ 当 $x\neq 0$ 时都有定义，且 $\dfrac{\sin(-x)}{(-x)}=\dfrac{\sin x}{x}$，故只需证当 $x>0$ 时，$\lim\limits_{x\to 0}\dfrac{\sin x}{x}=1$ 即可. 故设 $0<x<\dfrac{\pi}{2}$，作单位圆如图 1-13 所示，其中，AD 与单位圆相切于 A 点，$BC\perp OA$，$\angle AOB=x$（弧度）为圆心角，则有

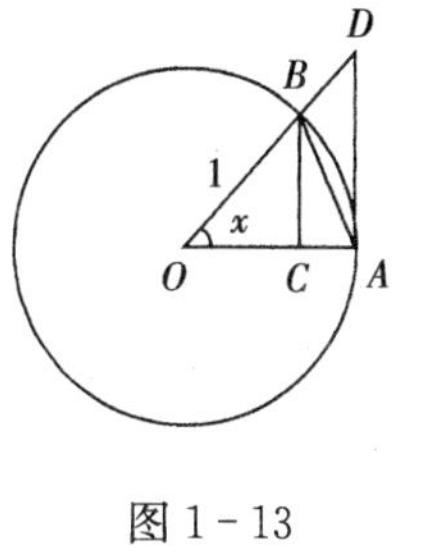

图 1-13

$$\sin x=BC,\ x=\overset{\frown}{AB},\ \tan x=AD,$$

且有　　$S_{\triangle AOB}<S_{\text{扇形}AOB}<S_{\triangle OAD}$，即 $\dfrac{1}{2}\sin x<\dfrac{1}{2}x<\dfrac{1}{2}\tan x$，

相应地，有 $\sin x<x<\tan x$，当 $0<x<\dfrac{\pi}{2}$ 时，用 $\sin x$ 去除不等式的两边，得

$$1<\frac{x}{\sin x}<\frac{1}{\cos x}\quad\text{或}\quad \cos x<\frac{\sin x}{x}<1. \tag{1-6-1}$$

当 $-\dfrac{\pi}{2}<x<0$ 时，用 $-x$ 代替 x，式(1-6-1)表达的关系依然不变，结论依然成立.

下面我们来证 $\lim\limits_{x\to 0}\cos x=1$.

因为当 $0<|x|<\frac{\pi}{2}$ 时，有

$$0<|\cos x-1|=1-\cos x=2\sin^2\frac{x}{2}<2\left(\frac{x}{2}\right)^2=\frac{x^2}{2},$$

即
$$0<1-\cos x<\frac{x^2}{2}.$$

当 $x\to 0$ 时，$\frac{x^2}{2}\to 0$，由极限的夹逼准则，知 $\lim\limits_{x\to 0}(1-\cos x)=0$，所以 $\lim\limits_{x\to 0}\cos x=1$.

再由不等式(1-6-1)及极限的夹逼准则，得 $\lim\limits_{x\to 0}\frac{\sin x}{x}=1$.

更一般地，在极限 $\lim\limits_{\substack{x\to x_0\\(x\to\infty)}}\frac{\sin\alpha(x)}{\alpha(x)}$ 中，只要 $\lim\limits_{\substack{x\to x_0\\(x\to\infty)}}\alpha(x)=0$，就有 $\lim\limits_{\substack{x\to x_0\\(x\to\infty)}}\frac{\sin\alpha(x)}{\alpha(x)}=1$.

这是因为，令 $u=\alpha(x)$，则 $u\to 0$，于是 $\lim\limits_{\substack{x\to x_0\\(x\to\infty)}}\frac{\sin\alpha(x)}{\alpha(x)}=\lim\limits_{u\to 0}\frac{\sin u}{u}=1$.

2. $\lim\limits_{x\to\infty}\left(1+\frac{1}{x}\right)^x=\mathrm{e}$.

证 先证 x 取正整数 n 趋于 $+\infty$ 的情形.

设 $x_n=\left(1+\frac{1}{n}\right)^n$（$n$ 为正整数），由二项式公式，有

$$x_n=\left(1+\frac{1}{n}\right)^n=1+\frac{n}{1!}\cdot\frac{1}{n}+\frac{n(n-1)}{2!}\cdot\left(\frac{1}{n}\right)^2+\cdots+\frac{n(n-1)\cdots(n-n+1)}{n!}\left(\frac{1}{n}\right)^n$$
$$=1+1+\frac{1}{2!}\left(1-\frac{1}{n}\right)+\cdots+\frac{1}{n!}\left(1-\frac{1}{n}\right)\left(1-\frac{2}{n}\right)\cdots\left(1-\frac{n-1}{n}\right).$$

同样，
$$x_{n+1}=1+1+\frac{1}{2!}\left(1-\frac{1}{n+1}\right)+\cdots+\frac{1}{n!}\left(1-\frac{1}{n+1}\right)\left(1-\frac{2}{n+1}\right)\cdots\left(1-\frac{n-1}{n+1}\right)+$$
$$\frac{1}{(n+1)!}\left(1-\frac{1}{n+1}\right)\left(1-\frac{2}{n+1}\right)\cdots\left(1-\frac{n}{n+1}\right).$$

比较 x_n,x_{n+1} 的展开式，可以看出除前两项外，x_n 的每一项都小于 x_{n+1} 的对应项，并且 x_{n+1} 还多了最后一项，其值大于 0，因此 $x_n<x_{n+1}$ $(n=1,2,\cdots)$，这说明数列 x_n 是单调增加的.

将 x_n 展开式中的 $\frac{i}{n}$ $(i=1,2,\cdots,n-1)$ 都换作 0，有

$$0<x_n<1+1+\frac{1}{2!}+\frac{1}{3!}+\cdots+\frac{1}{n!}<2+\frac{1}{2}+\frac{1}{2^2}+\cdots+\frac{1}{2^{n-1}}=2+\frac{\frac{1}{2}\left(1-\frac{1}{2^{n-1}}\right)}{1-\frac{1}{2}}=3-\frac{1}{2^{n-1}}<3,$$

即数列 $\{x_n\}$ 有界，由准则Ⅱ可知 $\lim\limits_{n\to\infty}\left(1+\frac{1}{n}\right)^n$ 必存在，通常记作 e，故 $\lim\limits_{n\to\infty}\left(1+\frac{1}{n}\right)^n=\mathrm{e}$.

当 x 取任意实数趋于 $+\infty$ 时，设 $n=[x]$，则有 $n\leqslant x\leqslant n+1$，因而有

$$\left(1+\frac{1}{n+1}\right)^n\leqslant\left(1+\frac{1}{x}\right)^x\leqslant\left(1+\frac{1}{n}\right)^{n+1},$$

当 $x\to+\infty$ 时，有 $n\to+\infty$. 并且有

$$\lim_{n\to+\infty}\left(1+\frac{1}{n}\right)^{n+1}=\lim_{n\to+\infty}\left(1+\frac{1}{n}\right)^n\cdot\lim_{n\to+\infty}\left(1+\frac{1}{n}\right)=\mathrm{e}\cdot 1=\mathrm{e}.$$

$$\lim_{n\to+\infty}\left(1+\frac{1}{n+1}\right)^n=\lim_{n\to+\infty}\left(1+\frac{1}{n+1}\right)^{n+1}\cdot\lim_{n\to+\infty}\left(1+\frac{1}{n+1}\right)^{-1}=\mathrm{e}\cdot 1=\mathrm{e}.$$

由夹逼原理知 $\lim\limits_{x\to+\infty}\left(1+\dfrac{1}{x}\right)^x=\mathrm{e}$.

再考虑 $x\to-\infty$ 的情形，令 $t=-x$，则

$$\lim_{x\to-\infty}\left(1+\frac{1}{x}\right)^x=\lim_{t\to+\infty}\left(1-\frac{1}{t}\right)^{-t}=\lim_{t\to+\infty}\left(1+\frac{1}{t-1}\right)^t=\lim_{t\to+\infty}\left(1+\frac{1}{t-1}\right)^{t-1}\cdot\left(1+\frac{1}{t-1}\right)=\mathrm{e}\cdot1=\mathrm{e}.$$

所以有
$$\lim_{x\to\infty}\left(1+\frac{1}{x}\right)^x=\mathrm{e}.$$

若令 $z=\dfrac{1}{x}$，则当 $x\to\infty$ 时，$z\to0$，故上式可化为：

$$\lim_{x\to\infty}\left(1+\frac{1}{x}\right)^x=\lim_{z\to0}(1+z)^{\frac{1}{z}}=\mathrm{e},$$

故得第二个重要极限的另一种形式是 $\lim\limits_{x\to0}(1+x)^{\frac{1}{x}}=\mathrm{e}$.

更一般地，在极限 $\lim\limits_{\substack{x\to x_0\\(x\to\infty)}}[1+\alpha(x)]^{\frac{1}{\alpha(x)}}$ 中，只要 $\lim\limits_{\substack{x\to x_0\\(x\to\infty)}}\alpha(x)=0$，就有 $\lim\limits_{\substack{x\to x_0\\(x\to\infty)}}[1+\alpha(x)]^{\frac{1}{\alpha(x)}}=\mathrm{e}$.

这是因为，令 $u=\dfrac{1}{\alpha(x)}$，则 $u\to\infty$，于是 $\lim\limits_{\substack{x\to x_0\\(x\to\infty)}}[1+\alpha(x)]^{\frac{1}{\alpha(x)}}=\lim\limits_{u\to\infty}\left(1+\dfrac{1}{u}\right)^u=\mathrm{e}$.

无论是在理论上还是在实用上，e 这个数都有特殊的重要性，它是自然对数的底，其 5 位小数的近似值是 2.71828.

例 2　计算　$\lim\limits_{x\to0}\dfrac{\tan x}{x}$.

解
$$\lim_{x\to0}\frac{\tan x}{x}=\lim_{x\to0}\frac{\sin x}{x\cdot\cos x}=\lim_{x\to0}\frac{\sin x}{x}\cdot\lim_{x\to0}\frac{1}{\cos x}=1\cdot\frac{1}{1}=1.$$

例 3　计算　$\lim\limits_{x\to0}\dfrac{1-\cos x}{x^2}$.

解
$$\lim_{x\to0}\frac{1-\cos x}{x^2}=\lim_{x\to0}\frac{2\sin^2\frac{x}{2}}{x^2}=\frac{1}{2}\left(\lim_{x\to0}\frac{\sin\frac{x}{2}}{\frac{x}{2}}\right)^2=\frac{1}{2}.$$

例 4　计算　$\lim\limits_{x\to\infty}\left(1-\dfrac{1}{5x}\right)^x$.

解　$\left(1-\dfrac{1}{5x}\right)^x=\left(1+\dfrac{1}{-5x}\right)^{(-5x)\cdot\left(-\frac{1}{5}\right)}$，设 $u=-5x$，则当 $x\to\infty$ 时，$u\to\infty$，于是有

$$\lim_{x\to\infty}\left(1-\frac{1}{5x}\right)^x=\lim_{u\to\infty}\left(1+\frac{1}{u}\right)^{u\cdot\left(-\frac{1}{5}\right)}=\left[\lim_{u\to\infty}\left(1+\frac{1}{u}\right)^u\right]^{-\frac{1}{5}}=\mathrm{e}^{-\frac{1}{5}}.$$

例 5　计算　$\lim\limits_{x\to\infty}\left(\dfrac{x-1}{x+2}\right)^{(x+2)}$.

解
$$\begin{aligned}\lim_{x\to\infty}\left(\frac{x-1}{x+2}\right)^{(x+2)}&=\lim_{x\to\infty}\left(1+\frac{1}{-(x+2)/3}\right)^{\left(-\frac{x+2}{3}\right)\cdot(-3)}\\&=\left[\lim_{x\to\infty}\left(1+\frac{1}{-(x+2)/3}\right)^{\left(-\frac{x+2}{3}\right)}\right]^{(-3)}=\mathrm{e}^{-3}.\end{aligned}$$

例 6　计算　$\lim\limits_{x\to0}(1+3\tan x)^{\cot x}$.

解　$\lim\limits_{x\to0}(1+3\tan x)^{\cot x}=\lim\limits_{x\to0}(1+3\tan x)^{\frac{1}{3\tan x}\cdot3}=\left[\lim\limits_{x\to0}(1+3\tan x)^{\frac{1}{3\tan x}}\right]^3=\mathrm{e}^3$.

第七节 无穷小的比较

我们知道，两个无穷小的和、差、积仍是无穷小，但两个无穷小的商却会出现不同的情形，例如，当 $x \to 0$ 时，$x, 2x, x^2, \sin x$ 都是无穷小，而

$$\lim_{x \to 0}\frac{x^2}{x}=0, \quad \lim_{x \to 0}\frac{x}{x^2}=\infty, \quad \lim_{x \to 0}\frac{2x}{x}=2, \quad \lim_{x \to 0}\frac{\sin x}{x}=1.$$

实际上，这些不同的情况反映了在自变量的同一变化过程中，两个无穷小趋于零的速度是不同的，如当 $x \to 0$ 时，x^2 比 x 趋于零的速度要快得多，而 $2x$ 和 x 趋于零的速度差不多. 本节主要研究在同一变化过程中，两个无穷小趋于零的速度的快慢问题.

定义 **设 $\alpha(x)$ 和 $\beta(x)$ 都是在自变量的同一变化过程中（$x \to x_0$ 或 $x \to \infty$）的无穷小.**

(1) 如果 $\lim\frac{\beta}{\alpha}=0$，则称 β 是比 α 高阶的无穷小，记作 $\beta=o(\alpha)$.

(2) 如果 $\lim\frac{\beta}{\alpha}=\infty$，则称 β 是比 α 低阶的无穷小.

(3) 若 $\lim\frac{\beta}{\alpha^k}=c\neq 0, k>0$，则称 β 是关于 α 的 k 阶无穷小.

(4) 如果 $\lim\frac{\beta}{\alpha}=c\neq 0$，则称 β 与 α 是同阶无穷小.

特别地，如果 $c=1$，则称 β 与 α 是等价无穷小，记作 $\alpha \sim \beta$.

按此定义，当 $x \to 0$，x^2 是比 x 高阶的无穷小，即 $x^2=o(x)$，而 x 是比 x^2 低阶的无穷小，$2x$ 与 x 是同阶无穷小，$\sin x$ 与 x 是等价无穷小，即 $\sin x \sim x$.

事实上，两个无穷小之间的比较情况反映了两个无穷小趋于零的速度的快慢，如若 β 是比 α 高阶的无穷小，则 β 比 α 趋于零的速度要快得多，若 β 与 α 是同阶无穷小，则 β 与 α 趋于零的速度差不多.

等价无穷小之间有下列两个定理.

定理 1 **β 与 α 等价的充分必要条件是 $\beta=\alpha+o(\alpha)$.**

证 充分性：设

$$\beta=\alpha+o(\alpha),$$

则

$$\lim\frac{\beta}{\alpha}=\lim\frac{\alpha+o(\alpha)}{\alpha}=\lim\left[1+\frac{o(\alpha)}{\alpha}\right]=1.$$

所以 $\beta \sim \alpha$.

必要性：若 $\beta \sim \alpha$，则

$$\lim\frac{\beta-\alpha}{\alpha}=\lim\left(\frac{\beta}{\alpha}-1\right)=\lim\frac{\beta}{\alpha}-1=0.$$

所以，$\beta-\alpha=o(\alpha)$，即 $\beta=\alpha+o(\alpha)$. 例如，当 $x \to 0$ 时，$1-\cos x \sim \frac{1}{2}x^2$，则

$$1-\cos x=\frac{1}{2}x^2+o(x^2).$$

定理 2 **设 $\alpha \sim \alpha', \beta \sim \beta'$，且 $\lim\frac{\beta'}{\alpha'}$ 存在，则 $\lim\frac{\beta}{\alpha}=\lim\frac{\beta'}{\alpha'}$.**

证

$$\lim\frac{\beta}{\alpha}=\lim\left(\frac{\beta}{\beta'}\cdot\frac{\beta'}{\alpha'}\cdot\frac{\alpha'}{\alpha}\right)=\lim\frac{\beta}{\beta'}\cdot\lim\frac{\beta'}{\alpha'}\cdot\lim\frac{\alpha'}{\alpha}=\lim\frac{\beta'}{\alpha'}.$$

这说明，在求两个无穷小之比的极限时，分子、分母可分别用它们的等价无穷小代替，因此

我们应该记住一些常用的等价无穷小：例如当 $x\to 0$ 时，$\tan x\sim x$，$\sin x\sim x$，$1-\cos x\sim\frac{1}{2}x^2$，等等，这样可使求极限的运算简化.

例 1 求 $\lim\limits_{x\to 0}\frac{\tan 3x}{x^2-2x}$.

解 当 $x\to 0$ 时，$\tan 3x\sim 3x$，所以

$$\lim_{x\to 0}\frac{\tan 3x}{x^2-2x}=\lim_{x\to 0}\frac{3x}{x^2-2x}=\lim_{x\to 0}\frac{3x}{x(x-2)}=\lim_{x\to 0}\frac{3}{x-2}=-\frac{3}{2}.$$

例 2 求 $\lim\limits_{x\to 0}\frac{\tan x-\sin x}{x^3}$.

解

$$\frac{\tan x-\sin x}{x^3}=\frac{\tan x(1-\cos x)}{x^3}=\frac{\tan x\cdot 2\sin^2\frac{x}{2}}{x^3},$$

当 $x\to 0$ 时，$\tan x\sim x$，$\sin\frac{x}{2}\sim\frac{x}{2}$，所以

$$\lim_{x\to 0}\frac{\tan x-\sin x}{x^3}=\lim_{x\to 0}\frac{\tan x\cdot 2\sin^2\frac{x}{2}}{x^3}=\lim_{x\to 0}\frac{x\cdot 2\cdot\left(\frac{x}{2}\right)^2}{x^3}=\frac{1}{2}.$$

第八节 函数的连续与间断

自然界中许多变量都是连续变化的，如气温的变化、动物与植物的生长、物体热胀冷缩的变化，等等，其特点是当时间变化很微小时，这些量的变化也很微小，反映在函数关系上就是函数的连续性. 连续性是函数的重要性态之一，也是本章的一个重要内容.

一、函数的连续性

我们先引入增量的概念，然后来描述连续性，并引入函数连续性的定义.

1. 函数的增量

设变量 x 从它的一个初值 x_1 变到终值 x_2，终值与初值的差 x_2-x_1 就叫做变量 x 的增量(increment). 记作 Δx，即 $\Delta x=x_2-x_1$.

设函数 $y=f(x)$ 在点 x_0 的某个邻域内有定义，当自变量在该邻域内从 x_0 变到 $x_0+\Delta x$ 时，函数 y 相应地从 $f(x_0)$ 变到 $f(x_0+\Delta x)$，我们把 $f(x_0+\Delta x)-f(x_0)$ 称为函数 $y=f(x)$ 在 x_0 的增量，记作 Δy，即

$$\Delta y=f(x_0+\Delta x)-f(x_0).$$

显然，函数的增量 Δy 是由自变量的增量 Δx 引起的，自变量的增量和函数的增量都是可正可负的.

2. 函数连续性的定义

定义 设函数 $y=f(x)$ 在点 x_0 的某个定义域内有定义，如果当自变量的增量 $\Delta x=x-x_0$ 趋于零时，对应的函数的增量 $\Delta y=f(x_0+\Delta x)-f(x_0)$ 也趋于零，即

$$\lim_{\Delta x\to 0}\Delta y=0 \quad \text{或} \quad \lim_{\Delta x\to 0}[f(x_0+\Delta x)-f(x_0)]=0,$$

那么我们就称 $y=f(x)$ 在点 x_0 处连续(continuous)，**x_0 称为函数 $f(x)$ 的连续点**(continuous point).

由于 $\Delta x=x-x_0$，因此当 $\Delta x\to 0$ 时，相当于 $x\to x_0$，而

$$\Delta y=f(x_0+\Delta x)-f(x_0)=f(x)-f(x_0).$$

故 $\Delta x\to 0$ 时，$\Delta y\to 0$ 可描述为：$x\to x_0$ 时，$f(x)\to f(x_0)$，所以函数 $y=f(x)$ 在点 x_0 处连续的定义又可叙述为：

设函数 $y=f(x)$ 在点 x_0 的某个邻域内有定义，如果函数 $f(x)$ 当 $x\to x_0$ 时的极限存在且等于它在点 x_0 处的函数值 $f(x_0)$，即 $\lim\limits_{x\to x_0}f(x)=f(x_0)$，那么我们就称 $y=f(x)$ 在点 x_0 处连续.

从几何上看，连续函数 $y=f(x)$ 的图形是一条连续不间断的曲线.

例 1 证明函数 $y=\sin x$ 在 $(-\infty,+\infty)$ 内任一点连续.

证 任取点 $x_0\in(-\infty,+\infty)$，当自变量在 x_0 处有增量 Δx 时，对应的函数的增量为

$$\Delta y=\sin(x_0+\Delta x)-\sin x_0=2\sin\frac{\Delta x}{2}\cos\left(x_0+\frac{\Delta x}{2}\right).$$

因 $\left|\cos\left(x_0+\frac{\Delta x}{2}\right)\right|\leqslant 1$，故 $|\Delta y|=2\left|\sin\frac{\Delta x}{2}\right|\left|\cos\left(x_0+\frac{\Delta x}{2}\right)\right|\leqslant 2\left|\sin\frac{\Delta x}{2}\right|$，由于对于任意角 α，都有 $|\sin\alpha|\leqslant|\alpha|$，因而 $|\Delta y|\leqslant 2\left|\frac{\Delta x}{2}\right|=|\Delta x|$，所以当 $\Delta x\to 0$ 时，$\Delta y\to 0$.

因 x_0 是 $(-\infty,+\infty)$ 内的任一点，所以 $y=\sin x$ 在 $(-\infty,+\infty)$ 内任一点连续. 类似地，可证 $y=\cos x$ 在 $(-\infty,+\infty)$ 内任一点连续.

一般地，如果函数 $y=f(x)$ 在开区间 (a,b) 内任一点处连续，就说函数 $f(x)$ 在开区间 (a,b) 内连续，并称区间 (a,b) 为函数 $f(x)$ 的连续区间.

由上述讨论可知，$\sin x$、$\cos x$ 都在 $(-\infty,+\infty)$ 内连续，即在它们的定义域内连续.

3. 左连续和右连续

如果 $\lim\limits_{x\to x_0^-}f(x)$ 存在且等于 $f(x_0)$，即

$$\lim_{x\to x_0^-}f(x)=f(x_0),$$

则称函数 $f(x)$ 在点 x_0 处左连续(left-hand side continuity). 如果 $\lim\limits_{x\to x_0^+}f(x)$ 存在且等于 $f(x_0)$，即

$$\lim_{x\to x_0^+}f(x)=f(x_0),$$

则称函数 $f(x)$ 在点 x_0 处右连续(right-hand side continuity).

显然，函数 $f(x)$ 在点 x_0 处连续当且仅当函数 $f(x)$ 在点 x_0 处既左连续又右连续.

如果函数 $f(x)$ 在区间 (a,b) 内连续，且在 a 点右连续，在 b 点左连续，则称函数 $f(x)$ 在闭区间 $[a,b]$ 上连续.

二、函数的间断点

设函数 $f(x)$ 在点 x_0 的某去心邻域内有定义，如果函数 $f(x)$ 出现下列三种情形之一：

(1) 在 $x=x_0$ 处没有定义；

(2) 虽在 $x=x_0$ 处有定义，但 $\lim\limits_{x\to x_0}f(x)$ 不存在；

(3) 虽在 $x=x_0$ 处有定义，且 $\lim\limits_{x\to x_0}f(x)$ 存在，但 $\lim\limits_{x\to x_0}f(x)\neq f(x_0)$，

则称函数 $f(x)$ 在点 x_0 处不连续(discontinuity)，点 x_0 称为函数 $f(x)$ 的不连续点或间断点

(discontinuous point).

下面我们来讨论函数间断点的一些常见类型:

例 2　函数 $y=\dfrac{1}{x-1}$ 在点 $x=1$ 处没有定义,所以点 $x=1$ 是函数 $y=\dfrac{1}{x-1}$ 的间断点,因 $\lim\limits_{x\to1}\dfrac{1}{x-1}=\infty$,故称 $x=1$ 为函数 $y=\dfrac{1}{x-1}$ 的无穷间断点(图 1-14).

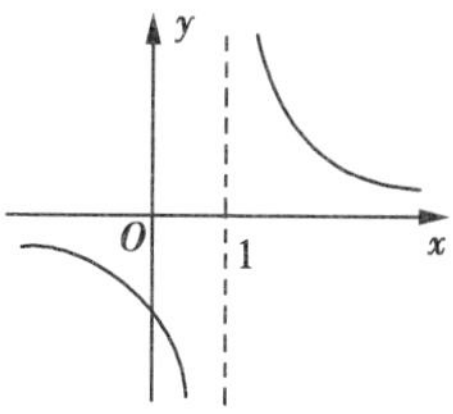

图 1-14

例 3　函数 $y=\sin\dfrac{1}{x}$ 在点 $x=0$ 处没有定义. 当 $x\to0$ 时,函数值在 -1 与 $+1$ 之间变动无限多次(图 1-15),所以点 $x=0$ 称为函数 $y=\sin\dfrac{1}{x}$ 的振荡间断点.

例 4　函数 $y=\dfrac{x^2-1}{x-1}$ 在点 $x=1$ 处没有定义,所以函数在点 $x=1$ 处不连续(图 1-16).

但这里 $\lim\limits_{x\to1}\dfrac{x^2-1}{x-1}=\lim\limits_{x\to1}(x+1)=2$. 如果补充定义:令 $x=1$ 时 $y=2$,则所给函数在 $x=1$ 处变为连续,所以 $x=1$ 称为函数的可去间断点.

例 5　函数

$$y=f(x)=\begin{cases}x+1, & x\neq1,\\ 1, & x=1.\end{cases}$$

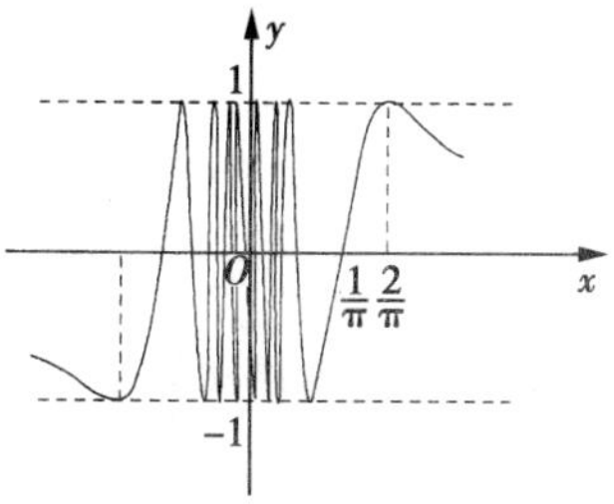

图 1-15

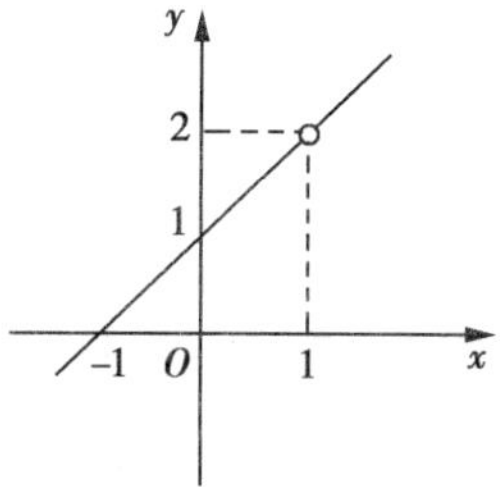

图 1-16

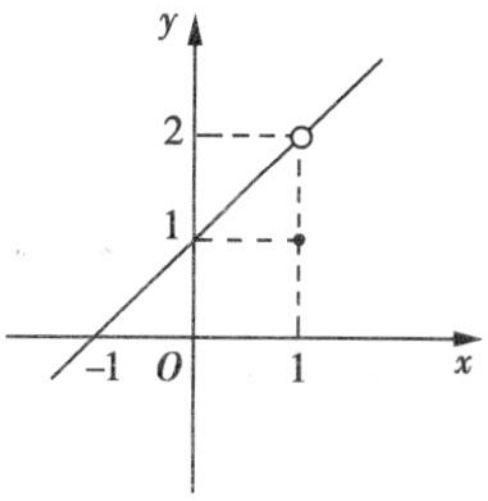

图 1-17

这里 $\lim\limits_{x\to1}f(x)=\lim\limits_{x\to1}x=2$,但 $f(1)=1$,所以 $\lim\limits_{x\to1}f(x)\neq f(1)$,因此点 $x=1$ 是函数 $f(x)$ 的间断点(图 1-17),但如果改变函数 $f(x)$ 在 $x=1$ 处的定义,令 $f(1)=2$,$f(x)$ 在 $x=1$ 处变为连续,所以 $x=1$ 也称为该函数的可去间断点.

例 6　函数

$$y=f(x)=\begin{cases}x+1, & x<1,\\ x, & x\geqslant1.\end{cases}$$

这里,当 $x\to1$ 时,$\lim\limits_{x\to1^-}f(x)=\lim\limits_{x\to1^-}(x+1)=2$,$\lim\limits_{x\to1^+}f(x)=\lim\limits_{x\to1^+}x=1$,左右极限虽存在,但并不相等,故极限 $\lim\limits_{x\to1}f(x)$ 不存在,点 $x=1$ 是函数 $f(x)$ 的间断点(图 1-18),因 $f(x)$ 的图形在 $x=1$ 处产生跳跃现象,我们称 $x=1$ 为函数 $f(x)$ 的跳跃间断点.

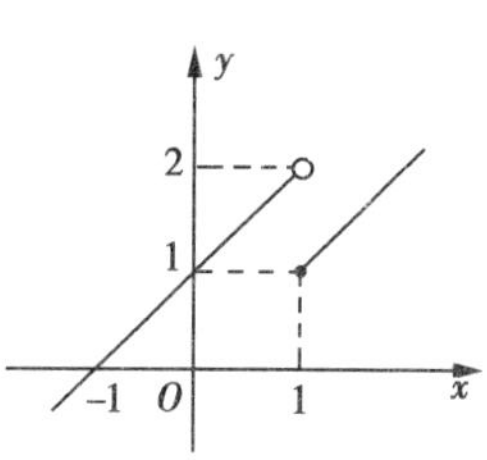

图 1-18

以上举了一些间断点的例子. 一般地,我们把间断点根据左右极限的情况分成两类:如果 x_0 是函数 $f(x)$ 的间断点,并且函数在该

点处的左极限 $f(x_0^-)$ 及右极限 $f(x_0^+)$ 都存在，那么称 x_0 为函数 $f(x)$ 的第一类间断点，不是第一类间断点的任何间断点，称为第二类间断点. 而在第一类间断点中，左右极限相等时称之为可去间断点，不相等时称之为跳跃间断点. 无穷间断点和振荡间断点都是第二类间断点.

显然，例 2、例 3 中的间断点是第二类间断点，例 4、例 5、例 6 中的间断点都是第一类间断点.

第九节　初等函数的连续性

一、连续函数的四则运算

函数的连续性是通过极限来定义的，由极限运算法则和连续的定义可得出下面的连续函数的运算法则：

定理 1（连续函数的四则运算）　设 $f(x)$、$g(x)$ 都在点 x_0 处连续，则 $f(x)\pm g(x)$、$f(x)\cdot g(x)$ 与 $\dfrac{f(x)}{g(x)}[g(x_0)\neq 0]$ 都在点 x_0 处连续.

证明从略.

我们将两个函数的情况推广到有限个函数的情况时就得到：有限个连续函数的和、差、积仍为连续函数，两个连续函数的商在分母不为零处仍为连续函数.

例 1　因 $\tan x=\dfrac{\sin x}{\cos x}$，$\cot x=\dfrac{\cos x}{\sin x}$，而 $\sin x$ 和 $\cos x$ 都在区间 $(-\infty,+\infty)$ 内连续，故由定理 1 可知 $\tan x$ 和 $\cot x$ 在它们各自的定义域内都是连续的.

二、反函数与复合函数的连续性

定理 2（反函数的连续性）　单调连续函数的反函数在其对应区间上也是单调连续的.

例 2　由于 $y=\sin x$ 在闭区间 $\left[-\dfrac{\pi}{2},\dfrac{\pi}{2}\right]$ 上单调增加且连续，所以其反函数 $y=\arcsin x$ 在闭区间 $[-1,1]$ 也是单调增加并且连续的.

同样推得：反三角函数 $\arccos x$ 在闭区间 $[-1,1]$ 上单调减少且连续，$\arctan x$ 在区间 $(-\infty,+\infty)$ 内单调增加且连续，$\operatorname{arccot} x$ 在区间 $(-\infty,+\infty)$ 内单调减少且连续. 总之，反三角函数在其定义域内都是连续的.

定理 3　设函数 $y=f(u)$ 在点 u_0 处连续，又函数 $u=\varphi(x)$ 当 $x\to x_0$ 时的极限存在且等于 u_0，即 $\lim\limits_{x\to x_0}\varphi(x)=u_0$，则复合函数 $y=f(\varphi(x))$ 当 $x\to x_0$ 时的极限也存在且等于 $f(u_0)$，即 $\lim\limits_{x\to x_0}f(\varphi(x))=f(u_0)$.

证明从略.

这说明，在满足定理 3 的条件下，求复合函数 $f(\varphi(x))$ 的极限时，函数符号 f 可与极限符号交换次序.

例 3　求 $\lim\limits_{x\to 0}\sqrt{3-\dfrac{\sin x}{x}}$.

解　因为 $y=\sqrt{3-\dfrac{\sin x}{x}}$ 是由 $y=\sqrt{u}$ 与 $u=3-\dfrac{\sin x}{x}$ 复合而成的，

而$\lim\limits_{x\to 0}\left(3-\dfrac{\sin x}{x}\right)=3-\lim\limits_{x\to 0}\dfrac{\sin x}{x}=2$，且函数$y=\sqrt{u}$在点$u=2$处连续，

所以
$$\lim_{x\to 0}\sqrt{3-\frac{\sin x}{x}}=\sqrt{\lim_{x\to 0}\left(3-\frac{\sin x}{x}\right)}=\sqrt{2}.$$

定理 4（复合函数的连续性）　设函数$y=f(u)$在点u_0处连续，又函数$u=\varphi(x)$在点x_0处连续，且$u_0=\varphi(x_0)$，则复合函数$y=f(\varphi(x))$在点x_0处连续.

证明从略.

三、初等函数的连续性

前面我们说明了三角函数及其反三角函数在它们的定义域内是连续的.

指数函数$a^x(a>0,a\neq 1)$对于一切实数x都有定义，且在区间$(-\infty,+\infty)$内单调且连续，其值域为$(-\infty,+\infty)$.

由指数函数的单调性和连续性，根据定理 2 可得：对数函数$\log_a x\,(a>0,a\neq 1)$在区间$(0,+\infty)$内单调且连续.

幂函数$y=x^\mu$的定义域随μ的值而异，但无论μ取何值，在区间$(0,+\infty)$内幂函数总是有定义的，又因如$x>0$，则$y=x^\mu=a^{\mu\log_a x}$，因此幂函数x^μ可看做是由$y=a^u$，$u=\mu\log_a x$复合而成的，所以其在$(0,+\infty)$内连续，当μ取不同的值时，我们可以同样证明幂函数在其定义域内是连续的.

综上所述，可得基本初等函数在它们的定义域内都是连续的.

因为初等函数是由基本初等函数和常数经过有限次四则运算和复合而得到的，所以根据本节的定理可得出结论：一切初等函数在其定义区间内都是连续的. 所谓定义区间就是包含在定义域内的区间.

如果初等函数的定义域不是一个区间，例如$y=\sqrt{\cos^2 x-1}$的定义域为离散点集$\{k\pi,k=0,\pm 1,\pm 2,\cdots\}$，那么函数$y=\sqrt{\cos^2 x-1}$是不能谈连续的.

初等函数的连续性提供了求极限的一种方法：如果$f(x)$是初等函数，且x_0是$f(x)$的定义区间内的点，则$\lim\limits_{x\to x_0}f(x)=f(x_0)$，即函数$f(x)$在点$x_0$处的极限值等于其在点$x_0$的函数值.

例 4　计算　$\lim\limits_{x\to\frac{\pi}{4}}\ln\tan x$.

解　因为$f(x)=\ln\tan x$是初等函数，$\frac{\pi}{4}\in\left(0,\frac{\pi}{2}\right)$，所以有
$$\lim_{x\to\frac{\pi}{4}}\ln\tan x=\ln\tan\frac{\pi}{4}=0.$$

例 5　计算　$\lim\limits_{x\to 0}\dfrac{\log_a(1+x)}{x}$.

解　$\lim\limits_{x\to 0}\dfrac{\log_a(1+x)}{x}=\lim\limits_{x\to 0}\log_a(1+x)^{\frac{1}{x}}=\log_a\left[\lim\limits_{x\to 0}(1+x)^{\frac{1}{x}}\right]=\log_a \mathrm{e}=\dfrac{1}{\ln a}$.

例 6　计算　$\lim\limits_{x\to 0}\dfrac{a^x-1}{x}$.

解　令$a^x-1=t$，则$x=\log_a(1+t)$，$x\to 0$时$t\to 0$，于是
$$\lim_{x\to 0}\frac{a^x-1}{x}=\lim_{t\to 0}\frac{t}{\log_a(1+t)}=\ln a.$$

四、闭区间上连续函数的性质

定义 **设函数 $f(x)$ 在区间 I 上有定义，如果存在 $x_0\in I$，使得对于任一 $x\in I$ 都有**

$$f(x)\leqslant f(x_0)\quad [f(x)\geqslant f(x_0)],$$

则称 $f(x_0)$ 是函数 $f(x)$ 在区间 I 上的最大值(最小值).

例如，函数 $f(x)=1+\sin x$ 在区间$[0,2\pi]$内有最大值 2 和最小值 0. 在开区间$(0,+\infty)$内，符号函数 $f(x)=\mathrm{sgn}x$ 的最大值和最小值等于 1 和 -1；但函数 $f(x)=x$ 在$(1,2)$内既无最大值又无最小值.

在闭区间上的连续函数，有下列重要结论.

性质 1(最大值和最小值定理) **在闭区间上的连续函数在该区间上必有最大值和最小值.**

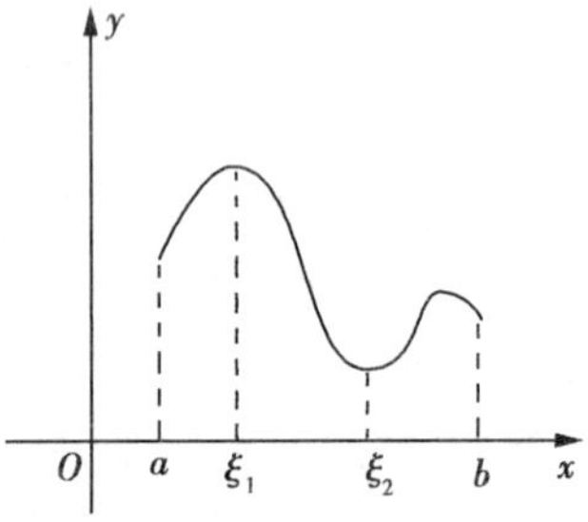

图 1-19

也就是说，如果函数 $f(x)$ 是闭区间$[a,b]$上的连续函数，那么至少有一点 $\xi_1\in[a,b]$，使$f(\xi_1)$是 $f(x)$在$[a,b]$上的最大值，又至少有一点 $\xi_2\in[a,b]$，使 $f(\xi_2)$是 $f(x)$在$[a,b]$上的最小值.

从几何上看，如果函数 $f(x)$是闭区间$[a,b]$上的一条连续曲线，则曲线上至少有一点$(\xi_1,f(\xi_1))$不低于其余一切点，也至少有一点$(\xi_2,f(\xi_2))$不高于其余一切点(图 1-19).

注意：如果函数只在开区间内连续，或者函数在闭区间上有间断点时，函数在该区间上就不一定有最大值和最小值. 如上面已经提到的在开区间$(1,2)$内连续的函数 $f(x)=x$，在开区间$(1,2)$内无最大值和最小值. 又例如，函数

$$f(x)=\begin{cases}1+x, & 0\leqslant x<1,\\ 1, & x=1,\\ -1+x, & 1<x\leqslant 2\end{cases}$$

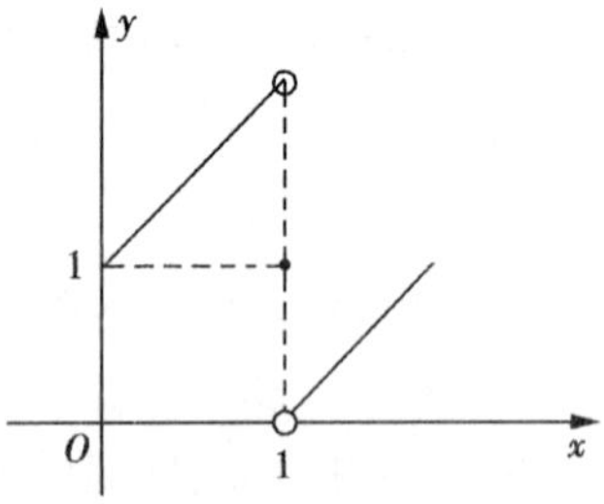

图 1-20

在闭区间$[0,2]$上有间断点 $x=1$，该函数在$[0,2]$上也没有最大值和最小值(图 1-20).

性质 2(有界性定理) **在闭区间上连续的函数一定在该区间上有界.**

证明从略.

性质 3(零点定理) **如果函数 $f(x)$ 在闭区间$[a,b]$上连续，且 $f(a)$与 $f(b)$异号(即 $f(a)\cdot f(b)<0$)，那么在开区间(a,b)内至少有函数 $f(x)$的一个零点，即至少存在一点 $\xi(a<\xi<b)$，使**

$$f(\xi)=0.$$

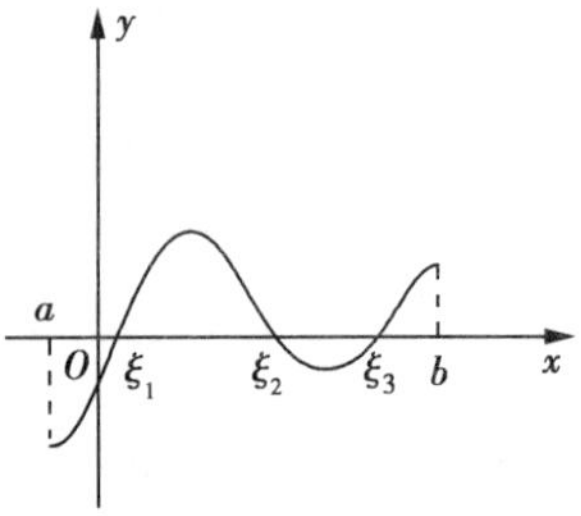

图 1-21

从几何上看，如果函数 $f(x)$在闭区间$[a,b]$上的图形是一条连续曲线，其两个端点分别位于 x 轴的两侧，那么这曲线与 x 轴至少有一个交点(图 1-21).

性质 4(介值定理) **如果函数 $f(x)$在闭区间$[a,b]$上连续，且在此区间的端点取不同的函数值 $f(a)=A$ 及 $f(b)=B$，那么对介于 A 与 B 之间的任意一个数 C，在开区间(a,b)内至少有一点 ξ，使得**

$$f(\xi)=C \quad (a<\xi<b).$$

证明从略.

我们考察曲线 $f(x)$ 和直线 $y=C$. $f(\xi)=C$ 意味着点$(\xi, f(\xi))$既在曲线 $f(x)$上又在直线 $y=C$ 上，这说明曲线和直线至少相交于一点(图 1－22).

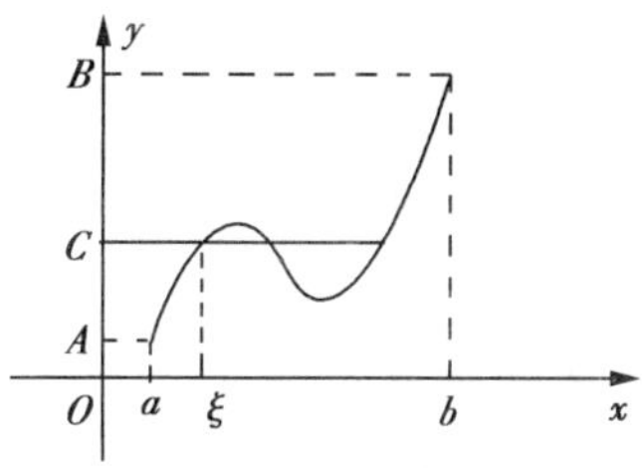

图 1－22

继续分析图 1－22，我们知道该函数必有最大值和最小值，假设它在$(x_1, f(x_1))$取得最小值 m，在$(x_2, f(x_2))$取得最大值 M，且 $m\neq M$，在闭区间$[x_1, x_2]$(或$[x_2, x_1]$)上应用介值定理，我们有

推论　在闭区间上连续的函数必取得介于最大值 M 与最小值 m 之间的任何值.

例 7　例 7　证明方程 $x^3-5x^2+3=0$ 在开区间$(0,1)$内至少有一个根.

证　函数 $f(x)=x^3-5x^2+3$ 在闭区间$[0,1]$上连续，又

$$f(0)=3>0, \quad f(1)=-1<0,$$

根据零点定理，在$(0,1)$内至少有一点 ξ，使得 $f(\xi)=0$，即

$$\xi^3-4\xi^2+3=0 \quad (0<\xi<1).$$

上式说明方程 $x^3-4x^2+3=0$ 在区间$(0,1)$内至少有一个根是 ξ.

习 题 一

1. 已知 $f(x)=\dfrac{|x-1|}{x+2}$，求 $f(1)$，$f(-1)$，$f(0)$，$f(a)$，$f(a+b)$.

2. 若 $f(x)=x^2-3x+5$，求 $f(x+\Delta x)$，$f(x+\Delta x)-f(x)$.

3. 设 $f\left(\dfrac{1}{x}\right)=x+\sqrt{1+x^2}\ (x>0)$，求 $f(x)$.

4. 已知 $f(x)=\dfrac{1}{2}(a^x+a^{-x})$，求证 $f(x+y)+f(x-y)=2f(x)f(y)$.

5. 求下列函数的定义域：

(1) $y=\dfrac{1}{x}+\sqrt{1-x^2}$；　(2) $y=\ln\dfrac{1+x}{1-x}$；　(3) $y=\sqrt{\ln\dfrac{5x-x^2}{4}}$；

(4) $y=\sqrt{\sin x}+\sqrt{16-x^2}$；　(5) $y=\cot\sqrt{x}$；　(6) $y=\sqrt{3-x}+\arccos\dfrac{x-2}{3}$；

(7) $y=\ln\left(\cos\dfrac{\pi}{x}\right)$；　(8) $y=\dfrac{\ln|x-1|}{\sqrt{2x+1}}$.

6. 设 $y=f(x)$的定义域为$[0,1]$，问：(1) $f(x^2)$；(2) $f(\sin x)$；(3) $f(x+a)\ (a>0)$；(4) $f(x+a)+f(x-a)\ (a>0)$的定义域是什么?

7. 下列各题中，$f(x)$与 $g(x)$是否表示同一函数?

(1) $f(x)=\dfrac{x}{x}$，$g(x)=1$；　(2) $f(x)=\lg x^2$，$g(x)=2\lg x$；

(3) $f(x)=x$，$g(x)=(\sqrt{x})^2$；　(4) $f(x)=\sqrt[3]{x^4-x^3}$，$g(x)=x\sqrt[3]{x-1}$.

8. 在半径为 r 的球内嵌入一内接圆柱，试将圆柱的体积表示为其高的函数，并求此函数的定义域.

9. 试证下列函数在指定区间内的单调性：

(1) $y=\dfrac{x}{1-x}\quad(-\infty,1)$；　(2) $y=x+\ln x\quad(0,+\infty)$.

10. 讨论下列函数的奇偶性：

(1) $y=2^x$；　(2) $y=\sin x-\cos x$；　(3) $y=x-\frac{x^3}{6}+\frac{x^5}{120}$；

(4) $y=e^{-x^2}$；　(5) $y=\frac{a^x+a^{-x}}{2}$；　(6) $y=\frac{a^x+1}{a^x-1}$.

11. 证明函数 $y=\log_a(x+\sqrt{x^2+1})$为奇函数.

12. 证明：不论 $f(x)$是定义在$(-l,l)$内的什么函数，$f(x)+f(-x)$都是偶函数，而 $f(x)-f(-x)$是奇函数.

13. 下列函数中哪些是周期函数？对于周期函数，指出其周期：

(1) $y=\sin^2 x$；　(2) $y=x\cos x$；　(3) $y=\sin(x+1)$；

(4) $y=\cos 3x$；　(5) $y=|\sin x|$；　(6) $y=1+\cos\pi x$.

14. 求下列函数的反函数：

(1) $y=\sqrt[3]{x^2+1}$；　(2) $y=\frac{2^x}{2^x+1}$；　(3) $y=3\sin\frac{x-1}{x+1}$；

(4) $y=1+\ln(x+2)$；　(5) $y=\log_a(x+\sqrt{x^2+1})$　$(a>0,a\neq1)$.

15. 利用 $y=\sin x$ 的图形作出 $y=\sin\left(2x+\frac{\pi}{2}\right)$的图形.

16. 已知函数 $f(x)$以 2 为周期，且 $f(x)=\begin{cases}x^2, & -1<x<0,\\ 0, & 0\leqslant x<1,\end{cases}$ 试在$(-\infty,+\infty)$内作出 $y=f(x)$的图形.

17. 指出下列各函数的复合过程：

(1) $y=\sin^5 x$；　(2) $y=\sin x^5$；　(3) $y=\sqrt{\cos x^2}$；

(4) $y=2^{\sin^2 x}$；　(5) $y=\sqrt{\frac{1+\sin x^2}{1-\sin x^2}}$；　(6) $y=\arctan\frac{1}{1-x^2}$.

18. 观察如下的数列$\{x_n\}$一般项 x_n 的变化趋势，并写出它们的极限：

(1) $x_n=1+\frac{1}{n}$；　(2) $x_n=1+\frac{(-1)^n}{n}$；　(3) $x_n=\frac{n-1}{n}$；

(4) $x_n=\frac{1}{e^n}$；　(5) $x_n=2+\frac{1}{\sqrt{n}}$；　(6) $x_n=(-1)^n n$.

19. 设 $a_n=\frac{1}{n}\sin\frac{n\pi}{2}$，问$\lim\limits_{n\to\infty}a_n=$？求出 N，使当 $n>N$ 时，a_n 与其极限之差的绝对值小于正数 ε？当 $\varepsilon=0.001$ 时，求出数 N.

20. 用定义证明$\lim\limits_{n\to\infty}\frac{2n-1}{2-3n}=-\frac{2}{3}$，并问：$n$ 应取何值时，才有$\left|\frac{2n-1}{2-3n}-\left(-\frac{2}{3}\right)\right|<0.001$ 成立？

21. 根据数列极限的定义证明：

(1) $\lim\limits_{n\to\infty}\frac{1}{n^2}=0$；　(2) $\lim\limits_{n\to\infty}\frac{2n+1}{3n+1}=\frac{2}{3}$；

(3) $\lim\limits_{n\to\infty}\frac{\sin n}{n}=0$；　(4) $\lim\limits_{n\to\infty}\left(\frac{1}{n^2}+\frac{2}{n^2}+\cdots+\frac{n}{n^2}\right)=\frac{1}{2}$；

(5) $\lim\limits_{n\to\infty}(\sqrt{n+1}-\sqrt{n})=0$；　(6) $\lim\limits_{n\to\infty}0.\underbrace{999\cdots9}_{n\text{个}}=1$.

22. 根据函数极限的定义证明：

(1) $\lim\limits_{x\to-2}(3x+1)=-5$；　(2) $\lim\limits_{x\to-2}\frac{x^2-4}{x+2}=-4$；

(3) $\lim\limits_{x\to0}\frac{1-x^2}{1+x^2}=1$；　(4) $\lim\limits_{x\to\infty}\frac{1+x^3}{2x^3}=\frac{1}{2}$.

23. 证明极限$\lim\limits_{x\to0}\frac{x}{|x|}$不存在.

24. 讨论函数 $f(x)=\begin{cases}x^2, & x<1,\\ -1, & x=1,\\ 1, & x>1\end{cases}$ 当 $x\to1$ 时的极限.

25. 下列函数在指定的变化趋势下是无穷小量还是无穷大量?

(1) $\ln x, x\to1$ 及 $x\to0^+$;　(2) $x\left(\sin\frac{1}{x}+2\right), x\to0$;

(3) $e^x, x\to+\infty$ 及 $x\to-\infty$;　(4) $e^{\frac{1}{x}}, x\to0^+$、$x\to0^-$ 及 $x\to0$.

26. 用定义证明:当 $x\to3$ 时,函数 $y=\frac{x-3}{x}$ 是无穷小. 问 x 应满足什么条件,才能使 $|y|<\frac{1}{1000}$?

27. 用定义证明:当 $x\to2$ 时,$f(x)=\frac{x}{x^2-4}$ 为无穷大量.

28. 证明函数 $y=x\cos x$ 在 $(0,+\infty)$ 内无界,但当 $x\to+\infty$ 时,这函数不是无穷大.

29. 计算下列极限:

(1) $\lim\limits_{x\to\infty}\frac{x^3+x}{x^4-3x^2+1}$;　(2) $\lim\limits_{x\to0}\frac{\sqrt{1+x^2}-1}{x}$;

(3) $\lim\limits_{x\to1}\left(\frac{1}{1-x}-\frac{3}{1-x^3}\right)$;　(4) $\lim\limits_{n\to\infty}\frac{\sqrt{n^2+1}}{n+1}$;

(5) $\lim\limits_{x\to\infty}\frac{\sin x}{x}$;　(6) $\lim\limits_{x\to0}x\sin\frac{1}{x}$;

(7) $\lim\limits_{x\to1}\frac{x^n-1}{x-1}$;　(8) $\lim\limits_{x\to\infty}\left(\sqrt{x^2+x+1}-\sqrt{x^2-x+1}\right)$;

(9) $\lim\limits_{x\to2}\left[\frac{1}{x(x-4)^2}-\frac{1}{x^2-3x+2}\right]$;　(10) $\lim\limits_{x\to a+0}\frac{\sqrt{x}-\sqrt{a}+\sqrt{x-a}}{\sqrt{x^2-a^2}}$　$(a>0, x>a)$;

(11) $\lim\limits_{x\to0}\frac{\sqrt[n]{1+x}-1}{x}$　$(n\in\mathbf{N})$;　(12) $\lim\limits_{x\to+\infty}\frac{\sqrt{x+\sqrt{x+\sqrt{x}}}}{\sqrt{x+1}}$;

(13) $\lim\limits_{x\to-2}\frac{\sqrt[3]{x-6}+2}{x^3+8}$;　(14) $\lim\limits_{n\to\infty}\frac{1+\frac{1}{2}+\frac{1}{4}+\cdots+\frac{1}{2^n}}{1+\frac{1}{3}+\frac{1}{9}+\cdots+\frac{1}{3^n}}$.

30. 设 $f(x)=\begin{cases}2x, & x<1,\\ 1, & x=1,\\ x^2, & x>1.\end{cases}$ 求函数在 $x=0,1,2$ 的极限,并作出函数的图形.

31. 已知 $\lim\limits_{x\to2}\frac{x^2+ax+b}{x^2-x-2}=2$,求常数 a 和 b.

32. 已知 $\lim\limits_{x\to\infty}\left(\frac{x^3+1}{x^2+1}-ax-b\right)=1$,求常数 a 和 b.

33. 利用夹逼准则证明:$\lim\limits_{n\to\infty}n\left(\frac{1}{n^2+1}+\frac{1}{n^2+2}+\cdots+\frac{1}{n^2+n}\right)=1$.

34. 设 $x_1=a>0, x_{n+1}=\frac{1}{2}\left(x_n+\frac{2}{x_n}\right), n=1,2,3,\cdots$,利用单调有界准则证明数列 $\{x_n\}$ 收敛,并求其极限.

35. 计算下列极限:

(1) $\lim\limits_{x\to0}\frac{\sin\alpha x}{\sin\beta x}$;　(2) $\lim\limits_{x\to0}\frac{\sin(1+x)}{1+x}$;

(3) $\lim\limits_{x\to-1}\frac{\sin(1+x)}{1+x}$;　(4) $\lim\limits_{x\to0}\frac{x^2}{\sin^2\frac{x}{3}}$;

(5) $\lim\limits_{x\to0}\frac{2\tan x}{3x}$;　(6) $\lim\limits_{x\to\infty}\left(1+\frac{1}{x}\right)^{-6x}$;

(7) $\lim\limits_{x\to0}(1-2x)^{\frac{1}{x}}$；　(8) $\lim\limits_{h\to0}\frac{e^{x+h}-e^{x}}{h}$；

(9) $\lim\limits_{n\to\infty}\left(1+\frac{1}{n}\right)^{n+2}$；　(10) $\lim\limits_{n\to\infty}3^{n}\sin\frac{x}{3^{n}}$.

36. 当 $x\to0$ 时，比较下列无穷小量：

(1) $f(x)=x^2+10x$ 与 $\varphi(x)=x^3$；　(2) $f(x)=\sin^2x$ 与 $\varphi(x)=3x$；

(3) $f(x)=\ln(1+x)$ 与 $\varphi(x)=x$；　(4) $f(x)=\arcsin x$ 与 $\varphi(x)=x$；

(5) $f(x)=\arctan x$ 与 $\varphi(x)=3x$.

37. 确定 α 的值，使

$$\sqrt{1+\tan x}-\sqrt{1+\sin x}\sim\frac{1}{4}x^{\alpha}\quad(x\to0).$$

38. 求下列极限：

(1) $\lim\limits_{x\to\infty}\frac{(4x-1)^{20}(x+2)^{50}}{(3x+1)^{70}}$；　(2) $\lim\limits_{x\to\infty}\frac{1^2+2^2+3^2+\cdots+n^2}{n^3}$；

(3) $\lim\limits_{x\to\infty}\frac{\arctan x}{x}$；　(4) $\lim\limits_{x\to0}\frac{\arcsin x}{x}$；

(5) $\lim\limits_{x\to+\infty}x(\sqrt{x^2+1}-x)$；　(6) $\lim\limits_{x\to-1}\frac{\sqrt[3]{1+2x}+1}{\sqrt[3]{2+x}+x}$；

(7) $\lim\limits_{x\to0}\frac{\tan x-\sin x}{\sin^3x}$；　(8) $\lim\limits_{x\to0}x\cdot\cot x$；

(9) $\lim\limits_{x\to0}\frac{\sin(a+x)-\sin(a-x)}{x}$；　(10) $\lim\limits_{x\to\infty}\left(\frac{x}{1+x}\right)^{x}$；

(11) $\lim\limits_{x\to0}(1+\sin x)^{2\csc x}$；　(12) $\lim\limits_{x\to e}\frac{\ln x-1}{x-e}$；

(13) $\lim\limits_{x\to0}\frac{\sin\alpha x-\sin\beta x}{x}$；　(14) $\lim\limits_{n\to\infty}\left[\frac{1}{1.3}+\frac{1}{3.5}+\frac{1}{3.7}+\cdots+\frac{1}{(2n-1)(2n+1)}\right]$.

39. 若 $f(x)=\frac{1}{x}$，求 $\lim\limits_{\Delta x\to0}\frac{f(x+\Delta x)-f(x)}{\Delta x}$.

40. 设 $H(n)=\frac{n!}{n^n}$，求 $\lim\limits_{n\to\infty}H(n)$.

41. 研究下列函数的连续性，并画出图象：

(1) $f(x)=\begin{cases}x^2, & 0\leqslant x\leqslant1,\\ 2-x, & 1<x\leqslant2;\end{cases}$　(2) $f(x)=\begin{cases}x, & -1\leqslant x\leqslant1,\\ 1, & x<-1 \text{ 或 } x>1.\end{cases}$

42. 判断下列函数在指定点处的间断点的类型，如果是可去间断点，则补充或改变函数的定义使其连续.

(1) $y=\frac{x^2-1}{x^2-3x+2}$，$x=1$，$x=2$；　(2) $y=\frac{x}{\tan x}$，$x=k\pi$，$x=k\pi+\frac{\pi}{2}$　$(k=0,\pm1,\pm2,\cdots)$；

(3) $y=\begin{cases}x-1, & x\leqslant1,\\ 3-x, & x>1,\end{cases}$ $x=1$；　(4) $y=\sin x\cdot\sin\frac{1}{x}$，$x=0$；

(5) $y=2^{-\frac{1}{x^2}}$，$x=0$.

43. 讨论函数 $f(x)=\lim\limits_{n\to\infty}\frac{1-x^{2n}}{1+x^{2n}}$ 的连续性，若有间断点判断其类型.

44. 设函数 $f(x)=\begin{cases}e^x, & x<0,\\ a+x, & x\geqslant0,\end{cases}$ 应当怎样选择数 a，使得 $f(x)$ 成为 $(-\infty,+\infty)$ 内的连续函数.

45. 求下列函数的连续区间：

(1) $y=\frac{\ln x}{x^3-1}$；　(2) $y=\ln\sin x$；

(3) $y=\begin{cases}\dfrac{x^2}{x(x+1)}, & x\neq 0,\\ 0, & x=0;\end{cases}$　　(4) $y=\sqrt{\ln\dfrac{5x-x^2}{4}}$.

46. 证明:方程 $x\cdot 2^x-1=0$ 在$[0,1]$内至少有一个实根.

47. 证明:若 $f(x)$在 $x=x_0$ 处连续,则 $g(x)=|f(x)|$在 $x=x_0$ 处也连续.

48. 若 $f(x)$在$[a,b]$上连续,$a<x_1<x_2<\cdots<x_n<b$,则在$[x_1,x_n]$内必有 ξ 存在,使得

$$f(\xi)=\frac{1}{n}[f(x_1)+f(x_2)+\cdots+f(x_n)].$$

第二章　导数与微分

微分学是微积分的重要组成部分，它的基本概念是导数与微分，其中导数反映的是函数相对于自变量变化的快慢程度，而微分则反映出当自变量有微小变化时，函数大体上变化了多少. 本章主要讨论导数和微分的概念以及它们的计算方法.

第一节　导数的概念

在解决实际问题时，除了要了解变量之间的函数关系外，还经常需要研究一个变量相对于另一个变量变化的快慢程度，即函数的变化率问题. 本节将通过对函数变化率问题的讨论，引出微分学中最基本的概念——导数.

一、变化率问题举例

1. 变速直线运动的速度问题

设一物体做变速直线运动，其运动过程中的位置函数是 $s=s(t)$，现在考察该物体在 t_0 时刻的瞬时速度 $v(t_0)$.

设在 t_0 时刻物体的位置为 $s(t_0)$. 当时间 t 在 t_0 时刻获得增量 Δt 时，则位置函数有相应的增量

$$\Delta s=s(t_0+\Delta t)-s(t_0),$$

于是可得到物体在 t_0 到 $t_0+\Delta t$ 这段时间内的平均速度

$$\bar{v}=\frac{\Delta s}{\Delta t}=\frac{s(t_0+\Delta t)-s(t_0)}{\Delta t}.$$

从局部来看，在一段很短的时间 Δt 内，物体运动的速度变化不大，可以近似地看做是等速的. 这样，当 $|\Delta t|$ 很小时，平均速度 $\bar{v}$ 可以作为物体在 t_0 时刻瞬时速度的近似值，而且 $|\Delta t|$ 越小，$\bar{v}$ 就越接近物体在 t_0 时刻的瞬时速度. 因此，当 $\Delta t\to 0$ 时 $\bar{v}$ 的极限就是物体在 t_0 时刻的瞬时速度，即

$$v(t_0)=\lim_{\Delta t\to 0}\bar{v}=\lim_{\Delta t\to 0}\frac{\Delta s}{\Delta t}=\lim_{\Delta t\to 0}\frac{s(t_0+\Delta t)-s(t_0)}{\Delta t}.$$

就是说，物体运动的瞬时速度是位置函数的增量与时间的增量之比当时间的增量趋于零时的极限.

2. 交流电的电流问题

设从 0 到 t 这段时间内通过导线横截面的电量为 $Q=Q(t)$，现在来求 t_0 时刻的电流 $i(t_0)$.

根据刚才求瞬时速度的思想方法，我们先求出在 t_0 到 $t_0+\Delta t$ 这段时间内的平均电流

$$\bar{i}=\frac{\Delta Q}{\Delta t}=\frac{Q(t_0+\Delta t)-Q(t_0)}{\Delta t},$$

然后令 $\Delta t \to 0$ 求 $\bar{i}$ 的极限，则所得的极限值就是 t_0 时刻的电流 $i(t_0)$，即

$$i(t_0)=\lim_{\Delta t\to 0}\bar{i}=\lim_{\Delta t\to 0}\frac{\Delta Q}{\Delta t}=\lim_{\Delta t\to 0}\frac{Q(t_0+\Delta t)-Q(t_0)}{\Delta t}.$$

这就是说，通过导线的电流是电量函数的增量与时间的增量之比当时间的增量趋于零时的极限.

二、导数的定义

上面所讨论的瞬时速度和电流具有相同的数学形式：函数的增量与自变量的增量之比当自变量的增量趋于零时的极限. 撇开这些量的具体意义，抓住它们在数量关系上的共性，就得到函数的导数概念.

定义　**设函数 $y=f(x)$ 在点 x_0 的某一邻域内有定义，当自变量 x 在 x_0 处有增量 Δx 时，函数有增量 $\Delta y=f(x_0+\Delta x)-f(x_0)$，如果 Δy 与 Δx 之比当 $\Delta x\to 0$ 时的极限存在，则称此极限值为 $y=f(x)$ 在点 x_0 处的导数**(derivative)**，记为 $y'|_{x=x_0}$，即**

$$y'|_{x=x_0}=\lim_{\Delta x\to 0}\frac{\Delta y}{\Delta x}=\lim_{\Delta x\to 0}\frac{f(x_0+\Delta x)-f(x_0)}{\Delta x},\tag{2-1-1}$$

也可以记为 $f'(x_0)$、$\left.\frac{\mathrm{d}y}{\mathrm{d}x}\right|_{x=x_0}$ 或 $\left.\frac{\mathrm{d}}{\mathrm{d}x}f(x)\right|_{x=x_0}$.

该定义式也可写成不同的形式，常见的有

$$f'(x_0)=\lim_{h\to 0}\frac{f(x_0+h)-f(x_0)}{h}\tag{2-1-2}$$

和

$$f'(x_0)=\lim_{x\to x_0}\frac{f(x)-f(x_0)}{x-x_0}.\tag{2-1-3}$$

很明显，函数增量与自变量增量之比 $\frac{\Delta y}{\Delta x}$ 是函数在以 x_0 和 $x_0+\Delta x$ 为端点的区间上的平均变化率，而导数 $y'|_{x=x_0}$ 则是函数 $y=f(x)$ 在点 x_0 处的变化率，它反映了函数随自变量的变化而变化的快慢程度.

函数 $f(x)$ 在点 x_0 处存在导数简称为函数 $f(x)$ 在点 x_0 可导，如果(2-1-1)式的极限不存在，那么称函数 $f(x)$ 在点 x_0 不可导. 如果不可导的原因是由于当 $\Delta x\to 0$ 时，比式 $\frac{\Delta y}{\Delta x}\to\infty$，为方便起见，也称函数 $f(x)$ 在点 x_0 处的导数为无穷大.

如果函数 $f(x)$ 在区间 (a,b) 内的每一点都可导，就称函数 $f(x)$ 在区间 (a,b) 内可导. 这时，函数 $f(x)$ 对于 (a,b) 内的每一个确定的 x 的值，都对应着一个确定的导数值，这就构成了一个新的函数，这个函数叫做 $f(x)$ 的导函数(derived function)，记作 y'，$f'(x)$，$\frac{\mathrm{d}y}{\mathrm{d}x}$ 或 $\frac{\mathrm{d}}{\mathrm{d}x}f(x)$.

在(2-1-1)、(2-1-2)式中，将 x_0 换成 x，即得 $y=f(x)$ 的导函数表达式：

$$y'=\lim_{\Delta x\to 0}\frac{f(x+\Delta x)-f(x)}{\Delta x},\tag{2-1-4}$$

$$y'=\lim_{h\to 0}\frac{f(x+h)-f(x)}{h}.\tag{2-1-5}$$

注意　在上述导函数定义式中，虽然 x 可以取区间 (a,b) 内的任何数值，但在极限过程中，x 是常量，Δx 或 h 是变量.

显然，函数 $y=f(x)$ 在点 x_0 处的导数 $f'(x_0)$ 就是导函数 $f'(x)$ 在点 x_0 处的函数值，即

$$f'(x_0)=f'(x)\big|_{x=x_0}.$$

在不致发生混淆的情况下，导函数也简称为导数.

根据导数的定义，前面讨论的两个实例可以叙述如下：

变速直线运动的瞬时速度 $v(t)$ 是位置函数 $s(t)$ 对时间 t 的导数，即

$$v(t)=s'(t).$$

通过导线的电流 $i(t)$ 是电量函数 $Q(t)$ 对时间 t 的导数，即

$$i(t)=Q'(t).$$

三、求导举例

我们从导数的定义式出发，可将求函数 $y=f(x)$ 的导数 $f'(x)$ 的方法归结为如下步骤：

(1) 求增量：$\Delta y=f(x+\Delta x)-f(x)$；

(2) 算比值：$\dfrac{\Delta y}{\Delta x}=\dfrac{f(x+\Delta x)-f(x)}{\Delta x}$；

(3) 取极限：$y'=\lim\limits_{\Delta x\to 0}\dfrac{\Delta y}{\Delta x}=\lim\limits_{\Delta x\to 0}\dfrac{f(x+\Delta x)-f(x)}{\Delta x}$.

例 1 求函数 $f(x)=x^n$（n 为正整数）的导数.

解
$$\begin{aligned}\Delta y&=(x+\Delta x)^n-x^n=\left[x^n+nx^{n-1}\Delta x+\frac{n(n-1)}{2!}x^{n-2}(\Delta x)^2+\cdots+(\Delta x)^n\right]-x^n\\&=nx^{n-1}\Delta x+\frac{n(n-1)}{2!}x^{n-2}(\Delta x)^2+\cdots+(\Delta x)^n.\end{aligned}$$

$$\frac{\Delta y}{\Delta x}=nx^{n-1}+\frac{n(n-1)}{2!}x^{n-2}\Delta x+\cdots+(\Delta x)^{n-1}.$$

$$y'=\lim_{\Delta x\to 0}\frac{\Delta y}{\Delta x}=\lim_{\Delta x\to 0}\left[nx^{n-1}+\frac{n(n-1)}{2!}x^{n-2}\Delta x+\cdots+(\Delta x)^{n-1}\right]=nx^{n-1}.$$

即 $(x^n)'=nx^{n-1}$.

更一般地，对于幂函数 $y=x^\mu$（μ 为常数），有 $(x^\mu)'=\mu x^{\mu-1}$，如

$$(\sqrt{x})'=(x^{\frac{1}{2}})'=\frac{1}{2}x^{\frac{1}{2}-1}=\frac{1}{2\sqrt{x}}.$$

例 2 求正弦函数 $y=\sin x$ 的导数.

解
$$\begin{aligned}\Delta y&=\sin(x+\Delta x)-\sin x=2\cos\frac{x+\Delta x+x}{2}\cdot\sin\frac{x+\Delta x-x}{2}\\&=2\cos\left(x+\frac{\Delta x}{2}\right)\cdot\sin\frac{\Delta x}{2},\end{aligned}$$

$$\frac{\Delta y}{\Delta x}=\frac{\cos\left(x+\frac{\Delta x}{2}\right)\cdot\sin\frac{\Delta x}{2}}{\frac{\Delta x}{2}},$$

$$y'=\lim_{\Delta x\to 0}\frac{\Delta y}{\Delta x}=\lim_{\Delta x\to 0}\cos\left(x+\frac{\Delta x}{2}\right)\cdot\frac{\sin\frac{\Delta x}{2}}{\frac{\Delta x}{2}}=\cos x\cdot 1=\cos x.$$

类似地，可求出 $y=\cos x$ 的导数为 $(\cos x)'=-\sin x$.

例 3 求函数 $y=a^x$（$a>0,a\neq 1$）的导数.

解
$$\Delta y=a^{(x+\Delta x)}-a^x=a^x(a^{\Delta x}-1),$$
$$\frac{\Delta y}{\Delta x}=\frac{a^x(a^{\Delta x}-1)}{\Delta x},\quad y'=\lim_{\Delta x\to 0}\frac{\Delta y}{\Delta x}=a^x\lim_{\Delta x\to 0}\frac{a^{\Delta x}-1}{\Delta x}.$$

由于$\lim\limits_{\Delta x\to 0}\frac{a^{\Delta x}-1}{\Delta x}=\ln a$，故 $y'=a^x\ln a$.

特别地，当 $a=\mathrm{e}$ 时，$(\mathrm{e}^x)'=\mathrm{e}^x$.

利用同样的方法可求得对数函数 $y=\log_a x(a>0,a\neq 1,x>0)$的导数为
$$(\log_a x)'=\frac{1}{x\ln a}.$$

特别地，当 $a=\mathrm{e}$ 时，有 $\log_a x=\ln x$，从而$(\ln x)'=\frac{1}{x}$.

根据函数 $f(x)$在点 x_0 的导数 $f'(x_0)$的定义
$$f'(x_0)=\lim_{\Delta x\to 0}\frac{f(x_0+\Delta x)-f(x_0)}{\Delta x},$$
得知 $f'(x_0)$是一个极限，而极限存在的充分必要条件是左、右极限都存在且相等，因此 $f'(x_0)$存在的充分必要条件是左、右极限
$$\lim_{\Delta x\to 0^-}\frac{f(x_0+\Delta x)-f(x_0)}{\Delta x}\quad 及\quad \lim_{\Delta x\to 0^+}\frac{f(x_0+\Delta x)-f(x_0)}{\Delta x}$$
都存在且相等，这两个极限分别称为函数在点 x_0 处的左导数(left-hand side derivative)和右导数(right-hand side derivative)，记作 $f'_-(x_0)$及 $f'_+(x_0)$，即
$$f'_-(x_0)=\lim_{\Delta x\to 0^-}\frac{f(x_0+\Delta x)-f(x_0)}{\Delta x},\quad f'_+(x_0)=\lim_{\Delta x\to 0^+}\frac{f(x_0+\Delta x)-f(x_0)}{\Delta x}.$$

因此，函数 $f(x)$在点 x_0 处可导的充分必要条件是左导数 $f'_-(x_0)$和右导数 $f'_+(x_0)$都存在且相等.

例如，函数 $f(x)=|x|$在 $x=0$ 处的左导数 $f'_-(0)=-1$，右导数 $f'_+(0)=+1$，虽然两者都存在，但不相等，故 $f(x)=|x|$在点 $x=0$ 处不可导.

如果函数 $f(x)$在开区间(a,b)内可导，且 $f'_+(a)$及 $f'_-(b)$都存在，就称函数 $f(x)$在闭区间$[a,b]$上可导.

四、导数的几何意义

设函数 $y=f(x)$的图形如图 2-1 所示，点 $M(x,y)$及 $N(x+\Delta x,y+\Delta y)$是曲线上的两点. 我们已经知道，函数 $y=f(x)$的导数 $f'(x)$是函数增量 Δy 与自变量增量 Δx 之比当自变量增量趋于零时的极限，即
$$f'(x)=\lim_{\Delta x\to 0}\frac{\Delta y}{\Delta x}.$$

如图 2-1 所示，$\frac{\Delta y}{\Delta x}$表示割线$MN$ 的斜率，即
$$\frac{\Delta y}{\Delta x}=\tan\varphi,$$

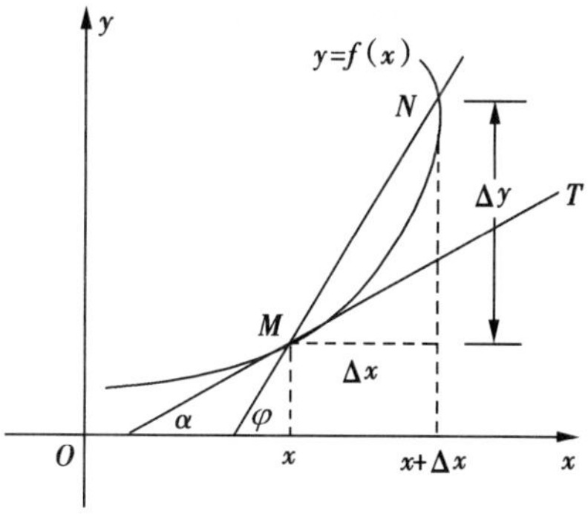

图 2-1

其中 φ 是割线的倾斜角.

当$|\Delta x|$变小时，点 N 沿着曲线向点M 靠拢，而割线 MN 则绕着点M 转动. 当 $\Delta x\to 0$ 时，

点 N 就无限趋近于点 M，而割线 MN 就无限趋近于它的极限位置——直线 MT. 直线 MT 叫做曲线在点 M 处的切线. 因而切线的倾斜角 α 是割线倾斜角 φ 的极限，即

$$\tan\alpha=\lim_{\varphi\to\alpha}\tan\varphi=\lim_{\Delta x\to 0}\frac{\Delta y}{\Delta x}.$$

因此，函数 $y=f(x)$ 在点 x 处的导数 $f'(x)$ 表示曲线 $f(x)$ 在点 $M(x,y)$ 处的切线的斜率，即

$$f'(x)=\tan\alpha.$$

其中 α 是切线的倾斜角.

根据导数的几何意义并应用直线的点斜式方程，可知曲线 $f(x)$ 在点 $M_0(x_0,y_0)$ 处的切线方程为

$$y-y_0=f'(x_0)(x-x_0).$$

过切点 M_0 与切线垂直的直线叫做曲线 $f(x)$ 在点 M_0 处的法线. 如果 $f'(x_0)\neq 0$，则法线方程为

$$y-y_0=-\frac{1}{f'(x_0)}(x-x_0).$$

五、函数的可导性与连续性的关系

设函数 $y=f(x)$ 在点 x 处可导，即

$$\lim_{\Delta x\to 0}\frac{\Delta y}{\Delta x}=f'(x)$$

存在，则由具有极限的函数与无穷小的关系(第一章第四节定理 1)可知，$\frac{\Delta y}{\Delta x}=f'(x)+\alpha$. 其中 α 是当 $\Delta x\to 0$ 时的无穷小，上式两边同时乘以 Δx，得 $\Delta y=f'(x)\Delta x+\alpha\Delta x$.

由此可见，当 $\Delta x\to 0$ 时，$\lim\limits_{\Delta x\to 0}\Delta y=\lim\limits_{\Delta x\to 0}[f'(x)\Delta x+\alpha\Delta x]=0$，即函数 $y=f(x)$ 在点 x 处是连续的.

综上所述，有如下的定理：

定理　如果函数 $y=f(x)$ 在点 x 处可导，则它在该点必连续.

该定理可简述为：可导必连续.

注意　该定理的逆定理不成立，即当函数在某点连续时，在该点并不一定可导. 反过来，函数在某点不连续则其在该点一定不可导. 即函数在某点连续是函数在该点可导的必要而非充分条件. 如 $y=|x|$ 在 $(-\infty,+\infty)$ 内连续，但在 $x=0$ 处不可导. $y=\operatorname{sgn}x$ 在 $x=0$ 处不连续，当然不可导.

例 4　函数 $y=\sqrt[3]{x}$ 在 $(-\infty,+\infty)$ 内连续，但在点 $x=0$ 处不可导，因为在点 $x=0$ 处有：

$$\frac{\Delta y}{\Delta x}=\frac{\sqrt[3]{0+\Delta x}-\sqrt[3]{0}}{\Delta x}=\frac{1}{\sqrt[3]{(\Delta x)^2}}.$$

当 $\Delta x\to 0$ 时，$\frac{\Delta y}{\Delta x}\to+\infty$，即导数为无穷大，在图形中表现为曲线 $y=\sqrt[3]{x}$ 在原点 O 具有垂直于 x 轴的切线 $x=0$(图 2-2).

例 5　已知 $f(x)=\begin{cases}e^x, & x\geqslant 0,\\ \cos x, & x<0.\end{cases}$ 试讨论 $f(x)$ 在 $x=0$ 的连续性与可导性.

解　$f(0)=e^0=1, f(0^+)=\lim\limits_{x\to0^+}f(x)=\lim\limits_{x\to0^+}e^x=1,$

$f(0^-)=\lim\limits_{x\to0^-}f(x)=\lim\limits_{x\to0^-}\cos x=1.$

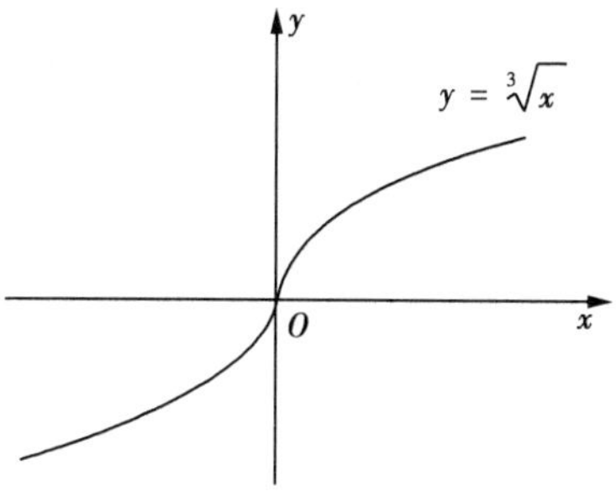

图 2-2

所以$\lim\limits_{x\to0}f(x)=1=f(0)$. 故 $f(x)$在 $x=0$ 处连续.

$$f'_+(0)=\lim_{\Delta x\to0^+}\frac{f(0+\Delta x)-f(0)}{\Delta x}$$

$$=\lim_{\Delta x\to0^+}\frac{e^{\Delta x}-e^0}{\Delta x}=\lim_{\Delta x\to0^+}\frac{e^{\Delta x}-1}{\Delta x}=\lim_{\Delta x\to0^+}\frac{\Delta x}{\Delta x}=1,$$

(因 $e^{\Delta x}-1\sim\Delta x$)

$$f'_-(0)=\lim_{\Delta x\to0^-}\frac{f(0+\Delta x)-f(0)}{\Delta x}$$

$$=\lim_{\Delta x\to0^-}\frac{\cos\Delta x-e^0}{\Delta x}=\lim_{\Delta x\to0^-}\frac{-\frac{(\Delta x)^2}{2}}{\Delta x}=0.$$

因为 $f'_+(0)\neq f'_-(0)$，故 $f(x)$在 $x=0$ 不可导.

第二节　求导法则与导数公式

函数在某点的导数实质上是一种有特殊意义的极限，极限具有运算法则，运用极限的运算法则可推导出相应的求导法则，这样能使我们求复杂函数导数的过程得到简化，比较方便地求出常见初等函数的导数.

一、函数和、差、积、商的求导法则

定理 1　**设函数** $u=u(x)$ **及** $v=v(x)$ **在点** x **处具有导数，则它们的和、差、积、商(分母为零的点除外)在点** x **处也具有导数，且**

(1) $[u(x)\pm v(x)]'=u'(x)\pm v'(x)$.

(2) $[u(x)\cdot v(x)]'=u'(x)v(x)+u(x)v'(x)$.

(3) $\left[\dfrac{u(x)}{v(x)}\right]'=\dfrac{u'(x)v(x)-u(x)v'(x)}{v^2(x)}$　$(v(x)\neq0)$.

下面以函数的商的求导法则为例加以证明.

证　设 $y=\dfrac{u(x)}{v(x)}$，当自变量 x 有增量 Δx，相应地 u,v,y 有增量

$$\Delta u=u(x+\Delta x)-u(x),\quad \Delta v=v(x+\Delta x)-v(x).$$

于是

$$\Delta y=\frac{u(x+\Delta x)}{v(x+\Delta x)}-\frac{u(x)}{v(x)}=\frac{u(x)+\Delta u}{v(x)+\Delta v}-\frac{u(x)}{v(x)}$$

$$=\frac{(u(x)+\Delta u)v(x)-(v(x)+\Delta v)u(x)}{(v(x)+\Delta v)v(x)}$$

$$=\frac{u(x)v(x)+\Delta uv(x)-v(x)u(x)-\Delta vu(x)}{(v(x)+\Delta v)v(x)}$$

$$=\frac{\Delta uv(x)-u(x)\Delta v}{(v(x)+\Delta v)v(x)},$$

$$\frac{\Delta y}{\Delta x}=\frac{\frac{\Delta u}{\Delta x}v(x)-u(x)\frac{\Delta v}{\Delta x}}{(v(x)+\Delta v)v(x)}.$$

所以

$$y'=\lim_{\Delta x\to 0}\frac{\Delta y}{\Delta x}=\lim_{\Delta x\to 0}\frac{\frac{\Delta u}{\Delta x}v(x)-u(x)\frac{\Delta v}{\Delta x}}{(v(x)+\Delta v)v(x)}$$

$$=\frac{\lim\limits_{\Delta x\to 0}\frac{\Delta u}{\Delta x}v(x)-u(x)\lim\limits_{\Delta x\to 0}\frac{\Delta v}{\Delta x}}{\lim\limits_{\Delta x\to 0}(v(x)+\Delta v)v(x)}$$

$$=\frac{u'(x)v(x)-u(x)v'(x)}{v^2(x)}.$$

上式中，因为 $v'(x)$存在，则 $v(x)$在点 x 处连续，故$\lim\limits_{\Delta x\to 0}\Delta v=0$.

法则(3)得证.

定理 1 中的法则(1)、(2)可推广到有限多个函数的情况，如

$$[u(x)-v(x)+w(x)]'=u'(x)-v'(x)+w'(x),$$

$$[u(x)v(x)w(x)]'=u'(x)v(x)w(x)+u(x)v'(x)w(x)+u(x)v(x)w'(x).$$

在法则(2)中，如果 $v=C$(C 为常数)，则因$(C)'=0$，故有$(Cu)'=Cu'$.

例 1 设 $f(x)=\sqrt{x}\sin x+\arcsin\frac{\pi}{7}$，求 $f'(1)$，$f'\left(\frac{\pi}{4}\right)$.

解 $f'(x)=(\sqrt{x}\sin x)'+\left(\arcsin\frac{\pi}{7}\right)'=(\sqrt{x})'\sin x+\sqrt{x}(\sin x)'=\frac{1}{2\sqrt{x}}\sin x+\sqrt{x}\cos x$,

$$f'(1)=\frac{1}{2}\sin 1+\cos 1,\ f'\left(\frac{\pi}{4}\right)=\frac{1}{2\sqrt{\frac{\pi}{4}}}\sin\frac{\pi}{4}+\sqrt{\frac{\pi}{4}}\cos\frac{\pi}{4}=\sqrt{2\pi}\left(\frac{2+\pi}{4\pi}\right).$$

例 2 $y=\tan x$，求 y'.

解 $y'=(\tan x)'=\left(\frac{\sin x}{\cos x}\right)'=\frac{(\sin x)'\cos x-\sin x(\cos x)'}{\cos^2 x}=\frac{\cos^2 x+\sin^2 x}{\cos^2 x}=\frac{1}{\cos^2 x}=\sec^2 x$,

即
$$(\tan x)'=\sec^2 x.$$

这就是正切函数的导数公式.

用类似方法，还可求得余切函数、正割函数及余割函数的导数公式：

$$(\cot x)'=-\csc^2 x,\ (\sec x)'=\sec x\tan x,\ (\csc x)'=-\csc x\cot x.$$

二、反函数的求导法则

设 $x=\varphi(y)$是直接函数，$y=f(x)$是它的反函数，现假设 $x=\varphi(y)$在区间 I_y 内单调、可导，那么 $y=f(x)$在对应区间 $I_x=\{x|x=\varphi(y),y\in I_y\}$内单调且连续，下面我们来讨论 $y=f(x)$的可导性以及导数 $f'(x)$与 $\varphi'(y)$间的关系.

设 x 有增量 $\Delta x(\Delta x\neq 0)$，则 y 相应地有增量 Δy，因为 $y=f(x)$单调，所以

$$\Delta y=f(x+\Delta x)-f(x)\neq 0,$$

则
$$\frac{\Delta y}{\Delta x}=\frac{1}{\frac{\Delta x}{\Delta y}}.$$

由于 $y=f(x)$连续，则当 $\Delta x\to 0$ 时，必有 $\Delta y\to 0$，所以

$$\lim_{\Delta x\to 0}\frac{\Delta y}{\Delta x}=\frac{1}{\lim\limits_{\Delta y\to 0}\frac{\Delta x}{\Delta y}}=\frac{1}{\varphi'(y)}\quad (\varphi'(y)\neq 0),$$

即
$$f'(x)=\frac{1}{\varphi'(y)}.$$

这表明,反函数 $y=f(x)$ 在点 x 可导且 $f'(x)=\frac{1}{\varphi'(y)}$ 成立,由于 x 是定义域内任意取定的点,因此可得如下定理.

定理 2　如果函数 $x=\varphi(y)$ 在其定义区间 I_y 内单调、可导且 $\varphi'(y)\neq 0$,那么其反函数 $y=f(x)$ 在对应的定义区间 I_x 内也单调可导,且有

$$f'(x)=\frac{1}{\varphi'(y)}.$$

上述结论可简单说成:反函数的导数等于直接函数导数的倒数.

例 3　求 $y=\arctan x$ 的导数.

解　设 $x=\tan y$ 为直接函数,则 $y=\arctan x$ 为其反函数,函数 $x=\tan y$ 在开区间 $\left(-\frac{\pi}{2},\frac{\pi}{2}\right)$ 内单调可导,且 $(\tan y)'=\sec^2 y\neq 0$,因此 $y=\arctan x$ 在对应的定义区间 $(-\infty,+\infty)$ 内有

$$y'=(\arctan x)'=\frac{1}{(\tan y)'}=\frac{1}{\sec^2 y}.$$

因　$\sec^2 y=1+\tan^2 y=1+x^2$,从而我们得

$$(\arctan x)'=\frac{1}{1+x^2}.$$

同理可求得:$(\arcsin x)'=\frac{1}{\sqrt{1-x^2}}$,$(\arccos x)'=-\frac{1}{\sqrt{1-x^2}}$,$(\text{arccot}\, x)'=-\frac{1}{1+x^2}$.

三、复合函数的求导法则

通过上面的讨论,我们知道了一些简单函数的求导方法,并且得出了一些公式,但较复杂函数的求导问题还没有很好地解决,例如求 $y=\ln\tan x$,$y=e^{3x}$,$y=\sin\frac{x}{1+x}$ 等复合函数的导数,我们还无从下手,怎样判断它们是否可导及怎样求它们的导数是我们必须解决的问题.

定理 3　设 $y=f(\varphi(x))$ 是由 $y=f(u)$ 及 $u=\varphi(x)$ 复合而成的,如果 $u=\varphi(x)$ 在点 x 处可导,即 $u'_x=\varphi'(x)$,$y=f(u)$ 在点 $u=\varphi(x)$ 处也可导,即 $y'_u=f'(u)$,则复合函数 $y=f(\varphi(x))$ 在点 x 处也可导,且

$$\frac{dy}{dx}=\frac{dy}{du}\cdot\frac{du}{dx}=f'(u)\cdot\varphi'(x).$$

证　因为 $y=f(u)$ 在点 u 处可导,所以

$$\lim_{\Delta u\to 0}\frac{\Delta y}{\Delta u}=\frac{dy}{du}$$

存在,于是根据函数极限与无穷小的关系有

$$\frac{\Delta y}{\Delta u}=\frac{dy}{du}+\alpha,$$

其中,α 是 $\Delta u\to 0$ 时的无穷小(即 $\lim\limits_{\Delta u\to 0}\alpha=0$),用 Δu 乘以上式两边,得

$$\Delta y=\frac{\mathrm{d}y}{\mathrm{d}u}\Delta u+\alpha\cdot\Delta u.$$

用 $\Delta x\neq 0$ 除以上式两边，得

$$\frac{\Delta y}{\Delta x}=\frac{\mathrm{d}y}{\mathrm{d}u}\cdot\frac{\Delta u}{\Delta x}+\alpha\frac{\Delta u}{\Delta x},$$

于是

$$\lim_{\Delta x\to 0}\frac{\Delta y}{\Delta x}=\lim_{\Delta x\to 0}\left(\frac{\mathrm{d}y}{\mathrm{d}u}\cdot\frac{\Delta u}{\Delta x}+\alpha\frac{\Delta u}{\Delta x}\right).$$

又因 $u=\varphi(x)$ 在点 x 处可导，则必连续，故有 $\Delta x\to 0$ 时，$\Delta u\to 0$，$\alpha\to 0$，即 $\lim\limits_{\Delta x\to 0}\alpha=\lim\limits_{\Delta u\to 0}\alpha=0$，并且 $\lim\limits_{\Delta x\to 0}\frac{\Delta u}{\Delta x}=\frac{\mathrm{d}u}{\mathrm{d}x}$ 存在.

所以

$$\begin{aligned}\lim_{\Delta x\to 0}\frac{\Delta y}{\Delta x}&=\lim_{\Delta x\to 0}\left[\frac{\mathrm{d}y}{\mathrm{d}u}\cdot\frac{\Delta u}{\Delta x}+\alpha\frac{\Delta u}{\Delta x}\right]=\frac{\mathrm{d}y}{\mathrm{d}u}\cdot\lim_{\Delta x\to 0}\frac{\Delta u}{\Delta x}+\lim_{\Delta x\to 0}\alpha\cdot\lim_{\Delta x\to 0}\frac{\Delta u}{\Delta x}\\&=\frac{\mathrm{d}y}{\mathrm{d}u}\cdot\frac{\mathrm{d}u}{\mathrm{d}x}+0\cdot\frac{\mathrm{d}u}{\mathrm{d}x}=\frac{\mathrm{d}y}{\mathrm{d}u}\cdot\frac{\mathrm{d}u}{\mathrm{d}x}.\end{aligned}$$

故

$$\frac{\mathrm{d}y}{\mathrm{d}x}=\frac{\mathrm{d}y}{\mathrm{d}u}\cdot\frac{\mathrm{d}u}{\mathrm{d}x}=f'(u)\cdot\varphi'(x).$$

即复合函数的导数等于函数对中间变量的导数乘以中间变量对自变量的导数.

例 4 求函数 $y=\mathrm{e}^{3x-\cos x}$ 的导数.

解 函数 $y=\mathrm{e}^{3x-\cos x}$ 可看做由 $y=\mathrm{e}^u$，$u=3x-\cos x$ 复合而成，故

$$\frac{\mathrm{d}y}{\mathrm{d}x}=(\mathrm{e}^u)'\cdot(3x-\cos x)'=\mathrm{e}^u\cdot(3+\sin x)=\mathrm{e}^{3x-\cos x}\cdot(3+\sin x).$$

复合函数求导法则可以推广到有多个中间变量的情形，例如，可导函数 $y=f(u)$，$u=g(v)$，$v=\varphi(x)$ 构成复合函数：$y=f(g(\varphi(x)))$，则

$$\frac{\mathrm{d}y}{\mathrm{d}x}=\frac{\mathrm{d}y}{\mathrm{d}u}\cdot\frac{\mathrm{d}u}{\mathrm{d}x},$$

而

$$\frac{\mathrm{d}u}{\mathrm{d}x}=\frac{\mathrm{d}u}{\mathrm{d}v}\cdot\frac{\mathrm{d}v}{\mathrm{d}x},$$

故

$$\frac{\mathrm{d}y}{\mathrm{d}x}=\frac{\mathrm{d}y}{\mathrm{d}u}\cdot\frac{\mathrm{d}u}{\mathrm{d}v}\cdot\frac{\mathrm{d}v}{\mathrm{d}x}=f'(u)\cdot g'(v)\cdot\varphi'(x).$$

例 5 求复合函数 $y=[\arctan(\sqrt{x})]^2$ 的导数.

解 $y=[\arctan(\sqrt{x})]^2$ 可看做 $y=u^2$，$u=\arctan v$，$v=\sqrt{x}$ 复合而成，则

$$\frac{\mathrm{d}y}{\mathrm{d}x}=\frac{\mathrm{d}y}{\mathrm{d}u}\cdot\frac{\mathrm{d}u}{\mathrm{d}v}\cdot\frac{\mathrm{d}v}{\mathrm{d}x}=2u\cdot\frac{1}{1+v^2}\cdot\frac{1}{2\sqrt{x}}=\frac{\arctan\sqrt{x}}{(1+x)\sqrt{x}}.$$

在求复合函数的导数时，我们首先要分析清楚它是由哪些子函数复合而成的，一般分解成一些基本初等函数或基本初等函数的四则运算的形式即可. 在比较熟练的情况下，中间的分解过程可以略写，不必再写出中间变量.

例 6 设 $x>0$，证明幂函数导数公式 $(x^\mu)'=\mu x^{\mu-1}$.

证 因 $x^\mu=\mathrm{e}^{\mu\ln x}$，再按照复合函数的求导法则有：

$$(x^\mu)'=\mathrm{e}^{\mu\ln x}\cdot(\mu\ln x)'=x^\mu\cdot\mu\cdot\frac{1}{x}=\mu x^{\mu-1}.$$

四、基本求导法则与导数公式

前面我们已经得到了基本初等函数的导数公式，而且给出了函数的和、差、积、商的求导法则及复合函数的求导法则. 初等函数是由常数和基本初等函数经过有限次四则运算和有限次的复合步骤所构成的，所以这些基本初等函数的导数公式及求导法则对于我们求初等函数的导数来说非常重要，必须熟练掌握，为了便于查阅，我们把这些导数公式和求导法则归纳如下：

1. 常数和基本初等函数的导数公式

(1) $(C)'=0$；　(2) $(x^{\mu})'=\mu x^{\mu-1}$；

(3) $(\sin x)'=\cos x$；　(4) $(\cos x)'=-\sin x$；

(5) $(\tan x)'=\sec^2 x$；　(6) $(\cot x)'=-\csc^2 x$；

(7) $(\sec x)'=\sec x\tan x$；　(8) $(\csc x)'=-\csc x\cot x$；

(9) $(a^x)'=a^x\ln a$；　(10) $(\mathrm{e}^x)'=\mathrm{e}^x$；

(11) $(\log_a x)'=\dfrac{1}{x\ln a}$；　(12) $(\ln x)'=\dfrac{1}{x}$；

(13) $(\arcsin x)'=\dfrac{1}{\sqrt{1-x^2}}$；　(14) $(\arccos x)'=-\dfrac{1}{\sqrt{1-x^2}}$；

(15) $(\arctan x)'=\dfrac{1}{1+x^2}$；　(16) $(\mathrm{arccot}\,x)'=-\dfrac{1}{1+x^2}$.

2. 函数的和、差、积、商的求导法则

设函数 $u=u(x)$，$v=v(x)$均可导，则

(1) $(u\pm v)'=u'\pm v'$；　(2) $(Cu)'=Cu'$　(C 是常数)；

(3) $(uv)'=u'v+uv'$；　(4) $\left(\dfrac{u}{v}\right)'=\dfrac{u'v-uv'}{v^2}$　$(v\neq 0)$.

3. 复合函数的求导法则

设函数 $y=f(u)$，$u=\varphi(x)$均可导，则复合函数 $y=f(\varphi(x))$的导数为

$$\frac{\mathrm{d}y}{\mathrm{d}x}=\frac{\mathrm{d}y}{\mathrm{d}u}\cdot\frac{\mathrm{d}u}{\mathrm{d}x}=f'(u)\cdot\varphi'(x).$$

例 7　设 $f(x)$可导，且 $y=f(\sin^2 x)+\sin[f(-x)]$，求 y'.

解　$y'=f'(\sin^2 x)\cdot(\sin^2 x)'+\cos[f(-x)]\cdot[f(-x)]'$

$=f'(\sin^2 x)\cdot 2\sin x\cdot(\sin x)'+\cos[f(-x)]\cdot f'(-x)\cdot(-x)'$

$=f'(\sin^2 x)\cdot\sin 2x-\cos[f(-x)]\cdot f'(-x)$.

例 8　研究分段函数

$$f(x)=\begin{cases}x^2\sin\dfrac{1}{x}, & x>0,\\ x^3, & x\leqslant 0\end{cases}$$

在$(-\infty,+\infty)$内的可导性，若可导则求出它的导数，并讨论导数的连续性.

解　显然在 $x\neq 0$ 处 $f(x)$是连续且可导的，且

$$f'(x)=\begin{cases}2x\sin\dfrac{1}{x}-\cos\dfrac{1}{x}, & x>0,\\ 3x^2, & x<0.\end{cases}$$

当 $x=0$ 时，

$$f'_+(0)=\lim_{x\to0^+}\frac{f(x)-f(0)}{x-0}=\lim_{x\to0^+}\frac{x^2\sin\frac{1}{x}-0}{x-0}=0,$$

$$f'_-(0)=\lim_{x\to0^-}\frac{f(x)-f(0)}{x-0}=\lim_{x\to0^-}\frac{x^3-0}{x-0}=\lim_{x\to0^-}x^2=0.$$

故 $f'(0)=0$，即 $f(x)$在点 $x=0$ 处可导.

所以

$$f'(x)=\begin{cases}2x\sin\frac{1}{x}-\cos\frac{1}{x}, & x>0,\\ 3x^2, & x\leqslant0.\end{cases}$$

由于 $\lim\limits_{x\to0^+}f'(x)=\lim\limits_{x\to0^+}\left(2x\sin\frac{1}{x}-\cos\frac{1}{x}\right)$不存在，故 $f'(x)$在点 $x=0$ 处不连续，在 $x\neq0$ 处 $f'(x)$是连续的.

注意 在求分段函数的导数时应考虑两个方面：第一，函数在每一个子区间内的导数(可用导数公式或导数运算法则求)；第二，在分界点处的导数则必须按定义讨论.

第三节 高阶导数

我们知道，若做变速直线运动的物体的位置函数为 $s=s(t)$，则在 t 时刻的瞬时速度为

$$v(t)=s'(t)=\lim_{\Delta t\to0}\frac{s(t+\Delta t)-s(t)}{\Delta t},$$

加速度 $a(t)=\lim\limits_{\Delta t\to0}\frac{\Delta v}{\Delta t}=\lim\limits_{\Delta t\to0}\frac{v(t+\Delta t)-v(t)}{\Delta t}$，即 $a(t)=v'(t)=[s'(t)]'$.

这种导函数 $s'(t)$的导数$[s'(t)]'$叫做 s 对 t 的二阶导数. 一般地，有如下定义.

定义 设函数 $y=f(x)$在点 x 的邻域内具有导数 $f'(x)$，如果极限

$$\lim_{\Delta x\to0}\frac{f'(x+\Delta x)-f'(x)}{\Delta x}$$

存在，称函数 $y=f(x)$在点 x 二阶可导，该极限值叫做 $y=f(x)$在点 x 的二阶导数(second derivative)，记作：$\frac{\mathrm{d}^2y}{\mathrm{d}x^2}=\frac{\mathrm{d}}{\mathrm{d}x}\left(\frac{\mathrm{d}y}{\mathrm{d}x}\right)$，$\frac{\mathrm{d}^2f}{\mathrm{d}x^2}$，$f''(x)$或 y''.

同理，如果将二阶导数 $f''(x)$作为函数，可以定义出三阶导数：

$$\frac{\mathrm{d}^3y}{\mathrm{d}x^3}=\lim_{\Delta x\to0}\frac{f''(x+\Delta x)-f''(x)}{\Delta x},$$

记作：$\frac{\mathrm{d}^3y}{\mathrm{d}x^3}=\frac{\mathrm{d}}{\mathrm{d}x}\left(\frac{\mathrm{d}^2y}{\mathrm{d}x^2}\right)$，$\frac{\mathrm{d}^3f}{\mathrm{d}x^3}$，$y'''$或 $f'''(x)$. 一般地，利用函数 $y=f(x)$的 $n-1$ 阶导数$\frac{\mathrm{d}^{n-1}y}{\mathrm{d}x^{n-1}}$，可以定义出 n 阶导数$\frac{\mathrm{d}^ny}{\mathrm{d}x^n}=\lim\limits_{\Delta x\to0}\frac{f^{(n-1)}(x+\Delta x)-f^{(n-1)}(x)}{\Delta x}$，并记作 $y^{(n)}$，$\frac{\mathrm{d}^ny}{\mathrm{d}x^n}$等. 把函数的二阶及其以上阶的导数叫做高阶导数(higher-order derivative)，通常记作：

$$y',y'',y''',y^{(4)},y^{(5)},\cdots,y^{(n)},\cdots.$$

由此定义，上述物体的加速度可以写作：$a(t)=s''(t)=\frac{\mathrm{d}^2s}{\mathrm{d}t^2}$.

由此可见，求高阶导数就是对一个函数进行多次求导数，所以仍可应用前面学过的求导方法来计算高阶导数.

例 1　求函数 $y=\ln(x+\sqrt{1+x^2})$ 的二阶导数.

解
$$y'=\frac{1}{x+\sqrt{1+x^2}}\cdot\left(1+\frac{2x}{2\sqrt{1+x^2}}\right)=\frac{1}{\sqrt{1+x^2}},$$
$$y''=(y')'=\left(\frac{1}{\sqrt{1+x^2}}\right)'=-\frac{1}{2}(1+x^2)^{-\frac{3}{2}}\cdot 2x=-\frac{x}{(1+x^2)^{3/2}}.$$

例 2　求指数函数 $y=\mathrm{e}^x$ 的 n 阶导数.

解　$y'=\mathrm{e}^x,y''=\mathrm{e}^x,y'''=\mathrm{e}^x,y^{(4)}=\mathrm{e}^x,\cdots$. 一般地,可得 $y^{(n)}=\mathrm{e}^x$,

即
$$(\mathrm{e}^x)^{(n)}=\mathrm{e}^x.$$

例 3　求正弦函数 $y=\sin x$ 的 n 阶导数.

解
$$y'=\cos x=\sin\left(x+\frac{\pi}{2}\right),$$
$$y''=\cos\left(x+\frac{\pi}{2}\right)=\sin\left(2+\frac{\pi}{2}+\frac{\pi}{2}\right)=\sin\left(x+2\cdot\frac{\pi}{2}\right),$$
$$y'''=\cos\left(x+2\cdot\frac{\pi}{2}\right)=\sin\left(x+3\cdot\frac{\pi}{2}\right),$$
$$\cdots\cdots$$

从而得出　$y^{(n)}=\sin\left(x+n\cdot\frac{\pi}{2}\right)$,即 $(\sin x)^{(n)}=\sin\left(x+n\cdot\frac{\pi}{2}\right)$.

用类似方法,可得　$(\cos x)^{(n)}=\cos\left(x+n\cdot\frac{\pi}{2}\right)$.

例 4　求对数函数 $y=\ln(1+x)$ 的 n 阶导数.

解　$y'=\frac{1}{1+x},y''=-\frac{1}{(1+x)^2},y'''=\frac{1\cdot 2}{(1+x)^3},y^{(4)}=-\frac{1\cdot 2\cdot 3}{(1+x)^4},\cdots$,

从而得出　$y^{(n)}=(-1)^{n-1}\frac{(n-1)!}{(1+x)^n}$,即　$[\ln(1+x)]^{(n)}=(-1)^{n-1}\frac{(n-1)!}{(1+x)^n}$.

通常规定 $0!=1$,所以这个公式当 $n=1$ 时也成立.

如果函数 $u=u(x)$ 及 $v=v(x)$ 都在点 x 处具有 n 阶导数,那么 $u(x)+v(x)$ 及 $u(x)-v(x)$ 也在点 x 处具有 n 阶导数,且
$$(u\pm v)^{(n)}=u^{(n)}\pm v^{(n)}.$$
但乘积 $u(x)\cdot v(x)$ 的 n 阶导数并不如此简单. 由 $(uv)'=u'v+uv'$ 得出
$$(uv)''=u''v+2u'v'+uv'',$$
$$(uv)'''=u'''v+3u''v'+3u'v''+uv'''.$$
用数学归纳法可以证明
$$(uv)^{(n)}=u^{(n)}v+nu^{(n-1)}v'+\frac{n(n-1)}{2!}u^{(n-2)}v''+\cdots+\frac{n(n-1)\cdots(n-k+1)}{k!}u^{(n-k)}v^{(k)}+\cdots+uv^{(n)}.$$
上式为莱布尼茨(Leibniz)公式.

例 5　设 $y=x^2\sin 2x$,求 $y^{(10)}$.

解　注意到 $(x^2)'=2x,(x^2)''=2,(x^2)^{(k)}=0(k\geqslant 3)$,故取 $v=x^2,u=\sin 2x$. 利用公式得
$$\begin{aligned}y^{(10)}&=(x^2\sin 2x)^{(10)}=\mathrm{C}_{10}^0(\sin 2x)^{(10)}x^2+\mathrm{C}_{10}^1(\sin 2x)^{(9)}(x^2)'+\mathrm{C}_{10}^2(\sin 2x)^{(8)}(x^2)''+0\\&=-2^{10}x^2\sin 2x+10\cdot 2^9\cdot 2x\cdot\cos 2x+45\cdot 2\cdot 2^8\sin 2x\\&=-2^{10}x^2\sin 2x+10\cdot 2^{10}x\cos 2x+45\cdot 2^9\sin 2x.\end{aligned}$$

例 6 设 $y=\sin^6 x+\cos^6 x$，求 $y^{(n)}$.

解 $y=(\sin^2 x)^3+(\cos^2 x)^3=(\sin^2 x+\cos^2 x)(\sin^4 x-\sin^2 x\cos^2 x+\cos^4 x)$

$$=(\sin^2 x+\cos^2 x)^2-3\sin^2 x\cos^2 x=1-\frac{3}{4}\sin^2 2x=1-\frac{3}{4}\cdot\frac{1-\cos 4x}{2}$$

$$=\frac{5}{8}+\frac{3}{8}\cos 4x.$$

因为
$$(\cos 4x)^{(n)}=4^n\cdot\cos\left(4x+n\cdot\frac{\pi}{2}\right),$$
所以
$$y^{(n)}=\frac{3}{8}\cdot 4^n\cdot\cos\left(4x+n\cdot\frac{\pi}{2}\right).$$

第四节 函数的微分

一、微分的定义

在许多情形下，我们需要考察和估算函数 $y=f(x)$ 的增量，特别是当 $|\Delta x|$ 很小时.

先看一个例子. 一块正方形金属薄片，当温度改变时，它的边长由 x_0 变到 $x_0+\Delta x$，如图 2-3 所示. 问此薄片的面积改变了多少？

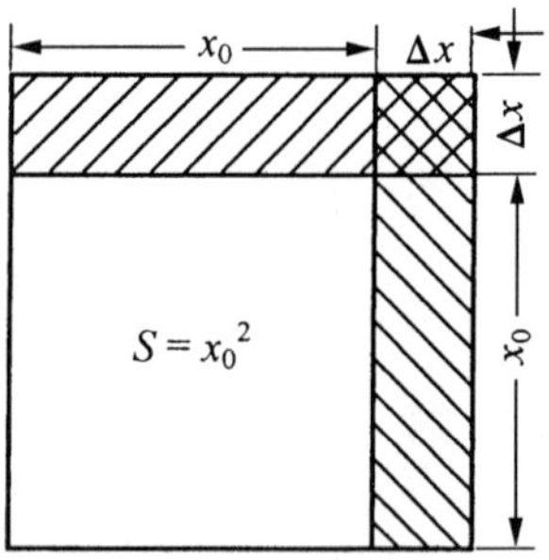

图 2-3

我们知道，边长为 x 的正方形的面积 $S=x^2$，现在我们计算当边长 x 的增量 Δx 很小时，正方形的面积 S 的增量 ΔS.

由图 2-3 可以看出，面积的增量 ΔS，是图中有阴影部分的面积，即

$$\Delta S=(x_0+\Delta x)^2-x_0^2=2x_0\Delta x+(\Delta x)^2.$$

显然，上式中 ΔS 包含两部分：第一部分 $2x_0\Delta x$ 是 Δx 的线性函数，即图中带有斜线的两个矩形面积之和；第二部分 $(\Delta x)^2$ 是当 $\Delta x\to 0$ 时比 Δx 高阶的无穷小量，即 $(\Delta x)^2=o(\Delta x)$，它在图中是带有交叉斜线的小正方形面积. 则 ΔS 可以表示为

$$\Delta S=2x_0\Delta x+o(\Delta x),$$

由此可见，如果边长改变很微小，即 $|\Delta x|$ 很小时，面积的改变量 ΔS 可近似地用第一部分来代替，相差的仅仅是一个比 Δx 高阶的无穷小.

一般地，如果函数 $y=f(x)$ 满足一定的条件，则函数的增量 Δy 可表示为

$$\Delta y=A\Delta x+o(\Delta x),$$

其中 A 是不依赖于 Δx 的常数，因为 $A\Delta x$ 是 Δx 的线性函数，且它与 Δy 之差 $o(\Delta x)$ 是比 Δx 高阶的无穷小，所以当 $A\neq 0$ 且 $|\Delta x|$ 很小时，我们就可近似地用 $A\Delta x$ 来代替 Δy.

由上述分析，我们知道了 $A\Delta x$ 对于简化计算 Δy 的重要意义，它就是我们所要重点研究的函数的微分.

定义 **设函数 $y=f(x)$ 在某区间内有定义，x_0 及 $x_0+\Delta x$ 在此区间内，如果函数的增量 $\Delta y=f(x_0+\Delta x)-f(x_0)$ 可表示为**

$$\Delta y=A\Delta x+o(\Delta x), \tag{2-4-1}$$

其中 A 是不依赖于 Δx 的常数，而 $o(\Delta x)$ 是当 $\Delta x\to 0$ 时比 Δx 高阶的无穷小，那么称函数 $y=$

$f(x)$**在点** x_0 **是可微分**(differentiable)**的，而** $A\Delta x$ **叫做函数** y **在点** x_0 **相应于自变量增量** Δx **的微分**(differential)，**记作** $\mathrm{d}y$，**即**

$$\mathrm{d}y=A\Delta x.$$

其实从上述例子中大家可以发现，$A=2x_0$ 恰好是面积函数 $A=x^2$ 在点 x_0 处的导数，那么这种相等是偶然的，还是必然的呢？怎样求类似问题中的 A 呢？下面的定理回答了这个问题.

定理　函数 $y=f(x)$**在点** x_0 **可微的充分必要条件是函数** $y=f(x)$**在点** x_0 **可导.**

证　必要性：设函数 $y=f(x)$ 在点 x_0 可微，由定义有 $\Delta y=A\cdot\Delta x+o(\Delta x)$，则 $\dfrac{\Delta y}{\Delta x}=A+\dfrac{o(\Delta x)}{\Delta x}(\Delta x\neq 0)$，两端取极限，注意到 $\lim\limits_{\Delta x\to 0}\dfrac{o(\Delta x)}{\Delta x}=0$，可得 $\lim\limits_{\Delta x\to 0}\dfrac{\Delta y}{\Delta x}=A$，表明在点 x_0 函数 $y=f(x)$ 可导，且 $f'(x_0)=A$.

充分性：设 $y=f(x)$ 在点 x_0 可导，由定义有：$f'(x_0)=\lim\limits_{\Delta x\to 0}\dfrac{\Delta y}{\Delta x}$. 根据函数极限与无穷小的关系，有 $\dfrac{\Delta y}{\Delta x}=f'(x_0)+\alpha$（其中 α 是 $\Delta x\to 0$ 时的无穷小），即 $\Delta y=f'(x_0)\Delta x+\alpha\Delta x$，又因为 $\lim\limits_{\Delta x\to 0}\dfrac{\alpha\Delta x}{\Delta x}=\lim\limits_{\Delta x\to 0}\alpha=0$，故 $\alpha\Delta x$ 是比 Δx 高阶的无穷小，可以记作 $\alpha\Delta x=o(\Delta x)$，而 $f'(x_0)$ 只与 x_0 有关，与 Δx 无关，可记为 $f'(x_0)=A$，从而 $\Delta y=A\Delta x+o(\Delta x)$，表明 $y=f(x)$ 在点 x_0 可微.

上述结论为我们求 $f(x)$ 在点 x_0 处的微分 $\mathrm{d}y$ 提供了一个方法，即 $\mathrm{d}y=f'(x_0)\Delta x$.

通常我们也把自变量的增量 Δx 称为自变量的微分，记作 $\mathrm{d}x$，即 $\mathrm{d}x=\Delta x$，于是函数 $f(x)$ 在点 x_0 的微分 $\mathrm{d}y$ 可记为

$$\mathrm{d}y=f'(x_0)\mathrm{d}x.$$

如果函数 $y=f(x)$ 在点 x_0 可微，则 $\Delta y=f'(x)\Delta x+o(\Delta x)=\mathrm{d}y+o(\Delta x)$，或写为

$$\Delta y-\mathrm{d}y=o(\Delta x).$$

事实上，当 $f'(x_0)\neq 0$ 时，因为

$$\lim_{\Delta x\to 0}\frac{\Delta y}{\mathrm{d}y}=\lim_{\Delta x\to 0}\frac{\Delta y}{f'(x_0)\Delta x}=\frac{1}{f'(x_0)}\lim_{\Delta x\to 0}\frac{\Delta y}{\Delta x}=1,$$

故当 $\Delta x\to 0$ 时，Δy 与 $\mathrm{d}y$ 是等价无穷小，于是有 $\Delta y=\mathrm{d}y+o(\mathrm{d}y)$，故 $\mathrm{d}y$ 是 Δy 的主要部分，又 $\mathrm{d}y=f'(x_0)\Delta x$ 是 Δx 的线性函数，通常称微分 $\mathrm{d}y$ 是函数增量 Δy 的线性主部（$\Delta x\to 0$）. 因而有如下结论：在 $f'(x_0)\neq 0$ 时，以微分 $\mathrm{d}y=f'(x_0)\Delta x$ 近似代替增量 $\Delta y=f(x_0+\Delta x)-f(x_0)$ 时，其误差是 $o(\mathrm{d}y)$. 因此，当 $|\Delta x|$ 很小时，有近似式

$$\Delta y\approx \mathrm{d}y.$$

如果我们把点 x_0 推广到函数定义域内的任意点 x，则函数 $y=f(x)$ 在 x 处的微分就称为函数的微分，记作 $\mathrm{d}y$ 或 $\mathrm{d}f(x)$，即 $\mathrm{d}y=f'(x)\mathrm{d}x$. 此时有 $\dfrac{\mathrm{d}y}{\mathrm{d}x}=f'(x)$，这就是说，函数的微分与自变量的微分之商等于该函数的导数，因此我们也把导数叫做“微商”.

例 1　求函数 $y=x^2$ 在 $x=1$ 和 $x=2$ 处的微分.

解　函数 $y=x^2$ 在 $x=1$ 处的微分为

$$\mathrm{d}y=(x^2)'|_{x=1}\mathrm{d}x=2x|_{x=1}\mathrm{d}x=2\mathrm{d}x,$$

在 $x=2$ 处的微分为

$$\mathrm{d}y=(x^2)'|_{x=2}\mathrm{d}x=2x|_{x=2}\mathrm{d}x=4\mathrm{d}x.$$

例 2 求函数 $y=x^3$ 在 $x=1$ 和 $\Delta x=0.01$ 时的微分和增量.

解 因函数的微分为 $dy=3x^2dx$,所以当 $x=1,\Delta x=0.01$ 时,

$$dy=3\cdot 1^2\cdot 0.01=0.03.$$

函数的增量为

$$\Delta y=(x+\Delta x)^3-x^3=3x^2\Delta x+3x(\Delta x)^2+(\Delta x)^3,$$

所以当 $x=1,\Delta x=0.01$ 时,

$$\Delta y=3\cdot 1^2\cdot 0.01+3\cdot 1\cdot (0.01)^2+(0.01)^3=0.03+0.0003+0.000003=0.030303.$$

例 3 求函数 $y=\cot x$ 的微分.

解 $dy=(\cot x)'dx=-\csc^2 x dx.$

二、微分的几何意义

设点 $M(x_0,y_0)$ 和点 $N(x_0+\Delta x,y_0+\Delta y)$ 是曲线 $y=f(x)$ 上的两点,如图 2-4 所示.从图中可以看出:

$$MQ=\Delta x,QN=\Delta y,$$

设切线 MT 的倾斜角为 α,则

$$dy=f'(x_0)\Delta x=\tan\alpha\cdot\Delta x=QP.$$

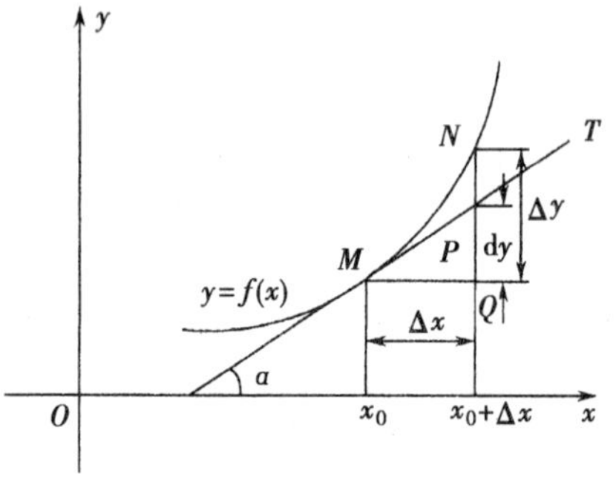

图 2-4

因此,函数 $y=f(x)$ 在点 x_0 处的微分 $dy|_{x=x_0}$,在几何上表示曲线 $y=f(x)$ 在点 $M(x_0,y_0)$ 处的切线 MT 的纵坐标的增量.显然当 $|\Delta x|$ 很小时,$|\Delta y-dy|$ 比 $|\Delta x|$ 小得多,因此在点 M 的邻近,我们可以用切线段来近似代替曲线段.

三、微分公式与微分运算法则

从函数微分的表达式

$$dy=f'(x)dx$$

可以看出,要计算函数的微分,只要计算函数的导数,再乘以自变量的微分,因此可得如下的微分公式和微分运算法则.

1. 基本初等函数的微分公式

由基本初等函数的导数公式,可得出相应的微分公式:

(1) $d(C)=0$;　　(2) $d(x^{\mu})=\mu x^{\mu-1}dx$;

(3) $d(\sin x)=\cos x dx$;　　(4) $d(\cos x)=-\sin x dx$;

(5) $d(\tan x)=\sec^2 x dx$;　　(6) $d(\cot x)=-\csc^2 x dx$;

(7) $d(\sec x)=\sec x\tan x dx$;　　(8) $d(\csc x)=-\csc x\cot x dx$;

(9) $d(a^x)=a^x\ln a dx$;　　(10) $d(e^x)=e^x dx$;

(11) $d(\log_a x)=\dfrac{1}{x\ln a}dx$;　　(12) $d(\ln x)=\dfrac{1}{x}dx$;

(13) $d(\arcsin x)=\dfrac{1}{\sqrt{1-x^2}}dx$;　　(14) $d(\arccos x)=-\dfrac{1}{\sqrt{1-x^2}}dx$;

(15) $d(\arctan x)=\dfrac{1}{1+x^2}dx$;　　(16) $d(\text{arccot} x)=-\dfrac{1}{1+x^2}dx$.

2. 函数的和、差、积、商的微分法则

由函数和、差、积、商的求导法则,可推得相应的微分法则:

(1) $d(u\pm v)=du\pm dv$;　　(2) $d(Cu)=Cdu$　(C是常数);

(3) $d(uv)=vdu+udv$;　　(4) $d\left(\frac{u}{v}\right)=\frac{vdu-udv}{v^2}$　$(v\neq 0)$.

3. 复合函数的微分法则

由复合函数的求导法则,可推得相应的复合函数的微分法则.

设函数 $y=f(u)$,$u=\varphi(x)$均可导,则复合函数 $y=f(\varphi(x))$的微分为

$$dy=y'_x dx=f'(u)\cdot\varphi'(x)dx.$$

由于 $\varphi'(x)dx=du$,所以复合函数 $y=f(\varphi(x))$的微分公式又可写成

$$dy=f'(u)du \quad 或 \quad dy=y'_u du.$$

由此可见,无论 u 是自变量还是中间变量,微分形式 $dy=f'(u)du$ 都保持不变,这一性质称为微分形式不变性.这性质表明,当变换自变量时(即设 u 为另一变量的任一可微函数时),微分形式 $dy=f'(u)du$ 并不改变.

例 4　设 $y=e^{-2x}\cos 2x$,求微分 dy.

解

$$\begin{aligned}dy&=d(e^{-2x}\cos 2x)=e^{-2x}d(\cos 2x)+\cos 2x\,d(e^{-2x})\\&=e^{-2x}(-2\sin 2x)dx+\cos 2x(-2e^{-2x})dx=-2e^{-2x}(\sin 2x+\cos 2x)dx.\end{aligned}$$

例 5　设 $x^2+xy+y^2=1$,求微分 dy.

解　方程两边微分:$2xdx+ydx+xdy+2ydy=0$,解得

$$dy=-\frac{2x+y}{x+2y}dx.$$

四、微分在近似计算中的应用

在科学研究或工程实践中,我们经常会遇到用一些复杂的计算公式来计算某些量的问题,如果直接利用这些公式进行计算很麻烦,这时我们常常把所要求的量转化为求增量的问题,然后根据增量和微分之间的近似关系,将问题转化为求微分的问题,实践证明,利用微分把一些复杂的计算公式简化为近似公式来计算是一种简单可行的方法.

设函数 $y=f(x)$在点 x_0 处的导数 $f'(x_0)\neq 0$ 且$|\Delta x|$很小,则我们有

$$\Delta y\approx dy=f'(x_0)\Delta x,$$

即

$$\Delta y=f(x_0+\Delta x)-f(x_0)\approx f'(x_0)\Delta x \tag{2-4-2}$$

或

$$f(x_0+\Delta x)\approx f(x_0)+f'(x_0)\Delta x. \tag{2-4-3}$$

在(2-4-3)式中,令 $x=x_0+\Delta x$,即 $\Delta x=x-x_0$,则上式可写成

$$f(x)\approx f(x_0)+f'(x_0)(x-x_0). \tag{2-4-4}$$

式(2-4-2)可用于近似计算函数的增量,而公式(2-4-3)常用于计算函数的近似值.

例 6　利用微分近似计算 $\sin 29°30'$的近似值.

解　把 $29°30'$表示为弧度,得　$29°30'=\frac{\pi}{6}-\frac{\pi}{360}$.

设 $f(x)=\sin x$,此时

$$\sin(x_0+\Delta x)\approx\sin x_0+(\sin x)'|_{x=x_0}\Delta x=\sin x_0+\cos x_0\Delta x,$$

故　$\sin(29°30')=\sin\left(\frac{\pi}{6}-\frac{\pi}{360}\right)\approx\sin\frac{\pi}{6}+\cos\frac{\pi}{6}\cdot\left(-\frac{\pi}{360}\right)=\frac{1}{2}-\frac{\sqrt{3}}{2}\cdot\frac{\pi}{360}=0.4924.$

在式(2-4-4)中,如果令 $x_0=0$,则得

$$f(x)\approx f(0)+f'(0)x. \tag{2-4-5}$$

用式(2－4－5)我们可推得几个在工程上常用的近似公式(假定$|x|$很小)：

(1) $\sin x \approx x$ （x为弧度)；

(2) $(1+x)^m \approx 1+mx$；

(3) $\tan x \approx x$ （x为弧度)；

(4) $e^x \approx 1+x$；

(5) $\ln(1+x) \approx x$.

证 (1)设$f(x)=\sin x$,那么$f(0)=0$,$f'(0)=\cos x|_{x=0}=1$,代入式(2－4－5)便得

$$\sin x \approx x.$$

其他几个公式可用类似的方法证明,这里从略.

例7 求$\sqrt[3]{65}$的近似值.

解 $\sqrt[3]{65}=\sqrt[3]{4^3+1}=4\left(1+\frac{1}{64}\right)^{\frac{1}{3}}$,由公式(2)得

$$\left(1+\frac{1}{64}\right)^{\frac{1}{3}} \approx 1+\frac{1}{3}\cdot\frac{1}{64}=1.0052.$$

故
$$\sqrt[3]{65}=4\left(1+\frac{1}{64}\right)^{\frac{1}{3}} \approx 4\times 1.0052=4.0208.$$

例8 一个半径为1cm的球,为了提高表面的光洁度,需要镀上一层铜.镀层厚度为0.01cm.估计每只球需要用铜多少克?(铜的密度为8.9g/cm^3)

解 球的体积$V=\frac{4}{3}\pi r^3$,镀铜后,球的半径由1cm变为1.01cm,故所镀铜的体积为：$\Delta V=\frac{4}{3}\pi[(r+\Delta r)^3-r^3]$,利用近似计算公式$\Delta V \approx V'\Delta r=4\pi r^2\Delta r$,取$r=1$,$\Delta r=0.01$,$V'=4\pi r^2$,则$\Delta V \approx 4\pi r^2\Delta r \approx 0.13(\text{cm}^3)$；因此每只球需要用铜约为$0.13\times 8.9=1.16(\text{g})$.

第五节 隐函数及由参数方程所确定的函数的导数

一、隐函数的导数

函数$y=f(x)$表示两个变量y与x之间的对应关系,这种对应关系可以用不同的形式来表达.前面我们曾遇到这样的函数,如$y=\sin x$,$y=e^x+2x$等,这种函数表达方式的特点是:等式左端是因变量的符号,而右端是含自变量的式子,它们的地位和对应关系很明显,这种方式表达的函数我们称之为显函数(explicit function).当然,我们经常还会遇到一些表达形式与它们不同的函数,如方程$x^2+e^y-2=0$表示的函数,当自变量x在$(-\sqrt{2},+\sqrt{2})$内取值时,相应地变量y有确定的值与之对应,它们之间也建立了一种函数关系,类似这样的函数,我们称之为隐函数(implicit function).

一般地,如在方程$F(x,y)=0$中,当x在某区间内取任一值时,相应地总有满足该方程的唯一确定的值y与之对应,那么就说方程$F(x,y)=0$在该区间内确定了一个隐函数.

把一个隐函数化成显函数的过程叫做隐函数的显化,如从$x^2+e^y-2=0$中得到$y=\ln(2-x^2)$,当然并不是所有的隐函数都能显化的,如$2\sin xy+e^{x+y^2}-4x+1=0$等就不能显化.

能够显化的隐函数可以从显化后的函数中求出函数的导数，无法显化的隐函数的导数怎样来求呢？下面我们通过几个例子来说明隐函数求导的方法.

例 1　求由方程 $y^3+3x^2y+x=1$ 所确定的隐函数 y 的导数 y' 及 $y'(0)$.

解　注意到 $y=y(x)$，代入方程得恒等式：$y^3(x)+3x^2y(x)+x\equiv 1$. 两端对 x 求导，得

$$3y^2(x)\cdot y'(x)+3[x^2y'(x)+2xy(x)]+1=0.$$

解出 y'，

$$y'(x)=-\frac{1+6xy(x)}{3x^2+3y^2(x)},$$

一般可以写作

$$y'=-\frac{1+6xy}{3x^2+3y^2}.$$

当 $x=0$ 时，$y=1$，从而 $y'(0)=-\frac{1}{3}$.

例 2　求由方程 $2e^y+xy-\sin x=0$ 所确定的隐函数 y 的导数.

解　方程两边同时对自变量 x 求导数，由于 y 是 x 的函数，所以 e^y 是 x 的复合函数，xy 是两个函数的乘积，因此有

$$(2e^y)'_x+(xy)'_x-(\sin x)'_x=0,$$

即

$$2e^yy'_x+y+xy'_x-\cos x=0.$$

于是

$$y'_x=\frac{\cos x-y}{2e^y+x}.$$

大家知道，在求导数时一定要明确是对哪个变量求导，而在求微分时，按照微分形式不变性，无须指明是对哪一个变量的微分，因而我们有时通过微分运算来求导数会更加方便. 如本例也可用微分形式不变性求出导数.

方程 $2e^y+xy-\sin x=0$ 两边求微分得

$$d(2e^y+xy-\sin x)=2e^ydy+ydx+xdy-\cos xdx=0.$$

因而有

$$\frac{dy}{dx}=\frac{\cos x-y}{2e^y+x}.$$

例 3　求由方程 $x-y+\frac{1}{2}\sin y=0$ 所确定的隐函数 y 的二阶导数$\frac{d^2y}{dx^2}$.

解　应用隐函数的求导方法，得 $1-\frac{dy}{dx}+\frac{1}{2}\cos y\cdot\frac{dy}{dx}=0$，于是

$$\frac{dy}{dx}=\frac{2}{2-\cos y}.$$

上式两边再对 x 求导，得

$$\frac{d^2y}{dx^2}=\frac{-2\sin y\frac{dy}{dx}}{(2-\cos y)^2}=\frac{-4\sin y}{(2-\cos y)^3}.$$

二、对数求导法

例 4　设 $y=x^{\cos x}(x>0)$，求 y'.

解　两边取对数得

$$\ln y=\cos x\cdot\ln x,$$

上式两边关于 x 求导，并注意到 y 是 x 的函数，得

$$\frac{1}{y}y'=-\sin x\cdot\ln x+\cos x\cdot\frac{1}{x},$$

即 $$y'=y(-\sin x\cdot\ln x+\cos x\cdot\frac{1}{x})=x^{\cos x}\left(\cos x\cdot\frac{1}{x}-\sin x\cdot\ln x\right).$$

本例中的函数既不是幂函数也不是指数函数，常称为幂指函数，其一般形式为

$$y=u(x)^{v(x)},\quad u(x)>0.$$

若 $u(x)$，$v(x)$ 都可导，则用例 4 中的对数求导法，可求出其导数；也可表示为 $y=e^{v(x)\cdot\ln u(x)}$，这样就可以直接求导数.

例 5 设 $y=\sqrt{\sin x\cdot x^3\cdot\sqrt{1-x^2}}$，求 y'.

解 取对数： $$\ln y=\frac{1}{2}\left[\ln\sin x+3\ln x+\frac{1}{2}\ln(1-x^2)\right],$$

两边对 x 求导得

$$\frac{1}{y}y'=\frac{1}{2}\left[\frac{\cos x}{\sin x}+\frac{3}{x}+\frac{1}{2}\left(\frac{-2x}{1-x^2}\right)\right]=\frac{1}{2}\left[\cot x+\frac{3}{x}-\frac{x}{1-x^2}\right],$$

$$y'=y\cdot\frac{1}{2}\left(\cot x+\frac{3}{x}-\frac{x}{1-x^2}\right)=\frac{1}{2}\sqrt{\sin x\cdot x^3\cdot\sqrt{1-x^2}}\cdot\left(\cot x+\frac{3}{x}-\frac{x}{1-x^2}\right).$$

本例是多个函数的连乘形式，通过先取对数再求导，可使求导运算简化.

三、由参数方程所确定的函数的导数

前面我们学习了一些初等函数导数的求法，这些函数无论是显函数还是隐函数，自变量和因变量的对应关系都是直接的，即自变量 x 在定义区间内任意取某个值，相应地因变量 y 有一个唯一确定的值与之对应，但是有这样一类函数，函数的变量 y，x 都是另一个变量 t 的函数，当 t 在某一变化区间内取值时，相应地有确定的 y，x 的值与之对应，如果我们只关注变量 x 与 y，此时我们就得到了 y 与 x 之间的对应函数关系，下面我们就来讨论一下这类函数的导数的求法. 一般地，参数方程的形式为

$$\begin{cases}x=\varphi(t),\\ y=\psi(t)\end{cases}(t\text{ 为参数}).\tag{2-5-1}$$

假定 $x=\varphi(t)$ 单调连续，$x=\varphi(t)$ 与 $y=\psi(t)$ 都可导，且 $\varphi'(t)\neq0$，那么 $x=\varphi(t)$ 具有单调连续的反函数 $t=\varphi^{-1}(x)$，当 t 取值在 $y=\psi(t)$ 的定义区间内时，$t=\varphi^{-1}(x)$ 与 $y=\psi(t)$ 可以复合成函数 $y=\psi(\varphi^{-1}(x))$，于是根据复合函数的求导法则与反函数的导数公式，就有

$$\frac{dy}{dx}=\frac{dy}{dt}\cdot\frac{dt}{dx}=\frac{dy}{dt}\cdot\frac{1}{\frac{dx}{dt}}=\frac{\psi'(t)}{\varphi'(t)},$$

即 $\frac{dy}{dx}=\frac{\psi'(t)}{\varphi'(t)}$，此式也可写成

$$\frac{dy}{dx}=\frac{\frac{dy}{dt}}{\frac{dx}{dt}}.\tag{2-5-2}$$

式(2-5-2)就是参数方程(2-5-1)所确定的函数 $y=f(x)$ 的导数公式.

如果 $x=\varphi(t)$ 与 $y=\psi(t)$ 还是二阶可导的，那么从(2-5-2)式还可得到函数的二阶导数：

$$\begin{aligned}\frac{d^2y}{dx^2}&=\frac{d}{dx}\left(\frac{dy}{dx}\right)=\frac{d}{dt}\left(\frac{\psi'(t)}{\varphi'(t)}\right)\cdot\frac{dt}{dx}\\&=\frac{\psi''(t)\varphi'(t)-\psi'(t)\varphi''(t)}{\varphi'^2(t)}\cdot\frac{1}{\varphi'(t)}=\frac{\psi''(t)\varphi'(t)-\psi'(t)\varphi''(t)}{\varphi'^3(t)}.\end{aligned}$$

例 6　求由参数方程$\begin{cases}x=2t,\\y=t-\sin t\end{cases}$所确定的函数 y 的导数$\frac{dy}{dx}$.

解　因为
$$\frac{dx}{dt}=2,\frac{dy}{dt}=(t-\sin t)'=1-\cos t,$$
所以
$$\frac{dy}{dx}=\frac{\frac{dy}{dt}}{\frac{dx}{dt}}=\frac{1-\cos t}{2}.$$

例 7　求由参数方程$\begin{cases}x=t-\cos t,\\y=\sin t\end{cases}$所确定的函数 y 的二阶导数$\frac{d^2y}{dx^2}$.

解
$$\frac{dy}{dx}=\frac{\frac{dy}{dt}}{\frac{dx}{dt}}=\frac{(\sin t)'}{(t-\cos t)'}=\frac{\cos t}{1+\sin t},$$
$$\frac{d^2y}{dx^2}=\frac{d}{dt}\left(\frac{\cos t}{1+\sin t}\right)\cdot\frac{dt}{dx}=\frac{(-\sin t)(1+\sin t)-\cos t\cdot\cos t}{(1+\sin t)^2}\cdot\frac{1}{\frac{dx}{dt}}$$
$$=\frac{-\sin t-\sin^2t-\cos^2t}{(1+\sin t)^2}\cdot\frac{1}{1+\sin t}=-\frac{1+\sin t}{(1+\sin t)^3}=-\frac{1}{(1+\sin t)^2}.$$

习 题 二

1. 填空题：

(1) 下列各题中均假定 $f'(x_0)$存在，则$\lim\limits_{\Delta x\to 0}\frac{f(x_0-\Delta x)-f(x_0)}{\Delta x}=$________，$\lim\limits_{h\to 0}\frac{f(x_0+h)-f(x_0-h)}{h}=$________；

(2) 设 $f(x)=f(0)+ax+o(x)$，其中 a 为常数，$o(x)$为 $x\to 0$ 时的高阶无穷小，则 $f'(0)=$________；

(3) 设函数 $y=x^3\cdot\sqrt[5]{x}$，则 $y'=$________；

(4) 曲线 $y=e^x$ 在点(0,1)处的切线方程为________，法线方程为________；

(5) 已知物体的运动规律为 $s=t^3$ m，则这物体在 $t=2$ 秒时的速度为________；

(6) $(e\tan x)'$________；

(7) $\left(\cos\sqrt{\pi}+\frac{\sin x}{\pi}\right)'=$________；

(8) $(x^{a}+a^{x})'=$________；

(9) $(5x^3-2^x+3e^x)'-$________；

(10) $\left(\frac{\sin x}{x}\right)'=$________；

(11) $(\ln x-2\lg x+3\log_2 x)'=$________；

(12) $(x^2\ln x)'=$________；

(13) $\left(\frac{1}{1+x}\right)'=$________；

(14) $[\cos(3x+1)]'=$________；

(15) $(2^{-3x+1})'=$________；

(16) $(\arctan\sqrt{x})'=$________；

(17) $(\tan^3x)'=$________；

(18) $[(10-2x)^9]'=$________；

(19) $[\log_3(x^2+2x-9)]'=$________；

(20) $\left(\arccos\frac{2}{x}\right)'=$________；

(21) $[\ln^3(x^2)]'=$________；

(22) $[e^{\cos(2x+1)}]'=$________；

(23) $[\ln(\sec x+\tan x)]'=$________；

(24) $(\sin 2x)''=$________；

(25) $(e^{ax})^{(n)}=$________；

(26) $(a_0+a_1x+a_2x^2+\cdots+a_nx^n)^{(n)}=$________；

(27) $[(a+x)^{100}]^{(100)}\Big|_{x=a}=$________；

(28) $d(x\sin 2x)=$______； (29) $d[\ln(1-x)]^2=$______；

(30) $d[\ln(\cos\sqrt{x})]=$______； (31) $d\left(\frac{3}{2}x^2+C\right)=$______；

(32) $d\left(-\frac{1}{\omega}\cos\omega x+C\right)=$______.

2. 根据导数的定义求下列函数的导数：

(1) $y=3x^2+x-1$； (2) $y=\frac{1}{1+x}$； (3) $y=\cos 2x$； (4) $y=\sqrt[3]{x}$.

3. 讨论下列函数在 $x=0$ 点的连续性与可导性：

(1) $f(x)=\begin{cases}\sin x, & x\geqslant 0,\\ x, & x<0;\end{cases}$ (2) $f(x)=\begin{cases}x^2, & x\geqslant 0,\\ x, & x<0;\end{cases}$

(3) $f(x)=\begin{cases}x^2\sin\frac{1}{x}, & x\neq 0,\\ 0, & x=0.\end{cases}$

4. 设 $f(x)=(x-a)\varphi(x)$，其中 $\varphi(x)$在点 $x=a$ 处连续，求 $f'(a)$.

5. 设 $f(x)=\begin{cases}x^2-1, & x>2,\\ ax+b, & x\leqslant 2,\end{cases}$其中 a,b 为常数，$f'(2)$存在，求 a,b 及 $f'(2)$.

6. 设 $f(x)=\begin{cases}\sin x, & x<0,\\ x, & x\geqslant 0,\end{cases}$求 $f'(0)$.

7. 设 $f(x)=x(x-1)(x-2)\cdots(x-100)$，求 $f'(0)$.

8. 求下列函数的导数：

(1) $y=\frac{e^x}{x^2}+\ln 3$； (2) $y=\sqrt{3x}+\sqrt[3]{x}+\frac{1}{x}$；

(3) $y=x^2\log_3 x$； (4) $y=x(2x-1)(3x+2)$；

(5) $y=\frac{\ln x}{x^n}$； (6) $y=\frac{x\sin x}{1+\tan x}$；

(7) $y=\arctan x^2$； (8) $y=\ln\sin^2 x$；

(9) $y=e^{3-4x}\cos 2x$； (10) $y=\ln\frac{\sqrt{1-x}}{\sqrt{1+x}}$；

(11) $y=\sqrt[3]{\frac{1}{1+x^2}}$； (12) $y=\sin 2x\cos 3x$；

(13) $y=3^{-\sin^2\frac{x}{2}}+\ln\cos x$； (14) $y=3^{a^2-x^2}$；

(15) $y=ae^{\sqrt{x}}$； (16) $y=\sin^2(\cos 3x)$；

(17) $y=\sqrt{x+\sqrt{x+\sqrt{x}}}$； (18) $y=\ln(x+\sqrt{a^2+x^2})$；

(19) $y=\arcsin(\sin x)$； (20) $y=e^{(1-\sin x)^{\frac{1}{2}}}$；

(21) $y=\frac{x}{2}\sqrt{a^2-x^2}+\frac{a^2}{2}\arcsin\frac{x}{a}$； (22) $y=e^{\arctan\sqrt{x}}$.

9. 设 $f(x)$可导，$y=f(\sin^2 x)+f(\cos^2 x)$，求$\frac{dy}{dx}$.

10. 设函数 $f(x)$和 $g(x)$可导，且 $f^2(x)+g^2(x)\neq 0$，试求函数 $y=\sqrt{f^2(x)+g^2(x)}$的导数.

11. 求下列函数的高阶导数：

(1) 设 $y=(1+x^2)\arctan x$，求 y''； (2) 设 $y=\sqrt{a^2-x^2}$，求 y''；

(3) 设 $y=\ln(1-x^2)$，求 y''；

(4) 设 $y=f(x\varphi(x))$，$f(x)$，$\varphi(x)$有二阶导数，求$\frac{d^2y}{dx^2}$；

(5) 设 $y=\ln(x+\sqrt{1+x^2})$，求 y''；　(6) 设 $y=xe^x$，求 $y^{(n)}$；

(7) 设 $f(x)=\dfrac{1-x}{1+x}$，求 $f^{(n)}(1)$；　(8) $y=x^2\sin 2x$，求 $y^{(50)}$.

12. 验证函数 $y=e^x\sin x$ 满足关系式 $y''-2y'+2y=0$.

13. 试从 $\dfrac{dx}{dy}=\dfrac{1}{y'}$ 导出：(1) $\dfrac{d^2x}{dy^2}=-\dfrac{y''}{(y')^3}$；(2) $\dfrac{d^3x}{dy^3}=\dfrac{3(y'')^2-y'\cdot y'''}{(y')^5}$.

14. 求下列方程所确定的隐函数的导数：

(1) $x^3+y^3-3axy=0$；　(2) $y=\cos(x+y)$；

(3) $x\sqrt{y}-y\sqrt{x}=0$；　(4) $y+\ln x=x$；

(5) $e^x-e^y=\sin xy$.

15. 设 $y=f(x)$ 由方程 $y=\tan(x+y)$ 所确定，求 $\dfrac{d^2y}{dx^2}$.

16. 求下列函数的导数：

(1) $y=\sqrt[x]{x}$；　(2) $y=(\sin x)^{\cos x}$；　(3) $y=\sqrt[5]{\dfrac{(4x-1)(2-x)}{(x-3)(x^2+1)}}$.

17. 求下列由参数方程所确定的函数的导数：

(1) 设 $\begin{cases}x=a(\cos t+t\sin t)\\ y=a(\sin t-t\cos t)\end{cases}$，求 $\left.\dfrac{dy}{dx}\right|_{t=\frac{\pi}{4}}$；

(2) 设 $\begin{cases}x=f'(t)\\ y=tf'(t)-f(t)\end{cases}$，$f''(t)$ 存在且不为零，求 $\dfrac{d^2y}{dx^2}$.

18. 将水注入深 8m、上顶直径 8m 的正圆锥形容器中，其速率为 $4m^3/min$. 当水深为 5m 时，其表面上升的速率为多少？

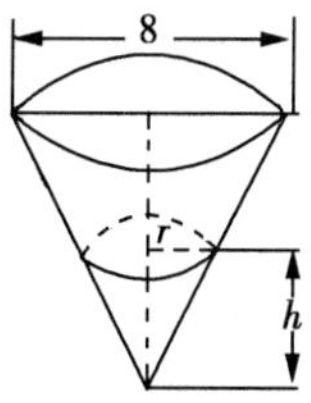

18 题图

19. 已知 $y=x^3-x$，计算在 $x=2$ 处当 Δx 分别为 0.1，0.01 时的 Δy 与 dy.

20. 求下列各数的近似值：

(1) arctan1.05；　(2) cos59°.

21. 扩音器插头为圆柱形，截面半径为 $r=0.15$cm，长度为 $l=4$cm，为了提高其导电性能，要在这圆柱形的侧面镀上一层厚为 0.001cm 的纯铜，问每个插头约需要多少克纯铜？

22. 当 $|x|$ 很小时，证明 $\sqrt{1+x}\approx 1+\dfrac{1}{2}x$.

23. 求下列隐函数的微分：

(1) $x^2+xy+y^2=3$；　(2) $e^x\sin y-e^{-y}\cos x=0$.

第三章　微分中值定理与导数的应用

导数在自然科学与工程技术上有着广泛的应用.本章中我们将应用导数来研究函数及其性态,并利用这些知识解决一些实际问题,为此首先要介绍导数应用的基础——微分中值定理.

第一节　微分中值定理

微分中值定理包括罗尔定理、拉格朗日中值定理、柯西中值定理和泰勒中值定理.

一、罗尔定理(Rolle's theorem)

定理 1(罗尔定理)　设函数 $f(x)$ 在闭区间 $[a,b]$ 上连续并在开区间 (a,b) 上可导,如果 $f(a)=f(b)$,则在 (a,b) 上至少存在一个数 ξ,使得 $f'(\xi)=0$.

证　由于 $f(x)$ 在闭区间 $[a,b]$ 上连续,故 $f(x)$ 在 $[a,b]$ 上有最大值 M 和最小值 m.

若 $M=m$,则 $f(x)$ 恒为常数,因此任给 $\xi\in(a,b)$,有 $f'(\xi)=0$.

若 $M\neq m$,因 $f(a)=f(b)$,M,m 中至少有一个不等于 $f(a)$.不妨设 $M\neq f(a)$,故必有 (a,b) 中的一点 ξ,使 $f(\xi)=M$.

于是 $f(\xi+\Delta x)-f(\xi)\leqslant 0$,因而有

$$\frac{f(\xi+\Delta x)-f(\xi)}{\Delta x}\leqslant 0,\Delta x>0;\quad \frac{f(\xi+\Delta x)-f(\xi)}{\Delta x}\geqslant 0,\Delta x<0.$$

故有　$$f'_+(\xi)=\lim_{\Delta x\to 0^+}\frac{f(\xi+\Delta x)-f(\xi)}{\Delta x}\leqslant 0, f'_-(\xi)=\lim_{\Delta x\to 0^-}\frac{f(\xi+\Delta x)-f(\xi)}{\Delta x}\geqslant 0.$$

由于 $f(x)$ 在 ξ 可导,故 $f'(\xi)=f'_+(\xi)=f'_-(\xi)=0$.

罗尔定理有很直观的几何意义,如图 3-1 所示.设 $y=f(x)$ 在 $[a,b]$ 上的图象是一条连续曲线,在区间上的两个端点函数值相等.除端点外,处处有切线,则该曲线上至少有一点 ξ 有水平切线.

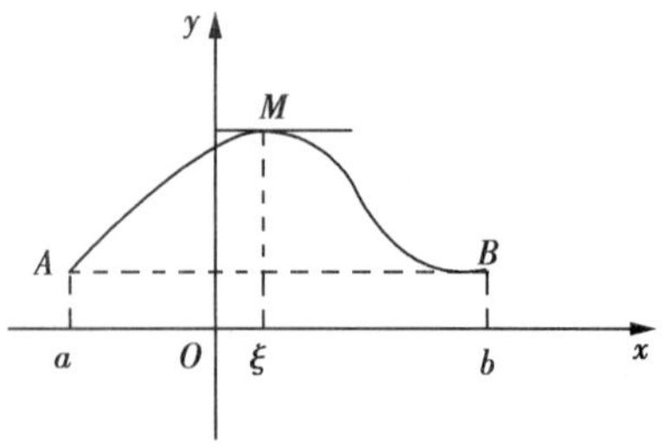

图 3-1

该定理的条件是充分而非必要的.但若定理三个条件缺少任何一个,结论就不一定成立.

例如,$f(x)=1-|x|,x\in[-1,1]$ 在 $x=0$ 不可导;

$$g(x)=\begin{cases}1-x,0<x\leqslant 1,\\0,\quad x=0\end{cases}$$ 在 $x=0$ 不连续.

$h(x)=x,x\in[0,1],h(0)\neq h(1)$.

这些函数在各自的区间上都没有 ξ,使 $f'(\xi)=0$ 成立.

例 1　证明方程 $x^3+2x+1=0$ 在区间 $(-1,0)$ 内有且仅有一个实根.

证 设 $f(x)=x^3+2x+1,-1\leqslant x\leqslant 0$. $f(-1)=-2<0,f(0)=1>0$,根据闭区间上连续函数根的存在定理,在$(-1,0)$内 $f(x)$至少有一个零点($f(x)=0$ 的点),即方程 $x^3+2x+1=0$ 在$(-1,0)$中至少有一个根.

再证唯一性.若方程在$(-1,0)$至少有两个根 x_1,x_2,即 $f(x_1)=f(x_2)=0$.不妨设 $x_1<x_2$.由罗尔定理,至少存在 $\xi\in(x_1,x_2)\subseteq(-1,0)$,使 $f'(\xi)=0$.然而 $f'(x)=3x^2+2>0$,即这样的 ξ 不存在,从而矛盾.

所以,在$(-1,0)$上方程有且仅有一个根.

二、拉格朗日(Lagrange)定理

如果我们去掉罗尔定理中 $f(a)=f(b)$ 这个条件,则不一定有切线平行于 x 轴的点,如图 3-2所示,但如果连接弦 AB,则一定至少有一条切线平行弦 AB.这就是拉格朗日定理.

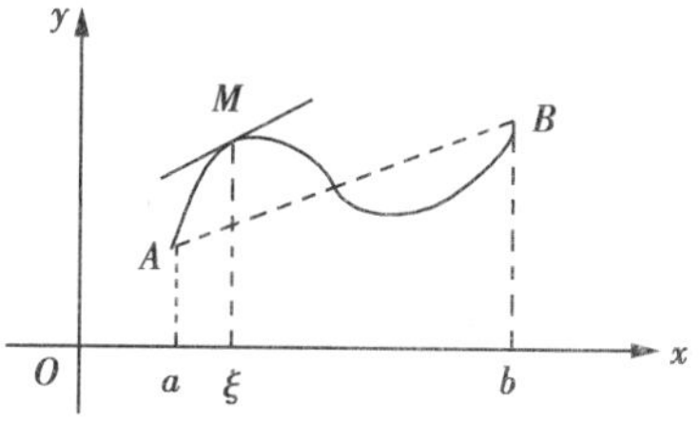

图 3-2

定理 2(拉格朗日中值定理)　若 $f(x)$在闭区间$[a,b]$上连续,在开区间(a,b)内可导,则至少存在一点 $\xi\in(a,b)$,使得

$$f(b)-f(a)=f'(\xi)(b-a).\qquad(3-1-1)$$

证 设辅助函数

$$g(x)=f(x)-\frac{1}{b-a}[f(b)-f(a)]x.$$

由于 $g(a)=g(b)=\frac{1}{b-a}[bf(a)-af(b)]$,且 $g(x)$在$[a,b]$上连续,在(a,b)可导,由罗尔定理,存在 $\xi\in(a,b)$,使 $g'(\xi)=0$,即 $f'(\xi)-\frac{1}{b-a}[f(b)-f(a)]=0$,化简并通过简单整理即是(3-1-1)式.

(3-1-1)式称为拉格朗日中值公式,它是微积分学中一个重要公式,我们还常常用到如下形式的公式:

设 $f(x)$在(a,b)可导,$x,x+\Delta x\in(a,b)$,则 $f(x)$在$[x,x+\Delta x]$(此时 $\Delta x>0$,当 $\Delta x<0$ 时,区间是$[x+\Delta x,x]$)上有

$$f(x+\Delta x)-f(x)=f'(x+\theta\Delta x)\Delta x,0<\theta<1.$$

我们知道,常数的导数等于零,反过来,我们有:导数恒为零的函数必是常数函数.

推论 1　若函数 $f(x)$在区间(a,b)内的导数恒为零,则函数 $f(x)$在(a,b)内为常数.

证 设 $x_1<x_2,x_1,x_2\in(a,b)$,由拉格朗日定理知,

$$f(x_2)-f(x_1)=f'(\xi)(x_2-x_1),x<\xi<x_2.$$

由假设,$f'(\xi)=0$,所以 $f(x_2)-f(x_1)=0$,即 $f(x_2)=f(x_1)$.

因为 x_1,x_2 是(a,b)内任意两点,所以上面等式表明 $f(x)$在(a,b)的函数值是一个常数.

推论 2　若函数 $f(x),g(x)$在(a,b)内导数相等,则在(a,b)内有 $f(x)=g(x)+C$.

证 作辅助函数 $h(x)=f(x)-g(x)$.

则 $h'(x)=f'(x)-g'(x)=0$.

由推论 1,$h(x)\equiv C$.

即 $f(x)=g(x)+C$.

定理 3[柯西(Cauchy)中值定理]

设函数 $f(x)$ 和 $g(x)$ 在区间 (a,b) 内可导，在 $[a,b]$ 上连续，且 $g'(x)\neq 0$，则在 (a,b) 中至少存在一点 ξ 使得

$$\frac{f(b)-f(a)}{g(b)-g(a)}=\frac{f'(\xi)}{g'(\xi)},\quad \xi\in(a,b).$$

证 作一个新的函数：h：$h(x)=[f(b)-f(a)]g(x)-[g(b)-g(a)]f(x)$. 这函数 h 满足罗尔定理的条件，即 h 在 $[a,b]$ 上连续，在 (a,b) 中可微，而且 $h(a)=h(b)$. 因此，在 (a,b) 中至少存在一点 ξ 使得 $h'(\xi)=0$，即

$$(f(b)-f(a))g'(\xi)-(g(b)-g(a))f'(\xi)=0,$$

因为 $g'(x)\neq 0$，所以 $g(b)-g(a)\neq 0$. 否则，对于函数 $g(x)$ 罗尔定理成立. 这样，在 (a,b) 中至少存在一点 d 使得 $g'(d)=0$，但这与 $g'(x)\neq 0$ 矛盾. 因此，我们得到：

$$\frac{f(b)-f(a)}{g(b)-g(a)}=\frac{f'(\xi)}{g'(\xi)},\quad \xi\in(a,b).$$

定理的几何意义仍然表示弦 AB 与在 $[a,b]$ 上的曲线 AB 的一条切线平行. 正如拉格朗日定理那样. 这是因为当曲线若由参数方程 $x=g(t)$，$y=f(t)$ 来表示时，$\frac{f(b)-f(a)}{g(b)-g(a)}$ 是弦的斜率，且 $\frac{f'(\xi)}{g'(\xi)}=\left.\frac{\mathrm{d}y}{\mathrm{d}x}\right|_{t=\xi}$ 是切线在 $t=\xi$ 处的斜率，这定理也叫柯西中值定理，它可以作为拉格朗日定理的一个推广.

在拉格朗日中值定理中，若有 $f(a)=f(b)$，则 $f'(\xi)=\frac{f(b)-f(a)}{b-a}=0$，这就是罗尔定理；在柯西中值定理中，若令 $g(x)=x$，则为拉格朗日中值定理，所以拉格朗日中值定理是罗尔定理的推广，而柯西定理又是拉格朗日定理的推广.

利用中值定理，可以方便地证一些不等式.

例 2 证明当 $x>0$ 时，

$$\frac{x}{1+x}<\ln(1+x)<x.$$

证 设 $f(x)=\ln(1+x)$，显然 $f(x)$ 在 $[0,x]$ 满足拉格朗日中值定理条件，于是存在 $\xi\in[0,x]$，使

$$f(x)-f(0)=f'(\xi)(x-0),$$

即

$$\ln(1+x)=\frac{x}{1+\xi}.$$

又由 $0<\xi<x$，有

$$\frac{x}{1+x}<\frac{x}{1+\xi}<x,$$

从而有

$$\frac{x}{1+x}<\ln(1+x)<x,\quad x>0.$$

例 3 $f(x)=(x-1)(x-2)(x-3)(x-4)$，说明方程 $f'(x)=0$ 有几个实根，并指出它们所在的区间.

解 显然 $f(x)$ 在区间 $[1,2]$，$[2,3]$，$[3,4]$ 都满足罗尔定理的条件，所以至少有 $\xi_1\in(1,2)$，$\xi_2\in(2,3)$，$\xi_3\in(3,4)$，使得 $f'(\xi_i)=0$，$i=1,2,3$. 即方程 $f'(x)=0$ 至少有三个实根. 但 $f'(x)=0$ 是一元三次方程，至多有三个实根. 所以方程 $f'(x)=0$ 恰有三个实根，它们分别在区间 $(1,2)$，$(2,3)$，$(3,4)$ 内.

例 4　设函数 $f:[0,1]\to(0,1)$ 可导. 且当 $x\in(0,1)$ 时，$f'(x)\neq1$. 证明存在唯一的 $\xi\in(0,1)$ 使 $f(\xi)=\xi$.

证　令 $F(x)=f(x)-x$，因函数 $f(x)$ 在 $[0,1]$ 上可导，所以 $f(x)$ 在 $[0,1]$ 上连续，从而 $F(x)$ 在 $[0,1]$ 上也连续，且 $F(0)=f(0)>0$，$F(1)=f(1)-1<0$，

由零点定理，至少存在 $\xi\in(0,1)$ 使 $F(\xi)=0$，即 $f(\xi)=\xi$.

再证唯一性. 若存在两点 $x_1,x_2\in(0,1)$，使 $f(x_1)=x_1$，$f(x_2)=x_2$. 不妨设 $x_1<x_2$. 在闭区间 $[x_1,x_2]$ 上对 $f(x)$ 应用拉格朗日中值定理，则至少 $\exists\,\xi\in(x_1,x_2)\subseteq(0,1)$ 使

$$f'(\xi)=\frac{f(x_2)-f(x_1)}{x_2-x_1}=1.$$

这与在 $(0,1)$ 内 $f'(x)\neq1$ 矛盾. 因此存在唯一的 $\xi\in(0,1)$，使 $f(\xi)=\xi$.

例 5　设函数 $f(x)\in C[0,1]$，在 $(0,1)$ 内可导，证明，至少存在一点 $\xi\in(0,1)$ 使 $f'(\xi)=2\xi[f(1)-f(0)]$.

证　该题结论可变形为

$$\frac{f(1)-f(0)}{1-0}=\frac{f'(\xi)}{2\xi}=\frac{f'(x)}{(x^2)'}\bigg|_{x=\xi}.$$

由此得到启发，取 $g(x)=x^2$. 易见，函数 $f(x)$，$g(x)=x^2$ 在 $[0,1]$ 上连续，在 $(0,1)$ 内可导，且 $f'(x)$ 与 $g'(x)$ 不同时为零，$g(0)\neq g(1)$，故 $f(x)$ 和 $g(x)=x^2$ 满足柯西中值定理条件. 所以，至少存在一点 $\xi\in(0,1)$ 有

$$\frac{f(1)-f(0)}{1-0}=\frac{f'(\xi)}{2\xi},$$

即

$$f'(\xi)=2\xi[f(1)-f(0)].$$

第二节　洛必达法则

如果当 $x\to a$（或 $x\to\infty$）时，若函数 $f(x)$ 与 $g(x)$ 均趋于零（或无穷大），那么 $\lim\limits_{\substack{x\to a\\(x\to\infty)}}\dfrac{f(x)}{g(x)}$ 可能有各种不同的情况，称为未定式，并分别记为 $\dfrac{0}{0}$ 或 $\dfrac{\infty}{\infty}$. 洛必达法则提供了一个求这类极限的简单有效的方法.

一、$\dfrac{0}{0}\left(\dfrac{\infty}{\infty}\right)$ 型未定式的极限

定理[洛必达(L'Hospital)法则]

设 L 是一个实数或 $\pm\infty$.

(1) **函数 $f(x)$，$g(x)$ 在 $\mathring{U}(a,\delta)$ 有定义，且**

$\lim\limits_{x\to a}f(x)=0$，$\lim\limits_{x\to a}g(x)=0$（**或** $\lim\limits_{x\to a}f(x)=\infty$，$\lim\limits_{x\to a}g(x)=\infty$），

(2) $f(x)$，$g(x)$ **在 $\mathring{U}(a,\delta)$ 可导，且** $g'(x)\neq0$，

(3) $\lim\limits_{x\to a}\dfrac{f'(x)}{g'(x)}=L$，

则

$$\lim_{x\to a}\frac{f(x)}{g(x)}=\lim_{x\to a}\frac{f'(x)}{g'(x)}=L.$$

证 仅就$\frac{0}{0}$型未定式证明之. 因为求$\lim\limits_{x\to a}\frac{f(x)}{g(x)}$与$f(a)$和$g(a)$无关，所以可补充定义$f(a)=g(a)=0$，于是由条件(1)(2)知，$f(x)$，$g(x)$在$U(a,8)$内连续. 于是，当$x\in(a,b)$时，$f$和$g$在$[a,x]$上连续，在$(a,x)$中可微. 由柯西定理我们得到：

$$\frac{f(x)-f(a)}{g(x)-g(a)}=\frac{f'(c)}{g'(c)},c\in(a,x)\quad 即\frac{f(x)}{g(x)}=\frac{f'(c)}{g'(c)},c\in(a,x).$$

因此，我们得到$\lim\limits_{x\to a^+}\frac{f(x)}{g(x)}=\lim\limits_{c\to a^+}\frac{f'(c)}{g'(c)}=\lim\limits_{x\to a^+}\frac{f'(x)}{g'(x)}=L$. 这就证明了$x\to a^+$的情况. 同样我们可以证明$x\to a^-$的情况. 故有

$$\lim_{x\to a}\frac{f(x)}{g(x)}=\lim_{x\to a}\frac{f'(x)}{g'(x)}=L.$$

对于$x\to\infty$的情况，法则可叙述如下：

如果f和g对$|x|>N>0$是可微的，$g'(x)\neq 0$，$\lim\limits_{x\to\infty}f(x)=0$，$\lim\limits_{x\to\infty}g(x)=0$和$\lim\limits_{x\to\infty}\frac{f'(x)}{g'(x)}=L$，则$\lim\limits_{x\to\infty}\frac{f(x)}{g(x)}=\lim\limits_{x\to\infty}\frac{f'(x)}{g'(x)}=L$. 实际上，对$x\to\infty$的情况，让我们取$x=\frac{1}{t}$，则$x\to\infty$的情况成为$t\to 0$的情况.

当$x\to a^+$，$x\to a^-$，$x\to+\infty$，$x\to-\infty$时该法则仍然成立.

例 1 求$\lim\limits_{x\to\pi}\frac{1+\cos x}{\tan^2 x}$. $\left(\frac{0}{0}型\right)$

解 这是$\frac{0}{0}$型未定式，由洛必达法则

$$\lim_{x\to\pi}\frac{1+\cos x}{\tan^2 x}=\lim_{x\to\pi}\frac{-\sin x}{2\tan x\sec^2 x}=\lim_{x\to\pi}\left(-\frac{\cos^3 x}{2}\right)=\frac{1}{2}.$$

例 2 求$\lim\limits_{x\to\frac{\pi}{2}}\frac{\ln\sin x}{(\pi-2x)^2}$. $\left(\frac{0}{0}型\right)$

解
$$\lim_{x\to\frac{\pi}{2}}\frac{\ln\sin x}{(\pi-2x)^2}=\lim_{x\to\frac{\pi}{2}}\frac{(\ln\sin x)'}{[(\pi-2x)^2]'}=\lim_{x\to\frac{\pi}{2}}\frac{\cot x}{-4(\pi-2x)}.$$

我们发现，上式右端又是$\frac{0}{0}$型，继续用洛必达法则.

$$\lim_{x\to\frac{\pi}{2}}\frac{\cot x}{-4(\pi-2x)}=\lim_{x\to\frac{\pi}{2}}\frac{(\cot x)'}{-4(\pi-2x)'}=\lim_{x\to\frac{\pi}{2}}\frac{-\csc^2 x}{8}=-\lim_{x\to\frac{\pi}{2}}\frac{1}{8\sin^2 x}=-\frac{1}{8}.$$

于是有
$$\lim_{x\to\frac{\pi}{2}}\frac{\ln\sin x}{(\pi-2x)^2}=-\frac{1}{8}.$$

例 3 求$\lim\limits_{x\to+\infty}\frac{x^n}{e^{\lambda x}}$ (n为正整数，$\lambda>0$).

解
$$\lim_{x\to+\infty}\frac{x^n}{e^{\lambda x}}=\lim_{x\to+\infty}\frac{nx^{n-1}}{\lambda e^{\lambda x}}=\lim_{x\to+\infty}\frac{n(n-1)x^{n-2}}{\lambda^2 e^{\lambda x}}=\cdots=\lim_{x\to+\infty}\frac{n!}{\lambda^n e^{\lambda x}}=0.$$

这里连续应用洛必达法则n次. 若$n>0$不是整数，仍有$\lim\limits_{x\to+\infty}\frac{x^n}{e^{\lambda x}}=0$ ($n>0,\lambda>0$).

例 4 求$\lim\limits_{x\to+\infty}\frac{\ln x}{x^n}$ ($n>0$).

解
$$\lim_{x\to+\infty}\frac{\ln x}{x^n}=\lim_{x\to+\infty}\frac{\frac{1}{x}}{nx^{n-1}}=\lim_{x\to+\infty}\frac{1}{nx^n}=0.$$

例 3、例 4 说明，当 $x\to+\infty$ 时，$\ln x$，x^n，$e^{\lambda x}(\lambda>0)$ 都趋于 $+\infty$，这 3 个无穷大量比较，指数函数增长较快，幂函数次之，对数函数增长最慢.

二、其他未定式

除了上述两种类型外，还有未定式 $0\cdot\infty$，$\infty-\infty$，0^0，1^∞，∞^0 等.

(1) 若 $x\to a$(或 ∞)，如果 $f(x)\to 0$，$g(x)\to\infty$，则由

$$f(x)\cdot g(x)=\frac{f(x)}{\frac{1}{g(x)}}\quad 或\quad f(x)\cdot g(x)=\frac{g(x)}{\frac{1}{f(x)}},$$

可将 $0\cdot\infty$ 化成 $\frac{0}{0}$ 或 $\frac{\infty}{\infty}$. 到底是化成 $\frac{0}{0}$ 好呢，还是化成 $\frac{\infty}{\infty}$ 好呢？要看运用洛必达法则后，后续步骤的计算哪个更简单.

(2) 若 $x\to a$(或 ∞)，如果 $f(x)\to\infty$，$g(x)\to\infty$，则由

$$f(x)-g(x)=\frac{\frac{1}{g(x)}-\frac{1}{f(x)}}{\frac{1}{f(x)\cdot g(x)}}$$

可将未定式 $\infty-\infty$ 化为 $\frac{0}{0}$ 型，但最常见的是先通分，再化成 $\frac{0}{0}$ 或 $\frac{\infty}{\infty}$ 型.

(3) 如果 $f(x)^{g(x)}$ 为不定式 0^0，1^∞，∞^0，可利用对数恒等式 $f(x)^{g(x)}=e^{g(x)\ln f(x)}$，其中 $g(x)\ln f(x)$ 化成了 $0\cdot\infty$ 型，再按情形(1)化成 $\frac{0}{0}\left(\frac{\infty}{\infty}\right)$ 型.

由于以上 5 种未定式均可化为 $\frac{0}{0}$ 或 $\frac{\infty}{\infty}$，因此求它们的极限也可用洛必达法则.

例 5　求 $\lim\limits_{x\to0^+}x\ln x$. ($0\cdot\infty$ 型)

解
$$\lim_{x\to0^+}x\ln x=\lim_{x\to0^+}\frac{\ln x}{\frac{1}{x}}=\lim_{x\to0^+}\frac{\frac{1}{x}}{-\frac{1}{x^2}}=\lim_{x\to0^+}(-x)=0.$$

例 6　求 $\lim\limits_{x\to1}\left(\frac{1}{\ln x}-\frac{1}{1-x}\right)$. ($\infty-\infty$)

解　$$\lim_{x\to1}\left(\frac{1}{\ln x}-\frac{1}{1-x}\right)=\lim_{x\to1}\frac{1-x-\ln x}{\ln x\cdot(1-x)}=\lim_{x\to1}\frac{-1-\frac{1}{x}}{\frac{1-x}{x}-\ln x}=\lim_{x\to1}\frac{-x-1}{1-x-x\ln x}=\infty.$$

注意　在每次使用洛必达法则之前，必须检查是否为 $\frac{0}{0}$ 或 $\frac{\infty}{\infty}$，否则会导致错误. 例如 $\lim\limits_{x\to1}\frac{-x-1}{1-x-x\ln x}=\lim\limits_{x\to1}\frac{-1}{-2-\ln x}=\frac{1}{2}$ 就是错误的.

$\infty-\infty$ 中只有 $+\infty-(+\infty)$ 和 $(-\infty)-(-\infty)$ 两个未定式，而 $+\infty-(-\infty)=+\infty$，$-\infty-(+\infty)=-\infty$ 不是未定式. 对于本题，也可不用洛必达法则，而做如下讨论.

$$\lim_{x\to1^+}\frac{1}{\ln x}=+\infty,\quad \lim_{x\to1^+}\frac{1}{1-x}=-\infty,$$

故 $\lim\limits_{x\to1^+}\left(\frac{1}{\ln x}-\frac{1}{1-x}\right)=+\infty-(-\infty)=+\infty.$

$$\lim_{x\to1^-}\frac{1}{\ln x}=-\infty,\ \lim_{x\to1^-}\frac{1}{1-x}=+\infty.$$

故 $\lim\limits_{x\to1^-}\left(\frac{1}{\ln x}-\frac{1}{1-x}\right)=-\infty-(+\infty)=-\infty.$

总之， $\lim\limits_{x\to1}\left(\frac{1}{\ln x}-\frac{1}{1-x}\right)=\infty.$

思考 求$\lim\limits_{x\to1}\left(\frac{1}{\ln x}-\frac{1}{x-1}\right)$.

例 7 求 $\lim\limits_{x\to0^+}x^x$. （0^0 型）

解 $\lim\limits_{x\to0^+}x^x=\lim\limits_{x\to0^+}e^{x\ln x}=\lim\limits_{x\to0^+}e^{\frac{\ln x}{\frac{1}{x}}}=e^{\lim\limits_{x\to0^+}\frac{\frac{1}{x}}{-\frac{1}{x^2}}}=e^0=1.$

洛必达法则是求未定式极限的有力工具，有时和前面讲过的等价无穷小等知识结合起来运用，会使计算更加快捷. 例如：

$$\lim_{x\to0}\frac{\sin^3x}{x(1-\cos x)}=\lim_{x\to0}\frac{x^3}{x(1-\cos x)}=\lim_{x\to0}\frac{x^2}{1-\cos x}=\lim_{x\to0}\frac{2x}{\sin x}=2.$$

但有时候又无法使用洛必达法则，例如

$$\lim_{x\to0}\frac{x^2\sin\frac{1}{x}}{\sin x}=\lim_{x\to0}\frac{2x\sin\frac{1}{x}-\cos\frac{1}{x}}{\cos x},$$

右式极限不存在. 这不是说洛必达法则不对，而是题目不满足洛必达法则要求的条件"$\lim\limits_{x\to a}\frac{f'(x)}{g'(x)}$存在或为$\infty$".

事实上，我们可以如此求得：

$$\lim_{x\to0}\frac{x^2\sin\frac{1}{x}}{\sin x}=\lim_{x\to0}\frac{x}{\sin x}\cdot\lim_{x\to0}\left(x\sin\frac{1}{x}\right)=\lim_{x\to0}\left(x\sin\frac{1}{x}\right)=0.$$

再如 $\lim\limits_{x\to+\infty}\frac{x+\sin x}{x-\cos x}$, $\lim\limits_{x\to+\infty}\frac{e^x+e^{-x}}{e^x-e^{-x}}$也不能用洛必达法则得到结果.

第三节 泰勒公式

我们知道，如果函数 $f(x)$在 x_0 可微，则在 x_0 附近有线性近似式

$$f(x)\approx f(x_0)+f'(x_0)(x-x_0).$$

这种逼近具有形式简单，计算方便的优点，但它是一个近似公式，运用拉格朗日定理，则有更精确的公式：

$$f(x)=f(x_0)+f'(\xi)(x-x_0),$$

ξ介于x_0 与 x 之间. 但此法也有不足之处：精度太低. 下面我们考虑用 n 次多项式逼近 $f(x)$的问题.

设 $f(x)$ 在 x_0 处有直到 $n+1$ 阶的导数，我们需要找到一个唯一的多项式 $P_n(x)$，使 $P_n(x)$ 和 $f(x)$ 在 x_0 处的函数值和直到 n 阶的导数值都分别相等. 让我们找出形如

$$P_n(x)=a_0+a_1(x-x_0)+a_2(x-x_0)^2+\cdots+a_n(x-x_0)^n \tag{3-3-1}$$

的多项式来逼近 $f(x)$，使得

$$f(x_0)=P_n(x_0),$$
$$f'(x_0)=P'_n(x_0),$$
$$f''(x_0)=P''_n(x_0),$$
$$f^{(n)}(x_0)=P_n^{(n)}(x_0).$$

那么，在上式中，如何求出 $a_0,a_1,\cdots,a_n$ 呢？

令 $x=x_0$，可得 $\qquad f(x_0)=a_0.$

对 $f(x)$ 和 $P_n(x)$ 求导. 由 $f'(x_0)=P'_n(x_0)$ 得

$$f'(x_0)=a_1.$$

继续由 $\qquad f''(x_0)=P''_n(x_0),$

得 $\qquad \dfrac{f''(x_0)}{2!}=a_2,$

………………

如此继续下去，可得 $\qquad \dfrac{f^{(n)}(x_0)}{n!}=a_n.$

于是，在 x_0 附近：

$$f(x)\approx P_n(x)=f(x_0)+f'(x_0)(x-x_0)+\frac{f''(x_0)}{2!}(x-x_0)^2+\cdots+\frac{f^{(n)}(x_0)}{n!}(x-x_0)^n. \tag{3-3-2}$$

$P_n(x)$ 称为 $f(x)$ 的 n 阶泰勒(Taylor)多项式.

余下的问题是估计 $R_n(x)=f(x)-P_n(x)$，当 $x\to x_0$ 时，是不是 $(x-x_0)^n$ 的高阶无穷小？

显然 $R_n(x)$ 是 $n+1$ 阶可导，且

$$R_n(x_0)=R'_n(x_0)=\cdots=R_n^{(n)}(x_0)=0.$$

重复应用洛必达法则，得

$$\lim_{x\to x_0}\frac{R_n(x)}{(x-x_0)^n}=\lim_{x\to x_0}\frac{R'_n(x)}{n(x-x_0)^{n-1}}=\cdots=\lim_{x\to x_0}\frac{R_n^{(n)}(x)}{n!}=0.$$

于是 $R_n(x)$ 是 $(x-x_0)^n$ 的高阶无穷小量. 记为

$$R_n(x)=o((x-x_0)^n).$$

这个余项称为皮亚诺(Peano)余项.

$$f(x)=f(x_0)+f'(x_0)(x-x_0)+\cdots+\frac{f^{(n)}(x_0)}{n!}(x-x_0)^n+o((x-x_0)^n) \tag{3-3-3}$$

称为带皮亚诺余项的泰勒公式.

对函数 $R_n(x)$ 及 $(x-x_0)^{n+1}$ 在以 x_0 及 x 为端点的区间上应用柯西中值定理，得

$$\frac{R_n(x)}{(x-x_0)^{n+1}}=\frac{R_n(x)-R_n(x_0)}{(x-x_0)^{n+1}-(x_0-x_0)^{n+1}}=\frac{R'_n(\xi_1)}{(n+1)(\xi-x_0)^n}=\frac{1}{n+1}\frac{R'_n(\xi_1)}{(\xi_1-x_0)^n}.$$

其中 ξ_1 介于 x_0 与 x 之间，再对两个函数 $R'_n(x)$ 与 $(n+1)(x-x_0)^n$ 在以 x_0 与 ξ_1 为端点的区间上继续运用柯西中值定理. 得

$$\frac{1}{(n+1)}\cdot\frac{R'_n(\xi_1)}{(\xi_1-x_0)^n}=\frac{1}{(n+1)}\cdot\frac{R'_n(\xi_1)-0}{(\xi_1-x_0)^n-0}=\frac{1}{n+1}\frac{R'_n(\xi_1)-R'_n(x_0)}{(\xi_1-x_0)^n-(x_0-x_0)^n}$$

$$=\frac{1}{(n+1)n}\frac{R''_n(\xi_2)}{(\xi_2-x_0)^{n-1}} \quad (\xi_2 \text{ 介于 } \xi_1 \text{ 与 } x_0 \text{ 之间})$$

………………

$$=\frac{1}{(n+1)!}\frac{R_n^{(n+1)}(\xi_{n+1})}{1}=\frac{1}{(n+1)!}[f^{(n+1)}(\xi_{n+1})-P_n^{(n+1)}(\xi_{n+1})]$$

$$=\frac{1}{(n+1)!}f^{(n+1)}(\xi_{n+1}).$$

$\xi_i(i=1,2,\cdots,n+1)$介于 ξ_{i-1}与 x_0 之间.

约定 $\xi_0=x$,所有的 $\xi_i(i=0,1,2,\cdots)$都在 x_0 与 x 之间. 于是得

$$f(x)=f(x_0)+f'(x_0)(x-x_0)+\frac{f''(x_0)}{2!}(x-x_0)^2+\cdots+\frac{f^{(n)}(x_0)}{n!}(x-x_0)^n+$$
$$\frac{f^{(n+1)}(\xi)}{(n+1)!}(x-x_0)^{n+1} \quad (\xi \text{ 在 } x_0 \text{ 与 } x \text{ 之间}). \qquad (3-3-4)$$

公式(3-3-3)称为带有拉格朗日余项的泰勒公式.

根据以上讨论,我们得到在条件更强的情况下的中值定理——泰勒中值定理.

定理(泰勒中值定理) 若函数 $f(x)$在区间(a,b)内有直到 $n+1$ 阶的导数,$x,x_0\in(a,b)$,则有

$$f(x)=\sum_{k=0}^{n}\frac{f^{(k)}(x_0)}{k!}(x-x_0)^k+R_n(x),$$

其中 $R_n(x)=\frac{f^{(n+1)}(\xi)}{(n+1)!}(x-x_0)^{n+1}$,$\xi$ 介于 x_0,x 之间.

式中若 $n=0$,即为拉格朗日中值定理,可见泰勒公式是拉格朗日公式的推广.

如果 $0\in(a,b)$,当 $x_0=0$ 时,

$$f(x)=f(0)+\frac{f'(0)}{1!}x+\cdots+\frac{f^{(n)}(0)}{n!}x^n+\frac{f^{(n+1)}(\theta x)}{(n+1)!}x^{n+1} \quad (0<\theta<1). \quad (3-3-5)$$

则称 $f(x)$为具有拉格朗日余项的 n 阶麦克劳林(Maclaurin)公式,它是泰勒公式简单而常用的特殊情形.

注意 ξ 位于 x_0 与 x 之间,可写成 $\xi=x_0+\theta(x-x_0)$,$0<\theta<1$.

1. 将一个函数展开成泰勒展开式(或麦克劳林展开式)的方法

(1) 直接法

据泰勒公式可知,为求 $f(x)$在 $x=x_0$ 的泰勒展开式,只要求出系数

$$a_k=\frac{f^{(k)}(x_0)}{k!} \quad (k=1,2,\cdots,n).$$

例 1 求 $f(x)=e^x$ 的 n 阶麦克劳林公式.

解 因为 $$f(x)=f'(x)=f''(x)=\cdots=f^{(n)}(x)=e^x,$$

所以 $$f(0)=f'(0)=f''(0)=\cdots=f^{(n)}(0)=1.$$

代入公式(3-3-5),得

$$e^x=1+x+\frac{1}{2!}x^2+\cdots+\frac{1}{n!}x^n+\frac{e^{\theta x}}{(n+1)!}x^{n+1} \quad (0<\theta<1).$$

例 2 求 $f(x)=\ln(1+x)$的麦克劳林公式.

解 $$f(x)=\ln(1+x),f(0)=0;$$

$$f'(x)=\frac{1}{1+x},f'(0)=1;$$

$$f''(x)=-\frac{1}{(1+x)^2},f''(0)=-1;$$

$$f'''(x)=\frac{2}{(1+x)^3},f'''(0)=2;$$

$$\cdots\cdots$$

$$f^{(n)}(x)=(-1)^{n-1}\frac{(n-1)!}{(1+x)^n},f^{(n)}(0)=(-1)^{n-1}(n-1)!\ (n\geqslant 1)$$

所以

$$\ln(1+x)=x-\frac{x^2}{2}+\frac{x^3}{3}-\cdots+(-1)^{n-1}\frac{x^n}{n}+(-1)^n\frac{1}{(1+\theta x)^{n+1}(n+1)}x^{n+1}\quad(0<\theta<1).$$

例 3　求 $\sin x$ 的麦克劳林展开式.

解　$(\sin x)^{(k)}=\sin\left(x+\frac{k}{2}\pi\right)\quad k=0,1,2,\cdots,$

于是
$$a_n=\frac{\sin\left(x+\frac{n}{2}\pi\right)}{n!}\Bigg|_{x=0}=\frac{1}{n!}\sin\frac{n}{2}\pi,$$

于是
$$a_{2n}=\frac{1}{(2n)!}\sin n\pi=0,n=0,1,2,\cdots,$$

$$a_{2n+1}=\frac{1}{(2n+1)!}\sin\left(n\pi+\frac{\pi}{2}\right)=\frac{(-1)^n}{(2n+1)!},n=0,1,2,\cdots,$$

于是 $\sin x=x-\frac{x^3}{3!}+\frac{x^5}{5!}-\cdots+(-1)^{n-1}\frac{x^{2n-1}}{(2n-1)!}+\frac{(-1)^n}{(2n+1)!}\cos\theta x\cdot x^{2n+1}\quad(0<\theta<1).$

类似地,可得

$$\cos x=1-\frac{x^2}{2!}+\frac{x^4}{4!}-\frac{x^6}{6!}+\cdots+(-1)^n\frac{x^{2n}}{(2n)!}+(-1)^{n+1}\frac{\cos\theta x}{(2n+2)!}x^{2n+2}\quad(0<\theta<1).$$

$$(1+x)^\alpha=1+\alpha x+\frac{\alpha(\alpha-1)}{2!}x^2+\cdots+\frac{\alpha(\alpha-1)\cdots(\alpha-n+1)}{n!}\cdot x^n+$$
$$\frac{\alpha(\alpha-1)\cdots(\alpha-n)}{(n+1)!}\frac{x^{n+1}}{(1+\theta x)^{n+1-\alpha}}\quad(0<\theta<1,x>-1).$$

(2) 间接法展成泰勒公式

利用已知的展开式,经过复合或四则运算,便可得到所求函数的展开式.

例 4　将 $f(x)=e^{\sin x}$ 展开至 x^3 项.

解　$e^x=1+x+\frac{x^2}{2!}+\frac{x^3}{3!}+o(x^3),$

故
$$e^{\sin x}=1+\sin x+\frac{\sin^2 x}{2!}+\frac{\sin^3 x}{3!}+o(\sin^3 x).$$

而
$$\sin x=x-\frac{1}{6}x^3+o(x^3),$$

于是　$e^{\sin x}=1+(x-\frac{x^3}{6})+\frac{1}{2}\left(x-\frac{x^3}{6}\right)^2+\frac{1}{6}\left(x-\frac{x^3}{6}\right)^3+o(x^3)=1+x+\frac{1}{2}x^2+o(x^3).$

2. 泰勒公式的应用

(1) 利用泰勒公式求极限

例 5　求 $\lim\limits_{x\to 0^+}\dfrac{\cos\sqrt{x}-\sin\sqrt{x}\cdot\frac{1}{\sqrt{x}}}{x}.$

解 $\cos\sqrt{x}=1-\frac{1}{2!}x+o(x)$， $\sin\sqrt{x}=\sqrt{x}-\frac{1}{3!}(\sqrt{x})^3+o(\sqrt{x^3})$，

所以
$$\frac{\sin\sqrt{x}}{\sqrt{x}}=1-\frac{1}{3!}x+o(x).$$

从而
$$\lim_{x\to0^+}\frac{\cos\sqrt{x}-\sin\sqrt{x}\cdot\frac{1}{\sqrt{x}}}{x}=\lim_{x\to0^+}\frac{\left(1-\frac{1}{2!}x\right)-\left(1-\frac{1}{3!}x\right)+o(x)}{x}$$
$$=\lim_{x\to0^+}\left(-\frac{1}{2!}+\frac{1}{3!}\right)=-\frac{1}{3}.$$

(2) 用泰勒公式求函数近似值

例 6 计算 e 的近似值,并估计误差.

解 这里以 $n=8$ 为例,$x=1$,则有
$$\mathrm{e}=1+1+\frac{1}{2!}+\frac{1}{3!}+\cdots+\frac{1}{8!}+\frac{\mathrm{e}^{\xi}}{9!}\quad(0<\xi<1).$$

用前 9 项之和近似 e 时,截断误差
$$R_8(1)=\frac{\mathrm{e}^{\xi}}{9!}<\frac{3}{9!}<10^{-5}.$$

因此,每个项应取小数点后 6 位,第 7 位四舍五入,经计算得
$$\mathrm{e}\approx2.71828.$$

例 7 计算 $\sin10°$,准确至 10^{-4}.

解 设 $f(x)=\sin x$,取 $x_0=0$,$x=\frac{\pi}{18}$,则有
$$\sin\frac{\pi}{18}=\frac{\pi}{18}-\frac{1}{3!}\left(\frac{\pi}{18}\right)^3+\frac{1}{5!}\left(\frac{\pi}{18}\right)^5+\cdots+(-1)^{m-1}\frac{1}{(2m-1)!}\left(\frac{\pi}{18}\right)^{2m-1}+R_{2m}\left(\frac{\pi}{18}\right),$$

其中
$$R_{2m}\left(\frac{\pi}{18}\right)=(-1)^m\cos\left(\frac{\pi}{18}\theta\right)\cdot\frac{\left(\frac{\pi}{18}\right)^{2m+1}}{(2m+1)!},0<\theta<1.$$

当 $m=2$ 时,有
$$\left|R_4\left(\frac{\pi}{18}\right)\right|<\frac{(0.2)^5}{5!}=\frac{4}{15}\times10^{-5}<10^{-4},$$

于是
$$\sin10°\approx\frac{\pi}{18}-\frac{1}{3!}\left(\frac{\pi}{18}\right)^3\approx0.17453-0.00089\approx0.1736.$$

第四节 利用导数研究函数

函数的单调性、凸性、渐近线是函数的几种形态,这些都可以用导数工具方便地进行研究.

一、函数的单调性

定理 1 若在区间 (a,b) 内的任意 x,有 $f'(x)>0$(或 $f'(x)<0$),则在这区间上 $f(x)$ 是递增的(或递减的).

证 设 $f'(x)>0$,$x\in(a,b)$,

又设任给 $x_1,x_2\in(a,b)$，$x_1<x_2$，依据拉格朗日中值定理，

$$f(x_2)-f(x_1)=f'(\xi)(x_2-x_1)>0,\quad x_1<\xi<x_2,$$

即 $$f(x_1)<f(x_2).$$ $f(x)$在$[a,b]$上是递增的.

注意　在(a,b)上，只在有限个点上有 $f'(x)=0$，在其余的点上 $f'(x)>0$（或<0），定理 1 仍成立，证明时只要以这些点为分点分成几个区间讨论即可.

例 1　研究函数 $f(x)=x^3-6x^2+9x+16$ 的单调性.

解　定义域为$(-\infty,+\infty)$，

$$f'(x)=3x^2-12x+9=3(x-1)(x-3).$$

令 $f'(x)=0$，得 $x_1=1$，$x_2=3$，以 1，3 为界，把定义域分成$(-\infty,1]$，$[1,3]$，$[3,+\infty)$，

$$f'(x)>0,x\in(-\infty,1)\text{或 }x\in(3,+\infty);f'(x)<0,x\in(1,3).$$

于是函数在$(-\infty,1]$和$[3,+\infty)$内单调递增，在$[1,3]$内单调递减.

二、函数的极值

定义 1　设函数 $y=f(x)$在点 x_0 的邻域内有定义，如果对该邻域内任意 x，总有 $f(x)\leqslant f(x_0)$，则称 $f(x)$在点 x_0 取得极大值(relative maximum)，**而 x_0 称为极大点；如果对该邻域内任意 x，$f(x)\geqslant f(x_0)$，则称 $f(x)$在 x_0 取得极小值**(relative minimum)，**x_0 称为极小点.**

函数的极大值和极小值统称为极值. 极大点、极小点统称为极值点.

由定义可知，极值只是在极值点的邻域里最大或最小，而不是在整个定义区间上最大或最小. 因此具有“局部”特性. 在定义区间上可能有多个极值. 例如，在图 3 - 3 中，x_1，x_3 是极大点，x_2 是极小点.

可导函数极值存在的必要条件

定理 2　设 $f(x)$在 x_0 可导，且 $f(x_0)$是 $f(x)$的极值，则必有 $f'(x_0)=0$.

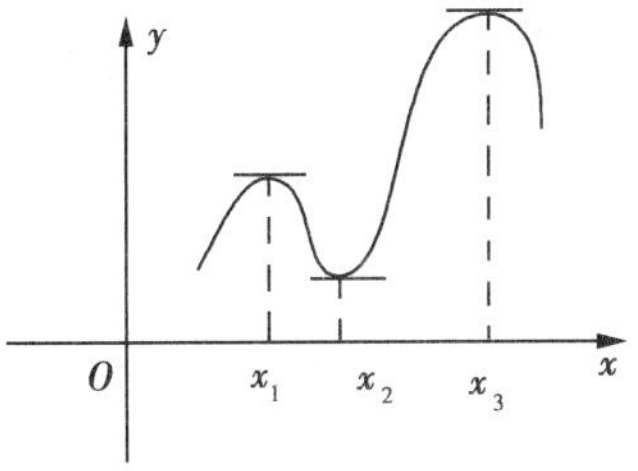

图 3 - 3

证　不妨假设 $f(x_0)$是极大值，由极大值的定义，在 x_0 的邻域内对任意 $x_0+\Delta x$（除 x_0 外）有 $f(x_0+\Delta x)<f(x_0)$，

当 $\Delta x<0$ 时，$$\frac{f(x_0+\Delta x)-f(x_0)}{\Delta x}>0,$$

因此，有 $$f'(x_0^-)=\lim_{x\to x_0^-}\frac{f(x_0+\Delta x)-f(x_0)}{\Delta x}\geqslant 0;$$

当 $\Delta x>0$ 时，$$\frac{f(x_0+\Delta x)-f(x_0)}{\Delta x}<0,$$

因此，有 $$f'(x_0^+)=\lim_{x\to x_0^+}\frac{f(x_0+\Delta x)-f(x_0)}{\Delta x}\leqslant 0,$$

因为 $f'(x_0)$存在，当 $\Delta x\to 0$ 时，$\dfrac{f(x_0+\Delta x)-f(x_0)}{\Delta x}$ 的左、右极限存在且相等. 从而得到 $f'(x_0)=0$. 故此可证，$f(x)$在点 x_0 取极小值时也有 $f'(x_0)=0$.

一般地，$f'(x)=0$ 的点称为驻点[也称稳定点(stationary point)]，显然，由上述定理可知，函数的极值点必是驻点，反之，驻点却不一定是极值点. 例如 $f(x)=x^3$，$f'(x)=3x^2$，$x=0$ 是驻点，但不是 $f(x)=x^3$ 的极值点.

如果函数在点 x_0 处不可导，点 x_0 也可能是函数的极值点. 例如，$f(x)=|x|$，$x=0$ 是极小点，但 $f'(0)$不存在.

定理 3(第一充分条件)　设函数 $f(x)$ 在 x_0 的某邻域内可导,并且 $f'(x_0)=0$.

(1) 当 $x<x_0$ 时 $f'(x)>0$,当 $x>x_0$ 时 $f'(x)<0$,则 $f(x)$ 在 x_0 处取得极大值 $f(x_0)$.

(2) 当 $x<x_0$ 时 $f'(x)<0$,当 $x>x_0$ 时 $f'(x)>0$,则 $f(x)$ 在 x_0 处取得极小值 $f(x_0)$.

(3) 若 $f'(x)$ 在 x_0 两侧邻域里同号,则 $f(x)$ 在 x_0 处不存在极值.

证　(1) 假定 $f(x)$ 在区间 $[x_0-\varepsilon,x_0+\varepsilon]$ 可导,其中 ε 是一个任意小的正数,x 是区间 $[x_0-\varepsilon,x_0+\varepsilon]$ 内的一点,由中值定理

$$f(x)-f(x_0)=(x-x_0)f'(\xi)\quad(\text{其中}\ \xi\ \text{介于}\ x\ \text{与}\ x_0\ \text{之间})$$

可知,当 $x_0-\varepsilon<x<x_0$ 时,$f'(\xi)>0$ 且 $x-x_0<0$. 因而 $f(x)-f(x_0)<0$,即 $f(x)<f(x_0)$. 当 $x_0<x<x_0+\varepsilon$ 时,$f'(\xi)<0$ 且 $x-x_0>0$. 因而 $f(x)-f(x_0)<0$,即 $f(x)<f(x_0)$. 由极值定义知 $f(x_0)$ 是函数的极大值.

(2) 证法同(1)完全类似.

(3) 因为 $f'(x)$ 在点 x_0 的邻域内不变号,又 x_0 是稳定点,故 $f'(x)>0$ 或 $f'(x)<0$(除 x_0 点外)在 x_0 点的邻域内都成立,由定理 1 可知函数 $f(x)$ 在点 x_0 的邻域内是单调函数(递增或递减),故 $f(x)$ 在点 x_0 不取极值.

根据定理 2 和定理 3,我们可得出求 $f(x)$ 极值的步骤:

(1) 求所有 $f'(x)=0$ 的点及所有不可导的点.

(2) 考察导函数 $f'(x)$ 在驻点及不可导点左右两侧的符号,判断是否是极值点,是极大值还是极小值.

例 2　求函数 $f(x)=(x-1)^2(x+1)^3$ 的极值.

解　(1) $f'(x)=2(x-1)(x+1)^3+3(x-1)^2(x+1)^2=5(x-1)(x+1)^2\left(x-\frac{1}{5}\right)$.

(2) 令 $f'(x)=0$,得 $x_1=-1,x_2=\frac{1}{5},x_3=1$.

(3) 列表讨论.

表 3-1

x	$(-\infty,-1)$	-1	$\left(-1,\frac{1}{5}\right)$	$\frac{1}{5}$	$\left(\frac{1}{5},1\right)$	1	$(1,+\infty)$
$f'(x)$	+	0	+	0	−	0	+
$f(x)$	↗	无极值	↗	1.1059 极大	↘	0 极小	↗

由表可知,函数 $f(x)$ 在 $x=-1$ 处无极值,在 $x=\frac{1}{5}$ 处,函数有极大值 $f\left(\frac{1}{5}\right)=1.1059$,在 $x=1$ 处,函数有极小值 $f(1)=0$.

定理 4(第二充分条件)　设函数 $f(x)$ 在点 x_0 处有二阶导数,且 $f'(x)=0$,那么

(1) 若 $f''(x_0)<0$,则函数 $f(x)$ 在 x_0 处取极大值;

(2) 若 $f''(x_0)>0$,则函数 $f(x)$ 在 x_0 处取极小值;

(3) 若 $f''(x_0)=0$,则不能决定函数 $f(x)$ 在 x_0 处是否有极值.

证　(1) 由于 $f''(x_0)<0$ 及 $f'(x_0)=0$,有

$$f''(x_0)=\lim_{x\to x_0}\frac{f'(x)-f'(x_0)}{x-x_0}=\lim_{x\to x_0}\frac{f'(x)}{x-x_0}<0.$$

由极限性质，当 x 充分接近 x_0（即在 x_0 的某个邻域内）时，有

$$\frac{f'(x)}{x-x_0}<0.$$

于是在此邻域内，当 $x<x_0$ 时，$f'(x)>0$；当 $x>x_0$ 时，$f'(0)<0$. 由定理 3，$f(x)$在 x_0 处取极大值.

(2) 证明与(1)方法相同.

(3) 只需举两例即可，$f(x)=x^3$，$g(x)=x^4$.

$f'(0)=g'(0)=0$，$f''(0)=g''(0)=0$，$f(x)$在 $x=0$ 无极值. 而 $g(x)$在 $x=0$ 取极小值.

在此情况下，需用第一判别法，$f'(x)=3x^2$，在 $x\neq 0$ 时，$f'(x)>0$. 函数单调上升，故无极值；$g'(x)=4x^3$，在 $x_0=0$ 的左右邻域符号相反. 故取极值.

函数的最人值和最小值

若函数在区间$[a,b]$上连续，则必有最大值和最小值，与极值局部性不同，最大值和最小值是指在整个定义区间上的，具有整体性. 由于函数存在最值，不需要可导甚至连续的条件，故最值有可能在驻点、端点、不可导点、不连续点上. 后两者只讨论有限个不可导或有限个不连续点.

例 3　求 $f(x)=1+3x-x^3$ 在$[-3,2]$上的最大值和最小值.

解

$$f'(x)=3-3x^2=3(1+x)(1-x).$$

令 $f'(x)=0$，得驻点

$$x_1=-1,x_2=1.$$

将端点、驻点函数值比较，

$$f(-3)=19,f(2)=-1,f(-1)=-1,f(1)=3,$$

知函数最大值 $f(-3)=19$，最小值 $f(-1)=f(2)=-1$.

如果在$[a,b]$内部，函数 $f(x)$有唯一极大(小)值，那么此时极大(小)值就是最大(小)值.

例 4　用铁皮做成一个容积一定的圆柱形无盖的容器，问应当如何设计，才能使用料最省？

解　依题意，用料最省就是要使表面积最小，设其表面积为 S，高为 H，底半径 R，则

$$S=2\pi RH+\pi R^2\quad(0<H,R<+\infty).$$

又设容积为 V(一定)，得

$$V=\pi R^2H.$$

由此得　$H=\dfrac{V}{\pi R^2}$，代入 S 中：

$$S=\frac{2V}{R}+\pi R^2\quad(0<R<+\infty).$$

以下求 S 的最小值.

$$\frac{dS}{dR}=-\frac{2V}{R^2}+2\pi R.$$

令$\dfrac{dS}{dR}=0$，得唯一驻点 $R=\sqrt[3]{\dfrac{V}{\pi}}$. 又

$$\frac{d^2S}{dR^2}=\frac{4V}{R^3}+2\pi>0,$$

故 $R=\sqrt[3]{\dfrac{V}{\pi}}$ 是极小点，也是最小点，将 R 代入 $H=\dfrac{V}{\pi R^2}$，得 $H=\sqrt[3]{\dfrac{V}{\pi}}=R$，因此若高 H 和

底半径 R 相等，用料最省.

三、凹凸性、拐点、渐近线

我们已经研究了函数单调性和极值问题，但只了解这些还不能掌握函数的全部性态，例如 $y=x^2$ 和 $y=\sqrt{x}$，在[0,1]上都是递增的，它们的图象却有不同的弯曲方向，我们用曲线与其切线的相对位置来描述函数图象的这种性态.

1. 曲线的凹凸概念

定义 **如果在某区间内，曲线位于任意一点的切线的上方，则称这段曲线是凹的**(concave)[**图** 3-4(a)]；**如果在某区间内，曲线位于任意一点的切线的下方，则称这段曲线为凸的**(convex)[**图** 3-4(b)].

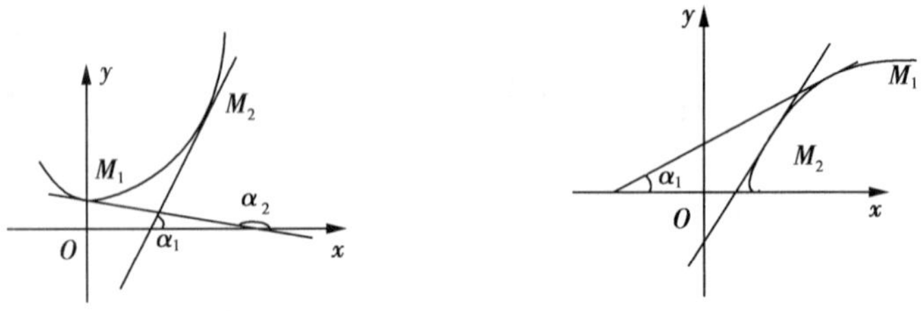

(a) (b)

图 3-4

用下述定理判别曲线凹凸性.

定理 5 **设函数** $y=f(x)$ **在区间** (a,b) **内有二阶导数，那么**

(1) **若在** (a,b) **内，**$f''(x)>0$**，则** $f(x)$ **在** (a,b) **内是凹的；**

(2) **若在** (a,b) **内，**$f''(x)<0$**，则** $f(x)$ **在** (a,b) **内是凸的.**

证 只证结论(1)，结论(2)完全类似.

任取 $x_0\in(a,b)$，在点 $(x_0,f(x_0))$ 曲线的切线方程为

$$y=f'(x_0)(x-x_0)+f(x_0).$$

对任意 $x\in(a,b)$，比较 $f(x)$ 与切线在 x 的值的大小，运用拉格朗日中值定理，我们有(图 3-5)

$$\begin{aligned}&f(x)-[f'(x_0)(x-x_0)+f(x_0)]\\=&[f(x)-f(x_0)]-f'(x_0)(x-x_0)\\=&f'(\xi)(x-x_0)-f'(x_0)(x-x_0)\\=&[f'(\xi)-f'(x_0)](x-x_0)\\=&f''(\eta)(\xi-x_0)(x-x_0),\end{aligned}$$

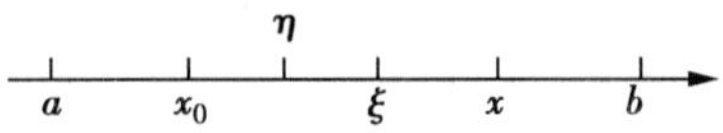

图 3-5

其中 ξ 在 x_0 与 x 之间，η 在 x_0 与 ξ 之间，从而 $(\xi-x_0)(x-x_0)>0$.
而依题意，对任意 x，$f''(x)>0$，就有 $f''(\eta)>0$，于是

$$f(x)>f'(x_0)(x-x_0)+f(x_0).$$

即函数图象总是位于它的任一点切线的上方，故 $f(x)$ 在 (a,b) 上是凹的.

例 5 判定曲线 $f(x)=1+3x-x^3$ 的凹凸性.

解 $f'(x)=3-3x^2$，$f''(x)=-6x$，令 $f''(x)=0$，得 $x=0$.

当 $x<0$ 时，$f''(x)>0$，故曲线在 $(-\infty,0]$ 内是凹的；

当 $x>0$ 时，$f''(x)<0$，故曲线在 $[0,+\infty)$ 内是凸的.

2. 拐点

定义 2 **连续曲线凹凸部分的分界点称为曲线的拐点**(point of inflection).

若曲线有拐点，则当曲线由凹弧过拐点后变成凸弧，$f''(x)$ 由正变为负. 因此只要 $f''(x)$ 连

续，则在拐点 $f''(x)=0$. 于是我们可以求出 $f''(x)=0$ 的点 x_0（$f'(x)$的驻点），在这些点左右邻域内，$f''(x)$如异号，则$(x_0, f(x_0))$为拐点，如同号，则不是拐点.

例 6　求 $y=x^4-2x^3+1$ 的拐点，并讨论凹凸性.

解　定义域$(-\infty,+\infty)$，$f'(x)=4x^3-6x^2$，

$f''(x)=12x(x-1)$，令 $f''(x)=0$，得 $x_1=0$，$x_2=1$. 列表如下：

表 3－2

x	$(-\infty,0)$	0	$(0,1)$	1	$(1,+\infty)$
$f''(x)$	+	0	－	0	+
$f(x)$	凹	$(0,1)$拐点	凸	$(1,0)$拐点	凸

3. 曲线的渐近线

定义 3　**设 P 是曲线 $y=f(x)$ 上的动点，如果当点 P 沿着曲线远离原点时，点 P 与某一直线 l 的距离无限地趋近于零，则称直线 l 为曲线 $f(x)$ 的渐近线，如图 3－6 所示.**

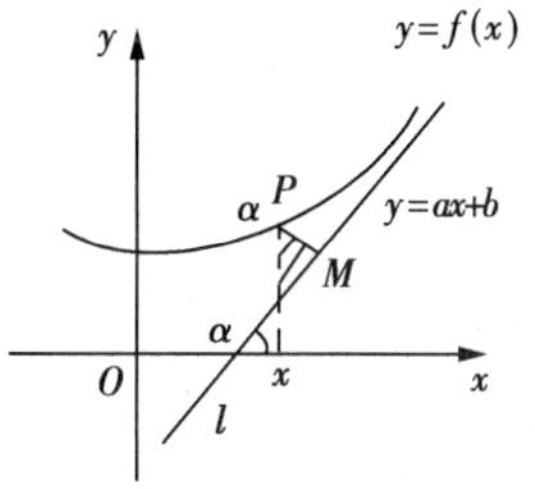

图 3－6

(1) 若 $\lim\limits_{x\to\infty(\text{或}+\infty,-\infty)} f(x)=c$，则直线 $y=c$ 是 $f(x)$ 的水平渐近线，如 $y=\dfrac{1}{x^2}$，以 $y=0$ 为水平渐近线.

(2) 若 $\lim\limits_{x\to x_0(\text{或}x_0^+,x_0^-)} f(x)=\infty$，则 $x=x_0$ 称为 $f(x)$ 的铅直渐近线，如 $y=\dfrac{1}{x^2}$，以 $x=0$ 为铅直渐近线.

(3) 若 $\lim\limits_{x\to\infty}\dfrac{f(x)}{x}=a$，$a\neq0,\pm\infty$，$b=\lim\limits_{x\to\infty}[f(x)-ax]$存在，则 $y=ax+b$ 是 $f(x)$ 的斜渐近线，如 $y=x+\arctan(x^3+1)$，有斜渐近线 $y=x\pm\dfrac{\pi}{2}$.

四、函数图象的描绘

以前我们画图象时，采用了描点法. 但描点法有些不方便：一是不可能描太多的点，二是一些关键点可能漏掉. 我们学习了单调性、极值、凹凸性、拐点、渐近线后，就可以比较精确地描绘函数图象，一般可按以下步骤进行：

(1) 确定 $f(x)$ 的定义域，并讨论对称性、周期性、间断点.

(2) 求 $f'(x)$，$f''(x)$，分别求 $f'(x)=0$，$f''(x)=0$ 在实数范围的实根及对应的 $f(x)$ 值.

(3) 根据(2)确定单调区间、极值点、凹凸区间、拐点.

(4) 必要时找一些辅助点，如与坐标轴的交点等.

(5) 确定渐近线.

(6) 描点作图.

例 7　描绘 $f(x)=1+3x-x^3$.

解　(1) 定义域$(-\infty,+\infty)$.

(2) $f'(x)=3-3x^2$，$f''(x)=-6x$.

令 $f'(x)=0$，得 $x=\pm1$，令 $f''(x)=0$，得 $x=0$.

(3) 列表.

表 3-3

x	$(-\infty,-1)$	-1	$(-1,0)$	0	$(0,1)$	1	$(1,+\infty)$
$f'(x)$	$-$	0	$+$	$+$	$+$	0	$-$
$f''(x)$	$+$	$+$	$+$	0	$-$	$-$	$-$
$f(x)$	↘	极小值$=-1$	↗	拐点$(0,1)$	↗	极大值$=3$	↘

函数无渐近线,描点作图如图 3-7 所示.

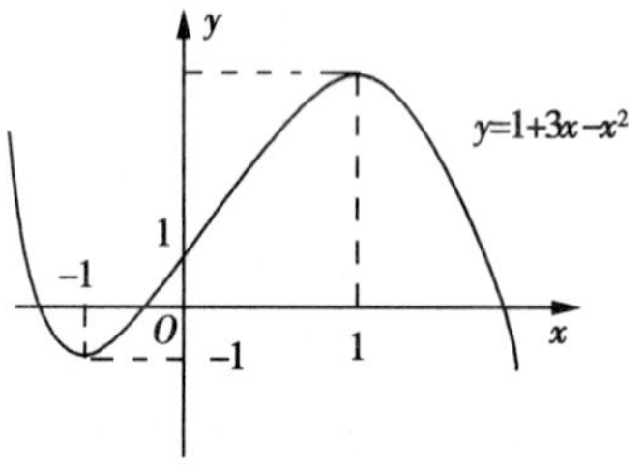

图 3-7

例 8 作 $y=\dfrac{(x-3)^2}{4(x-1)}$的图形.

解 (1) 定义域$(-\infty,1)\cup(1,+\infty)$.

(2) $y'=\dfrac{(x-3)(x+1)}{4(x-1)^2}$,令 $y'=0$,得

$x=-1,x=3$. $y''=\dfrac{2}{(x-1)^3}$.

(3) 列表.

表 3-4

x	$(-\infty,-1)$	-1	$(-1,1)$	$(1,3)$	3	$(3,+\infty)$
y'	$+$	0	$-$	$-$	0	$+$
y''	$-$	$-$	$-$	$+$	$+$	$+$
$y=f(x)$	↗	极大值	↘	↘	极小值	↗

$x=-1$,取极大值-2;$x=3$,取极小值 0.

(4) 因为 $\lim\limits_{x\to1^+}f(x)=+\infty$, $\lim\limits_{x\to1^-}f(x)=-\infty$,

所以 $x=1$ 是铅直渐近线. 又因为

$$\lim_{x\to\infty}\frac{f(x)}{x}=\lim_{x\to\infty}\frac{(x-3)^2}{4x(x-1)}=\frac{1}{4},$$

$$\lim_{x\to\infty}\left(f(x)-\frac{1}{4}x\right)=-\frac{5}{4},$$

所以 $y=\dfrac{1}{4}x-\dfrac{5}{4}$是斜渐近线.

(5) 曲线与 x 轴交于$(3,0)$,与 y 轴交于$\left(0,-\dfrac{9}{4}\right)$.

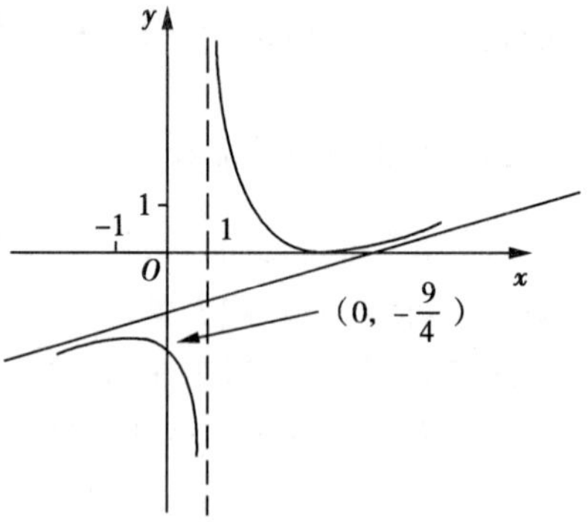

图 3-8

(6) 作图形,如图 3-8 所示.

习 题 三

1. 检验函数 $y=\sqrt{x}$在区间$[1,4]$上满足拉格朗日定理,并求相应的 ξ.

2. 证明不等式:

(1) $|\sin a-\sin b|\leqslant|a-b|$;

(2) $\frac{x}{1+x}<\ln(1+x)<x\quad(x>0)$.

3. 证明恒等式 $\arcsin x+\arccos x=\frac{\pi}{2}\quad(-1\leqslant x\leqslant 1)$.

4. 证明方程 $x^3-3x+a=0$ 在$[0,1]$上不可能有两个根.

5. 证明不等式：

(1) $\frac{a-b}{a}<\ln\frac{a}{b}<\frac{a-b}{b}\quad(0<b<a)$；

(2) $\frac{1}{2}(x^n+y^n)>\left(\frac{x+y}{2}\right)^n\quad(x>0,y>0,x\neq y,n>1)$；

(3) $\frac{e^x+e^y}{2}>e^{\frac{x+y}{2}}\quad(x\neq y)$.

6. 证明：对函数 $y=px^2+qx+r$ 在任何有限区间上应用拉格朗日定理所求得的点 ξ 是该区间的中点. 其中 p,q,r 是常数.

7. 设$\lim\limits_{x\to\infty}f'(x)=k$，求$\lim\limits_{x\to\infty}[f(x+a)-f(x)]$.

8. 用洛必达法则求下列极限：

(1) $\lim\limits_{x\to\frac{\pi}{4}}\frac{1-\tan x}{\cos 2x}$；　(2) $\lim\limits_{x\to 0}\frac{x^3}{e^x-1}$；　(3) $\lim\limits_{x\to\infty}\frac{\frac{\pi}{2}-\arctan x}{\sin\frac{1}{x}}$；

(4) $\lim\limits_{x\to 0}\frac{e^x+e^{-x}-2}{x^2}$；　(5) $\lim\limits_{x\to\infty}\frac{x^2\sin\frac{1}{x}}{2x-1}$；　(6) $\lim\limits_{x\to 0^+}\frac{\ln\sin 3x}{\ln\sin x}$；

(7) $\lim\limits_{x\to 1}\left(\frac{2}{x^2-1}-\frac{1}{x-1}\right)$；　(8) $\lim\limits_{x\to\infty}\left(1+\frac{a}{x}\right)^x$；　(9) $\lim\limits_{x\to 0}(\sin x)^x$；

(10) $\lim\limits_{x\to 0^+}x\ln x$；　(11) $\lim\limits_{n\to+\infty}\left(\cos\frac{1}{n}\right)^{n^2}$；　(12) $\lim\limits_{x\to 0}\frac{\frac{x^2}{2}+1-\sqrt{1+x^2}}{x^2\sin^2 x}$.

9. 确定 a,b，使$\lim\limits_{x\to 0}\frac{1+a\cos 2x+b\cos 4x}{x^4}$存在，并求出此极限值.

10. 设函数 $f(x)$具有一阶连续导数，$f''(0)$存在，且 $f'(0)=0$.

$$g(x)=\begin{cases}\frac{f(x)}{x}, & x\neq 0,\\ a, & x=0.\end{cases}$$

(1) 确定 a 使 $g(x)$处处连续.

(2) 对以上所确定的 a，证明 $g(x)$具有一阶连续导数.

11. (1) 根据拉格朗日中值定理 $\ln(1+x)-0=x\cdot\frac{1}{1+\theta x}\quad(0<\theta<1)$，求证：$\lim\limits_{x\to 0}\theta=\frac{1}{2}$.

(2) 根据拉格朗日中值定理 $\arcsin x-0=x\cdot\frac{1}{\sqrt{1-\theta^2x^2}}\quad(0<\theta<1)$，求证：$\lim\limits_{x\to 0}\theta=\frac{1}{\sqrt{3}}$.

12. 求 $y=\tan x$ 的三阶麦克劳林展开式.

13. 求函数 $y=xe^x$ 的 n 阶麦克劳林展开式.

14. 求 $f(x)=e^{-x}$在点 $x=a$ 处的 6 阶泰勒展开式.

15. 利用麦克劳林公式作近似计算(误差<0.0001)(或算到第三项).

(1) $\sqrt{e}$；　(2) $\sin 18^\circ$；　(3) $\ln 1.2$.

16. 求(1) $\lim\limits_{x\to 0^+}\frac{e^x-1-x}{\sqrt{1-x}-\cos\sqrt{x}}$；　(2) $\lim\limits_{x\to 0}\frac{\cos x-e^{-\frac{x^2}{2}}}{x^4}$；　(3) $\lim\limits_{x\to+\infty}\left[x-x^2\ln\left(1+\frac{1}{x}\right)\right]$.

17. 设函数 $f(x)$在$[0,1]$具有三阶连续导数，且 $f(0)=1,f(1)=2,f'\left(\frac{1}{2}\right)=0$. 证明：至少存在点 $\xi\in(0,1)$，使$|f'''(\xi)|\geqslant 24$.

18. 求函数 $f(x)=\sin x$ 在 $x_0=\frac{\pi}{4}$ 处的泰勒公式.

19. 求下列函数的单调区间：

(1) $y=2x^3-6x^2-18x-7$； (2) $y=2x^2-\ln x$；

(3) $y=\frac{10}{4x^3-9x^2+6x}$； (4) $y=2x+\frac{8}{x}\quad(x>0)$.

20. 求下列曲线的凹凸区间与拐点：

(1) $y=\ln(1+x^2)$； (2) $y=\frac{x}{1+x^2}$；

(3) $y=2x^2-3x+1$； (4) $y=(\ln x)^2$；

(5) $y=\frac{x}{2}+\cos x\quad(0\leqslant x\leqslant\pi)$.

21. 求下列函数的极值：

(1) $y=-\frac{1}{4}(x^4-4x^3+3)$； (2) $y=xe^{-x}$；

(3) $y=\frac{x}{1+x^2}$； (4) $y=\frac{1+3x}{\sqrt{4+5x^2}}$；

(5) $y=\left(1+x+\cdots+\frac{x^n}{n!}\right)e^{-x}$； (6) $y=\begin{cases}x^{2x}, & x>0,\\ x+2, & x\leqslant 0;\end{cases}$

(7) $y=\frac{(x+1)^{2/3}}{x-1}$.

22. 试决定 a,b,c,d，使 $y=ax^3+bx^2+cx+d$ 在 $x=-2$ 处有水平切线，$(1,-10)$ 为拐点，且点 $(-2,44)$ 在曲线上.

23. 求椭圆 $x^2-xy+y^2=3$ 上纵坐标最大和最小的点.

24. 求下列曲线的渐近线：

(1) $y=\frac{1}{x^2-4x+5}$； (2) $y=2x+\arctan\frac{x}{2}$.

25. 描绘下列函数的图形：

(1) $y=\ln(x^2+1)$； (2) $y^2=x(x-1)^2$；

(3) $y=x^2+\frac{1}{x}$； (4) $y=\frac{\cos x}{\cos 2x}$.

26. 肌内或皮下注射后，血中药物浓度 y 与时间 t 的函数关系为

$$y=\frac{A}{a_2-a_1}(e^{-a_1t}-e^{-a_2t})\quad(A>0,0<a_1<a_2),$$

问 t 为何值时，血中药物浓度达到最大值.

27. 求下列函数的最大值和最小值：

(1) $f(x)=x^4-8x^2+2,-1\leqslant x\leqslant 3$； (2) $f(x)=x+\sqrt{1-x},-5\leqslant x\leqslant 1$；

(3) $f(x)=\max\{x^2,(1-x)^2\},0\leqslant x\leqslant 1$.

28. 1～9个月婴儿的体重 w 的增长与月龄 t 的关系有经验公式

$$\ln w-\ln(341.5-w)=k(t-1.66),$$

问 t 为何值时婴儿体重的增长率最快.

29. 函数 $f(x)=\frac{1}{\sqrt{2\pi}\sigma}e^{-\frac{(x-\mu)^2}{2\sigma^2}}$ (σ,μ 为常数)称为正态分布密度函数，试求 $f'(x)=0$ 的 x 值以及使 $f''(x)=0$ 的 x 值.

30. 求下列极限：

(1) $\lim\limits_{x\to 0}\frac{a^x-a^{\sin x}}{x^3}$； (2) $\lim\limits_{x\to 1}\left(\frac{1}{\ln x}-\frac{1}{x-1}\right)$；

(3) $\lim\limits_{x\to 0}\left(\frac{2}{\pi}\arccos x\right)^{\frac{1}{x}}$； (4) $\lim\limits_{x\to 0^+}x^a\ln x\quad(a>0)$；

(5) $\lim\limits_{x\to 0}\dfrac{(a+x)^x-a^x}{x^2}\quad(a>0)$；　　(6) $\lim\limits_{x\to\infty}\left[(x+a)^{1+\frac{1}{x}}-x^{1+\frac{1}{x+a}}\right]$.

31. 设 $a_i\in\mathbf{R}(i=0,1,\cdots,n)$，并且满足 $a_0+\dfrac{a_1}{2}+\dfrac{a_2}{3}+\cdots+\dfrac{a_n}{n+1}=0$，证明：方程 $a_0+a_1x+a_2x^2+\cdots+a_nx^n=0$ 在$(0,1)$内至少有一个实根.

32. 设 $f,g:[a,b]\to R$ 在$[a,b]$上连续，在(a,b)内可导，且 $\forall x\in(a,b)$，$f'(x)=g'(x)$，证明：在$[a,b]$上，$f(x)=g(x)+C$ (C是常数).

33. 讨论函数

$$f(x)=\begin{cases}\left[\dfrac{(1+x)^{\frac{1}{x}}}{\mathrm{e}}\right]^{\frac{1}{x}}, & x>0,\\ \mathrm{e}^{-\frac{1}{2}}, & x\leqslant 0\end{cases}$$

在 $x=0$ 的连续性.

34. 求函数 $f(x)=3x^4-16x^3+30x^2-24x+4$ 在$[0,3]$上的最大值和最小值.

35. 某服装厂生产新潮服装，经常性开支每天为 500 元，每件还要花销 9 元. 已知需求函数(需求函数是产品能出售的单价与以这种价格出售的数量之间的关系)

$$p=30-0.2\sqrt{q},$$

其中 p 为每件衣服的单价，q 为每天卖出衣服的件数. 假设生产的衣服全部卖出，问每件以什么价格出售才能获利最大.

36. 设 $f(x)$在(a,b)内二阶可导，且 $f''(x)\geqslant 0$，证明对于(a,b)内任意两点 x_1,x_2，有

$$f[(1-t)x_1+tx_2]\leqslant(1-t)f(x_1)+tf(x_2).$$

37. 问 a,b 为何值时，点$(1,3)$成为曲线 $y=ax^3+bx^2$ 的拐点.

38. 设某银行中的总存款量与银行付给存户利率的平方成正比，若银行以 20%的年利率把总存款的 90%贷出，问它给存户支付的年利率定为多少时才能获得最大利润？

39. 证明：若 $f(x)$在$[x_0,x_0+\delta]$($\delta>0$)上连续，在$(x_0,x_0+\delta)$上可导，且 $\lim\limits_{x\to x_0^+}f'(x)=A$，则 $f'_+(x_0)=A$.

40. 证明不等式：

$$2^{1-p}\leqslant x^p+(1-x)^p\leqslant 1\quad(0\leqslant x\leqslant 1,\ p>1).$$

41. 对两点 A,B 间的距离进行了 n 次测量，得 n 个数据 $x_1,x_2,\cdots,x_n$，问$|AB|=x$ 确定为何值时可使

$$y=\sum_{i=1}^{n}(x-x_i)^2$$

为最小.

第四章　不定积分

在前面两章中，我们介绍了一元函数微分运算，就是求给定的函数的导数或微分. 但在科学技术的许多问题中，往往需要解决和微分运算正好相反的问题，就是函数的导数已知，而要求这个函数，如已知物体运动速度为 $v(t)$，求物体运动规律 $s(t)$. 这类问题就是积分运算问题. 在本章和下一章将介绍一元函数积分学. 一元函数积分学包括不定积分与定积分两部分，本章先介绍不定积分的概念、性质与计算.

第一节　不定积分的概念与性质

一、不定积分的概念

定义 1　**设 $f(x)$ 是定义在区间 I 上的函数，如果存在函数 $F(x)$，对任一 $x\in I$，都有**

$$F'(x)=f(x) \quad \text{或} \quad \mathrm{d}F(x)=f(x)\mathrm{d}x,$$

则称 $F(x)$ 为 $f(x)$ 的原函数(primitive function).

例如，$\sin x$ 是 $\cos x$ 在区间 $(-\infty,+\infty)$ 上的一个原函数，而 $2\sqrt{x}$ 是 $\frac{1}{\sqrt{x}}$ 在区间 $(0,+\infty)$ 上的一个原函数.

定理 1(原函数存在定理)　**如果函数 $f(x)$ 在区间 I 上连续，则 $f(x)$ 在区间 I 上一定有原函数，即存在区间 I 上的可导函数 $f(x)$，使得对任一 $x\in I$，有 $F'(x)=f(x)$.**

简单地说就是：连续函数一定有原函数.

定理 2　**若 $f(x)$ 有一个原函数 $F(x)$，则函数**

(1) $F(x)+C$(C 为任意常数，下同)也为 $f(x)$ 的原函数；

(2) $f(x)$ 在区间 I 上的任意一个原函数都可表示为 $F(x)+C$ 的形式.

证　(1) $[F(x)+C]'=f(x)$，即 $F(x)+C$ 也为 $f(x)$ 的原函数.

(2) 设 $G(x)$ 也是 $f(x)$ 在区间 I 上的原函数，即 $G'(x)=f(x)$，$F'(x)=f(x)$. 所以 $[G(x)-F(x)]'=G'(x)-F'(x)=f(x)-f(x)\equiv 0$. 由拉格朗日中值定理的推论可知：

$$G(x)-F(x)=C,$$

即

$$G(x)=F(x)+C.$$

命题得证.

由定理 2 知，如果 $f(x)$ 在区间 I 上有一个原函数 $F(x)$，则 $f(x)$ 在区间 I 上有无穷多个原函数，$F(x)+C$ 可表达 $f(x)$ 的任意一个原函数. 我们引入下面定义.

定义 2　**在区间 I 上，函数 $f(x)$ 的带有任意常数项的原函数，称为 $f(x)$ 在区间 I 上的不定积分**(indefinite integral)**，记作**

$$\int f(x)\mathrm{d}x,$$

其中$\int$**称为不定积分号**(sign of indefinite integral)，x **称为积分变量**(variable of integration)，$f(x)$**称为被积函数**(integrand)，$f(x)\mathrm{d}x$ **称为积分表达式**(integral expression).

如果$F(x)$为$f(x)$的一个原函数，则

$$\int f(x)\mathrm{d}x = F(x) + C,$$

C为任意常数，也称积分常数(integral constant).

例 1　求$\int x^2\mathrm{d}x$.

解　因为$\left(\frac{x^3}{3}\right)' = x^2$，所以$\frac{x^3}{3}$是$x^2$的一个原函数，得

$$\int x^2\mathrm{d}x = \frac{x^3}{3} + C.$$

例 2　求$\int \frac{1}{x}\mathrm{d}x$.

解　因为当$x>0$时，$(\ln x)' = \frac{1}{x}$，所以$\ln x$是$\frac{1}{x}$在$(0, +\infty)$内的一个原函数. 因此在$(0, +\infty)$内

$$\int \frac{1}{x}\mathrm{d}x = \ln x + C_1.$$

当$x<0$时，$[\ln(-x)]' = \frac{1}{-x}(-x)' = \frac{1}{x}$，所以$\ln(-x)$是$\frac{1}{x}$在$(-\infty, 0)$内的一个原函数. 因此在$(-\infty, 0)$内

$$\int \frac{1}{x}\mathrm{d}x = \ln(-x) + C_2.$$

把$x>0$与$x<0$内的结果合起来，可写作

$$\int \frac{1}{x}\mathrm{d}x = \ln|x| + C.$$

不定积分的几何意义　求函数$f(x)$的不定积分，从几何的观点来看，就是要找出所有横坐标为x的点处的斜率等于$f(x)$的曲线. 如果$F(x)$是这些曲线之一，它即称为$f(x)$的一条积分曲线(integral curve). 不定积分$\int f(x)\mathrm{d}x = F(x) + C$在几何上表示一些平行曲线，这些曲线由积分曲线$F(x)$沿$y$轴上下平移$C$而得到，称为积分曲线族，如图 4-1 所示.

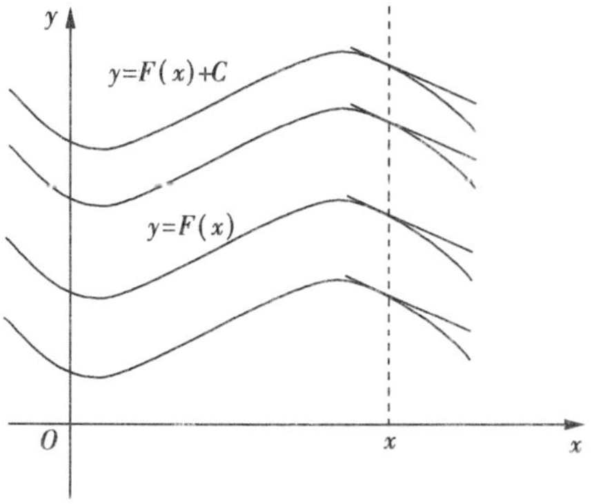

图 4-1

例 3　设曲线过点$(1, 2)$，且其上任一点的斜率为该点横坐标的两倍，求曲线的方程.

解　设曲线方程为$y=f(x)$，其上任一点(x, y)处切线的斜率为$\frac{\mathrm{d}y}{\mathrm{d}x} = 2x$，从而

$$y = \int 2x\mathrm{d}x = x^2 + C.$$

由$y(1)=2$，得$C=1$，因此所求曲线方程为

$$y=x^2+1.$$

由原函数与不定积分的定义可得下述关系：

(1) $\frac{\mathrm{d}}{\mathrm{d}x}\int f(x)\mathrm{d}x=f(x)$ 或 $\mathrm{d}\int f(x)\mathrm{d}x=f(x)\mathrm{d}x$.

(2) $\int F'(x)\mathrm{d}x=F(x)+C$ 或 $\int \mathrm{d}F(x)=F(x)+C$.

由此可见，微分运算(以记号 d 表示)与积分运算(以 $\int$ 表示)是互逆的运算，当 d 与 $\int$ 连在一起时，或者抵消，或者抵消之后相差一个常数.

二、基本积分表

既然微分运算与积分运算是互逆的运算，那么可从导数公式得到相应的积分公式.

例如，因为 $\left(\frac{a^x}{\ln a}\right)'=a^x$，所以 $\frac{a^x}{\ln a}$ 是 a^x 的一个原函数，于是

$$\int a^x\mathrm{d}x=\frac{a^x}{\ln a}+C.$$

类似地可得到其他公式，下面我们把基本积分公式列成一个表，这个表通常叫基本积分表.

(1) $\int k\mathrm{d}x=kx+C$ (k 为常数).

(2) $\int x^\mu\mathrm{d}x=\frac{x^{\mu+1}}{\mu+1}+C$ $(\mu\neq-1)$.

(3) $\int\frac{\mathrm{d}x}{x}=\ln|x|+C$.

(4) $\int\frac{\mathrm{d}x}{1+x^2}=\arctan x+C$.

(5) $\int\frac{\mathrm{d}x}{\sqrt{1-x^2}}=\arcsin x+C$.

(6) $\int\cos x\mathrm{d}x=\sin x+C$.

(7) $\int\sin x\mathrm{d}x=-\cos x+C$.

(8) $\int\frac{\mathrm{d}x}{\cos^2x}=\int\sec^2x\mathrm{d}x=\tan x+C$.

(9) $\int\frac{\mathrm{d}x}{\sin^2x}=\int\csc^2x\mathrm{d}x=-\cot x+C$.

(10) $\int\sec x\tan x\mathrm{d}x=\sec x+C$.

(11) $\int\csc x\cot x\mathrm{d}x=-\csc x+C$.

(12) $\int\mathrm{e}^x\mathrm{d}x=\mathrm{e}^x+C$.

(13) $\int a^x\mathrm{d}x=\frac{a^x}{\ln a}+C$.

例 4 求 $\int 2^x\mathrm{e}^x\mathrm{d}x$.

解 $\int 2^x\mathrm{e}^x\mathrm{d}x=\int(2\mathrm{e})^x\mathrm{d}x=\frac{2^x\mathrm{e}^x}{\ln2+1}+C$.

三、不定积分的性质

根据不定积分的定义，可以推得以下两个性质.

性质 1 设 $f(x)$ 及 $g(x)$ 的原函数都存在，则

$$\int[f(x)+g(x)]\mathrm{d}x=\int f(x)\mathrm{d}x+\int g(x)\mathrm{d}x.$$

证 因 $\left[\int f(x)\mathrm{d}x+\int g(x)\mathrm{d}x\right]'=\left[\int f(x)\mathrm{d}x\right]'+\left[\int g(x)\mathrm{d}x\right]'=f(x)+g(x)$，$\left[\int[f(x)+g(x)]\mathrm{d}x\right]'=f(x)+g(x)$，所以 $\int[f(x)+g(x)]\mathrm{d}x$ 与 $\int f(x)\mathrm{d}x+\int g(x)\mathrm{d}x$ 都为

$f(x)+g(x)$ 的原函数，故 $\int[f(x)+g(x)]\mathrm{d}x$ 与 $\int f(x)\mathrm{d}x+\int g(x)\mathrm{d}x$ 只相差一个常数，而等式两边都是不定积分，都含有任意常数，由于任意常数之和仍为任意常数，因此命题成立.

性质 1 对于有限个函数都成立.

类似地可证明不定积分的第二个性质.

性质 2　设 $f(x)$ 的原函数存在，k 为常数，$k\neq 0$，则

$$\int kf(x)\mathrm{d}x=k\int f(x)\mathrm{d}x \quad (k\ \text{为常数}, k\neq 0).$$

利用基本积分表以及不定积分的性质，可以求出一些简单函数的不定积分.

例 5　求 $\int \frac{(x-1)^3}{x^2}\mathrm{d}x$.

解

$$\int \frac{(x-1)^3}{x^2}\mathrm{d}x=\int \frac{x^3-3x^2+3x-1}{x^2}\mathrm{d}x=\int\left(x-3+\frac{3}{x}-\frac{1}{x^2}\right)\mathrm{d}x$$
$$=\frac{x^2}{2}-3x+3\ln|x|+\frac{1}{x}+C.$$

例 6　求 $\int \frac{x^4}{1+x^2}\mathrm{d}x$.

解

$$\int \frac{x^4}{1+x^2}\mathrm{d}x=\int \frac{x^4-1+1}{1+x^2}\mathrm{d}x=\int \frac{x^4-1}{1+x^2}\mathrm{d}x+\int \frac{1}{1+x^2}\mathrm{d}x$$
$$=\int (x^2-1)\mathrm{d}x+\int \frac{1}{1+x^2}\mathrm{d}x=\frac{1}{3}x^3-x+\arctan x+C.$$

例 7　求 $\int \frac{1}{\sin^2 x\cos^2 x}\mathrm{d}x$.

解　先用三角恒等式进行变形.

$$\int \frac{1}{\sin^2 x\cos^2 x}\mathrm{d}x=\int \frac{\sin^2 x+\cos^2 x}{\sin^2 x\cos^2 x}\mathrm{d}x=\int (\sec^2 x+\csc^2 x)\mathrm{d}x$$
$$=\int \sec^2 x\mathrm{d}x+\int \csc^2 x\mathrm{d}x=\tan x-\cot x+C.$$

例 8　求 $\int \tan^2 x\mathrm{d}x$.

解　$\int \tan^2 x\mathrm{d}x=\int (\sec^2 x-1)\mathrm{d}x=\int \sec^2 x\mathrm{d}x-\int \mathrm{d}x=\tan x-x+C.$

第二节　换元积分法

利用基本积分表和积分的性质，能求出一些函数的原函数，但实际上遇到的积分仅凭这些方法不能完全解决. 例如：

$$\int \cos x\sin^2 x\mathrm{d}x$$

就无法求出，为了进行更一般的不定积分的计算，还需要引进更多的方法和技巧. 本节和下一节将分别介绍换元积分法(integral by substitution)和分部积分法(integral by parts).

换元积分法或称变量替换法是以下式为依据的：

$$\int f(u)\mathrm{d}u=\int f(\varphi(x))\varphi'(x)\mathrm{d}x, \tag{4-2-1}$$

式中 $u=\varphi(x)$ 是可微函数.

为证(4-2-1)式,设 $F(u)$ 是 $f(u)$ 的一个原函数,即 $F'(u)=f(u)$,由复合函数的求导法则

$$[F(\varphi(x))]'_x=F'_u(\varphi(x))\varphi'(x)=f(\varphi(x))\varphi'(x).$$

根据不定积分的定义, $$\int f(u)\mathrm{d}u=F(u)+C,$$

故 $$\int f(\varphi(x))\varphi'(x)\mathrm{d}x=F(\varphi(x))+C.$$

当 $u=\varphi(x)$ 时,上两式的右端是相同的,所以左端也应相等,即(4-2-1)式.

根据不定积分的定义,(4-2-1)式左端的 $\mathrm{d}u$ 是积分记号的一部分,并没有说它就是普通的微分,但是有了公式(4-2-1)之后,将 $\mathrm{d}u$ 看成普通的微分是可以的.

公式(4-2-1)的使用可以有两种方式. 一种方式是将右端的积分转化为左端的积分来计算,称为第一类换元积分法或凑微分法,我们把它写成如下便于运用的格式:

$$\int f(\varphi(x))\varphi'(x)\mathrm{d}x=\int f(\varphi(x))\mathrm{d}\varphi(x)\xlongequal{\varphi(x)=u}\int f(u)\mathrm{d}u=F(u)+C\xlongequal{u=\varphi(x)}F(\varphi(x))+C.$$

例 1 求 $\int\frac{\mathrm{d}x}{a^2+x^2}\quad(a>0)$.

解 $$\int\frac{\mathrm{d}x}{a^2+x^2}=\frac{1}{a}\int\frac{\mathrm{d}\left(\frac{x}{a}\right)}{1+\left(\frac{x}{a}\right)^2}\xlongequal{\frac{x}{a}=u}\frac{1}{a}\int\frac{\mathrm{d}u}{1+u^2}=\frac{1}{a}\arctan u+C=\frac{1}{a}\arctan\frac{x}{a}+C.$$

例 2 求 $\int\tan x\mathrm{d}x$.

解 $$\int\tan x\mathrm{d}x=\int\frac{\sin x}{\cos x}\mathrm{d}x=-\int\frac{d\cos x}{\cos x}\xlongequal{u=\cos x}-\int\frac{\mathrm{d}u}{u}=-\ln|u|+C=-\ln|\cos x|+C.$$

当对换元积分比较熟练后,可不必写出中间变量 u.

例 3 求 $\int\frac{\mathrm{d}x}{x^2-a^2}$.

解 因为 $\frac{1}{x^2-a^2}=\frac{1}{2a}\left(\frac{1}{x-a}-\frac{1}{x+a}\right)$,所以

$$\begin{aligned}\int\frac{1}{x^2-a^2}\mathrm{d}x&=\frac{1}{2a}\int\left(\frac{1}{x-a}-\frac{1}{x+a}\right)\mathrm{d}x=\frac{1}{2a}\left[\int\frac{1}{x-a}d(x-a)-\int\frac{1}{x+a}d(x+a)\right]\\&=\frac{1}{2a}(\ln|x-a|-\ln|x+a|)+C=\frac{1}{2a}\ln\left|\frac{x-a}{x+a}\right|+C.\end{aligned}$$

例 4 求 $\int\frac{1}{\sqrt{a^2-x^2}}\mathrm{d}x\quad(a>0)$.

解 $$\int\frac{1}{\sqrt{a^2-x^2}}\mathrm{d}x=\int\frac{1}{a\sqrt{1-\left(\frac{x}{a}\right)^2}}\mathrm{d}x=\int\frac{1}{\sqrt{1-(\frac{x}{a})^2}}\mathrm{d}\left(\frac{x}{a}\right)=\arcsin\frac{x}{a}+C.$$

例 5 求 $\int x\sqrt{1-x^2}\,\mathrm{d}x$.

解 $$\int x\sqrt{1-x^2}\,\mathrm{d}x=-\frac{1}{2}\int(1-x^2)^{\frac{1}{2}}d(1-x^2)=-\frac{1}{3}(1-x^2)^{\frac{3}{2}}+C.$$

例 6 求 $\int\frac{1}{x(1+2\ln x)}\mathrm{d}x$.

解 $\int \frac{1}{x(1+2\ln x)}dx=\frac{1}{2}\int \frac{1}{1+2\ln x}d(1+2\ln x)=\frac{1}{2}\ln|1+2\ln x|+C.$

例 7 求$\int \sec x dx$.

解 因$(\sec x+\tan x)'=\sec x\tan x+\sec^2 x$,所以

$$\int \sec x dx=\int \frac{\sec x(\sec x+\tan x)}{\sec x+\tan x}dx=\int \frac{1}{\sec x+\tan x}d(\sec x+\tan x)=\ln|\sec x+\tan x|+C.$$

例 8 求$\int \sin^2 x\cos x dx$.

解 $\int \sin^2 x\cos x dx=\int \sin^2 x d\sin x=\frac{1}{3}\sin^3 x+C.$

例 9 求$\int \cos^2 x dx$.

解
$$\int\cos^2 x dx=\int \frac{1+\cos 2x}{2}dx=\frac{1}{2}\left[\int dx+\int\cos 2x dx\right]$$
$$=\frac{x}{2}+\frac{1}{4}\int \cos 2x d2x=\frac{x}{2}+\frac{1}{4}\sin 2x+C.$$

注意 如被积函数形如$f(x)=\sin^k x\cos^m x$,当k,m有一为奇数时,用凑微分法求积分如例 8,当k,m都为偶数时,先降幂然后再求积分,如例 9.

例 10 求$\int \sin 5x\cos 2x dx$.

解 用三角函数积化差公式,将被积函数变形为$\sin 5x\cos 2x=\frac{1}{2}(\sin 7x+\sin 3x)$,原积分变成

$$\int \sin 5x\cos 2x dx=\int \frac{1}{2}(\sin 7x+\sin 3x)dx$$
$$=\frac{1}{14}\int \sin 7x d(7x)+\frac{1}{6}\int \sin 3x d(3x)=-\frac{1}{14}\cos 7x-\frac{1}{6}\cos 3x+C.$$

使用(4-2-1)式的另一种方式是将左端转换成右端来计算,称为第二类换元积分法,它的形式为:

$$\int f(x)dx\xlongequal{x=\varphi(t)}\int f(\varphi(t))\varphi'(t)dt=G(t)+C\xlongequal{t=\varphi^{-1}(x)}G(\varphi^{-1}(x))+C.$$

为了使$x=\varphi(t)$有反函数,$x=\varphi(t)$应是严格单调函数.

例 11 求$\int \frac{dx}{1+\sqrt{x}}$.

解 令$\sqrt{x}=t$,则$x=t^2$,$dx=2tdt$,所以

$$\int \frac{dx}{1+\sqrt{x}}=2\int \frac{tdt}{1+t}=2\int \frac{(1+t)-1}{1+t}dt=2\int dt-2\int \frac{dt}{1+t}$$
$$=2t-2\ln|1+t|+C=2[\sqrt{x}-\ln(1+\sqrt{x})]+C.$$

例 12 求$\int \frac{\sqrt{x-1}}{x}dx$.

解 设$t=\sqrt{x-1}$,则$x=t^2+1$.

$$\int \frac{\sqrt{x-1}}{x}dx=\int \frac{t}{t^2+1}d(t^2+1)=2\int \frac{t^2}{t^2+1}dt=2\int\left(1-\frac{1}{t^2+1}\right)dt$$

$$=2t-2\arctan t+C=2\sqrt{x-1}-2\arctan\sqrt{x-1}+C.$$

例 13 求$\int\frac{dx}{(1+\sqrt[3]{x})\sqrt{x}}$.

解 令 $x=t^6$,得 $dx=6t^5dt$,代入得

$$\int\frac{dx}{(1+\sqrt[3]{x})\sqrt{x}}=\int\frac{6t^5dt}{(1+t^2)t^3}=6\int\frac{t^2}{1+t^2}dt=6\int\left(1-\frac{1}{1+t^2}\right)dt$$

$$=6(t-\arctan t)+C=6(\sqrt[6]{x}-\arctan\sqrt[6]{x})+C.$$

例 14 求$\int\sqrt{a^2-x^2}\,dx\quad(a>0)$.

解 作三角变换 $x=a\sin t\left(-\frac{\pi}{2}<t<\frac{\pi}{2}\right)$,则

$\sqrt{a^2-x^2}=a\cos t$,$dx=a\cos t dt$,于是

$$\int\sqrt{a^2-x^2}\,dx=\int a^2\cos^2 t dt=\frac{a^2}{2}\int(1+\cos 2t)dt=\frac{a^2}{2}\left(t+\frac{\sin 2t}{2}\right)+C=\frac{a^2}{2}(t+\sin t\cos t)+C.$$

为了方便,把上式右端换回为 x 的函数,根据换元关系式 $x=a\sin t$,即 $\sin t=\frac{x}{a}$,可作如图 4-2 所示的直角三角形,由图 4-2 可得 $\cos t=\frac{\sqrt{a^2-x^2}}{a}$,所以

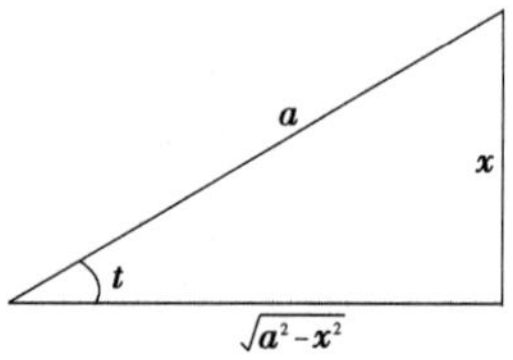

图 4-2

$$\int\sqrt{a^2-x^2}\,dx=\frac{a^2}{2}\arcsin\frac{x}{a}+\frac{1}{2}x\sqrt{a^2-x^2}+C.$$

例 15 求$\int\frac{dx}{\sqrt{x^2+a^2}}\quad(a>0)$.

解
$$\int\frac{dx}{\sqrt{x^2+a^2}}\xlongequal{x=a\tan t}\int\frac{a\sec^2 t}{a\sec t}dt$$

$$=\int\sec t dt\xlongequal{\text{由例 7}}\ln|\sec t+\tan t|+C_1$$

$$=\ln\left|\frac{\sqrt{x^2+a^2}}{a}+\frac{x}{a}\right|+C_1=\ln|x+\sqrt{x^2+a^2}|+C.$$

例 16 求$\int\frac{dx}{\sqrt{x^2-a^2}}\quad(a>0)$.

解
$$\int\frac{dx}{\sqrt{x^2-a^2}}\xlongequal{x=a\sec t}\int\frac{a\sec t\cdot\tan t}{a\tan t}dt=\int\sec t dt=\ln|\sec t+\tan t|+C_1$$

$$=\ln\left|\frac{x}{a}+\frac{\sqrt{x^2-a^2}}{a}\right|+C_1=\ln|x+\sqrt{x^2-a^2}|+C.$$

例 14、例 15 和例 16 所用的方法称为三角代换法. 若被积函数含有根式$\sqrt{a^2-x^2}$,$\sqrt{x^2-a^2}$,$\sqrt{x^2+a^2}$,可分别令 $x=a\sin t$,$x=a\sec t$,$x=a\tan t$ 化简被积函数. 但是,有时选用其他变换法更为简便:

例 17 求$\int\frac{\sqrt{a^2-x^2}}{x^4}dx$.

解 作替换 $x=\frac{1}{u}$,则 $dx=-\frac{du}{u^2}$,由此得

$$\int \frac{\sqrt{a^2-x^2}}{x^4}dx=\int \frac{\sqrt{a^2-\frac{1}{u^2}}}{\frac{1}{u^4}}\left(-\frac{du}{u^2}\right)$$

$$=-\int (a^2u^2-1)^{\frac{1}{2}}udu=-\frac{(a^2u^2-1)^{\frac{3}{2}}}{3a^2}+C=-\frac{(a^2-x^2)^{\frac{3}{2}}}{3a^2x^3}+C.$$

在本节例题中，有几个积分是经常会遇到的，所以它们通常也被当作公式来使用，这样常用的积分公式，除基本积分表中的外，再添加下面几个(其中常数 $a>0$)：

(1) $\int \tan x dx=\ln|\sec x|+C.$　　(2) $\int \cot x dx=\ln|\sin x|+C.$

(3) $\int \sec x dx=\ln|\sec x+\tan x|+C.$　　(4) $\int \csc x dx=\ln|\csc x-\cot x|+C.$

(5) $\int \frac{dx}{a^2+x^2}=\frac{1}{a}\arctan\frac{x}{a}+C.$　　(6) $\int \frac{dx}{x^2-a^2}=\frac{1}{2a}\ln\left|\frac{x-a}{x+a}\right|+C.$

(7) $\int \frac{dx}{\sqrt{a^2-x^2}}=\arcsin\frac{x}{a}+C.$　　(8) $\int \frac{dx}{\sqrt{a^2+x^2}}=\ln(x+\sqrt{x^2+a^2})+C.$

(9) $\int \frac{dx}{\sqrt{x^2-a^2}}=\ln|x+\sqrt{x^2-a^2}|+C.$

例 18　求 $\int \frac{dx}{x^2-2x-3}$.

解　$$\int \frac{dx}{x^2-2x-3}=\int \frac{dx}{(x-1)^2-2^2}=\int \frac{d(x-1)}{(x-1)^2-2^2}$$

$$=\frac{1}{4}\ln\left|\frac{x-1-2}{x-1+2}\right|+C=\frac{1}{4}\ln\left|\frac{x-3}{x+1}\right|+C.$$

例 19　求 $\int \frac{dx}{x^2+2x+3}$.

解　$$\int \frac{dx}{x^2+2x+3}=\int \frac{1}{x^2+2x+1+2}dx=\int \frac{1}{(x+1)^2+(\sqrt{2})^2}d(x+1)=\frac{1}{\sqrt{2}}\arctan\frac{x+1}{\sqrt{2}}+C.$$

不定积分的计算技巧性强，我们不但要熟悉基本公式，还要学会灵活运用这些公式，在适当多做练习的同时，要及时归纳总结. 如以上两个例题为形如 $\int \frac{dx}{x^2+px+q}$ 的不定积分，可归纳如下：当 $\Delta=p^2-4q>0$ 时，分母配方后用公式(6)求解；当 $\Delta=p^2-4q<0$ 时，分母配方后用公式(5)求解；当 $\Delta=p^2-4q=0$ 时，分母配方后用 $\int \frac{dx}{x^2}=-\frac{1}{x}+C$ 求解.

第三节　分部积分法

分部积分法是基本积分法之一. 它的目的是把所求积分，通过分部积分公式变成容易计算的形式.

设 $u=u(x)$，$v=v(x)$ 具有连续导数，则有

$$(uv)'=u'v+uv' \quad 或 \quad d(uv)=vdu+udv.$$

两端求不定积分，得

$$\int (uv)'dx=\int vu'dx+\int uv'dx \quad 或 \quad \int d(uv)=\int vdu+\int udv,$$

即

$$\int u\mathrm{d}v = uv - \int v\mathrm{d}u \tag{4-3-1}$$

或

$$\int uv'\mathrm{d}x = uv - \int vu'\mathrm{d}x. \tag{4-3-2}$$

公式(4－3－1)或(4－3－2) 称为不定积分的分部积分公式.

例 1 求$\int \ln x\mathrm{d}x$.

解 令 $u=\ln x, v=x$,则

$$\int \ln x\mathrm{d}x = x\ln x - \int x\mathrm{d}\ln x = x\ln x - \int \frac{x}{x}\mathrm{d}x = x\ln x - x + C.$$

例 2 求$\int x\cos x\mathrm{d}x$.

解 令 $u=x, \mathrm{d}v=\cos x\mathrm{d}x$,则

$$\int x\cos x\mathrm{d}x = \int x\mathrm{d}\sin x = x\sin x - \int \sin x\mathrm{d}x = x\sin x + \cos x + C.$$

为简单起见,以后我们不再标明 u, v 的取法,而直接运用分部积分公式.

例 3 求$\int x\arctan x\mathrm{d}x$.

解
$$\begin{aligned}\int x\arctan x\mathrm{d}x &= \frac{1}{2}\int \arctan x\mathrm{d}x^2 = \frac{1}{2}\left(x^2\arctan x - \int x^2\mathrm{d}\arctan x\right)\\ &= \frac{1}{2}\left[x^2\arctan x - \int \frac{x^2}{1+x^2}\mathrm{d}x\right]\\ &= \frac{1}{2}\left[x^2\arctan x - \int\left(1 - \frac{1}{1+x^2}\right)\mathrm{d}x\right]\\ &= \frac{1}{2}(x^2\arctan x - x + \arctan x) + C.\end{aligned}$$

例 4 求$\int x\mathrm{e}^x\mathrm{d}x$.

解 $\int x\mathrm{e}^x\mathrm{d}x = \int x\mathrm{d}\mathrm{e}^x = x\mathrm{e}^x - \int \mathrm{e}^x\mathrm{d}x = x\mathrm{e}^x - \mathrm{e}^x + C.$

例 5 求$\int \mathrm{e}^x\sin x\mathrm{d}x$.

解
$$\begin{aligned}\int \mathrm{e}^x\sin x\mathrm{d}x &= \int \sin x\mathrm{d}\mathrm{e}^x = \mathrm{e}^x\sin x - \int \mathrm{e}^x\mathrm{d}\sin x\\ &= \mathrm{e}^x\sin x - \int \mathrm{e}^x\cos x\mathrm{d}x = \mathrm{e}^x\sin x - \int \cos x\mathrm{d}\mathrm{e}^x\\ &= \mathrm{e}^x\sin x - \mathrm{e}^x\cos x - \int \mathrm{e}^x\sin x\mathrm{d}x.\end{aligned}$$

把右边末项移到左边,再同时除以 2,便得

$$\int \mathrm{e}^x\sin x\mathrm{d}x = \frac{1}{2}\mathrm{e}^x(\sin x - \cos x) + C.$$

注意 若被积函数是幂函数与对数函数乘积或是幂函数与反三角函数乘积,做分部积分时,取对数函数或反三角函数为 u,其余部分取为 $\mathrm{d}t$;若被积函数是幂函数与正弦(余弦)函数

乘积或是幂函数与指数函数乘积，做分部积分时，取幂函数为 u，其余部分取为 $\mathrm{d}t$；若被积函数是正弦(余弦)函数与指数函数乘积，做分部积分时，既可取三角函数为 u，也可取指数函数为 u，其余部分取为 $\mathrm{d}t$. 总之，利用分部积分法后所得被积函数应比原来简单或变形成了我们熟悉的不定积分形式.

有些不定积分，在进行一次分部积分后，仍然不易直接计算，常常要对新的积分，再利用分部积分公式，经过逐次积分，才能求出其结果.

例 6　求 $\int x^2\cos x\mathrm{d}x$.

解　$$\int x^2\cos x\mathrm{d}x=\int x^2\mathrm{d}\sin x=x^2\sin x-\int \sin x\mathrm{d}x^2$$
$$=x^2\sin x-2\int x\sin x\mathrm{d}x-x^2\sin x+2\int x\mathrm{d}\cos x$$
$$=x^2\sin x+2x\cos x-2\int\cos x\mathrm{d}x=x^2\sin x+2x\cos x-2\sin x+C.$$

有些不定积分需要综合运用换元积分法与分部积分法才能求出其结果.

例 7　求 $\int \mathrm{e}^{\sqrt{x}}\mathrm{d}x$.

解　令 $\sqrt{x}=t$，则 $x=t^2$，$\mathrm{d}x=2t\mathrm{d}t$，因此

$$\int \mathrm{e}^{\sqrt{x}}\mathrm{d}x=\int \mathrm{e}^t 2t\mathrm{d}t=2\int t\mathrm{e}^t\mathrm{d}t=2(t\mathrm{e}^t-\mathrm{e}^t)+C=2\mathrm{e}^{\sqrt{x}}(\sqrt{x}-1)+C.$$

例 8　求 $\int \sec^3 x\mathrm{d}x$.

解　$$\int\sec^3x\mathrm{d}x=\int\sec x\mathrm{d}\tan x=\sec x\tan x-\int\tan x\mathrm{d}\sec x$$
$$=\sec x\tan x-\int\tan^2x\sec x\mathrm{d}x=\sec x\tan x-\int(\sec^2x-1)\sec x\mathrm{d}x$$
$$=\sec x\tan x-\int\sec^3x\mathrm{d}x+\int\sec x\mathrm{d}x.$$

等式两边都有 $\int\sec^3x\mathrm{d}x$，移项整理得

$$\int\sec^3x\mathrm{d}x=\frac{1}{2}\sec x\tan x+\frac{1}{2}\int\sec x\mathrm{d}x=\frac{1}{2}\sec x\tan x+\frac{1}{2}\ln|\sec x+\tan x|+C.$$

第四节　有理函数的积分

前面我们已经介绍了不定积分的两种常用方法，换元积分法与分部积分法，本节介绍有理函数的积分方法及可转化为有理函数的三角有理式的积分方法.

一、有理函数的积分

形如

$$\frac{P(x)}{Q(x)}=\frac{a_0x^n+a_1x^{n-1}+\cdots+a_{n-1}x+a_n}{b_0x^m+b_1x^{m-1}+\cdots+b_{m-1}x+a_m}\tag{4-4-1}$$

的函数称为有理函数. 其中 $a_0,a_1,a_2,\cdots,a_n$ 及 $b_0,b_1,b_2,\cdots,b_m$ 为常数，且 $a_0\neq0,b_0\neq0$.

如果分子多项式 $P(x)$ 的次数 n 小于分母多项式 $Q(x)$ 的次数 m，称分式为真分式；如果分

子多项式 $P(x)$ 的次数 n 大于分母多项式 $Q(x)$ 的次数 m，称分式为假分式. 利用多项式除法可得，任一假分式可转化为多项式与真分式之和. 例如：

$$\frac{x^3+x+1}{x^2+1}=x+\frac{1}{x^2+1}.$$

因此，我们仅讨论真分式的积分.

根据多项式理论，任一多项式 $Q(x)$ 在实数范围内都能分解为一次因式和二次素因式的乘积，即

$$Q(x)=b_0(x-a)^{\alpha}\cdots(x-b)^{\beta}(x^2+px+q)^{\lambda}\cdots(x^2+rx+s)^{\mu}, \tag{4-4-2}$$

其中 $p^2-4q<0,\cdots,r^2-4s<0$.

如果(4-4-1)式的分母多项式分解为(4-4-2)式，则(4-4-1)式可分解为

$$\begin{aligned}\frac{P(x)}{Q(x)}=&\frac{A_1}{(x-a)^{\alpha}}+\frac{A_2}{(x-a)^{\alpha-1}}+\cdots+\frac{A_{\alpha}}{(x-a)}+\cdots+\frac{B_1}{(x-b)^{\beta}}+\frac{B_2}{(x-b)^{\beta-1}}+\cdots+\\&\frac{B_{\beta}}{(x-b)}+\frac{M_1x+N_1}{(x^2+px+q)^{\lambda}}+\frac{M_2x+N_2}{(x^2+px+q)^{\lambda-1}}+\cdots+\frac{M_{\lambda}x+N_{\lambda}}{(x^2+px+q)}+\cdots+\\&\frac{R_1x+S_1}{(x^2+rx+s)^{\mu}}+\frac{R_2x+S_2}{(x^2+rx+s)^{\mu-1}}+\cdots+\frac{R_{\mu}x+S_{\mu}}{(x^2+rx+s)}.\end{aligned} \tag{4-4-3}$$

(4-4-3)式称为(4-4-1)式的部分分式.

求一个有理分式的部分分式我们常用待定系数法或赋值法，下面分别举例说明.

例 1 将真分式 $\frac{10x-2}{x^3-x^2-2x}$ 分解为部分分式.

解 $\frac{10x-2}{x^3-x^2-2x}$ 的分母 x^3-x^2-2x 可分解为

$$x^3-x^2-2x=x(x-2)(x+1),$$

因此

$$\frac{10x-2}{x^3-x^2-2x}=\frac{A}{x}+\frac{B}{x+1}+\frac{C}{x-2}.$$

其中 A,B,C 为待定常数，可用如下方法求出.

第一种方法：等式两边同时乘以 x^3-x^2-2x 得恒等式

$$10x-2=A(x-2)(x+1)+Bx(x-2)+Cx(x+1),$$

即

$$10x-2=(A+B+C)x^2-(A+2B-C)x-2A. \tag{4-4-4}$$

由于恒等式等号两边 x 同次幂的系数相等，因此

$$\begin{cases}A+B+C=0,\\A+2B-C=-10,\\2A=2.\end{cases}$$

解方程组，得 $A=1,B=-4,C=3$. 所以

$$\frac{10x-2}{x^3-x^2-2x}=\frac{1}{x}+\frac{-4}{x+1}+\frac{3}{x-2}.$$

第二种方法：在恒等式(4-4-4)中代入特殊的 x 值，从而求出待定常数. 在(4-4-4)式中，

令 $x=0$，得 $A=1$.

令 $x=-1$，得 $B=-4$.

令 $x=2$，得 $C=3$.

同样可得到

$$\frac{10x-2}{x^3-x^2-2x}=\frac{1}{x}+\frac{-4}{x+1}+\frac{3}{x-2}.$$

总之，任何一个有理函数，都可化为一个多项式与真分式之和. 真分式都可分解为本节(4-4-3)式的形式.

例 2　求$\int\frac{x+3}{x^2-5x+6}\mathrm{d}x$.

解　因为

$$\frac{x+3}{x^2-5x+6}=\frac{x+3}{(x-2)(x-3)}=\frac{-5}{x-2}+\frac{6}{x-3},$$

得

$$\begin{aligned}\int\frac{x+3}{x^2-5x+6}\mathrm{d}x&=\int\left(\frac{-5}{x-2}+\frac{6}{x-3}\right)\mathrm{d}x\\&=-5\int\frac{1}{x-2}\mathrm{d}x+6\int\frac{1}{x-3}\mathrm{d}x=-5\ln|x-2|+6\ln|x-3|+C.\end{aligned}$$

例 3　求$\int\frac{x-2}{x^2+2x+3}\mathrm{d}x$.

解　由于分母已为二次素因式，分子可写为

$$x-2=\frac{1}{2}(2x+2)-3,$$

得

$$\begin{aligned}\int\frac{x-2}{x^2+2x+3}\mathrm{d}x&=\int\frac{\frac{1}{2}(2x+2)-3}{x^2+2x+3}\mathrm{d}x=\frac{1}{2}\int\frac{2x+2}{x^2+2x+3}\mathrm{d}x-3\int\frac{\mathrm{d}x}{x^2+2x+3}\\&=\frac{1}{2}\int\frac{\mathrm{d}(x^2+2x+3)}{x^2+2x+3}-3\int\frac{\mathrm{d}(x+1)}{(x+1)^2+(\sqrt{2})^2}\\&=\frac{1}{2}\ln(x^2+2x+3)-\frac{3}{\sqrt{2}}\arctan\frac{x+1}{\sqrt{2}}+C.\end{aligned}$$

例 4　求$\int\frac{1}{(1+2x)(1+x^2)}\mathrm{d}x$.

解　根据分解式(4-4-3)，计算得

$$\frac{1}{(1+2x)(1+x^2)}=\frac{\frac{4}{5}}{1+2x}+\frac{-\frac{2}{5}x+\frac{1}{5}}{1+x^2}.$$

因此有

$$\begin{aligned}\int\frac{1}{(1+2x)(1+x^2)}\mathrm{d}x&=\int\left(\frac{4/5}{1+2x}+\frac{-2/5x+1/5}{1+x^2}\right)\mathrm{d}x\\&=\frac{2}{5}\int\frac{2}{1+2x}\mathrm{d}x-\frac{1}{5}\int\frac{2x}{1+x^2}\mathrm{d}x+\frac{1}{5}\int\frac{1}{1+x^2}\mathrm{d}x\\&=\frac{2}{5}\int\frac{1}{1+2x}\mathrm{d}(1+2x)-\frac{1}{5}\int\frac{1}{1+x^2}\mathrm{d}(1+x^2)+\frac{1}{5}\int\frac{1}{1+x^2}\mathrm{d}x\\&=\frac{2}{5}\ln|1+2x|-\frac{1}{5}\ln(1+x^2)+\frac{1}{5}\arctan x+C.\end{aligned}$$

当有理函数分解为多项式及部分分式之和以后，只出现多项式、$\frac{A}{(x-a)^n}$及$\frac{Mx+N}{(x^2+px+q)^n}$

等三类函数. 前两类函数的积分很简单,下面讨论积分$\int \frac{Mx+N}{(x^2+px+q)^n}dx$.

把分母中的二次素因式配方得

$$x^2+px+q=\left(x+\frac{p}{2}\right)^2+q-\frac{p^2}{4},$$

故令$x+\frac{p}{2}=t$,并记$x^2+px+q=t^2+a^2$,$Mx+N=Mt+b$,其中$a^2=q-\frac{p^2}{4}$,$b=N-\frac{Mp}{2}$,于是

$$\int \frac{Mx+N}{(x^2+px+q)^n}dx=\int \frac{Mtdt}{(t^2+a^2)^n}+\int \frac{bdt}{(t^2+a^2)^n}.$$

当$n=1$时(如例3),有

$$\int \frac{Mx+N}{x^2+px+q}dx=\frac{M}{2}\ln(x^2+px+q)+\frac{b}{a}\arctan\frac{x+\frac{p}{2}}{a}+C.$$

当$n>1$时,

$$\int \frac{Mx+N}{(x^2+px+q)^n}dx=-\frac{M}{2(n-1)(t^2-a^2)^{n-1}}+b\int \frac{dt}{(t^2+a^2)^n},$$

上式右端的积分,可用分部积分法得出如下递推公式.

例 5 求$I_n=\int \frac{dx}{(x^2+a^2)^n}$,其中$n$为正整数.

解 用分部积分法,当$n>1$时,有

$$\begin{aligned}\int \frac{dx}{(x^2+a^2)^{n-1}}&=\frac{x}{(x^2+a^2)^{n-1}}+2(n-1)\int \frac{x^2}{(x^2+a^2)^n}dx\\&=\frac{x}{(x^2+a^2)^{n-1}}+2(n-1)\int \left[\frac{1}{(x^2+a^2)^{n-1}}-\frac{a^2}{(x^2+a^2)^n}\right]dx,\end{aligned}$$

即

$$I_{n-1}=\frac{x}{(x^2+a^2)^{n-1}}+2(n-1)(I_{n-1}-a^2I_n),$$

于是

$$I_n=\frac{1}{2a^2(n-1)}\left[\frac{x}{(x^2+a^2)^{n-1}}+(2n-3)I_{n-1}\right].$$

以此作递推公式,并由$I_1=\frac{1}{a}\arctan\frac{x}{a}+C$,即可得$I_n$.

总之,有理函数分解为多项式及部分分式之和以后,各个部分都能积出,且原函数都是初等函数. 此外,由代数学知道,从理论上说,多项式$Q(x)$总可以在实数范围内分解成一次因式及二次素因式的乘积,从而把有理函数$\frac{P(x)}{Q(x)}$分解为多项式与部分分式之和. 因此,有理函数的原函数都是初等函数.

二、三角函数有理式的积分

如果$R(u,v)$为关于u,v的有理式,则$R(\sin x,\cos x)$称为三角函数有理式. 我们不深入讨论,仅举例说明这类函数的积分方法.

例 6 求$\int \frac{1+\sin x}{\sin x(1+\cos x)}dx$.

解 由三角学知道,$\sin x$与$\cos x$都可以用$\tan\frac{x}{2}$的有理式来表示.

如果作变量代换 $u=\tan\frac{x}{2}(-\pi<x<\pi)$，可得

$$\sin x=\frac{2u}{1+u^2},\cos x=\frac{1-u^2}{1+u^2},\mathrm{d}x=\frac{2}{1+u^2}\mathrm{d}u.$$

因此得

$$\begin{aligned}\int\frac{1+\sin x}{\sin x(1+\cos x)}\mathrm{d}x&=\int\frac{\left(1+\frac{2u}{1+u^2}\right)}{\frac{2u}{1+u^2}\left(1+\frac{1-u^2}{1+u^2}\right)}\frac{2}{1+u^2}\mathrm{d}u\\&=\frac{1}{2}\int\left(u+2+\frac{1}{u}\right)\mathrm{d}u=\frac{1}{2}\left(\frac{u^2}{2}+2u+\ln|u|\right)+C\\&=\frac{1}{4}\tan^2\frac{x}{2}+\tan\frac{x}{2}+\frac{1}{2}\ln\left|\tan\frac{x}{2}\right|+C.\end{aligned}$$

本例所用的变量代换 $u=\tan\frac{x}{2}$ 对三角函数有理式的积分都可以应用，从而总可将三角函数有理式化为有理函数来积分，因而其积分也都是初等函数.

以上几节介绍了不定积分的常用方法，这些方法必须通过大量的练习才能熟练. 不定积分和求导数不一样，对于给定的一个初等函数，我们总能求出它的导数，但求不定积分就不是那么简单，它并无一般的方法可循，有些不定积分甚至不能用初等函数去表示，最简单的如

$$\int e^{x^2}\mathrm{d}x,\int\frac{\mathrm{d}x}{\ln x},\int\frac{\sin x}{x}\mathrm{d}x$$

就是这样.

习 题 四

1. 求下列不定积分：

(1) $\int\frac{\mathrm{d}x}{x^2}$；　(2) $\int x\sqrt{x}\,\mathrm{d}x$；　(3) $\int\frac{\mathrm{d}x}{\sqrt{x}}$；

(4) $\int\sqrt[m]{x^n}\,\mathrm{d}x$；　(5) $\int(x^2+1)^2\mathrm{d}x$；　(6) $\int(\sqrt{x}+1)(\sqrt{x^3}-1)\mathrm{d}x$；

(7) $\int\frac{x^2\mathrm{d}x}{1+x^2}$；　(8) $\int\left(\frac{1}{1+x^2}+\frac{3}{\sqrt{1-x^2}}\right)\mathrm{d}x$；　(9) $\int\left(2e^x+\frac{1}{3x}\right)\mathrm{d}x$；

(10) $\int\frac{2\cdot3^x+5\cdot x^2}{3^x}\mathrm{d}x$；　(11) $\int\frac{\cos2x}{\cos x-\sin x}\mathrm{d}x$；　(12) $\int\frac{1}{1+\cos2x}\mathrm{d}x$；

(13) $\int\frac{\cos2x}{\sin^2x\cos^2x}\mathrm{d}x$；　(14) $\int\left(1-\frac{1}{x^2}\right)\sqrt{x\sqrt{x}}\,\mathrm{d}x$；　(15) $\int\frac{3x^4+3x^2+1}{x^2+1}\mathrm{d}x$；

(16) $\int\sec x(\sec x-\tan x)\mathrm{d}x$；　(17) $\int\frac{x^4}{1+x^2}\mathrm{d}x$；　(18) $\int\frac{\sqrt{1+x^2}}{\sqrt{1-x^4}}\mathrm{d}x$.

2. 一曲线通过点(e,2)，且在任意点处的切线斜率等于该点的横坐标的倒数. 求此曲线方程.

3. 设某质点做直线运动，其速度 $v(t)=\frac{1}{3}t^2-\frac{1}{2}t^3$，开始时它位于原点，求：

(1) 路程与时间的关系.

(2) 当 $t=3$ 时，质点位于何处？

(3) 运动进行到何时刻，质点位于原点？

4. 用换元积分法求下列不定积分：

(1) $\int \sin^3 x\cos x\mathrm{d}x$; (2) $\int \sin 2x\cos^3 x\mathrm{d}x$; (3) $\int \frac{3\mathrm{d}x}{(1-2x)^2}$;

(4) $\int \frac{\sqrt{\ln x}}{x}\mathrm{d}x$; (5) $\int \frac{1}{1-x^2}\ln\frac{1+x}{1-x}\mathrm{d}x$; (6) $\int \frac{2x-3}{x^2-3x+8}\mathrm{d}x$;

(7) $\int 2x\sqrt{x^2-1}\,\mathrm{d}x$; (8) $\int (3-2x)^2\mathrm{d}x$; (9) $\int \frac{\mathrm{d}x}{1+9x^2}$;

(10) $\int \frac{\mathrm{d}x}{\sqrt{4-9x^2}}$; (11) $\int \frac{\mathrm{e}^x\mathrm{d}x}{\sqrt{1-\mathrm{e}^{2x}}}$; (12) $\int \frac{\sec x\tan x}{\sec^2 x+1}\mathrm{d}x$;

(13) $\int \sin^4 x\mathrm{d}x$; (14) $\int (\tan x-\cot x)\mathrm{d}x$; (15) $\int \frac{x\mathrm{d}x}{\sqrt{4-x^2}}$;

(16) $\int \frac{\mathrm{d}x}{\cos^4 x}$; (17) $\int \frac{\mathrm{d}x}{(1-x^2)^{\frac{3}{2}}}$; (18) $\int \frac{\mathrm{d}x}{\sqrt{x^2-3}}$;

(19) $\int \frac{\mathrm{d}x}{x^2\sqrt{1-x^2}}$; (20) $\int \frac{\mathrm{d}x}{x^2\sqrt{1+x^2}}$; (21) $\int \frac{\sqrt{x^2-4}}{x}\mathrm{d}x$;

(22) $\int \frac{\mathrm{d}x}{(1+x^2)\sqrt{1+x^2}}$; (23) $\int \frac{1+\ln x}{(x\ln x)^2}\mathrm{d}x$; (24) $\int \frac{\arctan\sqrt{x}}{\sqrt{x}(1+x)}\mathrm{d}x$;

(25) $\int \sin 2x\cos 3x\mathrm{d}x$; (26) $\int \cos 3x\cos 4x\mathrm{d}x$; (27) $\int \frac{\sqrt{x-1}}{x}\mathrm{d}x$;

(28) $\int \frac{\mathrm{d}x}{x+\sqrt{x}}$; (29) $\int \frac{\mathrm{d}x}{4x^2-4x+2}$; (30) $\int \frac{\mathrm{d}x}{4x^2-4x-3}$.

5. 用分部积分法求下列不定积分：

(1) $\int \arcsin x\mathrm{d}x$; (2) $\int \ln(x^2+1)\mathrm{d}x$; (3) $\int x\cdot 3^x\mathrm{d}x$;

(4) $\int x\cos 2x\mathrm{d}x$; (5) $\int (x-1)\ln x\mathrm{d}x$; (6) $\int x\tan^2 x\mathrm{d}x$;

(7) $\int x\cos x\sin x\mathrm{d}x$; (8) $\int \mathrm{e}^{ax}\cos bx\mathrm{d}x$ （a,b 为常数）; (9) $\int x\mathrm{e}^{2x}\mathrm{d}x$;

(10) $\int x\arctan x\mathrm{d}x$; (11) $\int \ln^2 x\mathrm{d}x$; (12) $\int x^2\cos^2\frac{x}{2}\mathrm{d}x$;

(13) $\int x\ln(x-1)\mathrm{d}x$; (14) $\int (x^2-1)\sin 2x\mathrm{d}x$; (15) $\int \frac{\ln^3 x}{x^2}\mathrm{d}x$;

(16) $\int \mathrm{e}^x\sin^2 x\mathrm{d}x$.

6. 求下列不定积分：

(1) $\int (\arcsin x)^2\mathrm{d}x$; (2) $\int \frac{x\arcsin x}{\sqrt{1-x^2}}\mathrm{d}x$; (3) $\int \sin\ln x\mathrm{d}x$;

(4) $\int \mathrm{e}^{3\sqrt{x}}90\mathrm{d}x$; (5) $\int \frac{\mathrm{d}x}{x\sqrt{x^4+2x-1}}$; (6) $\int \frac{x^2+3x+2}{(x-1)(x^2+2x+3)}\mathrm{d}x$;

(7) $\int \frac{x^3+3x^2+x+1}{(x-1)^2(x^2+2x+3)}\mathrm{d}x$; (8) $\int \frac{x^4+3x^3+4x^2+2x-4}{(x+1)(x^2+2x+3)}\mathrm{d}x$; (9) $\int \frac{\mathrm{d}x}{1+\sin x+\cos x}$;

(10) $\int \frac{1}{1+\sin x}\mathrm{d}x$; (11) $\int \frac{\mathrm{d}x}{x^4\sqrt{1+x^2}}$; (12) $\int \sqrt{x}\cos\sqrt{x}\mathrm{d}x$;

(13) $\int \frac{\sin^2 x}{\cos^3 x}\mathrm{d}x$; (14) $\int \frac{\mathrm{d}x}{16-x^4}$; (15) $\int \frac{\sin x}{1+\sin x}\mathrm{d}x$;

(16) $\int \frac{x+\sin x}{1+\cos x}$; (17) $\int \frac{\mathrm{d}x}{(1+\mathrm{e}^x)^2}$; (18) $\int \frac{x\mathrm{e}^x}{(1+\mathrm{e}^x)^2}\mathrm{d}x$;

(19) $\int \ln^2(x+\sqrt{1+x^2})\mathrm{d}x$; (20) $\int \frac{\ln x}{(1+x^2)^{\frac{3}{2}}}\mathrm{d}x$; (21) $\int \sqrt{1-x^2}\arcsin x\mathrm{d}x$.

第五章　定积分

本章中将讨论积分学的另一个基本问题——定积分问题. 我们先从几何与力学问题出发引进定积分的定义，然后讨论它的性质、计算方法及应用，最后介绍反常积分.

第一节　定积分的概念与性质

一、定积分问题举例

1. 曲边梯形面积

应用初等数学，可以计算由直线段和圆弧所围成平面区域的面积. 但在实践中，还需要计算由任意曲线所围成的平面区域的面积，为此先研究"曲边梯形"的面积. 设 $y=f(x)$在$[a,b]$上连续非负，由直线 $x=a$，$x=b$，$y=0$ 及曲线 $y=f(x)$所围成的图形，称为曲边梯形，其中曲线弧称为曲边（图 5－1）. 下面来求曲边梯形的面积.

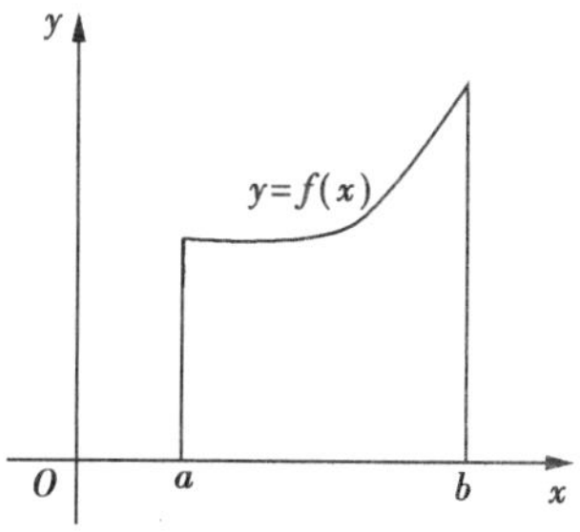

图 5－1

我们知道矩形面积＝底×高，现在曲边梯形底边上各点处对应的高 $f(x)$是变化的，因而它的面积不能直接用矩形面积公式计算，然而曲边梯形的高 $f(x)$在区间 $[a,b]$上是连续变化的，当我们只考虑很小的区间时，$f(x)$的值变化很小，近似于不变，我们可以拿这小区间上任一点的 $f(x)$乘以这一区间长度的值来近似小曲边梯形的面积，并且区间长度越小，计算的面积便越准确. 这就是说，我们可以通过如下步骤来计算曲边梯形的面积.

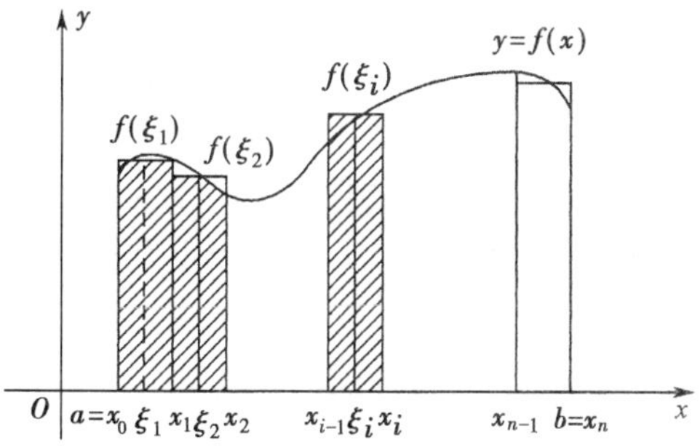

图 5－2

(1) 分割　在区间$[a,b]$中任意插入若干个分点 $a=x_0<x_1<x_2<\cdots<x_{n-1}<x_n=b$，把$[a,b]$分成 n 个小区间(图 5－2)

$$[x_0,x_1],[x_1,x_2],\cdots,[x_{n-1},x_n],$$

它们的长度依次为：

$$\Delta x_1=x_1-x_0,\Delta x_2=x_2-x_1,\cdots,\Delta x_n=x_n-x_{n-1}.$$

经过每一个分点作平行于 y 轴的直线段，把曲边梯形分成 n 个窄曲边梯形，其面积分别为

$$\Delta A_1,\Delta A_2,\cdots,\Delta A_n.$$

(2) 求近似值　任取 $\xi_i\in[x_{i-1},x_i]$，以$[x_{i-1},x_i]$为底，$f(\xi_i)$为高的窄边矩形近似替代第 i 个窄边梯形$(i=1,2,\cdots,n)$，把这样得到的 n 个窄矩形面积之和作为所求曲边梯形面积 A 的

近似值,即

$$A\approx f(\xi_1)\Delta x_1+f(\xi_2)\Delta x_2+\cdots+f(\xi_n)\Delta x_n=\sum_{i=1}^{n}f(\xi_i)\Delta x_i.$$

(3) 取极限求精确值　记 $\lambda=\max\{\Delta x_1,\Delta x_2,\cdots,\Delta x_n\}$,$\lambda\to0$ 时,可得曲边梯形的面积

$$A=\lim_{\lambda\to0}\sum_{i=1}^{n}f(\xi_i)\Delta x_i.$$

2. 变速直线运动的路程

某物体在直线上以变速 $v=v(t)$运动,求从 $t=T_1$ 到 $t=T_2$ 这段时间内该物体所经过的路程 s.

尽管速度 $v(t)$随时刻 t 不断变化,但它是逐渐地连续变化的,所以在很短的一段时间$[t,t+\Delta t]$内,速度变化很小,运动近似于匀速 $v(\tau)$(τ 是 $t\leqslant\tau\leqslant t+\Delta t$ 的任一时刻),所走路程近似于 $v(\tau)\Delta t$. 把$[T_1,T_2]$分成长度为 $\Delta t_1,\Delta t_2,\cdots,\Delta t_n$ 的 n 个小段,在每个小段 Δt_i 内任取一时刻 τ_i,于是该物体所经过的全部路程就可近似地由和式

$$s_n\approx\sum_{i=1}^{n}v(\tau_i)\Delta t_i$$

表示出,而从 T_1 到 T_2 整段时间内所经过的路程 s 的准确值就是这个和在小段越分越细时的极限

$$s=\lim_{\lambda\to0}\sum_{i=1}^{n}v(\tau_i)\Delta t_i,$$

其中 $\lambda=\max\{\Delta t_1,\Delta t_2,\cdots,\Delta t_n\}$.

二、定积分的定义

由上述两例可见,虽然所计算的量不同,但它们都取决于一个函数及其自变量的变化区间,其次它们的计算方法与步骤都相同,即归纳为一种和式极限,即

$$\text{面积 } A=\lim_{\lambda\to0}\sum_{i=1}^{n}f(\xi_i)\Delta x_i,\quad \text{路程 } s=\lim_{\lambda\to0}\sum_{i=1}^{n}v(\tau_i)\Delta t_i.$$

我们对这种和式的极限下一个精确的定义.

定义　设函数 $f(x)$在$[a,b]$上有界,在$[a,b]$中任意插入若干个分点

$$a=x_0<x_1<x_2<\cdots<x_{n-1}<x_n=b,$$

把区间$[a,b]$分成 n 个小区间

$$[x_0,x_1],[x_1,x_2],\cdots,[x_{n-1},x_n],$$

各个小区间的长度依次为　$\Delta x_1=x_1-x_0,\Delta x_2=x_2-x_1,\cdots,\Delta x_n=x_n-x_{n-1}$.

在每个小区间$[x_{i-1},x_i]$上任取一点 ξ_i($x_{i-1}\leqslant\xi_i\leqslant x_i$),作函数值 $f(\xi_i)$与小区间长度 Δx_i 的乘积 $f(\xi_i)\Delta x_i$($i=1,2,\cdots,n$)并作出和

$$s=\sum_{i=1}^{n}f(\xi_i)\Delta x_i.$$

记 $\lambda=\max\{\Delta x_1,\Delta x_2,\cdots,\Delta x_n\}$,如果不论对$[a,b]$怎样分法,也不论在小区间$[x_{i-1},x_i]$上点 ξ_i 怎样取法,只要当 $\lambda\to0$ 时,和 s 总趋于确定的极限 I,这时我们称这个极限 I 为函数 $f(x)$在区间$[a,b]$上的定积分(definite integral),**记作 $\int_a^b f(x)\mathrm{d}x$,即**

$$\int_a^b f(x)\mathrm{d}x = I = \lim_{\lambda\to 0}\sum_{i=1}^{n} f(\xi_i)\Delta x_i,$$

其中 $f(x)$ 叫做被积函数，$f(x)\mathrm{d}x$ 叫做被积表达式，x 叫做积分变量，$[a,b]$ 叫做积分区间(interval of integration)，**a 叫做积分下限**(lower limit of integration)，**b 叫做积分上限**(upper limit of integration). **函数 $f(x)$ 在闭区间 $[a,b]$ 上的定积分存在，也称函数 $f(x)$ 在 $[a,b]$ 上可积.**

注意　(1) 定积分值两个不依赖：其一是积分值不依赖区间 $[a,b]$ 的分法，即积分值与区间 $[a,b]$ 分成小区间的划分法无关；其二是积分值不依赖小区间 $[x_{i-1},x_i]$ 上点 ξ_i 的取法. 对于给定的被积函数及积分区间，若定积分存在，则其值一定是唯一确定的常数.

(2) 定积分与积分变量无关，即

$$\int_a^b f(x)\mathrm{d}x = \int_a^b f(t)\mathrm{d}t = \int_a^b f(u)\mathrm{d}u.$$

也就是说，定积分的值只与被积函数及积分区间有关，与积分变量的记法无关.

(3) 为方便定积分计算及应用，作如下补充规定：

①当 $a=b$ 时，$\int_a^b f(t)\mathrm{d}x = 0$；

②当 $a>b$ 时，$\int_a^b f(x)\mathrm{d}x = -\int_b^a f(x)\mathrm{d}x$.

对于定积分，有这样一个重要问题：函数 $f(x)$ 在 $[a,b]$ 上满足什么条件，函数 $f(x)$ 在 $[a,b]$ 上可积？这个问题我们不作深入讨论，只给出可积的充分条件.

定理　**设 $f(x)$ 在 $[a,b]$ 上连续或在 $[a,b]$ 上只有有限个第一类间断点，则 $f(x)$ 在 $[a,b]$ 上可积.**

利用定积分的定义，前面两个实际问题可以分别表述如下：

曲边 $y=f(x)$ 及直线 $x=a$，$x=b$，$y=0$ 所围成的曲边梯形的面积 A 等于函数 $y=f(x)$ 在区间 $[a,b]$ 上的定积分，即

$$A = \int_a^b f(x)\mathrm{d}x.$$

物体在时间间隔 $[T_1,T_2]$ 以速度 $v=v(t)$ 做直线运动的路程 s 等于函数 $v=v(t)$ 在区间 $[T_1,T_2]$ 上的定积分，即

$$s = \int_{T_1}^{T_2} v(t)\mathrm{d}t.$$

下面讨论定积分的几何意义. 当 $f(x)\geqslant 0\,(x\in[a,b])$ 时，定积分 $\int_a^b f(x)\mathrm{d}x$ 在几何上表示由曲线 $y=f(x)$ 及直线 $x=a$，$x=b$，$y=0$ 所围成的曲边梯形的面积；当 $f(x)<0\,(x\in[a,b])$ 时，由曲线 $y=f(x)$ 及直线 $x=a$，$x=b$，$y=0$ 所围成的曲边梯形在 x 轴下方，定积分 $\int_a^b f(x)\mathrm{d}x<0$，在几何上表示上述曲边梯形面积的负值，故曲边梯形面积 $A=-\int_a^b f(x)\mathrm{d}x$. 若当 $x\in[a,b]$ 时，$y=f(x)$ 既有正值又有负值，则函数 $y=f(x)$ 及直线 $x=a$，$x=b$，$y=0$ 所围成的图形中，一部分在 x 轴上方，一部分在 x 轴下方(图 5-3)，如果规定 x 轴上方的面积为正，x 轴下方的面积为负，则定积分 $\int_a^b f(x)\mathrm{d}x$ 表示上述图形面积的代数和. 即

$$\int_a^b f(x)\mathrm{d}x = A_1 - A_2 + A_3 - A_4 + A_5.$$

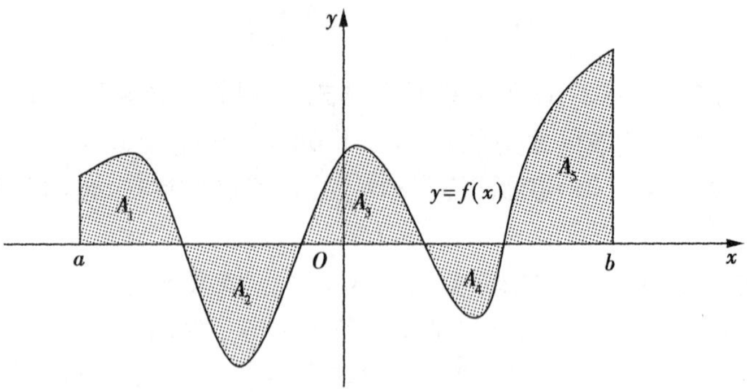

图 5-3

例 1 利用定积分定义计算 $\int_0^1 x^2 \mathrm{d}x$.

解 $f(x)=x^2$ 在[0,1]上为连续函数，故可积. 为方便计算，我们可以对[0,1]作 n 等分，分点 $x_i=\frac{i}{n}$，$i=1,2,\cdots,n-1$；ξ_i 取相应小区间的右端点，故

$$\sum_{i=1}^{n} f(\xi_i)\Delta x_i = \sum_{i=1}^{n}\xi_i^2\Delta x_i = \sum_{i=1}^{n}\left(\frac{i}{n}\right)^2\frac{1}{n}=\frac{1}{n^3}\sum_{i=1}^{n} i^2$$

$$=\frac{1}{n^3}\frac{1}{6}n(n+1)(2n+1)=\frac{1}{6}\left(1+\frac{1}{n}\right)\left(2+\frac{1}{n}\right).$$

$\lambda\to 0$（即 $n\to\infty$）时，由定积分的定义得：

$$\int_0^1 x^2\mathrm{d}x=\lim_{n\to\infty}\sum_{i=1}^{n}f(\xi_i)\Delta x_i=\lim_{n\to\infty}\frac{1}{6}\left(1+\frac{1}{n}\right)\left(2+\frac{1}{n}\right)=\frac{1}{3}.$$

三、定积分的性质

下列各性质中积分上、下限的大小，如无特别说明，均不加以限制，并且假定各性质中的函数都是可积的.

性质 1 函数和（差）的定积分等于它们的定积分的和（差），即

$$\int_a^b [f(x)\pm g(x)]\mathrm{d}x=\int_a^b f(x)\mathrm{d}x\pm\int_a^b g(x)\mathrm{d}x.$$

证 根据定积分的定义，有

$$\int_a^b [f(x)\pm g(x)]\mathrm{d}x=\lim_{\lambda\to 0}\sum_{i=1}^{n}[f(\xi_i)\pm g(\xi_i)]\Delta x_i$$

$$=\lim_{\lambda\to 0}\sum_{i=1}^{n}f(\xi_i)\Delta x_i\pm\lim_{\lambda\to 0}\sum_{i=1}^{n}g(\xi_i)\Delta x_i$$

$$=\int_a^b f(x)\mathrm{d}x\pm\int_a^b g(x)\mathrm{d}x.$$

性质 1 可推广到有限多个函数代数和的情况，即

$$\int_a^b [f_1(x)\pm f_2(x)\pm\cdots\pm f_n(x)]\mathrm{d}x=\int_a^b f_1(x)\mathrm{d}x\pm\int_a^b f_2(x)\mathrm{d}x\pm\cdots\pm\int_a^b f_n(x)\mathrm{d}x.$$

性质 2 被积函数的常数因子可以提到积分号外面，即

$$\int_a^b kf(x)\mathrm{d}x=k\int_a^b f(x)\mathrm{d}x \quad (k\ \text{是常数}).$$

性质 3（积分区间的可加性）　如果将积分区间分成两部分，则在整个区间上的定积分等于这两个区间上定积分之和，即

$$\int_a^b f(x)\mathrm{d}x=\int_a^c f(x)\mathrm{d}x+\int_c^b f(x)\mathrm{d}x \quad (\text{其中 } a,b,c \text{ 为三个任意实数}).$$

证　当 $a<c<b$ 时，因 $f(x)$ 在区间 $[a,b]$ 上可积，取点 c 为其中一分点（对应于 $i=k$），由定积分的定义知，有

$$\begin{aligned}\int_a^b f(x)\mathrm{d}x &=\lim_{\lambda\to 0}\sum_{i=k}^{n} f(\xi_i)\Delta x \\ &=\lim_{\lambda\to 0}\Big[\sum_{i=1}^{k} f(\xi_i)\Delta x_i+\sum_{i=k}^{n} f(\xi_i)\Delta x_i-f(\xi_k)\Delta x_k\Big] \\ &=\lim_{\lambda\to 0}\sum_{i=1}^{k} f(\xi_i)\Delta x_i+\lim_{\lambda\to 0}\sum_{i=k}^{n} f(\xi_i)\Delta x_i-\lim_{\lambda\to 0} f(\xi_k)\Delta x_k \\ &=\int_a^c f(x)\mathrm{d}x+\int_c^b f(x)\mathrm{d}x.\end{aligned}$$

当 $a<b<c$ 时，我们可利用前述的结果得

$$\int_a^c f(x)\mathrm{d}x=\int_a^b f(x)\mathrm{d}x+\int_b^c f(x)\mathrm{d}x,$$

$$\int_a^c f(x)\mathrm{d}x=\int_a^b f(x)\mathrm{d}x-\int_c^b f(x)\mathrm{d}x,$$

移项即得要证的等式.

同理可证当 $c<a<b$ 时的情形：因此无论 a,b,c 的相对位置如何，总有命题成立.

利用定积分的几何意义易得下列性质.

性质 4　如果在区间 $[a,b]$ **上** $f(x)\equiv 1$**，则** $\int_a^b f(x)\mathrm{d}x=\int_a^b \mathrm{d}x=b-a$.

性质 5　如果在区间 $[a,b]$ **上，**$f(x)\geqslant 0$**，则**

$$\int_a^b f(x)\mathrm{d}x\geqslant 0 \quad (a<b).$$

证　因 $f(x)\geqslant 0$，故 $f(\xi_i)\geqslant 0\,(i=1,2,\cdots,n)$，又因 $\Delta x_i\geqslant 0\quad(i=1,2,\cdots,n)$，

故
$$\sum_{i=1}^{n} f(\xi_i)\Delta x_i\geqslant 0.$$

设 $\lambda=\max\{\Delta x_1,\Delta x_2,\cdots,\Delta x_n\}$，令 $\lambda\to 0$，便得到要证的不等式.

推论 1　如果在 $[a,b]$ **上，**$f(x)\leqslant g(x)$**，则**

$$\int_a^b f(x)\mathrm{d}x\leqslant\int_a^b g(x)\mathrm{d}x \quad (a<b).$$

证　因为 $g(x)\leqslant f(x)$，所以 $g(x)-f(x)\geqslant 0$，由性质 5，得

$$\int_a^b [g(x)-f(x)]\mathrm{d}x\geqslant 0.$$

利用性质 1，便得到要证的不等式.

推论 2　$\left|\int_a^b f(x)\mathrm{d}x\right|\leqslant\int_a^b |f(x)|\mathrm{d}x$.

证　因为

$$-|f(x)|\leqslant f(x)\leqslant |f(x)|,$$

由推论 1 及性质 2 可得

$$-\int_a^b |f(x)|\mathrm{d}x \leqslant \int_a^b f(x)\mathrm{d}x \leqslant \int_a^b |f(x)|\mathrm{d}x,$$

即

$$\left|\int_a^b f(x)\mathrm{d}x\right| \leqslant \int_a^b |f(x)|\mathrm{d}x.$$

性质 6(估值定理)　设 M 与 m 分别是函数 $f(x)$ 在 $[a,b]$ 上的最大值及最小值,则

$$m(b-a) \leqslant \int_a^b f(x)\mathrm{d}x \leqslant M(b-a) \quad (a<b).$$

证　因 $m \leqslant f(x) \leqslant M$,由性质 5 及推论 1,得

$$\int_a^b m\mathrm{d}x \leqslant \int_a^b f(x)\mathrm{d}x \leqslant \int_a^b M\mathrm{d}x.$$

由性质 2 得所证不等式.

这样,由被积函数在积分区间上的最大值和最小值,可以估计积分值的大致范围.

性质 7(积分中值定理)　如果函数 $f(x)$ 在闭区间 $[a,b]$ 上连续,则在积分区间 $[a,b]$ 上至少存在一点 ξ,使下式成立:

$$\int_a^b f(x)\mathrm{d}x = f(\xi)(b-a) \quad (a \leqslant \xi \leqslant b).$$

证　利用性质 6,$m \leqslant \frac{1}{b-a}\int_a^b f(x)\mathrm{d}x \leqslant M$;再由闭区间上连续函数的介值定理,知在 $[a,b]$ 上至少存在一点 ξ,使

$$f(\xi) = \frac{1}{a-b}\int_a^b f(x)\mathrm{d}x,$$

故得此性质. 显然无论 $a>b$,还是 $a<b$,上述等式恒成立.

积分中值定理的几何解释:对于以 $[a,b]$ 为底边,曲线 $y=f(x)$ $(f(x) \geqslant 0)$ 为曲边的梯形,至少有一个以 $f(\xi)$ $(\xi \in [a,b])$ 为高、$[a,b]$ 为底边的矩形,使得它们的面积相等,如图 5-4 所示.

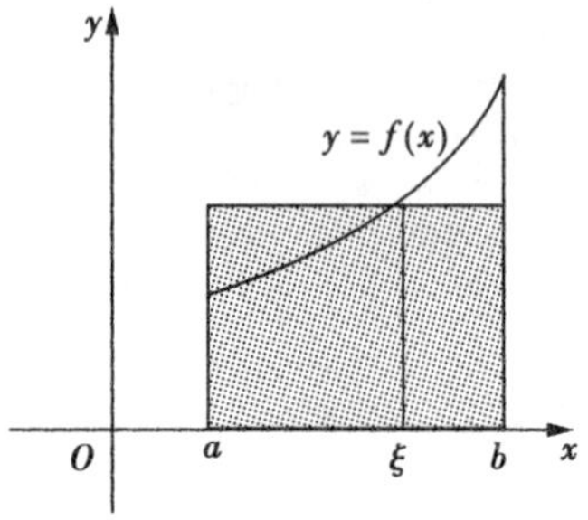

图 5-4

按积分中值公式所得 $f(\xi) = \frac{1}{a-b}\int_a^b f(x)\mathrm{d}x$ 也称为连续函数 $f(x)$ 在闭区间 $[a,b]$ 上的平均值.

例 2　比较 $\int_0^1 x\mathrm{d}x$ 与 $\int_0^1 \ln(1+x)\mathrm{d}x$ 的大小.

解　令 $f(x) = x - \ln(1+x)$,在闭区间 $[0,1]$ 上有

$$f'(x) = 1 - \frac{1}{1+x} = \frac{x}{1+x} > 0,$$

即函数 $f(x)$ 在区间 $[0,1]$ 上单调增加,所以 $f(x) \geqslant f(0) = 0$. 从而有 $x \geqslant \ln(1+x)$,由性质 5 得

$$\int_0^1 x\mathrm{d}x > \int_0^1 \ln(1+x)\mathrm{d}x.$$

例 3　估计定积分 $\int_1^2 \ln x\mathrm{d}x$ 的值.

解　令 $f(x) = \ln x$,由于它在 $[1,2]$ 是单调增加的,于是有 $M = f(2) = \ln 2$,$m = f(1) = 0$,由性质 6 得

$$0(2-1)\leqslant\int_1^2 \ln x\mathrm{d}x\leqslant(2-1)\ln 2,$$

即

$$0\leqslant\int_1^2 \ln x\mathrm{d}x\leqslant\ln 2.$$

第二节　微积分基本公式

利用定积分的定义计算积分值是很困难的，为此必须寻求计算定积分的简单而有效的方法，这就是牛顿-莱布尼茨公式或称微积分基本公式.

一、积分上限的函数及其导数

设 $f(x)$在$[a,b]$上连续，如果 x 在区间$[a,b]$上任意变动，那么对于每一个取定的 x 值，定积分 $\int_a^x f(t)\mathrm{d}t$ 必有唯一确定的对应值，所以 $\int_a^x f(t)\mathrm{d}t$ 是 x 的一个函数，记为 $\Phi(x)$(图 5 - 5).

$$\Phi(x)=\int_a^x f(t)\mathrm{d}t\quad(a\leqslant x\leqslant b).$$

函数 $\Phi(x)$称为变上限函数，有下述重要性质.

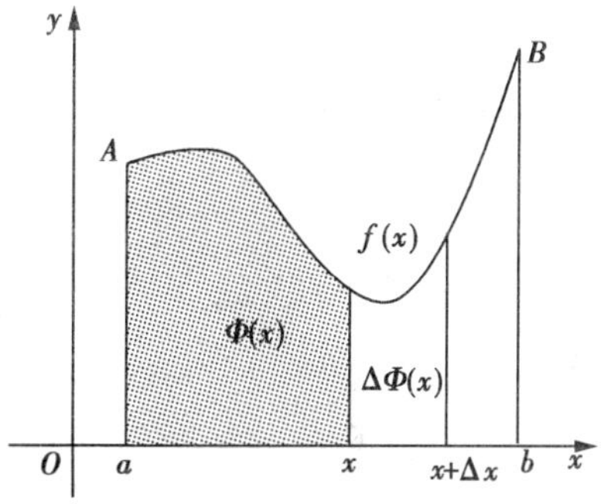

图 5 - 5

定理 1　如果函数 $f(x)$在区间$[a,b]$上连续，则变上限函数

$$\Phi(x)=\int_a^x f(t)\mathrm{d}t$$

在$[a,b]$上可导，且

$$\Phi'(x)=\frac{\mathrm{d}}{\mathrm{d}x}\int_a^x f(t)\mathrm{d}t=f(x)\quad(a\leqslant x\leqslant b).$$

证　(1) 当 $x\in(a,b)$时，给上限 x 以增量 Δx，$\Phi(x)$在 $x+\Delta x(a\leqslant x+\Delta x\leqslant b)$处的函数值为

$$\Phi(x+\Delta x)=\int_a^{x+\Delta x} f(t)\mathrm{d}t,$$

于是函数 $\Phi(x)$的增量

$$\Delta\Phi(x)=\Phi(x+\Delta x)-\Phi(x)=\int_a^{x+\Delta x} f(t)\mathrm{d}t-\int_a^x f(t)\mathrm{d}t=\int_x^{x+\Delta x} f(t)\mathrm{d}t.$$

根据积分中值定理知，存在 $\xi\in[x,x+\Delta x]$，使得 $\Delta\Phi(x)=\int_a^{x+\Delta x} f(t)\mathrm{d}t=f(\xi)\Delta x$ 成立. 又因为 $\Phi(x)$在$[a,b]$上连续，所以当 $\Delta x\to0$ 时，$\xi\to x$，$f(\xi)\to f(x)$，从而

$$\Phi'(x)=\lim_{\Delta x\to0}\frac{\Delta\Phi(x)}{\Delta x}=\lim_{\Delta x\to0}f(\xi)=f(x).$$

故当 $x\in(a,b)$时，$\Phi'(x)=f(x)$.

(2) $x=a$ 或 b 时考虑其单侧导数，可得

$$\Phi'(a)=f(a),\quad \Phi'(b)=f(b).$$

这个定理指出了一个重要结论：任何连续函数都是有原函数的，如果 $f(x)$是连续函数，则 $\int_a^x f(t)\mathrm{d}t$ 就是它的一个原函数. 这就回答了上章遗留下来的一个问题：尽管不能用初等函数表

示出 e^{-x^2}，$\cos x^2$ 等的不定积分，但它们的不定积分是存在的；并且初步揭示了原函数与定积分的关系.

例 1 已知 $\Phi(x)=\int_x^0 \cos(2t^2+1)\mathrm{d}t$，求 $\Phi'(x)$.

解 根据定理 1，得

$$\Phi'(x)=\left[\int_x^0 \cos(2t^2+1)\mathrm{d}t\right]'=\left[-\int_0^x \cos(2t^2+1)\mathrm{d}t\right]'=-\cos(2x^2+1).$$

例 2 已知 $\Phi(x)=\int_0^{x^2}\sqrt{t^2+1}\,\mathrm{d}t$，求 $\Phi'(x)$.

解 积分上限是 x^2，它是 x 的函数，所以变上限函数定积分是 x 的复合函数；设中间变量 $u=x^2$，则 $\Phi(x)$ 可写成 $\Phi(x)=F(u)=\int_0^u\sqrt{t^2+1}\,\mathrm{d}t$. 根据复合函数求导法则和本节定理 1，得

$$\Phi'(x)=F'_x(u)=F'_u(u)u'=\left[\int_0^u\sqrt{t^2+1}\,\mathrm{d}t\right]'_u(x^2)'=2x\sqrt{x^4+1}.$$

一般地，设 $\Phi(x)=\int_{a(x)}^{b(x)} f(t)\mathrm{d}t$，我们可以得到 $\Phi'(x)$ 的公式

$$\Phi'(x)=b'(x)f(b(x))-a'(x)f(a(x)).$$

以上公式请读者自己证明.

例 3 求 $\lim\limits_{x\to 0}\dfrac{\int_{\cos x}^1 e^{-t^2}\mathrm{d}t}{x^2}$.

解 因为 $\lim\limits_{x\to 0}\int_{\cos x}^1 e^{-t^2}\mathrm{d}t=0$，当 $x\to 0$ 时，$\dfrac{\int_{\cos x}^1 e^{-t^2}\mathrm{d}t}{x^2}$ 为 $\dfrac{0}{0}$ 不定式，由洛必达法则及定理 1，得

$$\frac{\mathrm{d}}{\mathrm{d}x}\int_{\cos x}^1 e^{-t^2}\mathrm{d}t=-\frac{\mathrm{d}}{\mathrm{d}x}\int_1^{\cos x} e^{-t^2}\mathrm{d}t=\sin x\, e^{-\cos^2 x}.$$

$$\lim_{x\to 0}\frac{\int_{\cos x}^1 e^{-t^2}\mathrm{d}t}{x^2}=\lim_{x\to 0}\frac{e^{-\cos^2 x}\sin x}{2x}=\frac{1}{2e}.$$

二、牛顿-莱布尼茨公式

由定理 1 知变上限函数 $\Phi(x)$ 是 $f(x)$ 的一个原函数，利用这一结论，我们来计算 $\int_a^b f(x)\mathrm{d}x$.

定理 2 如果函数 $F(x)$ 是连续函数 $f(x)$ 在区间 $[a,b]$ 上的一个原函数，则

$$\int_a^b f(x)\mathrm{d}x=F(b)-F(a).$$

证 由定理 1 知 $\Phi(x)=\int_a^x f(t)\mathrm{d}t$ 是 $f(x)$ 的一个原函数，而 $F(x)$ 也是 $f(x)$ 的一个原函数，由原函数的性质知

$$F(x)-\Phi(x)=C\quad (a\leqslant x\leqslant b).$$

令 $x=a$，考虑到 $\Phi(a)=\int_a^a f(t)\mathrm{d}t=0$，得 $C=F(a)$.

令 $x=b$，有 $F(b)-\int_a^b f(t)\mathrm{d}t=C=F(a)$. 移项得

$$\int_a^b f(x)\mathrm{d}x=F(b)-F(a).$$

为方便起见，把 $F(b)-F(a)$ 记作 $F(x)\Big|_a^b$ 或 $[F(x)]_a^b$.

上述公式就是牛顿-莱布尼茨公式（Newton-Leibniz formula），也称为微积分基本公式（fundamental formula of calculus）. 这个公式把求定积分计算问题转化为求不定积分的问题.

例 4　求 $\int_0^1 x^2\mathrm{d}x$.

解　$\frac{1}{3}x^3$ 是函数 x^2 的一个原函数，由微积分基本定理得

$$\int_0^1 x^2\mathrm{d}x=\left[\frac{x^3}{3}\right]_0^1=\frac{1^3}{3}-\frac{0^3}{3}=\frac{1}{3}.$$

例 5　求 $\int_0^{\frac{\pi}{2}}\sqrt{1-\sin 2x}\,\mathrm{d}x$.

解

$$\begin{aligned}\int_0^{\frac{\pi}{2}}\sqrt{1-\sin 2x}\,\mathrm{d}x&=\int_0^{\frac{\pi}{2}}|\sin x-\cos x|\,\mathrm{d}x\\&=\int_0^{\frac{\pi}{4}}(\cos x-\sin x)\mathrm{d}x+\int_{\frac{\pi}{4}}^{\frac{\pi}{2}}(\sin x-\cos x)\mathrm{d}x\\&=\int_0^{\frac{\pi}{4}}(\cos x-\sin x)\mathrm{d}x+\int_{\frac{\pi}{4}}^{\frac{\pi}{2}}(\sin x-\cos x)\mathrm{d}x\\&=\int_0^{\frac{\pi}{4}}\cos x\mathrm{d}x-\int_0^{\frac{\pi}{4}}\sin x\mathrm{d}x+\int_{\frac{\pi}{4}}^{\frac{\pi}{2}}\sin x\mathrm{d}x-\int_{\frac{\pi}{4}}^{\frac{\pi}{2}}\cos x\mathrm{d}x\\&=\Big[\sin x\Big]_0^{\frac{\pi}{4}}+\Big[\cos x\Big]_0^{\frac{\pi}{4}}-\Big[\cos x\Big]_{\frac{\pi}{4}}^{\frac{\pi}{2}}-\Big[\sin x\Big]_{\frac{\pi}{4}}^{\frac{\pi}{2}}=2\sqrt{2}-2.\end{aligned}$$

运用微积分基本定理时，一定要注意定理成立的条件，否则会产生错误. 例如 $\int_{-1}^1\frac{1}{x^2}\mathrm{d}x=\left[-\frac{1}{x}\right]_{-1}^1=-2$ 是错误的，因为被积函数 $\frac{1}{x^2}$ 在区间 $[-1,1]$ 内有第二类间断点.

第三节　定积分的换元法和分部积分法

由上节可知，计算定积分 $\int_a^b f(x)\mathrm{d}x$ 的简便方法是先求 $f(x)$ 的一个原函数 $F(x)$，再求 $F(b)-F(a)$ 的值. 那么，有没有使运算更加简化的方法呢？下面我们分别介绍定积分中的换元积分法和分部积分法.

一、定积分的换元法

不定积分中有换元积分，但那里换了元后还需代回来，用换元法来求定积分可否将上下限跟着换过去，省去代换回来这一步呢？

定理　假设函数 $f(x)$ 在 $[a,b]$ 上连续，函数 $x=\varphi(t)$ 满足条件：

(1) $\varphi(\alpha)=a,\varphi(\beta)=b$；

(2) $\varphi(t)$**在**$[\alpha,\beta]$(**或**$[\beta,\alpha]$)**上具有连续导数,且** $\varphi(t)\in[a,b]$,**则有**

$$\int_a^b f(x)\mathrm{d}x=\int_\alpha^\beta f(\varphi(t))\varphi'(t)\mathrm{d}t.$$

证 设 $F(x)$为 $f(x)$的一个原函数,则

$$\int_a^b f(x)\mathrm{d}x=F(b)-F(a),$$

另一方面,记 $\Phi(t)=F(\varphi(t))$,则

$$\Phi'(t)=F'(\varphi(t))\varphi'(t)=f(\varphi(t))\varphi'(t),$$

故 $\Phi(t)$是 $f(\varphi(t))\varphi'(t)$的一个原函数,因此有

$$\int_\alpha^\beta f(\varphi(t))\varphi'(t)\mathrm{d}t=\Phi(\beta)-\Phi(\alpha)=F(\varphi(\beta))-F(\varphi(\alpha))=F(b)-F(a),$$

即

$$\int_a^b f(x)\mathrm{d}x=\int_\alpha^\beta f(\varphi(t))\varphi'(t)\mathrm{d}t.$$

上式叫定积分换元公式.应用上式求定积分时有两点需要注意:

(1) 换元同时要换上、下限;

(2) α 不一定小于β.

例 1 计算$\int_0^a\sqrt{a^2-x^2}\,\mathrm{d}x\quad(a>0)$.

解 设 $x=a\sin t$,则 $\mathrm{d}x=a\cos t\mathrm{d}t$,且当 x 从 0 变到 a 时,相应地 t 从 0 变到$\frac{\pi}{2}$.

$$\int_0^a\sqrt{a^2-x^2}\,\mathrm{d}x=a^2\int_0^{\frac{\pi}{2}}\cos^2t\mathrm{d}t=\frac{a^2}{2}\int_0^{\frac{\pi}{2}}(1+\cos2t)\mathrm{d}t=\frac{a^2}{2}\left[t+\frac{1}{2}\sin2t\right]_0^{\frac{\pi}{2}}=\frac{\pi a^2}{4}.$$

换元公式也可以反过来使用,即$\int_a^b f(\varphi(x))\varphi'(x)\mathrm{d}x=\int_\alpha^\beta f(t)\mathrm{d}t$.

例 2 计算$\int_0^{\frac{\pi}{2}}\cos^5x\sin x\mathrm{d}x$.

解 设 $t=\cos x$,则当 x 从 0 变到$\frac{\pi}{2}$时,t 从 1 变到 0.

$$\int_0^{\frac{\pi}{2}}\cos^5x\sin\mathrm{d}x=-\int_0^{\frac{\pi}{2}}\cos^5x\mathrm{d}\cos x=-\int_1^0 t^5\mathrm{d}t=\int_0^1 t^5\mathrm{d}t=\left[\frac{t^6}{6}\right]_0^1=\frac{1}{6}.$$

例 3 计算$\int_0^\pi\sqrt{\sin^3x-\sin^5x}\,\mathrm{d}x$.

解
$$\begin{aligned}\int_0^\pi\sqrt{\sin^3x-\sin^5x}\,\mathrm{d}x&=\int_0^\pi(\sin x)^{\frac{3}{2}}\sqrt{\cos^2x}\,\mathrm{d}x=\int_0^\pi(\sin x)^{\frac{3}{2}}|\cos x|\mathrm{d}x\\&=\int_0^{\frac{\pi}{2}}(\sin x)^{\frac{3}{2}}\cos x\mathrm{d}x-\int_{\frac{\pi}{2}}^\pi(\sin x)^{\frac{3}{2}}\cos x\mathrm{d}x\\&=\int_0^\pi(\sin x)^{\frac{3}{2}}\mathrm{d}\sin x-\int_{\frac{\pi}{2}}^\pi(\sin x)^{\frac{3}{2}}\mathrm{d}\sin x=\frac{4}{5}.\end{aligned}$$

例 4 计算$\int_0^4\frac{x+2}{\sqrt{2x+1}}\mathrm{d}x$.

解 设 $t=\sqrt{2x+1}$,则 $x=\frac{t^2-1}{2}$且相应于 x 从 0 变到 4,t 从 1 变到 3,$\mathrm{d}x=t\mathrm{d}t$.

故　$\int_0^4 \frac{x+2}{\sqrt{2x+1}}\mathrm{d}x=\int_1^3 \frac{\frac{t^2-1}{2}+2}{t}t\,\mathrm{d}t=\frac{1}{2}\int_1^3 (t^2+3)\,\mathrm{d}t=\frac{1}{2}\left[\frac{t^3}{3}+3t\right]_1^3=\frac{22}{3}.$

例 5　设函数 $f(x)$ 在区间 $[a,b]$ 上连续，试证：

(1) 当 $f(x)$ 是偶函数，即 $f(-x)=f(x)$ 时，

$$\int_{-a}^{a} f(x)\,\mathrm{d}x=2\int_0^a f(x)\,\mathrm{d}x.$$

(2) 当 $f(x)$ 是奇函数，即 $f(-x)=-f(x)$ 时，

$$\int_{-a}^{a} f(x)\,\mathrm{d}x=0.$$

证　根据定积分对积分区间的可加性，有

$$\int_{-a}^{a} f(x)\,\mathrm{d}x=\int_{-a}^{0} f(x)\,\mathrm{d}x+\int_0^a f(x)\,\mathrm{d}x.$$

(1) 当 $f(x)$ 是偶函数时，

$$\int_{-a}^{0} f(x)\,\mathrm{d}x \xlongequal{令 x=-t} -\int_a^0 f(-t)\,\mathrm{d}t=\int_0^a f(-t)\,\mathrm{d}t=\int_0^a f(-x)\,\mathrm{d}x=\int_0^a f(x)\,\mathrm{d}x,$$

所以
$$\int_{-a}^{a} f(x)\,\mathrm{d}x=2\int_0^a f(x)\,\mathrm{d}x.$$

(2) 如果 $f(x)$ 是奇函数，则

$$\int_{-a}^{0} f(x)\,\mathrm{d}x \xlongequal{令 x=-t} -\int_a^0 f(-t)\,\mathrm{d}t=\int_0^a f(-t)\,\mathrm{d}t=\int_0^a f(-x)\,\mathrm{d}x=-\int_0^a f(x)\,\mathrm{d}x,$$

所以
$$\int_{-a}^{a} f(x)\,\mathrm{d}x=0.$$

注意　例 5 的结果有时能给我们计算定积分带来方便. 例如，$x^4\sin x$ 是奇函数，因此

$$\int_{-\pi}^{\pi} x^4\sin x\,\mathrm{d}x=0.$$

例 6　若 $f(x)$ 在 $[0,1]$ 上连续，证明：

(1) $\int_0^{\frac{\pi}{2}} f(\sin x)\,\mathrm{d}x=\int_0^{\frac{\pi}{2}} f(\cos x)\,\mathrm{d}x$；

(2) $\int_0^{\pi} xf(\sin x)\,\mathrm{d}x=\frac{\pi}{2}\int_0^{\pi} f(\sin x)\,\mathrm{d}x$，由此计算 $\int_0^{\pi} \frac{x\sin x}{1+\cos^2 x}\mathrm{d}x$.

证　(1) 设 $x=\frac{\pi}{2}-t$，则 $\mathrm{d}x=-\mathrm{d}t$，

且当 $x=0$ 时，$t=\frac{\pi}{2}$；当 $x=\frac{\pi}{2}$ 时，$t=0$.

故
$$\int_0^{\frac{\pi}{2}} f(\sin x)\,\mathrm{d}x=-\int_{\frac{\pi}{2}}^{0} f\left(\sin\left(\frac{\pi}{2}-t\right)\right)\mathrm{d}t=\int_0^{\frac{\pi}{2}} f(\cos t)\,\mathrm{d}t=\int_0^{\frac{\pi}{2}} f(\cos x)\,\mathrm{d}x.$$

(2) 设 $x=\pi-t$，

$$\begin{aligned}\int_0^{\pi} xf(\sin x)\,\mathrm{d}x &= \int_{\pi}^{0} (\pi-t)f(\sin(\pi-t))\,\mathrm{d}(-t)=\int_0^{\pi}\pi f(\sin t)\,\mathrm{d}t-\int_0^{\pi} tf(\sin t)\,\mathrm{d}t\\ &=\int_0^{\pi}\pi f(\sin x)\,\mathrm{d}x-\int_0^{\pi} xf(\sin x)\,\mathrm{d}x,\end{aligned}$$

故
$$\int_0^{\pi} xf(\sin x)\,\mathrm{d}x=\frac{\pi}{2}\int_0^{\pi} f(\sin x)\,\mathrm{d}x.$$

利用此公式可得：$\int_0^{\pi}\frac{x\sin x}{1+\cos^2 x}\mathrm{d}x=\frac{\pi}{2}\int_0^{\pi}\frac{\sin x}{1+\cos^2 x}\mathrm{d}x=-\frac{\pi}{2}\int_0^{\pi}\frac{1}{1+\cos^2 x}\mathrm{d}\cos x$

$$=-\frac{\pi}{2}[\arctan(\cos x)]_0^{\pi}=\frac{\pi^2}{4}.$$

二、定积分的分部积分法

设 $u(x),v(x)$ 在 $[a,b]$ 上具有连续导数 $u'(x),v'(x)$，则有 $(uv)'=u'v+uv'$，

故
$$\int_a^b (uv)'\mathrm{d}x=\int_a^b u'v\mathrm{d}x+\int_a^b uv'\mathrm{d}x,$$
$$\int_a^b u\mathrm{d}v=[uv]_a^b-\int_a^b v\mathrm{d}u.$$

这就是定积分的分部积分公式.

例 7　$\int_0^{\frac{1}{2}}\arcsin x\mathrm{d}x.$

解　设 $u=\arcsin x,v=x$，则

$$\int_0^{\frac{1}{2}}\arcsin x\mathrm{d}x=\Big[x\arcsin x\Big]_0^{\frac{1}{2}}-\int_0^{\frac{1}{2}}x\frac{1}{\sqrt{1-x^2}}\mathrm{d}x$$
$$=\frac{1}{2}\arcsin\frac{1}{2}+\int_0^{\frac{1}{2}}x\frac{1}{\sqrt{1-x^2}}\mathrm{d}x=\frac{\pi}{12}+\frac{\sqrt{3}}{2}-1.$$

例 8　证明定积分公式

$$I_n=\int_0^{\frac{\pi}{2}}\sin^n x\mathrm{d}x=\begin{cases}\frac{n-1}{n}\cdot\frac{n-3}{n-2}\cdot\cdots\cdot\frac{3}{4}\cdot\frac{1}{2}\cdot\frac{\pi}{2}, & n\text{ 为正偶数},\\ \frac{n-1}{n}\cdot\frac{n-3}{n-2}\cdot\cdots\cdot\frac{4}{5}\cdot\frac{2}{3}, & n\text{ 为大于 1 的正奇数}.\end{cases}$$

证　设 $u=\sin^{n-1}x,\mathrm{d}v=\sin x\mathrm{d}x=-\mathrm{d}\cos x$，由分部积分公式可得：

$$I_n=\Big[-\sin^{n-1}x\cos x\Big]_0^{\frac{\pi}{2}}+(n-1)\int_0^{\frac{\pi}{2}}\cos^2 x\sin^{n-2}x\mathrm{d}x$$
$$=(n-1)\int_0^{\frac{\pi}{2}}\sin^{n-2}x\mathrm{d}x-(n-1)\int_0^{\frac{\pi}{2}}\sin^n x\mathrm{d}x=(n-1)I_{n-2}-(n-1)I_n.$$

故 $I_n=\frac{n-1}{n}I_{n-2}$，同理可得 $I_{n-2}=\frac{n-3}{n-2}I_{n-4}$.

同样地依次进行下去，直到 I_n 的下标为 1 或 0 为止，而

$$I_0=\int_0^{\frac{\pi}{2}}\mathrm{d}x=\frac{\pi}{2},\quad I_1=\int_0^{\frac{\pi}{2}}\sin x\mathrm{d}x=1,$$

所以
$$I_n=\int_0^{\frac{\pi}{2}}\sin^n x\mathrm{d}x=\begin{cases}\frac{n-1}{n}\cdot\frac{n-3}{n-2}\cdot\cdots\cdot\frac{3}{4}\cdot\frac{1}{2}\cdot\frac{\pi}{2}, & n\text{ 为正偶数},\\ \frac{n-1}{n}\cdot\frac{n-3}{n-2}\cdot\cdots\cdot\frac{4}{5}\cdot\frac{2}{3}, & n\text{ 为大于 1 的正奇数}.\end{cases}$$

第四节　定积分的应用

前面几节我们学习了定积分的概念及计算方法，本节主要从定积分的定义出发，给出微元法，并用微元法研究定积分的一些常见应用.

一、微元法

在计算曲边梯形面积和非匀速直线运动路程的例中，面积 A 和路程函数 s 满足下列条件：

(1) 它们的值(记为 M)与某个变量 x 及其变化区间 $[a,b]$ 有关，且在区间 $[a,b]$ 上具有可加性. 如果把 $[a,b]$ 分成 n 个小区间 $[x_{i-1},x_i]$ $(i=1,2,\cdots,n)$，则总量 M 相应地分成 n 个部分量，且

$$M=\sum_{i=1}^{n}\Delta M_i.$$

(2) 量 M 与定义在 $[a,b]$ 上的某一个连续函数 $f(x)$ 有关，并有

$$\Delta M_i\approx f(\xi_i)\Delta x_i \quad (x_{i-1}\leqslant\xi_i\leqslant x_i),$$

其中 $\Delta x_i=x_i-x_{i-1}$，而 ΔM_i 与 $f(\xi_i)\Delta x_i$ 仅相差一个比 Δx_i 高阶的无穷小(这一点必须注意，否则可能会造成失误).

一般地，当某个量 M 符合上述条件时，总可以用一个函数 $f(x)$ 在 $[a,b]$ 上的定积分来计算它，即

$$M=\lim_{\lambda\to 0}\sum_{i=1}^{n} f(\xi_i)\Delta x_i=\int_a^b f(x)\mathrm{d}x,$$

其中 $\lambda=\max\{\Delta x_1,\Delta x_2,\cdots,\Delta x_n\}$.

在实际应用时，若量 M 符合上述条件，常常采用微元法(element method)(元素法)，按下述步骤进行：

(1) 选取积分变量　根据具体问题，适当选取坐标系，确定量 M 的积分变量及其变化区间 $[a,b]$.

(2) 确定积分表达式　在变量的变化区间 $[a,b]$ 内任取小区间 $[x,x+\mathrm{d}x]$，并对量 M 的相应增量 ΔM 进行分析，根据实际找出它的近似表达式

$$\Delta M\approx f(x)\mathrm{d}x.$$

此处 ΔM 与 $f(x)\mathrm{d}x$ 之差只能是 $\mathrm{d}x$ 的高阶无穷小，并称 $f(x)\mathrm{d}x$ 为量 M 的微元或元素，记为 $\mathrm{d}M$，即

$$\mathrm{d}M=f(x)\mathrm{d}x.$$

(3) 求定积分　对微元表达式 $\mathrm{d}M=f(x)\mathrm{d}x$ 的两边分别积分，得

$$M=\int_a^b f(x)\mathrm{d}x.$$

微元法具有很强的实用性. 下面我们利用微元法讨论定积分在几何、物理和生物等方面的应用.

二、平面图形的面积

1. 直角坐标的情形

由第一节知曲线 $y=f(x)$ $(f(x)\geqslant 0)$ 及直线 $x=a$，$x=b$ $(a<b)$，x 轴所围成的曲边梯形面积

$$A=\int_a^b f(x)\mathrm{d}x,$$

其中被积表达式 $f(x)\mathrm{d}x$ 就是直角坐标系下的面积微元，它表示高为 $f(x)$、底为 $\mathrm{d}x$ 的一个矩形面积.

如图 5-6 所示，有连续函数 $y=f(x)$，$y=g(x)$ 及直线 $x=a$，$x=b(a<b)$ 且 $f(x)\geqslant g(x)$，求它们所围成的图形面积 A.

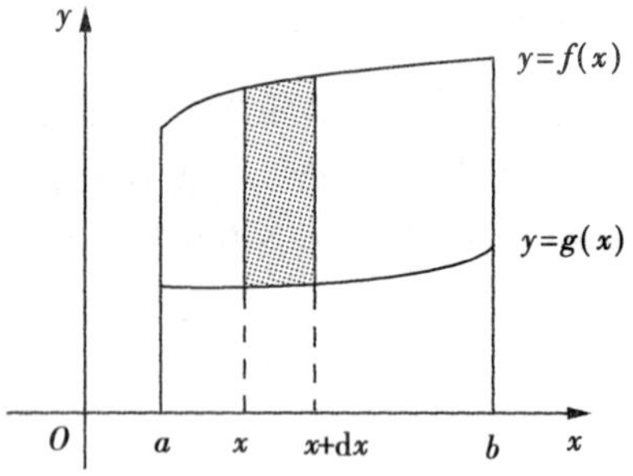

图 5-6

该面积对应区间 $[a,b]$，在 $[a,b]$ 上任取小区间 $[x,x+\mathrm{d}x]$，其对应的面积微元为

$$\mathrm{d}A=[f(x)-g(x)]\mathrm{d}x,$$

故面积为

$$A=\int_a^b [f(x)-g(x)]\mathrm{d}x.$$

当 $g(x)\equiv 0$ 时，即为 $A=\int_a^b f(x)\mathrm{d}x$.

例 1 计算抛物线 $y^2=x$ 与抛物线 $y=x^2$ 所围成的图形面积.

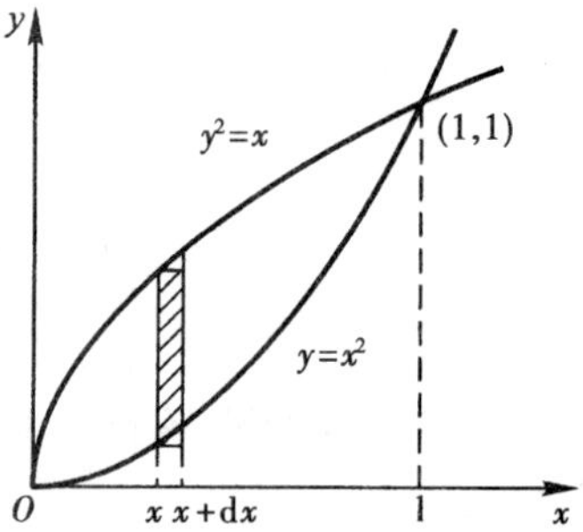

图 5-7

解 先计算两曲线的交点，解方程组 $\begin{cases}y^2=x,\\ y=x^2,\end{cases}$ 得交点(0,0)，(1,1). 如图 5-7 所示，选取 x 为积分变量，积分区间为[0,1]，得面积微元为 $\mathrm{d}A=(\sqrt{x}-x^2)\mathrm{d}x$，故

$$A=\int_0^1 (\sqrt{x}-x^2)\mathrm{d}x=\frac{2}{3}[x^{\frac{3}{2}}]_0^1-\frac{1}{3}[x^3]_0^1=\frac{1}{3}.$$

例 2 计算抛物线 $y^2=2x$ 与直线 $y=x-4$ 所围成的图形面积.

解 先计算抛物线与直线的交点，解方程 $\begin{cases}y^2=2x,\\ y=x-4,\end{cases}$ 得交点(2,−2)和(8,4)，如图 5-8 所示.

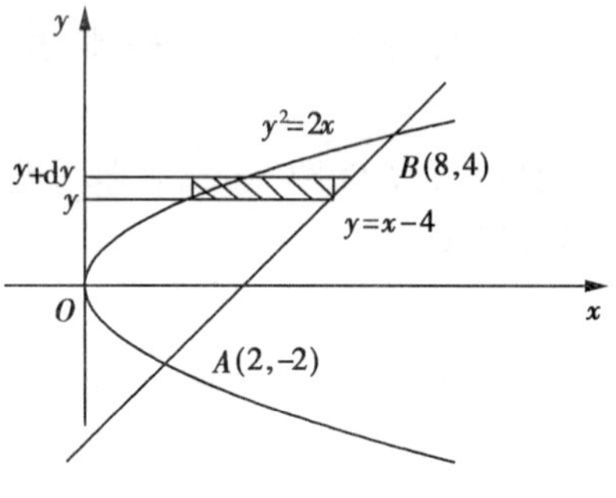

图 5-8

这里我们选取 y 为积分变量，则积分区间为[−2, 4]，面积微元为

$$\mathrm{d}A=\left[(y+4)-\frac{1}{2}y^2\right]\mathrm{d}y,$$

故 $A=\int_{-2}^4 \left(y+4-\frac{1}{2}y^2\right)\mathrm{d}y=\left[\frac{y^2}{4}+4y-\frac{y^3}{6}\right]\Bigg|_{-2}^4=18.$

由以上两例知我们可以取 x 为积分变量，也可取 y 为积分变量，选择恰当的积分变量可以简化有关计算.

例 3 求椭圆 $x=a\cos t$，$y=b\sin t$（图 5-9）所围成的面积($a>0$，$b>0$).

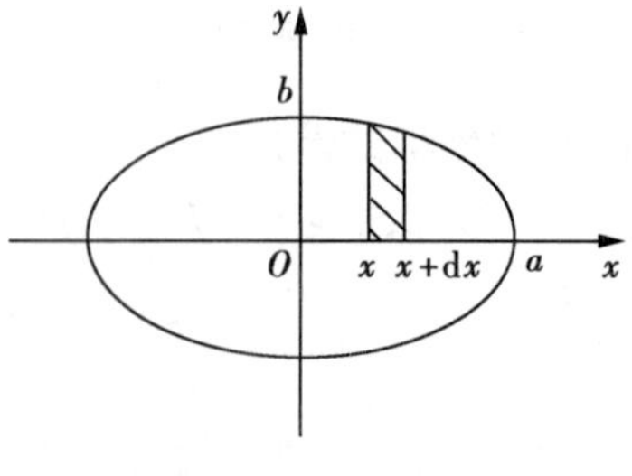

图 5-9

解 据椭圆图形的对称性，整个椭圆面积应为位于第一象限内面积的 4 倍. 取 x 为积分变量，积分区间为 $[0,a]$，$y=b\sqrt{1-\frac{x^2}{a^2}}$，

$$\mathrm{d}A_1=y\mathrm{d}x,$$

$$A_1=\int_0^a y\mathrm{d}x.$$

作变量替换 $x=a\cos t,y=b\sin t$，则积分区间变为$\left[\frac{\pi}{2},0\right]$，积分微元变为

$$dA_1=ydx=b\sin t d(a\cos x)=-ab\sin^2 t dt.$$

故

$$A=4A_1=4\int_{\frac{\pi}{2}}^{0}(-ab\sin^2 t)dt=4ab\int_0^{\frac{\pi}{2}}\sin^2 t dt=\pi ab.$$

若被积函数以参数方程形式给出，我们可以按上题的方法求解相应的平面图形面积.

2. 极坐标情形

设平面图形是由曲线 $r=\varphi(\theta)$ 及射线 $\theta=\alpha,\theta=\beta$ 所围成的曲边扇形，如图 5－10 所示. 取极角 θ 为积分变量，则 $\alpha\leqslant\theta\leqslant\beta$，在平面图形中任意截取一典型的面积元素 ΔA，它是极角变化区间为$[\theta,\theta+d\theta]$的窄曲边扇形.

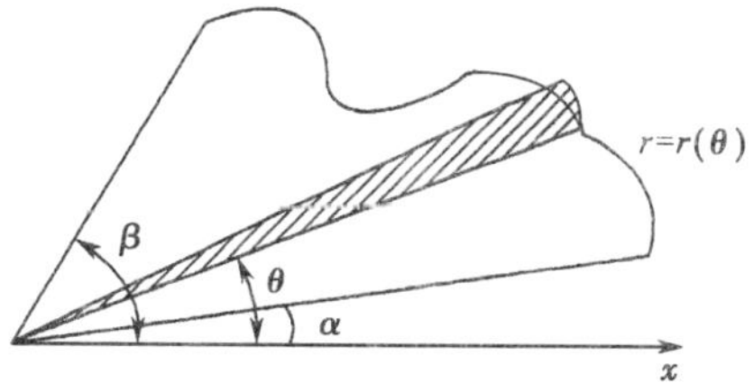

图 5－10

ΔA 的面积可近似地用半径为 $r=\varphi(\theta)$，中心角为 $d\theta$ 的窄圆边扇形的面积来代替，即

$$\Delta A\approx\frac{1}{2}[\varphi(\theta)]^2 d\theta,$$

从而得到曲边梯形的面积元素 $dA=\frac{1}{2}[\varphi(\theta)]^2 d\theta$，

从而

$$A=\int_\alpha^\beta\frac{1}{2}\varphi^2(\theta)d\theta.$$

例 4 计算心脏线 $r=a(1+\cos\theta)(a>0)$所围成的图形(图 5－11)的面积.

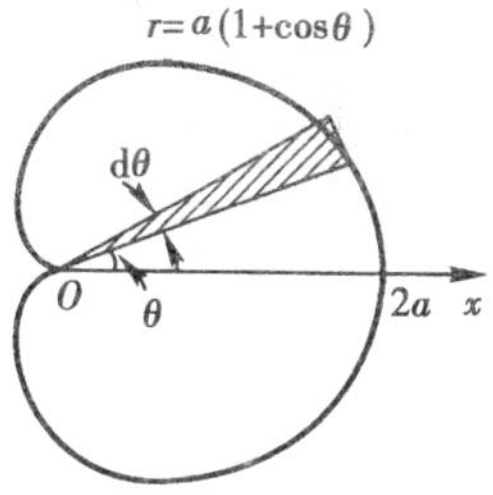

图 5－11

解 由于心脏线关于极轴对称，

故

$$\begin{aligned}A&=2\int_0^\pi\frac{1}{2}a^2(1+\cos\theta)^2 d\theta\\&=a^2\int_0^\pi\left(2\cos^2\frac{\theta}{2}\right)^2 d\theta\\&=4a^2\int_0^\pi\cos^4\frac{\theta}{2}d\theta\\&\xlongequal{令\frac{\theta}{2}=t}8a^2\int_0^{\frac{\pi}{2}}\cos^4 t dt=\frac{3}{2}a^2\pi.\end{aligned}$$

三、立体的体积

1. 旋转体的体积

由一个平面图形绕该平面内一条定直线旋转一周而生成的几何体称为旋转体，该定直线称为旋转轴.

现在我们研究如何计算由连续曲线 $y=f(x)$，直线 $x=a,x=b$ 及 x 轴所围成的曲边梯形，绕 x 轴旋转一周而生成的立体的体积(图 5－12).

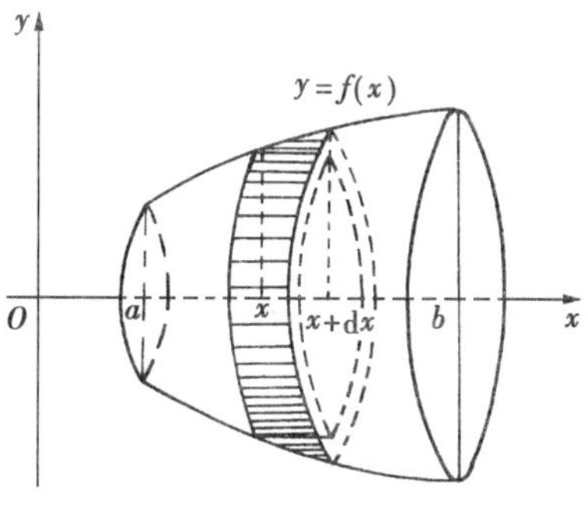

图 5－12

取 x 为积分变量，则 $x\in[a,b]$，对于区间 $[a,b]$ 上的任一区间 $[x,x+\mathrm{d}x]$，它所对应的窄曲边梯形绕 x 轴旋转而生成的薄片似的立体的体积近似等于以 $f(x)$ 为底半径，$\mathrm{d}x$ 为高的圆柱体体积. 即体积微元为

$$\mathrm{d}V=\pi[f(x)]^2\mathrm{d}x.$$

所求的旋转体的体积为

$$V=\int_a^b \pi[f(x)]^2\mathrm{d}x.$$

同理，由连续曲线 $y=g(x)$，直线 $y=c$，$y=d$，及 y 轴所围成的曲边梯形，绕 y 轴旋转一周而生成的立体的体积

$$V=\int_c^d \pi[g(y)]^2\mathrm{d}y.$$

例 5 求由曲线 $y=\frac{r}{h}\cdot x$ 及直线 $x=0$，$x=h(h>0)$ 和 x 轴所围成的三角形绕 x 轴旋转而生成的立体(图 5-13)的体积.

解 这个旋转体是由曲线 $y=\frac{r}{h}\cdot x$ 及直线 $x=0$，$x=h$ $(h>0)$ 和 x 轴所围成的三角形绕 x 轴旋转而生成的立体是圆锥体.

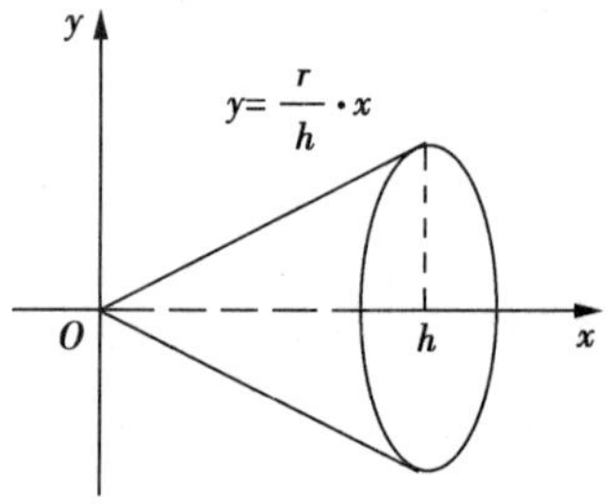

图 5-13

取 x 为积分变量，则积分区间是 $[0,h]$，在区间 $[0,h]$ 上任取 $[x,x+\mathrm{d}x]$，相应薄片的体积近似等于以 $y=\frac{r}{h}\cdot x$ 为底半径、以 $\mathrm{d}x$ 为高的扁圆柱体的体积. 体积微元为

$$\mathrm{d}V=\pi\left(\frac{r}{h}x\right)^2\mathrm{d}x.$$

故圆锥体体积为

$$V=\int_0^h \pi\left(\frac{r}{h}x\right)^2\mathrm{d}x=\frac{\pi\cdot r^2}{h^2}\int_0^h x^2\mathrm{d}x=\frac{\pi}{3}r^2h.$$

例 6 计算椭圆 $\frac{x^2}{a^2}+\frac{y^2}{b^2}=1$ 所围成的图形绕 x 轴旋转而成的立体体积.

解 这个旋转体可看做是由上半个椭圆 $y=\frac{b}{a}\sqrt{a^2-x^2}$ 及 x 轴所围成的图形绕 x 轴旋转所生成的立体图形(图 5-14).

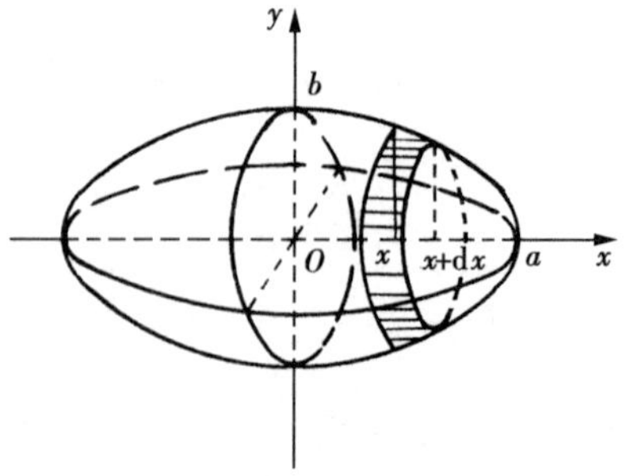

图 5-14

以 x 为积分变量，则积分区间为 $[-a,a]$，在区间 $[-a,a]$ 上任取 $[x,x+\mathrm{d}x]$，其相应薄片的体积近似等于以 y 为底半径、以 $\mathrm{d}x$ 为高的扁圆柱体的体积. 体积微元为

$$\mathrm{d}V=\pi\cdot\left(\frac{b}{a}\sqrt{a^2-x^2}\right)^2\mathrm{d}x.$$

故

$$V=\int_{-a}^a \pi\cdot\left(\frac{b}{a}\sqrt{a^2-x^2}\right)^2\mathrm{d}x=\frac{\pi b^2}{a^2}\int_{-a}^a (a^2-x^2)\mathrm{d}x=\frac{4}{3}\pi ab^2.$$

同样，我们也可得椭圆$\dfrac{x^2}{a^2}+\dfrac{y^2}{b^2}=1$所围成的图形绕 y 轴旋转而成的立体体积 $V=\dfrac{4}{3}\pi a^2 b$.

2. 平行截面面积为已知的立体的体积

由旋转体体积的计算过程可以发现：如果知道该立体上垂直于一定轴的各个截面的面积，那么这个立体的体积也可以用定积分来计算，如图 5-15 所示.

取定轴为 x 轴，且设该立体位于过点 $x=a$，$x=b$ 且垂直于 x 轴的两个平面之内，以 $A(x)$表示过点 x 且垂直于 x 轴的截面面积.

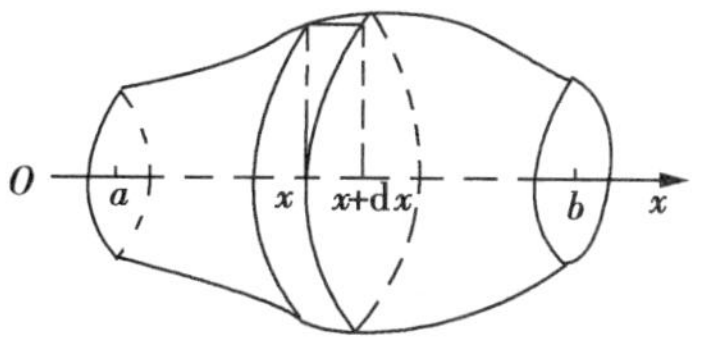

图 5-15

取 x 为积分变量，它的变化区间为$[a,b]$. 立体中相应于$[a,b]$上任一小区间$[x,x+\mathrm{d}x]$的薄片的体积近似等于底面积为 $A(x)$，高为 $\mathrm{d}x$ 的扁圆柱体的体积，即体积微元为

$$\mathrm{d}V=A(x)\mathrm{d}x,$$

于是，该立体的体积为

$$V=\int_0^a A(x)\mathrm{d}x.$$

例 7　如图 5-16 所示，平面经过半径为 R 的圆柱体的底圆中心，并与底面成交角 α，计算这平面截圆柱体所得立体的体积.

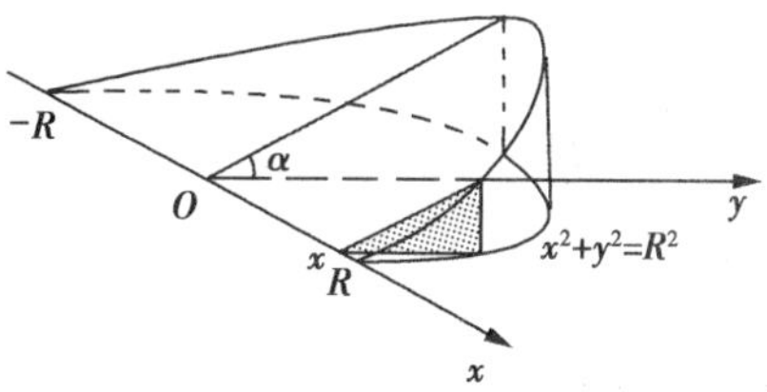

图 5-16

解　如图 5-16 所示，在区间$[-R,R]$上任取一点 x，在 x 作一平面与 yOz 面平行，截立方体所得图形为一直角三角形，且有一直角边为 $\sqrt{R^2-x^2}$，由三角形的面积公式得截面面积

$$A(x)=\frac{1}{2}\tan\alpha(R^2-x^2),$$

因此体积微元为

$$\mathrm{d}V=\frac{1}{2}\tan\alpha\cdot(R^2-x^2)\mathrm{d}x,$$

所以

$$V=\int_{-R}^{R}\frac{1}{2}\tan\alpha\cdot(R^2-x^2)\mathrm{d}x=\frac{2}{3}\tan\alpha\cdot R^3.$$

四、平面曲线的弧长

1. 直角坐标情形

设函数 $f(x)$在区间$[a,b]$上具有一阶连续的导数，计算如图 5-17 所示曲线 $y=f(x)$的长度 s.

取 x 为积分变量，则 $x\in[a,b]$，在$[a,b]$上任取一小区间$[x,x+\mathrm{d}x]$，那么这一小区间所对应的曲线弧段的长度 Δs 可以用它在 x 处的切线段长度 $\mathrm{d}s$ 来近似. 于是，弧长元素为

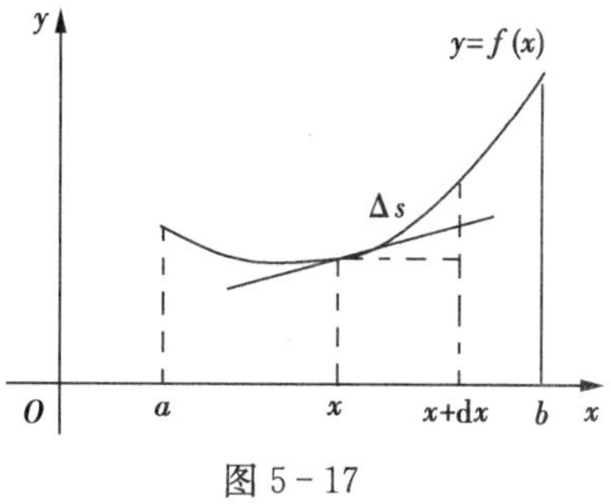

图 5-17

$$\mathrm{d}s=\sqrt{(\mathrm{d}x)^2+(\mathrm{d}y)^2}=\sqrt{1+[f'(x)]^2}\,\mathrm{d}x.$$

弧长为

$$s=\int_a^b\sqrt{1+[f'(x)]^2}\,dx.$$

例 8 计算曲线 $y=\frac{2}{3}x^{\frac{3}{2}}(a\leqslant x\leqslant b)$ 的弧长.

解 $ds=\sqrt{1+(\sqrt{x})^2}\,dx=\sqrt{1+x}\,dx$,

$$s=\int_a^b\sqrt{1+x}\,dx=\left[\frac{2}{3}(1+x)^{\frac{3}{2}}\right]_a^b=\frac{2}{3}[(1+b)^{\frac{3}{2}}-(1+a)^{\frac{3}{2}}].$$

2. 参数方程的情形

若曲线由参数方程

$$\begin{cases}x=\varphi(t),\\ y=\psi(t)\end{cases}(\alpha\leqslant t\leqslant\beta)$$

给出,计算它的弧长时,只需要将弧微分写成

$$ds=\sqrt{(dx)^2+(dy)^2}=\sqrt{[\varphi'(t)]^2+[\psi'(t)]^2}\,dt$$

的形式,从而有

$$s=\int_\alpha^\beta\sqrt{[\varphi'(t)]^2+[\psi'(t)]^2}\,dt.$$

例 9 计算半径为 r 的圆周长度.

解 圆的参数方程为

$$\begin{cases}x=r\cos t,\\ y=r\sin t\end{cases}(0\leqslant t\leqslant 2\pi),$$

$$ds=\sqrt{(-r\sin t)^2+(r\cos t)^2}\,dt=r\,dt,$$

$$s=\int_0^{2\pi}r\,dt=2\pi r.$$

3. 极坐标的情形

若曲线由极坐标方程

$$r=r(\theta)\quad(\alpha\leqslant\theta\leqslant\beta)$$

给出,要导出它的弧长计算公式,只需要将极坐标方程化成参数方程,再利用参数方程下的弧长计算公式即可.

曲线的参数方程为

$$\begin{cases}x=r(\theta)\cos\theta,\\ y=r(\theta)\sin\theta\end{cases}(\alpha\leqslant\theta\leqslant\beta),$$

此时 θ 变成了参数,且弧长元素为

$$ds=\sqrt{(dx)^2+(dy)^2}=\sqrt{(r'\cos\theta-r\sin\theta)^2(d\theta)^2+(r'\sin\theta+r\cos\theta)^2(d\theta)^2}=\sqrt{r^2+r'^2}\,d\theta,$$

从而有

$$s=\int_\alpha^\beta\sqrt{r^2+r'^2}\,d\theta.$$

例 10 计算心脏线 $r=a(1+\cos\theta)(0\leqslant\theta\leqslant 2\pi)$ 的弧长.

解 $ds=\sqrt{a^2(1+\cos\theta)^2+(-a\sin\theta)^2}\,d\theta$

$$=\sqrt{4a^2\left(\cos^4\frac{\theta}{2}+\sin^2\frac{\theta}{2}\cos^2\frac{\theta}{2}\right)}\,d\theta=2a\left|\cos\frac{\theta}{2}\right|d\theta,$$

$$s=\int_0^{2\pi}2a\left|\cos\frac{\theta}{2}\right|\mathrm{d}\theta\xlongequal{\varphi=\frac{\theta}{2}}4a\int_0^{\pi}|\cos\varphi|\,\mathrm{d}\varphi=4a\left[\int_0^{\frac{\pi}{2}}\cos\varphi\mathrm{d}\varphi+\int_{\frac{\pi}{2}}^{\pi}(-\cos\varphi)\mathrm{d}\varphi\right]=8a.$$

五、连续函数在已知区间上的平均值

设函数 $y=f(x)$ 在区间 $[a,b]$ 上连续，把 $[a,b]$ 分成 n 等份，每份长为 Δx，在各分点处函数的值分别为

$$y_0=f(a),y_1,y_2,\cdots,y_{n-1},y_n=f(b),$$

则其中 $y_1,y_2,\cdots,y_n$ 的平均值是

$$\frac{y_1+y_2+\cdots+y_n}{n}=\frac{(y_1+y_2+\cdots+y_n)\Delta x}{n\Delta x}.$$

当 $n\to\infty$ 时，上述平均值的极限可称为函数 $f(x)$ 在区间 $[a,b]$ 上的平均值. 由于

$$n\Delta x=b-a,$$

$$\lim_{n\to\infty}(y_1+y_2+\cdots+y_n)\Delta x=\int_a^b f(x)\mathrm{d}x,$$

因此有函数的平均值公式

$$\bar{y}=\frac{1}{b-a}\int_a^b f(x)\mathrm{d}x.$$

例 11　胰岛素平均浓度的测定.

由实验测定病人的胰岛素浓度，先让病人禁食，以降低体内血糖水平，然后通过注射给病人以大量的糖. 假定由实验测得病人的血液中胰岛素的浓度 $C(t)$(U/mL)为

$$C(t)=\begin{cases}t(10-t),\ 0\leqslant t\leqslant 5,\\25\mathrm{e}^{-k(t-5)},t>5,\end{cases}$$

其中 $k=\frac{\ln 2}{20}$，时间 t 的单位是分钟，求血液中的胰岛素在 1 小时内的平均浓度 $\overline{C}(t)$.

解

$$\begin{aligned}\overline{C}(t)&=\frac{1}{60-0}\int_0^{60}C(t)\mathrm{d}t=\frac{1}{60-0}\left[\int_0^5 C(t)\mathrm{d}t+\int_5^{60}C(t)\mathrm{d}t\right]\\&=\frac{1}{60}\left[\int_0^5 t(10-t)\mathrm{d}t+\int_5^{60}25\mathrm{e}^{-k(t-5)}\mathrm{d}t\right]\\&=\frac{1}{60}\left[\left(5t^2-\frac{t^3}{3}\right)\Big|_0^5+\left(-\frac{25}{k}\right)\mathrm{e}^{-k(t-5)}\Big|_5^{60}\right]\\&=\frac{1}{60}\left[\left(125-\frac{125}{3}\right)-\frac{25}{k}(\mathrm{e}^{-55k}-1)\right]\\&\approx\frac{1}{60}(83.33+614.12)\approx 11.62(\mathrm{U/mL}).\end{aligned}$$

六、定积分在生命科学研究方面的应用

应用数学模型研究生命科学与临床医学中的一些课题越来越受到重视，下面我们举例说明定积分在这些方面的一些简单应用.

例 12　心脏输出量的测定.

在选拔运动员时需要测定心输出量，即心脏每分钟输出的血量. 使用的方法是“染色稀释法”：程序是先向离心脏较近的静脉注射一定量的染色剂，于是染色剂将随血液进入右心房、肺内血管、左心房、动脉. 然后从动脉中抽取血样(每隔 1 秒)，并测定血液中含染色剂的浓度，由

于血液的稀释，染色剂的浓度随时间 t（分钟）变化，从而可测得一个关于 t 的函数 $c(t)$（mg/L）. 设注射的染色剂的量为 D(mg)，试求心脏输出量 R(L/min).

解 由于在微小时间区间$[t,t+\mathrm{d}t]$内通过取样点的染色剂量等于浓度 $c(t)$、心脏输出量 R 和区间长度 $\mathrm{d}t$ 的乘积，即 $c(t)R\mathrm{d}t$，而所有染色剂最终都要经过取样点，故染色剂总量应等于各微小时间区间内通过取样点染色剂量的和，由微元法得

$$D=\int_0^{T_0} c(t)R\mathrm{d}t=R\int_0^{T_0} c(t)\mathrm{d}t,$$

其中 T_0 为全部染色剂通过取样点的时间. 于是心输出量为

$$R=\frac{D}{\int_0^{T_0} c(t)\mathrm{d}t}.$$

例如，若给某运动员注射 5mg 染色剂，用监测仪测量每秒钟动脉中所含染色剂的浓度，所得结果为

$$c(t)=\begin{cases}0, & 0\leqslant t\leqslant 2,\\ -0.05(t^2-22t+40), & 2<t<20.\end{cases}$$

$T_0=20$ 秒，求运动员的心脏输出量.

由上面公式得

$$R=\frac{5}{\int_0^{20} c(t)\mathrm{d}t}=\frac{5}{-\int_2^{20} 0.05(t^2-22t+40)\mathrm{d}t}=0.102\ (\mathrm{L/s})$$

例 13 单位时间内的血流量.

将血管看成是一个圆柱形的管子，它的圆截面半径为 R(cm)，管中的血流平行于血管中心轴. 已知距离中心轴 r 处的流速为

$$v=\frac{p_1-p_2}{8\eta l}(R^2-r^2),$$

这里 η 是血液的粘滞系数，l 为血管长，p_1，p_2 分别为血管两端的压强，试计算单位时间内血管中的血流量 $Q(\mathrm{cm^3/s})$.

解 将上述血管的横截面分成若干个小圆环(图 5－18)，小圆环中面积微元是 $2\pi r\mathrm{d}r$，1 秒内通过圆环的血液量微元为 $v\cdot 2\pi r\mathrm{d}r$，把每一秒内通过所有这样的同心圆的血流量相加，即得

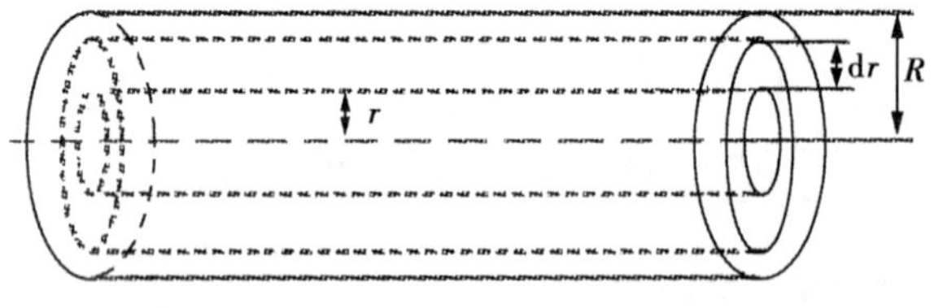

图 5－18

$$Q=\int_0^R 2\pi rv\mathrm{d}r=2\pi\,\frac{p_1-p_2}{4\eta l}\int_0^R r(R^2-r^2)\mathrm{d}r$$
$$=\left[2\pi\,\frac{p_1-p_2}{4\eta l}\left(\frac{R^2}{2}r^2-\frac{1}{4}r^4\right)\right]_0^R=\frac{\pi(p_1-p_2)}{4\eta l}R^4\ (\mathrm{cm^3/s}).$$

该结果的生理意义是明显的，即血流量与血管两端的血压差成正比；与血管的半径 R 成正比；与血液的粘滞系数 η 和血管长度 l 成反比. 该公式称为泊萧叶(Posiseuille)公式.

第五节　反常积分

在第一节中我们介绍了定积分存在的充分条件，若 $f(x)$ 在 $[a,b]$ 上连续或在 $[a,b]$ 上只有有限个第一类间断点，则 $f(x)$ 在 $[a,b]$ 上可积. 若积分区间 $[a,b]$ 是无穷区间，或被积函数 $f(x)$ 在 $[a,b]$ 上有无穷间断点，则 $\int_a^b f(x)\mathrm{d}x$ 不再是通常意义下的定积分. 于是我们引入反常积分(improper integral)的概念.

一、无穷限反常积分

引例　曲线 $y=\dfrac{1}{x^2}$ 与直线 $x=1$ 及 x 轴所围成的图形面积(图 5-19)可记作 $A=\int_1^{+\infty}\dfrac{1}{x^2}\mathrm{d}x$，其含义可理解为

$$A=\lim_{b\to+\infty}\int_1^b\frac{\mathrm{d}x}{x^2}=\lim_{b\to+\infty}\left(-\frac{1}{x}\right)\bigg|_1^b=1.$$

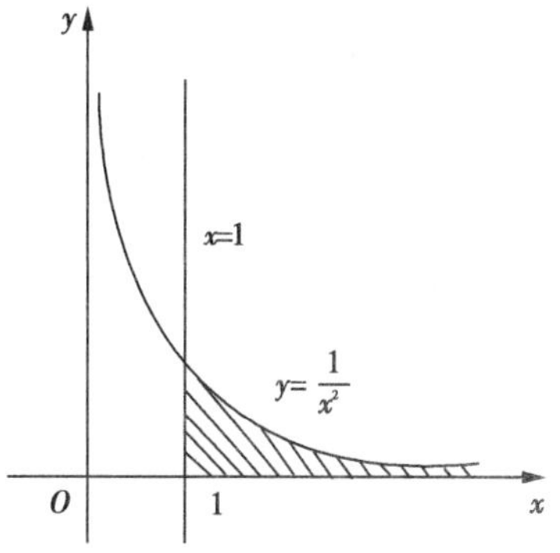

图 5-19

定义 1　设函数 $f(x)$ 在区间 $[a,+\infty]$ 上连续，取 $b>0$. 如果极限

$$\lim_{b\to+\infty}\int_a^b f(x)\mathrm{d}x$$

存在，则称此极限为函数 $f(x)$ 在无穷区间 $[a,+\infty]$ 上的反常积分，记作 $\int_a^{+\infty}f(x)\mathrm{d}x$，即

$$\int_a^{+\infty}f(x)\mathrm{d}x=\lim_{b\to+\infty}\int_a^b f(x)\mathrm{d}x.$$

这时也称反常积分 $\int_a^{+\infty}f(x)\mathrm{d}x$ 收敛；如果上述极限不存在，函数 $f(x)$ 在无穷区间 $[a,+\infty)$ 上的反常积分 $\int_a^{+\infty}f(x)\mathrm{d}x$ 就没有意义，习惯上称为反常积分 $\int_a^{+\infty}f(x)\mathrm{d}x$ 发散，这时记号 $\int_a^{+\infty}f(x)\mathrm{d}x$ 不再表示数值了.

类似地，设函数 $f(x)$ 在区间 $[-\infty,b]$ 上连续，取 $a<b$. 如果极限

$$\lim_{a\to-\infty}\int_a^b f(x)\mathrm{d}x$$

存在，则称此极限为函数 $f(x)$ 在无穷区间 $(-\infty,b]$ 上的反常积分，记作 $\int_{-\infty}^b f(x)\mathrm{d}x$，即

$$\int_{-\infty}^b f(x)\mathrm{d}x=\lim_{a\to-\infty}\int_a^b f(x)\mathrm{d}x.$$

这时也称反常积分 $\int_{-\infty}^b f(x)\mathrm{d}x$ 收敛；如果上述极限不存在，就称反常积分 $\int_{-\infty}^b f(x)\mathrm{d}x$ 发散.

设函数 $f(x)$ 在区间 $(-\infty,+\infty)$ 上连续，c 为任意常数，如果反常积分

$$\int_{-\infty}^c f(x)\mathrm{d}x \text{ 和 } \int_c^{+\infty}f(x)\mathrm{d}x$$

都收敛，则称上述两反常积分之和为函数 $f(x)$ 在无穷区间 $(-\infty,+\infty)$ 上的反常积分，记作 $\int_{-\infty}^{+\infty}f(x)\mathrm{d}x$，即

$$\int_{-\infty}^{+\infty} f(x)\mathrm{d}x=\int_{-\infty}^{c} f(x)\mathrm{d}x+\int_{c}^{+\infty} f(x)\mathrm{d}x=\lim_{a\to-\infty}\int_{-a}^{c} f(x)\mathrm{d}x+\lim_{b\to+\infty}\int_{c}^{b} f(x)\mathrm{d}x.$$

这时也称反常积分 $\int_{-\infty}^{+\infty} f(x)\mathrm{d}x$ **收敛；否则就称反常积分** $\int_{-\infty}^{+\infty} f(x)\mathrm{d}x$ **发散.**

例 1 计算反常积分 $\int_{-\infty}^{+\infty} \frac{1}{1+x^2}\mathrm{d}x$.

解 $\int_{-\infty}^{+\infty} \frac{1}{1+x^2}\mathrm{d}x=\int_{-\infty}^{0} \frac{1}{1+x^2}\mathrm{d}x+\int_{0}^{+\infty} \frac{1}{1+x^2}\mathrm{d}x=\lim_{a\to-\infty}\int_{a}^{0} \frac{1}{1+x^2}\mathrm{d}x+\lim_{b\to-\infty}\int_{0}^{b} \frac{1}{1+x^2}\mathrm{d}x$

$$=\lim_{a\to-\infty}[\arctan x]_a^0+\lim_{b\to-\infty}[\arctan x]_0^b=0-\left(-\frac{\pi}{2}\right)+\frac{\pi}{2}=\pi.$$

上述反常积分的几何意义为：曲线 $y=\frac{1}{1+x^2}$ 与 x 轴之间图形的面积为 π（图 5-20）.

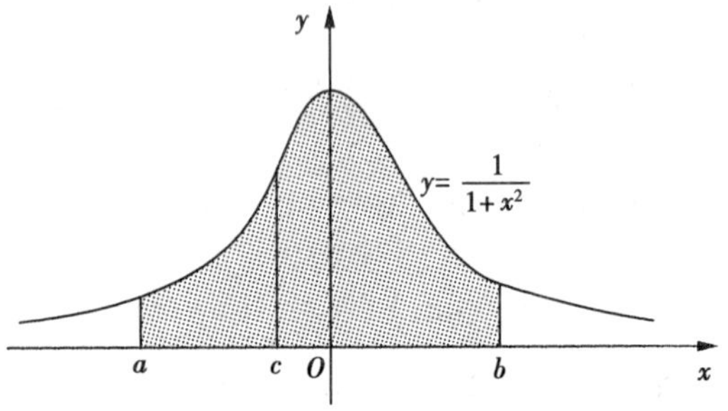

图 5-20

例 2 证明反常积分 $\int_{a}^{+\infty} \frac{1}{x^p}\mathrm{d}x\ (a>0)$，当 $p>1$ 时收敛；当 $p\leqslant 1$ 时发散.

证 当 $p=1$ 时，

$$\int_{a}^{+\infty} \frac{1}{x^p}\mathrm{d}x=\int_{a}^{+\infty} \frac{1}{x}\mathrm{d}x=[\ln x]_a^{+\infty}=+\infty;$$

当 $p\neq 1$ 时，

$$\int_{a}^{+\infty} \frac{1}{x^p}\mathrm{d}x=\left[\frac{x^{1-p}}{1-p}\right]_a^{+\infty}=\begin{cases}+\infty, & p<1,\\ \frac{a^{1-p}}{p-1}, & p>1.\end{cases}$$

故命题得证.

二、无界函数的反常积分

定义 2 **设函数** $f(x)$ **在** $[a,b]$ **上连续，且** $\lim_{x\to a^+} f(x)=\infty$**，取** $\varepsilon>0$**，如果极限**

$$\lim_{\varepsilon\to0^+}\int_{a+\varepsilon}^{b} f(x)\mathrm{d}x$$

存在，则称此极限为函数 $f(x)$ **在** $[a,b]$ **上的反常积分，仍然记作** $\int_{a}^{b} f(x)\mathrm{d}x$**，即**

$$\int_{a}^{b} f(x)\mathrm{d}x=\lim_{\varepsilon\to0^+}\int_{a+\varepsilon}^{b} f(x)\mathrm{d}x.$$

这时也称反常积分 $\int_{a}^{b} f(x)\mathrm{d}x$ **收敛. 如果上述极限不存在，就称反常积分** $\int_{a}^{b} f(x)\mathrm{d}x$ **发散.**

类似地，设函数 $f(x)$ **在** $[a,b]$ **上连续，而在点** b **的左邻域内无界，取** $\varepsilon>0$**，如果极限**

$$\lim_{\varepsilon\to0^+}\int_{a}^{b-\varepsilon} f(x)\mathrm{d}x$$

存在，则定义

$$\int_{a}^{b} f(x)\mathrm{d}x=\lim_{\varepsilon\to0^+}\int_{a}^{b-\varepsilon} f(x)\mathrm{d}x.$$

否则，就称反常积分 $\int_{a}^{b} f(x)\mathrm{d}x$ **发散.**

设函数 $f(x)$ **在** $[a,b]$ **上除点** $c\,(a<c<b)$ **外连续，而在点** c **的邻域内无界，如果两个反常**

积分

$$\int_a^c f(x)\mathrm{d}x \text{ 与 } \int_c^b f(x)\mathrm{d}x$$

都收敛，则定义

$$\int_a^b f(x)\mathrm{d}x=\int_a^c f(x)\mathrm{d}x+\int_c^b f(x)\mathrm{d}x=\lim_{\varepsilon\to0^+}\int_a^{c-\varepsilon} f(x)\mathrm{d}x+\lim_{\varepsilon'\to0^+}\int_{c+\varepsilon'}^b f(x)\mathrm{d}x.$$

否则，就称反常积分发散.

例 3　计算反常积分 $\int_0^a \frac{\mathrm{d}x}{\sqrt{a^2-x^2}}\quad(a>0)$.

解　$$\int_0^a \frac{\mathrm{d}x}{\sqrt{a^2-x^2}}=\lim_{\varepsilon\to0^+}\int_0^{a-\varepsilon}\frac{\mathrm{d}x}{\sqrt{a^2-x^2}}$$

$$=\lim_{\varepsilon\to0^+}\left[\arcsin\frac{x}{a}\right]_0^{a-\varepsilon}=\lim_{\varepsilon\to0^+}\left[\arcsin\frac{a-\varepsilon}{a}-0\right]=\arcsin1=\frac{\pi}{2}.$$

例 4　讨论反常积分 $\int_{-1}^1 \frac{1}{x^2}\mathrm{d}x$ 的收敛性.

解　$$\int_{-1}^1 \frac{1}{x^2}\mathrm{d}x=\int_{-1}^0 \frac{1}{x^2}\mathrm{d}x+\int_0^1 \frac{1}{x^2}\mathrm{d}x.$$

$$\lim_{\varepsilon\to0^+}\int_{-1}^{-\varepsilon}\frac{1}{x^2}\mathrm{d}x=-\lim_{\varepsilon\to0^+}\left[\frac{1}{x}\right]_{-1}^{-\varepsilon}=\lim_{\varepsilon\to0^+}\left(\frac{1}{\varepsilon}-1\right)=+\infty,$$

故所求反常积分 $\int_{-1}^1 \frac{1}{x^2}\mathrm{d}x$ 发散.

三、Γ 函数

在数理统计、物理等学科中会遇到 Γ 函数(gama function)，它的表达式为

$$\Gamma(\alpha)=\int_0^{+\infty} x^{\alpha-1}\mathrm{e}^{-x}\mathrm{d}x\quad(\alpha>0).$$

可以证明，Γ 函数一定存在. 其定义域为 $\alpha>0$.

Γ 函数具有以下性质：

1. $\Gamma(1)=1$.

证　$$\Gamma(1)=\int_0^{+\infty}\mathrm{e}^{-x}\mathrm{d}x=\lim_{b\to+\infty}\int_0^b \mathrm{e}^{-x}\mathrm{d}x=\lim_{b\to+\infty}[-\mathrm{e}^{-x}]_0^b=1.$$

2. $\Gamma(\alpha+1)=\alpha\Gamma(\alpha)$.

证　$$\Gamma(\alpha+1)=\int_0^{+\infty}x^\alpha\mathrm{e}^{-x}\mathrm{d}x=\lim_{b\to+\infty}\int_0^b x^\alpha\mathrm{e}^{-x}\mathrm{d}x=\lim_{b\to+\infty}\left(-\int_0^b x^\alpha\mathrm{d}\mathrm{e}^{-x}\right)$$

$$=\lim_{b\to+\infty}\left\{[-x^\alpha\mathrm{e}^{-x}]_0^b+\int_0^b\mathrm{e}^{-x}\mathrm{d}x^\alpha\right\}$$

$$=\lim_{b\to+\infty}[-x^\alpha\mathrm{e}^{-x}]_0^b+\lim_{b\to+\infty}\alpha\int_0^b\mathrm{e}^{-x}x^{\alpha-1}\mathrm{d}x$$

$$=\lim_{b\to+\infty}\alpha\int_0^b\mathrm{e}^{-x}x^{\alpha-1}\mathrm{d}x=\alpha\Gamma(\alpha).$$

$\Gamma(\alpha+1)=\alpha\Gamma(\alpha)$ 为递推公式. 当 $\alpha=n+1$ 时，可得

$$\Gamma(n+1)=n\Gamma(n)=n(n-1)\Gamma(n-1)=\cdots=n(n-1)\cdots1\Gamma(1)=n!.$$

3. $\Gamma(\alpha)\Gamma(1-\alpha)=\frac{\pi}{\sin\alpha\pi}\quad(0<\alpha<1)$.

当 $\alpha=\frac{1}{2}$ 时，$\Gamma\left(\frac{1}{2}\right)=\sqrt{\pi}$.

4. $\Gamma(\alpha)\Gamma\left(\alpha+\frac{1}{2}\right)=\frac{\sqrt{\pi}\,\Gamma(2\alpha)}{2^{2\alpha-1}}$.

习 题 五

1. 应用定积分的几何意义，计算下列定积分：

(1) $\int_0^R \sqrt{R^2-x^2}\,dx$；　　(2) $\int_0^4 2x\,dx$；

(3) $\int_{-\pi}^{\pi} \sin x\,dx$；　　(4) $\int_0^2 (x+2)\,dx$.

2. 证明下列不等式成立：

(1) $1\leqslant\int_0^1 e^{x^2}\,dx\leqslant e$；　　(2) $\frac{1}{2}\leqslant\int_0^{\frac{1}{2}} \frac{1}{\sqrt{1-x^2}}\,dx\leqslant\frac{1}{\sqrt{3}}$.

3. 求函数 $y=\int_0^x \sqrt{1+t^2}\,dt$ 当 $x=0$ 及 $x=\frac{3}{4}$ 的导数.

4. 求下列导数：

(1) $\frac{d}{dx}\int_0^x \sqrt{1+t^2}\,dt$；　　(2) $\frac{d}{dx}\int_0^{x^2} \sin t^2\,dt$；

(3) $\frac{d}{dx}\int_{x^2}^1 e^{-t}\,dt$；　　(4) $\frac{d}{dx}\int_{2x}^{x^2} \arctan t\,dt$.

5. 求极限：

(1) $\lim\limits_{x\to0}\frac{\int_0^x \cot^2 t\,dt}{\int_x^0 e^{-t}\,dt}$；　　(2) $\lim\limits_{x\to0}\frac{\int_0^x (e^t-e^{-t}-2t)\,dt}{0.5x^2+\cos x-1}$；

(3) $\lim\limits_{x\to0}\frac{\int_0^x e^{t^2}\,dt}{\int_x^0 te^{2t^2}\,dt}$；　　(4) $\lim\limits_{x\to0}\frac{\int_0^x (\arctan t)^2\,dt}{\sqrt{x^2+1}}$.

6. 设函数 $f(x)$ 在区间 $[a,b]$ 上连续，试求 $F(x)=\int_{-x}^{x^2} f(t)\,dt$ 的导数.

7. 试求由 $\int_0^{y^2} e^t\,dt+\int_x^0 \cos t\,dt=0$ 所确定的隐函数 y 对 x 的导数.

8. 求下列定积分：

(1) $\int_{-1}^4 \sqrt[3]{x}\,dx$；　　(2) $\int_0^{\pi} (\sin x+\cos x)\,dx$；

(3) $\int_0^{\frac{1}{2}} \frac{1-2\sqrt{1-x^2}}{\sqrt{1-x^2}}\,dx$；　　(4) $\int_{-\frac{1}{2}}^0 \frac{3x^3-3x+1}{\sqrt{1-x^2}}\,dx$；

(5) $\int_0^{\frac{\pi}{4}} \tan^2 x\,dx$；　　(6) $\int_0^2 |1-x|\,dx$；

(7) $\int_0^2 \max\{1,x^2\}\,dx$；　　(8) $\int_{-\frac{\pi}{4}}^{\frac{\pi}{4}} \sec x\sqrt{\sec^2 x-1}\,dx$.

9. 设 $f(x)=\begin{cases}x+1, & 0\leqslant x\leqslant1,\\ 0, & \text{其他},\end{cases}$ 求 $\varphi(x)=\int_0^x f(t)\,dt$ 的表达式.

10. 计算下列定积分：

(1) $\int_{\frac{\sqrt{3}}{3}}^1 \frac{1}{x^2\sqrt{1+x^2}}\,dx$；　　(2) $\int_1^4 \frac{dx}{1+\sqrt{x}}$；

(3) $\int_{-1}^{0} e^{\sqrt{x+1}} dx$；(4) $\int_{0}^{\pi} \sqrt{\sin x - \sin^3 x}\, dx$；

(5) $\int_{0}^{\ln 2} \sqrt[2]{e^x - 1}\, dx$；(6) $\int_{0}^{\sqrt{3}} x\arctan x\, dx$；

(7) $\int_{0}^{\frac{\pi}{2}} e^{2x} \cos x\, dx$；(8) $\int_{1}^{e} x\ln(x+1)\, dx$；

(9) $\int_{0}^{\frac{1}{2}} (\arccos x)^2\, dx$；(10) $\int_{1}^{16} \arctan\sqrt{\sqrt{x}-1}\, dx$.

11. 若函数 $f(x)$在区间$[-a,a]$上连续，证明：

(1) $\int_{-a}^{a} f(x)dx = \int_{-a}^{a} f(-x)dx$；(2) $\int_{-a}^{a} f(x)dx = \int_{0}^{a}[f(x)+f(x-a)]dx$；

(3) $\int_{0}^{a} f(x)dx = \int_{0}^{\frac{a}{2}}[f(x)+f(a-x)]dx$.

12. 若函数 $f(x)$是以 T 为周期的连续函数，试证明：对任意的实数 a，有 $\int_{a}^{T+a} f(x)dx = \int_{0}^{T} f(x)dx$.

13. 利用函数奇偶性计算下列定积分：

(1) $\int_{-\pi}^{\pi} x^6 \sin x\, dx$；(2) $\int_{-1}^{1} \frac{x^3\cos x}{1+\sin^2 x} dx$；

(3) $\int_{-\frac{\pi}{4}}^{\frac{\pi}{4}} \frac{x}{1+\cos x} dx$.

14. 求由曲线 $y^2=x$ 与直线 $y=x-2$ 所围成的平面图形的面积.

15. 求由曲线 $y=|\ln x|$ 与直线 $x=0$，$x=\frac{1}{e}$，$x=e$ 所围成的平面图形的面积.

16. 求由曲线 $y=e^x$，$y=e^{-x}$ 与直线 $x=1$ 所围成的平面图形的面积.

17. 求由曲线 $r=3\cos\theta$ 与直线 $r=1+\cos\theta$ 所围成的平面图形的面积.

18. 由曲线 $y=e^x$ 与 x 轴，y 轴及直线 $x=4$ 围成一个平面区域，试在区间$(0,4)$内找一点 c，使直线 $x=c$ 平分该区域的面积.

19. 设曲线 $y=x-x^2$ 与直线 $y=ax$ 所围成的图形的面积为$\frac{9}{2}$，求参数 a.

20. 求由曲线 $y^2=(x-1)^3$ 及直线 $x=2$ 所围平面图形绕 x 轴旋转所得旋转体的体积.

21. 已知由圆 $x^2+(y-a)^2=16$(a 为常数，$a>4$)所围平面图形绕 x 轴旋转而得的旋转体体积为 $160\pi^2$，求 a.

22. 求由曲线 $y=x^2$ 与直线 $x=1$，$x=2$，$y=0$ 所围平面图形绕 y 轴旋转所得旋转体的体积.

23. 求由曲线 $y^2=x$ 与 $x^2=y$ 所围成的平面图形绕 x 轴旋转所成旋转体的体积.

24. 求底面是半径为 R 的圆，垂直于底面上的一条固定直径的任一截面都是等边三角形的立体的体积.

25. 求曲线段 $y=\ln x(\sqrt{3}\leqslant x\leqslant\sqrt{8})$的弧长.

26. 求悬链线 $y=\frac{a}{2}\left(e^{\frac{x}{a}}+e^{-\frac{x}{a}}\right)(a>0)$上从点 $A(0,a)$到点 $B\left(a,\frac{a}{2}\left(e+\frac{1}{e}\right)\right)$的弧长.

27. 求曲线 $y=\int_{-\sqrt{3}}^{x} \sqrt{3-t^2}\, dt$ 的全长.

28. 求星形线 $x=a\cos^3 t$，$y=a\sin^3 t$ 所围平面图形的面积及周长.

29. 求对数螺线 $\rho=e^{a\theta}$ 相应于自 $\theta=0$ 到 $\theta=\varphi$ 的一段弧长.

30. 求函数 $y=2xe^x$ 在$[0,2]$上的平均值.

31. 设快速静脉注射某药后，其血药浓度 C 与时间 t 的关系为 $C=C_0 e^{-kt}$，C_0 为初始浓度，k 为消除速率常数，求从 $t=0$ 到 $t=T$ 这段时间内的平均血药浓度.

32. 讨论下列反常积分的敛散性：

(1) $\int_{0}^{+\infty} x^3 e^{-x}\, dx$；(2) $\int_{-\infty}^{+\infty} \frac{1}{x^2+2x+2} dx$；

(3) $\int_{1}^{2} \frac{1}{x\sqrt{1-(\ln x)^2}}\mathrm{d}x$；

(4) $\int_{0}^{1} \ln x \mathrm{d}x$；

(5) $\int_{-\infty}^{+\infty} \frac{1}{\mathrm{e}^x+\mathrm{e}^{-x}}\mathrm{d}x$；

(6) $\int_{0}^{+\infty} x\sin x \mathrm{d}x$；

(7) $\int_{\mathrm{e}}^{+\infty} \frac{1}{x(\ln x)^k}\mathrm{d}x$；

(8) $\int_{0}^{1} \frac{1}{x^p}\mathrm{d}x$.

第六章　无穷级数

我们在中学里已经遇到过级数——如等差数列与等比数列——n 项之和，它们都属于项数为有限的特殊情形. 下面我们来学习项数为无限的级数，称为无穷级数. 无穷级数是高等数学的一个重要组成部分，它是表示函数、研究函数的性质以及进行数值计算的一种不可缺少的有力工具. 本章先讨论常数项级数，介绍无穷级数的一些基本内容，然后讨论函数项级数，着重讨论如何判断级数是否收敛，以及将函数展开成幂级数和三角函数的问题.

第一节　常数项级数

本节讨论常数项级数的概念、性质和收敛判别法. 在学习的过程中，要有意识地把常数项级数与数列极限的相关内容联系起来，对掌握它很有帮助.

一、无穷级数的概念

定义 1　对于数列 $\{u_n\}$，将其各项依次用"+"号运算符连起来写成和式

$$u_1+u_2+\cdots+u_n+\cdots,$$

该和式就称为常数项无穷级数. 简称无穷级数或级数. 记为 $\sum\limits_{n=1}^{\infty}u_n$，即

$$\sum_{n=1}^{\infty}u_n=u_1+u_2+\cdots+u_n+\cdots,$$

u_n 称为级数的一般项或通项.

这仅仅是一种形式上的相加，这种"加法"是否具有"和数"呢？联系极限的概念，一种自然的思想就是从前 n 项之和出发，考察当 n 趋于无穷时它的极限情况.

级数的前 n 项和 $s_n=u_1+u_2+\cdots+u_n$ 称为级数的前 n 项部分和，简称部分和. 显然 $\{s_n\}$ $(n=1,2,\cdots)$ 构成一个数列，称为级数的部分和数列.

定义 2　若部分和数列 $\{s_n\}$ 有极限 s，即 $\lim\limits_{n\to\infty}s_n=s$，则称级数 $\sum\limits_{n=1}^{\infty}u_n$ 收敛，s 称为级数 $\sum\limits_{n=1}^{\infty}u_n$ 的和，记为 $s=\sum\limits_{n=1}^{\infty}u_n$. 若 $\{s_n\}$ 无极限，则称级数 $\sum\limits_{n=1}^{\infty}u_n$ 发散.

$r_n=s-s_n=u_{n+1}+u_{n+2}+\cdots$ 称为级数的余项，$|r_n|$ 为用 s_n 表示 s 时的误差.

由此可见，研究无穷级数的收敛问题，实质上就是研究部分和数列的收敛问题，这就使得我们能够用已经熟悉的有关数列极限的知识来研究无穷级数.

例 1　用定义判别下列级数的敛散性：

(1) $1+2+\cdots+\cdots$；　　(2) $\dfrac{1}{1\cdot 2}+\dfrac{1}{2\cdot 3}+\cdots+\dfrac{1}{n\cdot(n+1)}+\cdots$；

(3) $1-1+1-\cdots+(-1)^{n-1}+\cdots$.

解 (1) $s_n=1+2+\cdots+n=\dfrac{n(n+1)}{2}\to\infty$，故级数发散.

(2) 因为 $u_n=\dfrac{1}{n(n+1)}=\dfrac{1}{n}-\dfrac{1}{n+1}$，故 $s_n=\left(1-\dfrac{1}{2}\right)+\left(\dfrac{1}{2}-\dfrac{1}{2}\right)+\cdots+\left(\dfrac{1}{n}-\dfrac{1}{n+1}\right)=1-\dfrac{1}{n+1}\to 1$，即级数收敛于 1.

(3) $u_n=(-1)^{n-1}$，$s_n=\begin{cases}0, n\text{ 为偶数},\\ 1, n\text{ 为奇数},\end{cases}$ $\lim\limits_{n\to\infty}s_n$ 不存在，故级数发散.

例 2 几何级数(或称等比级数) $\sum\limits_{n=1}^{\infty}aq^{n-1}=a+aq+\cdots+aq^{n-1}+\cdots(a\neq 0)$，当 $|q|<1$ 时收敛，当 $|q|\geqslant 1$ 时发散.

证 $s_n=a+aq+\cdots+aq^{n-1}$.

$q=1$ 时，$s_n=na\to\infty$，发散，

$q=-1$ 时，$s_n=a[1-1+\cdots+(-1)^{n-1}]=\begin{cases}0, n\text{ 为奇数},\\ a, n\text{ 为偶数},\end{cases}$ 发散；

$|q|\neq 1$ 时，$s_n=\dfrac{a(1-q^n)}{1-q}$，

$|q|>1$ 时，则 $s_n\to\infty$，发散，$|q|<1$，则 $s_n\to\dfrac{a}{1-q}$，收敛，故得证.

二、无穷级数的性质

利用数列极限的有关知识，可以得到一些无穷级数的基本性质，作为判断一些级数敛散性的依据.

性质 1 若已知两收敛级数 $\sum\limits_{n=1}^{\infty}u_n=s$，$\sum\limits_{n=1}^{\infty}v_n=\sigma$，则

(1) $\sum\limits_{n=1}^{\infty}ku_n=k\sum\limits_{n=1}^{\infty}u_n=ks$，其中 k 为常数；

(2) $\sum\limits_{n=1}^{\infty}(u_n\pm v_n)$ 也收敛，且 $\sum\limits_{n=1}^{\infty}(u_n\pm v_n)=s\pm\sigma$；

(3) 若 $u_n\leqslant v_n$，则 $\sum\limits_{n=1}^{\infty}u_n\leqslant\sum\limits_{n=1}^{\infty}v_n$.

证 只证(2)，(1)和(3)的证明与之类似，请读者作为练习，自己完成.

设
$$s_n=\sum_{i=1}^{n}u_i,\sigma_n=\sum_{i=1}^{n}v_i,w_n=\sum_{i=1}^{n}(u_i\pm v_i),$$
则
$$w_n=\sum_{i=1}^{n}(u_i\pm v_i)=\sum_{i=1}^{n}u_i\pm\sum_{i=1}^{n}v_i=s_n\pm\sigma_n,$$
而
$$\lim_{n\to\infty}s_n=s,\lim_{n\to\infty}\sigma_n=\sigma,$$
故
$$\sum_{n=1}^{\infty}(u_n\pm v_n)=\lim_{n\to\infty}w_n=\lim_{n\to\infty}(s_n\pm\sigma_n)=\lim_{n\to\infty}s_n\pm\lim_{n\to\infty}\sigma_n=s\pm\sigma.$$

性质 2 在级数中去掉或添加有限项不影响其敛散性.

这个性质的结论是显然的，用原级数减去或加上有限项，立即可得出结论.

性质 3 一个收敛级数 $\sum\limits_{n=1}^{\infty}u_n$，对其项任意加括号后所成的级数仍收敛，且其和不变.

证　设 $\sum_{n=1}^{\infty} u_n$ 的部分和数列为$\{s_n\}$，加括号后所成的级数部分和数列为$\{\bar{s}_n\}$，则有

$\bar{s}_1 = u_1 + u_2 + \cdots + u_{n_1} = s_{n_1}$，

$\bar{s}_2 = (u_1 + u_2 + \cdots + u_{n_1}) + (u_{n_1+1} + u_{n_1+2} + \cdots + u_{n_2}) = s_{n_2}$，

………………

$\bar{s}_k = (u_1 + u_2 + \cdots + u_{n_1}) + (u_{n_1+1} + u_{n_1+2} + \cdots + u_{n_2}) + \cdots + (u_{n_{k-1}+1} + u_{n_{k-2}+2} + \cdots + u_{n_k}) = s_{n_k}$，

………………

可见，$\{\bar{s}_n\}$实际上是$\{s_n\}$的一个子列，故由$\{s_n\}$的收敛性立即推得$\{\bar{s}_n\}$也收敛，且其极限值相同.

要注意的是：加括号后的级数收敛时，不能断言原来未加括号的级数也收敛. 例如级数 $\sum_{n=1}^{\infty} (-1)^{n+1} = 1-1+1-1+\cdots$，加括号后成为$(1-1)+(1-1)+(1-1)\cdots$，它收敛于 0，但原来未加括号的级数却是发散的. 但如果某级数加括号后是发散的，则可断言原级数一定发散.

性质 4（级数收敛的必要条件）　若级数 $\sum_{n=1}^{\infty} u_n$ 收敛，则 $u_n \to 0$，即级数收敛的必要条件是通项趋于零.

证　若 $\sum_{n=1}^{\infty} u_n$ 收敛，则$\lim\limits_{n\to\infty} u_n = \lim\limits_{n\to\infty}(s_n - s_{n-1}) = \lim\limits_{n\to\infty} s_n - \lim\limits_{n\to\infty} s_{n-1} = s - s = 0$.

推论　若$\lim\limits_{n\to\infty} u_n \neq 0$，则 $\sum_{n=1}^{\infty} u_n$ 发散.

例如，例 1 中的(1) $\sum_{n=1}^{\infty} n$ 和(3) $\sum_{n=1}^{\infty} (-1)^{n-1}$，以及 $\sum_{n=1}^{\infty} \frac{n+1}{2n-3}$，$\sum_{n=1}^{\infty} \frac{3^n}{n-3^n}$均是发散的. 必须注意：级数 $\sum_{n=1}^{\infty} u_n$ 的通项 $u_n \to 0$，此级数 $\sum_{n=1}^{\infty} u_n$ 未必收敛. 例如，调和级数 $\sum_{n=1}^{\infty} \frac{1}{n}$，通项 $u_n = \frac{1}{n} \to 0$，但级数却发散.

例 3　调和级数 $\sum_{n=1}^{\infty} \frac{1}{n} = 1 + \frac{1}{2} + \frac{1}{3} + \cdots + \frac{1}{n} + \cdots$发散.

证　将级数 2 项，2 项，4 项，8 项，…，2^m 项…组合在一起，有

$$\sum_{n=1}^{\infty} \frac{1}{n} = \left(1+\frac{1}{2}\right) + \left(\frac{1}{3}+\frac{1}{4}\right) + \left(\frac{1}{5}+\cdots+\frac{1}{8}\right) + \left(\frac{1}{9}+\cdots+\frac{1}{16}\right) + \cdots +$$
$$\left(\frac{1}{2^m+1}+\frac{1}{2^m+2}+\cdots+\frac{1}{2^{m+1}}\right) + \cdots > \frac{1}{2} + \left(\frac{1}{4}+\frac{1}{4}\right) + \left(\frac{1}{8}+\cdots+\frac{1}{8}\right) + \left(\frac{1}{16}+\cdots+\frac{1}{16}\right) + \cdots +$$
$$\left(\frac{1}{2^{m+1}}+\cdots+\frac{1}{2^{m+1}}\right) + \cdots > (m+1)\frac{1}{2} + \cdots \to \infty,$$

故 $\sum_{n=1}^{\infty} \frac{1}{n}$发散.

也可以从加括号后的级数第 m 项：$\left(\frac{1}{2^m+1}+\frac{1}{2^m+2}+\cdots+\frac{1}{2^{m+1}}\right) > \left(\frac{1}{2^{m+1}}+\cdots+\frac{1}{2^{m+1}}\right) = \frac{1}{2}$ 不趋于 0 而得到它发散的结论.

和数列极限一样，直接利用定义和上述几个性质判断级数的敛散性往往是相当困难的. 因此在级数理论中还需要建立一系列的判别法，利用它们就可以比较简单地判别相当广泛的一

类级数的敛散性.对于收敛级数的和的计算问题,在实际应用中即使得不到精确值,也可利用部分和计算近似值.因此,级数的敛散性是我们讨论的首要问题,下面对各种不同类型的级数给出相应的审敛法.

三、正项级数及审敛法

若 $u_n \geqslant 0$,则 $\sum\limits_{n=1}^{\infty} u_n$ 称为正项级数.正项级数是最简单、最基本的级数,其他许多级数的收敛性问题,往往可归结为正项级数的收敛性问题,因此我们先来探讨它.

由于 $u_n \geqslant 0$,我们立即可得到:$s_1 \leqslant s_2 \leqslant \cdots \leqslant s_n \leqslant \cdots$,即 $\{s_n\}$ 为单调递增数列,于是有

定理 1(收敛准则)　正项级数 $\sum\limits_{n=1}^{\infty} u_n$ 收敛的充要条件是它的部分和数列 $\{s_n\}$ 有界.

证　$u_n \geqslant 0$,即 $\{s_n\}$ 为单增数列,故级数收敛 $\Leftrightarrow \{s_n\}$ 有极限 $\Leftrightarrow \{s_n\}$ 有界.

定理 2(比较审敛法)　对于两正项级数 $\sum\limits_{n=1}^{\infty} u_n$, $\sum\limits_{n=1}^{\infty} v_n$,设 $u_n \leqslant kv_n$(k 为非零常数),则

(1) 当 $\sum\limits_{n=1}^{\infty} v_n$ 收敛时, $\sum\limits_{n=1}^{\infty} u_n$ 也收敛;

(2) 当 $\sum\limits_{n=1}^{\infty} u_n$ 发散时, $\sum\limits_{n=1}^{\infty} v_n$ 也发散.

证

(1) 若 $\sum\limits_{n=1}^{\infty} v_n$ 收敛,设其和为 σ,则 $\sum\limits_{n=1}^{\infty} u_n$ 的部分和

$$s_n = u_1 + u_2 + \cdots + u_n \leqslant kv_1 + kv_2 + \cdots + kv_n \leqslant k\sigma,$$

即 s_n 有界,从而 $\sum\limits_{n=1}^{\infty} u_n$ 收敛.

(2) 若 $\sum\limits_{n=1}^{\infty} u_n$ 发散,因其部分和数列 $\{s_n\}$ 单调递增,显然 $s_n \to \infty$,故 $\sum\limits_{n=1}^{\infty} kv_n$ 的部分和

$$k\sigma_n = kv_1 + kv_2 + \cdots + kv_n \geqslant u_1 + u_2 + \cdots + u_n = s_n \to \infty,$$

从而 $k\sigma_n \to \infty$,即 $\sum\limits_{n=1}^{\infty} v_n$ 发散.

例 4　讨论 p 级数 $\sum\limits_{n=1}^{\infty} \dfrac{1}{n^p} = 1 + \dfrac{1}{2^p} + \dfrac{1}{3^p} + \cdots + \dfrac{1}{n^p} + \cdots (p>0)$ 的敛散性.

解　$p \leqslant 1$ 时,$\dfrac{1}{n^p} \geqslant \dfrac{1}{n}$,而 $\sum\limits_{n=1}^{\infty} \dfrac{1}{n}$ 发散,故 $\sum\limits_{n=1}^{\infty} \dfrac{1}{n^p}$ 发散.

$p>1$ 时,将级数 1 项,2 项,4 项,8 项,…,2^m 项…组合在一起,有

$$\begin{aligned}\sum_{n=1}^{\infty} \frac{1}{n^p} &= 1 + \left(\frac{1}{2^p} + \frac{1}{3^p}\right) + \left(\frac{1}{4^p} + \cdots + \frac{1}{7^p}\right) + \left(\frac{1}{8^p} + \cdots + \frac{1}{15^p}\right) + \cdots \\ &< 1 + \left(\frac{1}{2^p} + \frac{1}{2^p}\right) + \left(\frac{1}{4^p} + \cdots + \frac{1}{4^p}\right) + \left(\frac{1}{8^p} + \cdots + \frac{1}{8^p}\right) + \cdots \\ &= 1 + \frac{1}{2^{p-1}} + \frac{1}{4^{p-1}} + \frac{1}{8^{p-1}} + \cdots = \sum_{n=1}^{\infty} \left(\frac{1}{2^{p-1}}\right)^n \text{(等比级数)}.\end{aligned}$$

因为 $q = \dfrac{1}{2^{p-1}} < 1$,故 $\sum\limits_{n=1}^{\infty} \left(\dfrac{1}{2^{p-1}}\right)^n$ 收敛,从而 $\sum\limits_{n=1}^{\infty} \dfrac{1}{n^p}$ 收敛.

即 p 级数当 $p\leqslant 1$ 时发散，$p>1$ 时收敛.

例 5　讨论下列级数的敛散性：

(1) $\sum\limits_{n=1}^{\infty}\frac{1}{\sqrt{4n^2+n}}$；　　(2) $\sum\limits_{n=1}^{\infty}\frac{\sin^2\frac{n\pi}{3}}{n^2}$；

(3) $\sum\limits_{n=1}^{\infty}\left(\frac{n}{5n+3}\right)^n$；　　(4) $\sum\limits_{n=1}^{\infty}\left[\frac{1}{n(n+1)}\right]^{\alpha}$　$(\alpha>0)$.

解　(1) 由于 $\frac{1}{\sqrt{4n^2+n}}\geqslant\frac{1}{\sqrt{4n^2+n^2}}=\frac{1}{\sqrt{5}}\cdot\frac{1}{n}$，而 $\sum\limits_{n=1}^{\infty}\frac{1}{n}$ 发散，所以原级数发散.

(2) 由于 $\frac{\sin^2\frac{n\pi}{3}}{n^2}\leqslant\frac{1}{n^2}$，而 $\sum\limits_{n=1}^{\infty}\frac{1}{n^2}$ 收敛，从而原级数收敛.

(3) 因为 $\left(\frac{n}{5n+3}\right)^n<\left(\frac{1}{5}\right)^n$，而 $\sum\limits_{n=1}^{\infty}\left(\frac{1}{5}\right)^n$ 收敛，故原级数收敛.

(4) 当 $\alpha>\frac{1}{2}$ 时，因为 $\left[\frac{1}{n(n+1)}\right]^{\alpha}<\frac{1}{n^{2\alpha}}$，且 $\sum\limits_{n=1}^{\infty}\frac{1}{n^{2\alpha}}$ 收敛，所以原级数收敛.

当 $\alpha\leqslant\frac{1}{2}$ 时，因为 $\left[\frac{1}{n(n+1)}\right]^{\alpha}>\frac{1}{(n+1)^{2\alpha}}$，且 $\sum\limits_{n=1}^{\infty}\frac{1}{(n+1)^{2\alpha}}$ 发散，所以原级数发散.

下面是比较审敛法的极限形式，它在应用时更方便一些.

定理 3（比较审敛法的极限形式）　对于两正项级数 $\sum\limits_{n=1}^{\infty}u_n$，$\sum\limits_{n=1}^{\infty}v_n$，且 $\lim\limits_{n\to\infty}\frac{u_n}{v_n}=l$，

(1) 若 $0<l<+\infty$，则 $\sum\limits_{n=1}^{\infty}u_n$ 与 $\sum\limits_{n=1}^{\infty}v_n$ 同敛散；

(2) 若 $l=0$，且 $\sum\limits_{n=1}^{\infty}v_n$ 收敛，则 $\sum\limits_{n=1}^{\infty}u_n$ 也收敛；

(3) 若 $l=+\infty$，且 $\sum\limits_{n=1}^{\infty}v_n$ 发散，则 $\sum\limits_{n=1}^{\infty}u_n$ 也发散.

证　(1) 由极限的定义知，对 $\varepsilon=\frac{l}{2}>0$，存在正整数 N，当 $n>N$ 时，有 $\left|\frac{u_n}{v_n}-l\right|<\varepsilon$，即

$$\frac{l}{2}v_n<u_n<\frac{3l}{2}v_n.$$

由级数的性质和比较审敛法可知结论成立.

(2)(3)的证明请读者自己完成.

例 6　讨论下列级数的敛散性：

(1) $\sum\limits_{n=1}^{\infty}\frac{1}{3n-1}$；　　(2) $\sum\limits_{n=1}^{\infty}\frac{1}{\sqrt{n(n+1)}}$；　　(3) $\sum\limits_{n=1}^{\infty}\sin\frac{1}{n}$；

(4) $\sum\limits_{n=1}^{\infty}\ln\left(1+\frac{1}{n^2}\right)$；　　(5) $\sum\limits_{n=1}^{\infty}\left(1-\cos\frac{1}{n}\right)$.

解　(1) 因为 $\lim\limits_{n\to\infty}\frac{1/3n-1}{1/n}=\frac{1}{3}$，而 $\sum\limits_{n=1}^{\infty}\frac{1}{n}$ 发散，故 $\sum\limits_{n=1}^{\infty}\frac{1}{3n-1}$ 发散.

(2) 由 $\lim\limits_{n\to\infty}\frac{1/\sqrt{n(n+1)}}{1/n}=1$，而 $\sum\limits_{n=1}^{\infty}\frac{1}{n}$ 发散，所以 $\sum\limits_{n=1}^{\infty}\frac{1}{\sqrt{n(n+1)}}$ 发散.

(3) 因$\lim\limits_{n\to\infty}\dfrac{\sin(1/n)}{1/n}=1$,且$\sum\limits_{n=1}^{\infty}\dfrac{1}{n}$发散,故$\sum\limits_{n=1}^{\infty}\sin\dfrac{1}{n}$发散.

(4) 因为$\lim\limits_{n\to\infty}\dfrac{\ln(1+1/n^2)}{1/n^2}=1$,而$\sum\limits_{n=1}^{\infty}\dfrac{1}{n^2}$收敛,故$\sum\limits_{n=1}^{\infty}\ln\left(1+\dfrac{1}{n^2}\right)$收敛.

(5) $\lim\limits_{n\to\infty}\dfrac{1-\cos\dfrac{1}{n}}{\dfrac{1}{n^2}}=\lim\limits_{n\to\infty}\dfrac{\dfrac{1}{2n^2}}{\dfrac{1}{n^2}}=\dfrac{1}{2}$,且$\sum\limits_{n=1}^{\infty}\dfrac{1}{n^2}$收敛,因而原级数收敛.

例 7 判别级数$\sum\limits_{n=1}^{\infty}\left[\dfrac{1}{n}-\ln\left(1+\dfrac{1}{n}\right)\right]$的敛散性.

解 利用$\ln(1+x)$在$x=0$处的二阶泰勒(Taylor)公式有

$$\frac{1}{n}-\ln\left(1+\frac{1}{n}\right)=\frac{1}{n}-\left[\frac{1}{n}-\frac{1}{2n^2}+o\left(\frac{1}{n^2}\right)\right]=\frac{1}{2n^2}-o\left(\frac{1}{n^2}\right),$$

从而

$$\lim_{n\to\infty}\frac{\dfrac{1}{n}-\ln\left(1+\dfrac{1}{n}\right)}{\dfrac{1}{n^2}}=\lim_{n\to\infty}\frac{\dfrac{1}{2n^2}-o\left(\dfrac{1}{n^2}\right)}{\dfrac{1}{n^2}}=\frac{1}{2}.$$

而级数$\sum\limits_{n=1}^{\infty}\dfrac{1}{n^2}$收敛,故原级数也收敛.

使用比较审敛法及其极限形式,都必须借助于敛散性已知的级数,因此很不方便,有时甚至很困难.为此,下面我们介绍两个利用级数本身特性来判断敛散性的审敛法.

定理 4(比值审敛法,或称达朗贝尔判别法) **对于正项级数**$\sum\limits_{n=1}^{\infty}a_n$,**若**$\lim\limits_{n\to\infty}\dfrac{a_{n+1}}{a_n}=\rho$,**则**$\rho<1$**时级数收敛**,$\rho>1$**或**$\lim\limits_{n\to\infty}\dfrac{a_{n+1}}{a_n}=\infty$**时级数发散**,$\rho=1$**时需进一步判别.**

证 (1) 当$\rho<1$时的情形

因$\rho<1$,故$\exists\varepsilon>0$,使得$\rho+\varepsilon<1$;

由$\lim\limits_{n\to\infty}\dfrac{a_{n+1}}{a_n}=\rho$可知,$\exists N$,当$n>N$时,有$\left|\dfrac{a_{n+1}}{a_n}-\rho\right|<\varepsilon$,即$\rho-\varepsilon<\dfrac{a_{n+1}}{a_n}<\rho+\varepsilon$,故有

$$\frac{a_2}{a_1}<\rho+\varepsilon,\frac{a_3}{a_2}<\rho+\varepsilon,\cdots,\frac{a_n}{a_{n-1}}<\rho+\varepsilon.$$

把上述不等式两端相乘,得 $a_n<a_1(\rho+\varepsilon)^{n-1}$.

因a_1为常数,而$\sum\limits_{n=1}^{\infty}(\rho+\varepsilon)^n$收敛,所以$\sum\limits_{n=1}^{\infty}a_n$收敛.

(2) 当$\rho>1$时的情形

若$\rho>1$,则$\exists N$,当$n>N$时,$a_{n+1}>a_n$,故当$n>N$时,有

$$a_n>a_{n-1}>\cdots>a_{N+1}.$$

显然$n>N$时有非零项,不妨设$a_{N+1}>0$,此时显然a_n不以0为极限,

故$\sum\limits_{n=1}^{\infty}a_n$发散.

当$\lim\limits_{n\to\infty}\dfrac{a_{n+1}}{a_n}=\infty$时,结论显然成立.

定理 5(根值审敛法,也叫柯西判别法) **对于正项级数**$\sum\limits_{n=1}^{\infty}a_n$,**若**$\lim\limits_{n\to\infty}\sqrt[n]{a_n}=\rho$,**则**$\rho<1$**时**

级数收敛，$\rho>1$ **或** $\lim\limits_{n\to\infty}\sqrt[n]{a_n}=\infty$ **时级数发散**，$\rho=1$ **时需进一步判别.**

证　(1) 当 $\rho<1$ 时，可取 $\varepsilon>0$，使 $\rho+\varepsilon<1$. 于是，存在 N，当 $n>N$ 时，有 $\sqrt[n]{a_n}<\rho+\varepsilon<1$，也就是有

$$a_n\leqslant(\rho+\varepsilon)^n.$$

由 $\sum\limits_{n=1}^{\infty}(\rho+\varepsilon)^n$ 的收敛性及比较判别法，可知 $\sum\limits_{n=1}^{\infty}a_n$ 收敛.

(2) 当 $\rho>1$ 时，$\exists N$，当 $n>N$ 时，$\sqrt[n]{a_n}>1$，即 $a_n>1$，故 a_n 不以 0 为极限，从而 $\sum\limits_{n=1}^{\infty}a_n$ 发散.

$\lim\limits_{n\to\infty}\sqrt[n]{a_n}=\infty$ 时的结论是显然的.

例 8　判别下列级数的敛散性.

(1) $\sum\limits_{n=1}^{\infty}\dfrac{1\cdot3\cdot\cdots\cdot(2n-1)}{2\cdot5\cdot\cdots\cdot(3n-1)}$；　(2) $\sum\limits_{n=1}^{\infty}\dfrac{n\cos^2\dfrac{n\pi}{3}}{2^n}$；

(3) $\sum\limits_{n=1}^{\infty}\left(1-\dfrac{1}{n}\right)^{n^2}$；　(4) $\sum\limits_{n=1}^{\infty}\dfrac{1}{2^{n+(-1)^n}}$；

(5) $\sum\limits_{n=1}^{\infty}\dfrac{2^n n!}{n^n}$；　(6) $\sum\limits_{n=1}^{\infty}\dfrac{x^n}{(1+x)(1+x^2)\cdots(1+x^n)}$　($x>0$ 为常数).

解　(1) $\dfrac{u_{n+1}}{u_n}=\dfrac{\dfrac{1\cdot3\cdot\cdots\cdot(2n+1)}{2\cdot5\cdot\cdots\cdot(3n+1)}}{\dfrac{1\cdot3\cdot\cdots\cdot(2n-1)}{2\cdot5\cdot\cdots\cdot(3n-1)}}=\dfrac{2n+1}{3n+2}\to\dfrac{2}{3}<1$，原级数收敛.

(2) 由 $u_n=\dfrac{n\cos^2\dfrac{n\pi}{3}}{2^n}\leqslant\dfrac{n}{2^n}=v_n$，且 $\dfrac{v_{n+1}}{v_n}=\dfrac{\dfrac{n+1}{2^{n+1}}}{\dfrac{n}{2^n}}=\dfrac{n+1}{2n}\to\dfrac{1}{2}<1$，故 $\sum\limits_{n=1}^{\infty}v_n$ 收敛，从而 $\sum\limits_{n=1}^{\infty}u_n$ 也收敛，即原级数收敛.

(3) $\sqrt[n]{u_n}=\left(1-\dfrac{1}{n}\right)^n=\left[1+\left(-\dfrac{1}{n}\right)\right]^{(-n)(-1)}\to\dfrac{1}{\mathrm{e}}<1$，原级数收敛.

(4) $\sqrt[n]{u_n}=\dfrac{1}{2^{1+\frac{(-1)^n}{n}}}\to\dfrac{1}{2}<1$，原级数收敛.

(5) $\lim\limits_{n\to\infty}\dfrac{u_{n+1}}{u_n}=\lim\limits_{n\to\infty}\dfrac{\dfrac{2^{n+1}(n+1)!}{(n+1)^{n+1}}}{\dfrac{2^n n!}{n^n}}=\lim\limits_{n\to\infty}\dfrac{2n^n}{(n+1)^n}=\lim\limits_{n\to\infty}\dfrac{2}{\left(1+\dfrac{1}{n}\right)^n}=\dfrac{2}{\mathrm{e}}<1$，故级数收敛.

(6) $$\lim\limits_{n\to\infty}\dfrac{u_{n+1}}{u_n}=\lim\limits_{n\to\infty}\dfrac{x^{n+1}}{(1+x)(1+x^2)\cdots(1+x^{n+1})}\cdot\dfrac{(1+x)(1+x^2)\cdots(1+x^n)}{x^n}$$

$$=\lim\limits_{n\to\infty}\dfrac{x}{1+x^{n+1}}=\begin{cases}x,0<x<1,\\ \dfrac{1}{2},x=1,\\ 0,x>1,\end{cases}$$

即原级数收敛.

例 9 用适当的方法判别下列级数的敛散性.

(1) $\sum\limits_{n=1}^{\infty}\frac{1}{n!}$； (2) $\sum\limits_{n=1}^{\infty}\left(\frac{1}{2^n}+\frac{1}{3^n}\right)$； (3) $\sum\limits_{n=1}^{\infty}\left(1-\cos\frac{\pi}{n}\right)$；

(4) $\sum\limits_{n=1}^{\infty}\frac{1}{1+a^n}$； (5) $\sum\limits_{n=1}^{\infty}n^{\alpha}\beta^{n}\quad(\beta\geqslant 0)$； (6) $\sum\limits_{n=2}^{\infty}\frac{\ln n}{n}$.

解 (1) 因 $n!=1\cdot 2\cdot\cdots\cdot n>2^n(n>3)$，所以$\frac{1}{n!}<\frac{1}{2^n}$，由于 $\sum\limits_{n=1}^{\infty}\frac{1}{2^n}$收敛，由性质 2 和定理 2 知 $\sum\limits_{n=1}^{\infty}\frac{1}{n!}$也收敛.

(2) 因 $\sum\limits_{n=1}^{\infty}\frac{1}{2^n}$，$\sum\limits_{n=1}^{\infty}\frac{1}{3^n}$均收敛，由性质 1 知原级数也收敛.

(3) 由$\dfrac{1-\cos\frac{\pi}{n}}{\frac{1}{n^2}}\to\dfrac{\frac{1}{2}\left(\frac{\pi}{n}\right)^2}{\frac{1}{n^2}}=\frac{\pi^2}{2}$，而 $\sum\limits_{n=1}^{\infty}\frac{1}{n^2}$收敛，故 $\sum\limits_{n=1}^{\infty}\left(1-\cos\frac{\pi}{n}\right)$也收敛.

(4) 当 $0<a<1$ 时，$a^n\to 0$，$u_n=\frac{1}{1+a^n}\to 1$，发散；

当 $a=1$ 时，$u_n=\frac{1}{2}$，发散；

而当 $a>1$ 时，$\dfrac{\frac{1}{1+a^n}}{\frac{1}{a^n}}=\dfrac{a^n}{a^n+1}\to 1$，而 $\sum\limits_{n=1}^{\infty}\frac{1}{a^n}$收敛$\left(q=\frac{1}{a}<1\right)$，故原级数收敛.

(5) 当 $\beta\neq 1$ 时，$\dfrac{u_{n+1}}{u_n}=\dfrac{(n+1)^{\alpha}\beta^{n+1}}{n^{\alpha}\beta^{n}}=\beta\left(1+\frac{1}{n}\right)^{\alpha}\to\beta\begin{cases}<1,\text{收敛；}\\>1,\text{发散.}\end{cases}$

当 $\beta=1$ 时，级数变为

$$\sum_{n=1}^{\infty}n^{\alpha}=\sum_{n=1}^{\infty}\frac{1}{n^{-\alpha}}.$$

此时若 $p=-\alpha\leqslant 1$，即 $\alpha\geqslant -1$ 时发散；而 $p=-\alpha>1$，即 $\alpha<-1$ 时收敛.

(6) 因$\frac{\ln n}{n}>\frac{1}{n}(n\geqslant 3)$，且 $\sum\limits_{n=1}^{\infty}\frac{1}{n}$发散，故 $\sum\limits_{n=1}^{\infty}\frac{\ln n}{n}$发散.

从定积分的定义可以看出，它实际上也是一个无穷级数. 自然地，人们会思考是否在某些条件下，可以用我们熟悉的积分来解决级数问题. 事实上，柯西(Cauchy)在 1837 年证明了下面的定理.

定理 6(柯西积分判别法) **设 $f(x)$在$[1,+\infty)$上有定义，在$[1,+\infty)$上非负且单调减少，则 $\sum\limits_{n=1}^{\infty}f(n)$ 与$\int_1^{+\infty}f(x)\mathrm{d}x$ 同敛散.**

证 由 $f(x)$的单调性可知，当 $k\leqslant x\leqslant k+1$ 时有

$$f(k+1)\leqslant f(x)\leqslant f(k),$$

于是

$$f(k+1)\leqslant\int_k^{k+1}f(x)\mathrm{d}x\leqslant f(k).$$

将上述不等式对 $k=1,2,\cdots,n$ 相加，就得知，对任何 $n\in\mathbf{N}$ 有

$$\sum_{k=2}^{n+1}f(k)\leqslant\int_1^{n+1}f(x)\mathrm{d}x\leqslant\sum_{k=1}^{n}f(k).$$

若$\int_1^{+\infty} f(x)\mathrm{d}x$收敛，则由上式左半可知$\sum\limits_{k=2}^{n+1} f(k)$有界，因而$\sum\limits_{n=1}^{\infty} f(n)$收敛. 若$\int_1^{+\infty} f(x)\mathrm{d}x$发散，则由上式右半可知$\sum\limits_{k=1}^{n} f(k)$无界，故$\sum\limits_{n=1}^{\infty} f(n)$发散.

注意　从这个定理可看出无穷级数与无穷积分之间的紧密联系.

例 10　证明级数$\sum\limits_{n=2}^{\infty} \frac{1}{n\ln^{\alpha} n}$当$\alpha>1$时收敛，当$\alpha\leqslant 1$时发散.

证　级数与积分$\int_2^{+\infty} \frac{\mathrm{d}x}{x\ln^{\alpha} x}$同敛散. 而

$$\int_2^{+\infty} \frac{\mathrm{d}x}{x\ln^{\alpha} x}=\begin{cases}\frac{(\ln 2)^{1-\alpha}}{\alpha-1}, & \alpha>1;\\ +\infty, & \alpha\leqslant 1.\end{cases}$$

故原级数当$\alpha>1$时收敛，而当$\alpha\leqslant 1$时发散.

四、交错级数及审敛法

如果级数的各项正负相间，即为$u_1-u_2+u_3-\cdots$或$-u_1+u_2-u_3+\cdots$，则称之为交错级数. 通常表示为$\sum\limits_{n=1}^{\infty}(-1)^{n-1}u_n$或$\sum\limits_{n=1}^{\infty}(-1)^{n}u_n$的形式，其中$u_n>0$. 由于$\sum\limits_{n=1}^{\infty}(-1)^{n}u_n$可表示为$-\sum\limits_{n=1}^{\infty}(-1)^{n-1}u_n$，故通常仅讨论$\sum\limits_{n=1}^{\infty}(-1)^{n-1}u_n$的形式.

定理 7（莱布尼茨判别法）　若交错级数$\sum\limits_{n=1}^{\infty}(-1)^{n-1}u_n$满足$u_{n+1}\leqslant u_n$，并且$u_n\to 0$，即$u_n$单调减少趋于零，则$\sum\limits_{n=1}^{\infty}(-1)^{n-1}u_n$收敛，其和$s\leqslant u_1$（首项），且余项的绝对值（误差）

$$|r_n|\leqslant u_{n+1}.$$

证　因$u_{n+1}\leqslant u_n$，得$s_{2n}=(u_1-u_2)+(u_3-u_4)+\cdots+(u_{2n-1}-u_{2n})$单调增加，
且$s_{2n}=u_1-(u_2-u_3)-(u_4-u_5)-\cdots-(u_{2n-2}-u_{2n-1})-u_{2n}$有上界$u_1$，
故s_{2n}有极限s，且$s\leqslant u_1$.

又$\lim\limits_{n\to\infty}s_{2n+1}=\lim\limits_{n\to\infty}(s_{2n}+u_{2n+1})=\lim\limits_{n\to\infty}s_{2n}+\lim\limits_{n\to\infty}u_{2n+1}=s$，即$s_{2n+1}$也有极限$s$，
从而部分和数列$\{s_n\}$有极限s，故级数收敛于s，且$s\leqslant u_1$.

下面考虑余项的绝对值

$$|r_n|=|s-s_n|=|\pm(u_{n+1}-u_{n+2}+\cdots)|=u_{n+1}-u_{n+2}+\cdots,$$

$|r_n|$也是一个交错级数，并满足定理的条件.

故$|r_n|$也收敛，且其和$|r_n|\leqslant u_{n+1}$（首项）.

例 11　讨论下列交错级数的敛散性.

(1) $\sum\limits_{n=1}^{\infty}(-1)^{n-1}\frac{1}{n}$；　(2) $\sum\limits_{n=1}^{\infty}(-1)^{n}(\sqrt{n+1}-\sqrt{n})$；　(3) $\sum\limits_{n=1}^{\infty}(-1)^{n}\frac{n}{n^2+100}$.

解　(1) $u_n=\frac{1}{n}$单调减少趋于零，故收敛.

(2) $u_n=\sqrt{n+1}-\sqrt{n}=\frac{1}{\sqrt{n+1}+\sqrt{n}}$单调减少趋于零，故收敛.

(3) 令 $f(x)=\frac{x}{x^2+100}$，$f'(x)=\frac{100-x^2}{(x^2+100)^2}$，当 $x>10$ 时，$f'(x)<0$，从而当 $n>10$ 时，$u_n=\frac{n}{n^2+100}$ 单调减少，且显然趋于零，故收敛.

五、绝对收敛与条件收敛

前面我们讨论的正项级数和交错级数都比较特殊，一般情况下级数 $\sum_{n=1}^{\infty} u_n$ 的各项 u_n 可以是任意实数，它们被称为任意项级数. 直接判断任意项级数的敛散性通常是困难的，很多情况下往往借助于 $\sum_{n=1}^{\infty} u_n$ 的各项绝对值构成的正项级数 $\sum_{n=1}^{\infty} |u_n|$ 来讨论.

定理 8　若 $\sum_{n=1}^{\infty} |u_n|$ 收敛，则 $\sum_{n=1}^{\infty} u_n$ 也收敛.

证　令 $v_n=\frac{1}{2}(u_n+|u_n|)$，则 $0\leqslant v_n\leqslant |u_n|$. 因 $\sum_{n=1}^{\infty} |u_n|$ 收敛，得 $\sum_{n=1}^{\infty} v_n$ 也收敛.

又 $u_n=2v_n-|u_n|$，从而 $\sum_{n=1}^{\infty} u_n=2\sum_{n=1}^{\infty} v_n-\sum_{n=1}^{\infty} |u_n|$ 也收敛.

定义 3　若 $\sum_{n=1}^{\infty} |u_n|$ 收敛，则称 $\sum_{n=1}^{\infty} u_n$ 绝对收敛；若 $\sum_{n=1}^{\infty} |u_n|$ 发散，而 $\sum_{n=1}^{\infty} u_n$ 收敛，则称 $\sum_{n=1}^{\infty} u_n$ 条件收敛.

例 12　讨论下列级数是绝对收敛还是条件收敛.

(1) $\sum_{n=1}^{\infty} \frac{\sin n\alpha}{n^4}$；　(2) $\sum_{n=1}^{\infty} (-1)^{n-1}\frac{1}{n}$；　(3) $\sum_{n=1}^{\infty} (-1)^n \frac{\ln n}{n}$；

(4) $\sum_{n=1}^{\infty} \frac{(-1)^{n(n+1)/2}}{2^n}$；　(5) $\sum_{n=1}^{\infty} (-1)^n \frac{1}{n^p}$.

解　(1) $|u_n|=\left|\frac{\sin n\alpha}{n^4}\right|\leqslant\frac{1}{n^4}$，而 $\sum_{n=1}^{\infty} \frac{1}{n^4}$ 收敛，故 $\sum_{n=1}^{\infty} |u_n|$ 收敛，即原级数绝对收敛.

(2) $\sum_{n=1}^{\infty} (-1)^{n-1}\frac{1}{n}$ 为交错级数，$\frac{1}{n}$ 单调减少趋于零，故级数收敛.

但 $\sum_{n=1}^{\infty} \left|(-1)^{n-1}\frac{1}{n}\right|=\sum_{n=1}^{\infty} \frac{1}{n}$ 显然发散，故原级数条件收敛.

(3) 令 $f(x)=\frac{\ln x}{x}$，$f'(x)=\frac{1-\ln x}{x^2}<0$（$x>\mathrm{e}$ 时），又 $\lim\limits_{x\to+\infty}\frac{\ln x}{x}=\lim\limits_{x\to+\infty}\frac{1}{x}=0$，即当 $n\geqslant 3$ 时，$\frac{\ln n}{n}$ 单调减少趋于零，从而级数收敛. 又 $\left|(-1)^n\frac{\ln n}{n}\right|=\frac{\ln n}{n}>\frac{1}{n}$ $(n\geqslant 3)$，由比较审敛法，$\sum_{n=1}^{\infty}\left|(-1)^n\frac{\ln n}{n}\right|$ 发散，即原级数条件收敛.

(4) $\sum_{n=1}^{\infty} |u_n|=\sum_{n=1}^{\infty}\left|\frac{(-1)^{n(n+1)/2}}{2^n}\right|=\sum_{n=1}^{\infty}\frac{1}{2^n}$ 收敛，故原级数绝对收敛.

(5) $p\leqslant 0$ 时，$(-1)^n\frac{1}{n^p}\to\infty$，发散，$p>0$ 时，$\frac{1}{n^p}$ 单调减少趋于零，收敛，

而 $\sum_{n=1}^{\infty}|u_n|=\sum_{n=1}^{\infty}\left|(-1)^n\frac{1}{n^p}\right|=\sum_{n=1}^{\infty}\frac{1}{n^p}\begin{cases}p>1\text{ 时收敛},\\ p\leqslant 1\text{ 时发散},\end{cases}$

故原级数 $\begin{cases}\text{发散}, & p\leqslant 0,\\ \text{条件收敛}, & 0<p\leqslant 1,\\ \text{绝对收敛}, & p>1.\end{cases}$

绝对收敛级数有一些条件收敛级数所不具备的特性. 下面介绍一个定理.

定理 9　若 $\sum_{n=1}^{\infty}a_n$ 绝对收敛,则任意改变求和次序后所得的新级数仍收敛,并且其和不变.

证　先假定 $\sum_{n=1}^{\infty}a_n$ 是正项级数,设 $\sum_{n=1}^{\infty}a_n=s$. 若 $\sum_{n=1}^{\infty}a'_n$ 是 $\sum_{n=1}^{\infty}a_n$ 改变求和次序所得的新级数,记

$$s'_m=\sum_{n=1}^{m}a'_n.$$

由于 $a'_1,a'_2,\cdots,a'_m$ 都是 $a_1,a_2,\cdots,a_n,\cdots$ 中的项. 所以必有

$$s'_m\leqslant s.$$

故 $\{s'_m\}$ 有界,所以 $\sum_{n=1}^{\infty}a'_n$ 收敛. 并且有

$$s'=\sum_{n=1}^{\infty}a'_n\leqslant s.$$

反过来, $\sum_{n=1}^{\infty}a_n$ 也可以当成是 $\sum_{n=1}^{\infty}a'_n$ 改变求和次序得到的级数,故又有

$$s\leqslant s'.$$

因此,必有 $s=s'$.

一般地,设 $\sum_{n=1}^{\infty}a_n$ 改变求和次序得到一个新的级数 $\sum_{n=1}^{\infty}a'_n$. 由于 $\sum_{n=1}^{\infty}|a_n|$ 收敛,故可任意交换次序,即有 $\sum_{n=1}^{\infty}|a'_n|=\sum_{n=1}^{\infty}|a_n|$. 所以 $\sum_{n=1}^{\infty}a'_n$ 绝对收敛.

令

$$b_n=\frac{|a_n|+a_n}{2},\quad c_n=\frac{|a_n|-a_n}{2};$$

$$b'_n=\frac{|a'_n|+a'_n}{2},\quad c'_n=\frac{|a'_n|-a'_n}{2},$$

则有

$$b_n=\begin{cases}0, & a_n\leqslant 0,\\ a_n, & a_n>0;\end{cases}\quad c_n=\begin{cases}-a_n, & a_n<0,\\ 0, & a_n\geqslant 0.\end{cases}$$

由比较判别法可知 $\sum_{n=1}^{\infty}b_n$ 和 $\sum_{n=1}^{\infty}c_n$ 都是收敛的正项级数.

注意到

$$\sum_{n=1}^{\infty}a_n=\sum_{n=1}^{\infty}b_n-\sum_{n=1}^{\infty}c_n$$

及

$$\sum_{n=1}^{\infty} a'_n = \sum_{n=1}^{\infty} b'_n - \sum_{n=1}^{\infty} c'_n,$$

且由于 $\sum\limits_{n=1}^{\infty} b'_n$ 和 $\sum\limits_{n=1}^{\infty} c'_n$ 分别是收敛的正项级数 $\sum\limits_{n=1}^{\infty} b_n$ 和 $\sum\limits_{n=1}^{\infty} c_n$ 改变求和次序所得到的级数,因而

$$\sum_{n=1}^{\infty} b'_n = \sum_{n=1}^{\infty} b_n, \quad \sum_{n=1}^{\infty} c'_n = \sum_{n=1}^{\infty} c_n,$$

所以

$$\sum_{n=1}^{\infty} a'_n = \sum_{n=1}^{\infty} a_n.$$

推论 1 $\sum\limits_{n=1}^{\infty} a_n$ **绝对收敛的充分必要条件是** $\sum\limits_{n=1}^{\infty} b_n$ **和** $\sum\limits_{n=1}^{\infty} c_n$ **都收敛.**

推论 2 $\sum\limits_{n=1}^{\infty} a_n$ **条件收敛,则** $\sum\limits_{n=1}^{\infty} b_n$ **和** $\sum\limits_{n=1}^{\infty} c_n$ **都发散.**

证 因为 $\sum\limits_{n=1}^{\infty} |a_n|$ 发散,故 $\sum\limits_{n=1}^{\infty} b_n$ 和 $\sum\limits_{n=1}^{\infty} c_n$ 不能都收敛,但由

$$\sum_{n=1}^{\infty} a_n = \sum_{n=1}^{\infty} b_n - \sum_{n=1}^{\infty} c_n$$

的收敛性可知 $\sum\limits_{n=1}^{\infty} b_n$ 和 $\sum\limits_{n=1}^{\infty} c_n$ 又不能一敛一散. 所以 $\sum\limits_{n=1}^{\infty} b_n$ 和 $\sum\limits_{n=1}^{\infty} c_n$ 都发散.

我们看到绝对收敛级数的收敛是由于通项趋于零的速度足够快,而条件收敛的级数通项趋于零的速度不够快但通过正负项相抵消造成了部分和的收敛.

作为对比,我们介绍下面这个有趣的定理(略去证明).

定理 10 **设级数** $\sum\limits_{n=1}^{\infty} a_n$ **条件收敛,则适当改变求和的次序可以使新级数:**(1) **收敛于给定的任意实数;**(2) **发散于** $+\infty$;(3) **发散于** $-\infty$;(4) **有其他性态的发散性.**

第二节 幂级数

本节简单介绍函数项级数的一般概念,主要介绍幂级数的收敛性和幂级数在收敛区间内的性质.

一、函数项级数的概念

定义 **设** $u_n(x)(n=1,2,3,\cdots)$ **是定义在实数集** X **上的函数,则称**

$$\sum_{n=1}^{\infty} u_n(x) = u_1(x) + u_2(x) + \cdots + u_n(x) + \cdots$$

为函数项级数,并称 $s_n(x) = \sum\limits_{i=1}^{n} u_i(x)$ **为它的前** n **项部分和.**

如果对于 X 中的一点 x_0,数项级数 $\sum\limits_{n=1}^{\infty} u_n(x_0)$ 收敛,则称函数项级数 $\sum\limits_{n=1}^{\infty} u_n(x)$ 在 x_0 点收敛,否则称其在 x_0 点发散,收敛点的全体称为 $\sum\limits_{n=1}^{\infty} u_n(x)$ 的收敛域. 如果对于 X 中的任何

一点 x，级数 $\sum\limits_{n=1}^{\infty} u_n(x)$ 收敛，就说级数 $\sum\limits_{n=1}^{\infty} u_n(x)$ 在 X 上收敛，这时对每一点 $x\in X$，级数 $\sum\limits_{n=1}^{\infty} u_n(x)$ 有和，记此和为 $s(x)$，即 $s(x)=\sum\limits_{n=1}^{\infty} u_n(x)$，显然它为 x 的函数，称之为 $\sum\limits_{n=1}^{\infty} u_n(x)$ 的和函数.

二、幂级数及其收敛半径

在函数项级数中，最简单而且最重要的一类级数是幂级数，我们把形如 $\sum\limits_{n=0}^{\infty} a_n x^n$ 或 $\sum\limits_{n=0}^{\infty} u_n(x-x_0)^n$ 的函数项级数称为幂级数，其中 a_n 称为幂级数的系数. 由于令 $y=x-x_0$ 可将第二种形式的级数化为 $\sum\limits_{n=0}^{\infty} a_n y^n$，故通常我们只讨论第一种形式的级数. 因为当 $x=0$ 时，$\sum\limits_{n=0}^{\infty} a_n x^n$ 是收敛的，所以幂级数总有收敛点. 事实上，幂级数的收敛域总是一个区间，我们有如下定理：

定理 1［阿贝尔(Abel)定理］　对于幂级数 $\sum\limits_{n=0}^{\infty} a_n x^n$，下列命题成立：

(1) 若它在 $x=x_0\neq 0$ 时收敛，则当 $|x|<|x_0|$ 时，该幂级数绝对收敛；

(2) 若它在 $x=x_0\neq 0$ 时发散，则当 $|x|>|x_0|$ 时，该幂级数发散.

证　(1) 由已知条件，级数 $\sum\limits_{n=0}^{\infty} a_n x_0^n$ 收敛，根据级数收敛的必要条件，有 $\lim\limits_{n\to\infty} a_n x_0^n=0$，因而数列 $\{a_n x_0^n\}$ 有界，即存在 $M>0$，使得 $|a_n x_0^n|\leqslant M(n=1,2,\cdots)$，于是，当 $|x|<|x_0|$ 时，有

$$|a_n x^n|=\left|a_n x_0^n\cdot\frac{x^n}{x_0^n}\right|=|a_0 x_0^n|\cdot\left|\frac{x^n}{x_0^n}\right|<M\cdot\left|\frac{x^n}{x_0^n}\right|\ (n=1,2,\cdots),$$

由于 $\left|\dfrac{x^n}{x_0^n}\right|<1$，所以等比级数 $\sum\limits_{n=0}^{\infty} M\cdot\left|\dfrac{x^n}{x_0^n}\right|$ 收敛. 由比较审敛法知，当 $|x|<|x_0|$ 时，$\sum\limits_{n=0}^{\infty} a_n x^n$ 绝对收敛.

(2) 用反证法. 假设存在 x_1，$|x_1|>|x_0|$，使得级数 $\sum\limits_{n=0}^{\infty} a_n x_1^n$ 收敛，由(1)得 $\sum\limits_{n=0}^{\infty} a_n x_0^n$ 绝对收敛，这与假设矛盾.

阿贝尔定理表明：如果幂级数在 $x=x_0\neq 0$ 处收敛，则对开区间 $(-|x_0|,|x_0|)$ 内的任何 x，幂级数都绝对收敛；如果幂级数在 $x=x_0\neq 0$ 处发散，则对于闭区间 $[-|x_0|,|x_0|]$ 外的任何 x，幂级数都发散. 从原点出发向外扩张时，首先只遇到收敛点，然后全为发散点，这两部分的分界点可能收敛也可能发散. 这就有下面的结论：

定理 2　幂级数 $\sum\limits_{n=0}^{\infty} a_n x^n$ 的收敛性只可能有如下三种情况：

(1) 对任意 x，它都收敛；

(2) 除 $x=0$ 外，它处处发散；

(3) 存在 $R>0$，当 $|x|>R$ 时发散，当 $|x|<R$ 时收敛. 当 $x=\pm R$ 时，可能收敛，也可能发散.

定理中的 R 称为 $\sum\limits_{n=0}^{\infty} a_n x^n$ 的收敛半径，级数可能在 $(-R,R)$，$[-R,R)$，$(-R,R]$ 或 $[-R,R]$ 上收敛，此区间称为 $\sum\limits_{n=0}^{\infty} a_n x^n$ 的收敛区间. 为统一起见，我们另外规定：对定理中的情形(1)，$R=+\infty$，收敛区间为 $(-\infty,+\infty)$；对(2)，$R=0$，收敛区间缩为一点 $x=0$.

收敛半径和收敛区间是幂级数的重要特性，下面的定理给出了它们的具体求法.

定理 3　设极限 $\lim\limits_{n\to\infty}\left|\dfrac{a_{n+1}}{a_n}\right|=\rho$，**其中** a_n，a_{n+1} **为** $\sum\limits_{n=0}^{\infty} a_n x^n$ **中相邻两项** x^n，x^{n+1} **的系数，则**

(1) **若** $\rho\neq 0$，**则** $R=\dfrac{1}{\rho}$；

(2) **若** $\rho=0$，**则** $R=+\infty$；

(3) **若** $\rho=+\infty$，**则** $R=0$.

上述三种情况可统一为 $R=\dfrac{1}{\rho}=\lim\limits_{n\to\infty}\left|\dfrac{a_n}{a_{n+1}}\right|$. 求出 R 后，再用适当的方法判别出 $x=\pm R$ 时级数的敛散性，即可得出级数的收敛区间. 利用比值审敛法，定理容易得到证明，请读者自己完成.

例 1　求下列级数的收敛半径和收敛区间：

(1) $\sum\limits_{n=0}^{\infty} x^n$；　(2) $\sum\limits_{n=1}^{\infty} (-1)^n \dfrac{x^n}{n}$；　(3) $\sum\limits_{n=0}^{\infty} \dfrac{x^n}{n!}$；　(4) $\sum\limits_{n=1}^{\infty} \dfrac{(x-5)^n}{\sqrt{n}}$；

(5) $\sum\limits_{n=1}^{\infty} \dfrac{(x-1)^n}{2^n n}$；　(6) $\sum\limits_{n=0}^{\infty} \dfrac{(2n)!}{(n!)^2} x^{2n}$；　(7) $\sum\limits_{n=0}^{\infty} x^{n^2}$.

解　(1) $R=\lim\limits_{n\to\infty}\left|\dfrac{a_n}{a_{n+1}}\right|=\lim\limits_{n\to\infty}\dfrac{1}{1}=1$. 又 $x=\pm 1$ 时，$\sum\limits_{n=0}^{\infty} x^n$ 均发散，故收敛区间为 $(-1,1)$.

(2) $R=\lim\limits_{n\to\infty}\left|\dfrac{a_n}{a_{n+1}}\right|=\lim\limits_{n\to\infty}\left|\dfrac{(-1)^n/n}{(-1)^{n+1}/(n+1)}\right|=1$. 当 $x=1$ 时，交错级数 $\sum\limits_{n=1}^{\infty} (-1)^n \dfrac{1}{n}$ 中的 $\dfrac{1}{n}$ 单调减少趋于零，收敛；当 $x=-1$ 时，级数变为 $\sum\limits_{n=1}^{\infty} (-1)^n \dfrac{(-1)^n}{n}=\sum\limits_{n=1}^{\infty} \dfrac{1}{n}$，发散，故收敛区间为 $(-1,1]$.

(3) $R=\lim\limits_{n\to\infty}\left|\dfrac{a_n}{a_{n+1}}\right|=\lim\limits_{n\to\infty}\left|\dfrac{1/n!}{1/(n+1)!}\right|=+\infty$，故收敛区间为 $(-\infty,+\infty)$.

(4) 令 $x-5=t$，级数变为 $\sum\limits_{n=1}^{\infty} \dfrac{t^n}{\sqrt{n}}$，$R=\lim\limits_{n\to\infty}\left|\dfrac{a_n}{a_{n+1}}\right|=\lim\limits_{n\to\infty}\left|\dfrac{1/\sqrt{n}}{1/\sqrt{n+1}}\right|=1$. 当 $t=1$ 时，级数为 $\sum\limits_{n=1}^{\infty} \dfrac{1}{n^{\frac{1}{2}}}$，发散；当 $t=-1$ 时，级数为 $\sum\limits_{n=1}^{\infty} \dfrac{(-1)^n}{\sqrt{n}}$，收敛. 即当 $-1\leqslant t<1$ 时，也即 $-1\leqslant x-5<1$ 时收敛，故收敛区间为 $[4,6)$.

(5) 令 $(x-1)/2=t$，级数变为 $\sum\limits_{n=1}^{\infty} \dfrac{t^n}{n}$，$R=\lim\limits_{n\to\infty}\left|\dfrac{a_n}{a_{n+1}}\right|=\lim\limits_{n\to\infty}\left|\dfrac{1/n}{1/(n+1)}\right|=1$. 当 $t=1$ 时，级数为 $\sum\limits_{n=1}^{\infty} \dfrac{1}{n}$，发散；当 $t=-1$ 时，级数为 $\sum\limits_{n=1}^{\infty} \dfrac{(-1)^n}{n}$，收敛. 从而当 $-1\leqslant t<1$ 时，即 $-1\leqslant (x-1)/2<1$ 时收敛，故收敛区间为 $[-1,3)$.

(6) 级数中 x 的幂次不按自然数递增，属有缺项情形，不能用公式 $R=\lim\limits_{n\to\infty}\left|\dfrac{a_n}{a_{n+1}}\right|$ 计算，而

要用比值法确定 $\sum\limits_{n=0}^{\infty}|u_n(x)|$ 的敛散性，从而得出收敛区间与收敛半径.

因为 $\lim\limits_{n\to\infty}\left|\dfrac{u_{n+1}(x)}{u_n(x)}\right|=\lim\limits_{n\to\infty}\left|\dfrac{\dfrac{[2(n+1)]!}{[(n+1)!]^2}x^{2(n+1)}}{\dfrac{(2n)!}{(n!)^2}x^{2n}}\right|=\lim\limits_{n\to\infty}\dfrac{(2n+1)(2n+2)}{(n+1)^2}x^2=4x^2$，

故由比值法，当 $4x^2<1$ 时，即 $|x|<\dfrac{1}{2}$ 时，级数绝对收敛，而当 $4x^2>1$ 时，即 $|x|>\dfrac{1}{2}$ 时，级数发散，故收敛半径 $R=\dfrac{1}{2}$.

或者令 $x^2=t$，则级数变为 $\sum\limits_{n=0}^{\infty}\dfrac{(2n)!}{(n!)^2}t^n$，

$R=\lim\limits_{n\to\infty}\left|\dfrac{a_n}{a_{n+1}}\right|=\lim\limits_{n\to\infty}\dfrac{(2n)!\ /(n!)^2}{[2(n+1)]!\ /[(n+1)!]^2}=\lim\limits_{n\to\infty}\dfrac{(n+1)^2}{(2n+1)(2n+2)}=\dfrac{1}{4}$，

得 $|t|<\dfrac{1}{4}$，即 $|x|<\dfrac{1}{2}$，故收敛半径为 $R=\dfrac{1}{2}$.

(7) $\lim\limits_{n\to\infty}\left|\dfrac{u_{n+1}(x)}{u_n(x)}\right|=\lim\limits_{n\to\infty}\left|\dfrac{x^{(n+1)^2}}{x^{n^2}}\right|$

$$=\lim_{n\to\infty}|x|^{2n+1}=\begin{cases}0,|x|<1,\text{级数绝对收敛；}\\1,|x|=1,u_n(x)=1\text{ 或}(-1)^{n^2},\text{级数发散；}\\\infty,|x|>1,\text{级数发散.}\end{cases}$$

故 $R=1$，收敛区间为 $(-1,1)$.

三、幂级数的运算性质

首先考虑四则运算，我们有如下定理：

定理 4　设收敛级数 $\sum\limits_{n=0}^{\infty}a_nx^n$ 与 $\sum\limits_{n=0}^{\infty}b_nx^n$ 的收敛半径分别为 R_1 与 R_2，令 $R=\min\{R_1,R_2\}$，则它们在公共收敛区间 $(-R,R)$ 上.

(1) **级数 $\sum\limits_{n=0}^{\infty}a_nx^n\pm\sum\limits_{n=0}^{\infty}b_nx^n$ 收敛，并且 $\sum\limits_{n=0}^{\infty}a_nx^n\pm\sum\limits_{n=0}^{\infty}b_nx^n=\sum\limits_{n=0}^{\infty}(a_n\pm b_n)x^n$；**

(2) **它们的乘积级数收敛，并且**

$$\left(\sum_{n=0}^{\infty}a_nx^n\right)\left(\sum_{n=0}^{\infty}b_nx^n\right)=\sum_{n=0}^{\infty}c_nx^n,$$

其中 $c_n=a_0b_n+a_1b_{n-1}+\cdots+a_{n-1}b_1+a_nb_0$.

两个收敛幂级数相加减或相乘所得到的幂级数，其收敛半径 $R\geqslant\min\{R_1,R_2\}$. 如级数 $\sum\limits_{n=0}^{\infty}(1+2^n)x^n$ 与 $\sum\limits_{n=0}^{\infty}(1-2^n)x^n$ 的收敛半径分别为 $R_1=\dfrac{1}{2}$，$R_2=\dfrac{1}{2}$，而将它们相加得级数

$$\sum_{n=0}^{\infty}[(1+2^n)+(1-2^n)]x^n=2\sum_{n=0}^{\infty}x^n,$$

其收敛半径 $R=1$，故 $R>\min\{R_1,R_2\}$. 两个收敛幂级数也可作除法运算，但相除所得幂级数可能比原来两个级数的收敛区间小得多.

关于幂级数的分析运算性质有如下结论.

定理 5 设幂级数 $\sum\limits_{n=0}^{\infty} a_n x^n$ 的收敛区间为 $(-R,R)$，和函数为 $s(x)$，则 $s(x)$ 在 $(-R,R)$ 内可任意次求导或积分，并有

逐项求导公式：$s'(x)=\left(\sum\limits_{n=0}^{\infty} a_n x^n\right)'=\sum\limits_{n=0}^{\infty}(a_n x^n)'=\sum\limits_{n=1}^{\infty} a_n n x^{n-1},\cdots$

逐项积分公式：$\int_0^x s(x)\mathrm{d}x=\int_0^x\left(\sum\limits_{n=0}^{\infty} a_n x^n\right)\mathrm{d}x=\sum\limits_{n=0}^{\infty}\int_0^x a_n x^n\mathrm{d}x=\sum\limits_{n=0}^{\infty}\dfrac{a_n}{n+1}x^{n+1}$，

且逐项求导或逐项积分后所得的幂级数与原级数有相同的收敛半径，但收敛区间不一定相同，可能扩大（积分时）或缩小（求导时）.

逐项求导时要注意级数下标的变化. 由等比级数的求和公式，容易得到下面几个常用的结果.

$\sum\limits_{n=0}^{\infty} x^n=\dfrac{1}{1-x}$，$\sum\limits_{n=1}^{\infty} x^n=\dfrac{x}{1-x}$，$\sum\limits_{n=0}^{\infty}(-1)^n x^n=\dfrac{1}{1+x}$，$\cdots(-1<x<1)$，可形象化记为“$\dfrac{\text{首项}}{1-\text{公比}}$”.

例 2 求下列级数的和函数：

(1) $\sum\limits_{n=1}^{\infty} n x^{n-1}$，并求 $\sum\limits_{n=1}^{\infty}\dfrac{n}{2^n}$；

(2) $\sum\limits_{n=1}^{\infty} n(n+1)x^n$；

(3) $\sum\limits_{n=1}^{\infty} n^2 x^{n-1}$；

(4) $\sum\limits_{n=1}^{\infty}(-1)^{n-1}\dfrac{x^{2n-1}}{2n-1}$.

解 (1) $$\sum_{n=1}^{\infty} n x^{n-1}=\sum_{n=1}^{\infty}(x^n)'=\left(\sum_{n=1}^{\infty} x^n\right)'=\left(\frac{x}{1-x}\right)'=\left(-1+\frac{1}{1-x}\right)'$$
$$=\frac{1}{(1-x)^2},-1<x<1,$$

令 $x=\dfrac{1}{2}$，则 $\sum\limits_{n=1}^{\infty}\dfrac{n}{2^{n-1}}=4$，故 $\sum\limits_{n=1}^{\infty}\dfrac{n}{2^n}=2$.

(2) $$\sum_{n=1}^{\infty} n(n+1)x^n=x\sum_{n=1}^{\infty} n(n+1)x^{n-1}=x\sum_{n=1}^{\infty}(x^{n+1})''$$
$$=x\left(\sum_{n=1}^{\infty} x^{n+1}\right)''=x\left(\frac{x^2}{1-x}\right)''=x\left(-1-x+\frac{1}{1-x}\right)''$$
$$=\frac{2x}{(1-x)^3},-1<x<1.$$

(3) $$\sum_{n=1}^{\infty} n^2 x^{n-1}=\sum_{n=1}^{\infty}[n(n+1)-n]x^{n-1}=\sum_{n=1}^{\infty}(x^{n+1})''-\sum_{n=1}^{\infty}(x^n)'$$
$$=\left(\frac{x^2}{1-x}\right)''-\left(\frac{x}{1-x}\right)'=\left(-1-x+\frac{1}{1-x}\right)''-\left(-1+\frac{1}{1-x}\right)'$$
$$=\frac{2}{(1-x)^3}-\frac{1}{(1-x)^2}=\frac{1+x}{(1-x)^3},-1<x<1.$$

(4) 令 $s(x)=\sum\limits_{n=1}^{\infty}(-1)^{n-1}\dfrac{x^{2n-1}}{2n-1}$，则 $s'(x)=\sum\limits_{n=1}^{\infty}(-1)^{n-1}x^{2n-2}=\dfrac{1}{1+x^2}$，

从而 $\int_0^x s'(x)\mathrm{d}x=\int_0^x\dfrac{1}{1+x^2}\mathrm{d}x$，$s(x)-s(0)=\arctan x\Big|_0^x$，故 $s(x)=\arctan x$.

第三节　函数展开成幂级数

前面讨论了幂级数的收敛域及其和函数的性质，但在许多应用中，我们遇到的往往是相反的问题，即对给定的函数，要考虑它能否在某个区间展开成幂级数的形式，在此区间收敛且其和函数恰好就是给定的函数. 本节将讨论这个问题.

在导数的应用部分，我们学习了泰勒公式，即：若 $f(x)$ 在 x_0 的某邻域内有 $n+1$ 阶导数，则

$$f(x)=f(x_0)+f'(x_0)(x-x_0)+\frac{f''(x_0)}{2!}(x-x_0)^2+\cdots+\frac{f^{(n)}(x_0)}{n!}(x-x_0)^n+R_n(x)$$
$$=\sum_{k=0}^{n}\frac{f^{(k)}(x_0)}{k!}(x-x_0)^k+R_n(x)$$

称为 $f(x)$ 在 x_0 处的泰勒公式，其中 $R_n(x)=\dfrac{f^{(n+1)}[x_0+\theta(x-x_0)]}{(n+1)!}(x-x_0)^{n+1}$.

也就是说，当函数 $f(x)$ 满足在 x_0 的某邻域内有 $n+1$ 阶导数，它可以展开成有穷幂级数 $\sum\limits_{k=0}^{n}a_k(x-x_0)^k$ 的形式，且其各项系数由 $f(x)$ 在 x_0 点的各阶导数 $\dfrac{f^{(k)}(x_0)}{k!}$ 确定.

现在，我们要问：任给一个函数 $f(x)$，能否展开成无穷幂级数的形式？如果 $f(x)$ 能展开成 $x-x_0$ 的幂级数，那么 a_n 如何确定？幂级数 $\sum\limits_{n=0}^{\infty}a_k(x-x_0)^n$ 的收敛条件又是什么呢？

由泰勒公式，自然地，我们会考虑 $f(x)$ 存在任意阶导数的情形，按照泰勒公式的推导方法，它可形式上表示为相同形式的幂级数，即 $f(x)\sim\sum\limits_{n=0}^{\infty}\dfrac{f^{(n)}(x_0)}{n!}(x-x_0)^n$，我们称之为泰勒级数. 对于最后一个问题，我们用下面的定理来回答.

定理　若 $f(x)$ 在 x_0 的某邻域内有任意阶导数，则 $f(x)$ 展开成泰勒级数

$$\sum_{n=0}^{\infty}\frac{f^{(n)}(x_0)}{n!}(x-x_0)^n=f(x_0)+f'(x_0)(x-x_0)+\frac{f''(x_0)}{2!}(x-x_0)^2+\cdots+\frac{f^{(n)}(x_0)}{n!}(x-x_0)^n+\cdots$$

的充要条件是余项 $R_n(x)\to0$.

若 $x_0=0$，泰勒级数变为 $\sum\limits_{n=0}^{\infty}\dfrac{f^{(n)}(0)}{n!}x^n$，称为麦克劳林(Maclaurin)级数.

根据函数展成幂级数的充要条件，可按下列步骤将 $f(x)$ 展开成幂级数，这种方法称为直接展开法.

第一步，计算出 $f^{(n)}(x)$ 及 $f^{(n)}(x_0)(n=0,1,2,\cdots)$；

第二步，作出级数 $\sum\limits_{n=0}^{\infty}\dfrac{f^{(n)}(x_0)}{n!}(x-x_0)^n$，并求出收敛区间；

第三步，讨论 $\lim\limits_{n\to\infty}R_n(x)$ 是否为零，如为零，则 $f(x)=\sum\limits_{n=0}^{\infty}\dfrac{f^{(n)}(x_0)}{n!}(x-x_0)^n$，否则 $f(x)$ 不能展成幂级数.

例 1　将下列函数展开为 x 的幂级数：

(1) $f(x)=e^x$；　　(2) $f(x)=\sin x$；

(3) $f(x)=(1+x)^\alpha$ （α 为任意实数）.

解 (1) $f^{(n)}(x)=e^x$, $f^{(n)}(0)=1$, $a_n=\dfrac{f^{(n)}(0)}{n!}=\dfrac{1}{n!}$，因此级数为 $\sum\limits_{n=0}^{\infty}\dfrac{x^n}{n!}$，收敛区间为 $(-\infty,+\infty)$，又 $\lim\limits_{n\to\infty}R_n(x)=\lim\limits_{n\to\infty}\dfrac{e^{\theta x}}{(n+1)!}x^{n+1}=e^{\theta x}\lim\limits_{n\to\infty}\dfrac{x^{n+1}}{(n+1)!}=0$ （收敛的级数通项趋于 0），

故
$$e^x=1+x+\frac{x^2}{2!}+\cdots+\frac{x^n}{n!}+\cdots=\sum_{n=0}^{\infty}\frac{x^n}{n!},x\in(-\infty,+\infty).\tag{6-3-1}$$

(2) $f^{(n)}(x)=\sin\left(x+n\cdot\dfrac{\pi}{2}\right)$, $f^{(n)}(0)=\sin\dfrac{n\pi}{2}$，所以级数为

$$x-\frac{x^3}{3!}+\frac{x^5}{5!}-\cdots+(-1)^n\frac{x^{2n+1}}{(2n+1)!}+\cdots,\quad x\in(-\infty,+\infty),$$

而 $0<|R_n(x)|=\left|\dfrac{\sin\left[\theta x+(n+1)\dfrac{\pi}{2}\right]}{(n+1)!}x^{n+1}\right|\leqslant\dfrac{|x|^{n+1}}{(n+1)!}\to0$，从而 $R_n(x)\to0$，

故
$$\sin x=x-\frac{x^3}{3!}+\frac{x^5}{5!}-\cdots+(-1)^n\frac{x^{2n+1}}{(2n+1)!}+\cdots=\sum_{n=0}^{\infty}(-1)^n\frac{x^{2n+1}}{(2n+1)!},x\in(-\infty,+\infty).\tag{6-3-2}$$

(3) $f^{(n)}(x)=\alpha(\alpha-1)\cdots(\alpha-n+1)(1+x)^{\alpha-n}$, $f^{(n)}(0)=\alpha(\alpha-1)\cdots(\alpha-n+1)$，

级数为 $1+\alpha x+\dfrac{\alpha(\alpha-1)}{2!}x^2+\cdots+\dfrac{\alpha(\alpha-1)\cdots(\alpha-n+1)}{n!}x^n+\cdots$，可证 $R_n(x)\to0$，

故
$$(1+x)^\alpha=1+\alpha x+\frac{\alpha(\alpha-1)}{2!}x^2+\cdots+\frac{\alpha(\alpha-1)\cdots(\alpha-n+1)}{n!}x^n+\cdots,x\in(-1,1).\tag{6-3-3}$$

注意 (6-3-3)式在端点 $x=\pm1$ 处是否成立与 α 的取值有关.

直接展开法计算量较大，还要考虑余项是否趋于零. 当函数较复杂时，用直接展开法往往比较困难. 根据幂级数的唯一性，从一些已知的函数展开式出发，利用收敛的级数的各种运算性质、变量代换、分析运算性质等方法，求得所给函数的泰勒级数，这种方法称作间接展开法. 间接展开法较为方便快捷，是求函数的泰勒级数的常用方法，但前提是必须熟悉一些常见函数的展开式.

例 2 将下列函数展开为 x 的幂级数：

(1) $f(x)=\cos x$；　　(2) $f(x)=\ln(1+x)$；

(3) $f(x)=\sin^2 x$；　　(4) $f(x)=\arcsin x$.

解 (1)
$$\cos x=(\sin x)'=\left(\sum_{n=0}^{\infty}(-1)^n\frac{x^{2n+1}}{(2n+1)!}\right)'=\sum_{n=0}^{\infty}(-1)^n\frac{x^{2n}}{(2n)!}$$
$$=1-\frac{x^2}{2!}+\frac{x^4}{4!}-\cdots+(-1)^n\frac{x^{2n}}{(2n)!}+\cdots,x\in(-\infty,+\infty).\tag{6-3-4}$$

(2) 因为 $f'(x)=\dfrac{1}{1+x}=\sum\limits_{n=0}^{\infty}(-1)^nx^n$, $\int_0^x f'(x)dx=\int_0^x\left[\sum\limits_{n=0}^{\infty}(-1)^nx^n\right]dx$，

从而 $f(x)-f(0)=\sum\limits_{n=0}^{\infty}(-1)^n\int_0^x x^n dx=\sum\limits_{n=0}^{\infty}(-1)^n\dfrac{x^{n+1}}{n+1}$，

故
$$\ln(1+x)=x-\frac{x^2}{2}+\frac{x^3}{3}-\cdots+(-1)^n\frac{x^{n+1}}{n+1}+\cdots=\sum_{n=0}^{\infty}(-1)^n\frac{x^{n+1}}{n+1},x\in(-1,1].\tag{6-3-5}$$

注意 要熟记展开式(6-3-1)～(6-3-5)及两个特例：

$$\frac{1}{1-x}=\sum_{n=0}^{\infty}x^n,\tag{6-3-6}$$

$$\frac{1}{1+x}=\sum_{n=0}^{\infty}(-1)^n x^n,\tag{6-3-7}$$

在实际中大多根据上述七个常用展式，采用间接展开法将函数展成幂级数.

(3) 因为 $f'(x)=2\sin x\cos x=\sin 2x=\sum\limits_{n=0}^{\infty}(-1)^n\dfrac{(2x)^{2n+1}}{(2n+1)!}$，

所以 $f(x)=\sum\limits_{n=0}^{\infty}(-1)^n\dfrac{2^{2n+1}x^{2n+2}}{(2n+2)(2n+1)!}=\sum\limits_{n=0}^{\infty}(-1)^n\dfrac{2^{2n+1}x^{2n+2}}{(2n+2)!}$.

或 $f(x)=\sin^2 x=\dfrac{1-\cos 2x}{2}$，代入 $\cos 2x$ 的展开式即可.

(4) $f'(x)=\dfrac{1}{\sqrt{1-x^2}}=[1+(-x^2)]^{\frac{1}{2}}=\sum\limits_{n=0}^{\infty}\dfrac{\left(-\frac{1}{2}\right)\left(-\frac{1}{2}-1\right)\cdots\left(-\frac{1}{2}-n+1\right)}{n!}$.

$(-x^2)^n=\sum\limits_{n=0}^{\infty}\dfrac{1\cdot 3\cdot\cdots\cdot(2n-1)}{2^n n!}x^{2n}$,

$\int_0^x f'(x)\mathrm{d}x=\int_0^x\left[\sum\limits_{n=0}^{\infty}\dfrac{1\cdot 3\cdot 5\cdot\cdots\cdot(2n-1)}{2^n n!}x^{2n}\right]\mathrm{d}x=\sum\limits_{n=0}^{\infty}\dfrac{1\cdot 3\cdot 5\cdot\cdots\cdot(2n-1)}{2^n n!\ (2n+1)}x^{2n+1}$,

故

$$f(x)=\sum_{n=0}^{\infty}\frac{1\cdot 3\cdot 5\cdot\cdots\cdot(2n-1)}{2^n n!\ (2n+1)}x^{2n+1}.$$

例 3　将 $\lg x$ 展开成 $x-2$ 的幂级数.

解　$\lg x=\lg[2+(x-2)]=\lg 2+\lg\left(1+\dfrac{x-2}{2}\right)=\lg 2+\dfrac{1}{\ln 10}\ln\left(1+\dfrac{x-2}{2}\right)$

$$=\lg 2+\frac{1}{\ln 10}\sum_{n=0}^{\infty}(-1)^n\frac{\left(\frac{x-2}{2}\right)^{n+1}}{n+1}=\lg 2+\frac{1}{\ln 10}\sum_{n=0}^{\infty}(-1)^n\frac{(x-2)^{n+1}}{(n+1)2^{n+1}},0<x\leqslant 4.$$

例 4　将 $\dfrac{1}{x^2+4x+3}$ 在 $x=1$ 处展成幂级数.

解　$\dfrac{1}{x^2+4x+3}=\dfrac{1}{(x+1)(x+3)}=\dfrac{1}{2}\left(\dfrac{1}{x+1}-\dfrac{1}{x+3}\right)=\dfrac{1}{2}\left(\dfrac{1}{2+x-1}-\dfrac{1}{4+x-1}\right)=\dfrac{1}{4}\cdot$

$\dfrac{1}{1+\frac{x-1}{2}}-\dfrac{1}{8}\cdot\dfrac{1}{1+\frac{x-1}{4}}=\dfrac{1}{4}\sum\limits_{n=0}^{\infty}(-1)^n\left(\dfrac{x-1}{2}\right)^n-\dfrac{1}{8}\sum\limits_{n=0}^{\infty}(-1)^n\left(\dfrac{x-1}{4}\right)^n$

$$=\sum_{n=0}^{\infty}(-1)^n\left(\frac{1}{2^{n+2}}-\frac{1}{2^{2n+3}}\right)(x-1)^n,-1<x<3.$$

前面介绍的级数都是在实数范围内讨论的，实际上它们都可以推广到复数集中. 对复数项级数 $\sum\limits_{n=0}^{\infty}(u_n+\mathrm{i}v_n)$，当它的实部和虚部构成的级数 $\sum\limits_{n=0}^{\infty}u_n$，$\sum\limits_{n=0}^{\infty}v_n$ 分别收敛于 u 和 v 时，称级数 $\sum\limits_{n=0}^{\infty}(u_n+\mathrm{i}v_n)$ 收敛于 $u+\mathrm{i}v_n$；如果它的各项的模所构成的级数 $\sum\limits_{n=0}^{\infty}\sqrt{u_n^2+v_n^2}$ 收敛，则称 $\sum\limits_{n=0}^{\infty}(u_n+\mathrm{i}v_n)$ 绝对收敛.

考察复数项级数：$1+z+\dfrac{z^2}{2!}+\cdots+\dfrac{z^n}{n!}+\cdots(z=x+\mathrm{i}y)$，可以证明它在整个复平面上是绝

对收敛的. 在 x 轴($z=x$)上它表示实指数函数 e^x，在复平面上我们用它来定义复指数函数，记为 e^z. 即

$$e^z=\sum_{n=0}^{\infty}\frac{z^n}{n!}\quad(|z|<+\infty).$$

令 $z=ix$，则

$$e^{ix}=1+ix+\frac{(ix)^2}{2!}+\cdots+\frac{(ix)^n}{n!}+\cdots=1+ix-\frac{x^2}{2!}-i\frac{x^3}{3!}+\frac{x^4}{4!}+i\frac{x^5}{5!}-\cdots$$

$$=\left(1-\frac{x^2}{2!}+\frac{x^4}{4!}-\cdots\right)+i\left(x-\frac{x^3}{3!}+\frac{x^5}{5!}-\cdots\right)=\cos x+i\sin x.$$

即 $e^{ix}=\cos x+i\sin x$. 这个公式称为欧拉(Euler)公式.

显然，$e^{-ix}=\cos x-i\sin x$，据此可得出下列常用结果：

$$\cos x=\frac{e^{ix}+e^{-ix}}{2},\sin x=\frac{e^{ix}-e^{-ix}}{2i},e^{x+iy}=e^x(\cos y+i\sin y).$$

根据 $e^z=\sum\limits_{n=0}^{\infty}\frac{z^n}{n!}$，并利用级数乘法，不难验证 $e^{z_1+z_2}=e^{z_1}\cdot e^{z_2}$. 特别地，令 $z_1=x,z_2=iy$，则有

$$e^{x+iy}=e^x(\cos y+i\sin y).$$

就是说复变量指数函数 e^z 在 $z=x+iy$ 处的值是模为 e^x、辐角为 y 的复数.

习 题 六

1. 确定级数是否收敛，若收敛求其和：

(1) $\sum\limits_{n=1}^{\infty}\frac{n^2}{n+1}$； (2) $\sum\limits_{n=1}^{\infty}n\sin\frac{1}{n}$； (3) $\sum\limits_{n=0}^{\infty}(-1)^n$；

(4) $\sum\limits_{n=3}^{\infty}\frac{1}{n(n-1)}$； (5) $\sum\limits_{n=1}^{\infty}1/n(n+1)(n+2)$； (6) $\sum\limits_{n=0}^{\infty}\frac{2^n+5^n}{10^n}$.

2. 证明下列级数在各自的情况下收敛，而且有所指出的和：

(1) $\sum\limits_{n=1}^{\infty}1/(2n-1)(2n+1)=\frac{1}{2}$； (2) $\sum\limits_{n=1}^{\infty}\frac{2}{3^{n-1}}=3$； (3) $\sum\limits_{n=2}^{\infty}\frac{1}{n^2-1}=\frac{3}{4}$；

(4) $\sum\limits_{n=1}^{\infty}\frac{2^n+3^n}{6^n}=\frac{3}{2}$； (5) $\sum\limits_{n=1}^{\infty}\frac{\sqrt{n+1}-\sqrt{n}}{\sqrt{n^2+n}}=1$； (6) $\sum\limits_{n=1}^{\infty}\frac{n}{(n+1)(n+2)(n+3)}=\frac{1}{4}$；

(7) $\sum\limits_{n=1}^{\infty}\frac{2n+1}{n^2(n+1)^2}=1$； (8) $\sum\limits_{n=1}^{\infty}\frac{2^n+n^2+n}{2^{n+1}n(n+1)}=1$； (9) $\sum\limits_{n=1}^{\infty}\frac{(-1)^{n-1}(2n+1)}{n(n+1)}=1$.

3. 应用比较判别法、极限判别法与积分判别法，确定下列级数的敛散性：

(1) $\sum\limits_{n=1}^{\infty}\frac{1}{\sqrt{1+n^2}}$； (2) $\sum\limits_{n=1}^{\infty}\frac{1}{n+\sqrt{n}}$； (3) $\sum\limits_{n=2}^{\infty}\frac{1}{n\sqrt{\ln n}}$；

(4) $\sum\limits_{n=1}^{\infty}\frac{\ln n}{n^2}$； (5) $\sum\limits_{n=2}^{\infty}\frac{1}{n\sqrt{n^2-1}}$； (6) $\sum\limits_{n=2}^{\infty}\frac{1}{n(\ln n)^2}$；

(7) $\sum\limits_{n=3}^{\infty}\frac{3+\cos n}{n^2-4}$.

4. 确定出使级数 $\sum\limits_{n=2}^{\infty}1/(n(\ln n)^p)$ 收敛的那些 p 值.

5. 判别下列级数的收敛性或发散性：

(1) $\sum\limits_{n=1}^{\infty}n/(4n-3)(4n-1)$； (2) $\sum\limits_{n=1}^{\infty}\sqrt{2n-1}\ln(4n+1)/n(n+1)$；

(3) $\sum\limits_{n=1}^{\infty}(n+1)/2^n$；　(4) $\sum\limits_{n=1}^{\infty}n^2/2^n$；

(5) $\sum\limits_{n=1}^{\infty}|\sin x|/n^2$；　(6) $\sum\limits_{n=1}^{\infty}n!/(n+2)!$；

(7) $\sum\limits_{n=1}^{\infty}(2+(-1)^n)/2^n$；　(8) $\sum\limits_{n=2}^{\infty}\ln n/n\sqrt{n+1}$；

(9) $\sum\limits_{n=3}^{\infty}1/(n\ln n)(\ln\ln n)^s$；　(10) $\sum\limits_{n=1}^{\infty}(1+\sqrt{n})/((n+1)^3-1)$；

(11) $\sum\limits_{n=1}^{\infty}ne^{-n^2}$；　(12) $\sum\limits_{n=1}^{\infty}\frac{|a_n|}{10^n}$，$|a_n|<10$.

6. 确定下列级数的敛散性：

(1) $\sum\limits_{n-1}^{\infty}\left(\frac{n}{2n+5}\right)$；　(2) $\sum\limits_{n=1}^{\infty}\frac{(2n)!}{(n!)^2}$；　(3) $\sum\limits_{n=1}^{\infty}\frac{\ln n}{e^n}$；

(4) $\sum\limits_{n=2}^{\infty}\frac{1}{(\ln n)^n}$；　(5) $\sum\limits_{n=1}^{\infty}\frac{1\cdot3\cdot5\cdot\cdots\cdot(2n+1)}{2\cdot5\cdot8\cdot\cdots\cdot(3n+2)}$；　(6) $\sum\limits_{n=1}^{\infty}\frac{(2n)!}{n!(2n)^n}$；

(7) $\sum\limits_{n=2}^{\infty}\left(\frac{n!}{n^n}\right)^n$；　(8) $\sum\limits_{n=1}^{\infty}\left(\sum\limits_{k=1}^{\infty}\frac{1}{k}\right)^n$；　(9) $\sum\limits_{n=1}^{\infty}\frac{\sin\frac{1}{n!}}{\cos\frac{1}{n!}}$；

(10) $\sum\limits_{n=1}^{\infty}a_n$，这里 $a_n=\begin{cases}0, & n\text{ 为偶数},\\ \left(\frac{n}{2n+1}\right)^n, & n\text{ 为奇数}.\end{cases}$

7. 设 $a_{2n}=\frac{1}{n^2}$ 与 $a_{2n+1}=\frac{1}{(2n+1)^2}$. 证明 $\lim\limits_{n\to\infty}\frac{a_{n+1}}{a_n}$ 不存在，但是 $\sum\limits_{n=1}^{\infty}a_n$ 收敛.

8. 判别下列级数的收敛性或发散性：

(1) $\sum\limits_{n=1}^{\infty}\frac{(n!)^2}{(2n)!}$；　(2) $\sum\limits_{n=1}^{\infty}\frac{(n!)^2}{2^{n^2}}$；　(3) $\sum\limits_{n=1}^{\infty}\frac{2^n n!}{n^n}$；

(4) $\sum\limits_{n=1}^{\infty}\frac{3^n n!}{n^n}$；　(5) $\sum\limits_{n=1}^{\infty}\frac{n!}{3^n}$；　(6) $\sum\limits_{n=1}^{\infty}\frac{n}{2^{2^n}}$；

(7) $\sum\limits_{n=1}^{\infty}1/(\ln n)^{\frac{1}{n}}$；　(8) $\sum\limits_{n=1}^{\infty}\left(n^{\frac{1}{n}}-1\right)^n$；　(9) $\sum\limits_{n=1}^{\infty}e^{-n^2}$；

(10) $\sum\limits_{n=1}^{\infty}\left(\frac{1}{n}-e^{-2n}\right)$；　(11) $\sum\limits_{n=1}^{\infty}\frac{(1000)^n}{n!}$；　(12) $\sum\limits_{n=1}^{\infty}\frac{n^{n+1/n}}{(n+1/n)^n}$；

(13) $\sum\limits_{n=1}^{\infty}n^3[\sqrt{2}+(-1)^n]^n/3^n$；　(14) $\sum\limits_{n=1}^{\infty}r^n|\sin nx|$，$r>0$.

9. 判别下列交错级数的敛散性：

(1) $\sum\limits_{n=1}^{\infty}(-1)^n\frac{2n+1}{5n+1}$；　(2) $\sum\limits_{n=1}^{\infty}(-1)^n\frac{n+2}{n^2+3n+5}$；

(3) $\sum\limits_{n=1}^{\infty}(-1)^n\frac{(\ln n)^p}{n}$，这里 p 是任一正整数；　(4) $\sum\limits_{n=1}^{\infty}(-1)^{n+1}\frac{n^2}{2n+1}$.

10. 求下列所给级数和的近似值，使误差小于 0.01：

(1) $\sum\limits_{n=1}^{\infty}(-1)^{n+1}\frac{1}{1+n+6n^2}$；　(2) $\sum\limits_{n=1}^{\infty}(-1)^n\frac{8}{10^n+1}$.

11. 判断哪些级数发散，哪些级数条件收敛，哪些级数绝对收敛：

(1) $\sum\limits_{n=1}^{\infty}(-1)^n\frac{n^n}{n!}$；　(2) $\sum\limits_{n=2}^{\infty}(-1)^n\frac{1}{n(\ln n)}$；　(3) $\sum\limits_{n=1}^{\infty}\frac{\sin n}{n^2+1}$.

12. 使用级数的收敛性，验证给出的极限：

(1) $\lim\limits_{n\to\infty}\frac{(n+1)^2}{n!}=0$；　(2) $\lim\limits_{n\to\infty}\frac{n!\ x^n}{n^n}=0$，$|x|<e$；　(3) $\lim\limits_{n\to\infty}\frac{x^{2n}}{n!}=0$，$\forall x$.

13. 证明级数 $\sum\limits_{n=1}^{\infty}\frac{n!}{n^n}x^n$ 对于 $0\leqslant x<\mathrm{e}$ 收敛.

14. 如果 $\sum\limits_{n=1}^{\infty}a_n$ 绝对收敛,则 $\sum\limits_{n=1}^{\infty}(a_n+a_{n+1})$ 必定绝对收敛吗?

15. 判断下列级数的敛散性,在收敛的情况下,确定级数是绝对收敛还是条件收敛.

(1) $\sum\limits_{n=1}^{\infty}\frac{(-1)^{n+1}}{\sqrt{n}}$;

(2) $\sum\limits_{n=1}^{\infty}(-1)^n\frac{\sqrt{n}}{n+100}$;

(3) $\sum\limits_{n=1}^{\infty}\frac{(-1)^{n-1}}{n^s}$;

(4) $\sum\limits_{n=1}^{\infty}(-1)^n\left(\frac{1\cdot 3\cdot 5\cdot\cdots\cdot(2n-1)}{2\cdot 4\cdot 6\cdot\cdots\cdot(2n)}\right)^3$;

(5) $\sum\limits_{n=1}^{\infty}\frac{(-1)^{n(n-1)/2}}{2^n}$;

(6) $\sum\limits_{n=1}^{\infty}(-1)^n\left(\frac{2n+100}{3n+1}\right)^n$;

(7) $\sum\limits_{n=2}^{\infty}\frac{(-1)^n}{\sqrt{n}+(-1)^n}$;

(8) $\sum\limits_{n=1}^{\infty}\frac{(-1)^n}{\sqrt[n]{n}}$;

(9) $\sum\limits_{n=1}^{\infty}\frac{(-1)^n}{\ln(\mathrm{e}^n+\mathrm{e}^{-n})}$;

(10) $\sum\limits_{n=1}^{\infty}(-1)^n\frac{n^2}{1+n^2}$;

(11) $\sum\limits_{n=1}^{\infty}\frac{(-1)^n}{n[\ln(n+1)]^2}$;

(12) $\sum\limits_{n=1}^{\infty}\frac{(-1)^n}{\ln\left(1+\frac{1}{n}\right)}$;

(13) $\sum\limits_{n=1}^{\infty}\sin(\ln n)$;

(14) $\sum\limits_{n=1}^{\infty}\ln\left(n\sin\frac{1}{n}\right)$;

(15) $\sum\limits_{n=1}^{\infty}(-1)^n\left(1-n\sin\frac{1}{n}\right)$;

(16) $\sum\limits_{n=1}^{\infty}(-1)^n\left(1-\cos\frac{1}{n}\right)$;

(17) $\sum\limits_{n=1}^{\infty}(-1)^n\arctan\frac{1}{2n+1}$;

(18) $\sum\limits_{n=1}^{\infty}\ln\left(1+\frac{1}{|\sin n|}\right)$;

(19) $\sum\limits_{n=1}^{\infty}(-1)^n\left[\frac{\pi}{2}-\arctan(\ln n)\right]$;

(20) $\sum\limits_{n=1}^{\infty}1/n\left(1+\frac{1}{2}+\frac{1}{3}+\cdots+\frac{1}{n}\right)$;

(21) $\sum\limits_{n=2}^{\infty}\sin\left(n\pi+\frac{1}{\ln n}\right)$;

(22) $\sum\limits_{n=2}^{\infty}(-1)^n\left[\mathrm{e}-\left(1+\frac{1}{n}\right)^n\right]$;

(23) $\sum\limits_{n=2}^{\infty}\frac{(-1)^n}{[n+(-1)^n]^3}$;

(24) $\sum\limits_{n=1}^{\infty}(-1)^{\frac{n(n-1)}{2}}\frac{n^{100}}{2^n}$;

(25) $\sum\limits_{n=1}^{\infty}\left(\sin\frac{1}{n}\right)^{3/2}$;

(26) $\sum\limits_{n=1}^{\infty}\left(1-n\sin\frac{1}{n}\right)$;

(27) $\sum\limits_{n=1}^{\infty}\frac{\sin\frac{1}{n}}{n}$;

(28) $\sum\limits_{n=1}^{\infty}\frac{1}{n}\left(1-n\sin\frac{1}{n}\right)$.

16. 求所给级数的收敛区间:

(1) $\sum\limits_{n=0}^{\infty}2^nx^n$;

(2) $\sum\limits_{n=0}^{\infty}\frac{(-1)^n}{n^2+1}x^{2n}$;

(3) $\sum\limits_{n=1}^{\infty}\frac{(-1)^n}{n^n}x^n$;

(4) $\sum\limits_{n=0}^{\infty}\frac{n!}{(2n)!}x^n$;

(5) $\sum\limits_{n=2}^{\infty}\frac{\ln n}{n^2}x^n$;

(6) $\sum\limits_{n=1}^{\infty}x^n$.

17. 求所给级数的收敛半径:

(1) $\sum\limits_{n=1}^{\infty}\frac{n^n}{n!}x^n$;

(2) $\sum\limits_{n=1}^{\infty}\frac{1^2\cdot 3^2\cdot 5^2\cdot\cdots\cdot(2n-1)^2}{2^2\cdot 4^2\cdot 6^2\cdot\cdots\cdot(2n)^2}x^{2n}$;

(3) $\sum\limits_{n=1}^{\infty}\frac{1\cdot 3\cdot 5\cdot\cdots\cdot(2n-1)}{2^n[1\cdot 4\cdot 7\cdot\cdots\cdot(3n-2)]}x^n$;

(4) $\sum\limits_{n=1}^{\infty}(n+1)x^n$;

(5) $\sum\limits_{n=0}^{\infty}\frac{1}{n^2+1}x^{n+1}$.

18. 求下列幂级数的收敛区间与收敛域:

(1) $x+2x^2+3x^3+\cdots$；　(2) $1+x+\frac{x^2}{2}+\frac{x^3}{3}+\cdots$；

(3) $\frac{x}{1\cdot 3}+\frac{x^2}{2\cdot 3^2}+\frac{x^3}{3\cdot 3^3}+\frac{x^4}{4\cdot 3^4}+\cdots$；　(4) $\sum\limits_{n=1}^{\infty}\frac{(-1)^{n-1}x^{2n-1}}{(2n-1)!}$；

(5) $\sum\limits_{n=1}^{\infty}\frac{(x-1)^n}{n2^n}$；　(6) $\sum\limits_{n=1}^{\infty}\frac{(x-5)^n}{\sqrt{n}}$；

(7) $\sum\limits_{n=1}^{\infty}\frac{(-1)^{n-1}x^{2n-1}}{2n-1}$；　(8) $\sum\limits_{n=1}^{\infty}\frac{n^{2n}}{(2n)!}x^n$.

19. 利用幂级数的分析性质，求下列幂级数在收敛区间内的和函数：

(1) $\sum\limits_{n=1}^{\infty}n(n+1)x^{n-1}$；　(2) $\sum\limits_{n=1}^{\infty}(-1)^{n+1}\frac{x^{n+1}}{n(n+1)}$；

(3) $\sum\limits_{n=1}^{\infty}\frac{x^{n-1}}{n2^n}$；　(4) $\sum\limits_{n=1}^{\infty}n2^nx^{2n-1}$.

20. 求幂级数 $x+\frac{x^3}{3}+\frac{x^5}{5}+\cdots$的收敛域与和函数，并由此计算级数 $\sum\limits_{n=1}^{\infty}\frac{1}{(2n-1)2^n}$之和.

21. 利用幂级数求下列常数项级数的和：

(1) $\sum\limits_{n=1}^{\infty}\frac{1}{(2n-1)2^{n-1}}$；　(2) $\sum\limits_{n=3}^{\infty}\frac{1}{(n-2)n2^n}$；

(3) $\sum\limits_{n=0}^{\infty}(-1)^n(n^2-n+1)\frac{1}{2^n}$；　(4) $\sum\limits_{n=1}^{\infty}\frac{n(n+1)}{2^{n+1}}$.

22. 求幂级数 $1+\sum\limits_{n=1}^{\infty}(-1)^n\frac{x^{2n}}{2n}(|x|<1)$的和函数 $f(x)$及其极值.

23. 设 $f(x)=\sum\limits_{n=1}^{\infty}n3^{n-1}x^{n-1}$：

(1) 证明 $f(x)$在$\left(-\frac{1}{3},\frac{1}{3}\right)$内连续；

(2) 计算$\int_0^{\frac{1}{8}}f(x)\mathrm{d}x$.

24. 采用直接展开法将函数 $f(x)=e^{\frac{x}{2}}$展开成麦克劳林级数.

25. 采用间接展开法将下列函数展开成 x 的幂级数：

(1) $\ln(a+x)\quad(a>0)$；　(2) $\sin\frac{x}{2}$；

(3) a^x；　(4) $\cos 2x$；

(5) $\frac{1}{\sqrt{1-x^2}}$；　(6) $(1+x)\ln(1+x)$；

(7) $\arctan\frac{1+x}{1-x}$；　(8) $\frac{3}{(1-x)(1+2x)}$.

26. 将下列函数展开为泰勒级数：

(1) $\frac{1}{x^2+3x+2}$在 $x_0=-4$ 处展开；　(2) $\frac{1}{x}$按 $x+1$ 的次幂展开；

(3) $\cos x$ 按 $x+\frac{\pi}{3}$的次幂展开.

27. 将下列函数展开成幂级数：

(1) $f(x)=\ln(x+\sqrt{1+x^2})$，在 $x=0$ 处；　(2) $f(x)=\frac{1}{4}\ln\frac{1+x}{1-x}+\frac{1}{2}\arctan x$，在 $x=0$ 处；

(3) $f(x)=\int_0^x\frac{\sin t}{t}\mathrm{d}t$，在 $x=0$ 处；　(4) $f(x)=\frac{1}{x^2+4x+7}$，在 $x=-2$ 处.

28. 求下列幂级数在收敛区间内的和函数：

(1) $\sum\limits_{n=0}^{\infty}\dfrac{2n+1}{n!}x^{2n}$；

(2) $\sum\limits_{n=0}^{\infty}\dfrac{n^2+1}{3^n\cdot n!}x^n$.

29. 求 $f(x)$围绕给定的数 a 的泰勒级数：

(1) $f(x)=\dfrac{1}{x}$， $a=-1$；

(2) $f(x)=\dfrac{1}{x+2}$， $a=0$；

(3) $f(x)=\sqrt{x}$， $a=1$；

(4) $f(x)=\ln 3x$， $a=1$；

(5) $f(x)=\ln\dfrac{1+x}{1-x}$， $a=0$；

(6) $f(x)=\cos^2 x$， $a=0$；

(7) $f(x)=\begin{cases}\dfrac{\sin x}{x}, & x\neq 0,\\ 1, & x=0,\end{cases}$ $a=0$.

第七章　常微分方程

函数是高等数学的重要研究对象，它是客观事物的内部联系在数量方面的反映. 有许多问题，往往不能直接找出所需要的函数关系，但根据问题的条件，可得出函数及其导数之间的关系式，这个关系式就是所谓的微分方程.

微分方程理论的三项基本任务是：列出微分方程、解微分方程、研究微分方程解的性质. 本章主要介绍常微分方程的基本概念、解法及其在医学和生物学上的应用.

第一节　微分方程的基本概念

下面我们看两个几何和运动学上的例子.

一、实例

例 1　一曲线通过点(1,2)，且在该曲线上任意点 $M(x,y)$ 处的切线斜率为 $2x$，求这条曲线的方程.

解　设所求曲线方程为 $y=f(x)$，则

$$\frac{dy}{dx}=2x \text{ 或 } dy=2xdx. \tag{7-1-1}$$

对方程两端积分，

$$y=\int 2xdx=x^2+C. \tag{7-1-2}$$

其中 C 为任意常数，又因为曲线过点(1,2)，所以(7-1-2)式应该满足 $x=1$ 时 $y=2$，或简记成：$y|_{x=1}=2$，将这个条件代入(7-1-2)式，得 $C=1$，于是所求曲线方程为

$$y=x^2+1. \tag{7-1-3}$$

例 2　列车在平直线路上以 20 米/秒的速度行驶，当制动时列车获得加速度 -0.4 米/秒^2，问开始制动后多少时间列车才能停止，以及列车在这段时间里行驶了多少路程？

解　设列车在开始制动后 t 秒时行驶了 s 米，根据题意，列车制动阶段的运动函数 $s=s(t)$ 满足

$$\frac{d^2s}{dt^2}=-0.4. \tag{7-1-4}$$

此外，未知函数 $s=s(t)$ 还应满足：

$$s|_{t=0}=0,\ v=\left.\frac{ds}{dt}\right|_{t=0}=20. \tag{7-1-5}$$

将(7-1-4)式两边积分，得

$$v=\frac{ds}{dt}=-0.4t+C_1. \tag{7-1-6}$$

再积分，

$$s=-0.2t^2+C_1t+C_2. \tag{7-1-7}$$

这里 C_1，C_2 是任意常数.

将条件(7－1－5)式分别代入(7－1－6)和(7－1－7)式，得

$$C_1=20,\ C_2=0.$$

将 C_1，C_2 值代入(7－1－6)及(7－1－7)式，得

$$v=-0.4t+20, \tag{7-1-8}$$

$$s=-0.2t^2+20t. \tag{7-1-9}$$

在(7－1－8)式中，令 $v=0$，得到列车制动时间

$$t=\frac{20}{0.4}=50(\text{秒}).$$

再将 $t=50$ 代入(7－1－8)式，得到列车在制动阶段的路程

$$s=-0.2\times50^2+20\times50=500(\text{米}).$$

以上两例，都是含有未知函数及其导数或微分的方程.

二、微分方程的基本概念

一般地，含有未知函数的导数或微分的方程，称为微分方程(differential equation). 未知函数是一元函数的称为常微分方程(ordinary differential equation). 未知函数是多元函数的微分方程称为偏微分方程(partial differential equation)，方程(7－1－1)、(7－1－4)、(7－1－6)式都是常微分方程. 这里我们只讨论常微分方程，以后也简称为微分方程或方程.

在微分方程中，未知函数导数的最高阶数称为微分方程的阶(order)，阶为 n 的微分方程称为 n 阶微分方程，例如(7－1－1)、(7－1－6)式是一阶微分方程，而(7－1－4)式是二阶微分方程.

一个函数如果被代入微分方程后微分方程两边恒等，则这个函数称为微分方程的解(solution). 可验证(7－1－2)和(7－1－3)式都是(7－1－1)式的解，(7－1－7)和(7－1－9)式都是方程(7－1－4)式的解. 寻求微分方程的解的过程称为解微分方程. 在微分方程的解中，有的含有任意常数[例如(7－1－2)式和(7－1－7)式]，有的不含任意常数[例如(7－1－3)式和(7－1－9)式]. 一般地，不含任意常数的解称为微分方程的特解(particular solution)；含有方程的阶数那么多个独立任意常数的解称为微分方程的通解(general solution). 所谓独立任意常数，是指它们不能合并起来用较少的任意常数代替. 例如 C_1x+C_2 中 C_1 和 C_2 是两个独立的任意常数，而 C_1x+C_2x 中的 C_1 和 C_2 就不是两个独立的任意常数，因为 C_1 和 C_2 可用一个任意常数 $C_3(C_3=C_1+C_2)$ 来代替. 因此，解(7－1－2)式是方程(7－1－1)式的通解，(7－1－3)式是其特解；解(7－1－7)式是方程(7－1－4)式的通解，而(7－1－9)式是特解.

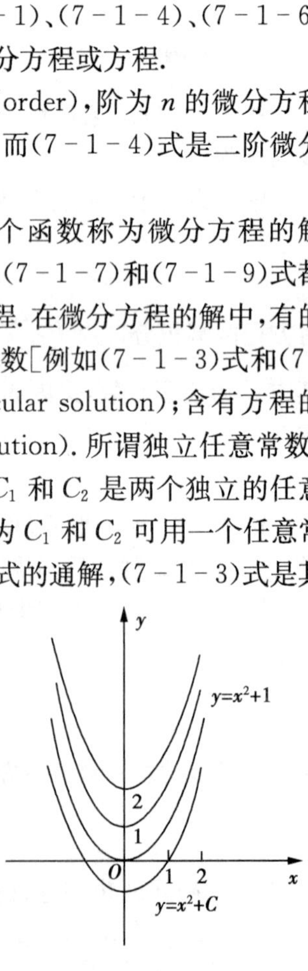

图 7－1

微分方程的特解的图形是一条平面曲线，称为积分曲线(integral curve)；通解表示的是平面上的一族曲线，称为积分曲线族(family of integral curve). 例如，方程(7－1－1)式的特解(7－1－3)式表示一条抛物线，其通解(7－1－2)式表示的是一族抛物线(图7－1).

通常，微分方程的特解可用该解应满足的条件来确定通解中的任意常数后得到. 例如，用条件 $y|_{x=1}=2$ 代入通解(7－1－

2)式，则得特解(7－1－3)式；以条件 $s|_{t=0}=0$ 且 $\left.\frac{\mathrm{d}s}{\mathrm{d}t}\right|_{t=0}=0$ 确定通解(7－1－7)式中的任意常数后，就得到特解(7－1－9)式. 对于未知函数为 $y=y(x)$ 的 n 阶微分方程，用来确定通解中任意常数的条件一般是：

$$y|_{x=x_0}=y_0,\ y'|_{x=x_0}=y'_0,\cdots,\ y^{(n-1)}|_{x=x_0}=y_0^{(n-1)},$$

其中 $x_0, y_0, y'_0, \cdots, y_0^{(n-1)}$ 都是给定的值. 这种条件称为初始条件(initial condition)，附加初始条件的微分方程问题称为初值问题.

第二节　可分离变量的微分方程

一、可分离变量的微分方程

形如

$$\frac{\mathrm{d}y}{\mathrm{d}x}=f(x)g(y) \tag{7-2-1}$$

的方程称为可分离变量的微分方程(variables separable differential equation)，它的特点是：右边是只含 x 的函数和只含 y 的函数的乘积.

将方程(7－2－1)式改写成

$$\frac{\mathrm{d}y}{g(y)}=f(x)\mathrm{d}x. \tag{7-2-2}$$

这叫做分离变量(separation variables). 对上式左边的 y，我们还不知道它是 x 的什么样的函数. 但如果 $G(y)$ 是 $\frac{1}{g(y)}$ 的一个原函数，则根据不定积分的换元积分法，当 y 是 x 的可微函数时，仍有

$$\int\frac{\mathrm{d}y}{g(y)}=G(y)+C,$$

所以，把(7－2－2)式两边分别对 y 和 x 积分，即得

$$G(y)=\int f(x)\mathrm{d}x=F(x)+C. \tag{7-2-3}$$

其中 $F(x)$ 是 $f(x)$ 的一个原函数. 上式左边本来也应该有任意常数，我们把它归并到右边去了. 这样就证明了：凡是(7－2－2)式的解必具有(7－2－3)式的形式. 反之，如果 y 作为 x 的函数其隐函数方程是(7－2－3)式，则微分此方程就知 y 是方程(7－2－2)式的解.

顺便提及，如果 $y=y_0$ 是方程 $g(y)=0$ 的一个根，把它代入(7－2－1)式验证，可知 $y=y_0$ 也是(7－2－1)式的一个特解. 一般而论，这个解会在由(7－2－1)式化为(7－2－2)式时丢失，故有时不包含在通解之中，这也是我们为什么不把通解定义为解的一般表达式的原因. 以后我们不再关注这类问题.

例 1(细胞的生长)　在一个理想的环境中，细胞的生长速率与当时的体积成正比. 若 $t=0$ 时体积为 v_0，求细胞在任意时刻 t 时的体积.

解　设 $v(t)$ 表示在时刻 t 时细胞的体积，依题意有 $\frac{\mathrm{d}v(t)}{\mathrm{d}t}=\lambda v(t)$，式中 $\lambda>0$ 为确定的常数. 分离变量后，两边各自积分，得 $\ln|v(t)|=\lambda t+C'$(C' 为任意常数). 从而，通解为

$$v(t)=C\mathrm{e}^{\lambda t}\quad (C=\pm\mathrm{e}^{C'}, 即\ C\neq 0).$$

显然，$v(t)=0$ 是方程$\frac{\mathrm{d}v(t)}{\mathrm{d}t}=\lambda v(t)$的解，即当 $C=0$ 时，$v(t)=Ce^{\lambda t}$ 仍是方程的解，故 C 可为任意常数. 以后遇到类似情况，为了运算方便起见，可将 $\ln|v(t)|$ 记为 $\ln v(t)$，C' 记为 $\ln C$，只要记住最后得到的 C 为任意常数就行了. 今后凡是 C 可为任意常数之处，均不再进行上述讨论与说明.

根据问题所给的初始条件 $v(0)=v_0$，可定出 $C=v_0$，故

$$v(t)=v_0\mathrm{e}^{\lambda t}.$$

这一函数关系表明，在理想环境中，细胞是随时间按指数规律生长的.

一般地，若变量随时间的变化率总是正比于它自身，这个量就按指数规律变化，反之亦然. 许多物理、化学或生物定律中的变量都是按指数规律变化的，如牛顿冷却律，放射性衰变，种群增殖的马尔萨斯(Malthus)律，药物的分解，两种化学物质的相互转化等都是如此.

例 2(持续性颅内压与容积的关系) 医学上持续性颅内压 p 与容积 V 的关系表现为如下的微分方程

$$\frac{\mathrm{d}p}{\mathrm{d}V}=ap(b-p), \tag{7-2-4}$$

其中 a,b 为确定的常数. 解这个方程.

解 分离变量，得
$$\frac{\mathrm{d}p}{p(b-p)}=a\mathrm{d}V,$$

两边积分，左边的积分 $\int\frac{\mathrm{d}p}{p(b-p)}=\frac{1}{b}\int\left(\frac{1}{p}+\frac{1}{b-p}\right)\mathrm{d}p$，因而有$\frac{1}{b}[\ln p-\ln(b-p)+\ln C]=aV$ 或$\frac{Cp}{b-p}=\mathrm{e}^{abV}$，从上式中解出 p，得原方程的通解：

$$p=\frac{b}{1+C\mathrm{e}^{-abV}}\quad(C\neq0). \tag{7-2-5}$$

方程(7-2-4)因其解(7-2-5)是逻辑斯蒂(Logistic)函数而称为逻辑斯蒂方程.

例 3(绦虫的感染) 绦虫的卵混在食物中进入小肠后孵化成幼虫，并穿过小肠壁进入动物机体中，存活下来的幼虫数 N 既依赖于幼虫穿过小肠所费的时间，又受自然死亡率的影响，记为$\frac{\mathrm{d}N}{\mathrm{d}t}=-\mu N$，其中 μ 是死亡系数. 观察数据表明 μ 也是时间的函数：$\frac{\mathrm{d}\mu}{\mathrm{d}t}=k\mu$. 求 N 的通解.

解 方程$\frac{\mathrm{d}\mu}{\mathrm{d}t}=k\mu$ 的通解为 $\mu=C_1\mathrm{e}^{kt}$，代入$\frac{\mathrm{d}N}{\mathrm{d}t}$，得$\frac{\mathrm{d}N}{\mathrm{d}t}=-C_1\mathrm{e}^{kt}N$，分离变量后两边积分，有 $\ln N=-\frac{C_1}{k}\mathrm{e}^{kt}+\ln C_2$，因此，$N$ 的通解是 Gompertz 函数：

$$N=C_2\mathrm{e}^{-C_1\mathrm{e}^{kt}/k}\quad(C_1\neq0,\ C_2\neq0).$$

例 4(食饵-猎手模型) B 鱼只以 A 鱼为食物，A 鱼的食物是小虫. 设小虫数总是充分地多，问两种鱼共同生活时数量的变化情况.

解 鱼的尾数是非负整数，但是为了应用微分的方法，将鱼数看成是时间的连续函数，分别以 x,y 表示 A,B 鱼的数量($x\geqslant0,y\geqslant0$). 如果两种鱼各自单独地生活，则 A 鱼的增长率正比于 A 鱼的现存量：

$$\frac{\mathrm{d}x}{\mathrm{d}t}=\lambda x, \tag{7-2-6}$$

而 B 鱼没有食物要逐渐死亡，减少率也正比于它自己的现存量：

$$\frac{dy}{dt}=-\mu y, \tag{7-2-7}$$

其中 $\lambda>0,\mu>0$ 分别是 A 鱼、B 鱼的品种所确定的比例常数. 现在两种鱼共同生活，A 鱼将有一部分被 B 鱼吃掉，于是比例常数 λ 将减小，减小的多少与 B 鱼的量 y 有关，设正比于 B 鱼的量 y，即(7-2-6)应改为 $\frac{dx}{dt}=(\lambda-\alpha y)x$. 类似地，B 鱼有了食物 A 鱼，比例常数 μ 将减小，减小多少，与 A 鱼的量 x 有关，设正比于 A 鱼的量 x，即(7-2-7)应改为 $\frac{dy}{dt}=-(\mu-\beta x)y$，这是著名的 Lotka-Volterra 的食饵-猎手方程：

$$\begin{cases}\frac{dx}{dt}=(\lambda-\alpha y)x, & (7-2-8)\\ \frac{dy}{dt}=(\beta x-\mu)y, & (7-2-9)\end{cases}$$

其中 α,β 也是正数.

以(7-2-8)式除(7-2-9)式得微分方程

$$\frac{dy}{dx}=\frac{(\beta x-\mu)y}{(\lambda-\alpha y)x},$$

分离变量后积分，得通解

$$\alpha y+\beta x-\lambda\ln y-\mu\ln x=C.$$

对不同的 C，解是不同的闭曲线(图 7-2). 曲线 ab 段表示 B 鱼有较多的食物 x，所以数量在增加；bc 段表示 B 鱼多到一定数量时 A 鱼相对地较少，食物不充分，B 鱼逐渐减少；cd 段表示 B 鱼少到一定数量时，A 鱼得以增长；da 段表示 A 鱼增长到一定数量，B 鱼有较多的食物也逐渐增长，然后又进入 ab 段. 如此重复，A，B 鱼能长期地共同存在下去，没有一种会死光.

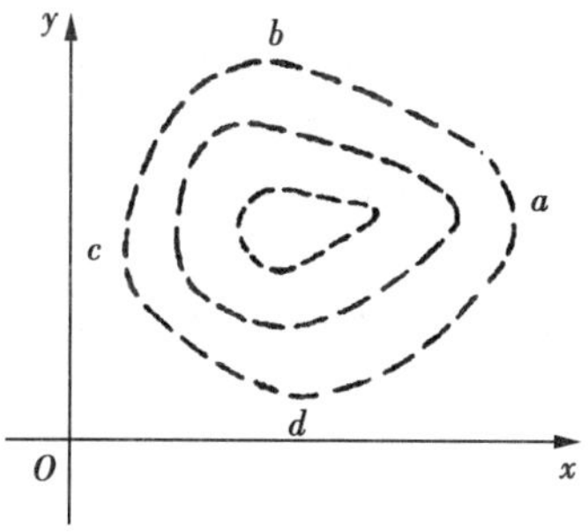

图 7-2

二、可化为变量分离的某些方程

有些微分方程，看上去并不是可分离变量的，但是通过作适当的变量代换，就可以化成变量分离的方程.

1. 齐次方程

$$\frac{dy}{dx}=f(x,y) \tag{7-2-10}$$

称为齐次方程(homogeneous equation)，如果右边的函数 $f(x,y)$ 是 x,y 的零次齐次函数，即

$$f(tx,ty)\equiv f(x,y).$$

在上述恒等式中令 $t=\frac{1}{x}$，则得

$$f(x,y)\equiv f\left(1,\frac{y}{x}\right),$$

记 $f\left(1,\frac{y}{x}\right)=\varphi\left(\frac{y}{x}\right)$，则方程(7-2-10)可写成

$$\frac{dy}{dx}=\varphi\left(\frac{y}{x}\right). \tag{7-2-11}$$

为了解方程(7-2-11)，自然想到去作变换 $u=\frac{y}{x}$，即 $y=ux$. 于是

$$\frac{\mathrm{d}y}{\mathrm{d}x}=x\frac{\mathrm{d}u}{\mathrm{d}x}+u.$$

代入(7-2-11)便得到 u 所适合的方程：

$$x\frac{\mathrm{d}u}{\mathrm{d}x}+u=\varphi(u),$$

亦即 $\frac{\mathrm{d}u}{\mathrm{d}x}=\frac{\varphi(u)-u}{x}$. 这已是一个变量可分离的方程，用分离变量法解之，得

$$\int\frac{\mathrm{d}u}{\varphi(u)-u}=\int\frac{1}{x}\mathrm{d}x=\ln|x|+C,$$

积分后，用 $\frac{y}{x}$ 换回 u，即得(7-2-11)的通解.

例 5 求方程 $\frac{\mathrm{d}y}{\mathrm{d}x}=\frac{y}{x}+\tan\frac{y}{x}$ 的通解.

解 显然这是齐次方程. 令 $u=\frac{y}{x}$，则原方程化为 $u+x\frac{\mathrm{d}u}{\mathrm{d}x}=u+\tan u$，即 $x\frac{\mathrm{d}u}{\mathrm{d}x}=\tan u$. 这是一个变量可分离的方程，分离变量得 $\cot u\mathrm{d}u=\frac{1}{x}\mathrm{d}x$，两边积分，得 $\ln\sin u=\ln x+\ln C$，因而 $\sin u=Cx$. 将 $u=\frac{y}{x}$ 代回上式，即得原方程的通解：

$$\sin\frac{y}{x}=Cx.$$

例 6 求方程 $y^2+x^2\frac{\mathrm{d}y}{\mathrm{d}x}=xy\frac{\mathrm{d}y}{\mathrm{d}x}$ 的通解.

解 原方程可化为 $\frac{\mathrm{d}y}{\mathrm{d}x}=\frac{\left(\frac{y}{x}\right)^2}{\frac{y}{x}-1}$，这是齐次方程. 令 $u=\frac{y}{x}$，则化为 $u+x\frac{\mathrm{d}u}{\mathrm{d}x}=\frac{u^2}{u-1}$. 化简并分离变量，得 $\frac{u-1}{u}\mathrm{d}u=\frac{1}{x}\mathrm{d}x$，两边积分，得 $u-\ln u+\ln C=\ln x$，即 $xu=Ce^u$. 将 $u=\frac{y}{x}$ 代回上式，可得原方程的通解：

$$y=Ce^{\frac{y}{x}}.$$

2. $\frac{\mathrm{d}y}{\mathrm{d}x}=f(ax+bx+c)$ 型方程

形如

$$\frac{\mathrm{d}y}{\mathrm{d}x}=f(ax+by+c) \tag{7-2-12}$$

的方程，其中 a,b 和 c 均为常数，用变量代换的方法，亦可将其化为变量分离的方程求解.

令 $z=ax+by+c$，则

$$\frac{\mathrm{d}z}{\mathrm{d}x}=a+b\frac{\mathrm{d}y}{\mathrm{d}x},$$

代入(7-2-12)式，有

$$\frac{\mathrm{d}z}{\mathrm{d}x}=a+bf(z),$$

分离变量后积分,得

$$\int\frac{\mathrm{d}z}{a+bf(z)}=x+C,$$

算出积分,再用 $ax+by+c$ 换回 z,即得(7-2-12)的通解.

例 7　求方程$\frac{\mathrm{d}y}{\mathrm{d}x}=\frac{1}{x-y}+1$ 的通解.

解　令 $z=x-y$,则$\frac{\mathrm{d}z}{\mathrm{d}x}=1-\frac{\mathrm{d}y}{\mathrm{d}x}$,代入原方程,得 $1-\frac{\mathrm{d}z}{\mathrm{d}x}=\frac{1}{z}+1$,即$\frac{\mathrm{d}z}{\mathrm{d}x}=-\frac{1}{z}$,或 $z\mathrm{d}z=-\mathrm{d}x$, 积分,得

$$\frac{1}{2}z^2=-x+C,$$

将 $x-y$ 换回 z,即得原方程的通解.

$$(x-y)^2=-2x+C.$$

3. $\boldsymbol{\frac{\mathrm{d}y}{\mathrm{d}x}=f\left(\frac{a_1x+b_1y+c_1}{a_2x+b_2y+c_2}\right),\ \left(\frac{a_1}{a_2}\neq\frac{b_1}{b_2}\right)}$

例 8　求方程$\frac{\mathrm{d}y}{\mathrm{d}x}=\frac{2x-5y+3}{2x+4y-6}$的通解.

解　原方程不是齐次方程,差异仅在于右边的分子分母都有常数项,此时可通过坐标平移变换化为齐次方程.

令 $x=X+h,y=Y+k$,其中 h,k 是待定常数. 于是 $\mathrm{d}x=\mathrm{d}X,\mathrm{d}y=\mathrm{d}Y$.
原方程变为

$$\frac{\mathrm{d}Y}{\mathrm{d}X}=\frac{2X-5Y+2h-5k+3}{2X+4Y+2h+4k-6}.$$

令$\begin{cases}2h-5k+3=0,\\2h+4k-6=0,\end{cases}$ 得 $h=1,k=1$.

故由 $x=X+1,y=Y+1$,可化为齐次方程

$$\frac{\mathrm{d}Y}{\mathrm{d}X}=\frac{2X-5Y}{2X+4Y},$$

即

$$\frac{\mathrm{d}Y}{\mathrm{d}X}=\frac{2-5\frac{Y}{X}}{2+4\frac{Y}{X}}.$$

又令 $u=\frac{Y}{X}$,则 $Y=Xu,\frac{\mathrm{d}Y}{\mathrm{d}X}=u+X\frac{\mathrm{d}u}{\mathrm{d}X}$.

则上述齐次方程变为

$$\frac{\mathrm{d}X}{X}=-\frac{4u+2}{4u^2+7u-2}\mathrm{d}u.$$

两边积分,得

$$\begin{aligned}\ln X&=-\frac{1}{2}\int\frac{\mathrm{d}(4u^2+7u-2)}{4u^2+7u-2}+\frac{1}{6}\int\left(-\frac{1}{u+2}+\frac{4}{4u-1}\right)\mathrm{d}u\\&=-\frac{1}{2}\ln(4u^2+7u-2)+\frac{1}{6}\ln\frac{4u-1}{u+2}+\ln C_1,\end{aligned}$$

即

$$6\ln X+3\ln(4u^2+7u-2)-\ln\frac{4u-1}{u+2}=6\ln C_1,$$

亦即

$$X^6(4u-1)^2(u+2)^4=C \quad (C=C_1^6).$$

代回 $u=\dfrac{Y}{X}$，$X=x-1$，$Y=y-1$，则得原方程通解为

$$(4y-x-3)^2(y+2x-3)^4=C.$$

一般地，形如$\dfrac{\mathrm{d}y}{\mathrm{d}x}=f\left(\dfrac{a_1x+b_1y+c_1}{a_2x+b_2y+c_2}\right)$的方程，作变量替换 $x=X+h$，$y=Y+k$，可化为齐次方程，其中 k，h 由方程组 $\begin{cases}a_1h+b_1k+c_1=0,\\ a_2h+b_2k+c_2=0\end{cases}$ 确定.

当$\dfrac{a_1}{a_2}\neq\dfrac{b_1}{b_2}$时，可以定出 h，k，使它们满足方程组.

第三节　一阶线性微分方程

形如
$$\frac{\mathrm{d}y}{\mathrm{d}x}+P(x)y=Q(x) \tag{7-3-1}$$
的方程称为一阶线性微分方程，其中 $P(x)$，$Q(x)$都是 x 的连续函数，方程称为线性的是因为它对未知函数 y 及其导数$\dfrac{\mathrm{d}y}{\mathrm{d}x}$都是一次的.

在方程(7－3－1)中令 $Q(x)\equiv 0$ 时，有
$$\frac{\mathrm{d}y}{\mathrm{d}x}+P(x)y=0. \tag{7-3-2}$$
方程(7－3－2)称为方程(7－3－1)对应的齐次方程，当 $Q(x)$不恒为零时，方程(7－3－1)称为非齐次线性方程.

方程(7－3－2)可用分离变量法求解.
$$\frac{\mathrm{d}y}{y}=-P(x)\mathrm{d}x,$$
两边积分，得
$$\int\frac{\mathrm{d}y}{y}=-\int P(x)\mathrm{d}x,$$
易得方程(7－3－2)的通解为
$$y=C\mathrm{e}^{-\int P(x)\mathrm{d}x}. \tag{7-3-3}$$

现在我们使用“常数变易法”，这种方法是把通解(7－3－3)中常数换成 x 的待定函数 $C(x)$，即令
$$y=C(x)\mathrm{e}^{-\int P(x)\mathrm{d}x}. \tag{7-3-4}$$
是非齐次方程(7－3－1)的通解.

于是
$$\frac{\mathrm{d}y}{\mathrm{d}x}=C'(x)\mathrm{e}^{-\int P(x)\mathrm{d}x}-C(x)P(x)\mathrm{e}^{-\int P(x)\mathrm{d}x}.$$
将 y，$\dfrac{\mathrm{d}y}{\mathrm{d}x}$代入方程(7－3－1)，并化简得
$$C(x)=\int Q(x)\mathrm{e}^{\int P(x)\mathrm{d}x}\mathrm{d}x+C.$$
于是，得非齐次线性方程(7－3－1)的通解

$$y=\mathrm{e}^{-\int P(x)\mathrm{d}x}\left[\int Q(x)\mathrm{e}^{\int P(x)\mathrm{d}x}\mathrm{d}x+C\right]. \tag{7-3-5}$$

上述将对应齐次线性方程通解中的任意常数 C 视为待定函数 $C(x)$ 而求非齐次线性方程通解的方法叫做常数变易法(variation of parameter).

将(7-3-5)式写成两项之和:

$$y=C\mathrm{e}^{-\int P(x)\mathrm{d}x}+\mathrm{e}^{-\int P(x)\mathrm{d}x}\int Q(x)\mathrm{e}^{\int P(x)\mathrm{d}x}\mathrm{d}x. \tag{7-3-6}$$

上式表示:非齐次线性方程的通解可写成对应齐次方程的通解和非齐次线性方程的一个特解之和.

例 1 求方程 $y'+y\cos x=\mathrm{e}^{-\sin x}$ 的通解.

解法一 直接用通解公式(7-3-5),

$$y=\mathrm{e}^{-\int\cos x\mathrm{d}x}\left[\int \mathrm{e}^{-\sin x}\mathrm{e}^{\int\cos x\mathrm{d}x}\mathrm{d}x+C\right]=\mathrm{e}^{-\sin x}\left[\int \mathrm{e}^{-\sin x}\mathrm{e}^{\sin x}\mathrm{d}x+C\right]=\mathrm{e}^{-\sin x}(x+C).$$

解法二 利用常数变易法,先求对应齐次线性方程 $y'+y\cos x=0$ 的通解. 由

$$\int\frac{1}{y}\mathrm{d}y=\int-\cos x\mathrm{d}x$$

得 $\ln y=-\sin x+\ln C$,即 $y=C\mathrm{e}^{-\sin x}$.

令 $y=C(x)\mathrm{e}^{-\sin x}$ 为原方程的解,那么

$$\frac{\mathrm{d}y}{\mathrm{d}x}=\mathrm{e}^{-\sin x}[C'(x)-\cos x\cdot C(x)].$$

代入方程计算,

$$C'(x)=1,$$

于是

$$C(x)=x+C.$$

因此,原方程通解是 $y=\mathrm{e}^{-\sin x}(x+C)$.

例 2 求方程 $2x\mathrm{d}y-y\mathrm{d}x=2y^2\mathrm{d}y$ 的通解.

解 原方程可化为

$$\frac{\mathrm{d}y}{\mathrm{d}x}=\frac{y}{2(x-y^2)}.$$

这不是线性方程,但是,如果把 y 看成自变量,x 看成因变量,改写成

$$\frac{\mathrm{d}x}{\mathrm{d}y}-\frac{2}{y}x=-2y,$$

那么,我们得到一个关于未知函数 $x=x(y)$ 的一阶非齐次线性方程.

由公式(7-3-5)得

$$x=\mathrm{e}^{\int\frac{2}{y}\mathrm{d}y}\left(\int-2y\mathrm{e}^{-\int\frac{2}{y}\mathrm{d}y}\mathrm{d}y+C\right)=y^2\left(\int\frac{-2}{y}\mathrm{d}y+C\right)=y^2(-2\ln y+C).$$

有些方程虽不是线性的,但我们可通过适当的变换化成线性方程,伯努利(Bernoulli)方程就是其中一种.

形如

$$\frac{\mathrm{d}y}{\mathrm{d}x}+P(x)y=Q(x)y^n\quad(n\neq0,1) \tag{7-3-7}$$

的方程称作伯努利方程.

将方程两边同除以 y^n 得

$$y^{-n}\frac{dy}{dx}+P(x)y^{1-n}=Q(x),$$

即
$$\frac{d(y^{1-n})}{dx}+(1-n)P(x)y^{1-n}=(1-n)Q(x).$$

令 $z=y^{1-n}$,则

$$\frac{dz}{dx}+(1-n)P(x)z=(1-n)Q(x), \tag{7-3-8}$$

方程(7-3-8)是线性方程,可由通解公式求出 z,再用 $z=y^{1-n}$换回即得伯努利方程的通解.

例 3 求方程$\frac{dy}{dx}-\frac{4}{x}y=x\sqrt{y}$ $(y>0,x\neq0)$的通解.

解 这是伯努利方程,其中 $n=\frac{1}{2}$.

令 $z=\sqrt{y}$,则$\frac{dz}{dx}=\frac{1}{2\sqrt{y}}\frac{dy}{dx}$,于是原方程可化为$\frac{dz}{dx}-\frac{2}{x}z=\frac{x}{2}$,根据公式(7-3-5),

$$z=e^{\int\frac{2}{x}dx}\left(\int\frac{x}{2}e^{-\int\frac{2}{x}dx}dx+C\right)=x^2\left(\int\frac{x}{2}\cdot\frac{1}{x^2}dx+C\right)=x^2\left(\frac{1}{2}\ln x+C\right).$$

将 $\sqrt{y}$代替 z,便得到原方程的通解:

$$y=x^4\left(\frac{1}{2}\ln x+C\right)^2.$$

第四节 可降阶的高阶微分方程

二阶及二阶以上的微分方程称为高阶微分方程. 以下讨论几种特殊类型的高阶方程,它们的通解可以通过降低方程阶数的方法求得.

一、$y^{(n)}=f(x)$型方程

这种方程的特点是其右边只是自变量 x 的函数,不难看出,只要把 $y^{(n-1)}$ 作为新的未知函数,则原方程就化成了新未知函数的一阶方程,两边积分就得到一个 $n-1$ 阶的方程

$$y^{(n-1)}=\int f(x)dx+C_1,$$

同理可得

$$y^{(n-2)}=\int\left[\int f(x)dx+C_1\right]dx+C_2.$$

依此方法继续进行,直到积分 n 次,便得到方程的含有 n 个任意常数的通解.

例 1 求方程 $y'''=e^{2x}-\cos x$ 的通解.

解 对所给的方程积分三次. 积分一次得

$$y''=\int(e^{2x}-\cos x)dx+C_1=\frac{1}{2}e^{2x}-\sin x+C_1,$$

再积分一次得

$$y'=\int\left(\frac{1}{2}e^{2x}-\sin x+C_1\right)dx+C_2=\frac{1}{4}e^{2x}+\cos x+C_1x+C_2,$$

最后积分得

$$y=\int\left(\frac{1}{4}e^{2x}+\cos x+C_1x+C_2\right)dx+C_3=\frac{1}{8}e^{2x}+\sin x+\frac{C_1}{2}x^2+C_2x+C_3,$$

这就是所求的通解.

二、$y''=f(x,y')$型方程

这类方程的特点是右边不含未知函数 y. 显然 y'也是 x 的未知函数，又由于 $y''=(y')'$，所以此类方程可以看做关于 y'的一阶方程. 为了求它的通解，自然要作变量代换 $p(x)=y'$，这样 $p'=y''$，于是原方程可降阶为：

$$p'=f(x,p),$$

这是以 x 为自变量、p 为未知函数的一阶方程. 若它是可解的，设它的通解为

$$p-\varphi(x,C_1),$$

然后，将 y'代替 p，便得以 x 为自变量，y 为未知函数的一阶方程

$$y'=\varphi(x,C_1),$$

对上式两边积分，便得原方程的通解

$$y=\int\varphi(x,C_1)dx+C_2.$$

例 2　求方程 $y''=\dfrac{2xy'}{1+x^2}$满足初始条件 $y|_{x=0}=1,y'|_{x=0}=3$ 的特解.

解　此方程右端不含未知函数 y，故令 $p(x)=y'$，则 $p'=y''$，于是原方程降阶为

$$\frac{dp}{dx}=\frac{2x}{1+x^2}p,$$

分离变量得$\dfrac{dp}{p}=\dfrac{2x}{1+x^2}dx$，积分并化简，得 $p=C_1(1+x^2)$. 由初始条件 $y'|_{x=0}=3$，得 $C_1=3$，在上式中用 y'代替 p，得如下的微分方程$\dfrac{dy}{dx}=3(1+x^2)$，积分得 $y=x^3+3x+C_2$，再由初始条件 $y|_{x=0}=1$，得 $C_2=1$. 故所求特解是：

$$y=x^3+3x+1.$$

例 3(血管中血液的流速)　如图 7－3 所示，在血管内流动的血液，在离血管中心线距离 r 的不同流层上的流速不一样，在同一流层上，流速相同，所以速度 w 为 r 的函数 $w=w(r)$，试求 $w(r)$.

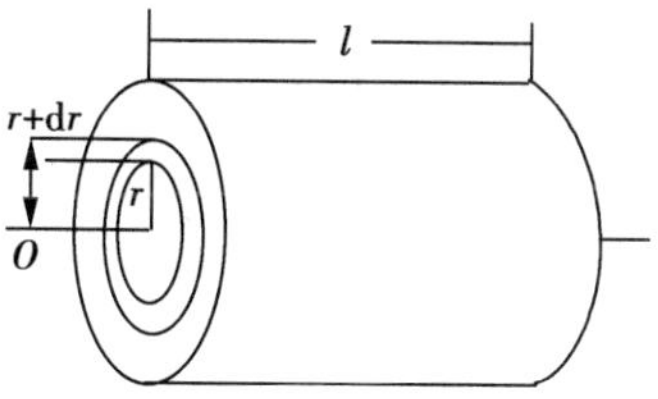

图 7－3

解　液体流动的牛顿定律告诉我们：不同流层之间的相互摩擦力 F 与层和层之间的接触面 S 及流体速度变化方向上的速度变化率(速度梯度)$\dfrac{dw}{dr}$成正比，即

$$F(r)=\mu S\frac{dw}{dr}, \tag{7-4-1}$$

其中 μ 为比例系数，称为粘度(粘滞系数).

当 r 有微小变化 dr 时，所形成的薄环柱体上所受摩擦力 f 是其内表面的摩擦力 $F(r)$(与流动方向一致)与外表面的摩擦力$-[F(r)+dF(r)]$(负号表示这一力的方向与液流方向相反)的和. 即

$$f=F(r)+[-F(r)-\mathrm{d}F(r)]=-\mathrm{d}F(r)=-\mathrm{d}\left(\mu S\frac{\mathrm{d}w}{\mathrm{d}r}\right).$$

考虑长为 l 的一段血管，则两流层的接触面 $S=2\pi rl$，代入上式，得

$$f=-2\pi l\mu\mathrm{d}\left(r\frac{\mathrm{d}w}{\mathrm{d}r}\right). \tag{7-4-2}$$

另一方面，推动血液流动的力是由这段血管两端的压力差产生的，如果血管两端的静压强（即单位面积上的压力）为 p_1 和 p_2，则薄环柱体两端的压力差为

$$(p_1-p_2)2\pi r\mathrm{d}r, \tag{7-4-3}$$

于是(7-4-2)式和(7-4-3)式应相等，即

$$-2\pi l\mu\mathrm{d}\left(r\frac{\mathrm{d}w}{\mathrm{d}r}\right)=(p_1-p_2)2\pi r\mathrm{d}r,$$

$$l\frac{\mathrm{d}}{\mathrm{d}r}\left(r\frac{\mathrm{d}w}{\mathrm{d}r}\right)=-(p_1-p_2)\frac{r}{\mu},$$

$$lr\frac{\mathrm{d}^2w}{\mathrm{d}r^2}+l\frac{\mathrm{d}w}{\mathrm{d}r}=-(p_1-p_2)\frac{r}{\mu},$$

$$l\frac{\mathrm{d}^2w}{\mathrm{d}r^2}+\frac{l}{r}\frac{\mathrm{d}w}{\mathrm{d}r}=-\frac{p_1-p_2}{\mu},$$

令 $l\frac{\mathrm{d}w}{\mathrm{d}r}=y,\frac{p_1-p_2}{\mu}=\alpha$，上式就降阶为一阶线性方程 $\frac{\mathrm{d}y}{\mathrm{d}r}+\frac{1}{r}y=-\alpha$，其通解是 $y=\frac{C_1}{r}-\frac{\alpha r}{2}$，以 $y=l\frac{\mathrm{d}w}{\mathrm{d}r}$ 代回，得方程 $l\frac{\mathrm{d}w}{\mathrm{d}r}=\frac{C_1}{r}-\frac{\alpha r}{2}$，解此方程得

$$lw=C_1\ln r-\frac{\alpha}{4}r^2+C_2.$$

由于 $r=0$ 时，血流速度必为有限值，因此必有 $C_1=0$. 此外，在管壁 $r=R$（血管半径为 R）时，有 $w=0$，因而 $C_2=\frac{\alpha R^2}{4}$. 于是 $lw=\frac{\alpha(R^2-r^2)}{4}$，将 $\alpha=\frac{p_1-p_2}{\mu}$ 代回上式，得

$$w=\frac{(p_1-p_2)(R^2-r^2)}{4\mu l},$$

上式就是血流速度沿半径 r 的分布情况.

三、$y''=f(y,y')$ 型方程

这类方程的特点是右边不显含自变量 x，可设 $y'=p(y)$，利用复合函数求导法则可得

$$y''=\frac{\mathrm{d}y'}{\mathrm{d}x}=\frac{\mathrm{d}p(y)}{\mathrm{d}x}=\frac{\mathrm{d}p}{\mathrm{d}y}\cdot\frac{\mathrm{d}y}{\mathrm{d}x}=p\frac{\mathrm{d}p}{\mathrm{d}y}.$$

代入原方程，得

$$p\frac{\mathrm{d}p}{\mathrm{d}y}=f(y,p),$$

这是以 y 为自变量，p 为未知函数的一阶方程. 设其通解为

$$p=\varphi(y,C_1),$$

则由 $p=\frac{\mathrm{d}y}{\mathrm{d}x}$ 得

$$\frac{\mathrm{d}y}{\mathrm{d}x}=\varphi(y,C_1).$$

这是可分离变量的方程，可得通解：

$$\int \frac{\mathrm{d}y}{\varphi(y,C_1)}=x+C_2.$$

例 4　求微分方程 $2yy''=1+y'^2$ 的通解.

解　原方程可化为 $y''=\frac{1+y'^2}{2y}$，属于 $y''=f(y,y')$ 型. 故令 $p(y)=y'$，则 $y''=p\frac{\mathrm{d}p}{\mathrm{d}y}$，于是原方程可降阶为：$p\frac{\mathrm{d}p}{\mathrm{d}y}=\frac{1+p^2}{2y}$，分离变量，积分并化简得 $1+p^2=C_1y$. 然后将 y' 代替 p，可得 $1+y'^2=C_1y$，即 $\frac{\mathrm{d}y}{\mathrm{d}x}=\pm\sqrt{C_1y-1}$，再次分离变量积分. 最后可得通解

$$C_1y-1=\frac{C_1^2}{4}(x+C_2)^2.$$

注意　在第二、第三两种类型微分方程中，我们都采用了 $p=y'$，但不可混淆，在 $y''=f(x,y')$ 型中，p 视为 x 的函数；在 $y''=f(y,y')$ 型中，p 视为 y 的函数. 另外，对 $y''=f(y')$，它既属于第二种类型，也属于第三种类型，此时应该看成 x 的函数还是 y 的函数，需根据具体情况分析，使得方程容易求解.

第五节　线性微分方程解的结构

前面我们已经讨论了一阶线性微分方程，这一节我们来研究二阶或二阶以上的高阶线性微分方程.

n 阶线性微分方程的一般形式为

$$y^{(n)}+P_1(x)y^{(n-1)}+P_2(x)y^{(n-2)}+\cdots+P_{n-1}(x)y'+P_n(x)y=f(x),\quad(7-5-1)$$

其中 $P_1(x),P_2(x),\cdots,P_n(x)$ 及 $f(x)$ 都是某区间 I 上的连续函数. 它所对应的齐次线性方程为

$$y^{(n)}+P_1(x)y^{(n-1)}+P_2(x)y^{(n-2)}+\cdots+P_{n-1}(x)y'+P_n(x)y=0.\quad(7-5-2)$$

本节我们着重研究二阶线性微分方程(second order linear differential equation).

$$y''+P(x)y'+Q(x)y=f(x)\quad(7-5-3)$$

及其所对应的齐次(homogeneous)线性方程

$$y''+P(x)y'+Q(x)y=0.\quad(7-5-4)$$

方程(7-5-1)和(7-5-3)当 $f(x)\neq0$ 时称为非齐次线性微分方程. $f(x)$称为非齐次项.

一、函数组的线性相关与线性无关

定义　对于定义在区间 I 内的 n 个函数 $y_1(x),y_2(x),\cdots,y_n(x)$，如果存在 n 个不全为零的常数 $k_1,k_2,\cdots,k_n$ 使

$$k_1y_1(x)+k_2y_2(x)+\cdots+k_ny_n(x)=0,$$

则称 n 个函数 $y_1(x),y_2(x),\cdots,y_n(x)$ 在 I 上是线性相关的，否则称它们在 I 上是线性无关的.

由定义易知，对于两个非零的函数 $y_1(x),y_2(x)$ 在区间 I 上线性相关等价于它们的比值恒为常数，即 $\frac{y_1(x)}{y_2(x)}\equiv C$(常数).

例如，$y_1=\sin x,y_2=\cos x,x\in(-\infty,+\infty)$ 线性无关，而 $y_1=1,y_2=\sin^2x,y_3=\cos^2x$，

$x \in (-\infty, +\infty)$是线性相关的.

二、线性微分方程的解的结构

定理 1　如果函数 $y_1(x)$与 $y_2(x)$是方程(7-5-4)的两个解,那么

$$y = C_1 y_1 + C_2 y_2 \tag{7-5-5}$$

也是方程(7-5-4)的解,其中 C_1, C_2 是任意常数.

证　因为函数 y_1 与 y_2 是方程(7-5-4)的两个解,则有

$$y''_1 + P(x)y'_1 + Q(x)y_1 = 0,$$
$$y''_2 + P(x)y'_2 + Q(x)y_2 = 0.$$

再将(7-5-5)式代入(7-5-4)式左端得

$$\begin{aligned}&(C_1 y''_1 + C_2 y''_2) + P(x)(C_1 y'_1 + C_2 y'_2) + Q(x)(C_1 y_1 + C_2 y_2)\\ =& C_1[y''_1 + P(x)y'_1 + Q(x)y_1] + C_2[y''_2 + P(x)y'_2 + Q(x)y_2] = 0.\end{aligned}$$

故 $y = C_1 y_1 + C_2 y_2$ 为方程(7-5-4)的解.

定理 1 表明齐次线性方程的解具有叠加性,叠加起来的解(7-5-5)从形式上来看含有 C_1 与 C_2 两个任意常数,但它不一定是方程(7-5-4)的通解. 那么在什么条件下(7-5-5)式才是方程(7-5-4)的通解呢? 下面的定理回答了这个问题.

定理 2　如果函数 $y_1(x)$与 $y_2(x)$是方程(7-5-4)的两个线性无关的特解,则 $y = C_1 y_1 + C_2 y_2$ 是该方程的通解.

定理 2 告诉我们求一个二阶齐次线性方程的通解的关键是求出(或确定)该方程的两个线性无关的特解.

定理 3　设函数 y^* 是非齐次线性方程(7-5-3)的一个特解,$\bar{y} = C_1 y_1 + C_2 y_2$ 是(7-5-3)所对应的齐次线性方程(7-5-4)的通解,则

$$y = \bar{y} + y^* = C_1 y_1 + C_2 y_2 + y^* \tag{7-5-6}$$

为方程(7-5-3)的通解.

证　将 $y = C_1 y_1 + C_2 y_2 + y^*$ 代入方程(7-5-3)中,容易验证它是(7-5-3)的解,又此解中含有两个相互独立的任意常数,故为通解.

定理 3 告诉我们,类似于一阶非齐次线性微分方程解的结构,二阶非齐次线性微分方程的通解也是由两部分构成:一部分是对应的齐次线性方程的通解,另一部分是非齐次方程本身的一个特解.

非齐次线性微分方程(7-5-3)的特解有时可用下述定理来帮助求出.

定理 4　若 y_1^* 与 y_2^* 分别是方程

$$y'' + P(x)y' + Q(x)y = f_1(x)$$

与

$$y'' + P(x)y' + Q(x)y = f_2(x)$$

的特解,则 $y_1^* + y_2^*$ 是方程

$$y'' + P(x)y' + Q(x)y = f_1(x) + f_2(x)$$

的一个特解.

这一定理通常称为非齐次线性微分方程的解的叠加原理(principle of superposition). 在下一节求解常系数非齐次线性微分方程中经常用到.

例 1　设 $y = y_1(x)$是方程

$$y''+P(x)y'+Q(x)y=0$$

的一个非零特解，试证与 $y_1(x)$ 线性无关的另一个特解为

$$y_2(x)=y_1(x)\int\frac{1}{y_1^2(x)}e^{-\int P(x)dx}dx. \tag{7-5-7}$$

公式(7-5-7)称为刘维尔(Liouville)公式.

证　设 $y_2(x)=u(x)y_1(x)$ 是该方程与 $y_1(x)$ 线性无关的特解，将

$$y'_2=u'y_1+uy'_1$$

与

$$y''_2=u''y_1+2u'y'_1+y''_1u$$

代入原方程，得

$$u''+\left(\frac{2y'_1}{y_1}+P(x)\right)u'=0.$$

这是一个可降价的二阶方程(不显含 u). 令 $z=u'$，得 $z'+\left[\frac{2y'_1}{y_1}+P(x)\right]z=0$，分离变量且积分得

$$\int\frac{1}{z}dz=-\int\left[\frac{2y'_1}{y_1}+P(x)\right]dx,$$

即

$$u'=z=\frac{1}{y_1^2}e^{-\int P(x)dx},\ u(x)=\int\frac{1}{y_1^2}e^{-\int P(x)dx}dx,$$

显然 $\frac{y_2}{y_1}\neq$ 常数，故得与 $y_1(x)$ 线性无关的另一个特解是

$$y_2(x)=y_1(x)\int\frac{1}{y_1^2(x)}e^{-\int P(x)dx}dx.$$

由定理 2 及例 1 知，只要找出齐次方程(7-5-4)的一个非零特解，就可以求出它的通解. 如何求出一个非零特解并无一般方法，通常采用观察法.

例 2　已知方程 $y''-\frac{1}{x}y'+\frac{1}{x^2}y=0$ 的一个特解为 $y_1=x$，求与 y_1 线性无关的另一特解 y_2，并求方程的通解.

解　由刘维尔公式，

$$y_2(x)=y_1\int\frac{1}{y_1^2}e^{-\int P(x)dx}dx=x\int\frac{1}{x^2}e^{\int\frac{1}{x}dx}dx=x\int\frac{1}{x}dx=x\ln x+C.$$

不妨取 $y_2=x\ln x$，故得原方程通解为

$$y=x(C_1+C_2\ln x).$$

三、二阶线性微分方程的常数变易法

类似于一阶线性方程，若已知二阶齐次方程(7-5-4)的通解 $y=C_1y_1(x)+C_2y_2(x)$. 令

$$y=C_1(x)y_1+C_2(x)y_2 \tag{7-5-8}$$

是非齐次方程(7-5-3)的通解. 对(7-5-8)式求导得

$$y'=C'_1y_1+C_1y'_1+C'_2y_2+C_2y'_2.$$

为了求非齐次方程的一个特解. 令

$$C'_1y_1+C'_2y_2=0, \tag{7-5-9}$$

从而 $y'=C_1y'_1+C_2y'_2$,

$$y''=C'_1y'_1+C_1y''_1+C'_2y'_2+C_2y''_2.$$

将 y,y',y'' 都代入(7-5-3)式,

$$y'_1C'_1+y'_2C'_2+(y''_1+Py'_1+Qy_1)C_1+(y''_2+Py'_2+Qy_2)C_2=f(x).$$

注意 y_1,y_2 是(7-5-4)的解,故

$$y'_1C'_1+y'_2C'_2=f(x).\tag{7-5-10}$$

联立(7-5-9)、(7-5-10),记 $w=y_1y'_2-y'_1y_2$,

当 $w\neq0$ 时,得 $C'_1=-\dfrac{y_2f(x)}{w}$, $C'_2=\dfrac{y_1f(x)}{w}$.

于是
$$C_1(x)=\int\left(-\frac{y_2f(x)}{w}\right)\mathrm{d}x,C_2(x)=\int\frac{y_1f(x)}{w}\mathrm{d}x.$$

非齐次方程(7-5-4)的特解为

$$y^*=y_1\int\left[-\frac{y_2f(x)}{w}\right]\mathrm{d}x+y_2\int\frac{y_1f(x)}{w}\mathrm{d}x.$$

则方程(7-5-4)的通解为

$$y=C_1y_1+C_2y_2-y_1\int\frac{y_2f(x)}{w}\mathrm{d}x+y_2\int\frac{y_1f(x)}{w}\mathrm{d}x.\tag{7-5-11}$$

例 3　已知 $y_1=\mathrm{e}^x,y_2=x$ 是齐次方程 $(x-1)y''-xy'+y=0$ 的两个线性无关的特解,求非齐次方程 $(x-1)y''-xy'+y=(x-1)^2\mathrm{e}^x$ 的通解.

解　先将方程变形:

$$y''-\frac{x}{x-1}y'+\frac{1}{x-1}y=(x-1)\mathrm{e}^x,$$

$$w=y_1y'_2-y'_1y_2=\mathrm{e}^x(1-x).$$

由公式(7-5-11)得原方程通解为

$$y=C_1\mathrm{e}^x+C_2x+\mathrm{e}^x\int\frac{-x(x-1)\mathrm{e}^x}{\mathrm{e}^x(1-x)}\mathrm{d}x+x\int\frac{\mathrm{e}^x(x-1)\mathrm{e}^x}{\mathrm{e}^x(1-x)}\mathrm{d}x=C_1\mathrm{e}^x+C_2x+\frac{1}{2}x^2\mathrm{e}^x-x\mathrm{e}^x.$$

第六节　常系数齐次线性微分方程

二阶线性微分方程(7-5-3)和(7-5-4),当 $P(x),Q(x)$ 皆为常数时,称为二阶常系数非齐次微分方程及其对应的齐次方程,更一般的形式是

$$ay''+by'+cy=f(x)\tag{7-6-1}$$

及
$$ay''+by'+cy=0,\tag{7-6-2}$$

a,b,c 皆为常数,且 $a\neq0$. 由本章第五节定理 2 知(7-6-2)式的通解归结于求线性无关的两个特解.

根据(7-6-2)式的线性常系数特点,又指数函数 e^{rx} 及其导数仍是指数函数. 因此,可能选择合适的 r,使 e^{rx} 成为(7-6-2)式的特解. 于是设 $y=\mathrm{e}^{rx}$ 是(7-6-2)式的特解,则 $y'=r\mathrm{e}^{rx}$, $y''=r^2\mathrm{e}^{rx}$,一并代入(7-6-2)式

$$\mathrm{e}^{rx}(ar^2+br+c)=0.$$

由于 $\mathrm{e}^{rx}\neq0$,因此,必有

$$ar^2+br+c=0. \tag{7-6-3}$$

由此可见，若 r 是方程(7－6－3)的一个根，则 e^{rx} 就是方程(7－6－2)的一个特解. 我们把方程(7－6－3)称为微分方程(7－6－2)的特征方程(characteristic equation)，其根称为特征根(characteristic root).

特征方程的系数分别是 y''，y'，y 的系数，可由求根公式

$$r_{1,2}=\frac{-b\pm\sqrt{b^2-4ac}}{2a},$$

得到.

由于判别式 b^2-4ac 的符号不同，要分三种情况讨论.

1. $b^2-4ac>0$

这时特征方程有两个相异实根 r_1，r_2. $y_1=e^{r_1x}$，$y_2=e^{r_2x}$ 是齐次方程(7－6－2)的两个特解，$\dfrac{y_1}{y_2}=e^{(r_1-r_2)x}$ 不为常数. 所以 y_1 和 y_2 线性无关. 故方程(7－6－2)通解为：

$$y=C_1e^{r_1x}+C_2e^{r_2x}. \tag{7-6-4}$$

2. $b^2-4ac=0$

此时特征方程(7－6－3)有二重实根 $r_1=r_2=-\dfrac{b}{2a}$. 此时只能得到一个特解 $y_1=e^{r_1x}=e^{-\frac{b}{2a}x}$. 为了求另一个与 y_1 线性无关的特解 y_2，可用与第五节例 1 相同的方法设 $y_2=u(x)e^{r_1x}$，直接用刘维尔公式：

$$y''+\frac{b}{a}y'+\frac{c}{a}y=0, P(x)=\frac{b}{a}, Q(x)=\frac{c}{a}.$$

$$y_2=y_1\int\frac{1}{y_1^2}e^{-\int P(x)dx}dx=e^{r_1x}\int\frac{1}{e^{2r_1x}}e^{-\int\frac{b}{a}dx}dx=e^{r_1x}\int e^{-(\frac{b}{a}+2r_1)x}dx=xe^{r_1x}$$

$$\left(\text{因为}\frac{b}{a}+2r_1=0\right).$$

由于 $\dfrac{y_1}{y_2}\neq$ 常数，我们得到通解为

$$y=(C_1+C_2x)e^{-\frac{b}{2a}x}. \tag{7-6-5}$$

3. $b^2-4ac<0$

此时特征方程(7－6－3)有一对共轭复数根

$$r_{1,2}=\frac{-b\pm\sqrt{4ac-b^2}\,i}{2a}=\alpha\pm\beta i.$$

因此，$y_1=e^{(\alpha+\beta i)x}$ 和 $y_2=e^{(\alpha-\beta i)x}$ 是方程(7－6－2)的特解. 由于 $\dfrac{e^{(\alpha+\beta i)x}}{e^{(\alpha-\beta i)x}}=e^{2i\beta x}\neq$ 常数，所以是两个线性无关的特解. 但这两个解是复数，不便于应用. 利用欧拉公式，$e^{i\theta}=\cos\theta+i\sin\theta$. 将 y_1，y_2 写成下面形式

$$y_1=e^{\alpha x}(\cos\beta x+i\sin\beta x), y_2=e^{\alpha x}(\cos\beta x-i\sin\beta x).$$

由第五节定理 1 知，y_1 与 y_2 的线性组合仍是方程(7－6－2)的解，所以

$$y_1^*=\frac{1}{2}y_1+\frac{1}{2}y_2=e^{\alpha x}\cos\beta x,\qquad y_2^*=\frac{1}{2i}y_1-\frac{1}{2i}y_2=e^{\alpha x}\sin\beta x$$

也是方程(7－6－2)的解，且不难得出 y_1^*，y_2^* 是线性无关的，因此方程(7－6－2)的通解是

$$y=e^{\alpha x}(C_1\cos\beta x+C_2\sin\beta x). \tag{7-6-6}$$

以上讨论结果列表总结如下(表 7-1)：

因此，要求二阶常系数线性齐次方程的通解，只要求其特征方程的根即可.

例 1 求下列方程的通解：

(1) $y''+y'-2y=0$；(2) $y''+6y'+13y=0$；(3) $y''-4y'+4y=0$.

表 7-1

特征方根 $ar^2+br+c=0$ 的根	微分方程 $ay''+by'+cy=0$ 的通解
相异实根 r_1 和 r_2	$y=C_1e^{r_1x}+C_2e^{r_2x}$
重根 $r_1=r_2=-\dfrac{b}{2a}$	$y=e^{-\frac{b}{2a}x}(C_1+C_2x)$
共轭复根 $r_{1,2}=\alpha\pm\beta i$	$y=e^{\alpha x}(C_1\cos\beta x+C_2\sin\beta x)$

解 (1) 所给方程的特征方程是 $r^2+r-2=0$.

它有两个相异实根 $r_1=-2, r_2=1$. 于是它的通解为 $y=C_1e^{-2x}+C_2e^x$.

(2) 特征方程 $r^2+6r+13=0$，求得特征根 $r_{1,2}=-3\pm 2i$.

于是得原方程通解为 $y=e^{-3x}(C_1\cos 2x+C_2\sin 2x)$.

(3) 特征方程 $r^2-4r+4=0$，求得特征根 $r_1=r_2=2$.

于是通解就是 $y=e^{2x}(C_1+C_2x)$.

例 2 求方程 $y''+4y'+29y=0$ 满足 $y|_{x=0}=0$，$y'|_{x=0}=15$ 的特解.

解 特征方程 $r^2+4r+29=0$，

特征根 $r_{1,2}=-2\pm 5i$.

故原方程通解为 $y=e^{-2x}(C_1\cos 5x+C_2\sin 5x)$.

求得 $y'=e^{-2x}[(-2C_1+5C_2)\cos 5x+(-2C_2-5C_1)\sin 5x]$.

将初始条件 $y|_{x=0}=0, y'|_{x=0}=15$ 代入以上两式，$C_1=0, C_2=3$，

故所求特解为 $y=3e^{-2x}\sin 5x$.

以上着重讨论了二阶常系数齐次线性微分方程的通解；这种方法可推广到 n 阶常系数齐次线性微分方程

$$p_0y^{(n)}+p_1y^{(n-1)}+p_2y^{(n-2)}+\cdots+p_{n-1}y'+p_ny=0, \tag{7-6-7}$$

其中 $p_0, p_1, \cdots, p_n$ 是常数，$p_0\neq 0$，其特征方程

$$p_0r^n+p_1r^{n-1}+\cdots+p_{n-1}r+p_n=0. \tag{7-6-8}$$

根据(7-6-8)n 个特征根的形式，有相应(7-6-7)的特解形式如表 7-2 所示.

表 7-2

特征方程 $p_0r^n+p_1r^{n-1}+\cdots+p_{n-1}r+p_n=0$		微分方程 $p_0y^{(n)}+p_1y^{(n-1)}+\cdots+p_{n-1}y'+p_ny=0$ 通解中对应项
单根	实根 r	给出一项 Ce^{rx}
	一对共轭复根 $r=\alpha\pm\beta i$	给出二项 $e^{\alpha x}(C_1\cos\beta x+C_2\sin\beta x)$
重根	k 重实根 r	给出 k 项 $(C_1+C_2x+\cdots+C_kx^{k-1})e^{rx}$
	k 重共轭复根 $r=\alpha\pm i\beta$	给出 $2k$ 项 $e^{\alpha x}[(C_1+C_2x+\cdots+C_kx^{k-1})\cos\beta x+(D_1+D_2x+\cdots+D_kx^{k-1})\sin\beta x]$

例 3　求下列方程的通解：

(1) $y^{(4)}+5y'''-6y''=0$；(2) $y^{(4)}+2y''+y=0$.

解　(1) 特征方程 $r^4+5r^3-6r^2=0$. 即 $r^2(r+6)(r-1)=0$，得特征根

$$r_{1,2}=0, r_3=1, r_4=-6.$$

故原方程通解为

$$y=C_1+C_2x+C_3\mathrm{e}^x+C_4\mathrm{e}^{-6x}.$$

(2) 特征方程 $r^4+2r^2+1=0$. 即 $(r^2+1)^2=0$.

得二重共轭复根　$r_{1,2}=\mathrm{i}$，$r_{3,4}=-\mathrm{i}$.

故原方程通解为

$$y=(C_1+C_2x)\cos x+(C_3+C_4x)\sin x.$$

第七节　常系数非齐次线性微分方程

由第五节定理 3，我们知道常系数非齐次线性微分方程(7－6－1)的通解可由其对应的齐次线性方程(7－6－2)的通解，加上(7－6－1)的一个特解构成. 而(7－6－2)的通解在第六节已完全解决，剩下的问题是求(7－6－1)的一个特解.

当 $f(x)$ 具有几种特殊形式时，用待定系数法(method of undetermined coefficient)去确定特解 y^*.

(1) $f(x)=\mathrm{e}^{\lambda x}P_m(x)$，其中 λ 是常数，$P_m(x)$ 是 x 的 m 次多项式.

由于指数函数与多项式乘积的导数仍是同一类型的函数，而 $f(x)$ 正是这样的函数. 因此有可能选择适当的多项式 $R(x)$，使 $y^*=R(x)\mathrm{e}^{\lambda x}$ 满足方程(7－6－1). 为此将 $y^*=R(x)\mathrm{e}^{\lambda x}$，$y^{*\prime}=[\lambda R(x)+R'(x)]\mathrm{e}^{\lambda x}$，$y^{*\prime\prime}=[\lambda^2R(x)+2\lambda R'(x)+R''(x)]\mathrm{e}^{\lambda x}$ 代入(7－6－1)式，并约去 $\mathrm{e}^{\lambda x}$，得

$$aR''(x)+(2a\lambda+b)R'(x)+(a\lambda^2+b\lambda+c)R(x)=P_m(x).\qquad(7-7-1)$$

①如果 λ 不是特征方程 $ar^2+br+c=0$ 的根，即 $a\lambda^2+b\lambda+c\neq0$. 左边多项式最高次数出现在 $R(x)$ 中，$R(x)$ 必是 m 次多项式，才能与右边 $P_m(x)$ 恒等，令

$$R(x)=R_m(x)=a_0x^m+a_1x^{m-1}+\cdots+a_{m-1}x+a_m,$$

代入(7－7－1)，比较两边 x 同次幂系数，从而得 $a_i(i=0,1,2,\cdots,m)$. 就得出所求特解.

②若 λ 是特征多项式 $ar^2+br+c=0$ 的单根，即 $a\lambda^2+b\lambda+c=0$，但 $2a\lambda+b\neq0$，则 $R'(x)$ 必是 m 次多项式，故可令

$$R(x)=xR_m(x),$$

并且可用同样的方法确定 $R_m(x)$ 的系数.

③当 λ 是 $ar^2+br+c=0$ 的重根时，$a\lambda^2+b\lambda+c=0$ 且 $2a\lambda+b=0$，则 $aR''(x)=P_m(x)$，$R''(x)$ 是 m 次多项式. 故令

$$R(x)=x^2R_m(x).$$

并且用同样的方法确定 $R_m(x)$ 的系数.

总之，我们有如下结论：如果 $f(x)=P_m(x)\mathrm{e}^{\lambda x}$ 是非齐次项. 则二阶常系数非齐次线性微分方程(7－6－1)有形如

$$y^*=x^kR_m(x)\mathrm{e}^{\lambda x}$$

的特解. $R_m(x)$ 与 $P_m(x)$ 是同次的多项式，k 是 λ 作为齐次方程特征根的重数. $k=0,1,2$(λ 不

是特征根时 $k=0$).

例 1 求方程 $y''+5y'+6y=3x^2-x+8$ 的通解.

解 这里非齐次项 $f(x)=3x^2-x+8, P_m(x)=3x^2-x+8$,而

$$\lambda=0 \quad [f(x)=(3x^2-x+8)e^{0x}]$$

特征方程 $r^2+5r+6=0$,根为 $r_1=-2, r_2=-3$.

$\lambda=0$ 不是特征根.故特解形式为 $y^*=a_0x^2+a_1x+a_2$.代入原方程,得

$$6a_0x^2+(10a_0+6a_1)x+2a_0+5a_1+6a_2=3x^2-x+8.$$

比较等式两边 x 的同次幂系数,有

$$\begin{cases}6a_0=3,\\10a_0+6a_1=-1,\\2a_0+5a_1+6a_2=8.\end{cases}$$

解得 $a_0=\frac{1}{2}, a_1=-1, a_2=2$.从而

$$y^*=\frac{1}{2}x^2-x+2,$$

于是原方程通解为

$$y=C_1e^{-2x}+C_2e^{-3x}+\frac{1}{2}x^2-x+2.$$

(2) $f(x)=e^{\lambda x}[P_m(x)\cos\omega x+Q_n(x)\sin\omega x]$, λ, ω 是常数, $P_m(x)$ 和 $Q_m(x)$ 分别是 x 的 m 和 n 次多项式.

由于指数函数、多项式与三角函数的乘积的导数仍是同类型的函数,因此方程(7-6-1)具有以下形式的特解.

$$y^*=e^{\lambda x}[Q(x)\cos\omega x+R(x)\sin\omega x].$$

类似前面(1)的讨论可得如下结论:

当 $\lambda\pm i\omega$ 不是特征根时,方程(7-6-1)的特解可设为

$$y^*=e^{\lambda x}[Q_l^{(1)}(x)\cos\omega x+Q_l^{(2)}(x)\sin\omega x].$$

当 $\lambda\pm i\omega$ 为特征根时,特解可设为

$$y^*=xe^{\lambda x}[Q_l^{(1)}(x)\cos\omega x+Q_l^{(2)}(x)\sin\omega x].$$

其中 $l=\max\{m,n\}$.

综上所述,

$$y^*=x^ke^{\lambda x}[Q_l^{(1)}(x)\cos\omega x+Q_l^{(2)}(x)\sin\omega x],$$

其中 $Q_l^{(1)}(x), Q_l^{(2)}(x)$ 是 l 次多项式, $l=\max\{m,n\}$, k 按 $\lambda+i\omega$(或 $\lambda-i\omega$)不是特征根或是特征根依次取 $k=0$ 或 1.

例 2 求微分方程 $y''+3y'+2y=2\sin x+\cos x$ 的通解.

解 对应齐次方程的特征方程 $r^2+3r+2=0$ 有根: $r_1=-1, r_2=-2$.非齐次项 $2\sin x+\cos x$ 属于 $e^{\lambda x}[P_m(x)\cos\omega x+Q_n(x)\sin\omega x]$型,这里 $\lambda=0, \omega=1$.因 $\lambda\pm i\omega=\pm i$ 不是特征根,故设 $y^*=A\cos x+B\sin x$ 为原方程的特解.

$$y^{*\prime}=-A\sin x+B\cos x, y^{*\prime\prime}=-A\cos x-B\sin x.$$

代入原方程并整理,得

$$(-3A+B)\sin x+(A+3B)\cos x=2\sin x+\cos x.$$

从而 $\begin{cases}-3A+B=2,\\ A+3B=1.\end{cases}$ 解之得 $A=-\frac{1}{2}$，$B=\frac{1}{2}$.

故原方程通解为
$$y=C_1\mathrm{e}^{-x}+C_2\mathrm{e}^{-2x}-\frac{1}{2}\cos x+\frac{1}{2}\sin x.$$

例 3　求方程 $y''+4y=\cos 2x+x^2$ 的通解.

解　根据解的叠加原理(第五节定理 4)，其特解由
$$y''+4y=\cos 2x \quad 与 \quad y''+4y=x^2$$
的特解 y_1^* 与 y_2^* 叠加而得到.

特征方程 $r^2+4=0$，根为 $r=\pm 2\mathrm{i}$.

$y''+4y=\cos 2x$ 属于类型(2)，$\lambda=0$，$P_m(x)=1$，$Q_n(x)=0$. $\omega=2$，由于 $\lambda+\mathrm{i}\omega=2\mathrm{i}$ 是特征根. 故
$$y_1^* - x(a\cos 2x+b\sin 2x).$$

利用特定系数法 $b=\frac{1}{4}$，$a=0$. 故 $y_1^*=\frac{1}{4}x\sin 2x$.

$y''+4y=x^2$ 属于类型(1)，设 $y^*=Ax^2+Bx+C$.

同理可得 $A=\frac{1}{4}$，$B=0$，$C=-\frac{1}{8}$. 故 $y_2^*=\frac{1}{4}x^2-\frac{1}{8}$.

故原方程的特解为
$$y^*=\frac{1}{4}x\sin 2x+\frac{1}{4}x^2-\frac{1}{8}.$$

因此原方程通解为
$$y=C_1\cos 2x+C_2\sin 2x+\frac{1}{4}x\sin 2x+\frac{1}{4}x^2-\frac{1}{8}.$$

显然，采用上面介绍的方法求解第二种类型的微分方程的特解 y^* 是比较麻烦的. 注意到 $f(x)$ 可以改写为 $P_m(x)\mathrm{e}^{(\lambda+\mathrm{i}\omega)x}$ 的形式. 一方面，这是上面讨论的第一种情形，相比之下较第二种情形简单；另一方面，这是一个实部与虚部的和的形式，写成一般形式就是：$f(x)=f_1(x)+\mathrm{i}f_2(x)$，这启发我们去讨论具有这种形式的微分方程的解的性质问题. 我们有下面的定理 1.

定理　设 $y=y_1(x)+\mathrm{i}y_2(x)$ 是方程 $y''+P(x)y'+Q(x)y=f_1(x)+\mathrm{i}f_2(x)$ 的解，则 $y_1(x)$ 与 $y_2(x)$ 分别是方程 $y''+P(x)y'+Q(x)y=f_1(x)$ 与 $y''+P(x)y'+Q(x)y=f_2(x)$ 的解.

证　将 $y=y_1+\mathrm{i}y_2$ 代入方程
$$y''+P(x)y'+Q(x)y=f_1(x)+\mathrm{i}f_2(x)$$
并整理，得
$$(y_1+\mathrm{i}y_2)''+P(x)(y_1+\mathrm{i}y_2)'+Q(x)+(y_1+\mathrm{i}y_2)=f_1(x)+\mathrm{i}f_2(x),$$
即
$$[y_1''+P(x)y_1'+Q(x)y_1]+\mathrm{i}[y_2''+P(x)y_2'+Q(x)y_2]=f_1(x)+\mathrm{i}f_2(x)$$
由实部、虚部对应相等条件得
$$y_1''+P(x)y_1'+Q(x)y_1=f_1(x),$$
$$y_2''+P(x)y_2'+Q(x)y_2=f_2(x),$$
证毕.

根据这个定理及 Euler 公式，如果我们先用第一种类型的方法求出方程
$$y''+py'+qy=P_m(x)\mathrm{e}^{(\lambda+\mathrm{i}\omega)x}$$
的特解

$$y^* = y_1^* + \mathrm{i} y_2^*,$$

那么，y^* 的实部 y_1^* 与虚部 y_2^* 分别就是方程

$$y'' + py' + qy = P_m(x)\mathrm{e}^{\lambda x}\cos\omega x$$

与

$$y'' + py' + qy = P_m(x)\mathrm{e}^{\lambda x}\sin\omega x$$

的解. 这实际上提供给我们求解第二种类型方程的另一种方法.

例 4 求方程 $y'' - 2y' + 5y = \mathrm{e}^x\sin 2x$ 的一个特解.

解 我们先求方程

$$y'' - 2y' + 5y = \mathrm{e}^{(1+2\mathrm{i})x}$$

的一个特解 y^*.

由于 $1+2\mathrm{i}$ 是特征方程

$$r^2 - 2r + 5 = 0$$

的根，所以上述方程的特解 y^* 可设为

$$y^* = Ax\mathrm{e}^{(1+2\mathrm{i})x}.$$

将 y^* 与

$$y^{*\prime} = A\mathrm{e}^{(1+2\mathrm{i})x}[(1+2\mathrm{i})x + 1],$$

$$y^{*\prime\prime} = A\mathrm{e}^{(1+2\mathrm{i})x}[4\mathrm{i}(x+1) - 3x + 2]$$

代入方程可解得

$$A = -\frac{1}{4}\mathrm{i}.$$

从而

$$y^* = -\frac{\mathrm{i}}{4}x\mathrm{e}^{(1+2\mathrm{i})x} = x\mathrm{e}^x\left(-\frac{\mathrm{i}}{4}\cos 2x + \frac{1}{4}\sin 2x\right).$$

由定理 1 知，原方程的特解应该为 y^* 的虚部. 因此，原方程的一个特解为

$$y^{**} = -\frac{1}{4}x\mathrm{e}^x\cos 2x.$$

例 5 写出方程 $y'' - 4y' + 4y = 8x^2 + \mathrm{e}^{2x} + \sin 2x$ 的一个特解的形式.

解 令

$$f_1(x) = 8x^2,\ f_2(x) = \mathrm{e}^{2x},\ f_3(x) = \sin 2x.$$

由于对应齐次方程的特征方程为

$$r^2 - 4r + 4 = 0.$$

解得特征根

$$r_1 = r_2 = 2.$$

于是方程

$$y'' - 4y' + 4y = f_1(x)$$

的特解形式是

$$y_1^* = Ax^2 + Bx + C;$$

方程

$$y'' - 4y' + 4y = f_2(x)$$

的特解形式是

$$y_2^* = Dx^2\mathrm{e}^{2x};$$

方程

$$y''-4y'+4y=f_3(x)$$

的特解形式是

$$y_3^*=E\cos 2x+F\sin 2x.$$

根据二阶非齐次线性方程的解的叠加原理(第五节定理4)知原方程的特解形式是

$$\begin{aligned}y^*&=y_1^*+y_2^*+y_3^*\\&=Ax^2+Bx+C+Dx^2\mathrm{e}^{2x}+E\cos 2x+F\sin 2x,\end{aligned}$$

其中,A,B,C,D,E,F 为待定常数.

例 6　已知二阶可微函数 $f(x)$ 满足关系式

$$\int_0^x (x+1-t)f'(t)\mathrm{d}t=x^2+\mathrm{e}^x-f(x),$$

求函数 $f(x)$.

解　将原方程改写为

$$x\int_0^x f'(t)\mathrm{d}t+\int_0^x(1-t)f'(t)\mathrm{d}t=x^2+\mathrm{e}^x-f(x). \tag{7-7-2}$$

两边对 x 求导并整理得

$$\int_0^x f'(t)\mathrm{d}t=2x+\mathrm{e}^x-2f'(x). \tag{7-7-3}$$

再求导且整理得

$$f''(x)+\frac{1}{2}f'(x)=1+\frac{1}{2}\mathrm{e}^x. \tag{7-7-4}$$

方程(7-7-4)为二阶常系数非齐次线性方程,易得对应齐次方程的通解为

$$\overline{f}(x)=C_1+C_2\mathrm{e}^{-\frac{1}{2}x}.$$

令 $f^*(x)=Ax+B\mathrm{e}^x$.将 $f^*(x)$及

$$f^{*\prime}(x)=A+B\mathrm{e}^x,f^{*\prime\prime}=B\mathrm{e}^x$$

代入方程(7-7-4)化简并整理得

$$\frac{A}{2}+\frac{3}{2}B\mathrm{e}^x=1+\frac{1}{2}\mathrm{e}^x.$$

比较系数得

$$A=2,B=\frac{1}{3}.$$

从而方程(7-7-4)的特解为

$$f^*(x)=2x+\frac{1}{3}\mathrm{e}^x.$$

于是,方程(7-7-4)的通解为

$$f(x)=C_1+C_2\mathrm{e}^{-\frac{1}{2}x}+2x+\frac{1}{3}\mathrm{e}^x.$$

不难由(7-7-2),(7-7-3)两式可知

$$f(x)|_{x=0}=1,f'(x)|_{x=0}=\frac{1}{2}.$$

将其代入通解 $f(x)$及

$$f'(x)=-\frac{1}{2}C_2\mathrm{e}^{-\frac{1}{2}x}+2+\frac{1}{3}\mathrm{e}^x$$

中可求得

$$C_1=-3,\quad C_2=\frac{11}{3}.$$

因此，所求函数

$$f(x)=-3+\frac{11}{3}e^{-\frac{1}{2}x}+2x=\frac{1}{3}e^{x}.$$

习 题 七

1. 指出下列微分方程的阶数，验证各题中的函数是否为微分方程的解，是通解还是特解：

(1) $xy'=2y$，函数 $y=5x^2$；

(2) $y''+(y')^2=1$，函数 $y=\frac{x^3}{6}+\frac{x}{2}$；

(3) $y''-2y'-3y=3x+1$，函数 $y=C_1e^{3x}+C_2e^{-x}-x+\frac{1}{3}$；

(4) $xy'=y+x\sin x$，函数 $y=x\int_1^x\frac{\sin t}{t}dt$；

(5) $y''-2y'+y=0$，函数 $y=x^2e^x$；

(6) $(x-y+1)y'=1$，函数由 $y=x+Ce^y$ 确定；

(7) $(1+xy)y'+y^2=0$，函数 $\begin{cases}x=te^t,\\ y=e^{-t};\end{cases}$

(8) $y=(C_1+C_2x)e^{-2x}+\frac{1}{2}x^2e^{-2x}$，$y''+4y'+4y=e^{-2x}$；

(9) $y=c_1e^{-2x}+c_2e^{-x}-\frac{1}{2}e^{-x}(\cos x+\sin x)$，$y''+3y'+2y=e^{-x}\sin x$.

2. 求下列微分方程的通解：

(1) $y'=e^{2x-y}$；

(2) $e^x dx+dx=\sin 2y dy$；

(3) $(4x+xy^2)dx+(y+x^2y)dy=0$；

(4) $x^3dy-(yx^2-y^3)dx=0$；

(5) $\frac{dy}{dx}+3y=8$；

(6) $\frac{dy}{dx}=\frac{1}{2x+y+1}-1$；

(7) $x\frac{dy}{dx}-2y=x^3\cos 4x$；

(8) $xdy-ydx-\frac{x}{\ln x}dx=0$；

(9) $(1+y^2)(e^{2x}dx-e^ydy)-(1+y)dy=0$；

(10) $(y^2-6x)\frac{dy}{dx}+2y=0$；

(11) $y^2+x^2\frac{dy}{dx}=xy\frac{dy}{dx}$；

(12) $(x+1)\frac{dy}{dx}-ny=e^x(x+1)^{n+1}$；

(13) $xy'-y-\sqrt{y^2-x^2}=0$；

(14) $y'+\frac{2y}{x}=\frac{2\sqrt{y}}{\cos^2 x}$；

(15) $y'=\cos\frac{y}{x}+\frac{y}{x}$；

(16) $xdy-[y+xy^3(1+\ln x)]dx=0$；

(17) $x\frac{dy}{dx}+x+\sin(x+y)=0$；

(18) $\frac{dy}{dx}=\frac{1}{x^2e^y-2x}$；

(19) $(y-x+1)dx-(y-x+5)dy=0$；

(20) $(3x^2+6xy^2)dx+(6x^2y+4y^2)dy=0$；

(21) $y'=\frac{x+y+1}{x-y-3}$；

(22) $e^ydx+(xe^y-2y)dy=0$；

(23) $(x+y)dx+(3x+3y-4)dy=0$；

(24) $(x\cos y+\cos x)y'-y\sin x+\sin y=0$；

(25) $(x^2-1)y'+2xy=\cos x$；

(26) $(x^2-y)dx-xdy=0$；

(27) $\cos x\dfrac{dy}{dx}+2y=0$.

3. 求解微分方程：

(1) $y'=\dfrac{x}{y}+\dfrac{y}{x},y|_{x=1}=2$；

(2) $xy'+1=4e^{-y},y|_{x=-2}=0$；

(3) $y''=xe^{x}$；

(4) $y''+\dfrac{1}{y^3}=0$；

(5) $y''+2y'=4x$；

(6) $y''=1+(y')^2$；

(7) $xy'+y-e^{x}=0,y|_{x=1}=3e$；

(8) $\dfrac{dy}{dx}-y\cot x=2x\sin x,y|_{x=\frac{\pi}{2}}=\pi$；

(9) $y''=\dfrac{2xy'}{1+x^2},y|_{x=0}=1,y'|_{x=0}=3$；

(10) $y''=2yy',y|_{x=0}=1,y'|_{x=0}=2$；

(11) $1+yy''+y'^2=0$；

(12) $xy''-3y'=x^2$.

4. 求下列微分方程的通解：

(1) $y'''=x+\cos x$；

(2) $y''=\arctan x$；

(3) $y^{(4)}=xe^{-x}$；

(4) $(x-1)y''-y'=0$；

(5) $yy''-(y')^2=0$；

(6) $y''=(y')^3+y'$；

(7) $x^2y''-3xy'+2(y')^2=0$.

5. 设函数 $\varphi(t)$在$-\infty<t<+\infty$上连续，$\varphi'(0)$存在且满足关系式：

$$\varphi(t+s)=\frac{\varphi(t)+\varphi(s)}{1-\varphi(t)\varphi(s)},$$

试求此函数.

6. 已知方程$(x+2)y''-(2x+5)y'+2y=0$ 的一个特解为 $y_1=e^{2x}$，求出另一个与 y_1 线性无关的特解，并且求出方程的通解.

7. 已知 $y_1=x,y_2=e^{x},y_3=e^{-x}$是微分方程 $y''+P(x)y'+Q(x)y=f(x)$的三个特解，其 $P(x)$，$Q(x)$，$f(x)$ 均为 x 的连续函数，试写出该方程的通解.

8. 已知 $y=C_1x+C_2e^{x}$ 为齐次线性方程$(x-1)y''-xy'+y=0$ 的通解，用常数变易法求非齐次线性方程$(x-1)y''-xy'+y=(x-1)^2$ 的通解.

9. 求下列齐次线性微分方程的通解：

(1) $y''-y'+2y=0$；

(2) $y''-8y'+16y=0$；

(3) $y''-2y'+9y=0$；

(4) $y^{(4)}-2y''=0$；

(5) $y^{(4)}-2y'''+y''=0$；

(6) $y^{(4)}-4y'''+10y''-12y'+5y=0$；

(7) $y^{(5)}+y^{(4)}+2y'''+2y''+y'+y=0$.

10. 作适当的变换求解下列方程：

(1) $\dfrac{dy}{dx}=(x+y)^2$；　(2) $\dfrac{dy}{dx}=\dfrac{1}{(x+y)^2}$；　(3) $\dfrac{dy}{dx}=\dfrac{x-y+5}{x-y-2}$.

11. 求下列微分方程的通解：

(1) $y''-2y'-3y=0$；

(2) $y''+2y'+3y=0$；

(3) $4y''-4y'+y=0$；

(4) $y''+y=0$；

(5) $y''+y'=4e^{2x}$；

(6) $y''+3y'+2y=x^2+x+1$；

(7) $y''-y'-2y=e^{2x}$；

(8) $y''-2y'+y=\cos x+\sin x$；

(9) $y''+y=\cos x+\sin x$；

(10) $y''-4y'+4y=(3x+8)e^{2x}$.

12. 确定下列各题中函数的参数值，使函数满足所给定的初始条件：

(1) $y=\dfrac{x}{\sin x+C}$满足条件 $y|_{x=\pi}=1$；

(2) $y=C_1\arcsin x+C_2$ 满足条件 $y(0)=0,y'(0)=1$；

(3) $y=C_1+C_2e^{2x}+(-x^2-x+1)e^x$ 满足条件 $y(0)=2, y'(0)=2$.

13. 求已给定积分曲线族所满足的微分方程：

(1) $y=\frac{1}{x+C}$； (2) $xy=C_1e^x+C_2e^{-x}$.

14. 写出下列条件下曲线所满足的微分方程：

(1) 曲线上点 $P(x,y)$处的法线与 x 轴的交点为 Q，且线段 PQ 被 y 轴平分.

(2) 曲线上点 $P(x,y)$处切线在 y 轴上的截距恰等于原点 O 到该点的距离.

15. 质量为 1 克的质点受外力作用做直线运动，这外力和时间 t 成正比，与质点的运动速度成反比，在时间 $t=10$ 秒时，速度等于 50 厘米/秒，外力为 4 克，试建立质点运动速度与时间 t 满足的微分方程.

16. 设有一质量为 m 的物体，在空中由静止开始下落，如果空气阻力为 $R=Cv^2$（其中 C 为常数，v 为物体运动的速度），试求物体下落的距离 s 与时间 t 的函数关系.

17. 根据牛顿冷却定律——物体在空气中冷却的速率与该物体和空气的温度差成正比，求在温度为 20℃ 的空气中，物体经过 20 分钟由 100℃冷却到 60℃的冷却规律.

18. 放射性物质的质量随时间的推移而减少，这种现象称为衰变. 实验表明，衰变速率与物质当时的质量成正比，比例常数 k 称为衰变系数，假设放射性物质的初始质量为 N_0，求衰变规律及半衰期（质量减少一半所需的时间）$t_{\frac{1}{2}}$.

19. 静脉输入葡萄糖是一种重要的治疗手段. 设葡萄糖以每分钟 k 克的固定速率输入到血液中，与此同时，血液中的葡萄糖还会转化为其他物质或转移到其他地方，其速率与血液中葡萄糖的含量成正比，比例常数为 a，试求血液中葡萄糖含量的变化规律，并确定达到平衡时血液中葡萄糖的含量.

第八章　空间解析几何

代数学的优越性在于推理方法的程序化，有鉴于此，人们产生了用代数方法研究几何问题的思想，这就是解析几何的基本思想. 要用代数方法研究几何问题就必须沟通代数和几何的联系，而代数与几何的基本概念分别是数与点，于是要找到一种特定的数学结构来建立数与点的联系，这种结构就是坐标系. 通过坐标系，建立起数与点的一一对应关系，从而将数与形结合起来、统一起来，使得人们既可以用代数的方法研究解决几何问题，也可以用几何方法研究解决代数问题.

本章先介绍向量的概念及其运算，然后再介绍空间解析几何，其主要内容包括平面和直线方程、一些常用的空间曲线和曲面的方程以及关于它们的某些基本问题. 这些方程的建立与解决是以向量作为工具的，正像平面解析几何的知识对学习一元函数微积分是不可缺少的一样，本章内容对以后学习多元函数的微分学和积分学将起到重要作用.

第一节　向量及其线性运算

一、向量的概念

人们在日常生活和生产实践中常遇到两类量，一类如温度、距离、体积、质量等，这种只有大小没有方向的量称为数量(标量)(scalar quantity)；另一类如力、位移、速度、电场强度等，它们不仅有大小而且还有方向，这种既有大小又有方向的量称为向量(矢量)(vector).

如何来表示向量呢？在几何上，可用空间的一个带有方向的线段即有向线段来表示，在选定长度单位后，这个有向线段的长度表示向量的大小，它的方向表示向量的方向，如图 8－1 所示，以 A 为起点，B 为终点的向量记作$\overrightarrow{AB}$. 为简便起见，常用一个粗体字母来表示向量，如$\overrightarrow{AB}$也可记作 $\boldsymbol{a}$(也记作 $\vec{a}$).

向量的大小称为向量的模(mudule)，记作$|\overrightarrow{AB}|$或$|\boldsymbol{a}|$. 模等于 1 的向量称为单位向量. 模等于零的向量称为零向量. 记作 $\mathbf{0}$. 零向量的方向不确定，或者说它的方向是任意的.

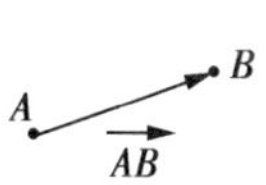

图 8－1

两个向量 $\boldsymbol{a}$ 与 $\boldsymbol{b}$，如果它们的方向相同且模相等，则称这两个向量相等. 记作 $\boldsymbol{a}=\boldsymbol{b}$. 根据这个规定，一个向量和它经过平行移动(方向不变，起点终点位置改变)所得的向量是相等的，这种向量称为自由向量(free vector). 以后如无特别说明，我们所讨论的向量都是自由向量，由于自由向量只考虑其大小和方向，因此，我们可以把一个向量自由平移，而使它的起点位置为任意点，这样，今后如有必要，就可以把一个向量移到同一个起点.

记两向量 $\boldsymbol{a}$ 与 $\boldsymbol{b}$ 之间的夹角为 θ(图 8－2)，规定 $0\leqslant\theta\leqslant\pi$. 特别地，当 $\boldsymbol{a}$ 与 $\boldsymbol{b}$ 同向时，$\theta=0$；当 $\boldsymbol{a}$ 与 $\boldsymbol{b}$ 反向时，$\theta=\pi$.

注意 向量的大小和方向是组成向量的不可分割的部分，也是向量与数量的根本区别所在.因此，在讨论向量运算时，必须把它的大小和方向统一起来考虑.

如果两个非零向量 $\boldsymbol{a}$ 与 $\boldsymbol{b}$ 的方向相同或相反，就称这两个向量平行，记作 $\boldsymbol{a}/\!/\boldsymbol{b}$，由于零向量的方向是任意的，因此可以认为零向量平行于任何向量.

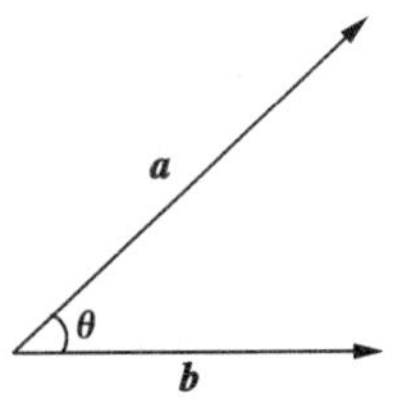

图 8－2

当两个平行向量的起点放在同一点时，它们的终点和公共起点应在同一条直线上，因此两向量平行，又称为两向量共线(collinear).

类似地还可引入向量共面的概念.设有 $k(k\geqslant 3)$ 个向量，如果把它们的起点放在同一点时，这 k 个终点和公共起点在同一平面上，则称这 k 个向量共面(coplanar).

二、向量的线性运算

1.向量的加减法

定义 1 设有两个向量 $\boldsymbol{a}$ 与 $\boldsymbol{b}$，任取一点 A，作 $\overrightarrow{AB}=\boldsymbol{a}$，再以 B 为起点，作 $\overrightarrow{BC}=\boldsymbol{b}$，连接 AC (图 8－3)，则向量 $\overrightarrow{AC}=\boldsymbol{c}$ 称为向量 $\boldsymbol{a}$ 与 $\boldsymbol{b}$ 的和，记作 $\boldsymbol{a}+\boldsymbol{b}$，即 $\boldsymbol{c}=\boldsymbol{a}+\boldsymbol{b}$.

上述作出两向量之和的方法称为向量相加的三角形法则.

在力学上，我们有作用在同一质点上的两个力的合力的平行四边形法则，类似地，我们也可按如下方式定义两向量相加的平行四边形法则：当向量 $\boldsymbol{a}$ 与 $\boldsymbol{b}$ 不平行时，作 $\overrightarrow{AB}=\boldsymbol{a}$，$\overrightarrow{AD}=\boldsymbol{b}$，以 AB、AD 为边作平行四边形 $ABCD$，连接对角线 AC(图 8－4)，显然向量 $\overrightarrow{AC}$ 等于向量 $\boldsymbol{a}$ 与 $\boldsymbol{b}$ 的和 $\boldsymbol{a}+\boldsymbol{b}$.

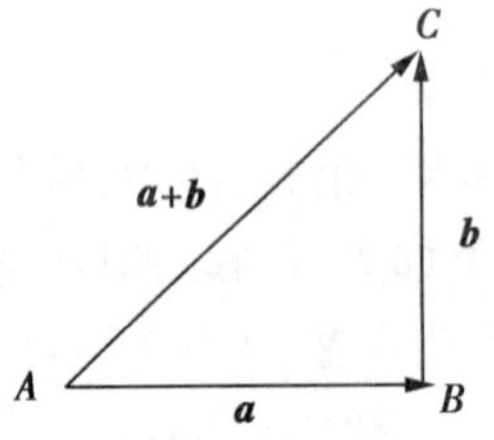

图 8－3

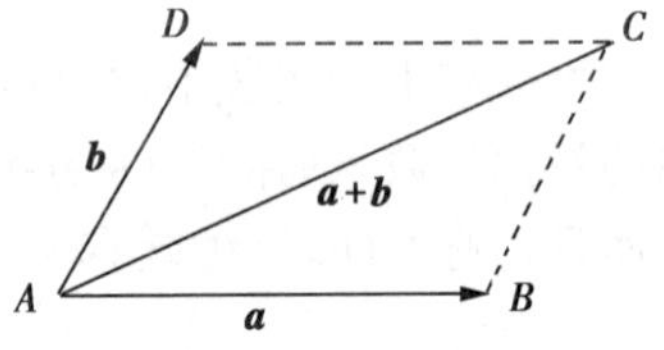

图 8－4

向量的加法满足下列运算规律：

(1) 交换律 $\boldsymbol{a}+\boldsymbol{b}=\boldsymbol{b}+\boldsymbol{a}$；

(2) 结合律 $(\boldsymbol{a}+\boldsymbol{b})+\boldsymbol{c}=\boldsymbol{a}+(\boldsymbol{b}+\boldsymbol{c})$；

(3) $\boldsymbol{a}+0=0+\boldsymbol{a}=\boldsymbol{a}$.

设有向量 $\boldsymbol{a}$，我们称与 $\boldsymbol{a}$ 的模相同而方向相反的向量为 $\boldsymbol{a}$ 的负向量，记作 $-\boldsymbol{a}$.由此，我们规定两个向量 $\boldsymbol{b}$ 与 $\boldsymbol{a}$ 的差

$$\boldsymbol{b}-\boldsymbol{a}=\boldsymbol{b}+(-\boldsymbol{a}).$$

上式表明，向量 $\boldsymbol{b}$ 与 $\boldsymbol{a}$ 的差就是向量 $\boldsymbol{b}$ 与 $-\boldsymbol{a}$ 的和(图 8－5).特别地，当 $\boldsymbol{b}=\boldsymbol{a}$ 时，有

$$\boldsymbol{a}-\boldsymbol{a}=\boldsymbol{a}+(-\boldsymbol{a})=\boldsymbol{0}.$$

显然，对任意向量 $\overrightarrow{AB}$ 及点 O，有 $\overrightarrow{AB}=\overrightarrow{AO}+\overrightarrow{OB}=\overrightarrow{OB}-\overrightarrow{OA}$.因此，若把向量 $\boldsymbol{a}$ 与 $\boldsymbol{b}$ 移到同一起点 O，则从 $\boldsymbol{a}$ 的终点 A 和 $\boldsymbol{b}$ 的终点 B 所引向量 $\overrightarrow{AB}$ 便是向量 $\boldsymbol{b}$ 与 $\boldsymbol{a}$ 的差 $\boldsymbol{b}-\boldsymbol{a}$(图 8－6).

由三角形两边之和大于第三边的原理，有 $|\boldsymbol{a}+\boldsymbol{b}|\leqslant|\boldsymbol{a}|+|\boldsymbol{b}|$ 及 $|\boldsymbol{a}-\boldsymbol{b}|\leqslant|\boldsymbol{a}|+|\boldsymbol{b}|$，其中等号当且仅当 $\boldsymbol{a}/\!/\boldsymbol{b}$ 时成立.

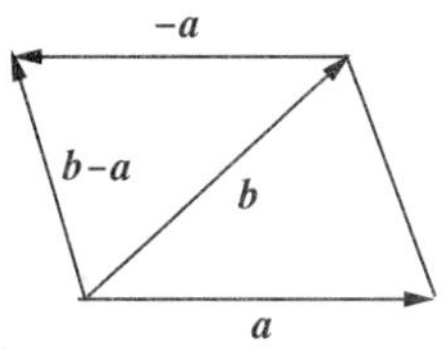

图 8-5

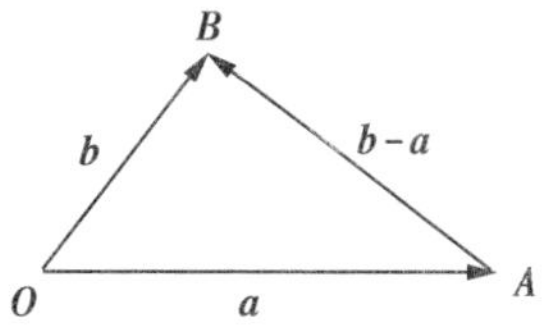

图 8-6

2. 向量与数的乘法

定义 2　数 λ 与向量 $\boldsymbol{a}$ 的乘积是一个向量，记为 $\lambda\boldsymbol{a}$，它按下面的规定所确定：$\lambda\boldsymbol{a}$ 的模是 $\boldsymbol{a}$ 的模的 $|\lambda|$ 倍，即 $|\lambda\boldsymbol{a}|=|\lambda||\boldsymbol{a}|$.

当 $\lambda>0$ 时，$\lambda\boldsymbol{a}$ 与 $\boldsymbol{a}$ 的方向相同；当 $\lambda<0$ 时，$\lambda\boldsymbol{a}$ 与 $\boldsymbol{a}$ 的方向相反；当 $\lambda=0$ 时，对任意 $\boldsymbol{a}$. 有 $\lambda\boldsymbol{a}=\boldsymbol{0}$ 为零向量.

特别地，当 $k=-1$ 时，有 $(-1)\boldsymbol{a}=-\boldsymbol{a}$；当 $\boldsymbol{a}=\boldsymbol{0}$ 时，对任意实数 k 都有 $k\boldsymbol{a}=\boldsymbol{0}$ 为零向量.

数与向量的乘积满足下列运算规律.

(1) 结合律：$\lambda(\mu\boldsymbol{a})=(\lambda\mu)\boldsymbol{a}$；　($\lambda,\mu$ 是实数)

(2) 分配律：$(\lambda+\mu)\boldsymbol{a}=\lambda\boldsymbol{a}+\mu\boldsymbol{a}$，$\lambda(\boldsymbol{a}+\boldsymbol{b})=\lambda\boldsymbol{a}+\lambda\boldsymbol{b}$.

向量的相加以及数乘向量统称为向量的线性运算.

通常把与 $\boldsymbol{a}$ 同方向的单位向量称为 $\boldsymbol{a}$ 的单位向量，记为 $\boldsymbol{e}_a$. 由数与向量乘积的定义，有

$$\boldsymbol{a}=|\boldsymbol{a}|\boldsymbol{e}_a,\quad \boldsymbol{e}_a=\frac{\boldsymbol{a}}{|\boldsymbol{a}|}.$$

注意　上式表明一个非零向量除以它的模的结果是一个与原向量同方向的单位向量，这一过程又叫向量的单位化.

例 1　我们将前臂[图 8-7(a)]作为杠杆，它的支点是肘关节，当上臂和前臂之间的夹角不是 90°时，力 $\boldsymbol{F}$ 是前臂的屈肌产生的，并可分解成垂直于前臂的力 $\boldsymbol{F}_1$ 和平行于前臂的力 $\boldsymbol{F}_2$，力 $\boldsymbol{F}_2$ 不使前臂产生任何的转动，只是力 $\boldsymbol{F}_1$ 作用在使前臂转动的方向上，如果上臂和前臂的力的夹角达到 180°，力 $\boldsymbol{F}_1$ 要比力 $\boldsymbol{F}$ 小得多，这一部分肌肉的力失去了作用，由向量代数，我们可写成.

$$\boldsymbol{F}_1=\boldsymbol{F}-\boldsymbol{F}_2.$$

例 2　腿的牵引[图 8-7(b)]表示临床上如何用牵引绳把腿拉直，我们用 $\boldsymbol{F}_1$ 表示垂直的重力，牵引绳上各处都有同样的张力，因此在图中力 $\boldsymbol{F}_2$、$\boldsymbol{F}_3$ 和 $\boldsymbol{F}_1$ 同样大小，即

$$|\boldsymbol{F}_2|=|\boldsymbol{F}_3|=|\boldsymbol{F}_1|.$$

牵引力 $\boldsymbol{F}$ 是 $\boldsymbol{F}_2$ 和 $\boldsymbol{F}_3$ 的合力，因此

$$\boldsymbol{F}=\boldsymbol{F}_2+\boldsymbol{F}_3.$$

当 $\boldsymbol{F}_2$ 和 $\boldsymbol{F}_3$ 之间的夹角趋向于零时，$|\boldsymbol{F}|$ 增大并趋向于 $2|\boldsymbol{F}_1|=|\boldsymbol{F}_2|+|\boldsymbol{F}_3|$. 然而，当 $\boldsymbol{F}_2$ 和 $\boldsymbol{F}_3$ 之间的夹角趋向于 180°时，$|\boldsymbol{F}|$ 减少并趋向于零，因此

$$0\leqslant|\boldsymbol{F}|\leqslant 2|\boldsymbol{F}_1|.$$

根据数与向量乘积的定义，$\lambda\boldsymbol{a}$ 与 $\boldsymbol{a}$ 平行，因此，我们常用数与向量乘积来说明两个向量的平行关系.

设 $\boldsymbol{a}$ 为一非零向量，则与 $\boldsymbol{a}$ 共线(平行)的向量 $\boldsymbol{b}$ 都可以表示为 $\boldsymbol{b}=\lambda\boldsymbol{a}$，其中 $\lambda=\pm\frac{|\boldsymbol{b}|}{|\boldsymbol{a}|}$，当 $\boldsymbol{b}$ 与 $\boldsymbol{a}$ 同向时取正号；反向时取负号，此外，在表示式 $\boldsymbol{b}=\lambda\boldsymbol{a}$ 中的数 λ 是唯一的，如果不然，存在

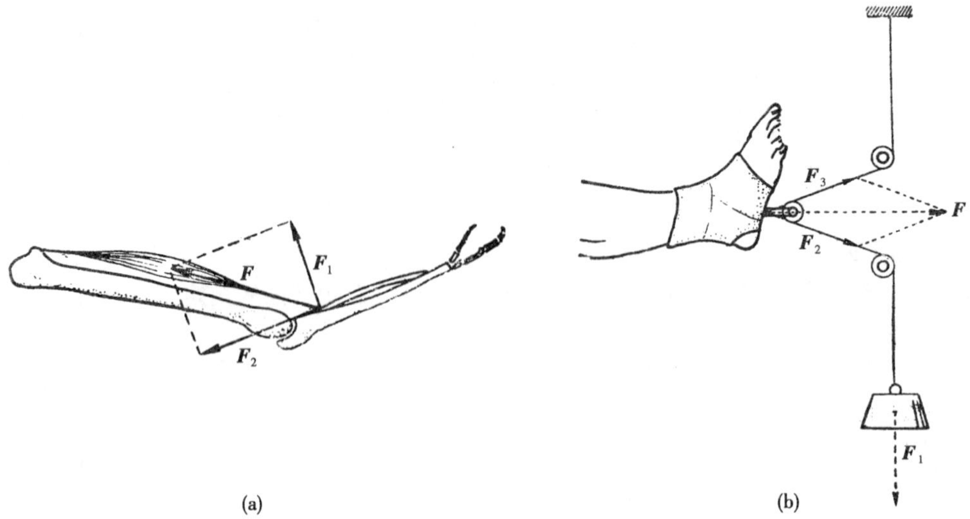

(a) (b)

图 8-7

数 μ 使得 $\boldsymbol{b}=\mu\,\boldsymbol{a}$，则两式相减得

$$(\lambda-\mu)\boldsymbol{a}=\boldsymbol{0},\text{即}|\lambda-\mu|\,|\boldsymbol{a}|=0.$$

因为 $|\boldsymbol{a}|\neq 0$，故 $|\lambda-\mu|=0$，所以必有 $\lambda=\mu$，由此我们得到：

定理　设向量 $\boldsymbol{a}\neq 0$，那么向量 $\boldsymbol{b}$ 平行于 $\boldsymbol{a}$ 的充分必要条件是：存在唯一的实数 λ，使 $\boldsymbol{b}=\lambda\boldsymbol{a}$.

定理 1 是建立数轴的理论依据，我们知道，确定一条数轴，需要给定一个点，一个方向及单位长度，由于一个单位向量既确定了方向，又确定了单位长度，因此只需给定一个点及一个单位向量就确定了一条数轴.

设点 O 及单位向量 $\boldsymbol{i}$ 确定了数轴，如图 8-8 所示，则对于轴上任意一点 P，对应一个向量 $\overrightarrow{OP}$，由于 $\overrightarrow{OP}\,/\!/\,\boldsymbol{i}$，故必存在唯一实数 x，使得 $\overrightarrow{OP}=xi$，其中 x 称为轴上有向线段 $\overrightarrow{OP}$ 的值. 这样，向量 $\overrightarrow{OP}$ 就与实数 x 一一对应，从而

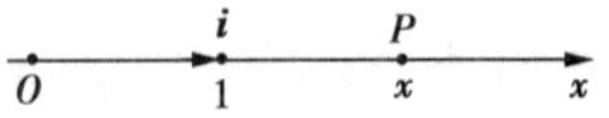

图 8-8

点 $P\leftrightarrow$ 向量 $\overrightarrow{OP}=x\,\boldsymbol{i}\leftrightarrow$ 实数 x，

即数轴上的点 P 与实数 x 一一对应，我们定义实数 x 为数轴上点 P 的**坐标**.

例 3　在 x 轴上取定一点 O 作为坐标原点，设 A，B 是 x 轴上坐标依次为 x_1，x_2 的两个点，$\boldsymbol{i}$ 是与 x 轴同方向的单位向量，证明 $\overrightarrow{AB}=(x_2-x_1)\boldsymbol{i}$.

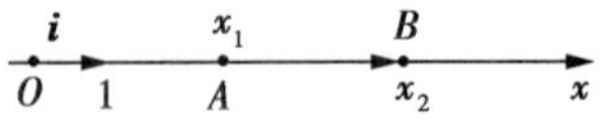

图 8-9

证　因为 $OA=x_1$，所以 $\overrightarrow{OA}=x_1\boldsymbol{i}$，同理 $\overrightarrow{OB}=x_2\boldsymbol{i}$，于是

$$\overrightarrow{AB}=\overrightarrow{OB}-\overrightarrow{OA}=x_2\boldsymbol{i}-x_1\boldsymbol{i}=(x_2-x_1)\boldsymbol{i}.$$

三、空间直角坐标系与向量的坐标

1. 空间直角坐标系

在平面解析几何中，我们建立了平面直角坐标系，并通过平面直角坐标系，把平面上的点与有序数组[即点的坐标(x,y)]对应起来. 同样，为了把空间的任一点与有序数组对应起来，我们来建立空间直角坐标系.

过空间一定点 O，作三个两两垂直的单位向量 $\boldsymbol{i},\boldsymbol{j},\boldsymbol{k}$，就确定了三条都以 O 为原点、两两垂直的数轴. 依次记为 x 轴（横轴）、y 轴（纵轴）、z 轴（竖轴），统称为坐标轴. 它们构成一个空间直角坐标系 $Oxyz$（图 8－10）.

空间直角坐标系有右手系和左手系两种. 我们通常采用右手系（图 8－11），其坐标轴的正向按如下方式规定，以右手握住 z 轴，当右手的四个手指从 x 轴正向以 $\frac{\pi}{2}$ 角度转向 y 轴正向时，大拇指的指向就是 z 轴的正向.

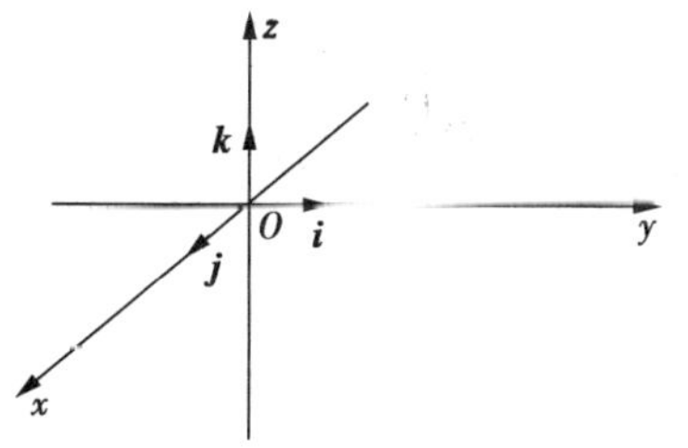

图 8－10

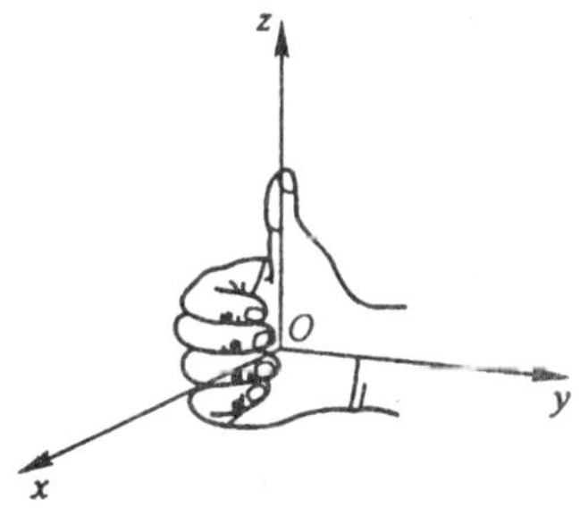

图 8－11

三条坐标轴中每两条坐标轴所在的平面 xOy、yOz、zOx 称为坐标面（coordinate plane）. 三个坐标面把空间分成八个部分，每个部分称为一个卦限（octant），共 8 个卦限. 其中 $x>0,y>0,z>0$ 部分为第Ⅰ卦限，第Ⅱ、Ⅲ、Ⅳ卦限在 xOy 面的上方，按逆时针方向确定. 第Ⅴ、Ⅵ、Ⅶ、Ⅷ卦限在 xOy 面的下方，由第Ⅰ卦限正下方的第Ⅴ卦限. 按逆时针方向依次确定（图 8－12）.

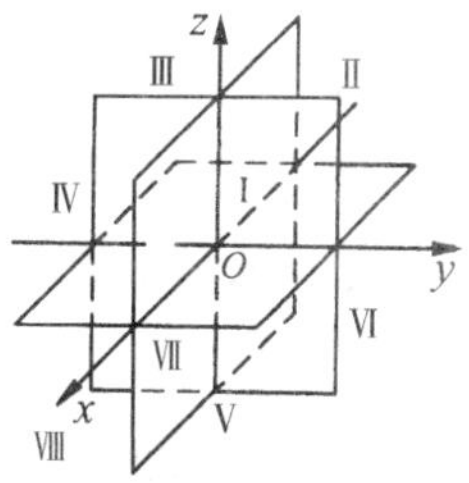

图 8－12

定义了空间直角坐标系后，就可以用一组有序实数组来确定空间点的位置. 设 M 为空间中任意一点（图 8－13），过点 M 分别作垂直于 x 轴、y 轴、z 轴的平面，它们与 x 轴、y 轴、z 轴分别交于 P、Q、R 三点，这三个点在 x 轴、y 轴、z 轴上的坐标分别为 x,y,z. 这样，空间的一点 M 就唯一地确定了一个有序数组 x,y,z. 反之，若给定一有序数组 x,y,z，就可以分别在 x 轴、y 轴、z 轴找到坐标分别为 x,y,z 的三点 P,Q,R，过这三点分别作垂直于 x 轴、y 轴、z 轴的平面，这三个平面的交点就是由有序数组 x,y,z 所确定的唯一的点 M，这样就建立了空间的点 M 和有序数组 x,y,z 之间的一一对应关系，这组数 x,y,z 称为点 M 的坐标，并依次称 x,y 和 z 为点 M 的横坐标，纵坐标和竖坐标，坐标为 x,y,z 的点 M 通常记为 $M(x,y,z)$.

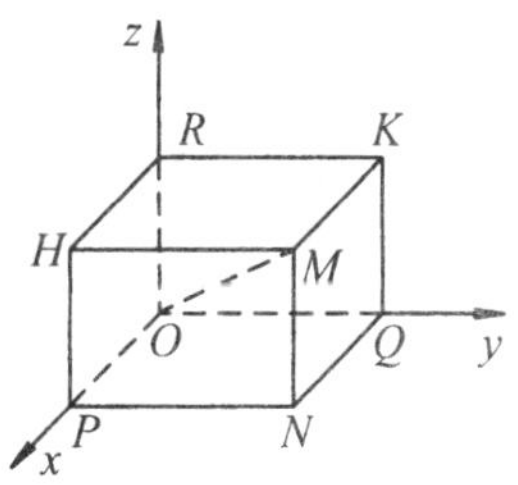

图 8－13

坐标面和坐标轴上的点，其坐标各有一定的特征. 例如，在 x 轴上的点，其纵坐标 $y=0$，竖坐标 $z=0$，于是其坐标为 $(x,0,0)$. 同理，y 轴上的点的坐标为 $(0,y,0)$；z 轴上的点的坐标为 $(0,0,z)$，xOy 面上的点的坐标为 $(x,y,0)$；yOz 面上的点的坐标为 $(0,y,z)$，zOx 面上的点为 $(x,0,z)$.

设点 $M(x,y,z)$ 为空间一点，则点 M 关于坐标面 xOy 的对称点为 $A(x,y,-z)$；关于 x 轴的对称点为 $B(x,-y,-z)$；关于原点对称的点为 $C(-x,-y,-z)$.

2. 空间两点间的距离

我们知道,在平面直角坐标系中,任意两点 $M_1(x_1,y_1)$,$M_2(x_2,y_2)$之间的距离公式为

$$|M_1M_2|=\sqrt{(x_2-x_1)^2+(y_2-y_1)^2}.$$

现在我们来给出空间直角坐标系中任意两点间的距离公式.

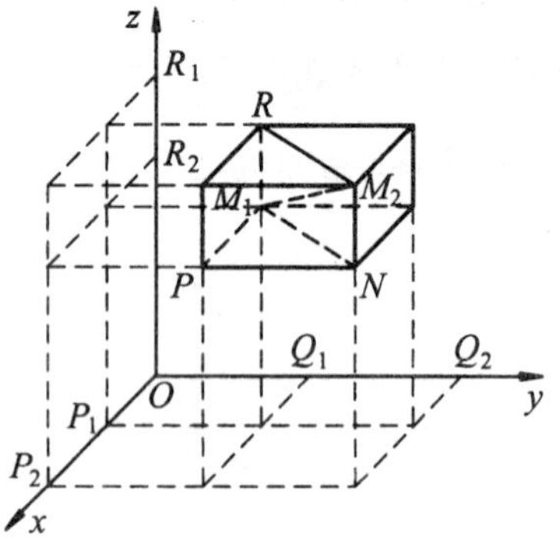

图 8-14

设有空间两点 $M_1(x_1,y_1,z_1)$,$M_2(x_2,y_2,z_2)$,过这两点各作三个分别垂直于坐标轴的平面,这六个平面围成一个以 M_1M_2 为对角线的长方体(图 8-14).

由于$\triangle M_1NM_2$、$\triangle M_1PN$ 为直角三角形,所以

$$|M_1M_2|^2=|M_1N|^2+|NM_2|^2=|M_1P|^2+|PN|^2+|NM_2|^2,$$

因为 $|M_1P|=|P_1P_2|=|x_2-x_1|$,

$|PN|=|Q_1Q_2|=|y_2-y_1|$,

$|NM_2|=|R_1R_2|=|z_2-z_1|$,

所以,便得到空间两点间的距离公式

$$|M_1M_2|=\sqrt{(x_2-x_1)^2+(y_2-y_1)^2+(z_2-z_1)^2}. \tag{8-1-1}$$

特别地,点 $M(x,y,z)$到坐标原点 $O(0,0,0)$的距离为

$$|OM|=\sqrt{x^2+y^2+z^2}. \tag{8-1-2}$$

例 4 设 P 在 x 轴上,它到 $P_1(0,\sqrt{2},3)$的距离为到点 $P_2(0,1,-1)$的距离的两倍,求点 P 的坐标.

解 因为 P 在 x 轴上,故可设 P 点坐标为$(x,0,0)$,由于

$$|PP_1|=\sqrt{x^2+(\sqrt{2})^2+3^2}=\sqrt{x^2+11},$$

$$|PP_2|=\sqrt{x^2+(-1)^2+1^2}=\sqrt{x^2+2},$$

$$|PP_1|=2|PP_2|,\text{即 }\sqrt{x^2+11}=2\sqrt{x^2+2},$$

从而解得 $x=\pm1$,所求点为$(1,0,0)$,$(-1,0,0)$.

3. 向量的坐标表示

前面讨论的向量的各种运算称为几何运算,只能在图形上表示,计算起来不方便.现在我们要引入向量的坐标表示,以便将向量的几何运算转化为代数运算.

任意给定空间一向量 $\boldsymbol{r}$,将向量 $\boldsymbol{r}$ 平行移动使其起点与坐标原点重合,终点记为 $M(x,y,z)$.过点 M 作三坐标轴的垂直平面,与 x 轴、y 轴、z 轴的交点分别为 P、Q、R(图 8-15),根据向量的加法法则,有 $\boldsymbol{r}=\overrightarrow{OM}=\overrightarrow{OP}+\overrightarrow{PN}+\overrightarrow{NM}=\overrightarrow{OP}+\overrightarrow{OQ}+\overrightarrow{OR}$.

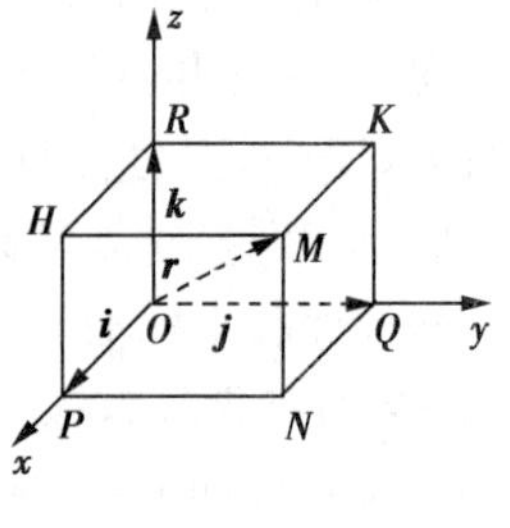

图 8-15

以 $\boldsymbol{i},\boldsymbol{j},\boldsymbol{k}$ 分别表示沿 x,y,z 轴正向的单位向量,则有

$$\overrightarrow{OP}=x\boldsymbol{i},\overrightarrow{OQ}=y\boldsymbol{j},\overrightarrow{OR}=z\boldsymbol{k},$$

从而

$$\boldsymbol{r}=\overrightarrow{OM}=x\boldsymbol{i}+y\boldsymbol{j}+z\boldsymbol{k}.$$

上式称为向量 $\boldsymbol{r}$ 的坐标分解式.$x\boldsymbol{i}$,$y\boldsymbol{i}$,$z\boldsymbol{k}$ 分别称为向量 $\boldsymbol{r}$ 沿 x 轴、y 轴、z 轴方向的分向量.

显然,给定向量 $\boldsymbol{r}$,就确定了点 M 及$\overrightarrow{OP}$,$\overrightarrow{OQ}$,$\overrightarrow{OR}$三个分向量,进而确定了 x,y,z 三个有序数;反之,给定三个有序数 x,y,z,也确定了向量 $\boldsymbol{r}$ 与点 M.于是,点 M,向量 $\boldsymbol{r}$ 与三个有序数

x,y,z 之间就存在一一对应关系，我们称有序数 x,y,z 为向量 $\boldsymbol{r}$ 的坐标，记为 $\boldsymbol{r}=(x,y,z)$.

向量 $\boldsymbol{r}=\overrightarrow{OM}$ 称为点 M 关于原点 O 的**向径**(radius vector).

如果在空间直角坐标系 $Oxyz$ 中任意给定两点 $M_1(x_1,y_1,z_1)$，$M_2(x_2,y_2,z_2)$，则有

$$\begin{aligned}\overrightarrow{M_1M_2}&=\overrightarrow{OM_2}-\overrightarrow{OM_1}=(x_2\boldsymbol{i}+y_2\boldsymbol{j}+z_2\boldsymbol{k})-(x_1\boldsymbol{i}+y_1\boldsymbol{j}+z_1\boldsymbol{k})\\&=(x_2-x_1)\boldsymbol{i}+(y_2-y_1)\boldsymbol{j}+(z_2-z_1)\boldsymbol{k}\\&=(x_2-x_1,y_2-y_1,z_2-z_1).\end{aligned}\tag{8-1-3}$$

四、用坐标作向量的线性运算

利用向量在直角坐标系中的坐标表达式，就可以把向量的几何运算转化为代数运算.

设 $\boldsymbol{a}=a_x\boldsymbol{i}+a_y\boldsymbol{j}+a_z\boldsymbol{k}$，$\boldsymbol{b}=b_x\boldsymbol{i}+b_y\boldsymbol{j}+b_z\boldsymbol{k}$，则

$$\boldsymbol{a}+\boldsymbol{b}=(a_x+b_x)\boldsymbol{i}+(a_y+b_y)\boldsymbol{j}+(a_z+b_z)\boldsymbol{k},\tag{8-1-4}$$

$$\boldsymbol{a}-\boldsymbol{b}=(a_x-b_x)\boldsymbol{i}+(a_y-b_y)\boldsymbol{j}+(a_z-b_z)\boldsymbol{k},\tag{8-1-5}$$

$$\lambda\boldsymbol{a}=(\lambda a_x)\boldsymbol{i}+(\lambda a_y)\boldsymbol{j}+(\lambda a_z)\boldsymbol{k}\quad(\lambda\text{ 为实数}).\tag{8-1-6}$$

由此可见，对向量进行加、减及数乘运算，只需对向量的各个坐标分别进行相应的数量运算即可.

例 5　设 $\boldsymbol{m}=3\boldsymbol{i}+5\boldsymbol{j}+8\boldsymbol{k}$，$\boldsymbol{n}=2\boldsymbol{i}-4\boldsymbol{j}-7\boldsymbol{k}$，$\boldsymbol{p}=5\boldsymbol{i}+\boldsymbol{j}-4\boldsymbol{k}$，求 $\boldsymbol{a}=4\boldsymbol{m}+3\boldsymbol{n}-\boldsymbol{p}$ 在 x 轴上的坐标及在 y 轴上的分向量.

解　因为 $\boldsymbol{a}=4\boldsymbol{m}+3\boldsymbol{n}-\boldsymbol{p}=4(3\boldsymbol{i}+5\boldsymbol{j}+8\boldsymbol{k})+3(2\boldsymbol{i}-4\boldsymbol{j}-7\boldsymbol{k})-(5\boldsymbol{i}+\boldsymbol{j}-4\boldsymbol{k})=13\boldsymbol{i}+7\boldsymbol{j}+15\boldsymbol{k}$，所以，向量 $\boldsymbol{a}$ 在 x 轴上的坐标为 13，在 y 轴上的分向量为 $7\boldsymbol{j}$.

例 6　已知两点 $A(x_1,y_1,z_1)$ 和 $B(x_2,y_2,z_2)$ 以及实数 $\lambda(\lambda\neq-1)$，试在有向线段 $\overrightarrow{AB}$ 上求一点 $M(x,y,z)$，使 $\overrightarrow{AM}=\lambda\overrightarrow{MB}$.

解　如图 8-16 所示，由于 $\overrightarrow{AM}=\overrightarrow{OM}-\overrightarrow{OA}$，$\overrightarrow{MB}=\overrightarrow{OB}-\overrightarrow{OM}$，因此

$$\overrightarrow{OM}-\overrightarrow{OA}=\lambda(\overrightarrow{OB}-\overrightarrow{OM}),$$

从而

$$\overrightarrow{OM}=\frac{1}{1+\lambda}(\overrightarrow{OA}+\lambda\overrightarrow{OB})=\frac{1}{1+\lambda}[(x_1,y_1,z_1)+\lambda(x_2,y_2,z_2)],$$

于是，所求点为　$M\left(\frac{x_1+\lambda x_2}{1+\lambda},\frac{y_1+\lambda y_2}{1+\lambda},\frac{z_1+\lambda z_2}{1+\lambda}\right)$.

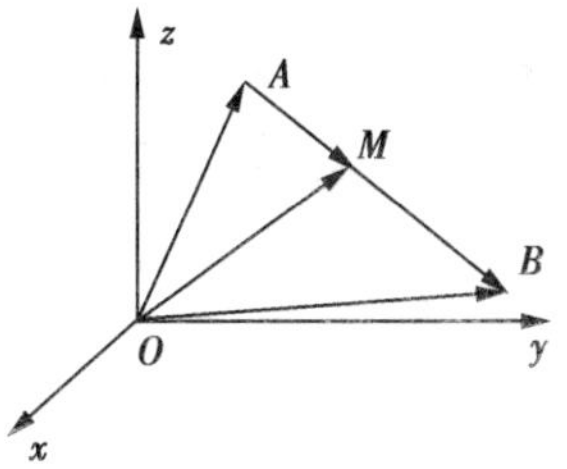

图 8-16

本例中的点 M 称为有向线段 $\overrightarrow{AB}$ 的定比分点. 特别地，当 $\lambda=1$ 时，得线段 $\overrightarrow{AB}$ 的中点 $M\left(\frac{x_1+x_2}{2},\frac{y_1+y_2}{2},\frac{z_1+z_2}{2}\right)$.

五、向量的模与方向余弦(direction cosine)

设向量 $\boldsymbol{r}=(x,y,z)$，作 $\overrightarrow{OM}=\boldsymbol{r}$(图 8-17)，则根据两点间的距离公式可得向量 $\boldsymbol{r}$ 的模

$$|\boldsymbol{r}|=|\overrightarrow{OM}|=\sqrt{x^2+y^2+z^2}.$$

为了表示向量 $\boldsymbol{r}$ 的方向，我们把向量 $\boldsymbol{r}$ 与 x 轴、y 轴、z 轴正向的夹角分别记为 α,β,γ，称为向量 $\boldsymbol{r}$ 的方向角(图 8-17)，同时，我们称 $\cos\alpha,\cos\beta,\cos\gamma$ 为向量 $\boldsymbol{r}$ 的方向余弦.

在 $\triangle OPM$，$\triangle OQM$，$\triangle ORM$ 中，有

$$\cos\alpha=\frac{x}{|\boldsymbol{r}|}=\frac{x}{\sqrt{x^2+y^2+z^2}},$$

$$\cos\beta=\frac{y}{|\boldsymbol{r}|}=\frac{y}{\sqrt{x^2+y^2+z^2}},$$

$$\cos\gamma=\frac{z}{|\boldsymbol{r}|}=\frac{z}{\sqrt{x^2+y^2+z^2}}.$$

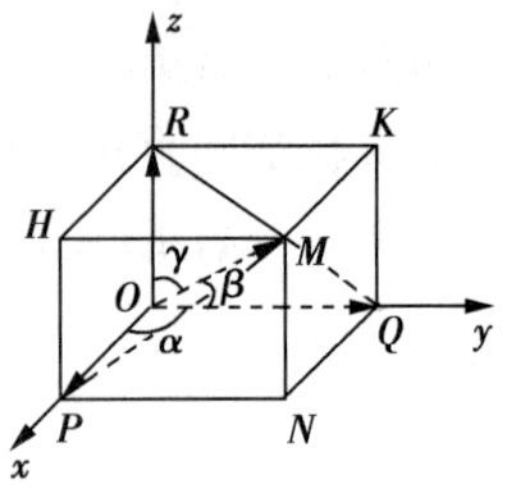

图 8-17

易见 $\cos\alpha,\cos\beta,\cos\gamma$ 满足如下关系式：

$$\cos^2\alpha+\cos^2\beta+\cos^2\gamma=1. \qquad (8-1-7)$$

这说明方向余弦 $\cos\alpha,\cos\beta,\cos\gamma$（或方向角 α,β,γ）不是相互独立的.

由 $\boldsymbol{r}=(x,y,z)$，有

$$(\cos\alpha,\cos\beta,\cos\gamma)=\frac{1}{|\boldsymbol{r}|}(x,y,z)=\frac{\boldsymbol{r}}{|\boldsymbol{r}|}=\boldsymbol{e}_r,$$

即向量 $(\cos\alpha,\cos\beta,\cos\gamma)$ 是一个与非零向量 $\boldsymbol{r}$ 同方向的单位向量.

例 7　已知两点 $M_1(2,2,\sqrt{2})$ 和 $M_2(1,3,0)$，计算向量 $\overrightarrow{M_1M_2}$ 的模，方向余弦和方向角，并求与 $\overrightarrow{M_1M_2}$ 方向相同的单位向量 $\boldsymbol{e}$.

解　因为 $\overrightarrow{M_1M_2}=(1-2,3-2,0-\sqrt{2})=(-1,1,-\sqrt{2})$，所以

$$|\overrightarrow{M_1M_2}|=\sqrt{(-1)^2+1^2+(-\sqrt{2})^2}=\sqrt{4}=2.$$

$$\cos\alpha=-\frac{1}{2},\ \cos\beta=\frac{1}{2},\ \cos\gamma=-\frac{\sqrt{2}}{2},$$

$$\alpha=\frac{2}{3}\pi,\beta=\frac{\pi}{3},\gamma=\frac{3}{4}\pi,\ \boldsymbol{e}=\left(-\frac{1}{2},\frac{1}{2},-\frac{\sqrt{2}}{2}\right).$$

例 8　设有向量 $\overrightarrow{P_1P_2}$，已知 $|\overrightarrow{P_1P_2}|=2$，它与 x 轴和 y 轴的夹角分别为 $\frac{\pi}{3}$ 和 $\frac{\pi}{4}$，如果 P_1 的坐标为 $(1,0,3)$，求 P_2 的坐标.

解　设向量 $\overrightarrow{P_1P_2}$ 的方向角为 α,β,γ，则

$$\alpha=\frac{\pi}{3},\cos\alpha=\frac{1}{2};\beta=\frac{\pi}{4},\cos\beta=\frac{\sqrt{2}}{2},$$

由

$$\cos^2\alpha+\cos^2\beta+\cos^2\gamma=1,$$

得 $\cos\gamma=\pm\frac{1}{2}$，即 $\gamma_1=\frac{\pi}{3},\gamma_2=\frac{2}{3}\pi$. 设 P_2 的坐标为 (x,y,z)，于是由

$$\cos\alpha=\frac{x-1}{|\overrightarrow{P_1P_2}|},\cos\beta=\frac{y-0}{|\overrightarrow{P_1P_2}|},\cos\gamma=\frac{z-3}{|\overrightarrow{P_1P_2}|},$$

即得 $\frac{1}{2}=\frac{x-1}{2},\frac{\sqrt{2}}{2}=\frac{y-0}{2},\pm\frac{1}{2}=\frac{z-3}{2}$，从而 $x=2,y=\sqrt{2},z=4$ 或 $z=2$，所以 P_2 的坐标为 $(2,\sqrt{2},4)$ 或 $(2,\sqrt{2},2)$.

六、向量在轴上的投影(projection)

设点 O 及单位向量 $\boldsymbol{e}$ 确定了 u 轴（图 8-18），任意给定向量 $\boldsymbol{r}$，作 $\overrightarrow{OM}=\boldsymbol{r}$，再过点 M 作与 u 轴垂直的平面交 u 轴于点 M'（点 M' 称为点 M 在 u 轴上的投影），则向量 $\overrightarrow{OM'}$ 称为向量 $\boldsymbol{r}$ 在 u 轴上的分向量，设 $\overrightarrow{OM'}=\lambda\boldsymbol{e}$，则数 λ 称为向量 $\boldsymbol{r}$ 在 u 轴上的投影，记为 $\mathrm{Prj}_u\boldsymbol{r}$ 或 $\boldsymbol{r}_u$.

根据这个定义，向量 $\boldsymbol{a}$ 在直角坐标系 $Oxyz$ 中的坐标 a_x,a_y,a_z 分别是向量在 x 轴，y 轴，z

轴上的投影，即 $a_x=\mathrm{Prj}_x\boldsymbol{a}$，$a_y=\mathrm{Prj}_y\boldsymbol{a}$，$a_z=\mathrm{Prj}_z\boldsymbol{a}$，由此可知，向量的投影具有与坐标相同的性质.

性质 1　$\mathrm{Prj}_u\boldsymbol{a}=|\boldsymbol{a}|\cos\theta$（$\theta$ 为向量 $\boldsymbol{a}$ 与 u 轴的夹角）；

性质 2　$\mathrm{Prj}_u(\boldsymbol{a}+\boldsymbol{b})=\mathrm{Prj}_u\boldsymbol{a}+\mathrm{Prj}_u\boldsymbol{b}$；

性质 3　$\mathrm{Prj}_u(\lambda\boldsymbol{a})=\lambda\mathrm{Prj}_u\boldsymbol{a}$（$\lambda$ 为实数）.

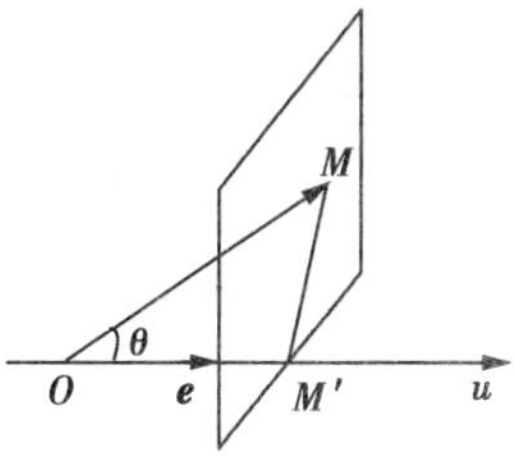

图 8－18

例 9　设立方体的一条对角线为 OM，一条棱为 OA，且 $|\overrightarrow{OA}|=a$，求 $\overrightarrow{OA}$ 在 $\overrightarrow{OM}$ 方向上的投影 $\mathrm{Prj}_{\overrightarrow{OM}}\overrightarrow{OA}$.

解　如图 8－19 所示，记 $\angle MOA=\theta$，有

$$\cos\theta=\frac{|\overrightarrow{OA}|}{|\overrightarrow{OM}|}=\frac{1}{\sqrt{3}}.$$

于是

$$\mathrm{Prj}_{\overrightarrow{OM}}\overrightarrow{OA}=|\overrightarrow{OA}|\cos\theta=\frac{a}{\sqrt{3}}.$$

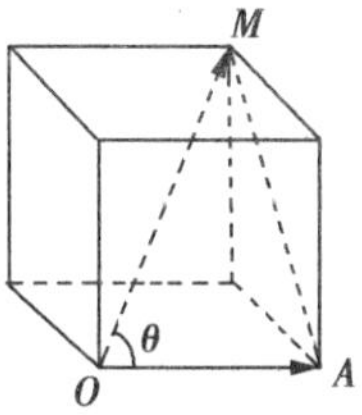

图 8－19

第二节　数量积　向量积

一、两向量的数量积

在中学物理中，我们已经知道，如果物体沿着某一直线移动，其位移为 $\boldsymbol{s}$（图 8－20），则作用在物体上的常力 $\boldsymbol{F}$ 所做的功 W 等于力 $\boldsymbol{F}$ 在位移方向上的分力 $|\boldsymbol{F}|\cdot\cos\theta$（$\theta$ 为作用力方向与位移方向之间的夹角）乘以位移的大小 $|\boldsymbol{s}|$，即 $W=|\boldsymbol{F}||\boldsymbol{s}|\cos\theta$.

由此可见，功的数量是 $\boldsymbol{F}$ 与 $\boldsymbol{s}$ 这两个向量所唯一确定的. 在物理学和力学的其他问题中，也常常会遇到此类情况. 为此，在数学中我们把这种运算抽象成两个向量的数量积的概念.

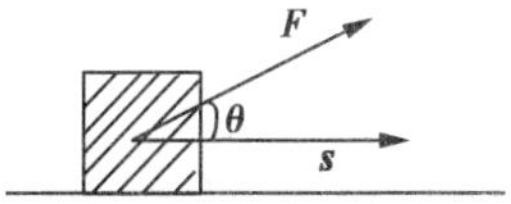

图 8－20

定义 1　两个向量 $\boldsymbol{a}$ 与 $\boldsymbol{b}$ 的数量积（内积或点积）是一个数，它等于这两个向量的模与它们的夹角 $\theta=(\widehat{\boldsymbol{a},\boldsymbol{b}})$ 余弦的乘积，记为 $\boldsymbol{a}\cdot\boldsymbol{b}$，即

$$\boldsymbol{a}\cdot\boldsymbol{b}=|\boldsymbol{a}||\boldsymbol{b}|\cos\theta.$$

这样，上述常力所做的功就是力 $\boldsymbol{F}$ 与位移 $\boldsymbol{s}$ 的数量积，即

$$W=\boldsymbol{F}\cdot\boldsymbol{s}.$$

根据数量积的定义，可以推得：

(1) $\boldsymbol{a}\cdot\boldsymbol{b}=|\boldsymbol{b}|\mathrm{Prj}_b\boldsymbol{a}=|\boldsymbol{a}|\mathrm{Prj}_a\boldsymbol{b}$；

(2) $\boldsymbol{a}\cdot\boldsymbol{a}=|\boldsymbol{a}|^2\geqslant 0$，$\boldsymbol{a}\cdot\boldsymbol{a}=0$ 当且仅当 $\boldsymbol{a}=\boldsymbol{0}$；

(3) 设 $\boldsymbol{a},\boldsymbol{b}$ 为两非零向量，则 $\boldsymbol{a}\perp\boldsymbol{b}$ 的充分必要条件是 $\boldsymbol{a}\cdot\boldsymbol{b}=0$.

证　因为如果 $\boldsymbol{a}\cdot\boldsymbol{b}=0$，由 $|\boldsymbol{a}|\neq 0$，$|\boldsymbol{b}|\neq 0$，则有 $\cos\theta=0$，从而 $\theta=\frac{\pi}{2}$，即 $\boldsymbol{a}\perp\boldsymbol{b}$；反之，如果 $a\perp b$，则有 $\theta=\frac{\pi}{2}$，$\cos\theta=0$，于是 $\boldsymbol{a}\cdot\boldsymbol{b}=|\boldsymbol{a}||\boldsymbol{b}|\cos\theta=0$.

数量积满足下列运算规律：

(1) 交换律　$\boldsymbol{a}\cdot\boldsymbol{b}=\boldsymbol{b}\cdot\boldsymbol{a}$；

(2) 分配律　$(\boldsymbol{a}+\boldsymbol{b})\cdot\boldsymbol{c}=\boldsymbol{a}\cdot\boldsymbol{c}+\boldsymbol{b}\cdot\boldsymbol{c}$；

(3) 结合律　$\lambda(\boldsymbol{a}\cdot\boldsymbol{b})=(\lambda\boldsymbol{a})\cdot\boldsymbol{b}=\boldsymbol{a}\cdot(\lambda\boldsymbol{b})$（$\lambda$ 为实数）.

利用数量积的定义即可以证明上述运算规律.

下面我们利用数量积的性质和运算规律来推导数量积的坐标表达式.

设 $\boldsymbol{a}=a_x\boldsymbol{i}+a_y\boldsymbol{j}+a_z\boldsymbol{k}$，$\boldsymbol{b}=b_x\boldsymbol{i}+b_y\boldsymbol{j}+b_z\boldsymbol{k}$，则

$$\begin{aligned}\boldsymbol{a}\cdot\boldsymbol{b}&=(a_x\boldsymbol{i}+a_y\boldsymbol{j}+a_z\boldsymbol{k})\cdot(b_x\boldsymbol{i}+b_y\boldsymbol{j}+b_z\boldsymbol{k})\\&=a_xb_x\boldsymbol{i}\cdot\boldsymbol{i}+a_xa_y\boldsymbol{i}\cdot\boldsymbol{j}+a_xb_z\boldsymbol{i}\cdot\boldsymbol{k}+a_yb_x\boldsymbol{j}\cdot\boldsymbol{i}+a_yb_y\boldsymbol{j}\cdot\boldsymbol{j}+\\&\quad a_yb_z\boldsymbol{j}\cdot\boldsymbol{k}+a_zb_x\boldsymbol{k}\cdot\boldsymbol{i}+a_zb_y\boldsymbol{k}\cdot\boldsymbol{j}+a_zb_z\boldsymbol{k}\cdot\boldsymbol{k},\end{aligned}$$

因为 $\boldsymbol{i},\boldsymbol{j},\boldsymbol{k}$ 是两两垂直的单位向量，所以有 $\boldsymbol{i}\cdot\boldsymbol{j}=\boldsymbol{j}\cdot\boldsymbol{k}=\boldsymbol{k}\cdot\boldsymbol{i}=0$，$\boldsymbol{i}\cdot\boldsymbol{i}=\boldsymbol{j}\cdot\boldsymbol{j}=\boldsymbol{k}\cdot\boldsymbol{k}=1$.

从而得到数量积的坐标表达式

$$\boldsymbol{a}\cdot\boldsymbol{b}=a_xb_x+a_yb_y+a_zb_z. \tag{8-2-1}$$

因 $\boldsymbol{a}\cdot\boldsymbol{b}=|\boldsymbol{a}||\boldsymbol{b}|\cos\theta$，所以当 $\boldsymbol{a}$、$\boldsymbol{b}$ 为两非零向量时，有

$$\cos\theta=\frac{\boldsymbol{a}\cdot\boldsymbol{b}}{|\boldsymbol{a}||\boldsymbol{b}|}=\frac{a_xb_x+a_yb_y+a_zb_z}{\sqrt{a_x^2+a_y^2+a_z^2}\sqrt{b_x^2+b_y^2+b_z^2}}. \tag{8-2-2}$$

由此进一步得到 $\boldsymbol{a}\perp\boldsymbol{b}$ 的充分必要条件是

$$a_xb_x+a_yb_y+a_zb_z=0.$$

例 1　已知点 $A(1,1,1)$，$B(2,2,1)$，$C(2,1,2)$，求(1) $\angle BAC$；(2) $\mathrm{Prj}_{\overrightarrow{AC}}\overrightarrow{AB}$.

解　(1) $\angle BAC$ 就是向量$\overrightarrow{AB}$与$\overrightarrow{AC}$的夹角，这里$\overrightarrow{AB}=(1,1,0)$，$\overrightarrow{AC}=(1,0,1)$，从而

$$\cos(\angle BAC)=\frac{\overrightarrow{AB}\cdot\overrightarrow{AC}}{|\overrightarrow{AB}||\overrightarrow{AC}|}=\frac{1\times1+1\times0+0\times1}{\sqrt{1^2+1^2+0^2}\cdot\sqrt{1^2+0^2+1^2}}=\frac{1}{2}.\text{ 由此得}\angle BAC=\frac{\pi}{3}.$$

(2) 由向量投影的性质有 $\mathrm{Prj}_{\overrightarrow{AC}}\overrightarrow{AB}=\dfrac{\overrightarrow{AB}\cdot\overrightarrow{AC}}{|\overrightarrow{AC}|}$，故

$$\mathrm{Prj}_{\overrightarrow{AC}}\overrightarrow{AB}=\frac{1\times1+1\times0+0\times1}{\sqrt{1^2+0^2+1^2}}=\frac{\sqrt{2}}{2}.$$

例 2　试用向量方法证明三角形的余弦定理.

证　如图 8-21 所示，设在$\triangle ABC$ 中，$\angle BCA=\theta$，$|\overrightarrow{CB}|=a$，$|\overrightarrow{CA}|=b$，$|\overrightarrow{AB}|=c$，

现要证 $c^2=a^2+b^2-2ab\cos\theta$.

令$\overrightarrow{CB}=\boldsymbol{a}$，$\overrightarrow{CA}=\boldsymbol{b}$，$\overrightarrow{AB}=\boldsymbol{c}$，则有 $\boldsymbol{c}=\boldsymbol{a}-\boldsymbol{b}$

从而
$$\begin{aligned}|\boldsymbol{c}|^2&=\boldsymbol{c}\cdot\boldsymbol{c}=(\boldsymbol{a}-\boldsymbol{b})\cdot(\boldsymbol{a}-\boldsymbol{b})=\boldsymbol{a}\cdot\boldsymbol{a}+\boldsymbol{b}\cdot\boldsymbol{b}-2\boldsymbol{a}\cdot\boldsymbol{b}\\&=|\boldsymbol{a}|^2+|\boldsymbol{b}|^2-2|\boldsymbol{a}||\boldsymbol{b}|\cos\theta.\end{aligned}$$

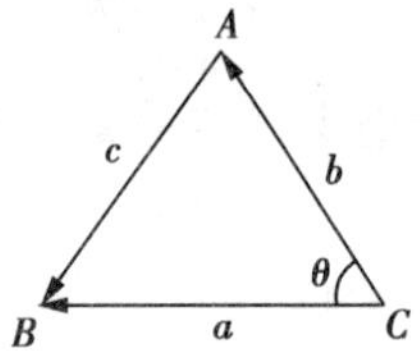

图 8-21

由 $|\boldsymbol{a}|=a$，$|\boldsymbol{b}|=b$，$|\boldsymbol{c}|=c$，即得

$$c^2=a^2+b^2-2ab\cos\theta.$$

例 3　设 $\boldsymbol{a}+3\boldsymbol{b}$ 与 $7\boldsymbol{a}-5\boldsymbol{b}$ 垂直，$\boldsymbol{a}-4\boldsymbol{b}$ 与 $7\boldsymbol{a}-2\boldsymbol{b}$ 垂直，求 $\boldsymbol{a}$ 与 $\boldsymbol{b}$ 之间的夹角 θ.

解　因为$(\boldsymbol{a}+3\boldsymbol{b})\perp(7\boldsymbol{a}-5\boldsymbol{b})$，所以$(\boldsymbol{a}+3\boldsymbol{b})\cdot(7\boldsymbol{a}-5\boldsymbol{b})=0$，

即
$$7|\boldsymbol{a}|^2-15|\boldsymbol{b}|^2+16\boldsymbol{a}\cdot\boldsymbol{b}=0. \tag{8-2-3}$$

又$(\boldsymbol{a}-4\boldsymbol{b})\perp(7\boldsymbol{a}-2\boldsymbol{b})$，所以$(\boldsymbol{a}-4\boldsymbol{b})\cdot(7\boldsymbol{a}-2\boldsymbol{b})=0$，

即
$$7|\boldsymbol{a}|^2+8|\boldsymbol{b}|^2-30\boldsymbol{a}\cdot\boldsymbol{b}=0. \tag{8-2-4}$$

解联立方程(8-2-3)、(8-2-4)，得$|\boldsymbol{a}|^2=|\boldsymbol{b}|^2=2\boldsymbol{a}\cdot\boldsymbol{b}$，

所以 $\cos\theta=\dfrac{\boldsymbol{a}\cdot\boldsymbol{b}}{|\boldsymbol{a}||\boldsymbol{b}|}=\dfrac{1}{2}$，即 $\theta=\dfrac{\pi}{3}$.

例 4　设液体流过平面 S 上面积为 A 的一个区域，液体在该区域上各点处的流速均为(常

向量)$\boldsymbol{v}$,设 $\boldsymbol{n}$ 为垂直于 S 的单位向量(图 8-22),计算单位时间内经过该区域流向 $\boldsymbol{n}$ 所指一方的液体的质量 P(液体的密度为 ρ).

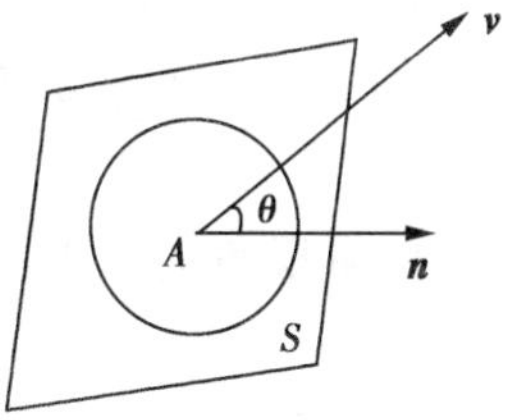

图 8-22

解　单位时间内流过该区域的液体构成一个底面积为 A,斜高为 $|\boldsymbol{v}|$ 的斜柱体,该柱体的斜高与底面的垂线的夹角就是 $\boldsymbol{v}$ 与 $\boldsymbol{n}$ 的夹角 θ,所以该柱体的高为 $|\boldsymbol{v}|\cos\theta$,体积为

$$A|\boldsymbol{v}|\cos\theta=A\boldsymbol{v}\cdot\boldsymbol{n},$$

从而,单位时间内通过该区域流向 $\boldsymbol{n}$ 所指一方的液体的质量为

$$P=\rho A\boldsymbol{v}\cdot\boldsymbol{n}.$$

二、两向量的向量积

如同两向量的数量积一样,两向量的向量积的概念也是从力学及物理学中的某些概念中抽象出来的,例如在研究物体的转动问题时不仅要考虑此物体所受的力,还要分析这些力所产生的力矩. 设 O 为一根杠杆 L 的支点,有一力 $\boldsymbol{F}$ 作用于该杠杆上点 P 处,力 $\boldsymbol{F}$ 与 $\overrightarrow{OP}$ 的夹角为 θ,力 $\boldsymbol{F}$ 对支点 O 的力矩是一向量 $\boldsymbol{M}$[图 8-23(a)],它的大小为

$$|\boldsymbol{M}|=|\overrightarrow{OQ}||\boldsymbol{F}|=|\overrightarrow{OP}||\boldsymbol{F}|\sin\theta,$$

而力矩 $\boldsymbol{M}$ 的方向垂直于 $\overrightarrow{OP}$ 与 $\boldsymbol{F}$ 所决定的平面,指向符合右手系[图 8-23(b)].

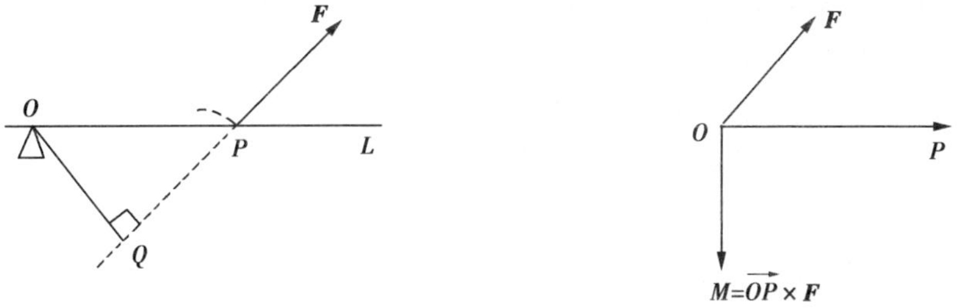

(a)　　(b)

图 8-23

因此,在数学中我们根据这种运算抽象出两向量的向量积的概念.

定义 2　若由向量 $\boldsymbol{a}$ 与 $\boldsymbol{b}$ 所确定的一个向量 $\boldsymbol{c}$ 满足下列条件:

(1) $\boldsymbol{c}$ 的方向既垂直于 $\boldsymbol{a}$ 又垂直于 $\boldsymbol{b}$,$\boldsymbol{c}$ 的指向按右手规则从 $\boldsymbol{a}$ 转向 $\boldsymbol{b}$ 来确定(图 8-24);

(2) 若 $\boldsymbol{c}$ 的模 $|\boldsymbol{c}|=|\boldsymbol{a}||\boldsymbol{b}|\sin\theta$(其中 θ 为 $\boldsymbol{a}$ 与 $\boldsymbol{b}$ 的夹角),则称向量 $\boldsymbol{c}$ 为向量 $\boldsymbol{a}$ 与 $\boldsymbol{b}$ 的向量积(或称外积、叉积),记为

$$\boldsymbol{c}=\boldsymbol{a}\times\boldsymbol{b}.$$

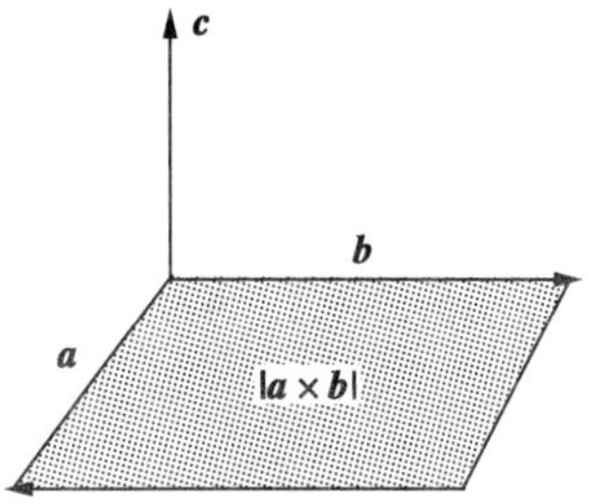

图 8-24

注意　由向量积的定义可知,$\boldsymbol{c}=\boldsymbol{a}\times\boldsymbol{b}$ 的模在数值上等于以 $\boldsymbol{a}$、$\boldsymbol{b}$ 为邻边的平行四边形的面积(图 8-24),即

$$|\boldsymbol{a}\times\boldsymbol{b}|=|\boldsymbol{a}||\boldsymbol{b}|\sin\theta. \tag{8-2-5}$$

根据向量积的定义,即可推得

(1) $\boldsymbol{a}\times\boldsymbol{a}=0$;

(2) 设 $\boldsymbol{a},\boldsymbol{b}$ 为两非零向量,则 $\boldsymbol{a}/\!/\boldsymbol{b}$ 的充分必要条件是 $\boldsymbol{a}\times\boldsymbol{b}=0$.

证 因为如果 $\boldsymbol{a}\times\boldsymbol{b}=\boldsymbol{0}$，则 $|\boldsymbol{a}\times\boldsymbol{b}|=0$，由 $|\boldsymbol{a}|\neq 0$，$|\boldsymbol{b}|\neq 0$，则有 $\sin\theta=0$，从而 $\theta=0$ 或 $\theta=\pi$，即 $\boldsymbol{a}/\!/\boldsymbol{b}$；反之，如果 $\boldsymbol{a}/\!/\boldsymbol{b}$，则有 $\theta=0$ 或 $\theta=\pi$，从而 $\sin\theta=0$，于是

$$|\boldsymbol{a}\times\boldsymbol{b}|=|\boldsymbol{a}||\boldsymbol{b}|\sin\theta=0\Rightarrow\boldsymbol{a}\times\boldsymbol{b}=\boldsymbol{0}.$$

向量积满足下列运算规律：

(1) $\boldsymbol{a}\times\boldsymbol{b}=-\boldsymbol{b}\times\boldsymbol{a}$.

因为按右手规则，从 $\boldsymbol{a}$ 转向 $\boldsymbol{b}$ 定出的方向恰好与按右手规则从 $\boldsymbol{b}$ 转向 $\boldsymbol{a}$ 定出的方向相反，它表明交换律对向量积不成立.

(2) 分配律 $(\boldsymbol{a}+\boldsymbol{b})\times\boldsymbol{c}=\boldsymbol{a}\times\boldsymbol{c}+\boldsymbol{b}\times\boldsymbol{c}$.

(3) 结合律 $\lambda(\boldsymbol{a}\times\boldsymbol{b})=(\lambda\boldsymbol{a})\times\boldsymbol{b}=\boldsymbol{a}\times(\lambda\boldsymbol{b})$ (λ 为实数).

利用向量积的定义即可以证明上述运算规律.

下面我们利用向量积的性质和运算规律来推导向量积的坐标表达式

设 $\boldsymbol{a}=a_x\boldsymbol{i}+a_y\boldsymbol{j}+a_z\boldsymbol{k}$，$\boldsymbol{b}=b_x\boldsymbol{i}+b_y\boldsymbol{j}+b_z\boldsymbol{k}$，则

$$\begin{aligned}\boldsymbol{a}\times\boldsymbol{b}&=(a_x\boldsymbol{i}+a_y\boldsymbol{j}+a_z\boldsymbol{k})\times(b_x\boldsymbol{i}+b_y\boldsymbol{j}+b_z\boldsymbol{k})\\&=a_xb_x\boldsymbol{i}\times\boldsymbol{i}+a_xb_y\boldsymbol{i}\times\boldsymbol{j}+a_xb_z\boldsymbol{i}\times\boldsymbol{k}+a_yb_x\boldsymbol{j}\times\boldsymbol{i}+a_yb_y\boldsymbol{j}\times\boldsymbol{j}+a_yb_z\boldsymbol{j}\times\\&\quad\boldsymbol{k}+a_zb_x\boldsymbol{k}\times\boldsymbol{i}+a_zb_y\boldsymbol{k}\times\boldsymbol{j}+a_zb_z\boldsymbol{k}\times\boldsymbol{k}.\end{aligned}$$

因为 $\boldsymbol{i},\boldsymbol{j},\boldsymbol{k}$ 为两两垂直的单位向量，所以有

$$\boldsymbol{i}\times\boldsymbol{i}=\boldsymbol{j}\times\boldsymbol{j}=\boldsymbol{k}\times\boldsymbol{k}=0,\boldsymbol{i}\times\boldsymbol{j}=\boldsymbol{k},\boldsymbol{j}\times\boldsymbol{k}=\boldsymbol{i},\boldsymbol{k}\times\boldsymbol{i}=\boldsymbol{j},\boldsymbol{j}\times\boldsymbol{i}=-\boldsymbol{k},\boldsymbol{k}\times\boldsymbol{j}=-\boldsymbol{i},\boldsymbol{i}\times\boldsymbol{k}=\boldsymbol{j},$$

从而得到向量积的坐标表达式

$$\boldsymbol{a}\times\boldsymbol{b}=(a_yb_z-a_zb_y)\boldsymbol{i}+(a_zb_x-a_xb_z)\boldsymbol{j}+(a_xb_y-a_yb_x)\boldsymbol{k}.$$

利用三阶行列式可将上式表示成方便记忆的形式：

$$\boldsymbol{a}\times\boldsymbol{b}=\begin{vmatrix}a_y&a_z\\b_y&b_z\end{vmatrix}\boldsymbol{i}+\begin{vmatrix}a_z&a_x\\b_z&b_x\end{vmatrix}\boldsymbol{j}+\begin{vmatrix}a_x&a_y\\b_x&b_y\end{vmatrix}\boldsymbol{k}=\begin{vmatrix}\boldsymbol{i}&\boldsymbol{j}&\boldsymbol{k}\\a_x&a_y&a_z\\b_x&b_y&b_z\end{vmatrix}.\tag{8-2-6}$$

由此进一步得到，$\boldsymbol{a}/\!/\boldsymbol{b}$ 的充分必要条件是

$$\frac{a_x}{b_x}=\frac{a_y}{b_y}=\frac{a_z}{b_z},\tag{8-2-7}$$

其中 b_x,b_y,b_z 不能同时为零.

例 5 求与 $\boldsymbol{a}=3\boldsymbol{i}-2\boldsymbol{j}+4\boldsymbol{k}$，$\boldsymbol{b}=\boldsymbol{i}+\boldsymbol{j}-2\boldsymbol{k}$ 都垂直的单位向量.

解 因为

$$\boldsymbol{c}=\boldsymbol{a}\times\boldsymbol{b}=\begin{vmatrix}\boldsymbol{i}&\boldsymbol{j}&\boldsymbol{k}\\a_x&a_y&a_z\\b_x&b_y&b_z\end{vmatrix}=\begin{vmatrix}\boldsymbol{i}&\boldsymbol{j}&\boldsymbol{k}\\3&-2&4\\1&1&-2\end{vmatrix}=10\boldsymbol{j}+5\boldsymbol{k},|\boldsymbol{c}|=5\sqrt{5},$$

所以

$$\boldsymbol{e}_c=\pm\frac{\boldsymbol{c}}{|\boldsymbol{c}|}=\pm\left(\frac{2}{\sqrt{5}}\boldsymbol{j}+\frac{1}{\sqrt{5}}\boldsymbol{k}\right).$$

例 6 设刚体以等角速度 $\boldsymbol{\omega}$ 绕 l 轴旋转，计算刚体上一点 M 的线速度.

解 刚体绕 l 轴旋转时，我们可以用在 l 轴上的一个向量 $\boldsymbol{\omega}$ 表示角速度，它的大小表示角速度的大小，它的方向由右手规则给出：即以右手握住 l 轴，当右手的四个手指的转向与刚体的旋转方向一致时，大拇指的指向就是 $\boldsymbol{\omega}$ 的方向，如图 8-25 所示，设点 M 到旋转轴 l 的距离为 a，再在 l 轴上任取一点 O 作向量 $\boldsymbol{r}=\overrightarrow{OM}$，并以 θ 表示 $\boldsymbol{\omega}$ 与 $\boldsymbol{r}$ 的夹角，则

$$a=|\boldsymbol{r}|\sin\theta.$$

设线速度为 $\boldsymbol{v}$，那么由物理学上线速度与角速度间的关系可知，$\boldsymbol{v}$ 的大小为

$$|\boldsymbol{v}|=|\boldsymbol{\omega}|a=|\boldsymbol{\omega}||\boldsymbol{r}|\sin\theta.$$

$\boldsymbol{v}$ 的方向垂直于通过点 M 与 l 轴的平面，即 $\boldsymbol{v}$ 垂直于 $\boldsymbol{\omega}$ 与 $\boldsymbol{r}$；又 $\boldsymbol{v}$ 的指向是使 $\boldsymbol{\omega},\boldsymbol{r},\boldsymbol{v}$ 符合右手规则，因此有

$$\boldsymbol{v}=\boldsymbol{\omega}\times\boldsymbol{r}.$$

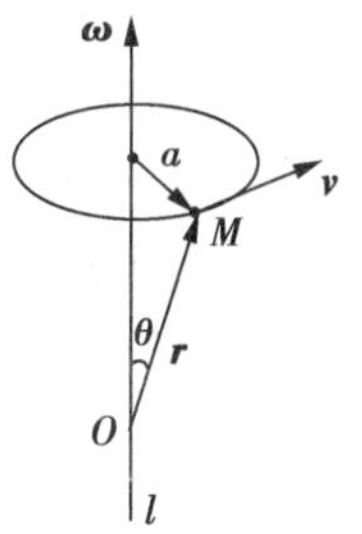

图 8-25

第三节　曲面与曲线

一、曲面及其方程

1. 曲面方程的概念

在日常生活中，我们常常会看到各种曲面，如反光镜面、一些建筑物的表面、球面等. 类似于在平面解析几何中把平面曲线看做是动点的轨迹那样，在空间解析几何中，曲面也可以看做是具有某种性质的动点的轨迹.

定义 1　在空间直角坐标系中，若曲面 S 上任一点坐标都满足方程 $F(x,y,z)=0$，而不在曲面 S 上的任何点的坐标都不满足该方程，则方程 $F(x,y,z)=0$ 称为曲面 S 的方程，而曲面 S 就称为方程 $F(x,y,z)=0$ 的图形(图 8-26).

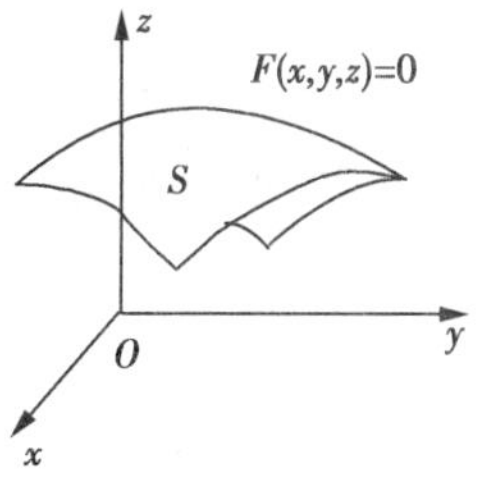

图 8-26

建立了空间曲面与其方程的联系后，我们就可以通过研究方程的解析性质来研究曲面的几何性质.

空间曲面研究的两个基本问题是：

(1) 已知曲面上的点所满足的几何条件，建立曲面的方程；

(2) 已知曲面方程，研究曲面的几何形状.

例 1　建立球心在点 $M_0(x_0,y_0,z_0)$，半径为 R 的球面方程.

解　设 $M(x,y,z)$ 是球面上任一点，根据题意有 $|MM_0|=R$.

由于
$$\sqrt{(x-x_0)^2+(y-y_0)^2+(z-z_0)^2}=R,$$
所以
$$(x-x_0)^2+(y-y_0)^2+(z-z_0)^2=R^2.$$
特别地，球心在原点时，球面方程为
$$x^2+y^2+z^2=R^2.$$

例 2　求与原点 O 及点 $M_0(2,3,4)$ 的距离之比为 $1:2$ 的点的全体所构成的曲面的方程.

解　设 $M(x,y,z)$ 是曲面上任一点，根据题意，有 $\dfrac{|MO|}{|MM_0|}=\dfrac{1}{2}$，即

$$\frac{\sqrt{x^2+y^2+z^2}}{\sqrt{(x-2)^2+(y-3)^2+(z-4)^2}}=\frac{1}{2},$$

所求方程为
$$\left(x+\frac{2}{3}\right)^2+(y+1)^2+\left(z+\frac{4}{3}\right)^2=\frac{116}{9}.$$

例 3　方程 $x^2+y^2+z^2-2x+4y=0$ 表示怎样的曲面？

解　对原方程配方，得

$$(x-1)^2+(y+2)^2+z^2=5,$$

所以，原方程表示球心在 $M_0(1,-2,0)$、半径 $R=\sqrt{5}$ 的球面.

2. 旋转曲面(rotating surface)

定义 2　一条平面曲线绕其所在平面上的一条定直线旋转一周所成的曲面称为旋转曲面，这条平面曲线和定直线分别称为旋转曲面的母线(generatrix)**和轴.**

设在 yOz 坐标面上有一曲线 C，其方程为 $f(y,z)=0$，把这条曲线绕 z 轴旋转一周，就得到一个以 z 轴为轴的旋转曲面(图 8-27)，下面我们来推导这个旋转曲面的方程.

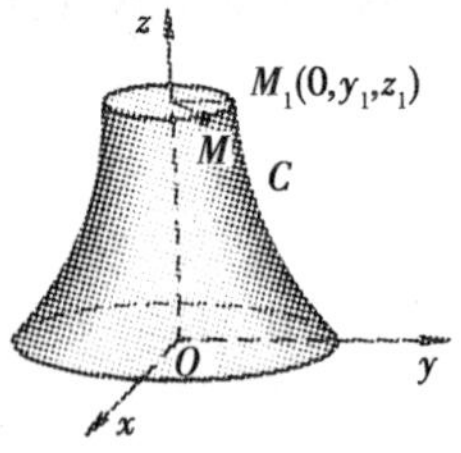

图 8-27

设 $M_1(0,y_1,z_1)$ 为曲线 C 上一点，则有

$$f(y_1,z_1)=0, \tag{8-3-1}$$

且点 M_1 到 z 轴的距离为 $|y_1|$，设曲线 C 绕 z 轴旋转时，点 M_1 随着曲线转到点 $M(x,y,z)$ 的位置，而点 $M(x,y,z)$ 到 z 轴的距离为 $\sqrt{x^2+y^2}$，因此有

$$z=z_1,\quad \sqrt{x^2+y^2}=|y_1|,$$

将其代入式(8-3-1)，就得到所求旋转曲面的方程

$$f(\pm\sqrt{x^2+y^2},z)=0. \tag{8-3-2}$$

由此可知，在平面曲线 C 的方程 $f(y,z)=0$ 中，将 y 改成 $\pm\sqrt{x^2+y^2}$，便得曲线 C 绕 z 轴旋转一周所得到的旋转曲面的方程为

$$f(\pm\sqrt{x^2+y^2},z)=0. \tag{8-3-3}$$

xOy 坐标面上的曲线绕 x 轴或 y 轴旋转，zOx 坐标面上的曲线绕 x 轴或 z 轴旋转，都可以用类似方法讨论.

例 4　将 zOx 坐标面上的曲线 $\frac{x^2}{a^2}-\frac{z^2}{c^2}=1$ 分别绕 x 轴和 z 轴旋转一周，求所生成的旋转曲面的方程.

解　绕 z 轴旋转一周所生成的旋转曲面的方程为

$$\frac{x^2+y^2}{a^2}-\frac{z^2}{c^2}=1,$$

这个旋转曲面称为旋转单叶双曲面[hyperboloid of one sheet of revolution，图 8-28(a)].

绕 x 轴旋转一周所生成的旋转曲面的方程为

$$\frac{x^2}{a^2}-\frac{y^2+z^2}{c^2}=1.$$

这个旋转曲面称为旋转双叶双曲面[hyperboloid of two sheets of revolution，图 8-28(b)].

例 5　直线 L 绕另一条与 L 相交的定直线旋转一周，所得旋转曲面称为圆锥面(conical surface，图 8-29). 两直线的交点称为圆锥面的顶点，两直线的夹角 $\alpha\left(0<\alpha<\frac{\pi}{2}\right)$ 称为圆锥面的半顶角. 试建立顶点在坐标原点，旋转轴为 z 轴，半顶角为 α 的圆锥面方程.

解　在 yOz 面上，与 z 轴相交于原点，且与 z 轴夹角为 α 的直线方程为 $z=y\cot\alpha$.

此直线绕 z 轴旋转所生成的圆锥面方程为

$$z=\pm\sqrt{x^2+y^2}\cot\alpha \text{ 或 } z^2=a^2(x^2+y^2),\ a=\cot\alpha.$$

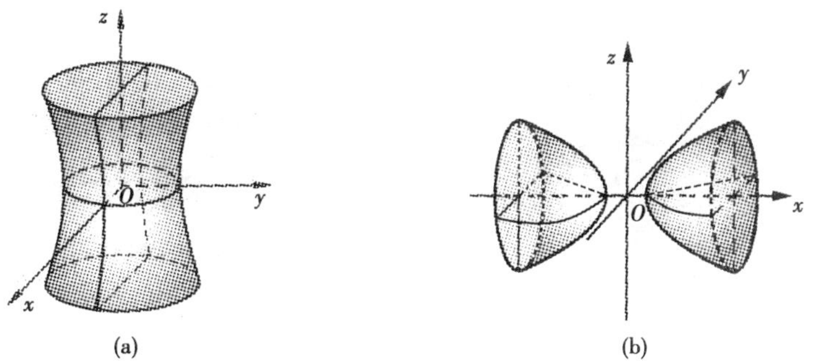

图 8-28

3. 柱面(cylinder)

定义 3　平行于某定直线的直线 l 沿定曲线 C 移动所形成的轨迹称为柱面,这条定曲线 C 称为柱面的准线(directrix),直线 l 称为柱面的母线.

这里我们只讨论母线平行于坐标轴的柱面.

先来考察方程 $x^2+y^2=R^2$ 在空间中表示怎样的曲面?

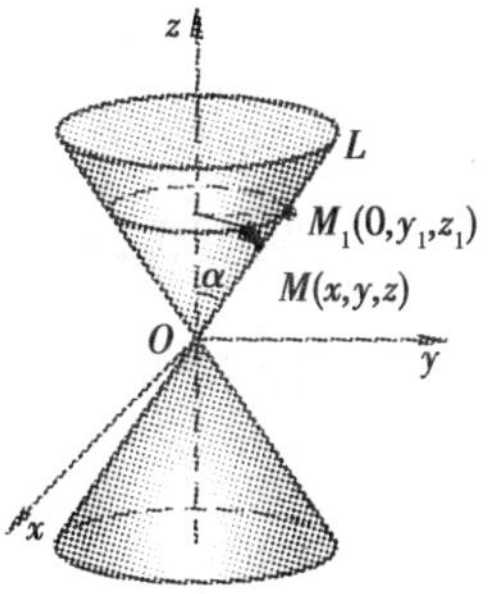

图 8-29

在 xOy 面上,$x^2+y^2=R^2$ 表示圆心在原点 O、半径为 R 的圆;在空间直角坐标系中,注意到方程不含竖坐标 z,因此对空间内一点(x,y,z),不论其竖坐标 z 是什么,只要它的横坐标 x 和纵坐标 y 能满足方程,这一点就落在曲面上,即凡是通过 xOy 面内圆 $x^2+y^2=R^2$ 上一点 $M(x,y,0)$,且平行于 z 轴的直线 l 都在该曲面上,因此该曲面可以看做是平行于 z 轴的直线 l(母线)沿着 xOy 面上的圆 $x^2+y^2=R^2$(准线)移动而形成的,我们称它为圆柱面(cylindrical susface)(图 8-30).

一般地,在空间解析几何中,不含 z 而仅含 x,y 的方程 $F(x,y)=0$ 表示一个母线平行于 z 轴的柱面,xOy 面上的曲线 $F(x,y)=0$ 是这个柱面的一条准线(图 8-31).

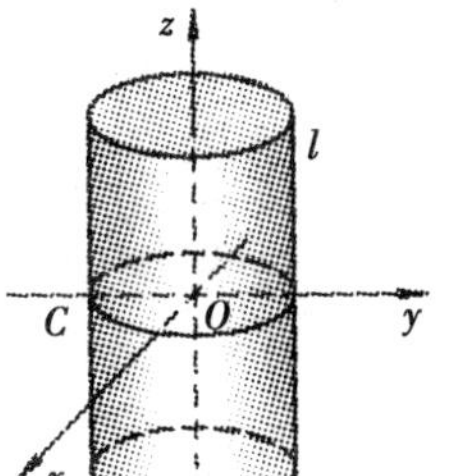

图 8-30

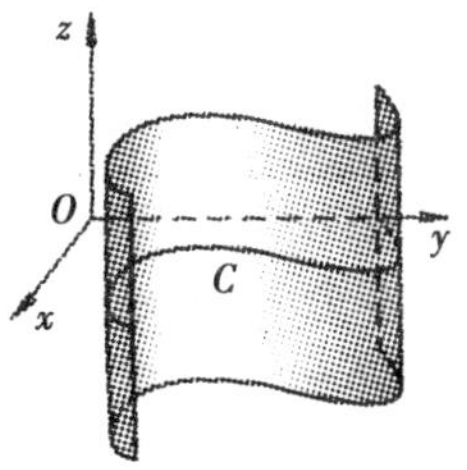

图 8-31

同理,不含 y 而仅含 x,z 的方程 $G(x,z)=0$ 表示母线平行于 y 轴的柱面;不含 x 仅含 y,z 的方程 $H(y,z)=0$ 表示母线平行于 x 轴的柱面.

例如,方程 $y^2=2x$ 表示母线平行于 z 轴、准线为 xOy 面上的抛物线 $y=2x$ 的柱面,这个柱面称为抛物柱面(parabolic cylinder)(图 8-32).

方程 $y=x$ 表示母线平行于 z 轴、准线为 xOy 面上的直线 $y=x$ 的柱面,这个柱面是一个平面(图 8-33).

下面两个曲面也是常见的母线平行于 z 轴的柱面:

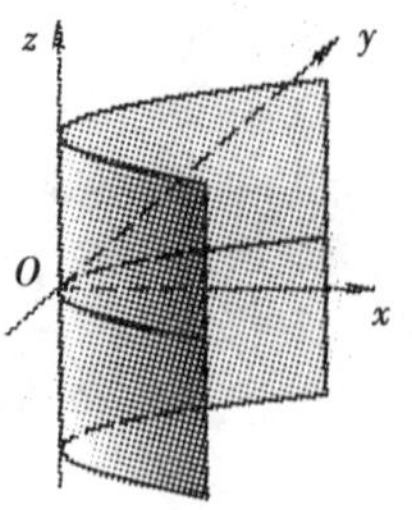

图 8-32

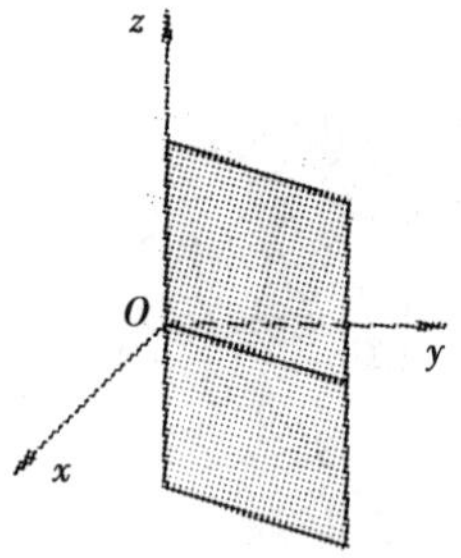

图 8-33

椭圆柱面(elliptic cylinder)：$\frac{x^2}{a^2}+\frac{y^2}{b^2}=1$；

双曲柱面(hyperbolic cylinder)：$\frac{x^2}{a^2}-\frac{y^2}{b^2}=1$.

圆柱面、抛物柱面、椭圆柱面和双曲柱面的方程都是二次的，所以这些柱面统称为二次柱面(quadric cylinder).

二、空间曲线及其方程

1. 空间曲线的一般方程

任何空间曲线总可以看做空间两曲面的交线，设 $F(x,y,z)=0$ 和 $G(x,y,z)=0$ 是两个曲面的方程，它们相交且交线为 C，因为曲线 C 上的任一点都同时在这两个曲面上，所以曲线 C 上的所有点的坐标都满足这两个曲面方程. 反之，坐标同时满足这两个曲面方程的点一定在它们的交线上，从而把这两个方程联立起来所得到的方程组 C：$\begin{cases}F(x,y,z)=0,\\G(x,y,z)=0\end{cases}$ 就称为空间曲线 C 的一般方程(图 8-34).

例 6 方程组$\begin{cases}x^2+y^2=1,\\2x+3z=6\end{cases}$ 表示怎样的曲线？

解 方程组中第一个方程表示母线平行于 z 轴的圆柱面，其准线是 xOy 面上的圆，圆心在原点 O，半径为 1；第二个方程表示母线平行于 y 轴的柱面，由于它的准线是 zOx 面上的直线，因此它是一个平面. 例题中方程组就表示上述平面与圆柱面的交线(图 8-35).

2. 空间曲线的参数方程

在平面解析几何中，平面曲线可以用参数方程表示，同样，在空间直角坐标系中，空间曲线也可以用参数方程来表示，即把曲线上的点的直角坐标 x,y,z 分别表示为 t 的函数，其一般形式是

$$\begin{cases}x=x(t),\\y=y(t),\\z=z(t).\end{cases}\tag{8-3-4}$$

这个方程组称为空间曲线的参数方程，当给定 $t=t_1$ 时，就得到曲线上的一个点(x_1,y_1,z_1)，随着参数 t 的变化就可得到曲线上全部的点，下面以螺旋曲线为例进行说明.

例 7 若空间一点 M 在圆柱面 $x^2+y^2=a^2$ 上以角速度 ω 绕 z 轴旋转，同时又以线速度 v 沿平行于 z 轴的正方向上升(其中 ω,v 是常数)，则点 M 构成的图形叫做螺旋线(spiral curve，图 8-36)，试建立其参数方程.

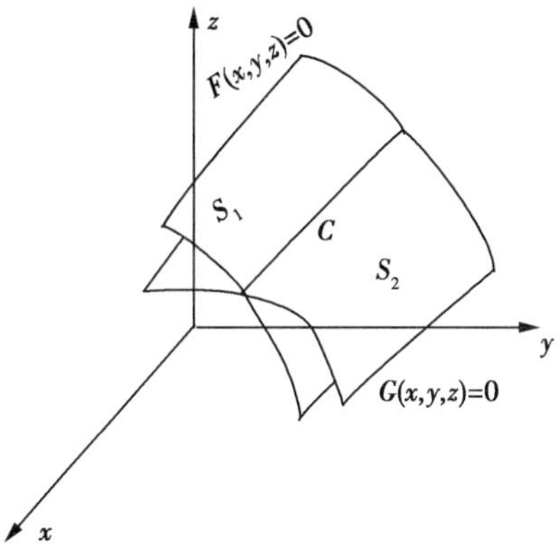

图 8－34

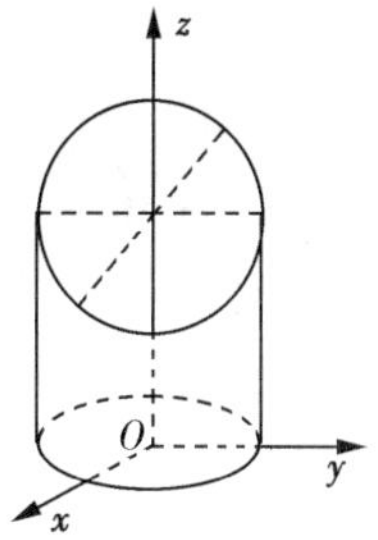

图 8－35

解　设动点 M 从点 $A(a,0,0)$ 开始运动，经过时间 t 后，动点到达 $M(x,y,z)$ 的位置，记点 M 在 xOy 面上的投影为 M'，则 M' 的坐标为 $(x,y,0)$，因为动点在圆柱面上以角速度 ω 绕 z 轴旋转，所以经过时间 t 后，$\angle AOM'=\omega t$，从而 $x=|OM'|\cos\omega t=a\cos\omega t$，$y=|OM'|\sin\omega t=a\sin\omega t$，同时，动点 M 以线速度 v 沿平行于 z 轴的方向上升，所以 $z=|MM'|=vt$. 这样，就得到动点的运动轨迹，即螺旋线的参数方程：

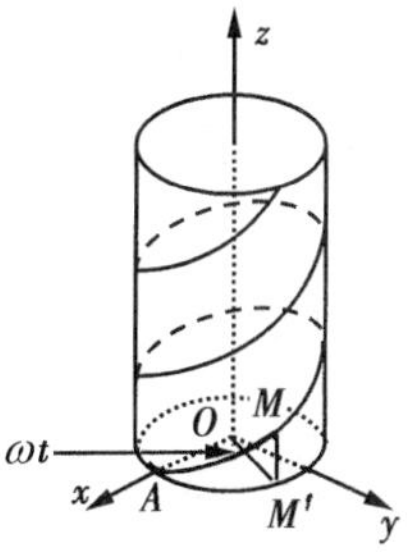

图 8－36

$$\begin{cases}x=a\cos\omega t,\\ y=a\sin\omega t,\\ z=vt.\end{cases}$$

螺旋线是生产实践中常用的曲线，例如螺丝钉的外缘曲线就是螺旋线.

如果取 $\theta=\omega t$ 作为参数，便有

$$\begin{cases}x=a\cos\theta,\\ y=a\sin\theta,\\ z=k\theta,\end{cases}\quad 其中\ k=\frac{v}{\omega}.$$

螺旋线有一个重要性质：当 $\theta=2\pi$ 时，$z=2\pi k$. 这表示点 M 从点 A 开始绕 z 轴运动一周后在 z 轴方向上所移动的距离，这个距离 $h=2\pi k$，称为螺距.

3. 空间曲线在坐标面上的投影

设空间曲线 C 的一般方程为

$$\begin{cases}F(x,y,z)=0,\\ G(x,y,z)=0.\end{cases}\tag{8－3－5}$$

如果我们能从方程组(8－3－5)中消去 z 而得到方程

$$H(x,y)=0,\tag{8－3－6}$$

则点 M 的坐标值 x,y,z 满足方程组(8－3－5)时，也一定会满足式(8－3－6)，这说明曲线 C 完全落在式(8－3－6)所表示的曲面上，或(8－3－6)表示的是一个母线平行于 z 轴的柱面，这个柱面包含着曲线 C.

以曲线 C 为准线，母线平行于 z 轴的柱面称为曲线关于 xOy 面的投影柱面，这个投影柱面与 xOy 面的交线称为空间曲线 C 在 xOy 面上的投影(曲线).

因为方程(8－3－6)所表示的曲面上包含着曲线 C，因而，它就一定包含着 C(关于 xOy

面)的投影柱面,所以

$$\begin{cases}H(x,y)=0,\\z=0\end{cases}\tag{8-3-7}$$

所表示的曲线必定包含着 C 在 xOy 面上的投影.

要注意的是,C 在 xOy 面上的投影可能只是方程组(8-3-7)所表示的曲线中的一部分,而不一定是全部,这一点要具体问题具体分析.

类似地,从方程组(8-3-5)中消去 x 或 y,再分别和 $x=0$ 或 $y=0$ 联立,就可以分别得到包含曲线 C 在 yOz 面或 zOx 面上的投影的曲线

$$\begin{cases}R(y,z)=0,\\x=0\end{cases} \text{或} \begin{cases}T(x,z)=0,\\y=0.\end{cases}$$

例 8 求曲线 $C:\begin{cases}x^2+y^2+z^2=1,\\z=\dfrac{1}{2}\end{cases}$ 在三坐标面上的投影方程.

解 从题设方程中消去变量 z 后,得 $x^2+y^2=\dfrac{3}{4}$. 于是,$\begin{cases}x^2+y^2=\dfrac{3}{4}\\z=0\end{cases}$,就是曲线 C 在 xOy 面上的投影曲线的方程.

因为曲线 C 在平面 $z=\dfrac{1}{2}$ 上,故在 zOx 面上的投影为线段:$\begin{cases}z=\dfrac{1}{2},\\y=0,\end{cases}$ $|x|\leqslant\dfrac{\sqrt{3}}{2}$;

同理,在 yOz 面上的投影为线段

$$\begin{cases}z=\dfrac{1}{2},\\x=0,\end{cases}\quad |y|\leqslant\frac{\sqrt{3}}{2}.$$

三、平面及其方程

平面是空间中最简单而且最重要的曲面,本节我们将以向量为工具,在空间直角坐标系中建立其方程,并进一步讨论有关平面的一些基本性质.

1. 平面的点法式方程

平面在空间中的位置是由一定的几何条件所决定的,例如通过某定点的平面有无穷多个,但若再限定平面与一已知非零向量垂直,则这平面就可以被完全确定,下面,我们就从这个角度来建立平面的点法式方程.

一般地,如果一非零向量垂直于一平面,则称此向量为该平面的法线向量,简称法向量(图 8-37).

设平面法向量 $\boldsymbol{n}=(A,B,C)$,平面内定点 $M_0(x_0,y_0,z_0)$,$M(x,y,z)$ 为平面上的任一点,则必有 $\overrightarrow{M_0M}\perp\boldsymbol{n}\Rightarrow\overrightarrow{M_0M}\cdot\boldsymbol{n}=0$,即

$$A(x-x_0)+B(y-y_0)+C(z-z_0)=0.$$

上式即为过定点 $M_0(x_0,y_0,z_0)$、法向量 $\boldsymbol{n}=(A,B,C)$ 的平面方程,并称这个方程为平面的点法式方程.

例 9 求过点 $M(2,4,-3)$ 且与平面 $2x+3y-5z=5$ 平行的平面方程.

解 因为所求平面和已知平面平行,而已知平面的法向量为 $\boldsymbol{n}_1=(2,3,-5)$,设所求平面

的法向量为 $\boldsymbol{n}$，则 $\boldsymbol{n}/\!/\boldsymbol{n}_1$，故可取 $\boldsymbol{n}=\boldsymbol{n}_1$，于是所求平面方程为：

$$2(x-2)+3(y-4)-5(z+3)=0,$$

即 $$2x+3y-5z=31.$$

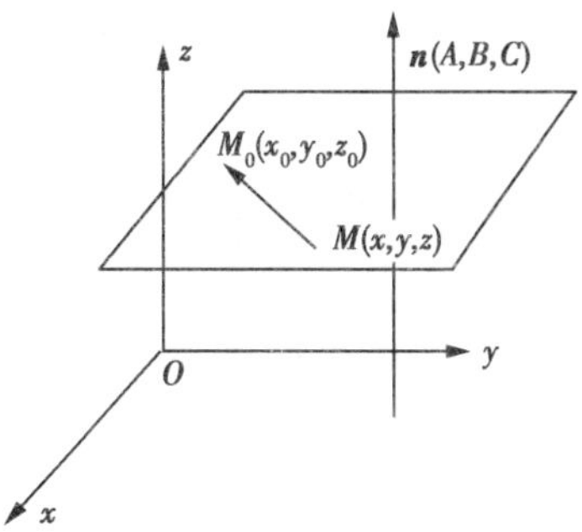

图 8-37

例 10　求过点 $A(2,-1,4)$，$B(-1,3,-2)$ 和 $C(0,2,3)$ 的平面方程.

解　先求出该平面的法向量 $\boldsymbol{n}$，由于向量 $\boldsymbol{n}$ 与向量 $\overrightarrow{AB}$，$\overrightarrow{AC}$ 都垂直，而 $\overrightarrow{AB}=(-3,4,-6)$，$\overrightarrow{AC}=(-2,3,-1)$，故可取它们的向量积为 $\boldsymbol{n}$，即

$$\boldsymbol{n}=\overrightarrow{AB}\times\overrightarrow{AC}=\begin{vmatrix}\boldsymbol{i} & \boldsymbol{j} & \boldsymbol{k}\\ -3 & 4 & -6\\ -2 & 3 & -1\end{vmatrix}=14\boldsymbol{i}+9\boldsymbol{j}-\boldsymbol{k}.$$

根据平面的点法式方程，得所求平面方程为 $14(x-2)+9(y+1)-(z-4)=0$，即

$$14x+9y-z-15=0.$$

2. 平面的一般方程

将平面的点法式方程 $A(x-x_0)+B(y-y_0)+C(z-z_0)=0$ 变形得

$$Ax+By+Cz-(Ax_0+By_0+Cz_0)=0.$$

因为 $Ax_0+By_0+Cz_0$ 为一常数，令它为 D，则可得平面的一般方程为

$$Ax+By+Cz+D=0.$$

平面一般方程的几种特殊情况

(1) $D=0$，平面通过坐标原点.

(2) $A=0$，$\begin{cases}D=0，平面通过 x 轴，\\ D\neq 0，平面平行 x 轴.\end{cases}$

类似地可讨论 $B=0$，$C=0$ 情形.

(3) $A=B=0$，平面平行于 xOy 坐标面.

类似地可讨论 $A=C=0$，$B=C=0$ 的情形.

例 11　设平面过原点及点(6，−3. 2)，且与平面 $4x-y+2z=8$ 垂直，求此平面方程.

解　设平面为 $$Ax+By+Cz+D=0.$$

由平面过原点知 $D=0$.

由平面过点(6，−3，2)知 $$6A-3B+2C=0.$$

因为与平面 $4x-y+2z=8$ 垂直，$\boldsymbol{n}\perp(4,-1,2)$，所以，$4A-B+2C=0$.

从而

$$A=B=-\frac{2}{3}C.$$

所求平面方程为：$2x+2y-3z=0$.

例 12　求通过 x 轴和点 $(4,-3,-1)$ 的平面方程.

解　设所求平面的一般方程为

$$Ax+By+Cz+D=0.$$

因为所求平面通过 x 轴，且法向量垂直于 x 轴，于是法向量在 x 轴上的投影为零，即 $A=0$，又平面通过原点，所以 $D=0$，从而方程成为

$$By+Cz=0. \quad (8-3-8)$$

又因平面过点(4，−3，−1)，因此有

$$-3B-C=0，即\ C=-3B.$$

以此代入方程(8－3－8)，再除以 $B(B\neq0)$，便得所求方程为

$$y-3z=0.$$

3. 平面的截距式方程

若平面 $Ax+By+Cz+D=0$ 与 x,y,z 三轴分别交于 $P(a,0,0)$，$Q(0,b,0)$，$R(0,0,c)$(其中 $a\neq0,b\neq0,c\neq0$)，则这三点均在平面内，故有

$$\begin{cases}aA+D=0,\\ bB+D=0,\\ cC+D=0.\end{cases} \Rightarrow A=-\frac{D}{a},B=-\frac{D}{b},C=-\frac{D}{c}.$$

代入原方程得

$$\frac{x}{a}+\frac{y}{b}+\frac{z}{c}=1.$$

上式称为平面的截距式方程，而 a,b,c 依次为平面在 x 轴，y 轴，z 轴上的截距.

例 13 求平行于平面 $6x+y+6z+5=0$ 且与三坐标面所围成的四面体体积为一个单位的平面方程.

解 设所求平面方程为$\frac{x}{a}+\frac{y}{b}+\frac{z}{c}=1$，该平面与三个坐标面所围成的四面体体积 V 为一个单位，故

$$V=\left|\frac{1}{3}\cdot\frac{1}{2}abc\right|=1. \quad (8-3-9)$$

又所求平面与题设已知平面平行，所以

$$\frac{\frac{1}{a}}{6}=\frac{\frac{1}{b}}{1}=\frac{\frac{1}{c}}{6}，即\ \frac{1}{6a}=\frac{1}{b}=\frac{1}{6c}=t.$$

则 $a=\frac{1}{6t},b=\frac{1}{t},c=\frac{1}{6t}$，代入(8－3－9)得 $t=\pm\frac{1}{6}$，从而 $a=\pm1,b=\pm6,c=\pm1$. 于是所求平面方程为

$$6x+y+6z=6 \quad 或 \quad 6x+y+6z=-6.$$

4. 两平面的夹角

两平面法向量之间的夹角(锐角)称为两平面的夹角.

设有两平面 Π_1 和 Π_2，如图 8－38 所示.

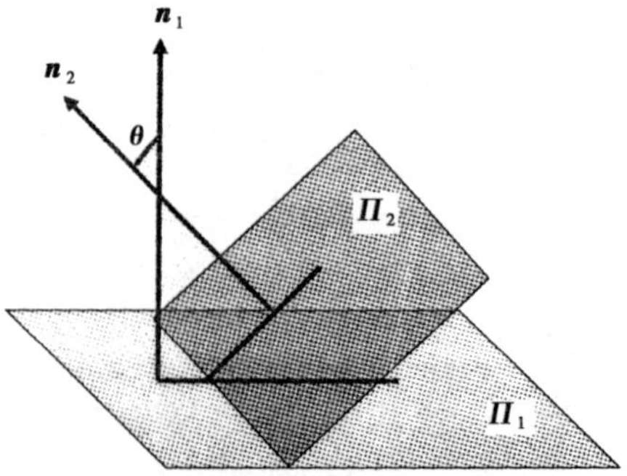

图 8－38

$\Pi_1:A_1x+B_1y+C_1z+D_1=0,\boldsymbol{n}_1=(A_1,B_1,C_1)$；

$\Pi_2:A_2x+B_2y+C_2z+D_2=0,\boldsymbol{n}_2=(A_2,B_2,C_2)$.

按照两向量夹角公式 Π_1 与 Π_2 的夹角 θ 满足：

$$\cos\theta=\frac{|A_1A_2+B_1B_2+C_1C_2|}{\sqrt{A_1^2+B_1^2+C_1^2}\sqrt{A_2^2+B_2^2+C_2^2}}.$$

从两向量垂直和平行的充要条件推出两平面的位置特征：

(1) $\Pi_1\perp\Pi_2\Leftrightarrow A_1A_2+B_1B_2+C_1C_2=0$；

(2) $\Pi_1 /\!/ \Pi_2 \Leftrightarrow \dfrac{A_1}{A_2}=\dfrac{B_1}{B_2}=\dfrac{C_1}{C_2}$.

例 14　求经过两点 $M_1(3,-2,9)$ 和 $M_2(-6,0,-4)$ 且与平面 $2x-y+4z-8=0$ 垂直的平面的方程.

解　设所求的平面方程为

$$Ax+By+Cz+D=0.$$

由于点 M_1 和 M_2 在平面上,故

$$3A-2B+9C+D=0,\text{即}-6A-4C+D=0.$$

又由于所求平面与平面 $2x-y+4z-8=0$ 垂直,由两平面垂直的条件,有

$$2A-B+4C=0.$$

从上面的三个方程中解出 A,B,C,得

$$A=\frac{D}{2},\ B=-D,\ C=-\frac{D}{2}.$$

代入所设方程,得所求平面方程为

$$x-2y-z+2=0.$$

例 15　已知 $M_0(x_0,y_0,z_0)$ 是平面 $Ax+By+Cz+D=0$ 外一点,求 M_0 到这平面的距离(图 8-39).

解　设 $M(x_1,y_1,z_1)$ 是平面上一点,M_1 是由点 M_0 作平面的垂线的垂足,$\boldsymbol{e}_n$ 是与平面法向量 $\boldsymbol{n}=(A,B,C)$ 方向一致的单位向量,则所求距离

$$d=|\overrightarrow{M_1M_0}|=|\mathrm{Prj}_{\boldsymbol{e}_n}\overrightarrow{MM_0}|=|\boldsymbol{e}_n\cdot\overrightarrow{MM_0}|,$$

$$\boldsymbol{e}_n=\frac{1}{\sqrt{A^2+B^2+C^2}}(A,B,C),$$

$$\overrightarrow{MM_0}=(x_0-x_1,y_0-y_1,z_0-z_1),$$

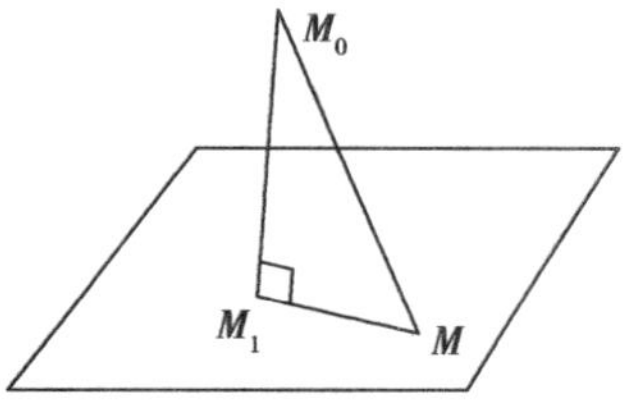

图 8-39

所以　$$d=\frac{|A(x_0-x_1)+B(y_0-y_1)+C(z_0-z_1)|}{\sqrt{A^2+B^2+C^2}}.$$

又 $Ax_1+By_1+Cz_1+D=0$,从而得点 $M_0(x_0,y_0,z_0)$ 到平面 $Ax+By+Cz+D=0$ 的距离为

$$d=\frac{|Ax_0+By_0+Cz_0+D|}{\sqrt{A^2+B^2+C^2}}.$$

四、空间直线及其方程

1. 空间直线的一般方程

如同空间曲线可看做两曲面的交线一样,空间直线可看成两平面的交线,如图 8-40 所示.

$$\Pi_1: A_1x+B_1y+C_1z+D_1=0,$$

$$\Pi_2: A_2x+B_2y+C_2z+D_2=0.$$

则　$$\begin{cases}A_1x+B_1y+C_1z+D_1=0,\\A_2x+B_2y+C_2z+D_2=0\end{cases}$$

为直线 L 的一般方程.

通过空间一直线 L 的平面有无穷多个，在这无穷多个平面中任选两个，把它们的方程联立起来都可作为直线 L 的方程.

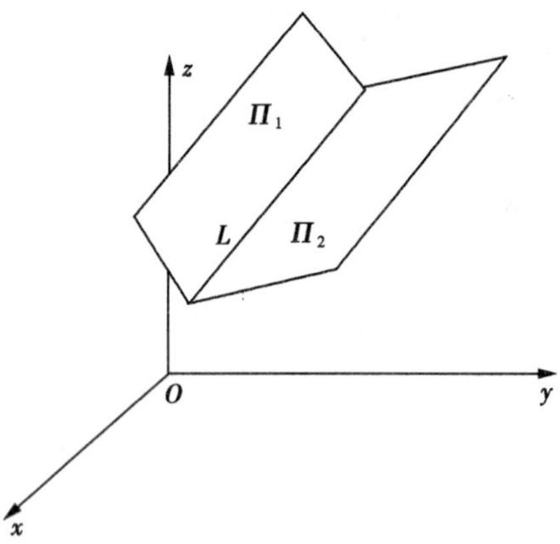

图 8-40

2. 空间直线的对称式方程与参数方程

定义 4　如果一非零向量平行于一条已知直线，则称这个向量为这条直线的方向向量.

设非零向量 $\boldsymbol{s}=(m,n,p)$，$M_0(x_0,y_0,z_0)$ 为直线 L 上一已知点，如图 8-41 所示，则对 $\forall M(x,y,z)\in L$，有 $\overrightarrow{M_0M}\parallel \boldsymbol{s}$. 又 $\overrightarrow{M_0M}=(x-x_0,y-y_0,z-z_0)$，故

$$\frac{x-x_0}{m}=\frac{y-y_0}{n}=\frac{z-z_0}{p}.$$

此式称为直线的对称式方程(或标准方程).

由直线的对称式方程很容易导出直线的参数方程，

如设
$$\frac{x-x_0}{m}=\frac{y-y_0}{n}=\frac{z-z_0}{p}=t,$$

则
$$\begin{cases}x=x_0+mt,\\ y=y_0+nt,\\ z=z_0+pt.\end{cases}$$

这个方程组就是直线的参数方程.

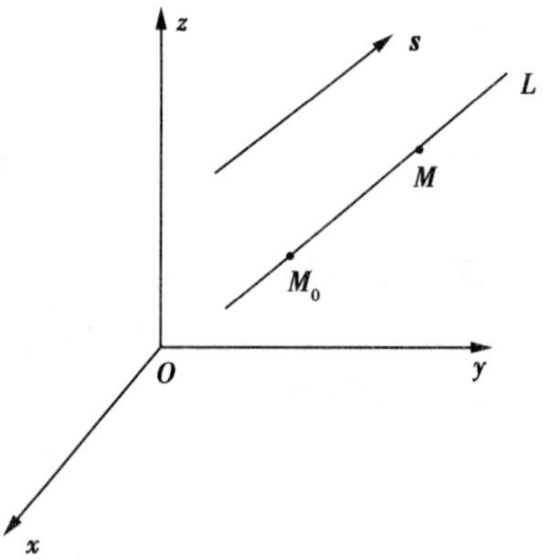

图 8-41

例 16　设一直线过点 $A(2,-3,4)$ 且与 y 轴垂直相交，求其方程.

解　因为直线和 y 轴垂直相交，故在 y 轴上的交点为 $B(0,-3,0)$，取 $\boldsymbol{s}=\overrightarrow{BA}=(2,0,4)$，则得到所求直线方程为

$$\frac{x-2}{2}=\frac{y+3}{0}=\frac{z-4}{4}.$$

例 17　用对称式方程及参数方程表示直线

$$\begin{cases}x+y-z-1=0,\\ x-2y+z+4=0.\end{cases}$$

解　在直线上任取一点 (x_0,y_0,z_0).

取 $x_0=0\Rightarrow\begin{cases}y_0-z_0=1,\\ z_0=2y_0-4,\end{cases}$ 得 $y_0=3,z_0=2.$

故点坐标为 $(0,3,2)$.

因所求直线与两平面的法向量都垂直，可取

$$\boldsymbol{n}=\boldsymbol{n}_1\times\boldsymbol{n}_2=\begin{vmatrix}\boldsymbol{i} & \boldsymbol{j} & \boldsymbol{k}\\ 1 & 1 & -1\\ 1 & -2 & 1\end{vmatrix}=3\boldsymbol{i}-2\boldsymbol{j}-3\boldsymbol{k}.$$

故对称式方程为：$\dfrac{x-0}{3}=\dfrac{y-3}{-2}=\dfrac{z-2}{-3}$，参数方程为 $\begin{cases}x=3t,\\ y=3-2t,\\ z=2-3t.\end{cases}$

如果直线过两已知点 $M_1(x_1,y_1,z_1)$ 和 $M_2(x_2,y_2,z_2)$，则直线的一个方向向量为

$$s=\overrightarrow{M_1M_2}=(x_2-x_1,y_2-y_1,z_2-z_1),$$

由对称式方程得所求直线方程为：

$$\frac{x-x_1}{x_2-x_1}=\frac{y-y_1}{y_2-y_1}=\frac{z-z_1}{z_2-z_1}.$$

此为直线的两点式方程.

由此，我们可以得出三点 $M_1(x_1,y_1,z_1)$，$M_2(x_2,y_2,z_2)$，$M_3(x_3,y_3,z_3)$ 共线的充要条件是

$$\frac{x_3-x_1}{x_2-x_1}=\frac{y_3-y_1}{y_2-y_1}=\frac{z_3-z_1}{z_2-z_1}.$$

3. 两直线的夹角

两直线的方向向量的夹角称为两直线的夹角(锐角).

直线 L_1：$\dfrac{x-x_1}{m_1}=\dfrac{y-y_1}{n_1}=\dfrac{z-z_1}{p_1}$，

直线 L_2：$\dfrac{x-x_2}{m_2}=\dfrac{y-y_2}{n_2}=\dfrac{z-z_2}{p_2}$，

则直线 L_1 与 L_2 夹角的余弦为：

$$\cos(\widehat{L_1,L_2})=\frac{|m_1m_2+n_1n_2+p_1p_2|}{\sqrt{m_1^2+n_1^2+p_1^2}\sqrt{m_2^2+n_2^2+p_2^2}}.$$

可以推出直线与直线的位置关系：

(1) $L_1\perp L_2\Leftrightarrow m_1m_2+n_1n_2+p_1p_2=0$；

(2) $L_1/\!/L_2\Leftrightarrow\dfrac{m_1}{m_2}=\dfrac{n_1}{n_2}=\dfrac{p_1}{p_2}$.

例 18　求过点 $(-3,2,5)$ 且与两平面 $x-4z=3$ 和 $2x-y-5z=1$ 的交线平行的直线方程.

解　设所求直线的方向向量为 $\boldsymbol{s}=(m,n,p)$，由题意知 $\boldsymbol{s}\perp\boldsymbol{n}_1$，$\boldsymbol{s}\perp\boldsymbol{n}_2$.

取
$$\boldsymbol{s}=\boldsymbol{n}_1\times\boldsymbol{n}_2=\begin{vmatrix}\boldsymbol{i}&\boldsymbol{j}&\boldsymbol{k}\\1&0&-4\\2&-1&-5\end{vmatrix}=(-4,-3,-1),$$

则所求直线的方程为

$$\frac{x+3}{4}=\frac{y-2}{3}=\frac{z-5}{1}.$$

4. 直线与平面的夹角

直线和它在平面上的投影直线的夹角 θ 称为直线与平面的夹角.

如图 8－42 所示，Π：$Ax+By+Cz+D=0$，$\boldsymbol{n}=(A,B,C)$；

$$L:\frac{x-x_0}{m}=\frac{y-y_0}{n}=\frac{z-z_0}{p},\qquad \boldsymbol{s}_2=(m,n,p),$$

$$\theta=\left|\frac{\pi}{2}-(\widehat{\boldsymbol{s}_2,\boldsymbol{n}})\right|,\qquad \sin\theta=|\cos(\widehat{\boldsymbol{s}_2,\boldsymbol{n}})|,$$

则
$$\sin\theta=\frac{|Am+Bn+Cp|}{\sqrt{A^2+B^2+C^2}\sqrt{m^2+n^2+p^2}}.$$

规定 $0\leqslant\theta\leqslant\frac{\pi}{2}$. 可以推出直线与平面的位置关系：

(1) $L\perp\Pi \Leftrightarrow \frac{A}{m}=\frac{B}{n}=\frac{C}{p}$;

(2) $L/\!/\Pi \Leftrightarrow Am+Bn+Cp=0$.

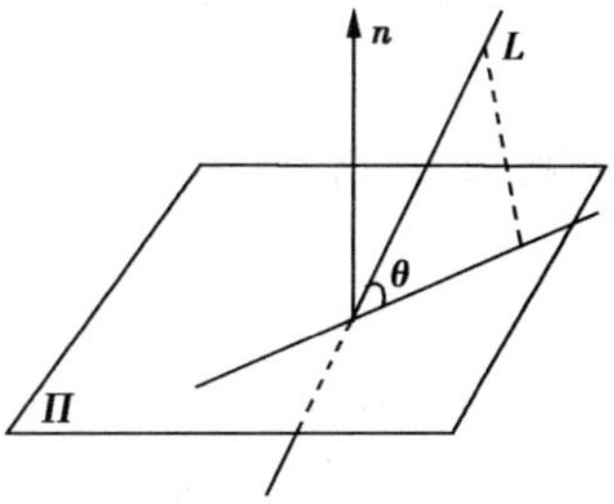

图 8-42

例 19 设直线 $L:\frac{x-1}{2}=\frac{y}{-1}=\frac{z+1}{2}$，平面 $\Pi: x-y+2z=3$，求直线与平面的夹角 θ.

解 因为直线 L 的方向向量 $\boldsymbol{s}=(2,-1,2)$，平面 Π 的法向量 $\boldsymbol{n}=(1,-1,2)$，所以

$$\sin\theta=\frac{|Am+Bn+Cp|}{\sqrt{A^2+B^2+C^2}\sqrt{m^2+n^2+p^2}}=\frac{|1\times2+(-1)\times(-1)+2\times2|}{\sqrt{6}\times\sqrt{9}}=\frac{7}{3\sqrt{6}}.$$

故所求夹角 $\theta=\arcsin\frac{7}{3\sqrt{6}}$.

5. 平面束(pencil of planes)

通过空间一直线可作无穷多个平面，通过同一直线的所有平面构成一个**平面束**. 设空间直线的一般方程为

$$L:\begin{cases}A_1x+B_1y+C_1z+D_1=0,\\A_2x+B_2y+C_2z+D_2=0,\end{cases}$$

则方程 $(A_1x+B_1y+C_1z+D_1)+\lambda(A_2x+B_2y+C_2z+D_2)=0$ 为过直线 L 的**平面束方程**. 其中 λ 为参数，它包含了除平面 $A_2x+B_2y+C_2z+D_2=0$ 之外的所有过 L 的平面.

例 20 过直线 $L:\begin{cases}x+2y-z-6=0,\\x-2y+z=0\end{cases}$ 作平面 Π_1，使它垂直于平面 $\Pi_2: x+2y+z=0$，求平面 Π_1 的方程.

解 设过直线 L 的平面束 $\Pi_1(\lambda)$ 的方程为：

$$(x+2y-z-6)+\lambda(x-2y+z)=0,$$

即
$$(1+\lambda)x+2(1-\lambda)y+(\lambda-1)z-6=0.$$

又因为 $\Pi_1\perp\Pi_2$，故 Π_1 的法向量 $\perp\Pi_2$ 的法向量，

即
$$1\times(1+\lambda)+2\times2(1-\lambda)+1\times(\lambda-1)=0,$$

得 $\lambda=2$. 故所求平面方程为 Π_1：

$$3x-2y+z-6=0.$$

第四节 二次曲面

前面我们已经介绍了曲面的概念，并且知道曲面可以用直角坐标 x,y,z 的一个三元方程 $F(x,y,z)=0$ 来表示，如果 $F(x,y,z)$ 是关于 x,y,z 的多项式，且次数为 2，则这个二次方程表示的曲面就是二次曲面. 这一节我们将讨论几种简单的二次曲面.

怎样了解三元方程 $F(x,y,z)=0$ 所表示的曲面的形状呢？

在空间直角坐标系中，我们采用一系列平行于坐标面的平面去截割曲面，从而得到平面与曲面的一系列交线(即截痕)，通过综合分析这些截痕的形状和性质来认识曲面形状的全貌，这种研究曲面的方法称为平面截割法，简称为截痕法.

下面我们利用截痕法来讨论几个特殊的二次曲面.

一、椭球面(ellipsoid)

由形如

$$\frac{x^2}{a^2}+\frac{y^2}{b^2}+\frac{z^2}{c^2}=1 \quad (a>0,b>0,c>0) \tag{8-4-1}$$

的方程所表示的曲面叫椭球面,椭球面与三个坐标面的交线为:

$$\begin{cases}\dfrac{x^2}{a^2}+\dfrac{y^2}{b^2}=1,\\ z=0;\end{cases}\quad \begin{cases}\dfrac{x^2}{a^2}+\dfrac{z^2}{c^2}=1,\\ y=0;\end{cases}\quad \begin{cases}\dfrac{y^2}{b^2}+\dfrac{z^2}{c^2}=1,\\ x=0.\end{cases}$$

可以看出这些交线都是椭圆(图 8-43).

可以同样推出椭球面与平面 $z=z_1, x=x_1, y=y_1$ 的交线也是椭圆,分别为:

$$\begin{cases}\dfrac{x^2}{\frac{a^2}{c^2}(c^2-z_1^2)}+\dfrac{y^2}{\frac{b^2}{c^2}(c^2-z_1^2)}=1,\\ z=z_1,\quad |z_1|<c;\end{cases}$$

$$\begin{cases}\dfrac{y^2}{\frac{b^2}{a^2}(a^2-x_1^2)}+\dfrac{z^2}{\frac{c^2}{a^2}(a^2-x_1^2)}=1,\\ x=x_1,\quad |x_1|<a;\end{cases}$$

$$\begin{cases}\dfrac{x^2}{\frac{a^2}{b^2}(b^2-y_1^2)}+\dfrac{z^2}{\frac{c^2}{b^2}(b^2-y_1^2)}=1,\\ y=y_1,\quad |y_1|<b.\end{cases}$$

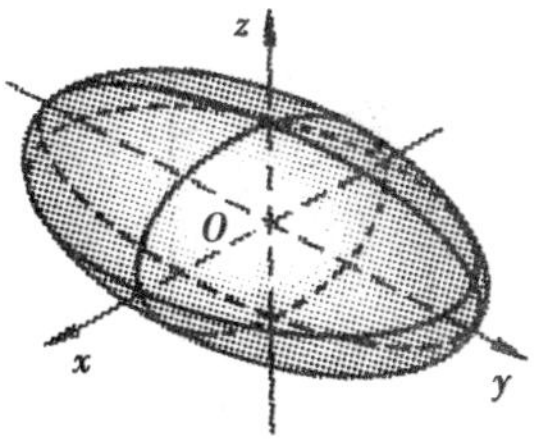

图 8-43

椭圆截面的大小随平面位置的变化而变化.

椭球面的几种特殊情况

(1) 当 $a=b\neq c$ 时,方程变为$\dfrac{x^2+y^2}{a^2}+\dfrac{z^2}{c^2}=1$. 它可视为 xOz 平面上的曲线$\dfrac{x^2}{a^2}+\dfrac{z^2}{c^2}=1$ 绕 z 轴旋转而成的旋转曲面. 同理可讨论 $a=c\neq b$, $b=c\neq a$.

(2) 当 $a=b=c$ 时,方程变为:$x^2+y^2+z^2=a^2$,它是我们熟悉的以原点为圆心,a 为半径的球面方程.

二、抛物面(paraboloid)

1. 椭圆抛物面(elliptic paraboloid)

由方程

$$z=\frac{x^2}{2p}+\frac{y^2}{2q} \quad (p 与 q 同号) \tag{8-4-2}$$

所确定的曲面称为椭圆抛物面.

首先,以 $p>0,q>0$ 的情形为例,因为 $z\geqslant 0$,所以曲面位于 xOy 面的上方(图 8-44). 用平面 $z=h(h\geqslant 0)$去截曲面,得到截痕

$$\begin{cases}\dfrac{x^2}{2p}+\dfrac{y^2}{2q}=h,\\ z=h.\end{cases}$$

当 $h=0$ 时，截痕为一点 $O(0,0,0)$；当 $h>0$ 时，截痕是平面 $z=h$ 上的一个椭圆. 其中心位于 z 轴，两个半轴分别为 $\sqrt{2ph}$ 和 $\sqrt{2qh}$，易见，随着 h 由零逐渐增大，椭圆的两个半轴也随之增大.

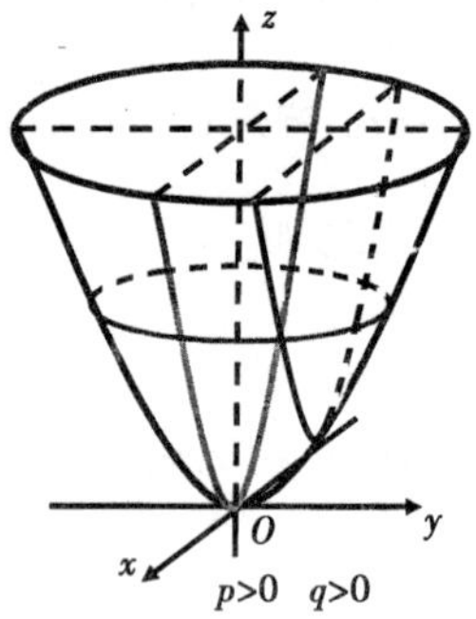

图 8 - 44

用平面 $y=h$ 去截曲面，截痕为

$$\begin{cases}x^2=2p\left(z-\dfrac{h^2}{2q}\right),\\ y=h.\end{cases}$$

这是平面 $y=h$ 上的一条抛物线，它的轴平行于 z 轴，顶点为

$$\left(0,h,\frac{h^2}{2q}\right).$$

用平面 $x=h$ 去截曲面，截痕也是抛物线.

综上所述，我们基本上认识了椭圆抛物面的形状(图 8 - 44)，特别地，当 $p=q$ 时，方程(8 - 4 - 2)变成 $\dfrac{x^2+y^2}{2p}=z$. 它可视为 yOz 面上的抛物线 $z=\dfrac{y^2}{2p}$绕 z 轴旋转一周而成的曲面.

当 $p<0,q<0$ 时，可类似地进行讨论.

2. 双曲抛物面(hyperbolic paraboloid)

由方程

$$-\frac{x^2}{2p}+\frac{y^2}{2q}=z \quad (p\text{ 与 }q\text{ 同号}) \tag{8-4-3}$$

表示的曲面称为双曲抛物面.

同样可以用截痕法对它进行讨论，当 $p>0,q>0$ 时可得曲面的形状(图 8 - 45).

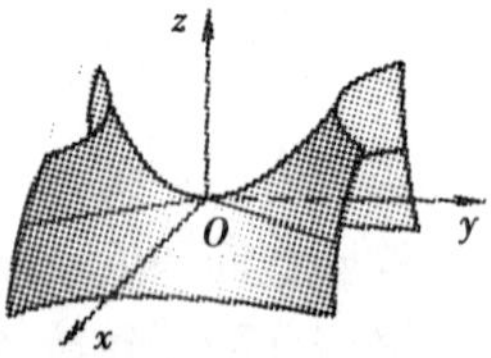

图 8 - 45

由方程(8 - 4 - 3)可知，双曲抛物面关于 zOx，yOz 平面及 z 轴对称，且通过原点.

用坐标面 $z=0$ 去截曲面，截痕为 xOy 面上两条在原点相交的直线.

用坐标面 $y=0$ 和 $x=0$ 去截曲面，截痕分别为

$$\begin{cases}x^2=-2pz,\\ y=0;\end{cases}\qquad \begin{cases}y^2=2qz,\\ x=0.\end{cases}$$

它们分别是 zOx 和 yOz 面上的抛物线，顶点都在原点，对称轴都为 z 轴，但两抛物线的开口不同.

用平面 $z=h(h\neq 0)$ 去截曲面，截痕为

$$\begin{cases}-\dfrac{x^2}{2ph}+\dfrac{y^2}{2qh}=1,\\ z=h.\end{cases}$$

这是平面 $z=h$ 上的双曲线.

当 $h<0,p>0,q>0$ 时，双曲线的实轴平行于 x 轴，虚轴平行于 y 轴.

当 $h>0,p>0,q>0$ 时，双曲线的实轴平行于 y 轴，虚轴平行于 x 轴.

综合上面讨论结果可知，双曲抛物面的形状如图 8 - 45 所示，因其形状像个马鞍，所以又称马鞍面.

三、双曲面

1. 单叶双曲面

由方程

$$\frac{x^2}{a^2}+\frac{y^2}{b^2}-\frac{z^2}{c^2}=1 \quad (a>0,b>0,c>0) \tag{8-4-4}$$

所确定的曲面称为单叶双曲面(hyperboloid of one sheet).

单叶双曲面与三个坐标面的交线分别为

$$\begin{cases}\frac{y^2}{b^2}-\frac{z^2}{c^2}=1,\\ x=0;\end{cases}\begin{cases}\frac{x^2}{a^2}-\frac{z^2}{c^2}=1,\\ y=0;\end{cases}\begin{cases}\frac{x^2}{a^2}+\frac{y^2}{c^2}=1,\\ z=0.\end{cases}$$

它们分别是 yOz 平面和 zOx 平面上的双曲线与 xOy 平面上的椭圆.

用平面 $z=h$ 去截曲面,得到的截痕为

$$\begin{cases}\frac{x^2}{a^2}+\frac{y^2}{b^2}=1+\frac{h^2}{c^2},\\ z=h.\end{cases}$$

它是平面 $z=h$ 上的椭圆.

当 $h=0$ 时,截得的椭圆最小,随着 $|h|$ 的增大,椭圆也在增大.

用平面 $y=h$ 去截曲面时,截痕为

$$\begin{cases}\frac{x^2}{a^2}-\frac{z^2}{c^2}=1-\frac{h^2}{b^2},\\ y=h.\end{cases}$$

当 $|h|<b$ 时,它是平面 $y=h$ 上的双曲线,其实轴平行于 x 轴,虚轴平行于 z 轴,当 $|h|>b$ 时,它仍是平面 $y=h$ 上的双曲线. 但其实轴平行于 z 轴,虚轴平行于 x 轴.

当 $h=\pm b$ 时,截痕为一对相交直线.

用平面 $x=h$ 去截曲面时,截痕的情况与 $y=h$ 时类似,综上可得单叶双曲面图形(图 8-28).

2. 双叶双曲面

由方程

$$\frac{x^2}{a^2}+\frac{y^2}{b^2}-\frac{z^2}{c^2}=-1 \quad (a>0,b>0,c>0) \tag{8-4-5}$$

所确定的曲面称为双叶双曲面(hyperboloid of two sheets).

双叶双曲面与 xOy 平面不相交,而 zOx,yOx 平面与双叶双曲面的截痕分别为

$$\begin{cases}\frac{z^2}{c^2}-\frac{y^2}{b^2}=-1,\\ x=0;\end{cases}\begin{cases}\frac{z^2}{c^2}-\frac{x^2}{a^2}=-1,\\ y=0.\end{cases}$$

它们分别是 yOz 平面与 zOx 平面上的双曲线,实轴为 z 轴.

用平面 $z=h$ 去截曲面,所得截痕为

$$\begin{cases}\frac{x^2}{a^2}+\frac{y^2}{b^2}=\frac{z^2}{c^2}-1,\\ z=h.\end{cases}$$

当 $|h|<c$ 时,无截痕;

当$|h|>c$时，截痕为$z=h$面上的椭圆；

当$|h|=c$时，截痕为一点$(0,0,c)$或$(0,0,-c)$.

用平面$y=h$及平面$x=h$去截曲面，所得截痕分别为$y=h$和$x=h$面上的双曲线，即

$$\begin{cases}\dfrac{z^2}{c^2}-\dfrac{x^2}{a^2}=1+\dfrac{h^2}{b^2},\\ y=h;\end{cases}\quad \begin{cases}\dfrac{z^2}{c^2}-\dfrac{y^2}{b^2}=1+\dfrac{h^2}{b^2},\\ x=h.\end{cases}$$

综上可知，双叶双曲面的图形如图 8-46 所示. 若$a=b$，方程变成为

$$\frac{x^2+y^2}{a^2}-\frac{z^2}{c^2}=-1.$$

这是旋转双叶双曲面，可看做是zOx面上的双曲线$\dfrac{x^2}{a^2}-\dfrac{z^2}{c^2}=1$绕$z$轴旋转而成的曲面.

方程$\dfrac{x^2}{a^2}-\dfrac{y^2}{b^2}+\dfrac{z^2}{c^2}=-1$与$-\dfrac{x^2}{a^2}+\dfrac{y^2}{b^2}+\dfrac{z^2}{c^2}=-1$所表示的图形也是双叶双曲面，其图形可作类似的讨论.

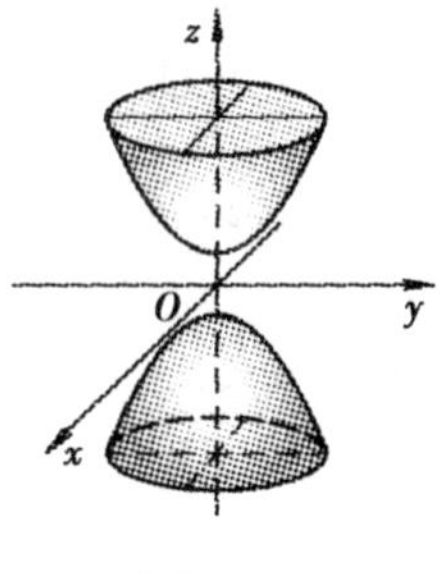

图 8-46

四、二次锥面(quadric cone)

由方程

$$\frac{x^2}{a^2}+\frac{y^2}{b^2}-\frac{z^2}{c^2}=0 \tag{8-4-6}$$

所确定的曲面称为二次锥面.

二次锥面有如下特点：如果点$M_0(x_0,y_0,z_0)$(不是原点)落在曲面上，则过点M_0和坐标原点O的直线整个落在曲面上.

事实上，若M_0在这个曲面上. 我们写出过$O(0,0,0)$和$M_0(x_0,y_0,z_0)$的直线方程.

$$\frac{x-0}{x_0-0}=\frac{y-0}{y_0-0}=\frac{z-0}{z_0-0},\ 即\frac{x}{x_0}=\frac{y}{y_0}=\frac{z}{z_0},$$

其参数方程为

$$x=x_0t,\ y=y_0t,\ z=z_0t.$$

代入曲面方程(8-4-6)，可见对任何实数t，都有

$$\frac{(x_0t)^2}{a^2}+\frac{(y_0t)^2}{b^2}-\frac{(z_0t)^2}{c^2}=t^2\left(\frac{x_0{}^2}{a^2}+\frac{y_0{}^2}{b^2}-\frac{z_0{}^2}{c^2}\right)=0.$$

由此可知，二次锥面由过原点O的直线所构成.

以平面$z=h$去截曲面，截痕为$\begin{cases}\dfrac{x^2}{a^2}+\dfrac{y^2}{b^2}=\dfrac{h^2}{c^2},\\ z=h.\end{cases}$

当$h=0$时，截痕为一点，当$h\neq0$时，截痕为一椭圆，如果我们在椭圆上任取一点M，过原点和M点作直线OM，那么当M沿椭圆移动一周时，直线OM就描出了锥面(图 8-47).

当$a=b$时，方程(8-4-6)变成

$$\frac{x^2+y^2}{a^2}=\frac{z^2}{c^2},$$

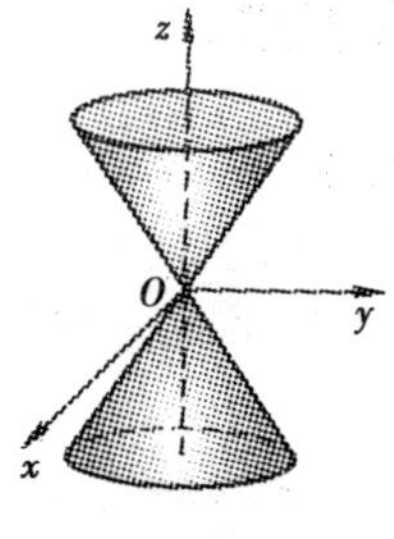

图 8-47

它可以看成 yOz 平面上的直线 $z=\frac{c}{a}y$ 绕 z 轴旋转一周而成的曲面，这时曲面叫做圆锥面(conical surface)，用平面 $z=h$ 去截它时，所得截痕是圆.

习 题 八

1. 填空：

(1) ________的向量叫做单位向量，________的向量叫做零向量；

(2) 与________无关的向量称为自由向量；

(3) 两向量________，我们称两向量相等；

(4) 两个模相等，________的向量互为逆向量；

(5) 把空间中一切单位向量归结到共同的始点，则终点构成________；

(6) 要使 $|\boldsymbol{a}+\boldsymbol{b}|=|\boldsymbol{a}-\boldsymbol{b}|$ 成立，向量 $\boldsymbol{a},\boldsymbol{b}$ 应满足________；

(7) 要使 $|\boldsymbol{a}+\boldsymbol{b}|=|\boldsymbol{a}|+|\boldsymbol{b}|$ 成立，向量 $\boldsymbol{a},\boldsymbol{b}$ 应满足________.

2. 设 $\boldsymbol{u}=\boldsymbol{a}-\boldsymbol{b}+2\boldsymbol{c}$，$\boldsymbol{v}=-\boldsymbol{a}+3\boldsymbol{b}-\boldsymbol{c}$，试用 $\boldsymbol{c},\boldsymbol{b},\boldsymbol{c}$ 表示向量 $2\boldsymbol{u}-3\boldsymbol{v}$.

3. 证明对角线互相平分的四边形必是平行四边形.

4. 设 P,Q 两点的向径分别为 $\boldsymbol{r}_1,\boldsymbol{r}_2$，点 R 在线段 PQ 上，且 $\frac{|PR|}{|RQ|}=\frac{m}{n}$，证明点 R 的向径为 $r=\frac{n\boldsymbol{r}_1+m\boldsymbol{r}_2}{m+n}$.

5. 已知菱形 $ABCD$ 的对角线 $\overrightarrow{AC}=\boldsymbol{\alpha}$，$\overrightarrow{BD}=\boldsymbol{\beta}$. 试用向量 $\boldsymbol{\alpha},\boldsymbol{\beta}$ 表示 $\overrightarrow{AB},\overrightarrow{BC},\overrightarrow{CD},\overrightarrow{DA}$.

6. 把 $\triangle ABC$ 的 BC 边五等分，设分点依次为 D_1,D_2,D_3,D_4. 再把各分点与点 A 连接，试用 $\overrightarrow{AB}=\boldsymbol{c}$，$\overrightarrow{BC}=\boldsymbol{a}$ 表示向量 $\overrightarrow{D_1A},\overrightarrow{D_2A},\overrightarrow{D_3A}$ 和 $\overrightarrow{D_4A}$.

7. 求点 (a,b,c) 关于(1)各坐标面；(2)各坐标轴；(3)坐标原点的对称点的坐标.

8. 一边长为 a 的立方体放置在 xOy 面上，其底面中心在坐标原点，底面顶点在 x 轴和 y 轴上，求各顶点的坐标.

9. 在 yOz 面上，求与三点 $A(3,1,2)$，$B(4,-2,-2)$ 和 $C(0,5,1)$ 等距离的点.

10. 求平行于向量 $\boldsymbol{\alpha}=(6,7,-6)$ 的单位向量.

11. 已知 $|\boldsymbol{r}|=4$，$\boldsymbol{r}$ 与轴 u 的夹角为 $60°$，求 $\mathrm{Prj}_u\boldsymbol{r}$.

12. 设 $\boldsymbol{\alpha}=\boldsymbol{i}+\boldsymbol{j}+\boldsymbol{k}$，$\boldsymbol{\beta}=2\boldsymbol{i}-3\boldsymbol{j}+5\boldsymbol{k}$，求出向量的模，并分别用单位向量的 $\boldsymbol{e}_\alpha,\boldsymbol{e}_\beta$ 表达向量 $\boldsymbol{\alpha},\boldsymbol{\beta}$.

13. 设 $\boldsymbol{m}=3\boldsymbol{i}+5\boldsymbol{j}+8\boldsymbol{k}$，$\boldsymbol{n}=2\boldsymbol{i}-4\boldsymbol{j}-7\boldsymbol{k}$，$\boldsymbol{p}=5\boldsymbol{i}+\boldsymbol{j}-4\boldsymbol{k}$，求 $\boldsymbol{\alpha}=4\boldsymbol{m}+3\boldsymbol{n}-\boldsymbol{p}$ 在 x 轴上的投影及在 y 轴上的投影向量.

14. 一向量的终点在 $B(2,-1,7)$ 上，它在 x 轴，y 轴和 z 轴上的投影依次为 $4,-4$ 和 7，求该向量的起点 A 的坐标.

15. 求与向量 $\boldsymbol{\alpha}=(16,-15,12)$ 平行，方向相反且长度为 75 的向量 $\boldsymbol{\beta}$.

16. 设 $\boldsymbol{\alpha}=3\boldsymbol{i}-\boldsymbol{j}-2\boldsymbol{k}$，$\boldsymbol{\beta}=\boldsymbol{i}+2\boldsymbol{j}-\boldsymbol{k}$，求：

(1) $\boldsymbol{\alpha}\cdot\boldsymbol{\beta}$，$\boldsymbol{\alpha}\times\boldsymbol{\beta}$；　(2) $\cos(\widehat{\boldsymbol{\alpha},\boldsymbol{\beta}})$.

17. 已知 $M_1(1,-1,2)$，$M_2(3,3,1)$ 和 $M_3(3,1,3)$，求同时与 $\overrightarrow{M_1M_2}$，$\overrightarrow{M_2M_3}$ 垂直的单位向量.

18. 求向量 $\boldsymbol{\alpha}=(4,-3,4)$ 在向量 $\boldsymbol{\beta}=(2,2,1)$ 上的投影.

19. 已知 $|\boldsymbol{\alpha}|=2$，$|\boldsymbol{\beta}|=5$，$(\boldsymbol{\alpha},\boldsymbol{\beta})=\frac{2}{3}\pi$，问系数 λ 为何值时，向量 $\boldsymbol{m}=\lambda\boldsymbol{\alpha}+17\boldsymbol{\beta}$ 与 $\boldsymbol{n}=3\boldsymbol{\alpha}+\boldsymbol{\beta}$ 垂直.

20. 已知单位向量 $\overrightarrow{OA}$ 与三个坐标轴的夹角相等，B 是点 $M(1,-3,2)$ 关于点 $N(-1,2,1)$ 的对称点，求 $\overrightarrow{OA}\times\overrightarrow{OB}$.

21. 设 $\boldsymbol{\alpha}=2\boldsymbol{i}-3\boldsymbol{j}+\boldsymbol{k}$，$\boldsymbol{\beta}=\boldsymbol{i}-\boldsymbol{j}+3\boldsymbol{k}$ 和 $\boldsymbol{\gamma}=\boldsymbol{i}-2\boldsymbol{j}$，求：

(1) $(\boldsymbol{\alpha}\cdot\boldsymbol{\beta})\boldsymbol{\gamma}-(\boldsymbol{\alpha}\cdot\boldsymbol{\gamma})\boldsymbol{\beta}$；(2) $(\boldsymbol{\alpha}+\boldsymbol{\beta})\times(\boldsymbol{\beta}+\boldsymbol{\gamma})$；(3) $(\boldsymbol{\alpha}\times\boldsymbol{\beta})\cdot\boldsymbol{\gamma}$.

22. 直线 L 通过点 $A(-2,1,3)$ 和 $B(0,-1,2)$，求点 $C(10,5,10)$ 到直线 L 的距离.

23. 设 $\boldsymbol{m}=2\boldsymbol{\alpha}+\boldsymbol{\beta}$，$\boldsymbol{n}=k\boldsymbol{\alpha}+\boldsymbol{\beta}$，其中 $|\boldsymbol{\alpha}|=1$，$|\boldsymbol{\beta}|=2$，且 $\boldsymbol{\alpha}\perp\boldsymbol{\beta}$.

(1) k 为何值时，$\boldsymbol{m}\perp\boldsymbol{n}$？

(2) k 为何值时，$\boldsymbol{\alpha}$ 与 $\boldsymbol{\beta}$ 为邻边的平行四边形面积为 6？

24. 设 $\boldsymbol{\alpha},\boldsymbol{\beta},\boldsymbol{\gamma}$ 均为非零向量，其中任意两个向量不共线，但 $\boldsymbol{\alpha}+\boldsymbol{\beta}$ 与 $\boldsymbol{\gamma}$ 共线，$\boldsymbol{\beta}+\boldsymbol{\gamma}$ 与 $\boldsymbol{\alpha}$ 共线，试证：

$$\boldsymbol{\alpha}+\boldsymbol{\beta}+\boldsymbol{\gamma}=\boldsymbol{0}.$$

25. 试证向量 $\boldsymbol{\alpha}=-\boldsymbol{i}+3\boldsymbol{j}+2\boldsymbol{k}$，$\boldsymbol{\beta}=2\boldsymbol{i}-3\boldsymbol{j}-4\boldsymbol{k}$，$\boldsymbol{\gamma}=-3\boldsymbol{i}+12\boldsymbol{j}+6\boldsymbol{k}$ 在同一平面上，并沿 $\boldsymbol{\alpha}$ 和 $\boldsymbol{\beta}$ 分解 $\boldsymbol{\gamma}$.

26. 设点 A,B,C 的向径分别为 $\boldsymbol{r}_1=2\boldsymbol{i}+4\boldsymbol{j}+\boldsymbol{k}$，$\boldsymbol{r}_2=3\boldsymbol{i}+7\boldsymbol{j}+5\boldsymbol{k}$，$\boldsymbol{r}_3=4\boldsymbol{i}+10\boldsymbol{j}+9\boldsymbol{k}$，试证 A,B,C 三点在一条直线上.

27. 已知矢量 $\boldsymbol{\alpha},\boldsymbol{\beta}$ 非零，且不共线，作 $\boldsymbol{\gamma}=\lambda\boldsymbol{\alpha}+\boldsymbol{\beta}$，$\lambda$ 是实数，证明 $|\boldsymbol{\gamma}|$ 最小的矢量 $\boldsymbol{\gamma}$ 垂直于 $\boldsymbol{\alpha}$，并求当 $\boldsymbol{\alpha}=(1,2,-2)$，$\boldsymbol{\beta}=(1,-1,1)$ 时，使 $|\boldsymbol{\gamma}|$ 最小的矢量 $\boldsymbol{\gamma}$.

28. 试用向量证明不等式：$\sqrt{a_1^2+a_2^2+a_3^2}\ \sqrt{b_1^2+b_2^2+b_3^2}\geqslant|a_1b_1+a_2b_2+a_3b_3|$，其中 a_1,a_2,a_3,b_1,b_2,b_3 为任意实数，并指出等号成立的条件.

29. 将 xOz 坐标面上的抛物线 $z^2=5x$ 绕 x 轴旋转一周，求所生成的旋转曲面的方程.

30. 指出下列各方程表示哪种曲面：

(1) $x^2+y^2+z^2=2$；(2) $x^2+y^2-2z=0$；

(3) $x^2-y^2=0$；(4) $x^2+y^2=0$；

(5) $xyz=0$；(6) $z^2-x^2-y^2=0$.

31. 方程组 $\begin{cases}\dfrac{x^2}{4}+\dfrac{y^2}{9}=1,\\ y=3\end{cases}$ 在平面解析几何与空间解析几何中各表示什么？

32. 分别求母线平行于 x 轴及 y 轴而且通过曲线 $\begin{cases}2x^2+y^2+z^2=16,\\ x^2+z^2-y^2=0\end{cases}$ 的柱面方程.

33. 求曲线 $\begin{cases}x+z=1,\\ x^2+y^2+z^2=9\end{cases}$ 在 xOy 面上的投影方程.

34. 将曲线 $\begin{cases}x^2+y^2+z^2=9,\\ y=x\end{cases}$ 化为参数方程.

35. 求曲线 $\begin{cases}6x-6y-z+16=0,\\ 2x+5y+2z+3=0\end{cases}$ 在三坐标面上的投影方程.

36. 假定直线 L 在 yOz 平面上的投影方程为 $\begin{cases}2y-3z=1,\\ x=0,\end{cases}$ 而在 zOx 平面上的投影方程为 $\begin{cases}x+z=2,\\ y=0,\end{cases}$ 求直线 L 在 xOy 面上的投影方程.

37. 求通过点 $(3,0,-1)$ 且与平面 $3x-7y+5z-12=0$ 平行的平面方程.

38. 求过点 $(1,1,-1)$，$(-2,-2,2)$ 和 $(1,-1,2)$ 三点的平面方程.

39. 平面过原点 O，且垂直于平面 $\Pi_1:x+2y+3z-2=0$，$\Pi_2:6x-y+5z+2=0$，求此平面方程.

40. 求与已知平面 $2x+y+2x+5=0$ 平行且与三坐标面所构成的四面体体积为 1 的平面方程. 且求平面 $2x-2y+z+5=0$ 与各坐标面的夹角余弦.

41. 一平面过点 $(1,0,-1)$ 且平行于向量 $\boldsymbol{a}=(2,1,1)$ 和 $\boldsymbol{b}=(1,-1,0)$，求该平面的方程.

42. 已知 $A(-5,-11,3)$，$B(7,10,-6)$ 和 $C(1,-3,-2)$，求平行于 $\triangle ABC$ 所在的平面且与它的距离等于 2 的平面方程.

43. 求点 $(1,2,1)$ 到平面 $x+2y+2z-10=0$ 的距离.

44. 求平行于平面 $x+y+z=100$ 且与球面 $x^2+y^2+z^2=4$ 相切的平面方程.

45. 求平面 $x-2y+2z+21=0$ 与 $7x+24z-5=0$ 的夹角的平分面的方程.

46. 求过点(4,−1,3)且平行于直线$\frac{x-3}{2}=y=\frac{z-1}{5}$的直线方程.

47. 求过两点$M_1(3,-2,1)$和$M_2(-1,0,2)$的直线方程.

48. 用对称式方程及参数方程表示直线$\begin{cases}x-y+z=1,\\2x+y+z=4.\end{cases}$

49. 求两直线$\begin{cases}5x-3y+3z-9=0,\\3x-2y+z-1=0\end{cases}$与$\begin{cases}2x+2y-z+23=0,\\3x+8y+z-18=0\end{cases}$夹角的余弦.

50. 求直线$\begin{cases}x+y+3z=0,\\x-y-z=0\end{cases}$与平面$x-y-z+1=0$的夹角.

51. 求直线L:$\begin{cases}2x-4y+z=0,\\3x-y-2z-9=0\end{cases}$在平面$\Pi$:$4x-y+z=1$上的投影直线的方程.

52. 画出下列方程所表示的曲面：

(1) $4x^2+y^2-z^2=4$；　　(2) $x^2-y^2-4z^2=4$；

(3) $\frac{z}{3}=\frac{x^2}{4}-\frac{y^2}{9}$.

53. 指出下列方程所表示的曲线：

(1) $\begin{cases}x^2+y^2+z^2=25,\\x=3;\end{cases}$　　(2) $\begin{cases}x^2+4y^2+9z^2=36,\\y=1;\end{cases}$

(3) $\begin{cases}x^2-4y^2+z^2=25,\\x=-3;\end{cases}$　　(4) $\begin{cases}y^2+z^2-4x+8=0,\\y=4.\end{cases}$

第九章　多元函数微分学

我们在前面详细讨论了一元函数微积分，研究的对象是一个变量依赖于另一个变量的一元函数. 但在许多实际问题和科学实验中往往牵涉多方面的因素，反映到数学上，就是一个变量依赖于多个变量的情形. 例如病人在进行补液时，补液量 N 与正常血容量 V、正常红细胞比容（单位容积血液中红细胞所占容积百分比）A、病人红细胞比容 B 的关系为

$$N=V\left(1-\frac{A}{B}\right).$$

显然，自变量分别为 A、B、V 而 N 依赖于它们的取值，N 就是一个多元函数（multivariable function）. 这样的例子还有很多. 为了深入研究多元函数的性质，就必然要研究多元函数的微分和积分问题.

在本章中，我们将一元函数微分学推广到多元函数，首先介绍多元函数的概念及其图形，在此基础上将极限、连续的概念推广到多元函数，然后重点讨论多元函数的导数、微分与微分法及其应用. 在学习时要多与一元函数微分学中相应的内容进行比较，既要注意它们的共同点和相互联系，更要注意它们的区别，做到融会贯通.

第一节　多元函数的极限与连续

一、多元函数的基本概念

定义 1　设 D 是平面上的一个点集，$\mathbf{R}$ 是实数集，f 是一个确定的对应关系，如果对于 D 中每个点 (x,y)，通过 f 都有实数集 $\mathbf{R}$ 内的唯一确定的元素 z 与之对应，则称 f 是定义在 D 上的一个二元函数（function of two variables）. 记作 $f:D\to\mathbf{R}$. 而 z 叫做 f 在点 (x,y) 的函数值，记作 $z=f(x,y)$，$(x,y)\in D$，习惯上也称 $f(x,y)$ 为二元函数.

类似地，可以定义三元函数 $u=f(x,y,z)$，以及 n 元函数 $y=f(x_1,x_2,\cdots,x_n)$. 二元及二元以上的函数统称为多元函数.

多元函数中同样有定义域、值域、自变量、因变量等概念. 二元函数的定义域是一个平面点集，记为 D. 如果 D 是由一条或几条直线和曲线所围成的平面区域（region），则我们把围成区域的直线和曲线叫做该区域的边界（boundary）. 包括边界在内的区域称为闭区域（closed region）.

设 $P_0(x_0,y_0)$ 是 xOy 面上的一个点，δ 是某一正数，与点 P_0 距离小于 δ 的点 $P(x,y)$ 的全体称为点 P_0 的 δ 邻域，记作 $U(P_0,\delta)$ 或 $U(P_0)$，即

$$U(P_0,\delta)=\{(x,y)\mid\sqrt{(x-x_0)^2+(y-y_0)^2}<\delta\}.$$

点 P_0 的去心 δ 邻域，记为 $\mathring{U}(P_0,\delta)=\{(x,y)\mid 0<\sqrt{(x-x_0)^2+(y-y_0)^2}<\delta\}$

三元函数的定义域 Ω 是三维空间上的点集，或者说是三维空间中的某个区域.

例 1　求 $f(x,y)=\dfrac{\arcsin(3-x^2-y^2)}{\sqrt{x-y^2}}$ 的定义域.

解　$\begin{cases}|3-x^2-y^2|\leqslant 1,\\ x-y^2>0\end{cases}\Rightarrow\begin{cases}2\leqslant x^2+y^2\leqslant 4,\\ x>y^2.\end{cases}$

所求定义域为 $D=\{(x,y)\,|\,2\leqslant x^2+y^2\leqslant 4, x>y^2\}$，如图 9-1 所示.

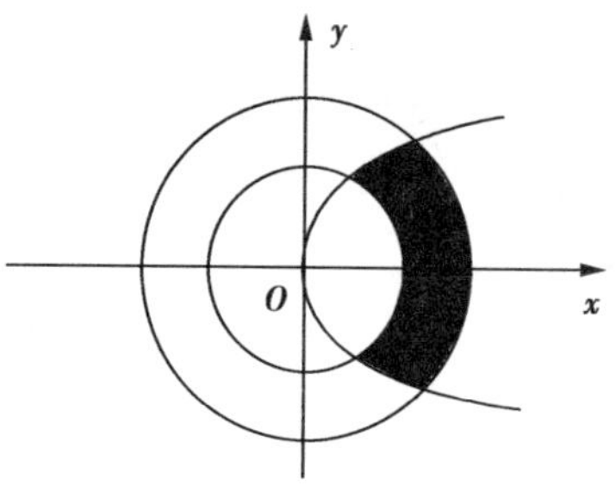

图 9-1

二、二元函数 $z=f(x,y)$ 的图形

设函数 $z=f(x,y)$ 的定义域为 D，对于任意取定的点 $P(x,y)\in D$，对应的函数值为 $z=f(x,y)$，这样，以 x 为横坐标、y 为纵坐标、z 为竖坐标在空间就确定一点 $M(x,y,z)$，当 x 取遍 D 上一切点时，得一个空间点集 $\{(x,y,z)\,|\,z=f(x,y),(x,y)\in D\}$，这个点集称为二元函数的图形.

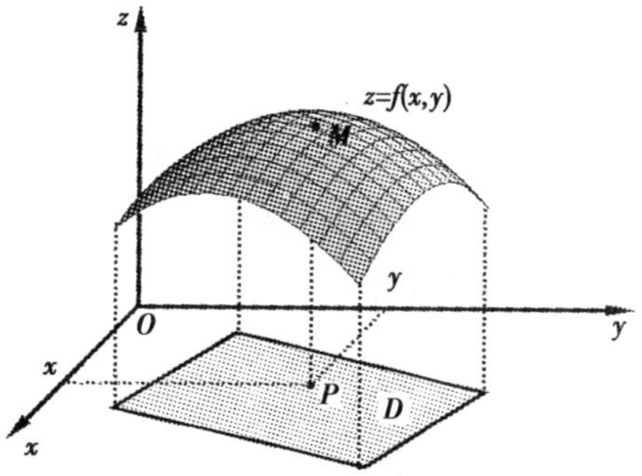

图 9-2

二元函数的图形通常是一张空间曲面(图 9-2). 例如 $z=\sin xy$ (图 9-3)；$x^2+y^2+z^2=a^2$ 表示球面(图 9-4)；$z=\sqrt{a^2-x^2-y^2}$，$z=-\sqrt{a^2-x^2-y^2}$ 分别表示球面(图 9-4)的单值分支——上半球面和下半球面.

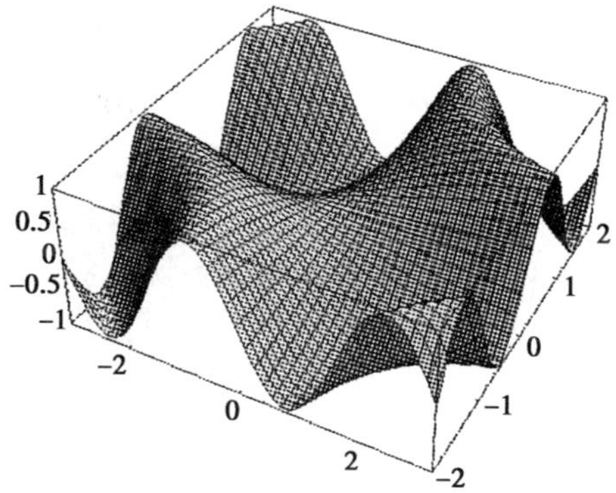

图 9-3

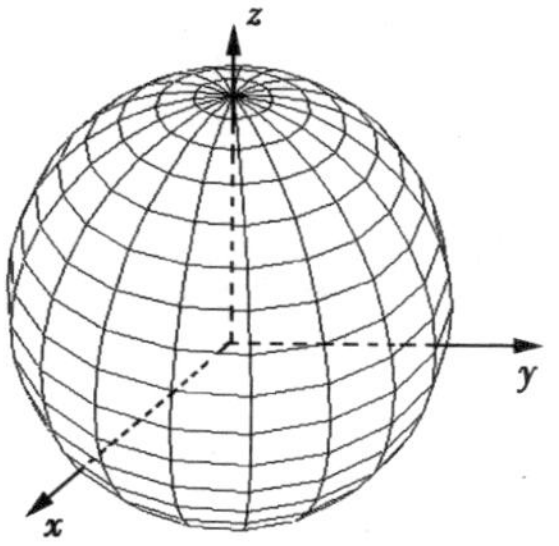

图 9-4

三、二元函数的极限——二重极限

与一元函数一样，多元函数的有关理论也是建立在函数的极限与连续性的基础上的. 把一元函数的极限与连续性推广到多元函数会有本质上的变化，而把二元函数的极限与连续性推广到二元以上的函数没有任何实质的改变. 下面主要讨论二元函数的极限，也就是讨论二元函数 $z=f(x,y)$，当自变量 x,y 分别趋向于 x_0,y_0 时，函数值 z 的变化趋势. 不同于一元函数 $x\to x_0$ 只有左右两个方向，平面上动点 $P(x,y)$ 趋于定点 $P_0(x_0,y_0)$ 的路径可以是多种多样的，如果将 $P(x,y)$ 与 $P_0(x_0,y_0)$ 之间的距离记作 ρ，则

$$\rho=|PP_0|=\sqrt{(x-x_0)^2+(y-y_0)^2}.$$

不论动点 $P(x,y)$ 趋近于定点 $P_0(x_0,y_0)$ 的路径怎样复杂，都可用"$\rho\to 0$"表示动点趋近于定点的极限过程，即 $P(x,y)\to P_0(x_0,y_0)$，这样就可以在一元函数极限概念的基础上给出二元函数极限的定义.

下面用"$\varepsilon-\delta$"语言描述这个极限概念.

定义 2　设二元函数 $z=f(x,y)$ 在 $\mathring{U}[P_0(x_0,y_0)]$ 内有定义，如果对于任意给定的正数 ε，总存在正数 δ，使得对于适合不等式 $0<|PP_0|=\sqrt{(x-x_0)^2+(y-y_0)^2}<\delta$ 的一切点，都有 $|f(x,y)-A|<\varepsilon$ 成立，则称常数 A 为函数 $z=f(x,y)$ 当 $x\to x_0,y\to y_0$ 时的极限，记为

$$\lim_{P\to P_0} f(x,y)=A,\ \text{或}\ \lim_{\substack{x\to x_0\\ y\to y_0}} f(x,y)=A,\ \text{或}\ \lim_{\rho\to 0} f(x,y)=A.$$

注意

(1) 定义中 $P\to P_0$ 的方式是任意的；

(2) 二元函数的极限也叫二重极限 $\lim\limits_{\substack{x\to x_0\\ y\to y_0}} f(x,y)$；

(3) 二元函数的极限运算法则与一元函数类似.

怎样求二元函数的极限呢？通常有两种方法：① 利用不等式从定义出发去求；②利用一元函数的极限去求.

例 2　求证 $\lim\limits_{\substack{x\to 0\\ y\to 0}}(x^2+y^2)\sin\dfrac{1}{x^2+y^2}=0$.

证　$\left|(x^2+y^2)\sin\dfrac{1}{x^2+y^2}-0\right|=|x^2+y^2|\cdot\left|\sin\dfrac{1}{x^2+y^2}\right|\leqslant x^2+y^2$.

$\forall\varepsilon>0$，$\exists\delta=\sqrt{\varepsilon}$，当 $0<\sqrt{(x-0)^2+(y-0)^2}<\delta$ 时，

$$\left|(x^2+y^2)\sin\frac{1}{x^2+y^2}-0\right|<\varepsilon,$$

原结论成立(图 9-5).

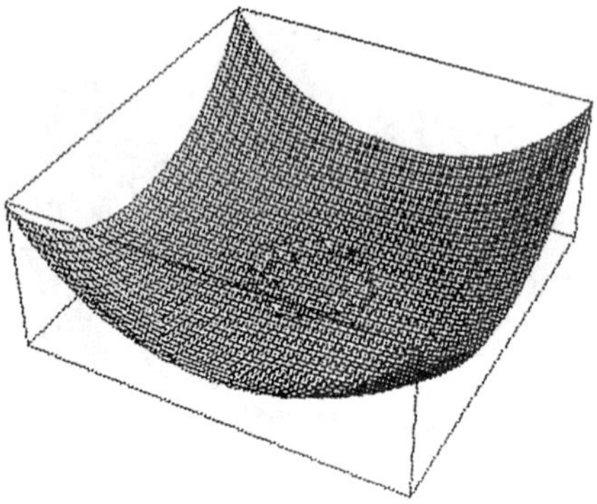

图 9-5

例 3　求极限 $\lim\limits_{\substack{x\to 0\\ y\to 0}}\dfrac{\sin(x^2y)}{x^2+y^2}$.

解　$\lim\limits_{\substack{x\to 0\\ y\to 0}}\dfrac{\sin(x^2y)}{x^2+y^2}=\lim\limits_{\substack{x\to 0\\ y\to 0}}\dfrac{\sin(x^2y)}{x^2y}\cdot\dfrac{x^2y}{x^2+y^2}$,

其中　$\lim\limits_{\substack{x\to 0\\ y\to 0}}\dfrac{\sin(x^2y)}{x^2y}\overset{\text{令}u=x^2y}{=\!=\!=}\lim\limits_{u\to 0}\dfrac{\sin u}{u}=1$.

又因为　$\left|\dfrac{x^2y}{x^2+y^2}\right|\leqslant\dfrac{1}{2}|x|\to 0\ (x\to 0)$,

所以

$$\lim_{\substack{x\to 0\\ y\to 0}}\frac{\sin(x^2y)}{x^2+y^2}=0.$$

例 4　证明 $\lim\limits_{\substack{x\to 0\\ y\to 0}}\dfrac{x^3y}{x^6+y^2}$ 不存在.

证　取 $y=kx^3$，则

$$\lim_{\substack{x\to 0\\ y\to 0}}\frac{x^3y}{x^6+y^2}=\lim_{x\to 0}\frac{x^3\cdot kx^3}{x^6+k^2x^6}=\frac{k}{1+k^2},$$

因为上式的值随 k 的不同而变化，故极限 $\lim\limits_{\substack{x\to 0\\ y\to 0}}\dfrac{x^3y}{x^6+y^2}$ 不存在.

例 4 说明,确定二元函数的极限不存在的方法有:①令 $P(x,y)$ 沿 $y=kx$ 趋向于 $P_0(x_0,y_0)$,若极限值与 k 有关,则可断言极限不存在;②找两种不同趋近方式,使 $\lim\limits_{\substack{x\to x_0\\y\to y_0}}f(x,y)$ 存在,但两者不相等,此时也可断言 $f(x,y)$ 在点 $P_0(x_0,y_0)$ 处极限不存在.

四、多元函数的连续性

多元函数的连续性与一元情形类似. 先给出二元函数在点 $P_0(x_0,y_0)$ 连续的定义如下.

定义 3　设函数 $z=f(x,y)$ 在 $U[P_0(x_0,y_0)]$ 内有定义,并且

$$\lim_{\substack{x\to x_0\\y\to y_0}}f(x,y)=f(x_0,y_0),$$

则称函数 $z=f(x,y)$ 在 $P_0(x_0,y_0)$ 点连续.

定义 4　如果定义在开区域 D 上的二元函数 $z=f(x,y)$ 在 D 内的每一点都连续,则 f 称为开区域 D 上的连续函数;

如果定义在闭区域 D 上的二元函数 f 称为在 D 上连续,则

(1) f 在 D 内的每一个点都是连续的,

(2) f 在 D 的每个边界点都是连续的.

在闭区域 D 上连续的二元函数 f,其图形是一个无孔无缝的曲面. 下面将二元函数连续性概念推广到 n 元函数.

定义 5　设 n 元函数 $f(P)$ 在点 P_0 及其附近有定义,如果 $\lim\limits_{P\to P_0}f(P)=f(P_0)$,则称 n 元函数 $f(P)$ 在点 P_0 处连续;如果 $f(P)$ 在点 P_0 处不连续,则称 P_0 是函数 $f(P)$ 的间断点.

由多元函数连续的定义,我们有如下几点说明:

(1) 二元连续函数的和、差、积、商(分母不为零)及复合函数仍是连续函数;

(2) 二元函数的间断点,可以是一些孤立的点,也可以形成一条或几条曲线. 例如 $f(x,y)=\sin\dfrac{1}{x^2+y^2-1}$ 在 $x^2+y^2=1$ 处间断,所以该圆周上的点都是间断点;对三元函数还可以有间断面,如 $f(x,y,z)=\sin\dfrac{1}{x^2+y^2+z^2-1}$.

(3) 利用多元函数的连续性,可求连续点的极限,即若 P_0 为 $f(P)$ 的连续点,则

$$\lim_{P\to P_0}f(P)=f(P_0).$$

例 5　讨论函数 $f(x,y)=\begin{cases}\dfrac{x^3+y^3}{x^2+y^2}, & (x,y)\neq(0,0),\\ 0, & (x,y)=(0,0)\end{cases}$ 在(0,0)处的连续性.

解　取 $x=\rho\cos\theta,y=\rho\sin\theta$,则有

$$|f(x,y)-f(0,0)|=|\rho(\sin^3\theta+\cos^3\theta)|<2\rho.$$

$\forall\varepsilon>0,\exists\delta=\dfrac{\varepsilon}{2}$,当 $0<\sqrt{x^2+y^2}<\delta$ 时,

$$|f(x,y)-f(0,0)|<2\rho<\varepsilon,$$

即　$\lim\limits_{(x,y)\to(0,0)}f(x,y)=f(0,0)$, 故函数在(0,0)处连续.

例 6　讨论函数 $f(x,y)=\begin{cases}\dfrac{xy}{x^2+y^2}, & x^2+y^2\neq0,\\ 0, & x^2+y^2=0\end{cases}$ 在(0,0)的连续性.

解 取 $y=kx$,则有

$$\lim_{\substack{x\to0\\y\to0}}\frac{xy}{x^2+y^2}=\lim_{x\to0}\frac{kx^2}{x^2+k^2x^2}=\frac{k}{1+k^2}.$$

其值随 k 的不同而变化,故函数在点(0,0)处不连续.

与闭区间上一元连续函数的性质相类似,在有界闭区域 D 上连续的多元函数具有如下性质.

性质 1(有界性与最大值最小值定理) **在有界闭区域 D 上的多元连续函数,必定在 D 上有界,且能取得它的最大值和最小值.**

性质 2(介值定理) **在有界闭区域 D 上的多元连续函数必取得介于最大值和最小值之间的任何值.**

第二节 偏导数与高阶偏导数

本节将一元函数的导数推广到多元函数.我们将以二元函数为主讨论偏导数,然后推广到 n 元函数.

一、偏导数的概念

定义 1 **设函数 $z=f(x,y)$ 在 $U[P_0(x_0,y_0)]$ 内有定义,如果给 x_0 以增量 Δx,而 y_0 保持不变,于是函数 z 相应地有增量**

$$f(x_0+\Delta x,y_0)-f(x_0,y_0).$$

它被称为函数 $z=f(x,y)$ 在点 $P_0(x_0,y_0)$ 处对 x 的偏增量(partial increment),**记作**

$$\Delta z_x=f(x_0+\Delta x,y_0)-f(x_0,y_0).$$

同理,称 $\Delta z_y=f(x_0,y_0+\Delta y)-f(x_0,y_0)$ 为函数 $z=f(x,y)$ 在点 $P_0(x_0,y_0)$ 处对 y 的偏增量.

定义 2 **设函数 $z=f(x,y)$ 在 $U[P_0(x_0,y_0)]$ 内有定义,如果将 y 固定在 y_0,而 x_0 有增量 Δx 时,便有偏增量 $\Delta z_x=f(x_0+\Delta x,y_0)-f(x_0,y_0)$.若极限**

$$\lim_{\Delta x\to0}\frac{f(x_0+\Delta x,y_0)-f(x_0,y_0)}{\Delta x}$$

存在,则称此极限为函数 $z=f(x,y)$ 在点 $P_0(x_0,y_0)$ 处对 x 的偏导数(partial derivative),**记作**

$$\left.\frac{\partial z}{\partial x}\right|_{\substack{x=x_0\\y=y_0}},\left.\frac{\partial f}{\partial x}\right|_{\substack{x=x_0\\y=y_0}},z_x\big|_{\substack{x=x_0\\y=y_0}}\text{ 或 }f_x(x_0,y_0).$$

类似地,函数 $z=f(x,y)$ 在点 $P_0(x_0,y_0)$ 处对 y 的偏导数为

$$\lim_{\Delta y\to0}\frac{f(x_0,y_0+\Delta y)-f(x_0,y_0)}{\Delta y},$$

记作 $\left.\dfrac{\partial z}{\partial x}\right|_{\substack{x=x_0\\y=y_0}},\left.\dfrac{\partial f}{\partial y}\right|_{\substack{x=x_0\\y=y_0}},z_y\big|_{\substack{x=x_0\\y=y_0}}$ **或** $f_y(x_0,y_0)$.

例 1 设 $f(x,y)=\begin{cases}\dfrac{xy}{x^2+y^2}, & x^2+y^2\neq0,\\ 0, & x^2+y^2=0,\end{cases}$ 求 $f_x(0,0),f_y(0,0)$.

解

$$f_x(0,0)=\lim_{\Delta x\to0}\frac{f(0+\Delta x,0)-f(0,0)}{\Delta x}=\lim_{\Delta x\to0}\frac{0-0}{\Delta x}=0,$$

$$f_y(0,0)=\lim_{\Delta y\to0}\frac{f(0,0+\Delta y)-f(0,0)}{\Delta y}=\lim_{\Delta y\to0}\frac{0-0}{\Delta y}=0.$$

如果函数 $z=f(x,y)$ 在区域 D 内任一点 (x,y) 处对 x 的偏导数都存在，那么这个偏导数就是 x,y 的函数，我们称之为函数 $z=f(x,y)$ 对自变量 x 的偏导函数或偏导数，记作 $\frac{\partial z}{\partial x},\frac{\partial f}{\partial x}$，$z_x$ 或 $f_x(x,y)$，其定义式为

$$f_x(x,y)=\lim_{\Delta x\to 0}\frac{f(x+\Delta x,y)-f(x,y)}{\Delta x}.$$

同理，定义函数 $z=f(x,y)$ 对自变量 y 的偏导数为

$$\lim_{\Delta y\to 0}\frac{f(x,y+\Delta y)-f(x,y)}{\Delta y},$$

记作 $\frac{\partial z}{\partial y},\frac{\partial f}{\partial y},z_y$ 或 $f_y(x,y)$.

由偏导数的定义还可知，函数 $z=f(x,y)$ 对 x 的偏导数 $f_x(x,y)$ 就是函数 f 沿 x 轴正向的变化率，而函数 $z=f(x,y)$ 对 y 的偏导数 $f_y(x,y)$ 就是函数 f 沿 y 轴正向的变化率.

偏导数的概念可以推广到二元以上函数. 例如，三元函数 $u=f(x,y,z)$ 在点 (x,y,z) 处对 x,y,z 的偏导数分别定义为

$$f_x(x,y,z)=\lim_{\Delta x\to 0}\frac{f(x+\Delta x,y,z)-f(x,y,z)}{\Delta x},$$

$$f_y(x,y,z)=\lim_{\Delta y\to 0}\frac{f(x,y+\Delta y,z)-f(x,y,z)}{\Delta y},$$

$$f_z(x,y,z)=\lim_{\Delta z\to 0}\frac{f(x,y,z+\Delta z)-f(x,y,z)}{\Delta z}.$$

二、偏导数的计算

由偏导数的定义可知，函数对某一自变量的偏导数就是把其他变量暂时视为常数时，函数对这个自变量的变化率，因此偏导数的计算与一元函数的求导数没有不同.

例 2　求 $z=x^2+3xy+y^2$ 在点 $(1,2)$ 处的偏导数.

解　$\frac{\partial z}{\partial x}=2x+3y$；$\frac{\partial z}{\partial y}=3x+2y$.

$$\left.\frac{\partial z}{\partial x}\right|_{\substack{x=1\\y=2}}=(2x+3y)|_{(1,2)}=2\times1+3\times2=8,\ \left.\frac{\partial z}{\partial y}\right|_{\substack{x=1\\y=2}}=(3x+2y)|_{(1,2)}=3\times1+2\times2=7.$$

例 3　设 $z=x^y(x>0,x\neq1)$，求证 $\frac{x}{y}\frac{\partial z}{\partial x}+\frac{1}{\ln x}\frac{\partial z}{\partial y}=2z$.

证

$$\frac{\partial z}{\partial x}=yx^{y-1},\frac{\partial z}{\partial y}=x^y\ln x,$$

$$\frac{x}{y}\frac{\partial z}{\partial x}+\frac{1}{\ln x}\frac{\partial z}{\partial y}=\frac{x}{y}yx^{y-1}+\frac{1}{\ln x}x^y\ln x=x^y+x^y=2z.$$

原结论成立.

例 4　设 $z=\arcsin\frac{x}{\sqrt{x^2+y^2}}$，求 $\frac{\partial z}{\partial x},\frac{\partial z}{\partial y}$.

解　$$\frac{\partial z}{\partial x}=\frac{1}{\sqrt{1-\frac{x^2}{x^2+y^2}}}\cdot\left(\frac{x}{\sqrt{x^2+y^2}}\right)_x'=\frac{\sqrt{x^2+y^2}}{|y|}\cdot\frac{y^2}{\sqrt{(x^2+y^2)^3}}\xlongequal{\sqrt{y^2}=|y|}\frac{|y|}{x^2+y^2}.$$

$$\frac{\partial z}{\partial y}=\frac{1}{\sqrt{1-\frac{x^2}{x^2+y^2}}}\cdot\left(\frac{x}{\sqrt{x^2+y^2}}\right)'_y=\frac{\sqrt{x^2+y^2}}{|y|}\cdot\frac{(-xy)}{\sqrt{(x^2+y^2)^3}}=-\frac{x}{x^2+y^2}\mathrm{sgn}y\quad(y\neq 0).$$

所以，$\left.\frac{\partial z}{\partial y}\right|_{\substack{x=0\\y=0}}$不存在.

注意 (1) 偏导数$\frac{\partial z}{\partial x}$是一个整体记号，不能拆分；

(2)求分界点、不连续点处的偏导数要用偏导数的定义求.

例 5 设 $z=f(x,y)=\sqrt{|xy|}$，求 $f_x(0,0)$，$f_y(0,0)$.

解 $f_x(0,0)=\lim\limits_{\Delta x\to 0}\frac{f(0+\Delta x,0)-f(0,0)}{\Delta x}=\lim\limits_{\Delta x\to 0}\frac{\sqrt{|\Delta x\cdot 0|}-0}{\Delta x}=0$，

$f_y(0,0)=\lim\limits_{\Delta y\to 0}\frac{f(0,0+\Delta y)-f(0,0)}{\Delta y}=\lim\limits_{\Delta y\to 0}\frac{\sqrt{|0\cdot\Delta y|}-0}{\Delta y}=0.$

例 6 设 $f(x,y)=\begin{cases}\frac{x^2y}{x^2+y^2}, & x^2+y^2\neq 0,\\ 0, & x^2+y^2=0,\end{cases}$ 求 $f_x(x,y)$，$f_y(x,y)$.

解 $f_x(0,0)=\lim\limits_{\Delta x\to 0}\frac{f(0+\Delta x,0)-f(0,0)}{\Delta x}=\lim\limits_{\Delta x\to 0}\frac{0-0}{\Delta x}=0$，

$f_y(0,0)=\lim\limits_{\Delta y\to 0}\frac{f(0,0+\Delta y)-f(0,0)}{\Delta y}=\lim\limits_{\Delta y\to 0}\frac{0-0}{\Delta y}=0.$

$x^2+y^2\neq 0$ 时，

$$f_x(x,y)=\left(\frac{x^2y}{x^2+y^2}\right)'_x=\frac{2xy^3}{(x^2+y^2)^2},\quad f_y(x,y)=\left(\frac{x^2y}{x^2+y^2}\right)'_y=\frac{x^2(x^2-y^2)}{(x^2+y^2)^2}.$$

所以 $f_x(x,y)=\begin{cases}\frac{2xy^3}{(x^2+y^2)^2}, & x^2+y^2\neq 0,\\ 0, & x^2+y^2=0,\end{cases}$ $f_y(x,y)=\begin{cases}\frac{x^2(x^2-y^2)}{(x^2+y^2)^2}, & x^2+y^2\neq 0,\\ 0, & x^2+y^2=0.\end{cases}$

三、偏导数存在与连续的关系

一元函数 $y=f(x)$在某点可导，则它在该点必定连续. 但对多元函数而言，即使函数在某点的各偏导数都存在，也不能保证函数在该点连续.

由例 1 可知，$f(x,y)=\begin{cases}\frac{xy}{x^2+y^2}, & x^2+y^2\neq 0,\\ 0, & x^2+y^2=0\end{cases}$ 在 $(0,0)$处，$f_x(0,0)=f_y(0,0)=0$. 但由上节例 6 可知函数在该点处并不连续.

四、偏导数的几何意义

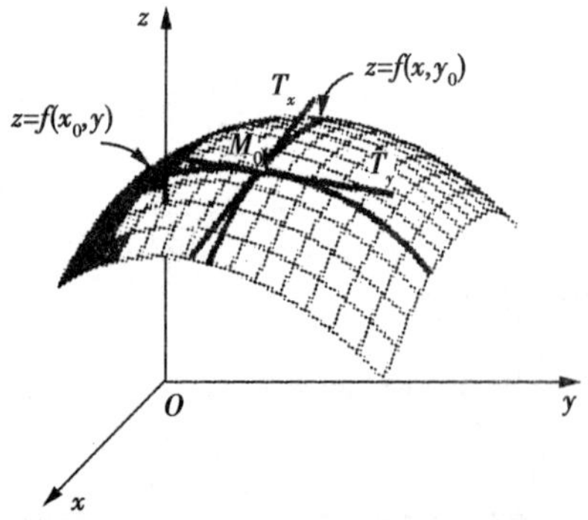

图 9－6

设 $M_0(x_0,y_0,f(x_0,y_0))$为曲面 $z=f(x,y)$上一点，如图 9－6 所示，过 $M_0(x_0,y_0,f(x_0,y_0))$作平面 $y=y_0$，截此曲面得一曲线

$$\begin{cases}y=y_0,\\ z=f(x,y).\end{cases}$$

偏导数 $f_x(x_0,y_0)$就是曲面被平面 $y=y_0$ 所截得的曲线在点 M_0 处的切线 M_0T_x 对 x 轴的斜率;导数 $f_y(x_0,y_0)$就是曲面被平面 $x=x_0$ 所截得的曲线在点 M_0 处的切线 M_0T_y 对 y 轴的斜率.

例 7　求曲线$\begin{cases}x=1,\\ z=\sqrt{x^2+y^2+1}\end{cases}$在点$(1,1,\sqrt{3})$处的切线与 y 轴正向之间的夹角.

解　由偏导数的几何意义有

$$k=\tan\alpha=\frac{\partial z}{\partial y}\bigg|_{(1,1,\sqrt{3})}=\left(\frac{y}{\sqrt{x^2+y^2+1}}\right)'_y\bigg|_{(1,1,\sqrt{3})}=\frac{\sqrt{3}}{3},$$

可得

$$\alpha=\frac{\pi}{6}.$$

五、高阶偏导数

函数 $z=f(x,y)$在区域 D 内具有偏导数

$$\frac{\partial z}{\partial x}=f_x(x,y),\ \frac{\partial z}{\partial y}=f_y(x,y).$$

那么在 D 内,$f_x(x,y)$,$f_y(x,y)$都是 x,y 的函数.如果这两个函数仍然具有偏导数,那么它们的偏导数就是 $z=f(x,y)$的二阶偏导数.按照自变量求导次序的不同,有下面四个二阶偏导数:

$$\frac{\partial}{\partial x}\left(\frac{\partial z}{\partial x}\right)=\frac{\partial^2 z}{\partial x^2}=f_{xx}(x,y),\ \frac{\partial}{\partial y}\left(\frac{\partial z}{\partial y}\right)=\frac{\partial^2 z}{\partial y^2}=f_{yy}(x,y),$$

$$\frac{\partial}{\partial y}\left(\frac{\partial z}{\partial x}\right)=\frac{\partial^2 z}{\partial x\partial y}=f_{xy}(x,y),\ \frac{\partial}{\partial x}\left(\frac{\partial z}{\partial y}\right)=\frac{\partial^2 z}{\partial y\partial x}=f_{yx}(x,y),$$

其中$\frac{\partial^2 z}{\partial x\partial y}$,$\frac{\partial^2 z}{\partial y\partial x}$称为二阶混合偏导数.前者表示先对 x 求偏导,再对 y 求偏导,后者则恰好相反.

二阶及二阶以上的偏导数统称为高阶偏导数.

例 8　设 $z=x^3y^2-3xy^3-xy+1$,求$\frac{\partial^2 z}{\partial x^2}$、$\frac{\partial^2 z}{\partial y\partial x}$、$\frac{\partial^2 z}{\partial x\partial y}$、$\frac{\partial^2 z}{\partial y^2}$及$\frac{\partial^3 z}{\partial x^3}$.

解

$$\frac{\partial z}{\partial x}=3x^2y^2-3y^3-y,\ \frac{\partial z}{\partial y}=2x^3y-9xy^2-x,$$

$$\frac{\partial^2 z}{\partial x^2}=6xy^2,\ \frac{\partial^3 z}{\partial x^3}=6y^2,\ \frac{\partial^2 z}{\partial y^2}=2x^3-18xy,$$

$$\frac{\partial^2 z}{\partial x\partial y}=6x^2y-9y^2-1,\ \frac{\partial^2 z}{\partial y\partial x}=6x^2y-9y^2-1.$$

例 9　设 $u=e^{ax}\cos by$,求二阶偏导数.

解

$$\frac{\partial u}{\partial x}=ae^{ax}\cos by,\ \frac{\partial u}{\partial y}=-be^{ax}\sin by;$$

$$\frac{\partial^2 u}{\partial x^2}=a^2e^{ax}\cos by,\ \frac{\partial^2 u}{\partial y^2}=-b^2e^{ax}\cos by;$$

$$\frac{\partial^2 u}{\partial x\partial y}=-abe^{ax}\sin by,\ \frac{\partial^2 u}{\partial y\partial x}=-abe^{ax}\sin by.$$

现在,我们考虑,混合偏导数是否都相等?具备怎样的条件它们才相等?下面的定理回答了上述问题.

定理 如果函数 $z=f(x,y)$ 的两个二阶混合偏导数 $\frac{\partial^2 z}{\partial y\partial x}$ 及 $\frac{\partial^2 z}{\partial x\partial y}$ 在区域 D 内连续，那么在该区域内这两个二阶混合偏导数必相等.

例 10 验证函数 $u(x,y)=\ln\sqrt{x^2+y^2}$ 满足拉普拉斯方程 $\frac{\partial^2 u}{\partial x^2}+\frac{\partial^2 u}{\partial y^2}=0$.

解 因为 $\ln\sqrt{x^2+y^2}=\frac{1}{2}\ln(x^2+y^2)$，

所以
$$\frac{\partial u}{\partial x}=\frac{x}{x^2+y^2},\frac{\partial u}{\partial y}=\frac{y}{x^2+y^2},$$
$$\frac{\partial^2 u}{\partial x^2}=\frac{(x^2+y^2)-x\cdot 2x}{(x^2+y^2)^2}=\frac{y^2-x^2}{(x^2+y^2)^2},$$
$$\frac{\partial^2 u}{\partial y^2}=\frac{(x^2+y^2)-y\cdot 2y}{(x^2+y^2)^2}=\frac{x^2-y^2}{(x^2+y^2)^2}.$$
从而
$$\frac{\partial^2 u}{\partial x^2}+\frac{\partial^2 u}{\partial y^2}=\frac{y^2-x^2}{(x^2+y^2)^2}+\frac{x^2-y^2}{(x^2+y^2)^2}=0.$$

第三节 全微分

一、全微分的定义

由一元函数微分学中增量与微分的关系，可得
$$f(x+\Delta x,y)-f(x,y)\approx f_x(x,y)\Delta x,\ f(x,y+\Delta y)-f(x,y)\approx f_y(x,y)\Delta y,$$
在上面的两个式子中，左端分别表示二元函数对 x 和对 y 的偏增量，右端分别表示二元函数对 x 和对 y 的偏微分.

定义 1 如果函数 $z=f(x,y)$ 在点 $P(x,y)$ 的某邻域内有定义，并设 $P'(x+\Delta x,y+\Delta y)$ 为这邻域内的任意一点，则称这两点的函数值之差
$$f(x+\Delta x,y+\Delta y)-f(x,y)$$
为函数在点 P 对应于自变量增量 $\Delta x,\Delta y$ 的全增量(total increment)，记为 Δz，即
$$\Delta z=f(x+\Delta x,y+\Delta y)-f(x,y).$$
类似一元函数微分定义，可给出二元函数全微分(total differential)的定义如下.

定义 2 如果函数 $z=f(x,y)$ 在点 $P(x,y)$ 的全增量 $\Delta z=f(x+\Delta x,y+\Delta y)-f(x,y)$ 可以表示为
$$\Delta z=A\Delta x+B\Delta y+o(\rho),$$
其中 A,B 不依赖于 $\Delta x,\Delta y$ 而仅与 x,y 有关，$\rho=\sqrt{(\Delta x)^2+(\Delta y)^2}$，则称函数 $z=f(x,y)$ 在点 $P(x,y)$ 可微分，称 $A\Delta x+B\Delta y$ 为函数 $z=f(x,y)$ 在点 $P(x,y)$ 的全微分，记为 $\mathrm{d}z$，即
$$\mathrm{d}z=A\Delta x+B\Delta y.$$
若函数 $z=f(x,y)$ 在某区域 D 内各点处处可微分，则称函数 $z=f(x,y)$ 在 D 内可微分.

当 ρ 充分小时，全微分就是 f 在点 $P(x,y)$ 处的增量的线性主部.

定理 1 如果函数 $z=f(x,y)$ 在点 $P(x,y)$ 处可微分，则函数在该点连续.

证 因为 $\Delta z=A\Delta x+B\Delta y+o(\rho)$，故可得，$\lim\limits_{\rho\to 0}\Delta z=0$，即
$$\lim_{\substack{\Delta x\to 0\\ \Delta y\to 0}} f(x+\Delta x,y+\Delta y)=\lim_{\rho\to 0}[f(x,y)+\Delta z]=f(x,y),$$

故函数 $z=f(x,y)$ 在点 $P(x,y)$ 处连续.

二、函数可微分的条件

定理 2（可微的必要条件）　如果函数 $z=f(x,y)$ 在点 $P(x,y)$ 处可微分，则该函数在点 $P(x,y)$ 的偏导数 $\frac{\partial z}{\partial x}$，$\frac{\partial z}{\partial y}$ 必存在，且函数 $z=f(x,y)$ 在点 $P(x,y)$ 的全微分为

$$\mathrm{d}z=\frac{\partial z}{\partial x}\Delta x+\frac{\partial z}{\partial y}\Delta y.$$

证　如果函数 $z=f(x,y)$ 在点 $P(x,y)$ 可微分，$P'(x+\Delta x,y+\Delta y)\in P$ 的某个邻域，则有

$$\Delta z=A\Delta x+B\Delta y+o(\rho)$$

成立，当 $\Delta y=0$ 时，上式仍成立，此时

$$\rho=|\Delta x|,\ f(x+\Delta x,y)-f(x,y)=A\cdot\Delta x+o(|\Delta x|),$$

则有

$$\lim_{\Delta x\to 0}\frac{f(x+\Delta x,y)-f(x,y)}{\Delta x}=A=\frac{\partial z}{\partial x},$$

同理可得

$$B=\frac{\partial z}{\partial y}.$$

定理 2 给出了全微分的计算公式. 从此式还可看出，与一元函数的微分类似，二元函数的全微分不仅与 f 在点 (x,y) 处的两个偏导数有关，还与 $\Delta x,\Delta y$ 有关.

在一元函数中我们知道函数在一点可导的充分必要条件是可微，即对一元函数来讲，可导与可微等价. 然而，对于多元函数，情况就不同了. 当函数的各偏导数存在时，函数也不一定可微. 以下举例说明.

例 1　证明函数 $z=f(x,y)=\begin{cases}\dfrac{xy}{\sqrt{x^2+y^2}}, & x^2+y^2\neq 0,\\ 0, & x^2+y^2=0\end{cases}$ 在点 $(0,0)$ 处不可微.

证　由定义知，在点 $(0,0)$ 处有 $f_x(0,0)=f_y(0,0)=0$. 若 $z=f(x,y)$ 在 $(0,0)$ 处可微，则

$$\Delta z=\frac{\partial z}{\partial x}\mathrm{d}x+\frac{\partial z}{\partial y}\mathrm{d}y+o(\rho),$$

$$\Delta z-[f_x(0,0)\cdot\Delta x+f_y(0,0)\cdot\Delta y]=\frac{\Delta x\cdot\Delta y}{\sqrt{(\Delta x)^2+(\Delta y)^2}}.$$

如果考虑点 $P'(\Delta x,\Delta y)$ 沿着直线 $y=x$ 趋近于 $(0,0)$，则

$$\frac{\Delta z-[f_x(0,0)\cdot\Delta x+f_y(0,0)\cdot\Delta y]}{\rho}=\frac{\dfrac{\Delta x\cdot\Delta y}{\sqrt{(\Delta x)^2+(\Delta y)^2}}}{\rho}=\frac{\Delta x\cdot\Delta x}{(\Delta x)^2+(\Delta x)^2}=\frac{1}{2},$$

可知它不能随着 $\rho\to 0$ 而趋于 0，即当 $\rho\to 0$ 时，

$$\Delta z-[f_x(0,0)\cdot\Delta x+f_y(0,0)\cdot\Delta y]\neq o(\rho),$$

所以，函数在点 $(0,0)$ 处不可微.

注意　二元函数的各偏导数存在并不能保证全微分存在，要看当 $\rho\to 0$ 时，是否有

$$\frac{\Delta z-[f_x(x,y)\cdot\Delta x+f_y(x,y)\cdot\Delta y]}{\rho}\to 0 \text{ 成立.}$$

例 2　设 $z=f(x,y)=\begin{cases}\dfrac{x^2y^2}{(x^2+y^2)^{\frac{3}{2}}}, & x^2+y^2\neq 0,\\ 0, & x^2+y^2=0,\end{cases}$

证明：$f(x,y)$在点$(0,0)$处连续且偏导数存在，但不可微.

证 因为
$$x^2+y^2\geqslant 2|xy|,$$
则有
$$\frac{x^2y^2}{(x^2+y^2)^{\frac{3}{2}}}=\sqrt{|xy|}\cdot\left(\frac{|xy|}{x^2+y^2}\right)^{\frac{3}{2}}\leqslant\sqrt{|xy|}\cdot\left(\frac{1}{2}\right)^{\frac{3}{2}},$$
所以 $\lim\limits_{(x,y)\to(0,0)}f(x,y)=0=f(0,0)$，即$f(x,y)$在$(0,0)$点连续.

又由偏导数的定义可得，在点$(0,0)$处有$f_x(0,0)=f_y(0,0)=0$，
$$\Delta z-[f_x(0,0)\cdot\Delta x+f_y(0,0)\cdot\Delta y]=\frac{(\Delta x)^2\cdot(\Delta y)^2}{[(\Delta x)^2+(\Delta y)^2]^{\frac{3}{2}}},$$
$$\frac{\dfrac{(\Delta x)^2\cdot(\Delta y)^2}{[(\Delta x)^2+(\Delta y)^2]^{\frac{3}{2}}}}{\rho}=\frac{(\Delta x)^2\cdot(\Delta y)^2}{[(\Delta x)^2+(\Delta y)^2]^2}\xlongequal{\text{令 }\Delta y=k\Delta x(k\neq 0)}\frac{k^2}{(1+k)^2},$$
可知它不能随着$\rho\to 0$而趋于0，即当$\rho\to 0$时，$\Delta z-[f_x(0,0)\cdot\Delta x+f_y(0,0)\cdot\Delta y]\neq o(\rho)$，所以，函数在点$(0,0)$处不可微.

定理 3（可微的充分条件） 如果函数 $z=f(x,y)$ 的偏导数$\frac{\partial z}{\partial x}$，$\frac{\partial z}{\partial y}$在点$(x,y)$连续，则该函数在点$(x,y)$可微分.

证
$$\begin{aligned}\Delta z&=f(x+\Delta x,y+\Delta y)-f(x,y)\\&=[f(x+\Delta x,y+\Delta y)-f(x,y+\Delta y)]+[f(x,y+\Delta y)-f(x,y)].\end{aligned}$$
在第一个方括号内，应用拉格朗日中值定理
$$\begin{aligned}&f(x+\Delta x,y+\Delta y)-f(x,y+\Delta y)\\&=f_x(x+\theta_1\Delta x,y+\Delta y)\Delta x\quad(0<\theta_1<1)\\&=f_x(x,y)\Delta x+\varepsilon_1\Delta x,\text{（依偏导数的连续性）}\end{aligned}$$
其中ε_1为$\Delta x,\Delta y$的函数，且当$\Delta x\to 0,\Delta y\to 0$时，$\varepsilon_1\to 0$.

同理
$$\begin{aligned}&f(x,y+\Delta y)-f(x,y)\\&=f_y(x,y)\Delta y+\varepsilon_2\Delta y,\text{ 当 }\Delta x\to 0,\Delta y\to 0\text{ 时，}\varepsilon_2\to 0,\end{aligned}$$
$$\Delta z=f_x(x,y)\Delta x+\varepsilon_1\Delta x+f_y(x,y)\Delta y+\varepsilon_2\Delta y.$$
因为
$$\left|\frac{\varepsilon_1\Delta x+\varepsilon_2\Delta y}{\rho}\right|\leqslant|\varepsilon_1|+|\varepsilon_2|\to 0\quad(\rho\to 0),$$
故函数$z=f(x,y)$在点(x,y)处可微.

习惯上，记全微分为 $dz=\frac{\partial z}{\partial x}dx+\frac{\partial z}{\partial y}dy$.

通常我们把二元函数的全微分等于它的两个偏微分之和这件事称为二元函数的微分符合叠加原理.

全微分的定义可推广到三元及三元以上函数
$$du=\frac{\partial u}{\partial x}dx+\frac{\partial u}{\partial y}dy+\frac{\partial u}{\partial z}dz.$$
叠加原理也适用于二元以上函数的情况.

例 3 计算函数 $z=e^{xy}$在点$(2,1)$处的全微分.

解
$$\frac{\partial z}{\partial x}=ye^{xy},\ \frac{\partial z}{\partial y}=xe^{xy}.\ \left.\frac{\partial z}{\partial x}\right|_{(2,1)}=e^2,\ \left.\frac{\partial z}{\partial y}\right|_{(2,1)}=2e^2,$$
所求全微分为
$$dz|_{(2,1)}=e^2dx+2e^2dy.$$

例 4　求函数 $z=y\cos(x-2y)$ 当 $x=\frac{\pi}{4},y=\pi,\mathrm{d}x=\frac{\pi}{4},\mathrm{d}y=\pi$ 时的全微分.

解
$$\frac{\partial z}{\partial x}=-y\sin(x-2y),\ \frac{\partial z}{\partial y}=\cos(x-2y)+2y\sin(x-2y),$$
$$\mathrm{d}z\Big|_{(\frac{\pi}{4},\pi)}=\frac{\partial z}{\partial x}\Big|_{(\frac{\pi}{4},\pi)}\mathrm{d}x+\frac{\partial z}{\partial y}\Big|_{(\frac{\pi}{4},\pi)}\mathrm{d}y=\frac{\sqrt{2}}{8}\pi(4-7\pi).$$

例 5　计算函数 $u=x+\sin\frac{y}{2}+\mathrm{e}^{yz}$ 的全微分.

解
$$\frac{\partial u}{\partial x}=1,\ \frac{\partial u}{\partial y}=\frac{1}{2}\cos\frac{y}{2}+z\mathrm{e}^{yz},\ \frac{\partial u}{\partial z}=y\mathrm{e}^{yz},$$

所求全微分
$$\mathrm{d}u=\mathrm{d}x+\left(\frac{1}{2}\cos\frac{y}{2}+z\mathrm{e}^{yz}\right)\mathrm{d}y+y\mathrm{e}^{yz}\mathrm{d}z.$$

例 6　试证函数
$$f(x,y)=\begin{cases}xy\sin\dfrac{1}{\sqrt{x^2+y^2}}, & (x,y)\neq(0,0),\\ 0, & (x,y)=(0,0)\end{cases}$$
在点(0,0)连续且偏导数存在,但偏导数在点(0,0)不连续,而 f 在点(0,0)可微.

思路:按有关定义讨论;对于偏导数需分 $(x,y)\neq(0,0)$,$(x,y)=(0,0)$ 讨论.

证　令 $x=\rho\cos\theta,y=\rho\sin\theta$,则
$$\lim_{(x,y)\to(0,0)}xy\sin\frac{1}{\sqrt{x^2+y^2}}=\lim_{\rho\to0}\rho^2\sin\theta\cos\theta\cdot\sin\frac{1}{\rho}=0=f(0,0),$$
故函数在点(0,0)连续.
$$f_x(0,0)=\lim_{\Delta x\to0}\frac{f(\Delta x,0)-f(0,0)}{\Delta x}=\lim_{\Delta x\to0}\frac{0-0}{\Delta x}=0,$$
同理 $f_y(0,0)=0$. 当 $(x,y)\neq(0,0)$ 时,
$$f_x(x,y)=y\sin\frac{1}{\sqrt{x^2+y^2}}-\frac{x^2y}{\sqrt{(x^2+y^2)^3}}\cos\frac{1}{\sqrt{x^2+y^2}},$$
当点 $P(x,y)$ 沿直线 $y=x$ 趋于(0,0)时,
$$\lim_{(x,y)\to(0,0)}f_x(x,y)=\lim_{x\to0}\left(x\sin\frac{1}{\sqrt{2}|x|}-\frac{x^3}{2\sqrt{2}|x|^3}\cos\frac{1}{\sqrt{2}|x|}\right)$$
不存在. 所以 $f_x(x,y)$ 在(0,0)不连续. 同理可证 $f_y(x,y)$ 在(0,0)不连续. 而
$$\Delta f=f(\Delta x,\Delta y)-f(0,0)=\Delta x\cdot\Delta y\cdot\sin\frac{1}{\sqrt{(\Delta x)^2+(\Delta y)^2}}=o(\sqrt{(\Delta x)^2+(\Delta y)^2}),$$
故 f 在点(0,0)可微,$\mathrm{d}f|_{(0,0)}=0$.

第四节　多元复合函数及隐函数求导法则

一、链式法则

在一元函数的求导法则中,复合函数的链式法则发挥了非常重要的作用. 本节将链式法则推广到多元函数.

定理 1　如果函数 $u=\varphi(t)$ 及 $v=\psi(t)$ 都在点 t 可导,函数 $z=f(u,v)$ 在对应点 (u,v) 具有连续偏导数,则复合函数 $z=f(\varphi(t),\psi(t))$ 在对应点 t 可导,且其导数可用下列公式计算:

$$\frac{dz}{dt}=\frac{\partial z}{\partial u}\frac{du}{dt}+\frac{\partial z}{\partial v}\frac{dv}{dt}.$$

链式法则如图 9－7 所示.

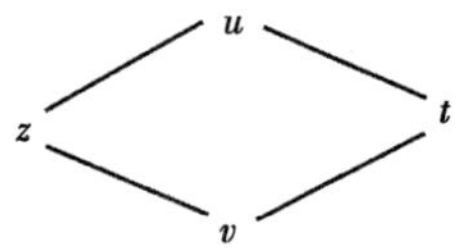

图 9－7

证 设 t 获得增量 Δt,则

$$\Delta u=\varphi(t+\Delta t)-\varphi(t),\quad \Delta v=\psi(t+\Delta t)-\psi(t);$$

由于函数 $z=f(u,v)$ 在点 (u,v) 有连续偏导数

$$\Delta z=\frac{\partial z}{\partial u}\Delta u+\frac{\partial z}{\partial v}\Delta v+\varepsilon_1\Delta u+\varepsilon_2\Delta v,$$

当 $\Delta u\to 0,\Delta v\to 0$ 时,$\varepsilon_1\to 0,\varepsilon_2\to 0$,

$$\frac{\Delta z}{\Delta t}=\frac{\partial z}{\partial u}\cdot\frac{\Delta u}{\Delta t}+\frac{\partial z}{\partial v}\cdot\frac{\Delta v}{\Delta t}+\varepsilon_1\frac{\Delta u}{\Delta t}+\varepsilon_2\frac{\Delta v}{\Delta t};$$

当 $\Delta t\to 0$ 时,$\Delta u\to 0,\Delta v\to 0$

$$\frac{\Delta u}{\Delta t}\to\frac{du}{dt},\quad \frac{\Delta v}{\Delta t}\to\frac{dv}{dt},$$

$$\frac{dz}{dt}=\lim_{\Delta t\to 0}\frac{\Delta z}{\Delta t}=\frac{\partial z}{\partial u}\cdot\frac{du}{dt}+\frac{\partial z}{\partial v}\cdot\frac{dv}{dt}.$$

以上定理的结论可推广到中间变量多于两个的情况,例如,设 $z=f(u,v,w)$,令 $u=\varphi(t)$,$v=\psi(t)$,$w=\chi(t)$,有

$$\frac{dz}{dt}=\frac{\partial z}{\partial u}\frac{du}{dt}+\frac{\partial z}{\partial v}\frac{dv}{dt}+\frac{\partial z}{\partial w}\frac{dw}{dt},$$

以上公式中的导数 $\frac{dz}{dt}$ 称为全导数. 链式法则如图 9－8 所示.

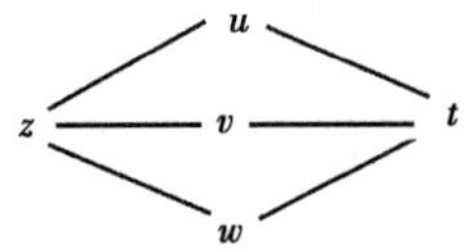

图 9－8

以上定理还可推广到中间变量不是一元函数而是多元函数的情况:

$$z=f(\varphi(x,y),\psi(x,y)).$$

定理 2 如果 $u=\varphi(x,y)$ 及 $v=\psi(x,y)$ 都在点 (x,y) 具有对 x 和 y 的偏导数,且函数 $z=f(u,v)$ 在对应点 (u,v) 具有连续偏导数,则复合函数

$$z=f(\varphi(x,y),\psi(x,y))$$

在对应点 (x,y) 的两个偏导数存在,且可用下列公式计算:

$$\frac{\partial z}{\partial x}=\frac{\partial z}{\partial u}\frac{\partial u}{\partial x}+\frac{\partial z}{\partial v}\frac{\partial v}{\partial x},\quad \frac{\partial z}{\partial y}=\frac{\partial z}{\partial u}\frac{\partial u}{\partial y}+\frac{\partial z}{\partial v}\frac{\partial v}{\partial y}.$$

链式法则如图 9－9 所示.

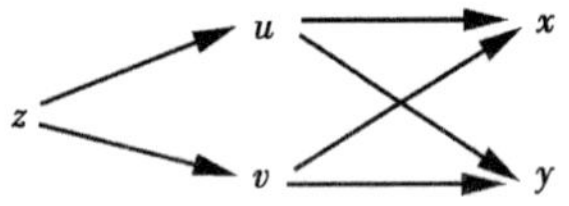

图 9－9

类似地再推广,设 $u=\varphi(x,y)$,$v=\psi(x,y)$,$w=w(x,y)$ 都在点 (x,y) 具有对 x 和 y 的偏导数,且函数 $z=f(u,v,w)$ 在对应点 (u,v,w) 具有连续偏导数,则复合函数

$$z=f(\varphi(x,y),\psi(x,y),w(x,y))$$

在对应点 (x,y) 的两个偏导数存在,且可用下列公式计算.

$$\frac{\partial z}{\partial x}=\frac{\partial z}{\partial u}\frac{\partial u}{\partial x}+\frac{\partial z}{\partial v}\frac{\partial v}{\partial x}+\frac{\partial z}{\partial w}\frac{\partial w}{\partial x},\quad \frac{\partial z}{\partial y}=\frac{\partial z}{\partial u}\frac{\partial u}{\partial y}+\frac{\partial z}{\partial v}\frac{\partial v}{\partial y}+\frac{\partial z}{\partial w}\frac{\partial w}{\partial y}.$$

链式法则如图 9－10 所示.

特别地,当 $z=f(u,x,y)$,其中 $u=\varphi(x,y)$ 时,即

$$z=f(\varphi(x,y),x,y)\quad(图 9－11).$$

令 $u=\varphi(x,y)$, $v=x$, $w=y$,

$$\frac{\partial v}{\partial x}=1,\ \frac{\partial w}{\partial x}=0,\ \frac{\partial v}{\partial y}=0,\ \frac{\partial w}{\partial y}=1.$$

$$\frac{\partial z}{\partial x}=\frac{\partial f}{\partial u}\cdot\frac{\partial u}{\partial x}+\frac{\partial f}{\partial x}=f_1\cdot\frac{\partial u}{\partial x}+f_2,$$

$$\frac{\partial z}{\partial y}=\frac{\partial f}{\partial u}\cdot\frac{\partial u}{\partial y}+\frac{\partial f}{\partial y}=f_1\cdot\frac{\partial u}{\partial y}+f_3.$$

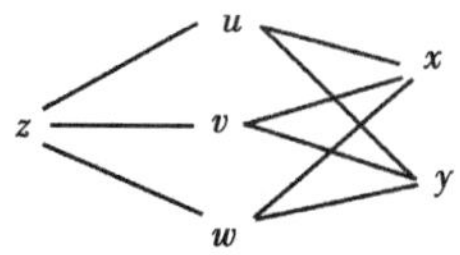

图 9－10

其中，$\frac{\partial f}{\partial u}=f_1$，$\frac{\partial f}{\partial x}=f_2$，$\frac{\partial f}{\partial y}=f_3$.

注意　这里$\frac{\partial z}{\partial x}$与$\frac{\partial f}{\partial x}$是不同的，$\frac{\partial z}{\partial x}$是把复合函数

$$z=f(\varphi(x,y),x,y)$$

中的 y 看作不变而对 x 的偏导数，$\frac{\partial f}{\partial x}$是把 $f(u,x,y)$中的 u 及 y 看作不变而对 x 的偏导数. $\frac{\partial z}{\partial y}$与$\frac{\partial f}{\partial y}$也有类似的区别.

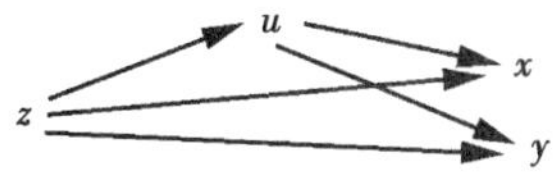

图 9－11

例 1　设 $z=e^u\sin v$，而 $u=xy$，$v=x+y$，求$\frac{\partial z}{\partial x}$和$\frac{\partial z}{\partial y}$.

解　应用链式法则(图 9－12)得

$$\frac{\partial z}{\partial x}=\frac{\partial z}{\partial u}\frac{\partial u}{\partial x}+\frac{\partial z}{\partial v}\frac{\partial v}{\partial x}=e^u\sin v\cdot y+e^u\cos v\cdot 1$$
$$=e^u(y\sin v+\cos v)=e^{xy}[y\sin(x+y)+\cos(x+y)],$$

$$\frac{\partial z}{\partial y}=\frac{\partial z}{\partial u}\frac{\partial u}{\partial y}+\frac{\partial z}{\partial v}\frac{\partial v}{\partial y}=e^u\sin v\cdot x+e^u\cos v\cdot 1$$
$$=e^u(x\sin v+\cos v)=e^{xy}[x\sin(x+y)+\cos(x+y)].$$

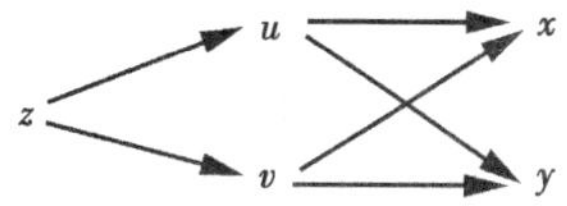

图 9－12

例 2　设 $z=uv+\sin t$，而 $u=e^t$，$v=\cos t$，求全导数$\frac{dz}{dt}$.

应用链式法则(图 9－13)得

解　$$\frac{dz}{dt}=\frac{\partial z}{\partial u}\frac{du}{dt}+\frac{\partial z}{\partial v}\frac{dv}{dt}+\frac{\partial z}{\partial t}=\frac{du}{dt}\cdot v+u\cdot\frac{dv}{dt}+\cos t$$
$$=ve^t-u\sin t+\cos t=e^t\cos t-e^t\sin t+\cos t$$
$$=e^t(\cos t-\sin t)+\cos t.$$

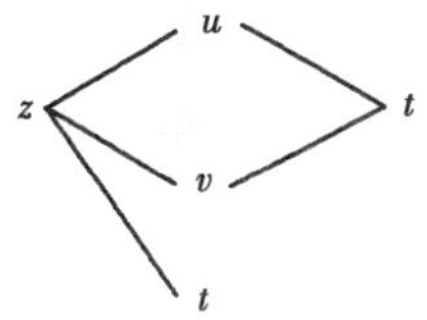

图 9－13

例 3　设 $w=f(x+y+z,xyz)$，f 具有二阶连续偏导数，求$\frac{\partial w}{\partial x}$和$\frac{\partial^2 w}{\partial x\partial z}$.

解　令 $u=x+y+z$，$v=xyz$；记

$$f_1=\frac{\partial f(u,v)}{\partial u},\ f_{12}=\frac{\partial^2 f(u,v)}{\partial u\partial v},$$

这里下标 1 表示对第一个变量 u 求偏导数，下标 2 表示对第二个变量 v 求偏导数. 同理有 f_2，f_{11}，f_{12}. 应用链式法则(图 9－14)得

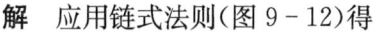

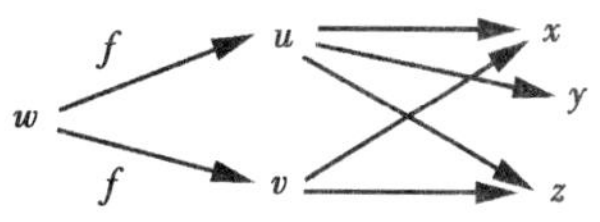

图 9－14

$$\frac{\partial w}{\partial x}=\frac{\partial f}{\partial u}\cdot\frac{\partial u}{\partial x}+\frac{\partial f}{\partial v}\cdot\frac{\partial v}{\partial x}=f_1+yzf_2;$$

$$\frac{\partial^2 w}{\partial x\partial z}=\frac{\partial}{\partial z}(f_1+yzf_2)$$
$$=(f_{11}\cdot u_z+f_{12}\cdot v_z)+yf_2+yz(f_{21}\cdot u_z+f_{22}\cdot v_z)$$

$$=(f_{11}\cdot 1+f_{12}\cdot xy)+yf_2+yz(f_{21}\cdot 1+f_{22}\cdot xy)$$
$$=f_{11}+y\cdot(x+z)f_{12}+xy^2zf_{22}+yf_2.$$

二、全微分形式不变性

与一元函数一样，多元函数的全微分也具有形式不变性，表述为下面的定理：

定理 3　设函数 $z=f(u,v)$，$u=\varphi(x,y)$ 及 $v=\psi(x,y)$ 的偏导数都连续，则 u,v 不论作为 $f(u,v)$ 的自变量，还是作为复合函数 $f[\varphi(x,y),\psi(x,y)]$ 的中间变量都有

$$dz=\frac{\partial z}{\partial u}du+\frac{\partial z}{\partial v}dv.$$

证　当 u,v 是自变量时，显然上式成立. 当 u,v 是中间变量，而 x,y 是自变量时，由链式法则有

$$dz=\frac{\partial z}{\partial x}dx+\frac{\partial z}{\partial y}dy=\left(\frac{\partial z}{\partial u}\cdot\frac{\partial u}{\partial x}+\frac{\partial z}{\partial v}\cdot\frac{\partial v}{\partial x}\right)dx+\left(\frac{\partial z}{\partial u}\cdot\frac{\partial u}{\partial y}+\frac{\partial z}{\partial v}\cdot\frac{\partial v}{\partial y}\right)dy$$
$$=\frac{\partial z}{\partial u}\left(\frac{\partial u}{\partial x}dx+\frac{\partial u}{\partial y}dy\right)+\frac{\partial z}{\partial v}\left(\frac{\partial v}{\partial x}dx+\frac{\partial v}{\partial y}dy\right)=\frac{\partial z}{\partial u}du+\frac{\partial z}{\partial v}dv.$$

定理证毕.

不论 u,v 是自变量还是中间变量，函数 $z=f(u,v)$ 的全微分都具有相同形式的性质，叫做全微分的形式不变性. 而定理 3 通常称为全微分基本定理.

u,v 不论是独立变量，还是另一组变量的函数，由全微分基本定理容易验证下面的全微分公式：

(1) $d(u\pm v)=du\pm dv$；

(2) $d(uv)=vdu+udv$；

(3) $d\left(\frac{u}{v}\right)=\frac{vdu-udv}{v^2}\quad(v\neq 0)$.

利用全微分的形式不变性计算全微分及偏导数比较容易.

例 4　已知 $e^{-xy}-2z+e^z=0$，求 $\frac{\partial z}{\partial x}$ 和 $\frac{\partial z}{\partial y}$.

解　因为 $d(e^{-xy}-2z+e^z)=0$，

所以 $e^{-xy}d(-xy)-2dz+e^zdz=0$，

$$(e^z-2)dz=e^{-xy}(xdy+ydx).$$

$$dz=\frac{ye^{-xy}}{(e^z-2)}dx+\frac{xe^{-xy}}{(e^z-2)}dy$$

于是 $\frac{\partial z}{\partial x}=\frac{ye^{-xy}}{e^z-2}$，$\frac{\partial z}{\partial y}=\frac{xe^{-xy}}{e^z-2}$.

例 5　已知 $u=f(x,y,z)$，$y=\varphi(x,t)$，$t=\psi(x,z)$，求 $\frac{\partial u}{\partial x}$，$\frac{\partial u}{\partial z}$.

解　因为 $du=f_1dx+f_2dy+f_3dz$，

而 $dy=\varphi_1dx+\varphi_2dt$，$dt=\psi_1dx+\psi_2dz$，

所以
$$du=f_1dx+f_2[\varphi_1dx+\varphi_2(\psi_1dx+\psi_2dz)]+f_3dz$$
$$=(f_1+f_2\varphi_1+f_2\varphi_2\psi_1)dx+(f_2\psi_2+f_3)dz,$$

所以 $\frac{\partial u}{\partial x}=f_1+f_2\varphi_1+f_2\varphi_2\psi_1$，$\frac{\partial u}{\partial z}=f_2\psi_2+f_3$.

三、隐函数的求导法则

类似于一元函数,我们也常常会碰到一些多元函数,其因变量与自变量的关系是以方程的形式联系起来的. 例如在球面方程

$$x^2+y^2+z^2=1$$

中,如果把 x,y 看作自变量,那么此方程在平面闭区域上确定了两个连续的二元函数

$$z=\pm\sqrt{1-x^2+y^2}.$$

一般地,设有方程

$$F(x_1,x_2,\cdots,x_n,y)=0,$$

如果存在一个 n 元函数 $y=f(x_1,x_2,\cdots,x_n)$,使得

$$F(x_1,x_2,\cdots,x_n,f(x_1,x_2,\cdots,x_n))\equiv0,$$

则称 $y=f(x_1,x_2,\cdots,x_n)$是由方程 $F(x_1,x_2,\cdots,x_n,y)=0$ 所确定的隐函数.

1. $F(x,y)=0$

在一元函数微分法中,指出了由方程 $F(x,y)=0$ 求出由它所确定的隐函数的方法. 现在利用偏导数给出其存在一个隐函数的条件及隐函数的求导公式.

定理 4(隐函数存在定理 1)　设函数 $F(x,y)$在点 $P(x_0,y_0)$的某一邻域内具有连续的偏导数,且 $F(x_0,y_0)=0,F_y(x_0,y_0)\neq0$,则方程 $F(x,y)=0$ 在点 $P(x_0,y_0)$的某一邻域内恒能唯一确定一个单值连续且具有连续导数的函数 $y=f(x)$,它满足条件 $y_0=f(x_0)$及 $F(x,f(x))\equiv0$,并有

$$\frac{\mathrm{d}y}{\mathrm{d}x}=-\frac{F_x}{F_y}.$$

我们称上述公式为隐函数求导公式.

这个定理我们不证明,仅就上述隐函数求导公式进行如下推导.

设有方程 $F(x,y)=0$ 已经确定了一个具有连续导数的函数 $y=f(x)$,则

$$F(x,f(x))\equiv0.$$

上式两端对 x 求导,由链式法则得

$$F_x+F_y\cdot\frac{\mathrm{d}y}{\mathrm{d}x}=0.$$

由于 F_y 连续且 $F_y(x_0,y_0)\neq0$,所以,存在(x_0,y_0)的一个邻域,在这个邻域内 $F_y\neq0$,于是得

$$\frac{\mathrm{d}y}{\mathrm{d}x}=-\frac{F_x}{F_y}.$$

例 6　验证方程 $x^2+y^2-1=0$ 在点$(0,1)$的某邻域内能唯一确定一个单值可导,且 $x=0$ 时 $y=1$ 的隐函数 $y=f(x)$,并求这函数的一阶和二阶导数在 $x=0$ 的值.

证　令 $F(x,y)=x^2+y^2-1$,则

$$F_x=2x,\quad F_y=2y,$$

$$F(0,1)=0,\quad F_y(0,1)=2\neq0.$$

依定理知方程 $x^2+y^2-1=0$ 在点$(0,1)$的某邻域内能唯一确定一个单值可导,且 $x=0$ 时 $y=1$ 的函数 $y=f(x)$. 函数的一阶和二阶导数为

$$\frac{\mathrm{d}y}{\mathrm{d}x}=-\frac{F_x}{F_y}=-\frac{x}{y},\ \left.\frac{\mathrm{d}y}{\mathrm{d}x}\right|_{x=0}=0,$$

$$\frac{\mathrm{d}^2y}{\mathrm{d}x^2}=-\frac{y-xy'}{y^2}=-\frac{y-x\left(-\frac{x}{y}\right)}{y^2}=-\frac{1}{y^3},$$

$$\left.\frac{\mathrm{d}^2y}{\mathrm{d}x^2}\right|_{x=0}=-1.$$

例 7 已知 $\ln\sqrt{x^2+y^2}=\arctan\frac{y}{x}$,求 $\frac{\mathrm{d}y}{\mathrm{d}x}$.

解 令

$$F(x,y)=\ln\sqrt{x^2+y^2}-\arctan\frac{y}{x},$$

则

$$F_x(x,y)=\frac{x+y}{x^2+y^2},\quad F_y(x,y)=\frac{y-x}{x^2+y^2},$$

$$\frac{\mathrm{d}y}{\mathrm{d}x}=-\frac{F_x}{F_y}=-\frac{x+y}{y-x}.$$

2. $\mathrm{F(x,y,z)=0}$

定理 5(隐函数存在定理 2) **设函数 $F(x,y,z)$ 在点 $P(x_0,y_0,z_0)$ 的某一邻域内有连续的偏导数,且 $F(x_0,y_0,z_0)=0,F_z(x_0,y_0,z_0)\neq0$,则方程 $F(x,y,z)=0$ 在点 $P(x_0,y_0,z_0)$ 的某一邻域内恒能唯一确定一个单值连续且具有连续偏导数的函数 $z=f(x,y)$,它满足条件 $z_0=f(x_0,y_0)$,并有**

$$\frac{\partial z}{\partial x}=-\frac{F_x}{F_z},\ \frac{\partial z}{\partial y}=-\frac{F_y}{F_z}.$$

例 8 设 $x^2+y^2+z^2-4z=0$,求$\frac{\partial^2 z}{\partial x^2}$.

解 令 $F(x,y,z)=x^2+y^2+z^2-4z$,则

$$F_x=2x,\quad F_z=2z-4,\quad \frac{\partial z}{\partial x}=-\frac{F_x}{F_z}=\frac{x}{2-z},$$

$$\frac{\partial^2 z}{\partial x^2}=\frac{(2-z)+x\frac{\partial z}{\partial x}}{(2-z)^2}=\frac{(2-z)+x\cdot\frac{x}{2-z}}{(2-z)^2}=\frac{(2-z)^2+x^2}{(2-z)^3}.$$

例 9 设 $z=f(x+y+z,xyz)$,求$\frac{\partial z}{\partial x},\frac{\partial x}{\partial y},\frac{\partial y}{\partial z}$.

解 由 $z=f(x+y+z,xyz)$设

$$F(x,y,z)=z-f(x+y+z,xyz),$$

可得 $F_x=-(f_1+f_2\cdot yz),F_y=-(f_1+f_2\cdot xz),F_z=1-(f_1+f_2\cdot xy)$,

所以

$$\frac{\partial z}{\partial x}=-\frac{F_x}{F_z}=\frac{f_1+f_2\cdot yz}{1-(f_1+f_2\cdot xy)};$$

$$\frac{\partial x}{\partial y}=-\frac{F_y}{F_x}=\frac{f_1+f_2\cdot xz}{f_1+f_2\cdot yz};$$

$$\frac{\partial y}{\partial z}=-\frac{F_z}{F_y}=\frac{1-(f_1+f_2\cdot xy)}{f_1+f_2\cdot xz}.$$

第五节　多元函数微分学的几何应用

本节利用多元函数微分学的知识,以向量为工具,研究空间曲线的切线与法平面以及空间曲面的切平面与法线.

一、空间曲线的切线与法平面

定义　称方程

$$x=\varphi(t),y=\psi(t),z=\omega(t),\ \alpha\leqslant t\leqslant\beta$$

或

$$\boldsymbol{r}(t)=(\varphi(t),\psi(t),\omega(t)),\ \alpha\leqslant t\leqslant\beta$$

为空间曲线 Γ 的参数方程.

如果 $\varphi(t),\psi(t),\omega(t)$ 在 $[\alpha,\beta]$ 上连续,则称 Γ 为连续曲线.

如果 Γ 为连续曲线,且 $\forall t_1,t_2\in(\alpha,\beta)$, $\boldsymbol{r}(t_1)\neq\boldsymbol{r}(t_2)$,即 $\boldsymbol{r}$ 在 (α,β) 上为单射,则称曲线 Γ 为简单曲线. 对于选定了参数 t 的曲线 Γ,规定 t 增大的方向为 Γ 的正向. 这种规定了正向的曲线称为有向曲线.

1. 空间曲线 Γ 的方程为

$$\begin{cases}x=\varphi(t),\\ y=\psi(t),\quad \alpha\leqslant t\leqslant\beta,\\ z=\omega(t),\end{cases}\tag{9-5-1}$$

(9-5-1)**式中的三个函数** $\varphi(t),\psi(t),\omega(t)$ **均在** (α,β) **上可导,且不同时为零.**

设点 $M(x_0,y_0,z_0)$ 对应于 $t=t_0$,点 $M'(x_0+\Delta x,y_0+\Delta y,z_0+\Delta z)$ 对应于 $t=t_0+\Delta t$,则割线 MM' 的方程为

$$\frac{x-x_0}{\Delta x}=\frac{y-y_0}{\Delta y}=\frac{z-z_0}{\Delta z},$$

考察割线 MM' 当 Δt 趋近于 0 时的极限位置,将上式分母同除以 Δt 得

$$\frac{x-x_0}{\frac{\Delta x}{\Delta t}}=\frac{y-y_0}{\frac{\Delta y}{\Delta t}}=\frac{z-z_0}{\frac{\Delta z}{\Delta t}}.$$

与平面曲线的切线定义类似,当 $M'\to M$,即 $\Delta t\to 0$ 时,可得空间曲线 Γ 在 M 点处的切线方程为

$$\frac{x-x_0}{\varphi'(t_0)}=\frac{y-y_0}{\psi'(t_0)}=\frac{z-z_0}{\omega'(t_0)}.\tag{9-5-2}$$

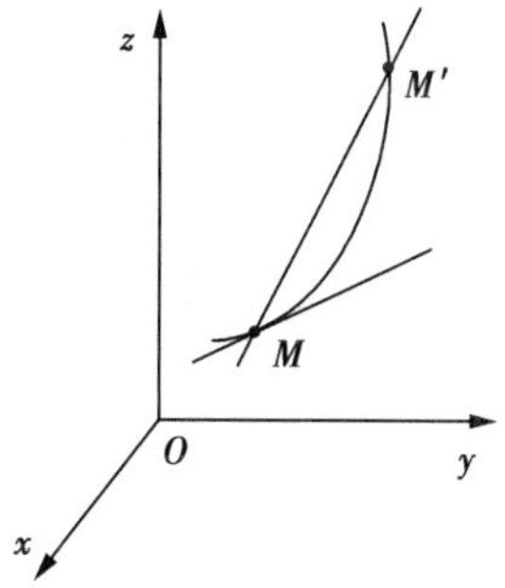

图 9-15

称切线的方向向量 $\boldsymbol{T}=(\varphi'(t_0),\psi'(t_0),\omega'(t_0))$ 为空间曲线 Γ 的切向量(图 9-15).

通过点 $M(x_0,y_0,z_0)$ 且与 M 点处的切线垂直的平面称为曲线在该点的法平面. 相应地,可得空间曲线 Γ 在点 M 处的法平面方程:

$$\varphi'(t_0)(x-x_0)+\psi'(t_0)(y-y_0)+\omega'(t_0)(z-z_0)=0.\tag{9-5-3}$$

例 1　求曲线 $\Gamma: x=\int_0^t e^u\cos u\,du, y=2\sin t+\cos t, z=1+e^{3t}$ 在 $t=0$ 处的切线和法平面方程.

解　当 $t=0$ 时, $x=0,y=1,z=2$,

又由 $x'=e^t\cos t, y'=2\cos t-\sin t,\ z'=3e^{3t}$,

可得 $x'(0)=1, y'(0)=2, z'(0)=3$,

得曲线在 $t=0$ 处的切线方程:

$$\frac{x-0}{1}=\frac{y-1}{2}=\frac{z-2}{3},$$

法平面方程: $x+2(y-1)+3(z-2)=0$,

即 $x+2y+3z-8=0$.

2. 空间曲线 Γ 方程为

$$\begin{cases}y=\varphi(x),\\ z=\psi(x),\end{cases}\quad a\leqslant x\leqslant b.$$

取 x 为参数,它就可表示成参数方程形式

$$\begin{cases}x=x,\\ y=\varphi(x),\\ z=\psi(x),\end{cases}\quad a\leqslant x\leqslant b.$$

若 $\varphi(x),\psi(x)$ 在 $x=x_0$ 处可导,则 $\boldsymbol{T}=(1,\varphi'(x_0),\psi'(x_0))$;因此曲线在点 $M(x_0,y_0,z_0)$ 处的切线方程为

$$\frac{x-x_0}{1}=\frac{y-y_0}{\varphi'(x_0)}=\frac{z-z_0}{\psi'(x_0)},\tag{9-5-4}$$

法平面方程为

$$(x-x_0)+\varphi'(x_0)(y-y_0)+\psi'(x_0)(z-z_0)=0.\tag{9-5-5}$$

综上所述,求空间曲线 Γ 的切线与法平面方程,关键在于求出切向量 $\boldsymbol{T}$,

(1) 当 Γ 为 $\begin{cases}x=\varphi(t),\\ y=\psi(t),\\ z=\omega(t)\end{cases}$ 时,$\boldsymbol{T}=(\varphi'(t_0),\psi'(t_0),\omega'(t_0))$.

(2) 当 Γ 为 $\begin{cases}y=y(x),\\ z=z(x)\end{cases}$ 时,$\boldsymbol{T}=(1,y'(x_0),z'(x_0))$.

二、曲面的切平面与法线

1. 空间曲面 Σ 以方程

$$F(x,y,z)=0\tag{9-5-6}$$

给出,$M(x_0,y_0,z_0)$ 是曲面 Σ 上的一点,并设函数 $F(x,y,z)$ 的偏导数在该点连续且不同时为零(图 9-16).

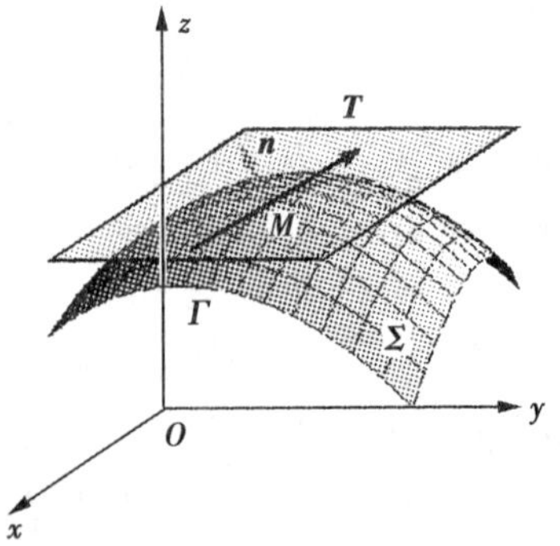

图 9-16

在空间曲面 Σ 上,通过点 M 任意引一条曲线 Γ,假定曲线的方程为

$$\begin{cases}x=\varphi(t),\\ y=\psi(t),\\ z=\omega(t),\end{cases}\tag{9-5-7}$$

$t=t_0$ 对应点 $M(x_0,y_0,z_0)$,且 $\varphi'(t_0),\psi'(t_0),\omega'(t_0)$ 不全为零,可知曲线在 M 处的切向量为

$$\boldsymbol{T}=(\varphi'(t_0),\psi'(t_0),\omega'(t_0)),$$

令 $$\boldsymbol{n}=(F_x(x_0,y_0,z_0),F_y(x_0,y_0,z_0),F_z(x_0,y_0,z_0)),$$
因为 $F_x(x_0,y_0,z_0)\varphi'(t_0)+F_y(x_0,y_0,z_0)\psi'(t_0)+F_z(x_0,y_0,z_0)\omega'(t_0)=0$,
故 $$\boldsymbol{n}\perp\boldsymbol{T}.$$

由于曲线Γ是曲面Σ上通过M的任意一条曲线，它们在M点的切线都与同一向量$\boldsymbol{n}$垂直，故曲面上通过M的一切曲线在点M的切线都在同一平面上，这个平面称为曲面Σ在点M的切平面.

于是，曲面Σ过M点的切平面方程为
$$F_x(x_0,y_0,z_0)(x-x_0)+F_y(x_0,y_0,z_0)(y-y_0)+F_z(x_0,y_0,z_0)(z-z_0)=0. \tag{9-5-8}$$
通过点$M(x_0,y_0,z_0)$而垂直于切平面的直线称为曲面在该点的法线. 相应地，法线方程为
$$\frac{x-x_0}{F_x(x_0,y_0,z_0)}=\frac{y-y_0}{F_y(x_0,y_0,z_0)}=\frac{z-z_0}{F_z(x_0,y_0,z_0)}. \tag{9-5-9}$$

我们把垂直于曲面Σ在M点的切平面的向量称为曲面的法向量. 曲面在M点处的一个法向量为
$$\boldsymbol{n}=(F_x(x_0,y_0,z_0),F_y(x_0,y_0,z_0),F_z(x_0,y_0,z_0)).$$

2. 空间曲面Σ以方程
$$z=f(x,y) \tag{9-5-10}$$
给出.

令 $$F(x,y,z)=f(x,y)-z,$$
根据以上的讨论，曲面Σ在M点处的一个法向量为
$$\boldsymbol{n}=(f_x(x_0,y_0),f_y(x_0,y_0),-1),$$
曲面Σ在M点处的切平面方程为
$$f_x(x_0,y_0)(x-x_0)+f_y(x_0,y_0)(y-y_0)=z-z_0, \tag{9-5-11}$$
曲面Σ在M点处的法线方程为
$$\frac{x-x_0}{f_x(x_0,y_0)}=\frac{y-y_0}{f_y(x_0,y_0)}=\frac{z-z_0}{-1}. \tag{9-5-12}$$

例 2　求旋转抛物面$z=x^2+y^2-1$在点$(2,1,4)$处的切平面及法线方程.

解 $$f(x,y)=x^2+y^2-1,$$
$$\boldsymbol{n}|_{(2,1,4)}=(2x,2y,-1)|_{(2,1,4)}=(4,2,-1),$$
得所求切平面方程为
$$4(x-2)+2(y-1)-(z-4)=0,$$
即 $$4x+2y-z-6=0,$$
法线方程为
$$\frac{x-2}{4}=\frac{y-1}{2}=\frac{z-4}{-1}.$$

例 3　求曲面$z-e^z+2xy=3$在点$(1,2,0)$处的切平面及法线方程.

解 $$F(x,y,z)=z-e^z+2xy-3,$$
$$F'_x|_{(1,2,0)}=2y|_{(1,2,0)}=4,\ F'_y|_{(1,2,0)}=2x|_{(1,2,0)}=2,$$
$$F'_z|_{(1,2,0)}=1-e^z|_{(1,2,0)}=0,\ \boldsymbol{n}|_{(1,2,0)}=(4,2,0).$$
得切平面方程为

$$4(x-1)+2(y-2)+0\cdot(z-0)=0\Rightarrow 2x+y-4=0,$$

法线方程为

$$\frac{x-1}{2}=\frac{y-2}{1}=\frac{z-0}{0}.$$

例 4 求曲面 $x^2+2y^2+3z^2=21$ 平行于平面 $x+4y+6z=0$ 的各切平面方程.

解 设(x_0,y_0,z_0)为曲面上的切点,

$$\boldsymbol{n}|_{(x_0,y_0,z_0)}=(2x_0,4y_0,6z_0).$$

切平面方程为

$$2x_0(x-x_0)+4y_0(y-y_0)+6z_0(z-z_0)=0.$$

依题意,切平面方程平行于已知平面,得

$$\frac{2x_0}{1}=\frac{4y_0}{4}=\frac{6z_0}{6}\Rightarrow 2x_0=y_0=z_0.$$

因为(x_0,y_0,z_0)是曲面上的切点,满足曲面方程,可得

$$x_0=\pm 1,$$

所求切点为$(1,2,2)$,$(-1,-2,-2)$. 故得切平面方程

$$2(x-1)+8(y-2)+12(z-2)=0\Rightarrow x+4y+6z=21$$

和

$$-2(x+1)-8(y+2)-12(z+2)=0\Rightarrow x+4y+6z=-21.$$

第六节 多元函数的极值

在许多实际问题和理论研究中,往往会遇到多元函数的极值问题,与一元函数类似,下面给出二元函数的极值概念和求法,仿此可推广到多元函数.

一、二元函数极值的概念

定义 **设函数** $z=f(x,y)$ **在** $U(x_0,y_0)$ **内有定义,对于该邻域内异于**(x_0,y_0)**的点**(x,y):
若满足不等式 $f(x,y)<f(x_0,y_0)$,**则称函数在点**(x_0,y_0)**有极大值** $f(x_0,y_0)$;
若满足不等式 $f(x,y)>f(x_0,y_0)$,**则称函数在点**(x_0,y_0)**有极小值** $f(x_0,y_0)$.
极大值、极小值统称为极值,使函数取得极值的点称为极值点.

例 1 函数 $z=3x^2+4y^2$ 在$(0,0)$点处有极小值,因为在$(0,0)$点的任一邻域内的异于$(0,0)$的点处的函数值都是正的,而$(0,0)$处的函数值为零. 从几何上看,点$(0,0)$是开口向上的椭圆抛物面 $z=3x^2+4y^2$ 的顶点(图9-17).

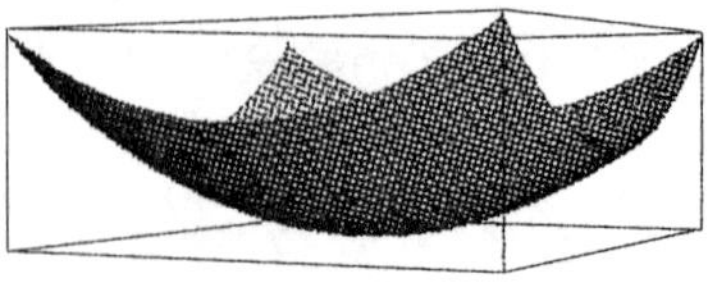

图 9-17

例 2 函数 $z=-\sqrt{x^2+y^2}$ 在$(0,0)$处有极大值.

因为在$(0,0)$点的任一邻域内的异于$(0,0)$的点处的函数值都是负的,而$(0,0)$处的函数值为零. 从几何上看,$(0,0)$点是位于 xOy 面下方的锥面 $z=-\sqrt{x^2+y^2}$ 的顶点(图 9-18).

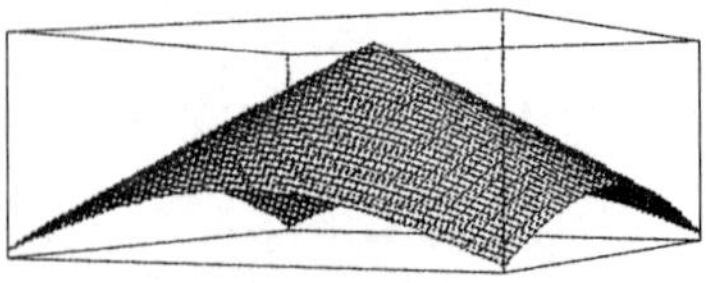

图 9-18

例 3 函数 $z=xy$ 在$(0,0)$处无极值.

因为在点(0,0)处的函数值为零，而在(0,0)点的任一邻域内，总有使函数值为正的点，也有使函数值为负的点(图9－19).

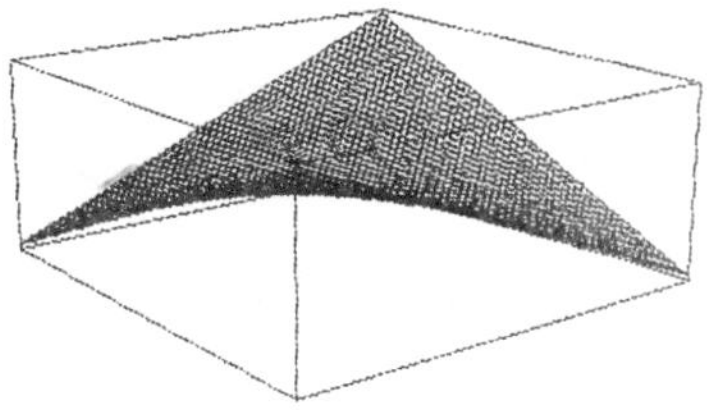

图9－19

二、多元函数取得极值的条件

定理1(极值的必要条件)　设函数 $z=f(x,y)$ 在点 (x_0,y_0) 具有偏导数，且在点 (x_0,y_0) 处有极值，则它在该点的偏导数必然为零，即 $f_x(x_0,y_0)=0, f_y(x_0,y_0)=0$.

证　不妨设 $z=f(x,y)$ 在点 (x_0,y_0) 处有极大值，则在 (x_0,y_0) 的某邻域内异于 (x_0,y_0) 的点 (x,y) 处，都有

$$f(x,y)<f(x_0,y_0),$$

故当 $y=y_0, x\neq x_0$ 时，有 $f(x,y_0)<f(x_0,y_0)$，这就说明一元函数 $f(x,y_0)$ 在 $x=x_0$ 处有极大值，因而必有

$$f_x(x_0,y_0)=0;$$

类似地可证

$$f_y(x_0,y_0)=0.$$

推广　如果三元函数 $u=f(x,y,z)$ 在点 $P(x_0,y_0,z_0)$ 具有偏导数，则它在 $P(x_0,y_0,z_0)$ 有极值的必要条件为

$$f_x(x_0,y_0,z_0)=0,\quad f_y(x_0,y_0,z_0)=0,\quad f_z(x_0,y_0,z_0)=0.$$

类似于一元函数，凡能使一阶偏导数同时为零的点，均称为函数的驻点.

定理1告诉我们：偏导数存在的函数 f 的极值点必是 f 的驻点. 但由例3可知，函数的驻点未必是极值点.

如何判定一个驻点是否为极值点，对二元函数，我们有如下定理：

定理2(极值的充分条件)　设函数 $z=f(x,y)$ 在点 (x_0,y_0) 的某邻域内连续，有一阶及二阶连续偏导数，

又

$$f_x(x_0,y_0)=0,\quad f_y(x_0,y_0)=0,$$

令

$$f_{xx}(x_0,y_0)=A,\quad f_{xy}(x_0,y_0)=B,\quad f_{yy}(x_0,y_0)=C,$$

则 $f(x,y)$ 在点 (x_0,y_0) 处是否取得极值的条件如下：

(1) $B^2-AC<0$ 时，$f(x,y)$ 在点 (x_0,y_0) 处取极值. 当 $A<0$ 时，取极大值，当 $A>0$ 时取极小值；

(2) $B^2-AC>0$ 时，$f(x,y)$ 在点 (x_0,y_0) 处不取极值；

(3) $B^2-AC=0$ 时，$f(x,y)$ 在点 (x_0,y_0) 处可能取极值，也可能不取极值，还需另作讨论.

例4　求由方程 $x^2+y^2+z^2-2x+2y-4z-10=0$ 确定的函数 $z=f(x,y)$ 的极值.

解　将方程两边分别对 x,y 求偏导数

$$\begin{cases}2x+2z\cdot z'_x-2-4z'_x=0\\ 2y+2z\cdot z'_y+2-4z'_y=0\end{cases}\Rightarrow\begin{cases}z_x=\dfrac{1-x}{z-2},\\ z_y=\dfrac{1+y}{2-z}\end{cases}\quad (z\neq 2).$$

由函数取极值的必要条件知，驻点为 $P(1,-1)$.

将上述方程组再分别对 x,y 求偏导数，

$$A=z''_{xx}|_P=\frac{1}{2-z},\quad B=z''_{xy}|_P=0,\quad C=z''_{yy}|_P=\frac{1}{2-z},$$

故 $B^2-AC=-\frac{1}{(2-z)^2}<0 \quad (z\neq 2)$，函数在 P 点有极值.

将 $P(1,-1)$ 代入原方程，有 $z_1=-2, z_2=6$，

当 $z_1=-2$ 时，$A=\frac{1}{4}>0$，所以 $z=f(1,-1)=-2$ 为极小值；

当 $z_2=6$ 时，$A=-\frac{1}{4}<0$，所以 $z=f(1,-1)=6$ 为极大值.

综上所述，求函数 $z=f(x,y)$ 极值的一般步骤如下：

第一步 解方程组 $f_x(x,y)=0, f_y(x,y)=0$ 求出实数解，得驻点.

第二步 对于每一个驻点 (x_0,y_0)，求出二阶偏导数的值 A、B、C.

第三步 定出 B^2-AC 的符号（见表 9-1），再判定是否为极值.

表 9-1

$B^2-AC<0$		$B^2-AC>0$	$B^2-AC=0$
$A>0$	f 在 (x_0,y_0) 处取极小值	f 在 (x_0,y_0) 点处不取极值	不能判定
$A<0$	f 在 (x_0,y_0) 处取极大值		

三、多元函数的最值

与一元函数类似，若函数 $z=f(x,y)$ 在有界闭区域 D 上连续，则在 D 上一定能取得最大值和最小值. 但是，最值点有可能是 D 的边界点. 因而，在求函数 $z=f(x,y)$ 的最大值和最小值时，要将函数在 D 内的所有极值及在 D 边界上的最大值与最小值都求出来，然后进行比较，其中最大的就是最大值，最小的就是最小值. 但是，由于计算边界上函数的最大值和最小值非常麻烦，因此在解决实际问题时，常常是根据问题的性质，确定函数 f 的最大值（最小值）一定在 D 的内部取得，而当 f 在 D 内只有一个驻点时，那么可以肯定该驻点处的函数值就是 f 的最大值（最小值）.

例 5 机体对某种药物的效应 E（以适当的单位度量）与给药量 x（单位）、给药后经过的时间 t（小时）有如下关系：

$$E=x^2(a-x)t^2\mathrm{e}^{-1},$$

试求取得最大效应的药量与时间（其中 a 为常数，代表可允许给予的最大药量）.

解 令 $\frac{\partial E}{\partial x}=0$，$\frac{\partial E}{\partial t}=0$，得

$$\begin{cases} x(2a-3x)t^2\mathrm{e}^{-1}=0, \\ x^2(a-x)(2-t)t\mathrm{e}^{-1}=0. \end{cases}$$

解方程组，得 $\begin{cases} x=0, \\ t=0 \end{cases}$（舍去），$\begin{cases} x=\frac{2}{3}a, \\ t=2. \end{cases}$

符合题意的驻点 $\left(\frac{2}{3}a,2\right)$ 仅有一个，故取药量 $x=\frac{2}{3}a$ 单位，时间 $t=2$ 小时时效应 E 最大.

习 题 九

1. 填空题：

(1) 若 $f(x,y)=x^2+y^2-xy\tan\dfrac{x}{y}$，则 $f(tx,ty)=$________；

(2) 若 $f(x,y)=\dfrac{x^2+y^2}{2xy}$，则 $f(2,-3)=$________，$f(1,\dfrac{y}{x})=$________；

(3) 若 $f(\dfrac{y}{x})=\dfrac{\sqrt{x^2+y^2}}{y}(y>0)$，则 $f(x)=$________；

(4) 若 $f(x+y,\dfrac{y}{x})=x^2-y^2$，则 $f(x,y)=$________；

(5) 函数 $z=\dfrac{\sqrt{4x-y^2}}{\ln(1-x^2-y^2)}$ 的定义域是________；

(6) 函数 $z=\sqrt{x-\sqrt{y}}$ 的定义域是________；

(7) 函数 $z=\dfrac{y^2+2x}{y^2-2x}$ 的间断点是________.

2. 求下列各极限：

(1) $\lim\limits_{\substack{x\to0\\y\to0}}\dfrac{2-\sqrt{xy+4}}{xy}$；　　(2) $\lim\limits_{\substack{x\to0\\y\to a}}\dfrac{\sin xy}{x}$.

3. 证明：$\lim\limits_{\substack{x\to0\\y\to0}}\dfrac{xy}{\sqrt{x^2+y^2}}=0$.

4. 证明极限 $\lim\limits_{\substack{x\to0\\y\to0}}\dfrac{xy^2}{x^2+y^4}$ 不存在 .

5. 填空题：

(1) 设 $z=\ln\tan\dfrac{x}{y}$，则 $\dfrac{\partial z}{\partial x}=$________，$\dfrac{\partial z}{\partial y}=$________；

(2) 设 $z=e^{xy}(x+y)$，则 $\dfrac{\partial z}{\partial x}=$________，$\dfrac{\partial z}{\partial y}=$________；

(3) 设 $u=x^{\frac{y}{z}}$，则 $\dfrac{\partial u}{\partial x}=$________，$\dfrac{\partial u}{\partial y}=$________，$\dfrac{\partial u}{\partial z}=$________；

(4) 设 $z=\arctan\dfrac{y}{x}$，则 $\dfrac{\partial^2 z}{\partial x^2}=$________，$\dfrac{\partial^2 z}{\partial y^2}=$________，$\dfrac{\partial^2 z}{\partial x\partial y}=$________.

(5) 设 $u=(\dfrac{x}{y})^z$，则 $\dfrac{\partial^2 u}{\partial z\partial y}=$________.

6. 求下列函数的偏导数：

(1) $z=(1+xy)^y$；　　(2) $u=\arctan(x-y)^z$.

7. 曲线 $\begin{cases}z=\dfrac{x^2+y^2}{4},\\y=4\end{cases}$ 在点(2,4,5)处的切线与正向 x 轴所成的倾角是多少？

8. 设 $z=x\ln(xy)$，求 $\dfrac{\partial^3 z}{\partial x\partial y^2}$.

9. 验证：

(1) $z=e^{-(\frac{1}{x}+\frac{1}{y})}$ 满足 $x^2\dfrac{\partial z}{\partial x}+y^2\dfrac{\partial z}{\partial y}=2z$；

(2) $u=\sqrt{x^2+y^2+z^2}$ 满足 $\dfrac{\partial^2 u}{\partial x^2}+\dfrac{\partial^2 u}{\partial y^2}+\dfrac{\partial^2 u}{\partial z^2}=0$.

10. 设 $f(x)=\begin{cases}x^2\arctan\dfrac{y}{x}-y^2\arctan\dfrac{x}{y}, & xy\neq 0,\\ 0, & xy=0,\end{cases}$ 求 f_x, f_{xy}.

11. 填空题：

(1) 设 $z=e^{\frac{y}{x}}$，则$\dfrac{\partial z}{\partial x}=$________，$\dfrac{\partial z}{\partial y}=$________，$dz=$________；

(2) 若 $u=\ln(x^2+y^2+z^2)$，则 $du=$________________________；

(3) 若函数 $z=e^{xy}$，当 $x=0, y=1, \Delta x=0.1, \Delta y=0.2$ 时，函数的全增量 $\Delta z|_{(0,1)}=$____________；全微分 $dz=|_{(0,1)}=$____________；

(4) 若函数 $z=xy+\dfrac{x}{y}$，则 z 对 x 的偏增量 $\Delta z_x=$________，$\lim\limits_{\Delta x\to 0}\dfrac{\Delta z_x}{\Delta x}=$________.

12. 求函数 $z=\ln(1+x^2+y^2)$ 当 $x=1, y=2$ 时的全微分.

13. 填空题：

(1)设 $z=\dfrac{x\cos y}{y\cos x}$，则$\dfrac{\partial z}{\partial x}=$________________，$\dfrac{\partial z}{\partial y}=$________________；

(2)设 $z=\dfrac{x^2\ln(3x-2y)}{y^2}$，则$\dfrac{\partial z}{\partial x}=$____________，$\dfrac{\partial z}{\partial y}=$____________；

(3)设 $z=e^{\sin t-2t^3}$，则$\dfrac{dz}{dt}=$________________________.

14. 设 $z=ue^{\frac{v}{u}}$，而 $u=x^2+y^2, v=xy$，求$\dfrac{\partial z}{\partial x}, \dfrac{\partial z}{\partial y}$.

15. 设 $z=\arctan(xy)$，而 $y=e^x$，求$\dfrac{dz}{dx}$.

16. 设 $z=f(x^2-y^2, e^{xy})$，f 具有一阶连续偏导数，求$\dfrac{\partial z}{\partial x}, \dfrac{\partial z}{\partial y}$.

17. 设 $u=f(x+xy+xyz)$，f 具有一阶连续偏导数，求$\dfrac{\partial u}{\partial x}, \dfrac{\partial u}{\partial y}, \dfrac{\partial u}{\partial z}$.

18. 设 $z=f\left(x, \dfrac{x}{y}\right)$，且 f 具有二阶连续偏导数，求$\dfrac{\partial^2 z}{\partial x^2}, \dfrac{\partial^2 z}{\partial x\partial y}, \dfrac{\partial^2 z}{\partial y^2}$.

19. 设 $z=\dfrac{y}{f(x^2-y^2)}$，且为可导函数，验证：$\dfrac{1}{x}\dfrac{\partial z}{\partial x}+\dfrac{1}{y}\dfrac{\partial z}{\partial y}=\dfrac{z}{y^2}$.

20. 设 $z=\phi(x+\psi(x-y), y)$，ϕ, ψ 具有二阶导数，求$\dfrac{\partial^2 z}{\partial x^2}, \dfrac{\partial^2 z}{\partial y^2}$.

21. 填空题：

(1)曲线 $x=\dfrac{t}{1+t}, y=\dfrac{1+t}{t}, z=t^2$ 在对应于 $t=1$ 的点处切线方程为________________，法平面方程为________________；

(2)曲面 $e^z-z+xy=3$ 在点$(2,1,0)$处的切平面方程为________________________，法线方程为________________________.

22. 求出曲线 $x=t, y=t^2, z=t^3$ 上的点，使在该点的切线平行于平面 $x+2y+z=4$.

23. 求曲线$\begin{cases}3x^2-2y^3=10\\ z=0\end{cases}$绕 y 轴旋转一周所得到的旋转曲面在点$(\sqrt{3}, 1, -1)$处的切平面方程和法线方程.

24. 求椭球面 $x^2+2y^2+z^2=1$ 上平行于平面 $x-y+2z=0$ 的切平面方程.

25. 试证曲面$\sqrt{x}+\sqrt{y}+\sqrt{z}=\sqrt{a}$ $(a>0)$上任何点处的切平面在各坐标轴上的截距之和等于 a.

26. 解答题：

(1) 求函数 $f(x,y)=(6x-x^2)(4y-y^2)$的极值；

(2) 求 $f(x,y)=y^2-x^2$ 的极值；

(3) 求函数 $f(x,y)=2x^2-3xy^2+y^4$ 的极值点.

27. 求 $f(x,y)=x^2+2x^2y+y^2$ 在圆域 $D=\{(x,y)\mid x^2+y^2\leqslant 1\}$内的最大值,最小值.

28. 要制作一个中间是圆柱,两端为相等圆锥的中空浮标,当体积一定时,要使制作材料最省,应当怎样选择这个圆柱和圆锥的尺寸?

第十章　重积分

在一元函数积分学中，定积分是作为某种确定和式的极限来定义的. 但在实际问题中，凡涉及用多元函数才能表示的量的计算问题，如一般立体的体积、曲面的面积等，定积分就无法解决了. 根据实际问题的需要，可以把这种和式极限的概念推广到定义在区域上的多元函数中，本节把定积分的概念和计算方法，推广到被积函数是多元函数、积分范围是平面区域或空间区域的情形.

多元函数的各种积分与一元函数的定积分尽管在形式上有所不同，但本质上都是某种和式的极限，他们都是定积分中“分割”、“近似”、“求和”、“取极限”的基本分析方法在平面区域和空间区域上的推广. 因此，在学习中要注意抓住多元函数各种积分与定积分的共同点和不同点.

第一节　二重积分的概念与性质

一、问题的提出

引例　曲顶柱体的体积.

设一立体，以 xOy 面上有界闭区域 D 为底，以曲面 $z=f(x,y)$ 为顶，侧面是以 D 的边界为准线，母线平行于 z 轴的柱面，这种立体叫做曲顶柱体.

我们知道平顶柱体的体积等于底面积乘上高. 然而求曲顶柱体的体积不能直接用上式计算. 类似定积分 “分割、近似、求和、取极限”的方法，求曲顶柱体体积的步骤如下：

(1)分割：用有限条曲线任意地把区域 D 分成不相重叠的 n 个小区域 $\Delta\sigma_1,\Delta\sigma_2,\cdots,\Delta\sigma_n$，并且也用这些记号 $\Delta\sigma_i(i=1,2,\cdots,n)$ 表示各个小区域的面积，相应地，分别以这些小区域的边界曲线为准线，作母线平行于 z 轴的柱面，把原来的曲顶柱体分为 n 个小曲顶柱体(图 10－1). 每个小曲顶柱体的体积用 ΔV_i $(i=1,2,\cdots,n)$表示.

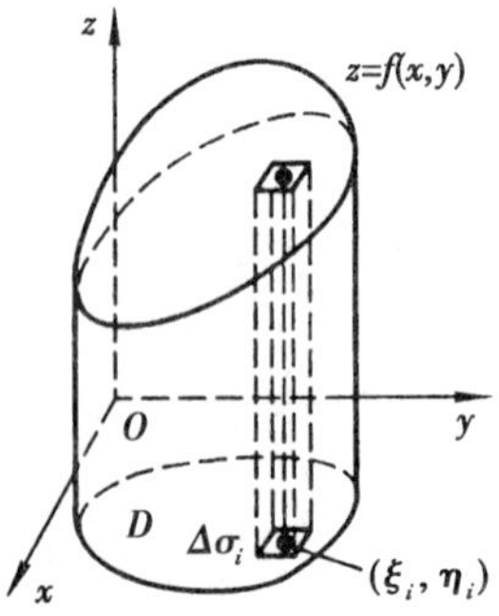

图 10－1

(2)近似代替：在每个小区域上任取一点 $(\xi_1,\eta_1),(\xi_2,\eta_2),\cdots,(\xi_n,\eta_n)$，用高为 $z_i=f(\xi_i,\eta_i)$，底为 $\Delta\sigma_i$ 的平顶柱体的体积 $f(\xi_i,\eta_i)\Delta\sigma_i$ 近似代替第 i 个小曲顶柱体的体积 ΔV_i，即

$$\Delta V_i\approx f(\xi_i,\eta_i)\Delta\sigma_i\quad(i=1,2,\cdots,n).$$

(3)求和：这 n 个小平顶柱体的体积之和可以认为是整个曲顶柱体体积的近似值，即

$$V=\sum_{i=1}^{n}\Delta V_i\approx\sum_{i=1}^{n}f(\xi_i,\eta_i)\Delta\sigma_i.$$

(4)取极限：记 $\lambda=\max\limits_{1\leqslant i\leqslant n}d(\Delta\sigma_i)$表示这 n 个小区域的直径 $d(\Delta\sigma_i)(i=1,2,\cdots,n)$中的最大

者(所谓直径是指一个闭区域上任意两点间距离的最大者)，当 $\lambda\to0$ 时(可理解为 $\Delta\sigma_i$ 收缩为一点)，取上述和式的极限，所得的极限自然地定义为所讨论的曲顶柱体的体积，即

$$V=\lim_{\lambda\to0}\sum_{i=1}^{n}f(\xi_i,\eta_i)\Delta\sigma_i.$$

由此可以抽象出二重积分的数学定义如下.

定义　设 $f(x,y)$ 是有界闭区域 D 上的有界函数，将闭区域 D 任意分成 n 个小闭区域 $\Delta\sigma_1,\Delta\sigma_2,\cdots,\Delta\sigma_n$，其中 $\Delta\sigma_i$ 表示第 i 个小闭区域，也表示它的面积，在每个 $\Delta\sigma_i$ 上任取一点 (ξ_i,η_i)，作乘积

$$f(\xi_i,\eta_i)\Delta\sigma_i\quad(i=1,2,\cdots,n),$$

并作和 $\sum\limits_{i=1}^{n}f(\xi_i,\eta_i)\Delta\sigma_i$，如果当各小闭区域的直径中的最大值 λ 趋近于零时，这和式的极限存在，则称此极限为函数 $f(x,y)$ 在闭区域 D 上的二重积分，记为 $\iint\limits_D f(x,y)\mathrm{d}\sigma$，

即

$$\iint\limits_D f(x,y)\mathrm{d}\sigma=\lim_{\lambda\to0}\sum_{i=1}^{n}f(\xi_i,\eta_i)\Delta\sigma_i.$$

其中，D 叫做积分区域，$f(x,y)$ 叫做被积函数，x 与 y 叫做积分变量，$f(x,y)\mathrm{d}\sigma$ 叫做被积表达式，$\mathrm{d}\sigma$ 叫做面积元素，$\sum\limits_{i=1}^{n}f(\xi_i,\eta_i)\Delta\sigma_i$ 叫做积分和.

说明：

(1)在二重积分的定义中，对闭区域的划分是任意的.

(2)当 $f(x,y)$ 在闭区域上连续时，定义中和式的极限必存在，即二重积分必存在.

二重积分的几何意义：根据二重积分的定义，总可以把被积函数 $f(x,y)$ 看作是空间中的一块曲面. 当 $f(x,y)\geqslant0$ 时，曲顶柱体在 xOy 平面的上方，二重积分可以直接表示为曲顶柱体的体积；当 $f(x,y)<0$ 时，曲顶柱体在 xOy 平面的下方，且二重积分为负的，这时，取其绝对值就是曲顶柱体的体积；如果 $f(x,y)$ 在 D 上若干区域为正，而在其余部分区域为负，我们可以把 xOy 平面上方的柱体体积取成正，xOy 平面下方的柱体体积取成负，那么，$f(x,y)$ 在 D 上的二重积分就等于这些部分区域上的柱体体积的代数和.

在直角坐标系下用平行于坐标轴的直线网来划分区域 D(图 10－2)，则面积元素为

$$\mathrm{d}\sigma=\mathrm{d}x\mathrm{d}y,$$

故二重积分可写为

$$\iint\limits_D f(x,y)\mathrm{d}\sigma=\iint\limits_D f(x,y)\mathrm{d}x\mathrm{d}y.$$

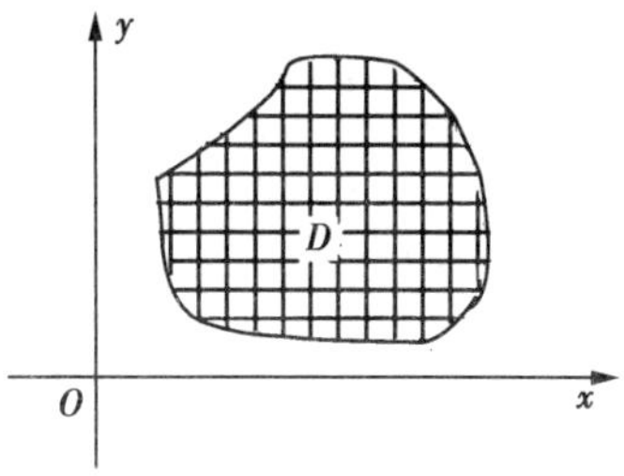

图 10－2

二、二重积分的性质

二重积分与定积分有类似的性质.

为方便起见，我们假设以下所讨论的区域为有界闭区域，且函数在积分区域上是连续的，因而在积分区域上都是可积的.

性质 1　当 k 为常数时，$\iint\limits_D kf(x,y)\mathrm{d}\sigma=k\iint\limits_D f(x,y)\mathrm{d}\sigma$.

性质 2 $\iint\limits_D [f(x,y)\pm g(x,y)]\mathrm{d}\sigma=\iint\limits_D f(x,y)\mathrm{d}\sigma\pm\iint\limits_D g(x,y)\mathrm{d}\sigma.$

性质 3　对区域具有可加性($D=D_1+D_2$)

$$\iint\limits_D f(x,y)\mathrm{d}\sigma=\iint\limits_{D_1} f(x,y)\mathrm{d}\sigma+\iint\limits_{D_2} f(x,y)\mathrm{d}\sigma.$$

性质 4　若 σ 为 D 的面积，

$$\sigma=\iint\limits_D 1\cdot\mathrm{d}\sigma=\iint\limits_D \mathrm{d}\sigma.$$

性质 5　若在 D 上 $f(x,y)\leqslant g(x,y)$，则有

$$\iint\limits_D f(x,y)\mathrm{d}\sigma\leqslant\iint\limits_D g(x,y)\mathrm{d}\sigma.$$

特别地

$$\left|\iint\limits_D f(x,y)\mathrm{d}\sigma\right|\leqslant\iint\limits_D |f(x,y)|\mathrm{d}\sigma.$$

性质 6(二重积分估值不等式)　设 M、m 分别是 $f(x,y)$ 在闭区域 D 上的最大值和最小值，σ 为 D 的面积，则

$$m\sigma\leqslant\iint\limits_D f(x,y)\mathrm{d}\sigma\leqslant M\sigma.$$

性质 7(二重积分的中值定理)　设函数 $f(x,y)$ 在闭区域 D 上连续，σ 为 D 的面积，则在 D 上至少存在一点 (ξ,η)，使

$$\iint\limits_D f(x,y)\mathrm{d}\sigma=f(\xi,\eta)\cdot\sigma.$$

例 1　不作计算，估计 $I=\iint\limits_D \mathrm{e}^{(x^2+y^2)}\mathrm{d}\sigma$ 的值，其中 D 是椭圆

$$\frac{x^2}{a^2}+\frac{y^2}{b^2}=1\quad(0<b<a)$$

闭区域.

解　区域 D 的面积 $\sigma=ab\pi$，

在 D 上，因为　$0\leqslant x^2+y^2\leqslant a^2$，所以

$$1=\mathrm{e}^0\leqslant\mathrm{e}^{x^2+y^2}\leqslant\mathrm{e}^{a^2}.$$

由性质 6 知

$$\sigma\leqslant\iint\limits_D \mathrm{e}^{(x^2+y^2)}\mathrm{d}\sigma\leqslant\sigma\cdot\mathrm{e}^{a^2},\ ab\pi\leqslant\iint\limits_D \mathrm{e}^{(x^2+y^2)}\mathrm{d}\sigma\leqslant ab\pi\mathrm{e}^{a^2}.$$

例 2　估计 $I=\iint\limits_D \dfrac{\mathrm{d}\sigma}{\sqrt{x^2+y^2+2xy+16}}$ 的值，其中 D：$0\leqslant x\leqslant 1$，$0\leqslant y\leqslant 2$.

解　因为　$f(x,y)=\dfrac{1}{\sqrt{(x+y)^2+16}}$，区域面积 $\sigma=2$，

在 D 上 $f(x,y)$ 的最大值 $M=\dfrac{1}{4}$　$(x=y=0)$，

$f(x,y)$ 的最小值 $m=\dfrac{1}{\sqrt{3^2+4^2}}=\dfrac{1}{5}$　$(x=1,y=2)$，故

$$\frac{2}{5}\leqslant I\leqslant\frac{2}{4}\Rightarrow 0.4\leqslant I\leqslant 0.5.$$

例 3 判断 $\iint\limits_{r\leqslant|x|+|y|\leqslant 1}\ln(x^2+y^2)\mathrm{d}x\mathrm{d}y$ 的符号.

解 当 $r\leqslant|x|+|y|\leqslant 1$ 时，$0<x^2+y^2\leqslant(|x|+|y|)^2\leqslant 1$，故

$$\ln(x^2+y^2)\leqslant 0;$$

又当

$$|x|+|y|<1 \text{ 时}, \ln(x^2+y^2)<0,$$

于是

$$\iint\limits_{r\leqslant|x|+|y|\leqslant 1}\ln(x^2+y^2)\mathrm{d}x\mathrm{d}y<0.$$

例 4 比较积分 $\iint\limits_D\ln(x+y)\mathrm{d}\sigma$ 与 $\iint\limits_D[\ln(x+y)]^2\mathrm{d}\sigma$ 的大小，其中 D 是三角形闭区域，三顶点各为 $(1,0)$，$(1,1)$，$(2,0)$.

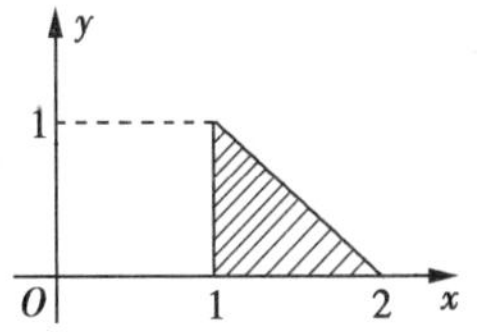

图 10-3

解 三角形斜边方程 $x+y=2$，在 D 内(图 10-3)有 $1\leqslant x+y\leqslant 2<\mathrm{e}$，故

$$\ln(x+y)<1,$$

于是

$$\ln(x+y)>[\ln(x+y)]^2,$$

因此

$$\iint\limits_D\ln(x+y)\mathrm{d}\sigma>\iint\limits_D[\ln(x+y)]^2\mathrm{d}\sigma.$$

第二节 化二重积分为累次积分

类似于定积分存在定理，若 D 是平面上一有界闭区域，$f(x,y)$ 在 D 内连续，则二重积分 $\iint\limits_D f(x,y)\mathrm{d}\sigma$ 必存在，$\iint\limits_D f(x,y)\mathrm{d}\sigma$(不妨设 $f(x,y)\geqslant 0$)的值等于以 D 为底，以曲面 $z=f(x,y)$ 为顶的曲顶柱体的体积.

下面利用二重积分的几何意义来讨论它的计算方法.

先设积分区域 D 可用不等式 $a\leqslant x\leqslant b$，$\varphi_1(x)\leqslant y\leqslant\varphi_2(x)$ 来表示，如图 10-4 所示.

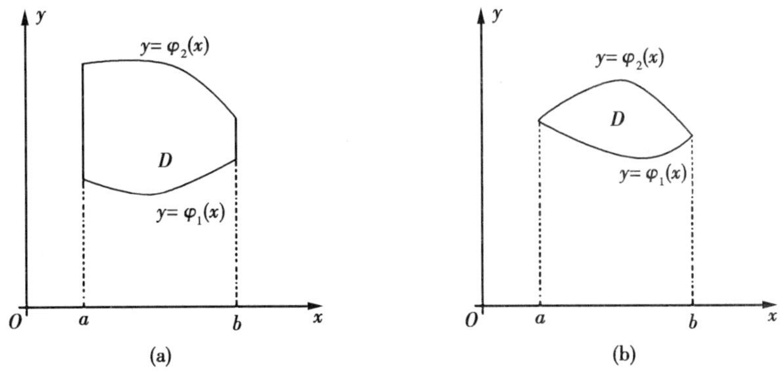

图 10-4

其中，函数 $\varphi_1(x)$，$\varphi_2(x)$ 在区间 $[a,b]$ 上连续，如图 10-5 所示，用过区间 $[a,b]$ 上任一点 x 且平行于 yOz 面的平面截曲顶柱体所得截面的面积为

$$A(x)=\int_{\varphi_1(x)}^{\varphi_2(x)} f(x,y)\mathrm{d}y.$$

应用计算“平行截面面积为已知的立体的体积”的方法，得

$$V=\int_a^b A(x)\mathrm{d}x=\int_a^b\left[\int_{\varphi_1(x)}^{\varphi_2(x)} f(x,y)\mathrm{d}y\right]\mathrm{d}x.$$

上式也可以写成

$$\iint_D f(x,y)\mathrm{d}x\mathrm{d}y=\int_a^b \mathrm{d}x\int_{\varphi_1(x)}^{\varphi_2(x)} f(x,y)\mathrm{d}y.$$

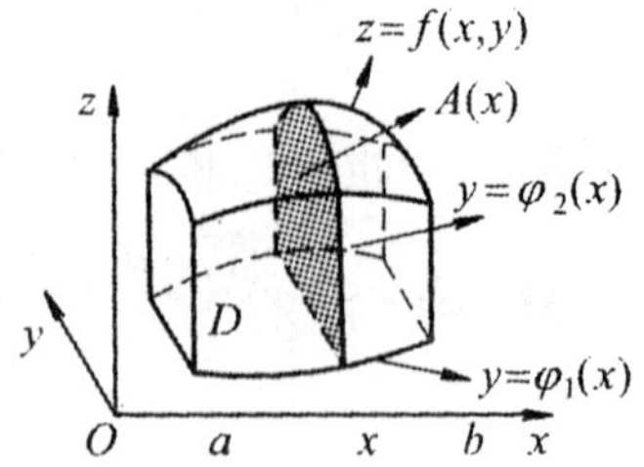

图 10-5

这是化二重积分为先对 y，后对 x 的两次定积分的计算公式. 计算时先把 x 看作常数，$f(x,y)$看作 y 的函数，并对 y 计算从下限 $\varphi_1(x)$到上限 $\varphi_2(x)$的定积分；然后将计算所得结果，即 x 的函数再在区间$[a,b]$上作定积分.

在上述讨论中，为论述方便，我们这里假定$f(x,y)\geqslant 0$，而事实上，上述公式对 $f(x,y)<0$ 也成立.

再设积分区域 D 可用不等式：$c\leqslant y\leqslant d,\psi_1(y)\leqslant x\leqslant\psi_2(y)$来表示，类似地则有

$$\iint_D f(x,y)\mathrm{d}\sigma=\int_c^d \mathrm{d}y\int_{\psi_1(y)}^{\psi_2(y)} f(x,y)\mathrm{d}x.$$

这是化二重积分为先对 x，后对 y 的两次定积分的计算公式.

以后把(图 10-4)所示的区域称为 X 型区域，X 型区域的特点：穿过区域且平行于 y 轴的直线与区域边界相交不多于两个交点. 把(图 10-6)所示的区域称为 Y 型区域，Y 型区域的特点：穿过区域且平行于 x 轴的直线与区域边界相交不多于两个交点.

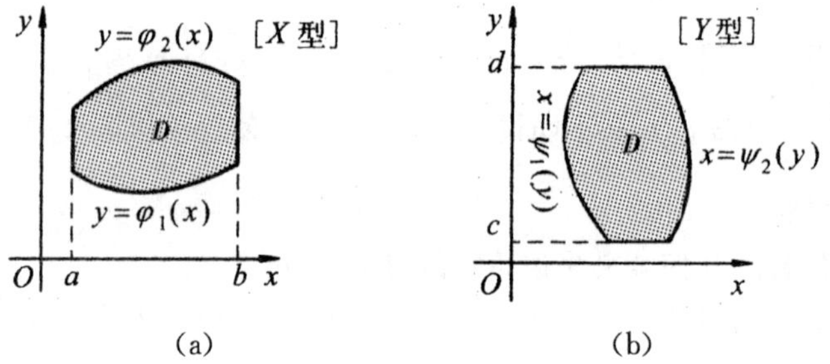

图 10-6

若区域如图 10-7 所示，则必须分割. 在分割后的三个区域上，可以分别使用上述积分公式

$$\iint_D=\iint_{D_1}+\iint_{D_2}+\iint_{D_3}.$$

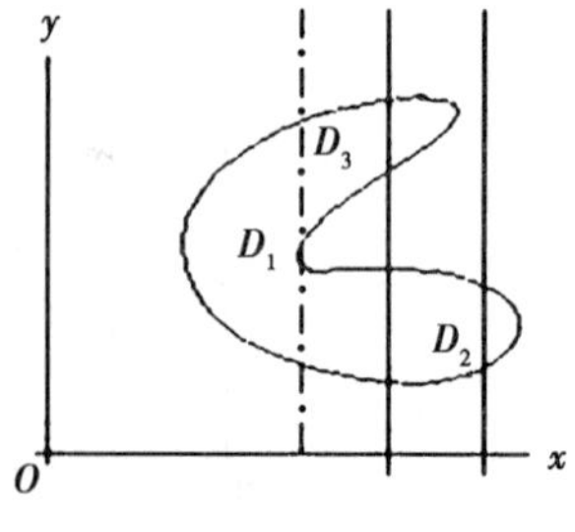

图 10-7

例 1 改变积分 $\int_0^1\mathrm{d}x\int_0^{1-x} f(x,y)\mathrm{d}y$ 的次序.

解 积分区域如图 10-8 所示，

$$D:\begin{cases}0\leqslant x\leqslant 1,\\ 0\leqslant y\leqslant 1-x.\end{cases}$$

交换积分次序，则 $D:\begin{cases}0\leqslant y\leqslant 1,\\ 0\leqslant x\leqslant 1-y.\end{cases}$

$$\text{原式}=\int_0^1\mathrm{d}y\int_0^{1-y} f(x,y)\mathrm{d}x.$$

例 2　改变积分 $\int_0^1 dx\int_0^{\sqrt{2x-x^2}} f(x,y)dy+\int_1^2 dx\int_0^{2-x} f(x,y)dy$ 的次序.

解　积分区域如图 10－9 所示, $D=D_1\cup D_2$:

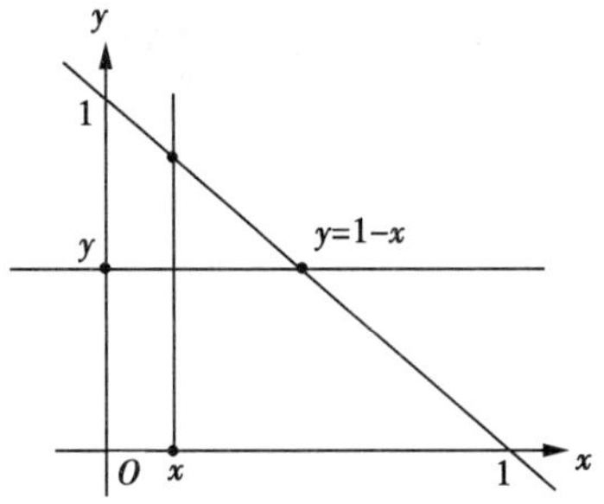

图 10－8

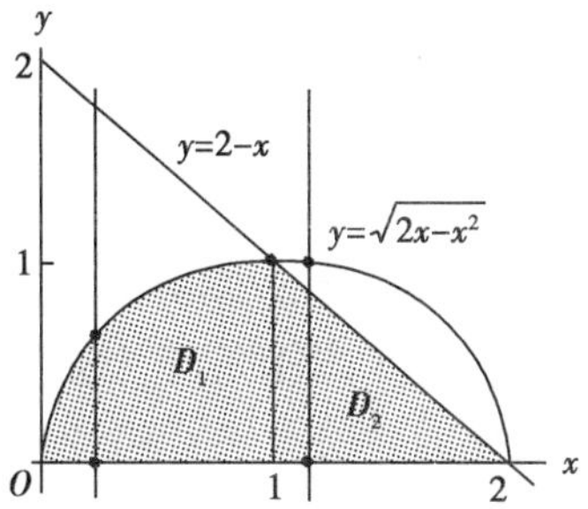

图 10－9

$$D_1=\begin{cases}0\leqslant x\leqslant 1,\\ 0\leqslant y\leqslant \sqrt{2x-x^2},\end{cases}\quad D_2=\begin{cases}1\leqslant x\leqslant 2,\\ 0\leqslant y\leqslant 2-x.\end{cases}$$

交换积分次序 $D:\begin{cases}0\leqslant y\leqslant 1,\\ 1-\sqrt{1-y^2}\leqslant x\leqslant 2-y.\end{cases}$

$$原式=\int_0^1 dy\int_{1-\sqrt{1-y^2}}^{2-y} f(x,y)dx.$$

例 3　求 $\iint\limits_D (x^2+y)dxdy$,其中 D 是由抛物线 $y=x^2$ 和 $x=y^2$ 所围平面闭区域.

解　先画出区域 D. 两曲线的交点

$$\begin{cases}y=x^2\\ x=y^2\end{cases}\Rightarrow(0,0),(1,1),$$

由图 10－10,可把 D 看成是 X 型区域: $D=\begin{cases}0\leqslant x\leqslant 1,\\ x^2\leqslant y\leqslant \sqrt{x}.\end{cases}$

则有

$$\begin{aligned}&\iint\limits_D (x^2+y)dxdy\\ &=\int_0^1 dx\int_{x^2}^{\sqrt{x}}(x^2+y)dy\\ &=\int_0^1\left[x^2(\sqrt{x}-x^2)+\frac{1}{2}(x-x^4)\right]dx=\frac{33}{140}.\end{aligned}$$

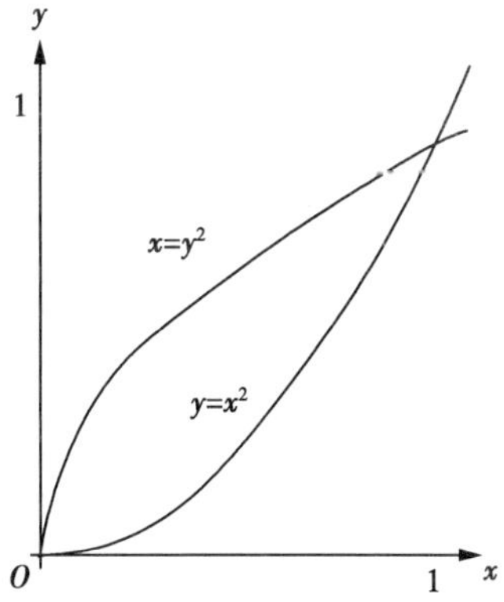

图 10－10

例 4　求 $\iint\limits_D x^2e^{-y^2}dxdy$,其中 D 是以(0,0),(1,1),(0,1)为顶点的三角形.

解　因为 $\int e^{-y^2}dy$ 无法用初等函数表示,积分时必须考虑次序(图 10－11)

$$D=\begin{cases}0\leqslant y\leqslant 1,\\ 0\leqslant x\leqslant y\end{cases}.$$

$$\iint\limits_D x^2 e^{-y^2} dxdy = \int_0^1 dy \int_0^y x^2 e^{-y^2} dx$$
$$= \int_0^1 e^{-y^2} \cdot \frac{y^3}{3} dy = \int_0^1 e^{-y^2} \cdot \frac{y^2}{6} dy^2 = \frac{1}{6}\left(1-\frac{2}{e}\right).$$

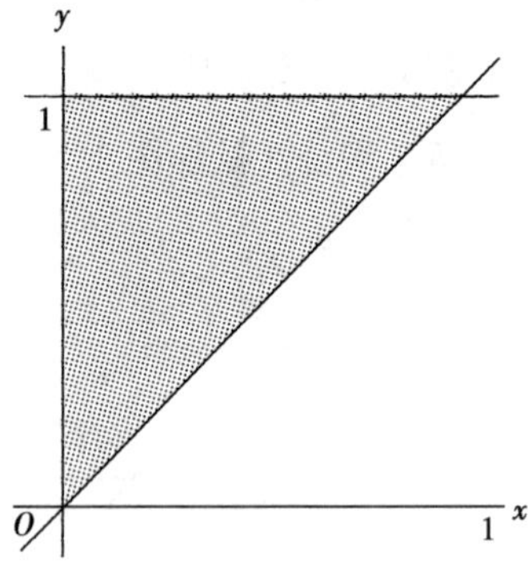

图 10-11

第三节 二重积分的变量替换

我们知道，在计算定积分时，常常需要将所给的定积分作必要的变量替换，以便化繁为简，化难为易. 现在计算二重积分也有同样的问题.

下面介绍二重积分的变量替换公式.

设给了一个二重积分

$$\iint\limits_D f(x,y)dxdy, \tag{10-3-1}$$

其中 $f(x,y)$ 在有界闭区域 D 上连续.

除 D 外，我们同时还考虑 uOv 平面上的有界闭区域 D'. 假设变换

$$T: x=x(u,v), y=y(u,v), (u,v)\in D' \tag{10-3-2}$$

把 D' 一对一地变成 D，还假设函数 $x(u,v)$，$y(u,v)$ 在 D' 上有连续的一阶偏导数，并且雅可比行列式 $J=\frac{\partial(x,y)}{\partial(u,v)}=\begin{vmatrix}\frac{\partial x}{\partial u} & \frac{\partial x}{\partial v}\\ \frac{\partial y}{\partial u} & \frac{\partial y}{\partial v}\end{vmatrix}$ 在 D' 上恒不为零，则有

$$\iint\limits_D f(x,y)dxdy = \iint\limits_D f(x(u,v),y(u,v))\left|\frac{\partial(x,y)}{\partial(u,v)}\right| dudv. \tag{10-3-3}$$

这就是二重积分的变量替换公式，其中变换(10-3-2)的雅可比行列式的绝对值 $\left|\frac{\partial(x,y)}{\partial(u,v)}\right|$，可以看做变换前后面积的伸缩率.

我们在解析几何中，学过直角坐标与极坐标之间的变换

$$x=r\cos\theta, y=r\sin\theta, \tag{10-3-4}$$

当然也可以把它看成是一个从 $rO\theta$ 平面到 xOy 平面的变换. 注意

$$J=\frac{\partial(x,y)}{\partial(r,\theta)}=\begin{vmatrix}\frac{\partial x}{\partial r} & \frac{\partial x}{\partial \theta}\\ \frac{\partial y}{\partial r} & \frac{\partial y}{\partial \theta}\end{vmatrix}=\begin{vmatrix}\cos\theta & -r\sin\theta\\ \sin\theta & r\cos\theta\end{vmatrix}=r,$$

于是有公式

$$\iint\limits_D f(x,y)dxdy = \iint\limits_D f(r\cos\theta, r\sin\theta) r dr d\theta. \tag{10-3-5}$$

这里 D 是区域 D' 在变换(10-3-4)下的像.

例 1 设 f 是连续的，求

$$I = \iint\limits_{x^2+y^2\leqslant a^2} f(x^2+y^2)dxdy$$

的值.

解　注意变换 $x=r\cos\theta, y=r\sin\theta$ 把 $rO\theta$ 平面上的矩形

$$D':0\leqslant r\leqslant a, 0\leqslant\theta\leqslant 2\pi$$

变成圆域 $D: x^2+y^2\leqslant a^2$. 根据公式(10－3－5)

$$I=\iint\limits_{D'} f(r^2)r\mathrm{d}r\mathrm{d}\theta=\int_0^{2\pi}\mathrm{d}\theta\int_0^a f(r^2)r\mathrm{d}r=2\pi\cdot\int_0^a f(r^2)r\mathrm{d}r,$$

特别地，在 $f(x^2+y^2)=\mathrm{e}^{-(x^2+y^2)}$ 时，便有

$$I=2\pi\int_0^a \mathrm{e}^{-r^2}r\mathrm{d}r=2\pi\left(-\frac{1}{2}\mathrm{e}^{-r^2}\right)\Big|_0^a=\pi(1-\mathrm{e}^{-a^2}).$$

这样计算显得很方便，但是假如我们固执地一定要用直角坐标，那就要遇到积分

$$\int_0^a \mathrm{e}^{-x^2}\mathrm{d}x\int_0^{\sqrt{a^2-x^2}}\mathrm{e}^{-y^2}\mathrm{d}y.$$

这是很不好办的事情，因为我们不可能把 $\int \mathrm{e}^{-y^2}\mathrm{d}y$ 表成初等函数.

我们不要因为暂时还不能灵活地运用变量替换的方法就有意回避它，以为按照自己熟悉的，化重积分为累次积分的方法，总能算出结果，至多是慢一些，繁一些而已. 从上面的例子，可以清楚地看出来，用不用变量替换的方法，不只是算得快和慢的问题，而且有时竟是算得出和算不出的问题.

例 2　求球体 $x^2+y^2+z^2\leqslant a^2$ 被圆柱面 $x^2+y^2=ax$ 所截出的那一部分体积 V.

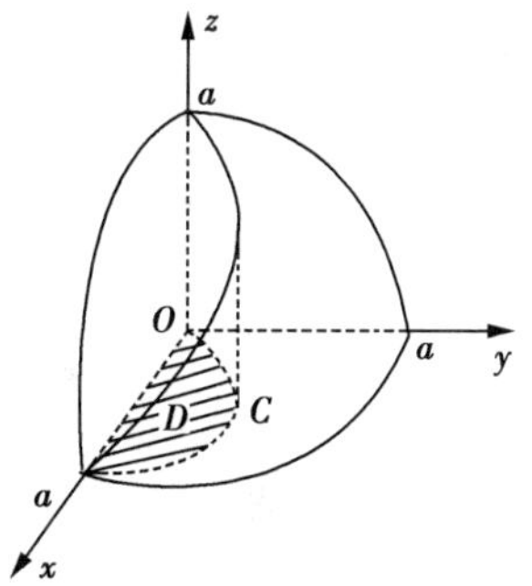

图 10－12

解　令图 10－12 中的柱面与 xOy 平面的交线位于第一象限的部分为 C，图中的阴影部分为 D，则

$$V=4\iint\limits_D \sqrt{a^2-x^2-y^2}\,\mathrm{d}\sigma.$$

注意在极坐标下，C 的方程为

$$r=a\cos\theta.$$

我们现在考虑的仅为半圆，所以 $0\leqslant\theta\leqslant\frac{\pi}{2}$. 从而由公式(10－3－5)得

$$V=4\iint\limits_D \sqrt{a^2-r^2}\,r\mathrm{d}r=4\int_0^{\frac{\pi}{2}}\mathrm{d}\theta\int_0^{a\cos\theta}\sqrt{a^2-r^2}\,r\mathrm{d}r$$

$$=\frac{4}{3}\int_0^{\frac{\pi}{2}}a^3(1-\sin^3\theta)\mathrm{d}\theta=\frac{4}{3}a^3\left(\frac{\pi}{2}-\frac{2}{3}\right).$$

在重积分的被积函数为 $f(x^2+y^2)$ 的形式或积分区域 D 为圆域或者圆的部分域时，我们常常利用极坐标变换. 下面就是这样一个例子.

例 3　计算 $\iint\limits_D (x^2+y^2)\mathrm{d}x\mathrm{d}y$，其中 D 为由圆 $x^2+y^2=2y, x^2+y^2=4y$，及直线 $x-\sqrt{3}y=0, y-\sqrt{3}x=0$ 所围成的平面闭区域.

解　在极坐标下(图 10－13)，

$$y-\sqrt{3}x=0 \Rightarrow \theta_1=\frac{\pi}{3},$$

$$x^2+y^2=4y \Rightarrow r=4\sin\theta,$$

$$x-\sqrt{3}y=0 \Rightarrow \theta_2=\frac{\pi}{6},$$

$$x^2+y^2=2y \Rightarrow r=2\sin\theta,$$

可得 $D'=\begin{cases}\frac{\pi}{6}\leqslant\theta\leqslant\frac{\pi}{3},\\ 2\sin\theta\leqslant r\leqslant 4\sin\theta.\end{cases}$

$$\iint_D (x^2+y^2)\mathrm{d}x\mathrm{d}y=\iint_{D'} r^2\cdot r\mathrm{d}r\mathrm{d}\theta=\int_{\frac{\pi}{6}}^{\frac{\pi}{3}}\mathrm{d}\theta\int_{2\sin\theta}^{4\sin\theta} r^3\cdot \mathrm{d}r=15\left(\frac{\pi}{4}-\frac{\sqrt{3}}{8}\right).$$

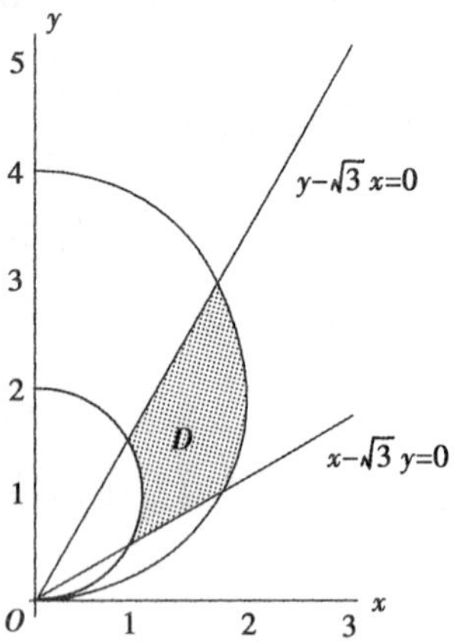

图 10-13

例 4 写出积分 $\iint_D f(x,y)\mathrm{d}x\mathrm{d}y$ 的极坐标二次积分形式，其中积分区域 $D=\{(x,y)\mid 1-x\leqslant y\leqslant \sqrt{1-x^2},0\leqslant x\leqslant 1\}$.

解 用极坐标变换：

$$\begin{cases}x=r\cos\theta,\\ y=r\sin\theta,\end{cases}$$

所以圆方程为 $r=1$,

直线方程为 $r=\dfrac{1}{\sin\theta+\cos\theta}$.

积分区域如图 10-14 所示，可得

$$D':\begin{cases}0\leqslant\theta\leqslant\frac{\pi}{2},\\ \frac{1}{\sin\theta+\cos\theta}\leqslant r\leqslant 1,\end{cases}$$

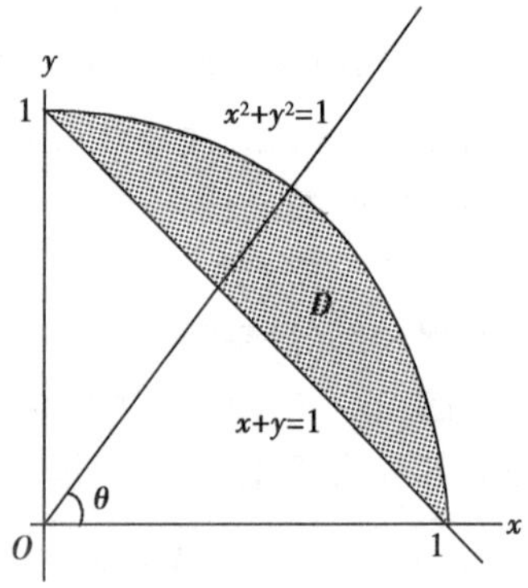

图 10-14

$$\iint_D f(x,y)\mathrm{d}x\mathrm{d}y=\iint_{D'} f(r\cos\theta,r\sin\theta)r\mathrm{d}r\mathrm{d}\theta=\int_0^{\frac{\pi}{2}}\mathrm{d}\theta\int_{\frac{1}{\sin\theta+\cos\theta}}^1 f(r\cos\theta,r\sin\theta)r\mathrm{d}r.$$

例 5 计算 $\iint_D \mathrm{e}^{\frac{y-x}{y+x}}\mathrm{d}x\mathrm{d}y$，其中，$D$ 是由 x 轴，y 轴和直线 $x+y=2$ 所围成的闭区域.

解 先做积分区域如图 10-15 所示，由于被积函数较复杂，

故令 $u=y-x, v=y+x$,

则 $x=\dfrac{v-u}{2}, y=\dfrac{v+u}{2}$.

从而将 $D\to D'$，即

$$x=0 \Rightarrow u=-v;$$

$$y=0 \Rightarrow u=v;$$

$$x+y=2 \Rightarrow v=2.$$

从而有 $D':\begin{cases}0\leqslant v\leqslant 2,\\ -v\leqslant u\leqslant v\end{cases}$（图 10-16）.

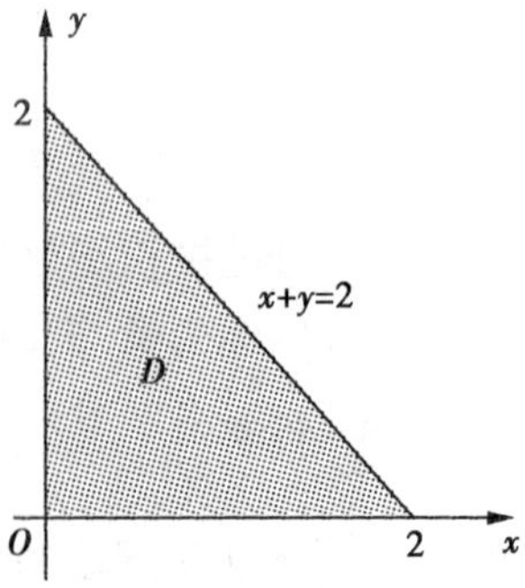

图 10-15

$$J=\frac{\partial(x,y)}{\partial(u,v)}=\begin{vmatrix}-\frac{1}{2} & \frac{1}{2}\\ \frac{1}{2} & \frac{1}{2}\end{vmatrix}=-\frac{1}{2}.$$

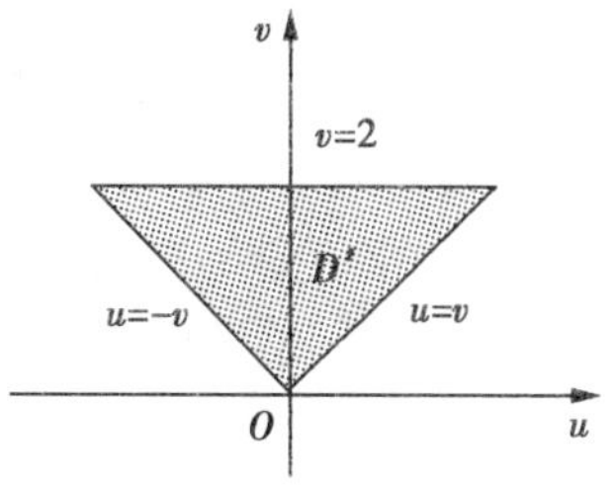

图 10-16

故
$$\iint_D e^{\frac{y-x}{y+x}}dxdy=\iint_{D'}e^{\frac{u}{v}}\left|-\frac{1}{2}\right|dudv$$
$$=\frac{1}{2}\int_0^2 dv\int_{-v}^{v}e^{\frac{u}{v}}du=\frac{1}{2}\int_0^2(e-e^{-1})vdv$$
$$=e-e^{-1}.$$

上例说明，通过换元，可将较复杂的被积函数形式化简.

例 6　利用例 1 的结果来计算反常积分 $\int_0^{\infty}e^{-x^2}dx$.

解　设
$$D_1=\{(x,y)\mid x^2+y^2\leqslant R^2\},$$
$$D_2=\{(x,y)\mid x^2+y^2\leqslant 2R^2\},$$
$$S=\{(x,y)\mid 0\leqslant x\leqslant R,0\leqslant y\leqslant R\}.$$

如图 10-17 所示，显然有 $D_1\subset S\subset D_2$.

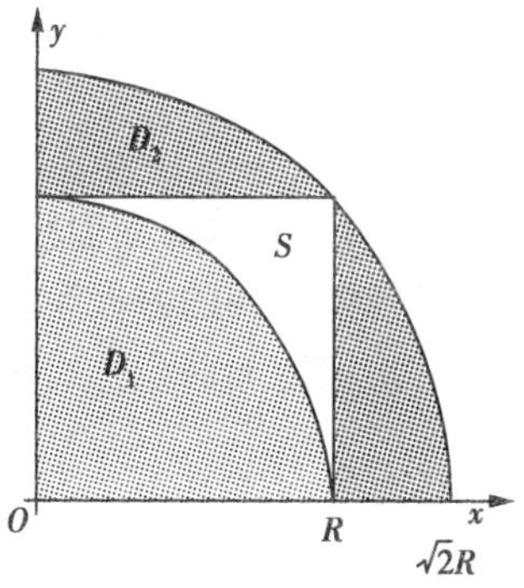

图 10-17

因为
$$e^{-x^2-y^2}>0,$$
所以
$$\iint_{D_1}e^{-x^2-y^2}dxdy\leqslant\iint_S e^{-x^2-y^2}dxdy\leqslant\iint_{D_2}e^{-x^2-y^2}dxdy.$$
又
$$I=\iint_S e^{-x^2-y^2}dxdy=\int_0^R e^{-x^2}dx\int_0^R e^{-y^2}dy=\left(\int_0^R e^{-x^2}dx\right)^2;$$
$$I_1=\iint_{D_1}e^{-x^2-y^2}dxdy=\int_0^{\frac{\pi}{2}}d\theta\int_0^R e^{-r^2}rdr=\frac{\pi}{4}(1-e^{-R^2});$$
同理，
$$I_2=\iint_{D_2}e^{-x^2-y^2}dxdy=\frac{\pi}{4}(1-e^{-2R^2}).$$
因为
$$I_1<I<I_2,$$
则有
$$\frac{\pi}{4}(1-e^{-R^2})<\left(\int_0^R e^{-x^2}dx\right)^2<\frac{\pi}{4}(1-e^{-2R^2});$$

当 $R\to\infty$ 时，$I_1\to\frac{\pi}{4}$，$I_2\to\frac{\pi}{4}$，

由夹逼定理，故当 $R\to\infty$ 时，$I\to\frac{\pi}{4}$，即 $\left(\int_0^{\infty}e^{-x^2}dx\right)^2=\frac{\pi}{4}$，

所以
$$\int_0^{\infty}e^{-x^2}dx=\frac{\sqrt{\pi}}{2}.$$

此积分在概率论中经常遇到，我们称它为概率积分.

第四节　曲面的面积

设曲面 S 由方程
$$z=f(x,y)$$
给出，D 为曲面 S 在 xOy 面上的投影区域，函数 $f(x,y)$ 在 D 上具有连续偏导数 $f_x(x,y)$ 和 $f_y(x,y)$. 我们要计算曲面 S 的面积 A.

在区域 D 上任取一直径很小的区域 $d\sigma$(这小区域的面积也记作 $d\sigma$). 在小区域 $d\sigma$ 内取一点 $P(x,y)$,对应的曲面 S 有一点 $M(x,y,f(x,y))$,点 M 在 xOy 面上的投影为点 P. 点 M 处曲面 S 的切平面设为Σ(图 10-18). 以小区域 $d\sigma$ 的边界为准线作母线平行于 z 轴的柱面,这柱面在曲面 S 上截下一小片曲面(记为 dS),在切平面 Σ 上截下一小片平面(记为 dA). 由于 $d\sigma$ 很小,切平面 Σ 上的那一小片平面的面积 dA 可以近似代替相应的那一小片曲面的面积:

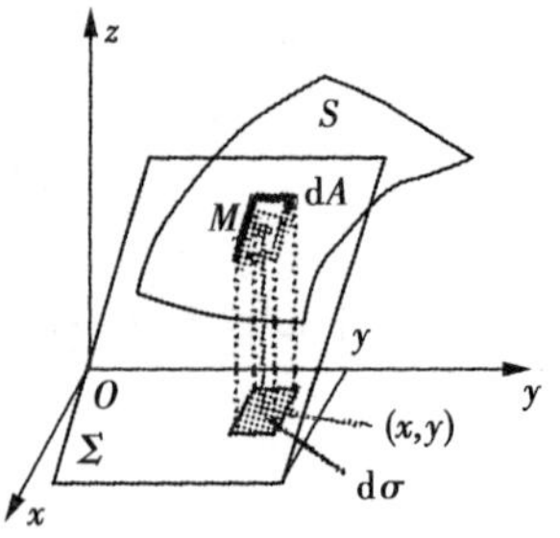

图 10-18

$$dS \approx dA.$$

设点 M 处曲面 S 上的法线(指向朝上)与 z 轴所成的角为 γ,则

$$d\sigma = dA \cdot \cos\gamma,$$

又因为

$$\cos\gamma = \frac{1}{\sqrt{1+f_x^2+f_y^2}},$$

所以,

$$dA = \sqrt{1+f_x^2+f_y^2}\, d\sigma.$$

这就是曲面 S 的面积元素. 以它为被积表达式在区域 D 上积分,得

$$A = \iint_D \sqrt{1+f_x^2+f_y^2}\, d\sigma.$$

这就是计算曲面面积的公式.

同理,曲面的方程为 $x=g(y,z)$ 或 $y=h(x,z)$ 时,可将曲面分别向 yOz 或 zOx 平面上投影,相应的曲面面积公式分别为:

$$A = \iint_{D_{yz}} \sqrt{1+\left(\frac{\partial x}{\partial y}\right)^2+\left(\frac{\partial x}{\partial z}\right)^2}\, dydz$$

或

$$A = \iint_{D_{xz}} \sqrt{1+\left(\frac{\partial y}{\partial z}\right)^2+\left(\frac{\partial y}{\partial x}\right)^2}\, dzdx.$$

例 1 求球面 $x^2+y^2+z^2=a^2$,含在圆柱体 $x^2+y^2=ax$ 内部的那部分面积(图 10-19).

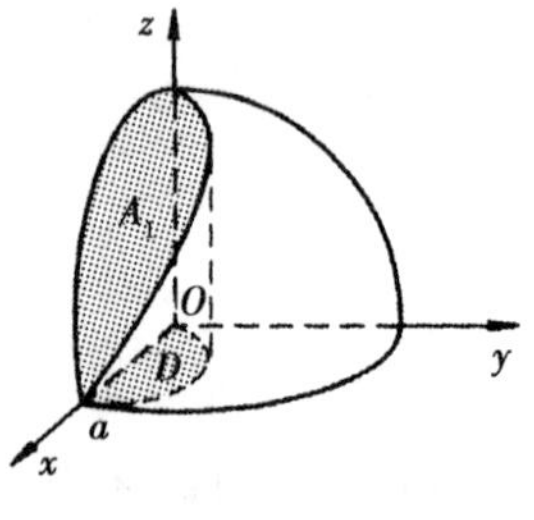

图 10-19

解 由对称性知积分区域 $A=4A_1$,曲面向 xOy 面的投影区域(图10-20)为

$$D_1: x^2+y^2 \leqslant ax \quad (x, y \geqslant 0).$$

采用极坐标计算,

则有

$$D_1 \begin{cases} 0 \leqslant \theta \leqslant \dfrac{\pi}{2}, \\ 0 \leqslant r \leqslant a\cos\theta. \end{cases}$$

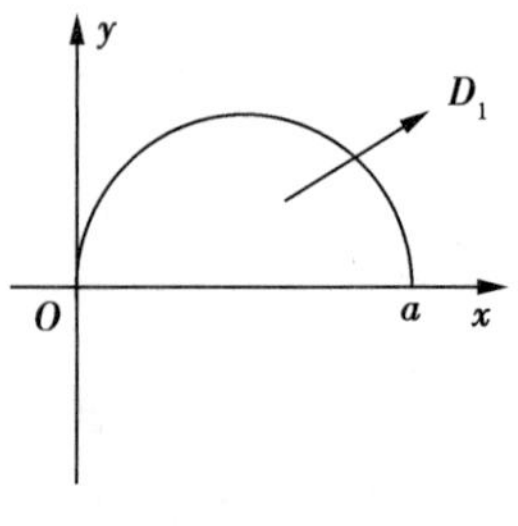

图 10-20

因为曲面方程为 $z=\sqrt{a^2-x^2-y^2}$,于是,

$$\sqrt{1+\left(\frac{\partial z}{\partial x}\right)^2+\left(\frac{\partial z}{\partial y}\right)^2} = \frac{a}{\sqrt{a^2-x^2-y^2}},$$

所以,曲面面积为

$$A=4\iint\limits_{D_1}\sqrt{1+z_x^2+z_y^2}\,\mathrm{d}x\mathrm{d}y=4\iint\limits_{D_1}\frac{a}{\sqrt{a^2-x^2-y^2}}\mathrm{d}x\mathrm{d}y$$
$$=4a\int_0^{\frac{\pi}{2}}\mathrm{d}\theta\int_0^{a\cos\theta}\frac{1}{\sqrt{a^2-r^2}}r\mathrm{d}r=2\pi a^2-4a^2.$$

例 2　求半径为 a 的球的表面积.

解　上半球面的方程为 $z=\sqrt{a^2-x^2-y^2}$，其在 xOy 面上的投影区域为 $D: x^2+y^2\leqslant a^2$，

$$z_x=\frac{-x}{\sqrt{a^2-x^2-y^2}},\ z_y=\frac{-y}{\sqrt{a^2-x^2-y^2}},$$
$$\sqrt{1+z_x^2+z_y^2}=\frac{a}{\sqrt{a^2-x^2-y^2}}.$$

因为这一函数在区域 D 的边界即圆周 $x^2+y^2=a^2$ 上不连续，不能直接用曲面面积公式. 所以先取区域 $D_1: x^2+y^2\leqslant b^2(0<b<a)$ 为积分区域，算出相应于 D_1 上的半球面面积 A_1 后，令 $b\to a$，取 A_1 的极限就得半球面的面积.

$$A_1=\iint\limits_{D_1}\sqrt{1+z_x^2+z_y^2}\,\mathrm{d}\sigma=a\iint\limits_{D_1}\frac{\mathrm{d}\sigma}{\sqrt{a^2-x^2-y^2}}$$
$$=a\int_0^{2\pi}\mathrm{d}\theta\int_0^b\frac{1}{\sqrt{a^2-r^2}}\cdot r\mathrm{d}r$$
$$=2\pi a\cdot\left(-\sqrt{a^2-r^2}\right)\Big|_0^b=2\pi a\left(a-\sqrt{a^2-b^2}\right).$$

故整个球面的面积为

$$\lim_{b\to a}2A_1=\lim_{b\to a}4\pi a\left(a-\sqrt{a^2-b^2}\right)=4\pi a^2.$$

第五节　三重积分

一、三重积分的概念

定积分及二重积分作为和的极限的概念，可以很自然地推广到三重积分.

定义　**设 $f(x,y,z)$ 是空间有界闭区域 Ω 上的有界函数，将 Ω 任意分成 n 个小闭区域 $\Delta v_1,\Delta v_2,\cdots,\Delta v_n$，其中 Δv_i 表示第 i 个小闭区域，也表示它的体积，在每个 Δv_i 上任取一点 (ξ_i,η_i,ζ_i) 作乘积 $f(\xi_i,\eta_i,\zeta_i)\Delta v_i(i=1,2,\cdots,n)$，并作和 $\sum\limits_{i=1}^n f(\xi_i,\eta_i,\zeta_i)\Delta v_i$，如果当各小闭区域直径中的最大值 λ 趋于零时，这个和的极限总存在，则称此极限为函数 $f(x,y,z)$ 在闭区域 Ω 上的三重积分. 记作**

$$\iiint\limits_{\Omega}f(x,y,z)\mathrm{d}v,$$

即
$$\iiint\limits_{\Omega}f(x,y,z)\mathrm{d}v=\lim_{\lambda\to 0}\sum_{i=1}^n f(\xi_i,\eta_i,\zeta_i)\Delta v_i,$$

其中 $\mathrm{d}v$ 叫体积元素.

注意

(1)上述和的极限总存在指无论怎样分 Ω 以及 (ξ_i,η_i,ζ_i) 怎样取和都唯一存在，在直角坐

标系中，用平行于坐标面的平面来分区域Ω，那么除了靠Ω边界的一些不规则小闭区域外，得到的小闭区域Δv_i为长方体，设长方体小闭区域Δv_i的边长为$\Delta x_j, \Delta y_k, \Delta z_i$，则$\Delta v_i = \Delta x_j \Delta y_k \Delta z_i$，因此，在直角坐标系中，有时也把体积元素$dv$记为$dxdydz$，即$dv = dxdydz$，而三重积分记为$\iiint\limits_{\Omega} f(x,y,z)dxdydz$，其中$dxdydz$称为直角坐标系中的体积元素.

(2)当函数$f(x,y,z)$在有界闭区域Ω上连续时，则f在Ω上的三重积分存在，此时也称$f(x,y,z)$在Ω上可积，以后总假设f为连续函数.

(3)如果在Ω上有$f(x,y,z)=1$，且有界闭区域Ω的体积为V，则$\iiint\limits_{\Omega} dv = V$.

二、三重积分性质

按照三重积分的定义，可推出三重积分的一系列性质，其最常用的有：

(1) 线性性质

若$f_1(x,y,z), f_2(x,y,z)$均在Ω上可积，则对任意给定的常数k_1, k_2，函数$k_1 f_1 + k_2 f_2$在Ω上也可积，且有

$$\iiint\limits_{\Omega} (k_1 f_1 + k_2 f_2)dv = k_1 \iiint\limits_{\Omega} f_1 dv + k_2 \iiint\limits_{\Omega} f_2 dv.$$

(2) 积分区域的可加性

若f在区域Ω_1和Ω_2上均可积，其中Ω_1和Ω_2除边界外没有公共部分，则f在$\Omega = \Omega_1 + \Omega_2$上也可积，且有

$$\iiint\limits_{\Omega} f dv = \iiint\limits_{\Omega_1} f dv + \iiint\limits_{\Omega_2} f dv.$$

三、三重积分的计算

三重积分的计算同二重积分一样，其基本思想是化为累次积分——三个定积分(三次积分). 在直角坐标系中，介绍两种方法如下：

1. 先单后重(也称为先一后二法或投影法)

对区域Ω作如下限制：平行于z轴且穿过闭区域Ω内部的直线与Ω的边界曲面S的交点不多于两个.

(1)将闭区域Ω投影到xOy面上，得一平面闭区域D，以D的边界为准线作母线平行于z轴的柱面，这一柱面与曲面S的交线从S中分出的上、下两部分如图10-21所示，它们的方程分别为：

$$\begin{cases} S_1: z = z_1(x,y) \\ S_2: z = z_2(x,y) \end{cases}$$

在D上连续，且$z_1(x,y) \leqslant z_2(x,y)$.

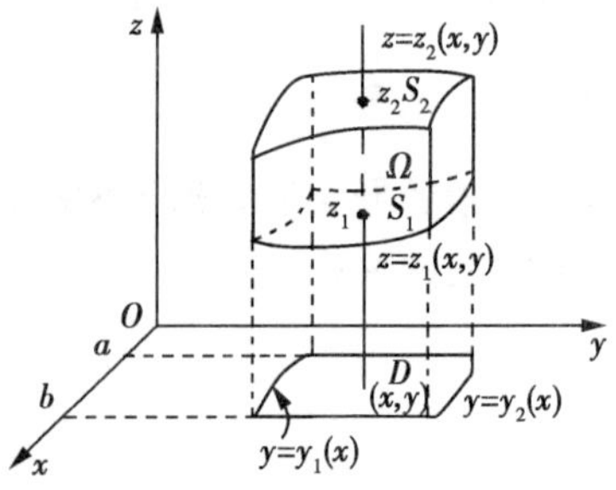

图 10-21

(2)在D内任取一点(x,y)，过点(x,y)作平行于z轴的直线，这直线通过曲面S_1穿入Ω内，然后通过曲面S_2穿出Ω外，穿入点与穿出点的竖坐标分别为$z_1(x,y)$与$z_2(x,y)$.

先将x, y看作定值，将$f(x,y,z)$只看作z的函数，在区间$[z_1(x,y), z_2(x,y)]$上对z积

分，积分的结果是 x,y 的函数，记为

$$F(x,y)=\int_{z_1(x,y)}^{z_2(x,y)} f(x,y,z)\mathrm{d}z.$$

(3)计算 $F(x,y)$ 在闭区域 D 上的二重积分.

设闭区域 D 可表示为 $y_1(x)\leqslant y\leqslant y_2(x),a\leqslant x\leqslant b$，把二重积分 $\iint\limits_D F(x,y)\mathrm{d}x\mathrm{d}y$ 化为二次积分 $\int_a^b \mathrm{d}x\int_{y_1(x)}^{y_2(x)} F(x,y)\mathrm{d}y$，于是得三重积分的计算公式：

$$\iiint\limits_{\Omega} f(x,y,z)\mathrm{d}v=\int_a^b \mathrm{d}x\int_{y_1(x)}^{y_2(x)} \mathrm{d}y\int_{z_1(x,y)}^{z_2(x,y)} f(x,y,z)\mathrm{d}z,$$

这个公式把三重积分化为先对 z，次对 y，最后对 x 的三次积分.

注意

(1) 如果平行于 x 轴或 y 轴且穿过闭区域 Ω 内部的直线与 Ω 的边界曲面 S 相交不多于两点，也可把闭区域 Ω 投影到 yOz 面上或 xOz 面上，这样便可把三重积分化为按其他顺序的三次积分；

(2) 如果平行于坐标轴的穿过闭区域 Ω 内部的直线与边界曲面 S 的交点多于两个，也可像处理二重积分一样，把 Ω 分成若干部分，使 Ω 上的三重积分化为各部分闭区域上的三重积分的和.

例 1　计算三重积分 $\iiint\limits_{\Omega} x\mathrm{d}x\mathrm{d}y\mathrm{d}z$，其中 Ω 为三个坐标面及平面 $x+2y+z=1$ 所围成的闭区域.

解　作闭区域 Ω 如图 10－22 所示，将 Ω 投影到 xOy 面上，得投影域 D 为三角形闭区域，用不等式表示为

$$D:0\leqslant y\leqslant\frac{1-x}{2},0\leqslant x\leqslant 1.$$

在 D 内任取一点 (x,y)，过点作平行于 z 轴的直线，该直线通过平面 $z=0$ 穿入 Ω 内，然后通过平面 $z=1-x-2y$ 穿出 Ω 外，于是

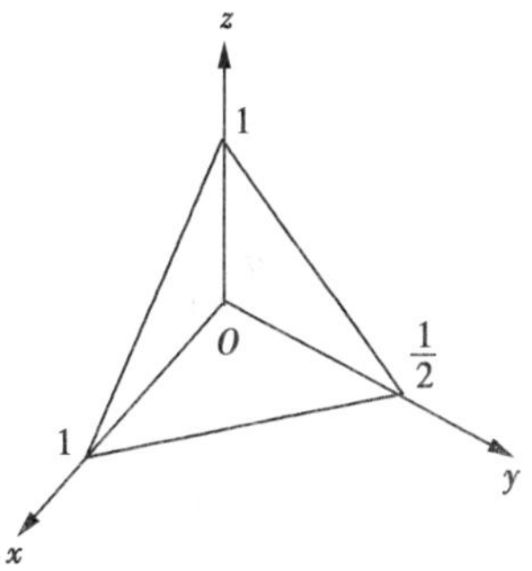

图 10－22

$$\begin{aligned}\iiint\limits_{\Omega} x\mathrm{d}x\mathrm{d}y\mathrm{d}z &=\int_0^1 \mathrm{d}x\int_0^{\frac{1-x}{2}} \mathrm{d}y\int_0^{1-x-2y} x\mathrm{d}z\\ &=\int_0^1 x\mathrm{d}x\int_0^{\frac{1-x}{2}}(1-x-2y)\mathrm{d}y\\ &=\frac{1}{4}\int_0^1(x-2x^2+x^3)\mathrm{d}x=\frac{1}{48}.\end{aligned}$$

同样可将 Ω 投影到 yOz 面或 xOz 面计算.

2. 先重后单(也称为先二后一法或截面法)

设空间闭区域 $\Omega=\{(x,y,z)\mid c_1\leqslant z\leqslant c_2,(x,y)\in D_z\}$，其中 D_z 是竖坐标为 z 的平面截闭区域 Ω 得到的一个平面闭区域，如图 10－23 所示，则有

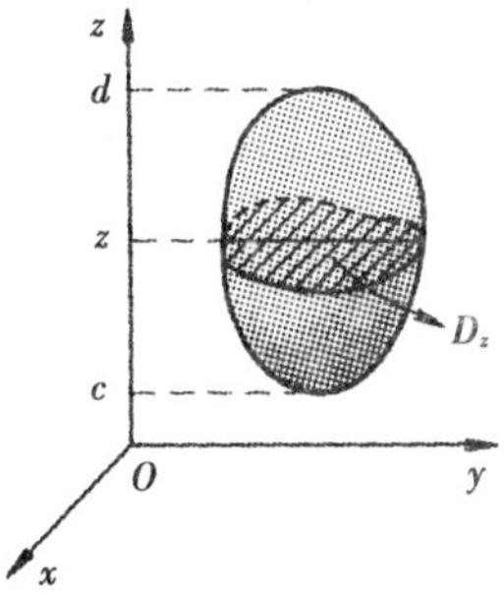

图 10－23

$$\iiint\limits_{\Omega} f(x,y,z)\mathrm{d}v=\int_{c_1}^{c_2} \mathrm{d}z\iint\limits_{D_z} f(x,y,z)\mathrm{d}x\mathrm{d}y.$$

例 2 计算三重积分 $\iiint\limits_{\Omega} z^2\mathrm{d}v$,其中 Ω 是由椭球面 $\frac{x^2}{a^2}+\frac{y^2}{b^2}+\frac{z^2}{c^2}=1$ 所围成的空间闭区域.

解 因为 $\Omega=\left\{(x,y,z)\,\middle|\,-c\leqslant z\leqslant c,\frac{x^2}{a^2}+\frac{y^2}{b^2}\leqslant 1-\frac{z^2}{c^2}\right\}$,

则
$$\iiint\limits_{\Omega} z^2\mathrm{d}x\mathrm{d}y\mathrm{d}z=\int_{-c}^{c} z^2\mathrm{d}z\iint\limits_{D_z}\mathrm{d}x\mathrm{d}y=\pi ab\int_{-c}^{c} z^2\left(1-\frac{z^2}{c^2}\right)\mathrm{d}z$$
$$=\pi ab\int_{-c}^{c}\left(z^2-\frac{z^4}{c^2}\right)\mathrm{d}z=\frac{4}{15}\pi abc^3.$$

注意

(1) 从上例可看出,当被积函数为 $f(x,y,z)=f(z)$ 且平行 xOy 面的平面截 Ω 得截面 D_z 是圆、椭圆时,用先重后单更方便;

(2) 另外两个先重后单公式为
$$\iiint\limits_{\Omega} f(x,y,z)\mathrm{d}v=\int_{a_1}^{a_2}\mathrm{d}x\iint\limits_{D_x} f(x,y,z)\mathrm{d}y\mathrm{d}z;\ \iiint\limits_{\Omega} f(x,y,z)\mathrm{d}v=\int_{b_1}^{b_2}\mathrm{d}y\iint\limits_{D_x} f(x,y,z)\mathrm{d}z\mathrm{d}x.$$

习 题 十

1. 填空题:

(1) 当函数 $f(x,y)$ 在闭区域 D 上________时,则其在 D 上的二重积分必定存在;

(2) 二重积分 $\iint\limits_{D} f(x,y)\mathrm{d}\sigma$ 的几何意义是________________________;

(3) 若 $f(x,y)$ 在有界闭区域 D 上可积,且 $D\supset D_1\supset D_2$,当 $f(x,y)\geqslant 0$ 时,则 $\iint\limits_{D_1} f(x,y)\mathrm{d}\sigma$ __________ $\iint\limits_{D_2} f(x,y)\mathrm{d}\sigma$;当 $f(x,y)\leqslant 0$ 时,则 $\iint\limits_{D_1} f(x,y)\mathrm{d}\sigma$ ________ $\iint\limits_{D_2} f(x,y)\mathrm{d}\sigma$;

(4) $\left|\iint\limits_{D}\sin(x^2+y^2)\mathrm{d}\sigma\right|$ ________ σ,其中 σ 是圆域 $x^2+y^2\leqslant 4^4$ 的面积,$\sigma=16\pi$.

2. 用二重积分定义证明:
$$\iint\limits_{D} kf(x,y)\mathrm{d}\sigma=k\iint\limits_{D} f(x,y)\mathrm{d}\sigma,\text{ 其中 } k \text{ 为常数.}$$

3. 比较下列积分的大小:

(1) $\iint\limits_{D}(x+y)^2\mathrm{d}\sigma$ 与 $\iint\limits_{D}(x+y)^3\mathrm{d}\sigma$,其中 D 是由圆 $(x-2)^2+(y-1)^2=2$ 所围成;

(2) $\iint\limits_{D}\ln(x+y)\mathrm{d}\sigma$ 与 $\iint\limits_{D}[\ln(x+y)]^2\mathrm{d}\sigma$,其中 D 是矩形闭区域:$3\leqslant x\leqslant 5,0\leqslant y\leqslant 1$.

4. 估计积分 $I=\iint\limits_{D}(x^2+4y^2+9)\mathrm{d}\sigma$ 的值,其中 D 是圆形区域:$x^2+y^2\leqslant 4$.

5. 填空题:

(1) $\iint\limits_{D}(x^3+3x^2y+y^3)\mathrm{d}\sigma=$____________________,其中 D:$0\leqslant x\leqslant 1,0\leqslant y\leqslant 1$;

(2) $\iint\limits_{D} x\cos(x+y)\mathrm{d}\sigma=$______________,其中 D 是顶点分别为 $(0,0)$,$(\pi,0)$,(π,π) 的三角形闭区域;

(3) 将二重积分 $\iint\limits_{D} f(x,y)\mathrm{d}\sigma$(其中 D 是由 x 轴及半圆周 $x^2+y^2=r^2(y\leqslant 0)$ 所围成的闭区域)化为先对 y 后对 x 的二次积分,应为________________________;

(4) 将 $\int_0^{2a}\mathrm{d}x\int_0^{\sqrt{2ax-x^2}}(x^2+y^2)\mathrm{d}y$ 化为极坐标形式的二次积分为________________.

6. 画出积分区域,并计算下列二重积分：

(1) $\iint\limits_D \mathrm{e}^{x+y}\mathrm{d}\sigma$,其中 D 是由 $|x|+|y|\leqslant 1$ 所确定的闭区域；

(2) $\iint\limits_D (x^2+y^2-x)\mathrm{d}\sigma$,其中 D 是由直线 $y=2$,$y=x$ 及 $y=2x$ 所围成的闭区域；

7. 计算 $\iint\limits_D (x+y)\mathrm{d}x\mathrm{d}y$ 其中 D:$x^2+y^2\leqslant x+y$.

8. 判断题：

(1) $\iiint\limits_\Omega f(x,y,z)\mathrm{d}v$ 表示 Ω 的体积；

(2) Ω 由 $x^2+y^2+z^2=1$ 围成,则 $\iiint\limits_\Omega f(x^2+y^2+z^2)\mathrm{d}v=\iiint\limits_\Omega 1\mathrm{d}v$.

9. 计算题：

(1) 计算 $\iiint\limits_\Omega z^2\mathrm{d}v$,$\Omega$ 是由球面 $x^2+y^2+z^2=1$ 与 $x^2+y^2+(z-1)^2=1$ 围成的公共区域；

(2) 已知 Ω 由平面 $z=0$,$z=y$,$y=1$ 与柱面 $y=x^2$ 围成,计算 $\iiint\limits_\Omega xyz\mathrm{d}v$.

第十一章 线性代数

第一节 矩 阵

一、矩阵的概念

定义 1 由 mn 个数排成的 m 行 n 列(横的称为行,纵的称为列)的矩形表

$$\begin{pmatrix} a_{11} & a_{12} & \cdots & a_{1n} \\ a_{21} & a_{22} & \cdots & a_{2n} \\ \vdots & \vdots & & \vdots \\ a_{m1} & a_{m2} & \cdots & a_{mn} \end{pmatrix}$$

称为一个 $m\times n$ 矩阵(matrix),记作 $\boldsymbol{A}$ 或 $\boldsymbol{A}_{m\times n}$,也可以记作 (a_{ij}) 或 $(a_{ij})_{m\times n}$. 数 a_{ij} $(i=1,2,\cdots,m;j=1,2,\cdots,n)$ 称为矩阵的第 i 行第 j 列的元素. 元素全为零的矩阵称为零矩阵,记为 $\boldsymbol{O}_{m\times n}$,在不致引起混淆时,可简记为 $\boldsymbol{O}$. 当 $m=n$ 时,矩阵 $\boldsymbol{A}$ 称为 n 阶矩阵或 n 阶方阵,此时从左上到右下的对角线称为主对角线,从右上到左下的对角线称为次对角线,当主对角线下面的元素 a_{ij} $(i>j)$ 均为零时,$\boldsymbol{A}$ 就称为上三角矩阵(upper triangular matrix),可类似定义下三角矩阵(lower triangular matrix);当主对角线以外的元素 a_{ij} $(i\neq j)$ 均为零时,$\boldsymbol{A}$ 就称为对角矩阵(diagonal matrix),主对角线上的元素依次为 $\lambda_1,\lambda_2,\cdots,\lambda_n$ 的对角矩阵可简记为 $\mathrm{diag}(\lambda_1,\lambda_2,\cdots,\lambda_n)$. 主对角线上的元素全为 1 的 n 阶对角矩阵

$$\begin{pmatrix} 1 & 0 & \cdots & 0 \\ 0 & 1 & \cdots & 0 \\ \vdots & \vdots & & \vdots \\ 0 & 0 & \cdots & 1 \end{pmatrix}$$

称为 n 阶单位矩阵(identity matrix),记为 $\boldsymbol{E}_n$,或者在不致引起含混时简记为 $\boldsymbol{E}$.

例 1 所谓一般线性方程组(system of linear equations)是指形式为

$$\begin{cases} a_{11}x_1+a_{12}x_2+\cdots+a_{1n}x_n=b_1, \\ a_{21}x_1+a_{22}x_2+\cdots+a_{2n}x_n=b_2, \\ \cdots\cdots\cdots\cdots\cdots\cdots \\ a_{m1}x_1+a_{m2}x_2+\cdots+a_{mn}x_n=b_m \end{cases} \qquad (11-1-1)$$

的方程组,$x_1,x_2,\cdots,x_n$ 代表 n 个未知量,a_{ij} $(i=1,2,\cdots,m;j=1,2,\cdots,n)$ 称为方程组的系数,b_i $(i=1,2,\cdots,m)$ 称为常数项. 方程组中方程的个数 m 与未知量的个数 n 不一定相等.

显然,如果知道了一个线性方程组的全部系数和常数项,那么这个线性方程组就基本上确定了. 确切地说,线性方程组(11-1-1)可以用下面的矩阵

$$\begin{pmatrix} a_{11} & a_{12} & \cdots & a_{1n} & b_1 \\ a_{21} & a_{22} & \cdots & a_{2n} & b_2 \\ \vdots & \vdots & & \vdots & \vdots \\ a_{m1} & a_{m2} & \cdots & a_{mn} & b_m \end{pmatrix} \tag{11-1-2}$$

来表示. 实际上,有了(11－1－2)之后,除去代表未知量的文字之外,线性方程组(11－1－1)就确定了,而采用什么文字来代表未知量当然不是实质性的. 矩阵(11－1－2)称为线性方程组(11－1－1)的增广矩阵(augmented matrix),记为 $\widetilde{\boldsymbol{A}}$.

定义 2　**设 (a_{ij}) 及 (b_{ij}) 是两个 $m\times n$ 矩阵,如果它们所有相应位置上的元素都相等,即 $a_{ij}=b_{ij}$ 对 $i=1,2,\cdots,m;j=1,2,\cdots,n$ 均成立,则称这两个矩阵相等,记为 $(a_{ij})=(b_{ij})$.**

这就是说,只有完全一样的矩阵才叫相等.

二、矩阵的运算

定义 3　**设 $\boldsymbol{A}=(a_{ij})$ 与 $\boldsymbol{B}=(b_{ij})$ 是两个 $m\times n$ 矩阵,如果对一切 $i=1,2,\cdots,m;j=1,2,\cdots,n$,都有 $c_{ij}=a_{ij}+b_{ij}$,则称 $m\times n$ 矩阵 $\boldsymbol{C}=(c_{ij})$ 为 $\boldsymbol{A}$ 与 $\boldsymbol{B}$ 的和,记为 $\boldsymbol{C}=\boldsymbol{A}+\boldsymbol{B}$.**

矩阵

$$\begin{pmatrix} -a_{11} & -a_{12} & \cdots & -a_{1n} \\ -a_{21} & -a_{22} & \cdots & -a_{2n} \\ \vdots & \vdots & & \vdots \\ -a_{m1} & -a_{m2} & \cdots & -a_{mn} \end{pmatrix}$$

称为矩阵 $\boldsymbol{A}=(a_{ij})$ 的负矩阵,记为 $-\boldsymbol{A}$. 矩阵的减法定义为: $\boldsymbol{A}-\boldsymbol{B}=\boldsymbol{A}+(-\boldsymbol{B})$.

不难验证,矩阵的加法满足:

$\boldsymbol{A}+(\boldsymbol{B}+\boldsymbol{C})=(\boldsymbol{A}+\boldsymbol{B})+\boldsymbol{C}$, $\boldsymbol{A}+\boldsymbol{B}=\boldsymbol{B}+\boldsymbol{A}$, $\boldsymbol{A}+\boldsymbol{O}=\boldsymbol{A}$, $\boldsymbol{A}+(-\boldsymbol{A})=\boldsymbol{O}$.

定义 4　**矩阵**

$$\begin{pmatrix} ka_{11} & ka_{12} & \cdots & ka_{1n} \\ ka_{21} & ka_{22} & \cdots & ka_{2n} \\ \vdots & \vdots & & \vdots \\ ka_{m1} & ka_{m2} & \cdots & ka_{mn} \end{pmatrix}$$

称为矩阵 $\boldsymbol{A}=(a_{ij})$ 与数 k 的数量乘积,简称为数乘,记为 $k\boldsymbol{A}$.

不难验证,数乘适合以下规律:

$$(k+l)A=k\boldsymbol{A}+l\boldsymbol{A}\ ,\ k(\boldsymbol{A}+\boldsymbol{B})=k\boldsymbol{A}+k\boldsymbol{B}\ ,\ k(l\boldsymbol{A})=(kl)\boldsymbol{A}\ ,\ 1\boldsymbol{A}=\boldsymbol{A}\ .$$

定义 5　**设 $\boldsymbol{A}=(a_{ij})_{m\times n}$, $\boldsymbol{B}=(b_{ij})_{n\times s}$,那么矩阵 $\boldsymbol{C}=(c_{ij})_{m\times s}$,其中**

$$c_{ij}=a_{i1}b_{1j}+a_{i2}b_{2j}+\cdots+a_{in}b_{nj}=\sum_{k=1}^{n}a_{ik}b_{kj}$$

称为矩阵 $\boldsymbol{A}$ 与 $\boldsymbol{B}$ 的乘积,记为 $\boldsymbol{C}=\boldsymbol{AB}$.

由矩阵乘法的定义可以看出,矩阵 $\boldsymbol{A}$ 与 $\boldsymbol{B}$ 的乘积 $\boldsymbol{C}$ 的第 i 行第 j 列的元素等于左边的矩阵 $\boldsymbol{A}$ 的第 i 行与右边的矩阵 $\boldsymbol{B}$ 的第 j 列的对应元素乘积的和. 因此,在矩阵的乘积中,要求右边矩阵的行数与左边矩阵的列数相等.

例 2　设

$$A=\begin{pmatrix}1&0&-1&2\\-1&1&3&0\\0&5&-1&4\end{pmatrix},B=\begin{pmatrix}0&3&4\\1&2&1\\3&1&-1\\-1&2&1\end{pmatrix},$$

那么

$$AB=\begin{pmatrix}1&0&-1&2\\-1&1&3&0\\0&5&-1&4\end{pmatrix}\begin{pmatrix}0&3&4\\1&2&1\\3&1&-1\\-1&2&1\end{pmatrix}=\begin{pmatrix}-5&6&7\\10&2&-6\\-2&17&10\end{pmatrix}.$$

例 3 方程组(11-1-1)可以写成矩阵的等式

$$AX=B,$$

其中 $A=(a_{ij})_{m\times n}$ 称为方程组的系数矩阵，而

$$X=\begin{pmatrix}x_1\\x_2\\\vdots\\x_n\end{pmatrix},B=\begin{pmatrix}b_1\\b_2\\\vdots\\b_m\end{pmatrix}$$

分别是未知量和常数项所成的 $n\times 1$ 和 $m\times 1$ 矩阵.

矩阵的乘法不适合交换律，即一般来说，$AB\neq BA$. 这是由于，一方面在乘积中要求第一个因子的列数等于第二个因子的行数，否则没有意义. 所以，当 AB 有意义时，BA 不一定有意义. 另一方面即使 AB 与 BA 都有意义，它们的阶数也不一定相等，因为乘积的行数等于第一个因子的行数，列数等于第二个因子的列数，如上面例 2 中，AB 是 3 阶方阵，而 BA 是 4 阶方阵. 即使 A、B 是同阶方阵，这时，AB 与 BA 都有意义且阶数相同，它们也不一定相等，例如，取

$$A=\begin{pmatrix}0&0\\0&1\end{pmatrix},B=\begin{pmatrix}0&0\\1&0\end{pmatrix},$$

则

$$AB=\begin{pmatrix}0&0\\1&0\end{pmatrix},BA=\begin{pmatrix}0&0\\0&0\end{pmatrix}.$$

这里我们看到，两个不为零的矩阵的乘积可以是零，这是矩阵乘法的一个特点. 由此还可以得出矩阵乘法的消去律不成立. 即当 $AB=AC$ 时不一定有 $B=C$.

矩阵的乘法适合以下规律(证明从略)：

$$(A+B)C=AC+BC,\ A(B+C)=AB+AC,$$
$$(kA)B=k(AB)=A(kB),\ (AB)C=A(BC),$$
$$A_{m\times n}E_n=A_{m\times n},\ E_mA_{m\times n}=A_{m\times n}.$$

应该指出，由于矩阵的乘法不满足交换律，所以第一、二式是两条不同的规律.

任意给定 k 个矩阵 $A_1,A_2,\cdots,A_k$，只要前一个矩阵的列数等于后一个矩阵的行数，就可以把它们依次相乘. 由于矩阵的乘法满足结合律，作这样的乘积时，可以把因子任意结合，而乘积 $A_1A_2\cdots A_k$ 有完全确定的意义. 特别地，一个 n 阶方阵 A 的 k 次方(k 是正整数)有意义：$A^k=\overbrace{AA\cdots A}^{k个}$. 我们再约定 $A^0=E$，这样一来，一个 n 阶方阵的任意非负整数次方有意义.

设

$$g(x)=a_0+a_1x+\cdots+a_mx^m$$

是单变量 x 的一个 m 次多项式，而 $\boldsymbol{A}$ 是一个 n 阶方阵，那么 $a_0\boldsymbol{E}+a_1\boldsymbol{A}+\cdots+a_m\boldsymbol{A}^m$ 有确定的意义，它仍是一个 n 阶方阵，我们称它为矩阵多项式，记作 $g(\boldsymbol{A})$：

$$g(\boldsymbol{A})=a_0\boldsymbol{E}+a_1\boldsymbol{A}+\cdots+a_m\boldsymbol{A}^m .$$

如果 $h(x)$ 也是 x 的一个多项式，令

$$p(x)=g(x)h(x),$$

那么由矩阵的运算规律容易得出

$$p(\boldsymbol{A})=g(\boldsymbol{A})h(\boldsymbol{A}),$$

这样，对于每一个单变量多项式的因式分解式，都相应地有一个矩阵多项式的因式分解式。例如，由

$$1-x^k=(1-x)(1+x+\cdots+x^{k-t})$$

可得

$$\boldsymbol{E}-\boldsymbol{A}^k=(\boldsymbol{E}-\boldsymbol{A})(\boldsymbol{E}+\boldsymbol{A}+\cdots+\boldsymbol{A}^{k-1}).$$

对于对角矩阵 $\mathrm{diag}(\lambda_1,\cdots,\lambda_n)$，易知 $[\mathrm{diag}(\lambda_1,\cdots,\lambda_n)]^k=\mathrm{diag}(\lambda_1^k,\cdots,\lambda_n^k)$，其中 k 是非负整数. 于是

$$\begin{aligned}g[\mathrm{diag}(\lambda_1,\cdots,\lambda_n)]&=a_0E+a_1\mathrm{diag}(\lambda_1,\cdots,\lambda_n)+\cdots+a_m[\mathrm{diag}(\lambda_1,\cdots,\lambda_n)]^m\\&=\mathrm{diag}(a_0,\cdots,a_0)+\mathrm{diag}(a_1\lambda_1,\cdots,a_1\lambda_n)+\cdots+\mathrm{diag}(a_m\lambda_1^m,\cdots,a_m\lambda_n^m)\\&=\mathrm{diag}[g(\lambda_1),\cdots,g(\lambda_n)].\end{aligned}$$

定义 6　设 $m\times n$ 矩阵

$$\boldsymbol{A}=\begin{pmatrix}a_{11}&a_{12}&\cdots&a_{1n}\\a_{21}&a_{22}&\cdots&a_{2n}\\\vdots&\vdots&&\vdots\\a_{m1}&a_{m2}&\cdots&a_{mn}\end{pmatrix},$$

把 $\boldsymbol{A}$ 的行变为列所得到的 $n\times m$ 矩阵

$$\begin{pmatrix}a_{11}&a_{21}&\cdots&a_{m1}\\a_{12}&a_{22}&\cdots&a_{m2}\\\vdots&\vdots&&\vdots\\a_{1n}&a_{2n}&\cdots&a_{mn}\end{pmatrix}$$

称为 $\boldsymbol{A}$ 的转置矩阵(transposed matrix)**，记为 $\boldsymbol{A}^{\mathrm{T}}$ 或 $\boldsymbol{A}'$.**

矩阵的转置适合以下规律(证明从略)：

$$(\boldsymbol{A}+\boldsymbol{B})^{\mathrm{T}}=\boldsymbol{A}^{\mathrm{T}}+\boldsymbol{B}^{\mathrm{T}},\ (k\boldsymbol{A})^{\mathrm{T}}=k\boldsymbol{A}^{\mathrm{T}},\ (\boldsymbol{AB})^{\mathrm{T}}=\boldsymbol{B}^{\mathrm{T}}\boldsymbol{A}^{\mathrm{T}},\ (\boldsymbol{A}^{\mathrm{T}})^{\mathrm{T}}=\boldsymbol{A}.$$

例 4　设

$$\boldsymbol{A}=(1,-1,2),\ \boldsymbol{B}=\begin{pmatrix}2&-1&0\\1&1&3\\4&2&1\end{pmatrix},$$

于是

$$\boldsymbol{AB}=(1,-1,2)\begin{pmatrix}2&-1&0\\1&1&3\\4&2&1\end{pmatrix}=(9,2,-1).$$

$$\boldsymbol{A}^{\mathrm{T}}=\begin{pmatrix}1\\-1\\2\end{pmatrix},\ \boldsymbol{B}^{\mathrm{T}}=\begin{pmatrix}2&1&4\\-1&1&2\\0&3&1\end{pmatrix},$$

所以

$$\boldsymbol{B}^{\mathrm{T}}\boldsymbol{A}^{\mathrm{T}}=\begin{pmatrix}2&1&4\\-1&1&2\\0&3&1\end{pmatrix}\begin{pmatrix}1\\-1\\2\end{pmatrix}=\begin{pmatrix}9\\2\\-1\end{pmatrix}=(9,2,-1)^{\mathrm{T}}=(\boldsymbol{AB})^{\mathrm{T}}.$$

设 $\boldsymbol{A}$ 是一个方阵，如果 $\boldsymbol{A}^{\mathrm{T}}=\boldsymbol{A}$，则称 $\boldsymbol{A}$ 是对称矩阵(symmetric matrix)；如果 $\boldsymbol{A}^{\mathrm{T}}=-A$，则称 $\boldsymbol{A}$ 是反对称矩阵(skew symmetric matrix).

例 5 证明任何方阵都能表为一对称矩阵与一反对称矩阵之和.

证 设 $\boldsymbol{A}$ 是任一方阵，则

$$\boldsymbol{A}=\frac{1}{2}(\boldsymbol{A}+\boldsymbol{A}^{\mathrm{T}})+\frac{1}{2}(\boldsymbol{A}-\boldsymbol{A}^{\mathrm{T}}),$$

但因为

$$(\boldsymbol{A}+\boldsymbol{A}^{\mathrm{T}})^{\mathrm{T}}=\boldsymbol{A}^{\mathrm{T}}+\boldsymbol{A}=\boldsymbol{A}+\boldsymbol{A}^{\mathrm{T}},$$

得知 $\frac{1}{2}(\boldsymbol{A}+\boldsymbol{A}^{\mathrm{T}})$ 是对称的. 又因为

$$(\boldsymbol{A}-\boldsymbol{A}^{\mathrm{T}})^{\mathrm{T}}=\boldsymbol{A}^{\mathrm{T}}-\boldsymbol{A}=-(\boldsymbol{A}-\boldsymbol{A}^{\mathrm{T}}),$$

知 $\frac{1}{2}(\boldsymbol{A}-\boldsymbol{A}^{\mathrm{T}})$ 是反对称的. 证毕.

三、分块矩阵

设 $\boldsymbol{A}$ 是一个矩阵，在它的行与行或列与列之间加上一些贯穿整个矩阵的直线，就把这个矩阵分成了若干小块. 例如，可以把矩阵 $\boldsymbol{A}=(a_{ij})_{3\times4}$ 分成如下的 4 块：

$$\boldsymbol{A}=\left(\begin{array}{cc:cc}a_{11}&a_{12}&a_{13}&a_{14}\\\hdashline a_{21}&a_{22}&a_{23}&a_{24}\\a_{31}&a_{32}&a_{33}&a_{34}\end{array}\right).$$

这种被分成若干小块的矩阵称为分块矩阵(block matrix).

在一个分块矩阵里，每一小块也可以看成一个矩阵，称为子矩阵. 例如，记

$$\boldsymbol{A}_{11}=(a_{11}\quad a_{12}),\boldsymbol{A}_{12}=(a_{13}\quad a_{14}),\boldsymbol{A}_{21}=\begin{pmatrix}a_{21}&a_{22}\\a_{31}&a_{32}\end{pmatrix},\boldsymbol{A}_{22}=\begin{pmatrix}a_{23}&a_{24}\\a_{33}&a_{34}\end{pmatrix},$$

则可以把 $\boldsymbol{A}$ 简单地写成

$$\boldsymbol{A}=\begin{pmatrix}\boldsymbol{A}_{11}&\boldsymbol{A}_{12}\\\boldsymbol{A}_{21}&\boldsymbol{A}_{22}\end{pmatrix}.$$

其中 $\boldsymbol{A}_{11},\boldsymbol{A}_{12},\boldsymbol{A}_{21},\boldsymbol{A}_{22}$ 都是 $\boldsymbol{A}$ 的子矩阵.

一个矩阵可以有多种不同的分块方法. 例如，我们也可以把上面的矩阵 $\boldsymbol{A}$ 分成 6 块：

$$\boldsymbol{A}=\left(\begin{array}{c:cc:c}a_{11}&a_{12}&a_{13}&a_{14}\\a_{21}&a_{22}&a_{23}&a_{24}\\\hdashline a_{31}&a_{32}&a_{33}&a_{34}\end{array}\right)$$

矩阵分块的目的是为了方便大矩阵的运算，因此按哪种方法分块要考虑两个因素，一是在运算中可以把子矩阵当作矩阵的元素一样来处理；二是尽量使运算简单方便.

下面看一个例子. 在矩阵

$$A=\left(\begin{array}{cc:cc}1&0&0&0\\0&1&0&0\\ \hdashline -1&2&1&0\\1&1&0&1\end{array}\right)=\begin{pmatrix}E_2&O\\A_1&E_2\end{pmatrix}$$

中，E_2 表示 2 阶单位矩阵，而

$$A_1=\begin{pmatrix}-1&2\\1&1\end{pmatrix},O=\begin{pmatrix}0&0\\0&0\end{pmatrix}.$$

在矩阵

$$B=\left(\begin{array}{cc:cc}1&0&3&2\\-1&2&0&1\\ \hdashline 1&0&4&1\\-1&-1&2&0\end{array}\right)=\begin{pmatrix}B_{11}&B_{12}\\B_{21}&B_{22}\end{pmatrix}$$

中，

$$B_{11}=\begin{pmatrix}1&0\\-1&2\end{pmatrix},B_{12}=\begin{pmatrix}3&2\\0&1\end{pmatrix},B_{21}=\begin{pmatrix}1&0\\-1&-1\end{pmatrix},B_{22}=\begin{pmatrix}4&1\\2&0\end{pmatrix}.$$

在计算 AB 时，把 A,B 都看成是由这些小矩阵组成的，即按 2 阶矩阵来运算. 于是

$$AB=\begin{pmatrix}E_2&0\\A_1&E_2\end{pmatrix}\begin{pmatrix}B_{11}&B_{12}\\B_{21}&B_{22}\end{pmatrix}=\begin{pmatrix}B_{11}&B_{12}\\A_1B_{11}+B_{21}&A_1B_{12}+B_{22}\end{pmatrix},$$

其中

$$A_1B_{11}+B_{21}=\begin{pmatrix}-1&2\\1&1\end{pmatrix}\begin{pmatrix}1&0\\-1&2\end{pmatrix}+\begin{pmatrix}1&0\\-1&-1\end{pmatrix}=\begin{pmatrix}-3&4\\0&2\end{pmatrix}+\begin{pmatrix}1&0\\-1&-1\end{pmatrix}=\begin{pmatrix}-2&4\\-1&1\end{pmatrix},$$

$$A_1B_{12}+B_{22}=\begin{pmatrix}-1&2\\1&1\end{pmatrix}\begin{pmatrix}3&2\\0&1\end{pmatrix}+\begin{pmatrix}4&1\\2&0\end{pmatrix}=\begin{pmatrix}-3&0\\3&3\end{pmatrix}+\begin{pmatrix}4&1\\2&0\end{pmatrix}=\begin{pmatrix}1&1\\5&3\end{pmatrix}.$$

因此

$$AB=\begin{pmatrix}1&0&3&2\\-1&2&0&1\\-2&4&1&1\\-1&1&5&3\end{pmatrix}.$$

不难验证，直接按矩阵乘积的定义来做，结果是一样的.

一般地，设 $A=(a_{ik})_{s\times n}$，$B=(b_{kj})_{n\times m}$，把 A,B 分成一些小矩阵：

$$A=\begin{array}{c}\begin{matrix}n_1&n_2&\cdots&n_l\end{matrix}\\ \begin{pmatrix}A_{11}&A_{12}&\cdots&A_{1l}\\A_{21}&A_{22}&\cdots&A_{2l}\\\vdots&\vdots&&\vdots\\A_{t1}&A_{t2}&\cdots&A_{tl}\end{pmatrix}\end{array}\begin{matrix}s_1\\s_2\\\vdots\\s_t\end{matrix},\qquad B=\begin{array}{c}\begin{matrix}m_1&m_2&\cdots&m_r\end{matrix}\\ \begin{pmatrix}B_{11}&B_{12}&\cdots&B_{1r}\\B_{21}&B_{22}&\cdots&B_{2r}\\\vdots&\vdots&&\vdots\\B_{l1}&B_{l2}&\cdots&B_{lr}\end{pmatrix}\end{array}\begin{matrix}n_1\\n_2\\\vdots\\n_l\end{matrix},$$

其中每个 A_{ij} 是 $s_i\times n_j$ 小矩阵，每个 B_{ij} 是 $n_i\times m_j$ 小矩阵，矩阵 A 的列的分法要与矩阵 B 的行的分法一致，这样就有

$$C=\begin{pmatrix} C_{11} & C_{12} & \cdots & C_{1r} \\ C_{21} & C_{22} & \cdots & C_{2r} \\ \vdots & \vdots & & \vdots \\ C_{t1} & C_{t2} & \cdots & C_{tr} \end{pmatrix}\begin{matrix} s_1 \\ s_2 \\ \vdots \\ s_t \end{matrix},$$

（列分块：$m_1 \quad m_2 \quad \cdots \quad m_r$）

其中

$$C_{pq}=A_{p1}B_{1q}+A_{p2}B_{2q}+\cdots+A_{pl}B_{lq} \quad (p=1,2,\cdots,t;q=1,2,\cdots,r).$$

这个结果由矩阵乘积的定义直接验证即得，就不详细说明了.

形式为

$$\begin{pmatrix} A_1 & O & \cdots & O \\ O & A_2 & \cdots & O \\ \vdots & \vdots & & \vdots \\ O & O & \cdots & A_l \end{pmatrix}$$

的矩阵，其中 A_i 是 n_i 阶方阵 $(i=1,2,\cdots,l)$ ，称为分块对角矩阵或准对角矩阵(quasi diagonal matrix). 分块对角矩阵包括对角矩阵作为特殊情形.

对于两个有相同分块的分块对角矩阵

$$A=\begin{pmatrix} A_1 & O & \cdots & O \\ O & A_2 & \cdots & O \\ \vdots & \vdots & & \vdots \\ O & O & \cdots & A_l \end{pmatrix}, B=\begin{pmatrix} B_1 & O & \cdots & O \\ O & B_2 & \cdots & O \\ \vdots & \vdots & & \vdots \\ O & O & \cdots & B_l \end{pmatrix},$$

如果它们相应的分块是同阶的，那么显然有

$$A+B=\begin{pmatrix} A_1+B_1 & O & \cdots & O \\ O & A_2+B_2 & \cdots & O \\ \vdots & \vdots & & \vdots \\ O & O & \cdots & A_l+B_l \end{pmatrix}, AB=\begin{pmatrix} A_1B_1 & O & \cdots & O \\ O & A_2B_2 & \cdots & O \\ \vdots & \vdots & & \vdots \\ O & O & \cdots & A_lB_l \end{pmatrix},$$

它们还是分块对角矩阵.

四、矩阵的初等变换

定义 7　以下三种变换称为矩阵的初等行变换：

(1)用一个非零数去乘矩阵某一行中的每一个元素(用 $k \neq 0$ 乘第 i 行，记为 $r_i \times k$)；

(2)交换矩阵中两行的位置(交换第 i,j 两行，记为 $r_i \leftrightarrow r_j$)；

(3)把某一行中所有元素的相同倍数加到另一行对应的元素上去(把第 i 行的 k 倍加到第 j 行，记为 r_j+kr_i).

将定义 7 中的“行”改为“列”，即得矩阵的初等列变换的定义(所用记号将“r”换成“c”). 矩阵的初等行变换与初等列变换统称为矩阵的初等变换(elementary transformation).

一般来说，一个矩阵经过初等变换后，就变成了另一个矩阵. 如果矩阵 A 经初等变换变成了矩阵 B，就记为 $A \to B$. 为了明确是经过了哪些变换使 A 变成了 B 的，还可以把所作变换的记号依次标注在符号“ $\to$ ”的上、下方. 比如

$$\begin{pmatrix} 2 & 0 & 4 & 2 \\ 2 & 1 & 0 & 2 \\ -1 & 2 & 1 & 3 \end{pmatrix} \xrightarrow[r_2-2r_1]{r_1\times\frac{1}{2}} \begin{pmatrix} 1 & 0 & 2 & 1 \\ 0 & 1 & -4 & 0 \\ -1 & 2 & 1 & 3 \end{pmatrix}$$

表示先用 $\frac{1}{2}$ 乘左边矩阵的第一行，再把所得第一行的 -2 倍加到第二行，从而得到了右边的矩阵.

矩阵中元素全为零的行(列)称为零行(列)，否则称为非零行(列).如果非零行全都处在矩阵的上部，并且各非零行第一个(左起，下同)非零元素所在的列从上到下逐行右移，这样的矩阵称为行阶梯形矩阵(指每一行形成一级“阶梯”).如

$$\begin{pmatrix} 1 & 0 & -1 \\ 0 & 2 & 1 \\ 0 & 0 & 3 \end{pmatrix},\quad \begin{pmatrix} 1 & 2 & 1 & -1 & 2 \\ 0 & 0 & 2 & 1 & 1 \\ 0 & 0 & 0 & -1 & 2 \end{pmatrix} \text{及} \begin{pmatrix} 0 & 1 & 2 & -1 \\ 0 & 0 & 0 & 1 \\ 0 & 0 & 0 & 0 \end{pmatrix}$$

都是行阶梯形矩阵.

非零行的第一个非零元素都是1，该元素所在列上的其余元素都是零的行阶梯形矩阵，称为行最简矩阵.如

$$\begin{pmatrix} 1 & 0 & 0 \\ 0 & 1 & 0 \\ 0 & 0 & 1 \end{pmatrix},\quad \begin{pmatrix} 1 & 2 & 0 & 0 & -\frac{3}{2} \\ 0 & 0 & 1 & 0 & \frac{3}{2} \\ 0 & 0 & 0 & 1 & -2 \end{pmatrix} \text{和} \begin{pmatrix} 0 & 1 & 2 & 0 \\ 0 & 0 & 0 & 1 \\ 0 & 0 & 0 & 0 \end{pmatrix}$$

都是行最简矩阵.

转置之后是行阶梯形和行最简的矩阵，分别称为列阶梯形和列最简矩阵.

定理1　任何矩阵不仅可用初等行(列)变换化成行(列)阶梯形矩阵，还可进一步化成行(列)最简矩阵.

证　这里只证明行变换的情形，列变换的情形类似可证.

考察矩阵

$$\boldsymbol{A}=\begin{pmatrix} a_{11} & a_{12} & \cdots & a_{1n} \\ a_{21} & a_{22} & \cdots & a_{2n} \\ \vdots & \vdots & & \vdots \\ a_{m1} & a_{m2} & \cdots & a_{mn} \end{pmatrix},$$

只要其第一列的元素 $a_{11},a_{21},\cdots,a_{m1}$ 中有一个不为零，通过交换两行的位置，就能使第一列的第一个元素不为零，然后将其余各行都加上第一行的一个适当倍数，使第一列除去第一个元素外全是零.这就是说，经过一系列初等行变换后

$$\boldsymbol{A}\rightarrow\begin{pmatrix} a'_{11} & a'_{12} & \cdots & a'_{1n} \\ \boldsymbol{O} & & \boldsymbol{B} & \end{pmatrix}.$$

对于子矩阵 $\boldsymbol{B}$，再重复以上的做法，如此做下去直到化成行阶梯形为止.如果 $\boldsymbol{A}$ 中第一列的元素全为零，那么就依次考虑它的第二列，等等.

对于行阶梯形矩阵的每一个非零行，用适当的非零数乘之，可使该行的第一个非零元素变成1；注意到这个非零元素的正下方已全为零，只要把这一行的适当倍数加到它上面的各行，就可以使该元素的正上方也全为零.这样，就将 $\boldsymbol{A}$ 进一步化成了行最简矩阵.

例如，设

$$A=\begin{pmatrix}0&0&-1&-1&2\\1&4&-1&0&2\\-1&-4&2&-1&0\\2&8&1&1&0\end{pmatrix},$$

$$A\xrightarrow{r_1\leftrightarrow r_2}\begin{pmatrix}1&4&-1&0&2\\0&0&-1&-1&2\\-1&-4&2&-1&0\\2&8&1&1&0\end{pmatrix}\xrightarrow[r_4-2r_1]{r_3+r_1}\begin{pmatrix}1&4&-1&0&2\\0&0&-1&-1&2\\0&0&1&-1&2\\0&0&3&1&-4\end{pmatrix}$$

$$\xrightarrow[r_4+3r_2]{r_3+r_2}\begin{pmatrix}1&4&-1&0&2\\0&0&-1&-1&2\\0&0&0&-2&4\\0&0&0&-2&2\end{pmatrix}\xrightarrow{r_4-r_3}\begin{pmatrix}1&4&-1&0&2\\0&0&-1&-1&2\\0&0&0&-2&4\\0&0&0&0&-2\end{pmatrix}.$$

这样就把 A 变成了一个行阶梯形矩阵. 进一步，

$$\begin{pmatrix}1&4&-1&0&2\\0&0&-1&-1&2\\0&0&0&-2&4\\0&0&0&0&-2\end{pmatrix}\xrightarrow[r_4\times(-\frac{1}{2})]{r_2\times(-1)\atop r_3\times(-\frac{1}{2})}\begin{pmatrix}1&4&-1&0&2\\0&0&1&1&-2\\0&0&0&1&-2\\0&0&0&0&1\end{pmatrix}$$

$$\xrightarrow[r_1+r_2]{r_2-r_3}\begin{pmatrix}1&4&0&0&2\\0&0&1&0&0\\0&0&0&1&-2\\0&0&0&0&1\end{pmatrix}\xrightarrow[r_3+2r_4]{r_1-2r_4}\begin{pmatrix}1&4&0&0&0\\0&0&1&0&0\\0&0&0&1&0\\0&0&0&0&1\end{pmatrix},$$

就把 A 化成了行最简矩阵.

定义 8　如果矩阵 B 可以由矩阵 A 经过有限次初等变换得到，则称 A 与 B 等价.

等价是矩阵之间的一种关系，不难证明，它具有

反身性：每一个矩阵都与它自身等价.

对称性：如果矩阵 A 与 B 等价，那么矩阵 B 也与 A 等价.

传递性：如果矩阵 A 与 B 等价，B 与 C 等价，那么矩阵 A 与 C 等价.

定理 2　任何一个 $m\times n$ 矩阵 A 都与一形如

$$\begin{pmatrix}E_r & O_{r,n-r}\\O_{m-r,r} & O_{m-r,n-r}\end{pmatrix}$$

的矩阵等价，它称为矩阵 A 的标准形.

证　先根据定理 1，可用初等行变换将 A 化成行最简矩阵，再用“交换两列”和“把一列的倍数加到另一列”这两种变换即可将 A 化成标准形.

第二节　行列式

一、行列式的定义

对于 n 阶方阵

$$A=\begin{pmatrix} a_{11} & a_{12} & \cdots & a_{1n} \\ a_{21} & a_{22} & \cdots & a_{2n} \\ \vdots & \vdots & & \vdots \\ a_{ni} & a_{n2} & \cdots & a_{nn} \end{pmatrix}, \tag{11-2-1}$$

与之相联系的一个数,表示成

$$\begin{vmatrix} a_{11} & a_{12} & \cdots & a_{1n} \\ a_{21} & a_{22} & \cdots & a_{2n} \\ \vdots & \vdots & & \vdots \\ a_{ni} & a_{n2} & \cdots & a_{nn} \end{vmatrix}, \tag{11-2-2}$$

称为一个 n 阶行列式(determinant)或 $\boldsymbol{A}$ 的行列式,记为 $|\boldsymbol{A}|$ 或 $\det\boldsymbol{A}$. 在行列式中, a_{ij} 也称为元素. 为了规定行列式的值,我们引入下面的概念.

定义 1　**在方阵(11-2-1)中,划去元素 a_{ij} 所在的第 i 行和第 j 列,余下的 $(n-1)^2$ 个元素按原来的排法构成的一个 $n-1$ 阶行列式**

$$\begin{vmatrix} a_{11} & \cdots & a_{1,j-1} & a_{1,j+1} & \cdots & a_{1n} \\ \vdots & & \vdots & \vdots & & \vdots \\ a_{i-1,1} & \cdots & a_{i-1,j-1} & a_{i-1,j+1} & \cdots & a_{i-1,n} \\ a_{i+1,1} & \cdots & a_{i+1,j-1} & a_{i+1,j+1} & \cdots & a_{i+1,n} \\ \vdots & & \vdots & \vdots & & \vdots \\ a_{n1} & \cdots & a_{n,j-1} & a_{n,j+1} & \cdots & a_{nn} \end{vmatrix},$$

称为元素 a_{ij} 的余子式(complement minor),记为 M_{ij} . $(-1)^{i+j}M_{ij}$ 称为元素 a_{ij} 的代数余子式(algebraic complement),记为 A_{ij} .

例 1　在四阶方阵

$$\begin{pmatrix} 2 & -1 & 1 & 3 \\ -3 & 2 & 5 & 0 \\ 1 & 0 & -2 & 2 \\ 4 & -2 & 3 & 1 \end{pmatrix}$$

中,第 2 行第 3 列元素的余子式是

$$M_{23}=\begin{vmatrix} 2 & -1 & 3 \\ 1 & 0 & 2 \\ 4 & -2 & 1 \end{vmatrix}.$$

而其代数余子式为 $(-1)^{2+3}$ 乘它的余子式 M_{23} ,即

$$A_{23}=-\begin{vmatrix} 2 & -1 & 3 \\ 1 & 0 & 2 \\ 4 & -2 & 1 \end{vmatrix}.$$

定义 2　**一阶行列式只有一个元素,其值就规定为这个元素的值. n 阶行列式 $|\boldsymbol{A}|$ $(n\geqslant 2)$ 的值规定为方阵 $\boldsymbol{A}$ 任意一行的各元素与对应的代数余子式的乘积之和. 用符号表示,就是**

$$|\boldsymbol{A}|=\sum_{j=1}^{n} a_{ij}A_{ij}=\sum_{j=1}^{n}(-1)^{i+j}a_{ij}M_{ij}.$$

上式称为行列式 $|\boldsymbol{A}|$ 按第 i 行展开($i=1,2,\cdots,n$). 可以证明,这个值与展开时所用的行是没

有关系的(证明从略).

例 2 用定义展开二阶行列式 $\begin{vmatrix} a_{11} & a_{12} \\ a_{21} & a_{22} \end{vmatrix}$.

解 按第一行展开. 因为 $A_{11}=(-1)^{1+1}a_{22}=a_{22}$, $A_{12}=(-1)^{1+2}a_{21}=-a_{21}$, 于是得这个行列式的值为

$$a_{11}A_{11}+a_{12}A_{12}=a_{11}a_{22}-a_{12}a_{21}.$$

如果按第 2 行展开, 也会得到同样的结果.

行列式有多种定义方式, 实质上不同的大致有三类: 除上述的归纳定义外, 常见的还有完全展开式定义和公理化定义.

将行列式逐阶按行展开, 可得它的完全展开式. 一个 n 阶的行列式, 首次展开时是 n 项的和, 将每一项中的 $n-1$ 阶行列式再展开时又都是 $n-1$ 项的和, 这样下去, 将和中的行列式一直展开到一阶, 可知在 n 阶行列式的完全展开式中共有 $n!$ 项, 这些项是所有取自不同行不同列元素的乘积, 每一个这样的乘积都按一定规则带有正负号, 其中主对角线上元素的乘积带正号.

例 3 求三阶行列式 $\begin{vmatrix} a_{11} & a_{12} & a_{13} \\ a_{21} & a_{22} & a_{23} \\ a_{31} & a_{32} & a_{33} \end{vmatrix}$ 的完全展开式.

解 第一行各元素的代数余子式依次是

$$A_{11}=(-1)^{1+1}\begin{vmatrix} a_{22} & a_{23} \\ a_{32} & a_{33} \end{vmatrix}=a_{22}a_{33}-a_{23}a_{32},$$

$$A_{12}=(-1)^{1+2}\begin{vmatrix} a_{21} & a_{23} \\ a_{31} & a_{33} \end{vmatrix}=a_{23}a_{31}-a_{21}a_{33},$$

$$A_{13}=(-1)^{1+3}\begin{vmatrix} a_{21} & a_{22} \\ a_{31} & a_{32} \end{vmatrix}=a_{21}a_{32}-a_{22}a_{31}.$$

于是

$$\begin{aligned}\begin{vmatrix} a_{11} & a_{12} & a_{13} \\ a_{21} & a_{22} & a_{23} \\ a_{31} & a_{32} & a_{33} \end{vmatrix}&=a_{11}A_{11}+a_{12}A_{12}+a_{13}A_{13}\\&=a_{11}(a_{22}a_{33}-a_{23}a_{32})+a_{12}(a_{23}a_{31}-a_{21}a_{33})+a_{13}(a_{21}a_{32}-a_{22}a_{31})\\&=a_{11}a_{22}a_{33}+a_{12}a_{23}a_{31}+a_{13}a_{21}a_{32}-a_{11}a_{23}a_{32}-a_{12}a_{21}a_{33}-a_{13}a_{22}a_{31}.\end{aligned}$$

这个展开式是下图中每条实线上元素的乘积之和, 减去每条虚线上元素的乘积之和, 共有 $3!=6$ 项.

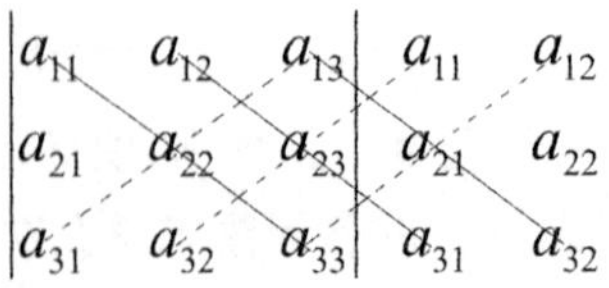

上(下)三角矩阵的行列式称为上(下)三角形行列式.

例 4　计算下三角形行列式 $\begin{vmatrix} a_{11} & 0 & \cdots & 0 \\ a_{21} & a_{22} & \cdots & 0 \\ \vdots & \vdots & & \vdots \\ a_{n1} & a_{n2} & \cdots & a_{nn} \end{vmatrix}$.

解　逐阶将行列式按第一行展开，由于每次展开时该行除第一列之外的元素都是零，于是

$$\begin{vmatrix} a_{11} & 0 & \cdots & 0 \\ a_{21} & a_{22} & \cdots & 0 \\ \vdots & \vdots & & \vdots \\ a_{n1} & a_{n2} & \cdots & a_{nn} \end{vmatrix}=(-)^{1+1}a_{11}\begin{vmatrix} a_{22} & \cdots & 0 \\ \vdots & & \vdots \\ a_{n2} & \cdots & a_{nn} \end{vmatrix}=\cdots=a_{11}a_{22}\cdots a_{nn}.$$

二、行列式的性质

性质 1　方阵转置，其行列式不变，即 $|\boldsymbol{A}^{\mathrm{T}}|=|\boldsymbol{A}|$（证明从略）.

性质 1 表明，在行列式中行与列的地位是对称的，因之凡是有关行的性质，对列也同样成立. 例如，由例 4 即得上三角形行列式

$$\begin{vmatrix} a_{11} & a_{12} & \cdots & a_{1n} \\ 0 & a_{22} & \cdots & a_{2n} \\ \vdots & \vdots & & \vdots \\ 0 & 0 & \cdots & a_{nn} \end{vmatrix}=a_{11}a_{22}\cdots a_{nn}.$$

下面所谈的行列式的性质大多是对行来说的，对列也有同样的性质，就不重复了.

性质 2　将行列式中某一行的各元素均乘以同一数 k，所得行列式是原行列式的 k 倍. 或者说行列式一行的公因子可以提出去.

证　假设将行列式(11-2-2)中第 i 行的各元素 $a_{ij}(j=1,2,\cdots,n)$ 均乘以数 k，得行列式 $|\boldsymbol{B}|$. 则 $\boldsymbol{A}$、$\boldsymbol{B}$ 两方阵除第 i 行之外都相同，因而它们第 i 行相应元素的代数余子式也相同. 将 $|\boldsymbol{B}|$ 按第 i 行展开，注意到该行第 j 列上的元素为 $ka_{ij}(j=1,2,\cdots,n)$，于是

$$|\boldsymbol{B}|=\sum_{j=1}^{n}(ka_{ij})A_{ij}=k\sum_{j=1}^{n}a_{ij}A_{ij}=k|\boldsymbol{A}|,$$

这就是性质 2.

推论 1　若 $\boldsymbol{A}$ 是 n 阶方阵，则 $|k\boldsymbol{A}|=k^n|\boldsymbol{A}|$.

例 5　证明：奇数阶反对称矩阵的行列式为零.

证　设 $\boldsymbol{A}$ 是 n 阶反对称矩阵(n 是奇数)，则 $\boldsymbol{A}^{\mathrm{T}}=-\boldsymbol{A}$，因此

$$|\boldsymbol{A}|=|-\boldsymbol{A}^{\mathrm{T}}|=(-1)^n|\boldsymbol{A}^{\mathrm{T}}|=-|\boldsymbol{A}^{\mathrm{T}}|=-|\boldsymbol{A}|,$$

所以 $|\boldsymbol{A}|=0$.

在性质 2 中，令 $k=0$，就有

推论 2　如果行列式中有某一行的元素全为零，则行列式为零.

性质 3　互换行列式中两行的位置，行列式反号.

证　设互换行列式(11-2-2)中第 i 行和第 $i+m$ 行的位置，得行列式 $|\boldsymbol{B}|$.

在换位的两行是 $|\boldsymbol{A}|$ 的相邻行即 $m=1$ 这一特殊情形，方阵 $\boldsymbol{B}$ 第 $i+1$ 行上的元素的余子式就是方阵 $\boldsymbol{A}$ 第 i 行上相应元素的余子式 $M_{ij}(j=1,2,\cdots,n)$. 将行列式 $|\boldsymbol{B}|$ 按第 $i+1$ 行展开，因为该行第 j 列上的元素为 $a_{ij}(j=1,2,\cdots,n)$，所以

$$|\boldsymbol{B}|=\sum_{j=1}^{n}(-1)^{(i+1)+j}a_{ij}M_{ij}=-\sum_{j=1}^{n}(-1)^{i+j}a_{ij}M_{ij}=-|\boldsymbol{A}|.$$

因此对这一特殊情形，性质 3 是对的.

再看一般的情形. 互换第 i 行和第 $i+m$ 行的位置，可通过一系列相邻行的换位来实现. 从 $|\boldsymbol{A}|$ 出发，把它的第 i 行先与第 $i+1$ 行换位，再与第 $i+2$ 行换位…，也就是说，把第 i 行一行一行地向下移动，经过 m 次相邻行的换位，$|\boldsymbol{A}|$ 的第 i 行就刚好移到了它原来的第 $i+m$ 行的下面，接着把原来的第 $i+m$ 行一行一行地向上移动，经过 $m-1$ 次相邻行的换位，$|\boldsymbol{A}|$ 就变成了 $|\boldsymbol{B}|$ 的样子. 因此，互换 $|\boldsymbol{A}|$ 中第 i 行和第 $i+m$ 行的位置，可以通过 $2m-1$ 次相邻行的换位来实现. $2m-1$ 是奇数. 相邻行的换位使 $|\boldsymbol{A}|$ 反号. 显然，奇数次这种换位的最终结果还是使 $|\boldsymbol{A}|$ 反号. 故对一般的情形，性质 3 也是对的.

推论 1　如果行列式中有两行完全相同或者对应的元素成比例，则行列式为零.

证　设行列式 $|\boldsymbol{A}|$ 的某两行完全相同，互换这两行的位置后，所得的行列式仍然是 $|\boldsymbol{A}|$. 但根据性质 3，互换 $|\boldsymbol{A}|$ 的两行应该得到 $-|\boldsymbol{A}|$. 因此有 $|\boldsymbol{A}|=-|\boldsymbol{A}|$，所以 $|\boldsymbol{A}|=0$.

设行列式(11-2-2)的第 l,i 两行 $(l\neq i)$ 对应的元素成比例，比例系数为 k，即 $a_{lj}=ka_{ij}(j=1,2,\cdots,n)$，从 $|\boldsymbol{A}|$ 的第 l 行提取出公因子 k，余下的行列式记为 $|\boldsymbol{B}|$. 根据性质 2，有 $|\boldsymbol{A}|=k|\boldsymbol{B}|$. 然而 $|\boldsymbol{B}|$ 的第 l,i 两行相同，所以 $|\boldsymbol{B}|=0$，从而 $|\boldsymbol{A}|=0$.

推论 2　在行列式中，一行的元素与另一行相应元素的代数余子式的乘积之和为零.

证　设将行列式(11-2-2)中第 k 行的元素 a_{kj} 全部都换成第 i 行的相应元素 $a_{ij}(k\neq ij;j=1,2,\cdots,n)$，所得行列式记为 $|\boldsymbol{B}|$. 一方面，由于 $|\boldsymbol{B}|$ 的第 k,i 两行相同，根据推论 1，有 $|\boldsymbol{B}|=0$；另一方面，$\boldsymbol{A},\boldsymbol{B}$ 两矩阵除第 k 行之外都相同，因此它们第 k 行上对应元素的代数余子式也都相同. 把 $|\boldsymbol{B}|$ 按第 k 行展开，注意到 $|\boldsymbol{B}|$ 的第 k 行第 j 列上的元素为 a_{ij}，得 $|\boldsymbol{B}|=\sum_{j=1}^{n}a_{ij}A_{kj}$. 从而 $\sum_{j=1}^{n}a_{ij}A_{kj}=0$.

综合定义 2、本推论及性质 1，有关于代数余子式的重要结果：

$$\sum_{j=1}^{n}a_{ij}A_{kj}=\begin{cases}|\boldsymbol{A}|,\text{当 } i=k;\\ 0,\text{当 } i\neq k.\end{cases}\qquad \sum_{i=1}^{n}a_{ij}A_{il}=\begin{cases}|\boldsymbol{A}|,\text{当 } j=l;\\ 0,\text{当 } j\neq l.\end{cases}\tag{11-2-3}$$

性质 4　若行列式 $|\boldsymbol{A}|$ 中的某行 $a_{ij}=b_j+c_j$，$j=1,2,\cdots,n$，则 $|\boldsymbol{A}|$ 是两个行列式的和，这两个行列式的第 i 行，一个是 $b_1,b_2,\cdots,b_n$；另一个是 $c_1,c_2,\cdots,c_n$. 其余各行与 $|\boldsymbol{A}|$ 的完全一样.

证　把行列式 $|\boldsymbol{A}|$ 按第 i 行展开，得

$$|\boldsymbol{A}|=\sum_{j=1}^{n}(b_j+c_j)A_{ij}=\sum_{j=1}^{n}b_jA_{ij}+\sum_{j=1}^{n}c_jA_{ij},$$

将上式右端的 $\sum_{j=1}^{n}b_jA_{ij}$ 和 $\sum_{j=1}^{n}c_jA_{ij}$ 各看成一个行列式按第 i 行的展开式即可得证.

性质 4 显然可以推广到某一行是多组数的和的情形，读者可以自己写出来.

性质 5　把一行的倍数加到另一行，行列式不变.

证　利用性质 4 及性质 3 的推论 1 便得证.

三、行列式的计算

行列式 $|\boldsymbol{A}|$ 是由方阵 $\boldsymbol{A}$ 决定的，对于矩阵可以作初等变换，而行列式的性质 2、3、5 正是

说明了矩阵的初等变换对于行列式的值的影响，即：对矩阵每作一次初等变换，相应地，行列式或者不变，或者相差一非零的倍数. 理论上，每个方阵总可以经过一系列初等行变换化成行阶梯形方阵（第一节定理 1），而行阶梯形方阵的行列式都是上三角形的，其值就等于主对角线元素的乘积. 数字元素的行列式，只要不是任意 n 阶的，都可以用这种化成上三角形的方法计算出来.

在用性质 2、3、5 计算行列式时，可采用相应的矩阵初等变换的记号.

例 6　计算 $\begin{vmatrix} -2 & 5 & -1 & 3 \\ 1 & -9 & 13 & 7 \\ 3 & -1 & 5 & -5 \\ 2 & 8 & -7 & 10 \end{vmatrix}$.

解

$$\begin{vmatrix} -2 & 5 & -1 & 3 \\ 1 & -9 & 13 & 7 \\ 3 & -1 & 5 & -5 \\ 2 & 8 & -7 & 10 \end{vmatrix} \xlongequal{r_1\leftrightarrow r_2} -\begin{vmatrix} 1 & -9 & 13 & 7 \\ -2 & 5 & -1 & 3 \\ 3 & -1 & 5 & -5 \\ 2 & 8 & -7 & 10 \end{vmatrix} \xlongequal[r_4-2r_1]{\substack{r_2+2r_1\\ r_3-3r_1}} -\begin{vmatrix} 1 & -9 & 13 & 7 \\ 0 & -13 & 25 & 17 \\ 0 & 26 & -34 & -26 \\ 0 & 26 & -33 & -24 \end{vmatrix}$$

$$\xlongequal[r_4+2r_2]{r_3+2r_2} -\begin{vmatrix} 1 & -9 & 13 & 7 \\ 0 & -13 & 25 & 17 \\ 0 & 0 & 16 & 8 \\ 0 & 0 & 17 & 10 \end{vmatrix} \xlongequal{r_4-\frac{17}{16}r_3} -\begin{vmatrix} 1 & -9 & 13 & 7 \\ 0 & -13 & 25 & 17 \\ 0 & 0 & 16 & 8 \\ 0 & 0 & 0 & \frac{3}{2} \end{vmatrix} = -(-13)\times 16\times\frac{3}{2}=312.$$

当行列式中某一行或列含有较多的零时，把行列式按这一行或列展开能降低它的阶数，简化计算.

例 7　行列式

$$\begin{vmatrix} 5 & -1 & 2 & 0 \\ 1 & 2 & 5 & 2 \\ 0 & 3 & 1 & 0 \\ 0 & -1 & 4 & 0 \end{vmatrix} = (-1)^{2+4}2\begin{vmatrix} 5 & -1 & 2 \\ 0 & 3 & 1 \\ 0 & -1 & 4 \end{vmatrix} = 2\times 5\begin{vmatrix} 3 & 1 \\ -1 & 4 \end{vmatrix} = 10(12+1)=130.$$

对于含有字母元素、或者虽不含字母元素但阶数是任意 n 阶的行列式，由于在化成上三角形时不一定能方便地确定出主对角线上的元素，故计算时需要用到各种不同的方法.

例 8　计算行列式

$$D=\begin{vmatrix} a & x & x & \cdots & x \\ x & a & x & \cdots & x \\ x & x & a & \cdots & x \\ \vdots & \vdots & \vdots & & \vdots \\ x & x & x & \cdots & a \end{vmatrix}.$$

解

$$D \xlongequal[j=2,\cdots,n]{c_1+c_j} \begin{vmatrix} a+(n-1)x & x & x & \cdots & x \\ a+(n-1)x & a & x & \cdots & x \\ a+(n-1)x & x & a & \cdots & x \\ \vdots & \vdots & \vdots & & \vdots \\ a+(n-1)x & x & x & \cdots & a \end{vmatrix} \xlongequal{c_1\times\frac{1}{a+(n-1)x}} [a+(n-1)x]\begin{vmatrix} 1 & x & x & \cdots & x \\ 1 & a & x & \cdots & x \\ 1 & x & a & \cdots & x \\ \vdots & \vdots & \vdots & & \vdots \\ 1 & x & x & \cdots & a \end{vmatrix}$$

$$\xlongequal[i=2,\cdots,n]{r_i-r_1}[a+(n-1)x]\begin{vmatrix} 1 & x & x & \cdots & x \\ 0 & a-x & 0 & \cdots & 0 \\ 0 & 0 & a-x & \cdots & 0 \\ \vdots & \vdots & \vdots & & \vdots \\ 0 & 0 & 0 & \cdots & a-x \end{vmatrix}=[a+(n-1)x](a-x)^{n-1}.$$

例 9 计算 n 阶行列式

$$D_n=\begin{vmatrix} 5 & 3 & 0 & \cdots & 0 & 0 \\ 2 & 5 & 3 & \cdots & 0 & 0 \\ 0 & 2 & 5 & \cdots & 0 & 0 \\ \vdots & \vdots & \vdots & & \vdots & \vdots \\ 0 & 0 & 0 & \cdots & 5 & 3 \\ 0 & 0 & 0 & \cdots & 2 & 5 \end{vmatrix}$$

解 按第一行展开,求得递推关系式

$$D_n=5D_{n-1}-6D_{n-2},n>2.$$

上式可以写成

$$D_n-2D_{n-1}=3(D_{n-1}-2D_{n-2})=\cdots=3^{n-2}(D_2-2D_1)$$

及

$$D_n-3D_{n-1}=2(D_{n-1}-3D_{n-2})=\cdots=2^{n-2}(D_2-3D_1).$$

由以上两式可得

$$D_n=3^{n-1}(D_2-2D_1)-2^{n-1}(D_2-3D_1).$$

因为 $D_1=5,D_2=\begin{vmatrix} 5 & 3 \\ 2 & 5 \end{vmatrix}=19$,所以 $D_n=3^{n+1}-2^{n+1}$.

例 10 计算行列式

$$D_n=\begin{vmatrix} a_1+b_1 & a_1+b_2 & \cdots & a_1+b_n \\ a_2+b_1 & a_2+b_2 & \cdots & a_2+b_n \\ \vdots & \vdots & & \vdots \\ a_n+b_1 & a_n+b_2 & \cdots & a_n+b_n \end{vmatrix}$$

解 按性质 4 将 D_n 关于第一行分解为两个行列式,将所得两个行列式之每一个关于第二行分解为两个行列式,等等,一直到最后一行,得到 2^n 个行列式.

如果每次分解时,把数 a_i 取作头一个加项,把数 b_j 取作第二个加项,则所得各行列式的各行或者形如 $a_i,a_i,\cdots,a_i$,或者形如 $b_1,b_2,\cdots,b_n$,第一种类型的两行成比例,而第二种类型的两行是相等的,当 $n>2$ 时,在每一个所得到的行列式中至少有两行是同一类型的,所以该行列式等于零. 于是当 $n>2$ 时,$D_n=0$.

其次,$D_1=a_1+b_1$,$D_2=\begin{vmatrix} a_1 & a_1 \\ b_1 & b_2 \end{vmatrix}+\begin{vmatrix} b_1 & b_2 \\ a_2 & a_2 \end{vmatrix}=(a_1-a_2)(b_2-b_1)$.

例 11 证明 n 阶范德蒙(Vandermonde)行列式

$$D_n=\begin{vmatrix}1&1&1&\cdots&1\\a_1&a_2&a_3&\cdots&a_n\\a_1^2&a_2^2&a_3^2&\cdots&a_n^2\\\vdots&\vdots&\vdots&&\vdots\\a_1^{n-1}&a_2^{n-1}&a_3^{n-1}&\cdots&a_n^{n-1}\end{vmatrix}=\prod_{1\leqslant i<j\leqslant n}(a_j-a_i),$$

其中“$\prod$”是连乘号.

证　对 n 作归纳法. 当 $n=2$ 时,

$$\begin{vmatrix}1&1\\a_1&a_2\end{vmatrix}=a_2-a_1,$$

结果是对的. 设对于 $n-1$ 阶的范德蒙行列式结论成立,现在来看 n 阶的情形:

$$D_n\xlongequal[i=n,\cdots,2]{r_i-a_1r_{i-1}}\begin{vmatrix}1&1&1&\cdots&1\\0&a_2-a_1&a_3-a_1&\cdots&a_n-a_1\\0&a_2^2-a_1a_2&a_3^2-a_1a_3&\cdots&a_n^2-a_1a_n\\\vdots&\vdots&\vdots&&\vdots\\0&a_2^{n-1}-a_1a_2^{n-2}&a_3^{n-1}-a_1a_3^{n-2}&\cdots&a_n^{n-1}-a_1a_n^{n-2}\end{vmatrix}$$

$$=\begin{vmatrix}a_2-a_1&a_3-a_1&\cdots&a_n-a_1\\a_2^2-a_1a_2&a_3^2-a_1a_3&\cdots&a_n^2-a_1a_n\\\vdots&\vdots&&\vdots\\a_2^{n-1}-a_1a_2^{n-2}&a_3^{n-1}-a_1a_3^{n-2}&\cdots&a_n^{n-1}-a_1a_n^{n-2}\end{vmatrix}$$

$$\xlongequal[j=1,\cdots,n-1]{c_j\times\frac{1}{a_{j+1}-a_1}}(a_2-a_1)(a_3-a_1)\cdots(a_n-a_1)\begin{vmatrix}1&1&\cdots&1\\a_2&a_3&\cdots&a_n\\a_2^2&a_3^2&\cdots&a_n^2\\\vdots&\vdots&&\vdots\\a_2^{n-2}&a_3^{n-2}&\cdots&a_n^{n-2}\end{vmatrix}$$

最后这个行列式是一个 $n-1$ 阶的范德蒙行列式,根据归纳法假设,它等于所有可能差 $a_j-a_i(2\leqslant i<j\leqslant n)$ 的乘积;而包含 a_1 的差全在前面出现了. 因此,结论对 n 阶范德蒙行列式也成立.

由这个结果立即得出,范德蒙行列式为零的充分必要条件是 $a_1,a_2,\cdots,a_n$ 这 n 个数中至少有两个相等.

例 12　设矩阵 $\boldsymbol{A}=(a_{ij})_{m\times m}$,$\boldsymbol{B}=(b_{ij})_{n\times n}$,$\boldsymbol{C}=(c_{ij})_{n\times m}$,证明 $\begin{vmatrix}\boldsymbol{A}&\boldsymbol{O}\\\boldsymbol{C}&\boldsymbol{B}\end{vmatrix}=|\boldsymbol{A}||\boldsymbol{B}|$.

证　分别用初等变换“r_i+kr_j”及“c_i+kc_j”将 $\boldsymbol{A}$ 及 $\boldsymbol{B}$ 化成下三角矩阵

$$\begin{pmatrix}a'_{11}&&\boldsymbol{O}\\\vdots&\ddots&\\a'_{m1}&\cdots&a'_{mm}\end{pmatrix}\text{及}\begin{pmatrix}b'_{11}&&\boldsymbol{O}\\\vdots&\ddots&\\b'_{n1}&\cdots&b'_{nn}\end{pmatrix},$$

根据性质 5,有 $|\boldsymbol{A}|=a'_{11}\cdots a'_{mm}$, $|B|=b'_{11}\cdots b'_{nn}$.

对矩阵 $\begin{pmatrix}\boldsymbol{A}&\boldsymbol{O}\\\boldsymbol{C}&\boldsymbol{B}\end{pmatrix}$ 的前 m 行用那些化 $\boldsymbol{A}$ 成下三角的初等行变换、后 n 列用那些化 $\boldsymbol{B}$ 成下三角的初等列变换,可将其化成如下的下三角矩阵

$$\begin{pmatrix} a'_{11} & & & & & \\ \vdots & \ddots & & & \boldsymbol{O} & \\ a'_{m1} & \cdots & a'_{mm} & & & \\ c_{11} & \cdots & c_{1m} & b'_{11} & & \\ \vdots & & \vdots & \vdots & \ddots & \\ c_{n1} & \cdots & c_{nm} & b'_{n1} & \cdots & b'_{nn} \end{pmatrix},$$

由性质 5,有 $\begin{vmatrix} \boldsymbol{A} & \boldsymbol{O} \\ \boldsymbol{C} & \boldsymbol{B} \end{vmatrix} = a'_{11}\cdots a'_{mm}b'_{11}\cdots b'_{nn}$. 所以 $\begin{vmatrix} \boldsymbol{A} & \boldsymbol{O} \\ \boldsymbol{C} & \boldsymbol{B} \end{vmatrix} = |A||\boldsymbol{B}|$.

最后我们讨论一下矩阵乘积的行列式.

定理 1 若 $\boldsymbol{A}$ 和 $\boldsymbol{B}$ 是同阶方阵,则 $|\boldsymbol{AB}|=|\boldsymbol{A}||\boldsymbol{B}|$.

证 设 $\boldsymbol{A}=(a_{ij})$, $\boldsymbol{B}=(b_{ij})$ 都是 n 阶方阵,作 $2n$ 阶行列式

$$D=\begin{vmatrix} \boldsymbol{A} & \boldsymbol{O} \\ -\boldsymbol{E} & \boldsymbol{B} \end{vmatrix}=\begin{vmatrix} a_{11} & \cdots & a_{1n} & & & \\ \vdots & & \vdots & & \boldsymbol{O} & \\ a_{n1} & \cdots & a_{nn} & & & \\ -1 & & & b_{11} & \cdots & b_{1n} \\ & \ddots & & \vdots & & \vdots \\ & & -1 & b_{n1} & \cdots & b_{nn} \end{vmatrix}$$

由例 12 可知 $D=|\boldsymbol{A}||\boldsymbol{B}|$,而在 D 中以 b_{1j} 乘第 1 列, b_{2j} 乘第 2 列,…, b_{nj} 乘第 n 列,都加到第 $n+j$ 列上($j=1,2,\cdots,n$),有

$$D=\begin{vmatrix} \boldsymbol{A} & \boldsymbol{C} \\ -\boldsymbol{E} & \boldsymbol{O} \end{vmatrix}$$

其中 $\boldsymbol{C}=(c_{ij})$, $c_{ij}=a_{i1}b_{1j}+a_{i2}b_{2j}+\cdots+a_{in}b_{nj}$,故 $\boldsymbol{C}=\boldsymbol{AB}$.

再对 D 的行作 $r_j \leftrightarrow r_{n+j}$ $(j=1,2,\cdots,n)$,有

$$D=(-1)^n\begin{vmatrix} -\boldsymbol{E} & \boldsymbol{O} \\ \boldsymbol{A} & \boldsymbol{C} \end{vmatrix}$$

从而按例 12 有

$$D=(-1)^n|-\boldsymbol{E}||\boldsymbol{C}|=(-1)^n(-1)^n|\boldsymbol{C}|=|\boldsymbol{C}|=|\boldsymbol{AB}| .$$

于是 $|\boldsymbol{AB}|=|\boldsymbol{A}||\boldsymbol{B}|$.

例 13 设 $\boldsymbol{A}=\begin{pmatrix} a & b & c & d \\ -b & a & d & -c \\ -c & -d & a & b \\ -d & c & -b & a \end{pmatrix}$,计算 $|\boldsymbol{A}|$.

解 $|\boldsymbol{A}|^2=|\boldsymbol{A}|\,|\boldsymbol{A}^{\mathrm{T}}|=\left|\begin{pmatrix} a & b & c & d \\ -b & a & d & -c \\ -c & -d & a & b \\ -d & c & -b & a \end{pmatrix}\begin{pmatrix} a & -b & -c & -d \\ b & a & -d & c \\ c & d & a & -b \\ d & -c & b & a \end{pmatrix}\right|$

$$=\begin{vmatrix} a^2+b^2+c^2+d^2 & 0 & 0 & 0 \\ 0 & a^2+b^2+c^2+d^2 & 0 & 0 \\ 0 & 0 & a^2+b^2+c^2+d^2 & 0 \\ 0 & 0 & 0 & a^2+b^2+c^2+d^2 \end{vmatrix}$$

$=(a^2+b^2+c^2+d^2)^4$

可以看出,行列式 $|\boldsymbol{A}|$ 本身包项 a^4,所以 $|\boldsymbol{A}|=(a^2+b^2+c^2+d^2)^2$.

从定理立即推出

推论　设 $\boldsymbol{A},\boldsymbol{B}$ 是同阶方阵,则 $|\boldsymbol{AB}|=0$ 的充分必要条件是 $|\boldsymbol{A}|=0$ 或 $|\boldsymbol{B}|=0$.

定理 1 及其推论可以推广到多个同阶方阵乘积的情形.

定义 3　方阵 $\boldsymbol{A}$ 称为非退化的或非奇异的,如果 $|\boldsymbol{A}|\neq 0$;否则称为退化的或奇异的.

第三节　逆方阵与矩阵的秩

一、逆方阵

定义 1　对于方阵 $\boldsymbol{A}$,如果存在同阶方阵 $\boldsymbol{B}$,使得 $\boldsymbol{AB}=\boldsymbol{BA}=\boldsymbol{E}$,则称 $\boldsymbol{A}$ 可逆(invertible),**$\boldsymbol{B}$ 就称为 $\boldsymbol{A}$ 的逆矩阵**(inverse matrix),**记为 $\boldsymbol{A}^{-1}$.**

若方阵 $\boldsymbol{A}$ 可逆,那么 $\boldsymbol{A}$ 的逆矩阵是唯一的. 事实上,如果 $\boldsymbol{A}$ 还有一个逆矩阵 $\boldsymbol{C}$,则 $\boldsymbol{AC}=\boldsymbol{CA}=\boldsymbol{E}$,所以

$$\boldsymbol{C}=\boldsymbol{EC}=(\boldsymbol{A}^{-1}\boldsymbol{A})\boldsymbol{C}=\boldsymbol{A}^{-1}(\boldsymbol{AC})=\boldsymbol{A}^{-1}\boldsymbol{E}=\boldsymbol{A}^{-1}.$$

由算式 $\boldsymbol{AA}^{-1}=\boldsymbol{A}^{-1}\boldsymbol{A}=\boldsymbol{E}$ 直接可得:可逆矩阵 $\boldsymbol{A}$ 的逆矩阵 $\boldsymbol{A}^{-1}$ 也可逆,并且 $(\boldsymbol{A}^{-1})^{-1}=\boldsymbol{A}$.

下面要解决的问题是:在什么条件下方阵 $\boldsymbol{A}$ 是可逆的? 如果 $\boldsymbol{A}$ 可逆,怎样求 $\boldsymbol{A}^{-1}$?

定义 2　设 $\boldsymbol{A}_{ij}$ 是 n 阶方阵 $\boldsymbol{A}=(a_{ij})$ 中元素 a_{ij} 的代数余子式,n 阶方阵

$$(\boldsymbol{A}_{ij})^{\mathrm{T}}=\begin{pmatrix}\boldsymbol{A}_{11} & A_{21} & \cdots & \boldsymbol{A}_{n1}\\ \boldsymbol{A}_{12} & \boldsymbol{A}_{22} & \cdots & \boldsymbol{A}_{n2}\\ \vdots & \vdots & & \vdots\\ \boldsymbol{A}_{1n} & \boldsymbol{A}_{2n} & \cdots & A_{nn}\end{pmatrix}$$

称为 $\boldsymbol{A}$ 的伴随矩阵(adjoint matrix),**记为 $\boldsymbol{A}^*$.**

由(11-2-3)式立即得出

$$\boldsymbol{AA}^*=\boldsymbol{A}^*\boldsymbol{A}=\begin{pmatrix}|\boldsymbol{A}| & 0 & \cdots & 0\\ 0 & |\boldsymbol{A}| & \cdots & 0\\ \vdots & \vdots & & \vdots\\ 0 & 0 & \cdots & |\boldsymbol{A}|\end{pmatrix}=|\boldsymbol{A}|\boldsymbol{E}.$$

如果 $|\boldsymbol{A}|\neq 0$,那么

$$\boldsymbol{A}\left(\frac{1}{|\boldsymbol{A}|}\boldsymbol{A}^*\right)=\left(\frac{1}{|\boldsymbol{A}|}\boldsymbol{A}^*\right)\boldsymbol{A}=\boldsymbol{E}.\qquad(11-3-1)$$

定理 1　方阵 $\boldsymbol{A}$ 可逆的充分必要条件是 $|\boldsymbol{A}|\neq 0$,而

$$\boldsymbol{A}^{-1}=\frac{1}{|\boldsymbol{A}|}\boldsymbol{A}^*.\qquad(11-3-2)$$

证　当 $|\boldsymbol{A}|\neq 0$,由(11-3-1)可知,$\boldsymbol{A}$ 可逆,且 $\boldsymbol{A}^{-1}=\dfrac{1}{|\boldsymbol{A}|}\boldsymbol{A}^*$.

反过来,如果 $\boldsymbol{A}$ 可逆,那么有 $\boldsymbol{A}^{-1}$,使 $\boldsymbol{AA}^{-1}=\boldsymbol{E}$,两边取行列式,得

$$|\boldsymbol{A}||\boldsymbol{A}^{-1}|=|\boldsymbol{E}|=1,\qquad(11-3-3)$$

因而 $|\boldsymbol{A}|\neq 0$.

由(11－3－3)可以看出，如果 $|\boldsymbol{A}|\neq 0$，那么 $|\boldsymbol{A}^{-1}|=|\boldsymbol{A}|^{-1}$.

推论 1　对于同阶方阵 $\boldsymbol{A},\boldsymbol{B}$，如果 $\boldsymbol{AB}=\boldsymbol{E}$，那么 $\boldsymbol{A},\boldsymbol{B}$ 都是可逆的并且它们互为逆矩阵.

证　$|\boldsymbol{AB}|=|\boldsymbol{A}||\boldsymbol{B}|=|\boldsymbol{E}|=1$，故 $|\boldsymbol{A}|\neq 0$，因而 $\boldsymbol{A}$ 可逆，于是

$$\boldsymbol{B}=\boldsymbol{EB}=(\boldsymbol{A}^{-1}\boldsymbol{A})\boldsymbol{B}=\boldsymbol{A}^{-1}(\boldsymbol{AB})=\boldsymbol{A}^{-1}\boldsymbol{E}=\boldsymbol{A}^{-1}.$$

推论 2　如果数 $k\neq 0$，矩阵 $\boldsymbol{A},\boldsymbol{B}$ 可逆，则 $k\boldsymbol{A},\boldsymbol{AB}$ 以及 $\boldsymbol{A}^{\mathrm{T}}$ 皆可逆，并且

$$(k\boldsymbol{A})^{-1}=\frac{1}{k}\boldsymbol{A}^{-1},(\boldsymbol{AB})^{-1}=\boldsymbol{B}^{-1}\boldsymbol{A}^{-1},(\boldsymbol{A}^{\mathrm{T}})^{-1}=(\boldsymbol{A}^{-1})^{\mathrm{T}}.$$

证　因为

$$(k\boldsymbol{A})\left(\frac{1}{k}\boldsymbol{A}^{-1}\right)=k\times\frac{1}{k}\boldsymbol{AA}^{-1}=\boldsymbol{E},$$

$$(\boldsymbol{AB})(\boldsymbol{B}^{-1}\boldsymbol{A}^{-1})=\boldsymbol{A}(\boldsymbol{BB}^{-1})\boldsymbol{A}^{-1}=\boldsymbol{AA}^{-1}=\boldsymbol{E},$$

$$(\boldsymbol{A}^{\mathrm{T}})(\boldsymbol{A}^{-1})^{\mathrm{T}}=(\boldsymbol{A}^{-1}\boldsymbol{A})^{\mathrm{T}}=\boldsymbol{E}^{\mathrm{T}}=\boldsymbol{E},$$

所以根据推论 1，结论成立.

例 1　设 $\boldsymbol{A}=\begin{pmatrix}a & b\\ c & d\end{pmatrix}$，如果 $\boldsymbol{A}$ 可逆，求 $\boldsymbol{A}^{-1}$.

解　$|\boldsymbol{A}|=ad-cb$，$\boldsymbol{A}^{*}=\begin{pmatrix}d & -b\\ -c & a\end{pmatrix}$，所以 $\boldsymbol{A}^{-1}=\dfrac{1}{|\boldsymbol{A}|}\boldsymbol{A}^{*}=\dfrac{1}{ad-bc}\begin{pmatrix}d & -b\\ -c & a\end{pmatrix}$.

当方阵的阶数较高时，按公式(11－3－2)求逆矩阵，计算量一般是非常大的，在以后我们将给出另一种求法.

例 2　设 $\boldsymbol{A}=(a_{ij})$ 及 $\boldsymbol{B}=(b_{ij})$ 分别是 m 阶和 n 阶的可逆矩阵，$\boldsymbol{C}=(c_{ij})$ 是 $m\times n$ 矩阵，求矩阵 $\boldsymbol{D}=\begin{pmatrix}\boldsymbol{A} & \boldsymbol{O}\\ \boldsymbol{C} & \boldsymbol{B}\end{pmatrix}$ 的逆矩阵.

解　首先，由上节例 12，有 $|\boldsymbol{D}|=|\boldsymbol{A}||\boldsymbol{B}|$，所以当 $\boldsymbol{A},\boldsymbol{B}$ 可逆时，$\boldsymbol{D}$ 也可逆. 设

$$\boldsymbol{D}^{-1}=\begin{bmatrix}\boldsymbol{X}_{11} & \boldsymbol{X}_{12}\\ \boldsymbol{X}_{21} & \boldsymbol{X}_{22}\end{bmatrix},$$

于是

$$\begin{pmatrix}\boldsymbol{A} & \boldsymbol{O}\\ \boldsymbol{C} & \boldsymbol{B}\end{pmatrix}\begin{bmatrix}\boldsymbol{X}_{11} & \boldsymbol{X}_{12}\\ \boldsymbol{X}_{21} & \boldsymbol{X}_{22}\end{bmatrix}=\begin{bmatrix}\boldsymbol{E}_m & \boldsymbol{O}\\ \boldsymbol{O} & \boldsymbol{E}_n\end{bmatrix},$$

这里 $\boldsymbol{E}_m$ 和 $\boldsymbol{E}_n$ 分别表示 m 阶和 n 阶单位矩阵. 乘出并比较等式两边，得

$$\boldsymbol{AX}_{11}=\boldsymbol{E}_m,\boldsymbol{AX}_{12}=\boldsymbol{O},\boldsymbol{CX}_{11}+\boldsymbol{BX}_{21}=\boldsymbol{O},\boldsymbol{CX}_{12}+\boldsymbol{BX}_{22}=\boldsymbol{E}_n.$$

由第一、二式得

$$\boldsymbol{X}_{11}=\boldsymbol{A}^{-1},\boldsymbol{X}_{12}=\boldsymbol{A}^{-1}\boldsymbol{O}=\boldsymbol{O}.$$

代入第四式，得

$$\boldsymbol{X}_{22}=\boldsymbol{B}^{-1}.$$

代入第三式，得

$$\boldsymbol{BX}_{21}=-\boldsymbol{CX}_{11}=-\boldsymbol{CA}^{-1},\boldsymbol{X}_{21}=-\boldsymbol{B}^{-1}\boldsymbol{CA}^{-1}.$$

因此

$$\boldsymbol{D}^{-1}=\begin{bmatrix}\boldsymbol{A}^{-1} & \boldsymbol{O}\\ -\boldsymbol{B}^{-1}\boldsymbol{CA}^{-1} & \boldsymbol{B}^{-1}\end{bmatrix}.$$

如果 $\boldsymbol{A}_1,\boldsymbol{A}_2,\cdots,\boldsymbol{A}_l$ 都是可逆方阵，容易验证

$$\begin{pmatrix} \boldsymbol{A}_1 & \boldsymbol{O} & \cdots & \boldsymbol{O} \\ \boldsymbol{O} & \boldsymbol{A}_2 & \cdots & \boldsymbol{O} \\ \vdots & \vdots & & \vdots \\ \boldsymbol{O} & \boldsymbol{O} & \cdots & \boldsymbol{A}_l \end{pmatrix}^{-1} = \begin{pmatrix} \boldsymbol{A}_1^{-1} & \boldsymbol{O} & \cdots & \boldsymbol{O} \\ \boldsymbol{O} & \boldsymbol{A}_2^{-1} & \cdots & \boldsymbol{O} \\ \vdots & \vdots & & \vdots \\ \boldsymbol{O} & \boldsymbol{O} & \cdots & \boldsymbol{A}_l^{-1} \end{pmatrix}.$$

特别地,当 $\lambda_1\lambda_2\cdots\lambda_n \neq 0$ 时, $\boldsymbol{A} = \mathrm{diag}(\lambda_1,\lambda_2,\cdots,\lambda_n)$ 可逆,且 $\boldsymbol{A}^{-1} = \mathrm{diag}\left(\dfrac{1}{\lambda_1},\dfrac{1}{\lambda_2},\cdots,\dfrac{1}{\lambda_n}\right)$.

二、初等矩阵

定义 3　由单位矩阵 $\boldsymbol{E}$ 经过一次初等变换得到的方阵称为初等矩阵(elementary matrix).

每个初等变换都有一个与之相应的初等矩阵.用非零常数 k 乘 $\boldsymbol{E}$ 的第 i 行或第 i 列,都有

第 i 列

$$第 i 行 \begin{pmatrix} 1 & & & & & & \\ & \ddots & & & & & \\ & & 1 & & & & \\ & & & k & & & \\ & & & & 1 & & \\ & & & & & \ddots & \\ & & & & & & 1 \end{pmatrix} \overset{\triangle}{=} \boldsymbol{E}(i(k))$$

交换矩阵 $\boldsymbol{E}$ 的第 i,j 两行或第 i,j 两列的位置,均得

第 i 列　　　　第 j 列

$$\begin{matrix} 第 i 行 \\ \\ \\ \\ 第 j 行 \end{matrix} \begin{pmatrix} 1 & & & & & & & \\ & \ddots & & & & & & \\ & & 0 & \cdots & & 1 & & \\ & & & 1 & & & & \\ & & \vdots & & \ddots & \vdots & & \\ & & & & & 1 & & \\ & & 1 & \cdots & & 0 & & \\ & & & & & & \ddots & \\ & & & & & & & 1 \end{pmatrix} \overset{\triangle}{=} \boldsymbol{E}(i,j)$$

把矩阵 $\boldsymbol{E}$ 的第 j 行的 k 倍加到第 i 行,或者把矩阵 $\boldsymbol{E}$ 的第 i 列的 k 倍加到第 j 列,有

第 i 列　第 j 列

$$\begin{matrix} \\ \\ 第 i 行 \\ \\ 第 j 行 \end{matrix} \begin{pmatrix} 1 & & & & & & \\ & \ddots & & & & & \\ & & 1 & \cdots & k & & \\ & & & \ddots & \vdots & & \\ & & & & 1 & & \\ & & & & & \ddots & \\ & & & & & & 1 \end{pmatrix} \overset{\triangle}{=} \boldsymbol{E}(ij(k))$$

这些矩阵中没有写出的元素在主对角线上的都是 1,在其他位置的都是零.这三类矩阵就是全部的初等矩阵.

定理 2　对一个 $m\times n$ 矩阵 $\boldsymbol{A}$ 作一次初等行变换就相当于在 $\boldsymbol{A}$ 的左边乘上相应的 m 阶初等矩阵;对 $\boldsymbol{A}$ 作一次初等列变换就相当于在 $\boldsymbol{A}$ 的右边乘上相应的 n 阶初等矩阵.

证　我们只看列变换的情形,行变换的情形可同样证明. 令 $\boldsymbol{B}=(b_{ij})$ 是任意一个 n 阶方阵,将 $\boldsymbol{A}$ 按列分块成 $\boldsymbol{A}=(\boldsymbol{A}_1,\boldsymbol{A}_2,\cdots,\boldsymbol{A}_n)$,由矩阵的分块乘法,

$$\boldsymbol{AB}=\left(\sum_{s=1}^{n}b_{s1}\boldsymbol{A}_s,\sum_{s=1}^{n}b_{s2}\boldsymbol{A}_s,\cdots,\sum_{s=1}^{n}b_{sn}\boldsymbol{A}_s\right),$$

特别,令 $\boldsymbol{B}=\boldsymbol{E}(i,j)$,得

$$\boldsymbol{AE}(i,j)=(\boldsymbol{A}_1,\cdots,\underset{i\text{列}}{\boldsymbol{A}_j},\cdots,\underset{j\text{列}}{\boldsymbol{A}_i},\cdots,\boldsymbol{A}_n),$$

这相当于把 $\boldsymbol{A}$ 的第 i 列与第 j 列互换. 令 $\boldsymbol{B}=\boldsymbol{E}(i(k))$,得

$$\boldsymbol{AE}(i(k))=(\boldsymbol{A}_1,\cdots,\underset{i\text{列}}{k\boldsymbol{A}_i},\cdots,\boldsymbol{A}_n),$$

这相当于用 k 乘 $\boldsymbol{A}$ 的第 i 列. 令 $\boldsymbol{B}=\boldsymbol{E}(ij(k))$,得

$$\boldsymbol{AE}(ij(k))=(\boldsymbol{A}_1,\cdots,\underset{i\text{列}}{\boldsymbol{A}_i},\cdots,\underset{j\text{列}}{\boldsymbol{A}_j+k\boldsymbol{A}i},\cdots,\boldsymbol{A}_n),$$

这相当于把 $\boldsymbol{A}$ 的第 i 列的 k 倍加到第 j 列.

初等矩阵都是可逆的,且逆矩阵还是同一种初等矩阵:

$$\boldsymbol{E}(i(k))^{-1}=\boldsymbol{E}(i(k^{-1})),\boldsymbol{E}(i,j)^{-1}=\boldsymbol{E}(i,j),\boldsymbol{E}(ij(k))^{-1}=\boldsymbol{E}(ij(-k)).$$

这是因为

$$\boldsymbol{E}(i(k))\boldsymbol{E}(i(k^{-1}))=\boldsymbol{E},\boldsymbol{E}(i,j)\boldsymbol{E}(i,j)=\boldsymbol{E},\boldsymbol{E}(ij(k))\boldsymbol{E}(ij(-k))=\boldsymbol{E},$$

所以根据定理 1 的推论 1,有上述结论.

根据定理 2,矩阵 $\boldsymbol{A},\boldsymbol{B}$ 等价的充分必要条件是有初等矩阵 $\boldsymbol{P}_1,\cdots,\boldsymbol{P}_s,\boldsymbol{Q}_1,\cdots,\boldsymbol{Q}_t$,使得

$$\boldsymbol{A}=\boldsymbol{P}_1\cdots\boldsymbol{P}_s\boldsymbol{B}\boldsymbol{Q}_1\cdots\boldsymbol{Q}_t.\tag{11-3-4}$$

如果(11-3-4)中的 $\boldsymbol{A}$ 是方阵,$\boldsymbol{B}$ 是 $\boldsymbol{A}$ 的标准形,由第二节定理 1 的推论可知,$\boldsymbol{A}$ 可逆的充分必要条件为它的标准型是单位矩阵. 再由(11-3-4)即得

定理 3　方阵 $\boldsymbol{A}$ 可逆的充分必要条件为它能表示成一些初等矩阵的乘积:

$$\boldsymbol{A}=\boldsymbol{Q}_1\cdots\boldsymbol{Q}_l.\tag{11-3-5}$$

由此即得

推论 1　矩阵 $\boldsymbol{A}$ 与 $\boldsymbol{B}$ 等价的充分必要条件为,存在可逆矩阵 $\boldsymbol{P}$ 与 $\boldsymbol{Q}$,使 $\boldsymbol{A}=\boldsymbol{PBQ}$.

把(11-3-5)改写一下,有

$$\boldsymbol{Q}_l^{-1}\cdots\boldsymbol{Q}_1^{-1}\boldsymbol{A}=\boldsymbol{E}.\tag{11-3-6}$$

因为初等矩阵的逆矩阵还是初等矩阵,同时在矩阵 $\boldsymbol{A}$ 的左边乘初等矩阵就相当于对 $\boldsymbol{A}$ 作初等行变换,所以(11-3-6)说明了

推论 2　可逆矩阵总可以经过一系列初等行变换化成单位矩阵.

以上讨论提供了一个求逆矩阵的方法. 设 $\boldsymbol{A}$ 是一可逆的 n 阶方阵,由推论 2,有一系列初等矩阵 $\boldsymbol{P}_1,\cdots,\boldsymbol{P}_l$,使

$$\boldsymbol{P}_l\cdots\boldsymbol{P}_1\boldsymbol{A}=\boldsymbol{E},\tag{11-3-7}$$

由(11-3-7)即得

$$\boldsymbol{A}^{-1}=\boldsymbol{P}_l\cdots\boldsymbol{P}_1=\boldsymbol{P}_l\cdots\boldsymbol{P}_1\boldsymbol{E}.\tag{11-3-8}$$

(11-3-7),(11-3-8)两个式子说明,如果用一系列初等行变换把可逆矩阵 $\boldsymbol{A}$ 化成单位矩

阵，那么同样地用这一系列初等行变换去化单位矩阵，就得到 $\boldsymbol{A}^{-1}$.

把 $\boldsymbol{A},\boldsymbol{E}$ 这两个 n 阶方阵凑在一起，作成一个 $n\times 2n$ 矩阵 $(\boldsymbol{A},\boldsymbol{E})$ ，按矩阵的分块乘法，(11－3－7)，(11－3－8)可以合并写成

$$\boldsymbol{P}_l\cdots\boldsymbol{P}_1(\boldsymbol{A},\boldsymbol{E})=(\boldsymbol{P}_l\cdots\boldsymbol{P}_1\boldsymbol{A},\boldsymbol{P}_l\cdots\boldsymbol{P}_1\boldsymbol{E})=(\boldsymbol{E},\boldsymbol{A}^{-1}).$$

上式提供了一个具体求逆矩阵的方法. 作 $n\times 2n$ 矩阵 $(\boldsymbol{A},\boldsymbol{E})$ ，用初等行变换把它的左边一半化成 $\boldsymbol{E}$，这时，右边的一半就是 $\boldsymbol{A}^{-1}$.

例 3　设 $\boldsymbol{A}=\begin{pmatrix}0&1&2\\1&1&4\\2&-1&0\end{pmatrix}$ ，求 $\boldsymbol{A}^{-1}$.

解

$$\begin{pmatrix}0&1&2&1&0&0\\1&1&4&0&1&0\\2&-1&0&0&0&1\end{pmatrix}\xrightarrow{r_1\leftrightarrow r_2}\begin{pmatrix}1&1&4&0&1&0\\0&1&2&1&0&0\\2&-1&0&0&0&1\end{pmatrix}$$

$$\xrightarrow{r_3-2r_1}\begin{pmatrix}1&1&4&0&1&0\\0&1&2&1&0&0\\0&-3&-8&0&-2&1\end{pmatrix}\xrightarrow{r_3+3r_2}\begin{pmatrix}1&1&4&0&1&0\\0&1&2&1&0&0\\0&0&-2&3&-2&1\end{pmatrix}$$

$$\xrightarrow[r_2+r_3]{r_1+2r_3}\begin{pmatrix}1&1&0&6&-3&2\\0&1&0&4&-2&1\\0&0&-2&3&-2&1\end{pmatrix}\xrightarrow[r_3\times(-\frac{1}{2})]{r_1-r_2}\begin{pmatrix}1&0&0&2&-1&1\\0&1&0&4&-2&1\\0&0&1&-\dfrac{3}{2}&1&-\dfrac{1}{2}\end{pmatrix},$$

$$\boldsymbol{A}^{-1}=\begin{pmatrix}2&-1&1\\4&-2&1\\-\dfrac{3}{2}&1&-\dfrac{1}{2}\end{pmatrix}.$$

当然，同样可以证明，可逆矩阵也能用初等列变换化成单位矩阵，这就给出了用列变换求逆矩阵的方法.

三、矩阵的秩

定义 4　在一个 $m\times n$ 矩阵 $\boldsymbol{A}$ 中，任意选定 k 行和 k 列($k\leqslant\min\{m,n\}$)，位于这些选定的行和列的交点上的 k^2 个元素按原来的次序所组成的 $k\times k$ 矩阵的行列式，称为 $\boldsymbol{A}$ 的一个 k 阶子式(minor).

例如，在矩阵

$$\boldsymbol{A}=\begin{pmatrix}1&1&3&1\\0&2&-1&4\\0&0&0&5\\0&0&0&0\end{pmatrix}$$

中，选第 1，3 行和第 3，4 列，它们交点上的元素所成的 2 阶行列式

$$\begin{vmatrix}3&1\\0&5\end{vmatrix}=15$$

就是一个 2 阶子式. 又如选第 1，2，3 行和第 1，2，4 列，相应的 3 阶子式就是

$$\begin{vmatrix} 1 & 1 & 1 \\ 0 & 2 & 4 \\ 0 & 0 & 5 \end{vmatrix} = 10.$$

定义 5 非零矩阵的不为零的子式的最高阶数称为该矩阵的秩(rank)**,零矩阵的秩规定为** 0. **矩阵** $\boldsymbol{A}$ **的秩记为** $R(\boldsymbol{A})$.

由于矩阵子式的阶数不超过矩阵的行数和列数,所以 $R(\boldsymbol{A}_{m\times n}) \leqslant \min\{m,n\}$.

由定义即知,如果 $\boldsymbol{A}$ 是 n 阶方阵,则 $|\boldsymbol{A}| \neq 0$ 的充分必要条件是 $R(\boldsymbol{A})=n$.

根据行列式的性质 1,$\boldsymbol{A}^{\mathrm{T}}$ 的子式与 $\boldsymbol{A}$ 的子式对应相等,因此 $R(\boldsymbol{A}^{\mathrm{T}})=R(\boldsymbol{A})$.

例 4 证明:行(列)阶梯形矩阵的秩等于它的非零行(列)的个数.

证 设 $\boldsymbol{A}$ 是一个行阶梯形矩阵,不为零的行数是 r. 选取这 r 个非零行以及各非零行第一个非零元素所在的列,由这些行和列交叉点上的元素所构成的 r 阶子式是一个上三角形行列式,并且主对角线上的元素都不为零,因此它不等于零. 而 $\boldsymbol{A}$ 的所有大于 r 阶的子式(如果还有的话),都至少有一行的元素全为零,因而子式为零. 所以 $R(\boldsymbol{A})=r$.

如果列阶梯形矩阵 $\boldsymbol{B}$ 的非零列数是 r,则行阶梯形矩阵 $\boldsymbol{B}^{\mathrm{T}}$ 的非零行数是 r,由上一段的证明知 $R(\boldsymbol{B}^T)=r$. 而 $R(\boldsymbol{B})=R(\boldsymbol{B}^T)$,所以 $R(\boldsymbol{B})=r$.

如果 $\boldsymbol{A}$ 的所有 $r+1$ 阶子式全为零,由行列式的定义可知,$\boldsymbol{A}$ 如果还有 $r+2$ 阶子式的话也一定为零,递推可得 $\boldsymbol{A}$ 的所有阶数大于 r 的子式全都为零. 因此秩有下面等价的定义:

定理 4 $m\times n$ **矩阵** $\boldsymbol{A}$ **的秩为** r **的充分必要条件是:在** $\boldsymbol{A}$ **中存在一个** r **阶子式不为零,且在** $R(\boldsymbol{A}) < \min\{m,n\}$ **时,矩阵** $\boldsymbol{A}$ **的所有** $r+1$ **阶子式都为零.**

例如,矩阵

$$\boldsymbol{A}=\begin{pmatrix} 1 & 1 & 1 & 0 \\ 1 & 1 & 1 & 0 \\ 1 & 1 & 1 & 0 \end{pmatrix}$$

有一个不为零的一阶子式,而所有二阶子式都为零,所以 $R(\boldsymbol{A})=1$.

定理 5 初等变换不改变矩阵的秩. 换句话说,等价的矩阵具有相同的秩.

证 设矩阵 $\boldsymbol{A}$ 经一次初等行变换变为矩阵 $\boldsymbol{B}$,而 $R(\boldsymbol{A})=r_1$,$R(\boldsymbol{B})=r_2$. 当对 $\boldsymbol{A}$ 施以用某非零数乘某一行或交换两行的位置的变换时,矩阵 $\boldsymbol{B}$ 中的任何 r_1+1 阶子式等于某非零数 k 与 $\boldsymbol{A}$ 的某个 r_1+1 阶子式的乘积,其中 $k=\pm 1$ 或其他非零数. 因为 $\boldsymbol{A}$ 的任何 r_1+1 阶子式皆为零,故 $\boldsymbol{B}$ 的任何 r_1+1 阶子式也都为零.

当对 $\boldsymbol{A}$ 施以第 i 行的 k 倍加到第 j 行的变换时,矩阵 $\boldsymbol{B}$ 的任何一个 r_1+1 阶子式 $|\boldsymbol{B}_1|$,若它不含 $\boldsymbol{B}$ 的第 j 行或既含第 j 行又含第 i 行,则它等于 $\boldsymbol{A}$ 的一个 r_1+1 阶子式;若 $|\boldsymbol{B}_1|$ 含 $\boldsymbol{B}$ 的第 j 行但不含第 i 行,则 $|\boldsymbol{B}_1|=|\boldsymbol{A}_1|\pm k|\boldsymbol{A}_2|$,其中 $|\boldsymbol{A}_1|$,$|\boldsymbol{A}_2|$ 是 $\boldsymbol{A}$ 的两个 r_1+1 阶子式,由 $\boldsymbol{A}$ 的任何 r_1+1 阶子式均为零,知 $\boldsymbol{B}$ 的任何 r_1+1 阶子式也全为零.

根据以上分析,若对 $\boldsymbol{A}$ 施以一次初等行变换得到 $\boldsymbol{B}$,则 $r_2<r_1+1$,即 $r_2\leqslant r_1$. 由于 $\boldsymbol{B}$ 可经一次适当的行变换变回 $\boldsymbol{A}$,同样地就有 $r_1\leqslant r_2$. 所以 $r_1=r_2$.

显然,上述结论对列变换也成立.

定理 5 说明,$m\times n$ 矩阵 $\boldsymbol{A}$ 的标准形 $\begin{pmatrix} \boldsymbol{E}_r & \boldsymbol{O} \\ \boldsymbol{O} & \boldsymbol{O} \end{pmatrix}$ 是唯一的,其中 $r=R(\boldsymbol{A})$.

现在我们来看一下,怎样计算一个矩阵的秩. 因为初等变换不改变矩阵的秩,而行阶梯形矩阵的秩就等于它的非零行的个数. 所以,为了计算一个矩阵的秩,只要用初等变换把它变成行阶梯形,这个行阶梯形矩阵中非零行的个数就是原来矩阵的秩.

例 5　设

$$A=\begin{pmatrix}1&6&-4&-1&4\\3&-2&3&6&-1\\2&0&1&5&-3\\3&2&0&5&0\end{pmatrix},$$

求矩阵 A 的秩,并求 A 的一个最高阶非零子式.

解　对 A 作初等行变换,使之变成行阶梯形:

$$A\xrightarrow{r_2-r_4}\begin{pmatrix}1&6&-4&-1&4\\0&-4&3&1&-1\\2&0&1&5&-3\\3&2&0&5&0\end{pmatrix}\xrightarrow[r_4-3r_1]{r_3-2r_1}\begin{pmatrix}1&6&-4&-1&4\\0&-4&3&1&-1\\0&-12&9&7&-11\\0&-16&12&8&-12\end{pmatrix}$$

$$\xrightarrow[r_4-4r_2]{r_3-3r_2}\begin{pmatrix}1&6&-4&-1&4\\0&-4&3&1&-1\\0&0&0&4&-8\\0&0&0&4&-8\end{pmatrix}\xrightarrow{r_4-r_3}\begin{pmatrix}1&6&-4&-1&4\\0&-4&3&1&-1\\0&0&0&4&-8\\0&0&0&0&0\end{pmatrix},$$

因为上式右端行阶梯形矩阵的非零行数是 3,所以 $R(A)=3$.

再求 A 的一个最高阶非零子式. 由 $R(A)=3$ 知,A 的最高阶非零子式是 3 阶的,A 的 3 阶子式共有 $C_4^3C_5^3=40$ 个,要从中找出一个非零子式比较麻烦.

一般地,设 B 是矩阵 A 经一系列初等行变换变成的矩阵,在 B 和 A 中去掉相应的若干列之后,将余下的矩阵分别记为 B_1 和 A_1,则 B_1 是 A_1 在同样的那一系列初等行变换之下变成的矩阵.

现设上述 B 是行阶梯形矩阵,而 B_1 是在 B 中保留各非零行第一个非零元素所在的列,去掉其余的列之后余下的矩阵. 那么 B_1 也是行阶梯形的,它的非零行个数与 B 的相同,并且就等于 B_1 的列数. 因此,$R(A)=R(B)=R(B_1)=R(A_1)=A_1$ 的列数. 考虑到 A_1 是在 A 中去掉某些列后余下的矩阵,A_1 的子式必是 A 的子式,故 A_1 的最高阶非零子式必是 A 的最高阶非零子式.

在本例中,

$$B=\begin{pmatrix}1&6&-4&-1&4\\0&-4&3&1&-1\\0&0&0&4&-8\\0&0&0&0&0\end{pmatrix},\ B_1=\begin{pmatrix}1&6&-1\\0&-4&1\\0&0&4\\0&0&0\end{pmatrix},\ A_1=\begin{pmatrix}1&6&-1\\3&-2&6\\2&0&5\\3&2&5\end{pmatrix}.$$

A_1 的三阶子式只有 $C_4^3=4$ 个,其中必有不为零的,如子式

$$\begin{vmatrix}1&6&-1\\3&-2&6\\2&0&5\end{vmatrix}=-32$$

就不为零,那么它也是 A 的一个最高阶非零子式.

例 6　设

$$A=\begin{pmatrix}1&-1&1&2\\3&\lambda&-1&2\\5&3&\mu&6\end{pmatrix},$$

已知 $R(\boldsymbol{A})=2$,求 λ 与 μ 的值.

解 $$\boldsymbol{A}\xrightarrow[r_3-5r_1]{r_2-3r_1}\begin{pmatrix}1&-1&1&2\\0&\lambda+3&-4&-4\\0&8&\mu-5&-4\end{pmatrix}\xrightarrow{c_2\leftrightarrow c_4}\begin{pmatrix}1&2&1&-1\\0&-4&-4&\lambda+3\\0&-4&\mu-5&8\end{pmatrix}$$

$$\xrightarrow{r_3-r_2}\begin{pmatrix}1&2&1&-1\\0&-4&-4&\lambda+3\\0&0&\mu-1&5-\lambda\end{pmatrix},$$

因 $R(\boldsymbol{A})=2$,故 $\mu-1=0,5-\lambda=0$,从而 $\mu=1,\lambda=5$.

最后再介绍几个矩阵秩的常用性质.

性质 1 **若 $\boldsymbol{P},\boldsymbol{Q}$ 可逆,则** $R(\boldsymbol{PAQ})=R(\boldsymbol{A})$.

证 由定理 3 之推论 1 和定理 5 直接可得.

性质 2 **设 $\boldsymbol{A},\boldsymbol{B}$ 是行数相同的矩阵,则** $\max\{R(\boldsymbol{A}),R(\boldsymbol{B})\}\leqslant R(\boldsymbol{A},\boldsymbol{B})\leqslant R(\boldsymbol{A})+R(\boldsymbol{B})$.

证 因为 $\boldsymbol{A}$ 的最高阶非零子式总是 $(\boldsymbol{A},\boldsymbol{B})$ 的非零子式,所以 $R(\boldsymbol{A})\leqslant R(\boldsymbol{A},\boldsymbol{B})$. 同理有 $R(\boldsymbol{B})\leqslant R(\boldsymbol{A},\boldsymbol{B})$. 两式合起来,即为 $\max\{R(\boldsymbol{A}),R(\boldsymbol{B})\}\leqslant R(\boldsymbol{A},\boldsymbol{B})$.

设 $\boldsymbol{A},\boldsymbol{B}$ 的列数分别为 m,n,用初等列变换将 $(\boldsymbol{A},\boldsymbol{B})$ 的前 m 列和后 n 列分别化成列阶梯形,所得矩阵的前 m 列和后 n 列中的非零列数分别为 $R(\boldsymbol{A})$ 和 $R(\boldsymbol{B})$,因而其秩不超过 $R(\boldsymbol{A})+R(\boldsymbol{B})$. 所以有 $R(\boldsymbol{A},\boldsymbol{B})\leqslant R(\boldsymbol{A})+R(\boldsymbol{B})$.

性质 3 $R(\boldsymbol{A}+\boldsymbol{B})\leqslant R(\boldsymbol{A})+R(\boldsymbol{B})$.

证 设 n 是矩阵 $\boldsymbol{A}$ 与 $\boldsymbol{B}$ 的列数,那么

$$(\boldsymbol{A}+\boldsymbol{B},\boldsymbol{B})\xrightarrow[j=1,\cdots,n]{c_j-c_{j+n}}(\boldsymbol{A},\boldsymbol{B}),$$

因此 $R(\boldsymbol{A}+\boldsymbol{B},\boldsymbol{B})=R(\boldsymbol{A},\boldsymbol{B})$. 而依性质 2 有 $R(\boldsymbol{A}+\boldsymbol{B})\leqslant R(\boldsymbol{A}+\boldsymbol{B},\boldsymbol{B})$ 及 $R(\boldsymbol{A},\boldsymbol{B})\leqslant R(\boldsymbol{A})+R(\boldsymbol{B})$,所以 $R(\boldsymbol{A}+\boldsymbol{B})\leqslant R(\boldsymbol{A})+R(\boldsymbol{B})$.

例 7 设 $\boldsymbol{A}$ 为 n 阶方阵,证明 $R(\boldsymbol{A}+\boldsymbol{E})+R(\boldsymbol{A}-\boldsymbol{E})\geqslant n$.

证 因 $(\boldsymbol{A}+\boldsymbol{E})+(\boldsymbol{E}-\boldsymbol{A})=2\boldsymbol{E}$,由性质 3,有 $R(\boldsymbol{A}+\boldsymbol{E})+R(\boldsymbol{E}-\boldsymbol{A})\geqslant R(2\boldsymbol{E})=n$. 而 $R(\boldsymbol{E}-\boldsymbol{A})=R(\boldsymbol{A}-\boldsymbol{E})$,所以 $R(\boldsymbol{A}+\boldsymbol{E})+R(\boldsymbol{A}-\boldsymbol{E})\geqslant n$.

第四节 解线性方程组

所谓线性方程组(11 - 1 - 1)的一个解就是指由 n 个数 $k_1,k_2,\cdots,k_n$ 组成的有序数组 $(k_1,k_2,\cdots,k_n)$,当 $x_1,x_2,\cdots,x_n$ 分别用 $k_1,k_2,\cdots,k_n$ 代入后,(11 - 1 - 1)中每个等式都变成恒等式. 方程组(11 - 1 - 1)的解的全体称为它的解集合. 解方程组实际上就是要求出它的解集合. 如果两个线性方程组有相同的解集合,就称它们是同解的.

一、克莱姆法则

这里我们只考虑方程的个数与未知量的个数相等的情形.

定理 1 [**克莱姆(Cramer)法则**] **如果线性方程组**

$$\begin{cases} a_{11}x_1+a_{12}x_2+\cdots+a_{1n}x_n=b_1, \\ a_{21}x_1+a_{22}x_2+\cdots+a_{2n}x_n=b_2, \\ \cdots\cdots\cdots\cdots\cdots\cdots \\ a_{n1}x_1+a_{n2}x_2+\cdots+a_{nn}x_n=b_n \end{cases} \tag{11-4-1}$$

的系数矩阵 $\boldsymbol{A}=(a_{ij})_{n\times n}$ 的行列式 $D=|\boldsymbol{A}|\neq 0$，那么它有唯一解：

$$x_1=\frac{D_1}{D}, x_2=\frac{D_2}{D}, \cdots, x_n=\frac{D_n}{D},$$

其中 D_j 是把矩阵 A 的第 j 列换成常数项所成的矩阵的行列式，即

$$D_j=\begin{vmatrix} a_{11} & \cdots & a_{1,j-1} & b_1 & a_{1,j+1} & \cdots & a_{1n} \\ a_{21} & \cdots & a_{2,j-1} & b_2 & a_{2,j+1} & \cdots & a_{2n} \\ \vdots & & \vdots & \vdots & \vdots & & \vdots \\ a_{n1} & \cdots & a_{n,j-1} & b_n & a_{n,j+1} & \cdots & a_{nn} \end{vmatrix}, j=1,2,\cdots,n.$$

证　依照第一节例 3，方程组(11-4-1)可以写成

$$\boldsymbol{AX}=\boldsymbol{B}. \tag{11-4-2}$$

如果 $|\boldsymbol{A}|\neq 0$，那么 $\boldsymbol{A}$ 可逆. 用 $\boldsymbol{X}=\boldsymbol{A}^{-1}\boldsymbol{B}$ 代入(11-4-2)，得恒等式 $\boldsymbol{A}(\boldsymbol{A}^{-1}\boldsymbol{B})=\boldsymbol{B}$，这就是说，$\boldsymbol{A}^{-1}\boldsymbol{B}$ 是(11-4-2)的解.

如果 $\boldsymbol{X}=\boldsymbol{C}$ 是(11-4-2)的一个解，那么由 $\boldsymbol{AC}=\boldsymbol{B}$，得 $\boldsymbol{A}^{-1}(\boldsymbol{AC})=\boldsymbol{A}^{-1}\boldsymbol{B}$，即 $\boldsymbol{C}=\boldsymbol{A}^{-1}\boldsymbol{B}$，这就是说，解 $\boldsymbol{X}=\boldsymbol{A}^{-1}\boldsymbol{B}$ 是唯一的.

用 $\boldsymbol{A}^{-1}=\frac{1}{|\boldsymbol{A}|}\boldsymbol{A}^*$ 代入到解 $\boldsymbol{X}=\boldsymbol{A}^{-1}\boldsymbol{B}$ 中，得 $\boldsymbol{X}=\frac{1}{|\boldsymbol{A}|}\boldsymbol{A}^*\boldsymbol{B}$，即

$$\begin{pmatrix} x_1 \\ x_2 \\ \vdots \\ x_n \end{pmatrix}=\frac{1}{D}\begin{pmatrix} \boldsymbol{A}_{11} & \boldsymbol{A}_{21} & \cdots & \boldsymbol{A}_{n1} \\ \boldsymbol{A}_{12} & \boldsymbol{A}_{22} & \cdots & \boldsymbol{A}_{n2} \\ \vdots & \vdots & & \vdots \\ \boldsymbol{A}_{1n} & \boldsymbol{A}_{2n} & \cdots & \boldsymbol{A}_{nn} \end{pmatrix}\begin{pmatrix} b_1 \\ b_2 \\ \vdots \\ b_n \end{pmatrix}=\frac{1}{D}\begin{pmatrix} b_1\boldsymbol{A}_{11}+b_2\boldsymbol{A}_{21}+\cdots+b_n\boldsymbol{A}_{n1} \\ b_1\boldsymbol{A}_{12}+b_2\boldsymbol{A}_{22}+\cdots+b_n\boldsymbol{A}_{n2} \\ \vdots \\ b_1\boldsymbol{A}_{1n}+b_2\boldsymbol{A}_{2n}+\cdots+b_n\boldsymbol{A}_{nn} \end{pmatrix},$$

所以

$$x_j=\frac{1}{D}(b_1\boldsymbol{A}_{1j}+b_2\boldsymbol{A}_{2j}+\cdots+b_n\boldsymbol{A}_{nj})=\frac{D_j}{D}, j=1,2,\cdots,n.$$

例 1　设曲线 $y=a_0+a_1x+a_2x^2+a_3x^3$ 通过四点 $(1,3)$，$(2,4)$，$(3,3)$，$(4,-3)$，求系数 a_0, a_1, a_2, a_3.

解　把四个点的坐标代入曲线方程，得

$$\begin{cases} a_0+a_1+a_2+a_3=3, \\ a_0+2a_1+4a_2+8a_3=4, \\ a_0+3a_1+9a_2+27a_3=3, \\ a_0+4a_1+16a_2+64a_3=-3. \end{cases}$$

其系数行列式是一个范德蒙行列式

$$D=\begin{vmatrix} 1 & 1 & 1 & 1 \\ 1 & 2 & 4 & 8 \\ 1 & 3 & 9 & 27 \\ 1 & 4 & 16 & 64 \end{vmatrix}=1\cdot 2\cdot 3\cdot 1\cdot 2\cdot 1=12\neq 0.$$

由计算可知

$$D_1=\begin{vmatrix}3&1&1&1\\4&2&4&8\\3&3&9&27\\-3&4&16&64\end{vmatrix}=36,D_2=\begin{vmatrix}1&3&1&1\\1&4&4&8\\1&3&9&27\\1&-3&16&64\end{vmatrix}=-18,$$

$$D_3=\begin{vmatrix}1&1&3&1\\1&2&4&8\\1&3&3&27\\1&4&-3&64\end{vmatrix}=24,D_4=\begin{vmatrix}1&1&1&3\\1&2&4&4\\1&3&9&3\\1&4&16&-3\end{vmatrix}=-6.$$

因此按克莱姆法则，得唯一解 $a_0=\frac{D_1}{D}=3,a_1=\frac{D_2}{D}=-\frac{3}{2},a_2=\frac{D_3}{D}=2,a_3=\frac{D_4}{D}=-\frac{1}{2}$，即曲线方程为 $y=3-\frac{3}{2}x+2x^2-\frac{1}{2}x^3$.

克莱姆法则的意义主要在于它给出了解与系数的明显关系. 用克莱姆法则进行计算是不方便的，因为按这一法则解一个 n 个未知量 n 个方程的线性方程组需要计算 $n+1$ 个 n 阶行列式，这个计算量是很大的.

克莱姆法则可以用矩阵表述为：如果 n 阶方阵 $\boldsymbol{A}$ 可逆，则方程 $\boldsymbol{A}\boldsymbol{X}_{n\times1}=\boldsymbol{B}$ 有唯一解 $\boldsymbol{X}=\boldsymbol{A}^{-1}\boldsymbol{B}$.

一般地，设 $\boldsymbol{A}_{m\times m},\boldsymbol{B}_{n\times n},\boldsymbol{C}_{m\times n}$ 是已知矩阵，其中 $\boldsymbol{A}$, $\boldsymbol{B}$ 可逆，$\boldsymbol{X}_{m\times n}$ 是未知矩阵，则方程 $\boldsymbol{AXB}=\boldsymbol{C}$ 有唯一解 $\boldsymbol{X}=\boldsymbol{A}^{-1}\boldsymbol{C}\boldsymbol{B}^{-1}$.

例 2 设 $\boldsymbol{A}=\begin{pmatrix}0&1&2\\1&1&4\\2&-1&0\end{pmatrix},\boldsymbol{B}=\begin{pmatrix}2&1\\5&3\end{pmatrix},\boldsymbol{C}=\begin{pmatrix}1&3\\2&0\\3&1\end{pmatrix}$，求矩阵 $\boldsymbol{X}$，使 $\boldsymbol{AXB}=\boldsymbol{C}$.

解法一 由第三节例 3 知，矩阵 $\boldsymbol{A}$ 可逆，并且

$$\boldsymbol{A}^{-1}=\begin{pmatrix}2&-1&1\\4&-2&1\\-\frac{3}{2}&1&-\frac{1}{2}\end{pmatrix}.$$

而 $\boldsymbol{B}^{-1}=\begin{pmatrix}3&-1\\-5&2\end{pmatrix}$，所以

$$\boldsymbol{X}=\boldsymbol{A}^{-1}\boldsymbol{C}\boldsymbol{B}^{-1}=\begin{pmatrix}2&-1&1\\4&-2&1\\-\frac{3}{2}&1&-\frac{1}{2}\end{pmatrix}\begin{pmatrix}1&3\\2&0\\3&1\end{pmatrix}\begin{pmatrix}3&-1\\-5&2\end{pmatrix}=\begin{pmatrix}-26&11\\-56&23\\22&-9\end{pmatrix}.$$

解法二 如果矩阵 $\boldsymbol{A},\boldsymbol{B}$ 可逆，就有 $\boldsymbol{A}^{-1}(\boldsymbol{A},\boldsymbol{C})=(\boldsymbol{E},\boldsymbol{A}^{-1}\boldsymbol{C})$，$\begin{pmatrix}\boldsymbol{B}\\\boldsymbol{A}^{-1}\boldsymbol{C}\end{pmatrix}\boldsymbol{B}^{-1}=\begin{pmatrix}\boldsymbol{E}\\\boldsymbol{A}^{-1}\boldsymbol{C}\boldsymbol{B}^{-1}\end{pmatrix}$. 第一式说明用初等行变换化 $(\boldsymbol{A},\boldsymbol{C})$，使其左边的 3 列为单位矩阵：

$$(\boldsymbol{A},\boldsymbol{C})=\begin{pmatrix}0&1&2&1&3\\1&1&4&2&0\\2&-1&0&3&1\end{pmatrix}\xrightarrow{r}\begin{pmatrix}1&0&0&3&7\\0&1&0&3&13\\0&0&1&-1&-5\end{pmatrix},$$

那么在单位矩阵右边的部分 $\begin{pmatrix}3&7\\3&13\\-1&-5\end{pmatrix}$ 就是 $\boldsymbol{A}^{-1}\boldsymbol{C}$. 第二式说明用初等列变换化 $\begin{pmatrix}\boldsymbol{B}\\\boldsymbol{A}^{-1}\boldsymbol{C}\end{pmatrix}$，使

其上面的 2 行为单位矩阵：

$$\begin{pmatrix} \boldsymbol{B} \\ \boldsymbol{A}^{-1}\boldsymbol{C} \end{pmatrix} = \begin{pmatrix} 2 & 1 \\ 5 & 3 \\ 3 & 7 \\ 3 & 13 \\ -1 & -5 \end{pmatrix} \xrightarrow{c} \begin{pmatrix} 1 & 0 \\ 0 & 1 \\ -26 & 11 \\ -56 & 23 \\ 22 & -9 \end{pmatrix},$$

则在单位矩阵下面的部分 $\begin{pmatrix} -26 & 11 \\ -56 & 23 \\ 22 & -9 \end{pmatrix}$ 就是 $\boldsymbol{A}^{-1}\boldsymbol{C}\boldsymbol{B}^{-1}$. 所以 $\boldsymbol{X} = \begin{pmatrix} -26 & 11 \\ -56 & 23 \\ 22 & -9 \end{pmatrix}$.

例 3　设矩阵 $\boldsymbol{A}, \boldsymbol{B}$ 满足 $\boldsymbol{A}^* \boldsymbol{B}\boldsymbol{A} = 2\boldsymbol{B}\boldsymbol{A} - 8\boldsymbol{E}$，其中 $\boldsymbol{A} = \mathrm{diag}(1, -2, 1)$，求矩阵 $\boldsymbol{B}$.

解　由 $\boldsymbol{A}^* \boldsymbol{B}\boldsymbol{A} = 2\boldsymbol{B}\boldsymbol{A} - 8\boldsymbol{E}$，得

$$(\boldsymbol{A}^* - 2\boldsymbol{E})\boldsymbol{B}\boldsymbol{A} = -8\boldsymbol{E}.$$

两边左乘 $\boldsymbol{A}$，因为 $\boldsymbol{A}$ 可逆，再右乘 A^{-1}，有

$$\boldsymbol{A}(\boldsymbol{A}^* - 2\boldsymbol{E})\boldsymbol{B} = -8\boldsymbol{E}.$$

由于 $|\boldsymbol{A}| = -2$，所以

$$\boldsymbol{A}(\boldsymbol{A}^* - 2\boldsymbol{E}) = |\boldsymbol{A}|\boldsymbol{E} - 2\boldsymbol{A} = -2(\boldsymbol{E} + \boldsymbol{A}) = -2\mathrm{diag}(2, -1, 2)$$

可逆，且 $[\boldsymbol{A}(\boldsymbol{A}^* - 2\boldsymbol{E})]^{-1} = -\frac{1}{2}\mathrm{diag}\left(\frac{1}{2}, -1, \frac{1}{2}\right)$. 于是

$$\boldsymbol{B} = -\frac{1}{2}\mathrm{diag}\left(\frac{1}{2}, -1, \frac{1}{2}\right) \times (-8\boldsymbol{E}) = \mathrm{diag}(2, -4, 2).$$

二、消元法

现在我们来讨论线性方程组的一般解法——消元法.

定理 2　对线性方程组(11-1-1)的增广矩阵 $\widetilde{A}$ 作初等行变换，以所得矩阵为增广矩阵，便确定了一个新的线性方程组，而新方程组与方程组(11-1-1)同解.

证　对增广矩阵 $\widetilde{A}$ 作初等行变换，相应地便对线性方程组(11-1-1)作了下列三种变动：第一种是将方程组(11-1-1)的某个方程遍乘以非零实数 k，其他方程不动，这时显然新旧方程组同解. 第二种是将方程组(11-1-1)的某两个方程换一下位置，即第 i 个方程改称为第 j 个方程，同时，第 j 个方程改称为第 i 个方程，其他的方程都不动. 这时方程本身没有改变，所以方程组的解集合一样，即新旧方程组同解. 第三种是将方程组(11-1-1)的第 i 个方程遍乘以实数 k，然后全部加到第 j 个方程上去，即新方程组的第 j 个方程为

$$(a_{j1} + ka_{i1})x_1 + (a_{j2} + ka_{i2})x_2 + \cdots + (a_{jn} + ka_{in})x_n = b_j + kb_i,$$

其中 $i \neq j$，而除了第 j 个方程外其他方程都不变动. 现在来证明方程组(11-1-1)与新方程组同解. 设 $(k_1, k_2, \cdots, k_n)$ 是方程组(11-1-1)的任一解，它适合新方程组的第 $1, 2, \cdots, j-1, j+1, \cdots, m$ 个方程，将它再代入第 j 个方程，得

$$\sum_{s=1}^{n}(a_{js} + ka_{is})k_s = \sum_{s=1}^{n}a_{js}k_s + k\sum_{s=1}^{n}a_{is}k_s = b_j + kb_i,$$

所以 $(k_1, k_2, \cdots, k_n)$ 是新方程组的解. 反之，对新方程组的任一解 $(k_1, k_2, \cdots, k_n)$，它适合方程组(11-1-1)的第 $1, 2, \cdots, j-1, j+1, \cdots, m$ 个方程，将它再代入第 j 个方程，得

$$\sum_{s=1}^{n}a_{js}k_s = \sum_{s=1}^{n}(a_{js} + ka_{is} - ka_{is})k_s$$

$$=\sum_{s=1}^{n}(a_{js}+ka_{is})k_s-k\sum_{s=1}^{n}a_{is}k_s=(b_j+kb_i)-kb_i=b_j\ ,$$

所以 $(k_1,k_2,\cdots,k_n)$ 是方程组(11-1-1)的解,定理证完.

有了定理 2 之后,就可以借助矩阵的初等行变换来解线性方程组.设方程组(11-1-1)的系数矩阵的秩为 r,那么,根据矩阵秩的性质 2,(11-1-1)的增广矩阵 $\widetilde{\mathbf{A}}$ 的秩满足 $r\leqslant R(\widetilde{\mathbf{A}})\leqslant r+1$.用初等行变换将 $\widetilde{\mathbf{A}}$ 化成行阶梯形矩阵 $\widetilde{\mathbf{A}}_1$,以 $\widetilde{\mathbf{A}}_1$ 为增广矩阵便确定了一个新方程组.根据定理 2,新方程组与方程组(11-1-1)同解.新方程组是否有解取决于矩阵 $\widetilde{\mathbf{A}}_1$ 的最后一个非零行.

如果该行只有最后那个元素不为零,即 $R(\widetilde{\mathbf{A}})=r+1$,则新方程组中相应于这一行的方程是零等于一非零的数,因此新方程组无解,从而方程组(11-1-1)也无解.

例 4 解方程组

$$\begin{cases}2x_1-x_2+3x_3=1,\\4x_1-2x_2+5x_3=4,\\2x_1-x_2+4x_3=0.\end{cases}$$

解 对它的增广矩阵作初等行变换,

$$\begin{pmatrix}2&-1&3&1\\4&-2&5&4\\2&-1&4&0\end{pmatrix}\xrightarrow[r_3-r_1]{r_2-2r_1}\begin{pmatrix}2&-1&3&1\\0&0&-1&2\\0&0&1&-1\end{pmatrix}\xrightarrow{r_3+r_2}\begin{pmatrix}2&-1&3&1\\0&0&-1&2\\0&0&0&1\end{pmatrix},$$

从最后的行阶梯形矩阵可以看出,原方程组无解.

如果 $\widetilde{\mathbf{A}}_1$ 的最后一个非零行的第一个非零元素不在最后一列,即 $R(\widetilde{\mathbf{A}})=r$,则继续用初等行变换将 $\widetilde{\mathbf{A}}_1$ 化成行最简矩阵 $\widetilde{\mathbf{A}}_2$,根据定理 2,以 $\widetilde{\mathbf{A}}_2$ 为增广矩阵的方程组与方程组(11-1-1)同解.

当 $r=n$ 时,$\widetilde{\mathbf{A}}_2$ 形如

$$\begin{pmatrix}1&0&\cdots&0&b'_1\\0&1&\cdots&0&b'_2\\\vdots&\vdots&&\vdots&\vdots\\0&0&\cdots&1&b'_n\\0&0&\cdots&0&0\\\vdots&\vdots&&\vdots&\vdots\\0&0&\cdots&0&0\end{pmatrix},$$

由此可见,$(b'_1,b'_2,\cdots,b'_n)$ 是方程组(11-1-1)的唯一解.

例 5 解方程组

$$\begin{cases}2x_1-x_2+3x_3=1,\\4x_1+2x_2+5x_3=4,\\2x_1+2x_3=6.\end{cases}$$

解 对增广矩阵作初等行变换,

$$\begin{pmatrix}2&-1&3&1\\4&2&5&4\\2&0&2&6\end{pmatrix}\xrightarrow[r_3-r_1]{r_2-2r_1}\begin{pmatrix}2&-1&3&1\\0&4&-1&2\\0&1&-1&5\end{pmatrix}$$

$$\xrightarrow[r_3-4r_2]{r_2\leftrightarrow r_3}\begin{pmatrix}2&-1&3&1\\0&1&-1&5\\0&0&3&-18\end{pmatrix}\xrightarrow[\frac{r_3}{3}]{r_1-r_3}\begin{pmatrix}2&-1&0&19\\0&1&-1&5\\0&0&1&-6\end{pmatrix}\xrightarrow[\frac{r_1}{2}]{\substack{r_2+r_3\\r_1+r_2}}\begin{pmatrix}1&0&0&9\\0&1&0&-1\\0&0&1&-6\end{pmatrix},$$

所以，$(9\ -1\ -6)$ 是原方程组的唯一解.

当 $r<n$ 时，为了写起来方便，不妨设

$$\widetilde{\boldsymbol{A}}_2=\begin{pmatrix}1&0&\cdots&0&a'_{1,r+1}&\cdots&a'_{1n}&b'_1\\0&1&\cdots&0&a'_{2,r+1}&\cdots&a'_{2n}&b'_2\\\vdots&\vdots&&\vdots&\vdots&&\vdots&\vdots\\0&0&\cdots&1&a'_{r,r+1}&\cdots&a'_{rn}&b'_r\\0&0&\cdots&0&0&\cdots&0&0\\\vdots&\vdots&&\vdots&\vdots&&\vdots&\vdots\\0&0&\cdots&0&0&\cdots&0&0\end{pmatrix}.$$

那么，以 $\widetilde{\boldsymbol{A}}_2$ 为增广矩阵的方程组为

$$\begin{cases}x_1+a'_{1,r+1}x_{r+1}+\cdots+a'_{1n}x_n=b'_1,\\x_2+a'_{2,r+1}x_{r+1}+\cdots+a'_{2n}x_n=b'_2,\\\cdots\cdots\cdots\cdots\cdots\cdots\\x_r+a'_{r,r+1}x_{r+1}+\cdots+a'_{rn}x_n=b'_r.\end{cases}$$

其中把可能出现的一些恒等式“$0=0$”去掉了. 把它改写成

$$\begin{cases}x_1=b'_1-a'_{1,r+1}x_{r+1}-\cdots-a'_{1n}x_n,\\x_2=b'_2-a'_{2,r+1}x_{r+1}-\cdots-a'_{2n}x_n,\\\cdots\cdots\cdots\cdots\cdots\cdots\\x_r=b'_r-a'_{r,r+1}x_{r+1}-\cdots-a'_{rn}x_n.\end{cases}$$

这样就把 $x_1,x_2,\cdots,x_r$ 通过 $x_{r+1},\cdots,x_n$ 表示出来. 任给 $x_{r+1},\cdots,x_n$ 的一组值，就唯一地定出 $x_1,x_2,\cdots,x_r$ 的值，也就是定出方程组(11-1-1)的一个解. 因此，这样一组表达式就是方程组(11-1-1)的一般解，也称为通解. 而 $x_{r+1},\cdots,x_n$ 称为一组自由未知量. 一般来说，$\widetilde{\boldsymbol{A}}_2$ 的 r 个非零行的第一个非零元素不一定在第 1 至第 r 列. 因此，自由未知量不一定就是 $x_{r+1},\cdots,x_n$，但其个数总是 $n-r$.

例 6　解

$$\begin{cases}2x_1-x_2+3x_3=1,\\4x_1-2x_2+5x_3=4,\\2x_1-x_2+4x_3=-1.\end{cases}$$

解　对增广矩阵作初等行变换，

$$\begin{pmatrix}2&-1&3&1\\4&-2&5&4\\2&-1&4&-1\end{pmatrix}\xrightarrow[r_3-r_1]{r_2-2r_1}\begin{pmatrix}2&-1&3&1\\0&0&-1&2\\0&0&1&-2\end{pmatrix}$$

$$\xrightarrow[r_1+3r_2]{r_3+r_2}\begin{pmatrix}2&-1&0&7\\0&0&-1&2\\0&0&0&0\end{pmatrix}\xrightarrow[-r_2]{\frac{r_1}{2}}\begin{pmatrix}1&\frac{-1}{2}&0&\frac{7}{2}\\0&0&1&-2\\0&0&0&0\end{pmatrix},$$

由此可知，

$$\begin{cases} x_1 - \dfrac{1}{2}x_2 = \dfrac{7}{2}, \\ x_3 = -2. \end{cases}$$

从而得原方程组的一般解

$$\begin{cases} x_1 = \dfrac{7}{2} + \dfrac{1}{2}x_2, \\ x_3 = -2. \end{cases}$$

其中 x_2 为自由未知量.

综合以上的讨论，我们有

定理 3　线性方程组有解的充分必要条件是它的系数矩阵和增广矩阵有相同的秩. 在有解的情况下，如果系数矩阵的秩 r 等于未知量的个数 n，那么方程组有唯一解；如果系数矩阵的秩 r 小于未知量的个数 n，那么方程组就有无穷多个解，其一般解中所含自由未知量的个数为 $n-r$.

常数项全为零的线性方程组称为齐次线性方程组. 齐次线性方程组总是有解的，因为 $(0,0,\cdots,0)$ 就是一个解，它称为零解. 对于齐次线性方程组，我们关心的问题常常是，它除了零解以外还有没有非零解.

定理 4　齐次线性方程组有非零解的充分必要条件为系数矩阵的秩 r 小于未知量的个数 n.

证　当 $r=n$ 时，方程组有唯一解，它只能是零解. 当 $r<n$ 时，方程组有无穷多个解，因而它除了零解之外，必然还有非零解.

定理 4 有以下两个常用的推论.

推论 1　含有 n 个未知量 n 个方程的齐次线性方程组有非零解的充分必要条件是它的系数行列式等于零.

证　因为系数矩阵的秩小于 n 的充要条件是它的行列式等于零.

推论 2　若在一个齐次线性方程组中方程的个数 m 小于未知量的个数 n，那么方程组一定有非零解.

证　因为在这一情形，方程组的系数矩阵的秩 r 不能超过 m，因而一定小于 n.

例 7　解齐次线性方程组

$$\begin{cases} x_1 + x_2 - x_3 + 2x_4 + x_5 = 0, \\ x_3 + 3x_4 - x_5 = 0, \\ 2x_3 + x_4 - 2x_5 = 0. \end{cases}$$

解　齐次线性方程组中未知量之间的数量关系是由它的系数矩阵所确定的. 用初等行变换将系数矩阵化成行最简矩阵，得

$$\begin{pmatrix} 1 & 1 & 0 & 0 & 0 \\ 0 & 0 & 1 & 0 & -1 \\ 0 & 0 & 0 & 1 & 0 \end{pmatrix}.$$

与这个矩阵相当的齐次方程组是

$$\begin{cases} x_1 + x_2 = 0, \\ x_3 - x_5 = 0, \\ x_4 = 0. \end{cases}$$

由此即得一般解

$$\begin{cases} x_1 = -x_2, \\ x_3 = x_5, \\ x_4 = 0, \end{cases}$$

x_2, x_5 是自由未知量.

为了下一节论述的需要,我们来讨论矩阵方程有解的条件.

设有方程 $\boldsymbol{A}_{l\times m}\boldsymbol{X}_{m\times n} = \boldsymbol{B}_{l\times n}$,其中 $\boldsymbol{A}, \boldsymbol{B}$ 是已知矩阵,$\boldsymbol{X}$ 是未知矩阵. 将 $\boldsymbol{X}$ 和 $\boldsymbol{B}$ 按列分块成 $\boldsymbol{X} = (\boldsymbol{X}_1, \boldsymbol{X}_2, \cdots, \boldsymbol{X}_n)$ 和 $\boldsymbol{B} = (\boldsymbol{B}_1, \boldsymbol{B}_2, \cdots, \boldsymbol{B}_n)$,那么 $\boldsymbol{AX} = \boldsymbol{B}$ 有解的充分必要条件是:对每一个 $j = 1, 2, \cdots, n$, 方程 $\boldsymbol{AX}_j = \boldsymbol{B}_j$ 有解.

设 $R(\boldsymbol{A}) = r$. 如果 $R(\boldsymbol{A}, \boldsymbol{B}) = r$,则由矩阵秩的性质 2,对 $j = 1, 2, \cdots, n$,都有 $R(\boldsymbol{A}, \boldsymbol{B}_j) = r$, 从而 $\boldsymbol{AX}_j - \boldsymbol{B}_j$ 有解.

如果 $R(\boldsymbol{A}, \boldsymbol{B}) > r$,用初等行变换将 $(\boldsymbol{A}, \boldsymbol{B})$ 化成行阶梯形,在这个行阶梯形矩阵第 $r+1$ 行的第 $m+1$ 至第 $m+n$ 个元素中,必有一个,比如第 $m+j$ 个 $(1 \leqslant j \leqslant n)$ 不为零,因此 $R(\boldsymbol{A}, \boldsymbol{B}_j) > r$,于是 $\boldsymbol{AX}_j = \boldsymbol{B}_j$ 无解.

由以上讨论可知

定理 5　矩阵方程 $\boldsymbol{AX} = \boldsymbol{B}$ 有解的充分必要条件是 $R(\boldsymbol{A}) = R(\boldsymbol{A}, \boldsymbol{B})$.

推论　设 $\boldsymbol{AB} = \boldsymbol{C}$,则 $R(\boldsymbol{C}) \leqslant \min\{R(\boldsymbol{A}), R(\boldsymbol{B})\}$.

证　因 $\boldsymbol{AB} = \boldsymbol{C}$, 知矩阵方程 $\boldsymbol{AX} = \boldsymbol{C}$ 有解 $\boldsymbol{X} = \boldsymbol{B}$,于是由定理 5,有 $R(\boldsymbol{A}) = R(\boldsymbol{A}, \boldsymbol{C})$. 而 $R(\boldsymbol{C}) \leqslant R(\boldsymbol{A}, \boldsymbol{C})$,因此 $R(\boldsymbol{C}) \leqslant R(\boldsymbol{A})$.

又 $\boldsymbol{B}^{\mathrm{T}}\boldsymbol{A}^{\mathrm{T}} = \boldsymbol{C}^{\mathrm{T}}$,由上段证明知有 $R(\boldsymbol{C}^{\mathrm{T}}) \leqslant R(\boldsymbol{B}^{\mathrm{T}})$,即 $R(\boldsymbol{C}) \leqslant R(\boldsymbol{B})$.

综合便得 $R(\boldsymbol{C}) \leqslant \min\{R(\boldsymbol{A}), R(\boldsymbol{B})\}$.

第五节　向量组的线性相关性

一、向量组及其线性表示

定义 1　由 n 个数 $a_1, a_2, \cdots, a_n$ 组成的有序数组称为一个 n 维向量,可记为

$$(a_1, a_2, \cdots, a_n) \text{ 或 } \begin{pmatrix} a_1 \\ a_2 \\ \vdots \\ a_n \end{pmatrix},$$

它们只是写法不同,为了区别,前者称为行向量,后者称为列向量. a_i 称为向量的分量或坐标. 分量全为零的向量称为零向量,记为 $\boldsymbol{0}$.

n 维的行向量和列向量分别可以看成 $1 \times n$ 和 $n \times 1$ 矩阵. 我们规定向量的运算都按矩阵的运算规则进行,因此在运算中,行向量 $(a_1, a_2, \cdots, a_n)$ 和列向量 $(a_1, a_2, \cdots, a_n)^{\mathrm{T}}$ 应当视为不同的向量.

n 元方程组的解可以看成 n 维向量.

几何上的向量可以认为是 n 维向量的特殊情形,即 $n = 2, 3$ 且分量皆为实数的情形. 在 $n > 3$ 时,n 维向量就没有直观的几何意义了.

由有限个同维数的行向量(或同维数的列向量)构成的集合称为向量组.

如果把 $m\times n$ 矩阵

$$A=\begin{pmatrix}a_{11} & a_{12} & \cdots & a_{1n}\\ a_{21} & a_{22} & \cdots & a_{2n}\\ \vdots & \vdots & & \vdots\\ a_{m1} & a_{m2} & \cdots & a_{mn}\end{pmatrix}$$

的每一行看成一个 n 维行向量,每一列看成一个 m 维列向量,那么,向量组

$$(a_{11},a_{12},\cdots,a_{1n}),(a_{21},a_{22},\cdots,a_{2n}),\cdots,(a_{m1},a_{m2},\cdots,a_{mn})$$

称为 $\boldsymbol{A}$ 的行向量组;向量组

$$\begin{pmatrix}a_{11}\\ a_{21}\\ \vdots\\ a_{m1}\end{pmatrix},\begin{pmatrix}a_{12}\\ a_{22}\\ \vdots\\ a_{m2}\end{pmatrix},\cdots,\begin{pmatrix}a_{1n}\\ a_{2n}\\ \vdots\\ a_{mn}\end{pmatrix}$$

称为 $\boldsymbol{A}$ 的列向量组. 反之,以一个行向量组作为矩阵的行或者以一个列向量组作为矩阵的列也都可以构成一个矩阵.

以后我们用小写希腊字母 $\boldsymbol{\alpha},\boldsymbol{\beta},\boldsymbol{\gamma},\cdots$ 来表示列向量,并且除非特别声明,所说向量均指列向量.

定义 2　向量 $\boldsymbol{\beta}$ 称为可以由向量组 $\boldsymbol{\alpha}_1,\cdots,\boldsymbol{\alpha}_r$ 线性表示,如果有数 $k_1,\cdots,k_r$,使

$$\boldsymbol{\beta}=k_1\boldsymbol{\alpha}_1+\cdots+k_r\boldsymbol{\alpha}_r.$$

这时,也称向量 $\boldsymbol{\beta}$ 是向量组 $\boldsymbol{\alpha}_1,\cdots,\boldsymbol{\alpha}_r$ 的一个线性组合(linear combination), **$k_1,\cdots,k_r$ 称为组合系数.**

例如,任何一个 n 维向量 $\boldsymbol{\alpha}=(a_1,a_2,\cdots,a_n)^{\mathrm{T}}$ 都可以由向量组

$$\boldsymbol{\varepsilon}_1=(1,0,\cdots,0)^{\mathrm{T}},\boldsymbol{\varepsilon}_2=(0,1,\cdots,0)^{\mathrm{T}},\cdots,\boldsymbol{\varepsilon}_n=(0,0,\cdots,1)^{\mathrm{T}}$$

线性表示,因为 $\boldsymbol{\alpha}=a_1\boldsymbol{\varepsilon}_1+a_2\boldsymbol{\varepsilon}_2+\cdots+a_n\boldsymbol{\varepsilon}_n$. 向量组 $\boldsymbol{\varepsilon}_1,\boldsymbol{\varepsilon}_2,\cdots,\boldsymbol{\varepsilon}_n$ 称为 n 维单位坐标向量组.

由定义可以立即看出,零向量是任一向量组的线性组合(只要取系数全为 0 就行了).

例 1　设 $\boldsymbol{\alpha}_1=(1,1,2,2)^{\mathrm{T}},\boldsymbol{\alpha}_2=(1,2,1,3)^{\mathrm{T}},\boldsymbol{\alpha}_3=(1,-1,4,0)^{\mathrm{T}},\boldsymbol{\beta}=(1,0,3,1)^{\mathrm{T}}$,证明向量 $\boldsymbol{\beta}$ 能由向量组 $\boldsymbol{\alpha}_1,\boldsymbol{\alpha}_2,\boldsymbol{\alpha}_3$ 线性表示,并求出表示式.

解　设有 k_1,k_2,k_3,使

$$\boldsymbol{\beta}=k_1\boldsymbol{\alpha}_1+k_2\boldsymbol{\alpha}_2+k_3\boldsymbol{\alpha}_3,$$

如果按分量写出,上式是一个以 $\widetilde{\boldsymbol{A}}=(\boldsymbol{\alpha}_1,\boldsymbol{\alpha}_2,\boldsymbol{\alpha}_3,\boldsymbol{\beta})$ 为增广矩阵,未知量为 k_1,k_2,k_3 的线性方程组. 用初等行变换将 $\widetilde{\boldsymbol{A}}$ 化成行最简矩阵:

$$\widetilde{\boldsymbol{A}}=\begin{pmatrix}1 & 1 & 1 & 1\\ 1 & 2 & -1 & 0\\ 2 & 1 & 4 & 3\\ 2 & 3 & 0 & 1\end{pmatrix}\xrightarrow{r}\begin{pmatrix}1 & 0 & 3 & 2\\ 0 & 1 & -2 & -1\\ 0 & 0 & 0 & 0\\ 0 & 0 & 0 & 0\end{pmatrix},$$

由此可见,方程组有解,也就是说,向量 $\boldsymbol{\beta}$ 可以由向量组 $\boldsymbol{\alpha}_1,\boldsymbol{\alpha}_2,\boldsymbol{\alpha}_3$ 线性表示. 由上述行最简矩阵可得方程组的通解:

$$\begin{cases}k_1=2-3k_3,\\ k_2=-1+2k_3.\end{cases}$$

所以有表示式 $\boldsymbol{\beta}=(2-3k_3)\boldsymbol{\alpha}_1+(-1+2k_3)\boldsymbol{\alpha}_2+k_3\boldsymbol{\alpha}_3$, k_3 为任意常数.

定义 3　如果向量组 $\boldsymbol{\beta}_1,\cdots,\boldsymbol{\beta}_s$ 中的每一个向量 $\boldsymbol{\beta}_j$ $(j=1,\cdots,s)$ 都可以由向量组 $\boldsymbol{\alpha}_1,\cdots,\boldsymbol{\alpha}_r$

线性表示,那么就称向量组 $\boldsymbol{\beta}_1,\cdots,\boldsymbol{\beta}_s$ 可以由向量组 $\boldsymbol{\alpha}_1,\cdots,\boldsymbol{\alpha}_r$ 线性表示. 如果两个向量组可以互相线性表示,就称它们等价.

设向量组 $\boldsymbol{\beta}_1,\cdots,\boldsymbol{\beta}_s$ 能由向量组 $\boldsymbol{\alpha}_1,\cdots,\boldsymbol{\alpha}_r$ 线性表示,即对每个 $\boldsymbol{\beta}_j\ (j=1,\cdots,s)$,存在数 $k_{1j},\cdots,k_{rj}$,使得

$$\boldsymbol{\beta}_j=k_{1j}\boldsymbol{\alpha}_1+\cdots+k_{rj}\boldsymbol{\alpha}_r=(\boldsymbol{\alpha}_1,\cdots,\boldsymbol{\alpha}_r)\begin{pmatrix}k_{1j}\\ \vdots\\ k_{rj}\end{pmatrix},$$

那么

$$(\boldsymbol{\beta}_1,\cdots,\boldsymbol{\beta}_s)=(\boldsymbol{\alpha}_1,\cdots,\boldsymbol{\alpha}_r)\begin{pmatrix}k_{11}&\cdots&k_{1s}\\ \vdots&&\vdots\\ k_{r1}&\cdots&k_{rs}\end{pmatrix}.$$

如果记 $\boldsymbol{A}=(\boldsymbol{\alpha}_1,\cdots,\boldsymbol{\alpha}_r)$,$\boldsymbol{B}=(\boldsymbol{\beta}_1,\cdots,\boldsymbol{\beta}_s)$,$\boldsymbol{K}=(k_{ij})_{r\times s}$,这就是说,矩阵方程 $\boldsymbol{AX}=\boldsymbol{B}$ 有解 $\boldsymbol{X}=\boldsymbol{K}$. 反之,如果 $\boldsymbol{AK}=\boldsymbol{B}$,那么矩阵 $\boldsymbol{B}$ 的列向量组可以被矩阵 $\boldsymbol{A}$ 的列向量组线性表示. 因此,由上节定理 5 即得

定理 1　向量组 $\boldsymbol{\beta}_1,\cdots,\boldsymbol{\beta}_s$ 能由向量组 $\boldsymbol{\alpha}_1,\cdots,\boldsymbol{\alpha}_r$ 线性表示的充分必要条件为

$$R(\boldsymbol{\alpha}_1,\cdots,\boldsymbol{\alpha}_r)=R(\boldsymbol{\alpha}_1,\cdots,\boldsymbol{\alpha}_r,\boldsymbol{\beta}_1,\cdots,\boldsymbol{\beta}_s).$$

由矩阵秩的性质 2 立即可得

推论 1　如果向量组 $\boldsymbol{\beta}_1,\cdots,\boldsymbol{\beta}_s$ 能由向量组 $\boldsymbol{\alpha}_1,\cdots,\boldsymbol{\alpha}_r$ 线性表示,那么

$$R(\boldsymbol{\beta}_1,\cdots,\boldsymbol{\beta}_s)\leqslant R(\boldsymbol{\alpha}_1,\cdots,\boldsymbol{\alpha}_r).$$

如果向量组 $\boldsymbol{\alpha}_1,\cdots,\boldsymbol{\alpha}_r$ 与向量组 $\boldsymbol{\beta}_1,\cdots,\boldsymbol{\beta}_s$ 能互相线性表示,则由定理 1 有

$R(\boldsymbol{\alpha}_1,\cdots,\boldsymbol{\alpha}_r)=R(\boldsymbol{\alpha}_1,\cdots,\boldsymbol{\alpha}_r,\boldsymbol{\beta}_1,\cdots,\boldsymbol{\beta}_s)$ 及 $R(\boldsymbol{\beta}_1,\cdots,\boldsymbol{\beta}_s)=R(\boldsymbol{\beta}_1,\cdots,\boldsymbol{\beta}_s,\boldsymbol{\alpha}_1,\cdots,\boldsymbol{\alpha}_r)$,而 $R(\boldsymbol{\beta}_1,\cdots,\boldsymbol{\beta}_s,\boldsymbol{\alpha}_1,\cdots,\boldsymbol{\alpha}_r)=R(\boldsymbol{\alpha}_1,\cdots,\boldsymbol{\alpha}_r,\boldsymbol{\beta}_1,\cdots,\boldsymbol{\beta}_s)$,因此得

推论 2　向量组 $\boldsymbol{\alpha}_1,\cdots,\boldsymbol{\alpha}_r$ 与向量组 $\boldsymbol{\beta}_1,\cdots,\boldsymbol{\beta}_s$ 等价的充分必要条件是

$$R(\boldsymbol{\alpha}_1,\cdots,\boldsymbol{\alpha}_r)=R(\boldsymbol{\beta}_1,\cdots,\boldsymbol{\beta}_s)=R(\boldsymbol{\alpha}_1,\cdots,\boldsymbol{\alpha}_r,\boldsymbol{\beta}_1,\cdots,\boldsymbol{\beta}_s).$$

例 2　设 $\boldsymbol{\alpha}_1=(1,-1,1,-1)^{\mathrm{T}},\boldsymbol{\alpha}_2=(3,1,1,3)^{\mathrm{T}}$;$\boldsymbol{\beta}_1=(2,0,1,1)^{\mathrm{T}},\boldsymbol{\beta}_2=(1,1,0,2)^{\mathrm{T}}$,$\boldsymbol{\beta}_3=(3,-1,2,0)^{\mathrm{T}}$. 证明向量组 $\boldsymbol{\alpha}_1,\boldsymbol{\alpha}_2$ 与向量组 $\boldsymbol{\beta}_1,\boldsymbol{\beta}_2,\boldsymbol{\beta}_3$ 等价.

证　对矩阵 $(\boldsymbol{\alpha}_1,\boldsymbol{\alpha}_2,\boldsymbol{\beta}_1,\boldsymbol{\beta}_2,\boldsymbol{\beta}_3)$ 作初等行变换,将其化成行阶梯形矩阵:

$$(\boldsymbol{\alpha}_1,\boldsymbol{\alpha}_2,\boldsymbol{\beta}_1,\boldsymbol{\beta}_2,\boldsymbol{\beta}_3)=\begin{pmatrix}1&3&2&1&3\\ -1&1&0&1&-1\\ 1&1&1&0&2\\ -1&3&1&2&0\end{pmatrix}\xrightarrow{r}\begin{pmatrix}1&3&2&1&3\\ 0&2&1&1&1\\ 0&0&0&0&0\\ 0&0&0&0&0\end{pmatrix},$$

可见 $R(\boldsymbol{\alpha}_1,\boldsymbol{\alpha}_2)=R(\boldsymbol{\alpha}_1,\boldsymbol{\alpha}_2,\boldsymbol{\beta}_1,\boldsymbol{\beta}_2,\boldsymbol{\beta}_3)=2$. 此外,容易看出在矩阵 $(\boldsymbol{\beta}_1,\boldsymbol{\beta}_2,\boldsymbol{\beta}_3)$ 中有 2 阶非零子式 $\begin{vmatrix}2&1\\ 0&1\end{vmatrix}$,因此 $R(\boldsymbol{\beta}_1,\boldsymbol{\beta}_2,\boldsymbol{\beta}_3)\geqslant 2$. 但 $R(\boldsymbol{\beta}_1,\boldsymbol{\beta}_2,\boldsymbol{\beta}_3)\leqslant R(\boldsymbol{\alpha}_1,\boldsymbol{\alpha}_2,\boldsymbol{\beta}_1,\boldsymbol{\beta}_2,\boldsymbol{\beta}_3)=2$,于是推知 $R(\boldsymbol{\beta}_1,\boldsymbol{\beta}_2,\boldsymbol{\beta}_3)=2$. 这样就有

$$R(\boldsymbol{\alpha}_1,\boldsymbol{\alpha}_2)=R(\boldsymbol{\beta}_1,\boldsymbol{\beta}_2,\boldsymbol{\beta}_3)=R(\boldsymbol{\alpha}_1,\boldsymbol{\alpha}_2,\boldsymbol{\beta}_1,\boldsymbol{\beta}_2,\boldsymbol{\beta}_3),$$

根据推论 2,向量组 $\boldsymbol{\alpha}_1,\boldsymbol{\alpha}_2$ 与向量组 $\boldsymbol{\beta}_1,\boldsymbol{\beta}_2,\boldsymbol{\beta}_3$ 等价.

由定义 3 不难证明,每一个向量组都可以由它自身线性表示. 同时,如果向量组 $\boldsymbol{\beta}_1,\cdots,\boldsymbol{\beta}_s$ 可以由向量组 $\boldsymbol{\alpha}_1,\cdots,\boldsymbol{\alpha}_r$ 线性表示,向量组 $\boldsymbol{\gamma}_1,\cdots,\boldsymbol{\gamma}_t$ 可以由向量组 $\boldsymbol{\beta}_1,\cdots,\boldsymbol{\beta}_s$ 线性表示,那么向量组 $\boldsymbol{\gamma}_1,\cdots,\boldsymbol{\gamma}_t$ 可以由向量组 $\boldsymbol{\alpha}_1,\cdots,\boldsymbol{\alpha}_r$ 线性表示.

事实上，如果

$$(\boldsymbol{\beta}_1,\cdots,\boldsymbol{\beta}_s)=(\boldsymbol{\alpha}_1,\cdots,\boldsymbol{\alpha}_r)\boldsymbol{K}_{r\times s}\ ,\ (\boldsymbol{\gamma}_1,\cdots,\boldsymbol{\gamma}_t)=(\boldsymbol{\beta}_1,\cdots,\boldsymbol{\beta}_s)\boldsymbol{L}_{s\times t}\ ,$$

则

$$(\boldsymbol{\gamma}_1,\cdots,\boldsymbol{\gamma}_t)=(\boldsymbol{\alpha}_1,\cdots,\boldsymbol{\alpha}_r)(\boldsymbol{KL})\ .$$

这就是说，$\boldsymbol{\gamma}_1,\cdots,\boldsymbol{\gamma}_t$ 可以由 $\boldsymbol{\alpha}_1,\cdots,\boldsymbol{\alpha}_r$ 线性表示.

由上述的结论，得知向量组之间的等价有以下性质：

反身性：每一个向量组都与它自身等价.

对称性：如果向量组 $\boldsymbol{\alpha}_1,\cdots,\boldsymbol{\alpha}_r$ 与向量组 $\boldsymbol{\beta}_1,\cdots,\boldsymbol{\beta}_s$ 等价，那么向量组 $\boldsymbol{\beta}_1,\cdots,\boldsymbol{\beta}_s$ 也与向量组 $\boldsymbol{\alpha}_1,\cdots,\boldsymbol{\alpha}_r$ 等价.

传递性：如果向量组 $\boldsymbol{\alpha}_1,\cdots,\boldsymbol{\alpha}_r$ 与向量组 $\boldsymbol{\beta}_1,\cdots,\boldsymbol{\beta}_s$ 等价，向量组 $\boldsymbol{\beta}_1,\cdots,\boldsymbol{\beta}_s$ 与向量组 $\boldsymbol{\gamma}_1,\cdots,\boldsymbol{\gamma}_t$ 等价，那么向量组 $\boldsymbol{\alpha}_1,\cdots,\boldsymbol{\alpha}_r$ 与向量组 $\boldsymbol{\gamma}_1,\cdots,\boldsymbol{\gamma}_t$ 等价.

二、向量组的线性相关性

定义 4　向量组 $\boldsymbol{\alpha}_1,\boldsymbol{\alpha}_2,\cdots,\boldsymbol{\alpha}_r$ 称为线性相关(linear correlation)的，如果有不全为零的数 $k_1,k_2,\cdots,k_r$，使

$$k_1\boldsymbol{\alpha}_1+k_2\boldsymbol{\alpha}_2+\cdots+k_r\boldsymbol{\alpha}_r=\boldsymbol{0}\ . \tag{11-5-1}$$

一向量组不线性相关，就称为线性无关(linearly independent). 或者说，向量组 $\boldsymbol{\alpha}_1,\boldsymbol{\alpha}_2,\cdots,\boldsymbol{\alpha}_r$ 称为线性无关的，如果由(11-5-1)可以推出 $k_1=k_2=\cdots=k_r=0$.

定义包含了由一个向量构成的向量组的情形. 按定义，向量组 $\boldsymbol{\alpha}$ 线性相关就表示有 $k\neq 0$ (因为只有一个数，所以不全为零就是它不等于零)，使 $k\boldsymbol{\alpha}=\boldsymbol{0}$，由数乘的性质推知 $\boldsymbol{\alpha}=\boldsymbol{0}$. 因此，向量组 $\boldsymbol{\alpha}$ 线性相关就表示 $\boldsymbol{\alpha}=\boldsymbol{0}$.

由定义 4 立即得出，如果一向量组的一部分(称为部分组)线性相关，那么这个向量组就线性相关. 设向量组为 $\boldsymbol{\alpha}_1,\boldsymbol{\alpha}_2,\cdots,\boldsymbol{\alpha}_r,\cdots,\boldsymbol{\alpha}_s(r\leqslant s)$，它的一个部分组，比如说 $\boldsymbol{\alpha}_1,\boldsymbol{\alpha}_2,\cdots,\boldsymbol{\alpha}_r$ 线性相关，即有不全为零的数 $k_1,k_2,\cdots,k_r$，使

$$k_1\boldsymbol{\alpha}_1+k_2\boldsymbol{\alpha}_2+\cdots+k_r\boldsymbol{\alpha}_r=\boldsymbol{0}\ ,$$

由上式显然有

$$k_1\boldsymbol{\alpha}_1+k_2\boldsymbol{\alpha}_2+\cdots+k_r\boldsymbol{\alpha}_r+0\boldsymbol{\alpha}_{r+1}+\cdots+0\boldsymbol{\alpha}_s=\boldsymbol{0}\ ,$$

因为 $k_1,k_2,\cdots,k_r$ 不全为零，所以 $k_1,k_2,\cdots,k_r,0,\cdots,0$ 也不全为零，因而 $\boldsymbol{\alpha}_1,\boldsymbol{\alpha}_2,\cdots,\boldsymbol{\alpha}_s$ 线性相关.

换个说法，如果一向量组线性无关，那么它的任何一个非空部分组也线性无关.

定理 2　向量组 $\boldsymbol{\alpha}_1,\boldsymbol{\alpha}_2,\cdots,\boldsymbol{\alpha}_r(r\geqslant 2)$ 线性相关的充分必要条件是组中有一向量可以由其余的向量线性表示.

证　必要性. 如果向量组 $\boldsymbol{\alpha}_1,\boldsymbol{\alpha}_2,\cdots,\boldsymbol{\alpha}_r$ 是线性相关的，则有不全为零的数 $k_1,k_2,\cdots,k_r$，使

$$k_1\boldsymbol{\alpha}_1+k_2\boldsymbol{\alpha}_2+\cdots+k_r\boldsymbol{\alpha}_r=\boldsymbol{0}\ .$$

因为 $k_1,k_2,\cdots,k_r$ 不全为零，不妨设 $k_i\neq 0$，于是上式可改写为

$$\boldsymbol{\alpha}_i=-\frac{k_1}{k_i}\boldsymbol{\alpha}_1-\cdots-\frac{k_{i-1}}{k_i}\boldsymbol{\alpha}_{i-1}-\frac{k_{i+1}}{k_i}\boldsymbol{\alpha}_{i+1}-\cdots-\frac{k_r}{k_i}\boldsymbol{\alpha}_r\ .$$

这就是说，向量 $\boldsymbol{\alpha}_i$ 可以被其余的向量线性表示.

充分性. 如果向量组 $\boldsymbol{\alpha}_1,\boldsymbol{\alpha}_2,\cdots,\boldsymbol{\alpha}_r$ 中有一向量可以由其余的向量线性表示，比如说

$$\boldsymbol{\alpha}_i=k_1\boldsymbol{\alpha}_1+\cdots+k_{i-1}\boldsymbol{\alpha}_{i-1}+k_{i+1}\boldsymbol{\alpha}_{i+1}+\cdots+k_r\boldsymbol{\alpha}_r\ .$$

把它改写一下，就有

$$k_1\boldsymbol{\alpha}_1+\cdots+k_{i-1}\boldsymbol{\alpha}_{i-1}+(-1)\boldsymbol{\alpha}_i+k_{i+1}\boldsymbol{\alpha}_{i+1}+\cdots+k_r\boldsymbol{\alpha}_r=\mathbf{0}.$$

因为数 $k_1,\cdots,k_{i-1},-1,k_{i+1},\cdots,k_r$ 不全为 0(至少 $-1\neq 0$)，所以这个向量组线性相关.

例如，向量组 $\boldsymbol{\alpha}_1=(2,-1,3,1)^{\mathrm{T}},\boldsymbol{\alpha}_2=(4,-2,5,4)^{\mathrm{T}},\boldsymbol{\alpha}_3=(2,-1,4,-1)^{\mathrm{T}}$ 是线性相关的，因为 $\boldsymbol{\alpha}_3=3\boldsymbol{\alpha}_1-\boldsymbol{\alpha}_2$.

显然，向量组 $\boldsymbol{\alpha}_1,\boldsymbol{\alpha}_2$ 线性相关就表示 $\boldsymbol{\alpha}_1=k\boldsymbol{\alpha}_2$ 或者 $\boldsymbol{\alpha}_2=k\boldsymbol{\alpha}_1$(这两个式子不一定能同时成立). 在三维的情形，这就表示 $\boldsymbol{\alpha}_1$ 与 $\boldsymbol{\alpha}_2$ 共线. 三个向量线性相关的几何意义就是它们共面. 因为由定理 1，其中一个向量是另外两个向量的线性组合，比如 $\boldsymbol{\alpha}_3=k\boldsymbol{\alpha}_1+l\boldsymbol{\alpha}_2$，这就是说，$\boldsymbol{\alpha}_3$ 在 $\boldsymbol{\alpha}_1$ 与 $\boldsymbol{\alpha}_2$ 所在的平面上.

因为零向量可以被任何一个向量组线性表示，所以任何一个包含零向量的向量组线性相关.

不难看出，由 n 维单位坐标向量 $\boldsymbol{\varepsilon}_1,\boldsymbol{\varepsilon}_2,\cdots,\boldsymbol{\varepsilon}_n$ 组成的向量组是线性无关的. 事实上，由

$$k_1\boldsymbol{\varepsilon}_1+k_2\boldsymbol{\varepsilon}_2+\cdots+k_n\boldsymbol{\varepsilon}_n=\mathbf{0}$$

也就是 $k_1(1,0,\cdots,0)^{\mathrm{T}}+k_2(0,1,\cdots,0)^{\mathrm{T}}+\cdots+k_n(0,0,\cdots,1)^{\mathrm{T}}=(k_1,k_2,\cdots,k_n)^{\mathrm{T}}=(0,0,\cdots,0)^{\mathrm{T}}$ 可以推出 $k_1=k_2=\cdots=k_n=0$，这就是说，$\boldsymbol{\varepsilon}_1,\boldsymbol{\varepsilon}_2,\cdots,\boldsymbol{\varepsilon}_n$ 线性无关.

一般地，要判别一个向量组

$$\boldsymbol{\alpha}_i=(a_{i1},a_{i2},\cdots,a_{in})^{\mathrm{T}},\ i=1,2,\cdots,r \tag{11-5-2}$$

是否线性相关，根据定义 4，就是要看方程

$$x_1\boldsymbol{\alpha}_1+x_2\boldsymbol{\alpha}_2+\cdots+x_r\boldsymbol{\alpha}_r=\mathbf{0} \tag{11-5-3}$$

有无非零解. (11-5-3)式按分量写出来是系数矩阵为 $(\boldsymbol{\alpha}_1,\boldsymbol{\alpha}_2,\cdots,\boldsymbol{\alpha}_r)$ 的齐次线性方程组，由第四节定理 4，立即可得

定理 3　向量组 $\boldsymbol{\alpha}_1,\boldsymbol{\alpha}_2,\cdots,\boldsymbol{\alpha}_r$ 线性相关的充分必要条件是 $R(\boldsymbol{\alpha}_1,\boldsymbol{\alpha}_2,\cdots,\boldsymbol{\alpha}_r)<r$，线性无关的充分必要条件是 $R(\boldsymbol{\alpha}_1,\boldsymbol{\alpha}_2,\cdots,\boldsymbol{\alpha}_r)=r$.

例 3　已知 $\boldsymbol{\alpha}_1=(1,1,1)^{\mathrm{T}},\boldsymbol{\alpha}_2=(0,2,5)^{\mathrm{T}},\boldsymbol{\alpha}_3=(2,4,7)^{\mathrm{T}}$. 试讨论向量组 $\boldsymbol{\alpha}_1,\boldsymbol{\alpha}_2$ 及向量组 $\boldsymbol{\alpha}_1,\boldsymbol{\alpha}_2,\boldsymbol{\alpha}_3$ 的线性相关性.

解　用初等行变换将矩阵 $(\boldsymbol{\alpha}_1,\boldsymbol{\alpha}_2,\boldsymbol{\alpha}_3)$ 化成行阶梯形：

$$(\boldsymbol{\alpha}_1,\boldsymbol{\alpha}_2,\boldsymbol{\alpha}_3)=\begin{pmatrix}1&0&2\\1&2&4\\1&5&7\end{pmatrix}\xrightarrow[r_3-r_1]{r_2-r_1}\begin{pmatrix}1&0&2\\0&2&2\\0&5&5\end{pmatrix}\xrightarrow{r_3-\frac{5}{2}r_2}\begin{pmatrix}1&0&2\\0&2&2\\0&0&0\end{pmatrix},$$

可见 $R(\boldsymbol{\alpha}_1,\boldsymbol{\alpha}_2)=R(\boldsymbol{\alpha}_1,\boldsymbol{\alpha}_2,\boldsymbol{\alpha}_3)=2$，由定理 3 可得，向量组 $\boldsymbol{\alpha}_1,\boldsymbol{\alpha}_2$ 线性无关，向量组 $\boldsymbol{\alpha}_1,\boldsymbol{\alpha}_2,\boldsymbol{\alpha}_3$ 线性相关.

如果向量组(11-5-2)线性无关，那么在每一个向量上添一个分量所得到的 $n+1$ 维的向量组

$$\boldsymbol{\beta}_i=(a_{i1},a_{i2},\cdots,a_{in},a_{i,n+1})^{\mathrm{T}},\ i=1,2,\cdots,r \tag{11-5-4}$$

也线性无关.

事实上，与向量组(11-5-4)相对应的齐次线性方程组的系数矩阵为 $(\boldsymbol{\beta}_1,\boldsymbol{\beta}_2,\cdots,\boldsymbol{\beta}_r)$，显然，矩阵 $(\boldsymbol{\alpha}_1,\boldsymbol{\alpha}_2,\cdots,\boldsymbol{\alpha}_r)$ 是矩阵 $(\boldsymbol{\beta}_1,\boldsymbol{\beta}_2,\cdots,\boldsymbol{\beta}_r)$ 的子矩阵，如果 $R(\boldsymbol{\alpha}_1,\boldsymbol{\alpha}_2,\cdots,\boldsymbol{\alpha}_r)=r$，那么 $R(\boldsymbol{\beta}_1,\boldsymbol{\beta}_2,\cdots,\boldsymbol{\beta}_r)=r$.

这个结果当然可以推广到添几个分量的情形.

定理 4　如果向量组 $\boldsymbol{\beta}_1,\boldsymbol{\beta}_2,\cdots,\boldsymbol{\beta}_s$ 可以由向量组 $\boldsymbol{\alpha}_1,\boldsymbol{\alpha}_2,\cdots,\boldsymbol{\alpha}_r$ 线性表示，且 $s>r$，那么

$\boldsymbol{\beta}_1,\boldsymbol{\beta}_2,\cdots,\boldsymbol{\beta}_s$ 线性相关.

证 因为向量组 $\boldsymbol{\beta}_1,\boldsymbol{\beta}_2,\cdots,\boldsymbol{\beta}_s$ 可以由向量组 $\boldsymbol{\alpha}_1,\boldsymbol{\alpha}_2,\cdots,\boldsymbol{\alpha}_r$ 线性表示，根据定理 1 的推论 1，有 $R(\boldsymbol{\beta}_1,\boldsymbol{\beta}_2,\cdots,\boldsymbol{\beta}_s)\leqslant R(\boldsymbol{\alpha}_1,\boldsymbol{\alpha}_2\cdots,\boldsymbol{\alpha}_r)$. 而 $R(\boldsymbol{\alpha}_1,\boldsymbol{\alpha}_2\cdots,\boldsymbol{\alpha}_r)\leqslant r$ ，所以 $R(\boldsymbol{\beta}_1,\boldsymbol{\beta}_2,\cdots,\boldsymbol{\beta}_s)\leqslant r<s$ ，根据定理 3，$\boldsymbol{\beta}_1,\boldsymbol{\beta}_2,\cdots,\boldsymbol{\beta}_s$ 线性相关.

把定理 4 换个说法，即得

推论 1 如果向量组 $\boldsymbol{\alpha}_1,\boldsymbol{\alpha}_2,\cdots,\boldsymbol{\alpha}_r$ 可以由向量组 $\boldsymbol{\beta}_1,\boldsymbol{\beta}_2,\cdots,\boldsymbol{\beta}_s$ 线性表示，且 $\boldsymbol{\alpha}_1,\boldsymbol{\alpha}_2,\cdots,\boldsymbol{\alpha}_r$ 线性无关，那么 $r\leqslant s$.

由推论 1，得

推论 2 两个线性无关的等价的向量组，必含有相同个数的向量.

直接应用定理 4，即得

推论 3 任意 $n+1$ 个 n 维向量必线性相关.

事实上，每个 n 维向量都可以被 n 维单位坐标向量组 $\boldsymbol{\varepsilon}_1,\boldsymbol{\varepsilon}_2,\cdots,\boldsymbol{\varepsilon}_n$ 线性表示，且 $n+1>n$，因而必线性相关.

三、向量组的秩

定义 5 一向量组的一个部分组称为一个极大线性无关向量组(maximal linearly independent vectors group)**(简称极大无关组)，如果这个部分组是线性无关的，并且从这向量组中任意添一个向量(如果还有的话)，所得的部分组都线性相关.**

例如，在例 3 所给的向量组 $\boldsymbol{\alpha}_1=(1,1,1)^{\mathrm{T}},\boldsymbol{\alpha}_2=(0,2,5)^{\mathrm{T}},\boldsymbol{\alpha}_3=(2,4,7)^{\mathrm{T}}$ 中，因为 $\boldsymbol{\alpha}_1,\boldsymbol{\alpha}_2$ 线性无关，$\boldsymbol{\alpha}_1,\boldsymbol{\alpha}_2,\boldsymbol{\alpha}_3$ 线性相关，所以由 $\boldsymbol{\alpha}_1,\boldsymbol{\alpha}_2$ 组成的部分组就是一个极大无关组. 不难看出，$\boldsymbol{\alpha}_2,\boldsymbol{\alpha}_3$ 也是一个极大无关组(请读者验证).

应该看到，一个线性无关向量组的极大无关组就是这个向量组自身.

极大无关组的一个基本性质是，任意一个极大无关组都与向量组本身等价.

事实上，设向量组为 $\boldsymbol{\alpha}_1,\boldsymbol{\alpha}_2,\cdots,\boldsymbol{\alpha}_r,\cdots,\boldsymbol{\alpha}_s(r\leqslant s)$ ，而 $\boldsymbol{\alpha}_1,\boldsymbol{\alpha}_2,\cdots,\boldsymbol{\alpha}_r$ 是它的一个极大无关组. 所谓等价就是它们可以互相线性表示. 因为 $\boldsymbol{\alpha}_1,\boldsymbol{\alpha}_2,\cdots,\boldsymbol{\alpha}_r$ 是 $\boldsymbol{\alpha}_1,\boldsymbol{\alpha}_2,\cdots,\boldsymbol{\alpha}_s$ 的一部分，当然可以被这个向量组线性表示，即

$$\boldsymbol{\alpha}_i=0\boldsymbol{\alpha}_1+\cdots+0\boldsymbol{\alpha}_{i-1}+1\boldsymbol{\alpha}_i+0\boldsymbol{\alpha}_{i+1}+\cdots+0\boldsymbol{\alpha}_s\ ,\ i=1,2,\cdots,r .$$

因此，问题在于 $\boldsymbol{\alpha}_1,\boldsymbol{\alpha}_2,\cdots,\boldsymbol{\alpha}_r,\cdots,\boldsymbol{\alpha}_s$ 是否可以由 $\boldsymbol{\alpha}_1,\boldsymbol{\alpha}_2,\cdots,\boldsymbol{\alpha}_r$ 线性表示. 向量 $\boldsymbol{\alpha}_1,\boldsymbol{\alpha}_2,\cdots,\boldsymbol{\alpha}_r$ 中的每一个都可以被 $\boldsymbol{\alpha}_1,\boldsymbol{\alpha}_2,\cdots,\boldsymbol{\alpha}_r$ 线性表示是显然的，现在来看 $\boldsymbol{\alpha}_{r+1},\cdots,\boldsymbol{\alpha}_s$ 中的向量，设 $\boldsymbol{\alpha}_j$ 是这样一个向量. 由极大无关组 $\boldsymbol{\alpha}_1,\boldsymbol{\alpha}_2,\cdots,\boldsymbol{\alpha}_r$ 的极大性，向量组 $\boldsymbol{\alpha}_1,\boldsymbol{\alpha}_2,\cdots,\boldsymbol{\alpha}_r,\boldsymbol{\alpha}_j$ 线性相关，也就是说，有不全为零的数 $k_1,k_2,\cdots,k_r,k$ ，使

$$k_1\boldsymbol{\alpha}_1+\cdots+k_r\boldsymbol{\alpha}_r+k\boldsymbol{\alpha}_j=\boldsymbol{0}\ ,$$

因为 $\boldsymbol{\alpha}_1,\boldsymbol{\alpha}_2,\cdots,\boldsymbol{\alpha}_r$ 是线性无关的，可证必有 $k\neq 0$，否则，设 $k=0$，那么 $k_1,k_2,\cdots,k_r$ 就不全为零，于是 $\boldsymbol{\alpha}_1,\boldsymbol{\alpha}_2,\cdots,\boldsymbol{\alpha}_r$ 线性相关，这与假设矛盾. 由 $k\neq 0$，上式可改写为

$$\boldsymbol{\alpha}_j=-\frac{k_1}{k}\boldsymbol{\alpha}_1-\frac{k_2}{k}\boldsymbol{\alpha}_2-\cdots-\frac{k_r}{k}\boldsymbol{\alpha}_r\qquad(r<j\leqslant s).$$

这就是说，$\boldsymbol{\alpha}_j(r<j\leqslant s)$ 可以由 $\boldsymbol{\alpha}_1,\boldsymbol{\alpha}_2,\cdots,\boldsymbol{\alpha}_r$ 线性表示. 于是证明了向量组与它的极大无关组等价.

由上面的例子可以看到，向量组的极大无关组不是唯一的. 但是每一个极大无关组都与向量组本身等价. 因而，一向量组的任意两个极大无关组都是等价的. 虽然极大无关组可以有很

多，但是由定理 4 的推论 2，立即得出

定理 5　一向量组的极大无关组都含有相同个数的向量.

定理 5 表明，极大无关组所含的向量的个数与极大无关组的选择无关，它直接反映了向量组本身的性质. 因此，我们有

定义 6　向量组的极大无关组所含的向量的个数称为这个向量组的秩.

例如，向量组 $\boldsymbol{\alpha}_1=(1,1,1)^{\mathrm{T}}$，$\boldsymbol{\alpha}_2=(0,2,5)^{\mathrm{T}}$，$\boldsymbol{\alpha}_3=(2,4,7)^{\mathrm{T}}$ 的秩就是 2.

因为线性无关的向量组就是它自身的极大无关组，所以一向量组线性无关的充分必要条件是它的秩与它所含向量的个数相同.

我们知道，每一向量组都与它的极大无关组等价. 由等价的传递性可知，任意两个等价向量组的极大无关组等价. 所以，等价的向量组必有相同的秩.

在向量组的秩与矩阵的秩之间有下面的关系：

定理 6　矩阵的列向量组的秩和行向量组的秩都等于矩阵的秩.

证　如果 $R(\boldsymbol{A})=r$，那么一方面，$\boldsymbol{A}$ 有一个 r 阶子式 $D_r\neq 0$，因此 D_r 所在的 r 列构成的矩阵的秩为 r，根据定理 3，这 r 列线性无关；另一方面，$\boldsymbol{A}$ 的任意 $r+1$ 阶子式均为零，因此 $\boldsymbol{A}$ 的任意 $r+1$ 列构成的矩阵的秩都小于 $r+1$，根据定理 3，$\boldsymbol{A}$ 的任意 $r+1$ 列都线性相关. 于是，D_r 所在的 r 列是 $\boldsymbol{A}$ 的列向量组的一个极大无关组，所以 $\boldsymbol{A}$ 的列向量组的秩为 r.

类似可证 $\boldsymbol{A}$ 的行向量组的秩也等于 r.

今后向量组 $\boldsymbol{\alpha}_1,\boldsymbol{\alpha}_2,\cdots,\boldsymbol{\alpha}_r$ 的秩也记作 $R(\boldsymbol{\alpha}_1,\boldsymbol{\alpha}_2,\cdots,\boldsymbol{\alpha}_r)$.

例 4　已知两个向量组有相同的秩，且其中之一可以被另一个线性表示，证明：这两个向量组等价.

证　如果向量组 $\boldsymbol{\beta}_1,\cdots,\boldsymbol{\beta}_s$ 可以被向量组 $\boldsymbol{\alpha}_1,\cdots,\boldsymbol{\alpha}_r$ 线性表示，那么根据定理 1，有 $R(\boldsymbol{\alpha}_1,\cdots,\boldsymbol{\alpha}_r)=R(\boldsymbol{\alpha}_1,\cdots,\boldsymbol{\alpha}_r,\boldsymbol{\beta}_1,\cdots,\boldsymbol{\beta}_s)$. 又已知 $R(\boldsymbol{\alpha}_1,\cdots,\boldsymbol{\alpha}_r)=R(\boldsymbol{\beta}_1,\cdots,\boldsymbol{\beta}_s)$，这样就有

$$R(\boldsymbol{\alpha}_1,\cdots,\boldsymbol{\alpha})=R(\boldsymbol{\beta}_1,\cdots,\boldsymbol{\beta}_s)=R(\boldsymbol{\alpha}_1,\cdots,\boldsymbol{\alpha}_r,\boldsymbol{\beta}_1,\cdots,\boldsymbol{\beta}_s),$$

根据定理 1 的推论 2，向量组 $\boldsymbol{\alpha}_1,\cdots,\boldsymbol{\alpha}_s$ 与向量组 $\boldsymbol{\beta}_1,\cdots,\boldsymbol{\beta}_t$ 等价.

例 5　求矩阵

$$\boldsymbol{A}=\begin{pmatrix}2&-1&-1&1&2\\1&1&-2&1&4\\4&-6&2&-2&4\\3&6&-9&7&9\end{pmatrix}$$

的列向量组 $\boldsymbol{\alpha}_1,\boldsymbol{\alpha}_2,\boldsymbol{\alpha}_3,\boldsymbol{\alpha}_4,\boldsymbol{\alpha}_5$ 的一个极大无关组，并把不属于极大无关组的向量用极大无关组表示.

解　对矩阵 $\boldsymbol{A}$ 作初等行变换，先将其化成行阶梯形矩阵：

$$\boldsymbol{A}\xrightarrow{r}\begin{pmatrix}1&1&-2&1&4\\0&1&-1&1&0\\0&0&0&1&-3\\0&0&0&0&0\end{pmatrix},$$

可见 $\boldsymbol{\alpha}_1,\boldsymbol{\alpha}_2,\boldsymbol{\alpha}_4$ 是原向量组的一个极大无关组（参看第三节例 5）. 再进一步化成行最简矩阵：

$$\boldsymbol{A}\xrightarrow{r}\begin{pmatrix}1&0&-1&0&4\\0&1&-1&0&3\\0&0&0&1&-3\\0&0&0&0&0\end{pmatrix},$$

将这个矩阵记作 $\boldsymbol{B}=(\boldsymbol{\beta}_1,\boldsymbol{\beta}_2,\boldsymbol{\beta}_3,\boldsymbol{\beta}_4,\boldsymbol{\beta}_5)$，由于方程 $\boldsymbol{Ax}_{5\times1}=\boldsymbol{0}$ 与 $\boldsymbol{Bx}_{5\times1}=\boldsymbol{0}$ 同解，即方程 $x_1\boldsymbol{\alpha}_1+x_2\boldsymbol{\alpha}_2+\cdots+x_5\boldsymbol{\alpha}_5=\boldsymbol{0}$ 与 $x_1\boldsymbol{\beta}_1+x_2\boldsymbol{\beta}_2+\cdots+x_5\boldsymbol{\beta}_5=\boldsymbol{0}$ 同解，因此向量 $\boldsymbol{\alpha}_1,\boldsymbol{\alpha}_2,\boldsymbol{\alpha}_3,\boldsymbol{\alpha}_4,\boldsymbol{\alpha}_5$ 之间的线性关系与向量 $\boldsymbol{\beta}_1,\boldsymbol{\beta}_2,\boldsymbol{\beta}_3,\boldsymbol{\beta}_4,\boldsymbol{\beta}_5$ 之间的线性关系相同. 现在 $\boldsymbol{\beta}_3=-\boldsymbol{\beta}_1-\boldsymbol{\beta}_2$，$\boldsymbol{\beta}_5=4\boldsymbol{\beta}_1+3\boldsymbol{\beta}_2-3\boldsymbol{\beta}_4$，因此 $\boldsymbol{\alpha}_3=-\boldsymbol{\alpha}_1-\boldsymbol{\alpha}_2$，$\boldsymbol{\alpha}_5=4\boldsymbol{\alpha}_1+3\boldsymbol{\alpha}_2-3\boldsymbol{\alpha}_4$.

第六节 线性方程组解的结构

在线性方程组有多个解的情况下，存在着解与解之间的关系问题，即所谓解的结构问题. 下面将证明，虽然这时有无穷多个解，但是全部的解都可以用有限个解表示出来. 这就是本节要讨论的问题和要得到的主要结果.

一、齐次线性方程组解的结构

设

$$\begin{cases}a_{11}x_1+a_{12}x_2+\cdots+a_{1n}x_n=0,\\a_{21}x_1+a_{22}x_2+\cdots+a_{2n}x_n=0,\\\cdots\cdots\cdots\cdots\cdots\cdots\\a_{m1}x_1+a_{m2}x_2+\cdots+a_{mn}x_n=0\end{cases}\qquad(11-6-1)$$

是一齐次线性方程组，令 A 是这个方程组的系数矩阵，$\boldsymbol{x}=(x_1,x_2,\cdots,x_n)^{\mathrm{T}}$，那么(11－6－1)可以写成

$$\boldsymbol{Ax}=\boldsymbol{0}.\qquad(11-6-2)$$

前面曾提到，n 元线性方程组的解是 n 维向量. 设 n 维向量 $\boldsymbol{\xi}_1,\boldsymbol{\xi}_2,\cdots,\boldsymbol{\xi}_s$ 是(11－6－1)的 s 个解，$k_1,k_2,\cdots,k_s$ 是任意常数，那么由(11－6－2)，

$$\boldsymbol{A}(k_1\boldsymbol{\xi}_1+k_2\boldsymbol{\xi}_2+\cdots+k_s\boldsymbol{\xi}_s)=k_1\boldsymbol{A\xi}_1+k_2\boldsymbol{A\xi}_2+\cdots+k_s\boldsymbol{A\xi}_s=\boldsymbol{0}.$$

所以 $k_1\boldsymbol{\xi}_1+k_2\boldsymbol{\xi}_2+\cdots+k_s\boldsymbol{\xi}_s$ 也是(11－6－1)的解，即齐次线性方程组的解的线性组合还是方程组的解. 这个性质说明了，如果方程组有几个解，那么这些解的所有可能的线性组合就给出了很多解. 基于这个事实，我们要问：齐次线性方程组的全部解是否能够通过它的有限的几个解的线性组合给出来？回答是肯定的. 为此引入下面的定义.

定义 1 **齐次线性方程组**(11－6－1)**的一组解** $\boldsymbol{\xi}_1,\boldsymbol{\xi}_2,\cdots,\boldsymbol{\xi}_t$ **称为**(11－6－1)**的一个基础解系**(fundamental system of solutions)，**如果**

(1)(11－6－1)**的任何一个解都能表成** $\boldsymbol{\xi}_1,\boldsymbol{\xi}_2,\cdots,\boldsymbol{\xi}_t$ **的线性组合；**

(2) $\boldsymbol{\xi}_1,\boldsymbol{\xi}_2,\cdots,\boldsymbol{\xi}_t$ **线性无关.**

应该注意，定义中的条件(2)是为了保证基础解系中没有多余的解. 事实上，如果 $\boldsymbol{\xi}_1,\boldsymbol{\xi}_2,\cdots,\boldsymbol{\xi}_t$ 线性相关，也就是其中有一个可以表示成其他解的线性组合，比如说 $\boldsymbol{\xi}_1$ 可以表示成 $\boldsymbol{\xi}_2,\cdots,\boldsymbol{\xi}_t$ 的线性组合，那么 $\boldsymbol{\xi}_2,\cdots,\boldsymbol{\xi}_t$ 也显然具有性质(1).

由定义容易看出，任何一个线性无关的与某一个基础解系等价的向量组都是基础解系.

定理 1 **在** n **元齐次线性方程组有非零解的情况下，它有基础解系，并且基础解系所含解的个数等于** $n-r$，**这里** r **是系数矩阵的秩.**

证 按照在第四节中的讨论，方程组(11－6－1)有形如

$$\begin{cases} x_1 = -a'_{1,r+1}x_{r+1} - a'_{1,r+2}x_{r+2} - \cdots - a'_{1n}x_n, \\ x_2 = -a'_{2,r+1}x_{r+1} - a'_{2,r+2}x_{r+2} - \cdots - a'_{2n}x_n, \\ \cdots\cdots\cdots\cdots\cdots\cdots \\ x_r = -a'_{r,r+1}x_{r+1} - a'_{r,r+2}x_{r+2} - \cdots - a'_{rn}x_n \end{cases} \tag{11-6-3}$$

的一般解. 在(11-6-3)中分别用 $n-r$ 个线性无关的向量 $(1,0,\cdots,0)^{\mathrm{T}},\cdots,(0,\cdots,0,1)^{\mathrm{T}}$ 来代自由未知量 $(x_{r+1},\cdots,x_n)^{\mathrm{T}}$，就得到方程组(11-6-1)的 $n-r$ 个解：

$$\boldsymbol{\xi}_{r+1} = (-a'_{1,r+1},\cdots,-a'_{r,r+1},1,0,\cdots,0)^{\mathrm{T}},\cdots,\boldsymbol{\xi}_n = (-a'_{1n},\cdots,-a'_{rn},0,\cdots,0,1)^{\mathrm{T}}.$$

这 $n-r$ 个解是由一个线性无关的向量组添加分量以后得到的，所以线性无关. 另一方面，设 $\boldsymbol{\xi} = (k_1,\cdots,k_r,k_{r+1}\cdots,k_n)^{\mathrm{T}}$ 是(11-6-1)的任意一个解，代入(11-6-3)得

$$\begin{cases} k_1 = -a'_{1,r+1}k_{r+1} - a'_{1,r+2}k_{r+2} - \cdots - a'_{1n}k_n, \\ \cdots\cdots\cdots\cdots\cdots\cdots \\ k_r = -a'_{r,r+1}k_{r+1} - a'_{r,r+2}k_{r+2} - \cdots - a'_{rn}k_n, \\ k_{r+1} = 1k_{r+1}, \\ \cdots\cdots\cdots\cdots\cdots\cdots \\ k_n = 1k_n. \end{cases}$$

于是 $\boldsymbol{\xi} = k_{r+1}\boldsymbol{\xi}_{r+1} + \cdots + k_n\boldsymbol{\xi}_n$，即方程组(11-6-1)的每一个解都可以由 $\boldsymbol{\xi}_{r+1},\cdots,\boldsymbol{\xi}_n$ 线性表示. 因此 $\boldsymbol{\xi}_{r+1},\cdots,\boldsymbol{\xi}_n$ 是方程组(11-6-1)的一个基础解系. 这个具体给出的基础解系是由 $n-r$ 个解组成的. 至于其他的基础解系，由定义，一定与这个基础解系等价，同时它们又都是线性无关的，因而有相同个数的向量.

定理的证明事实上就是一个具体找基础解系的方法.

例 1　求第四节例 7 中齐次线性方程组的一个基础解系.

解　在这个齐次方程组的一般解中依次令 $x_2=1, x_5=0$ 和 $x_2=0, x_5=1$，得方程组的两个解

$$\boldsymbol{\xi}_1 = (-1,1,0,0,0)^{\mathrm{T}},\ \boldsymbol{\xi}_2 = (0,0,1,0,1)^{\mathrm{T}}.$$

它们构成所给方程组的一个基础解系. 方程组的任意一个解都有形式

$$k_1\boldsymbol{\xi}_1 + k_2\boldsymbol{\xi}_2 = (-k_1,k_1,k_2,0,k_2)^{\mathrm{T}},$$

这里 k_1,k_2 是任意常数.

例 2　设 $\boldsymbol{A}_{m\times n}\boldsymbol{B}_{n\times s} = \boldsymbol{O}$，证明 $R(\boldsymbol{A}) + R(\boldsymbol{B}) \leqslant n$.

证　若 $\boldsymbol{AB} = \boldsymbol{O}$，则 $\boldsymbol{B}$ 的每一列都是齐次线性方程组 $\boldsymbol{Ax}_{n\times 1} = \boldsymbol{0}$ 的解. 设 $R(\boldsymbol{A}) = r$，则 $\boldsymbol{A}x = \boldsymbol{0}$ 最多有 $n-r$ 个线性无关的解，故 $R(\boldsymbol{B}) \leqslant n-r$，从而 $R(\boldsymbol{A}) + R(B) \leqslant n$.

例 3　设 $\boldsymbol{A}^*$ 是 $\boldsymbol{n}$ 阶方阵 $\boldsymbol{A}$ 的伴随矩阵，证明

$$R(\boldsymbol{A}^*) = \begin{cases} h, 当\ R(\boldsymbol{A}) = n; \\ 1, 当\ R(\boldsymbol{A}) = n-1; \\ 0, 当\ R(\boldsymbol{A}) < n-1. \end{cases}$$

证　当 $R(\boldsymbol{A}) = n$ 时，$|\boldsymbol{A}| \neq 0$，由 $\boldsymbol{AA}^* = |\boldsymbol{A}|\boldsymbol{E}$ 推知 $|\boldsymbol{A}^*| = |\boldsymbol{A}|^{n-1} \neq 0$，从而 $R(\boldsymbol{A}^*) = n$. 当 $R(\boldsymbol{A}) = n-1$ 时，一方面 $|\boldsymbol{A}| = 0$，从而 $\boldsymbol{AA}^* = \boldsymbol{O}$，由上例可知 $R(\boldsymbol{A}^*) \leqslant 1$；另一方面，$\boldsymbol{A}$ 存在 $n-1$ 阶不为零的子式，因此 $\boldsymbol{A}$ 中元素的代数余子式不全为零，即 $\boldsymbol{A}^*$ 有非零元，所以 $R(\boldsymbol{A}^*) \geqslant 1$；综合可得 $R(\boldsymbol{A}^*) = 1$. 当 $R(\boldsymbol{A}) < n-1$ 时，$\boldsymbol{A}$ 的所有 $n-1$ 阶子式全为零，因此 $\boldsymbol{A}^*$ 没有非零元，所以 $R(\boldsymbol{A}^*) = 0$.

例 4　设齐次线性方程组 $\boldsymbol{A}_{l\times n}\boldsymbol{x}_{n\times 1} = \boldsymbol{0}$ 和 $\boldsymbol{B}_{m\times n}\boldsymbol{x}_{n\times 1} = \boldsymbol{0}$ 同解，证明 $R(\boldsymbol{A}) = R(\boldsymbol{B})$.

证　如果两个方程组都只有零解，则 $R(\boldsymbol{A})=n$，$R(\boldsymbol{B})=n$，从而有 $R(\boldsymbol{A})=R(\boldsymbol{B})$．要不然它们由于同解，就都有非零解，并且其中一个的基础解系同时也是另一个的基础解系，设基础解系中解的个数为 s，根据定理 1，有 $n-R(\boldsymbol{A})=s$ 及 $n-R(\boldsymbol{B})=s$，从而也有 $R(\boldsymbol{A})=R(\boldsymbol{B})$．

例 5　证明 $R(\boldsymbol{A}^{\mathrm{T}}\boldsymbol{A})=R(\boldsymbol{A})$．

证　设矩阵 $\boldsymbol{A}$ 的列数为 n. 如果 $\boldsymbol{\xi}$ 是齐次线性方程组 $\boldsymbol{A}\boldsymbol{x}_{n\times 1}=\boldsymbol{0}$ 的解，那么 $\boldsymbol{A}\boldsymbol{\xi}=\boldsymbol{0}$，从而 $(\boldsymbol{A}^{\mathrm{T}}\boldsymbol{A})\boldsymbol{\xi}=\boldsymbol{A}^{\mathrm{T}}(\boldsymbol{A}\boldsymbol{\xi})=\boldsymbol{0}$，这说明 $\boldsymbol{\xi}$ 是齐次线性方程组 $(\boldsymbol{A}^{\mathrm{T}}\boldsymbol{A})x_{n\times 1}=\boldsymbol{0}$ 的解.

反之，如果 $\boldsymbol{\eta}$ 是 $(\boldsymbol{A}^{\mathrm{T}}\boldsymbol{A})x=\boldsymbol{0}$ 的解，那么 $(\boldsymbol{A}^{\mathrm{T}}\boldsymbol{A})\boldsymbol{\eta}=\boldsymbol{0}$，$(\boldsymbol{A}\boldsymbol{\eta})^{\mathrm{T}}(\boldsymbol{A}\boldsymbol{\eta})=\boldsymbol{\eta}^{\mathrm{T}}(\boldsymbol{A}^{\mathrm{T}}\boldsymbol{A})\boldsymbol{\eta}=\boldsymbol{0}$，即向量 $\boldsymbol{A}\boldsymbol{\eta}$ 的分量的平方和为零，从而 $\boldsymbol{A}\boldsymbol{\eta}=\boldsymbol{0}$，这说明 $\boldsymbol{\eta}$ 是 $\boldsymbol{A}\boldsymbol{x}=\boldsymbol{0}$ 的解.

以上讨论说明，$\boldsymbol{A}\boldsymbol{x}_{n\times 1}=\boldsymbol{0}$ 与 $(\boldsymbol{A}^{\mathrm{T}}\boldsymbol{A})\boldsymbol{x}_{n\times 1}=\boldsymbol{0}$ 同解. 所以，根据上例有 $R(\boldsymbol{A}^{\mathrm{T}}\boldsymbol{A})=R(\boldsymbol{A})$．

二、一般线性方程组解的结构

如果把一般线性方程组(11－1－1)中的常数项都换成 0，就得到齐次线性方程组(11－6－1). 方程组(11－6－1)称为方程组(11－1－1)的导出组. 方程组(11－1－1)的解与它的导出组(11－6－1)的解之间有密切的关系.

性质 1　线性方程组(11－1－1)的两个解之差是它的导出组(11－6－1)的解.

证　按照第一节例 3，方程组(11－1－1)可以写成 $\boldsymbol{A}\boldsymbol{x}=\boldsymbol{b}$. 如果 $\boldsymbol{\eta}_1,\boldsymbol{\eta}_2$ 是(11－1－1)的两个解，那么 $\boldsymbol{A}\boldsymbol{\eta}_1=\boldsymbol{b}$，$\boldsymbol{A}\boldsymbol{\eta}_2=\boldsymbol{b}$. 因此

$$\boldsymbol{A}(\boldsymbol{\eta}_1-\boldsymbol{\eta}_2)=\boldsymbol{A}\boldsymbol{\eta}_1-\boldsymbol{A}\boldsymbol{\eta}_2=\boldsymbol{b}-\boldsymbol{b}=\boldsymbol{0}.$$

这就是说，$\boldsymbol{\eta}_1-\boldsymbol{\eta}_2$ 是导出组(11－6－1)的一个解.

性质 2　线性方程组(11－1－1)的一个解与它的导出组(11－6－1)的一个解之和还是这个线性方程组的一个解，

证　设 $\boldsymbol{\eta}$ 是(11－1－1)的一个解，$\boldsymbol{\xi}$ 是导出组(11－6－1)的一个解，那么 $\boldsymbol{A}\boldsymbol{\eta}=\boldsymbol{b}$，$\boldsymbol{A}\boldsymbol{\xi}=\boldsymbol{0}$. 从而 $\boldsymbol{A}(\boldsymbol{\eta}+\boldsymbol{\xi})=\boldsymbol{A}\boldsymbol{\eta}+\boldsymbol{A}\boldsymbol{\xi}=\boldsymbol{b}+\boldsymbol{0}=\boldsymbol{b}$. 这就是说，$\boldsymbol{\eta}+\boldsymbol{\xi}$ 是方程组(11－1－1)的一个解.

由这两个性质容易证明

定理 2　如果 $\boldsymbol{\eta}_0$ 是方程组(11－1－1)的一个特解，那么方程组(11－1－1)的任何一个解 $\boldsymbol{\eta}$ 都可以表示成

$$\boldsymbol{\eta}=\boldsymbol{\eta}_0+\boldsymbol{\xi}, \tag{11－6－4}$$

其中 $\boldsymbol{\xi}$ 是导出组(11－6－1)的一个解. 因此，对于方程组(11－1－1)的任何一个特解 $\boldsymbol{\eta}_0$，当 $\boldsymbol{\xi}$ 取遍它的导出组的全部解时，(11－6－4)就给出(11－1－1)的全部解.

证　显然 $\boldsymbol{\eta}=\boldsymbol{\eta}_0+(\boldsymbol{\eta}-\boldsymbol{\eta}_0)$. 由性质 1，$\boldsymbol{\eta}-\boldsymbol{\eta}_0$ 是导出组(11－6－1)的一个解，令 $\boldsymbol{\eta}-\boldsymbol{\eta}_0=\boldsymbol{\xi}$，就得到定理的结论. 既然(11－1－1)的任何一个解都能表示成(11－6－4)的形式，当然在 $\boldsymbol{\xi}$ 取遍(11－6－1)的全部解的时候，$\boldsymbol{\eta}=\boldsymbol{\eta}_0+\boldsymbol{\xi}$ 就取遍(11－1－1)的全部解.

根据定理，如果 $\boldsymbol{\eta}_0$ 是方程组(11－1－1)的一个特解，$\boldsymbol{\xi}_1,\boldsymbol{\xi}_2,\cdots,\boldsymbol{\xi}_{n-r}$ 是其导出组的一个基础解系，那么(11－1－1)的任何一个解 $\boldsymbol{\eta}$ 都可以表示成

$$\boldsymbol{\eta}=\boldsymbol{\eta}_0+k_1\boldsymbol{\xi}_1+k_2\boldsymbol{\xi}_2+\cdots+k_{n-r}\boldsymbol{\xi}_{n-r}.$$

例 6　求线性方程组

$$\begin{cases}x_1+x_2-3x_3-x_4=1,\\3x_1-x_2-3x_3+4x_4=4,\\x_1+5x_2-9x_3-8x_4=0\end{cases}$$

的一个解及其导出组的一个基础解系.

解　对增广矩阵作初等行变换，将其化成行最简矩阵：

$$\left(\begin{array}{cccc|c} 1 & 0 & -\frac{3}{2} & \frac{3}{4} & \frac{5}{4} \\ 0 & 1 & -\frac{3}{2} & -\frac{7}{4} & -\frac{1}{4} \\ 0 & 0 & 0 & 0 & 0 \end{array}\right),$$

由此可见，$\boldsymbol{\eta}_0=\left(\frac{5}{4},-\frac{1}{4},0,0\right)^{\mathrm{T}}$ 是原方程组的一个特解；$\boldsymbol{\xi}_1=\left(\frac{3}{2},\frac{3}{2},1,0\right)^{\mathrm{T}}$，$\boldsymbol{\xi}_2=\left(-\frac{3}{4},\frac{7}{4},0,1\right)^{\mathrm{T}}$ 是导出组的一个基础解系. 所以，原方程组的通解为

$$\left(\frac{5}{4},-\frac{1}{4},0,0\right)^{\mathrm{T}}+k_1\left(\frac{3}{2},\frac{3}{2},1,0\right)^{\mathrm{T}}+k_2\left(-\frac{3}{4},\frac{7}{4},0,1\right)^{\mathrm{T}},$$

其中 k_1,k_2 为任意常数.

例 7　设四元线性方程组 $\boldsymbol{A}\boldsymbol{x}=\boldsymbol{b}$ 的系数矩阵 $\boldsymbol{A}$ 的秩是 3，$\boldsymbol{\eta}_1,\boldsymbol{\eta}_2,\boldsymbol{\eta}_3$ 是这个方程组的解，并且已知 $\boldsymbol{\eta}_1=(3,-4,1,2)^{\mathrm{T}}$，$\boldsymbol{\eta}_2+\boldsymbol{\eta}_3=(4,6,8,0)^{\mathrm{T}}$，求该方程组的通解.

解　由于

$$\boldsymbol{A}\left[\frac{1}{2}(\boldsymbol{\eta}_2+\boldsymbol{\eta}_3)\right]=\frac{1}{2}(\boldsymbol{A}\boldsymbol{\eta}_2+\boldsymbol{A}\boldsymbol{\eta}_3)=\frac{1}{2}(\boldsymbol{b}+\boldsymbol{b})=\boldsymbol{b},$$

所以 $\frac{1}{2}(\boldsymbol{\eta}_2+\boldsymbol{\eta}_3)$ 是 $\boldsymbol{A}\boldsymbol{x}=\boldsymbol{b}$ 的解. 这样，根据性质 2，

$$\boldsymbol{\xi}=\boldsymbol{\eta}_1-\frac{1}{2}(\boldsymbol{\eta}_2+\boldsymbol{\eta}_3)=(3,-4,1,2)^{\mathrm{T}}-\frac{1}{2}(4,6,8,0)^{\mathrm{T}}=(1,-7,-3,2)^{\mathrm{T}}$$

是 $\boldsymbol{A}\boldsymbol{x}=\boldsymbol{0}$ 的非零解. 因为 $n-R(\boldsymbol{A})=4-3=1$，故 $\boldsymbol{\xi}$ 是 $\boldsymbol{A}\boldsymbol{x}=\boldsymbol{0}$ 的一个基础解系. 因此 $\boldsymbol{A}\boldsymbol{x}=\boldsymbol{b}$ 的通解为

$$\boldsymbol{\eta}_1+k\boldsymbol{\xi}=(3,-4,1,2)^{\mathrm{T}}+k(1,-7,-3,2)^{\mathrm{T}},$$

其中 k 为任意常数.

推论　在线性方程组(11-1-1)的有解的条件下，解是唯一的充分必要条件是它的导出组(11-6-1)只有零解.

证　充分性. 如果方程组(11-1-1)有两个不同的解，那么它们的差就是导出组的一个非零解. 因此，如果导出组只有零解，那么方程组有唯一解.

必要性. 如果导出组有非零解，那么这个解与方程组(11-1-1)的一个解(因为它有解)的和就是(11-1-1)的另一个解，也就是说，(11-1-1)不止一个解. 因此，如果方程组(11-1-1)有唯一解，那么它的导出组只有零解.

第七节　方阵的特征值

一、方阵的特征值与特征向量

定义 1　设 $\boldsymbol{A}=(a_{ij})$ 是一个 n 阶方阵，如果对于一个数 λ，存在一个非零列向量 ξ，使得

$$\boldsymbol{A}\xi=\lambda\xi, \tag{11-7-1}$$

则称数 λ 为方阵 $\boldsymbol{A}$ 的一个特征值(eigenvalue)，而称非零向量 ξ 为 $\boldsymbol{A}$ 的属于特征值 λ 的一个特征向量(eigenvector).

如果 $\boldsymbol{\xi}$ 是属于特征值 λ 的特征向量，那么 $\boldsymbol{\xi}$ 的任何一个非零倍数 $k\boldsymbol{\xi}$ 也是属于特征值 λ 的特征向量. 因为从(11-7-1)式可以推出

$$\boldsymbol{A}(k\boldsymbol{\xi})=\lambda(k\boldsymbol{\xi}),$$

这说明特征向量不是被特征值所唯一决定的. 相反，特征值却是被特征向量所唯一决定的. 因为要不然，设有数 $\lambda_1 \neq \lambda_2$，使 $\boldsymbol{A\xi}=\lambda_1\boldsymbol{\xi}$，$\boldsymbol{A\xi}=\lambda_2\boldsymbol{\xi}$，那么

$$(\lambda_1-\lambda_2)\boldsymbol{\xi}=\lambda_1\boldsymbol{\xi}-\lambda_2\boldsymbol{\xi}=\boldsymbol{A\xi}-\boldsymbol{A\xi}=\boldsymbol{0},$$

由于 $\lambda_1-\lambda_2\neq 0$，所以 $\boldsymbol{\xi}=\boldsymbol{0}$，这与 $\boldsymbol{\xi}$ 是非零向量矛盾.

现在来给出寻找特征值与特征向量的方法. 由(11-7-1)式可得齐次线性方程组

$$(\lambda\boldsymbol{E}-\boldsymbol{A})\boldsymbol{\xi}=\boldsymbol{0}, \tag{11-7-2}$$

由于 $\boldsymbol{\xi}\neq\boldsymbol{0}$，所以齐次线性方程组有非零解. 我们知道，齐次线性方程组(11-7-2)有非零解的充分必要条件是它的系数行列式为零，即

$$|\lambda\boldsymbol{E}-\boldsymbol{A}|=0,$$

上式左边是 λ 的 n 次多项式. 我们引入下面的定义.

定义 2　设 $\boldsymbol{A}$ 是一个 n 阶方阵，λ 是一个数. 矩阵 $\lambda\boldsymbol{E}-\boldsymbol{A}$ 的行列式 $|\lambda\boldsymbol{E}-\boldsymbol{A}|$ 称为 $\boldsymbol{A}$ 的特征多项式(characteristic polynomial).

上面的分析说明，如果 λ 是方阵 $\boldsymbol{A}$ 的特征值，那么 λ 一定是 $\boldsymbol{A}$ 的特征多项式的一个根；反过来，如果 λ 是 $\boldsymbol{A}$ 的特征多项式的一个根，即 $|\lambda\boldsymbol{E}-\boldsymbol{A}|=0$，那么齐次线性方程组(11-7-2)就有非零解，这时，如果 $\boldsymbol{\xi}$ 是方程组(11-7-2)的非零解，那么 $\boldsymbol{\xi}$ 就是属于特征值 λ 的一个特征向量.

确定方阵 $\boldsymbol{A}$ 的特征值和特征向量的方法可以分成以下两个步骤：

(1)求出 $\boldsymbol{A}$ 的特征多项式的全部根，它们就是 $\boldsymbol{A}$ 的全部特征值；

(2)把求出的特征值逐个地代入方程组(11-7-2)，对每一个特征值，解方程组(11-7-2)，求出一组基础解系，它们的非零线性组合就是属于这个特征值的全部特征向量.

例 1　求 $\boldsymbol{A}=\begin{pmatrix}-1&1&0\\-4&3&0\\1&0&2\end{pmatrix}$ 的特征值与特征向量.

解　$\boldsymbol{A}$ 的特征多项式为

$$|\lambda\boldsymbol{E}-\boldsymbol{A}|=\begin{vmatrix}\lambda+1&-1&0\\4&\lambda-3&0\\-1&0&\lambda-2\end{vmatrix}=(\lambda-2)\begin{vmatrix}\lambda+1&-1\\4&\lambda-3\end{vmatrix}=(\lambda-2)(\lambda-1)^2,$$

所以 $\boldsymbol{A}$ 的特征值为 $\lambda_1=2, \lambda_2=\lambda_3=1$.

当 $\lambda_1=2$ 时，因

$$\lambda_1\boldsymbol{E}-\boldsymbol{A}=2\boldsymbol{E}-\boldsymbol{A}=\begin{pmatrix}3&-1&0\\4&-1&0\\-1&0&0\end{pmatrix}\xrightarrow{r}\begin{pmatrix}1&0&0\\0&1&0\\0&0&0\end{pmatrix},$$

于是齐次线性方程组 $(2\boldsymbol{E}-\boldsymbol{A})\boldsymbol{\xi}=\boldsymbol{0}$ 有基础解系 $\boldsymbol{\xi}_1=(0,0,1)^{\mathrm{T}}$，所以 $k_1\boldsymbol{\xi}_1(k_1\neq 0)$ 就是属于 $\lambda_1=2$ 的全部特征向量.

当 $\lambda_2=\lambda_3=1$ 时，由于

$$\boldsymbol{E}-\boldsymbol{A}=\begin{pmatrix}2&-1&0\\4&-2&0\\-1&0&-1\end{pmatrix}\xrightarrow{r}\begin{pmatrix}1&0&1\\0&1&2\\0&0&0\end{pmatrix},$$

得齐次线性方程组 $(\boldsymbol{E}-\boldsymbol{A})\boldsymbol{\xi}=\boldsymbol{0}$ 的基础解系 $\boldsymbol{\xi}_2=(-1,-2,1)^{\mathrm{T}}$，所以 $k_2\boldsymbol{\xi}_2(k_2\neq 0)$ 就是属于 $\lambda_2=\lambda_3=1$ 的全部特征向量.

例 2　求 $\boldsymbol{A}=\begin{pmatrix}-2&1&1\\0&2&0\\-4&1&3\end{pmatrix}$ 的特征值与特征向量.

解　因为特征多项式为

$$|\lambda\boldsymbol{E}-\boldsymbol{A}|=\begin{vmatrix}\lambda+2&-1&-1\\0&\lambda-2&0\\4&-1&\lambda-3\end{vmatrix}=(\lambda-2)\begin{vmatrix}\lambda+2&-1\\4&\lambda-3\end{vmatrix}=(\lambda+1)(\lambda-2)^2,$$

所以特征值是 $\lambda_1=-1,\lambda_2=\lambda_3=2$.

当 $\lambda_1=-1$ 时，因

$$-\boldsymbol{E}-\boldsymbol{A}=\begin{pmatrix}1&-1&-1\\0&-3&0\\4&-1&-4\end{pmatrix}\xrightarrow{r}\begin{pmatrix}1&0&-1\\0&1&0\\0&0&0\end{pmatrix},$$

得齐次线性方程组 $(-\boldsymbol{E}-\boldsymbol{A})\boldsymbol{\xi}=\boldsymbol{0}$ 的基础解系 $\boldsymbol{\xi}_1=(1,0,1)^{\mathrm{T}}$，所以 $k_1\boldsymbol{\xi}_1(k_1\neq 0)$ 就是属于 $\lambda_1=-1$ 的全部特征向量.

当 $\lambda_2=\lambda_3=2$ 时，由于

$$2\boldsymbol{E}-\boldsymbol{A}=\begin{pmatrix}4&-1&-1\\0&0&0\\4&-1&-1\end{pmatrix}\xrightarrow{r}\begin{pmatrix}4&-1&-1\\0&0&0\\0&0&0\end{pmatrix},$$

得齐次线性方程组 $(2\boldsymbol{E}-\boldsymbol{A})\boldsymbol{\xi}=\boldsymbol{0}$ 的基础解系 $\boldsymbol{\xi}_2=(1,0,4)^{\mathrm{T}},\boldsymbol{\xi}_3=(0,1,-1)^{\mathrm{T}}$，所以 $k_2\boldsymbol{\xi}_2+k_3\boldsymbol{\xi}_3$(k_2,k_3 不全为零)就是属于 $\lambda_2=\lambda_3=2$ 的全部特征向量.

例 3　设 λ 是方阵 $\boldsymbol{A}$ 的特征值，$\boldsymbol{\xi}$ 是相应的特征向量，证明

(1) λ^k (k 为正整数)是 $\boldsymbol{A}^k$ 的特征值，$\boldsymbol{\xi}$ 是相应的特征向量；

(2)当 $\boldsymbol{A}$ 可逆时，$\dfrac{1}{\lambda}$ 是 $\boldsymbol{A}^{-1}$ 的特征值，$\boldsymbol{\xi}$ 是相应的特征向量.

证　(1)因 $\boldsymbol{A\xi}=\lambda\boldsymbol{\xi}$，于是

$$\boldsymbol{A}^k\boldsymbol{\xi}=\boldsymbol{A}^{k-1}(\boldsymbol{A\xi})=\boldsymbol{A}^{k-1}(\lambda\boldsymbol{\xi})=\lambda(\boldsymbol{A}^{k-1}\boldsymbol{\xi})=\cdots=\lambda^k\boldsymbol{\xi},$$

所以 λ^k 是 $\boldsymbol{A}^k$ 的特征值，$\boldsymbol{\xi}$ 是相应的特征向量.

(2)当 $\boldsymbol{A}$ 可逆时，由 $\boldsymbol{A\xi}=\lambda\boldsymbol{\xi}$，有 $\boldsymbol{\xi}=\lambda\boldsymbol{A}^{-1}\boldsymbol{\xi}$，因 $\boldsymbol{\xi}\neq\boldsymbol{0}$，知 $\lambda\neq 0$，故 $\boldsymbol{A}^{-1}\boldsymbol{\xi}=\dfrac{1}{\lambda}\boldsymbol{\xi}$，所以 $\dfrac{1}{\lambda}$ 是 $\boldsymbol{A}^{-1}$ 的特征值，$\boldsymbol{\xi}$ 是相应的特征向量.

如果 λ 是方阵 $\boldsymbol{A}$ 的特征值，$\boldsymbol{\xi}$ 是相应的特征向量，由此例可得：$g(\lambda)=a_0+a_1\lambda+\cdots+a_m\lambda^m$ 是 $g(\boldsymbol{A})=a_0\boldsymbol{E}+a_1\boldsymbol{A}+\cdots+a_m\boldsymbol{A}^m$ 的特征值，$\boldsymbol{\xi}$ 是相应的特征向量，当 $\boldsymbol{A}$ 可逆时，记 $\boldsymbol{A}^{-k}=(\boldsymbol{A}^{-1})^k$($k$ 为正整数)，则 $a_{-l}\lambda^{-l}+\cdots+a_{-1}\lambda^{-1}+a_0+a_1\lambda+\cdots+a_m\lambda^m$ 是 $a_{-l}\boldsymbol{A}^{-l}+\cdots+a_{-1}\boldsymbol{A}^{-1}+a_0\boldsymbol{E}+a_1\boldsymbol{A}+\cdots+a_m\boldsymbol{A}^m$ 的特征值，$\boldsymbol{\xi}$ 是相应的特征向量.

定理 1　设 n 阶方阵 $\boldsymbol{A}=(a_{ij})$ 的特征值为 $\lambda_1,\lambda_2,\cdots,\lambda_n$，则：

(1) $\lambda_1+\lambda_2+\cdots+\lambda_n=a_{11}+a_{22}+\cdots+a_{nn}$；

(2) $\lambda_1\lambda_2\cdots\lambda_n=|\boldsymbol{A}|$.

证　在

$$|\boldsymbol{\lambda E}-\boldsymbol{A}| = \begin{vmatrix} \lambda-a_{11} & -a_{12} & \cdots & -a_{1n} \\ -a_{21} & \lambda-a_{22} & \cdots & -a_{2n} \\ \vdots & \vdots & & \vdots \\ -a_{n1} & -a_{n2} & \cdots & \lambda-a_{nn} \end{vmatrix},$$

的完全展开式中，有一项是主对角线上元素的连乘积

$$(\lambda-a_{11})(\lambda-a_{22})\cdots(\lambda-a_{nn}),$$

展开式中的其余各项，至多包含 $n-2$ 个主对角线上的元素，它对 λ 的次数最多是 $n-2$。因此特征多项式中含 λ 的 n 次与 $n-1$ 次的项只能在主对角线上元素的连乘积中出现，它们是

$$\lambda^n-(a_{11}+a_{22}+\cdots+a_{nn})\lambda^{n-1}.$$

在特征多项式中令 $\lambda=0$，即得常数项 $|-\boldsymbol{A}|=(-1)^n|\boldsymbol{A}|$.

因此，如果只写出特征多项式的前两项与常数项，就有

$$|\lambda E-\boldsymbol{A}|=\lambda^n-(a_{11}+a_{22}+\cdots+a_{nn})\lambda^{n-1}+\cdots+(-1)^n|\boldsymbol{A}|$$

由根与系数的关系即得定理的结论.

例 4　已知 3 阶方阵 $\boldsymbol{A}$ 的特征值为 1,2,3，求 $|\boldsymbol{A}^3-5\boldsymbol{A}^2+7\boldsymbol{A}|$.

解　令 $g(\boldsymbol{A})=\boldsymbol{A}^3-5\boldsymbol{A}^2+7\boldsymbol{A}$，有 $g(\lambda)=\lambda^3-5\lambda^2+7\lambda$，从而 $g(\boldsymbol{A})$ 的特征值为 $g(1)=3$，$g(2)=2$，$g(3)=3$，所以 $|\boldsymbol{A}^3-5\boldsymbol{A}^2+7\boldsymbol{A}|=|g(\boldsymbol{A})|=3\times2\times3=18$.

定理 2　**如果 $\lambda_1,\lambda_2,\cdots,\lambda_k$ 是方阵 $\boldsymbol{A}$ 的不同的特征值，而 $\boldsymbol{\xi}_{i1},\boldsymbol{\xi}_{i2},\cdots,\boldsymbol{\xi}_{ir_i}$ 是属于特征值 λ_i 的线性无关的特征向量，$i=1,2,\cdots,k$，那么向量组**

$$\boldsymbol{\xi}_{11},\boldsymbol{\xi}_{12},\cdots,\boldsymbol{\xi}_{1r_1},\cdots,\boldsymbol{\xi}_{k1},\boldsymbol{\xi}_{k2},\cdots,\boldsymbol{\xi}_{kr_k} \tag{11-7-3}$$

也线性无关.

证　对特征值的个数 k 作数学归纳法. 当 $k=1$ 时，向量组(11-7-3)成为 $\boldsymbol{\xi}_{11},\boldsymbol{\xi}_{12},\cdots,\boldsymbol{\xi}_{1r_1}$，根据定理的假设它们线性无关. 现在设 $k>1$ 并且假设对于 $k-1$ 来说定理成立，我们证明对于 k 定理也成立.

假设有关系式

$$\sum_{i=1}^{k}\sum_{j=1}^{r_i}a_{ij}\boldsymbol{\xi}_{ij}=\boldsymbol{0}. \tag{11-7-4}$$

等式两端乘以 λ_k，得

$$\sum_{i=1}^{k}\sum_{j=1}^{r_i}a_{ij}\lambda_k\boldsymbol{\xi}_{ij}=\boldsymbol{0}. \tag{11-7-5}$$

(11-7-4)式两端左乘 $\boldsymbol{A}$，有 $\sum\limits_{i=1}^{k}\sum\limits_{j=1}^{r_i}a_{ij}\boldsymbol{A}\boldsymbol{\xi}_{ij}=\boldsymbol{0}$，即

$$\sum_{i=1}^{k}\sum_{j=1}^{r_i}a_{ij}\lambda_i\boldsymbol{\xi}_{ij}=\boldsymbol{0}. \tag{11-7-6}$$

(11-7-6)减去(11-7-5)得到 $\sum\limits_{i=1}^{k-1}\sum\limits_{j=1}^{r_i}a_{ij}(\lambda_i-\lambda_k)\boldsymbol{\xi}_{ij}=\boldsymbol{0}$，根据归纳法假设，$\boldsymbol{\xi}_{11},\boldsymbol{\xi}_{12},\cdots,\boldsymbol{\xi}_{1r_1},\cdots,\boldsymbol{\xi}_{k-1,1},\boldsymbol{\xi}_{k-1,2},\cdots,\boldsymbol{\xi}_{k-1,r_{k-1}}$ 线性无关，于是

$$a_{ij}(\lambda_i-\lambda_k)=0,i=1,2,\cdots,k-1;j=1,2,\cdots,r_i.$$

但 $\lambda_i-\lambda_k\neq0(i<k)$，所以 $a_{ij}=0,i=1,2,\cdots,k-1;j=1,2,\cdots,r_i$. 这时，(11-7-4)式变成 $\sum\limits_{j=1}^{r_k}a_{kj}\boldsymbol{\xi}_{kj}=0$，又因为 $\boldsymbol{\xi}_{k1},\boldsymbol{\xi}_{k2},\cdots,\boldsymbol{\xi}_{kr_k}$ 线性无关，所以只有 $a_{kj}=0,j=1,2,\cdots,r_k$. 这就证明了向

量组(11－7－3)线性无关.

二、相似矩阵与矩阵的对角化

定义 3　设 $\boldsymbol{A}$ 与 $\boldsymbol{B}$ 是两个 n 阶方阵，如果存在 n 阶可逆方阵 $\boldsymbol{P}$，使得 $\boldsymbol{B}=\boldsymbol{P}^{-1}\boldsymbol{AP}$，就称 $\boldsymbol{A}$ 相似于 $\boldsymbol{B}$，记为 $\boldsymbol{A}\sim\boldsymbol{B}$. 对 $\boldsymbol{A}$ 进行 $\boldsymbol{P}^{-1}\boldsymbol{AP}$ 运算称为对 $\boldsymbol{A}$ 作相似变换，方阵 $\boldsymbol{P}$ 称为把 $\boldsymbol{A}$ 变成 $\boldsymbol{B}$ 的相似变换矩阵.

相似是矩阵之间的一种关系，这种关系满足下面三个性质：

(1)反身性：$\boldsymbol{A}\sim\boldsymbol{A}$.

这是因为 $\boldsymbol{A}=\boldsymbol{E}^{-1}\boldsymbol{AE}$.

(2)对称性：如果 $\boldsymbol{A}\sim\boldsymbol{B}$，那么 $\boldsymbol{B}\sim\boldsymbol{A}$.

如果 $\boldsymbol{A}\sim\boldsymbol{B}$，那么有 $\boldsymbol{P}$ 使 $\boldsymbol{B}=\boldsymbol{P}^{-1}\boldsymbol{AP}$，令 $\boldsymbol{Q}=\boldsymbol{P}^{-1}$，有 $\boldsymbol{A}=\boldsymbol{PBP}^{-1}=\boldsymbol{Q}^{-1}\boldsymbol{BQ}$，所以 $\boldsymbol{B}\sim\boldsymbol{A}$.

(3)传递性：如果 $\boldsymbol{A}\sim\boldsymbol{B}$，$\boldsymbol{B}\sim\boldsymbol{C}$，那么 $\boldsymbol{A}\sim\boldsymbol{C}$.

已知有 $\boldsymbol{P}_1$，$\boldsymbol{P}_2$，使 $\boldsymbol{B}=\boldsymbol{P}_1^{-1}\boldsymbol{AP}_1$，$\boldsymbol{C}=\boldsymbol{P}_2^{-1}\boldsymbol{BP}_2$，令 $\boldsymbol{P}=\boldsymbol{P}_1\boldsymbol{P}_2$，就有 $\boldsymbol{C}=\boldsymbol{P}_2^{-1}\boldsymbol{P}_1^{-1}\boldsymbol{AP}_1\boldsymbol{P}_2=\boldsymbol{P}^{-1}\boldsymbol{AP}$，因此 $\boldsymbol{A}\sim\boldsymbol{C}$.

同时容易证明，相似矩阵有相同的秩、行列式和可逆性，在可逆时，逆矩阵也相似。

定理 3　相似矩阵有相同的特征多项式，从而特征值也相同.

证　设 $\boldsymbol{A}\sim\boldsymbol{B}$，既有可逆矩阵 $\boldsymbol{P}$，使 $\boldsymbol{B}=\boldsymbol{P}^{-1}\boldsymbol{AP}$. 于是

$|\lambda\boldsymbol{E}-\boldsymbol{B}|=|\lambda\boldsymbol{E}-\boldsymbol{P}^{-1}\boldsymbol{AP}|=|\boldsymbol{P}^{-1}(\lambda\boldsymbol{E}-\boldsymbol{A})\boldsymbol{P}|=|\boldsymbol{P}^{-1}||\lambda\boldsymbol{E}-\boldsymbol{A}||\boldsymbol{P}|=|\lambda\boldsymbol{E}-\boldsymbol{A}|$.

应该指出，定理的逆是不对的，特征多项式相同的矩阵不一定是相似的. 例如

$$\boldsymbol{E}=\begin{pmatrix}1&0\\0&1\end{pmatrix},\ \boldsymbol{A}=\begin{pmatrix}1&1\\0&1\end{pmatrix},$$

它们的特征多项式都是 $(\lambda-1)^2$，但 $\boldsymbol{E}$ 和 $\boldsymbol{A}$ 不相似，因为和 $\boldsymbol{E}$ 相似的矩阵只能是 $\boldsymbol{E}$ 本身.

相似矩阵属于相同特征值的特征向量未必相同，它们之间有如下的关系：如果 $\boldsymbol{B}=\boldsymbol{P}^{-1}\boldsymbol{AP}$，$\lambda_0$是 $\boldsymbol{A}$ 的某个特征值，$\boldsymbol{\xi}$ 是 $\boldsymbol{A}$ 的属于 λ_0 的特征向量，则 $\boldsymbol{P}^{-1}\boldsymbol{\xi}$ 是 $\boldsymbol{B}$ 的属于 λ_0 的特征向量。

事实上，如果 $\boldsymbol{B}=\boldsymbol{P}^{-1}\boldsymbol{AP}$，$\boldsymbol{A\xi}=\lambda_0\boldsymbol{\xi}$，那么 $\boldsymbol{B}=\boldsymbol{PBP}^{-1}$，$\boldsymbol{PBP}^{-1}\boldsymbol{\xi}=\lambda_0\boldsymbol{\xi}$，在后一式的两边左乘 $\boldsymbol{P}^{-1}$，就有 $\boldsymbol{B}(\boldsymbol{P}^{-1}\boldsymbol{\xi})=\lambda_0(\boldsymbol{P}^{-1}\boldsymbol{\xi})$

矩阵的运算对于相似有下面的性质. 如果 $\boldsymbol{B}_1=\boldsymbol{P}^{-1}\boldsymbol{A}_1\boldsymbol{P}$，$\boldsymbol{B}_2=\boldsymbol{P}^{-1}\boldsymbol{A}_2\boldsymbol{P}$，那么

$$\boldsymbol{B}_1+\boldsymbol{B}_2=\boldsymbol{P}^{-1}(\boldsymbol{A}_1+\boldsymbol{A}_2)\boldsymbol{P},\ \boldsymbol{B}_1\boldsymbol{B}_2=\boldsymbol{P}^{-1}(\boldsymbol{A}_1\boldsymbol{A}_2)\boldsymbol{P}.$$

由此可知，如果 $\boldsymbol{B}=\boldsymbol{P}^{-1}\boldsymbol{AP}$，且 $g(x)$ 是一个多项式，则 $g(\boldsymbol{B})=\boldsymbol{P}^{-1}g(\boldsymbol{A})\boldsymbol{P}$，证明留给读者.

特别地，如果 $\boldsymbol{A}$ 相似于对角矩阵，即存在可逆矩阵 $\boldsymbol{P}$，使得 $\boldsymbol{P}^{-1}\boldsymbol{AP}=\mathrm{diag}(\lambda_1,\lambda_2,\cdots,\lambda_n)$，那么

$$g(\boldsymbol{A})=\boldsymbol{P}g[\mathrm{diag}(\lambda_1,\lambda_2,\cdots,\lambda_n)]P^{-1}=\boldsymbol{P}\mathrm{diag}[g(\lambda_1),g(\lambda_2),\cdots,g(\lambda_n)]\boldsymbol{P}^{-1},$$

由此可方便地计算 $\boldsymbol{A}$ 的多项式 $g(\boldsymbol{A})$.

下面要讨论的问题是：对方阵 $\boldsymbol{A}$，寻求相似变换矩阵 $\boldsymbol{P}$，使 $\boldsymbol{P}^{-1}\boldsymbol{AP}$ 为对角阵，这就称为把矩阵 $\boldsymbol{A}$ 对角化.

定理 4　n 阶方阵 $\boldsymbol{A}$ 相似于对角矩阵的充分必要条件是 $\boldsymbol{A}$ 有 n 个线性无关的特征向量.

证　必要性. 设 $\boldsymbol{A}$ 相似于对角矩阵 $\mathrm{diag}(\lambda_1,\lambda_2,\cdots,\lambda_n)$，则存在可逆矩阵 $\boldsymbol{P}$，使得 $\boldsymbol{P}^{-1}\boldsymbol{AP}=\mathrm{diag}(\lambda_1,\lambda_2,\cdots,\lambda_n)$，从而 $\boldsymbol{AP}=\boldsymbol{P}\mathrm{diag}(\lambda_1,\lambda_2,\cdots,\lambda_n)$. 设 $\boldsymbol{P}=(\boldsymbol{\xi}_1,\boldsymbol{\xi}_2,\cdots,\boldsymbol{\xi}_n)$，则由 $\boldsymbol{A}(\boldsymbol{\xi}_1,\boldsymbol{\xi}_2,\cdots,\boldsymbol{\xi}_n)=(\boldsymbol{\xi}_1,\boldsymbol{\xi}_2,\cdots,\boldsymbol{\xi}_n)\mathrm{diag}(\lambda_1,\lambda_2,\cdots,\lambda_n)$，得

$$(A\xi_1, A\xi_2, \cdots, A\xi_n) = (\lambda_1\xi_1, \lambda_2\xi_2, \cdots, \lambda_n\xi_n) ,$$

即 $A\xi_i = \lambda_i\xi_i$ ，$i=1,2,\cdots,n$. 因为 P 可逆，所以 $\xi_1,\xi_2,\cdots,\xi_n$ 是 A 的 n 个线性无关的特征向量.

充分性. 设 $\xi_1,\xi_2,\cdots,\xi_n$ 是 A 的 n 个线性无关的特征向量，它们所对应的特征值依次为 $\lambda_1,\lambda_2,\cdots,\lambda_n$ ，那么有 $A\xi_i=\lambda_i\xi_i$ ，$i=1,2,\cdots,n$. 令 $P=(\xi_1,\xi_2,\cdots,\xi_n)$ ，则 P 可逆，且

$$AP = (A\xi_1, A\xi_2, \cdots, A\xi_n) = (\lambda_1\xi_1, \lambda_2\xi_2, \cdots, \lambda_n\xi_n) = P\mathrm{diag}(\lambda_1, \lambda_2, \cdots, \lambda_n) .$$

用 P^{-1} 左乘上式两端，得 $P^{-1}AP=\mathrm{diag}(\lambda_1,\lambda_2,\cdots,\lambda_n)$ ，即 A 与对角矩阵 diag $(\lambda_1,\lambda_2,\cdots,\lambda_n)$ 相似.

联系定理 2，就有

推论　如果 n 阶方阵 A 有 n 个不同的特征值，则 A 相似于对角矩阵.

当 A 的特征方程有重根时，就不一定有 n 个线性无关的特征向量，从而不一定能对角化. 例如在例 1 中，A 的特征方程有重根，确实找不到 3 个线性无关的特征向量，因此例 1 中的 A 不能对角化；而在例 2 中，A 的特征方程也有重根，但能找到 3 个线性无关的特征向量，因此，例 2 中的 A 能对角化.

例 5　对于例 2 中的矩阵 A，求 $A^{10}-4A^8$.

解　先把 A 对角化. 因为 $\xi_1=(1,0,1)^T$ 是矩阵 A 的属于特征值 -1 的特征向量，$\xi_2=(1,0,4)^T$ 和 $\xi_3=(0,1,-1)^T$ 是矩阵 A 的属于特征值 2 的两个线性无关的特征向量，这样，根据定理 2，ξ_1,ξ_2,ξ_3 线性无关. 令

$$P=(\xi_1,\xi_2,\xi_3)=\begin{pmatrix}1&1&0\\0&0&1\\1&4&-1\end{pmatrix},$$

那么根据定理 4，P 可逆，并且 $P^{-1}AP=\mathrm{diag}(-1,2,2)$. 由于

$$(P,E)=\begin{pmatrix}1&1&0&1&0&0\\0&0&1&0&1&0\\1&4&-1&0&0&1\end{pmatrix}\xrightarrow{r}\begin{pmatrix}1&0&0&\frac{4}{3}&-\frac{1}{3}&-\frac{1}{3}\\0&1&0&-\frac{1}{3}&\frac{1}{3}&\frac{1}{3}\\0&0&1&0&1&0\end{pmatrix},$$

所以 $P^{-1}=\dfrac{1}{3}\begin{pmatrix}4&-1&-1\\-1&1&1\\0&3&0\end{pmatrix}$.

记 $g(A)=A^{10}-4A^8$，因为

$$g(-1)=(-1)^{10}-4(-1)^8=-3, g(2)=2^{10}-4\times2^8=0 ,$$

于是

$$\begin{aligned}A^{10}-4A^8&=g(A)=P\mathrm{diag}[g(-1),g(2),g(2)]P^{-1}\\&=\frac{1}{3}\begin{pmatrix}1&1&0\\0&0&1\\1&4&-1\end{pmatrix}\begin{pmatrix}-3&&\\&0&\\&&0\end{pmatrix}\begin{pmatrix}4&-1&-1\\-1&1&1\\0&3&0\end{pmatrix}=\begin{pmatrix}-4&1&1\\0&0&0\\-4&1&1\end{pmatrix}.\end{aligned}$$

习题十一

1. 求下列乘积：

(1) $\begin{pmatrix}4&3&1\\1&-2&3\\5&7&0\end{pmatrix}\begin{pmatrix}7\\2\\1\end{pmatrix}$；　(2) $(1,2,3)\begin{pmatrix}3\\2\\1\end{pmatrix}$；　(3) $\begin{pmatrix}a&b&c\\c&a&b\\1&1&1\end{pmatrix}\begin{pmatrix}a&c&1\\b&a&1\\c&b&1\end{pmatrix}$.

2. 设 $\boldsymbol{A}=\begin{pmatrix}1&1&1\\1&1&-1\\1&-1&1\end{pmatrix}$，$\boldsymbol{B}=\begin{pmatrix}1&2&3\\-1&-2&4\\0&5&1\end{pmatrix}$，求 $3\boldsymbol{AB}-2\boldsymbol{A}$ 及 $\boldsymbol{A}^{\mathrm{T}}\boldsymbol{B}$.

3. 如果 $\boldsymbol{AB}=\boldsymbol{BA}$，则称 $\boldsymbol{A}$ 与 $\boldsymbol{B}$ 可交换. 设 $\boldsymbol{A}=\begin{pmatrix}1&1\\0&0\end{pmatrix}$，试求与 $\boldsymbol{A}$ 可交换的所有矩阵 $\boldsymbol{B}$.

4. 证明与一切 n 阶矩阵可交换的矩阵一定是 n 阶数量矩阵，即 $k\boldsymbol{E}$，这里 $\boldsymbol{E}$ 是 n 阶单位矩阵，k 是任意数.

5. 计算

(1) $\begin{pmatrix}2&1&1\\3&1&0\\0&1&2\end{pmatrix}^2$；　(2) $\begin{pmatrix}1&2\\-2&1\end{pmatrix}^5$.

6. 设 $g(x)=3x^2-2x+5$，$\boldsymbol{A}=\begin{pmatrix}1&-2&3\\2&-4&1\\3&-5&2\end{pmatrix}$. 求 $g(\boldsymbol{A})$.

7. 试证不存在 n 阶方阵 $\boldsymbol{A},\boldsymbol{B}$，满足 $\boldsymbol{AB}-\boldsymbol{BA}=\boldsymbol{E}$.

8. 设 $\boldsymbol{A},\boldsymbol{B}$ 为 n 阶矩阵，且 $\boldsymbol{A}$ 为对称矩阵，证明 $\boldsymbol{B}^{\mathrm{T}}\boldsymbol{AB}$ 也是对称矩阵.

9. 设 $\boldsymbol{A},\boldsymbol{B}$ 都是 n 阶矩阵，证明 $\boldsymbol{AB}$ 是对称矩阵的充分必要条件是 $\boldsymbol{AB}=\boldsymbol{BA}$.

10. 用矩阵分快的方法计算 $\boldsymbol{AB}$，其中

$$\boldsymbol{A}=\begin{pmatrix}1&-2&7&0&0\\-1&3&6&0&0\\-3&2&-5&0&0\\0&0&0&1&2\\0&0&0&0&5\end{pmatrix},\boldsymbol{B}=\begin{pmatrix}3&0&0&1&2\\0&3&0&3&4\\0&0&3&5&6\\0&0&0&3&4\\0&0&0&5&-1\end{pmatrix}.$$

11. 用初等行变换把下列矩阵化为行最简矩阵

(1) $\begin{pmatrix}1&0&2&-1\\2&0&3&1\\3&0&4&3\end{pmatrix}$；　(2) $\begin{pmatrix}2&3&1&-3&-7\\1&2&0&-2&-4\\3&-2&8&3&0\\2&-3&7&4&3\end{pmatrix}$.

12. 用初等变换把下列矩阵化为标准形

(1) $\begin{pmatrix}3&2&-4\\3&2&-4\\1&2&-1\end{pmatrix}$；　(2) $\begin{pmatrix}1&-1&2&1&0\\2&-2&4&2&0\\3&0&6&-1&1\\3&0&6&3&1\end{pmatrix}$.

13. 计算下列行列式：

(1) $\begin{vmatrix}246&427&327\\1014&543&443\\-342&721&621\end{vmatrix}$；　(2) $\begin{vmatrix}2&1&1&1&1\\1&3&1&1&1\\1&1&4&1&1\\1&1&1&5&1\\1&1&1&1&6\end{vmatrix}$；　(3) $\begin{vmatrix}a+b&d&c&1\\b+c&a&d&1\\c+d&b&a&1\\d+a&c&b&1\end{vmatrix}$.

14. 计算下列 n 阶行列式：

(1) $\begin{vmatrix} x & y & 0 & \cdots & 0 & 0 \\ 0 & x & y & \cdots & 0 & 0 \\ \vdots & \vdots & \vdots & & \vdots & \vdots \\ 0 & 0 & 0 & \cdots & x & y \\ y & 0 & 0 & \cdots & 0 & x \end{vmatrix}$； (2) $\begin{vmatrix} 1+a_1 & 1 & \cdots & 1 \\ 1 & 1+a_2 & \cdots & 1 \\ \vdots & \vdots & & \vdots \\ 1 & 1 & \cdots & 1+a_n \end{vmatrix}$，其中 $a_1a_2\cdots a_n \neq 0$.

15. 已知矩阵

$$\boldsymbol{A} = \begin{pmatrix} a_1 & b_1 & c_1 \\ a_2 & b_2 & c_2 \\ a_3 & b_3 & c_3 \end{pmatrix}, B = \begin{pmatrix} a_1 & b_1 & d_1 \\ a_2 & b_2 & d_2 \\ a_3 & b_3 & d_3 \end{pmatrix},$$

且 $|\boldsymbol{A}| = 2, |\boldsymbol{B}| = 3$，求 $|\boldsymbol{A}+\boldsymbol{B}|$.

16. 设 $\boldsymbol{A},\boldsymbol{B}$ 为 n 阶方阵，满足 $\boldsymbol{A}\boldsymbol{A}^{\mathrm{T}} = \boldsymbol{A}^{\mathrm{T}}\boldsymbol{A} = \boldsymbol{E}, \boldsymbol{B}\boldsymbol{B}^{\mathrm{T}} = \boldsymbol{B}^{\mathrm{T}}\boldsymbol{B} = \boldsymbol{E}$ 及 $|\boldsymbol{A}| + |\boldsymbol{B}| = 0$，求 $|\boldsymbol{A}+\boldsymbol{B}|$.

17. 求下列矩阵的逆矩阵：

(1) $\begin{pmatrix} 1 & 2 \\ 2 & 5 \end{pmatrix}$； (2) $\begin{pmatrix} \cos\theta & -\sin\theta \\ \sin\theta & \cos\theta \end{pmatrix}$； (3) $\begin{pmatrix} 1 & 2 & -1 \\ 3 & 4 & -2 \\ 5 & -4 & 1 \end{pmatrix}$.

18. 设 $\boldsymbol{A}^k = \boldsymbol{O}$（$k$ 为正整数），证明 $(\boldsymbol{E}-\boldsymbol{A})^{-1} = \boldsymbol{E}+\boldsymbol{A}+\boldsymbol{A}^2+\cdots+\boldsymbol{A}^{k-1}$.

19. 设方阵 $\boldsymbol{A}$ 满足 $\boldsymbol{A}^2 - \boldsymbol{A} - 2\boldsymbol{E} = \boldsymbol{O}$，证明 $\boldsymbol{A}$ 及 $\boldsymbol{A}+2\boldsymbol{E}$ 都可逆，并求 $\boldsymbol{A}^{-1}$ 及 $(\boldsymbol{A}+2\boldsymbol{E})^{-1}$.

20. 设 $\boldsymbol{A}$ 可逆，证明其伴随矩阵 $\boldsymbol{A}^*$ 也可逆，且 $(\boldsymbol{A}^*)^{-1} = (\boldsymbol{A}^{-1})^*$.

21. 设 n 阶矩阵 $\boldsymbol{A}$ 的伴随矩阵为 $\boldsymbol{A}^*$，证明(1) 若 $|\boldsymbol{A}| = 0$，则 $|\boldsymbol{A}^*| = 0$；(2) $|\boldsymbol{A}^*| = |\boldsymbol{A}|^{n-1}$.

22. 设 n 阶矩阵 $\boldsymbol{A}$ 及 s 阶矩阵 $\boldsymbol{B}$ 都可逆，求 $\begin{pmatrix} \boldsymbol{O} & \boldsymbol{A} \\ \boldsymbol{B} & \boldsymbol{O} \end{pmatrix}^{-1}$.

23. 求矩阵 $\begin{pmatrix} 5 & 2 & 0 & 0 \\ 2 & 1 & 0 & 0 \\ 0 & 0 & 8 & 3 \\ 0 & 0 & 5 & 2 \end{pmatrix}$ 的逆矩阵.

24. 设 $\boldsymbol{A} = \begin{pmatrix} -5 & 3 & 1 \\ 2 & -1 & 1 \end{pmatrix}$，(1)求可逆矩阵 $\boldsymbol{P}$，使 $\boldsymbol{PA}$ 为行最简矩阵；(2)求可逆矩阵 $\boldsymbol{Q}$，使 $\boldsymbol{QA}^{\mathrm{T}}$ 为行最简矩阵.

25. 试用矩阵的初等变换，求下列矩阵的逆矩阵：

(1) $\begin{pmatrix} 3 & 2 & 1 \\ 3 & 1 & 5 \\ 3 & 2 & 3 \end{pmatrix}$； (2) $\begin{pmatrix} 3 & -2 & 0 & -1 \\ 0 & 2 & 2 & 1 \\ 1 & -2 & -3 & -2 \\ 0 & 1 & 2 & 1 \end{pmatrix}$.

26. 求下列矩阵的秩，并求一个最高阶非零子式：

(1) $\begin{pmatrix} 3 & 1 & 0 & 2 \\ 1 & -1 & 2 & -1 \\ 1 & 3 & -4 & 4 \end{pmatrix}$； (2) $\begin{pmatrix} 2 & 1 & 8 & 3 & 7 \\ 2 & -3 & 0 & 7 & -5 \\ 3 & -2 & 5 & 8 & 0 \\ 1 & 0 & 3 & 2 & 0 \end{pmatrix}$.

27. 设 $\boldsymbol{A} = \begin{pmatrix} 1 & -2 & 3k \\ -1 & 2k & -3 \\ k & -2 & 3 \end{pmatrix}$，问 k 为何值时，可使(1) $R(\boldsymbol{A}) = 1$；(2) $R(\boldsymbol{A}) = 2$；(3) $R(\boldsymbol{A}) = 3$.

28. 用克莱姆法则解下列方程组：

(1) $\begin{cases} x_1+x_2+x_3+x_4=5, \\ x_1+2x_2-x_3+4x_4=-2, \\ 2x_1-3x_2-x_3-5x_4=-2, \\ 3x_1+x_2+2x_3+11x_4=0; \end{cases}$　(2) $\begin{cases} 5x_1+6x_2=1, \\ x_1+5x_2+6x_3=0, \\ x_2+5x_3+6x_4=0, \\ x_3+5x_4=1. \end{cases}$

29. 设 $\boldsymbol{A}=\begin{pmatrix} 0 & 3 & 3 \\ 1 & 1 & 0 \\ -1 & 2 & 3 \end{pmatrix}$，$\boldsymbol{AB}=\boldsymbol{A}+2\boldsymbol{B}$，求 $\boldsymbol{B}$.

30. 设 $\boldsymbol{A}=\begin{pmatrix} 1 & 0 & 1 \\ 0 & 2 & 0 \\ 1 & 0 & 1 \end{pmatrix}$，且 $\boldsymbol{AB}+\boldsymbol{E}=\boldsymbol{A}^2+\boldsymbol{B}$，求 $\boldsymbol{B}$.

31. 已知 $\boldsymbol{A}$ 的伴随矩阵 $\boldsymbol{A}^*=\mathrm{diag}(1,1,1,8)$，且 $\boldsymbol{ABA}^{-1}=\boldsymbol{BA}^{-1}+3\boldsymbol{E}$，求 $\boldsymbol{B}$.

32. 用消元法解下列线性方程组：

(1) $\begin{cases} 4x_1+2x_2-x_3=2, \\ 3x_1-x_2+2x_3=10, \\ 11x_1+3x_2=8; \end{cases}$　(2) $\begin{cases} 2x+3y+z=4, \\ x-2y+4z=-5, \\ 3x+8y-2z=13, \\ 4x-y+9z=-6; \end{cases}$

(3) $\begin{cases} 2x+y-z+w=1, \\ 4x+2y-2z+w=2, \\ 2x+y-z-w=1; \end{cases}$　(4) $\begin{cases} 2x+y-z+w=1, \\ 3x-2y+z-3w=4, \\ x+4y-3z+5w=-2. \end{cases}$

33. λ 取何值时，线性方程组

$$\begin{cases} \lambda x_1+x_2+x_3=1, \\ x_1+\lambda x_2+x_3=\lambda, \\ x_1+x_2+\lambda x_3=\lambda^2 \end{cases}$$

(1)有唯一解；(2)无解；(3)有无穷多个解？

34. 线性方程组

$$\begin{cases} -2x_1+x_2+x_3=-2, \\ x_1-2x_2+x_3=\lambda, \\ x_1+x_2-2x_3=\lambda^2 \end{cases}$$

当 λ 取何值时有解？并且求出它的通解.

35. 问 λ,μ 为何值时，齐次线性方程组

$$\begin{cases} \lambda x_1+x_2+x_3=0, \\ x_1+\mu x_2+x_3=0, \\ x_1+2\mu x_2+x_3=0 \end{cases}$$

有非零解？

36. 求解下列齐次线性方程组：

(1) $\begin{cases} x_1+x_2+2x_3-x_4=0, \\ 2x_1+x_2+x_3-x_4=0, \\ 2x_1+2x_2+x_3+2x_4=0; \end{cases}$　(2) $\begin{cases} 2x_1+3x_2-x_3-7x_4=0, \\ 3x_1+x_2+2x_3-7x_4=0, \\ 4x_1+x_2-3x_3+6x_4=0, \\ x_1-2x_2+5x_3-5x_4=0. \end{cases}$

37. 设 $m\times n$ 矩阵 $\boldsymbol{A}$ 的秩为 n，且 $\boldsymbol{AB}=\boldsymbol{C}$，证明方程 $\boldsymbol{Bx}_{n\times1}=\boldsymbol{0}$ 与 $\boldsymbol{Cx}_{n\times1}=\boldsymbol{0}$ 同解.

38. 证明 $R(\boldsymbol{A})=1$ 的充分必要条件是存在非零向量列 $\boldsymbol{\alpha},\boldsymbol{\beta}$，使 $\boldsymbol{A}=\boldsymbol{\alpha\beta}^{\mathrm{T}}$.

39. 设 $\boldsymbol{\alpha}_1=(0,1,2,3)^{\mathrm{T}}$，$\boldsymbol{\alpha}_2=(3,0,2,1)^{\mathrm{T}}$，$\boldsymbol{\alpha}_3=(2,3,0,1)^{\mathrm{T}}$；$\boldsymbol{\beta}_1=(2,1,1,2)^{\mathrm{T}}$，$\boldsymbol{\beta}_2=(0,-2,1,1)^{\mathrm{T}}$，$\boldsymbol{\beta}_3=(4,4,1,3)^{\mathrm{T}}$. 证明向量组 $\boldsymbol{\beta}_1,\boldsymbol{\beta}_2,\boldsymbol{\beta}_3$ 可以由向量组 $\boldsymbol{\alpha}_1,\boldsymbol{\alpha}_2,\boldsymbol{\alpha}_3$ 线性表示，但 $\boldsymbol{\alpha}_1,\boldsymbol{\alpha}_2,\boldsymbol{\alpha}_3$ 不能被 $\boldsymbol{\beta}_1,\boldsymbol{\beta}_2,\boldsymbol{\beta}_3$ 线性表示.

40. 设 $\boldsymbol{\alpha}_1=(0,1,1)^T,\boldsymbol{\alpha}_2=(1,1,0)^T;\boldsymbol{\beta}_1=(-1,0,1)^T,\boldsymbol{\beta}_2=(1,2,1)^T,\boldsymbol{\beta}_3=(3,2,-1)^T$. 证明向量组 $\boldsymbol{\alpha}_1,\boldsymbol{\alpha}_2$ 与向量组 $\boldsymbol{\beta}_1,\boldsymbol{\beta}_2,\boldsymbol{\beta}_3$ 等价.

41. 已知 $R(\boldsymbol{\alpha}_1,\boldsymbol{\alpha}_2,\boldsymbol{\alpha}_3)=2,R(\boldsymbol{\alpha}_2,\boldsymbol{\alpha}_3,\boldsymbol{\alpha}_4)=3$,证明:(1) $\boldsymbol{\alpha}_1$ 能由 $\boldsymbol{\alpha}_2,\boldsymbol{\alpha}_3$ 线性表示;(2) $\boldsymbol{\alpha}_4$ 能由 $\boldsymbol{\alpha}_1,\boldsymbol{\alpha}_2,\boldsymbol{\alpha}_3$ 线性表示.

42. 判定下列向量组是线性相关还是线性无关:

(1) $(-1,3,1)^T,(2,1,0)^T,(1,4,1)^T$;(2) $(2,3,0)^T,(-1,4,0)^T,(0,0,2)^T$.

43. 问 a 取什么值时向量组 $\boldsymbol{\alpha}_1=(a,1,1)^T,\boldsymbol{\alpha}_2=(1,a,-1)^T,\boldsymbol{\alpha}_3=(1,-1,a)^T$ 线性相关?

44. 设 $\boldsymbol{\alpha}_1,\boldsymbol{\alpha}_2$ 线性无关,$\boldsymbol{\alpha}_1+\boldsymbol{\beta},\boldsymbol{\alpha}_2+\boldsymbol{\beta}$ 线性相关,求向量 $\boldsymbol{\beta}$ 用 $\boldsymbol{\alpha}_1,\boldsymbol{\alpha}_2$ 线性表示的表示式.

45. 设 $\boldsymbol{\alpha}_1,\boldsymbol{\alpha}_2$ 线性相关,$\boldsymbol{\beta}_1,\boldsymbol{\beta}_2$ 也线性相关,问 $\boldsymbol{\alpha}_1+\boldsymbol{\beta}_1,\boldsymbol{\alpha}_2+\boldsymbol{\beta}_2$ 是否一定线性相关? 试举例说明之.

46. 设 $\boldsymbol{\beta}_1=\boldsymbol{\alpha}_1+\boldsymbol{\alpha}_2,\boldsymbol{\beta}_2=\boldsymbol{\alpha}_2+\boldsymbol{\alpha}_3,\boldsymbol{\beta}_3=\boldsymbol{\alpha}_3+\boldsymbol{\alpha}_4,\boldsymbol{\beta}_4=\boldsymbol{\alpha}_4+\boldsymbol{\alpha}_1$,证明向量组 $\boldsymbol{\beta}_1,\boldsymbol{\beta}_2,\boldsymbol{\beta}_3,\boldsymbol{\beta}_4$ 线性相关.

47. 设 $\boldsymbol{\beta}_1=\boldsymbol{\alpha}_1,\boldsymbol{\beta}_2=\boldsymbol{\alpha}_1+\boldsymbol{\alpha}_2,\cdots,\boldsymbol{\beta}_r=\boldsymbol{\alpha}_1+\boldsymbol{\alpha}_2+\cdots+\boldsymbol{\alpha}_r$,且向量组 $\boldsymbol{\alpha}_1,\boldsymbol{\alpha}_2,\cdots,\boldsymbol{\alpha}_r$ 线性无关,证明向量组 $\boldsymbol{\beta}_1,\boldsymbol{\beta}_2,\cdots,\boldsymbol{\beta}_r$ 线性无关.

48. 求下列向量组的秩,并求一个极大无关组:

(1) $\boldsymbol{\alpha}_1=(1,2,-1,4)^T,\boldsymbol{\alpha}_2=(9,100,10,4)^T,\boldsymbol{\alpha}_3=(-2,-4,2,-8)^T$;

(2) $\boldsymbol{\alpha}_1=(1,2,1,3)^T,\boldsymbol{\alpha}_2=(4,-1,-5,-6)^T,\boldsymbol{\alpha}_3=(1,-3,-4,-7)^T$.

49. 利用初等行变换求下列矩阵的列向量组的一个极大无关组,并把其余列向量用极大无关组表示:

(1) $\begin{pmatrix}25&31&17&43\\75&94&53&132\\75&94&54&134\\25&32&20&48\end{pmatrix}$; (2) $\begin{pmatrix}1&1&2&2&1\\0&2&1&5&-1\\2&0&3&-1&3\\1&1&0&4&-1\end{pmatrix}$.

50. 设向量组 $(a,3,1)^T,(2,b,3)^T,(1,2,1)^T,(3,2,1)^T$ 的秩为 2,求 a,b.

51. 设 $\boldsymbol{\alpha}_1,\boldsymbol{\alpha}_2,\cdots,\boldsymbol{\alpha}_n$ 是一组 n 维向量,已知 n 维单位坐标向量 $\boldsymbol{\varepsilon}_1,\boldsymbol{\varepsilon}_2,\cdots,\boldsymbol{\varepsilon}_n$ 能由它们线性表示,证明 $\boldsymbol{\alpha}_1,\boldsymbol{\alpha}_2,\cdots,\boldsymbol{\alpha}_n$ 线性无关.

52. 设 $\boldsymbol{\alpha}_1,\boldsymbol{\alpha}_2,\cdots,\boldsymbol{\alpha}_n$ 是一组 n 维向量,证明它们线性无关的充分必要条件是:任一 n 维向量都可由它们线性表示.

53. 求下列齐次线性方程组的基础解系:

(1) $\begin{cases}x_1-8x_2+10x_3-2x_4=0,\\2x_1+4x_2+5x_3-x_4=0,\\3x_1+8x_2+6x_3-2x_4=0;\end{cases}$ (2) $\begin{cases}2x_1-3x_2-2x_3+x_4=0,\\3x_1+5x_2+4x_3-x_4=0,\\8x_1+7x_2+6x_3-3x_4=0.\end{cases}$

54. 设 $\boldsymbol{A}=\begin{pmatrix}2&-2&1&3\\9&-5&2&8\end{pmatrix}$,求一个 4×2 矩阵 $\boldsymbol{B}$,使 $\boldsymbol{AB}=\boldsymbol{O}$,且 $R(\boldsymbol{B})=2$.

55. 求一个齐次线性方程组,使它的基础解系为 $\boldsymbol{\xi}_1=(0,1,2,3)^T,\boldsymbol{\xi}_2=(3,2,1,0)^T$.

56. 设四元齐次线性方程组

$$\text{Ⅰ}:\begin{cases}x_1+x_2=0,\\x_2-x_4=0;\end{cases}\qquad \text{Ⅱ}:\begin{cases}x_1-x_2+x_3=0,\\x_2-x_3+x_4=0.\end{cases}$$

求:(1)方程组Ⅰ与方程组Ⅱ的基础解系;(2) Ⅰ与Ⅱ的公共解.

57. 设 n 阶矩阵 $\boldsymbol{A}$ 满足:$\boldsymbol{A}^2=\boldsymbol{A}$,$\boldsymbol{E}$ 为 n 阶单位矩阵,证明:$R(\boldsymbol{A})+R(\boldsymbol{A}-\boldsymbol{E})=n$.

58. 求下列非齐次方程组的一个解及对应齐次方程组的基础解系:

(1) $\begin{cases}x_1+x_2=5,\\2x_1+x_2+x_3+2x_4=1,\\5x_1+3x_2+2x_3+2x_4=3;\end{cases}$ (2) $\begin{cases}x_1-5x_2+2x_3-3x_4=11,\\5x_1+3x_2+6x_3-x_4=-1,\\2x_1+4x_2+2x_3+x_4=-6.\end{cases}$

59. 设四元非齐次线性方程组的系数矩阵的秩为 3,已知 $\boldsymbol{\eta}_1,\boldsymbol{\eta}_2,\boldsymbol{\eta}_3$ 是它的三个解,且 $\boldsymbol{\eta}_1=(2,3,4,5)^T$,$\boldsymbol{\eta}_2+\boldsymbol{\eta}_3=(1,2,3,4)^T$,求该方程组的通解.

60. 设矩阵 $\boldsymbol{A}=(\boldsymbol{\alpha}_1,\boldsymbol{\alpha}_2,\boldsymbol{\alpha}_3,\boldsymbol{\alpha}_4)$,其中 $\boldsymbol{\alpha}_2,\boldsymbol{\alpha}_3,\boldsymbol{\alpha}_4$ 线性无关,$\boldsymbol{\alpha}_1=2\boldsymbol{\alpha}_2-\boldsymbol{\alpha}_3$,向量 $\boldsymbol{\beta}=\boldsymbol{\alpha}_1+\boldsymbol{\alpha}_2+\boldsymbol{\alpha}_3+\boldsymbol{\alpha}_4$,

求方程组 $\boldsymbol{A}x=\boldsymbol{\beta}$ 的通解.

61. 设 $\boldsymbol{\eta}_1,\boldsymbol{\eta}_2,\cdots,\boldsymbol{\eta}_s$ 是非齐次线性方程组 $\boldsymbol{Ax}=\boldsymbol{\beta}$ 的 s 个解，$k_1,k_2,\cdots,k_s$ 为实数，满足 $k_1+k_2+\cdots+k_s=1$. 证明 $k_1\boldsymbol{\eta}_1+k_2\boldsymbol{\eta}_2+\cdots+k_s\boldsymbol{\eta}_s$ 也是它的解.

62. 求下列矩阵的特征值与特征向量：

(1) $\begin{pmatrix} 2 & -1 & 2 \\ 5 & -3 & 3 \\ -1 & 0 & -2 \end{pmatrix}$；　(2) $\begin{pmatrix} 1 & 2 & 3 \\ 2 & 1 & 3 \\ 3 & 3 & 6 \end{pmatrix}$；　(3) $\begin{pmatrix} 0 & 0 & 0 & 1 \\ 0 & 0 & 1 & 0 \\ 0 & 1 & 0 & 0 \\ 1 & 0 & 0 & 0 \end{pmatrix}$.

63. 设 $\boldsymbol{A}$ 为 n 阶矩阵，证明 $\boldsymbol{A}^{\mathrm{T}}$ 与 $\boldsymbol{A}$ 的特征值相同.

64. 已知 3 阶矩阵 $\boldsymbol{A}$ 的特征值为 1，2，－3，求 $|\boldsymbol{A}^*+3\boldsymbol{A}+2\boldsymbol{E}|$.

65. 设 $\boldsymbol{A},\boldsymbol{B}$ 都是 n 阶矩阵，且可逆，证明 $\boldsymbol{AB}$ 与 $\boldsymbol{BA}$ 相似.

66. 设矩阵 $\boldsymbol{A}=\begin{pmatrix} 2 & 0 & 1 \\ 3 & 1 & x \\ 4 & 0 & 5 \end{pmatrix}$ 可相似对角化，求 x.

67. 已知 $\boldsymbol{\xi}=\begin{pmatrix} 1 \\ 1 \\ -1 \end{pmatrix}$ 是矩阵 $\boldsymbol{A}=\begin{pmatrix} 2 & -1 & 2 \\ 5 & a & 3 \\ -1 & b & -2 \end{pmatrix}$ 的一个特征向量. (1)求参数 a,b 及特征向量 $\boldsymbol{\xi}$ 所对应的特征值；(2)问 $\boldsymbol{A}$ 能否相似对角化？并说明理由.

68. 设 $\boldsymbol{A}=\begin{pmatrix} 1 & 4 & 2 \\ 0 & -3 & 4 \\ 0 & 4 & 3 \end{pmatrix}$，求 $\boldsymbol{A}^{100}$.

第十二章　随机事件与概率

第一节　随机事件

一、随机现象

客观现象大体可归结为两类.一类是可以事前预言的,即在准确地重复某些条件下,总是会得到同样的结果;或是根据它过去的状态,在相同条件下完全可以预言将来的发展.例如在标准大气压下,水加热到100℃时必然会沸腾;水稻的生长从播种到收割,总是经过发芽、长叶、吐穗、扬花、结实这几个阶段.这类现象称为确定性现象.还有一类现象是事前不可预言的,即在相同条件下重复进行观察或试验,所得结果未必相同;或是知道它过去的状况,在相同条件下,未来的发展事前却不能完全肯定.如新生儿可能是男或是女;同一种疾病的患者服用相同剂量的某种药物,有的痊愈,有的无效;狂躁型精神病人的情绪状态时而亢奋,时而沮丧.这类现象称为随机现象.

随机现象在个别试验中出现什么结果是偶然的,但在大量重复试验中却能呈现出统计规律性.例如,就人类性别来说,显然男孩的出生率与女孩的出生率是接近的.但是如果调查的对象只是少数几个家庭,男性与女性的比例并不具有规律性;如果调查的对象是一个省市的人,在正常情况下,男性与女性的比例总是接近于一比一的,这就是一种统计规律性.又如,个别气体分子的热运动是纷乱无定向的,但作为大量气体分子对器壁不断碰撞的结果,气体的压强是可以确定的,这是大量气体分子运动中的统计规律性的表现.

概率论与数理统计以随机现象的统计规律性为研究对象,从数量角度描述随机现象,为人们认识和利用随机现象提供了有力工具.

二、样本空间与事件

对随机现象的研究必然要联系到随机现象的实现和对它的观察.为了叙述方便,我们把进行一次科学试验或对自然现象的一次观察统称为试验.一个试验如果满足:①可以在相同条件下重复进行;②试验的可能结果不止一个,但能事先明确所有可能的结果;③试验前无法断言哪一个结果将会出现.这种试验称为随机试验(random experiment).例如,给动物注射某种疫苗,看是否产生了免疫力;给求诊者做结核病皮肤试验,观察其结果是阳性还是阴性或是不确定;测量人的身高,等等.这些都是随机试验.以后除非声明,所说试验都是随机试验.

试验的每一个可能的结果称为一个样本点(sample point),由所有样本点构成的集合,称为样本空间(sample space),记为S.在具体问题中,给定样本空间是描述随机现象的第一步.

下面举一些例子.

例 1　在结核病皮肤试验中，把样本空间选为 $S=\{$阳性，阴性，不确定$\}$是适宜的，这个样本空间只有有限个样本点，是比较简单的样本空间.

例 2　在某湖泊中取 1000 毫升水，观察其中大肠杆菌的数目，可能的结果是一非负整数，而且很难指定一个数作为它的上界，这样，可以把样本空间取为 $S=\{0,1,2,\cdots\}$. 这个样本空间含有无穷多个样本点，但这些样本点可以依照某种次序一一列出，以后我们将称它的点数为可列个.

例 3　测量人的身高时，一般来说，区间 $(0,4)$ 中的任意实数都可以是一个样本点，它们充满一个区间，不是一个可列集.

样本空间的选取是相对于试验的目的来说的. 在上例中，如果量身高只是为了了解乘车是否需要买全票、半票或免票，这时样本空间就可取为只含这三个样本点. 选取样本空间时必须保证每次试验有且仅有一个样本点出现.

在进行随机试验时，人们常常关心满足某种条件的那些样本点组成的集合. 例如，讨论人的血压时，我们关心某人是否有正常的舒张压（$\text{DBP}<90$）. 如果把 DBP 取任一非负实数都看成一个样本点，那么满足 $\text{DBP}<90$ 的样本点组成样本空间的一个子集. 一般地，我们把样本空间的子集称为随机事件，简称事件（event），通常用大写字母 A,B,C 等来表示. 当且仅当某一事件所含的一个样本点在试验中出现时，就称这一事件发生.

样本空间 S 包含所有的样本点，它是 S 自身的子集，在每次试验中必然出现 S 中的某个样本点，也即 S 必然发生，所以称 S 为必然事件（certain event）. 空集 $\varnothing$ 不包含任何样本点，它作为样本空间的子集在每次试验中都不发生，称为不可能事件（impossilbe event）.

必然事件与不可能事件可以说不是随机事件，但为了研究方便，我们把它们作为随机事件的两个极端情况来统一处理.

三、事件间的关系与运算

1. 事件间的关系

（1）包含（inclusion）　若事件 A 中的每一个样本点都包含在事件 B 中，则称 B 包含 A 或 A 含于 B，记作 $B\supset A$ 或 $A\subset B$，此时 A 发生必然导致 B 发生.

（2）相等（identity）　如果 $A\supset B$ 和 $B\supset A$ 同时成立，则称 A 与 B 相等，记为 $A=B$. 相等的事件同时发生.

2. 事件的运算

（1）并（union）　由属于事件 A 和 B 的样本点全体构成的集合称为 A 与 B 的并或和，记为 $A\cup B$ 或 $A+B$，它表示 A 与 B 中至少发生一个.

（2）交（intersection）　由 A 与 B 的公共样本点构成的集合称为 A 与 B 的交或积，记为 $A\cap B$ 或 AB，它表示 A 与 B 都发生.

（3）差（subtraction）　由属于 A 但不属于 B 的样本点构成的集合称为 A 与 B 的差，记为 $A-B$，它表示 A 发生而 B 不发生.

（4）逆事件（remainder event）　由所有不包含在 A 中的样本点所构成的事件称为 A 的逆事件或对立事件，记为 $\overline{A}$，$\overline{A}$ 表示 A 不发生.

若 $\overline{A}$ 是 A 的逆事件，则 A 也是 $\overline{A}$ 的逆事件，即 $\overline{\overline{A}}=A$. 事件 A 与 B 互逆也可以用 $A\cup B=S$ 且 $AB=\varnothing$ 来定义. 显然 $\overline{A}=S-A$，$A-B=A\overline{B}$.

在进行事件的运算时，关于它们的顺序作如下约定：先进行逆运算，再进行交运算，最后才进行并或差的运算.

若事件 A 与 B 不能同时发生，即 $AB=\varnothing$，就称 A 与 B 互不相容或互斥(mutual exclusive). 例如样本点是互斥的；A 与 $\bar{A}$ 也互斥. 但应注意，如果 A 与 B 互斥，两者不一定互逆，因为 $A\cup B=S$ 可能不成立.

例 4 设 A 是某人有正常舒张压(DBP<90)的事件，而 B 是有可疑高血压的事件(90≤DBP<95)，则事件 A 与 B 互斥.

如果用平面上的某一矩形表示样本空间，矩形内的点表示样本点，则事件之间的各种关系和运算可以用图形直观地来表示，这种图称为韦恩(Venn)图(图 12-1).

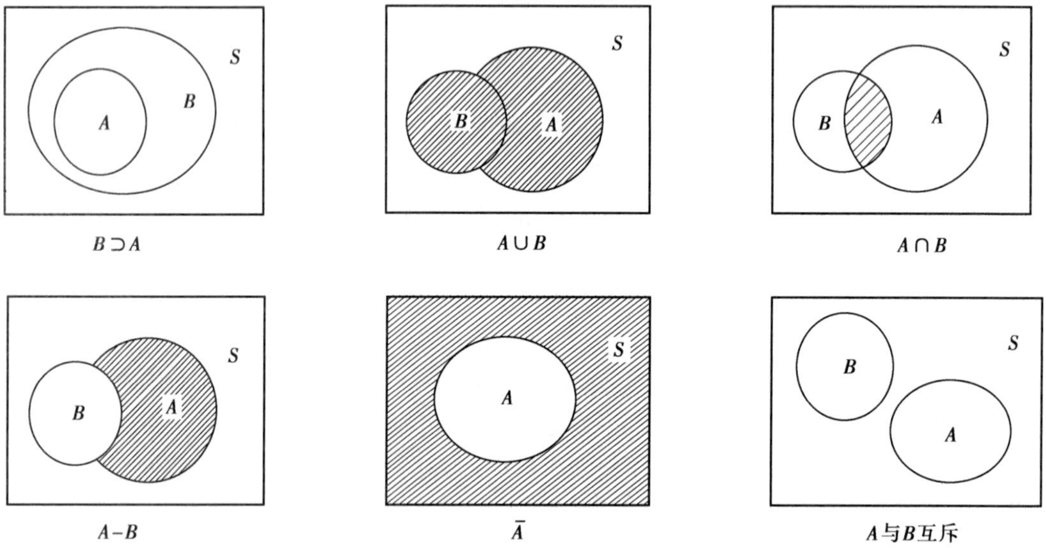

图 12-1

并与交的运算可以推广到有限个甚至无限可列个事件的场合，$\bigcup\limits_{i=1}^{n}A_i$ 或 $\bigcup\limits_{i=1}^{\infty}A_i$ 分别表示事件 $A_1,A_2,\cdots,A_n$ 或事件 $A_1,A_2,\cdots$ 中至少发生一个；$\bigcap\limits_{i=1}^{n}A_i$ 或 $\bigcap\limits_{i=1}^{\infty}A_i$ 分别表示事件 $A_1,A_2,\cdots,A_n$ 或事件 $A_1,A_2,\cdots$ 同时发生.

可以证明，事件的运算满足以下规律：

(1)交换律 $A\cup B=B\cup A,AB=BA$；

(2)结合律 $(A\cup B)\cup C=A\cup(B\cup C),(AB)C=A(BC)$；

(3)分配律 $(\bigcup\limits_i A_i)\cap B=\bigcup\limits_i(A_i\cap B),(\bigcap\limits_i A_i)\cup B=\bigcap\limits_i(A_i\cup B)$；

(4)德·摩根(De Morgan)定理 $\overline{\bigcup\limits_i A_i}=\bigcap\limits_i\overline{A_i},\overline{\bigcap\limits_i A_i}=\bigcup\limits_i\overline{A_i}$.

例 5 设 A,B,C 是三个事件，则

(1) A 发生而 B 与 C 都不发生可以表示为：$A\bar{B}\bar{C}$ 或 $A-B-C$ 或 $A-(B\cup C)$；

(2) A 与 B 都发生而 C 不发生可以表示为：$AB\bar{C}$ 或 $AB-C$ 或 $AB-ABC$；

(3)所有这三个事件都发生可以表示为：ABC；

(4)这三个事件恰好发生一个可以表示为：$A\bar{B}\bar{C}+\bar{A}B\bar{C}+\bar{A}\bar{B}C$；

(5)这三个事件恰好发生两个可以表示为：$AB\bar{C}+A\bar{B}C+\bar{A}BC$；

(6)这三个事件中至少发生一个可以表示为：

$$A\cup B\cup C \text{ 或 } A\overline{B}\overline{C}+\overline{A}B\overline{C}+\overline{A}\overline{B}C+AB\overline{C}+A\overline{B}C+\overline{A}BC+ABC.$$

第二节　事件的概率

作为对随机现象的基本数学描述，在引进了样本空间和事件的概念之后，余下的问题便是如何合理地度量事件发生的可能性大小. 在概率论的发展史上，人们针对不同的问题，从不同的角度给出了概率的定义和计算方法.

一、古典概型

考察一类最简单的随机现象，设样本空间由有限个样本点构成，而且每个样本点的出现都具有等可能性(这种等可能性可以由研究对象在物理或几何上的对称性来判定)，由于这种概率模型较早得到研究，故称其为古典概型.

在古典概型中，对于任意事件 A，其概率(probability) $P(A)$ 由下式计算：

$$P(A)=\frac{A\text{ 所包含的样本点数}}{\text{样本点总数}}. \tag{12-2-1}$$

这个式子称为概率的古典定义，因为它只适用于古典概型的场合. 这样计算的概率称为古典概率.

例 1　瓶中装有 30 片药，其中 6 片已失效，从瓶中任取 5 片，求其中有两片失效的概率.

解　把从 30 片药中取出 5 片的各种取法作为样本点，那么样本点总数 C_{30}^5. 把上述取法中恰好取得两片失效药的事件记为 A，则 A 的发生可以理解为在 6 片失效药中取两片，并在其余 24 片药中取 3 片，所以 A 包含的样本点数为 $C_6^2C_{24}^3$. 利用式(12－2－1)，所求概率为

$$P(A)=\frac{C_6^2C_{24}^3}{C_{30}^5}=\frac{30360}{142506}\approx 0.2130.$$

例 2　4 名男学生及 4 名女学生以任意方式排成一行，求队首正好是男学生而队尾正好是女学生的概率.

解　将这 8 名学生的每一种排列作为一个样本点，显然，样本点总数为 8! 个，记事件 A 为队列中男学生居排首，女学生居排尾，现在计算 A 包含的样本点个数.

对应于 A 的学生排列，设想先确定排在队首的男学生和排在队尾的女学生，再确定排在队伍中间的 6 个学生. 显然，队首和队尾各有 4 种不同的确定法，而且，当队首和队尾确定好后，中间 6 位学生可任意排列，有 6! 种不同的排法. 于是，A 包含的样本点个数是 $4^2\cdot 6!$，因此

$$P(A)=\frac{4^2\cdot 6!}{8!}=\frac{2}{7}\approx 0.286.$$

二、几何概率

设联系于某一随机现象的样本空间可用几何空间中的某一区域 S 表示. 在我们所述的问题中，总是假定区域 S 以及其中任一可能出现的小区域 A 都是可以度量的，其度量大小用 $\mu(A)$ 表示，例如一维区间的长度，二维空间中的面积，三维空间中的体积，等等.

如果样本点具有所谓“均匀分布”的性质(类似于古典概率中的等可能性)，即随意扔一个点到 S 中，可以认为点落入 S 内任何一部分的概率与这一部分的度量成正比，而与这一部分

的形状及其在 S 内的位置都无关. 因此,该点落入区域 A 的概率

$$P(A)=\frac{\mu(A)}{\mu(S)}.$$

这样计算的概率,称为几何概率.

例 3 在 400 毫升自来水中有一个大肠杆菌,今从中随机取出 2 毫升水放到显微镜下观察,则发现大肠杆菌的概率等于水样的体积与总体积之比 $\frac{1}{200}$.

例 4 (会面问题)两人互约 7 点到 8 点在某地会面,先到者等候另一人 20 分钟,过时就可离去,试求这两人能会面的概率.

解 以 x,y 分别表示两人到达的时刻,则会面的充要条件为

$$|x-y|\leqslant 20.$$

这是一个几何概率问题,可能结果的全体是边长为 60 的正方形里的点,能会面的点的区域用阴影标出(图 12-2). 所求概率为

$$P=\frac{60^2-40^2}{60^2}=\frac{5}{9}.$$

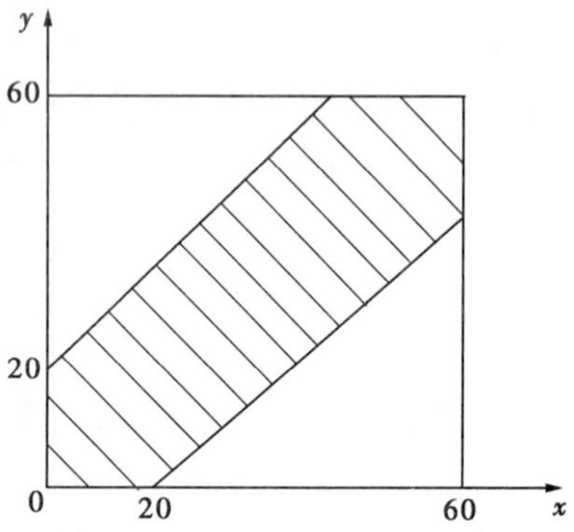

图 12-2

三、统计概率

在古典概型和几何概率中,样本点具有某种等可能性是个基本的假设,实际问题往往不满足这一假设. 然而,正如我们在第一节曾提到的,随机现象具有统计规律性.

一般地说,对于一个随机事件,如果对它做 n 次试验,记在 n 次试验中该事件发生的次数为 m,我们称 m 为该事件在这 n 次试验中发生的频数,$\frac{m}{n}$ 为该事件在这 n 次试验中发生的频率(frequency). 当试验次数 n 很小时,频率 $\frac{m}{n}$ 呈现出很大的随机性;但当试验次数增多时,由于随机性相互抵消,频率 $\frac{m}{n}$ 的波动总体上越来越小,出现 $\frac{m}{n}$ 向某个定数接近的趋向.

例 5 考虑某种子的发芽率. 从一大批种子中抽取 10 批种子做发芽试验,其结果如下:

表 12-1

种子粒数	2	5	10	70	130	310	700	1500	2000	3000
发芽粒数	2	4	9	60	116	282	639	1339	1806	2715
发 芽 率	1	0.8	0.9	0.857	0.892	0.910	0.913	0.893	0.903	0.905

以 A 表示"种子发芽"这一事件,从表中数据可以看出,重复试验次数较少时,事件 A 在试验中发生的频率有较大的差异. 但是随着重复试验次数的增多,A 在试验中发生的频率出现了与 0.9 接近的稳定性.

例 6 经深入研究,发现英语中各个字母的使用频率相当稳定. 下面是一份统计表.

表 12-2

字母	空格	E	T	O	A	N	I	R	S
频率	0.2	0.105	0.072	0.0654	0.063	0.059	0.055	0.054	0.052
字母	H	D	L	C	F	U	M	P	Y
频率	0.047	0.035	0.029	0.023	0.0225	0.0225	0.021	0.0175	0.012
字母	W	G	B	V	K	X	J	Q	Z
频率	0.012	0.11	0.0105	0.008	0.003	0.002	0.001	0.001	0.001

如果把字母的序号(空格是1,E是2,…,Z是27)作为横坐标,对应的频率的对数作为纵坐标,这些数据的散点图大致呈斜率为-1的直线.其他各种文字都有类似的规律.在人类DNA分子链中,总长度为3%的片段已包括了全部10万多个基因,承担了所有蛋白质和RNA复制编码的任务.另外的总长度占到97%的那些片段,常常由长短不定的分子序列大量重复而成,不表现出任何功能.可是近来一些研究人员发现,这些片段中分子频率的特征竟与上述规律一致！这些片段是否也组成了"基因文字",是一个有待解决的问题.

对于任何随机事件,当重复试验的次数增大时,事件在试验中发生的频率总表现出稳定性,这恰恰表明刻画随机事件发生的可能性大小的度量是客观存在的.

在处理实际问题时,通常用试验次数足够大时事件发生的频率来作为它的概率的一个量度,这正如一根棒在固定的温度等条件下具有称为"长度"的不变的数值,而在实际上则通常用某个适当的测量值作为其长度一样.这样计算的概率称为统计概率.

例7　人类的血型可分为A型、B型、AB型和O型四种.输错血型会导致严重后果,因而血库应按比例储备充足的各型血液.伦敦一个血液中心记录了若干年里供血者的血型,数据如表12-3所示.

表 12-3

血型	供血者人数	相应频率
O	88700	0.467
A	79300	0.417
B	16300	0.086
AB	5700	0.030

以频率表示概率,那么基于这些数据,从英国人中随意抽出一人验血,其血型是B型的概率为0.086,是AB型的概率为0.030.

统计概率同样具有理论和应用上的缺点.因为我们没有理由认为试验次数每增加一次,计算出的频率就更逼近所求的概率.在实际应用中,我们不知道n取多大才行,当n很大时,难以保证每次试验的条件都完全一样.

四、概率的一般定义及其基本性质

概率的古典定义、几何定义及频率定义都有各自的局限性.我们需要从这些定义中吸取能反映规律性的本质性质,抽象出一种合理定义,它既把各种有实际意义的定义作为特例包含在内,又能满足现代数学对它提出的更高要求.

概率有什么本质性质呢?

可以验证,在古典概型和统计概率中,概率具有以下三个基本性质:

(1)非负性　对于任何事件A,$P(A)\geqslant 0$;

(2)规范性　$P(S)=1$;

(3)有限可加性　若 $A_1,A_2,\cdots,A_n$ 两两互斥，则

$$P(\bigcup_{i=1}^{n} A_i)=\sum_{i=1}^{n} P(A_i).$$

在几何概率中，情况也类似，此外它还需满足

(4) 可列可加性　若 $A_1,A_2,\cdots$ 两两互斥，则

$$P(\bigcup_{i=1}^{\infty} A_i)=\sum_{i=1}^{\infty} P(A_i).$$

利用性质(2)和(4)可以推出性质(3)，由性质(1)，(2)，(3)可以推出概率的其他性质. 所以性质(1)，(2)，(4)是概率的本质性质，据此可给出概率的一般定义.

定义　如果对每一事件 A，有一实数 $P(A)$ 与之对应，并且满足非负性、规范性和可列可加性，则称实值集函数 P 为概率，$P(A)$ 就称为事件 A 的概率.

概率还有以下重要性质：

(5)不可能事件的概率为 0，即 $P(\varnothing)=0$；

(6)对任何事件 A，有 $P(\bar{A})=1-P(A)$；

(7)如果 $A\supset B$，则 $P(A-B)=P(A)-P(B)$，从而 $P(A)\geqslant P(B)$；

(8)对任意两个事件 A 与 B，有

$$P(A\cup B)=P(A)+P(B)-P(AB),$$

从而 $P(A\cup B)\leqslant P(A)+P(B)$.

证　仅证性质(6)，(7)，(8).

因 $A\cup\bar{A}=S$，且 A 与 $\bar{A}$ 互斥，故

$$1=P(S)=P(A\cup\bar{A})=P(A)+P(\bar{A}).$$

移项即得性质(6).

因为当 $A\supset B$ 时，$A=B\cup(A-B)$，又 B 与 $A-B$ 互斥，故

$$P(A)=P(B)+P(A-B),$$

这就证明了性质(7).

因 $A\cup B=A\cup(B-AB)$，而且 $A\cap(B-AB)=\varnothing$，故 $P(A\cup B)=P(A)+P(B-AB)$，又 $AB\subset B$，于是由性质(7)得到

$$P(A\cup B)=P(A)+P(B)-P(AB).$$

例 8　检查某医院中所有有关梅毒病人的病例，发现甲医生诊断所有来看病的病人中有 10%为阳性，乙医生诊断出 17%的病人为阳性，而甲、乙两医生同时诊断为阳性的为 8%. 对于一个病人，只要这两个医生中有一个做出阳性诊断，便建议他(或她)去实验室再做进一步检查. 试问一个病人被送去实验室检查的概率有多大?

解　记事件 $A=\{$甲医生诊断为阳性$\}$，$B=\{$乙医生诊断为阳性$\}$. 我们已知 $P(A)=0.1$，$P(B)=0.17$，$P(AB)=0.08$，被任何一个医生做出阳性诊断的事件为 $A\cup B$，于是

$$P(A\cup B)=0.1+0.17-0.08=0.19,$$

即 19%的病人将被建议去实验室做进一步检查.

性质 8 可以推广到多个事件的场合，它们统称为多除少补原理或加法公式. 例如，设 A，B，C 是任意三个事件，则

$$P(A\cup B\cup C)=P(A)+P(B)+P(C)-P(AB)-P(BC)-P(CA)+P(ABC).$$

读者可通过画韦恩图来帮助理解.

例 9 胃癌病人接受手术治疗、放射治疗和中药治疗的各有 1/2，同时接受过两种治疗的各有 1/4，接受过三种治疗的有 1/8. 另有部分病人因误诊等原因未得到治疗，这样的可能性有多大？

解 用 A,B,C 分别表示患者接受手术治疗、放射治疗、中药治疗的事件，那么至少得到一种治疗的概率

$$P(A\cup B\cup C)=3\times\frac{1}{2}-3\times\frac{1}{4}+\frac{1}{8}=\frac{7}{8}.$$

于是未获治疗的概率 $P(\overline{A\cup B\cup C})=1-\frac{7}{8}=0.125$.

第三节 条件概率

一、条件概率

先从一个实例谈起。

例 1 在美国某大学高血压研究中心就诊的 306 名有末端器官损害的高血压病人，按严重程度和有无心绞痛史分类，各类病人数如表 12－4 所示.

以 A 表示任选一名病人是重型患者这一事件，则显然 $P(A)=45/306$. 但是如果预先知道选取的这名病人有心绞痛史，那么该病人是重型患者的概率又是多少呢？

表 12－4

	中、轻型	重型	合计
有心绞痛史	18	7	25
无心绞痛史	243	38	281
合　　计	261	45	306

这一概率可能不同于 $P(A)$. 因为在这种情况下，我们多知道了一个条件：事件 B（这名病人有心绞痛史）发生，它为事件 A 的发生提供了新的信息. 事实上，这个概率是“在已知事件 B 发生的条件下，事件 A 发生的概率”，我们将记之为$P(A|B)$. 现在就来计算它.

这是一个古典概型问题，本来，样本点总数 $n=306$，但是由于已知 B 已发生，B 就变成了新的样本空间，它包含的样本点 $m_B=25$，样本空间缩小了；另一方面，由于 B 已发生，为了使 A 也发生，试验结果必须是既在 A 中又在 B 中的样本点，其数目 $m_{AB}=7$. 因此

$$P(A|B)=\frac{7}{25}=\frac{m_{AB}}{m_B}=\frac{m_{AB}/n}{m_B/n}=\frac{P(AB)}{P(B)}.$$

在一般场合，我们将这个算式作为条件概率的定义.

定义　设 $P(B)\neq 0$，称

$$P(A|B)=\frac{P(AB)}{P(B)} \qquad (12-3-1)$$

为在事件 B 发生的条件下事件 A 发生的条件概率(conditional probability).

例 2 确诊某种疾病的方法可能是昂贵的并且对人体有伤害，比如活组织检查. 替代的办法是做筛选检验，即每隔一段时间做一次一般性的检查，如果检查呈阳性，再做进一步确诊. 对乳腺癌用乳房 X 射线检查作为筛选手段，设 10000 名检查后为阴性的妇女两年内发现有乳腺癌的有 20 例，10 名检查呈阳性的妇女在这两年内患乳腺癌的有 1 例，据此，我们应对 X 射线法作何评价？

解 令 A={X射线检查呈阳性}，B={两年内患乳腺癌}. 那么可在缩小了的样本空间上来计算条件概率：

$$P(B|\overline{A})=20/10^5=0.0002,\quad P(B|A)=0.1.$$

考虑到

$$\frac{P(B|A)}{P(B|\overline{A})}=\frac{0.1}{0.0002}=500,$$

也就是说，乳房X射线检查为阳性的妇女在两年内患乳腺癌的危险性是检查为阴性的妇女的500倍，因此，使用X射线检查乳腺癌是有用的.

例3 续上节例8，计算 $P(B|A)$ 和 $P(B|\overline{A})$.

解 用定义计算条件概率：

$$P(B|A)=\frac{P(BA)}{P(A)}=\frac{0.08}{0.1}=0.8,$$

即乙医生可证实甲医生阳性诊断的80%，因为 $B\overline{A}=B-BA$，且 $B\supset BA$，所以

$$P(B\overline{A})=P(B)-P(BA)=0.17-0.08=0.09.$$

于是

$$P(B|\overline{A})=\frac{P(B\overline{A})}{1-P(A)}=\frac{0.09}{0.9}=0.1.$$

这说明，当甲医生诊断某病人为阴性后，乙医生有相反诊断的概率为10%.

下面讨论条件概率的性质.

首先，不难验证条件概率 $P(A|B)$ 具有概率的三个基本性质：

(1) $P(A|B)\geqslant 0$；

(2) $P(S|B)=1$；

(3) 如果 $A_1,A_2,\cdots$ 两两互斥，则

$$P\left(\bigcup_{i=1}^{\infty}A_i \mid B\right)=\sum_{i=1}^{\infty}P(A_i \mid B).$$

因此，类似于无条件概率，对条件概率也可由三个基本性质导出其他一些性质，例如

$$P(\varnothing|B)=0,$$

$$P(\overline{A}|B)=1-P(A|B),$$

$$P(A_1\cup A_2|B)=P(A_1|B)+P(A_2|B)-P(A_1A_2|B),$$

特别当 $B=S$ 时，条件概率化为无条件概率，因此把一般的概率看做条件概率也未尝不可.

二、乘法公式

定义条件概率的式子(12-3-1)可改写为：若 $P(B)\neq 0$，则

$$P(AB)=P(B)P(A|B).$$

这个式子称为乘法公式.

例4 在某一人群中，聋子的概率是0.005，而聋子中是盲人的概率为0.12，求这个人群中的任意一人又聋又盲的概率.

解 设 D={聋子}，B={盲人}. 依题设

$$P(D)=0.005,P(B|D)=0.12.$$

所以

$$P(DB)=P(D)P(B|D)=0.005\times 0.12=0.0006,$$

即该人群中的任意一人又聋又盲的概率为 0.0006.

乘法公式可以推广到任意有限个事件之交的情形，即如果 $P(A_1A_2\cdots A_{n-1})>0$，那么

$$P(A_1A_2\cdots A_n)=P(A_1)P(A_2|A_1)P(A_3|A_1A_2)\cdots P(A_n|A_1A_2\cdots A_{n-1}).$$

例 5　袋中有 b 个白球及 r 个红球，随机地摸出一个，把原球放回，并加进与摸出的球同色的球 c 个，再摸第二次，这样下去共摸了 n 次，问前面的 n_1 次出现白球，后面的 $n_2=n-n_1$ 次出现红球的概率是多少？

解　设 $A_i=\{$第 i 次摸出白球$\}$，$i=1,2,\cdots,n_1$；$A_j=\{$第 j 次摸出红球$\}$，$j=n_1+1,\cdots,n$. 则

$$P(A_1)=\frac{b}{b+r},$$

$$P(A_2|A_1)=\frac{b+c}{b+r+c},$$

$$P(A_3|A_1A_2)=\frac{b+2c}{b+r+2c},$$

$$\cdots\cdots$$

$$P(A_{n_1}|A_1\cdots A_{n_1-1})=\frac{b+(n_1-1)c}{b+r+(n_1-1)c},$$

$$P(A_{n_1+1}|A_1\cdots A_{n_1})=\frac{r}{b+r+n_1c},$$

$$P(A_{n_1+2}|A_1\cdots A_{n_1+1})=\frac{r+c}{b+r+(n_1+1)c},$$

$$\cdots\cdots$$

$$P(A_n|A_1\cdots A_{n-1})=\frac{r+(n_2-1)c}{b+r+(n-1)c}.$$

因此

$$P(A_1A_2\cdots A_n)=\frac{b}{b+r}\cdot\frac{b+c}{b+r+c}\cdot\frac{b+2c}{b+r+2c}\cdot\cdots\cdot\frac{b+(n_1-1)c}{b+r+(n_1-1)c}\cdot\frac{r}{b+r+n_1c}\cdot\frac{r+c}{b+r+(n_1+1)c}\cdot\cdots\cdot\frac{r+(n_2-1)c}{b+r+(n-1)c}.$$

该结果只与白球和红球出现的次数有关，而与出现的顺序无关. 这个模型曾被用来作为描述传染病的数学模型.

三、全概率公式

定理 1（全概率公式）　设 $A_1,A_2,\cdots,A_n,\cdots$ 是有限或可列个事件，满足

(1) **两两互不相容；**

(2) $\bigcup\limits_i A_i=S$；

(3) $P(A_i)>0\ (i=1,2,\cdots,n,\cdots)$.

则对任意事件 B 有下式成立：

$$P(B)=\sum_i P(A_i)P(B\mid A_i).\tag{12-3-2}$$

证　由假设，样本空间 S 被划分为一组两两互不相容事件 $A_1,A_2,\cdots,A_n,\cdots$ 的并

$$S=\bigcup_i A_i.$$

因而

$$B=BS=\bigcup_i BA_i,$$

且 $BA_1,BA_2,\cdots,BA_n,\cdots$ 两两互不相容.运用概率的有限可加性或可列可加性,得到

$$P(B)=\sum_i P(BA_i).$$

再运用乘法公式,即得

$$P(B)=\sum_i P(BA_i)=\sum_i P(A_i)P(B\mid A_i),$$

这就是全概率公式(12-3-2).证毕.

实际上,全概率公式提供了一种计算概率 $P(B)$ 的方法:把样本空间 S 划分为两两互不相容事件 $A_1,A_2,\cdots,A_n,\cdots$ 的并,先求出在每一事件 A_i 发生的条件下事件 B 发生的概率 $P(B|A_i)$,再利用全概率公式(12-3-2)计算出 $P(B)$.

例 6 当怀孕妇女做首次产前检查时,有 5%的孕妇出现尿路感染.在初次检查没有感染的人中,有 4%的人在此后到分娩前这段时间里发生感染.问妇女孕期曾患尿路感染的概率是多少?

解 设 $A=\{$首次检查出现感染$\}$,$B=\{$孕期发生感染$\}$.则 $P(A)=0.05$,$P(\overline{A})=0.95$,$P(B|\overline{A})=0.04$,$P(B|A)=1$.因此

$$\begin{aligned}P(B)&=P(A)P(B|A)+P(\overline{A})P(B|\overline{A})\\&=0.05\times1+0.95\times0.04=0.088.\end{aligned}$$

例 7 在有急性尿痛并有尿频症状的女病人中,设是尿道感染(UTI)的占 90%,是淋病(GC)的占 10%.使用氨基苄青霉素有效(A_1)的,对 UTI 占 83%,对 GC 占 10%;而用磺胺有效(A_2)的,对 UTI 占 85%,对 GC 则为 0.要确诊病人是患哪种疾病,需做小便细菌培养,4 天后才能取到结果,但病人必须尽早接受治疗,试问这时医生应如何决策?

解 因未确诊病人是患哪种疾病,所以作出决策的依据应该是看哪种给药方案对两种疾病的总有效率较高.由全概率公式及题设条件,使用氨基苄青霉素对病人有效的概率是

$$\begin{aligned}P(A_1)&=P(\mathrm{UTI})P(A_1|\mathrm{UTI})+P(\mathrm{GC})P(A_1|\mathrm{GC})\\&=0.9\times0.83+0.1\times0.1=0.757,\end{aligned}$$

使用磺胺对病人有效的概率是

$$\begin{aligned}P(A_2)&=P(\mathrm{UTI})P(A_2|\mathrm{UTI})+P(\mathrm{GC})P(A_2|\mathrm{GC})\\&=0.9\times0.85+0.1\times0=0.765,\end{aligned}$$

因为 $P(A_1)<P(A_2)$,故应采用磺胺.

四、贝叶斯公式

定理 2 设事件 $A_1,A_2,\cdots,A_n,\cdots$ 满足定理 1 的假设条件,则对任何事件 B,只要 $P(B)>0$,就有下式成立:

$$P(A_j\mid B)=\frac{P(A_j)P(B\mid A_j)}{\sum_i P(A_i)P(B\mid A_i)}\quad(j=1,2,\cdots,n,\cdots).\qquad(12-3-3)$$

上式称为贝叶斯(Bayes)公式或逆概率公式.

证 对每个 $j(j=1,2,\cdots,n,\cdots)$,

$$P(A_j|B)=\frac{P(A_jB)}{P(B)}=\frac{P(A_j)P(B|A_j)}{P(B)},$$

把上式右端分母中的 $P(B)$ 用(12-3-2)式代入即证得(12-3-3).

贝叶斯公式在许多实际领域都有应用. 假定 $A_1, A_2, \cdots, A_n, \cdots$ 是导致实验结果的"原因", $P(A_i)$ 反映了各种"原因"发生的可能性大小, 一般是以往经验的总结, 在这次试验前已经知道, 我们称之为先验概率. 若现在试验产生了事件 B, 条件概率 $P(A_i|B)$ 则反映了试验之后对各种"原因"发生的概率的修正, 称之为后验概率, 例如在医疗诊断中, 为了判断病人到底是患了疾病 $A_1, A_2, \cdots, A_n, \cdots$ 中的哪一种, 可以选择病人的某项指标 B(比如体温、脉搏、血液中转氨酶的含量等)来帮助诊断. 这时就可以用贝叶斯公式来计算有关概率. 一般来说, 首先必须确定先验概率 $P(A_i)$, 这实际上是确定病人患各种疾病的可能性大小, 以往的统计资料可以给出一些初步的数据; 其次是要确定 $P(B|A_i)$, 这里主要靠医学知识和临床经验, 有了它们, 利用贝叶斯公式就可算出 $P(A_i|B)$. 显然, 对于较大 $P(A_i|B)$ 的疾病 A_i, 应多加关注.

例 8　一个无吸烟史的 60 岁男性去医院看病, 主诉有慢性咳嗽和非经常性憋气(B), 可能的疾病状态是下述之一: 肺癌(A_1), 结节病(A_2), 无严重肺病(A_3). 从年龄、性别、吸烟的患病率调查资料中得知

$$P(A_1)=0.001, \quad P(A_2)=0.009, \quad P(A_3)=0.99,$$

根据临床经验

$$P(B|A_1)=0.9, \quad P(B|A_2)=0.9, \quad P(B|A_3)=0.001,$$

问医生应如何诊断?

解

$$\begin{aligned} P(B) &= \sum_{i=1}^{3} P(A_i)P(B \mid A_i) \\ &= 0.001 \times 0.9 + 0.009 \times 0.9 + 0.99 \times 0.001 = 0.00999. \end{aligned}$$

由贝叶斯公式, 得

$$P(A_1|B)=P(A_1)P(B|A_1)/P(B)=0.001\times 0.9/0.00999=0.09,$$

$$P(A_2|B)=0.009\times 0.9/0.00999=0.811,$$

$$P(A_3|B)=0.99\times 0.001/0.00999=0.099.$$

尽管结节病的无条件概率很低(0.009), 但从以上结果来看, 应诊断病人患结节病.

例 9　续上例, 现假定该男性是个吸烟者, 这时 $P(A_1)=0.015, P(A_2)=0.005, P(A_3)=0.98$, 应怎样诊断?

解　$P(B)=0.015\times 0.9+0.005\times 0.9+0.98\times 0.001=0.01898,$

$$P(A_1|B)=0.015\times 0.9/0.01898=0.711,$$

$$P(A_2|B)=0.005\times 0.9/0.01898=0.237,$$

$$P(A_3|B)=0.98\times 0.001/0.01898=0.052.$$

这时, 肺癌是最合适的诊断.

就某种疾病来说, 如果对任何人都只有"真有"和"没有"两种对立的状态, 分别记作 A 和 $\overline{A}$; 而对该病的某项检查也只有"阳性"和"阴性"两种互逆的结果, 记为 B 和 $\overline{B}$. 医学上, 分别把 $P(B|A)$、$P(B|\overline{A})$ 和 $P(\overline{B}|\overline{A})$、$P(\overline{B}|A)$ 称为真阳性率、假阳性率和真阴性率、假阴性率. 真阳性率又叫做检查对疾病的灵敏度(sensitivity), 灵敏度高表示检查对疾病的检出能力强; 真阴性率又叫做检查对疾病的特异度(specificity), 特异度高表示检查对实际没病者的排除能力强.

单方面追求灵敏度或特异度高都是不妥的, 比值 $P(B|A)/P(B|\overline{A})$ 称为该项检查手段对该种疾病诊断检验的似然比(likelihood ratio). 似然比越大, 检查手段对疾病诊断的价值就

越大.

例 10 假定用血清甲胎蛋白法诊断肝癌,灵敏度为 0.95,特异度为 0.90,又设在人群中患肝癌的概率为 0.0004.现在若有一人被此检验法诊断为患有肝癌,求此人真正患有肝癌的概率.

解 用 C 表示被检验者患有肝癌这一事件,用 A 表示判断被检验者患有肝癌这一事件,则 $P(A|C)=0.95$,$P(\overline{A}|\overline{C})=0.90$,$P(C)=0.0004$,由贝叶斯公式,所求概率

$$P(C|A)=\frac{P(C)P(A|C)}{P(C)P(A|C)+P(\overline{C})P(A|\overline{C})}$$

$$=\frac{0.0004\times0.95}{0.0004\times0.95+0.9996\times0.1}=0.0038,$$

因此,虽然这种检验法相当可靠,但是被诊断为患有肝癌的人确实患有肝癌的可能性并不大.

第四节 独 立 性

一、事件的独立性

对任意事件 A 与 B,通常 $P(A|B)\neq P(A)$,这是因为事件 B 与事件 A 有关联,B 的发生影响了 A 发生的概率.也有例外的情况,即一个事件的发生与否不会影响到另一个事件发生的概率.

例 1 一项行为学调查记录了 420 人的用手习惯,数据如表 12-5 所示.问左撇子在男性中是否比在女性中更常见?

表 12-5

	男	女	合计
左	28	32	60
右	168	192	360

解 设 A 是任选一人是左撇子这一事件,B 是任选一人为男性这一事件,则

$$P(A)=60/(60+360)=1/7,$$

$$P(A|B)=28/(168+28)=1/7.$$

这里 $P(A|B)=P(A)$,可见一个人是不是左撇子与其性别无关.

对此,我们引进

定义 **对事件 A 及 B,若**

$$P(AB)=P(A)P(B), \tag{12-4-1}$$

则称 A 与 B 是独立的(independent).

按照这个定义,必然事件 S 和不可能事件 $\varnothing$ 与任何事件独立.此外,从式(12-4-1)中可以看出,A 与 B 的地位是对称的,因此也称 A 与 B 相互独立.

设事件 A 和 B 相互独立,且 $P(B)>0$,则由(12-4-1)得

$$P(A|B)=P(AB)/P(B)=P(A)P(B)/P(B)=P(A),$$

这表明事件 B 发生与否,不影响事件 A 发生的概率.

定理 **若事件 A 与 B 独立,则 A 与 $\overline{B}$、$\overline{A}$ 与 B、$\overline{A}$ 与 $\overline{B}$ 也相互独立.**

证 因为

$$P(A\overline{B})=P(A-AB)=P(A)-P(AB)=P(A)[1-P(B)]=P(A)P(\overline{B}),$$

所以 A 与 $\overline{B}$ 相互独立,由它立即推出 $\overline{A}$ 与 $\overline{B}$ 相互独立,由 $\overline{\overline{B}}=B$ 又推出 $\overline{A}$ 与 B 独立.

在上节例 2 中，事件 A 与 B 是不独立的. 要不然，不仅 A 与 B 独立，$\overline{A}$ 与 B 也独立，从而

$$P(B|A)=P(B)=P(B|\overline{A}), \tag{12-4-2}$$

这与计算结果出入很大.（12-4-2）式也说明，如果 A 与 B 独立的话，则乳房 X 射线检查阳性或阴性者患乳腺癌的危险性是一样的，做这种检查也就没必要了.

例 2　在 210 名服用了某种新药的流感病人中，5 天后有 170 人痊愈；290 名未服药的病人，5 天后有 230 人自然痊愈. 试判断这种新药对流感是否有效.

解　用 A 表示病人服用了新药这一事件，用 B 表示病人 5 天后痊愈这一事件，由于共有 500 个病例，试验次数已相当大，故可用频率近似地估计概率：

$$P(B)\approx\frac{170+230}{500}=0.8, P(B|A)\approx\frac{170}{210}\approx0.81.$$

因 $P(B)$ 与 $P(B|A)$ 几乎相等，故可认为事件 B 与 A 相互独立，表明此药没有什么疗效.

一般地，n 个事件 $A_1, A_2, \cdots, A_n$ 相互独立，是指对其中任意 r 个事件 $A_{i_1}, A_{i_2}, \cdots, A_{i_r}$（$2\leqslant r\leqslant n$），都有

$$P(A_{i_1}A_{i_2}\cdots A_{i_n})=P(A_{i_1})P(A_{i_2})\cdots P(A_{i_n})$$

成立. 这样的等式共有 2^n-n-1 个.

在实际使用中，对于事件的独立性，我们往往不是用这些式子来判断，而是根据诸事件的实际意义来加以分析的. 例如，考虑一个家庭，如果高血压仅受遗传性影响而与环境因素无关，而父母亲之间无遗传相关性，那么“父亲患高血压”与“母亲患高血压”这两个事件是相互独立的，而“父（或母）患高血压”与“子女患高血压”这两个事件却不相互独立.

利用事件的独立性，可以使许多概率的计算大为简化. 例如，若 $A_1, A_2, \cdots, A_n$ 是相互独立的 n 个事件，则由于

$$\overline{A_1\cup A_2\cup\cdots\cup A_n}=\overline{A}_1\overline{A}_2\cdots\overline{A}_n,$$

因此

$$P(A_1\cup A_2\cup\cdots\cup A_n)=1-P(\overline{A_1\cup A_2\cup\cdots\cup A_n})=1-P(\overline{A}_1)P(\overline{A}_2)\cdots P(\overline{A}_n).$$

这个公式比多除少补原理要简便得多.

例 3　假设每个人的血清中含有肝炎病毒的概率为 0.4%，混合 100 个人的血清，求此血清中含有肝炎病毒的概率.

解　以 $A_i(i=1,2,\cdots,100)$ 记第 i 个人的血清中含有肝炎病毒这一事件，可以认为它们相互独立，所求概率为

$$P(A_1\cup A_2\cup\cdots\cup A_{100})=1-P(\overline{A}_1)P(\overline{A}_2)\cdots P(\overline{A}_{100})=1-0.996^{100}\approx0.33.$$

虽然每个人的血清有病毒的概率很小，但是混合后则有较大的概率.

二、重复独立试验

前面讨论了事件的独立性，进一步，我们考察试验的独立性.

相继进行的 n 个试验可以看成是一个复合试验，设 $A^{(i)}$ 是第 i 个试验中可能发生的任意事件（$i=1,2,\cdots,n$），则 $A^{(1)}A^{(2)}\cdots A^{(n)}$ 是复合试验中的一个事件；反之，复合试验中的每个事件，也都可以表示成这 n 个试验中的事件的交（每个试验中一个）. 如果对于复合试验中的任意事件 $A^{(1)}A^{(2)}\cdots A^{(n)}$，都有

$$P(A^{(1)}A^{(2)}\cdots A^{(n)})=P(A^{(1)})P(A^{(2)})\cdots P(A^{(n)}),$$

其中 $A^{(i)}$ 是第 i 个试验中的事件，则称这 n 个试验是相互独立的.

例 4 先掷一枚硬币，再从装有红、白、黑三球的袋子中任取一球，则复合试验有 6 个可能的结果：(正，红)，(正，白)，(正，黑)，(反，红)，(反，白)，(反黑). 如果对这 6 个结果都给定概率 1/6，则容易验证掷硬币试验与摸球试验是相互独立的.

直观地说，几个随机试验是相互独立的，是指其中各个试验的结果具有独立性，即在某个试验中一个结果出现的概率不受其他试验所出现的结果的影响.

在一个有限的产品堆中，进行 n 次有放回的非破坏性质量抽检，所构成的 n 个试验是相互独立的. 如果抽检是不放回的，则这 n 个试验不独立.

如果在相互独立的几个试验中，每个试验的样本空间都相同，有关事件的概率保持不变，这样构成的复合试验称为重复独立试验. 例如，上述有放回的产品抽检就是重复独立试验. 重复独立试验在概率论中有着重要的地位，因为它是作为“在同样条件下重复试验”的数学模型而出现的，而随机现象的统计规律性只有在大量重复试验中才能显现出来.

下面考察一种最简单的重复独立试验，称为 n 重伯努利(Bernoulli)试验. 这时，每次试验只有两个可能的结果，不妨称为“成功”和“失败”，用事件 A 和 $\overline{A}$ 来记，并设每次试验成功的概率为 $P(A)=p$，失败的概率为 $P(\overline{A})=1-p=q$，将这一试验独立地重复 n 次，这就是 n 重伯努利试验，这种概率模型称为伯努利概型.

现在研究 n 重伯努利试验中事件 A 恰好发生 k 次的概率，这概率我们记之为 $b(k;n,p)$. 为了便于分析，将前 k 次出现成功，而其后均出现失败的试验结果记为

$$A_1A_2\cdots A_k\overline{A}_{k+1}\overline{A}_{k+2}\cdots\overline{A}_n. \qquad (12-4-3)$$

由于是独立试验，出现上述结果的概率等于各次出现 A_i(前 k 次)或 $\overline{A}_i$(后 $n-k$ 次)的概率的乘积，即

$$\begin{aligned}&P(A_1A_2\cdots A_k\overline{A}_{k+1}\overline{A}_{k+2}\cdots\overline{A}_n)\\&=P(A_1)P(A_2)\cdots P(A_k)P(\overline{A}_{k+1})P(\overline{A}_{k+2})\cdots P(\overline{A}_n)=p^kq^{n-k}.\end{aligned}$$

一般地，如果在 n 次试验中有 k 次成功，这 k 次成功不一定像(12-4-3)那样安排前 k 次试验，它一共有 C_n^k 种不同的安排方法，不同的安排方法所对应的试验结果是互不相容的，所以，再根据概率的有限可加性，在 n 重伯努利试验中，A 恰好发生 k 次的概率为

$$b(k;n,p)=C_n^kp^kq^{n-k}\quad(k=0,1,2,\cdots,n).$$

这个概率称为二项分布，因为它恰好是二项式 $(p+q)^n$ 的展开式中的项.

二项分布是概率论中三个重要的分布之一，对它的讨论今后还将陆续进行.

例 5 若在 N 件产品中有 M 件废品，现进行 n 次有放回的抽样检查，问共抽得 k 件废品的概率是多少?

解 由于是有放回抽样，因此这是 n 重伯努利试验，若以 A 记各次试验中出现废品这一事件，则 $P=P(A)=\dfrac{M}{N}$，因此所求概率为 $C_n^k\left(\dfrac{M}{N}\right)^k\left(1-\dfrac{M}{N}\right)^{n-k}$.

例 6 设某种鸭在正常情况下感染某种传染病的概率为 20%，现新发现两种疫苗，9 只健康鸭注射疫苗 A 后无一只感染传染病，25 只健康鸭注射疫苗 B 后仅有一只感染，试问应如何评价这两种疫苗，能否初步估计哪种较为有效?

解 若疫苗 A 完全无效，则注射后鸭受感染的概率仍为 0.2，故 9 只鸭中无一只感染的概率为 $(0.8)^9=0.1342$. 同理，若疫苗 B 完全无效，则 25 只鸭中至多有一只感染的概率为

$$(0.8)^{25}+C_{25}^1(0.2)^1\cdot(0.8)^{24}=0.0274.$$

因为概率 0.0274 很小，并且比概率 0.1342 小得多，因此，可以初步认为疫苗 B 是有效的，并

且比疫苗 A 有效.

例 7　在群体遗传学中，假定可遗传的指标是依赖于基因的. 基因总是成对出现并且具有两种形式 A 及 a 中的一种. 假定每一代具有 $2N$ 个基因，则其中 A 所占的比例数 $\frac{i}{2N}$ 称为基因频率. 基因频率的变化过程与群体的进化情况有着密切的关系.

如果进行的是随机交配，也就是说任何个体有同样的机会和任何其他个体配种，则遗传学中对基因的遗传作下面的假定：子代个体是按伯努利概型从上一代每个亲体中取得基因的.

因此若上一代的基因频率为 $\frac{i}{2N}$，则下一代的基因频率为 $\frac{j}{2N}$ 的概率由二项分布给出：

$$p_j = C_{2N}^j \left(\frac{i}{2N}\right)^j \left(1-\frac{i}{2N}\right)^{2N-j}.$$

在这个例子中，基因频率 $\frac{i}{2N}$ 相当于伯努利试验中成功出现的概率.

有时还需要考虑可列重伯努利试验. 现在就来讨论可列重伯努利试验中首次成功出现在第 k 次试验的概率. 要使首次成功出现在第 k 次试验，必须且只需前 $k-1$ 次试验出现失败，并且第 k 次试验出现成功，沿用推导二项分布时所用的记号 A_i 及 $\overline{A}_i$，则这一事件可记为

$$\overline{A}_1\overline{A}_2\cdots\overline{A}_{k-1}A_k.$$

利用试验的独立性，出现这一结果的概率为

$$p_k = q^{k-1}p \qquad (k=1,2,\cdots),$$

p_k 是几何级数的一般项，因此 $\{p_k\}$ 称为几何分布.

在 n 次重复独立试验中，每次试验的结果有 r 个：$A_1, A_2, \cdots, A_r$，而 $P(A_i)=p_i \geqslant 0(i=1, 2,\cdots,r)$，且 $p_1+p_2+\cdots+p_r=1$. 当 $r=2$ 时，就是 n 重伯努利试验. 在这种推广了的 n 重伯努利试验中，容易导出：A_1 出现 k_1 次，A_2 出现 k_2 次，…，A_r 出现 k_r 次($k_1+k_2+\cdots+k_r=n$)的概率为

$$\frac{n!}{k_1!\ k_2!\ \cdots k_r!} p_1^{k_1} p_2^{k_2} \cdots p_r^{k_r}.$$

这个概率称为多项分布，它是二项分布的推广.

例 8　假定在某地区居民的血型中，O，A，B，AB 型分别占 40%，30%，25%，5%，若从此地居民中随机选取 5 人，求 O 型的两人，其他三型各一人的概率.

解　这是多项分布的问题，所求概率为

$$\frac{5!}{2!\ 1!\ 1!\ 1!} \times 0.4^2 \times 0.3 \times 0.25 \times 0.05 = 0.036.$$

习 题 十 二

1. 根据骨架(小的$=S$，中等的$=M$，大的$=L$)和高度(高的$=T$，矮的$=B$)来区分小孩，试给出样本空间.

2. 测量一个人的收缩压，样本空间 $S=\{e_1, e_2, e_3\}$，其中 e_1, e_2, e_3 分别表示收缩压(单位为 mmHg)不高于 120、在 120 至 150 之间、不低于 150. 列出所有可能的事件.

3. 对于有两个孩子的家庭，事件“第一个孩子是男孩”与事件“第二个孩子是男孩”的交和并是什么？

4. 令 x 表示在 100mL 的血浆中葡萄糖的含量，并令 x_0 和 x_1 是两个固定的值($x_0<x_1$)，定义四个事件：A：$x<x_0$，B：$x>x_0$，C：$x<x_1$，D：$x>x_1$，哪些事件是互斥的？

5. 设事件 A 表示“身高超过 1.6 米”，事件 B 表示“体重超过 50 千克”. 试说明下列事件的含意：

(1)$\overline{A}\cup B$;(2)$\overline{A}\cup\overline{B}$;(3)$\overline{A}\cap B$;(4)$\overline{A}\cap\overline{B}$;(5)$\overline{A\cup B}$.

6. 给 5 个病人作诊断，设用 $A_i(i=0,1,\cdots,5)$ 表示至少给 i 个人作出正确诊断. 试用事件的运算表示：(1)恰好给两个病人作出正确诊断;(2)至多给 4 人作出正确诊断.

7. 在 10 个病理切片中，有 3 个是确诊患肝癌的，现随机抽取 4 个，问：(1)恰有两个是确诊患肝癌的概率;(2)4 人全是正常的概率.

8. 某批玻璃器皿共 90 件，其中甲等品 40 件，乙等品 30 件，丙等品 20 件. 已知这批器皿在运送过程中损坏了 3 件，假如每件器皿损坏的可能性相同，试计算恰好各个等级各损坏一件的概率.

9. 6 对恋人来做婚前检查，从中任取 4 人，求恰有一对的概率.

10. 求 10 个人有不同生日的概率.

11. 将线段$(0,a)$任意折成三折，试求这三折线段能构成三角形的概率是多少?

12. 甲、乙两艘轮船驶向一个不能同时停泊两艘轮船的码头停泊，它们在一昼夜里到达的时刻是等可能的. 如果甲船的停泊时间是 1 小时，乙船的停泊时间是 2 小时，求它们中的任何一艘都不需要等待的概率.

13. 在一张打上方格的纸上投 1 枚直径为 1 的硬币，方格要多小才能使硬币与线不相交的概率小于 1%?

14. 称量 15 只相类似的老鼠，每只的重量用克计：

$$x_i=28,31,26,29,31,30,27,25,30,28,28,23,32,30,26.$$

求下列事件的频率：$A: x<26$, $B: x\leqslant 26$, $C: 26<x<31$.

15. 细菌在培养基里繁殖起来后，形成一些菌落. 把培养基分为 20 格，每格中出现的菌落个数如下：

格子中菌落数	0	1	2	3	4	5	6	7
这样的格子数	3	6	5	4	1	0	1	0

问：格中菌落数分别为 0,1,2,3,4,5,6,7 的频率是多少?

16. 用某种药物对患有胃溃疡的 512 个病人进行治疗，结果 368 人有明显疗效，现有某胃溃疡病人欲服用此药，你能对其效果做何估计?

17. 证明古典概型和统计概率满足：

(1)非负性　对任何事件 A，$P(A)\geqslant 0$;

(2)规范性　$P(S)=1$;

(3)有限可加性　若 $A_1,A_2,\cdots,A_n$ 两两互不相容，则

$$P(A_1\cup A_2\cup\cdots\cup A_n)=P(A_1)+P(A_2)+\cdots+P(A_n).$$

18. 袋中装有 2 个红球、3 个白球、4 个黑球，从中每次抽取 1 个球，有放回地连取 2 次，求取得两球中无红球或无黑球的概率.

19. 设某地区有甲、乙、丙三种慢性病，该地区老年人中有 20%患甲病、16%患乙病、14%患丙病，其中有 8%兼患甲病和乙病，4%兼患乙病和丙病，5%兼患丙病和甲病，又有 2%兼患甲病、乙病和丙病，问老年人中有百分之几至少患有一种疾病.

20. 从一副扑克牌(52 张)中有放回地抽取 6 张，试求每种花色都被抽到过的概率.

21. 考虑有三个孩子的家庭，假定男女的出生率是一样的，已知有一个是女孩，求至少有一个是男孩的概率.

22. 下表给出了 1959～1961 年度美国人口普查公布的寿命数据：

年龄组	(0,10]	(10,20]	(20,30]	(30,40]	(40,50]	(50,60]	(60,70]	(70,80]	>80	合计
死亡率(%)	3.23	0.65	1.21	1.84	4.31	9.69	18.21	27.28	33.58	100

求:(1)一个 20 岁以上者,享年未超过 40 岁的概率;(2)一个 50 岁的人至少再活 10 年的概率.

23. 假设对 50 岁的男子的调查表明:$P(C)=0.25$,$P(S)=0.4$,$P(CS)=0.2$.这里 C 表示被调查者患有某病这一事件,S 表示被调查者常吸烟这一事件.求 $P(CS)/P(C\overline{S})$ 和 $P(C|S)/P(C|\overline{S})$,并说明这两个比值的意义.

24. 已知 $P(\overline{A})=0.3$,$P(B)=0.4$,$P(A\overline{B})=0.5$,求 $P(B|A\cup\overline{B})$.

25. 已知 $P(A)=1/4$,$P(B|A)=1/3$,$P(A|B)=1/2$,求 $P(A\cup B)$.

26. 以往资料表明,一个三口之家,患某种传染病的概率有以下规律:$P(C)=0.6$,$P(B|C)=0.5$,$P(A|BC)=0.4$,其中 A,B,C 分别表示父、母、孩子得病的事件.求母亲及孩子得病但父亲未得病的概率.

27. 把字母 M,A,X,A,M 分别写在不同的卡片上,充分混合后重新排列,问正好得到顺序 MAXAM 的概率是多少?

28. 某病可能导致心肌损害,第一次发作引起心肌损害的概率是 0.3,第一次未受损、第二次复发时受损的概率为 0.5,前两次均未受损、第三次再患时心肌受损的概率为 0.8.试求患该病三次的人心肌受损的概率.

29. 从{0,1,2,…,9}中随机地取出两个数字,求其和大于 10 的概率.

30. 设一群人有 37.5%的人血型为 A 型,20.9%为 B 型,33.7%为 O 型,7.9%为 AB 型.已知能允许输血的血型配对如右表.现在人群中任选一人为输血者,再任选一人为需要输血者,问输血能成功的概率是多少?

受血者 \ 输血者	A 型	B 型	AB 型	O 型
A 型	√	×	√	√
B 型	×	√	√	√
AB 型	√	√	√	√
O 型	×	×	×	√

√:允许输血;×:不允许输血

31. 若通过钡餐透视诊断消化性溃疡,对真正有溃疡而又能作出正确诊断的占 82%,实际没患溃疡而诊断为溃疡的占 2%.设某地区溃疡发病率是 0.03,求经钡餐透视后被诊断为溃疡的人真正有溃疡的概率.

32. 根据遗传学的规律,在各种不同的父母血型配合下,所生子女是 O 型血的概率如下表所示.若某人的血型为 O 型,其父已去世,母亲是 B 型血.在这个人的出生地的人群中,O、A、B、AB 四种血型的比率分别为 36%、28%、28%、8%.问其父最可能是哪种血型?

父母血型	子代 O 型的概率	父母血型	子代 O 型的概率
O/O	1.0000	A/B	0.0625
O/A	0.2500	A/AB	0.0000
O/B	0.2500	B/B	0.0625
O/AB	0.0000	B/AB	0.0000
A/A	0.0625	AB/AB	0.0000

33. 据调查,在 5271 个男人中有 423 人色盲,在 4729 个女人中有 56 人色盲,试说明不能认为色盲与性别无关.又据调查,在 50 个聋人中有 4 人色盲,在 9950 个非聋人中有 796 人色盲,试说明耳聋与色盲无关.

34. 设某人群中患结核病的概率是 0.003,患沙眼的概率是 0.04,假如患这两种病的事件是相互独立的,求任一人兼患这两种病的概率.

35. 甲、乙、丙三家制药公司同时研制某种新药,已知他们做动物试验能获得成功的概率分别是 0.4、0.5、0.7.又据经验表明,若三家公司中仅有一家试验成功,则该药可用于临床的概率是 0.2;若有两家成功,该药可用于临床的概率是 0.6;三家都成功则几乎必定可用于临床.试问该药可用于临床的概率是多少?

36. 两条 X 染色体中若只有一个带致病的隐性基因,这样的女性称为携带者,她本人完全正常,但可把致病基因以 1/2 的概率传给自己的儿女.这类疾病中如杜兴肌萎缩综合征,患者活不到成年,故除开基因突变外,致病基因仅通过携带者遗传.现有位妇女,其兄是患者,由此知其母是携带者,因而她本人就有 1/2 的可能是携带者.若已知她的两个女儿又各有一个儿子且都正常,那么她是携带者的概率是多少?

37. 某药厂的针剂车间灌注一批注射液,须用四道工序,已知由于割锯时掉入玻璃屑而成废品的概率为 0.5%，由于安瓿洗涤不洁而造成废品的概率为 0.2%，由于灌药时的污染而成废品的概率为 0.1%，由于封口不严而成废品的概率为 0.8%. 试求产品合格的概率.

38. 设 A,B,C 三事件相互独立，求证 $A\cup B,AB,A-B$ 皆与 C 独立.

39. 若 A,B,C 相互独立，则 $\overline{A},\overline{B},\overline{C}$ 也相互独立.

40. 一个均匀的正四面体，其第一面涂上红色，第二面涂上黄色，第三面涂上蓝色，而第四面同时涂上红、黄、蓝三种颜色. 记 A,B,C 分别为投一次四面体出现红、黄、蓝颜色的事件，证明：(1)A,B,C 两两独立；(2)A,B,C 不相互独立.

41. 某厂生产兽用注射剂，已知澄明度稍差的占 10%，一兽医站购买了 20 支. 问：(1)其中恰好 2 支澄明度稍差的概率是多少？(2)其中澄明度稍差的不超过 2 支的概率是多少？(3)其中全无澄明度稍差的概率是多少？

42. 实验室器皿中产生甲类细菌与乙类细菌的机会是相同的，若某次发现产生了 $2n$ 个细菌，求：(1)至少有一个甲类细菌的概率；(2)甲、乙两类细菌各占其半的概率.

43. 在某些发展中国家，由于传统和经济方面的原因，大多数家庭都想要男孩. 卫生和医疗条件的不足，使 20%的新生儿在成年前夭折. 假设出生率无性别差异，问生了 5 个孩子而至少得到一名成年男子的概率有多大？

44. 甲、乙、丙三人进行某项比赛，若三个人胜每局的概率相等，比赛规定先胜三局者为整场比赛的优胜者，若甲胜了第一、三局，乙胜了第二局，问丙成为整场比赛的优胜者的概率是多少？

第十三章　随机变量及其分布

第一节　随机变量的概念

上一章中，我们讨论了随机事件及其概率，一个事件发生与否，仅仅是对这个事件的一种定性描述．为了更深入地研究随机现象的数量规律，有必要把随机试验的结果用数值来刻画．

事实上，很多试验的结果本身就与数值直接有关，例如，在产品检验问题中，我们关心的是抽样中出现的废品数；用某个治疗方案治疗一组病人，我们关心的是治愈人数，此外，同一批号各支针剂的失效时间，某地区成年男子的收缩压等，也都与数值有关．

也有一些试验的结果，其本身并非是某种数量而是某种属性，例如，病情的“轻”、“中”、“重”；病人情绪的“好”、“中”、“坏”、“极坏”等．对于这些初看起来与数值无关的试验结果，总是可以人为地把它们与数值联系起来，例如把病情的“轻”、“中”、“重”分别对应于数“0”、“1”、“2”，这样，为了计算一组病人中重病人的个数，只要计算“2”出现的次数就可以了．

由于每一试验结果是用一个样本点来描述的，上述刻画随机试验结果的数值，确切地讲，是定义于样本空间上的一个单值实函数．

定义　假设 S 是某随机试验的样本空间，如果对于 S 内的每一个样本点 $e\in S$，都有一个唯一的实数 $X=X(e)$ 与之对应，则称 X 为随机变量(random variable)．(图 13－1)

引入了随机变量的概念之后，就可以用随机变量来描述事件．例如，设以 $X(e)$ 表示 n 重伯努利试验中(实际是其结果 e 中)成功出现的次数，则 $\{e\,|\,X(e)=k\}$ 表示事件{成功恰好出现 k 次}；以 DBP(e)表示人的舒张压，则 $\{e\,|\,\mathrm{DBP}(e)\geqslant 95\}$ 表示事件{某人 e 患有高血压}．

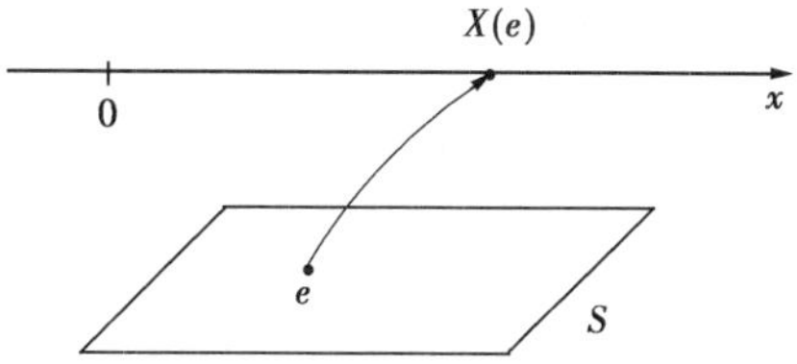

图 13－1

一般地，设 $X=X(e)$ 是一个随机变量，B 是一个实数集，则 $\{e\,|\,X(e)\in B\}$ 是一个随机事件，以后简记为 $\{X\in B\}$．

随机变量是样本点的函数，其取值随试验的结果而定，一旦试验结果确定了，它的取值也就确定了．另一方面，由于每次试验中出现什么样本点是随机的，所以它的取值带有随机性，这是随机变量与普通函数的本质差异．因而，描述随机变量不仅要指出它能够取哪些值，而且还要运用概率来描述它取各种值的可能性．

第二节　离散型随机变量

最简单的随机变量是离散型随机变量(discrete random variable)，它所能取的值只有有限个或可列无限个．这时，只要给出随机变量所有可能取的值以及取这些值的概率的大小，随机

变量的取值特性就得到了完整的描述. 设$\{x_i\}$为离散型随机变量 X 的所有可能取值，而

$$p_i=P\{X=x_i\},\quad i=1,2,\cdots$$

称$\{p_i\}$为随机变量 X 的概率分布(probability distribution)或分布律，它具有性质：$p_i\geqslant 0(i=1,2,\cdots)$，$\sum_{i=1}^{\infty}p_i=1$.

常用下面的方法表示离散型随机变量 X 的概率分布. 它称为随机变量 X 的分布列.

X	x_1	x_2	$\cdots$	x_n	$\cdots$
p_i	p_1	p_2	$\cdots$	p_n	$\cdots$

下面看一些离散型随机变量及其概率分布的例子.

例 1 在 n 重伯努利试验中，记随机变量 X 为成功出现的次数，那么 X 可能取的值为 $0,1,2,\cdots,n$，对应的概率由

$$b(k;n,p)=P\{X=k\}=C_n^k p^k(1-p)^{n-k},k=0,1,2,\cdots,n$$

给出，这时，称 X 服从参数为 n,p 的二项分布，记为 $X\sim B(n,p)$. 当 $n=1$ 时，二项分布也称为两点分布或 0—1 分布.

例 2 对一批共 N 件产品进行不放回的抽样检查，若这批产品中有 M 件次品，现从整批产品中随机地抽出 n 件，则在这 n 件产品中出现的次品数 Y 是随机变量，它取值 $0,1,2,\cdots,n$，其概率分布称为超几何分布

$$P\{Y=i\}=\frac{C_M^i C_{N-M}^{n-i}}{C_N^n},\quad 0\leqslant i\leqslant n\leqslant N,i\leqslant M.$$

这个分布在上一章第二节中已经出现过.

例 3 做一系列伯努利试验，直到成功首次出现，记 Z 是首次出现成功所需的试验次数，它取值 $1,2,3,\cdots$，其概率分布为几何分布

$$P\{Z=i\}=(1-p)^{i-1}p,\quad i=1,2,3,\cdots.$$

下面介绍一个重要的离散型随机变量——泊松(Poisson)变量.

设取非负整数值的随机变量 X 的概率分布为

$$p(i;\lambda)=P\{X=i\}=\frac{\lambda^i}{i!}e^{-\lambda},\quad i=0,1,2,\cdots,$$

其中 $\lambda>0$ 为参数，就称 X 服从泊松分布，记为 $X\sim P(\lambda)$，服从泊松分布的随机变量称为泊松变量.

泊松分布在概率论中具有特别的重要性，我们通过以下两点予以介绍.

1. 泊松分布可作为二项分布的近似

定理(泊松定理)　在 n 重伯努利试验中，以 p_n 表示每次试验中成功出现的概率，它与试验的总次数有关，如果$\lim\limits_{n\to\infty}np_n=\lambda$，则

$$\lim_{n\to\infty}b(k;n,p_n)=p(k;\lambda).$$

证　记 $\lambda_n=np_n$，则

$$b(k;n,p_n)=C_n^k p_n^k(1-p_n)^{n-k}=\frac{n(n+1)\cdots(n-k+1)}{k!}\left(\frac{\lambda_n}{n}\right)^k\left(1-\frac{\lambda_n}{n}\right)^{n-k}$$

$$=\frac{\lambda_n^k}{k!}\left(1-\frac{1}{n}\right)\left(1-\frac{2}{n}\right)\cdots\left(1-\frac{k-1}{n}\right)\left(1-\frac{\lambda_n}{n}\right)^{n-k}.$$

固定 k，取 $n\to\infty$，得

$$\lim_{n\to\infty}b(k;n,p_n)=\frac{\lambda^k}{k!}e^{-\lambda}=p(k;\lambda).$$

由此可见，泊松分布可作为二项分布的极限. 当 p 很小(一般当 $p<0.1$)而 n 足够大(希望使得 $\lim\limits_{n\to\infty}np$ 存在)时，二项分布可用泊松分布来近似：

$$C_n^k p^k(1-p)^{n-k}\approx\frac{(np)^k}{k!}e^{-np}.$$

二项分布的泊松近似，常常被应用于研究大量重复的独立试验中稀有事件发生的频数的分布.

例 4　假如生三胞胎的概率为 10^{-4}，求在 100000 次生育中，有 0，1，2 次生三胞胎的概率.

解　这里 $p=0.0001$，$n=100000$，各个概率用二项分布精确计算为

$$b(0;100000,0.0001)=0.000045378,$$
$$b(1;100000,0.0001)=0.00045382,$$
$$b(2;100000,0.0001)=0.0022693.$$

也可用泊松分布近似，这时 $\lambda=np=10$，所以

$$p(0;10)=0.00004540,\quad p(1;10)=0.0004540,\quad p(2;10)=0.002270.$$

可见近似程度非常令人满意.

例 5　在某年龄段的妇女中，乳腺癌的患病率为 10^{-3}. 为了研究乳腺癌的遗传易感性，调查了 1000 名母亲患有该病的这个年龄段的妇女，发现有 4 人患有乳腺癌，问这一现象是否异常？

解　假如乳腺癌无遗传易感性，那么母亲有该病的妇女的患病率应还是 10^{-3}. 这是 n 重伯努利试验，$n=1000$ 较大，$p=10^{-3}$ 很小，有 k 个人患病的概率 $b(k;1000,10^{-3})$ 可用泊松分布近似，$\lambda=np=1$.

发生有 4 人患病甚至更坏的情况的概率为

$$1-\sum_{k=0}^{3}b(k;1000,10^{-3})\approx1-\sum_{k=0}^{3}\frac{1}{k!}e^{-1}=1-\frac{17}{6e}=0.0190.$$

这个概率相当小，因此我们不能认为乳腺癌无遗传易感性.

2. 许多随机现象服从泊松分布

在生物学、医学、物理学及公用事业的排队等问题中，泊松分布是常见的. 例如，医院一天内的急诊病人数，血红细胞或微生物落在某区域中的数目，放射性物质在单位时间里放射出的质点数等等，大都服从泊松分布.

这些只取非负整数值的随机变量大致都有如下特点：

(1)平稳性　它们的取值只与时间间隔的长度(或区域的大小)有关，而与时间间隔的起点(或区域的位置)无关.

(2)独立增量性　在互不相交的时间间隔(或区域)里，取值的情况互不影响.

(3)普遍性　当时间间隔极短(或区域极小)时，取值为 2 以上是几乎不可能的.

可以证明，满足上述条件的随机变量服从泊松分布.

第三节　连续型随机变量

在本章开头，我们已经遇到过非离散型随机变量的例子. 同一批号各支针剂的失效时间、

某地区成年男子的收缩压都是非离散型随机变量. 这两个随机变量的共同特点是，它们可能取某区间内所有的值.

我们知道，随机变量的取值虽然是“不确定的”，但是它具有一定的“概率分布”. 例如，对于离散型随机变量 X 及任何常数 $a,b(a<b)$，事件 $\{a<X\leqslant b\}$ 也有确定的概率. 对于非离散型随机变量，考察事件 $\{X=a\}$ 发生的概率往往意义不大，我们干脆直接考察事件 $\{a<X\leqslant b\}$ 的概率. 为此，引进定义：

定义 **对于随机变量** X**，如果存在非负函数** $f(x)(-\infty<x<+\infty)$**，使得对任意实数** a,b $(a<b)$ **都有**

$$P\{a<X\leqslant b\}=\int_a^b f(x)\mathrm{d}x,$$

则称 X **为连续型随机变量**(continuous random variable)，**称** $f(x)$ **为** X **的概率密度函数**(probability density function)，**简称密度函数或概率密度.**

在实际中遇到的基本上都是离散型或连续型随机变量，本书只讨论这两种随机变量.

考察连续型随机变量取某个定值的概率是没有多大意义的. 这是因为，对任何定值 a，因

$$0\leqslant P\{X=a\}\leqslant P\left\{a-\frac{\Delta x}{2}<X<a+\frac{\Delta x}{2}\right\}=\int_{a-\frac{\Delta x}{2}}^{a+\frac{\Delta x}{2}} f(x)\mathrm{d}x,$$

令 $\Delta x\to 0^+$，上式右端趋于 0，从而 $P\{X=a\}=0$. 由此可见，列举连续型随机变量取每个值的概率(都等于 0)并不能描述这个随机变量的取值特性. 据此，在计算连续型随机变量落在某区间内的概率时，不必顾及该区间是否包含了区间的端点. 此外，这一结果还表明，概率为 0 的事件不一定是不可能事件；同样的，概率为 1 的事件也不一定是必然事件.

当 $x=a$ 是密度函数 $f(x)$ 的连续点时，利用积分中值定理容易推知

$$\lim_{\Delta x\to 0^+}\frac{P\left\{a-\frac{\Delta x}{2}<X<a+\frac{\Delta x}{2}\right\}}{\Delta x}=f(a).$$

由此可见，当 $f(a)$ 大时，X 在 a 附近取值的概率也就较大，密度函数中的“密度”一词，跟物理学中质量线密度的“密度”有相似之处.

相应于概率的完备性，密度函数具有性质

$$\int_{-\infty}^{+\infty} f(x)\mathrm{d}x=1.$$

反之，如果一个定义在 $(-\infty,\infty)$ 上的非负可积函数满足这一性质，则它就可以看成是一个连续型随机变量的密度函数.

例 1 证明函数

$$f(x)=\frac{1}{2}\mathrm{e}^{-|x|},\ -\infty<x<\infty$$

是一个密度函数.

证 显然，对于任意的 $x\in\mathbf{R}$，$f(x)\geqslant 0$；此外

$$\int_{-\infty}^{\infty} f(x)\mathrm{d}x=\int_{-\infty}^{\infty}\frac{1}{2}\mathrm{e}^{-|x|}\mathrm{d}x=\int_0^{\infty}\mathrm{e}^{-x}\mathrm{d}x=-\mathrm{e}^{-x}\Big|_0^{\infty}=1,$$

所以 $f(x)$ 是一个密度函数.

下面举一些常见的连续型分布的例子.

例 2 设随机变量 X 的密度函数为

$$f(x)=\begin{cases}\dfrac{1}{b-a}, & a\leqslant x\leqslant b,\\ 0, & \text{其他}.\end{cases}$$

则称 X 服从$[a,b]$上的均匀分布(图 13-2).

这个随机变量具有下述意义的等可能性:它落在$[a,b]$中任意子区间内的概率与子区间的长度成正比,而与子区间的位置无关.事实上,如果$[c,c+l]\subset[a,b]$,则

$$P\{c\leqslant X\leqslant c+l\}=\int_c^{c+l}\frac{\mathrm{d}x}{b-a}=\frac{l}{b-a}.$$

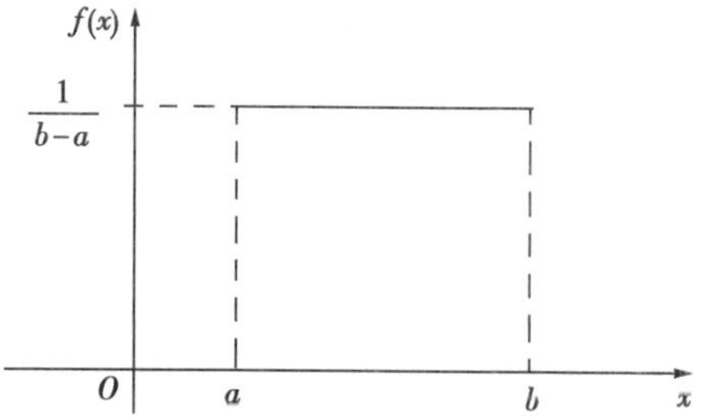

图 13-2

例 3　若随机变量 X 的分布密度为

$$f(x)=\begin{cases}\lambda \mathrm{e}^{-\lambda x}, x\geqslant 0,\\ 0, \quad x<0,\end{cases}$$

其中 $\lambda>0$,则称 X 服从参数为 λ 的指数分布.

在实际应用中,指数分布常作为“寿命”分布的最简单近似.例如,把它作为随机服务系统中对每个顾客服务所用时间长短的分布;作为某器件正常使用期长短的近似分布;作为对一定考察范围内某种生物的寿命的近似分布.这一分布有一个有趣的特性,借用生物的寿命来表达,其特性是:生物的寿命在今后将延续多久与生物当时的年龄无关.用数学表达式表示,设生物的寿命为 X,则在 $X>a$ 的条件下继续存活 t 年以上的概率只与 t 有关,而与 a 无关:

$$P\{X>a+t\mid X>a\}=\frac{P\{X>a+t\}}{P\{X>a\}}=\frac{\int_{a+t}^{+\infty}\lambda\mathrm{e}^{-\lambda x}\,\mathrm{d}x}{\int_a^{+\infty}\lambda\mathrm{e}^{-\lambda x}\,\mathrm{d}x}=\frac{\mathrm{e}^{-\lambda(a+t)}}{\mathrm{e}^{-\lambda a}}=\mathrm{e}^{-\lambda t}.$$

而且这一概率就等于 $P\{X>t\}$.

例 4　设随机变量 X 的密度函数为

$$f(x)=\frac{1}{\sqrt{2\pi}\sigma}\mathrm{e}^{-\frac{(x-\mu)^2}{2\sigma^2}},-\infty<x<\infty,$$

其中 $\sigma>0$,则称 X 服从参数为 μ 和 σ 的正态分布(normal distribution),记为 $X\sim N(\mu,\sigma^2)$.服从正态分布的随机变量称为正态变量.

参数 μ 和 σ 完全确定了正态分布密度函数曲线的位置和形状:

(1)曲线关于 $x=\mu$ 对称,并在 $x=\mu$ 处取到最大值 $f(\mu)=\dfrac{1}{\sqrt{2\pi}\sigma}$.当 μ 变化时,曲线沿 x 轴平移.

(2)曲线在 $x=\mu\pm\sigma$ 处各有一个拐点,并以 x 轴为渐近线.

(3)σ 越大,曲线越平缓;σ 越小,曲线越陡峭(图 13-3).

参数 $\mu=0,\sigma=1$ 时的正态分布 $N(0,1)$ 称为标准正态分布(standard normal distribution),其密度函数用 $\varphi(x)$表示,即

$$\varphi(x)=\frac{1}{\sqrt{2\pi}}\mathrm{e}^{-\frac{x^2}{2}},-\infty<x<\infty.$$

正态分布是概率论中最重要的分布,其重要性表现在两个方面.一方面是因为它在自然界中最为常见,例如测量的误差,人的身高、体重,农作物的收获量等等都近似服从正态分布.一

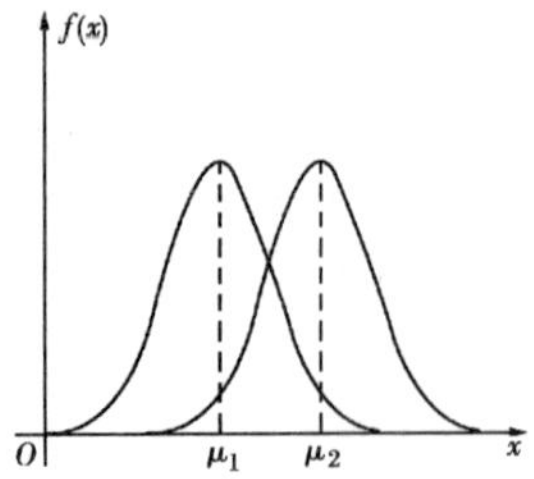

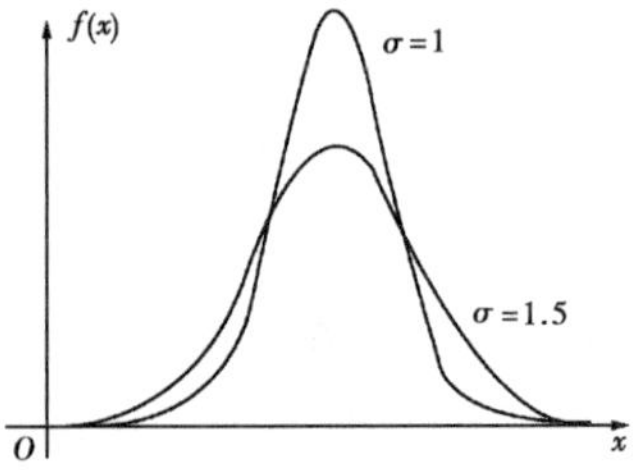

图 13-3

般来说，若影响某一数量指标的因素很多，而每个因素所起的作用都不大，则这个指标服从正态分布，这一点可以用中心极限定理(见下一章)来说明. 另一方面，正态分布具有许多良好的性质，许多分布可以用正态分布来近似，另外一些分布又可以用正态分布导出，因此在理论上，正态分布也十分重要.

第四节　分布函数

以上我们用两种不同方法描述了两类不同随机变量的取值特性：对于离散型随机变量，用分布列来描述；对于连续型随机变量，用密度函数的积分来描述. 随机变量除了这两种类型之外，还有其他类型. 为了理论研究的方便，必须给出一个刻画随机变量取值特性的统一方法. 为此引入如下定义：

定义　设 X 为一随机变量，则称

$$F(x)=P\{X\leqslant x\},-\infty<x<\infty$$

为 X 的分布函数(distribution function).

我们不加证明地指出，分布函数具有以下基本性质：

(1)单调性　若 $x<y$，则 $F(x)\leqslant F(y)$；

(2)右连续性　对任何 x，有 $F(x^+)=F(x)$；

(3)$F(-\infty)=0,F(\infty)=1$，

其中 $F(x^+)$表示 $F(x)$在点 x 处的右极限.

可以证明，满足上述三个性质的函数必是某随机变量的分布函数.

设 X 是任何一个随机变量，当 $a<b$ 时，由于

$$\{a<X\leqslant b\}=\{X\leqslant b\}-\{X\leqslant a\},$$

且$\{X\leqslant a\}\subset\{X\leqslant b\}$，故

$$P\{a<X<b\}=P\{X\leqslant b\}-P\{X\leqslant a\}=F(b)-F(a).$$

对于离散型随机变量 X，如果其分布列为

X	x_1	x_2	…	x_n	…
p_i	p_1	p_2	…	p_n	…

则它的分布函数

$$F(x)=\sum_{x_i\leqslant x}p_i,$$

其中求和是对所有满足不等式 $x_i\leqslant x$ 的指标 i 进行的，这时 $F(x)$是一个阶梯函数，它在每个 x_i 处有跳跃度 p_i. 当然，由 $F(x)$也可唯一决定 x_i 及 p_i：

$$p_i=P\{X=x_i\}=F(x_o)-F(x_o^-)>0,$$

因此用分布列或分布函数都能描述离散型随机变量.

当 X 是连续型随机变量时,设它的密度函数为 $f(x)$,则其分布函数

$$F(x)=\int_{-\infty}^{x} f(t)\mathrm{d}t.$$

在 $f(x)$ 的连续点处,$F'(x)=f(x)$. 此外

$$\int_{a}^{b} f(x)\mathrm{d}x=P\{a<x\leqslant b\}=F(b)-F(a),$$

故连续型随机变量取值的概率分布也可由分布函数唯一确定.

例 1　设 X 是服从参数为 λ 的指数分布的随机变量,求 X 的分布函数.

解　X 的密度函数为

$$f(x)-\begin{cases}\lambda \mathrm{e}^{-\lambda x}, & x\geqslant 0,\\ 0, & x<0.\end{cases}$$

所以,当 $x<0$ 时,$F(x)=0$;当 $x\geqslant 0$ 时,

$$F(x)=\int_{0}^{x}\lambda \mathrm{e}^{-\lambda t}\mathrm{d}t=-\mathrm{e}^{-\lambda t}\Big|_{0}^{x}=1-\mathrm{e}^{-\lambda x}.$$

标准正态分布的分布函数常用 $\Phi(x)$来表示,即

$$\Phi(x)=\int_{-\infty}^{x}\varphi(t)\mathrm{d}t=\int_{-\infty}^{x}\frac{1}{\sqrt{2\pi}}\mathrm{e}^{-\frac{t^2}{2}}\mathrm{d}t,$$

上式右端被积函数的原函数不是初等函数,这个积分我们“算不出来”,人们编制了 $\Phi(x)$的数值表(见附表 3),通过查表可得 $\Phi(x)$的数值.

附表 3 中只给出了当 $x\geqslant 0$ 时 $\Phi(x)$ 的数值. 事实上,注意到 $\varphi(t)$ 的图形关于 $t=0$ 的对称性(图 13-4) 及$\int_{-\infty}^{+\infty}\varphi(t)\mathrm{d}t=1$,便得

$$\Phi(-x)=1-\Phi(x).$$

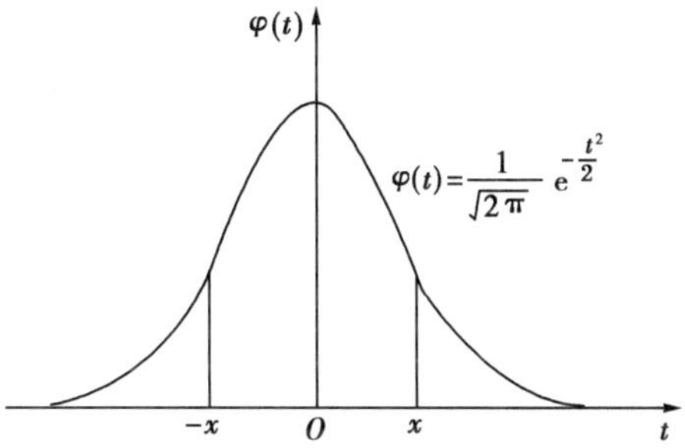

图 13-4

于是当 $x<0$ 时,$\Phi(x)$的值可利用上式及附表 3 得到.

设 $X\sim N(\mu,\sigma^2)$,则 X 的分布函数

$$F(x)=\int_{-\infty}^{x}\frac{1}{\sqrt{2}\pi\sigma}\mathrm{e}^{-\frac{(t-\mu)^2}{2\sigma^2}}\mathrm{d}t,$$

作变量替换 $y=\dfrac{t-\mu}{\sigma}$,则有

$$F(x)=\int_{-\infty}^{\frac{x-\mu}{\sigma}}\frac{1}{\sqrt{2\pi}}\mathrm{e}^{-\frac{y^2}{2}}\mathrm{d}y=\Phi\left(\frac{x-\mu}{\sigma}\right).$$

这个式子可用于计算一般正态变量落在某区间中的概率. 例如,设 $X\sim N(\mu,\sigma^2)$,则

$$\begin{aligned}P\{|X-\mu|<k\sigma\}&=P\{\mu-k\sigma<X<\mu+k\sigma\}\\&=F(\mu+k\sigma)-F(\mu-k\sigma)\\&=\Phi(k)-\Phi(-k)=2\Phi(k)-1.\end{aligned}$$

查附表 3 可得

$$P\{|X-\mu|<\sigma\}\approx 0.6826,$$
$$P\{|X-\mu|<2\sigma\}\approx 0.9544,$$
$$P\{|X-\mu|<3\sigma\}\approx 0.9974.$$

因此可以说,X 基本上落在$(\mu-3\sigma,\mu+3\sigma)$之中,而几乎不在$(\mu-3\sigma,\mu+3\sigma)$之外取值.

例 2 某医院的医疗记录表明,新生儿的体重(单位为磅)服从正态分布 $N(7.4,1.2^2)$. 现从该医院随机选取一名婴儿,求其出生时的体重超过 9.2 磅的概率.

解 以 X 表示这名新生儿的体重,则所求概率为

$$P\{X>9.2\}=1-P\{X\leqslant 9.2\}=1-\Phi\left(\frac{9.2-7.4}{1.2}\right)=1-\Phi(1.5)=0.0668.$$

例 3 过去常用血管造影诊断中风,这种检查对病人有一定危险. 现有几种没有损害性的技术已经发展起来,希望能与血管造影同样有效. 一种方法是用大脑血流图计测量大脑血流(CBF),如果某人的 CBF 值低于 40,则认为该病人患有中风. 假设一般人(无中风)中 CBF 呈正态分布 $N(75,17^2)$,问一个无中风的病人被误诊为中风的概率是多少?

解 记 X 是无中风的人的 CBF 值,则

$$P\{X<40\}=\Phi\left(\frac{40-75}{17}\right)=\Phi(-2.06)=1-\Phi(2.06)\approx 0.020.$$

即大约有 2%的无中风病人被误诊为中风.

第五节 多维随机变量及其分布

一、二维随机变量

在有些随机现象中,随机试验的结果需要同时用多个随机变量来描述. 例如,为了研究某一地区学龄前儿童的发育状况,需要同时指出儿童的身高 H 和体重 W. 这里,样本空间 $S=\{e\}=\{$某地区全部学龄前儿童$\}$,而 $H(e)$和 $W(e)$是定义在 S 上的两个随机变量. 又如炮弹弹着点的位置需要由它的横坐标和纵坐标来确定,而横坐标和纵坐标是定义在同一个样本空间上的两个随机变量.

定义 1 **设 $X=X(e)$,$Y=Y(e)$是定义在同一个样本空间上的两个随机变量,则称(X,Y)为二维随机变量或二维随机向量.**

对于二维随机变量(X,Y),固然可以逐个研究 X 或 Y,但是把(X,Y)作为一个整体,不但能研究 X 或 Y 的性质,而且还可以考察它们之间的联系.

类似于一维的场合,我们引入如下定义.

定义 2 **设(X,Y)是二维随机变量,对于任意实数 x,y,称二元函数**

$$F(x,y)=P\{X\leqslant x,Y\leqslant y\}$$

为(X,Y)的(联合)分布函数.

给定了联合分布函数后，可以计算事件$\{x_1<X\leqslant x_2, y_1<Y\leqslant y_2\}$的概率：

$$P\{x_1<X\leqslant x_2, y_1<Y\leqslant y_2\}=F(x_2,y_2)-F(x_1,y_2)-F(x_2,y_1)+F(x_1,y_1) \tag{13-5-1}$$

这个结果可以从图 13-5 看出.

分布函数 $F(x,y)$具有以下基本性质：

(1)**关于每个变元单调不减；**

(2)**关于每个变元右连续；**

(3)$F(-\infty,y)=0, F(x,-\infty)=0, F(\infty,\infty)=1$；

(4)**对于任意的** $x_1<x_2, y_1<y_2$，**有**

$F(x_2,y_2)-F(x_1,y_2)-F(x_2,y_1)-F(x_1,y_1)\geqslant 0.$

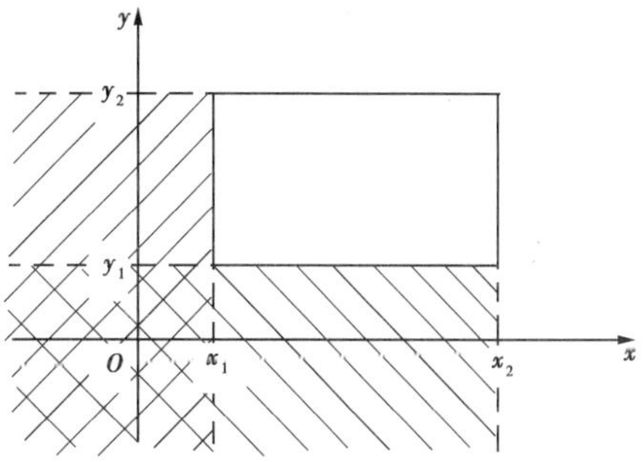

图 13-5　二维概率计算

性质(4)可由(13-5-1)式及概率的非负性得到. 反之，满足这些要求的二元函数是某二维随机变量的分布函数.

最常用的二维随机变量仍然是离散型和连续型的，在(X,Y)是离散型随机变量时，概率分布集中在有限个或可列个数对(x_i,y_i)之上：

$$P\{X=x_i, Y=y_j\}=p_{ij}, i,j=1,2,\cdots.$$

它满足：$p_{ij}\geqslant 0(i,j=1,2,\cdots)$，$\sum\limits_{i=1}^{\infty}\sum\limits_{j=1}^{\infty}p_{ij}=1$. 我们也常用表格来表示$(X,Y)$的(联合)概率分布，如下例所示.

例 1　利用第十二章第三节例 1 所给的数据. 现从所有这些高血压病人中任取一人，以 X 表示取到的重型病人数，以 Y 表示取到的有心绞痛史的病人数，则(X,Y)是二维离散型随机变量，其概率分布由下表给出：

Y \ X	0	1
0	18/306	7/306
1	243/306	38/306

在(X,Y)是连续型随机变量的情况下，存在非负函数$f(x,y)$，使

$$P\{(X,Y)\in G\}=\iint\limits_G f(x,y)\mathrm{d}x\mathrm{d}y,$$

其中 G 是 xOy 平面上相当任意的区域(确切定义此处"相当任意的区域"要用到较多的数学知识，从略). 特别地

$$F(x,y)=\int_{-\infty}^{x}\int_{-\infty}^{y}f(u,v)\mathrm{d}u\mathrm{d}v,$$

这里的 $f(x,y)$ 称为(X,Y) 的(联合) 分布密度，满足

$$\int_{-\infty}^{\infty}\int_{-\infty}^{\infty}f(x,y)\mathrm{d}x\mathrm{d}y=1.$$

例 2　如果 G 为 xOy 平面上的有限区域，其面积 $S>0$，则由密度函数

$$f(x,y)=\begin{cases}\dfrac{1}{S}, & (x,y)\in G,\\ 0, & (x,y)\overline{\in} G.\end{cases}$$

给出的分布称为 G 上的均匀分布.

上一章第二节中的会面问题就是均匀分布的例子.

二、边缘分布

若(X,Y)是二维随机变量,其分布函数为 $F(x,y)$,我们能由 $F(x,y)$ 得出 X 或 Y 的分布函数. 事实上

$$F_X(x)=P\{X\leqslant x\}=P\{X\leqslant x,Y<\infty\}=F(x,\infty).$$

同理

$$F_Y(y)=F(\infty,y).$$

$F_X(x)$ 及 $F_Y(y)$ 依次称为(X,Y)关于 X 和关于 Y 的边缘分布函数.

若(X,Y)是离散型随机变量,有概率分布

$$P\{X=x_i,Y=y_j\}=p_{ij},i,j=1,2,\cdots.$$

记 $p_{i\cdot}=\sum\limits_{j=1}^{\infty}p_{ij},p_{\cdot j}=\sum\limits_{i=1}^{\infty}p_{ij}$. 那么 X 和 Y 都是离散型随机变量,分别有概率分布

$$P\{X=x_i\}=\sum_{j=1}^{\infty}p_{ij}=p_{i\cdot},\quad i=1,2,\cdots$$

和

$$P\{Y=y_j\}=\sum_{i=1}^{\infty}p_{ij}=p_{\cdot j},\quad j=1,2,\cdots.$$

$p_{i\cdot}(i=1,2,\cdots)$ 和 $p_{\cdot j}(j=1,2,\cdots)$ 分别称为(X,Y)关于 X 和关于 Y 的边缘概率分布.

如果(X,Y)是连续型随机变量,有密度函数 $f(x,y)$,则

$$F_X(x)=\int_{-\infty}^{x}\int_{-\infty}^{\infty}f(u,y)\mathrm{d}u\mathrm{d}y,$$

因此 X 是连续型随机变量,其密度函数为

$$f_X(x)=\int_{-\infty}^{\infty}f(x,y)\mathrm{d}y. \tag{13-5-2}$$

同理,Y 也是连续型随机变量,其密度函数为

$$f_Y(y)=\int_{-\infty}^{\infty}f(x,y)\mathrm{d}x.$$

分别称 $f_X(x)$和 $f_Y(y)$为(X,Y)关于 X 和关于 Y 的边缘分布密度函数.

例 3 若(X,Y)的联合分布密度为

$$f(x,y)=\frac{1}{2\pi\sigma_1\sigma_2\sqrt{1-\rho^2}}\cdot\exp\left\{\frac{-1}{2(1-\rho^2)}\left[\frac{(x-\mu_1)^2}{\sigma_1^2}-2\rho\frac{(x-\mu_1)(y-\mu_2)}{\sigma_1\sigma_2}+\frac{(y-\mu_2)^2}{\sigma_2^2}\right]\right\},$$
$$-\infty<x<\infty,-\infty<y<\infty, \tag{13-5-3}$$

其中 $\sigma_1>0,\sigma_2>0,|\rho|<1$,则称$(X,Y)$服从参数为 $\mu_1,\mu_2,\sigma_1,\sigma_2,\rho$ 的二维正态分布,记为$(X,Y)\sim N(\mu_1,\mu_2,\sigma_1^2,\sigma_2^2,\rho)$. 试求边缘分布密度.

解 记$\dfrac{x-\mu_1}{\sigma_1}=u,\dfrac{y-\mu_2}{\sigma_2}=v$,由(13-5-2)式知

$$f_X(x)=\frac{1}{2\pi\sigma_1\sqrt{1-\rho^2}}\int_{-\infty}^{\infty}\exp\left[-\frac{u^2-2\rho uv+v^2}{2(1-\rho^2)}\right]\mathrm{d}v$$

$$=\frac{1}{\sqrt{2\pi}\sigma_1}e^{-\frac{u^2}{2}}\int_{-\infty}^{\infty}\frac{1}{\sqrt{2\pi(1-\rho^2)}}\exp\left[-\frac{\rho^2u^2-2\rho uv+v^2}{2(1-\rho^2)}\right]dv$$

$$=\frac{1}{\sqrt{2\pi}\sigma_1}e^{-\frac{u^2}{2}}\int_{-\infty}^{\infty}\frac{1}{\sqrt{2\pi(1-\rho^2)}}\exp\left[-\frac{(v-\rho u)^2}{2(1-\rho^2)}\right]dv.$$

作变量替换$\frac{v-\rho u}{\sqrt{1-\rho^2}}=t$,利用$\int_{-\infty}^{\infty}\frac{1}{\sqrt{2\pi}}e^{-\frac{t^2}{2}}dt=1$,便得

$$f_X(x)=\frac{1}{\sqrt{2\pi}\sigma_1}e^{-\frac{u^2}{2}}=\frac{1}{\sqrt{2\pi}\sigma_1}e^{-\frac{(x-\mu_1)^2}{2\sigma_1^2}},\quad -\infty<x<\infty.$$

同理

$$f_Y(y)=\frac{1}{\sqrt{2\pi}\sigma_2}e^{-\frac{(y-u_2)^2}{2\sigma_2^2}},\quad -\infty<y<\infty.$$

由此可见,不论(13-5-3)中的$|\rho|<1$如何选取,X和Y总是$N(\mu_1,\sigma_1^2)$和$N(\mu_2,\sigma_2^2)$变量.这就表明,不同的联合分布,有可能确定相同的边缘分布.换句话说,联合分布一般不能由边缘分布唯一确定.

三、随机变量的独立性

独立性在概率论与数理统计中起着重要的作用,上一章介绍了事件的独立性,下面利用事件的独立性引入随机变量独立性的概念.

定义 3　设(X,Y)是二维随机变量,如果对于任意的实数x,y,事件$\{X\leqslant x\}$和$\{Y\leqslant y\}$相互独立,即

$$P\{X\leqslant x,Y\leqslant y\}=P\{X\leqslant x\}P\{Y\leqslant y\}$$

或写成

$$F(x,y)=F_X(x)F_Y(y),$$

其中F,F_X及F_Y分别是(X,Y),X及Y的分布函数,则称X与Y相互独立.

这时,由边缘分布可唯一确定联合分布.

定理　离散型随机变量X,Y相互独立的充分必要条件是:对于(X,Y)的所有可能取的值(x_i,y_j),有

$$P\{X=x_i,Y=y_j\}=P\{X=x_i\}P\{Y=y_j\};$$

连续型随机变量X,Y相互独立的充分必要条件是:如果$f_X(x),f_Y(y)$分别是X,Y的密度函数,则$f(x,y)=f_X(x)f_Y(y)$是(X,Y)的密度函数.

证　限于篇幅,仅对连续型随机变量的情况给出证明.

充分性:若$f_X(x)f_Y(y)$是(X,Y)的密度函数,则

$$P\{X\leqslant x,Y\leqslant y\}=\int_{-\infty}^{x}\int_{-\infty}^{y}f_X(u)f_Y(v)dudv$$

$$=\int_{-\infty}^{x}f_X(u)du\int_{-\infty}^{y}f_Y(v)dv=P\{X\leqslant x\}P\{Y\leqslant y\},$$

故X,Y相互独立.

必要性:设X,Y相互独立,则

$$P\{X\leqslant x,Y\leqslant y\}=P\{X\leqslant x\}P\{Y\leqslant y\}$$

$$=\int_{-\infty}^{x} f_X(u)\mathrm{d}u\int_{-\infty}^{y} f_Y(v)\mathrm{d}v=\int_{-\infty}^{x}\int_{-\infty}^{y} f_X(u)f_Y(v)\mathrm{d}u\mathrm{d}v.$$

这表明 $f_X(x)f_Y(y)$ 是(X,Y) 的密度函数.

例 4 对于由例 3 定义的二维正态变量及其边缘分布,将

$$f_X(x)f_Y(y)=\frac{1}{2\pi\sigma_1\sigma_2}\exp\left[-\frac{(x-\mu_1)^2}{2\sigma_1^2}-\frac{(x-\mu_2)^2}{2\sigma_2^2}\right]$$

与(13-5-3)式比较可知,要使 $f(x,y)=f_X(x)f_Y(y)$,当且仅当 $\rho=0$. 即对于二维正态变量(X,Y),X 与 Y 相互独立的充要条件是参数 $\rho=0$.

以上关于二维随机变量的讨论,可以推广到 $n(n>2)$ 维随机变量的情况. 我们将今后可能会用到的某些概念和结果明确如下:

如果每个 $X_i(i=1,2,\cdots,n)$ 都是定义在同一样本空间上的随机变量,则称$(X_1,X_2,\cdots,X_n)$ 为 n 维随机变量. 对于任意实数 $x_1,x_2,\cdots,x_n$,称 n 元函数

$$F(x_1,x_2,\cdots,x_n)=P\{X\leqslant x_1,X_2\leqslant x_2,\cdots,X_n\leqslant x_n\}$$

为$(X_1,X_2,\cdots,X_n\}$ 的(联合) 分布函数. 用与前述类似的方法,可由$(X_1,X_2,\cdots,X_n)$ 的分布确定$(X_{i_1},X_{i_2},\cdots,X_{i_k})(1\leqslant i_1<i_2<\cdots<i_k\leqslant n)$ 的分布. 若对一切 $x_1,x_2,\cdots,x_n$,都有

$$F(x_1,x_2,\cdots,x_n)=F_{X_1}(x_1)F_{X_2}(x_2)\cdots F_{X_n}(x_n),$$

其中 $F_{X_i}(i=1,2,\cdots,n)$ 是 X_i 的分布函数,则称 $X_1,X_2,\cdots,X_n$ 相互独立;可列个随机变量相互独立,是指其中任意有限个随机变量相互独立;若对一切 $x_1,x_2,\cdots,x_m,y_1,y_2,\cdots,y_n$,都有

$$F(x_1,x_2,\cdots,x_m,y_1,y_2,\cdots,y_n)=F_X(x_1,x_2,\cdots,x_m)F_Y(y_1,y_2,\cdots,y_n),$$

其中 F_X,F_Y,F 依次为随机变量$(X_1,X_2,\cdots,X_m)$,$(Y_1,Y_2,\cdots,Y_n)$ 及$(X_1,X_2,\cdots,X_m,Y_1,Y_2,\cdots,Y_n)$的分布函数,则称随机变量$(X_1,X_2,\cdots,X_m)$与$(Y_1,Y_2,\cdots,Y_n)$相互独立. 在定义了 n 维连续型随机变量$(X_1,X_2,\cdots,X_n)$ 的联合分布密度(要用到 n 重积分) 之后,$X_1,X_2,\cdots,X_n$ 相互独立的充要条件可表述为:各 $X_i(i=1,2,\cdots,n)$ 的边缘分布密度之积是$(X_1,X_2,\cdots,X_n)$ 的联合分布密度,等等.

第六节 随机变量的函数的分布

一般来说,随机变量的函数仍然是随机变量. 我们常常遇到这样的情况:已知某随机变量 X 的分布,要求该随机变量的函数 $Y=g(X)$的分布. 例如,测量所得圆轴截面的直径 D 是个随机变量,而我们关心的却是截面的面积 $A=\frac{1}{4}\pi D^2$. 本节就来讨论如何求随机变量的函数的分布.

通常,对于离散型随机变量,求它的函数的分布并不很困难. 例如:若 X 有分布列

X	x_1	x_2	$\cdots$	x_n	$\cdots$
p_k	p_1	p_2	$\cdots$	p_n	$\cdots$

则对 $g(X)$,有

$g(X)$	$g(x_1)$	$g(x_2)$	$\cdots$	$g(x_n)$	$\cdots$
p_k	p_1	p_2	$\cdots$	p_n	$\cdots$

其中可能有某些 $g(x_i)$ 相等，作适当的并项即得 $g(X)$ 的分布列.

如果 X 是连续型随机变量，其分布已知，而 $Y=g(X)$，则 Y 的分布函数

$$F_Y(y)=P\{Y\leqslant y\}=P\{g(X)\leqslant y\}.$$

要利用已知分布算出上式右端的概率，关键在于要从"$g(X)\leqslant y$"中解出 X，得到一个与"$g(X)\leqslant y$"等价的 X 的变化范围，从而把求 $g(X)$ 落在区间 $(-\infty,y)$ 中的概率转化为求 X 落在该范围中的概率. 看下面的例子.

例 1　设随机变量 X 有密度函数 $f_X(x)$，而 $Y=aX+b(a\neq 0)$，求 Y 的密度函数.

解　设 X 与 Y 的分布函数分别为 $F_X(x)$ 和 $F_Y(y)$，则

$$F_Y(y)=P\{aX+b\leqslant y\}=\begin{cases}P\left\{X\leqslant\dfrac{y-b}{a}\right\}=F_X\left(\dfrac{y-b}{a}\right), & \text{当 } a>0,\\ P\left\{X\geqslant\dfrac{y-b}{a}\right\}=1-F_X\left(\dfrac{y-b}{a}\right), & \text{当 } a<0.\end{cases}$$

所以 Y 的密度函数

$$f_Y(y)=\begin{cases}\dfrac{1}{a}f_X\left(\dfrac{y-b}{a}\right), & \text{当 } a>0,\\ -\dfrac{1}{a}f_X\left(\dfrac{y-b}{a}\right), & \text{当 } a<0.\end{cases}$$

合并起来可写成

$$f_Y(y)=\frac{1}{|a|}f_X\left(\frac{y-b}{a}\right).$$

例 2　设 $X\sim N(\mu,\sigma^2)$，$a\neq 0$ 及 b 为实数，求 $aX+b$ 和 $\dfrac{X-\mu}{\sigma}$ 的分布。

解　设 $Y=aX+b$，由例 1 知 Y 的密度函数

$$f_Y(y)=\frac{1}{|a|}\frac{1}{\sqrt{2\pi}\sigma}e^{-\frac{\left(\frac{y-b}{a}-\mu\right)^2}{2\sigma^2}}=\frac{1}{\sqrt{2\pi}\,|a|\sigma}e^{-\frac{[y-(b+a\mu)]^2}{2(a\sigma)^2}},\quad -\infty<y<\infty.$$

因此 $Y=aX+b\sim N(a\mu+b,(a\sigma)^2)$，再取 $a=\dfrac{1}{\sigma}$，$b=-\dfrac{\mu}{\sigma}$，可得 $\dfrac{X-\mu}{\sigma}\sim N(0,1)$.

对于二维连续型随机变量，要求它的函数的分布，做法与一维的情况类似.

例 3　设 (X,Y) 的密度函数为 $f(x,y)$，求 $Z=X+Y$ 的密度函数 $f_Z(z)$.

解　Z 的分布函数

$$F_Z(z)=P\{Z\leqslant z\}=P\{X+Y\leqslant z\}=\iint\limits_{x+y\leqslant z}f(x,y)\mathrm{d}x\mathrm{d}y.$$

这里，积分区域是直线 $x+y=z$ 左下方的半平面（图 13-6），化成累次积分，得

$$F_Z(z)=\int_{-\infty}^{\infty}\mathrm{d}y\int_{-\infty}^{z-y}f(x,y)\mathrm{d}x.$$

对积分 $\int_{-\infty}^{z-y}f(x,y)\mathrm{d}x$ 作变量替换 $x=u-y$，得

$$\int_{-\infty}^{z-y}f(x,y)\mathrm{d}x=\int_{-\infty}^{z}f(u-y,y)\mathrm{d}u.$$

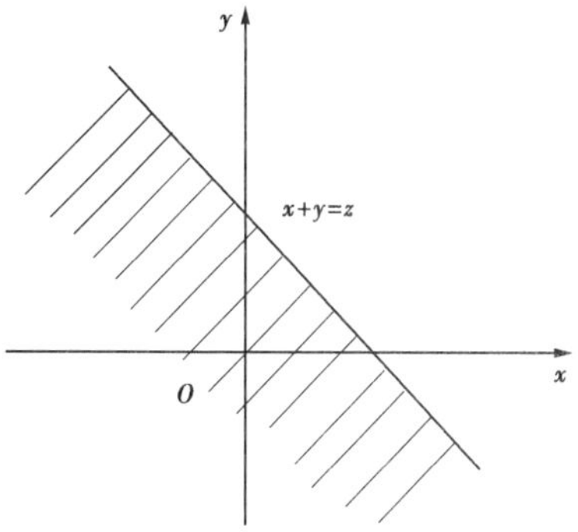

图 13-6

于是

$$F_Z(z)=\int_{-\infty}^{\infty}\mathrm{d}y\int_{-\infty}^{z}f(u-y,y)\mathrm{d}u=\int_{-\infty}^{z}\left[\int_{-\infty}^{\infty}f(u-y,y)\mathrm{d}y\right]\mathrm{d}u.$$

因此 Z 的密度函数为

$$f_Z(z)=\int_{-\infty}^{\infty}f(z-y,y)\mathrm{d}y.$$

根据 X 与 Y 的对称性，$f_Z(z)$ 也可写为

$$f_Z(z)=\int_{-\infty}^{\infty}f(x,z-x)\mathrm{d}x.$$

特别当 X 与 Y 相互独立时，有 $f(x,y)=f_X(x)\cdot f_Y(y)$，其中 $f_X(x)$ 和 $f_Y(y)$ 分别是 X 和 Y 的密度函数. 这时

$$f_Z(z)=\int_{-\infty}^{\infty}f_X(z-y)f_Y(y)\mathrm{d}y=\int_{-\infty}^{\infty}f_X(x)f_Y(z-x)\mathrm{d}x.$$

这个公式称为卷积公式.

例 4 设 X 和 Y 是相互独立的标准正态变量，求 $Z=X+Y$ 的分布.

解 由卷积公式

$$f_Z(z)=\int_{-\infty}^{\infty}f_X(x)f_Y(z-x)\mathrm{d}x=\frac{1}{2\pi}\int_{-\infty}^{\infty}\mathrm{e}^{-\frac{x^2}{2}}\mathrm{e}^{-\frac{(z-x)^2}{2}}\mathrm{d}x=\frac{1}{2\pi}\mathrm{e}^{-\frac{z^2}{4}}\int_{-\infty}^{\infty}\mathrm{e}^{-(x-\frac{z}{2})^2}\mathrm{d}x.$$

令 $t=x-\frac{z}{2}$，得

$$f_Z(z)=\frac{1}{2\pi}\mathrm{e}^{-\frac{z^2}{4}}\int_{-\infty}^{\infty}\mathrm{e}^{-t^2}\mathrm{d}t=\frac{1}{2\pi}\mathrm{e}^{-\frac{z^2}{4}}\sqrt{\pi}=\frac{1}{2\sqrt{\pi}}\mathrm{e}^{-\frac{z^2}{4}},$$

即 $Z\sim N(0,2)$.

下面我们不加证明地给出一个重要定理.

定理 **设**$(X_1,X_2,\cdots,X_m)$**和**$(Y_1,Y_2,\cdots,Y_n)$**相互独立，而** g,h **是连续函数，则** $g(X_1,X_2,\cdots,X_m)$**与** $h(Y_1,Y_2,\cdots,Y_n)$**也相互独立.**

设 X,Y 相互独立，服从相同的分布 $N(\mu,\sigma^2)$，由上述定理及例 2 知$\frac{X-\mu}{\sigma}$与$\frac{Y-\mu}{\sigma}$是相互独立的标准正态变量，根据例 4，得

$$\frac{X-\mu}{\sigma}+\frac{Y-\mu}{\sigma}\sim N(0,2),$$

而根据例 2，可知 $X+Y\sim N(2\mu,2\sigma^2)$.

一般地，可以证明：若 $X\sim N(\mu_1,\sigma_1^2)$，$Y\sim N(\mu_2,\sigma_2^2)$，且 X 与 Y 相互独立，则 $X+Y\sim N(\mu_1+\mu_2,\sigma_1^2+\sigma_2^2)$. 这一性质称为正态分布的再生性. 许多重要分布都具有类似的性质. 由例 2、上述定理和正态分布的再生性可以推出：有限个相互独立的正态变量的线性组合仍是正态变量，即若 $X_1,X_2,\cdots,X_n$ 是相互独立的正态变量，$k_1,k_2,\cdots,k_n$ 是任意实数，则随机变量 $\sum\limits_{i=1}^{n}k_iX_i$ 仍服从正态分布.

习 题 十 三

1. 假定一个中子轰击钚元素将等可能地释放出 1 个，2 个或 3 个别的中子. 并且假定每个第二代的中子

将等可能地释放出 1 个，2 个或 3 个第三代的中子. 问第三代中子数的分布律是什么？

2. 某实验常用较大型的动物. 第一次实验的成功率为 0.4；第一次失败的可用第二只再做，其成功率为 0.6；若失败可用第三只再做，成功率为 0.8；第三次失败的还可以用第四只再做，这次无论成功与否，均应结束实验. 求一个实验结束所用动物数的分布律.

3. 进行重复独立试验，设每次试验成功的概率为 p，失败的概率为 $q=1-p(0<p<1)$. 将试验进行到出现 r 次成功为止，以 X 表示所需的试验次数，求 X 的分布律(此时称 X 服从帕斯卡分布).

4. 设随机变量 X 的分布律为 $P\{X=k\}=\dfrac{a}{N}$，$k=1,2,\cdots,N$，试确定常数 a.

5. 某急救中心在长度为 t 的时间间隔内收到的紧急呼救的次数 X 服从参数为 $t/2$ 的泊松分布，而与时间间隔的起点无关(时间以小时计). (1)求某一天中午 12 时至下午 3 时没有收到紧急呼救的概率；(2)求某一天中午 12 时至下午 5 时至少收到 1 次紧急呼救的概率.

6. 实验室器皿中产生甲、乙两类细菌的机会是相等的，且产生 k 个细菌的概率为 $p_k=\dfrac{\lambda^k}{k!}e^{-\lambda}$，$k=0,1,2,\cdots$. 试求：(1)产生了甲类细菌但没有乙类细菌的概率；(2)在已知产生了细菌而没有甲类细菌的条件下，有两个乙类细菌的概率.

7. 某疫苗中所含细菌数服从泊松分布，每一毫升中平均含有一个细菌，把这种疫苗放入 5 只试管中，每只试管放 2 毫升，试求：(1)5 只试管中都有细菌的概率；(2)至少 3 只试管中有细菌的概率.

8. 设昆虫生产 k 个卵的概率服从泊松分布，参数为 λ；又设一个虫卵能孵化为昆虫的概率等于 p. 若卵的孵化是相互独立的，问此昆虫的下一代有 l 条的概率是多少？

9. 某地区癌症的发病率为 0.01%，现检查了 5 万人，问：(1)其中没有癌症患者的概率是多少？(2)其中癌症患者少于 5 人的概率是多少？(利用泊松定理计算)

10. 容器里有大量非群居的微生物. 设容器的体积为 V，其中共有 n 个微生物，现从中任取一滴容积为 D 的液滴置于显微镜下观察. (1)求观察到 k 个微生物的概率；(2)如果每滴平均含有 3 个微生物，问观察到的微生物不多于 2 个和多于 3 个的概率各是多少？

11. 设连续型随机变量 X 的概率密度为 $f(x)=\begin{cases}Ax, & 0\leqslant x\leqslant 1,\\ 0, & \text{其他}.\end{cases}$ (1)确定 A 的值；(2)求 X 落在区间(0.3，0.7)内的概率.

12. 设 X 在 (a,b) 上服从均匀分布，其概率密度为 $f(x)$. 试验证 $\int_{-\infty}^{\infty}f(x)\mathrm{d}x=1$.

13. 设 k 在(0,5)上服从均匀分布，求方程 $4x^2+4kx+k+2=0$ 有实根的概率.

14. 某种植物的寿命(按天计)服从参数 $\lambda=1/100$ 的指数分布. 求一株这种植物(1)存活不超过 100 天的概率；(2)存活超过 120 天的概率；(3)寿命长于 60 天但短于 140 天的概率.

15. 工作日来医院门诊的患者的候诊时间(按分钟计)是一个指数分布的随机变量，参数 $\lambda=1/15$. 求：(1)患者的候诊时间在 10～12 分钟的概率；(2)患者须等候 15 分钟以上的概率.

16. 某打片机打出药片的重量(单位：克)服从 $N(0.5,0.03^2)$. (1)求一药片的重量介于 0.47 克与 0.53 克之间的概率；(2)如果规定重量在(0.5±0.06)克内为合格品，求一药片为不合格品的概率.

17. 某地区 18 岁的女青年的收缩压(以 mmHg 计)服从 $N(110,12^2)$. 在该地区任选一 18 岁的女青年，测量她的血压 X. (1)求 $P\{X\leqslant 105\}$，$P\{110<X\leqslant 120\}$；(2)确定最小的 x，使 $P\{X>x\}\leqslant 0.05$.

18. 美国的一项智商测试(Wecheler 成人智力标准)分年龄组设计. 在 20～34 岁组，得分设计为服从 $N(110,25)$；在 60～64 岁组，得分设计为服从 $N(90,25)$. 某 30 岁女性参加测试得 135 分；她 60 岁的母亲也参加测试，得 120 分. 她们母女俩谁的成绩更好？

19. 某医院每周一次从血液中心补充其血液储备. 假若每周消耗 X 个单位，X 的密度函数是 $f(x)=5(1-x)^4$，$0<x<1$. 为了保证血液被用完的可能性小于 0.01，医院的储备规模应该有多大？

20. 设一小时内一名男子分泌的胆固醇量在 $[0,M]$ 之间，其密度函数为

$$f(t)=\begin{cases}\dfrac{t}{1+t^2}, & 0\leqslant t\leqslant M,\\ 0, & \text{其他}.\end{cases}$$

问：(1)M的含义是什么？等于多少？(2)1小时内分泌的胆固醇量 T 少于 $M/2$ 的概率有多大？(3)T 在 $[0,2]$之内的概率有多大？(4)任选三名男子，求至少一人 $T>2$ 的概率.

21. 设随机变量 X 的分布列为

X	-1	2	3
p_k	0.25	0.5	0.25

求 X 的分布函数及 $P\{X\leqslant 0.5\}$，$P\{1.5\leqslant X\leqslant 2.5\}$，$P\{2\leqslant X\leqslant 3\}$.

22. 设随机变量的概率分布为 $P\{X=k\}=\dfrac{A}{3^k}$，$k=1,2,3,4$. 确定 A 的值，并写出 X 的分布函数.

23. 设随机变量 X 的分布函数为

$$F(x)=\begin{cases}0, & x<1,\\ \ln x, & 1\leqslant x<\mathrm{e},\\ 1, & x\geqslant \mathrm{e}.\end{cases}$$

(1)求 $P\{X<2\}$，$P\{0<X\leqslant 3\}$，$P\{2<X<5/2\}$；(2)求 X 的密度函数.

24. 设随机变量 X 的概率密度为

(1) $f(x)=\begin{cases}\dfrac{2}{\pi}\sqrt{1-x^2}, & -1\leqslant x\leqslant 1,\\ 0, & \text{其他};\end{cases}$　　(2) $f(x)=\begin{cases}x, & 0\leqslant x<1,\\ 2-x, & 1\leqslant x<2,\\ 0, & \text{其他}.\end{cases}$

求 X 的分布函数 $F(x)$，并画出(2)中的 $f(x)$和 $F(x)$的图形.

25. 将某一医药公司8月份和9月份收到的青霉素针剂的订货单数分别记为 X 和 Y. 据以往积累的资料知(X,Y)的概率分布为

Y \ X	51	52	53	54	55
51	0.06	0.05	0.05	0.01	0.01
52	0.07	0.05	0.01	0.01	0.01
53	0.05	0.10	0.10	0.05	0.05
54	0.05	0.02	0.01	0.01	0.03
55	0.05	0.06	0.05	0.01	0.03

(1)求边缘分布律；(2)随机变量 X，Y 是否独立？

26. 以 X 记某医院一天出生的婴儿的个数，Y 记其中男婴的个数，设 X 和 Y 的联合分布为 $P\{X=n,Y=m\}=\dfrac{\mathrm{e}^{-14}(7.14)^m(6.86)^{n-m}}{m!\,(n-m)!}$，$n=0,1,2,\cdots$；$m=0,1,2,\cdots,n$. 求边缘分布.

27. 随机变量(X,Y)在矩形区域 $D=\{(x,y)\mid a<x<b,c<y<d\}$内服从均匀分布，(1)求联合密度与边缘密度；(2)随机变量 X，Y 是否独立？

28. 随机变量(X,Y)的联合密度

$$f(x,y)=\begin{cases}c(R-\sqrt{x^2+y^2}), & x^2+y^2<R^2;\\ 0, & x^2+y^2\geqslant R^2.\end{cases}$$

求：(1)系数 c；(2)(X,Y)落在圆 $x^2+y^2=r^2(r<R)$内的概率.

29. 设(X,Y)的联合密度是$f(x,y)=\dfrac{c}{(1+x^2)(1+y^2)}$，求：(1)系数$c$；(2)$(X,Y)$落在以$(0,0)$，$(0,1)$，$(1,0)$，$(1,1)$为顶点的正方形内的概率. 问：$X,Y$是否独立？

30. 设X和Y是两个相互独立的随机变量，X在$(0,1)$上服从均匀分布，Y的概率密度为

$$f_Y(y)=\begin{cases}\dfrac{1}{2}e^{-y/2}, & y>0;\\ 0, & y\leqslant 0.\end{cases}$$

(1)求X和Y的联合概率密度；(2)设含有a的二次方程$a^2+2Xa+Y=0$，试求方程有实根a的概率.

31. 设随机变量X的分布律为

X	-2	-1	0	1	3
p_k	1/5	1/6	1/5	1/15	11/30

求$Y=X^2$的分布律.

32. 对圆轴截面的直径作测量，其值均匀分布在(a,b)内，求截面面积的密度函数.

33. 设$\ln X\sim N(1,2^2)$，求$P\left\{\dfrac{1}{2}<X<2\right\}$.

34. 设X和Y是两个相互独立的随机变量，其概率密度分别为

$$f_X(x)=\begin{cases}1, 0\leqslant x\leqslant 1,\\ 0, \text{其他};\end{cases}\qquad f_Y(y)=\begin{cases}e^{-y}, y>0,\\ 0, \quad y\leqslant 0.\end{cases}$$

求随机变量$Z=X+Y$的概率密度.

35. 某种商品一周的需要量是一个随机变量，其概率密度为

$$f(t)=\begin{cases}te^{-t}, t>0,\\ 0, \quad t\leqslant 0.\end{cases}$$

设各周的需要量是相互独立的. 试求(1)两周需要量的概率密度，(2)三周需要量的概率密度.

36. (离散卷积公式)设X、Y是相互独立的随机变量，其分布律分别为

$$P\{X=k\}=p(k), k=0,1,2,\cdots;\quad P\{Y=l\}=q(l), l=0,1,2,\cdots.$$

证明随机变量$Z=X+Y$的分布律为

$$P\{Z=m\}=\sum_{n=0}^{m}p(n)q(m-n), m=0,1,2,\cdots.$$

37. (泊松分布的再生性)设X、Y是相互独立的随机变量，分别服从参数为λ_1，λ_2的泊松分布. 证明$Z=X+Y$服从参数为$\lambda_1+\lambda_2$的泊松分布.

第十四章　随机变量的数字特征　极限定理

上一章我们讨论了随机变量的分布函数，看到分布函数能够完整地描述随机变量的概率特性. 但在实际问题中，求随机变量的分布函数并不是一件容易的事. 另一方面，在许多时候，我们并不需要关心随机变量的全面变化情况，而只要知道随机变量的某些特征就够了，因而不需要求出它的分布函数. 例如，对射手的技术评定，一是要了解命中环数的平均值，二是考虑稳定情况，即命中点分散还是比较集中；再如检查一批棉花的质量时，既需要注意纤维的平均长度，也需要注意纤维长度与平均长度的偏离程度，平均长度较大，偏离程度较小，质量就较好. 由此可以看到，与随机变量有关的某些数值，虽然不能完整地描述随机变量，但能更集中、更概括地描述随机变量在某些方面的重要特征. 这些数字特征在理论和实践上都具有重要意义.

本章将首先介绍随机变量的数字特征，然后介绍在概率论与数理统计的理论研究和实际应用中都十分重要的基本定理：大数定律和中心极限定理.

第一节　数学期望

一、离散型随机变量的数学期望

先看一个例子. 一制药车间生产某种药品，检验员每天随机抽取 n 粒药来检验，查出的不合格品数 X 是一个随机变量. 若检查了 N 天，出现的不合格品为 $0,1,\cdots,n$ 粒的天数分别为 $x_1,x_2,\cdots,x_n$. 那么，N 天出现不合格品的总数为 $\sum\limits_{k=0}^{n}kx_k$，$N$ 天出现不合格品数的算术平均值为

$$\frac{\sum\limits_{k=0}^{n}kx_k}{N}=\sum_{k=0}^{n}k\frac{x_k}{N},$$

其中 x_k/N 是出现 k 粒不合格品的频率. 设 p_k 是出现 k 粒不合格品的概率，则当 N 很大时 x_k/N 接近于 p_k，于是 $\sum\limits_{k=0}^{n}k\frac{x_k}{N}$ 接近于 $\sum\limits_{k=0}^{n}kp_k$. 就是说，在试验次数很大时，随机变量 X 的观察值的算术平均值 $\sum\limits_{k=0}^{n}k\frac{x_k}{N}$ 接近于 $\sum\limits_{k=0}^{n}kp_k$. 我们称 $\sum\limits_{k=0}^{n}kp_k$ 为随机变量 X 的数学期望或均值. 一般地，有以下的定义.

定义 1　设离散型随机变量 X 的分布律为 $P\{X=x_k\}=p_k\ (k=0,1,2,\cdots)$，若级数 $\sum\limits_{k=0}^{\infty}x_kp_k$ 绝对收敛，则称级数 $\sum\limits_{k=0}^{\infty}x_kp_k$ 为 X 的数学期望(mathematical expectation)**或均值，记为 $E(X)$，即**

$$E(X)=\sum_{k=0}^{\infty}x_kp_k. \tag{14-1-1}$$

定义中要求级数绝对收敛，是为了从数学上保证即使任意改变诸 x_k 的次序，也不会影响级数的收敛性及其和数，从直观来看，x_k 的顺序对随机变量来说是非本质的.

例 1　甲、乙两人打靶，其命中的环数是随机变量，分别记为 $X_甲$ 和 $X_乙$. 其分布列如下：

$X_甲$	10	9	8	7	6	5	0
p_k	0.5	0.2	0.1	0.1	0.05	0.05	0
$X_乙$	10	9	8	7	6	5	0
p_k	0.1	0.1	0.1	0.1	0.2	0.2	0.2

试评定他们的成绩的好坏.

解　我们按定义来计算 $X_甲$ 和 $X_乙$ 的数学期望：

$E(X_甲)=10\times0.5+9\times0.2+8\times0.1+7\times0.1+6\times0.05+5\times0.05+0\times0=8.85$(环)，

$E(X_乙)=10\times0.1+9\times0.1+8\times0.1+7\times0.1+6\times0.2+5\times0.2+0\times0.2=5.6$(环)，

即甲和乙的平均命中环数分别为 8.85 和 5.6，很明显，乙的成绩远不如甲的成绩.

下面计算几个常见的随机变量的数学期望.

例 2(几何分布)　设离散型随机变量 X 的分布律为

$$P\{X=k\}=q^{k-1}\cdot p,\quad k=1,2,3,\cdots,$$

其中 $p+q=1$，计算 X 的数学期望.

解

$$\begin{aligned}E(X)&=\sum_{k=1}^{\infty}k\cdot P\{X=k\}=\sum_{k=1}^{\infty}k\cdot q^{k-1}p\\&=p\cdot\sum_{k=1}^{\infty}kq^{k-1}=p\cdot\left(\sum_{k=1}^{\infty}q^k\right)'=p\cdot\left(\frac{q}{1-q}\right)'\\&=p\cdot\frac{1}{(1-q)^2}=\frac{1}{1-q}=\frac{1}{p}.\end{aligned}$$

例 3(二项分布)　若 $X\sim B(n,p)$，求 X 的数学期望.

解　由(14-1-1)式有

$$\begin{aligned}E(X)&=\sum_{k=0}^{n}kC_n^kp^kq^{n-k}=np\sum_{k=1}^{n}C_{n-1}^{k-1}p^{k-1}q^{n-k}\\&=np\sum_{k=0}^{n-1}C_{n-1}^{k}p^kq^{n-1-k}=np(p+q)^{n-1}=np.\end{aligned}$$

例 4(泊松分布)　若 $X\sim P(\lambda)$，试求 $E(X)$.

解　根据定义，有

$$E(X)=\sum_{k=0}^{\infty}k\frac{\lambda^ke^{-\lambda}}{k!}=\lambda e^{-\lambda}\sum_{k=1}^{\infty}\frac{\lambda^{k-1}}{(k-1)!}=\lambda e^{-\lambda}\cdot e^{\lambda}=\lambda,$$

即泊松分布的数学期望就是其参数 λ.

例 5　在一个 N 人的单位中普查某种疾病，为此进行抽血化验. 化验的方式可以有如下两种：(1)分别对每个人的血进行化验，逐一断定是否呈阳性，这总共要化验 N 次；(2)把 k 个人分为一组，同一组的 k 个人的血混合在一起进行化验，如果混合的血液呈阴性反应，就说明 k 个人的血都呈阴性，这样，这 k 个人平均每人只需化验 $1/k$ 次，如果混合的血液呈阳性，就对这

k 个人再逐一进行化验，这时，这 k 个人总共要化验 $k+1$ 次，平均每人需要化验 $(1+1/k)$ 次.假定对所有的人来说化验呈阳性的概率都是 p（p 较小），而且不同人之间的反应都是互相独立的，试论证用第二种方式进行化验可以减少化验次数，并讨论 k 取何值时为较佳.

解 记 $q=1-p$，即 q 表示每个人的血呈阴性反应的概率，于是 k 个人混合成的血呈阴性反应的概率为 q^k，呈阳性反应的概率为 $1-q^k$.

按第二种方式化验时，每人的血需化验的次数 X 是随机变量，其分布列为

X	$\frac{1}{k}$	$1+\frac{1}{k}$
p_i	q^k	$1-q^k$

从而 X 的数学期望为

$$E(X)=\frac{1}{k}q^k+\left(1+\frac{1}{k}\right)(1-q^k)=1-q^k+\frac{1}{k}.$$

即按第二种方式化验时，平均每人需化验的次数为 $1-q^k+\frac{1}{k}$，由此可知，只要选择 k，使 $1-q^k+\frac{1}{k}<1$，即 $q^k>\frac{1}{k}$，就能减少化验次数. 当 p 已知时，取适当的 k 使 $E(X)$ 达到较小值，就找到了较佳分组人数.

例如当 $N=1000$，$p=0.1$ 即 $q=0.9$ 时，取 $k=4$，就能使 $E(X)$ 达到较小值 $1-0.9^4+\frac{1}{4}=0.5939$，此时 1000 人大约只需化验 594 次，减少了 40%的工作量.

二、连续型随机变量的数学期望

对于连续型随机变量，若它的概率密度为 $f(x)$，注意到 $f(x)\mathrm{d}x$ 的作用与离散型随机变量中的 p_k 相类似，于是我们有以下的定义.

定义 2 设连续型随机变量 X 的概率密度为 $f(x)$，若积分 $\int_{-\infty}^{+\infty}|x|f(x)\mathrm{d}x$ 收敛，则称积分 $\int_{-\infty}^{+\infty}xf(x)\mathrm{d}x$ 为 X 的数学期望，记为 $E(X)$. 即

$$E(X)=\int_{-\infty}^{+\infty}xf(x)\mathrm{d}x.$$

下面是几个常见的连续性随机变量的数学期望.

例 6（均匀分布） 设随机变量 X 的密度函数为

$$f(x)=\begin{cases}\dfrac{1}{b-a}, & a\leqslant x\leqslant b,\\ 0, & \text{其他},\end{cases}$$

试求 $E(X)$.

解 $E(X)=\int_{-\infty}^{+\infty}xf(x)\mathrm{d}x=\int_a^b\frac{x}{b-a}\mathrm{d}x=\frac{1}{b-a}\frac{b^2-a^2}{2}=\frac{a+b}{2}.$

即均匀分布的数学期望位于区间 $[a,b]$ 的中点.

例 7（正态分布） 设 $X\sim N(\mu,\sigma^2)$，计算其数学期望.

解　$E(X)=\int_{-\infty}^{+\infty}x\frac{1}{\sqrt{2\pi}\sigma}e^{-\frac{(x-\mu)^2}{2\sigma^2}}dx$，令 $t=\frac{x-\mu}{\sigma}$，得

$$E(X)=\frac{1}{\sqrt{2\pi}}\int_{-\infty}^{+\infty}(\sigma t+\mu)e^{-\frac{t^2}{2}}dt=\frac{\mu}{\sqrt{2\pi}}\int_{-\infty}^{+\infty}e^{-\frac{t^2}{2}}dt=\frac{\mu}{\sqrt{2\pi}}\sqrt{2\pi}=\mu.$$

例 8(指数分布)　已知随机变量 X 的概率密度函数为

$$f(x)=\begin{cases}\lambda e^{-\lambda x}, & x>0,\\ 0, & x\leqslant 0,\end{cases}$$

其中 $\lambda>0$，试计算 $E(X)$.

解　$E(X)=\int_{-\infty}^{+\infty}xf(x)dx=\int_{0}^{+\infty}x\cdot\lambda e^{-\lambda x}dx$

$$=-xe^{-\lambda x}\Big|_0^{+\infty}+\int_0^{+\infty}e^{-\lambda x}dx=-\frac{1}{\lambda}e^{-\lambda x}\Big|_0^{+\infty}=\frac{1}{\lambda}.$$

值得注意的是，并非所有随机变量的数学期望都存在.

例 9　设 X 的密度函数为

$$f(x)=\frac{1}{\pi}\frac{1}{(1+x^2)},-\infty<x<\infty,$$

则称 X 服从柯西分布. 证明柯西分布的数学期望不存在.

证　由于

$$\int_{-\infty}^{\infty}|x|f(x)dx=\int_{-\infty}^{\infty}|x|\frac{1}{\pi}\frac{1}{(1+x^2)}dx=\frac{1}{\pi}\left[\int_{-\infty}^{0}\frac{-xdx}{(1+x^2)}+\int_0^{\infty}\frac{xdx}{(1+x^2)}\right],$$

而

$$\int_0^{\infty}\frac{xdx}{(1+x^2)}=\frac{1}{2}\lim_{A\to+\infty}\int_0^A\frac{d(1+x^2)}{(1+x^2)}=\frac{1}{2}\lim_{A\to+\infty}\ln(1+x^2)\Big|_0^A=+\infty,$$

从而 $\int_{-\infty}^{+\infty}|x|f(x)dx$ 发散，故 $E(X)$ 不存在.

三、随机变量函数的数学期望

我们经常需要求随机变量的函数的数学期望，例如飞机机翼受到压力 $F=kV^2$(V 是风速，风阻系数 $k>0$ 是常数)的作用，这里 F 是随机变量 V 的函数，要求 F 的数学期望. 这时，可以运用下面的定理：

定理　**设 $Y=g(X)$ 是随机变量 X 的连续函数，如果**

(1) **X 是离散型随机变量，其概率分布为 $p_k=P\{X=x_k\}(k=1,2,\cdots)$，而 $\sum_{k=1}^{\infty}g(x_k)p_k$ 绝对收敛，则**

$$E(Y)=E[g(X)]=\sum_{k=1}^{\infty}g(x_k)p_k. \tag{14-1-2}$$

(2) **X 是连续型随机变量，其概率密度为 $f(x)$，而 $\int_{-\infty}^{+\infty}|g(x)|f(x)dx$ 收敛，则**

$$E(Y)=E[g(X)]=\int_{-\infty}^{+\infty}g(x)f(x)dx. \tag{14-1-3}$$

定理的证明由于需要用到较深的数学知识，这里从略.

定理的重要意义在于当我们要求 $E(Y)$ 时，无需知道 Y 的分布，而直接通过 X 的分布按(14-1-2)式或(14-1-3)式计算就可以了. 这给我们带来很大的方便.

上述定理还可以推广到两个或两个以上随机变量的函数的情形. 例如设 $f(x,y)$ 是随机变量(X,Y) 的密度函数,$Z=g(X,Y)$ 是 X,Y 的连续函数,则

$$E(Z)=E[g(X,Y)]=\int_{-\infty}^{+\infty}\int_{-\infty}^{+\infty}g(x,y)f(x,y)\mathrm{d}x\mathrm{d}y. \tag{14-1-4}$$

这里假设上式右边的积分绝对收敛.

例 10 风速 V 是一个随机变量,设它服从均匀分布,其概率密度为

$$f(v)=\begin{cases}\dfrac{1}{a}, & 0\leqslant v\leqslant a,\\ 0, & \text{其他},\end{cases}$$

又设飞机机翼受到的压力 p 是风速 V 的函数:$p=kV^2(k>0)$,求 p 的数学期望.

解 由(14-1-3)式有

$$E(p)=\int_{-\infty}^{+\infty}kv^2f(v)\mathrm{d}v=\int_0^a kv^2\,\frac{1}{a}\mathrm{d}v=\frac{1}{3}ka^2.$$

例 11 设二维随机变量(X,Y) 的概率密度为

$$f(x,y)=\begin{cases}x+y, 0\leqslant x\leqslant 1, 0\leqslant y\leqslant 1,\\ 0, \quad \text{其他},\end{cases}$$

试求 XY 的数学期望.

解 由(14-1-4)式得

$$E(XY)=\int_{-\infty}^{+\infty}\int_{-\infty}^{+\infty}xyf(x,y)\mathrm{d}x\mathrm{d}y=\int_0^1\int_0^1 xy(x+y)\mathrm{d}x\mathrm{d}y=\frac{1}{3}.$$

四、数学期望的性质

数学期望有以下基本性质(设所遇到的数学期望都存在,a,b 及 C 是常数):

(1)若 $a\leqslant X\leqslant b$,则 $a\leqslant E(X)\leqslant b$. 特别地,$E(C)=C$;

(2)$E(aX+bY)=aE(X)+bE(Y)$.

证 性质(1)的证明是明显的,仅就连续型随机变量的情形证明性质(2).

设随机变量(X,Y)的概率密度为 $f(x,y)$,其边缘概率密度为 $f_X(x)$,$f_Y(y)$. 由(14-1-4)式,有

$$\begin{aligned}E(aX+bY)&=\int_{-\infty}^{+\infty}\int_{-\infty}^{+\infty}(ax+by)f(x,y)\mathrm{d}x\mathrm{d}y\\&=a\int_{-\infty}^{+\infty}\int_{-\infty}^{+\infty}xf(x,y)\mathrm{d}x\mathrm{d}y+b\int_{-\infty}^{+\infty}\int_{-\infty}^{+\infty}yf(x,y)\mathrm{d}x\mathrm{d}y\\&=a\int_{-\infty}^{+\infty}xf_X(x)\mathrm{d}x+b\int_{-\infty}^{+\infty}yf_Y(y)\mathrm{d}y=aE(X)+bE(Y).\end{aligned}$$

性质(2)可以推广到任意有限个随机变量的线性组合的情况,对计算数学期望很有好处.

例 12 一民航机场的送客汽车载有 20 位旅客,自机场开出,旅客有 10 个车站可以下车,如到达一个车站没有旅客下车,就不停车. 以 X 表示停车的次数,求 $E(X)$(设每位旅客在各个车站下车是等可能的).

解 引入随机变量

$$X_i=\begin{cases}0,\text{第 } i \text{ 站没有人下车},\\ 1,\text{第 } i \text{ 站有人下车},\end{cases}\quad i=1,2,\cdots,10.$$

易见 $X=X_1+X_2+\cdots+X_{10}$,按题意,任一旅客在第 i 站不下车的概率为 9/10,故 20 位旅客在

第 i 站都不下车的概率为$(9/10)^{20}$，在第 i 站有人下车的概率为 $1-(9/10)^{20}$，即

$$P\{X_i=0\}=\left(\frac{9}{10}\right)^{20},P\{X_i=1\}=1-\left(\frac{9}{10}\right)^{20},i=1,2,\cdots,10.$$

因此 $E(X_i)=1-(9/10)^{20}(i=1,2,\cdots,10)$，从而

$$\begin{aligned}E(X)&=E(X_1+X_2+\cdots+X_{10})=E(X_1)+E(X_2)+\cdots+E(X_{10})\\&=10\left[1-\left(\frac{9}{10}\right)^{20}\right]=8.784.\end{aligned}$$

也就是说平均停车 8.784 次.

第二节　方差、协方差与相关系数

一、方　差

在实际问题中，除了要考虑随机变量的数学期望外，还要研究它偏离均值的分散程度，例如产品的某种特性(如灯管的使用寿命)波动大，说明质量不够稳定；又如生物的某种特性(如脉搏、血压、细胞等)波动大，表示该生物处于病态. 前面也曾提到在检验棉花的质量时，除了要注意纤维的平均长度之外，还要注意纤维长度与平均长度的偏离程度. 由此可见，研究随机变量与其均值的偏离程度是十分必要的. 那么，用怎样的量去度量这个偏离程度呢？容易想到用 $|X-E(X)|$ 的平均值，即 $E[|X-E(X)|]$能度量随机变量 X 与其均值 $E(X)$的偏离程度. 但由于该式带有绝对值，在运算上不方便，通常用 $E\{[X-E(X)]^2\}$来度量随机变量与其均值的偏离程度.

定义 1　设 X 是随机变量，若 $E\{[X-E(X)]^2\}$存在，则称 $E\{[X-E(X)]^2\}$为 X 的方差(variance)，**记为 $D(X)$，即**

$$D(X)=E\{[X-E(X)]^2\}.$$

由方差的定义，对于离散型随机变量，按第一节式(14-1-2)有

$$D(X)=\sum_{k=1}^{\infty}[x_k-E(X)]^2p_k,$$

其中 $p_k=P\{X=x_k\},k=1,2,\cdots$.

对于连续型随机变量，按第一节式(14-1-3)有

$$D(X)=\int_{-\infty}^{+\infty}[x-E(X)]^2f(x)\mathrm{d}x,$$

其中 $f(x)$ 是 X 的概率密度函数.

关于方差的计算有以下重要公式

$$D(X)=E(X^2)-[E(X)]^2. \tag{14-2-1}$$

它是即将介绍的协方差相应计算公式的特例 .

下面计算一些常用分布的方差.

例 1(几何分布)　设离散型随机变量 X 的分布律为

$$P\{X=k\}=q^{k-1}\cdot p\quad(k=1,2,3,\cdots;p+q=1),$$

计算 X 的方差.

解　我们在第一节中已求得 $E(X)=1/p$，因为

$$D(X)=E[X(X-1)]+E(X)-[E(X)]^2,$$

而
$$E[X(X-1)]=\sum_{k=1}^{\infty}k(k-1)\cdot q^{k-1}p=pq\sum_{k=2}^{\infty}k(k-1)q^{k-2}$$
$$=pq\Big(\sum_{k=2}^{\infty}q^k\Big)''=pq\cdot\left(\frac{q^2}{1-q}\right)''=pq\cdot\frac{2}{(1-q)^3},$$

故
$$D(X)=\frac{2pq}{(1-q)^3}+\frac{1}{p}-\frac{1}{p^2}=\frac{2(1-p)}{p^2}+\frac{1}{p}-\frac{1}{p^2}=\frac{1-p}{p^2}.$$

例 2（二项分布） 若 $X\sim B(n,p)$，求 X 的方差.

解 我们已经知道 $E(X)=np$，由(14-2-1)式有

$$D(X)=\sum_{k=0}^{n}k^2C_n^kp^kq^{n-k}-[E(X)]^2$$
$$=np\sum_{k=1}^{n}kC_{n-1}^{k-1}p^{k-1}q^{n-k}-(np)^2$$
$$=np\sum_{k=0}^{n-1}(k+1)C_{n-1}^{k}p^kq^{n-1-k}-(np)^2$$
$$=np\Big(\sum_{k=0}^{n-1}kC_{n-1}^{k}p^kq^{n-1-k}+\sum_{k=0}^{n-1}C_{n-1}^{k}p^kq^{n-1-k}\Big)-(np)^2$$
$$=np[(n-1)p+(p+q)^{n-1}]-(np)^2$$
$$=np(np+1-p)-(np)^2=np(1-p).$$

由于二项分布由两个参数 n 和 p 唯一决定，而 $E(X)=np$，$D(X)=np(1-p)$，因此二项分布由它的数学期望和方差唯一确定.

例 3（泊松分布） 若 $X\sim P(\lambda)$，试求 $D(X)$.

解 已知 $E(X)=\lambda$，故有

$$D(X)=\sum_{k=0}^{\infty}k^2\frac{\lambda^ke^{-\lambda}}{k!}-\lambda^2=\lambda\sum_{k=1}^{\infty}k\frac{\lambda^{k-1}}{(k-1)!}e^{-\lambda}-\lambda^2$$
$$=\lambda\sum_{k=0}^{\infty}(k+1)\frac{\lambda^k}{k!}e^{-\lambda}-\lambda^2$$
$$=\lambda(\lambda+1)-\lambda^2=\lambda.$$

即泊松分布的数学期望和方差都等于其参数 λ.

例 4（均匀分布） 设随机变量 X 的密度函数为

$$f(x)=\begin{cases}\dfrac{1}{b-a}, & a\leqslant x\leqslant b,\\ 0, & \text{其他},\end{cases}$$

求 $D(X)$.

解
$$D(X)=\int_{-\infty}^{+\infty}x^2f(x)dx-[E(X)]^2=\int_a^b\frac{x^2}{b-a}dx-\left(\frac{a+b}{2}\right)^2$$
$$=\frac{1}{b-a}\frac{b^3-a^3}{3}-\frac{b^2+2ab+a^2}{4}=\frac{b^2-2ab+a^2}{12}=\frac{(b-a)^2}{12}.$$

例 5（指数分布） 已知随机变量 X 的概率密度函数为

$$f(x)=\begin{cases}\lambda e^{-\lambda x}, & x>0,\\ 0, & x\leqslant 0,\end{cases}$$

其中 $\lambda>0$，试计算 $D(X)$.

解 因为 $E(X)=1/\lambda$，所以

$$D(X)=E(X^2)-[E(X)]^2=\int_0^{+\infty}x^2\cdot\lambda e^{-\lambda x}dx-\frac{1}{\lambda^2}=\frac{2}{\lambda^2}-\frac{1}{\lambda^2}=\frac{1}{\lambda^2}.$$

例 6（正态分布）　设 $X\sim N(\mu,\sigma^2)$，计算其方差 $D(X)$.

解　$D(X)=\int_{-\infty}^{+\infty}(x-\mu)^2\frac{1}{\sqrt{2\pi}\sigma}e^{-\frac{(x-\mu)^2}{2\sigma^2}}dx.$

令 $t=\dfrac{x-\mu}{\sigma}$，得

$$D(X)=\frac{\sigma^2}{\sqrt{2\pi}}\int_{-\infty}^{+\infty}t^2e^{-\frac{t^2}{2}}dt=\frac{\sigma^2}{\sqrt{2\pi}}\left[-te^{-\frac{t^2}{2}}\Big|_{-\infty}^{+\infty}+\int_{-\infty}^{+\infty}e^{-\frac{t^2}{2}}dt\right]$$
$$=\frac{\sigma^2}{\sqrt{2\pi}}\int_{-\infty}^{+\infty}e^{-\frac{t^2}{2}}dt=\sigma^2.$$

这说明正态变量由它的数学期望与方差唯一确定.

方差有以下基本性质(设所遇数学期望、方差都存在，C 是常数)：

(1) $D(X)=0$ **的充要条件是** $P\{X=C\}=1$；

(2) $D(CX)=C^2D(X)$；

(3) **若** $C\neq E(X)$，**则** $D(X)<E[(X-C)^2]$.

证　性质(1) 的证明较难，从略.

$$D(CX)=E[CX-E(CX)]^2=E[CX-CE(X)]^2=E[C(X-E(X))]^2$$
$$=C^2E[X-E(X)]^2=C^2D(X).$$

这就证明了性质(2).

$$D(X)=E\{[X-E(X)]^2\}=E\{[(X-C)+(C-E(X))]^2\}$$
$$=E[(X-C)^2]+2[C-E(X)]E(X-C)+[C-E(X)]^2$$
$$=E[(X-C)^2]-[C-E(X)]^2<E[(X-C)^2].$$

这就证明了性质(3).

定理[**切比雪夫**(Chebyshev) **不等式**]　**设随机变量** X **具有有限方差，则对任意的** $\varepsilon>0$，**都有**

$$P\{|X-E(X)|\geqslant\varepsilon\}\leqslant\frac{D(X)}{\varepsilon^2},$$

或写成
$$P\{|X-E(X)|<\varepsilon\}\geqslant 1-\frac{D(X)}{\varepsilon^2}.$$

证　如果 X 是连续型随机变量，有密度函数 $f(x)$，则

$$P\{|X-E(X)|\geqslant\varepsilon\}=\int\limits_{|X-E(X)|\geqslant\varepsilon}f(x)dx\leqslant\int\limits_{|X-E(X)|\geqslant\varepsilon}\frac{[x-E(X)]^2}{\varepsilon^2}f(x)dx\leqslant$$
$$\frac{1}{\varepsilon^2}\int_{-\infty}^{\infty}[x-E(X)]^2f(x)dx=\frac{D(X)}{\varepsilon^2}.$$

对于离散型随机变量的情况，请读者自己证明.

从切比雪夫不等式也可以看出，当方差越小时，事件$\{|X-E(X)|\}\geqslant\varepsilon$ 的概率也越小，说明方差是描述随机变量与其均值的离散程度的数量指标. 但是，它的量纲是 X 的量纲的平方，应用不方便，所以常采用与随机变量 X 具有相同量纲的 $\sqrt{D(X)}$ 来计算随机变量 X 取值时对 $E(X)$的分散程度，$\sqrt{D(X)}$ 称为随机变量 X 的标准差(standard deviation)或均方差 .

例 7　已知某种股票每股价格 X 的平均值为 1 元，标准差为 0.1 元，求 a，使股价超过 1+

a 元或低于 $1-a$ 元的概率小于 10%.

解 由切比雪夫不等式,有

$$P\{|X-1|\geqslant a\}\leqslant\frac{0.01}{a^2}.$$

由 $0.01/a^2\leqslant 0.1$,可得 $a^2\geqslant 0.1$. 即当 $a\geqslant 0.32$ 时,股价超过 $(1+a)$ 元或低于 $(1-a)$ 元的概率小于 10%.

有时在比较两个具有不同量纲的随机变量的分散程度时,单凭它们的标准差的绝对数值的大小不能做出判断,所以类似误差理论中把绝对误差与近似值之比称为相对误差一样,把标准差与期望之比称为 X 的变异系数(coefficient of variation),记为 $CV(X)$,即 $CV(X)=\sqrt{D(X)}/E(X)$. 显然,变异系数越小,相对分散程度越低.

例 8 调查某地区 20 岁男青年,获得身高的数学期望估计值为 166.06 厘米,标准差估计值为 4.95 厘米;体重的数学期望估计值为 53.72 千克,标准差估计值为 4.96 千克. 试问:该地区 20 岁男青年身高与体重的变异程度是否可认为相同?

解 该地区 20 岁男青年的身高和体重都是随机变量,分别记为 X_1 和 X_2,已知

$E(X_1)=166.06$ 厘米,$\sqrt{D(X_1)}=4.95$ 厘米;$E(X_2)=53.72$ 千克,$\sqrt{D(X_2)}=4.96$ 千克.

故

$$CV(X_1)=\frac{4.95}{166.06}\times 100\%=2.98\%,\quad CV(X_2)=\frac{4.96}{53.72}\times 100\%=9.21\%.$$

可见,体重的变异程度比身高的变异程度大,即胖瘦的相对差异比高矮相对差异大.

设随机变量 X 的数学期望和方差都存在,且 $D(X)\neq 0$,考虑

$$X^*=\frac{X-E(X)}{\sqrt{D(X)}},$$

由于 $E(X^*)=0, D(X^*)=1$,称 X^* 为 X 的标准化随机变量.

二、协方差

对于二维随机变量 (X,Y),我们除了讨论 X 与 Y 的数学期望和方差以外,还需讨论描述 X 与 Y 之间相互关系的数字特征. 下面定义的协方差就是一个有关这方面的数字特征.

定义 2 **称** $E\{[X-E(X)][Y-E(Y)]\}$ **为随机变量** X **与** Y **的协方差**(covariance). **记为** $Cov(X,Y)$.

关于协方差的计算有以下重要公式

$$Cov(X,Y)=E(XY)-E(X)E(Y).$$

因为 $Cov(X,X)=D(X)$,所以公式(14-2-1)就是上式当 $Y=X$ 时的情形.

证 由数学期望的性质有

$$\begin{aligned}Cov(X,Y)&=E\{[X-E(X)][Y-E(Y)]\}=E\{XY-E(X)Y-E(Y)X+E(X)E(Y)\}\\&=E(XY)-E(X)E(Y).\end{aligned}$$

例 9 设二维随机变量 (X,Y) 的密度函数为

$$f(x,y)=\begin{cases}\dfrac{1}{(b-a)(d-c)}, & a\leqslant x\leqslant b, c\leqslant y\leqslant d,\\ 0, & \text{其他},\end{cases}$$

求 $Cov(X,Y)$.

解　当 $a\leqslant x\leqslant b$ 时，

$$f_X(x)=\int_{-\infty}^{+\infty}f(x,y)\mathrm{d}y=\int_c^d\frac{1}{(b-a)(d-c)}\mathrm{d}y=\frac{1}{b-a};$$

否则 $f_X(x)=0$. 因此

$$E(X)=\int_{-\infty}^{+\infty}xf_X(x)\mathrm{d}x=\int_a^b x\cdot\frac{1}{b-a}\mathrm{d}x=\frac{a+b}{2}.$$

同理 $E(Y)=\dfrac{c+d}{2}$. 而

$$\begin{aligned}E(XY)&=\int_{-\infty}^{+\infty}\int_{-\infty}^{+\infty}xyf(x,y)\mathrm{d}x\mathrm{d}y\\&=\int_a^b\mathrm{d}x\int_c^d xy\,\frac{1}{(b-a)(d-c)}\mathrm{d}x\mathrm{d}y\\&=\frac{(a+b)(c+d)}{4},\end{aligned}$$

所以 $\mathrm{Cov}(X,Y)=E(XY)-E(X)E(Y)=0$.

协方差具有下述基本性质(设所遇数学期望、方差、协方差都存在，a、b 及 C 是常数)：

(1) $\mathrm{Cov}(X,Y)=\mathrm{Cov}(Y,X)$；

(2) $\mathrm{Cov}(X,C)=0$；

(3) $\mathrm{Cov}(aX,bY)=ab\mathrm{Cov}(X,Y)$；

(4) $\mathrm{Cov}(X_1+X_2,Y)=\mathrm{Cov}(X_1,Y)+\mathrm{Cov}(X_2,Y)$；

(5) $E(XY)=E(X)E(Y)$ 或 $D(X+Y)=D(X)+D(Y)$ **的充要条件是** $\mathrm{Cov}(X,Y)=0$.

请读者自己证明.

三、相关系数

定义 3　**X 和 Y 的标准化随机变量的协方差**

$$\rho_{XY}=\mathrm{Cov}\left[\frac{X-E(X)}{\sqrt{D(X)}},\frac{Y-E(Y)}{\sqrt{D(Y)}}\right]=\frac{\mathrm{Cov}(X,Y)}{\sqrt{D(X)}\sqrt{D(Y)}}$$

称为随机变量 X 与 Y 的相关系数(correlation coefficient)，**若** $\rho_{XY}=0$，**则称 X 与 Y 不相关.**

例 10　设二维随机变量(X,Y)的联合分布律为

Y \ X	0	1
0	q	0
1	0	p

其中 $p+q=1$，求相关系数 ρ_{XY}.

解　由题意可得(X,Y)的边缘分布律为

X	0	1
P_k	q	p

Y	0	1
P_k	q	p

均为 0－1 分布，$E(X)=p$，$D(X)=pq$，$E(Y)=p$，$D(Y)=pq$，所以

$$\text{Cov}(X,Y)=E(XY)-E(X)E(Y)=0\times0\times q+0\times1\times0+1\times0\times0+1\times1\times p-p\times p$$
$$=p-p^2=pq,$$

因此
$$\rho_{XY}=\frac{\text{Cov}(X,Y)}{\sqrt{D(X)}\sqrt{D(Y)}}=\frac{pq}{\sqrt{pq}\sqrt{pq}}=1.$$

相关系数是一个无量纲的量,具有以下性质:

(1) X 与 Y 不相关当且仅当 $\text{Cov}(X,Y)=0$;

(2) 若 X 与 Y 相互独立,则 X 与 Y 不相关;

(3) $|\rho_{XY}|\leqslant1$,并且 $|\rho_{XY}|=1$ 的充要条件是:存在常数 a,b,使得 $P\{Y=aX+b\}=1$.

证 性质(1)显然成立.

对性质(2),只给出连续型随机变量情形的证明.

因为 X 与 Y 独立,故其密度函数 $f(x,y)=f_X(x)f_Y(y)$,因此

$$\text{Cov}(X,Y)=\int_{-\infty}^{\infty}\int_{-\infty}^{\infty}[x-E(X)][y-E(Y)]f(x,y)\mathrm{d}x\mathrm{d}y$$
$$=\int_{-\infty}^{\infty}[x-E(X)]f_X(x)\mathrm{d}x\cdot\int_{-\infty}^{\infty}[y-E(Y)]f_Y(y)\mathrm{d}y=0,$$

从而 X 与 Y 不相关.

性质(3)的证明从略.

性质(3)表明,当 $|\rho_{XY}|=1$ 时,X 与 Y 以概率为 1 地存在着线性关系. 因此 ρ_{XY} 是 X 与 Y 之间线性关系程度的一种度量,$|\rho_{XY}|$ 越接近 1,说明二者的线性关系程度越强,否则就越弱. 独立性与不相关性都是随机变量间联系"薄弱"的一种反映,性质(2)表明了这两个概念之间的联系. 结合性质(1)、(2)和协方差的性质(5)可以得到:若 X 与 Y 独立,则

$$E(XY)=E(X)E(Y)\text{及}D(X\pm Y)=D(X)+D(Y)$$

均成立. 这个结论可以推广到有限个随机变量的场合,即若 $X_1,X_2,\cdots,X_n$ 是相互独立的随机变量,则

$$E(X_1X_2\cdots X_n)=E(X_1)E(X_2)\cdots E(X_n),$$
$$D(X_1\pm X_2\pm\cdots\pm X_n)=D(X_1)+D(X_2)+\cdots+D(X_n).$$

例 11 设一电路中电流 I(安)与电阻 R(欧)是两个相互独立的随机变量,其概率密度分别为

$$I:g(x)=\begin{cases}2x, & 0\leqslant x\leqslant1,\\ 0, & \text{其他},\end{cases}\quad R:h(y)=\begin{cases}\dfrac{y^2}{9}, & 0\leqslant y\leqslant3,\\ 0, & \text{其他},\end{cases}$$

试求电压 $V=IR$ 的均值.

解
$$E(V)=E(IR)=E(I)E(R)=\left[\int_{-\infty}^{+\infty}xg(x)\mathrm{d}x\right]\left[\int_{-\infty}^{+\infty}yh(y)\mathrm{d}y\right]$$
$$=\left(\int_0^1 2x^2\mathrm{d}x\right)\left(\int_0^3\frac{y^3}{9}\mathrm{d}y\right)=\frac{3}{2}(\text{伏}).$$

这就是说电压的均值是 1.5 伏.

由独立性可以推出不相关性,但反过来不成立. 所谓不相关只是就线性关系而言,而相互独立是就一般关系而言的. 不过当 (X,Y) 服从二维正态分布时,独立性与不相关性是一致的.

例 12 设 $(X,Y)\sim N(\mu_1,\mu_2,\sigma_1^2,\sigma_2^2,\rho)$,求 X 与 Y 的相关系数.

解 因为 X 和 Y 的边缘概率密度为

$$f_X(x)=\frac{1}{\sqrt{2\pi}\sigma_1}e^{-\frac{(x-\mu_1)^2}{2\sigma_1^2}}, -\infty<x<+\infty;$$

$$f_Y(y)=\frac{1}{\sqrt{2\pi}\sigma_2}e^{-\frac{(y-\mu_2)^2}{2\sigma_2^2}}, -\infty<y<+\infty.$$

于是知道 $E(X)=\mu_1, E(Y)=\mu_2, D(X)=\sigma_1^2, D(Y)=\sigma_2^2$，而

$$\mathrm{Cov}(X,Y)=\int_{-\infty}^{+\infty}\int_{-\infty}^{+\infty}\frac{(x-\mu_1)(y-\mu_2)}{2\pi\sigma_1\sigma_2\sqrt{1-\rho^2}}\cdot e^{-\frac{1}{2(1-\rho^2)}\left[\frac{(x-\mu_1)^2}{\sigma_1^2}-2\rho\frac{(x-\mu_1)(y-\mu_2)}{\sigma_1\sigma_2}+\frac{(y-\mu_2)^2}{\sigma_2^2}\right]}\mathrm{d}y\mathrm{d}x$$

$$=\frac{1}{2\pi\sigma_1\sigma_2\sqrt{1-\rho^2}}\int_{-\infty}^{+\infty}e^{-\frac{(x-\mu_1)^2}{2\sigma_1^2}}\mathrm{d}x\int_{-\infty}^{+\infty}(x-\mu_1)(y-\mu_2)\cdot e^{-\frac{1}{2(1-\rho^2)}\cdot\left[\frac{y-\mu_2}{\sigma_2}-\rho\frac{x-\mu_1}{\sigma_1}\right]^2}\mathrm{d}y,$$

令 $u=\frac{x-\mu_1}{\sigma_1}, v=\frac{1}{\sqrt{1-\rho^2}}\left(\frac{y-\mu_2}{\sigma_2}-\rho\frac{x-\mu_1}{\sigma_1}\right)$，则有

$$\mathrm{Cov}(X,Y)=\frac{1}{2\pi}\int_{-\infty}^{+\infty}\int_{-\infty}^{+\infty}(\sigma_1\sigma_2\sqrt{1-\rho^2}uv+\rho\sigma_1\sigma_2u^2)e^{-\frac{u^2}{2}-\frac{v^2}{2}}\mathrm{d}u\mathrm{d}v$$

$$=\frac{\rho\sigma_1\sigma_2}{2\pi}\int_{-\infty}^{+\infty}u^2e^{-\frac{u^2}{2}}\mathrm{d}u\int_{-\infty}^{+\infty}e^{-\frac{v^2}{2}}\mathrm{d}v+\frac{\sigma_1\sigma_2\sqrt{1-\rho^2}}{2\pi}\int_{-\infty}^{+\infty}u^2e^{-\frac{u^2}{2}}\mathrm{d}u\int_{-\infty}^{+\infty}ve^{-\frac{v^2}{2}}\mathrm{d}v$$

$$=\rho\sigma_1\sigma_2.$$

于是　$\rho_{XY}=\frac{\mathrm{Cov}(X,Y)}{\sqrt{D(X)}\sqrt{D(Y)}}=\frac{\rho\sigma_1\sigma_2}{\sigma_1\sigma_2}=\rho.$

从而二维正态分布密度函数中的参数 ρ，就是 X 与 Y 的相关系数. 因而二维正态变量 (X,Y) 的分布完全可由 X 和 Y 各自的数学期望、方差以及它们的相关系数所确定.

我们知道，若 $(X,Y)\sim N(\mu_1,\mu_2,\sigma_1^2,\sigma_2^2,\rho)$，那么 X 和 Y 相互独立的充要条件为 $\rho=0$，而现在又有 $\rho_{XY}=\rho$，故对于二维正态随机变量 (X,Y) 来说，X 和 Y 不相关与 X 和 Y 相互独立是等价的.

四、矩

数学期望、方差、协方差是随机变量最常用的数字特征，它们都是某种矩(moment). 矩是最广泛的一种数字特征，在概率论与数理统计中占有重要地位. 最常用的矩有两种：原点矩和中心矩.

定义 4　设 X 和 Y 是随机变量，k 为正整数. 称 $E(X^k)$ 为 X 的 k 阶原点矩，称 $E[(X-E(X))^k]$ 为 X 的 k 阶中心矩，称 $E(X^kY^l)$ 为 X 和 Y 的 $k+l$ 阶混合原点矩，称 $E\{[X-E(X)]^k[Y-E(Y)]^l\}$ 为 X 和 Y 的 $k+l$ 阶混合中心矩.

显然，数学期望 $E(X)$ 是 X 的一阶原点矩，方差 $D(X)$ 是 X 的二阶中心矩，协方差 $\mathrm{Cov}(X,Y)$ 是 X 和 Y 的二阶混合中心矩.

第三节　极限定理

我们知道，概率论与数理统计是研究随机现象的统计规律性的科学，但随机现象的统计规律性只有在相同条件下进行大量重复的试验或观察才能呈现出来. 所谓一个事件发生的频率

具有稳定性，是指当试验的次数无限增大时，在某种收敛意义下逼近某一定数，这就是所谓“大数定律”，没有这一定律，“概率”这一概率论中最基本的概念将失去它的客观意义. 同样，所谓某一试验可能发生的各种结果的频率分布情况近似某一分布（如测量误差的分布近似于正态分布），也是从某种极限意义上说的. 没有“中心极限定理”，我们无从解释上述这种现象. 联系着 n 重伯努利试验的二项分布，当试验次数 n 无限增大时近似于泊松分布这一类问题也是这样.

在后续的数理统计中，我们将看到有一个很重要、很基本的问题，就是我们总是要通过有限子样的概率性质来推断总体的概率性质，而有限子样的概率性质（如它的分布函数）有时是较难获得的，需要借助于它的极限性质来近似.

这一节我们将介绍几个最基本的极限定理，即几个重要的“大数定律”和“中心极限定理”.

一、大数定律

定义 设 $\{X_i\}(i=1,2,\cdots)$ **为一随机变量序列，每一随机变量的数学期望都存在，若对任意的** $\varepsilon>0$ **有**

$$\lim_{n\to\infty}P\left\{\left|\frac{1}{n}\sum_{i=1}^{n}X_i-\frac{1}{n}\sum_{i=1}^{n}E(X_i)\right|\geqslant\varepsilon\right\}=0$$

或等价的

$$\lim_{n\to\infty}P\left\{\left|\frac{1}{n}\sum_{i=1}^{n}X_i-\frac{1}{n}\sum_{i=1}^{n}E(X_i)\right|<\varepsilon\right\}=1,$$

则称序列 $\{X_i\}$ **服从大数定律（或大数法则）.**

经验告诉我们，具有很接近 1 的概率的随机事件在一次试验中几乎一定要发生；同样，概率很小的事件在一次试验中可以看做实际不可能事件. 至于概率小到何种程度才能看做实际不可能事件则要视事件的重要性而定，有百分之一可能性含有病菌的药物是应该废弃的，但含有百分之一次品的纽扣则问题还不太大.

在实际工作和一般理论问题中，概率接近于 1 或 0 的事件具有重要意义. 概率的基本问题之一就是要建立概率接近于 1 或 0 的规律，大数定律就是这种概率论命题中最重要的一个.

定理 1（切比雪夫大数定律） **设随机变量序列** $X_1,X_2,\cdots,X_i,\cdots$ **两两不相关，每一随机变量都有有限的方差，并且它们有公共上界：**$D(X_i)\leqslant C(i=1,2,\cdots)$**，则序列** $\{x_i\}$ **服从大数定律.**

证 因为 $\{X_i\}$ 两两不相关，从而有

$$D\left(\frac{1}{n}\sum_{i=1}^{n}X_i\right)=\frac{1}{n^2}\cdot\sum_{i=1}^{n}D(X_i)\leqslant\frac{C}{n},$$

由切比雪夫不等式可得

$$P\left\{\left|\frac{1}{n}\sum_{i=1}^{n}X_i-\frac{1}{n}\sum_{i=1}^{n}E(X_i)\right|\geqslant\varepsilon\right\}\leqslant\frac{D\left(\frac{1}{n}\sum_{i=1}^{n}X_i\right)}{\varepsilon^2}\leqslant\frac{C}{n\varepsilon^2}.$$

于是

$$\lim_{n\to\infty}P\left\{\left|\frac{1}{n}\sum_{i=1}^{n}X_i-\frac{1}{n}\sum_{i=1}^{n}E(X_i)\right|\geqslant\varepsilon\right\}=0,$$

因此定理得证.

通过定理 1 可以给出平均值稳定性的科学描述. 事实上，若 $\{X_i\}(i=1,2,\cdots)$ 是独立同分

布的随机变量序列，且 $E(X_i)=\mu, D(X_i)=\sigma^2$ 都存在. 则根据定理1，对任意的 $\varepsilon>0$，有

$$\lim_{n\to\infty}P\left\{\left|\frac{1}{n}\sum_{i=1}^{n}X_i-\mu\right|<\varepsilon\right\}=1.$$

这表明，只要 n 充分大，“算术平均值 $\frac{1}{n}\sum_{i=1}^{n}X_i$ 接近于 μ” 几乎是必定要发生的事件.

定理 2（伯努利大数定律）　设 n_A 是 n 次独立重复试验中事件 A 发生的次数，p 为每次试验中事件 A 发生的概率，则对任意的 $\varepsilon>0$，有

$$\lim_{n\to\infty}P\left\{\left|\frac{n_A}{n}-p\right|\geqslant\varepsilon\right\}=0.$$

证　引入随机变量

$$X_i=\begin{cases}1, & \text{第 } k \text{ 次试验中 } A \text{ 发生},\\ 0, & \text{第 } k \text{ 次试验中 } A \text{ 不发生}.\end{cases}\quad i=1,2,\cdots, \tag{14-3-1}$$

则 $\{X_i\}$ 是相互独立同分布的随机变量序列，

$$E(X_i)=p, D(X_i)=pq\leqslant 1/4,$$

又

$$n_A=X_1+X_2+\cdots+X_n,$$

因而

$$\frac{1}{n}\sum_{i=1}^{n}X_i-\frac{1}{n}\sum_{i=1}^{n}E(X_i)=\frac{n_A}{n}-p.$$

故由切比雪夫大数定律立即推出伯努利大数定律.

伯努利大数定律建立了在大量重复试验中事件出现频率的稳定性，正是因为这种稳定性，概率的概念才有客观意义. 伯努利大数定律还提供了通过试验来确定事件概率的方法，既然频率 n_a/n 与概率 p 有较大偏差的可能性很小，那么我们可以通过做试验确定某事件发生的频率并把它作为相应概率的估计，这种方法称为参数估计，它是数理统计中的主要研究课题之一，参数估计的重要理论基础之一就是大数定律.

定理 3（辛钦大数定律）　设 $X_1, X_2, \cdots, X_i, \cdots$ 为独立同分布随机变量序列，若 $E(X_i)=\mu<+\infty(k=1,2,\cdots)$，则对于任意的 $\varepsilon>0$，有

$$\lim_{n\to+\infty}P\left\{\left|\frac{1}{n}\sum_{i=1}^{n}X_i-\mu\right|\geqslant\varepsilon\right\}=0.$$

证明从略.

前面两个定理都是假定 X_i 的方差存在且一致有界的前提下成立的大数定律. 然而在许多问题中，特别是在数理统计学中，往往不能满足上述要求，而仅仅知道随机变量序列 $\{X_i\}$ 是相互独立同分布的. 辛钦大数定律为这种情形的应用和研究提供了理论基础.

二、中心极限定理

自从高斯（Gauss）推导出测量误差服从正态分布（又称高斯分布）以来，人们发现正态分布极为常见，这就要求我们对广泛出现正态分布的原因作出解释.

对随机变量之和在怎样的条件下趋于正态分布的极限定理的研究，在长达两个世纪的时期内成了概率论研究的中心课题，因此该定理得到了中心极限定理的名称.

林德贝格（Lindeberg）与勒维（Lévy）建立了下列中心极限定理.

定理 4（独立同分布的中心极限定理）　设 $\{X_i\}(i=1,2,\cdots)$ 是独立同分布的随机变量序列，且 $E(X_i)=\mu, D(X_i)=\sigma^2$. 如果 $0<\sigma^2<\infty$，则标准化随机变量

$$Y_n=\frac{\sum_{i=1}^{n}X_i-n\mu}{\sqrt{n}\sigma}$$

渐近地服从标准正态分布. 即对任意的 x，满足：

$$\lim_{n\to+\infty}P\{Y_n\leqslant x\}=\int_{-\infty}^{x}\frac{1}{\sqrt{2\pi}}e^{-\frac{t^2}{2}}dt.$$

证明从略.

该定理告诉我们，只要 n 足够大，便可以把独立同分布且期望、方差(>0)均存在的随机变量之和当做正态变量. 这种做法在数理统计中用得很普遍，当处理大子样(容量很大的子样)时，林德贝格-勒维定理是重要工具.

例 1 设一粒小药丸内某种药的含量是一个随机变量，其数学期望是 1(毫克)、标准差是 0.1(毫克). 试求在一盒(100 粒)小药丸中该药含量超过 102 毫克的概率是多少?

解 设第 i 粒小药丸内该药的含量是 X_i，则 $X_1,X_2,\cdots,X_{100}$ 是一串相互独立同分布的随机变量，由题意知 $E(X_i)=1,D(X_i)=0.1^2(i=1,2,\cdots,100)$. 又设一盒小药丸内该药的含量是 X，则 $X=\sum_{i=1}^{100}X_i$，因此标准化随机变量

$$Y_{100}=\frac{1}{0.1\times\sqrt{100}}\sum_{i=1}^{100}(X_i-1)=\sum_{i=1}^{100}X_i-100=X-100.$$

由林德贝格-勒维定理，得

$$P\{X>102\}=P\{Y_{100}>2\}\approx1-\Phi(2)=0.0228,$$

即整盒小药丸该药含量超过 102 毫克的概率约为 2.28%.

推论 **若 n_A 是 n 次伯努利试验中事件 A 出现的次数，$p(0<p<1)$ 是每次试验中事件 A 出现的概率，$q=1-p$，则**

$$\lim_{n\to\infty}P\left\{a<\frac{n_A-np}{\sqrt{np(1-p)}}\leqslant b\right\}=\int_a^b\frac{1}{\sqrt{2\pi}}e^{-\frac{t^2}{2}}dt.$$

证 定义 X_i 如(14-3-1)，显然随机变量序列 $\{X_i\}(i=1,2,\cdots)$ 满足定理 4 的条件. 而此处

$$Y_n=\frac{n_A-np}{\sqrt{npq}}.$$

由定理 4 即得本推论.

这个定理也称为棣莫弗(De Moivre)-拉普拉斯(Laplace)极限定理.

例 2 某药厂宣称，该厂生产的某种药品对于医治一种疑难的血液病的治愈率为 80%，医院检验员任意抽查了 100 个服用此药品的病人，如果其中不少于 75 人治愈，就接受这一断言，认为该厂没有虚假宣传，否则就认为该厂宣传不符合实际. 那么，(1)若实际上此药品对该病的治愈率确实为 80%，问接受厂方宣传的概率是多少? (2)若实际上此药品对该病的治愈率是 70%，接受厂方虚假宣传的概率是多少?

解 设 X 表示服用此药品的 100 例病人中被治愈人数，p 为治愈率，则 $X\sim B(100,p)$. 问题是求(1)$p=0.8$ 时，(2)$p=0.7$ 时 $X>75$ 的概率. 因为

$$P\{X\geqslant75\}=1-P\{X<75\}=1-P\left\{\frac{X-100p}{\sqrt{100pq}}<\frac{75-100p}{\sqrt{100pq}}\right\}\approx1-\Phi\left(\frac{75-100p}{\sqrt{100pq}}\right),$$

从而当 $p=0.8$ 时，

$$P(X>75)\approx 1-\Phi\left(\frac{-5}{4}\right)=\Phi(1.25)=0.8944;$$

当 $p=0.7$ 时，

$$P(X>75)\approx 1-\Phi\left(\frac{5}{4.58}\right)=1-\Phi(1.09)=0.1379.$$

就是说，当厂方宣传符合实际时，接受这一宣传的概率约为 0.8944；而当厂方宣传不符合实际，治愈率只有 70%时，接受其虚假宣传的概率仅有 0.1379.

最后我们指出，不同分布的独立随机变量之和，在一定条件下也渐近于正态分布. 林德贝格和费勒(Feller)给出了一般情况下的中心极限定理，它是概率论中相当深刻的结果. 通俗地说，如果一个量是由大量相互独立的随机因素的影响所形成的，而每一个别因素在总影响中所起的作用都不大，则这种量服从或近似服从正态分布.

习 题 十 四

1. 设随机变量 X 的分布律为

X	-2	0	2
p_k	0.4	0.3	0.3

求 $E(X)$, $E(X^2)$, $E(3X^2+5)$.

2. 一整数等可能性地在 1～10 中取值，以 X 记除得尽这一整数的正整数的个数，求 $E(X)$.

3. 有 3 个球，4 个盒子，盒子的编号为 1，2，3，4. 将球逐个独立地、随机地放入 4 个盒子中去. 设 X 为在其中至少有一个球的盒子的最小号码(例如 $X=3$ 表示第 1 号，第 2 号盒子是空的，第 3 号盒子至少有一只球)，求 $E(X)$.

4. 设随机变量 X 的分布律为 $p_j=P\left\{X=(-1)^{j+1}\frac{3^j}{j}\right\}=\frac{2}{3^j}$, $j=1,2,\cdots$，说明 $E(X)$ 不存在.

5. 设在某一规定的时间段里，某电气设备用于最大负荷的时间 X(以分计)是一个连续型随机变量，其概率密度为

$$f(x)=\begin{cases}\dfrac{1}{(1500)^2}x, & 0\leqslant x\leqslant 150,\\ \dfrac{-1}{(150)^2}(x-3000), & 1500<x\leqslant 3000,\\ 0, & \text{其他},\end{cases}$$

求 $E(X)$.

6. 设随机变量 X 的概率密度为

$$f(x)=\begin{cases}e^{-x}, & x>0,\\ 0, & x\leqslant 0.\end{cases}$$

求(1) $Y=2X$，(2) $Y=e^{-2X}$ 的数学期望.

7. 设随机变量 X,Y 的概率密度分别为

$$f_X(x)=\begin{cases}2e^{-2x}, & x>0,\\ 0, & x\leqslant 0,\end{cases}\quad f_Y(y)=\begin{cases}4e^{-4y}, & y>0,\\ 0, & y\leqslant 0.\end{cases}$$

求 $E(X+Y)$, $E(2X-3Y^2)$.

8. 设 X 和 Y 是两个相互独立的随机变量,其概率密度分别为

$$f_X(x)=\begin{cases}2x, & 0\leqslant x\leqslant 1,\\ 0, & \text{其他};\end{cases}\quad f_Y(y)=\begin{cases}e^{-(y-5)}, & y>5,\\ 0, & \text{其他},\end{cases}$$

求 $E(XY)$.

9. 设随机变量 (X,Y) 的概率密度为

$$f(x,y)=\begin{cases}K, & 0<x<1, 0<y<x,\\ 0, & \text{其他},\end{cases}$$

试确定常数 K,并求 $E(XY)$.

在求 10~11 题中的数学期望时,不必写出随机变量的分布律.

10. 将 n 只球放入 M 只盒子中去,设每只球落入各个盒子是等可能性的. 求有球的盒子数 X 的数学期望.

(提示:引入随机变量

$$X_i=\begin{cases}1, & \text{第 } i \text{ 只盒子中有球},\\ 0, & \text{第 } i \text{ 只盒子中无球},\end{cases}\quad X=\sum_{i=1}^{M}X_i,\text{先求 } E(X_i).)$$

11. 将 n 只球($1\sim n$ 号)随机地放进 n 只盒子($1\sim n$ 号)中去,一只盒子装一只球. 将一只球装入与球同号码的盒子中,称为一个配对,记 X 为配对的个数,求 $E(X)$.

12. 共有 n 把看上去样子相同的钥匙,其中只有一把能打开门上的锁,用它们去试开门上的锁. 设抽取钥匙是相互独立的,等可能性的. 若每把钥匙经试开一次后除去,试用下面两种方法求试开次数 X 的数学期望:(1)写出 X 的分布律,(2)不写出 X 的分布律.

13. (1)设随机变量 X 的数学期望为 $E(X)$,方差为 $D(X)>0$,X^* 为 X 的标准化随机变量,验证 $E(X^*)=0$,$D(X^*)=1$;

(2)已知随机变量 X 的概率密度

$$f(x)=\begin{cases}1-|1-x|, & 0<x<2,\\ 0, & \text{其他},\end{cases}$$

求 X^* 的概率密度.

14. 设随机变量 X 和 Y 相互独立,且 $E(X)=E(Y)=0$,$D(X)=D(Y)=1$,求 $E[(X+Y)^2]$.

15. 已知正常男性成人的血液每一毫升中白细胞数平均是 7300,均方差是 700. 利用切比雪夫不等式估计每毫升血液含白细胞数在 5200~9400 的概率 p.

16. 设随机变量 X 服从瑞利分布,其概率密度为

$$f(x)=\begin{cases}\dfrac{x}{\sigma^2}e^{-\frac{x^2}{2\sigma^2}}, & x>0,\\ 0, & x\leqslant 0,\end{cases}$$

其中 $\sigma>0$ 是常数. 求 $E(X)$ 和 $D(X)$.

17. 设随机变量 X 服从 Γ 分布,其概率密度为

$$f(x)=\begin{cases}\dfrac{\beta}{\Gamma(\alpha)}(\beta x)^{\alpha-1}e^{-\beta x}, & x>0,\\ 0, & x\leqslant 0,\end{cases}$$

其中 $\alpha>0$,$\beta>0$ 是常数,求 $E(X)$,$D(X)$.

18. 一本书 500 页中有 100 个印刷错误,设每页错误个数服从泊松分布.

(1) 随机地取一页,求在这一页上错误不少于 2 个的概率.

(2) 随机地取 4 页,求在这 4 页上错误不少于 5 个的概率.

(3) 随机地取 8 页,求在这 8 页上错误不少于 5 个的概率.

19. 卡车装运水泥. 设每袋水泥的重量 X 是一个随机变量,它服从正态分布,其数学期望为 50 千克,均方差为 2.5 千克,问装多少袋水泥能使总重量超过 2000 千克的概率为 0.05.

20. 设二维随机变量(X,Y)的概率密度为

$$f(x,y)=\begin{cases}\dfrac{1}{\pi}, & x^2+y^2\leqslant 1,\\ 0, & \text{其他},\end{cases}$$

试验证X和Y不是相互独立的，但X和Y是不相关的.

21. 设随机变量X和Y的联合分布律为

Y \ X	-1	0	1
-1	$\frac{1}{8}$	$\frac{1}{8}$	$\frac{1}{8}$
0	$\frac{1}{8}$	0	$\frac{1}{8}$
1	$\frac{1}{8}$	$\frac{1}{8}$	$\frac{1}{8}$

验证：X和Y不相关，但X和Y不是相互独立的.

22. 设A和B是随机试验E的两个事件，且$P(A)>0,P(B)>0$，并定义随机变量X,Y如下：

$$X=\begin{cases}1, & \text{若}A\text{发生},\\ 0, & \text{若}A\text{不发生};\end{cases}\qquad Y=\begin{cases}1, & \text{若}B\text{发生},\\ 0, & \text{若}B\text{不发生}.\end{cases}$$

证明：若$\rho_{XY}=0$，则X和Y必定相互独立.

23. 设随机变量(X,Y)具有概率密度

$$f(x,y)=\begin{cases}1, & |y|<x,0<x<1,\\ 0, & \text{其他},\end{cases}$$

试求$E(X),E(Y),\mathrm{Cov}(X,Y)$.

24. 设随机变量(X_1,Y_2)具有概率密度

$$f(x,y)=\frac{1}{8}(x+y),0\leqslant x\leqslant 2,0\leqslant y\leqslant 2,$$

求$E(X_1),E(X_2),\mathrm{Cov}(X_1,X_2),\rho_{X_1X_2}$.

25. 两随机变量X,Y的方差分别为25及36，相关系数为0.4，求$D(X+Y)$及$D(X-Y)$.

26. 已知三个随机变量X,Y,Z中，$E(X)=E(Y)=1,E(Z)=-1,D(X)=D(Y)=D(Z)=1,\rho_{XY}=0$，$\rho_{XZ}=\frac{1}{2},\rho_{XZ}=-\frac{1}{2}$. 设$W=X+Y+Z$，求$E(W),D(W)$.

27. 设$X_i(i=1,2,\cdots,50)$是相互独立的随机变量，且它们都服从参数为$\lambda=0.03$的泊松分布. 记$Z=X_1+X_2+\cdots+X_{50}$，试利用中心极限定理计算$P\{Z\geqslant 3\}$.

28. 一部件包括10部分，每部分的长度是一个随机变量，它们相互独立且具有同一分布，其数学期望为2mm，均方差为0.05mm. 规定总长度为(20±0.1)mm时产品合格，试求产品合格的概率.

29. 计算机在进行加法时，对每个加数取整(取为最接近于它的整数)，设所有的取整误差是相互独立的，且它们都在$(-0.5,0.5)$上服从均匀分布.

(1)若将1500个数相加，问误差总和的绝对值超过15的概率是多少？

(2)几个数加在一起可使得误差总和的绝对值小于10的概率为0.90？

30. 设有30个电子器件$D_1,D_2,\cdots,D_{30}$，它们的使用情况如下：D_1损坏，D_2立即使用；D_2损坏D_3立即使用，等等，设器件D_i的寿命是服从参数为$\lambda=0.1(\text{小时})^{-1}$的指数分布的随机变量，令$T$为30个器件使用的总计时间. 问$T$超过350小时的概率是多少？

31. 有一批建筑房屋用的木柱,其中 80%的长度不小于 3m. 现从这批木柱中随机地取出 100 根,问其中至少有 30 根短于 3m 的概率是多少?

32. 将一枚硬币连掷 100 次,计算出现正面的次数大于 60 的概率.

33. (1)一复杂的系统,由 100 个相互独立起作用的部件所组成. 在整个运行期间每个部件损坏的概率为 0.10. 为了使整个系统起作用,至少必须有 85 个部件工作. 求整个系统工作的概率.

(2)一个复杂的系统,由 n 个相互独立起作用的部件所组成. 每个部件的可靠性(即部件工作的概率)为 0.90. 且必须至少有 80%的部件工作才能使整个系统工作,问 n 至少为多少才能使系统的可靠性为 0.95.

34. 某个单位设置一电话总机,共有 200 架电话分机. 设每个电话分机有 5%的时间要使用外线通话,假定每个分机是否使用外线通话是相互独立的. 问总机要多少外线才能以 90%的概率保证每个分机要使用外线时可供使用.

第十五章　样本及抽样分布

前三章介绍了概率论的一些基础知识，为从本章开始的数理统计（mathematical statistics）提供了必要的数学基础.

用随机变量来描述现实世界中的随机现象，其分布律及数字特征常常是未知的，而客观上往往需要确定这些随机变量的分布或其一个或几个参数，解决这一问题的基本方法是：对所研究的随机现象进行某些观察或试验，合理地采集必要的数据，建立科学有效的数学方法，对所关心的问题作出尽可能精确可靠的结论.

数理统计研究的内容概括起来可分为两大类：(1)试验的设计和研究，即研究如何更合理、更有效地获得观察资料的方法；(2)统计推断（statistical inference），即研究如何利用一定的资料对所考察的问题作出估计或推断. 本教材将只讨论统计推断中的两类基本问题：参数估计（parameter estimation）与假设检验（hypothesis testing）. 本章的主要目的是为展开这些讨论做一些准备.

第一节　随机样本

一、总体与子样

在数理统计中，总是把所研究的对象的全体组成的集合称为总体（population）或母体，而把组成总体的每个元素称为个体（individual）. 例如在研究某批灯泡的平均寿命时，该批灯泡的全部就组成了总体，而其中的每一个灯泡就是个体. 在研究某市男大学生的身高和体重的分布情况时，该市全体男大学生组成了总体，其中的每一个男大学生是个体. 但在统计学里，我们关心的不是每个个体的种种具体特征，而是它的某一项或几项数量指标 X（可以是向量）和该数量指标 X 在总体中的分布情况. 在上述例子中 X 是表示灯泡的寿命或男大学生的身高或体重. 就此数量指标而言，每个个体所取的值是不同的. 如果抽取若干个个体观察，就得到了 X 这样或那样的数值，因而数量指标 X 是随机变量（或向量），而 X 的分布就完全描述了总体中我们所关心的数量指标的分布状况. 由于我们关心的正是这个数量指标，因此，我们以后就把总体和数量指标 X 可能取值的全体组成的集合等同起来，所谓总体的分布也就是数量指标 X 的分布. 个体数目有限的总体称为有限总体，否则称为无限总体.

为了对总体的分布律进行各种研究，就必须对它的个体进行观察. 对每个个体都加以观察尽管能全面准确地了解总体，但这样做不仅因工作量太大或是客观条件不足而无法实施，而且有时是不允许的. 例如用某种新药治疗高血压，我们很难让所有高血压患者都服用此药来观察其疗效，破坏性的产品检验当然更不能逐一进行.

一般说来，我们是抽取总体中的一部分个体进行观察，通过观察就得到总体指标 X 的一组数值 $(x_1, x_2, \cdots, x_n)$，其中每个 x_i 是一次抽样观察的结果. 即某一个被观察的个体的 X 指标值. $(x_1,x_2,\cdots,x_n)$称为容量(size)为 n 的子样的观察值(observation). 由于我们是利用子样观察来对总体的分布进行推断的,因而从总体中抽取子样进行观察时必须是随机的. 直观地说,如果我们要研究某市男大学生的身高的分布情况,那么在抽样时就希望该市的每个男大学生都具有同等的机会被抽到测量身高,因为只有这样才能经过多次观察比较全面地了解总体. 所以对于随机抽样来说,就其某一次观察结果而论,$(x_1,x_2,\cdots,x_n)$是完全确定的一组数值,但它又是随每次抽样观察而改变的,由于我们要依据这一观察结果进行分析推断,并研究比较各种推断方法的好坏,因而一般考虑问题时,就不把$(x_1,x_2,\cdots,x_n)$看为确定的数值,而应该看做随机向量$(X_1,X_2,\cdots,X_n)$. 称它为容量为 n 的样本(sample)或子样,于是对子样也有分布可言. 子样$(X_1,X_2,\cdots,X_n)$所有可能取值的全体称为子样空间,一个子样观察值$(x_1,x_2,\cdots,x_n)$就是子样空间中的一个点.

为了方便起见,今后提到的样本均包含两层意义:一是泛指一次抽样试验的可能结果,这时样本是指一个 n 维随机向量$(X_1,X_2,\cdots,X_n)$;二是指某一次具体的样本观测值(即样本的一次数据表现),这时样本就是指$(x_1,x_2,\cdots,x_n)$. 在不至于引起混淆时,将随机向量$(X_1,X_2,\cdots,X_n)$与其观测值$(x_1,x_2,\cdots,x_n)$看做一样,不予严格区分.

我们抽取子样的目的是为了对总体的分布律进行各种分析推断,因而要求抽取的子样能很好地反映总体的特性,这就必须对随机抽样的方法提出一定的要求. 通常提出下面两点要求:(1)代表性:要求子样的每个分量 X_i 与所考虑的总体 X 有相同的分布. (2)独立性:$X_1,X_2,\cdots,X_n$ 为相互独立的随机变量,也就是说,每个观察结果既不影响其他观察结果,也不受其他观察结果的影响.

满足上述两点性质的子样称为简单随机子样(simple random sample),获得简单随机子样的方法称为简单随机抽样. 具体地说,所谓简单随机抽样是指这样一种抽样方式:在每次抽取中,每个个体被抽到的机会是均等的,并且在每次抽取之后,总体的成分保持不变。例如:有限总体的有放回抽样、个体数目有限的有放回抽样、无限总体的有放回和无放回抽样均为简单随机抽样,由此获得的样本均为简单随机子样. 今后,如果不作特殊声明,所说的子样均将理解为简单随机子样,对于简单随机子样$(X_1,X_2,\cdots,X_n)$,其分布可以由总体 X 的分布函数 $F(x)$ 完全决定,$(X_1,X_2,\cdots,X_n)$的分布函数是 $\prod\limits_{i=1}^{n}F(x_i)$.

例 1 某血吸虫防治所为了研究某地区血吸虫病的流行情况,对该地区所属的各村民小组编制了一组卡片,每张卡片上标明一个村民小组的血吸虫病感染率. 并将感染率的高低分为 4 类(无患者,轻度流行,中度流行和重度流行). 分别用数字 0,1,2,3 表示这 4 类,那么在每张卡片上可以标出数字 0 到 3 中的一个,以表示该村民小组血吸虫病的流行情况属于哪一类. 用 X 记这一数字,这 X 就是我们要研究的指标.

现在,总体是全部卡片,设一共有 N 张. 如果用返回抽取方法从这些卡片中任意抽取 $n=10$ 张,即每抽一张卡片记录下该卡片上的感染率的类别数字后立即放回去,然后再抽下一张. 在这里各次抽得的卡片其指标 X 取值 $k(k=0,1,2,3)$的概率不变,从抽得的 10 张卡片上观察到的随机变量 X 的值$(x_1,x_2,\cdots,x_{10})$是一个 10 维随机向量的观察值或实现,这个 10 维随机向量的观察值构成一个子样;子样容量 $n=10$;子样空间是由所有可能的各组$(x_1,x_2,\cdots,x_{10})$组成. 由于 $x_i(i=1,2,\cdots,10)$只可能取值 0,1,2,3,因此现在的子样空间由 4^{10} 个点组成.

二、统计量、子样矩、经验分布函数

样本是总体属性的代表,是统计推断的依据,但通常并不直接利用样本进行推断,而需要对样本进行一番“加工”和“提炼”，把样本中所包含的我们所关心的事物的信息集中起来，针对不同的问题构造样本的某种函数，用以更准确地反映总体的属性.

定义　样本$(X_1,X_2,\cdots,X_n)$的连续函数，如果其中不含任何未知参数，则称为统计量(statistic).

例如，若 $X\sim N(\mu,\sigma^2)$，其中 μ 已知，σ^2 未知，$(X_1,X_2,\cdots,X_n)$ 为总体 X 的样本. 则 $\frac{1}{n}\sum_{i=1}^{n}(X_i-\mu)^2$，$\sum_{i=1}^{n}X_i$ 均为统计量，而$\frac{1}{\sigma^2}\sum_{i=1}^{n}(X_i-\mu)^2$，$\frac{1}{\sigma}\left(\frac{1}{n}\sum_{i=1}^{n}X_i-\mu\right)$ 均不是统计量. 由定义可知，统计量也是随机变量.

下面先介绍一些常用的统计量 —— 子样矩.

设$(X_1,X_2,\cdots,X_n)$ 是从总体 X 中抽取的一个子样，称统计量

$$\overline{X}\triangleq\frac{1}{n}\sum_{i=1}^{n}X_i$$

为子样均值；

统计量

$$S^2\triangleq\frac{1}{n-1}\sum_{i=1}^{n}(X_i-\overline{X})^2$$

为子样方差；

统计量

$$A_k\triangleq\frac{1}{n}\sum_{i=1}^{n}X_i^k,k=1,2,\cdots$$

为子样 k 阶(原点) 矩；

统计量

$$B_k\triangleq\frac{1}{n}\sum_{i=1}^{n}(X_i-\overline{X})^k,k=1,2,\cdots$$

为子样的 k 阶中心矩.

显然 $\overline{X}=A_1,S^2=\frac{n}{n-1}B_2$.

设$(X_1,X_2,\cdots,X_n)$是从总体 X 中抽取的一个子样. 记$(x_1,x_2,\cdots,x_n)$是子样的一个观察值，将观察值的各分量按大小递增次序排列，得到

$$x_1^*\leqslant x_2^*\leqslant\cdots\leqslant x_n^*.$$

当$(X_1,X_2,\cdots,X_n)$取值为$(x_1,x_2,\cdots,x_n)$时，我们定义 $X_k^{(n)}$ 取值为 x_k^*. 称由此得到的 $X_1^{(n)}$，$X_2^{(n)},\cdots,X_n^{(n)}$ 为$(X_1,X_2,\cdots,X_n)$的一组顺序统计量. 显然 $X_1^{(n)}\leqslant X_2^{(n)}\leqslant\cdots\leqslant X_k^{(n)}$，$X_1^{(n)}=\min\limits_{1\leqslant i\leqslant n}X_i$，即 $X_1^{(n)}$ 的观察值是子样观察值中最小的一个，而 $X_n^{(n)}=\max\limits_{1\leqslant i\leqslant n}X_i$，即 $X_n^{(n)}$ 的观察值是子样观察值中最大的一个. 记

$$F_n^*(x)\triangleq\begin{cases}0, & 当\ x<x_1^*;\\ \frac{k}{n}, & 当\ x_k^*\leqslant x<x_{k+1}^*,k=1,2,\cdots,n-1;\\ 1, & 当\ x\geqslant x_n^*,\end{cases}$$

显然 $0\leqslant F_n^*(x)\leqslant 1$，且 $F_n^*(x)$是 x 的非减右连续函数，它具有分布函数所要求的性质，故称为经验分布函数或子样分布函数.

从频率与概率的关系知道,经验分布函数可以作为总体分布函数的一个近似. n 越大,近似得越好,数学上可以证明,当 n 无限增大时,在某种意义下经验分布函数总是趋于总体分布函数的.

经验分布函数是子样的函数,它与子样矩之间有下述关系:设$(x_1,x_2,\cdots,x_n)$是来自总体 X 的子样观察值,$F_n^*(x)$是相应的经验分布函数. 当把 $F_n^*(x)$看做是某随机变量 Y 的分布函数时,有:

$$a_k=\frac{1}{n}\sum_{i=1}^{n}x_i^k=E(Y^k),\quad k=1,2,\cdots;$$

$$b_k=\frac{1}{n}\sum_{i=1}^{n}(x_i-\bar{x})^k=E[Y-E(Y)]^k,\quad k=1,2,\cdots.$$

即各个子样矩就是 Y 的相应的矩.

第二节 抽样分布

在使用统计量进行推断时常需知道它的分布,统计量的分布就称为抽样分布(sampling). 当总体的分布函数已知时,抽样分布是确定的,然而要求出一个抽样分布并非易事. 本节介绍来自正态总体的几个常用统计量的分布. 为此先引入与正态分布有关的三个分布.

一、χ^2 分布、t 分布和 F 分布

定义 1 设随机变量 $X_1,X_2,\cdots,X_n$ 相互独立同服从 $N(0,1)$,令

$$Y=X_1^2+X_2^2+\cdots+X_n^2, \qquad (15-2-1)$$

则称随机变量 Y 服从自由度(degree of freedom)**为 n 的 χ^2 分布,记为 $Y\sim\chi^2(n)$.**

此外,自由度是指(15-2-1)式右端包含的独立变量的个数.

$\chi^2(n)$分布的密度函数为

$$f(y)=\begin{cases}\dfrac{1}{2^{\frac{n}{2}}\Gamma\left(\dfrac{n}{2}\right)}y^{\frac{n}{2}-1}e^{-\frac{y}{2}}, & y>0,\\ 0, & y\leqslant 0,\end{cases}$$

这里 $\Gamma\left(\dfrac{n}{2}\right)$是 Γ 函数 $\Gamma(x)$在 $x=\dfrac{n}{2}$处的值.

χ^2 分布密度函数 $f(y)$的图形如图 15-1 所示.

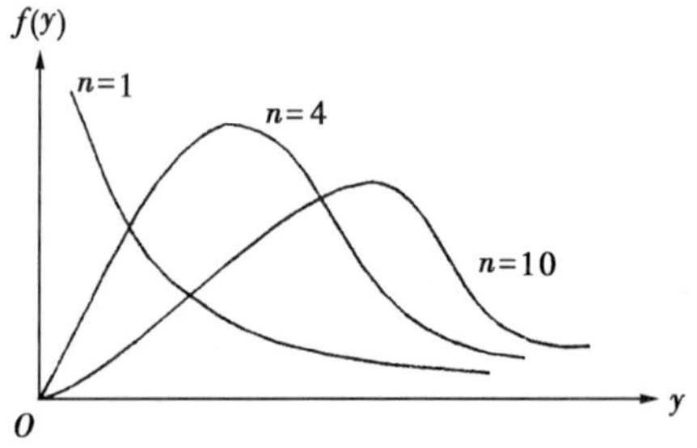

图 15-1

χ^2 分布具有再生性,即若 $Y_1\sim\chi^2(m)$,$Y_2\sim\chi^2(n)$,且 Y_1 与 Y_2 相互独立,则 $Y_1+Y_2\sim\chi^2(m+n)$.

定义 2 设随机变量 X 与 Y 相互独立,$X\sim N(0,1)$,$Y\sim\chi^2(n)$,令

$$T=\frac{X}{\sqrt{Y/n}},$$

则称随机变量 T 服从自由度为 n 的 t 分布,记作

$$T\sim t(n).$$

$t(n)$分布的密度函数为

$$f(t)=\frac{\Gamma\left(\frac{n+1}{2}\right)}{\sqrt{n\pi}\,\Gamma\left(\frac{n}{2}\right)}\left(1+\frac{t^2}{n}\right)^{-\frac{n+1}{2}}\quad(-\infty<t<+\infty).$$

t 分布的密度函数的图形(图 15 - 2)关于 $t=0$ 对称.

可以证明:当 n 足够大时,t 分布近似于 $N(0,1)$分布. 但当 n 较小时,t 分布与正态分布之间有较大的差异.

定义 3　设 $X\sim\chi^2(m)$,$Y\sim\chi^2(n)$,且 X 与 Y 相互独立,令

$$F=\frac{X/m}{Y/n},$$

则称 F 服从自由度为(m,n)的 F 分布,记作 $F\sim F(m,n)$,其中 m,n 分别称为第一、第二自由度.

$F(m,n)$分布的密度函数为

$$f(x)=\begin{cases}\dfrac{\Gamma\left(\frac{m+n}{2}\right)}{\Gamma\left(\frac{m}{2}\right)\cdot\Gamma\left(\frac{n}{2}\right)}\cdot\left(\dfrac{m}{n}\right)^{\frac{m}{2}}x^{\frac{m}{2}-1}\left(1+\dfrac{m}{n}x\right)^{-\frac{m+n}{2}}, & x>0,\\ 0, & x\leqslant 0.\end{cases}$$

F 分布的密度函数的图形如图 15 - 3 所示.

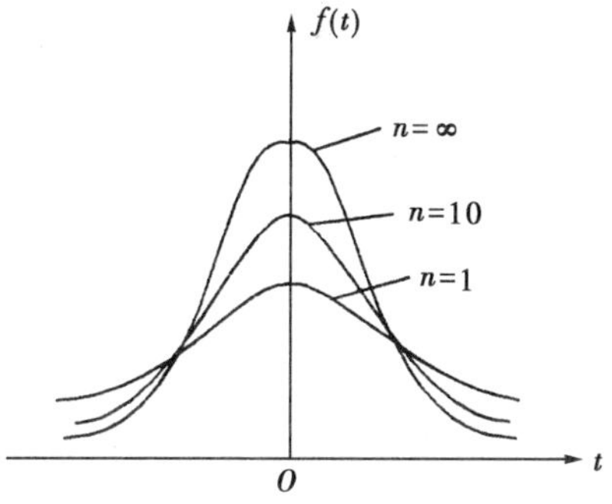

图 15 - 2

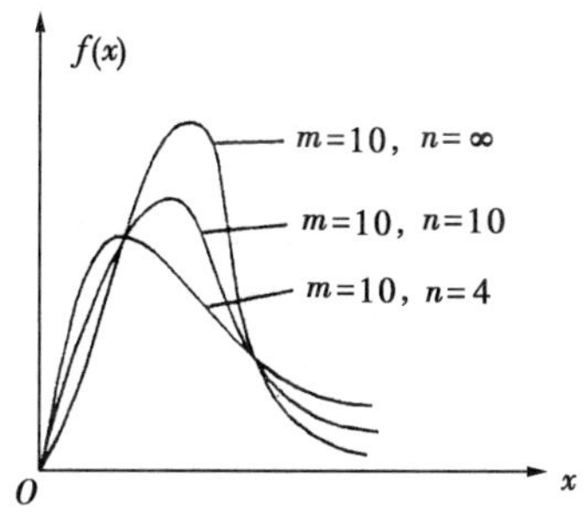

图 15 - 3

由定义可知,若 $F\sim F(m,n)$,则

$$\frac{1}{F}\sim F(n,m).\qquad(15-2-2)$$

二、上 α 分位数

定义 4　设 X 为连续型随机变量,其分布密度为 $f(x)$,对 $0<\alpha<1$,如果数 x_α 满足

$$P\{X>x_\alpha\}=\int_{x_\alpha}^{+\infty}f(x)\mathrm{d}x=\alpha,$$

则称 x_α 为此分布的上 α 分位数.

上 α 分位数的几何意义如图 15 - 4 所示.

$N(0,1)$分布、$\chi^2(n)$分布、$t(n)$分布、$F(m,n)$分布的上 α 分位数分别记作 u_α、$\chi^2_\alpha(n)$、$t_\alpha(n)$、$F_\alpha(m,n)$. 它们的值可以通过附表 3、附表 4、附表 5、附表 6 查得. 由分布的特点可以得到上 α 分位数的如下性质:

(1) $u_\alpha=-u_{1-\alpha}, t_\alpha(n)=-t_{1-\alpha}(n)$；

(2) 当 n 足够大时(一般 $n>45$)有近似公式

$$\chi_\alpha^2(n)\approx n+\sqrt{2n}u_\alpha, t_\alpha(n)\approx u_\alpha;$$

(3) $F_{1-\alpha}(n,m)=\dfrac{1}{F_\alpha(m,n)}$.

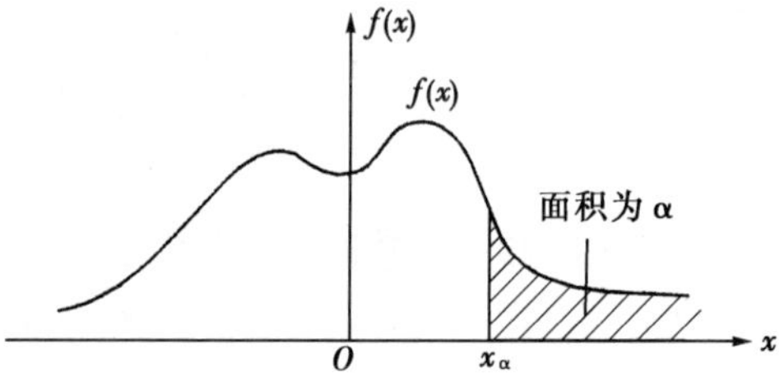

图 15-4

证　我们只证性质(3). 若 $F\sim F(m,n)$，由(15-2-2)式有 $\dfrac{1}{F}\sim F(n,m)$，故

$$1-\alpha=P\left\{\frac{1}{F}>F_{1-\alpha}(n,m)\right\}=P\left\{F<\frac{1}{F_{1-\alpha}(n,m)}\right\},$$

从而
$$P\left\{F>\frac{1}{F_{1-\alpha}(n,m)}\right\}=\alpha,$$

即
$$\frac{1}{F_{1-\alpha}(n,m)}=F_\alpha(m,n).$$

例 1　查表求下列分位数的值：$u_{0.05}$，$u_{0.90}$，$\chi^2_{0.05}(20)$，$\chi^2_{0.975}(20)$，$\chi^2_{0.01}(200)$，$t_{0.05}(0)$，$t_{0.975}(10)$，$t_{0.01}(200)$，$F_{0.05}(8,10)$，$F_{0.99}(30,10)$

解　$u_{0.05}=1.645$，$u_{0.90}=-1.28$，$\chi^2_{0.05}(20)=31.41$，

$\chi^2_{0.975}(20)=9.591$，$\chi^2_{0.01}(200)\approx 200+20u_{0.01}=246.6$，

$t_{0.05}(10)=1.8125$，$t_{0.975}(10)=-t_{0.025}(10)=-2.2281$，

$t_{0.01}(200)\approx u_{0.01}=2.33$，$F_{0.05}(8,10)=3.07$，

$$F_{0.99}(30,10)=\frac{1}{F_{0.01}(10,30)}=\frac{1}{2.98}=0.336.$$

例 2　利用分位数求下列事件的概率：

(1) 若 $X\sim\chi^2(4)$，求 $P\{X<0.711\}$；

(2) 若 $X\sim t(10)$，求 $P\{|X|>2.228\}$；

(3) 若 $X\sim F(3,5)$，求 $P\{X<0.11\}$.

解　这是利用附表在上 α 分位数已知的条件下反查 α 的值.

(1) 查附表 4，在 $n=4$ 的一行的数据中找到 0.711，所对应的 $\alpha=0.95$，即 $P\{X>0.711\}=0.95$，故 $P\{X<0.711\}=0.05$.

(2) 按(1)的方法查相应附表得到

$$P\{|X|>2.2281\}=2P\{X>2.2281\}=0.05.$$

(3)按(1)的方法查相应附表得到

$$P\{X<0.11\}=P\{\frac{1}{X}>\frac{100}{11}\}=0.05.$$

三、几个常用的抽样分布

定理 1　设总体 $X\sim N(\mu,\sigma^2)$，$X_1,X_2,\cdots,X_n$ 为来自总体 X 的简单随机样本，$\overline{X}$，S^2 分别为样本均值与样本方差，则

(1) $\dfrac{\overline{X}-\mu}{\sigma/\sqrt{n}}\sim N(0,1)$；

(2) $\overline{X}$ 与 S^2 相互独立；

(3) $\frac{(n-1)S^2}{\sigma^2} \sim \chi^2(n-1)$；

(4) $\frac{\overline{X}-\mu}{S/\sqrt{n}} \sim t(n-1)$.

证　只证结论(1)和(4). 由第十三章第五节知 $\overline{X}=\frac{1}{n}\sum_{i=1}^{n}X_i$ 服从正态分布，而 $E(\overline{X})=\frac{1}{n}\sum_{i=1}^{n}E(X_i)=\mu$，又由于 $X_1,X_2,\cdots,X_n$ 相互独立，所以 $D(\overline{X})=\frac{1}{n^2}\sum_{i=1}^{n}D(X_i)=\sigma^2/n$. 从而 $\overline{X}\sim N\left(\mu,\frac{\sigma^2}{n}\right)$，把 $\overline{X}$ 标准化即得结论(1).

由于 $\frac{\overline{X}-\mu}{\sigma/\sqrt{n}}\sim N(0,1)$，$\frac{(n-1)S^2}{\sigma^2}\sim\chi^2(n-1)$，由 $\overline{X}$ 与 S^2 相互独立可推知 $\frac{\overline{X}-\mu}{\sigma/\sqrt{n}}$ 与 $\frac{(n-1)S^2}{\sigma^2}$ 也相互独立(参看第十三章第五节关于随机变量的函数的独立性定理)，再由 t 分布的定义可得结论(4).

定理 2　设两个总体 $X\sim N(\mu_1,\sigma_1^2)$，$Y\sim N(\mu_2,\sigma_2^2)$，现从两个总体中独立地抽取子样 $(X_1,X_2,\cdots,X_m)$，$(Y_1,Y_2,\cdots,Y_n)$，记 $\overline{X},S_X^2$；$\overline{Y},S_Y^2$ 分别为这两个子样的均值与方差，则

(1) $\frac{(\overline{X}-\overline{Y})-(\mu_1-\mu_2)}{\sqrt{\frac{\sigma_1^2}{m}+\frac{\sigma_2^2}{n}}}\sim N(0,1)$；

(2) $\frac{S_X^2/\sigma_1^2}{S_Y^2/\sigma_2^2}\sim F(m-1,n-1)$；

(3) **若 $\sigma_1=\sigma_2=\sigma$，有**

$$\frac{(\overline{X}-\overline{Y})-(\mu_1-\mu_2)}{S_w\cdot\sqrt{\frac{1}{m}+\frac{1}{n}}}\sim t(m+n-2),$$

其中

$$S_w^2=\frac{(m-1)S_X^2+(n-1)S_Y^2}{m+n-2}.$$

证　(1) 因

$$\overline{X}\sim N\left(\mu_1,\frac{\sigma_1^2}{m}\right),\overline{Y}\sim N\left(\mu_2,\frac{\sigma_2^2}{n}\right),$$

且 $\overline{X}$ 与 $\overline{Y}$ 相互独立，故有

$$\overline{X}-\overline{Y}\sim N\left(\mu_1-\mu_2,\frac{\sigma_1^2}{m}+\frac{\sigma_2^2}{n}\right),$$

标准化之后即为结论(1).

(2) 由于 $\frac{(m-1)S_X^2}{\sigma_1^2}\sim\chi^2(m-1)$，$\frac{(n-1)S_Y^2}{\sigma_2^2}\sim\chi^2(n-1)$，

且 $\frac{(m-1)S_X^2}{\sigma_1^2}$ 与 $\frac{(n-1)S_Y^2}{\sigma_2^2}$ 相互独立，可得结论(2).

(3) 若 $\sigma_1=\sigma_2=\sigma$，由(1)有

$$U=\frac{(\overline{X}-\overline{Y})-(\mu_1-\mu_2)}{\sigma\cdot\sqrt{\frac{1}{m}+\frac{1}{n}}}\sim N(0,1),$$

又

$$\frac{(m-1)S_X^2}{\sigma^2}\sim\chi^2(m-1),\frac{(n-1)S_Y^2}{\sigma^2}\sim\chi^2(n-1),$$

且 S_X^2 与 S_Y^2 相互独立，由 χ^2 分布的再生性有

$$V=\frac{(m-1)S_X^2+(n-1)S_Y^2}{\sigma^2}\sim\chi^2(m+n-2).$$

再由定理 1 之结论(2)，易得 U 与 V 相互独立，据 t 分布的定义得

$$\frac{U}{\sqrt{V/(m+n-2)}}\sim t(m+n-2),$$

化简即得结论(3).

习 题 十 五

1. 从总体中抽取容量为 50 的样本，其频率分布如下表所示：求样本均值 $\overline{x}$ 与样本方差 s^2.

样本值 x_i	2	5	7	10
频　数 n_i	16	12	8	14

2. 设样本值 $x_1,x_2,\cdots,x_n$ 的均值为 $\overline{x}$，方差为 s_X^2，作变换 $y_i=\frac{x_i-a}{b}$，得对应于上述样本的数据 y_1，$y_2,\cdots,y_n$，记其均值为 $\overline{y}$，方差为 s_Y^2，试证：(1)$\overline{x}=a+b\overline{y}$；(2)$s_X^2=b^2s_Y^2$.

3. 从同一总体中得两个样本，容量分别为 m 和 n，且已算出它们的样本均值和样本方差为$\overline{x_1}$，s_1^2 与$\overline{x_2}$，s_2^2. 现将这两个样本合在一起，问容量为 $m+n$ 的联合样本的均值和方差分别是什么？

4. 设$(X_1,X_2,\cdots,X_n)$是区间$(-1,1)$上均匀分布总体的一个子样，试求子样均值的数学期望与方差.

5. 设总体 $X\sim N(0,1)$，从总体中抽取一容量为 6 的子样$(X_1,X_2,\cdots,X_6)$，又设 $Y=(X_1+X_2+X_3)^2+(X_4+X_5+X_6)^2$. 试决定常数 C，使 CY 服从 χ^2 分布，并求出它的自由度.

6. 已知 $T\sim t(n)$，求证 $T^2\sim F(1,n)$.

7. 设$(X_1,X_2,\cdots,X_n,X_{n+1})$为来自总体 $X\sim N(0,\sigma^2)$的一个简单随机样本，$\overline{X}$ 和 S^2 分别表示前 n 个个体的样本均值与样本方差. 问统计量

$$Y=\sqrt{\frac{n}{n+1}}\cdot\frac{X_{n+1}-\overline{X}}{S}$$

服从什么分布？并求此分布的自由度.

8. 在总体 $X\sim N(80,400)$中随机抽取容量为 100 的样本，问样本均值与总体均值之差的绝对值大于 3 的概率是多少？

9. 在总体 $N(52,6.3^2)$中抽取容量为 36 的样本，求样本均值落在 50.8 到 53.8 之间的概率.

10. 求总体 $N(20,3)$的容量分别为 10，15 的两独立样本平均值之差的绝对值大于 0.3 的概率.

11. 设随机变量 $X\sim\chi^2(4)$，查表求使下列式子成立的数 a,b,c 的值：

(1) $P\{X>a\}=0.95$；(2) $P\{X<b\}=0.01$；(3) $P\{X>0.484\}=c$.

12. 设 $T\sim t(8)$，查表求使下列式子成立的数 a,b,c 的值：

(1) $P\{T>a\}=0.05$；(2) $P\{|T|<b\}=0.95$；(3) $P\{|T|>1.3968\}=c$.

13. 设 $F \sim F(7,3)$，查表求使下列式子成立的数 a,b,c 的值：

(1) $P\{F>a\}=0.025$；(2) $P\{F<b\}=0.05$；(3) $P\{F>8.89\}=c$.

14. 设总体 $N(\mu,\sigma^2)$ 的均方差 σ 为已知，取容量 $n=10$ 的样本，构造统计量 $W=\frac{S^2}{\sigma^2}$，其中 $S^2=\frac{1}{n-1}\sum_{i=1}^{n}(X_i-\overline{X})^2$，试求 h，使 $P\{W \geqslant h\}=0.05$.

15. 设从正态总体取出容量为 $n=10$ 的样本，记

$$\overline{X}=\frac{1}{10}\sum_{i=1}^{10}X_i,$$

$$S^2=\frac{1}{10-1}\sum_{i=1}^{10}(X_i-\overline{X})^2$$

作统计量

$$W=\frac{\overline{X}-\mu}{S},$$

其中 μ 是正态总体的数学期望值，试求 h，使 $P\{|W|>h\}=0.10$.

第十六章　参数估计

我们知道,服从泊松分布的随机变量,其概率分布 $P(\lambda)$ 由一个参数 $\lambda>0$ 确定;服从正态分布的随机变量,其概率分布 $N(\mu,\sigma^2)$ 由一对参数 μ 及 $\sigma>0$ 确定. 就是说,对所要研究的随机变量 X,当它的概率分布的类型已知时,还需要确定分布函数的参数是什么值,这样随机变量 X 的分布函数才能完全确定.

一般地,设总体 X 的分布函数为 $F(x,\theta)$,其中 θ(可以是向量)是未知参数,怎样由子样 $X_1,X_2,\cdots,X_n$ 提供的信息来对未知参数作出估计,这就是参数估计的问题.

参数估计分为点估计和区间估计. 我们先讨论参数的点估计.

第一节　点 估 计

点估计(point estimation)问题就是要求构造一个统计量 $T(X_1,X_2,\cdots,X_n)$作为参数 θ 的估计[$T(X_1,X_2,\cdots,X_n)$的维数与 θ 的维数相同]. 我们称 $T(X_1,X_2,\cdots,X_n)$为 θ 的估计量. 如果$(x_1,x_2,\cdots,x_n)$是子样观察值,则 $T(x_1,x_2,\cdots,x_n)$就是具体的数值,这个数值称为 θ 的估计值.

下面介绍求估计量的两种常用方法.

一、矩　法

设总体 X 的分布函数为 $F(x;\theta)$,其中 $\theta=(\theta_1,\theta_2,\cdots,\theta_l)$是待估计的参数. 假定总体分布的 l 阶矩存在,则总体分布的 k 阶矩

$$a_k(\theta_1,\theta_2,\cdots,\theta_l)=E(X^k),\quad k=1,2,\cdots,l$$

是 $\theta=(\theta_1,\theta_2,\cdots,\theta_l)$的函数.

如果 $X_1,X_2,\cdots,X_n$ 是 X 的样本,则根据辛钦大数定律(第十四章第三节)可以推知,对任意的 $\varepsilon>0$,有

$$\lim_{n\to\infty}P\left\{\left|\frac{1}{n}\sum_{i=1}^{n}X_i^k-E(X^k)\right|\geqslant\varepsilon\right\}=0,\quad k=1,2,\cdots,l$$

因此,我们自然用子样矩作为相应总体矩的估计,即令

$$a_k(\theta_1,\theta_2,\cdots,\theta_l)=A_k=\frac{1}{n}\sum_{i=1}^{n}X_i^k,\quad k=1,2,\cdots,l.$$

解这 l 个方程,一般可以得到 $\theta=(\theta_1,\theta_2,\cdots,\theta_l)$ 的一组解 $\hat\theta=(\hat\theta_1,\hat\theta_2,\cdots,\hat\theta_l)$. 将 $\hat\theta_1,\hat\theta_2,\cdots,\hat\theta_l$ 分别作为 $\theta_1,\theta_2,\cdots,\theta_l$ 的估计. 更一般地,如果 $g(\theta_1,\theta_2,\cdots,\theta_l)$ 是 $\theta_1,\theta_2,\cdots,\theta_l$ 的函数,则将 $g(\hat\theta_1,\hat\theta_2,\cdots,\hat\theta_l)$ 作为 $g(\theta_1,\theta_2,\cdots,\theta_l)$ 的估计. 这种估计称为矩估计(moment estimation),这种求估计量的方法称为矩法.

例 1　求总体均值和方差的矩估计.

解　设总体 X 的均值是μ，方差是σ^2，样本是 $X_1,X_2,\cdots,X_n$，由于 $E(X^2)=\sigma^2+\mu^2$，用矩法得方程组

$$\begin{cases}\hat{\mu}=\dfrac{1}{n}\sum\limits_{i=1}^{n}X_i=\overline{X},\\ \hat{\mu}^2+\hat{\sigma}^2=\dfrac{1}{n}\sum\limits_{i=1}^{n}X_i^2,\end{cases}$$

解之得

$$\hat{\mu}=\overline{X},$$

$$\hat{\sigma}^2=\frac{1}{n}\sum_{i=1}^{n}(X_i-\overline{X})^2=\frac{n-1}{n}S^2.$$

例 2　设$(X_1,X_2,\cdots,X_n)$是取自均匀分布

$$f(x;\theta)=\begin{cases}\dfrac{1}{\theta}, & \text{当 } 0<x<\theta,\\ 0, & \text{其他}\end{cases}$$

的总体 X 的子样，试求 θ 的矩估计.

解　因为

$$E(X)=\int_{-\infty}^{+\infty}xf(x;\theta)\mathrm{d}x=\frac{1}{\theta}\int_0^{\theta}x\mathrm{d}x=\frac{\theta}{2},$$

依矩法，令

$$\frac{\hat{\theta}}{2}=\frac{1}{n}\sum_{i=1}^{n}X_i=\overline{X}.$$

解之得 θ 的矩估计是

$$\hat{\theta}=2\overline{X}.$$

二、最大似然法

设总体 X 是连续型随机变量，有分布密度 $f(x;\theta)$，其中 $\theta=(\theta_1,\theta_2,\cdots,\theta_l)$ 是待估参数. 给定样本值 $x_1,x_2,\cdots,x_n$ 后，令

$$L(x_1,x_2,\cdots,x_n;\theta)=\prod_{i=1}^{n}f(x_i;\theta),$$

当 X 是离散型随机变量时，式中的 $f(x_i;\theta)$就取为概率分布(下同)，$L(x_1,x_2,\cdots,x_n;\theta)$称为 θ 的似然函数.

定义　如果 $L(x_1,x_2,\cdots,x_n;\theta)$在 $\theta=(\hat{\theta}_1,\hat{\theta}_2,\cdots,\hat{\theta}_l)$处达到最大值，则称 $\hat{\theta}_1,\hat{\theta}_2,\cdots,\hat{\theta}_l$ 分别是$\theta_1,\theta_2,\cdots,\theta_l$ 的最大似然估计(maximum likelihood estimation)，这种求估计量的方法称为最大似然法.

为了介绍最大似然估计的基本思想，我们考虑一个非常简单的估计问题. 假定一个盒子里有许多黑球和白球，且假定已知它们的数目之比是 3∶1，但不知白球多还是黑球多. 也就是说抽出一个黑球的概率或者是$\frac{1}{4}$，或者是$\frac{3}{4}$. 如果有放回地从盒中抽 3 个球，那么黑球数目 X 服从二项分布：

$$P\{X=x\}=\mathrm{C}_3^x p^x(1-p)^{3-x},\quad x=0,1,2,3;p=1/4,3/4.$$

其中，p 是抽到黑球的概率.

现在根据样本中的黑球数来估计未知参数 p. 在这种情况下估计问题实际上是很简单的，

因为我们只要在两个数字 1/4 和 3/4 之间作一选择. 抽样后,共有四种可能结果,它们的概率如下表所示:

x	0	1	2	3
$p=\frac{1}{4}$时 $P\{X=x\}$的值	$\frac{27}{64}$	$\frac{27}{64}$	$\frac{9}{64}$	$\frac{1}{64}$
$p=\frac{3}{4}$时 $P\{X=x\}$的值	$\frac{1}{64}$	$\frac{9}{64}$	$\frac{27}{64}$	$\frac{27}{64}$

如果样本中黑球数目为 0,那么,我们就应当估计 p 为 1/4,而不估计为 3/4,因为概率$\frac{27}{64}$比$\frac{1}{64}$大. 就是说,具有 $x=0$ 的样本来自 $p=\frac{1}{4}$的总体的可能性比来自 $p=\frac{3}{4}$的总体的可能性要大. 一般来说,当 $x=0,1$ 时,我们应当用 1/4 来估计 p;而当 $x=2,3$ 时,应当用 3/4 来估计 p. 综上所述,确定参数 p 的估计量为:

$$\hat{p}(x)=\begin{cases}\frac{1}{4}, & x=0,1;\\ \frac{3}{4}, & x=2,3.\end{cases}$$

也就是说,根据样本的具体情况来选择 $\hat{p}$,使得该样本发生的可能性最大.

怎样求最大似然估计呢? 为方便起见,以下把似然函数 $L(x_1,x_2,\cdots,x_n;\theta)$简记为 $L(\theta)$. 由于 $L(\theta)$与 $\ln L(\theta)$同时达到最大值,因此可以将求 $L(\theta)$的最大值点归结为求 $\ln L(\theta)$的最大值点,这在计算上常常带来方便.

根据微积分的知识,$\ln L(\theta)$在最大值点的一阶偏导数等于零. 即最大似然估计 $\hat{\theta}_1,\hat{\theta}_2,\cdots,\hat{\theta}_l$ 满足方程组(称为似然方程组):

$$\begin{cases}\frac{\partial \ln L(\theta)}{\partial \theta_1}=0,\\ \frac{\partial \ln L(\theta)}{\partial \theta_2}=0,\\ \cdots\cdots\cdots\\ \frac{\partial \ln L(\theta)}{\partial \theta_l}=0.\end{cases}$$

在数学上可以严格证明,在一定条件下(这些条件在大多数实际工作中常得到满足),只要样本容量 n 足够大,最大似然估计和未知参数的真值可相差任意小. 而且在一定意义上没有比最大似然估计更好的估计.

例 3 设总体 X 服从 0—1 分布,即

$$X=\begin{cases}1, & 若 A 发生;\\ 0, & 若 A 不发生.\end{cases}$$

且 $P(A)=p$,其中 $p(0<p<1)$是未知参数. 求 p 的最大似然估计.

解 设 $x_1,x_2,\cdots,x_n$ 是相应于样本 $X_1,X_2,\cdots,X_n$ 的一个样本值. X 的分布律为

$$P\{X=x_i\}=p^{x_i}(1-p)^{1-x_i},x_i=0,1.$$

故似然函数为

$$L(p)=\prod_{i=1}^{n}p^{x_i}(1-p)^{1-x_i}=p^{\sum\limits_{i=1}^{n}x_i}(1-p)^{n-\sum\limits_{i=1}^{n}x_i},$$

而
$$\ln L(p)=(\sum_{i=1}^{n}x_i)\ln p+(n-\sum_{i=1}^{n}x_i)\ln(1-p),$$

令

$$\frac{\mathrm{d}}{dp}\ln L(p)=\frac{\sum\limits_{i=1}^{n}x_i}{p}-\frac{n-\sum\limits_{i=1}^{n}x_i}{1-p}=0,$$

解得 p 的最大似然估计

$$\hat{p}=\frac{1}{n}\sum_{i=1}^{n}x_i=\bar{x}.$$

例 4　设 X 服从指数分布，有密度函数

$$f(x;\lambda)=\lambda e^{-\lambda x},x>0,\lambda>0.$$

$x_1,x_2,\cdots,x_n$ 是来自 X 的一个样本值，求 λ 的最大似然估计.

解　似然函数

$$L(\lambda)=\lambda^n\prod_{i=1}^{n}e^{-\lambda x_i}=\lambda^n e^{-\lambda\sum\limits_{i=1}^{n}x_i},$$

$$\ln L(\lambda)=n\ln\lambda-\lambda\sum_{i=1}^{n}x_i,$$

$$\frac{\partial\ln L(\lambda)}{\partial\lambda}=\frac{n}{\lambda}-\sum_{i=1}^{n}x_i=\frac{n}{\lambda}-n\bar{x},$$

故似然方程$\frac{\partial\ln L(\lambda)}{\partial\lambda}=0$ 的根 $\hat{\lambda}=\frac{1}{\bar{x}}$，这 $\hat{\lambda}$ 就是 λ 的最大似然估计.

例 5　设 $X\sim N(\mu,\delta)$，μ 和 $\delta>0$ 为未知参数，$x_1,x_2,\cdots,x_n$ 是来自 X 的一个样本值，求 μ 和 δ 的最大似然估计.

解　似然函数

$$L(\mu,\delta)=\left(\frac{1}{\sqrt{2\pi\delta}}\right)^n\prod_{i=1}^{n}e^{-\frac{1}{2\delta}(x_i-\mu)^2}=(2\pi\delta)^{-\frac{n}{2}}e^{-\frac{1}{2\delta}\sum\limits_{i=1}^{n}(x_i-\mu)^2},$$

于是
$$\ln L(\mu,\delta)=-\frac{n}{2}\ln(2\pi\delta)-\frac{1}{2\delta}\sum_{i=1}^{n}(x_i-\mu)^2,$$

因此，似然方程组

$$\begin{cases}\dfrac{\partial\ln L(\mu,\delta)}{\partial\mu}=\dfrac{1}{\delta}\sum\limits_{i=1}^{n}(x_i-\mu)=0,\\ \dfrac{\partial\ln L(\mu,\delta)}{\partial\delta}=-\dfrac{n}{2\delta}+\dfrac{1}{2\delta^2}\sum\limits_{i=1}^{n}(x_i-\mu)^2=0.\end{cases}$$

其解　$\hat{\mu}=\frac{1}{n}\sum\limits_{i=1}^{n}x_i=\bar{x}$，$\hat{\delta}=\frac{1}{n}\sum\limits_{i=1}^{n}(x_i-\bar{x})^2=\frac{n-1}{n}s^2$ 就是 μ,δ 的最大似然估计.

第二节　估计量的评价标准

对于总体分布中的未知参数 θ，往往可以提出各种估计量. 原则上讲，样本 $X_1,X_2,\cdots,X_n$

的任一连续函数 $T(X_1,X_2,\cdots,X_n)$ 都可以作为 θ 的估计，问题仅在于估计量的好坏.

由于估计量是随机变量，不同的观察结果可能得到不同的估计值，因此一两次估计的好坏不足以评定估计量的好坏，必须比较估计量在多次估计中的效果. 下面介绍几个常用的评价估计量好坏的标准.

一、无偏性

一个好的估计量，首先要求它在各次的估计值在待估参数真值的左右徘徊，它的数学期望就等于待估参数的真值，这就导致无偏性(unbiasedness)这个标准.

定义 1 **设 $X_1,X_2,\cdots,X_n$ 是总体 X 的一个样本，θ 是 X 的分布中的未知参数，$\hat{\theta}=\hat{\theta}(X_1,X_2,\cdots,X_n)$ 是 θ 的一个估计量. 如果 $E(\hat{\theta})=\theta$，则称 $\hat{\theta}$ 是 θ 的一个无偏估计**(unbiased estimate)**，否则称为有偏估计.**

在科学技术中，把 $E(\hat{\theta})-\theta$ 称为以 $\hat{\theta}$ 作为 θ 的估计时的系统偏差，无偏估计的实际意义就是无系统偏差.

例 1 设总体 X 的 k 阶矩 $\mu_k=E(X^k)(k\geqslant 1)$ 存在，又设 $X_1,X_2,\cdots,X_n$ 是 X 的一个样本. 试证明不论总体服从什么分布，k 阶样本矩 $A_k=\frac{1}{n}\sum_{i=1}^{n}X_i^k$ 是 k 阶总体矩 μ_k 的无偏估计.

证 因为 $X_1,X_2,\cdots,X_n$ 与 X 同分布，故有

$$E(X_i^k)=E(X^k)=\mu_k,\quad i=1,2,\cdots,n.$$

即有

$$E(A_k)=\frac{1}{n}\sum_{i=1}^{n}E(X_i^k)=\mu_k.$$

特别地，不论总体 X 服从什么分布，只要它的数学期望存在，$\overline{X}$ 总是总体 X 的数学期望 $\mu_1=E(X)$ 的无偏估计量.

例 2 设 $X_1,X_2,\cdots,X_n$ 是来自总体 X 的一个样本，则对任意一组满足 $\sum_{i=1}^{n}\lambda_i=1$ 的数 $\lambda_1,\lambda_2,\cdots,\lambda_n$，$\sum_{i=1}^{n}\lambda_iX_i$ 均为总体均值 $E(X)$ 的无偏估计.

证 因为 $E(X_i)=E(X)(i=1,2,\cdots,n)$，所以

$$E\left(\sum_{i=1}^{n}\lambda_iX_i\right)=\sum_{i=1}^{n}[\lambda_iE(X_i)]=\sum_{i=1}^{n}[\lambda_iE(X)]=E(X)\sum_{i=1}^{n}\lambda_i=E(X),$$

即 $\sum_{i=1}^{n}\lambda_iX_i$ 是 $E(X)$ 的无偏估计.

例 3 若以样本的二阶中心矩

$$B_2=\frac{1}{n}\sum_{i=1}^{n}(X_i-\overline{X})^2$$

估计总体分布的方差 $D(X)$，这个估计量是否是 $D(X)$ 的无偏估计?

解 我们来计算 $E(B_2)$，注意到

$$\sum_{i=1}^{n}(X_i-\overline{X})^2=\sum_{i=1}^{n}(X_i^2-2X_i\overline{X}+\overline{X}^2)=\sum_{i=1}^{n}X_i^2-2n\overline{X}^2+n\overline{X}^2=\sum_{i=1}^{n}X_i^2-n\overline{X}^2,$$

于是

$$E(B_2)=E\left[\frac{1}{n}\sum_{i=1}^{n}(X_i-\overline{X})^2\right]=\frac{1}{n}\sum_{i=1}^{n}E(X_i^2)-E(\overline{X}^2).$$

但

$$E(X_i^2)=D(X_i)+[E(X_i)]^2=D(X)+[E(X)]^2,$$

$$E(\overline{X}^2)=D(\overline{X})+[E(\overline{X})]^2=\frac{D(X)}{n}+[E(X)]^2,$$

所以
$$E(B_2)=E\left[\frac{1}{n}\sum_{i=1}^{n}(X_i-\overline{X})^2\right]=\frac{n-1}{n}D(X),$$

这表明 $B_2=\frac{1}{n}\sum_{i=1}^{n}(X_i-\overline{X})^2$ 不是 $D(X)$ 的无偏估计.

由此可见,如果用样本方差 $S^2=\frac{1}{n-1}\sum_{i=1}^{n}(X_i-\overline{X})^2=\frac{n}{n-1}B_2$ 作为总体方差 $D(X)$ 的估计量,则这个估计是无偏估计,人们常用 S^2 估计 $D(X)$.

二、有效性

若估计量 $\hat{\theta}_1$ 和 $\hat{\theta}_2$ 都是同一参数 θ 的无偏估计,进一步比较 $\hat{\theta}_1$ 和 $\hat{\theta}_2$ 的好坏,自然是比较它们的方差 $D(\hat{\theta}_1)$和 $D(\hat{\theta}_2)$.

定义 2　设 $\hat{\theta}_1$ 和 $\hat{\theta}_2$ 都是 θ 的无偏估计量,如果 $D(\hat{\theta}_1)<D(\hat{\theta}_2)$,则称 $\hat{\theta}_1$ 比 $\hat{\theta}_2$ 有效.

$\hat{\theta}_1$ 比 $\hat{\theta}_2$ 有效的意义是利用 $\hat{\theta}_1$ 和 $\hat{\theta}_2$ 对 θ 作多次估计时,虽然 $\hat{\theta}_1$ 和 $\hat{\theta}_2$ 的多次估计值都在 θ 的左右徘徊,但总的说来 $\hat{\theta}_1$ 的估计值与 θ 的偏离程度较 $\hat{\theta}_2$ 更小些.

由例 2 可见,X_1 与$(X_1+X_2)/2$ 都是 $E(X)$的无偏估计,由于

$$D\left(\frac{X_1+X_2}{2}\right)=\frac{D(X_1)+D(X_2)}{4}=\frac{D(X_1)}{2}<D(X_1),$$

所以第二个比第一个有效.

假设 $\hat{\theta}$ 是 θ 的一个无偏估计,如果对于 θ 的任意一个无偏估计 $\tilde{\theta}$,都有 $D(\hat{\theta})\leqslant D(\tilde{\theta})$,则称 $\hat{\theta}$ 是 θ 的最小方差无偏估计. 经过现代统计理论的研究,可以证明,对于正态总体 $N(\mu,\sigma^2)$而言,样本均值 $\overline{X}$ 和样本方差 S^2 分别是总体均值 μ 和方差 σ^2 的最小方差无偏估计.

三、一致性

无偏性和有效性是针对估计量在多次估计中的效果来说的. 人们总希望当样本容量增加时,估计量会在某种意义下越来越靠近被估计的参数,这样的话作一次估计就会比较准确,为此甚至可以放弃无偏性的要求.

定义 3　设 $\hat{\theta}$ 为 θ 的估计量,若对一切 $\varepsilon>0$,有

$$\lim_{n\to\infty}P\{|\hat{\theta}-\theta|<\varepsilon\}=1,$$

则称 $\hat{\theta}$ 为 θ 的一致估计.

例如,对于总体分布的 k 阶原点矩 $E(X^k)$,利用辛钦大数定律可推知,样本的 k 阶原点矩 A_k 是它的一致估计,因此,由矩法得到的估计都是一致估计. 在一定条件下,最大似然估计也具有一致性.

第三节　区间估计的一般概念

点估计是用一个统计量 $\hat{\theta}$ 作为参数 θ 的估计,一旦得到样本观察值,就能计算出一个确定的估计值. 这种估计的数据精度非常高,但是它有一个明显的缺点,就是完全没有考虑估计的可靠性. 例如,设 X 是正态总体,则 $\overline{X}$ 是 $E(X)$的最小方差无偏估计,我们知道 $\overline{X}$ 也是正态变

量，它取值为 $E(X)$ 的概率是 0. 这就是说，就一次估计来说，我们完全没有把握保证 $\overline{X}$ 就是 $E(X)$. 因此，要兼顾估计的数据精度和可靠性，就要估计一个区间，使这个区间以一定的概率包含未知参数的真值，概率越大估计越可靠，区间越短估计的数据精度就越高. 这种估计参数的方法称为参数的区间估计(interval estimation).

定义 **设** θ **为总体** X **的一个未知参数，**$X_1, X_2, \cdots, X_n$ **为来自** X **的一个样本，如果对于给定的** $\alpha(0<\alpha<1)$**，存在两个统计量** $\theta_1=\theta_1(X_1, X_2, \cdots, X_n)$ **和** $\theta_2=\theta_2(X_1, X_2, \cdots, X_n)$**，使得**

$$P\{\theta_1<\theta<\theta_2\}=1-\alpha,$$

则称区间(θ_1, θ_2)**为** θ **的一个置信水平**(confidence level)**为** $1-\alpha$ **的置信区间**(confidence interval)，θ_1 **和** θ_2 **分别称为置信区间的下限**(lower limit)**和上限**(upper limit). **置信水平也称为置信度.**

由于统计量 θ_1 和 θ_2 是随机变量，所以 (θ_1, θ_2) 是一个随机区间，它是否包含 θ 是一个随机事件，其发生的概率为 $1-\alpha$. 因此，置信水平 $1-\alpha$ 反映了区间估计的可靠程度. 若将某次抽样获得的样本观察值 $x_1, x_2, \cdots, x_n$ 代入统计量 $\theta_1(X_1, X_2, \cdots, X_n)$ 和 $\theta_2(X_1, X_2, \cdots, X_n)$，便得 $\hat{\theta}_1=\hat{\theta}_1(x_1, x_2, \cdots, x_n)$ 和 $\hat{\theta}_2=\hat{\theta}_2(x_1, x_2, \cdots, x_n)$，这样，$(\hat{\theta}_1, \hat{\theta}_2)$ 就是一个非随机的数值区间，在实际应用中，在不引起混淆的情况下也叫置信区间，由于 θ 的真值未知，这个区间 $(\hat{\theta}_1, \hat{\theta}_2)$ 是否包含 θ 无法确定. 但可以确定的是，如果做 100 次样本容量为 n 的抽样，则在 100 个数值区间 $(\hat{\theta}_1, \hat{\theta}_2)$ 中，约有 $100(1-\alpha)$ 个包含了 θ 的真值.

值得注意的是，置信水平为 $1-\alpha$ 的置信区间不是唯一的.

例 1 设 $X\sim N(\mu, \sigma^2)$，其中 σ 已知，μ 未知，$X_1, X_2, \cdots, X_n$ 为来自总体 X 的子样，求 μ 的置信水平为 0.95 的置信区间.

解 设 μ 的置信水平为 0.95 的置信区间为 (μ_1, μ_2)，我们知道

$$U\triangleq\frac{\overline{X}-\mu}{\sigma/\sqrt{n}}\sim N(0,1),$$

因此，要使

$$P\{\mu_1<\mu<\mu_2\}=P\left\{\frac{\overline{X}-\mu_2}{\sigma/\sqrt{n}}<\frac{\overline{X}-\mu}{\sigma/\sqrt{n}}<\frac{\overline{X}-\mu_1}{\sigma/\sqrt{n}}\right\}=P\{\lambda_2<U<\lambda_1\}=0.95,$$

其中 $\lambda_{1,2}=\dfrac{\overline{X}-\mu_{1,2}}{\sigma/\sqrt{n}}$，只要选取 λ_1, λ_2，使得

$$P\{U\geqslant\lambda_1\}+P\{U\leqslant\lambda_2\}=0.05 \tag{16-3-1}$$

即可. 如此便得 μ 的置信水平为 0.95 的置信区间：

$$(\overline{X}-\lambda_1\sigma/\sqrt{n}, \overline{X}+\lambda_2\sigma/\sqrt{n}). \tag{16-3-2}$$

例如，令

$$P\{U\geqslant\lambda_1\}=P\{U\leqslant\lambda_2\}=0.025, \tag{16-3-3}$$

查表得 $\lambda_{1,2}=\pm1.96$. 此时，所求置信区间为

$$(\overline{X}-1.96\sigma/\sqrt{n}, \overline{X}+1.96\sigma/\sqrt{n}). \tag{16-3-4}$$

为使(16-3-1)式成立，也可取

$$P\{U\geqslant\lambda_1\}=0.04, P\{U\leqslant\lambda_2\}=0.01,$$

查表得 $\lambda_1=1.75, \lambda_2=-2.33$. 置信区间为

$$(\overline{X}-1.75\sigma/\sqrt{n}, \overline{X}+2.33\sigma/\sqrt{n}). \tag{16-3-5}$$

从置信区间(16－3－2)来看,其长度与 n 有关.当然希望置信区间的长度越短越好,但为此需花费代价:n 必须大.故在实际问题里要具体分析,适当掌握,不能走极端.

此外,在 n 一定的情况下,区间(16－3－4)比区间(16－3－5)为短.事实上,在例 1 中没有比(16－3－4)更短的置信区间,这是因为 U 的密度函数曲线是单峰的并且关于某条与 x 轴垂直的直线对称,这时依(16－3－3)式选取的 λ_1 和 λ_2,能使置信区间最短.

根据例 1 的讨论,我们把区间估计的基本步骤归纳如下:

(1)寻找一个随机变量 Z(如例 1 中的 U),一方面,它是样本和待估参数的函数

$$Z=Z(X_1,X_2,\cdots,X_n;\theta),$$

其中不含其他未知参数,以便能从 $\lambda_2<Z<\lambda_1$ 中解出一个与之等价的不等式

$$\theta_1(X_1,X_2,\cdots,X_n)<\theta<\theta_2(X_1,X_2,\cdots,X_n). \tag{16-3-6}$$

另一方面,应知道 Z 的分布,以便由

$$P\{\lambda_2<Z<\lambda_1\}=1-\alpha$$

确定 λ_1 和 λ_2.

(2)对于给定的置信水平 $1-\alpha$,即使 Z 的密度函数曲线不像例 1 中 U 的那样是单峰和对称的,为简便起见,通常也取

$$P\{Z\geqslant\lambda_1\}=P\{Z\leqslant\lambda_2\}=\alpha/2,$$

以此定出 λ_1 和 λ_2.

(3)从 $\lambda_2<Z<\lambda_1$ 中解出不等式(16－3－6),其中 $\theta_1=\theta_1(X_1,X_2,\cdots,X_n)$ 和 $\theta_2=\theta_2(X_1,X_2,\cdots,X_n)$ 都是统计量,那么 (θ_1,θ_2) 就是 θ 的一个置信水平为 $1-\alpha$ 的置信区间.

第四节　正态总体参数的区间估计

一、单个总体 $N(\mu,\sigma^2)$ 的情形

设已给定置信水平为 $1-\alpha$,并设 $X_1,X_2,\cdots,X_n$ 为总体 $X\sim N(\mu,\sigma^2)$ 的样本.$\overline{X}$,S^2 分别是样本均值和样本方差.

(1)方差 σ^2 已知时,均值 μ 的区间估计

取 U 如上节例 1,使 $P\{U\geqslant\lambda_1\}=P\{U\leqslant\lambda_2\}=\alpha/2$,得 $\lambda_{1,2}=\pm u_{\frac{\alpha}{2}}$,因此

$$P\left\{-u_{\frac{\alpha}{2}}<\frac{\overline{X}-\mu}{\sigma/\sqrt{n}}<u_{\frac{\alpha}{2}}\right\}=1-\alpha,$$

即

$$P\{\overline{X}-u_{\frac{\alpha}{2}}\sigma/\sqrt{n}<\mu<\overline{X}+u_{\frac{\alpha}{2}}\sigma/\sqrt{n}\}=1-\alpha.$$

故 μ 的置信水平为 $1-\alpha$ 的置信区间为

$$(\overline{X}-u_{\frac{\alpha}{2}}\sigma/\sqrt{n},\overline{X}+u_{\frac{\alpha}{2}}\sigma/\sqrt{n}). \tag{16-4-1}$$

这样的置信区间常写成 $(\overline{X}\pm u_{\frac{\alpha}{2}}\sigma/\sqrt{n})$.

例 1　已知对某种药物中的有效成分的含量进行了 6 次独立测量,其结果是 0.8572,0.8612,0.8587,0.8615,0.8603,0.8589,据以往的资料可知,该项指标服从正态分布,方差为 0.13^2,试估计该药物中有效成分含量的 95%置信区间.

解　由题意知 $n=6$,$\bar{x}=0.8596$,$\sigma^2=0.13^2$,$1-\alpha=0.95$,$\alpha=0.05$.查表得

$$u_{\frac{\alpha}{2}}=u_{0.025}=1.96.$$

故所求置信区间为

$$\left(0.8596\pm1.96\times\frac{0.13}{\sqrt{6}}\right),$$

即(0.7556,0.9636).

即使总体 X 不服从正态分布，只要 n 比较大，即所谓大样本的情形，仍可用(16-4-1)来对 $E(X)$ 进行比较准确的估计. 这是因为，无论 X 是怎样的随机变量，只要 n 充分大，根据中心极限定理，随机变量 $U=\dfrac{\overline{X}-E(X)}{\sqrt{D(X)/n}}$ 就和标准正态变量相差很小.

(2)方差 σ^2 未知时，均值 μ 的区间估计

上面的讨论是在已知方差 σ^2 的情况下进行的. 在实际应用中经常遇到不知道方差的情况，此时怎样对 μ 找置信区间呢？现在就来研究和解决这个问题.

一个很自然的想法是，利用 σ^2 的估计量 S^2 来代替 σ^2. 就是说，研究

$$T=\frac{\overline{X}-\mu}{S/\sqrt{n}}$$

的分布.

由第十五章第二节定理1知 $T\sim t(n-1)$. 取 $P\{T\geqslant\lambda_1\}=P\{T\leqslant\lambda_2\}=\alpha/2$，得 $\lambda_{1,2}=\pm t_{\frac{\alpha}{2}}(n-1)$. 因此

$$P\left\{-t_{\frac{\alpha}{2}}(n-1)<\frac{\overline{X}-\mu}{S/\sqrt{n}}<t_{\frac{\alpha}{2}}(n-1)\right\}$$

$$=P\{\overline{X}-t_{\frac{\alpha}{2}}(n-1)S/\sqrt{n}<\mu<\overline{X}+t_{\frac{\alpha}{2}}(n-1)S/\sqrt{n}\}=1-\alpha.$$

故 μ 的置信水平为 $1-\alpha$ 的置信区间为

$$(\overline{X}\pm t_{\frac{\alpha}{2}}(n-1)S/\sqrt{n}).$$

例 2 某药厂用自动包装机装药，某日开工后测得 9 包药的重量(g)如下：99.3，98.7，100.5，101.2，98.3，99.7，99.5，102.1，100.5，试求药重量均值的区间估计($\alpha=0.05$).

解 正常情况下可认为药的重量服从正态分布. 由题可得 $n=9$，$\bar{x}=99.978$，$s=1.212$，$\alpha=0.05$. 查表得 $t_{\frac{\alpha}{2}}(9-1)=t_{0.025}(8)=2.306$，故 μ 的置信水平为 0.95 的置信区间为 $\left(\bar{x}\pm t_{0.025}(8)\dfrac{s}{\sqrt{n}}\right)$，即(99.046，100.909).

这就是说估计包装药品的重量的均值在 99.046(g)与 100.909(g)之间，这个估计的可信程度为 95%，若以此区间内任一值作为 μ 的近似值，其误差不大于 $\dfrac{1.212}{\sqrt{9}}\times2.306\times2\approx1.863$ (g)，这个误差估计的可信度为 95%.

(3)方差 σ^2 的区间估计

取随机变量

$$\chi^2=\frac{(n-1)S^2}{\sigma^2}.$$

由上一章第二节定理 1，知 $\chi^2\sim\chi^2(n-1)$. 取 $P\{\chi^2\geqslant\lambda_1\}=P\{\chi^2\leqslant\lambda_2\}=\dfrac{\alpha}{2}$，得 $\lambda_1=\chi^2_{\frac{\alpha}{2}}(n-1)$，$\lambda_2=\chi^2_{1-\frac{\alpha}{2}}(n-1)$，因此

$$P\left\{\chi^2_{1-\frac{\alpha}{2}}(n-1)<\frac{(n-1)S^2}{\sigma^2}<\chi^2_{\frac{\alpha}{2}}(n-1)\right\}=1-\alpha,$$

即
$$P\left\{\frac{(n-1)S^2}{\chi^2_{\frac{\alpha}{2}}(n-1)}<\sigma^2<\frac{(n-1)S^2}{\chi^2_{1-\frac{\alpha}{2}}(n-1)}\right\}=1-\alpha,$$

故 σ^2 的置信水平为 $1-\alpha$ 的置信区间为$\left(\frac{(n-1)S^2}{\chi^2_{\frac{\alpha}{2}}(n-1)},\frac{(n-1)S^2}{\chi^2_{1-\frac{\alpha}{2}}(n-1)}\right)$.

例 3　设新生儿的体重服从 $N(\mu,\sigma^2)$，现有 11 名新生儿，测得体重(单位:kg)如下:3.10，2.52，3.00，3.60，3.16，3.56，3.32，2.88，2.60，3.40，2.54，试求 σ^2 的置信水平为 0.95 的置信区间.

解　$n=11$，$s^2=0.1546$，$\alpha=0.05$，查表得 $\chi^2_{\frac{\alpha}{2}}(n-1)=\chi^2_{0.025}(10)=20.48$，$\chi^2_{1-\frac{\alpha}{2}}(n-1)=\chi^2_{0.975}(10)=3.25$.

于是

$$\frac{(n-1)s^2}{\chi^2_{\frac{\alpha}{2}}(n-1)}=\frac{(11-1)\times0.1546}{20.48}=0.0755,$$

$$\frac{(n-1)s^2}{\chi^2_{1-\frac{\alpha}{2}}(n-1)}=\frac{(11-1)\times0.1546}{3.25}=0.4757.$$

故 σ^2 的置信水平为 0.95 的置信区间为(0.0755，0.4757).

二、两个总体 $N(\mu_1,\sigma_1^2)$，$N(\mu_2,\sigma_2^2)$的情形

在实际中常遇到下面的问题：已知产品的某一质量指标服从正态分布，但由于原料、设备条件、操作人员不同，或工艺过程的改变等因素，总体均值、方差会有所改变. 我们需要知道这些变化有多大，这就需要考虑两个正态总体均值差或方差比的估计问题.

设两个正态总体分别为 X,Y，它们相互独立且 $X\sim N(\mu_1,\sigma_1^2)$，$Y\sim N(\mu_2,\sigma_2^2)$，$X_1,X_2,\cdots,X_m$ 和 $Y_1,Y_2,\cdots,Y_n$ 分别为来自 X 和 Y 的样本，$\overline{X},\overline{Y}$ 分别为 X,Y 的样本均值，S_X^2,S_Y^2 分别为 X,Y 的样本方差.

(1)方差 σ_1^2,σ_2^2 均已知时，均值差 $\mu_1-\mu_2$ 的区间估计

由上章第二节定理 2 知，随机变量

$$U=\frac{(\overline{X}-\overline{Y})-(\mu_1-\mu_2)}{\sqrt{\frac{\sigma_1^2}{m}+\frac{\sigma_2^2}{n}}}\tag{16-4-2}$$

服从标准正态分布. 因此

$$P\left\{\left|\frac{(\overline{X}-\overline{Y})-(\mu_1-\mu_2)}{\sqrt{\frac{\sigma_1^2}{m}+\frac{\sigma_2^2}{n}}}\right|<u_{\frac{\alpha}{2}}\right\}=1-\alpha,$$

即
$$P\left\{\overline{X}-\overline{Y}-u_{\frac{\alpha}{2}}\sqrt{\frac{\sigma_1^2}{m}+\frac{\sigma_2^2}{n}}<\mu_1-\mu_2<\overline{X}-\overline{Y}+u_{\frac{\alpha}{2}}\sqrt{\frac{\sigma_1^2}{m}+\frac{\sigma_2^2}{n}}\right\}=1-\alpha.$$

故 $\mu_1-\mu_2$ 的置信水平为 $1-\alpha$ 的置信区间为

$$\left(\overline{X}-\overline{Y}\pm u_{\frac{\alpha}{2}}\sqrt{\frac{\sigma_1^2}{m}+\frac{\sigma_2^2}{n}}\right).$$

例 4 某香烟厂向化验室送去两批烟草，化验室从 A、B 两批烟草中各随机地抽取重量相同的 5 例进行化验，测得尼古丁含量的毫克数为

$$A:24\quad 27\quad 26\quad 21\quad 24\qquad B:27\quad 28\quad 23\quad 31\quad 36$$

假设 A、B 两批烟草的尼古丁含量分别服从正态分布 $N(\mu_1,5)$ 及 $N(\mu_2,8)$，且它们相互独立，求两种烟草尼古丁平均含量差 $\mu_1-\mu_2$ 的置信水平为 0.95 的置信区间.

解 由题意 $m=n=5,\sigma_1^2=5,\sigma_2^2=8,1-\alpha=0.95,\bar{x}=24.4,\bar{y}=27$. 查表可得 $u_{\frac{\alpha}{2}}=u_{0.025}=1.96$. 因此

$$\bar{x}-\bar{y}\pm u_{\frac{\alpha}{2}}\sqrt{\frac{\sigma_1^2}{m}+\frac{\sigma_2^2}{n}}=-2.6\pm 3.16.$$

故 $\mu_1-\mu_2$ 的置信水平为 0.95 的置信区间为 $(-5.76,0.56)$.

(2) $\sigma_1^2=\sigma_2^2=\sigma^2$，但 σ^2 未知时，均值差 $\mu_1-\mu_2$ 的区间估计.

由于 $\sigma_1^2=\sigma_2^2=\sigma^2$，但 σ^2 未知，故可用 σ^2 的估计量 $S_w^2=\dfrac{(m-1)S_X^2+(n-1)S_Y^2}{m+n-2}$ 代替(16-4-2)式右端的 σ_1^2 和 σ_2^2，得随机变量

$$T=\frac{(\bar{X}-\bar{Y})-(\mu_1-\mu_2)}{S_w\sqrt{\dfrac{1}{m}+\dfrac{1}{n}}}.$$

由上一章第二节定理 2 知，$T\sim t(m+n-2)$. 因此

$$P\left\{\left|\frac{(\bar{X}-\bar{Y})-(\mu_1-\mu_2)}{S_w\sqrt{\dfrac{1}{m}+\dfrac{1}{n}}}\right|<t_{\frac{\alpha}{2}}(m+n-2)\right\}=1-\alpha,$$

从而可得 $\mu_1-\mu_2$ 的置信水平为 $1-\alpha$ 的置信区间为

$$\left(\bar{X}-\bar{Y}\pm t_{\frac{\alpha}{2}}(m+n-2)S_w\sqrt{\frac{1}{m}+\frac{1}{n}}\right).$$

例 5 为了比较甲、乙两类试验田的药材生产的单位面积产量，现随机地抽取甲类试验田 8 单位面积，乙类试验田 10 单位面积，测得单位面积产量如下(单位：千克)

甲类：12.6，10.2，11.7，12.3，11.1，10.5，10.6，12.2

乙类：8.6，7.9，9.3，10.7，11.2，11.4，9.8，9.5，10.1，8.5

假设这两类试验田的产量 X 与 Y 相互独立且都服从正态分布，且方差相同，求它们均值之差 $\mu_1-\mu_2$ 的置信水平为 0.95 的置信区间.

解 由题中条件知 $m=8,n=10,1-\alpha=0.95,\bar{x}=11.4,\bar{y}=9.7,s_X^2=0.851,s_Y^2=1.378,\sigma_1^2=\sigma_2^2$.

查表得 $t_{\frac{\alpha}{2}}(m+n-2)=t_{0.025}(16)=2.12$，因此

$$\bar{x}-\bar{y}\pm t_{0.025}(16)s_w\sqrt{\frac{1}{m}+\frac{1}{n}}=11.4-9.7\pm 2.12\sqrt{\frac{7\times 0.851+9\times 1.378}{16}}\cdot\sqrt{\frac{1}{8}+\frac{1}{10}}=1.7\pm 1.1.$$

故所求置信区间为 $(0.6,2.8)$.

(3) 两个正态总体方差比 σ_1^2/σ_2^2 的区间估计

由上章第二节定理 2 知，随机变量 $F=\dfrac{S_X^2/\sigma_1^2}{S_Y^2/\sigma_2^2}$ 服从 $F(m-1,n-1)$ 分布. 因此

$$P\left\{F_{1-\frac{\alpha}{2}}(m-1,n-1)<\frac{S_X^2/\sigma_1^2}{S_Y^2/\sigma_2^2}<F_{\frac{\alpha}{2}}(m-1,n-1)\right\}=1-\alpha.$$

从而

$$P\left\{\frac{1}{F_{\frac{\alpha}{2}}(m-1,n-1)}\cdot\frac{S_X^2}{S_Y^2}<\frac{\sigma_1^2}{\sigma_2^2}<\frac{1}{F_{1-\frac{\alpha}{2}}(m-1,n-1)}\cdot\frac{S_X^2}{S_Y^2}\right\}=1-\alpha.$$

故 σ_1^2/σ_2^2 的置信水平为 $1-\alpha$ 的置信区间为

$$\left(\frac{1}{F_{\frac{\alpha}{2}}(m-1,n-1)}\cdot\frac{S_X^2}{S_Y^2},\frac{1}{F_{1-\frac{\alpha}{2}}(m-1,n-1)}\cdot\frac{S_X^2}{S_Y^2}\right).$$

例 6　某大学从 2005 年在甲、乙两市招收的新生中分别随机抽检 5 名男生和 6 名男生，测得其身高(单位:cm)为

甲市:172　178　180.5　174　175　　乙市:174　171　176.5　168　172.5　170

设两市男学生身高分别服从正态分布 $N(\mu_1,\sigma_1^2)$ 和 $N(\mu_2,\sigma_2^2)$，求 σ_1^2/σ_2^2 的置信水平为 95%的置信区间.

解　由观测数据可算得 $s_X^2=11.3$, $s_Y^2=9.1$, $\alpha=0.05$，查表得 $F_{0.025}(4,5)=7.39$，$F_{0.975}(4,5)=\frac{1}{9.36}$，因此 σ_1^2/σ_2^2 的置信水平为 95%的置信区间为 $\left(\frac{11.3}{9.1}\times\frac{1}{7.39},\frac{11.3}{9.1}\times 9.36\right)$，即(0.168,11.629).

第五节　0—1 分布参数的区间估计

设总体 $X\sim B(1,p)$，其中 p 是未知参数，$X_1,X_2,\cdots,X_n$ 是来自 X 的一个大样本($n>50$). 由棣莫弗-拉普拉斯极限定理(见第十四章第三节定理 4 的推论)知

$$\frac{\sum_{i=1}^{n}X_i-np}{\sqrt{np(1-p)}}=\frac{n\overline{X}-np}{\sqrt{np(1-p)}}\overset{\text{近似}}{\sim}N(0,1),$$

因此

$$P\left\{\left|\frac{n\overline{X}-np}{\sqrt{np(1-p)}}\right|<u_{\frac{\alpha}{2}}\right\}\approx 1-\alpha,$$

其中 $\left|\frac{n\overline{X}-np}{\sqrt{np(1-p)}}\right|<u_{\frac{\alpha}{2}}$ 等价于

$$(n+u_{\frac{\alpha}{2}}^2)p^2-(2n\overline{X}+u_{\frac{\alpha}{2}}^2)p+n\overline{X}^2<0.$$

如果记 $a=n+u_{\frac{\alpha}{2}}^2$, $b=-(2n\overline{X}+u_{\frac{\alpha}{2}}^2)$, $c=n\overline{X}^2$，则 p 的置信水平为 $1-\alpha$ 的近似置信区间为

$$\left(\frac{1}{2a}(-b\pm\sqrt{b^2-4ac})\right).\qquad(16-5-1)$$

例 1　随机调查了某校 200 名沙眼患者，经用某种治疗法治疗一定时期后，治愈 168 人，试对治愈率 p 做置信水平为 95%的区间估计.

解　治愈率 p 是 0—1 分布的参数，此处 $n=200$, $\bar{x}=168/200=0.84$, $\alpha=0.05$, $u_{\frac{\alpha}{2}}=u_{0.025}=1.96$. 按(16-5-1)求 p 的置信区间，其中

$$a=n+u_{\frac{\alpha}{2}}^2=203.84,b=-(2n\bar{x}+u_{\frac{\alpha}{2}}^2)=-339.84,c=n\bar{x}^2=141.12.$$

而

$$(-b\pm\sqrt{b^2-4ac})/2a\approx 0.8336\pm 0.0507.$$

故得 p 的置信水平为 95%的近似置信区间为(0.7829,0.8843).

第六节 单侧置信区间

在上面三节的讨论中，对未知参数 θ，我们给出两个统计量 θ_1,θ_2，得到 θ 的双侧置信区间 (θ_1,θ_2). 但在某些实际问题中，例如，对于设备、元件的寿命来说，平均寿命长是我们所希望的，我们关心的是平均寿命 θ 的“下限”；与之相反，在考虑产品的废品率 p 时，我们常关心参数 p 的“上限”. 这就引出了单侧置信区间的概念.

对于给定值 $\alpha(0<\alpha<1)$，若由样本 $X_1,X_2,\cdots,X_n$ 确定的统计量 $\underline{\theta}=\underline{\theta}(X_1,X_2,\cdots,X_n)$，满足

$$P\{\theta>\underline{\theta}\}=1-\alpha,$$

则称随机区间 $(\underline{\theta},+\infty)$ 是 θ 的置信水平为 $1-\alpha$ 的单侧(或右侧)置信区间，$\underline{\theta}$ 称为置信水平为 $1-\alpha$ 的单侧置信下限.

又若统计量 $\bar{\theta}=\bar{\theta}(X_1,X_2,\cdots,X_n)$，满足

$$P\{\theta<\bar{\theta}\}=1-\alpha,$$

则称随机区间 $(-\infty,\bar{\theta})$ 是 θ 的置信水平为 $1-\alpha$ 的单侧(或左侧)置信区间，$\bar{\theta}$ 称为置信水平为 $1-\alpha$ 的单侧置信上限.

例如对于正态总体 X，若均值 μ，方差 σ^2 均为未知，设 $X_1,X_2,\cdots,X_n$ 是一个样本. 由 $\dfrac{\overline{X}-\mu}{S/\sqrt{n}}\sim t(n-1)$ 有(参见图 16-1)

$$P\left\{\frac{\overline{X}-\mu}{S/\sqrt{n}}<t_\alpha(n-1)\right\}=1-\alpha,$$

即

$$P\left\{\mu>\overline{X}-\frac{S}{\sqrt{n}}\,t_\alpha(n-1)\right\}=1-\alpha,$$

于是得到 μ 的一个置信水平为 $1-\alpha$ 的单侧置信区间(或称右侧置信区间) $\left(\overline{X}-\dfrac{S}{\sqrt{n}}\,t_\alpha(n-1),+\infty\right)$.

μ 的置信水平为 $1-\alpha$ 的单侧置信下限为

$$\underline{\mu}=\overline{X}-\frac{S}{\sqrt{n}}\,t_\alpha(n-1). \tag{16-6-1}$$

又由 $\dfrac{(n-1)S^2}{\sigma^2}\sim\chi^2(n-1)$ 有(图 16-2)

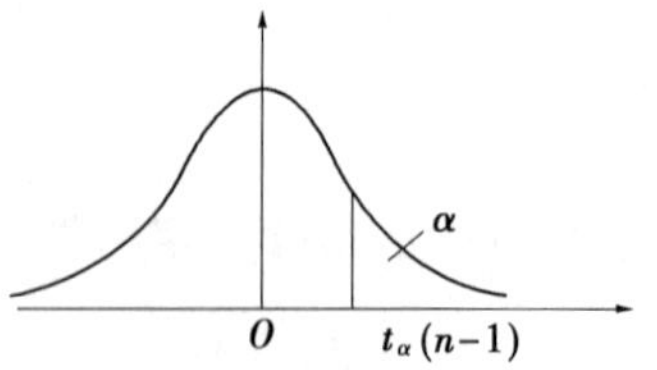

图 16-1

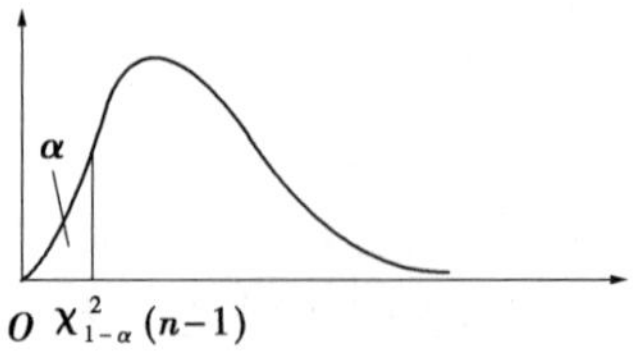

图 16-2

$$P\left\{\frac{(n-1)S^2}{\sigma^2}>\chi^2_{1-\alpha}(n-1)\right\}=1-\alpha,$$

即
$$P\left\{\sigma^2<\frac{(n-1)S^2}{\chi^2_{1-\alpha}(n-1)}\right\}=1-\alpha.$$
于是得到 σ^2 的一个置信水平为 $1-\alpha$ 的单侧(或左侧)置信区间 $\left(0,\frac{(n-1)S^2}{\chi^2_{1-\alpha}(n-1)}\right)$，$\sigma^2$ 的置信水平为 $1-\alpha$ 的单侧置信上限为
$$\overline{\sigma^2}=\frac{(n-1)S^2}{\chi^2_{1-\alpha}(n-1)}.$$

例 1　从一批灯泡中随机地取 5 只作寿命试验，测得寿命(以小时计)为

1050，　1100，　1120，　1250，　1280.

设灯泡寿命服从正态分布，求灯泡寿命平均值的置信水平为 0.95 的单侧置信下限.

解　由题可知 $1-\alpha=0.95$，$n=5$，$t_\alpha(n-1)=t_{0.05}(4)=2.1318$，$\bar{x}=1160$，$s^2=9950$. 由(16-6-1)式得所求单侧置信下限为
$$\underline{\mu}=\bar{x}-\frac{s}{\sqrt{n}}\ t_\alpha(n-1)=1065.$$

例 2　某自动包装机包装洗衣粉，其重量服从正态分布，今随机地抽查 12 袋，测得重量(单位:克)分别为

1001,1000,1003,1002,999,1004,999,1000,996,1004,997,998

试求该包装机所包装的洗衣粉的方差其置信水平为 95%的单侧置信区间.

解　由题意知 $n=12$，$1-\alpha=0.95$，$\bar{x}=1000.25$，$(n-1)s^2=65.25$.

选取随机变量 $\chi^2=\frac{(n-1)S^2}{\sigma^2}$，则 $\chi^2\sim\chi^2(n-1)$，由
$$\chi^2_{1-\alpha}(n-1)=\chi^2_{0.95}(11)=4.575,\chi^2_\alpha(n-1)=\chi^2_{0.05}(11)=19.675$$
得 σ^2 的置信水平为 95%的左、右侧置信区间分别为
$$\left(0,\frac{(n-1)s^2}{\chi^2_{1-\alpha}(n-1)}\right),\left(\frac{(n-1)s^2}{\chi^2_\alpha(n-1)},+\infty\right),$$
即分别为
$$(0,14.2623),\quad(3.3164,+\infty).$$

习 题 十 六

1. 随机地取 8 只活塞环，测得它们的直径为(以 mm 计)74.001，74.005，74.001，74.000，73.993，74.006，74.002. 试求总体均值 μ 及方差 σ^2 的矩估计值，并求样本方差 s^2.

2. 若随机样本 $X_1,X_2,\cdots,X_n$ 来自均匀分布的总体 X，其密度函数为
$$f(x;\theta)=\begin{cases}\frac{1}{\theta}, & 0<x<\theta,\\ 0, & \text{其他}.\end{cases}$$
试求参数 θ 的矩估计.

3. 设总体 X 具有分布密度
$$f(x;\alpha)=(\alpha+1)x^\alpha,0<x<1,$$
其中 $\alpha>-1$ 是未知参数. $(x_1,\cdots,x_n)$是一子样，试求参数 α 的矩估计和最大似然估计.

4. 设总体 X 服从二点分布 $P\{X=0\}=p$，$P\{X=1\}=1-p$，p 是未知参数，$0<p<1$，$(x_1,x_2,\cdots,x_n)$是来自总体的子样，试求 p 的矩估计和最大似然估计.

5. 设总体 X 服从泊松分布 $P\{X=k\}=\frac{\lambda^k}{k!}e^{-\lambda}, k=0,1,2,\cdots,\lambda>0$ 是未知参数，$(x_1,x_2,\cdots,x_n)$ 是从该总体中抽取的子样，试求未知参数 λ 的矩估计和最大似然估计.

6. 设总体 X 的密度函数为

$$f(x;\theta)=\begin{cases}\theta e^{-\theta x}, & x\in[0,+\infty),\\ 0, & x\in(-\infty,0)\end{cases}\quad(\theta>0).$$

今从总体中抽取 10 个个体测得如下数据：1055，1150，1085，1200，1300，1250，1315，1160，1150，1140. 试用最大似然估计法估计参数 θ 的值.

7. 设总体 X 的分布密度函数为

$$f(x;\theta)=\begin{cases}\theta x^{\theta-1}, & x\in(0,1),\\ 0, & x\notin(0,1).\end{cases}$$

若样本的观察值为 $x_1,x_2,\cdots,x_n$. 求参数的最大似然估计.

8. 某药厂从一天生产的针剂中随机抽取 10 支，测量其有效成分的含量(单位为 mg)分别为 0.93，0.92，0.98，0.90，0.89，0.94，0.91，0.93，0.88，0.92，试求有效成分含量的均数和方差的最大似然估计值.

9. 从一批药片中随机抽取 100 片，测定其含量得均数为 12.3mg，由以往资料知其含量服从正态分布，且标准差为 0.45mg. 试求这批药片平均含量的置信水平为 95%的置信区间.

10. 对某一距离进行 5 次独立测量，得(单位：米)：

2781，2836，2807，2763，2858.

已知测量无系统偏差，求该距离的置信水平为 0.95 的置信区间(测量值可认为服从正态分布).

11. 为了估计灯泡使用时数的均值 μ 及标准差 σ，测试 10 个灯泡，得 $\bar{x}=1500$ 小时，$s=20$ 小时. 如果已知灯泡使用时数是服从正态分布的，求 μ 及 σ 的置信区间(置信水平为 0.95).

12. 在某小学 7 岁男童中随机抽检 10 人测得其身高(单位为 cm)为 118.2，114.3，112.7，117.2，113.2，116.0，120.4，120.1，119.1，120.5. 若身高服从正态分布，试求 7 岁男童身高的均数的 95%置信区间和方差的 90%置信区间.

13. 某药厂对于 30 名工人装药时间进行了测量，样本平均值 $\bar{x}=4.5$ 秒，标准差 $s=1.3$ 秒，设装药时间服从正态分布. 求装药时间均数的 95%置信区间和标准差的 90%置信区间.

14. 假定初生男婴的体重服从正态分布. 现在随机抽取 12 名初生男婴，测其体重(单位为 kg)为 3.1，2.52，3，3.01，3.6，3.16，3.56，3.3，2.88，2.6，3.4，2.54. 试求初生男婴的平均体重的 95%置信区间和方差的 90%置信区间.

15. 随机地从 A 批导线中抽取 4 根，又从 B 批导线中抽取 5 根，测得电阻(单位为 Ω)为

A 批导线：0.143，0.142，0.143，0.137；　　B 批导线：0.140，0.142，0.136，0.138，0.140.

设测定数据分别来自总体 $N(\mu_1,\sigma^2)$，$N(\mu_2,\sigma^2)$，且两样本相互独立，又 μ_1,μ_2,σ^2 均为未知，试求 $\mu_1-\mu_2$ 的置信水平为 0.95 的置信区间.

16. 研究两种固体燃料火箭推进器的燃烧率，设两者都服从正态分布，并且已知燃烧率的标准差均近似地为 0.05cm/s，取样本容量 $n_1=n_2=20$. 得燃烧率的样本均值分别为 $\bar{x}_1=18$cm/s，$\bar{x}_2=24$cm/s，求两燃烧率总体均值差 $\mu_1-\mu_2$ 的置信水平为 0.99 的置信区间.

17. 设两位化验员 A,B 独立地对某种聚合物含氯量用相同的方法各做 10 次测定，其测定的样本方差依次为 $s_A^2=0.5419$，$s_B^2=0.6065$. 设 σ_A^2,σ_B^2 分别为 A,B 所测定的测定值总体的方差，设总体均为正态的，求方差比 σ_A^2/σ_B^2 的置信水平为 0.95 的置信区间.

18. 在一批货物的容量为 100 的样本中，经检验发现有 16 件次品，试求这批货物次品率的置信水平为 0.95 的置信区间.

19. (1)求 14 题中平均体重的置信水平为 0.95 的单侧置信上限.

(2)求 15 题中 $\mu_1-\mu_2$ 的置信水平为 0.95 的单侧置信下限.

(3)求 17 题中方差比 σ_A^2/σ_B^2 的置信水平为 0.95 的置信上限.

20. 为研究某种汽车轮胎的磨损特性，随机地选取 16 只轮胎，每只轮胎行驶到磨坏为止，记录所行驶的里程(单位为 km)如下：

41250	40187	43175	41010	39265	41872	42654	41287
38970	40200	42500	41095	40680	43500	39775	40400

假设这些数据来自正态总体 $N(\mu_1, \sigma^2)$，其中 μ, σ^2 未知，试求 μ 的置信水平为 0.95 的单侧置信下限.

第十七章 假设检验

第一节 问题的提法

上一章介绍了参数估计的方法，实践中还提出另一类很重要的统计推断问题，先考察几个例子.

例1 某厂有一批产品，共一万件，须经检验后方可出厂. 按规定标准，次品率不得超过5%. 今在其中任意选取50件产品进行检查，发现有次品4件，问这批产品能否出厂？

设这批产品的次品率是 p. 问题是：如何根据抽样的结果来判断看法"$p\leqslant 0.05$"成立与否？

例2 已知某药厂所生产药品的药物含量是一个随机变量，它服从正态分布 $N(\mu,\sigma^2)$. 当生产线正常时，其均值为0.5，标准差为0.015. 某日开工后为检验生产线是否正常，现从这批药品中随机抽取9个样品测定其药物含量，结果为0.497，0.506，0.518，0.524，0.498，0.511，0.520，0.515，0.512. 问该生产线是否正常？

用 μ 代表总体的均值，问题是：怎样依据测得的数据推断假设"$\mu=0.5$"的正确性？

例3 怎样根据一个随机变量的样本值，判断该随机变量是否服从正态分布？即要检验假设"$F(x)$(分布函数)$\in N(\cdot,\cdot)$[它表示 $F(x)$ 属于正态分布函数族]"是否成立.

这些例子所代表的问题是很广泛的. 其共同特点就是要从样本值出发去判断一个在总体未知分布上所作的假设是否成立，这就是假设检验(hypothesis testing)问题.

这里可以看到，例1与例2均给出了总体分布的形式，假设是对未知参数作的，这种仅涉及总体分布中所包含的未知参数的假设检验称为参数检验(parametric test). 例3与例1、例2不同，它的假设是直接对总体的分布函数给出的，我们称这种检验为非参数检验(nonparametric test).

把要检验的假设记作 H_0，通常叫做原假设或零假设(null hypothesis). 设 X 的分布函数为 $F(x;\theta)$，其中 $\theta\in\Theta$，这里 Θ 是实数或向量组成的已知集合，假设 H_0 通常可以表示成这样的形式：$\theta\in\Theta_0$. 这里 Θ_0 是 Θ 的非空真子集. 通常也把"$\theta\in\Theta-\Theta_0$"叫做备择假设(alternative hypothesis)或对立假设，记作 H_1.

怎样根据样本值对 H_0 进行检验呢？这就需要对"检验法"给出合理的定义. 直观上说，所谓一个检验法，就是给出一个规则，对给定的样本值 $x_1,x_2,\cdots,x_n$ 进行明确表态：接受还是拒绝假设 H_0.

这一点用数学语言可以说得更清楚些. 设 S 是所有可能的样本值 $(x_1,x_2,\cdots,x_n)$ (n 固定)组成的集合(子样空间)，所谓一个检验法就是指集合 S 的一个划分：$S=S_1\cup S_2$ ($S_1\cap S_2=\varnothing$)，当 $(x_1,x_2,\cdots,x_n)\in S_1$ 时，接受假设 H_0；当 $(x_1,x_2,\cdots,x_n)\in S_2$ 时，拒绝 H_0. 这 S_1 叫接受域，S_2 叫拒绝域或否定域. 因为 $S_1=S-S_2$，故只要知道了拒绝域，就知道了检验法. 每个检验法对应一个拒绝域；反之，任意给定 S 的一个子集 W，则有唯一的检验法以 W 作为它的拒绝域.故研究检验法就相当于研究拒绝域.拒绝域的选择有很大的自由.究竟应该选哪一个对于检验 H_0 是最合适的呢？为了分析这个问题,我们看看在取定一个拒绝域 W(即选定一个检验法)之后,有什么后果.

原假设 H_0 在客观上只有两种可能性:真、假.样本值 $(x_1,x_2,\cdots,x_n)$ 只有两种可能性:属于拒绝域 W、不属于拒绝域 W.若采用 W 作为拒绝域,则在观察样本值 $(x_1,x_2,\cdots,x_n)$ 时只可能有下列 4 种情况:

(1) H_0 真,但 $(x_1,x_2,\cdots,x_n)\in W$;

(2) H_0 真,且 $(x_1,x_2,\cdots,x_n)\overline{\in} W$;

(3) H_0 假,且 $(x_1,x_2,\cdots,x_n)\in W$;

(4) H_0 假,但 $(x_1,x_2,\cdots,x_n)\overline{\in} W$.

根据我们的规则,在情形(1)和情形(3)应拒绝 H_0,在情形(2)和(4)应接受 H_0.情形(2)、(3)当然很好,对 H_0 的表态与客观实际相符.但在(1)、(4)两种情形下,表态犯了错误:与客观实际不符.

在情形(1)下出现的错误是把本来真实的假设 H_0 进行了否定,这种"弃真"的错误叫做第一类错误(error of the first kind).在情形(4)下出现的错误是把本来虚假的 H_0 接受下来,这种"取伪"的错误叫第二类错误(error of the second kind).由于样本取值有随机性,这两类错误一般都难以避免.

设 $x_1,x_2,\cdots,x_n$ 是总体 X 的样本,令

$$\alpha(W)=P\{(x_1,x_2,\cdots,x_n)\in W\mid H_0\text{ 为真}\},$$

$$\beta(W)=P\{(x_1,x_2,\cdots,x_n)\overline{\in} W\mid H_0\text{ 为假}\},$$

即 $\alpha(W)$、$\beta(W)$ 分别是犯第一类错误的概率与犯第二类错误的概率.我们当然希望选取这样的否定域 W,使 $\alpha(W)$ 和 $\beta(W)$ 都很小.遗憾的是,对给定的样本容量 n 来说,一般而论,$\alpha(W)$ 小时 $\beta(W)$ 就大,$\beta(W)$ 小时 $\alpha(W)$ 就大,因而不能做到 $\alpha(W)$ 与 $\beta(W)$ 同时非常小.

在实际工作中常常这样提出问题:对给定的小正数 α(通常取 $\alpha=0.05$ 或 0.01),如何找出否定域 W,使得 $\alpha(W)\leqslant\alpha$？这类只对犯第一类错误的概率加以控制,而不考虑犯第二类错误的检验问题,称为显著性检验(significance test),数 α 称为显著性水平(significance level)或检验水平(level of test).

下面结合例 2 所给的问题来说明参数检验的基本步骤.

例 2 是一个参数的显著性检验问题,总体 $X\sim N(\mu,0.015^2)$,在显著性水平 α 下,检验假设

$$H_0:\mu=\mu_0(=0.5);H_1:\mu\neq\mu_0. \tag{17-1-1}$$

这里 μ 是总体的均值.上一章已经看到,子样均值 $\overline{X}$ 是 μ 的最小方差无偏估计,其观察值 $\bar{x}$ 的大小在一定程度上反映了 μ 的大小.因此,如果假设 H_0 为真,则观察值 $\bar{x}$ 与 μ_0 的偏差 $|\bar{x}-\mu_0|$ 一般不应太大.若 $|\bar{x}-\mu_0|$ 过分大,就有理由怀疑假设 H_0 的正确性而拒绝 H_0.考虑到 H_0 为真时统计量 $U=\dfrac{\overline{X}-\mu_0}{\sigma/\sqrt{n}}\sim N(0,1)$,而衡量 $|\bar{x}-\mu_0|$ 的大小可归结为衡量 $|u|$ $\left(u=\dfrac{\bar{x}-\mu_0}{\sigma/\sqrt{n}}\right)$ 的大小.于是,可适当选定一个正数 λ,使得当样本观察值满足 $|u|\geqslant\lambda$ 时就拒绝 H_0;反之,若 $|u|<\lambda$,就接受 H_0.

怎样选定数 λ 呢？对于给定的显著性水平 α，由于

$$\alpha(W)=P\{拒绝 H_0 \mid H_0 为真\}\leqslant\alpha,$$

这实际上是允许犯第一类错误的概率可达 α，故不妨在上式右端取等号，即令

$$P\{|U|\geqslant\lambda \mid H_0 为真\}=\alpha.$$

当 H_0 为真时，$U\sim N(0,1)$，因此 $\lambda=u_{\frac{\alpha}{2}}$. $U=\dfrac{\overline{X}-\mu_0}{\sigma/\sqrt{n}}$称为检验统计量.

这样，若样本观察值 $(x_1,x_2,\cdots,x_n)$ 满足 $|u|\geqslant u_{\frac{\alpha}{2}}$，则拒绝 H_0，认为试验结果与假设 H_0 有显著差异(significant difference)或者说差异有统计学意义；否则，接受 H_0，认为试验结果与假设 H_0 无显著差异. 该检验的拒绝域 $W=\{(x_1,x_2,\cdots,x_n):|u|\geqslant u_{\frac{\alpha}{2}}\}$，其中 $u_{\frac{\alpha}{2}}$ 称为临界值.

例如，在本例中取 $\alpha=0.05$，则有 $u_{\frac{\alpha}{2}}=u_{0.025}=1.96$，又已知 $n=9$，$\sigma=0.015$. 再由样本值算得 $\overline{x}=0.511$，因此

$$u=\frac{\overline{x}-\mu_0}{\sigma/\sqrt{n}}=2.2,\ |u|=2.2>1.96.$$

于是拒绝 H_0，认为当天生产线的工作不正常.

形如(17-1-1)中的备择假设 H_1 表示 μ 可能大于 μ_0，也可能小于 μ_0，称为双侧备择假设，因而称形如(17-1-1)的假设检验为双侧假设检验. 有时，我们只关心总体均值是否增大，例如，例 2 中样品的药物含量多数偏高，那么，该批产品药物含量的总体均值是否高于 0.5？此时，我们需要检验假设

$$H_0:\mu\leqslant\mu_0(=0.5),\ H_1:\mu>\mu_0. \tag{17-1-2}$$

这种假设检验，称为右侧检验. 类似地，形如

$$H_0:\mu\geqslant\mu_0,\ H_1:\mu<\mu_0$$

的假设检验，称为左侧检验，右侧检验和左侧检验统称为单侧检验.

由以上讨论可见，显著性检验问题的处理步骤如下：

(1)根据实际问题的要求，提出原假设 H_0 和备择假设 H_1；

(2)给定显著性水平 α；

(3)构造一个合适的检验统计量，它与假设有关，是子样的函数，并能确定其分布；

(4)按 $P\{拒绝 H_0 \mid H_0 为真\}=\alpha$ 求出拒绝域；

(5)根据样本观察值是否落入拒绝域来决定是拒绝还是接受原假设 H_0.

下面我们只讨论正态总体参数的假设检验问题.

第二节　单个样本正态总体的参数检验

一、已知 σ^2 时正态总体均值的 u 检验

事实上，上一节已经讨论了已知 σ^2 时正态总体均值 μ 的双侧假设检验的原理和方法. 一般地，若 $x_1,x_2,\cdots,x_n$ 是来自总体 $N(\mu,\sigma^2)$ 的一个样本，且 σ^2 已知，则总体均值 μ 与某个已知值 μ_0 比较的检验有如下结果：

表 17-1

条　件	假　设	统计量样本值	判断方法
总体 $X\sim N(\mu,\sigma^2)$ 样本观察值 $x_1,x_2,\cdots,x_n$	双侧　$H_0:\mu=\mu_0$；　$H_1:\mu\neq\mu_0$ 左侧　$H_0:\mu\geqslant\mu_0$；　$H_1:\mu<\mu_0$ 右侧　$H_0:\mu\leqslant\mu_0$；　$H_1:\mu>\mu_0$	$u=\dfrac{\bar{x}-\mu_0}{\sigma/\sqrt{n}}$	(1)临界值法 (2)置信区间法 (3)p 值方法

下面按双侧检验分别介绍两种判断方法.

(1)临界值法

因为样本 $X_1,X_2,\cdots,X_n$ 取自总体 $X\sim N(\mu,\sigma^2)$，且 σ^2 已知，在 $H_0:\mu=\mu_0$ 成立下有

$$\frac{\overline{X}-\mu}{\sigma/\sqrt{n}}\sim N(0,1).$$

选定检验水平 α，查附表，使

$$P\left\{\left|\frac{\overline{X}-\mu_0}{\sigma/\sqrt{n}}\right|\geqslant u_{\frac{\alpha}{2}}\right\}=\alpha, \tag{17-2-1}$$

得双侧临界值 $u_{\frac{\alpha}{2}}$. 用统计量样本值 $u=\dfrac{\bar{x}-\mu_0}{\sigma/\sqrt{n}}$ 的绝对值与 $u_{\frac{\alpha}{2}}$ 比较：若 $|u|\geqslant u_{\frac{\alpha}{2}}$ 则拒绝 H_0；否则不拒绝 H_0.

这种检验统计量为标准正态变量的检验常称为 u 检验.

(2)p 值方法

上节已经知道，检验中拒绝 H_0 时，犯第一类错误的概率 α 越小越好；接受 H_0 时，犯第二类错误的概率 β 越小越好. 然而，前面的判断方法是在先指定 α 后再由 α 定临界值，进而由所得拒绝域作判断. 对于预先指定 α 所得的临界值往往与统计量的样本值相差较大，这就使得指定的 α 常常不能确切地反映该观察样本在拒绝 H_0 上所具有的概率水平. 也不能反映在同一水平 α 下拒绝 H_0 的两个不同样本的差别. 因此，多数学者建议采用 p 值方法.

p 值是用统计量样本值作为相应的临界值时所确定的概率.

在双侧检验中，以 $|u|=\left|\dfrac{\bar{x}-\mu_0}{\sigma/\sqrt{n}}\right|$ 作为双侧临界值 $u_{\frac{p}{2}}$，按双侧分位数的定义，p 值为

$$p=P\left\{\left|\frac{\overline{X}-\mu}{\sigma/\sqrt{n}}\right|\geqslant u_{\frac{p}{2}}\right\}=P\left\{\left|\frac{\overline{X}-\mu}{\sigma/\sqrt{n}}\right|\geqslant\left|\frac{\bar{x}-\mu_0}{\sigma/\sqrt{n}}\right|\right\}.$$

当 $H_0:\mu=\mu_0$ 成立时，有

$$P\left\{\left|\frac{\overline{X}-\mu_0}{\sigma/\sqrt{n}}\right|\geqslant|u|\right\}=P\left\{\left|\frac{\overline{X}-\mu}{\sigma/\sqrt{n}}\right|\geqslant|u|\right\}=p.$$

这时，对给定的检验水平 α，当 $p\leqslant\alpha$ 时，则 $|u|\geqslant u_{\frac{\alpha}{2}}$，故拒绝 H_0（图 17-1），否则不拒绝 H_0. 这样，利用 p 值是否不大于 α 作判断得出的结论不仅与临界值法相同，而且从 p 值的大小还可以了解该观察样本在拒绝 H_0 时所具有的概率水平.

例 1　从总体 $N(\mu,0.028^2)$ 中取得一组观察值：1.98，1.88，2.06，2.00，1.80，2.04. 试用临界值法和 p 值方法对 $H_0:\mu=2$；$H_1:\mu\neq2$ 作判断.

解　(1)临界值法

1)提出假设：$H_0:\mu=2$；$H_1:\mu\neq 2$.

2)计算统计量样本值：因为 $\sigma=0.028$，$\bar{x}=1.96$，由(17-2-1)式，在 $H_0:\mu=2$ 成立下，统计量样本值为

$$u=\frac{\bar{x}-\mu_0}{\sigma/\sqrt{n}}=\frac{1.96-2}{0.028/\sqrt{6}}=-3.4993.$$

3)给定 α 求临界值作判断结论：取 $\alpha=0.05$，查附表得 $u_{0.05/2}=1.96$，由于 $|u|>1.96$，故按水平 $\alpha=0.05$ 拒绝 H_0.

这里，$|u|$ 比 $u_{0.05/2}$ 大许多，因而 $\alpha=0.05$ 不能很好反映该样本在拒绝 H_0 时所具有的概率水平.

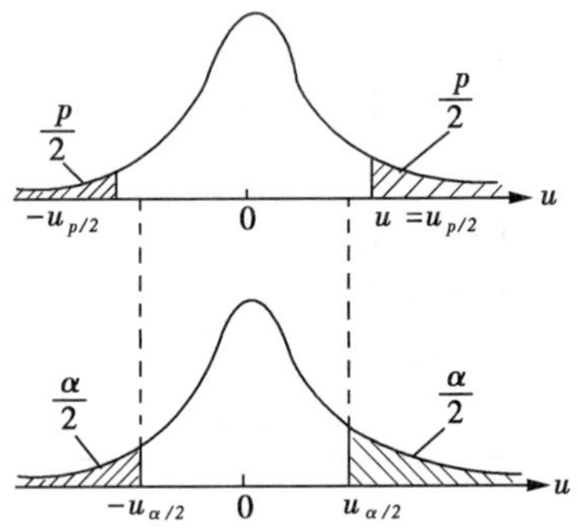

图 17-1

(2)p 值方法

1)和 2)同临界值法.

3)定 p 值范围作判断结论：以 $|u|=3.4993$ 作双侧临界值 $u_{p/2}$，在 $H_0:\mu=\mu_0$ 成立下有

$$P\left\{\left|\frac{\overline{X}-\mu_0}{\sigma/\sqrt{n}}\right|\geqslant 3.4993\right\}=P\left\{\left|\frac{\overline{X}-\mu}{\sigma/\sqrt{n}}\right|\geqslant u_{p/2}\right\}=p.$$

查附表有 $u_{0.001/2}=3.29053$，$u_{0.0001/2}=3.89059$，因而有 $u_{0.001/2}<u_{p/2}<u_{0.0001/2}$，即得 p 值的所在范围：$0.0001<p<0.001$. 故按 $p<0.001$ 拒绝 H_0，即认为该样本的总体均值 μ 与 2 有显著性差异.

这里虽然写的是按 $p<0.001$ 拒绝 H_0，实际上是表示显著性水平 α 在取 0.5，0.01，…，0.001 时，都有 $p<\alpha$ 或 $|u|>u_{\alpha/2}$，因而，都会拒绝 H_0. 显然，这种以 p 值大小作为统计结论的方法，既给读者接受结论留出了足够的空间，同时也充分表达了该样本在拒绝 H_0 时所具有的概率水平.

单侧检验的两种判断方法与双侧检验类似. 如对左侧检验的 p 值方法，以 $u=\frac{\bar{x}-\mu_0}{\sigma/\sqrt{n}}$ 作左侧临界值 $-u_p$，则

$$p=P\left\{\frac{\overline{X}-\mu}{\sigma/\sqrt{n}}\leqslant -u_p\right\}=P\left\{\frac{\overline{X}-\mu}{\sigma/\sqrt{n}}\leqslant\frac{\bar{x}-\mu_0}{\sigma/\sqrt{n}}\right\}.$$

当原假设 $H_0:\mu\geqslant\mu_0$ 成立时，有 $\frac{\overline{X}-\mu_0}{\sigma/\sqrt{n}}\geqslant\frac{\overline{X}-\mu}{\sigma/\sqrt{n}}$，从而 $\left\{\frac{\overline{X}-\mu_0}{\sigma/\sqrt{n}}\leqslant\frac{\bar{x}-\mu_0}{\sigma/\sqrt{n}}\right\}\subset\left\{\frac{\overline{X}-\mu}{\sigma/\sqrt{n}}\leqslant\frac{\bar{x}-\mu_0}{\sigma/\sqrt{n}}\right\}$，故

$$P\left\{\frac{\overline{X}-\mu_0}{\sigma/\sqrt{n}}\leqslant\frac{\bar{x}-\mu_0}{\sigma/\sqrt{n}}\right\}\leqslant P\left\{\frac{\overline{X}-\mu}{\sigma/\sqrt{n}}\leqslant\frac{\bar{x}-\mu_0}{\sigma/\sqrt{n}}\right\}=p.$$

这就是说，在 $H_0:\mu\geqslant\mu_0$ 成立的条件下，事件 $\left\{\frac{\overline{X}-\mu_0}{\sigma/\sqrt{n}}\leqslant\frac{\bar{x}-\mu_0}{\sigma/\sqrt{n}}\right\}$ 以假设中的 $\mu=\mu_0$ 成立时概率最大，它等于水平 p. 因此，只要 $\frac{\overline{X}-\mu_0}{\sigma/\sqrt{n}}\leqslant\frac{\bar{x}-\mu_0}{\sigma/\sqrt{n}}$，不仅可按水平 p 拒绝假设中 $\mu=\mu_0$ 的情形，而且更能拒绝 $\mu>\mu_0$ 的情形.

这样，对选定的检验水平 α，当 $p\leqslant\alpha$ 时，则 $u=\frac{\bar{x}-\mu_0}{\sigma/\sqrt{n}}\leqslant -u_\alpha$，因而拒绝 H_0，否则不拒绝 H_0.

目前多用 p 值方法，因此本书的假设检验主要介绍这种方法，但是，有时为了方便或无相应的临界值表时，也用临界值法.

二、未知 σ^2 时正态总体均值的 t 检验

设 $X_1, X_2, \cdots, X_n$ 是来自总体 $X \sim N(\mu, \sigma^2)$ 的一个样本，且 σ^2 未知. 对于总体均值 μ 与某个已知值 μ_0 比较的假设检验，关键是找一个合适的检验统计量.

由于 σ^2 未知，现在不能用 $\dfrac{\overline{X}-\mu}{\sigma/\sqrt{n}}$ 作为检验统计量了，注意到 S^2 是 σ^2 的无偏估计，用 S 来代替 σ，因而就需要寻求 $\dfrac{\overline{X}-\mu}{S/\sqrt{n}}$ 的分布. 由第十五章知

$$\frac{\overline{X}-\mu}{S/\sqrt{n}} \sim t(n-1). \tag{17-2-2}$$

这样，利用 t 分布进行与 u 检验类似的讨论，则在 σ^2 未知时关于正态总体均数 μ 与某个已知值 μ_0 比较的检验有如下结果：

表 17-2

条　件	假　设	统计量样本值	判断方法
总体 $X \sim N(\mu, \sigma^2)$ 且 σ^2 未知 样本观察值 $x_1, x_2, \cdots, x_n$	双侧 $H_0: \mu = \mu_0$; $H_1: \mu \neq \mu_0$	$t = \dfrac{\overline{x}-\mu_0}{S/\sqrt{n}}$	取 $\lvert t \rvert = t_{p/2}$, $P\left\{\left\lvert \dfrac{\overline{X}-\mu}{S/\sqrt{n}} \right\rvert \geqslant \lvert t \rvert\right\} = p$
	左侧 $H_0: \mu \geqslant \mu_0$; $H_1: \mu < \mu_0$		取 $t = -t_p$, $P\left\{\dfrac{\overline{X}-\mu}{S/\sqrt{n}} \leqslant t\right\} = p$
	右侧 $H_0: \mu \leqslant \mu_0$; $H_1: \mu > \mu_0$		取 $t = t_p$, $P\left\{\dfrac{\overline{X}-\mu}{S/\sqrt{n}} \leqslant t\right\} = p$

事实上，对右侧检验，选定检验水平 α，由(17-2-2)式有

$$P\left\{\frac{\overline{X}-\mu}{S/\sqrt{n}} \geqslant t_\alpha(n-1)\right\} = \alpha.$$

当 $H_0: \mu \leqslant \mu_0$ 成立时，$\dfrac{\overline{X}-\mu_0}{S/\sqrt{n}} \leqslant \dfrac{\overline{X}-\mu}{S/\sqrt{n}}$，因而

$$\left\{\frac{\overline{X}-\mu_0}{S/\sqrt{n}} \geqslant t_\alpha(n-1)\right\} \subset \left\{\frac{\overline{X}-\mu}{S/\sqrt{n}} \geqslant t_\alpha(n-1)\right\},$$

故

$$P\left\{\frac{\overline{X}-\mu_0}{S/\sqrt{n}} \geqslant t_\alpha(n-1)\right\} \leqslant P\left\{\frac{\overline{X}-\mu}{S/\sqrt{n}} \geqslant t_\alpha(n-1)\right\} = \alpha.$$

可见检验统计量为

$$T = \frac{\overline{X}-\mu_0}{S/\sqrt{n}}.$$

以其样本值 $t = \dfrac{\overline{x}-\mu_0}{s/\sqrt{n}}$ 作右侧临界值 $t_p(n-1)$，当 $H_0: \mu \leqslant \mu_0$ 成立时有

$$P\left\{\frac{\overline{X}-\mu_0}{S/\sqrt{n}} \geqslant t\right\} \leqslant P\left\{\frac{\overline{X}-\mu}{S/\sqrt{n}} \geqslant t\right\} = P\left\{\frac{\overline{X}-\mu}{S/\sqrt{n}} \geqslant t_p(n-1)\right\} = p.$$

对选定的检验水平 α，当 $p \leqslant \alpha$ 时则 $t \geqslant t_\alpha(n-1)$，因而拒绝 H_0，否则不拒绝 H_0. 类似地，对左侧检验，在 $H_0: \mu \geqslant \mu_0$ 成立时，有

$$P\left\{\frac{\overline{X}-\mu_0}{S/\sqrt{n}}\leqslant t\right\}\leqslant P\left\{\frac{\overline{X}-\mu}{S/\sqrt{n}}\leqslant t\right\}=P\left\{\frac{\overline{X}-\mu}{S/\sqrt{n}}\leqslant -t_p(n-1)\right\}=p,$$

式中以 $t=\frac{\overline{x}-\mu_0}{s/\sqrt{n}}$ 作左侧临界值 $-t_p(n-1)$，对选定的水平 α，当 $p\leqslant\alpha$ 时拒绝 H_0，否则不拒绝 H_0.

对双侧检验，在 $H_0:\mu=\mu_0$ 成立时，有

$$P\left\{\left|\frac{\overline{X}-\mu_0}{S/\sqrt{n}}\right|\geqslant|t|\right\}=P\left\{\left|\frac{\overline{X}-\mu}{S/\sqrt{n}}\right|\geqslant|t|\right\}=P\left\{\left|\frac{\overline{X}-\mu}{S/\sqrt{n}}\right|\geqslant t_{p/2}(n-1)\right\}=p,$$

式中以 $|t|=\left|\frac{\overline{x}-\mu_0}{s/\sqrt{n}}\right|$ 作双侧临界值 $t_{p/2}(n-1)$，对选定的 α，当 $p\leqslant\alpha$ 时拒绝 H_0，否则不拒绝 H_0.

上述以服从 t 分布的随机变量为检验统计量的检验称为 t 检验. 下面结合实例介绍检验的操作步骤.

例 2 某药厂生产复合维生素，要求每 50g 中含铁 2400mg. 现从某批产品中任取 5 份样品，测定结果(单位:mg/50g)是:2434,2436,2440,2504,2441. 若该批产品铁含量服从正态分布，试判断:(1)该批产品铁含量的总体均值与 2400 是否有显著性差异? (2)该批产品铁含量的总体均值是否高于 2400?

解 设 $X\sim N(\mu,\sigma^2)$，σ^2 未知. 问题(1)用双侧 t 检验作判断.

(1)提出假设:$H_0:\mu=\mu_0$，$H_1:\mu\neq\mu_0$ $(\mu_0=2400)$.

(2)计算统计量样本值:因为 $\overline{x}=2451$，

$$s^2=\frac{1}{n-1}\left[\sum_{i=1}^{n}x_i^2-\frac{1}{n}(\sum_{i=1}^{n}x_i)^2\right]=886, s=29.7658,$$

所以统计量样本值为

$$t=\frac{\overline{x}-\mu_0}{s/\sqrt{n}}=\frac{2451-2400}{29.7658/\sqrt{5}}=3.8312.$$

(3)确定 p 值范围作判断结论:以 $t_{p/2}(n-1)=|t|=3.8312$，$n-1=5-1=4$，查表有 $t_{0.01/2}(4)=4.604$，$t_{0.02/2}(4)=3.747$，因此有 $t_{0.02/2}(4)<t_{p/2}(4)<t_{0.01/2}(4)$. 即 $0.01<p<0.02$，按 $p<0.02$ 拒绝 H_0，接受 H_1，即认为该批产品铁含量的总体均值与 2400 有显著性差异.

问题(2)用右侧 t 检验作判断.

$$H_0:\mu\leqslant\mu_0, H_1:\mu>\mu_0\ (\mu_0=2400).$$

同双侧 t 检验一样得统计量样本值 $t=3.8312$;

以 $t_p(n-1)=3.8312$，$n-1=4$ 查表得 $t_{0.02/2}(4)=t_{0.01}(4)=3.747$，$t_{0.01/2}(4)=t_{0.005}(4)=4.604$，即 $0.005<p<0.01$，按 $p<0.01$ 拒绝 H_0，接受 H_1，即认为该批产品铁含量的总体均值高于 2400 具有统计学意义.

最后需要指出的是，如果样本容量较大时 S^2 近似于 σ^2，这时 t 检验与 u 检验近似，因此，t 检验可作为小样本的总体均值检验，u 检验可作为大样本的总体均值检验.

三、正态总体方差的 χ^2 检验

设 $X_1,X_2,\cdots,X_n$ 是来自总体 $X\sim N(\mu,\sigma^2)$ 的一个样本，由第十五章知道，同 σ^2 有关的随机变量及其抽样分布为

$$\frac{(n-1)S^2}{\sigma^2} \sim \chi^2(n-1). \tag{17-2-3}$$

利用 χ^2 分布进行类似前面的讨论，关于正态总体方差 σ^2 与某个已知值 σ_0^2 比较的检验，得到如下结果：

表 17-3

条件	假设	统计量 样本值	判断方法
总体 $X \sim N(\mu,\sigma^2)$ 样本观察值 $x_1,x_2,\cdots,x_n$	双侧 $H_0:\sigma^2=\sigma_0^2$ $H_1:\sigma^2\neq\sigma_0^2$	$\chi^2=\frac{(n-1)s^2}{\sigma_0^2}$	取 $\chi^2=\chi^2_{1-p/2}(n-1)$， $P\left\{\frac{(n-1)S^2}{\sigma^2}\leqslant\chi^2\right\}=p/2$ 或取 $\chi^2=\chi^2_{p/2}(n-1)$， $P\left\{\frac{(n-1)S^2}{\sigma^2}\geqslant\chi^2\right\}=p/2$
	左侧 $H_0:\sigma^2\geqslant\sigma_0^2$ $H_1:\sigma^2<\sigma_0^2$		取 $\chi^2=\chi^2_{1-p}(n-1)$， $P\left\{\frac{(n-1)S^2}{\sigma^2}\leqslant\chi^2\right\}=p$
	右侧 $H_0:\sigma^2\leqslant\sigma_0^2$ $H_1:\sigma^2>\sigma_0^2$		取 $\chi^2=\chi^2_{p}(n-1)$， $P\left\{\frac{(n-1)S^2}{\sigma^2}\geqslant\chi^2\right\}=p$

事实上，对双侧检验，由(17-2-3)式，按非对称分布的上侧分位数，两侧各为$\frac{\alpha}{2}$的小概率事件(图 17-2)定义为

$$P\left\{\frac{(n-1)S^2}{\sigma^2}\leqslant\chi^2_{1-\alpha/2}(n-1)\right\}=\frac{\alpha}{2},$$

$$P\left\{\frac{(n-1)S^2}{\sigma^2}\geqslant\chi^2_{\alpha/2}(n-1)\right\}=\frac{\alpha}{2}.$$

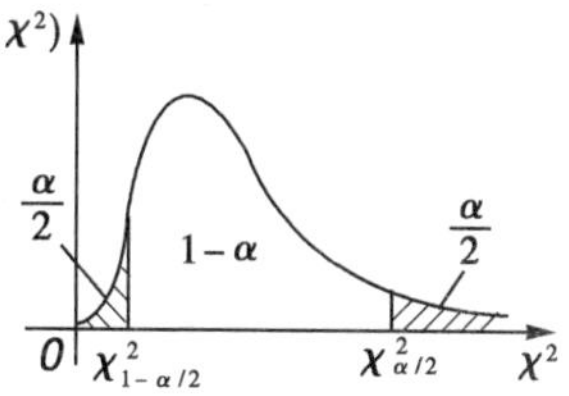

图 17-2　双侧 χ^2 检验示意图

在 $H_0:\sigma^2=\sigma_0^2$ 成立下，有

$$P\left\{\frac{(n-1)S^2}{\sigma^2}\leqslant\chi^2_{1-\alpha/2}(n-1)\right\}=\frac{\alpha}{2}$$

或

$$P\left\{\frac{(n-1)S^2}{\sigma^2}\geqslant\chi^2_{\alpha/2}(n-1)\right\}=\frac{\alpha}{2}.$$

可见，检验统计量为 $\chi^2=\frac{(n-1)S^2}{\sigma_0^2}$. 以其样本值 $\chi^2=\frac{(n-1)s^2}{\sigma_0^2}$ 作临界值 $\chi^2_{1-p/2}(n-1)$ 或 $\chi^2_{p/2}(n-1)$，在 $H_0:\sigma^2=\sigma_0^2$ 成立下有

$$P\left\{\frac{(n-1)S^2}{\sigma_0^2}\leqslant\chi^2\right\}=P\left\{\frac{(n-1)S^2}{\sigma^2}\leqslant\chi^2\right\}=P\left\{\frac{(n-1)S^2}{\sigma^2}\leqslant\chi^2_{1-p/2}(n-1)\right\}=\frac{p}{2}$$

或

$$P\left\{\frac{(n-1)S^2}{\sigma_0^2}\geqslant\chi^2\right\}=P\left\{\frac{(n-1)S^2}{\sigma^2}\geqslant\chi^2\right\}=P\left\{\frac{(n-1)S^2}{\sigma^2}\geqslant\chi^2_{p/2}(n-1)\right\}=\frac{p}{2}.$$

选定 α 后，若 $p\leqslant\alpha$，则 $\chi^2\leqslant\chi^2_{1-p/2}(n-1)$ 或 $\chi^2\geqslant\chi^2_{p/2}$，因而拒绝 H_0；否则不拒绝 H_0.

类似地，对左侧检验，在 $H_0:\sigma^2\geqslant\sigma_0^2$ 成立时，有

$$P\left\{\frac{(n-1)S^2}{\sigma_0^2}\leqslant\chi^2\right\}\leqslant P\left\{\frac{(n-1)S^2}{\sigma^2}\leqslant\chi^2\right\}=P\left\{\frac{(n-1)S^2}{\sigma^2}\leqslant\chi^2_{1-p/2}(n-1)\right\}=p,$$

式中是以统计量样本值 $\chi^2=\frac{(n-1)s^2}{\sigma_0^2}$ 作左侧临界值 $\chi^2_{1-p}(n-1)$；当 $p\leqslant\alpha$ 时拒绝 H_0，否则不拒绝 H_0.

对右侧检验，在 $H_0:\sigma^2\leqslant\sigma_0^2$ 成立时，有

$$P\left\{\frac{(n-1)S^2}{\sigma_0^2}\geqslant\chi^2\right\}\leqslant P\left\{\frac{(n-1)S^2}{\sigma^2}\geqslant\chi^2\right\}=P\left\{\frac{(n-1)S^2}{\sigma^2}\geqslant\chi^2_p(n-1)\right\}=p,$$

式中是以统计量样本值 $\chi^2=\frac{(n-1)s^2}{\sigma_0^2}$ 作右侧临界值 $\chi^2_p(n-1)$. 当 $p\leqslant\alpha$ 时，拒绝 H_0，否则不拒绝 H_0.

上述检验称为 χ^2 检验. 下面结合实例介绍检验的操作方法.

例 3 某制药厂为提高药物生产的稳定性，在采取措施后试产了 9 批，其收率(%)是：79.2，75.6，74.4，73.5，76.8，77.3，78.1，76.3，75.9. 若已知收率服从正态分布，试判断：(1)收率的总体方差是否同原方差 13 有显著性差异？(2)收率的总体方差是否低于原方差 13？

解 设总体 $X\sim N(\mu,\sigma^2)$，问题(1)用双侧 χ^2 检验作判断.

$H_0:\sigma^2=\sigma_0^2, H_1:\sigma^2\neq\sigma_0^2(\sigma_0^2=13)$.

因为 $\sigma_0^2=13, n=9, s^2=\frac{1}{n-1}\left[\sum_{i=1}^{n}x_i^2-(\sum_{i=1}^{n}x_i)^2\right]=3.1228$，故统计量样本值为

$$\chi^2=\frac{(n-1)s^2}{\sigma^2}=\frac{(9-1)\times3.1228}{13}=1.9217.$$

以此作双侧临界值 $\chi^2_{1-p/2}(n-1)$，在 H_0 成立下有

$$P\left\{\frac{(n-1)S^2}{\sigma_0^2}\leqslant1.9217\right\}=P\left\{\frac{(n-1)S^2}{\sigma^2}\leqslant1.9217\right\}$$
$$=P\left\{\frac{(n-1)S^2}{\sigma^2}\leqslant\chi^2_{1-p/2}(n-1)\right\}=\frac{p}{2}.$$

以 $\chi^2_{1-p/2}(n-1)=1.9217, n-1=8$ 查表得 $\chi^2_{0.99}(8)=1.646, \chi^2_{0.98}(8)=2.032$，于是有 $\chi^2_{0.99}<\chi^2_{1-p/2}<\chi^2_{0.98}$，即 $0.02<p<0.04$. 按 $p<0.04$ 拒绝 H_0，接受 H_1，即认为收率的总体方差与 13 有显著性差异.

问题(2)用左侧 χ^2 检验作判断.

$H_0:\sigma^2\geqslant\sigma_0^2, H_1:\sigma^2<\sigma_0^2(\sigma_0=13)$.

同双侧检验一样，算得统计量样本值 $\chi^2=1.9217$.

以 $\chi^2_{1-p/2}(n-1)=1.9217$ 查表得 $\chi^2_{0.99}(8)=1.646, \chi^2_{0.98}(8)=2.032$，故 $0.01<p<0.02$，按 $p<0.02$ 拒绝 H_0，接受 H_1，即认为收率的总体方差低于 13 具有统计学意义.

第三节 两个样本正态总体的参数检验

在实际工作中，除需要判断某种处理结果与一已知结果间的差异外，还需比较两种处理的效果，即比较两个样本总体的同一参数的差异. 本节将讨论两个样本正态总体参数的比较，主

要包括配对资料的 t 检验，两个独立样本正态总体均值比较的 t 检验和方差比较的 F 检验.

一、配对资料的 t 检验

在医药试验中，为了提高检验效率，避免非处理因素干扰分析结果，在试验设计时，常把非处理因素相同或相近的试验对象配成对子，分别使用不同的处理方法，然后比较这两种处理结果的差异.

设配对试验结果有如下数据资料：

表 17-4

甲种处理结果 X_i	X_1	X_2	…	X_n
乙种处理结果 Y_i	Y_1	Y_2	…	Y_n
差值 $D_i=X_i-Y_i$	D_1	D_2	…	D_n

显然，每一对数据 X_i 与 Y_i 并不独立，但数据对之间则相互独立，因此，其差值 $D_i=X_i-Y_i(i=1,2,\cdots,n)$ 可视为一个简单随机样本. 设这个样本的总体 $D\sim N(\mu_d,\sigma_d^2)$，则比较甲乙两种处理结果有无差异就是检验假设：

$$H_0:\mu_d=0;H_1:\mu_d\neq 0.$$

由于 σ_d^2 未知，故配对试验结果的检验为其差值正态总体均值的 t 检验. 记 $\overline{D}=\frac{1}{n}\sum_{i=1}^{n}D_i$，$S_d^2=\frac{1}{n-1}\sum_{i=1}^{n}(D_i-\overline{D})^2$. 则 $H_0:\mu_d=0$ 成立下的统计量

$$T=\frac{\overline{D}-0}{S_d\sqrt{n}}\sim t(n-1).$$

以其样本值的绝对值 $|t|=\left|\frac{\bar{d}-0}{s_d/\sqrt{n}}\right|$ 作双侧临界值 $t_{p/2}(n-1)$，在 H_0 成立下有

$$P\left\{\left|\frac{\overline{D}}{S_d/\sqrt{n}}\right|\geqslant\frac{\bar{d}}{s_d/\sqrt{n}}\right\}=p.$$

对选定的水平 α，若 $p\leqslant\alpha$ 则拒绝 H_0，否则不拒绝 H_0.

例 1 某药厂每次取一定量的石灰原料混匀后分成两份，分别用不同的流速生产无水醇，共生产 10 批，其含醇率如下：

表 17-5

甲种流速含醇率 x_i(%)	95	97	94	96	92	92	95	92	86	92
乙种流速含醇率 y_i(%)	98	95	98	99	96	96	94	90	89	96
差值 $d_i=x_i-y_i$	−3	2	−4	−3	−4	−4	1	2	−3	−4

试比较两种流速生产的无水醇含醇率有无差别.

解 设差值 $D_i=X_i-Y_i\sim N(\mu_d,\sigma_d^2)$，

$$H_0:\mu_d=0,H_1:\mu_d\neq 0.$$

由配对资料得 $\bar{d}=-2, s_d=\frac{\sqrt{60}}{3}$，则统计量样本值

$$t=\frac{\bar{d}}{s_d/\sqrt{n}}=\frac{-2}{(\sqrt{60}/3)/\sqrt{10}}=-2.449.$$

以 $t_{p/2}(n-1)=|t|=2.449, n-1=9$ 查表得

$$P\{|t|>2.228\}=0.05, P\{|t|>2.764\}=0.02.$$

即 $0.02<p<0.05$. 故按 $p<0.05$ 拒绝 H_0，即认为两种流速生产的无水醇含醇率有显著性差异.

二、两独立样本正态总体均值比较的 t 检验

试验并不都能配对进行，有时只能把试验对象随机分作两组，分别采用不同的处理，然后比较其结果. 通常称两独立样本的比较为成组（两组）比较. 下面介绍有、无方差齐性两正态总体均值比较的检验原理和方法.

1. 有方差齐性两正态总体均值比较的 t 检验

设两独立样本 $X_1, X_2, \cdots, X_{n_1}$ 与 $Y_1, Y_2, \cdots, Y_{n_2}$ 分别来自总体 $N(\mu_1, \sigma_1^2)$ 和 $N(\mu_2, \sigma_2^2)$，且 $\sigma_1^2=\sigma_2^2=\sigma^2$（此时称有方差齐性），则由第十五章可知

$$T=\frac{(\bar{X}-\bar{Y})-(\mu_1-\mu_2)}{S\sqrt{\frac{1}{n_1}+\frac{1}{n_2}}}\sim t(n_1+n_2-2), \tag{17-3-1}$$

其中，$S^2=\frac{(n_1-1)S_1^2+(n_2-1)S_2^2}{n_1+n_2-2}, S_1^2=\frac{1}{n_1-1}\sum_{i=1}^{n_1}(X_i-\bar{X})^2, S_2^2=\frac{1}{n_2-1}\sum_{i=1}^{n_2}(Y_i-\bar{Y})^2$.

据此有表 17-6 所示结果.

表 17-6

条　件	假　设	统计量样本值	判断方法
两总体 $X\sim N(\mu_1,\sigma_1^2)$ $Y\sim N(\mu_2,\sigma_2^2)$ 且 $\sigma_1^2=\sigma_2^2=\sigma^2$ 两独立样本 观察值 $x_1,x_2,\cdots,x_{n_1}$ $y_1,y_2,\cdots,y_{n_2}$	双侧 $H_0:\mu_1=\mu_2$ $H_1:\mu_1\neq\mu_2$	$t=\frac{\bar{x}-\bar{y}}{s\sqrt{\frac{1}{n_1}+\frac{1}{n_2}}}$	取 $\|t\|=t_{p/2}$，$P\left\{\left\|\frac{\bar{X}-\bar{Y}-(\mu_1-\mu_2)}{S\sqrt{\frac{1}{n_1}+\frac{1}{n_2}}}\right\|\geqslant\|t\|\right\}=p$
	左侧 $H_0:\mu_1\geqslant\mu_2$ $H_1:\mu_1<\mu_2$		取 $t=-t_p$，$P=\left\{\frac{\bar{X}-\bar{Y}-(\mu_1-\mu_2)}{S\sqrt{\frac{1}{n_1}+\frac{1}{n_2}}}\leqslant t\right\}=p$
	右侧 $H_0:\mu_1\leqslant\mu_2$ $H_1:\mu_1>\mu_2$		取 $t=t_p$，$P\left\{\frac{\bar{X}-\bar{Y}-(\mu_1-\mu_2)}{S\sqrt{\frac{1}{n_1}+\frac{1}{n_2}}}\geqslant t\right\}=p$

事实上，对双侧检验的情形，选定检验水平 α，由(17-3-1)式有

$$P\left\{\left|\frac{\bar{X}-\bar{Y}-(\mu_1-\mu_2)}{S\sqrt{\frac{1}{n_1}+\frac{1}{n_2}}}\right|\geqslant t_{\alpha/2}(n_1+n_2-2)\right\}=\alpha,$$

当 $H_0:\mu_1=\mu_2$ 成立时，有

$$P\left\{\left|\frac{\bar{X}-\bar{Y}}{S\sqrt{\frac{1}{n_1}+\frac{1}{n_2}}}\right|\geqslant t_{\alpha/2}(n_1+n_2-2)\right\}$$

$$=P\left\{\left|\frac{\overline{X}-\overline{Y}-(\mu_1-\mu_2)}{S\sqrt{\frac{1}{n_1}+\frac{1}{n_2}}}\right|\geqslant t_{\alpha/2}(n_1+n_2-2)\right\}=\alpha.$$

可见,检验统计量为

$$T=\frac{\overline{X}-\overline{Y}}{S\sqrt{\frac{1}{n_1}+\frac{1}{n_2}}}.$$

以其样本值的绝对值 $|t|=\left|\frac{\overline{x}-\overline{y}}{s\sqrt{\frac{1}{n_1}+\frac{1}{n_2}}}\right|$ 作双侧临界值 $t_{p/2}(n_1+n_2-2)$,当 $H_0:\mu_1=\mu_2$ 成立时,则有

$$P\left\{\left|\frac{\overline{X}-\overline{Y}}{S\sqrt{\frac{1}{n_1}+\frac{1}{n_2}}}\right|\geqslant|t|\right\}=P\left\{\left|\frac{\overline{X}-\overline{Y}-(\mu_1-\mu_2)}{S\sqrt{\frac{1}{n_1}+\frac{1}{n_2}}}\right|\geqslant|t|\right\}$$

$$=P\left\{\left|\frac{\overline{X}-\overline{Y}-(\mu_1-\mu_2)}{S\sqrt{\frac{1}{n_1}+\frac{1}{n_2}}}\right|\geqslant t_{p/2}(n_1+n_2-2)\right\}=p.$$

选定检验水平 α 后,当 $p\leqslant\alpha$ 时,则 $|t|\geqslant t_{\alpha/2}$,因而拒绝 H_0,否则不拒绝 H_0.

类似地,对左侧检验,在 $H_0:\mu_1\geqslant\mu_2$ 成立时有

$$P\left\{\frac{\overline{X}-\overline{Y}}{S\sqrt{\frac{1}{n_1}+\frac{1}{n_2}}}\leqslant t\right\}\leqslant P\left\{\frac{\overline{X}-\overline{Y}-(\mu_1-\mu_2)}{S\sqrt{\frac{1}{n_1}+\frac{1}{n_2}}}\leqslant t\right\}$$

$$=P\left\{\frac{\overline{X}-\overline{Y}-(\mu_1-\mu_2)}{S\sqrt{\frac{1}{n_1}+\frac{1}{n_2}}}\leqslant -t_p(n_1+n_2-2)\right\}=p,$$

这里以 $t=\frac{\overline{x}-\overline{y}}{S\sqrt{\frac{1}{n_1}+\frac{1}{n_2}}}$ 作左侧临界值 $-t_p(n_1+n_2-2)$,对选定的水平 α,当 $p\leqslant\alpha$ 时拒绝 H_0,否则不拒绝 H_0;对右侧检验,在 $H_0:\mu_1\leqslant\mu_2$ 成立时有

$$P\left\{\frac{\overline{X}-\overline{Y}}{S\sqrt{\frac{1}{n_1}+\frac{1}{n_3}}}\geqslant t\right\}\leqslant P\left\{\frac{\overline{X}-\overline{Y}-(\mu_1-\mu_2)}{S\sqrt{\frac{1}{n_1}+\frac{1}{n_2}}}\geqslant t\right\}$$

$$=P\left\{\frac{\overline{X}-\overline{Y}-(\mu_1-\mu_2)}{S\sqrt{\frac{1}{n_1}+\frac{1}{n_2}}}\geqslant t_p(n_1+n_2-2)\right\}=p,$$

这里以 $t=\frac{\overline{x}-\overline{y}}{s\sqrt{\frac{1}{n_1}+\frac{1}{n_2}}}$ 作右侧临界值 $t_p(n_1+n_2-2)$,对选定的 α,当 $p\leqslant\alpha$ 时拒绝 H_0,否则不拒绝 H_0.

例 2　甲、乙两厂生产同一药物,现分别从其产品中抽取若干样品测定其含量,结果如下:

表 17-7

甲厂(X)	0.51	0.49	0.52	0.55	0.48	0.47	
乙厂(Y)	0.56	0.58	0.52	0.59	0.49	0.57	0.54

若已知两厂产品的药物含量均服从正态分布，且方差相同，试判断：(1)两厂药物含量的总体均值是否相同？(2)甲厂药物含量的总体均值是否低于乙厂？

解 设 $X \sim N(\mu_1, \sigma_1^2)$，$Y \sim N(\mu_2, \sigma_2^2)$，且 $\sigma_1^2=\sigma_2^2=\sigma^2$.

问题(1)用双侧 t 检验作判断.

$$H_0: \mu_1=\mu_2; H_1: \mu_1 \neq \mu_2.$$

由数据得 $n_1=6$，$\bar{x}=0.503$，$s_1^2=8.667\times 10^{-4}$，$n_2=7$，$\bar{y}=0.55$，$s_2^2=1.267\times 10^{-3}$，则

$$s^2=\frac{(n_1-1)s_1^2+(n_2-1)s_2^2}{n_1+n_2-2}$$

$$=\frac{(6-1)\times 8.667\times 10^{-4}+(7-1)\times 1.267\times 10^{-3}}{6+7-2}=1.085\times 10^{-3},$$

$s=0.0325$.

故统计量样本值为

$$t=\frac{\bar{x}-\bar{y}}{S\sqrt{\frac{1}{n_1}+\frac{1}{n_2}}}=\frac{0.503-0.55}{0.0325\sqrt{\frac{1}{6}+\frac{1}{7}}}=-2.565.$$

以 $t_{p/2}(n_1+n_2-2)=|t|=2.565$，$n_1+n_2-2=11$ 查表得 $0.02<p<0.05$，故按 $p<0.05$ 拒绝 H_0，即认为甲乙两厂药物含量的总体均值有显著性差异.

问题(2)用左侧 t 检验作判断.

$$H_0: \mu_1 \geqslant \mu_2; H_1: \mu_1<\mu_2.$$

统计量样本值　$t=-2.565$.

以 $-t_p(n_1+n_2-2)=t=-2.565$，$n_1+n_2-2=11$ 查表有 $0.01<p<0.025$. 故按 $p<0.025$ 拒绝 H_0，即认为甲厂产品的药物含量的总体均值低于乙厂有统计学意义.

2. 无方差齐性两正态总体均值比较的 t 检验

设两独立样本的正态总体分别为 $N(\mu_1, \sigma_1^2)$ 与 $N(\mu_2, \sigma_2^2)$，若无方差齐性，即 $\sigma_1^2 \neq \sigma_2^2$，则由 S_1^2 与 S_2^2 的联合估计的 S^2 所决定的随机变量 T [参见(17-3-1)式]便没有意义，因此，必须寻求新的方法. 最常用的一种方法是校正自由度 t 检验法，这是一种近似方法，检验步骤与 t 检验相同，检验统计量为

$$T'=\frac{\bar{X}-\bar{Y}}{\sqrt{\frac{S_1^2}{n_1}+\frac{S_2^2}{n_2}}},$$

自由度 $\mathrm{d}f$ 用校正公式(17-3-2)确定：

$$\mathrm{d}f=(n_1+n_2-2)\left(\frac{1}{2}+\frac{s_1^2 \cdot s_2^2}{s_1^4+s_2^4}\right). \tag{17-3-2}$$

显然，当 $s_1^2 \gg s_2^2$ 时，$\mathrm{d}f \approx \frac{1}{2}(n_1+n_2-2)$，检验的敏感性较差.

例 3 设甲乙两种降压药的降压值(kPa)均服从正态分布，且方差不相等. 今从临床分别获得甲乙两种药物治疗病例数及其降压值的均值和标准差如下：

$$n_1=16,\bar{x}=2.85,s_1=1.66;n_2=12,\bar{y}=1.78,s_2=0.43.$$

试比较两种药物的降压效果是否相同?

解　设甲乙两种药物的降压值 $X\sim N(\mu_1,\sigma_1^2)$ 与 $Y\sim N(\mu_2,\sigma_2^2)$，且 $\sigma_1^2\neq\sigma_2^2$，故用无方差齐性的正态总体均值比较的 t 检验.

$$H_0:\mu_1=\mu_2;H_1:\mu_1\neq\mu_2.$$

由数据得统计量样本值

$$t'=\frac{\bar{x}-\bar{y}}{\sqrt{\frac{s_1^2}{n_1}+\frac{s_2^2}{n_2}}}=\frac{2.85-1.78}{\sqrt{\frac{1.66^2}{16}+\frac{0.43^2}{12}}}=2.470.$$

因为

$$df=(n_1+n_2-2)\left(\frac{1}{2}+\frac{s_1^2s_2^2}{s_1^4+s_2^4}\right)=(16+12-2)\left(\frac{1}{2}+\frac{1.66^2\times0.43^2}{1.66^4+0.43^4}\right)=14.737.$$

以 $t_{p/2}(df)=|t|=2.47$，$df=14$ 查表有 $t_{0.05/2}(14)=2.145$，$t_{0.02/2}(14)=2.624$；$df=15$ 时，有 $t_{0.05/2}(15)=2.131$，$t_{0.02/2}(15)=2.602$，因此有 $0.02<p<0.05$，故按 $p<0.05$ 拒绝 H_0，即认为甲乙两种降压药的降压效果有显著性差异.

三、两独立样本正态总体方差比较的 F 检验

在两组比较的 t 检验中，必须先看两正态总体的方差是否相等，然后再决定检验方法. 那么，如何由样本观察值判断两正态总体方差是否相等呢? 这正是两正态总体方差比较的 F 检验所要解决的问题之一.

设两独立样本 $X_1,X_2,\cdots,X_{n_1}$ 与 $Y_1,Y_2,\cdots,Y_{n_2}$ 分别来自总体 $N(\mu_1,\sigma_1^2)$ 与 $N(\mu_2,\sigma_2^2)$. 由第十五章知

$$\frac{S_1^2/\sigma_1^2}{S_2^2/\sigma_2^2}\sim F(n_1-1,n_2-1). \tag{17-3-3}$$

不失一般性，总可假定 $S_1^2\geqslant S_2^2$. 这样，由 F 分布有表 17-8 所示结果.

事实上，对于双侧检验，选定检验水平 α，由(17-3-3)式有

$$P\left\{\frac{S_1^2/\sigma_1^2}{S_2^2/\sigma_2^2}\geqslant F_{\alpha/2}(n_1-1,n_2-1)\right\}=\frac{\alpha}{2}.$$

当 $H_0:\sigma_1^2=\sigma_2^2$ 成立时，有

$$P\left\{\frac{S_1^2}{S_2^2}\geqslant F_{\alpha/2}(n_1-1,n_2-1)\right\}=P\left\{\frac{S_1^2/\sigma_1^2}{S_2^2/\sigma_2^2}\geqslant F_{\alpha/2}(n_1-1,n_2-1)\right\}=\alpha/2.$$

表 17-8

<table>
<tr><th>条　件</th><th>假　设</th><th>统计量样本值</th><th>判断方法</th></tr>
<tr><td rowspan="2">$X\sim N(\mu_1,\sigma_1^2)$
$Y\sim N(\mu_2,\sigma_2^2)$
两独立样
本观察值
$x_1,x_2,\cdots,x_{n_1}$
$y_1,y_2,\cdots,y_{n_2}$</td><td>双侧 $H_0:\sigma_1^2=\sigma_2^2$
$H_1:\sigma_1^2\neq\sigma_2^2$</td><td rowspan="2">$F=\frac{s_1^2}{s_2^2}$</td><td>$F=F_{p/2}(n_1-1,n_2-1)$
$P\left\{\frac{S_1^2/\sigma_1^2}{S_2^2/\sigma_2^2}\geqslant F\right\}=\frac{p}{2}$</td></tr>
<tr><td>单侧 $H_0:\sigma_1^2\leqslant\sigma_2^2$
$H_1:\sigma_1^2<\sigma_2^2$</td><td>$F=F_p(n_1-1,n_2-1)$
$P\left\{\frac{S_1^2/\sigma_1^2}{S_2^2/\sigma_2^2}\geqslant F\right\}=p$</td></tr>
</table>

可见检验统计量为

$$F=S_1^2/S_2^2.$$

以其样本值 $F=s_1^2/s_2^2$ 作双侧临界值 $F_{p/2}(n_1-1,n_2-1)$，当 $H_0:\sigma_1^2=\sigma_2^2$ 成立时，有

$$P\left\{\frac{S_1^2}{S_2^2}\geqslant F\right\}=P\left\{\frac{S_1^2/\sigma_1^2}{S_2^2/\sigma_1^2}\geqslant F\right\}=P\left\{\frac{S_1^2/\sigma_1^2}{S_2^2/\sigma_2^2}\geqslant F_{p/2}(n_1-1,n_2-1)\right\}=\frac{p}{2}.$$

对选定的水平 α，当 $p\leqslant\alpha$ 时，则 $F\geqslant F_{\alpha/2}$，因而拒绝 H_0，否则不拒绝 H_0.

对于单侧检验，H_0: $\sigma_1^2\leqslant\sigma_2^2$，$H_1$: $\sigma_1^2>\sigma_2^2$，当 H_0 成立时，$\dfrac{S_1^2}{S_2^2}\leqslant\dfrac{S_1^2/\sigma_1^2}{S_2^2/\sigma_2^2}$，因此 $\left\{\dfrac{S_1^2}{S_2^2}\geqslant F_\alpha(n_1-1,n_2-1)\right\}\subset\left\{\dfrac{S_1^2/\sigma_1^2}{S_2^2/\sigma_2^2}\geqslant F_\alpha(n_1-1,n_2-1)\right\}$，故

$$P\left\{\frac{S_1^2}{S_2^2}\geqslant F_\alpha(n_1-1,n_2-1)\right\}\leqslant P\left\{\frac{S_1^2/\sigma_1^2}{S_2^2/\sigma_2^2}\geqslant F_\alpha(n_1-1,n_2-1)\right\}=\alpha.$$

可见检验统计量为

$$F=\frac{S_1^2}{S_2^2}.$$

以其样本值 $F=s_1^2/s_2^2$ 作单侧分位数 $F_p(n_1-1,n_2-1)$，当 $H_0:\sigma_1^2\leqslant\sigma_2^2$ 成立时，有

$$P\left\{\frac{S_1^2}{S_2^2}\geqslant F\right\}\leqslant P\left\{\frac{S_1^2/\sigma_1^2}{S_2^2/\sigma_2^2}\geqslant F\right\}=P\left\{\frac{S_1^2/\sigma_1^2}{S_2^2/\sigma_2^2}\geqslant F_p(n_1-1,n_2-1)\right\}=p.$$

这样，对选定的水平 α，若 $p\leqslant\alpha$ 时，则 $F\geqslant F_\alpha$，故拒绝 H_0，否则；不拒绝 H_0. 这种检验称为 F 检验.

例 4 分别判断：例 2 的两个正态总体具有方差齐性；例 3 的两正态总体方差有 $\sigma_1^2>\sigma_2^2$.

解 判断例 2 的两正态总体具有方差齐性用双侧 F 检验.

$H_0:\sigma_1^2=\sigma_2^2$，$H_1:\sigma_1^2\neq\sigma_2^2$.

由例 2 的结果知，乙厂产品含量的样本方差值大于甲厂，故以 $X\sim N(\mu_1,\sigma_1^2)$ 表示乙厂产品药物含量，$Y\sim N(\mu_2,\sigma_2^2)$ 表示甲厂产品的药物含量. 这样，$s_1^2=1.267\times10^{-3}$，$s_2^2=8.667\times10^{-4}$，因而统计量样本值

$$F=\frac{s_1^2}{s_2^2}=\frac{1.267\times10^{-3}}{8.667\times10^{-4}}=1.462.$$

以 $F_{p/2}(df_1,df_2)=F=1.462$，$df_1=n_1-1=6$，$df_2=n_2-1=5$，查表得 $F<F_{0.1}=F_{0.2/2}$，故按 $p>0.2$ 不拒绝 H_0，即可认为两总体具有方差齐性.

事实上，在进行正态总体均值比较的 t 检验前，一般都要先用 F 检验判断两总体是否具有方差齐性，以便正确选择检验方法.

判断例 3 的两正态总体方差有 $\sigma_1^2>\sigma_2^2$，用单侧 F 检验.

$H_0:\sigma_1^2\leqslant\sigma_2^2$，$H_1:\sigma_1^2>\sigma_2^2$.

由例 3 的计算结果知 $s_1^2=1.66^2$，$s_2^2=0.43^2$，因此，统计量样本值

$$F=\frac{s_1^2}{s_2^2}=\frac{1.66^2}{0.43^2}=14.903.$$

以 $F_p(df_1,df_2)=F=14.903$，$df_1=n_1-1=15$，$df_2=n_2-1=11$ 查表得 $F_p>F_{0.01}$，故按 $p<0.01$ 拒绝 H_0，即认为 $\sigma_1^2>\sigma_2^2$，两正态总体不具方差齐性.

注意，这里因 F 表的限制，只能确定到 $p>0.2$ 和 $p<0.01$，若在计算机上直接计算 p 值会更准确.

第四节　分布的χ^2拟合检验

前面的讨论总是假定总体服从正态分布，而对其数字特征(期望、方差等)进行检验，怎么知道一个总体的概率分布是正态分布呢？

更一般地，怎么知道一个随机变量 X 的分布函数是某个给定的函数 $F(x)$ 呢？

这是一个十分重要的问题. 有时根据对事物本质的分析，利用概率论的知识，可以给予回答，但在很多情形下，只能从一大堆数据中去发现规律，判断总体的分布是什么样子.

一般来说，总是先根据样本值推测出总体可能服从的分布函数(或密度函数)，然后检验该总体的分布函数是否真的就是 $F(x)$.

本节的内容，就是介绍如何检验假设 H_0：X 以 $F(x)$ 为分布函数.

先设 $F(x)$ 不含未知参数. 将在 H_0 之下 X 可能取值的全体 Ω 分成两两不相交的区间 A_1, A_2, …, A_k. 以 $f_i(i=1,2,\cdots,k)$ 记样本观察值 $x_1,x_2,\cdots,x_n$ 中落在 A_i 中的个数，即在 n 次试验中 A_i 发生的频率为 f_i/n.

另一方面，当 H_0 为真时，可根据 X 所假设的分布来计算事件 A_i 的概率，得到 $p_i=P(A_i)$, $i=1,2,\cdots,k$.

若 H_0 为真，且试验次数又较大时，一般来说，频率 f_i/n 与概率 p_i 不应差异太大，故采用形如

$$\sum_{i=1}^{k} h_i\left(\frac{f_i}{n}-p_i\right)^2 \qquad (17-4-1)$$

的统计量来度量样本与 H_0 中所假设的分布的吻合程度，其中 $h_i(i=1,2,\cdots,k)$ 是给定的常数. 适当选取 h_i，能使(17－4－1)有一个理想的极限分布.

皮尔逊(K. Pearson)证明了，如果选取 $h_i=n/p_i$，则当 H_0 为真且 n 充分大时，统计量

$$\chi^2=\sum_{i=1}^{k}\frac{n}{p_i}\left(\frac{f_i}{n}-p_i\right)^2=\sum_{i=1}^{k}\frac{f_i^2}{np_i}-n \qquad (17-4-2)$$

近似地服从 $\chi^2(k-1)$ 分布.

统计量(17－4－2)的自由度之所以是 $k-1$ 个，是因为其中的变之间存在着一个制约关系

$$\sum_{i=1}^{k}\sqrt{\frac{p_i}{n}}\sqrt{\frac{n}{p_i}}\left(\frac{f_i}{n}-p_i\right)=0.$$

现在对 $k=2$ 的情形给予证明. 当 $k=2$ 时

$$\chi^2=\frac{n}{p_1}\left(\frac{f_1}{n}-p_1\right)^2+\frac{n}{p_2}\left(\frac{f_2}{n}-p_2\right)^2=\frac{(f_1-np_1)^2}{np_1}+\frac{(f_2-np_2)^2}{np_2},$$

因为 $p_1+p_2=1$, $f_1+f_2=n$，所以

$$(f_2-np_2)^2=(n-f_1-np_2)^2=[n(1-p_2)-f_1]^2=(f_1-np_1)^2,$$

$$\frac{1}{np_1}+\frac{1}{np_2}=\frac{p_2+p_1}{np_1p_2}=\frac{1}{np_1(1-p_1)},$$

从而

$$\chi^2=\frac{(f_1-np_1)^2}{np_1(1-p_1)}=\left[\frac{f_1-np_1}{\sqrt{np_1(1-p_1)}}\right]^2.$$

又 $f_1\sim B(n,p_1)$，故当 n 充分大时，根据中心极限定理，近似地有

$$\frac{f_1-np_1}{\sqrt{np_1(1-p_1)}}\sim N(0,1),\chi^2\sim\chi^2(1).$$

当 $F(x)$ 中包含未知参数时，费歇(R. Fisher)证明过，只要先用样本求出未知参数在假设 H_0 成立之下的最大似然估计，在 $F(x)$ 中用估计值代替参数值，求得 p_i 的估计值 $\hat{p}_i=\hat{p}(A_i)$，再在(17－4－2)式中以 $\hat{p}_i$ 代替 p_i，则统计量

$$\chi^2=\sum_{i=1}^{k}\frac{f_i^2}{n\hat{p}_i}-n \tag{17－4－3}$$

近似地服从 $\chi^2(k-r-1)$ 分布，其中 r 是被估计的参数的个数.

检验法：当 H_0 为真时，(17－4－2)或(17－4－3)所示的 χ^2 不应太大，如果 χ^2 太大就拒绝 H_0. 对于给定的显著性水平 α，确定正常数 G，使

$$P\{H_0\text{ 为真却拒绝 }H_0\}=P_{H_0}\{\chi^2\geqslant G\}=\alpha.$$

由前述讨论得 $G=\chi_\alpha^2(k-r-1)$[当 $F(x)$ 中不含未知参数时 $r=0$]. 当样本观察值使(17－4－2)或(17－4－3)的 χ^2 值有 $\chi^2\geqslant\chi_\alpha^2(k-r-1)$ 时，拒绝 H_0，否则接受 H_0.

上述结果是在 n 无限增大的条件下推导出来的，因而在使用时要注意 n 取足够大，np_i 也不能太小. 根据计算实践，要求 n 不小于 50，np_i 也不小于 5，否则应适当合并区间，以满足 np_i 不小于 5 的要求.

例 1 奥地利生物学家孟德尔(G. Mendel)进行了长达 8 年的豌豆杂交试验，并根据试验结果，运用他的数理知识，发现了遗传的基本规律.

孟德尔将丰满的黄色豌豆与皱皮的绿色豌豆杂交，得 4 种豆子，数目如下：

丰满黄色豆	丰满绿色豆	皱皮黄色豆	皱皮绿色豆	合　计
315	108	101	32	556

按孟德尔的理论，这 4 种豆子的比例应为 9∶3∶3∶1，试判断试验结果是否与理论相符合.

解 设出现丰满黄色豆，丰满绿色豆，皱皮黄色豆，皱皮绿色豆的概率依次是 p_1,p_2,p_3,p_4. 则统计假设为

$$H_0: p_1=\frac{9}{16},p_2=\frac{3}{16},p_3=\frac{3}{16},p_4=\frac{1}{16}.$$

检验统计量(17－4－2)的样本值

$$\chi^2=\frac{16}{556}\left(\frac{315^2}{9}+\frac{108^2}{3}+\frac{101^2}{3}+32^2\right)-556\approx0.47.$$

查表得

$$\chi_{0.95}^2(3)=0.352<\chi^2<\chi_{0.90}^2(3)=0.585,$$

即据此样本，即使犯弃真错误的概率达 90%，也不能拒绝 H_0.

例 2 下面给出了 84 个伊特拉斯坎(Etruscan)人男子的头颅的最大宽度(单位：mm)，试检验这些数据是否来自正态总体.

141	148	132	138	154	142	150	146	155	158	150	140
147	148	144	150	149	145	149	158	143	141	144	144
126	140	144	142	141	140	145	135	147	146	141	136
140	146	142	137	148	154	137	139	143	140	131	143

141　149　148　135　148　152　143　144　141　143　147　146
150　132　142　142　143　153　149　146　149　138　142　149
142　137　134　144　146　147　140　142　140　137　152　145

解　需检验假设 H_0：X 的概率密度为

$$f(x)=\frac{1}{\sqrt{2\pi}\sigma}e^{-\frac{(x-\mu)^2}{2\sigma^2}},-\infty<x<+\infty.$$

在 H_0 中未给出参数 μ 和 σ^2 的数值. 若 H_0 为真，μ 和 σ^2 的最大似然估计值分别为 $\hat{\mu}=\overline{x}=143.8$ 和 $\hat{\sigma}^2=\frac{1}{n}\sum_{i=1}^{n}x_i^2-\overline{x}^2=6.0^2$（参看第十六章第一节例 5）. X 的概率密度的估计为

$$\hat{f}(x)=\frac{1}{\sqrt{2\pi}\times 6}e^{-\frac{(x-143.8)^2}{2\times 6^2}},-\infty<x<+\infty.$$

将 X 可能取值的区间 $(-\infty,+\infty)$ 分成 7 个小区间，并取事件 A_i 如下表中第一列所示，用唱票的办法数出样本值落在各小区间中的频数 f_i. 按上式并查标准正态分布表即可得 $P(A_i)$ 的估计. 例如

$$\hat{p}_2=\hat{P}(A_2)=\hat{P}\{129.5<X\leqslant 134.5\}$$
$$=\Phi\left(\frac{134.5-143.8}{6}\right)-\Phi\left(\frac{129.5-143.8}{6}\right)=\Phi(-1.55)-\Phi(-2.38)=0.0519.$$

将计算结果列表如下：

A_i	f_i	$\hat{p}_i$	$n\hat{p}_i$	$f_i^2/(n\hat{p}_i)$
A_1：$x\leqslant 129.5$	1 }	0.0087 } 0.0606	5.09	4.91
A_2：$129.5<x\leqslant 134.5$	4 }	0.0519 }		
A_3：$134.5<x\leqslant 139.5$	10	0.1752	14.72	6.79
A_4：$139.5<x\leqslant 144.5$	33	0.3120	26.21	41.55
A_5：$144.5<x\leqslant 149.5$	24	0.2811	23.61	24.40
A_6：$149.5<x\leqslant 154.5$	9 }	0.1336 } 0.1693	14.22	10.13
A_7：$154.5<x<+\infty$	3 }	0.0357 }		$\sum=87.78$

现在 $\chi^2=87.78-84=3.78$，因为 $\chi_{0.1}^2(k-r-1)=\chi_{0.1}^2(5-2-1)=\chi_{0.1}^2(2)=4.605>3.78$，故在水平 0.1 下接受 H_0，认为数据来自服从正态分布的总体.

例 3　用显微镜观察某种细菌位于各个小方格里的数目，共观察了 118 个小方格，得不同细菌数的小方格数如下：

细菌数 i	0	1	2	3	4	5	6	7	8	9	合计
小方格数 f_i	5	19	26	26	21	13	5	1	1	1	118

试判断小方格里的细菌数是否服从泊松分布？

解　H_0：小方格里的细菌数 X 服从泊松分布

$$P\{X=i\}=\frac{\lambda^i}{i!}e^{-\lambda},i=0,1,2,\cdots.$$

这里参数 λ 未知，可在 H_0 成立之下求得其最大似然估计 $\hat{\lambda}=\overline{x}=2.983$. 从而 $P\{X=i\}$ 有估计

$$\hat{p}_i=\hat{P}\{X=i\}=\frac{2.983^i}{i!}\mathrm{e}^{-2.983},i=0,1,2,\cdots,$$

例如 $\hat{p}_0=\mathrm{e}^{-\hat{\lambda}}=0.0506,\hat{p}_1=\hat{\lambda}\hat{p}_0=0.1509,\hat{p}_9=\frac{\hat{\lambda}}{9}\hat{p}_8=0.0026$ 等，计算结果列表如下：

i	f_i	$\hat{p}_i$	$n\hat{p}_i$	$f_i^2/(n\hat{p}_i)$
0	5	0.0506	6.0	4.167
1	19	0.1509	17.8	20.281
2	26	0.2251	26.6	25.414
3	26	0.2238	26.4	25.606
4	21	0.1669	19.7	22.386
5	13	0.0996	11.8	14.322
6	5	0.0496		
7	1 }8	0.0211 }0.0811	9.6	6.667
8	1	0.0079		$\sum=118.843$
9	1	0.0026		

现在 $\chi^2=118.843-118=0.843$，自由度为 $7-1-1=5$，查 χ^2 分布表得

$$\chi^2_{0.975}(5)=0.831<\chi^2<\chi^2_{0.95}(5)=1.145,$$

即按照该样本，即使犯第一类错误的概率达 95%，也不能拒绝“小方格里的细菌数服从泊松分布”这一假设.

习 题 十 七

1. 某车间生产铜丝，铜丝的主要质量指标是折断力大小. 根据过去的资料，可以认为折断力服从正态分布，期望是 570N，标准差是 8N. 今换了一批原料，从性能上看，估计折断力的方差不会有什么变化，现抽出 10 个样品，测得折断力为(单位：N)：

578 572 570 568 572 570 570 572 596 584

问折断力的大小和原先有无差别($\alpha=0.05$)？

2. 设 $X\sim N(\mu,\sigma^2)$，已知 $\sigma^2=0.25$，容量为 9 的样本均数 $\bar{x}=2.5$. 试分别用临界值法、置信区间法和 p 值方法检验：$H_0:\mu=3$；$H_1:\mu\neq 3$. 检验水平 $\alpha=0.05$.

3. 设 $X\sim N(\mu,\sigma^2)$，已知 $\sigma^2=0.09$，容量为 16 的样本均数 $\bar{x}=1.83$. 试用 p 值方法检验：$H_0:\mu\geqslant 2$；$H_1:\mu<2$.

4. 用某仪器间接测量某物质的温度，测五次，单位为℃，数据是

1250 1265 1245 1260 1275

用别的精确方法得到温度的值(可看作真值)为 1277，问：该仪器测温有无系统偏差($\alpha=0.05$)？

5. 正常人的脉搏平均为 72 次/分，现某医生测得 11 例慢性四乙基铅中毒，患者的脉搏(次/分)如下：

54 67 68 68 78 70 66 67 70 65 69

问：四乙基铅中毒者和正常人的脉搏有无显著性差异(已知四乙基铅中毒者的脉搏服从正态分布)？

6. 按照规定，每 100 克罐头番茄汁，维生素 C(V_C)的平均含量不得少于 21 毫克. 现从某厂生产的一批罐头中抽取 17 个，得 V_C 的含量如下(单位：毫克)

16 22 21 20 23 21 19 15 13 23 17 20 29 18 22 16 25

已知 V_C 的含量服从正态分布，试以 $\alpha=0.025$ 检验该批罐头的 V_C 含量是否合格.

7. 有一种新安眠药，在一定剂量下据说能比某种旧安眠药增加睡眠时间. 据现有资料旧安眠药平均睡眠时间为 5.6 小时，标准差为 2.1 小时. 现随机抽取一组对象服用新安眠药，其睡眠时间（单位为小时）为 6.7，7.0，6.1，6.0，7.2，5.0，7.4. 若睡眠时间 X 服从正态分布，试判断：(1)新安眠药与旧安眠药的睡眠时间是否有显著性差异？(2)新安眠药比旧安眠药的睡眠时间是否更长？

8. 依上题的情况，判断：(1)新、旧安眠药的睡眠时间的稳定性是否有显著性差异？(2)新安眠药的睡眠时间的稳定性是否优于旧安眠药？

9. 检查了 26 匹马，测得每 100 毫升的血清中，所含的无机磷平均为 3.29 毫升，标准差为 0.27 毫升，又检查了 18 头羊，100 毫升的血清中含无机磷平均为 3.96 毫升，标准差为 0.40 毫升. 试以 $\alpha=0.05$，检验马与羊的血清中含无机磷的量是否有显著性差异？

10. 某种导线，要求其电阻的标准差不得超过 0.005 欧姆. 今在生产的一批导线中取样品 9 根，测得标准差为 0.007 欧姆，设总体为正态分布. 问在 $\alpha=0.05$ 下能认为这批导线电阻的标准差显著地偏大吗？

11. 为了调查应用克矽平治疗矽肺的效果，今抽查应用克矽平治疗矽肺患者 10 名，记录下治疗前后血红蛋白的含量，如下表所示：

克矽平治疗前后矽肺患者血红蛋白含量

病人号	血红蛋白(克)		治疗前后差 x (克)	x^2
	治疗前	治疗后		
1	11.3	14.0	2.7	7.29
2	15.0	13.8	−1.2	1.44
3	15.0	14.0	−1.0	1.00
4	13.5	13.5	0	0
5	12.8	13.5	0.7	0.49
6	10.0	12.0	2.0	4.00
7	11.0	14.7	3.7	13.69
8	12.0	11.4	−0.6	0.36
9	13.0	13.8	0.8	0.64
10	12.3	12.0	−0.3	0.09
$\sum$			6.8	29.00

试问，该药是否会引起血红蛋白含量的变化（$\alpha=0.05$）？

12. 为考察一种新分析方法的测量效果，特做配对试验，结果如下，试用配对比较的 t 检验判断两种方法的测量效果是否一致.

配对号	1	2	3	4	5	6	7	8	9	10
原法	28.22	33.95	38.25	45.22	37.62	36.84	36.12	35.11	34.45	52.83
新法	28.27	33.99	38.20	42.42	37.64	36.85	36.21	35.20	34.40	52.86

13. 为考查学生称重操作，令学生将称重瓶中固体试样倒入恒重的容器中，并分别测定其失去重量和增

加重量，某学生共操作 6 次，得如下数据：

称重瓶失去重量 X(g)	0.2125	0.1561	0.3026	0.1426	0.1573	0.1443
恒重容器增加重量 Y(g)	0.2124	0.1566	0.3025	0.1423	0.1568	0.1443

若 X 与 Y 间无显著性差异则操作合格. 试判断该生操作是否合格.

14. 取 9 份样品，每份一分为二，分别用滴定法和仪器分析法测定，数据如下：

滴定法	35.5	47.1	26.8	51.1	80.1	63.1	75.0	86.4	92.1
仪器分析法	35.8	48.0	27.1	51.5	81.0	63.0	75.8	86.0	92.5

试判断滴定法的测量结果是否低于仪器分析法结果.

15. 10 名儿童经某药物治疗后，语言智商得分增加值分别为 16，7，5，24，19，11，6，2，10，30，试判断该药物是否有效.

16. 有人研究出一种减少室性期前收缩的药物，10 名患者静脉注射 2mg/kg 的剂量后，一定时间内每分钟期前收缩次数减少值分别为 0，7，2，14，15，14，6，16，19，26，试判断该药是否有效.

17. 为比较原生产工艺与新生产工艺，各测定 10 份样品，数据如下. 若两工艺的结果具有方差齐性，试用两组比较的 t 检验判断两种工艺的生产结果是否有显著性差异.

原工艺	57.90	51.52	49.59	52.20	54.04	56.00	57.62	34.30	41.73	44.00
新工艺	46.47	51.52	41.78	34.39	57.65	56.04	53.99	52.19	49.52	51.52

18. 10 个失眠患者，服用甲、乙两种安眠药，延长睡眠的时间如下表所示：

药物 \ 时间 \ 患者	A	B	C	D	E	F	G	H	I	J
甲	1.9	0.8	1.1	0.1	−0.1	4.4	5.5	1.6	4.6	3.4
乙	0.7	−1.6	−0.2	−1.2	−0.1	3.4	3.7	0.8	3.6	2.0

问：这两种安眠药的疗效有无显著性差异(已知服用安眠药后增加的睡眠时间近似服从正态分布)？

19. 为比较甲、乙两种安眠药的疗效，将 20 个患者分成两组，每组 10 人. 甲组病人服用甲种安眠药，乙组病人服用乙种安眠药. 如服药后延长的睡眠时间仍如上题(自然，这里的数据就不是两两成对了)，问这两种安眠药的疗效有无显著性差异($\alpha=0.05$)？

20. 为试验某中药在改变兔脑血流图方面的作用，对 5 只兔子分别测得给药前后的数据如下：

给药前	4.0	2.0	5.0	6.0	5.0
给药后	4.5	3.0	6.0	8.0	5.5

试分别用两组比较的 t 检验和配对比较的 t 检验，说明该中药是否有改变兔脑血流图的作用. 正确的应该是上述方法中的哪一种？为什么？

21. 一车间生产某种药品. 据已有经验，白班和夜班产品中某成分含量(mg)均服从正态分布，但方差不等. 现从白班和夜班中分别抽检若干样品，测得该成分含量如下，问：(1)白班与夜班产品该成分含量是否有显著性差异？(2)白班产品成分含量是否低于夜班？

白班	15.0	14.5	15.2	15.5	14.8	15.1	12.2	14.8	
夜班	15.9	15.7	15.5	15.9	15.7	15.7	15.5	15.9	15.5

22. 机床厂某日从两台机器所加工的同一种零件中，分别抽若干个样品测量零件尺寸，得：

第一台机器的：6.2　5.7　6.5　6.0　6.3　5.8　5.7　6.0　6.0

第二台机器的：5.6　5.9　5.6　5.7　5.8　6.0　5.5　5.7　5.5

问：这两台机器的加工精度是否有显著性差异($\alpha=0.05$)？

23. 为研究正常成年男人、女人血液红细胞的平均数的差别，检查某地正常成年男子 156 名，正常成年女子 74 名，计算得男性红细胞平均数为 465.13 万/mm^3，子样标准差为 54.80 万/mm^3；女性红细胞平均数为 422.16 万/mm^3，子样标准差为 49.20 万/mm^3. 试检验该地正常成年人的红细胞平均数是否与性别有关.

24. 用新、旧两种方法测量某高纯材料中的微量硼，结果得：$n_1=6$(次)，$\bar{x}=10$，$s_1=2.7$；$n_2=5$(次)，$\bar{y}=7$，$s_2=3.2$. 若两种方法测量结果均服从正态分布，试问两种方法的测量结果是否有显著性差异？

25. 做下列 F 检验：

(1)利用第 17 题数据检验：$H_0:\sigma_1^2=\sigma_2^2$，$H_1:\sigma_1^2\neq\sigma_2^2$；

(2)利用第 21 题数据检验：$H_0:\sigma_1^2=\sigma_2^2$，$H_1:\sigma_1^2\neq\sigma_2^2$；

(3)利用第 21 题数据检验：$H_0:\sigma_1^2\leqslant\sigma_2^2$，$H_1:\sigma_1^2>\sigma_2^2$.

26. 在一个正二十面体的 20 个面上分别标以数字 0，1，2，…，9，每个数字在两个面上标出. 为检验其均匀性，共做 800 次投掷试验，数字 0，1，2，…，9 朝正上方的次数如下：

数字	0	1	2	3	4	5	6	7	8	9
频数	74	92	83	79	80	73	77	75	76	91

试判断该正二十面体是否匀称.

27. 下表给出了某地 120 名 12 岁男孩身高的资料：

某地 120 名 12 岁男孩身高资料　cm

128.1	144.4	150.3	146.2	140.6	139.7
134.1	124.3	147.9	143.0	143.1	142.7
126.0	125.6	127.7	154.4	142.7	141.2
133.4	131.0	125.4	130.3	146.3	146.8
142.7	137.6	136.9	122.7	131.8	147.7
135.8	134.8	139.1	139.0	132.3	134.7
138.4	136.6	136.2	141.6	141.0	138.4
145.1	141.4	139.9	140.6	140.2	131.0
150.4	142.7	144.3	136.4	134.5	132.3
152.7	148.1	139.6	138.9	136.1	135.9
140.3	137.3	134.6	145.2	128.2	135.9
140.2	136.6	139.5	135.7	139.8	129.1
141.4	139.7	136.2	138.4	138.1	132.9
142.9	144.7	318.8	138.3	135.3	140.6

续表

128.1	144.4	150.3	146.2	140.6	139.7
142.2	152.1	142.4	142.7	136.2	135.0
154.3	147.9	141.3	143.8	138.1	139.7
127.4	146.0	155.8	141.2	146.4	139.4
140.8	127.7	150.7	160.3	148.5	147.5
138.9	123.1	126.0	150.0	143.7	156.9
133.1	142.8	136.8	133.1	144.5	142.4

问:12 岁男孩的身高是否服从正态分布?

附　　表

附表 1　二项分布表

$$b(k;n,p)=\sum_{i=k}^{n}C_n^i p^i(1-p)^{n-i}$$

n	k \ p	0.01	0.02	0.04	0.06	0.08	0.1	0.2	0.3	0.4	0.5	p / k	n
	5			0.00000	0.00000	0.00000	0.00001	0.00032	0.00243	0.01024	0.03125	5	
	4	0.00000	0.00000	0.00001	0.00006	0.00019	0.00046	0.00672	0.03078	0.08704	0.18750	4	
5	3	0.00001	0.00008	0.00060	0.00197	0.00453	0.00856	0.05792	0.16308	0.31744	0.50000	3	5
	2	0.00098	0.00384	0.01476	0.03187	0.05436	0.08146	0.26272	0.47178	0.66304	0.81250	2	
	1	0.04901	0.09608	0.18463	0.26610	0.34092	0.40951	0.67232	0.83193	0.92224	0.96875	1	
	10								0.00001	0.00010	0.00098	10	
	9							0.00000	0.00014	0.00168	0.01074	9	
	8						0.00000	0.00008	0.00159	0.01229	0.05469	8	
	7				0.00000	0.00000	0.00001	0.00086	0.01059	0.05476	0.17188	7	
	6			0.00000	0.00001	0.00004	0.00015	0.00637	0.04735	0.16624	0.37695	6	
10													10
	5		0.00000	0.00002	0.00015	0.00059	0.00163	0.03279	0.15027	0.36690	0.62305	5	
	4	0.00000	0.00003	0.00044	0.00203	0.00580	0.01280	0.12087	0.35039	0.61772	0.82813	4	
	3	0.00011	0.00086	0.00621	0.01884	0.04008	0.07019	0.32220	0.61722	0.83271	0.94531	3	
	2	0.00427	0.01618	0.05815	0.11759	0.18788	0.26390	0.62419	0.85069	0.95364	0.98926	2	
	1	0.09562	0.18293	0.33517	0.46138	0.56561	0.65132	0.89263	0.97175	0.99395	0.99902	1	
	15									0.00000	0.00003	15	
	14								0.00000	0.00003	0.00049	14	
	13								0.00001	0.00028	0.00369	13	
	12							0.00000	0.00009	0.00193	0.01758	12	
	11							0.00001	0.00067	0.00935	0.05923	11	
	10							0.00011	0.00365	0.03383	0.15088	10	
	9					0.00000	0.00000	0.00079	0.01524	0.09505	0.30362	9	
15	8				0.00000	0.00001	0.00003	0.00424	0.05001	0.21310	0.50000	8	15
	7			0.00000	0.00001	0.00008	0.00031	0.01806	0.13114	0.39019	0.69638	7	
	6		0.00000	0.00001	0.00015	0.00070	0.00225	0.06105	0.27838	0.59678	0.84912	6	
	5	0.00000	0.00001	0.00022	0.00140	0.00497	0.01272	0.16423	0.48451	0.78272	0.94077	5	
	4	0.00001	0.00018	0.00245	0.01036	0.02731	0.05556	0.35184	0.70313	0.90950	0.98242	4	
	3	0.00042	0.00304	0.02029	0.05713	0.11297	0.18406	0.60198	0.87317	0.97289	0.99631	3	
	2	0.00963	0.03534	0.11911	0.22624	0.34027	0.45096	0.83287	0.96473	0.99483	0.99951	2	
	1	0.13994	0.26143	0.45791	0.60471	0.71370	0.79411	0.96482	0.99525	0.99953	0.99997	1	
	20										0.00000	20	
	19									0.00000	0.00002	19	
	18									0.00001	0.00020	18	
	17								0.00000	0.00005	0.00129	17	
20	16								0.00001	0.00032	0.00591	16	20
	15								0.00004	0.00161	0.02069	15	
	14							0.00000	0.00026	0.00647	0.05766	14	
	13							0.00002	0.00128	0.02103	0.13159	13	

续表 1

n	k \ p	0.01	0.02	0.04	0.06	0.08	0.1	0.2	0.3	0.4	0.5	p / k	n
20	12							0.00010	0.00514	0.05653	0.25172	12	20
	11						0.00000	0.00056	0.01714	0.12752	0.41190	11	
	10					0.00000	0.00001	0.00259	0.04796	0.24466	0.58810	10	
	9				0.00000	0.00001	0.00006	0.00998	0.11333	0.40440	0.74828	9	
	8			0.00000	0.00001	0.00009	0.00042	0.03214	0.22773	0.58411	0.86841	8	
	7			0.00001	0.00011	0.00064	0.00239	0.08669	0.39199	0.74999	0.94234	7	
	6		0.00000	0.00010	0.00087	0.00380	0.01125	0.19579	0.58363	0.87440	0.97931	6	
	5	0.00000	0.00004	0.00096	0.00563	0.01834	0.04317	0.37035	0.76249	0.94905	0.99409	5	
	4	0.00004	0.00060	0.00741	0.02897	0.07062	0.13295	0.58855	0.89291	0.98404	0.99871	4	
	3	0.00100	0.00707	0.04386	0.11497	0.21205	0.32307	0.79392	0.96452	0.99639	0.99980	3	
	2	0.01686	0.05990	0.18966	0.33955	0.48314	0.60825	0.93082	0.99236	0.99948	0.99998	2	
	1	0.18209	0.33239	0.55800	0.70989	0.81131	0.87842	0.98847	0.99920	0.99996	1.00000	1	
25	25											25	25
	24										0.00000	24	
	23										0.00001	23	
	22									0.00000	0.00008	22	
	21									0.00001	0.00046	21	
	20									0.00005	0.00204	20	
	19								0.00000	0.00028	0.00732	19	
	18								0.00002	0.00121	0.02164	18	
	17								0.00010	0.00433	0.05388	17	
	16							0.00000	0.00045	0.01317	0.11476	16	
	15							0.00001	0.00178	0.03439	0.21218	15	
	14							0.00008	0.00599	0.07780	0.34502	14	
	13							0.00037	0.01747	0.15377	0.50000	13	
	12						0.00000	0.00154	0.04425	0.26772	0.65498	12	
	11					0.00000	0.00001	0.00556	0.09780	0.41423	0.78782	11	
	10				0.00000	0.00001	0.00008	0.01733	0.18944	0.57538	0.88524	10	
	9				0.00001	0.00008	0.00046	0.04677	0.32307	0.72647	0.94612	9	
	8			0.00000	0.00007	0.00052	0.00226	0.10912	0.48815	0.84645	0.97836	8	
	7		0.00000	0.00004	0.00051	0.00277	0.00948	0.21996	0.65935	0.92643	0.99268	7	
	6		0.00001	0.00038	0.00306	0.01229	0.03340	0.38331	0.80651	0.97064	0.99796	6	
	5	0.00000	0.00012	0.00278	0.01505	0.04514	0.09799	0.57933	0.90953	0.99053	0.99954	5	
	4	0.00011	0.00145	0.01652	0.05976	0.13509	0.23641	0.76601	0.96676	0.99763	0.99992	4	
	3	0.00195	0.01324	0.07648	0.18711	0.32317	0.46291	0.90177	0.99104	0.99957	0.99999	3	
	2	0.02576	0.08865	0.26419	0.44734	0.60528	0.72879	0.97261	0.99843	0.99995	1.00000	2	
	1	0.22218	0.39654	0.63960	0.78709	0.87564	0.92821	0.99622	0.99987	1.00000	1.00000	1	
30	30											30	30
	29											29	
	28											28	
	27										0.00000	27	
	26										0.00003	26	

续表 2

n	k \ p	0.01	0.02	0.04	0.06	0.08	0.1	0.2	0.3	0.4	0.5	p / k	n
30	25									0.00000	0.00016	25	30
	24									0.00001	0.00072	24	
	23									0.00005	0.00261	23	
	22								0.00000	0.00022	0.00806	22	
	21								0.00001	0.00086	0.02139	21	
	20								0.00004	0.00285	0.04937	20	
	19								0.00016	0.00830	0.10024	19	
	18							0.00000	0.00063	0.02124	0.18080	18	
	17							0.00001	0.00212	0.04811	0.29233	17	
	16							0.00005	0.00637	0.09706	0.42777	16	
	15							0.00023	0.01694	0.17537	0.57223	15	
	14							0.00090	0.04005	0.28550	0.70767	14	
	13						0.00000	0.00311	0.08447	0.42153	0.81920	13	
	12					0.00000	0.00002	0.00949	0.15932	0.56891	0.89976	12	
	11				0.00000	0.00001	0.00009	0.02562	0.26963	0.70853	0.95063	11	
	10				0.00001	0.00007	0.00045	0.06109	0.41119	0.82371	0.97861	10	
	9			0.00000	0.00005	0.00041	0.00202	0.12865	0.56848	0.90599	0.99194	9	
	8			0.00902	0.00030	0.00197	0.00778	0.23921	0.71862	0.95648	0.99739	8	
	7		0.00000	0.00015	0.00167	0.00825	0.02583	0.39303	0.84048	0.98282	0.99928	7	
	6	0.00000	0.00003	0.00106	0.00795	0.02929	0.07319	0.57249	0.92341	0.99434	0.99984	6	
	5	0.00001	0.00030	0.00632	0.03154	0.08736	0.17549	0.54477	0.96985	0.99849	0.99997	5	
	4	0.00022	0.00289	0.03059	0.10262	0.21579	0.35256	0.87729	0.99068	0.99969	1.00000	4	
	3	0.00332	0.02172	0.11690	0.26760	0.43460	0.58865	0.95582	0.99789	0.99995	1.00000	3	
	2	0.03615	0.12055	0.33882	0.54453	0.70421	0.81630	0.98948	0.99969	1.00000	1.00000	2	
	1	0.26030	0.45452	0.70614	0.84374	0.91803	0.95761	0.99876	1.00000	1.00000	1.00000	1	

附表 2　泊松分布表

[函数 $P(m;\lambda)=\frac{\lambda^m}{m!}e^{-\lambda}$ 数值表]

m \ λ	0.1	0.2	0.3	0.4	0.5	0.6	0.7	0.8	0.9
0	0.9048	0.8187	0.7408	0.6703	0.6065	0.5488	0.4966	0.4493	0.4066
1	0.0905	0.1638	0.2222	0.2681	0.3033	0.3293	0.3476	0.3595	0.3659
2	0.0045	0.0164	0.0333	0.0536	0.0758	0.0988	0.1217	0.1438	0.1647
3	0.0002	0.0011	0.0033	0.0072	0.0126	0.0198	0.0284	0.0383	0.0494
4		0.0001	0.0003	0.0007	0.0016	0.0030	0.0050	0.0077	0.0111
5				0.0001	0.0002	0.0004	0.0007	0.0012	0.0020
6							0.0001	0.0002	0.0003
m \ λ	**1.0**	**1.5**	**2.0**	**2.5**	**3.0**	**3.5**	**4.0**	**4.5**	**5.0**
0	0.3679	0.2231	0.1353	0.0821	0.0498	0.0302	0.0183	0.0111	0.0067
1	0.3679	0.3347	0.2707	0.2052	0.1494	0.1057	0.0733	0.0500	0.0337
2	0.1839	0.2510	0.2707	0.2565	0.2240	0.1850	0.1465	0.1125	0.0842

续表 1

m \ λ	1.0	1.5	2.0	2.5	3.0	3.5	4.0	4.5	5.0
3	0.0613	0.1255	0.1805	0.2138	0.2240	0.2158	0.1954	0.1687	0.1404
4	0.0153	0.0471	0.0902	0.1336	0.1680	0.1888	0.1954	0.1898	0.1755
5	0.0031	0.0141	0.0361	0.0668	0.1008	0.1322	0.1563	0.1708	0.1755
6	0.0005	0.0035	0.0120	0.1278	0.0504	0.0771	0.1042	0.1281	0.1462
7	0.0001	0.0008	0.0034	0.0099	0.0216	0.0386	0.0595	0.0824	0.1045
8		0.0001	0.0009	0.0031	0.0081	0.0169	0.0198	0.0463	0.0653
9			0.0002	0.0009	0.0027	0.0066	0.0132	0.0232	0.0363
10				0.0002	0.0008	0.0023	0.0053	0.0104	0.0181
11				0.0001	0.0002	0.0007	0.0019	0.0043	0.0082
12					0.0001	0.0002	0.0006	0.0016	0.0034
13						0.0001	0.0002	0.0006	0.0013
14							0.0001	0.0002	0.0005
15								0.0001	0.0002
16									0.0001

m \ λ	6	7	8	9	10	λ=20			
						m	p	m	p
0	0.0025	0.0009	0.0003	0.0001		5	0.0001	20	0.0888
1	0.0149	0.0064	0.0027	0.0011	0.0005	6	0.0002	21	0.0846
2	0.0446	0.0223	0.0107	0.0050	0.0023	7	0.0005	22	0.0769
3	0.0892	0.0521	0.0286	0.0150	0.0076	8	0.0013	23	0.0669
4	0.1339	0.0912	0.0573	0.0337	0.0189	9	0.0029	24	0.0557
5	0.1606	0.1277	0.0916	0.0607	0.0378	10	0.0058	25	0.0446
6	0.1606	0.1490	0.1221	0.0911	0.0631	11	0.0106	26	0.0343
7	0.1377	0.1490	0.1396	0.1171	0.0901	12	0.0176	27	0.0254
8	0.1033	0.1304	0.1396	0.1318	0.1126	13	0.0271	28	0.0182
9	0.0688	0.1014	0.1241	0.1318	0.1251	14	0.0382	29	0.0125
10	0.0413	0.0710	0.0993	0.1186	0.1251	15	0.0517	30	0.0083
11	0.0225	0.0452	0.0722	0.0970	0.1137	16	0.0646	31	0.0054
12	0.0113	0.0264	0.0481	0.0728	0.0948	17	0.0760	32	0.0034
13	0.0052	0.0142	0.0296	0.0504	0.0729	18	0.0844	33	0.0020
14	0.0022	0.0071	0.0169	0.0324	0.0521	19	0.0888	34	0.0012
15	0.0009	0.0033	0.0090	0.0194	0.0347			35	0.0007
16	0.0003	0.0015	0.0045	0.0109	0.0217			36	0.0004
17	0.0001	0.0006	0.0021	0.0058	0.0128			37	0.0002
18		0.0002	0.0009	0.0029	0.0071			38	0.0001
19		0.0001	0.0004	0.0014	0.0037			39	0.0001
20			0.0002	0.0006	0.0019				
21			0.0001	0.0003	0.0009				
22				0.0001	0.0004				
23					0.0002				
24					0.0001				

续表 2

λ=30				λ=40				λ=50			
m	p	m	p	m	p	m	p	m	p	m	p
10		30	0.0726	15		40	0.0630	25		50	0.0563
11		31	0.0703	16		41	0.0614	26	0.0001	51	0.0552
12	0.0001	32	0.0659	17		42	0.0585	27	0.0001	52	0.0531
13	0.0002	33	0.0599	18	0.0001	43	0.0544	28	0.0002	53	0.0501
14	0.0005	34	0.0529	19	0.0001	44	0.0495	29	0.0004	54	0.0464
15	0.0010	35	0.0453	20	0.0002	45	0.0440	30	0.0007	55	0.0422
16	0.0019	36	0.0378	21	0.0004	46	0.0382	31	0.0011	56	0.0377
17	0.0034	37	0.0306	22	0.0007	47	0.0325	32	0.0017	57	0.0330
18	0.0057	38	0.0242	23	0.0012	48	0.0271	33	0.0026	58	0.0285
19	0.0089	39	0.0186	24	0.0019	49	0.0221	34	0.0038	59	0.0241
20	0.0134	40	0.0139	25	0.0031	50	0.0177	35	0.0054	60	0.0201
21	0.0192	41	0.0102	26	0.0047	51	0.0139	36	0.0075	61	0.0165
22	0.0261	42	0.0073	27	0.0070	52	0.0107	37	0.0102	62	0.0133
23	0.0341	43	0.0051	28	0.0100	53	0.0081	38	0.0134	63	0.0106
24	0.0426	44	0.0035	29	0.0139	54	0.0060	39	0.0172	64	0.0082
25	0.0511	45	0.0023	30	0.0185	55	0.0043	40	0.0215	65	0.0063
26	0.0590	46	0.0015	31	0.0238	56	0.0031	41	0.0262	66	0.0048
27	0.0655	47	0.0010	32	0.0298	57	0.0022	42	0.0312	67	0.0036
28	0.0702	48	0.0006	33	0.0361	58	0.0015	43	0.0363	68	0.0026
29	0.0726	49	0.0004	34	0.0425	59	0.0010	44	0.0412	69	0.0019
		50	0.0002	35	0.0485	60	0.0007	45	0.0458	70	0.0014
		51	0.0001	36	0.0539	61	0.0005	46	0.0498	71	0.0010
		52	0.0001	37	0.0583	62	0.0003	47	0.0530	72	0.0007
				38	0.0614	63	0.0002	48	0.0552	73	0.0005
				39	0.0630	64	0.0001	49	0.0563	74	0.0003
						65	0.0001			75	0.0002
										76	0.0001
										77	0.0001
										78	0.0001

附表 3　标准正态分布函数表

$$\Phi(x)=\frac{1}{\sqrt{2\pi}}\int_{-\infty}^{x} e^{-\frac{t^2}{2}}dt \quad (x \geqslant 0)$$

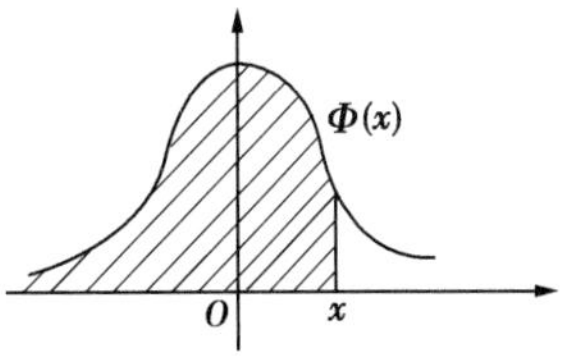

x	0.00	0.01	0.02	0.03	0.04	0.05	0.06	0.07	0.08	0.09	x
0.0	0.5000	0.5040	0.5080	0.5120	0.5160	0.5199	0.5239	0.5279	0.5319	0.5359	0.0
0.1	0.5398	0.5438	0.5478	0.5517	0.5557	0.5596	0.5636	0.5675	0.5714	0.5753	0.1
0.2	0.5793	0.5832	0.5871	0.5910	0.5948	0.5987	0.6026	0.6064	0.6103	0.6141	0.2
0.3	0.6179	0.6217	0.6255	0.6293	0.6331	0.6368	0.6406	0.6443	0.6480	0.6517	0.3

续表

x	0.00	0.01	0.02	0.03	0.04	0.05	0.06	0.07	0.08	0.09	x
0.4	0.6554	0.6591	0.6628	0.6664	0.6700	0.6736	0.6772	0.6808	0.6844	0.6879	0.4
0.5	0.6915	0.6950	0.6985	0.7019	0.7054	0.7088	0.7123	0.7157	0.7190	0.7224	0.5
0.6	0.7257	0.7291	0.7324	0.7357	0.7389	0.7422	0.7454	0.7486	0.7517	0.7549	0.6
0.7	0.7580	0.7611	0.7642	0.7673	0.7703	0.7734	0.7764	0.7794	0.7823	0.7852	0.7
0.8	0.7881	0.7910	0.7939	0.7967	0.7995	0.8023	0.8051	0.8078	0.8106	0.8133	0.8
0.9	0.8159	0.8186	0.8212	0.8238	0.8264	0.8289	0.8315	0.8340	0.8365	0.8389	0.9
1.0	0.8413	0.8438	0.8461	0.8485	0.8508	0.8531	0.8554	0.8577	0.8599	0.8621	1.0
1.1	0.8643	0.8665	0.8686	0.8708	0.8729	0.8749	0.8770	0.8790	0.8810	0.8830	1.1
1.2	0.8849	0.8869	0.8888	0.8907	0.8925	0.8944	0.8962	0.8980	0.8997	0.90147	1.2
1.3	0.90320	0.90490	0.90658	0.90824	0.90988	0.91149	0.91309	0.91466	0.91621	0.91774	1.3
1.4	0.91924	0.92073	0.92220	0.92364	0.92507	0.92647	0.92785	0.92922	0.93056	0.93189	1.4
1.5	0.93319	0.93448	0.93574	0.93699	0.93822	0.93943	0.94062	0.94179	0.94295	0.94408	1.5
1.6	0.94520	0.94630	0.94738	0.94845	0.94950	0.95053	0.95154	0.95254	0.95352	0.95449	1.6
1.7	0.95543	0.95637	0.95728	0.95818	0.95907	0.95994	0.96080	0.96164	0.96246	0.96327	1.7
1.8	0.96407	0.96485	0.96562	0.96638	0.96712	0.96784	0.96856	0.96926	0.96995	0.97062	1.8
1.9	0.97128	0.97193	0.97257	0.97320	0.97381	0.97441	0.97500	0.97558	0.97615	0.97670	10.9
2.0	0.97725	0.97778	0.97831	0.97882	0.97932	0.97982	0.98030	0.98077	0.98124	0.98169	2.0
2.1	0.98214	0.98257	0.98300	0.98341	0.98382	0.98422	0.98461	0.98500	0.98537	0.98574	2.1
2.2	0.98610	0.98645	0.98679	0.98713	0.98745	0.98778	0.98809	0.98840	0.98870	0.98899	2.2
2.3	0.98928	0.98956	0.98983	$0.9^{2}0097$	$0.9^{2}0358$	$0.9^{2}0613$	$0.9^{2}0863$	$0.9^{2}1106$	$0.9^{2}1344$	$0.9^{2}1576$	2.3
2.4	$0.9^{2}1802$	$0.9^{2}2024$	$0.9^{2}2240$	$0.9^{2}2451$	$0.9^{2}2656$	$0.9^{2}2857$	$0.9^{2}3053$	$0.9^{2}3244$	$0.9^{2}3431$	$0.9^{2}3613$	2.4
2.5	$0.9^{2}3790$	$0.9^{2}3963$	$0.9^{2}4132$	$0.9^{2}4297$	$0.9^{2}4457$	$0.9^{2}4614$	$0.9^{2}4766$	$0.9^{2}4915$	$0.9^{2}5060$	$0.9^{2}5201$	2.5
2.6	$0.9^{2}5339$	$0.9^{2}5473$	$0.9^{2}5604$	$0.9^{2}5731$	$0.9^{2}5855$	$0.9^{2}5975$	$0.9^{2}6093$	$0.9^{2}6207$	$0.9^{2}6319$	$0.9^{2}6427$	2.6
2.7	$0.9^{2}6533$	$0.9^{2}6636$	$0.9^{2}6736$	$0.9^{2}6833$	$0.9^{2}6928$	$0.9^{2}7020$	$0.9^{2}7110$	$0.9^{2}7197$	$0.9^{2}7282$	$0.9^{2}7365$	2.7
2.8	$0.9^{2}7445$	$0.9^{2}7523$	$0.9^{2}7599$	$0.9^{2}7673$	$0.9^{2}7744$	$0.9^{2}7814$	$0.9^{2}7882$	$0.9^{2}7948$	$0.9^{2}8012$	$0.9^{2}8874$	2.8
2.9	$0.9^{2}8134$	$0.9^{2}8193$	$0.9^{2}8250$	$0.9^{2}8305$	$0.9^{2}8389$	$0.9^{2}8411$	$0.9^{2}8462$	$0.9^{2}8511$	$0.9^{2}8559$	$0.9^{2}8605$	2.9
3.0	$0.9^{2}8650$	$0.9^{2}8694$	$0.9^{2}8736$	$0.9^{2}8777$	$0.9^{2}8817$	$0.9^{2}8856$	$0.9^{2}8893$	$0.9^{2}8930$	$0.9^{2}8965$	$0.9^{2}8999$	3.0
3.1	$0.9^{3}0324$	$0.9^{3}0646$	$0.9^{3}0957$	$0.9^{3}1260$	$0.9^{3}1553$	$0.9^{3}1836$	$0.9^{3}2112$	$0.9^{3}2378$	$0.9^{3}2636$	$0.9^{3}2886$	3.1
3.2	$0.9^{3}3129$	$0.9^{3}3363$	$0.9^{3}3590$	$0.9^{3}3810$	$0.9^{3}4024$	$0.9^{3}4230$	$0.9^{3}4429$	$0.9^{3}4623$	$0.9^{3}4810$	$0.9^{3}4991$	3.2
3.3	$0.9^{3}5166$	$0.9^{3}5335$	$0.9^{3}5499$	$0.9^{3}5658$	$0.9^{3}5811$	$0.9^{3}5959$	$0.9^{3}6103$	$0.9^{3}6242$	$0.9^{3}6376$	$0.9^{3}6505$	3.3
3.4	$0.9^{3}6631$	$0.9^{3}6752$	$0.9^{3}6869$	$0.9^{3}6982$	$0.9^{3}7091$	$0.9^{3}7197$	$0.9^{3}7299$	$0.9^{3}7398$	$0.9^{3}7493$	$0.9^{3}7585$	3.4
3.5	$0.9^{3}7674$	$0.9^{3}7759$	$0.9^{3}7842$	$0.9^{3}7922$	$0.9^{3}7999$	$0.9^{3}8074$	$0.9^{3}8146$	$0.9^{3}8215$	$0.9^{3}8282$	$0.9^{3}8347$	3.5
3.6	$0.9^{3}8409$	$0.9^{3}8469$	$0.9^{3}8527$	$0.9^{3}8583$	$0.9^{3}8637$	$0.9^{3}8689$	$0.9^{3}8739$	$0.9^{3}8787$	$0.9^{3}8834$	$0.9^{3}8879$	3.6
3.7	$0.9^{3}8922$	$0.9^{3}8964$	$0.9^{4}0039$	$0.9^{4}0426$	$0.9^{4}0799$	$0.9^{4}1158$	$0.9^{4}1504$	$0.9^{4}1838$	$0.9^{4}2159$	$0.9^{4}2469$	3.7
3.8	$0.9^{4}2765$	$0.9^{4}3052$	$0.9^{4}3327$	$0.9^{4}3593$	$0.9^{4}3848$	$0.9^{4}4094$	$0.9^{4}4331$	$0.9^{4}4558$	$0.9^{4}4777$	$0.9^{4}4988$	3.8
3.9	$0.9^{4}5190$	$0.9^{4}5385$	$0.9^{4}5573$	$0.9^{4}5753$	$0.9^{4}5926$	$0.9^{4}6092$	$0.9^{4}6253$	$0.9^{4}6406$	$0.9^{4}6554$	$0.9^{4}6696$	3.9
4.0	$0.9^{4}6833$	$0.9^{4}6964$	$0.9^{4}7090$	$0.9^{4}7211$	$0.9^{4}7327$	$0.9^{4}7439$	$0.9^{4}7546$	$0.9^{4}7649$	$0.9^{4}7748$	$0.9^{4}7843$	4.0
4.1	$0.9^{4}7934$	$0.9^{4}8022$	$0.9^{4}8106$	$0.9^{4}8186$	$0.9^{4}8263$	$0.9^{4}8338$	$0.9^{4}8409$	$0.9^{4}8477$	$0.9^{4}8542$	$0.9^{4}8605$	4.1
4.2	$0.9^{4}8665$	$0.9^{4}8723$	$0.9^{4}8778$	$0.9^{4}8832$	$0.9^{4}8882$	$0.9^{4}8931$	$0.9^{4}8978$	$0.9^{5}0226$	$0.9^{4}0655$	$0.9^{5}1066$	4.2
4.3	$0.9^{5}1460$	$0.9^{5}1837$	$0.9^{5}2199$	$0.9^{5}2545$	$0.9^{5}2876$	$0.9^{5}3193$	$0.9^{5}3497$	$0.9^{5}3788$	$0.9^{5}4066$	$0.9^{5}4332$	4.3
4.4	$0.9^{5}4587$	$0.9^{5}4831$	$0.9^{5}5065$	$0.9^{5}5288$	$0.9^{5}5502$	$0.9^{5}5706$	$0.9^{5}5902$	$0.9^{5}6089$	$0.9^{5}6268$	$0.9^{5}6439$	4.4
4.5	$0.9^{5}6602$	$0.9^{5}6759$	$0.9^{5}6908$	$0.9^{5}7051$	$0.9^{5}7187$	$0.9^{5}7318$	$0.9^{5}7442$	$0.9^{5}7561$	$0.9^{5}7675$	$0.9^{5}7784$	4.5
4.6	$0.9^{5}7888$	$0.9^{5}7987$	$0.9^{5}8081$	$0.9^{5}8172$	$0.9^{5}8258$	$0.9^{5}8340$	$0.9^{5}8419$	$0.9^{5}0404$	$0.9^{5}8566$	$0.9^{5}8634$	4.6
4.7	$0.9^{5}8699$	$0.9^{5}8761$	$0.9^{5}8821$	$0.9^{5}8877$	$0.9^{5}8931$	$0.9^{5}8983$	$0.9^{6}0320$	$0.9^{6}0789$	$0.9^{6}1225$	$0.9^{6}1661$	4.7
4.8	$0.9^{6}2067$	$0.9^{6}2453$	$0.9^{6}2822$	$0.9^{6}3173$	$0.9^{6}3508$	$0.9^{6}3827$	$0.9^{6}4131$	$0.9^{6}4420$	$0.9^{6}4696$	$0.9^{6}4958$	4.8
4.9	$0.9^{6}5208$	$0.9^{6}5446$	$0.9^{6}5673$	$0.9^{6}5889$	$0.9^{6}6094$	$0.9^{6}6289$	$0.9^{6}6475$	$0.9^{6}6652$	$0.9^{6}6821$	$0.9^{6}6981$	4.9

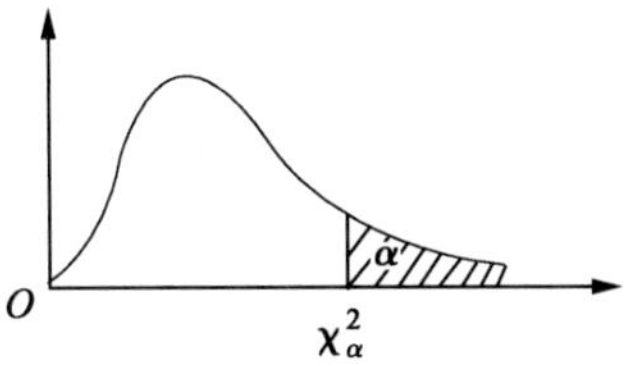

附表 4　χ^2 分布上侧分位数表

$P(\chi^2 > \chi_\alpha^2) = \alpha$

df \ α	0.99	0.98	0.95	0.90	0.80	0.70	0.50	0.30	0.20	0.10	0.05	0.02	0.01	0.001	α / df
1	0.0^3157	0.0^3628	0.0^2393	0.0158	0.0642	0.148	0.455	1.074	1.642	2.706	3.841	5.412	6.635	10.828	1
2	0.0201	0.0404	0.103	0.211	0.446	0.713	1.386	2.408	3.219	4.605	5.991	7.824	9.210	13.816	2
3	0.115	0.185	0.352	0.584	1.005	1.424	2.366	3.665	4.642	6.251	7.815	9.837	11.345	16.266	3
4	0.297	0.429	0.711	1.064	1.649	2.195	3.357	4.878	5.989	7.779	9.488	11.668	12.277	18.467	4
5	0.554	0.752	1.145	1.610	2.343	3.000	4.351	6.064	7.289	9.236	11.070	13.388	15.068	20.515	5
6	0.872	1.134	1.635	2.204	3.070	3.828	5.348	7.231	8.558	10.645	12.592	15.033	16.812	22.458	6
7	1.239	1.564	2.167	2.833	3.822	4.671	6.346	8.383	9.803	12.017	14.067	16.622	18.475	24.322	7
8	1.646	2.032	2.733	3.490	4.594	5.527	7.344	9.524	11.030	13.362	15.507	18.168	20.090	26.125	8
9	2.088	2.532	3.325	4.168	5.380	6.393	8.343	10.656	12.242	14.684	16.919	19.679	21.666	27.877	9
10	2.558	3.059	3.940	4.865	6.179	7.267	9.342	11.781	13.442	15.987	18.307	21.161	23.209	29.588	10
11	3.053	3.609	4.575	5.578	6.989	8.148	10.341	12.899	14.631	17.275	19.675	22.618	24.725	31.264	11
12	3.571	4.178	5.226	6.304	7.807	9.034	11.340	14.011	15.812	18.549	21.026	24.054	26.217	32.909	12
13	4.107	4.765	5.892	7.042	8.634	9.926	12.340	15.119	16.985	19.812	22.362	25.472	27.688	34.528	13
14	4.660	5.368	6.571	7.790	9.467	10.821	13.339	16.222	18.151	21.064	23.685	26.873	29.141	36.123	14
15	5.229	5.985	7.261	8.547	10.307	11.721	14.339	17.322	19.311	22.307	24.996	28.259	30.578	37.697	15
16	5.812	6.614	7.962	9.312	11.152	12.624	15.338	18.418	20.465	23.542	26.296	29.633	32.000	39.252	16
17	6.408	7.255	8.672	10.085	12.002	13.531	16.338	19.511	21.615	24.769	27.587	30.995	33.409	40.790	17
18	7.015	7.906	9.390	10.865	12.857	14.440	17.338	20.601	22.760	25.989	28.869	32.346	34.805	42.312	18
19	7.633	8.567	10.117	11.651	13.716	15.352	18.338	21.689	23.900	27.204	30.144	33.687	36.191	43.820	19
20	8.260	9.237	10.851	12.443	14.578	16.266	19.337	22.775	25.038	28.412	31.410	35.020	37.566	45.315	20
21	8.897	9.915	11.591	13.240	15.445	17.182	20.337	23.858	26.171	29.615	32.671	36.343	38.932	46.797	21
22	9.542	10.600	12.338	14.041	16.314	18.101	21.337	24.939	27.301	30.813	33.924	37.659	40.289	48.268	22
23	10.196	11.293	13.091	14.848	17.187	19.021	22.337	26.018	28.429	32.007	35.172	38.968	41.638	49.728	23
24	10.856	11.992	13.848	15.659	18.062	19.943	23.337	27.096	29.553	33.196	36.415	40.270	42.980	51.179	24
25	11.524	12.697	14.611	16.473	18.940	20.867	24.337	28.172	30.675	34.382	37.652	41.566	44.314	52.618	25
26	12.198	13.409	15.379	17.292	19.820	21.792	25.336	29.246	31.795	35.563	38.885	42.856	45.642	54.052	26
27	12.879	14.125	16.151	18.114	20.703	22.719	26.336	30.319	32.912	36.741	40.113	44.140	46.963	55.476	27
28	13.565	14.847	16.928	18.939	21.588	23.647	27.336	31.391	34.027	37.916	41.337	45.419	48.278	56.893	28
29	14.256	15.574	17.708	19.768	22.475	24.577	28.336	32.461	35.139	39.087	42.557	46.693	49.588	58.301	29
30	14.953	16.306	18.493	20.599	23.364	25.508	29.336	33.530	36.250	40.256	43.773	47.962	50.892	59.703	30

附表 5　t 分布双侧分位数表

$$P(|t|>t_{\frac{\alpha}{2}})=\alpha$$

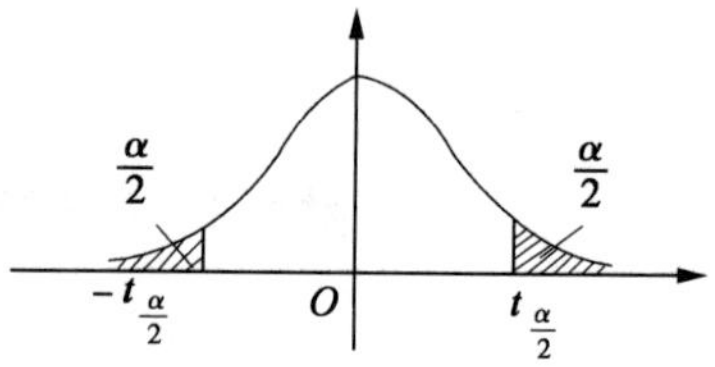

df \ α	0.9	0.8	0.7	0.6	0.5	0.4	0.3	0.2	0.1	0.05	0.02	0.01	0.001	α / df
1	0.158	0.325	0.510	0.727	1.000	1.376	1.963	3.078	6.314	12.706	31.821	63.657	636.619	1
2	0.142	0.289	0.445	0.617	0.816	1.061	1.386	1.886	2.920	4.303	6.965	9.925	31.598	2
3	0.137	0.277	0.424	0.584	0.765	0.978	1.250	1.638	2.353	3.182	4.541	5.841	12.924	3
4	0.134	0.271	0.414	0.569	0.741	0.941	1.190	1.533	2.132	2.776	3.747	4.604	8.610	4
5	0.132	0.267	0.408	0.559	0.727	0.920	1.156	1.476	2.015	2.571	3.365	4.032	6.859	5
6	0.131	0.265	0.404	0.553	0.718	0.906	1.134	1.440	1.943	2.447	3.143	3.707	5.959	6
7	0.130	0.263	0.402	0.549	0.711	0.896	1.119	1.415	1.895	2.365	2.998	3.499	5.405	7
8	0.130	0.262	0.399	0.546	0.706	0.889	1.108	1.397	1.860	2.306	2.896	3.355	5.041	8
9	0.129	0.261	0.398	0.543	0.703	0.883	1.100	1.383	1.833	2.262	2.821	3.250	4.781	9
10	0.129	0.260	0.397	0.542	0.700	0.879	1.093	1.372	1.812	2.228	2.764	3.169	4.587	10
11	0.129	0.260	0.396	0.540	0.697	0.876	1.088	1.363	1.796	2.201	2.718	3.106	4.437	11
12	0.128	0.259	0.395	0.539	0.695	0.873	1.083	1.356	1.782	2.179	2.681	3.055	4.318	12
13	0.128	0.259	0.394	0.538	0.694	0.870	1.079	1.350	1.771	2.160	2.650	3.012	4.221	13
14	0.128	0.258	0.393	0.537	0.692	0.868	1.076	1.345	1.761	2.145	2.624	2.977	4.140	14
15	0.128	0.258	0.393	0.536	0.691	0.866	1.074	1.341	1.753	2.131	2.602	2.947	4.073	15
16	0.128	0.258	0.392	0.535	0.690	0.865	1.071	1.337	1.746	2.120	2.583	2.921	4.015	16
17	0.128	0.257	0.392	0.534	0.689	0.863	1.069	1.333	1.740	2.110	2.567	2.898	3.965	17
18	0.127	0.257	0.392	0.534	0.688	0.862	1.067	1.330	1.734	2.101	2.552	2.878	3.922	18
19	0.127	0.257	0.391	0.533	0.688	0.861	1.066	1.328	1.729	2.093	2.539	2.861	3.883	19
20	0.127	0.257	0.391	0.533	0.687	0.860	1.064	1.325	1.725	2.086	2.528	2.845	3.850	20
21	0.127	0.257	0.391	0.532	0.686	0.859	1.063	1.323	1.721	2.080	2.518	2.831	3.819	21
22	0.127	0.256	0.390	0.532	0.686	0.858	1.061	1.321	1.717	2.074	2.508	2.819	3.792	22
23	0.127	0.256	0.390	0.532	0.685	0.858	1.060	1.319	1.714	2.069	2.500	2.807	3.767	23
24	0.127	0.256	0.390	0.531	0.685	0.857	1.059	1.318	1.711	2.064	2.492	2.797	3.745	24
25	0.127	0.256	0.390	0.531	0.684	0.856	1.058	1.316	1.708	2.060	2.485	2.787	3.725	25
26	0.127	0.256	0.390	0.531	0.684	0.856	1.058	1.315	1.706	2.056	2.479	2.779	3.707	26
27	0.127	0.256	0.389	0.531	0.684	0.855	1.057	1.314	1.703	2.052	2.473	2.771	3.690	27
28	0.127	0.256	0.389	0.530	0.683	0.855	1.056	1.313	1.701	2.048	2.467	2.763	3.674	28
29	0.127	0.256	0.389	0.530	0.683	0.854	1.055	1.311	1.699	2.045	2.462	2.756	3.659	29
30	0.127	0.256	0.389	0.530	0.683	0.854	1.055	1.310	1.697	2.042	2.457	2.750	3.646	30
40	0.126	0.255	0.388	0.529	0.681	0.851	1.050	1.303	1.684	2.021	2.423	2.704	3.551	40
60	0.126	0.254	0.387	0.527	0.679	0.848	1.046	1.296	1.671	2.000	2.390	2.660	3.460	60
120	0.126	0.254	0.386	0.526	0.677	0.845	1.041	1.289	1.658	1.980	2.358	2.617	3.373	120
∞	0.126	0.253	0.385	0.524	0.674	0.842	1.036	1.282	1.645	1.960	2.326	2.576	3.291	∞

附表 6 F 分布上侧分位数表

$P(F>F_\alpha)=\alpha$

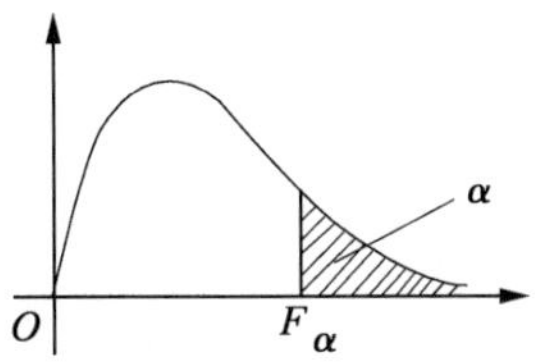

$\alpha=0.10$

df_2 \ df_1	1	2	3	4	5	6	7	8	9	10	15	20	30	50	100	200	500	∞	df_1 / df_2
1	39.9	49.5	53.6	55.8	57.2	58.2	58.9	59.4	59.9	60.2	61.2	61.7	62.3	62.7	63.0	63.2	63.3	63.3	1
2	8.53	9.00	9.16	9.24	9.29	9.33	9.35	9.37	9.38	9.39	9.42	9.44	9.46	9.47	9.48	9.49	9.49	9.49	2
3	5.54	5.46	5.39	5.34	5.31	5.28	5.27	5.25	5.24	5.23	5.20	5.18	5.17	5.15	5.14	5.14	5.14	5.13	3
4	4.54	4.32	4.19	4.11	4.05	4.01	3.98	3.95	3.94	3.92	3.87	3.84	3.82	3.80	3.78	3.77	3.76	3.76	4
5	4.06	3.78	3.62	3.52	3.45	3.40	3.37	3.34	3.32	3.30	3.24	3.21	3.17	3.15	3.13	3.12	3.11	3.10	5
6	3.78	3.46	3.29	3.18	3.11	3.05	3.01	2.98	2.96	2.94	2.87	2.84	2.80	2.77	2.75	2.73	2.73	2.72	6
7	3.59	3.26	3.07	2.96	2.88	2.83	2.78	2.75	2.72	2.70	2.63	2.59	2.56	2.52	2.50	2.48	2.48	2.47	7
8	3.46	3.11	2.92	2.81	2.73	2.67	2.62	2.59	2.56	2.54	2.46	2.42	2.38	2.35	2.32	2.31	2.30	2.29	8
9	3.36	3.01	2.81	2.69	2.61	2.55	2.51	2.47	2.44	2.42	2.34	2.30	2.25	2.22	2.19	2.17	2.17	2.16	9
10	3.28	2.92	2.73	2.61	2.52	2.46	2.41	2.38	2.35	2.32	2.24	2.20	2.16	2.12	2.09	2.07	2.06	2.06	10
11	3.23	2.86	2.66	2.54	2.45	2.39	2.34	2.30	2.27	2.25	2.17	2.12	2.08	2.04	2.00	1.99	1.98	1.97	11
12	3.18	2.81	2.61	2.48	2.39	2.33	2.28	2.24	2.21	2.19	2.10	2.06	2.01	1.97	1.94	1.92	1.91	1.90	12
13	3.14	2.76	2.56	2.43	2.35	2.28	2.23	2.20	2.16	2.14	2.05	2.01	1.96	1.92	1.88	1.86	1.85	1.85	13
14	3.10	2.73	2.52	2.39	2.31	2.24	2.19	2.15	2.12	2.10	2.01	1.96	1.91	1.87	1.83	1.82	1.80	1.80	14
15	3.07	2.70	2.49	2.36	2.27	2.21	2.16	2.12	2.09	2.06	1.97	1.92	1.87	1.83	1.79	1.77	1.76	1.76	15
16	3.05	2.67	2.46	2.33	2.24	2.18	2.13	2.09	2.06	2.03	1.94	1.89	1.84	1.79	1.76	1.74	1.73	1.72	16
17	3.03	2.64	2.44	2.31	2.22	2.15	2.10	2.06	2.03	2.00	1.91	1.86	1.81	1.76	1.73	1.71	1.69	1.69	17
18	3.01	2.62	2.42	2.29	2.20	2.13	2.08	2.04	2.00	1.98	1.89	1.84	1.78	1.74	1.70	1.68	1.67	1.66	18
19	2.99	2.61	2.40	2.27	2.18	2.11	2.06	2.02	1.98	1.96	1.86	1.81	1.76	1.71	1.67	1.65	1.64	1.63	19
20	2.97	2.59	2.38	2.25	2.16	2.09	2.04	2.00	1.96	1.94	1.84	1.79	1.74	1.69	1.65	1.63	1.62	1.61	20
22	2.95	2.56	2.35	2.22	2.13	2.06	2.01	1.97	1.93	1.90	1.81	1.76	1.70	1.65	1.61	1.59	1.58	1.57	22
24	2.63	2.54	2.33	2.19	2.10	2.04	1.98	1.94	1.91	1.88	1.78	1.73	1.67	1.62	1.58	1.56	1.54	1.53	24
26	2.91	2.52	2.31	2.17	2.08	2.01	1.96	1.92	1.88	1.86	1.76	1.71	1.65	1.59	1.55	1.53	1.51	1.50	26
28	2.89	2.50	2.29	2.16	2.06	2.00	1.94	1.90	1.87	1.84	1.74	1.69	1.63	1.57	1.53	1.50	1.49	1.48	28
30	2.88	2.49	2.28	2.14	2.05	1.98	1.93	1.88	1.85	1.82	1.72	1.67	1.61	1.55	1.51	1.48	1.47	1.46	30
40	2.84	2.44	2.23	2.09	2.00	1.93	1.87	1.83	1.79	1.76	1.66	1.61	1.54	1.48	1.43	1.41	1.39	1.38	40
50	2.81	2.41	2.20	2.06	1.97	1.90	1.84	1.80	1.76	1.73	1.63	1.57	1.50	1.44	1.39	1.36	1.34	1.33	50
60	2.79	2.39	2.18	2.04	1.95	1.87	1.82	1.77	1.74	1.71	1.60	1.54	1.48	1.41	1.36	1.33	1.31	1.29	60
80	2.77	2.37	2.15	2.02	1.92	1.85	1.79	1.75	1.71	1.68	1.57	1.51	1.44	1.38	1.32	1.28	1.26	1.24	80
100	2.76	2.36	2.14	2.00	1.91	1.83	1.78	1.73	1.70	1.66	1.56	1.49	1.42	1.35	1.29	1.26	1.23	1.21	100
200	2.73	2.33	2.11	1.97	1.88	1.80	1.75	1.70	1.66	1.63	1.52	1.46	1.38	1.31	1.24	1.20	1.17	1.14	200
500	2.72	2.31	2.10	1.96	1.86	1.79	1.73	1.68	1.64	1.61	1.50	1.44	1.36	1.28	1.21	1.16	1.12	1.09	500
∞	2.71	2.30	2.03	1.94	1.85	1.77	1.72	1.67	1.63	1.60	1.49	1.42	1.34	1.26	1.18	1.13	1.08	1.00	∞

$\alpha=0.05$

df_2 \ df_1	1	2	3	4	5	6	7	8	9	10	12	14	16	18	20	df_1 / df_2
1	161	200	216	225	230	234	237	239	241	242	244	245	246	247	248	1
2	18.5	19.0	19.2	19.2	19.3	19.3	19.4	19.4	19.4	19.4	19.4	19.4	19.4	19.4	19.4	2
3	10.1	9.55	9.28	9.12	9.01	8.94	8.89	8.85	8.81	8.79	8.74	8.71	8.69	8.67	8.66	3
4	7.71	6.94	6.59	6.39	6.26	6.16	6.09	6.04	6.00	5.96	5.91	5.87	5.84	5.82	5.80	4
5	6.61	5.79	5.41	5.19	5.05	4.95	4.88	4.82	4.77	4.74	4.68	4.64	4.60	4.58	4.56	5

续表 1

df_2 \ df_1	1	2	3	4	5	6	7	8	9	10	12	14	16	18	20	df_1 / df_2
6	5.99	5.14	4.76	4.53	4.39	4.28	4.21	4.15	4.10	4.06	4.00	3.96	3.92	3.90	3.87	6
7	5.59	4.74	4.35	4.12	3.97	3.87	3.79	3.73	3.68	3.64	3.57	3.53	3.49	3.47	3.44	7
8	5.32	4.46	4.07	3.84	3.69	3.58	3.50	3.44	3.39	3.35	3.28	3.24	3.20	3.17	3.15	8
9	5.12	4.26	3.86	3.63	3.48	3.37	3.29	3.23	3.18	3.14	3.07	3.03	2.99	2.96	2.94	9
10	4.96	4.10	3.71	3.48	3.33	3.22	3.14	3.07	3.02	2.98	2.91	2.86	2.83	2.80	2.77	10
11	4.84	3.98	3.59	3.36	3.20	3.09	3.01	2.95	2.90	2.85	2.79	2.74	2.70	2.67	2.65	11
12	4.75	3.89	3.49	3.26	3.11	3.00	2.91	2.85	2.80	2.75	2.69	2.64	2.60	2.57	2.54	12
13	4.67	3.81	3.41	3.18	3.03	2.92	2.83	2.77	2.71	2.67	2.60	2.55	2.51	2.48	2.46	13
14	4.60	3.74	3.34	3.11	2.96	2.85	2.76	2.70	2.65	2.60	2.53	2.48	2.44	2.41	2.39	14
15	4.54	3.68	3.29	3.06	2.90	2.79	2.71	2.64	2.59	2.54	2.48	2.42	2.38	2.35	2.33	15
16	4.49	3.63	3.24	3.01	2.85	2.74	2.66	2.59	2.54	2.49	2.42	2.37	2.33	2.30	2.28	16
17	4.45	3.59	3.20	2.96	2.81	2.70	2.61	2.55	2.49	2.45	2.38	2.33	2.29	2.26	2.23	17
18	4.41	3.55	3.16	2.93	2.77	2.66	2.58	2.51	2.46	2.41	2.34	2.29	2.25	2.22	2.19	18
19	4.38	3.52	3.13	2.90	2.74	2.63	2.54	2.48	2.42	2.38	2.31	2.26	2.21	2.18	2.16	19
20	4.35	3.49	3.10	2.87	2.71	2.60	2.51	2.45	2.39	2.35	2.28	2.22	2.18	2.15	2.12	20
21	4.32	3.47	3.07	2.84	2.68	2.57	2.49	2.42	2.37	2.32	2.25	2.20	2.16	2.12	2.10	21
22	4.30	3.44	3.05	2.82	2.66	2.55	2.46	2.40	2.34	2.30	2.23	2.17	2.13	2.10	2.07	22
23	4.28	3.42	3.03	2.80	2.64	2.53	2.44	2.37	2.32	2.27	2.20	2.15	2.11	2.07	2.05	23
24	4.26	3.40	3.01	2.78	2.62	2.51	2.42	2.36	2.30	2.25	2.18	2.13	2.09	2.05	2.03	24
25	4.24	3.39	2.99	2.76	2.60	2.49	2.40	2.34	2.28	2.24	2.16	2.11	2.07	2.04	2.01	25
26	4.23	3.37	2.98	2.74	2.59	2.47	2.39	2.32	2.27	2.22	2.15	2.09	2.05	2.02	1.99	26
27	4.21	3.35	2.96	2.73	2.57	2.46	2.37	2.31	2.25	2.20	2.13	2.08	2.04	2.00	1.97	27
28	4.20	3.34	2.95	2.71	2.56	2.45	2.36	2.29	2.24	2.19	2.12	2.06	2.02	1.99	1.96	28
29	4.18	3.33	2.93	2.70	2.55	2.43	2.35	2.28	2.22	2.18	2.10	2.05	2.01	1.97	1.94	29
30	4.17	3.32	2.92	2.69	2.53	2.42	2.33	2.27	2.21	2.16	2.09	2.04	1.99	1.96	1.93	30
32	4.15	3.29	2.90	2.67	2.51	2.40	2.31	2.24	2.19	2.14	2.07	2.01	1.97	1.94	1.91	32
34	4.13	3.28	2.88	2.65	2.49	2.38	2.29	2.23	2.17	2.12	2.05	1.99	1.95	1.92	1.89	34
36	4.11	3.26	2.87	2.63	2.48	2.36	2.28	2.21	2.15	2.11	2.03	1.98	1.93	1.90	1.87	36
38	4.10	3.24	2.85	2.62	2.46	2.35	2.26	2.19	2.14	2.09	2.02	1.96	1.92	1.88	1.85	38
40	4.08	3.23	2.84	2.61	2.45	2.34	2.25	2.18	2.12	2.08	2.00	1.95	1.90	1.87	1.84	40
42	4.07	3.22	2.83	2.59	2.44	2.32	2.24	2.17	2.11	2.06	1.99	1.93	1.89	1.86	1.83	42
44	4.06	3.21	2.82	2.58	2.43	2.31	2.23	2.16	2.10	2.05	1.98	1.92	1.88	1.84	1.81	44
46	4.05	3.20	2.81	2.57	2.42	2.30	2.22	2.15	2.09	2.04	1.97	1.91	1.87	1.83	1.80	46
48	4.04	3.19	2.80	2.57	2.41	2.29	2.21	2.14	2.08	2.03	1.96	1.90	1.86	1.82	1.79	48
50	4.03	3.18	2.79	2.56	2.40	2.29	2.20	2.13	2.07	2.03	1.95	1.89	1.85	1.81	1.78	50
60	4.00	3.15	2.76	2.53	2.37	2.25	2.17	2.10	2.04	1.99	1.92	1.86	1.82	1.78	1.75	60
80	3.96	3.11	2.72	2.49	2.33	2.21	2.13	2.06	2.00	1.95	1.88	1.82	1.77	1.73	1.70	80
100	3.94	3.09	2.70	2.46	2.31	2.19	2.10	2.03	1.97	1.93	1.85	1.79	1.75	1.71	1.68	100
125	3.92	3.07	2.68	2.44	2.29	2.17	2.08	2.01	1.96	1.91	1.83	1.77	1.72	1.69	1.65	125
150	3.90	3.06	2.66	2.43	2.27	2.16	2.07	2.00	1.94	1.89	1.82	1.76	1.71	1.67	1.64	150
200	3.89	3.04	2.65	2.42	2.26	2.14	2.06	1.98	1.93	1.88	1.80	1.74	1.69	1.66	1.62	200
300	3.87	3.03	2.63	2.40	2.24	2.13	2.04	1.97	1.91	1.86	1.78	1.72	1.68	1.64	1.61	300
500	3.86	3.01	2.62	2.39	2.23	2.12	2.03	1.96	1.90	1.85	1.77	1.71	1.66	1.62	1.59	500
1000	3.85	3.00	2.61	2.38	2.22	2.11	2.02	1.95	1.89	1.84	1.76	1.70	1.65	1.61	1.58	1000
∞	3.84	3.00	2.60	2.37	2.21	2.10	2.01	1.94	1.88	1.83	1.75	1.69	1.64	1.60	1.57	∞

续表 2

df_1 / df_2	22	24	26	28	30	35	40	45	50	60	80	100	200	500	∞	df_1 / df_2
1	249	249	249	250	250	251	251	251	252	252	252	253	254	254	254	1
2	19.5	19.5	19.5	19.5	19.5	19.5	19.5	19.5	19.5	19.5	19.5	19.5	19.5	19.5	19.5	2
3	8.65	8.64	8.63	8.62	8.62	8.60	8.59	8.59	8.58	8.57	8.56	8.55	8.54	8.53	8.53	3
4	5.79	5.77	5.76	5.75	5.75	5.73	5.72	5.71	5.70	5.69	5.67	5.66	5.65	5.64	5.63	4
5	4.54	4.53	4.52	4.50	4.50	4.48	4.46	4.45	4.44	4.43	4.41	4.41	4.39	4.37	4.37	5
6	3.86	3.84	3.83	3.82	3.81	3.79	3.77	3.76	3.75	3.74	3.72	3.71	3.69	3.68	3.67	6
7	3.43	3.41	3.40	3.39	3.38	3.36	3.34	3.33	3.32	3.30	3.29	3.27	3.25	3.24	3.23	7
8	3.13	3.12	3.10	3.09	3.08	3.06	3.04	3.03	3.02	3.01	2.99	2.97	2.95	2.94	2.93	8
9	2.92	2.90	2.89	2.87	2.86	2.84	2.83	2.81	2.80	2.79	2.77	2.76	2.73	2.72	2.71	9
10	2.75	2.74	2.72	2.71	2.70	2.68	2.66	2.65	2.64	2.62	2.60	2.59	2.56	2.55	2.54	10
11	2.63	2.61	2.59	2.58	2.57	2.55	2.53	2.52	2.51	2.49	2.47	2.46	2.43	2.42	2.40	11
12	2.52	2.51	2.49	2.48	2.47	2.44	2.43	2.41	2.40	2.38	2.36	2.35	2.32	2.31	2.30	12
13	2.44	2.42	2.41	2.39	2.38	2.36	2.34	2.33	2.31	2.30	2.27	2.26	2.23	2.22	2.21	13
14	2.37	2.35	2.33	2.32	2.31	2.28	2.27	2.25	2.24	2.22	2.20	2.19	2.16	2.14	2.13	14
15	2.31	2.29	2.27	2.26	2.25	2.22	2.20	2.19	2.18	2.16	2.14	2.12	2.10	2.08	2.07	15
16	2.25	2.24	2.22	2.21	2.19	2.17	2.15	2.14	2.12	2.11	2.08	2.07	2.04	2.02	2.01	16
17	2.21	2.19	2.17	2.16	2.15	2.12	2.10	2.09	2.08	2.06	2.03	2.02	1.99	1.97	1.96	17
18	2.17	2.15	2.13	2.12	2.11	2.08	2.06	2.05	2.04	2.02	1.99	1.98	1.95	1.93	1.92	18
19	2.13	2.11	2.10	2.08	2.07	2.05	2.03	2.01	2.00	1.98	1.96	1.94	1.91	1.89	1.88	19
20	2.10	2.08	2.07	2.05	2.04	2.01	1.99	1.98	1.97	1.95	1.92	1.91	1.88	1.86	1.84	20
21	2.07	2.05	2.04	2.02	2.01	1.98	1.96	1.95	1.94	1.92	1.89	1.88	1.84	1.82	1.81	21
22	2.05	2.03	2.01	2.00	1.98	1.96	1.94	1.92	1.91	1.89	1.86	1.85	1.82	1.80	1.78	22
23	2.02	2.00	1.99	1.97	1.96	1.93	1.91	1.90	1.88	1.86	1.84	1.82	1.79	1.77	1.76	23
24	2.00	1.98	1.97	1.95	1.94	1.91	1.89	1.88	1.86	1.84	1.82	1.80	1.77	1.75	1.73	24
25	1.98	1.96	1.95	1.93	1.92	1.89	1.87	1.86	1.84	1.82	1.80	1.78	1.75	1.73	1.71	25
26	1.97	1.95	1.93	1.91	1.90	1.87	1.85	1.84	1.82	1.80	1.78	1.76	1.73	1.71	1.69	26
27	1.95	1.93	1.91	1.90	1.88	1.86	1.84	1.82	1.81	1.79	1.76	1.74	1.71	1.69	1.67	27
28	1.93	1.91	1.90	1.88	1.87	1.84	1.82	1.80	1.79	1.77	1.74	1.73	1.69	1.67	1.65	28
29	1.92	1.90	1.88	1.87	1.85	1.83	1.81	1.79	1.77	1.75	1.73	1.71	1.67	1.65	1.64	29
30	1.91	1.89	1.87	1.85	1.84	1.81	1.79	1.77	1.76	1.74	1.71	1.70	1.66	1.64	1.62	30
32	1.88	1.86	1.85	1.83	1.82	1.79	1.77	1.75	1.74	1.71	1.69	1.67	1.63	1.61	1.59	32
34	1.86	1.84	1.82	1.80	1.80	1.77	1.75	1.73	1.71	1.69	1.66	1.65	1.61	1.59	1.57	34
36	1.85	1.82	1.81	1.79	1.78	1.75	1.73	1.71	1.69	1.67	1.64	1.62	1.59	1.56	1.55	36
38	1.83	1.81	1.79	1.77	1.76	1.73	1.71	1.69	1.68	1.65	1.62	1.61	1.57	1.54	1.53	38
40	1.81	1.79	1.77	1.76	1.74	1.72	1.69	1.67	1.66	1.64	1.61	1.59	1.55	1.53	1.51	40
42	1.80	1.78	1.76	1.74	1.73	1.70	1.68	1.66	1.65	1.62	1.59	1.57	1.53	1.51	1.49	42
44	1.79	1.77	1.75	1.73	1.72	1.69	1.67	1.65	1.63	1.61	1.58	1.56	1.52	1.49	1.48	44
46	1.78	1.76	1.74	1.72	1.71	1.68	1.65	1.64	1.62	1.60	1.57	1.55	1.51	1.48	1.46	46
48	1.77	1.75	1.73	1.71	1.70	1.67	1.64	1.62	1.61	1.59	1.56	1.54	1.49	1.47	1.45	48
50	1.76	1.74	1.72	1.70	1.69	1.66	1.63	1.61	1.60	1.58	1.54	1.52	1.48	1.46	1.44	50
60	1.72	1.70	1.68	1.66	1.65	1.62	1.59	1.57	1.56	1.53	1.50	1.48	1.44	1.41	1.39	60
80	1.68	1.65	1.63	1.62	1.60	1.57	1.54	1.52	1.51	1.48	1.45	1.43	1.38	1.35	1.32	80
100	1.65	1.63	1.61	1.59	1.57	1.54	1.52	1.49	1.48	1.45	1.41	1.39	1.34	1.31	1.28	100
125	1.63	1.60	1.58	1.57	1.55	1.52	1.49	1.47	1.45	1.42	1.39	1.36	1.31	1.27	1.25	125
150	1.61	1.59	1.57	1.55	1.53	1.50	1.48	1.45	1.44	1.41	1.37	1.34	1.29	1.25	1.22	150
200	1.60	1.57	1.55	1.53	1.52	1.48	1.46	1.43	1.41	1.39	1.35	1.32	1.26	1.22	1.19	200
300	1.58	1.55	1.53	1.51	1.50	1.46	1.43	1.41	1.39	1.36	1.32	1.30	1.23	1.19	1.15	300

续表 3

df_2 \ df_1	22	24	26	28	30	35	40	45	50	60	80	100	200	500	∞	df_1 / df_2
500	1.56	1.54	1.52	1.50	1.48	1.45	1.42	1.40	1.38	1.34	1.30	1.28	1.21	1.16	1.11	500
1000	1.55	1.53	1.51	1.49	1.47	1.44	1.41	1.38	1.36	1.33	1.29	1.26	1.19	1.13	1.08	1000
∞	1.54	1.52	1.50	1.48	1.46	1.42	1.39	1.37	1.35	1.32	1.27	1.24	1.17	1.11	1.00	∞

$\alpha=0.01$

df_2 \ df_1	1	2	3	4	5	6	7	8	9	10	12	14	16	18	20	df_1 / df_2
1	405	500	540	563	576	586	593	598	602	606	611	614	617	619	621	1
2	98.5	99.0	99.2	99.2	99.3	99.3	99.4	99.4	99.4	99.4	99.4	99.4	99.4	99.4	99.4	2
3	34.1	30.8	29.5	28.7	28.2	27.9	27.7	27.5	27.3	27.2	27.1	26.9	26.8	26.8	26.7	3
4	21.2	18.0	16.7	16.0	15.5	15.2	15.0	14.8	14.7	14.5	14.4	14.2	14.2	14.1	14.0	4
5	16.3	13.3	12.1	11.4	11.0	10.7	10.5	10.3	10.2	10.1	9.89	9.77	9.68	9.61	9.55	5
6	13.7	10.9	9.78	9.15	8.75	8.47	8.26	8.10	7.98	7.87	7.72	7.60	7.52	7.45	7.40	6
7	12.2	9.55	8.45	7.85	7.46	7.19	6.99	6.84	6.72	6.62	6.47	6.36	6.27	6.21	6.16	7
8	11.3	8.65	7.59	7.01	6.63	6.37	6.18	6.03	5.91	5.81	5.67	5.56	5.48	5.41	5.36	8
9	10.6	8.02	6.99	6.42	6.06	5.80	5.61	5.47	5.35	5.26	5.11	5.00	4.92	4.86	4.81	9
10	10.0	7.56	6.55	5.99	5.64	5.39	5.20	5.06	4.94	4.85	4.71	4.60	4.52	4.46	4.41	10
11	9.65	7.21	6.22	5.67	5.32	5.07	4.89	4.74	4.63	4.54	4.40	4.29	4.21	4.15	4.10	11
12	9.33	6.93	5.95	5.41	5.06	4.82	4.64	4.50	4.39	4.30	4.16	4.05	3.97	3.91	3.86	12
13	9.07	6.70	5.74	5.21	4.86	4.62	4.44	4.30	4.19	4.10	3.96	3.86	3.78	3.71	3.66	13
14	8.86	6.51	5.56	5.04	4.70	4.46	4.28	4.14	4.03	3.94	3.80	3.70	3.62	3.56	3.51	14
15	8.68	6.36	5.42	4.89	4.56	4.32	4.14	4.00	3.89	3.80	3.67	3.56	3.49	3.42	3.37	15
16	8.53	6.23	5.29	4.77	4.44	4.20	4.03	3.89	3.78	3.69	3.55	3.45	3.37	3.31	3.26	16
17	8.40	6.11	5.18	4.67	4.34	4.10	3.93	3.79	3.68	3.59	3.46	3.35	3.27	3.21	3.16	17
18	8.29	6.01	5.09	4.58	4.25	4.01	3.84	3.71	3.60	3.51	3.37	3.27	3.19	3.13	3.08	18
19	8.18	5.93	5.01	4.50	4.17	3.94	3.77	3.63	3.52	3.43	3.30	3.19	3.12	3.05	3.00	19
20	8.10	5.85	4.94	4.43	4.10	3.87	3.70	3.56	3.46	3.37	3.23	3.13	3.05	2.99	2.94	20
21	8.02	5.78	4.87	4.37	4.04	3.81	3.64	3.51	3.40	3.31	3.17	3.07	2.99	2.93	2.88	21
22	7.95	5.72	4.82	4.31	3.99	3.76	3.59	3.45	3.35	3.26	3.12	3.02	2.94	2.88	2.83	22
23	7.88	5.66	4.76	4.26	3.94	3.71	3.54	3.41	3.30	3.21	3.07	2.97	2.89	2.83	2.78	23
24	7.82	5.61	4.72	4.22	3.90	3.67	3.50	3.36	3.26	3.17	3.03	2.93	2.85	2.79	2.74	24
25	7.77	5.57	4.68	4.18	3.86	3.63	3.46	3.32	3.22	3.13	2.99	2.89	2.81	2.75	2.70	25
26	7.72	5.53	4.64	4.14	3.82	3.59	3.42	3.29	3.18	3.09	2.96	2.86	2.78	2.72	2.66	26
27	7.68	5.49	4.60	4.11	3.78	3.56	3.39	3.26	3.15	3.06	2.93	2.82	2.75	2.68	2.63	27
28	7.64	5.45	4.57	4.07	3.75	3.53	3.36	3.23	3.12	3.03	2.90	2.79	2.72	2.65	2.60	28
29	7.60	5.42	4.54	4.04	3.73	3.50	3.33	3.20	3.09	3.00	2.87	2.77	2.69	2.62	2.57	29
30	7.56	5.39	4.51	4.02	3.70	3.47	3.30	3.17	3.07	2.98	2.84	2.74	2.66	2.60	2.55	30
32	7.50	5.34	4.46	3.97	3.65	3.43	3.26	3.13	3.02	2.93	2.80	2.70	2.62	2.55	2.50	32
34	7.44	5.29	4.42	3.93	3.61	3.39	3.22	3.09	2.98	2.89	2.76	2.66	2.58	2.51	2.46	34
36	7.40	5.25	4.38	3.89	3.57	3.35	3.18	3.05	2.95	2.86	2.72	2.62	2.54	2.48	2.43	36
38	7.35	5.21	4.34	3.86	3.54	3.32	3.15	3.02	2.92	2.83	2.69	2.59	2.51	2.45	2.40	38
40	7.31	5.18	4.31	3.83	3.51	3.29	3.12	2.99	2.89	2.80	2.66	2.56	2.48	2.42	2.37	40
42	7.28	5.15	4.29	3.80	3.49	3.27	3.10	2.97	2.86	2.78	2.64	2.54	2.46	2.40	2.34	42
44	7.25	5.12	4.26	3.78	3.47	3.24	3.08	2.95	2.84	2.75	2.62	2.52	2.44	2.37	2.32	44
46	7.22	5.10	4.24	3.76	3.44	3.22	3.06	2.93	2.82	2.73	2.60	2.50	2.42	2.35	2.30	46
48	7.20	5.08	4.22	3.74	3.43	3.20	3.04	2.91	2.80	2.72	2.58	2.48	2.40	2.33	2.28	48
50	7.17	5.06	4.20	3.72	3.41	3.19	3.02	2.89	2.79	2.70	2.56	2.46	2.38	2.32	2.27	50
60	7.08	4.98	4.13	3.65	3.34	3.12	2.95	2.82	2.72	2.63	2.50	2.39	2.31	2.25	2.20	60

续表 4

df_2 \ df_1	1	2	3	4	5	6	7	8	9	10	12	14	16	18	20	df_1 / df_2
80	6.96	4.88	4.04	3.56	3.26	3.04	2.87	2.74	2.64	2.55	2.42	2.31	2.23	2.17	2.12	80
100	6.90	4.82	3.98	3.51	3.21	2.99	2.82	2.69	2.59	2.50	2.37	2.26	2.19	2.12	2.07	100
125	6.84	4.78	3.94	3.47	3.17	2.95	2.79	2.66	2.55	2.47	2.33	2.23	2.15	2.08	2.03	125
150	6.81	4.75	3.92	3.45	3.14	2.92	2.76	2.63	2.53	2.44	2.31	2.20	2.12	2.06	2.00	150
200	6.76	4.71	3.88	3.41	3.11	2.89	2.73	2.60	2.50	2.41	2.27	2.17	2.09	2.02	1.97	200
300	6.72	4.68	3.85	3.38	3.08	2.86	2.70	2.57	2.47	2.38	2.24	2.14	2.06	1.99	1.94	300
500	6.69	4.65	3.82	3.36	3.05	2.84	2.68	2.55	2.44	2.36	2.22	2.12	2.04	1.97	1.92	500
1000	6.66	4.63	3.80	3.34	3.04	2.82	2.66	2.53	2.43	2.34	2.20	2.10	2.02	1.95	1.90	1000
∞	6.63	4.61	3.78	3.32	3.02	2.80	2.64	2.51	2.41	2.32	2.18	2.08	2.00	1.93	1.88	∞

习题参考答案

习题一

1. 0；2；$\frac{1}{2}$；

$\begin{cases}\frac{a-1}{a+2},a>1,\\0,a=1,\\\frac{1-a}{a+2},a<1\text{ 且 }a\neq-2;\end{cases}$

$\begin{cases}\frac{a+b-1}{a+b+2},a+b>1,\\0,a+b=1,\\\frac{1-a-b}{a+b+2},a+b<1\text{ 且 }a+b\neq-2\end{cases}$

2. $\Delta x^2+2x\cdot\Delta x-3\Delta x$

3. $\frac{1+\sqrt{1+x^2}}{x}$

5. (1)$-1\leqslant x\leqslant1$ 且 $x\neq0$；(2)$-1<x<1$；
(3)$1\leqslant x\leqslant4$；(4)$[-4,-\pi]\cup[0,\pi]$；
(5)$x\geqslant0$，且 $x\neq k^2\pi^2,k\in\mathbf{N}$；(6)$-1\leqslant x\leqslant3$；
(7)当 $k\geqslant1$ 且 $k\in\mathbf{Z}$ 时，$x\in\left(\frac{2}{4k+1},\frac{2}{4k-1}\right)$；
当 $k=0$ 时，$x\geqslant2$ 或 $x\geqslant-2$；
当 $k\leqslant-1$ 且 $k\in\mathbf{Z}$ 时，$x\in\left(\frac{2}{4k-1},\frac{2}{4k+1}\right)$；
(8)$x>-\frac{1}{2}$ 且 $x\neq1$

6. (1)$x\in[-1,1]$；(2)$x\in[2k\pi,2k\pi+\pi],k\in\mathbf{Z}$；
(3)$x\in[-a,1-a]$；
(4)当 $0<a\leqslant\frac{1}{2}$ 时，$a\leqslant x\leqslant1-a$；
当 $a>\frac{1}{2}$ 时，$x\in\varnothing$

7. (1)否；(2)否；(3)否；(4)是

8. $V=\pi h\left(r^2-\frac{1}{4}h^2\right),0<h<2r$

10. (1)非奇非偶；(2)非奇非偶；(3)奇；
(4)偶；(5)偶；(6)奇

13. (1)是，$k\pi,k\in\mathbf{Z}$；(2)不是；(3)是，$2k\pi,k\in\mathbf{Z}$
(4)是，$\frac{2k\pi}{3},k\in\mathbf{Z}$；(5)是，$k\pi,k\in\mathbf{Z}$；
(6)是，$2k,k\in\mathbf{Z}$

14. (1)$y=\pm\sqrt{x^3-1}\quad(x\geqslant1)$；
(2)$y=\log_2\frac{x}{1-x}\quad(0<x<1)$；
(3)$y=\frac{2}{1-\arcsin\frac{x}{3}}-1$（$-3\leqslant x\leqslant3$ 且 $x\neq3\sin1$）；
(4)$y=e^{(x-1)}-2$；(5)$y=\frac{1}{2}(a^x-a^{-x})$

18. (1)1；(2)1；(3)1；(4)0；(5)2；(6)不存在；

19. $N=1000$

24. 1

25. (1)$x\to1$ 时为无穷小量，$x\to0^+$ 时为无穷大量；
(2)无穷小量；
(3)$x\to+\infty$时为无穷大量，$x\to-\infty$时为无穷小量；
(4)$x\to0^+$ 时为无穷大量，$x\to0^-$ 时为无穷小量，
若 $x\to0$，$e^{\frac{1}{x}}$不存在

29. (1)0；(2)0；(3)-1；(4)不存在；(5)0；
(6)0；(7)n；(8)不存在；(9)不存在；
(10)$\frac{1}{\sqrt{2a}}$；(11)$\frac{1}{n}$；(12)1；(13)$\frac{1}{144}$；
(14)$\frac{4}{3}$；

30. 0，4，不存在

31. $\begin{cases}a=2\\b=-8\end{cases}$

32. $a=1,b=-1$

34. $\sqrt{2}$

35. (1)$\frac{\alpha}{\beta}$；(2)$\sin1$；(3)1；(4)9；(5)$\frac{2}{3}$；
(6)e^{-6}；(7)e^{-2}；(8)e^x；(9)e；(10)x

36. (1)高阶；(2)高阶；(3)等价；(4)等价；
(5)同阶；

37. $\alpha=3$

38. (1)$\frac{4^{20}}{3^{70}}$；(2)$\frac{1}{3}$；(3)0；(4)1；(5)$\frac{1}{2}$；(6)3；
(7)$\frac{1}{2}$；(8)1；(9)$2\cos\alpha$；(10)e^{-1}；(11)e^2；
(12)$\frac{1}{e}$；(13)$\alpha-\beta$；(14)$\frac{1}{2}$

39. $-\frac{1}{x^2}$

40. 0

42. (1) $x=1$ 为 y 的可去间断点，$x=2$ 为 y 的第二类间断点；

$$\hat{y}=\begin{cases}\dfrac{x^2-1}{x^2-3x+2}, & x\neq 1, x\neq 2,\\ -2, & x=1\end{cases}$$

(2) $x=0$ 为 y 的可去间断点，$x=k\pi+\dfrac{\pi}{2}(k=0,\pm 1,\pm 2,\cdots)$ 为 y 的可去间断点；$x=k\pi(k=\pm 1,\pm 2\cdots)$ 为 y 的第二类间断点；

(3) $x=1$ 为 y 的跳跃间断点；

(4) $x=0$ 为 y 的可去间断点；

(5) $x=0$ 为 y 的可去间断点；

43. $x=0$ 为可去间断点

44. $a=1$

45. (1) $(0,1)\cup(1,+\infty)$；

(2) $[2k\pi,(2k+1)\pi]$，$k=0,\pm 1,\pm 2\cdots$；

(3) $(-\infty,-1)\cup(-1,+\infty)$；

(4) $(1,4)$

习题二

1. (1) $f'(x_0)$，$2f'(x_0)$；(2) a；(3) $\dfrac{16}{5}x^{\frac{11}{5}}$；

(4) $y=x+1$，$y=-x+1$；(5) 12；(6) $e\cdot\sec^2 x$；

(7) $\dfrac{\cos x}{\pi}$；(8) $\alpha x^{\alpha-1}+\alpha^x\ln\alpha$；

(9) $15x^2-2^x\ln 2+3e^x$；

(10) $\dfrac{x\cos x-\sin x}{x^2}$；(11) $\dfrac{1}{x}\left(1-\dfrac{1}{2\ln 10}+\dfrac{3}{2\ln 2}\right)$；

(12) $2x\ln x+x$；(13) $-\dfrac{1}{(1+x)^2}$；

(14) $-3\sin(3x+1)$；(15) $-3\cdot 2^{-3x+1}\ln 2$；

(16) $\dfrac{1}{2(1+x)\sqrt{x}}$；

(17) $3\tan^2 x\sec^2 x$；(18) $-2(10-2x)^8$；

(19) $\dfrac{2x+2}{(x^2+2x-9)\ln 3}$；(20) $-\dfrac{1}{x\sqrt{x^2-4}}$；

(21) $\dfrac{6\ln^2(x)^2}{x}$；(22) $-2\sin(2x+1)e^{\cos(2x+1)}$；

(23) $\dfrac{\sec^2 x+\sec x\tan x}{\sec x+\tan x}$；(24) $-4\sin 2x$；

(25) $a^n e^{ax}$；(26) a_n；(27) $100!$；

(28) $\sin 2x+2x\cos 2x$；

(29) $-\dfrac{2\ln(1-x)}{1-x}$；(30) $-\dfrac{\sin\sqrt{x}}{2\sqrt{x}\cos\sqrt{x}}$；

(31) $3x^2$；(32) $\sin wx$

2. (1) $6x+1$；(2) $-\dfrac{1}{(1+x)^2}$；(3) $-2\sin 2x$；

(4) $\dfrac{1}{3}x^{-\frac{2}{3}}$

3. (1) 连续，可导；(2) 连续，不可导；(3) 连续，可导

4. $\varphi(a)$

5. $a=4$，$b=-5,4$；

6. $f'(0)=1$

7. $100!$

8. (1) $\dfrac{xe^x-2e^x}{x^4}$；

(2) $\dfrac{3}{2\sqrt{3x}}+\dfrac{1}{3\sqrt[3]{x^2}}-\dfrac{1}{x^2}$；

(3) $2x\log_3 x+\dfrac{x}{\ln 3}$；(4) $18x^2+2x-2$；

(5) $\dfrac{1-n\ln x}{x^{n+1}}$；

(6) $\dfrac{(\sin x+x\cos x)(1+\tan x)-x\sin x\sec^2 x}{(1+\tan x)^2}$；

(7) $\dfrac{2\arctan x}{1+x^2}$；(8) $\dfrac{2\cos x}{\sin x}$；

(9) $-2e^{3-4x}(2\cos 2x+\sin 2x)$；

(10) $\dfrac{1}{(1+x)^2}$；(11) $\dfrac{2x}{3(1+x^2)^{\frac{8}{3}}}$；

(12) $2\cos 2x\cos 3x-3\sin 2x\sin 3x$；

(13) $-\dfrac{1}{2}\sin x\cdot 3^{-\sin^2\frac{x}{2}}\ln 3$；

(14) $-2x\cdot 3^{a^2-x^2}\ln 3$；(15) $\dfrac{1}{2}ae^{\sqrt{x}}x^{-\frac{1}{2}}$；

(16) $-6\sin 3x\cdot\sin(\cos 3x)\cos(\cos 3x)$；

(17) $\dfrac{1}{2}\left[x+(x+x^{\frac{1}{2}})^{\frac{1}{2}}\right]^{-\frac{1}{2}}\cdot\left[1+\dfrac{1}{2}(x+x^{\frac{1}{2}})^{-\frac{1}{2}}\left(1+\dfrac{1}{2}x^{-\frac{1}{2}}\right)\right]$；

(18) $\dfrac{1}{\sqrt{a^2+x^2}}$；(19) $\dfrac{\cos x}{|\cos x|}$；

(20) $-\dfrac{1}{2}e^{(1-\sin x)^{\frac{1}{2}}}(1-\sin x)^{-\frac{1}{2}}\cos x$；

(21) $\dfrac{\sqrt{a^2-x^2}}{2}+\dfrac{1}{2\sqrt{a^2-x^2}}-\dfrac{x^2}{2\sqrt{a^2-x^2}}$；

(22) $\dfrac{e^{\text{arxtan}\sqrt{x}}}{2\sqrt{x}(1+x)}$

9. $\sin 2x[f'(\sin^2 x)-f'(\cos^2 x)]$

10. $\dfrac{f(x)\cdot f'(x)+g(x)g'(x)}{\sqrt{f^2(x)+g^2(x)}}$

11. (1) $2\arctan x+\dfrac{2x}{1+x^2}$；(2) $-\dfrac{a^2}{(a^2-x^2)^{\frac{3}{2}}}$；

(3) $\dfrac{-2x^2-2}{(x^2-1)^2}$；

(4) $f''(x\varphi(x))[\varphi(x)+x\varphi'(x)]+$

$f'(x\varphi(x))[2\varphi'(x)+x\varphi''(x)]$；

(5) $-\dfrac{x}{(1+x^2)^{3/2}}$；

(6) $e^x(n+x)$；(7) $\begin{cases}-\dfrac{1}{2^n}, & n\text{为奇数},\\ \dfrac{1}{2^n}, & n\text{为偶数};\end{cases}$

(8) $-2^{50}x^2\sin 2x+50\cdot 2^{50}\cdot\cos 2x+1229\cdot 2^{49}\cdot\sin 2x$

13. (1) $-\dfrac{y''}{(y')^3}$；(2) $\dfrac{3(y'')^2-y'y'''}{(y')^5}$

14. (1) $\dfrac{3x^2-3ay}{3y^2+3ax}$；(2) $-\dfrac{\sin(x+y)}{1+\sin(x+y)}$；

(3) $\dfrac{y\sqrt{y}-2y\sqrt{x}}{x\sqrt{x}-2x\sqrt{y}}$；(4) $1-\dfrac{1}{x}$；

(5) $\dfrac{e^x-y\cos xy}{x+e^y}$

15. $-2\cot^5(x+y)\cdot\sec^2(x+y)$

16. (1) $\dfrac{1}{x^2}(1-\ln x)e^{\frac{1}{x}\ln x}$；

(2) $e^{\cos x\ln\sin x}\left(-\sin x\ln\sin x+\dfrac{\cos^2 x}{\sin x}\right)$；

(3) $\dfrac{1}{2}\sqrt{\dfrac{(x-3)(x^2+1)}{(4x-1)(2-x)}}\cdot\dfrac{4x^4-18x^3+25x^2-12x-25}{(x-3)^2(x^2+1)^2}$

17. (1)1；(2) $\dfrac{1}{f''(t)}$

18. $\dfrac{16}{25\pi}$ m/min

19. 1.161，　1.1，　0.0206，　0.11

20. (1) $\dfrac{\pi}{4}+0.025$；(2) $\dfrac{1}{2}+\dfrac{\sqrt{3}}{2}\times\dfrac{\pi}{180}$

21. 0.033532g

23. (1) $\dfrac{3-2x-y}{x+2y}dx$；(2) $-\dfrac{e^{-y}\sin x+e^x\sin y}{e^x\cos y+e^{-y}\cos x}dx$

习题三

1. $\xi=\dfrac{9}{4}$

5. (2)(3)提示：利用函数的凹凸性

7. ka

8. (1)1；(2)0；(3)1；(4)1；(5) $\dfrac{1}{2}$；(6)1；(7) $-\dfrac{1}{2}$；(8) e^a；(9)1；(10)0；(11) $\dfrac{1}{\sqrt{e}}$；

(12) $\dfrac{1}{8}$

9. $\dfrac{8}{3}$

10. (1) $a=0$

11. 解出 θ

12. $x+\dfrac{x^2}{3}+o(x^4)$

13. $x+x^2+\dfrac{x^3}{2}+\dfrac{x^4}{6}+\cdots+\dfrac{x^n}{(n-1)!}+o(x^n)$

14. $e^{-a}[1-(x-a)+\dfrac{1}{2}(x-a)^2-\dfrac{1}{6}(x-a)^3-\dfrac{1}{24}(x-a)^4-\dfrac{1}{120}(x-a)^5+\dfrac{1}{720}(x-a)^6]+o(x-a)^7$

16. (1) -3；(2) $-\dfrac{1}{12}$；(3) $\dfrac{1}{2}$

17. 提示：在 $x=\dfrac{1}{2}$ 处用泰勒公式展开

19. (1) $(-\infty,-1]$，$(3,+\infty)$为增函数，$[-1,3]$为减函数；

(2) $\left[-\dfrac{1}{2},0\right)$，$\left[\dfrac{1}{2},+\infty\right)$上递增；$\left(-\infty,-\dfrac{1}{2}\right]$，$\left(0,\dfrac{1}{2}\right]$上递减；

(3)在 $\left[\dfrac{1}{2},0\right)\cup(0,1]$ 上递增；在 $\left(-\infty,\dfrac{1}{2}\right]$，$[1,+\infty)$上递减；

(4)在$(0,2]$上递减，在$[2,+\infty)$上递增

20. (1)在$(-\infty,-1]$，$[1,+\infty)$是凹函数，在$[-1,1]$是凸函数，±1 是拐点；

(2)凹区间是$[-\sqrt{3},0]$，$[\sqrt{3},+\infty)$，凸区间是$(-\infty,-\sqrt{3}]$，$[0,\sqrt{3}]$；$0,\pm\sqrt{3}$是拐点；

(3) $(-\infty,+\infty)$是凹区间，无拐点；

(4) $(0,e]$是凹区间，$[e,+\infty)$是凸区间，e 是拐点；

(5) $\left[0,\dfrac{\pi}{2}\right]$是凸区间，$\left[\dfrac{\pi}{2},\pi\right]$是凹区间，$\dfrac{\pi}{2}$是拐点

21. (1) $x=3$，极大值 6；

(2) $x=1$，极大值 $\dfrac{1}{e}$；

(3) $x=1$，极大值 $\dfrac{1}{2}$；$x=-1$，极小值 $-\dfrac{1}{2}$；

(4) $x=\dfrac{12}{5}$，极大值 $\sqrt{\dfrac{41}{20}}$；

(5) n 为奇数时，极大值 1；

(6) $x=0$，极小值 2；$x=\dfrac{1}{e}$，极小值 $e^{-\frac{2}{e}}$；

(7) $x=-5$，极小值 $-\dfrac{1}{3}\sqrt[3]{2}$

22. $a=-\frac{1}{28}(d-44),b=\frac{3}{28}(d-44)$,

$c=\frac{6}{7}(d-44)$,d 为任意常数

23. 纵坐标最大的点(1,2),纵坐标最小的点(−1,−2)

24. (1)$y=0$;(2)$y=2x\pm\frac{\pi}{2}$

25. (1)

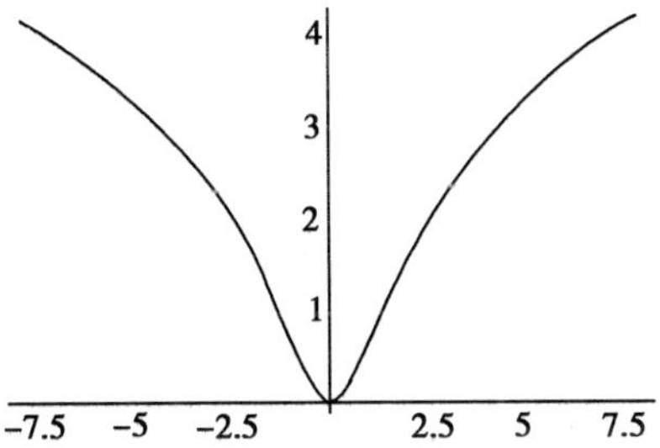

(2)

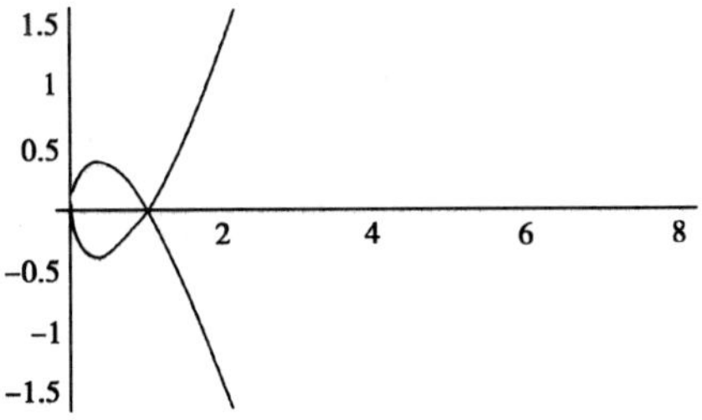

(3)

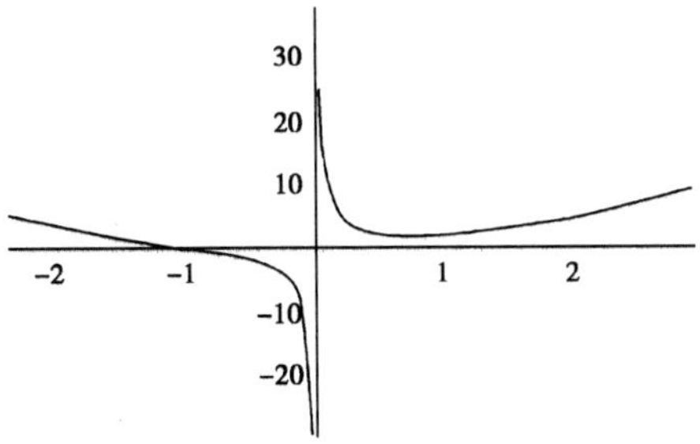

(4)

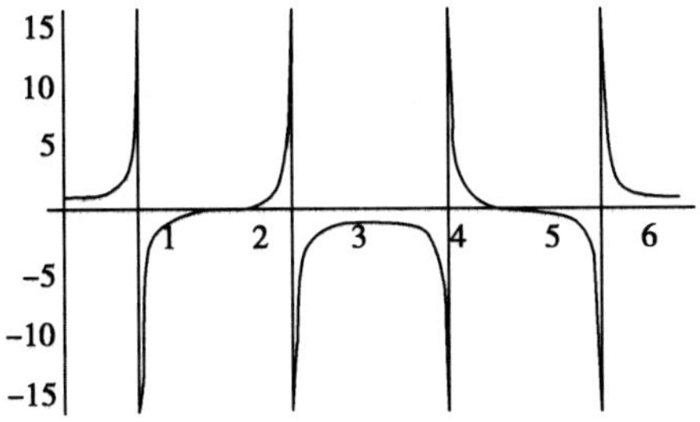

26. $t=\frac{\ln a_2-\ln a_1}{a_2-a_1}$

27. (1)$f(3)$最大$=11$,$f(2)$最小$=-14$;

(2)$f\left(\frac{3}{4}\right)$最大$=\frac{5}{4}$,$f(-5)$最小$=-5+\sqrt{6}$;

(3)$f\left(\frac{1}{2}\right)$最小$=\frac{1}{4}$,$f(0)=f(1)$最大$=1$

28. 1.66

29. $x=\mu$ 时,$f'(x)=0$;

当 $x=\mu\pm\sigma$ 时,$f''(x)=0$

30. (1)$\frac{\ln a}{6}$;(2)$\frac{1}{2}$;(3)$e^{-\frac{2}{\pi}}$;(4)0;

(5)$\frac{1}{a}$;(6)a

31. 提示:$f(x)=a_0x+\frac{a_1}{2}x^2+\cdots+\frac{a_n}{n+1}x^{n+1}$,

$0\leqslant x\leqslant 1$

33. 连续

34. $x=3$,$f(3)$最大$=13$;$x=2$ 时,$f(2)$最小$=-4$

35. 16

37. $a=-\frac{3}{2},b=\frac{9}{2}$

40. 求出最大最小值

41. $x=\frac{1}{n}\sum_{i=1}^{n}x_i$

习题四

1. (1)$-\frac{1}{x}+C$;(2)$\frac{2}{5}x^{\frac{5}{2}}+C$;(3)$2\sqrt{x}+C$;

(4)$\frac{m}{n+1}x^{\frac{n+1}{m}}+C$;(5)$\frac{1}{5}x^5+\frac{3}{3}x^3+x+C$;

(6)$\frac{1}{3}x^3-\frac{2}{3}x^{\frac{5}{2}}-x+C$;

(7)$x-\arctan x+C$;

(8)$\arctan x+3\arcsin x+C$;

(9)$2e^x+3\ln|x|+C$;

(10)$2x+5\frac{2^x}{(\ln 2-\ln 3)3^w}+C$;

(11)$\sin x-\cos x+C$;(12)$\frac{1}{2}\tan x+C$;

(13)$-\cot x-\tan x+C$;

(14)$\frac{4}{5}x^{\frac{5}{4}}+\frac{4}{3}x^{-\frac{3}{4}}+C$;

(15)$x^3+\arctan x+C$;

(16)$\tan x-\sec x+C$;

(17)$x-\frac{1}{3}x^2+\arctan x+C$;

(18)$\arcsin x+C$

2. $y=\ln|x|+1$

3. (1)$s(t)=\frac{1}{9}t^3-\frac{1}{8}t^4$；(2)$s(3)=-\frac{65}{8}$；

(3)$t=\frac{8}{9}$时，质点位于原点

4. (1)$\frac{1}{4}\sin^4 x+C$；(2)$-\frac{2}{5}\cos^5 x+C$；

(3)$\frac{3}{2(1-2x)}+C$；(4)$\frac{2}{3}\ln^{\frac{3}{2}} x+C$；

(5)$\frac{1}{2}\ln^2 \frac{1+x}{1-x}+C$；(6)$\ln|x^2-3x+8|+C$；

(7)$\frac{1}{3}(x^2-1)^{\frac{3}{2}}+C$；(8)$-\frac{1}{6}(3-2x)^3+C$；

(9)$\frac{1}{3}\text{atctan}3x+C$；(10)$\frac{1}{3}\arcsin \frac{3}{2}x+C$；

(11)$\arcsin e^x+C$；(12)$\arctan\sec x+C$；

(13)$\frac{5}{16}x-\frac{1}{4}\sin 2x+\frac{1}{56}\sin 4x+C$；

(14)$-\ln|\cos x|-\ln|\sin x|+C$；

(15)$-\sqrt{4-x^2}+C$；(16)$\tan x+\frac{1}{3}\tan^3 x+C$；

(17)$\frac{x}{\sqrt{1-x^2}}+C$；(18)$\ln|x+\sqrt{x^2-3}|+C$

(19)$-\frac{\sqrt{1-x^2}}{x}+C$；(20)$-\frac{\sqrt{1+x^2}}{x}+C$；

(21)$\sqrt{x^2-4}-2\arccos \frac{2}{|x|}+C$；

(22)$\ln\left|\frac{x}{\sqrt{1+x^2}}\right|+C$；(23)$-\frac{1}{x\ln x}+C$；

(24)$(\arctan\sqrt{x})^2+C$；

(25)$\frac{1}{2}\sin x-\frac{1}{10}\sin 5x+C$；

(26)$-\frac{1}{2}\cos x+\frac{1}{14}\cos 7x+C$；

(27)$2\sqrt{x-1}-2\arctan\sqrt{x-1}+C$；

(28)$2\ln(\sqrt{x}+1)+C$；

(29)$\frac{1}{2}\arctan(2x-1)+C$；

(30)$\frac{1}{8}\ln\left|\frac{2x-3}{2x+1}\right|+C$

5. (1)$x\arcsin x+\sqrt{1-x^2}+C$；

(2)$x\ln(x^2+1)-2x-2\arctan x+C$；

(3)$\frac{1}{\ln 3}x3^x-\frac{1}{\ln^2 3}3^x+C$；

(4)$\frac{1}{2}x\sin 2x+\frac{1}{4}\cos 2x+C$；

(5)$\frac{1}{2}x^2\ln x-\frac{1}{4}x^2-x\ln x+x+C$；

(6)$x\tan x-\ln|\sin x|-\frac{1}{2}x^2+C$；

(7)$\frac{1}{2}x\sin^2 x-\frac{1}{4}x+\frac{1}{8}\sin 2x+C$；

(8)$\frac{a\cos bx+b\sin bx}{a^2+b^2}e^{ax}$；

(9)$\frac{1}{2}xe^{2x}-\frac{1}{4}e^{2x}+C$；

(10)$\frac{1}{2}x^2\arctan x-\frac{1}{2}(x-\arctan x)+C$；

(11)$x\ln^2 x-2x\ln x+2x+C$；

(12)$\frac{2}{3}x^3+2x^2\sin x+4x\cos x-\sin x+C$；

(13)$\frac{1}{2}x^2\ln(x-1)+\frac{1}{2}\ln|x-1|-\frac{1}{4}x^2-\frac{1}{2}x+C$；

(14)$-\frac{1}{2}x^2\cos 2x+\frac{1}{2}x\sin 2x+\frac{1}{4}\cos 4x+$

$\frac{1}{2}\cos 2x+C$；

(15)$-\frac{\ln^3 x}{x}-3\frac{\ln^2 x}{x}-6\frac{\ln x}{x}-6\frac{1}{x}+C$；

(16)$e^x\sin^2 x-\frac{1}{3}e^x\sin 2x+\frac{2}{3}e^x\cos 2x+C$；

6. (1)$x(\arcsin x)^2+2\sqrt{1-x^2}\arcsin x-x+C$；

(2)$-\sqrt{1-x^2}\arcsin x+x+C$；

(3)$\frac{1}{2}(x\sin\ln x-x\cos\ln x)+C$；

(4)$3\sqrt[3]{x^2}e^{\sqrt[3]{x}}-6xe^{\sqrt[3]{x}}+6e^{\sqrt[3]{x}}+C$；

(5)$\frac{1}{2}\arcsin\left(\frac{x^2-1}{x^2\sqrt{2}}\right)+C$；

(6)$\ln|x-1|+\frac{\sqrt{2}}{2}\arctan\frac{x+1}{\sqrt{2}}+C$；

(7)$-\frac{1}{x-1}+\ln|x-1|+\frac{\sqrt{2}}{2}\arctan\frac{x+1}{\sqrt{2}}+C$；

(8)$\frac{1}{2}x^2+2x+\ln|x-1|+\frac{\sqrt{2}}{2}\arctan\frac{x+1}{\sqrt{2}}+C$；

(9)$\ln\left|1+\tan\frac{x}{2}\right|+C$；

(10)$-\frac{1}{1+\tan\frac{x}{2}}+C$；

(11)$-\frac{\sqrt{(1+x^2)^3}}{3x^3}+\frac{\sqrt{1+x^2}}{x}+C$；

(12)$2x\sin\sqrt{x}+4\sqrt{x}\cos\sqrt{x}-4\sin\sqrt{x}+C$；

(13)$\frac{\sin x}{2\cos^2 x}-\frac{1}{2}\ln|\sec x+\tan x|+C$；

(14)$\frac{1}{32}\ln\left|\frac{2+x}{2-x}\right|+16\arctan\frac{x}{2}+C$；

(15) $\sec x + x - \tan x + C$；

(16) $x\tan\frac{x}{2} + C$；

(17) $\frac{1}{1+e^x} + \ln\frac{e^x}{1+e^x} + C$；

(18) $\frac{xe^x}{1+e^x} - \ln(1+e^x) + C$；

(19) $x\ln^2(x+\sqrt{1+x^2}) - 2\sqrt{1+x^2}\ln(x+\sqrt{1+x^2}) + 2x + C$；

(20) $\frac{x\ln x}{\sqrt{1+x^2}} - \ln(x+\sqrt{1+x^2}) + C$；

(21) $\frac{1}{4}(\arcsin x)^2 + \frac{x}{2}\sqrt{1-x^2}\arcsin x - \frac{x^2}{4} + C$

习题五

1. (1) πR^2；(2) 16；(3) 0；(4) 6

3. $y'|_{x=0} = 1, y'|_{x=\frac{3}{4}} = \frac{\sqrt{10}}{4}$

4. (1) $\sqrt{1+x^2}$；(2) $2x\sin x^4$；(3) $-2xe^{-x^2}$；
(4) $2x\arctan x^2 - 2\arctan 2x$

5. (1) $\frac{1}{2}$；(2) 2；(3) ∞；(4) 0

6. $2xf(x) + f(x)$

7. $\frac{\cos x}{2ye^y}$

8. (1) $3\cdot 4^{\frac{1}{3}} - \frac{3}{4}$；(2) 2；(3) $\frac{\pi}{6} - 1$；

(4) $1 - \frac{\sqrt{3}}{2} + \frac{\pi}{6}$；(5) $1 - \frac{\pi}{4}$；(6) 1；

(7) 4；(8) $2\sqrt{2}$

9. $\varphi(x) = \begin{cases} \frac{3}{2}, & x > 1, \\ \frac{1}{2}x^2 + x, & 0 < x \leqslant 1, \\ 0, & x \leqslant 0 \end{cases}$

10. (1) $-\sqrt{2} + 2$；(2) $2 - 2\ln 3 + 2\ln 2$；

(3) 2；(4) $\frac{4}{3}$；(5) $2 - \frac{\pi}{2}$；

(6) $\frac{\pi}{2} - \frac{1}{2} + \frac{\pi}{6}$；(7) $\frac{e^\pi - 2}{5}$；

(8) $\frac{1}{2}[e^2\ln(e+1) - 2\ln 2 - \frac{1}{2}e^2 - \frac{1}{2} + e - \ln(e+1)]$；

(9) $\frac{\pi^2}{18} - \sqrt{3}\pi + 1$；(10) $\frac{16}{3}\pi - 2\sqrt{3}$

13. (1) 0；(2) 0；(3) 0

14. $\frac{9}{2}$

15. 0.5

16. $e + e^{-1} - 2$

17. $\frac{5\pi}{4}$

18. $c = \ln(e^4 - 1) - \ln 2$

19. $a_1 = -2, a_2 = 4$

20. $a = 5$

21. $\frac{\pi}{4}$

22. $\frac{15}{2}\pi$

23. $\frac{3}{10}\pi$

24. $\frac{4\sqrt{3}}{3}R^3$

25. $1 + \frac{1}{2}\ln\frac{3}{2}$

26. $\frac{a}{2}\left(e - \frac{1}{e}\right)$

27. $\frac{4}{3}\pi + \sqrt{3}$

28. $\frac{3}{8}\pi a^2, 6a$

29. $\frac{\sqrt{1+a^2}}{a}(e^{a\varphi} - 1)$

30. $e^2 + 1$

31. $\bar{C} = \frac{C_0}{kT}(1 - e^{-kT})$

32. (1) $\frac{1}{2}$；(2) π；(3) $\frac{\pi}{2}$；(4) 不存在；

(5) $\frac{\pi}{2}$；(6) 不存在；

(7) 当 $k \leqslant 1$ 时，发散，当 $k < 1$ 时收敛；

(8) 当 $p \geqslant 1$ 时，发散，当 $p < 1$ 时收敛

习题六

1. (1) 发散；(2) 发散；(3) 发散；

(4) 收敛，和为 $\frac{1}{2}$；(5) 收敛；(6) 收敛

3. (1) 发散；(2) 发散；(3) 发散；(4) 发散；
(5) 收敛；(6) 收敛；(7) 收敛

4. $p > 1$

5. (1) 发散；(2) 发散；(3) 收敛；(4) 收敛；
(5) 收敛；(6) 收敛；(7) 收敛；(8) 发散；
(9) $s \leqslant 1$ 时，发散；$s > 1$ 时，收敛；
(10) 收敛；(11) 收敛；(12) 收敛

6. (1) 发散；(2) 发散；(3) 收敛；(4) 收敛；
(5) 收敛；(6) 收敛；(7) 收敛；(8) 发散；

(9)收敛；(10)收敛

8. (1)收敛；(2)收敛；(3)收敛；(4)发散；
(5)发散；(6)收敛；(7)发散；(8)收敛；
(9)收敛；(10)发散；(11)收敛；(12)发散；
(13)收敛；(14)$0<r<1$ 收敛，$r>1$ 发散

9. (1)发散；(2)条件收敛但非绝对收敛；
(3)条件收敛；(4)发散

11. (1)发散；(2)条件收敛但非绝对收敛；
(3)绝对收敛；

14. 绝对收敛

15. (1)条件收敛；(2)条件收敛；
(3)$s>1$ 绝对收敛，$s\leqslant 0$ 发散，$0<s<1$ 条件收敛；(4)收敛；(5)绝对收敛；(6)绝对收敛；(7)条件收敛；(8)发散；(9)条件收敛；(10)发散；(11)绝对收敛；(12)发散；
(13)发散；(14)发散；(15)发散；(16)绝对收敛；(17)发散；(18)发散；(19)发散；(20)发散；(21)条件收敛；(22)条件收敛；(23)绝对收敛；(24)绝对收敛；(25)收敛；(26)发散；(27)收敛；(28)发散

16. (1)$\left(-\frac{1}{2},\frac{1}{2}\right)$；(2)$[-1,1]$；
(3)$(-\infty,+\infty)$；(4)$(-\infty,+\infty)$；
(5)$(-1,1)$；(6)$(-1,+1)$；

17. (1)$\frac{1}{e}$；(2)1；(3)3；(4)1；(5)1

18. (1)$(-1,1)$；(2)$(-1,1)$；(3)$(-3,3)$；
(4)$(-\infty,+\infty)$；(5)$[-1,3)$；(6)$[4,6)$；
(7)$[-1,1]$；(8)$\left(-\frac{4}{e^2},+\frac{4}{e^2}\right)$

19. (1)$\frac{2}{(1-x)^3}$，$(-1,1)$；
(2)$x\ln(1+x)+\ln(1+x)-x$，$[-1,1]$；
(3)$-x\ln(2-x)$，$[-2,2)$；
(4)$\frac{4x}{2(1-2x^2)^2}$，$\left(-\frac{\sqrt{2}}{2},\frac{\sqrt{2}}{2}\right)$

20. $\frac{1}{2}\ln\frac{1+x}{1-x}[-1,1)$，$\frac{1}{2\sqrt{2}}\ln\frac{\sqrt{2}+1}{\sqrt{2}-1}$

21. (1)$\frac{1}{\sqrt{2}}\ln\frac{\sqrt{2}+1}{\sqrt{2}-1}$；
(2)$-\frac{5}{16}-\frac{3}{8}\ln 2$；(3)$\frac{20}{27}$；(4)4

22. $1-\frac{1}{2}\ln(1+x^2)$

23. (2)$\frac{3}{15}$

24. $1+\frac{x}{2}+\frac{x^2}{2^2 2!}+\cdots+\frac{1}{2^n\cdot n!}x^n+\cdots$

25. (1) $\ln a+\sum_{n=0}^{\infty}(-1)^n\cdot\frac{x^{n+1}}{(n+1)a^{n+1}}$，$a>0$，
$-a<x<a$；
(2) $\sum_{n=1}^{\infty}(-1)^{n-1}\frac{x^{2n-1}}{(2n-1)!\ 2^{(2n-1)}}$，
$x\in(-\infty,+\infty)$；
(3)$\sum_{n=0}^{\infty}\frac{(\ln a)^n}{n!}x^n$，$x\in(-\infty,+\infty)$；
(4)$\sum_{n=0}^{\infty}(-1)^n\frac{2^{2n}}{(2n)!}x^{2n}$，$x\in(-\infty,+\infty)$；
(5)$1+\frac{1}{2}x^2+\frac{1}{2}\cdot\frac{3}{4}x^4-\frac{1\cdot 3\cdot 5}{2\cdot 4\cdot 6}x^6+\cdots$；
(6)$x+\sum_{n=1}^{\infty}\frac{(-1)^{n-1}}{n(n+1)}x^{n+1}$，$-1<x\leqslant 1$；
(7)$\sum_{n=0}^{\infty}(-1)^n\frac{1}{2n+1}\left(\frac{1+x}{1-x}\right)^{2n+1}$；
(8)$\sum_{n=0}^{\infty}[1+(-1)^n 2^{n+1}]x^n$，$-\frac{1}{2}<x<\frac{1}{2}$

26. (1)$\sum_{n=0}^{\infty}\left(\frac{1}{2^{n+1}}-\frac{1}{3^{n+1}}\right)(x+4)^n$，
$-6<x<-2$；
(2)$-\sum_{n=0}^{\infty}(x+1)^n$，$-2<x<0$；
(3)$\frac{1}{2}\sum_{n=0}^{\infty}(-1)^n\left[\frac{1}{(2n)!}\left(x+\frac{2}{3}\right)^{2n}+\frac{\sqrt{3}}{(2n+1)!}\left(x+\frac{\pi}{3}\right)^{2n+1}\right]$，$-\infty<x<+\infty$

27. (1) $x+\sum_{n=1}^{\infty}(-1)^n\frac{(2n-1)!!}{(2n+1)(2n)!!}x^{2n+1}$，
$-1\leqslant x\leqslant 1$；
(2) $\frac{1}{2}\sum_{n=0}^{\infty}[1+(-1)^n]\frac{x^{2n+1}}{2n+1}$，$-1<x<1$；
(3)$\sum_{n=1}^{\infty}(-1)^{n-1}\frac{x^{2n-1}}{(2n-1)(2n-1)!}$，
$x\in(0,+\infty)$；
(4) $\frac{1}{3}\sum_{n=0}^{\infty}(-1)^n\left(\frac{x+2}{\sqrt{3}}\right)^{2n}$

28. (1)$e^{x^2}+2x^2e^{x^2}$；(2)$\left(1+\frac{x}{3}+\frac{x^2}{9}\right)e^{\frac{x}{3}}$

29. (1) 同 27(2)；(2)$\sum_{n=0}^{\infty}\frac{(-1)^n}{2^{n+1}}x^n$；
(3)$1+\frac{1}{2}(x-1)+\cdots+$
$$\frac{\frac{1}{2}\left(\frac{1}{2}-1\right)\cdots\left(\frac{1}{2}-n+1\right)}{n!}(x-1)^n,$$

$0<x<2$；

(4) $\ln 3+\sum_{n=0}^{\infty}(-1)^n\frac{(x-1)^{n+2}}{n+1}, 0<x\leqslant 2$；

(5) $2\left(x+\frac{1}{3}x^3+\frac{x^5}{5}+\cdots\right), x\in(-1,1)$；

(6) $\frac{1}{2}+\frac{1}{2}\sum_{n=0}^{\infty}(-1)^n\frac{2^{2n}x^{2n}}{(2n)!}$；

(7) $\begin{cases}\sum_{n=1}^{\infty}(-1)^{n-1}\frac{x^{2n-2}}{(2n-1)!}, x\neq 0\\ 1, x=0\end{cases}$

习题七

2. (1) $y=\ln\left(\frac{e^{2x}}{2}+C\right)$；

(2) $\cos(2y)+2(e^x+x+C)=0$；

(3) $4x^2+y^2+x^2y^2=C$；(4) $y=\frac{\pm x}{\sqrt{2(\ln x+C)}}$；

(5) $y=\frac{8}{3}+Ce^{-3x}$；

(6) $x+y-\ln(2x+y+2)=C$；

(7) $y=Cx^2+\frac{1}{4}x^2\sin 4x$；(8) $y=Cx+x\ln\ln x$；

(9) $e^y+\arctan y+\frac{1}{2}\ln(1+y^2)=\frac{1}{2}e^{2x}+C$；

(10) $x=-\frac{y^2}{10}+\frac{C}{y^3}$；(11) $x=\frac{y}{C+\ln y}$；

(12) $y=e^x(1+x)^n+C(1+x)^n$；

(13) $y=x\left\{1+2\sinh^2\left[\frac{1}{2}(C+\ln x)\right]\right\}$，

其中 $\sinh x=\frac{e^x-e^{-x}}{2}$；

(14) $\sqrt{y}=\frac{C+\ln(\cos x)+x\tan x}{x}$；

(15) $\ln\left(\sec\frac{y}{x}+\tan\frac{y}{x}\right)=\ln x+C$；

(16) $y=\pm\frac{3x}{\sqrt{-4x^3-6x^3\ln x+C}}$；

(17) $x[\csc(x+y)-\cot(x+y)]=C$；

(18) $x=\frac{e^{-y}}{1+Ce^y}$；

(19) $(y-x+5)^2+8x=C$；

(20) $3x^3+4y^3+9x^2y^2=0$；

(21) $\arctan\frac{y+2}{x-1}-\frac{1}{2}\ln\left[1+\left(\frac{y+2}{x-1}\right)^2\right]=\ln x+C$；

(22) $x=e^{-y}(y^2+C)$；

(23) $\frac{3(x+y)}{2}+\ln(x+y-2)=x+C$；

(24) $x\sin y+y\cos x=C$；

(25) $y=\frac{\sin x+C}{x^2-1}$；

(26) $y=\frac{x^2}{3}+\frac{C}{x}$；

(27) $y=\frac{C}{(\sec x+\tan x)^2}$

3. (1) $y=x\sqrt{4+2\ln x}$；(2) $y=\ln\left(4+\frac{6}{x}\right)$；

(3) $y=e^x(x-2)+C_1+C_2x$；

(4) $\sqrt{C_1y^2+1}=C_1x+C_2$；

(5) $y=-x+x^2-C_1e^{-2x}+C_2$；

(6) $y=C_2-\ln[\cos(x+C_1)]$；

(7) $y=\frac{2e+e^x}{x}$；

(8) $y=\left(\pi-\frac{\pi^2}{4}+x^2\right)\sin x$；

(9) $y=x^3+3x+1$；(10) $y=\tan\left(x+\frac{\pi}{4}\right)$；

(11) $y=C_2\pm\left\{\sqrt{C_1-x^2}-\sqrt{C_1}\ln\left[\frac{2(\sqrt{C_1}+\sqrt{C_1-x^2})}{C_1x}\right]\right\}$；

(12) $y=-\frac{x^3}{3}+C_1x^4+C_2$

4. (1) $y=\frac{x^4}{24}+C_1+C_2x+C_3x^2-\sin x$；

(2) $y=\frac{x}{2}+\frac{(x^2-1)\arctan x}{2}+C_1+C_2x-\frac{1}{2}x\ln(1+x^2)$；

(3) $y=e^{-x}(x+4)+C_1+C_2x+C_3x^2+C_4x^3$；

(4) $y=-C_1x+\frac{1}{2}C_1x^2+C_2$；

(5) $y=C_2e^{C_1x}$；

(6) $y=C_2\pm\ln(C_1e^x+\sqrt{-1+C_1^2e^{2x}})$；

(7) $y=\frac{x^2}{2}+C_2-\frac{1}{2}C_1\ln(x^2+C_1)$；

5. $\varphi(t)=\tan[\varphi'(0)t]$

6. $y_2=-\frac{5}{4}-\frac{x}{2}$；(2) $y=C_1e^{2x}+C_2\left(\frac{5}{4}+\frac{x}{2}\right)$

7. $y=C_1(e^x-x)+C_2(e^{-x}-x)+x$

8. $y=C_1x+C_2e^x-1-x-x^2$

9. (1) $y=e^{\frac{1}{2}x}\left(C_1\cos\frac{\sqrt{7}}{2}x+C_2\sin\frac{\sqrt{7}}{2}x\right)$；

(2) $y=e^{4x}(C_1+C_2x)$；

(3) $y=e^x(C_1\cos 2\sqrt{2}x+C_2\sin 2\sqrt{2}x)$；

(4) $y=C_1+C_2x+C_3e^{-\sqrt{2}x}+C_4e^{\sqrt{2}x}$；

(5) $y=C_1+C_2x+e^x(C_3+C_4x)$；

(6) $y=e^{x}(C_1+C_1x+C_3\cos 2x+C_4\sin 2x)$；

(7) $y=C_1e^{-x}+(C_2+C_3x)\cos x+(C_4+C_5x)\sin x$

10. (1) $\arctan(x+y)=x+C$；

(2) $y-\arctan(x+y)=C$；

(3) $(x-y-2)^2+14x=C$

11. (1) $y=C_1e^{-x}+C_2e^{3x}$；

(2) $y=e^{-x}(C_1\cos\sqrt{2}x+C_2\sin\sqrt{2}x)$；

(3) $y=e^{\frac{x}{2}}(C_1+C_2x)$；

(4) $y=C_1\cos x+C_2\sin x$；

(5) $y=\frac{2e^{2x}}{3}-C_1e^{-x}+C_2$；

(6) $\frac{1}{2}(3-2x+x^2)+C_1e^{-2x}+C_2e^{-x}$；

(7) $y=\frac{1}{9}e^{2x}(3x-1)+C_1e^{-x}+C_2e^{2x}$；

(8) $y=e^{x}(C_1+C_2x)+\frac{1}{2}(\cos x-\sin x)$；

(9) $y=\frac{1}{2}[(1-x+2C_1)\cos x+(x+2C_2)\sin x]$；

(10) $y=\frac{1}{2}x^2(x+8)e^{2x}+e^{2x}(C_1+C_2x)$

12. (1) $C=\pi$；(2) $C_1=1,C_2=0$；(3) $C_1=0,C_2=1$

13. (1) $y'+y^2=0$；(2) $xy''+2y'-xy=0$

14. $yy'+2x=0$；(2) $xy'-y+\sqrt{x^2+y^2}=0$

15. $\frac{dv}{dt}=\frac{20t}{v}$

16. $s(t)=\frac{m}{C}\ln\left[\cosh\left(\frac{\sqrt{Cg}}{m}t\right)\right]$

17. $T=20+80e^{-\frac{\ln 2}{20}t}$

18. $m=N_0e^{-kt}$，$t_{\frac{1}{2}}=\frac{\ln 2}{k}$

19. $x(t)=\frac{k}{a}+Ce^{-at}$，当 $t\to\infty$ 时，$x\to\frac{k}{a}$

习题八

1. (1)模为1，模为0；(2)起点；

(3)方向与模相同；(4)方向相反；

(5)球面；(6) $\boldsymbol{a}\perp\boldsymbol{b}$；(7) $\boldsymbol{a}$ 与 $\boldsymbol{b}$ 同向

2. $5\boldsymbol{a}-11\boldsymbol{b}+7\boldsymbol{c}$

5. $\overrightarrow{AB}=\frac{1}{2}(\boldsymbol{a}-\boldsymbol{b})$　$\overrightarrow{CD}=\frac{1}{2}(\boldsymbol{b}-\boldsymbol{a})$

$\overrightarrow{BC}=\frac{1}{2}(\boldsymbol{a}+\boldsymbol{b})$　$\overrightarrow{DA}=-\frac{1}{2}(\boldsymbol{b}+\boldsymbol{a})$

6. $\overrightarrow{D_1A}=-\frac{\boldsymbol{a}}{5}-\boldsymbol{c}$　$\overrightarrow{D_2A}=-\frac{2}{5}\boldsymbol{a}-\boldsymbol{c}$

$\overrightarrow{D_3A}=-\frac{3}{5}\boldsymbol{a}-\boldsymbol{c}$　$\overrightarrow{D_4A}=-\frac{4}{5}\boldsymbol{a}-\boldsymbol{c}$

7. (1) $(-a,b,c),(a,-b,c),(a,b-c)$；

(2) $(a,-b,-c),(-a,b,-c)$，

$(-a,-b,c)$；(3) $(-a,-b,-c)$

8. $\left(\frac{1}{2}a,\frac{1}{2}a,0\right),\left(-\frac{1}{2}a,\frac{1}{2}a,0\right)$，

$\left(-\frac{1}{2}a,-\frac{1}{2}a,0\right),\left(-\frac{1}{2}a,\frac{1}{2}a,0\right)$，

$\left(\frac{1}{2}a,\frac{1}{2}a,a\right),\left(-\frac{1}{2}a,\frac{1}{2}a,a\right)$，

$\left(-\frac{1}{2}a,-\frac{1}{2}a,a\right),\left(-\frac{1}{2}a,\frac{1}{2}a,a\right)$

9. $(0,1,-2)$

10. $\left(\pm\frac{6}{11},\pm\frac{7}{11},\mp\frac{6}{11}\right)$

11. 2

12. $|\boldsymbol{\alpha}|=\sqrt{3}$，$|\boldsymbol{\beta}|=\sqrt{38}$，$\boldsymbol{\alpha}=\sqrt{3}\boldsymbol{e}_\alpha$，$\boldsymbol{\beta}=\sqrt{38}\boldsymbol{e}_\beta$

13. $\boldsymbol{\alpha}=13\boldsymbol{i}-11\boldsymbol{j}+15\boldsymbol{k}$ 在 x 轴上投影13，在 y 轴上的投影向量为 $-11\boldsymbol{j}$

14. $A(-2,3,0)$

15. $\boldsymbol{\beta}=(-48,45,-36)$

16. (1) $\boldsymbol{\alpha}\cdot\boldsymbol{\beta}=3$；(2) $\cos(\widehat{\boldsymbol{\alpha},\boldsymbol{\beta}})=\frac{1}{28}$

17. $\left(\frac{\pm 3}{\sqrt{17}},\frac{\mp 2}{\sqrt{17}},\frac{\mp 2}{\sqrt{17}}\right)$

18. 2

19. $\lambda=-\frac{170}{7}$

20. $\overrightarrow{OA}\times\overrightarrow{OB}=\frac{\sqrt{3}}{3}(-7\boldsymbol{i}-3\boldsymbol{j}+10\boldsymbol{k})$

21. (1) $-8\boldsymbol{j}-24\boldsymbol{k}$；(2) $-\boldsymbol{j}-\boldsymbol{k}$；(3) 2

22. $10\sqrt{2}$

23. (1) $k=-2$；(2) $k_1=-1$ 或 $k_2=5$

25. $\boldsymbol{\gamma}=5\boldsymbol{\alpha}+\boldsymbol{\beta}$

29. $y^2+z^2=5x$

30. (1)球面；(2)旋转抛物面；(3)两相交平面；(4) z 轴；(5)坐标面；(6)圆锥面

31. 交点(0,3)表示椭圆柱面 $\frac{x^2}{4}+\frac{y^2}{9}=1$ 与其一切平面 $y=3$ 的交线 $\begin{cases}y=3\\x=0\end{cases}$

32. (1) $3y^2-z^2=16$（双曲线柱面）

(2) $3x^2+2z^2=16$（椭圆柱面）

33. $\begin{cases}2\left(x-\frac{1}{2}\right)^2+y^2=\frac{17}{2}\\z=0\end{cases}$

34. $x=y=\frac{3}{\sqrt{2}}\cos\theta$；$z=3\sin\theta$

35. (1) $\begin{cases}14x-7y+35=0\\z=0\end{cases}$ (2) $\begin{cases}3y+z-1=0\\x=0\end{cases}$

(3) $\begin{cases}6x+z+14=0\\y=0\end{cases}$

36. $\begin{cases}3x+2y=7\\z=0\end{cases}$

37. $3(x-3)-7(y-0)+5(z+1)=0$

38. $(x-1)-3(y-1)-2(z+1)=0$

39. $x+y-z=0$

40. (1) $2(x-3\sqrt{3})+y+2z=0$;

(2) $\cos\alpha_1=\dfrac{1}{3},\cos\alpha_2=\dfrac{2}{3},\cos\alpha_3=-\dfrac{2}{3}$

41. $(x-1)+y-3(z+1)=0$

42. 平面方程为：$-11x+2y-10z+27=0$

或 $-11x+2y-10z-33=0$

43. $d=1$

44. $x+y+z+2\sqrt{3}=0$ 或 $x+y+z-2\sqrt{3}=0$

45. $2x-25y-11z+270=0$

46. $\dfrac{x-4}{2}=\dfrac{y+1}{1}=\dfrac{z-3}{5}$

47. 方向向量 $\boldsymbol{s}=(-4,2,1)$，

故 $\dfrac{x-3}{-4}=\dfrac{y+2}{2}=\dfrac{z-1}{1}$

48. (1) $\dfrac{x-0}{-2}=\dfrac{y-\frac{3}{2}}{1}=\dfrac{z-\frac{5}{2}}{3}$

(2) $x=-2t,y=t+\dfrac{3}{2},z=3t+\dfrac{5}{2}$

49. 0

50. $\sin\varphi=0$，夹角为 0

51. $\begin{cases}-17x-31(y+1)+37(z-4)=0\\4x-y+z=1\end{cases}$

52. (1)单叶双曲面；(2)双叶双曲面；

(3)双曲抛物面

53. (1)平面 $x=3$ 上的圆 $y^2+z^2=16$，圆心 $(3,0,0)$，半径为 4；

(2)椭圆 $\begin{cases}x^2+9z^2=32,\\y=1;\end{cases}$

(3)双曲线 $\begin{cases}z^2-4y^2=16,\\x=-3;\end{cases}$

(4)抛物线 $\begin{cases}z^2=4(x-6),\\y=4\end{cases}$

习题九

1. (1) $f(tx,ty)=t^2\left(x^2+y^2-xy\tan\dfrac{x}{y}\right)$

(2) $f(2,-3)=\dfrac{2^2+(-3)^2}{2\times2\times(-3)}=-\dfrac{13}{12}$,

$$f\left(1,\frac{y}{x}\right)=\frac{1^2+\left(\frac{y}{x}\right)^2}{2\times1\times\frac{y}{x}}=\frac{x^2+y^2}{2xy};$$

(3) $f(x)=\dfrac{\sqrt{1+x^2}}{|x|}$;

(4) $f(x,y)=\dfrac{x^2(1-y^2)}{1+2y+y^2}$;

(5) $D(f)=\{(x,y)\mid y^2<4x,x^2+y^2<1,x^2+y^2\neq0\}$;

(6) $D(f)=\{(x,y)\mid x\geqslant\sqrt{y},y\geqslant0\}$;

(7) $\{(x,y)\mid y^2=2x\}$

2. (1) $-\dfrac{1}{4}$; (2) α

5. (1) $\dfrac{2}{y}\csc\dfrac{2x}{y},-\dfrac{2x}{y^2}\csc\dfrac{2x}{y}$

(2) $e^{xy}(xy+y^2+1),e^{xy}(xy+x^2+1)$;

(3) $\dfrac{y}{z}x^{\frac{y}{z}-1},\dfrac{1}{z}x^{\frac{y}{z}}\ln x,-\dfrac{y}{z^2}x^{\frac{y}{z}}\ln x$;

(4) $\dfrac{2xy}{(x^2+y^2)^2},-\dfrac{2xy}{(x^2+y^2)^2},\dfrac{y^2-x^2}{(x^2+y^2)^2}$;

(5) $-\left(\dfrac{x}{y}\right)^2\left(\dfrac{1}{y}+\dfrac{z}{y}\ln\dfrac{x}{y}\right)$

6. (1) $\dfrac{\partial z}{\partial x}=y^2(1+xy)^{y-1}$,

$\dfrac{\partial z}{\partial y}=(1+xy)^y\left[\ln(1+xy)+\dfrac{xy}{1+xy}\right]$;

(2) $\dfrac{\partial\mu}{\partial x}=\dfrac{z(x-y)^{z-1}}{1+(x-y)^{2z}}$,

$\dfrac{\partial\mu}{\partial y}=\dfrac{-z(x-y)^{z-1}}{1+(x-y)^{2z}},\dfrac{\partial\mu}{\partial z}=\dfrac{(x-y)\ln(x-y)}{1+(x-y)^{2z}}$

7. $\dfrac{\pi}{4}$

8. $\dfrac{\partial^3 z}{\partial x\partial y^2}=-\dfrac{1}{y^2}$

10. $f_x=\begin{cases}2x\arctan\dfrac{y}{x}-y,xy\neq0,\\-y,x=0,y\neq0,\\0,x=y=0;x\neq0,y=0;\end{cases}$

$f_{xy}=\begin{cases}-1,x=0,\\\dfrac{x^2-y^2}{x^2+y^2},xy\neq0,\\1,x\neq0,y=0\end{cases}$

11. (1) $-\dfrac{y}{x^2}e^{\frac{y}{x}},\dfrac{1}{x}e^{\frac{y}{x}},-\dfrac{1}{x}e^{\frac{y}{x}}\left(\dfrac{y}{x}dx-dy\right)$;

(2) $\dfrac{2(xdx+ydy+zdz)}{x^2+y^2+z^2}$;

(3) $\Delta z|_{(0,1)}=e^{0.12}-1,dz|_{(0,1)}=0.1$;

(4) $\Delta z_x=\Delta x\left(y+\frac{1}{y}\right), \lim\limits_{\Delta x\to 0}\frac{\Delta z_x}{\Delta x}=y+\frac{1}{y}$

12. $\frac{1}{3}dx+\frac{2}{3}dy$

13. (1) $\frac{\partial z}{\partial x}=\frac{\cos y(\cos x+x\sin x)}{y\cos^2 x}$,

$\frac{\partial z}{\partial y}=-\frac{x\cos x(y\sin y+\cos y)}{y^2\cos^2 x}$;

(2) $\frac{\partial z}{\partial x}=\frac{x}{y^2}\left[2\ln(3x-2y)+\frac{3x}{3x-2y}\right]$,

$\frac{\partial z}{\partial y}=-\frac{2x^2}{y^3}\ln(3x-2y)-\frac{2x^2}{(3x-2y)y^2}$;

(3) $\frac{dz}{dt}=e^{\sin t-2t^3}(\cos t-6t^2)$

14. $\frac{\partial z}{\partial x}=\left[2x+y-\frac{2x^2y}{(x^2+y^2)y^2}\right]e^{\frac{xy}{x^2+y^2}}$

$\frac{\partial z}{\partial y}=\left[2y+x-\frac{2y^2x}{(x^2+y^2)}\right]e^{\frac{xy}{x^2+y^2}}$

15. $\frac{dz}{dx}=\frac{e^2(1+x)}{1+x^2e^{2x}}$

16. $\frac{\partial z}{\partial x}=2xf'_1+ye^{xy}f'_2, \frac{\partial z}{\partial y}=-2yf'_1+xe^{xy}f'_2$

17. $\frac{\partial \mu}{\partial x}=(1+y+yz)f', \frac{\partial \mu}{\partial y}=(x+xz)f'$

$\frac{\partial \mu}{\partial z}=xyf'$

18. $\frac{\partial^2 z}{\partial x^2}=f''_{11}+\frac{2}{y}f''_{12}+\frac{1}{y^2}f''_{22}$

$\frac{\partial^2 z}{\partial x\partial y}=-\frac{x}{y^2}(f''_{12}+\frac{1}{y}f''_{22})-\frac{1}{y^2}f'_2$

$\frac{\partial^2 z}{\partial y^2}=\frac{2x}{y^3}f'_2+\frac{x^4}{y^4}f''_{22}$

20. $\frac{\partial^2 z}{\partial x^2}=\phi_{11}(1+\varphi')^2+\phi_1\varphi''$

$\frac{\partial^2 z}{\partial y^2}=\phi_{11}(\varphi')^2-\phi_{12}\varphi'+\phi_1\varphi''-\phi_{21}\varphi'+\phi_{22}$

21. (1) $\frac{x-\frac{1}{2}}{1}=\frac{y-2}{-4}=\frac{z-1}{8}$

$2x-8y+16z-1=0$

(2) $x+2y-4=0, \begin{cases}\frac{x-2}{1}=\frac{y-1}{2}\\ z=0\end{cases}$

22. $P_1(-1,1,-1)$及$P_2\left(-\frac{1}{3},\frac{1}{9},-\frac{1}{27}\right)$

23. $\frac{x-\sqrt{3}}{\sqrt{3}}=\frac{y-1}{1}=\frac{z+1}{1}, \sqrt{3}x-y-z-3=0$

24. $x-y+2z=\pm\frac{\sqrt{22}}{2}$

26. (1)在(3,2)点取得极大值 36；

(2) f 无极值；

(3) f 无极值点；

27. $\min\limits_{(x,y)\in D}f(x,y)=0$；$\max\limits_{(x,y)\in D}f(x,y)=1+\frac{4\sqrt{3}}{9}$

28. 浮标表面积的最小值在 $H=h, \frac{r}{h}=\frac{\sqrt{5}}{2}$时取得

习题十

1. (1)连续；

(2)以 $z=f(x,y)$为曲顶，以 D 为底的曲顶柱体体积的代数和；

(3) $>$，$<$；(4) $\leqslant$

3. (1) $\iint\limits_D(x+y)^2d\sigma\leqslant\iint\limits_D(x+y)^3d\sigma$；

(2) $\iint\limits_D\ln(x+y)d\sigma<\iint\limits_D[\ln(x+y)]^2d\sigma$

4. $36\pi\leqslant\iint\limits_D(x^2+4y^2+9)d\sigma\leqslant 100\pi$

5. (1)1；(2) $-\frac{3\pi}{2}$；(3) $\int_{-r}^{r}dx\int_0^{\sqrt{r^2-x^2}}f(x,y)dy$；

(4) $\int_0^{\frac{\pi}{2}}d\theta\int_0^{2a\cos\theta}r^3dr$

6. (1) $e-e^{-1}$；(2) $\frac{13}{6}$

7. $\frac{\pi}{2}$

8. (1)不对；(2)不对

9. (1) $\frac{59\pi}{480}$；(2)0

习题十一

1. (1) $\begin{pmatrix}35\\6\\49\end{pmatrix}$；

(2)10；

(3) $\begin{pmatrix}a^2+b^2+c^2 & ac+ba+cb & a+b+c\\ ac+ab+bc & a^2+b^2+c^2 & a+b+c\\ a+b+c & a+b+c & 3\end{pmatrix}$.

2. $3\boldsymbol{AB}-2\boldsymbol{A}=\begin{pmatrix}-2 & 13 & 22\\ -2 & -17 & 20\\ 4 & 29 & -2\end{pmatrix}$,

$\boldsymbol{A}^T\boldsymbol{B}=\begin{pmatrix}0 & 5 & 8\\ 0 & -5 & 6\\ 2 & 9 & 0\end{pmatrix}$.

3. $\begin{pmatrix}a & a-d\\ 0 & d\end{pmatrix}$，$a,d$ 为任意数.

5. (1) $\begin{pmatrix}7&4&4\\9&4&3\\3&3&4\end{pmatrix}$；(2) $\begin{pmatrix}41&-38\\-26&53\end{pmatrix}$.

6. $f(\boldsymbol{A})=\begin{pmatrix}21&-18&20\\-8&34&15\\-4&27&25\end{pmatrix}$.

10. $\begin{pmatrix}3&-6&21&30&36\\-3&9&18&38&46\\-9&6&-15&-22&-28\\0&0&0&13&2\\0&0&0&25&-5\end{pmatrix}$.

11. (1) $\begin{pmatrix}1&0&0&5\\0&0&1&-3\\0&0&0&0\end{pmatrix}$；

(2) $\begin{pmatrix}1&0&2&0&-2\\0&1&-1&0&3\\0&0&0&1&4\\0&0&0&0&0\end{pmatrix}$.

12. (1) $\begin{pmatrix}1&0&0\\0&1&0\\0&0&0\end{pmatrix}$；(2) $\begin{pmatrix}1&0&0&0&0\\0&1&0&0&0\\0&0&1&0&0\\0&0&0&0&0\end{pmatrix}$.

13. (1) $-29,400,000$；(2) 394；(3) 0.

14. (1) $x^n+(-1)^{n+1}y^n$；

(2) $a_1a_2\cdots a_n\left(1+\dfrac{1}{a_1}+\cdots+\dfrac{1}{a_n}\right)$.

15. 20.

16. 0.

17. (1) $\begin{pmatrix}5&-2\\-2&1\end{pmatrix}$；(2) $\begin{pmatrix}\cos\theta&\sin\theta\\-\sin\theta&\cos\theta\end{pmatrix}$；

(3) $\begin{pmatrix}-2&1&0\\-\dfrac{13}{2}&3&-\dfrac{1}{2}\\-16&7&-1\end{pmatrix}$.

19. $\boldsymbol{A}^{-1}=\dfrac{1}{2}(\boldsymbol{A}-\boldsymbol{E})$，$(\boldsymbol{A}+2\boldsymbol{E})^{-1}$

$=\dfrac{1}{4}(3\boldsymbol{E}-\boldsymbol{A})$.

22. $\begin{pmatrix}\boldsymbol{O}&\boldsymbol{B}^{-1}\\\boldsymbol{A}^{-1}&\boldsymbol{O}\end{pmatrix}$.

23. $\begin{pmatrix}1&-2&0&0\\-2&5&0&0\\0&0&2&-3\\0&0&-5&8\end{pmatrix}$.

24. (1) $\boldsymbol{P}=\begin{pmatrix}1&3\\2&5\end{pmatrix}$，$\boldsymbol{PA}=\begin{pmatrix}1&0&4\\0&1&7\end{pmatrix}$；

(2) $\boldsymbol{Q}=\begin{pmatrix}1&2&0\\3&5&0\\-4&-7&1\end{pmatrix}$，$\boldsymbol{QA}^{\mathrm{T}}=\begin{pmatrix}1&0\\0&1\\0&0\end{pmatrix}$.

25. (1) $\begin{pmatrix}\dfrac{7}{6}&\dfrac{2}{3}&-\dfrac{3}{2}\\-1&-1&2\\-\dfrac{1}{2}&0&\dfrac{1}{2}\end{pmatrix}$；

(2) $\begin{pmatrix}1&1&-2&-4\\0&1&0&-1\\-1&-1&3&6\\2&1&-6&-10\end{pmatrix}$.

26. (1) $R=2$，$\begin{vmatrix}3&1\\1&-1\end{vmatrix}\neq0$；(2) $R=3$，

$\begin{vmatrix}3&2&-1\\2&-1&-3\\7&0&-8\end{vmatrix}\neq0$.

27. (1) $k=1$；(2) $k=-2$；(3) $k\neq1$ 且 $k\neq-2$.

28. (1) $x_1=1,x_2=2,x_3=3,x_4=-1$；

(2) $x_1=-\dfrac{151}{211},x_2=\dfrac{161}{211},x_3=-\dfrac{109}{211},x_4=\dfrac{64}{211}$.

29. $\begin{pmatrix}0&3&3\\-1&2&3\\1&1&0\end{pmatrix}$.

30. $\boldsymbol{B}=\boldsymbol{A}+\boldsymbol{E}=\begin{pmatrix}2&0&1\\0&3&0\\1&0&2\end{pmatrix}$.

31. $\boldsymbol{B}=\mathrm{diag}(6,6,6,-1)$.

32. (1)无解；(2) $x=-2z-1,y=z+2$；

(3) $x=-\dfrac{1}{2}y+\dfrac{1}{2}z+\dfrac{1}{2},w=0$；(4) $x=\dfrac{1}{7}z+\dfrac{1}{7}w+\dfrac{6}{7},y=\dfrac{5}{7}z-\dfrac{9}{7}w-\dfrac{5}{7}$.

33. (1) $\lambda\neq1,-2$；(2) $\lambda=-2$；(3) $\lambda=1$.

34. $\lambda=1$ 时有解 $x_1=x_3+1,x_2=x_3$；$\lambda=-2$ 时有解 $x_1=x_3+2,x_2=x_3+2$.

35. $\lambda=1$ 或 $\mu=0$.

36. (1) $x_1=\dfrac{4}{3}x_4,x_2=-3x_4,x_3=\dfrac{4}{3}x_4$；

(2) $x_1=-\dfrac{1}{2}x_4,x_2=\dfrac{7}{2}x_4,x_3=\dfrac{5}{3}x_4$.

42. (1)线性相关；(2)线性无关.

43. $a=2$ 或 $a=-1$.

44. $\boldsymbol{\beta}=k\boldsymbol{\alpha}_1-(1+k)\boldsymbol{\alpha}_2$，$k$ 为任意常数.

45. 若 $\boldsymbol{\alpha}_1=(1,0)^{\mathrm{T}},\boldsymbol{\alpha}_2=(0,0)^{\mathrm{T}}$；$\boldsymbol{\beta}_1=(0,0)^{\mathrm{T}}$，$\boldsymbol{\beta}_2=(0,1)^{\mathrm{T}}$. 则 $\boldsymbol{\alpha}_1+\boldsymbol{\beta}_1,\boldsymbol{\alpha}_2+\boldsymbol{\beta}_2$ 线性无关.

48. (1) $\boldsymbol{\alpha}_1,\boldsymbol{\alpha}_2$;(2) $\boldsymbol{\alpha}_1,\boldsymbol{\alpha}_2$.

49. (1) $\boldsymbol{\alpha}_1,\boldsymbol{\alpha}_2,\boldsymbol{\alpha}_3$ 为极大无关组,$\boldsymbol{\alpha}_4=\frac{8}{5}\boldsymbol{\alpha}_1-\boldsymbol{\alpha}_2+2\boldsymbol{\alpha}_3$;(2) $\boldsymbol{\alpha}_1,\boldsymbol{\alpha}_2,\boldsymbol{\alpha}_3$ 为极大无关组,$\boldsymbol{\alpha}_4=\boldsymbol{\alpha}_1+3\boldsymbol{\alpha}_2-\boldsymbol{\alpha}_3,\boldsymbol{\alpha}_5=-\boldsymbol{\alpha}_2+\boldsymbol{\alpha}_3$.

50. $a=2,b=5$.

53. (1) $\boldsymbol{\xi}_1=(0,1,0,4)^{\mathrm{T}},\boldsymbol{\xi}_2=(-4,0,1,-3)^{\mathrm{T}}$;(2) $\boldsymbol{\xi}_1=(1,7,0,19)^{\mathrm{T}},\boldsymbol{\xi}_2=(0,0,1,2)^{\mathrm{T}}$.

54. $\begin{pmatrix}1&0\\5&2\\8&1\\0&1\end{pmatrix}$.

55. $\begin{cases}x_1-2x_2+x_3=0,\\2x_1-3x_2+x_4=0.\end{cases}$

56. (1) Ⅰ:$\boldsymbol{\xi}_1=(-1,1,0,1)^{\mathrm{T}},\boldsymbol{\xi}_2=(0,0,1,0)^{\mathrm{T}}$;Ⅱ:$\boldsymbol{\xi}_1=(1,1,0,-1)^{\mathrm{T}},\boldsymbol{\xi}_2=(-1,0,1,1)^{\mathrm{T}}$;(2) $\boldsymbol{\xi}=k(-1,1,2,1)^{\mathrm{T}}$.

58. (1) $\boldsymbol{\eta}=(-8,13,0,2)^{\mathrm{T}},\boldsymbol{\xi}=(-1,1,1,0)^{\mathrm{T}}$;(2) $\boldsymbol{\eta}=(-17,0,14,0)^{\mathrm{T}},\boldsymbol{\xi}_1=(-9,1,7,0)^{\mathrm{T}}$,$\boldsymbol{\xi}_2=\left(-4,0,\frac{7}{2},1\right)^{\mathrm{T}}$.

59. $k(3,4,5,6)^{\mathrm{T}}+(2,3,4,5)^{\mathrm{T}}$.

60. $k(1,-2,1,0)^{\mathrm{T}}+(1,1,1,1)^{\mathrm{T}}$.

62. (1) $\boldsymbol{\lambda}_1=\boldsymbol{\lambda}_2=\boldsymbol{\lambda}_3=-1,\boldsymbol{\xi}=(1,1,-1)^{\mathrm{T}}$;(2) $\boldsymbol{\lambda}_1=-1,\boldsymbol{\lambda}_2=9,\boldsymbol{\lambda}_3=0;\boldsymbol{\xi}_1=(1,-1,0)^{\mathrm{T}}$,$\boldsymbol{\xi}_2=(1,1,2)^{\mathrm{T}},\boldsymbol{\xi}_3=(1,1,-1)^{\mathrm{T}}$;(3) $\boldsymbol{\lambda}_1=\boldsymbol{\lambda}_2=1,\boldsymbol{\lambda}_3=\boldsymbol{\lambda}_4=-1;\boldsymbol{\xi}_1=(1,1,0,0)^{\mathrm{T}},\boldsymbol{\xi}_2=(0,0,1,1)^{\mathrm{T}}$,
$\boldsymbol{\xi}_3=(1,-1,0,0)^{\mathrm{T}},\boldsymbol{\xi}_4=(0,0,1,-1)^{\mathrm{T}}$.

64. 25.

66. $x=3$.

67. (1) $a=-3,b=0,\lambda=-1$;(2)不能.

68. $\boldsymbol{A}^{100}=\begin{pmatrix}1&0&5^{100}-1\\0&5^{100}&0\\0&0&5^{100}\end{pmatrix}$.

习题十二

1. $\{ST,SB,MT,MB,LT,LB\}$

2. $\{e_1\},\{e_2\},\{e_3\},\{e_1,e_2\},\{e_1,e_3\},\{e_2,e_3\}$,S

3. 两个都是男孩;至少有一个是男孩

4. A 与 B,A 与 D,C 与 D

5. (1)身高不超过 1.6 米或者体重超过 50 千克
(2)身高不超过 1.6 米或者体重不超过 50 千克
(3)身高不超过 1.6 米但体重超过 50 千克
(4)身高不超过 1.6 米同时体重不超过 50 千克
(5)同(4)

6. (1)$A_2\bar{A}_3$;(2)$\bar{A}_5$

7. (1)0.3;(2)$\frac{1}{6}$

8. $\frac{200}{979}$

9. $\frac{16}{33}$

10. 0.883

11. $\frac{1}{4}$

12. 0.803

13. 方格边长$<\frac{10}{9}$

14. $\frac{2}{15},\frac{4}{15},\frac{8}{15}$

15. 3/20,3/10,1/4,1/5,1/20,0,1/20,0

16. 约有 72%的可能有明显疗效

18. $\frac{65}{81}$

19. 35%

20. $\frac{195}{512}$

21. $\frac{6}{7}$

22. (1)0.0315;(2)0.8908

23. 4,6,前一比值表明在患病人数上吸烟者是不吸烟者的 4 倍,后一比值说明患病的可能性吸烟者是不吸烟者的 6 倍

24. 0.25

25. $\frac{1}{3}$

26. 0.18

27. $\frac{1}{30}$

28. 0.93

29. $\frac{16}{45}$

30. 0.619819

31. 0.5591

32. O 型

34. 0.00012

35. 0.458

36. $\frac{9}{25}$

37. 0.984

41. (1)0.285;(2)0.677;0.122

42. (1)$1-2^{-2n}$；(2)$C_{2n}^{n}2^{-2n}$

43. 0.92224

44. $\frac{2}{27}$

习题十三

1.

第三代中子数	1	2	3	4	5	6	7	8	9
p_k	$\frac{1}{9}$	$\frac{4}{27}$	$\frac{16}{81}$	$\frac{4}{27}$	$\frac{4}{27}$	$\frac{10}{81}$	$\frac{2}{27}$	$\frac{1}{27}$	$\frac{1}{81}$

2.

动物数	1	2	3	4
p_k	0.4	0.36	0.192	0.048

3. $P\{X=k\}=C_{k-1}^{r-1}p^rq^{k-r},k=r,r+1,\cdots$

4. 1

5. (1)$e^{-\frac{3}{2}}$；(2)$1-e^{-\frac{5}{2}}$

6. (1)$e^{-\lambda}(e^{\frac{\lambda}{2}}-1)$；(2)$\dfrac{\frac{1}{8}\lambda^2}{e^{\frac{\lambda}{2}}-1}$

7. (1)0.4833；(2)0.9800

8. $\frac{1}{l!}(\lambda p)^l e^{-\lambda p}$

9. (1)0.0067；(2)0.4405

10. (1)$\dfrac{\left(\frac{nD}{V}\right)^k e^{-\frac{nD}{V}}}{k!}$；(2)0.4232,0.3528

11. (1)2；(2)0.4

13. $\frac{3}{5}$

14. (1)$1-e^{-1}$；(2)$e^{-1.2}$；(3)$e^{-0.6}-e^{-1.4}$

15. (1)$e^{-\frac{2}{3}}-e^{-\frac{4}{5}}$；(2)$e^{-1}$

16. (1)0.6826；(2)0.0455

17. (1)0.3384,0.2967；(2)129.74

18. 母亲

19. 大于 $1-\sqrt[5]{0.01}$ 个单位

20. (1)$M=\sqrt{e^2-1}$；(2)0.4772；(3)0.8047；(4)0.4789

21. $F(x)=\begin{cases}0, & x<-1,\\ 0.25, & 1\leqslant x<2,\\ 0.75, & 2\leqslant x<3,\\ 1, & x\geqslant 3\end{cases}$

0.25,0.5,0.75

22. $A=\frac{81}{40}$；

$$F(x)=\begin{cases}0, & x<1,\\ \frac{27}{40}, & 1\leqslant x<2,\\ \frac{9}{10}, & 2\leqslant x<3,\\ \frac{39}{40}, & 3\leqslant x<4,\\ 1, & x\geqslant 4\end{cases}$$

23. (1)$\ln 2,1,\ln\frac{5}{4}$；

(2) $f(x)=\begin{cases}\frac{1}{x}, & 1<x<e,\\ 0, & \text{其他}\end{cases}$

24.

(1) $F(x)=\begin{cases}0, & x<-1,\\ \frac{x}{\pi}\sqrt{1-x^2}+\frac{1}{\pi}\arcsin x+\frac{1}{2}, & -1\leqslant x\leqslant 1,\\ 1, & x>1;\end{cases}$

(2) $F(x)=\begin{cases}0, & x<0,\\ \frac{x^2}{2}, & 0\leqslant x<1,\\ -1+2x-\frac{x^2}{2}, & 1\leqslant x<2,\\ 1, & x\geqslant 2\end{cases}$

25. (1)

X	51	52	53	54	55
p_k	0.18	0.15	0.35	0.12	0.20

Y	51	52	53	54	55
p_k	0.28	0.28	0.22	0.09	0.13

(2)不独立

26. $P\{x=n\}=\frac{14^n e^{-14}}{n!},n=0,1,2,\cdots,$

$P\{Y=m\}=\frac{e^{-7.14}(7.14)^m}{m!},m=0,1,2,\cdots$

27. (1)$f(x,y)=\begin{cases}\frac{1}{(b-a)(d-c)}, & a<x<b,c<y<d,\\ 0, & \text{其他}\end{cases}$

$f_x(x)=\begin{cases}\frac{1}{b-a}, & a<x<b,\\ 0, & \text{其他}\end{cases}$

$f_y(y)=\begin{cases}\frac{1}{d-c}, & c<y<d,\\ 0, & \text{其他}\end{cases}$

(2)独立

28. (1)$\frac{3}{\pi R^3}$；(2)$\frac{3r^2R-2r^3}{R^3}$

29. (1)$\frac{1}{\pi^2}$；(2)$\frac{1}{16}$,独立

30. (1) $f(x,y)=\begin{cases}\frac{1}{2}e^{\frac{y}{2}}, & 0<x<1, y>0,\\ 0, & 其他\end{cases}$

(2)$1-\sqrt{2\pi}[\Phi(1)-\Phi(0)]=0.1445$

31.

Y	0	1	4	9
p_k	$\frac{1}{5}$	$\frac{7}{30}$	$\frac{1}{5}$	$\frac{11}{30}$

32. $f_s(s)=\begin{cases}\frac{1}{(b-a)\sqrt{\pi s}}, & \frac{\pi a^2}{4}<s<\frac{\pi b^2}{4},\\ 0, & 其他\end{cases}$

33. $\Phi\left(\frac{1+\ln 2}{2}\right)-\Phi\left(\frac{1-\ln 2}{2}\right)$

34. $f_z(z)=\begin{cases}1-e^{-z}, & 0\leqslant z<1,\\ (e-1)e^{-z}, & z>1,\\ 0, & 其他\end{cases}$

35. (1) $f(x)=\begin{cases}\frac{x^3e^{-x}}{3!}, & x>0,\\ 0, & x\leqslant 0;\end{cases}$

(2) $f(x)=\begin{cases}\frac{x^5e^{-x}}{5!}, & x>0,\\ 0, & x\leqslant 0.\end{cases}$

习题十四

1. $E(X)=-0.2, E(X^2)=2.8, E(3X^2+5)=13.4$

2. $E(X)=2.7$

3. $E(X)=\frac{25}{16}$

4. 因为 $=\sum_{i=1}^{\infty}x_ip_i=\sum_{i=1}^{\infty}\frac{2}{3^i}\cdot(-1)^{i+1}\frac{3^i}{i}=\sum_{i=1}^{\infty}(-1)^{i+1}\frac{2}{i}$,而$(-1)^{i+1}\frac{2}{i}$不趋于0,故级数不收敛,从而 $E(X)$ 不存在

5. $E(X)=1500$

6. $E(2X)=2, E(e^{-2x})=\frac{1}{3}$

7. $E(X_1+X_2)=\frac{3}{4}, E(2X_1-3X_2^2)=\frac{5}{8}$

8. $k=2, E(X)=2.7$

9. $k=2, E(XY)=\frac{1}{4}$

10. $E(X)=M\left[1-\left(\frac{M-1}{M}\right)^n\right]$

11. $E(X)=1$

12. $E(X)=\frac{n+1}{2}$

13. (2)$\varphi(x)=\begin{cases}\frac{1}{6}[\sqrt{6}-|y|], & -\sqrt{6}<y<\sqrt{6},\\ 0, & 其他\end{cases}$

14. $E\{(X+Y)^2\}=2$

15. $p>\frac{8}{9}$

16. $E(X)=\sqrt{\frac{\pi}{2}}\sigma, D(X)=\frac{4-\pi}{2}\sigma^2$

17. $E(X)=\frac{\alpha}{\beta}, D(X)=\frac{\alpha}{\beta^2}$

18. (1)0.0175 (2)0.0014 (3)0.0237

19. ≈39 袋

23. $E(X)=\frac{2}{3}, E(Y)=0, \mathrm{Cov}(X,Y)=0$

24. $E(X_1)=\frac{7}{6}, E(X_2)=\frac{7}{6}$

$\mathrm{Cov}(X_1,X_2)=-\frac{1}{36}, \rho_{XY}=-\frac{1}{11}$

25. $D(X+Y)=85, D(X-Y)=37$

26. $E(W)=1, D(W)=3$

27. 0.1103

28. 0.47

29. (1)0.1802 (2)443

30. 0.1814

31. 0.0062

32. 0.0228

33. (1)0.9525 (2)25

34. 14

习题十五

1. 5.76,10.15

3. $\frac{m\bar{x}_1+n\bar{x}_2}{m+n}, \frac{(m-1)s_1^2+(n-1)s_2^2}{m+n-1}$

4. $0, \frac{1}{3n}$

5. $Y/3\sim\chi^2(2)$

7. $Y\sim t(n-1)$

8. 0.13362

9. 0.8293

10. 0.6744

11. (1)0.711； (2)0.297； (3)0.975

12. (1)1.8595；(2)2.3060；(3)0.2

13. (1)14.62； (2)0.1125；(3)0.05

14. 1.88

15. 0.5796

习题十六

1. 74.002，6×10^{-6}，6.86×10^{-6}

2. $2\bar{X}$

3. $\dfrac{1-2\bar{x}}{\bar{x}-1}$

4. $1-\bar{x}$,$1-\bar{x}$

5. $\bar{x}$,$\bar{x}$

6. 1180.5

7. $-\dfrac{n}{\sum\limits_{i=1}^{n}\ln x_i}$

8. 0.92，7.778×10^{-4}

9. (11.418,12.388)

10. (2755.08,2862.92)

11. (1485.69,1514.31)

12. (115.034,119.306),(4.743,24.133)

13. (4.0063,4.9937),(1.0731,1.6637)

14. (2.808,3.304),(0.078,0.336)

15. (−0.002,0.006)

16. (−6.04,−5.96)

17. (0.222,3.601)

18. (0.101,0.244)

19. (1)3.2498,(2)−0.0012(3)2.84

20. 40.526

习题十七

1. 有差别

2. 拒绝 H_0

3. 该检验的 p 值为 0.01160,当给定的显著性水平大于 0.01160 时,拒绝原假设 H_0;否则,接受原假设

4. 拒绝原假设,认为该仪器测温有系统偏差

5. 当显著性水平为 0.05 时拒绝原假设,当显著性水平为 0.02 时接受原假设

6. 接受原假设,认为 Vc 含量合格

7. (1)按 $p<0.05$ 拒绝 H_0,即新旧安眠药的睡眠时间有显著性差异;
(2)按 $p<0.03$ 拒绝 H_0,即新药疗效优于旧药有统计学意义

8. (1)按 $p<0.04$ 拒绝 H_0,即有显著性差异;
(2)按 $p<0.02$ 拒绝 H_0,即新药的稳定性优于旧药有统计学意义

9. 拒绝原假设,认为马和羊的血清中无机磷的含量有显著性差异

10. 拒绝原假设,认为这批导线电阻的标准差显著地偏大

11. 虽然服药后血红蛋白比服药前平均增加了 0.68 克,但统计上无显著意义(无显著变化)

12. 按 $p>0.05$ 不拒绝 H_0,即无显著性差异

13. 按 $p>0.05$ 不拒绝 H_0,即该生操作合格

14. 按 $p>0.03$ 拒绝 H_0,即滴定法的结果低于仪器分析法的结果有统计意义

15. 按 $p<0.05$ 拒绝 H_0,即该药有效

16. 按 $p<0.05$ 拒绝 H_0,即该药有效

17. 按 $p>0.9$ 不拒绝 H_0,即无显著性差异

18. 有显著性差异

19. 有显著性差异

20. 按 $p>0.05$ 不拒绝 H_0,即作用不显著. 按 $p<0.05$ 拒绝 H_0,即作用显著,配对比较结论更合理

21. (1)按 $p<0.02$ 拒绝 H_0,即有显著性差异
(2)按 $p<0.01$ 拒绝 H_0,即白班产品成分含量低于夜班

22. 按 $p<0.05$ 拒绝 H_0,即加工业精度有显著性差异

23. 若检验水平 $\alpha\geqslant0.9$ 则拒绝 H_0,即与性别无关
若检验水平 $\alpha<0.9$ 则不拒绝 H_0,即与性别有关

24. 若检验水平 $\alpha\geqslant0.55$ 则拒绝 H_0,即两种测量方法的结果有显著性差异
若检验水平 $\alpha<0.55$ 则不拒绝 H_0,即两种测量方法的结果无显著性差异

25. (1)按 $p>0.2$ 不拒绝 H_0;(2)按 $p<0.02$ 拒绝 H_0;(3) 按 $p<0.01$ 拒绝 H_0

26. 当显著性水平为 0.50 时仍应接受原假设,故一般应认为该正二十面体是匀称的

27. 男孩身高服从正态分布

参 考 文 献

[1] 张惠安,等.医用高等数学.长沙:湖南科学技术出版社,2002

[2] 同济大学数学教研室.高等数学(第五版).北京:高等教育出版社,2002

[3] 罗泮祥,等.医用高等数学(第二版).北京:人民卫生出版社,1996

[4] 韩旭里.大学数学教程.北京:科学出版社,2004

[5] 乐经良.数学实验.北京:高等教育出版社,1999

[6] 陈义华.数学模型.重庆:重庆大学出版社,1995

[7] 复旦大学.概率论,第一册,第二册第一分册.北京:高等教育出版社,1979

[8] [美]伯纳德·罗斯纳著,孙尚拱译.生物统计学基础.北京:科学出版社,2004

[9] [波兰]费史著,王福保译.概率论及数理统计.上海:上海科学技术出版社,1962

[10] 盛骤,等.概率论与数理统计(第二版).北京:高等教育出版社,1989

[11] 刘定远,等.医药数理统计方法(第三版).北京:人民卫生出版社,1999

[12] 中山大学数学系.概率论与数理统计(上、下册).北京:高等教育出版社,1980